Wolfgang Hohlbein
Die Tochter der Himmelsscheibe

Zu diesem Buch

Während einer gewaltigen Katastrophe geht die Welt in einem Chaos aus Erdbeben und Feuer unter. Die junge Arri und ihre Mutter Lea entgehen nur knapp dem Tod. Lea kann ihr geheimnisvolles Schwert retten, dessen Schneide härter ist als jede andere Waffe. Als die Flüchtlinge in einem Pfahldorf aufgenommen werden, muss Arri jedoch erkennen, dass skrupellose Feinde es auf das Schwert abgesehen haben ... »Die Tochter der Himmelsscheibe« ist Wolfgang Hohlbeins glänzend recherchierter Roman um den spektakulärsten Fund der deutschen Archäologie, die Himmelsscheibe von Nebra, und zugleich das spannende Fantasy-Epos um eine dem Untergang geweihte Welt.

Wolfgang Hohlbein, Jahrgang 1953, gewann 1982 mit seinem phantastischen Roman »Märchenmond« einen Autorenwettbewerb. Seitdem erreichen seine Bücher Millionenauflagen, und er gilt als der Großmeister der deutschen Phantastik. Für die Recherche zu seinem Roman »Die Tochter der Himmelsscheibe« besuchte er die Archäologen des  Landesmuseums für Vorgeschichte in Halle und durfte die Himmelsscheibe persönlich in Händen halten. Wolfgang Hohlbein lebt mit seiner Familie und vielen Haustieren in der Nähe von Düsseldorf. Weiteres zum Autor: www.hohlbein.de

Wolfgang Hohlbein

DIE TOCHTER DER
HIMMELSSCHEIBE

ROMAN

Piper München Zürich

Von Wolfgang Hohlbein liegen in der Serie Piper vor:
Das Vermächtnis der Feuervögel (6508)
Die Tochter der Himmelsscheibe (6625)

Der Zyklus »Wolfgang Hohlbeins Enwor« in der Serie Piper:
Das magische Reich. Neue Abenteuer 1 (von Dieter Winkler, 6531)
Die verschollene Stadt. Neue Abenteuer 2 (von Dieter Winkler, 6532)
Der flüsternde See. Neue Abenteuer 3 (von Dieter Winkler, 6533)
Der entfesselte Vulkan. Neue Abenteuer 4 (von Dieter Winkler, 6534)

Dieses Taschenbuch wurde auf FSC-zertifiziertem Papier gedruckt.
FSC (Forest Stewardship Council) ist eine nichtstaatliche, gemeinnützige
Organisation, die sich für eine ökologische und sozialverantwortliche
Nutzung der Wälder unserer Erde einsetzt (vgl. Logo auf der Umschlagrückseite).

Die Himmelsscheibe von Nebra © 2002 (§ 71 UrhG) Land
Sachsen-Anhalt. Die Verwendung der Abbildungen der Himmelsscheibe
von Nebra erfolgt mit Genehmigung des Landes Sachsen-Anhalt,
vertreten durch das Landesamt für Denkmalpflege und Archäologie.
Weitere Informationen über die Himmelsscheibe von Nebra finden Sie
unter www.himmelsscheibe.de.

Ungekürzte Taschenbuchausgabe
1. Auflage September 2006
2. Auflage Oktober 2006
© 2005 Piper Verlag GmbH, München
Umschlagkonzept: Büro Hamburg
Umschlaggestaltung: HildenDesign, München – www.hildendesign.de
Umschlagabbildung: Iacopo Bruno, Mailand
Karte: Erhard Ringer
Autorenfoto: Arne Schultz
Satz: EDV-Fotosatz Huber/Verlagsservice G. Pfeifer, Germering
Papier: Munken Print von Arctic Paper Munkedals AB, Schweden
Druck und Bindung: Clausen & Bosse, Leck
Printed in Germany
ISBN-13: 978-3-492-26625-3
ISBN-10: 3-492-26625-8

www.piper.de

1

»Es wird nichts mehr so sein, wie es einmal war.« Die Worte ihrer Mutter hallten in Arris Kopf wider, während sie aus der alten, halb zerfallenen Schmiedehütte trat und zu der rotgolden glitzernden Zella zurückblickte, in deren ruhig dahingleitenden Fluten sich die Abendsonne spiegelte. Sie wusste nicht, was plötzlich in ihre Mutter gefahren war. Sie ohne ein weiteres Wort zum Fluss zu schicken, um dem eigensinnigen Rahn einen fangfrischen Fisch abzuschwatzen, obwohl sie noch genug zu essen im Haus hatten, war schon ungewöhnlich genug. Doch die Hast, in der es geschehen war, und das ungeduldige Stirnrunzeln, mit dem sie beobachtet hatte, wie ihre Tochter mit den schnell zusammengeklaubten Essensresten die schmale Holzstiege hinabgeeilt war, hatten Arris Verwunderung in ein banges Vorgefühl umschlagen lassen.

»Sag deiner Mutter, sie soll mir demnächst etwas Anständiges zu essen schicken«, keifte der blinde Schmied hinter ihr her. »Das Fladenbrot ist steinalt, und die Pilze schmecken, als hätte eine Wildschweinfamilie ihre Notdurft darüber verrichtet.«

Arri stieß einen leisen Seufzer aus und umklammerte die fangnasse Äsche so fest, als könne sie ihr aus der Hand flutschen wie in dem Moment, in dem sie den zappelnden Fisch in Empfang genommen hatte. Sie hätte dem Schmied erklären können, dass ihre Mutter es zwar duldete, wenn sie ein wenig Essen für ihn abzweigte, ihm aber niemals von sich aus regelmäßig mehr als die karge Ration hätte zukommen lassen, welche die Dorfgemeinschaft ihm zugestanden hatte. Ein blinder Schmied war ein nutzloser Schmied, und wenn Achk nicht vor dem ersten Schnee irgendeine Tätigkeit fand, drohte ihm, dass ihn Sarn mit Schimpf und Schande aus dem Dorf vertreiben ließ. Dabei machte es keinen Unterschied, dass Achk sein Augenlicht verloren hatte, während er damit beschäftigt gewesen war, nach den Anweisungen von Arris Mutter für die Gemeinschaft eine ganz neue Art von Metall zu schmelzen, das angeblich viel härter und widerstandsfähiger war als Kupfer oder Bronze. Das Dorf konnte keine nutzlosen Esser brauchen, selbst jetzt nicht, wo die Ernte eingefahren wurde und die Jäger so reiche Jagdbeute wie schon lange nicht mehr mit nach Hause brachten. Arri konnte das zwar verstehen, aber sie fand es ungerecht; vielleicht umso mehr, weil sie wusste, dass ihre Mutter nicht ganz unschuldig an dem Unglück war, das Achks Gesicht verheert und ihn fast getötet hatte.

Das Schimpfen des undankbaren Alten ging in ein unverständliches Brabbeln über. In letzter Zeit geschah das immer öfter. Im gleichen Maße, in dem der blinde Schmied sonderbarer und streitlustiger wurde, schien nicht nur seine Hütte zu verfallen, die er ohne Augenlicht nicht mehr instand halten konnte, sondern auch sein Geist. Gewiss würde ihm jetzt kein einziges vernünftiges Wort mehr zu entlocken sein, und so machte Arri, dass sie von hier wegkam. Sie hatte sich den Umweg über die Schmiede für den Rückweg aufgespart, um von hier aus den schmalen, nach Süden führenden Pfad zu wählen, vorbei an wuchernden Bärentrauben, Haselnuss- und Gagelsträuchern, die von den Feuchtwiesen her dem Wald entgegenwuchsen und die wenigen Felder einrahmten, die die Sippe auf dieser Dorfseite dem Boden abgetrotzt hatte. Es war der alte, abseits gelegene Steinkreis, der Arri geradezu unwiderstehlich anzog, vielleicht, weil etwas Düsteres, Geheimnisvolles von ihm ausging. Nur ganz flüchtig blitzte in ihr der Gedanke auf, dass ihre Mutter ihr streng verboten hatte, je allein und ohne ihre ausdrückliche Aufforderung diesen geheimnisumwitterten Ort aufzusuchen.

Arri sah nicht die geringste Veranlassung, dieses Verbot ernst zu nehmen. Schließlich hatte ihre Mutter sie ja sogar selbst letzten Vollmond mit hierher genommen. Nachdem sie ganz in der Nähe, am Saum der Sumpfwiesen, Kräuter gesammelt hatten, hatten sie sich gemeinsam an den Rand des Kreises gesetzt, und ihre Mutter hatte zu erzählen begonnen, von den alten und neuen Zeiten im Dorf und was das alles mit ihr zu tun hätte. Arri hatte kaum mehr als die Hälfte davon verstanden, aber es war ein Gefühl vager Beunruhigung in ihr verblieben, das sich jetzt beinahe zu etwas wie Furcht steigerte. Trotzdem ging sie weiter, getrieben von einer Neugier, die stärker war als ihre Vernunft.

Es dauerte nicht lange, bis Arri den Steinkreis erreicht hatte, der wie verzaubert in dem von den Wiesen aufsteigenden Dunst lag. Wie immer, wenn sie hierher kam, überlief sie ein kalter, fast ehrfürchtiger Schauder beim Anblick der mannshohen behauenen Steine, die aussahen, als hätte sie ein Riese im Vorbeigehen achtlos niederfallen lassen. Es war kein regelrechter Kreis, auf dessen Eingang sie jetzt mit langsamer gewordenen, fast verhaltenen Schritten zuging; die massigen, blaugrauen Ungetüme waren eher wie die Krallen einer offen daliegenden Bärentatze angeordnet, welche Arri zu umschließen schien, kaum dass sie ihren Fuß über die Brandspur der letzten Zeremonie gesetzt hatte. Ihr Herz begann heftig zu klopfen, ein Geräusch, das ihr lauter vorkam als das ferne Blöken der Schafe und das Rauschen des Windes, der in die wenigen dürren Bäume fuhr, die den Kreis umstanden.

Das hier war der Ort, an dem Sarn und seine Sippe den alten Göttern huldigten, ein Platz voller Erinnerungen an alte Riten und Zeremonien, dessen beeindruckender Ausstrahlung sich Arri noch nie hatte entziehen können, fest umfasst von den stummen Steinriesen, die nur im Norden, Südwesten und Südosten einen Spalt ließen, welcher groß genug war, um dort hindurchzugehen. Schon sehr bald würde sich das ganze Dorf hier auf Geheiß des Schamanen versammeln, um das Jagd-Ernte-Fest zu feiern und den Göttern den ihnen zustehenden Anteil der Ernte zu opfern. Arri dachte voller Unbehagen an den letzten Herbst und das zwei Tage dauernde Fest zurück, an die mit frischem Ochsenblut bemalten Gesichter der Männer und Frauen, die im Rhythmus der Trommeln mit nackten Oberkörpern das Feuer umtanzt hatten, an den dumpfen Singsang der vom Pilzgenuss Berauschten, an die Selbstvergessenheit, mit der sich die Menschen ihren Göttern hingegeben hatten. Gleichgültig, wie alt sie waren und ob sie zuvor auf den Feldern gearbeitet, Rinder oder Schafe gehütet, Braunbären, Elche, Auerochsen, Hasen und Wildgeflügel gejagt, Äschen, Rotaugen und Forellen gefischt hatten; in diesen zwei Tagen waren sie alle eine verschworene Gemeinschaft gewesen, in der es keine Unterschiede gegeben hatte. Vielleicht war es ihr damals zum ersten Mal aufgefallen, wie *anders* sie und ihre Mutter waren, wie wenig sie im Grunde mit den Menschen gemein hatten, die sie in ihren Kreis aufgenommen hatten, ohne sie je wirklich willkommen zu heißen.

Mit langsamen, fast zögerlichen Schritten ging sie nun zu der Stelle hinüber, an der sie erst vor kurzem mit ihrer Mutter gesessen hatte. Der Boden unter ihren nackten Füßen war feucht und kalt, aber sie merkte es kaum. Inmitten des aufkommenden Abendnebels war da etwas, das ihre Aufmerksamkeit auf sich zog und ihren Herzschlag abermals beschleunigte. Ein einzelner Sonnenstrahl brach zwischen zwei wie drohend aufgerichteten Steinen hervor und brachte den Dunst, durch den er flirrte, scheinbar zum Kochen. Arri hatte davon gehört, dass die Sonne an ganz bestimmten Tagen ein verwirrendes Spiel in dem Steinkreis spielte, einen strahlenden Finger zu dem Heiligtum ausstreckte und ihn durch einen Spalt wandern ließ, bis er über ein eigens dafür hergerichtetes Blutopfer strich. Aber sie war noch nie Zeuge eines solchen Schauspiels geworden. Es stand allein dem Schamanen und seinen Helfern zu, die Zeremonie einzuleiten, die dann nötig war, um böse Geister zu beschwichtigen und den blutrünstigen Göttern zu huldigen, die Arri mit all ihren harten Gesetzen fremd blieben, obwohl sie fast ihr ganzes Leben in ihrer Obhut zugebracht hatte.

Der Sonnenstrahl war kaum breiter als ihr Arm, aber er glitzerte und leuchtete so stark, dass es Arri fast in den Augen wehtat. Sie blieb stehen und folgte dem Lichtfinger, der wie von dem zornigen Nachtgott Mardan herabgeschickt auf den Boden fiel, fast genau auf die Stelle, wo sie vor einer knappen Mondwende gesessen hatte. Ihr Atem stockte, als sie begriff, was sie da außerdem noch vor sich sah. Wie gebannt hing ihr Blick an dem kleinen Stofffetzen, der in einer Steinspalte eingeklemmt war, von dem einzelnen Strahl auf geradezu unnatürliche Weise beleuchtet. Im ersten Augenblick konnte sie die Farbe und Beschaffenheit des Fetzens kaum erkennen, doch als sie sich ihm näherte, wurde ihr mit jähem Schrecken klar, dass er dem Stoff verdächtig ähnlich sah, aus dem ihr eigener Wickelrock gefertigt war. Sie legte den Fisch beiseite, ging in die Hocke und zog den Fetzen hervor. Er fühlte sich ganz fein und trotzdem fest zwischen ihren Fingern an, genau so, wie es von den Fasern zu erwarten war, die ihre Mutter aus Brennnesseln gesponnen hatte.

Noch immer in der Hocke und mit zitternden Fingern zog sie den Saum ihres Rockes hoch und begutachtete ihn, bis sie fand, wonach sie Ausschau gehalten hatte: die zerrissene Stelle, aus der der Fetzen zweifellos stammte. Ihre Mutter würde mit ihr schimpfen, dass sie so unaufmerksam gewesen war. Aber viel schlimmer als die Tatsache, dass sie sich den kostbaren Rock eingerissen hatte, war, dass es hier im Steinkreis geschehen war und dass der Fetzen – ein Teil von ihr – fast für die Dauer eines Mondwechsels hier verblieben war … auf diesem den alten Göttern geweihten und mit dem Blut unzähliger Opfertiere getränkten Grund, von dem es hieß, dass er in den alten Zeiten auch das Blut menschlicher Götteropfer zu trinken bekommen hatte.

Ein Geräusch schreckte sie aus ihren düsteren Gedanken auf, und sie wollte hochfahren, aber es war zu spät. Eine knorrige Hand griff nach ihr, packte ihr Handgelenk und hielt es fest umklammert. Arri stieß gegen ihren Willen einen spitzen Schrei aus und wollte sich unwillkürlich aus dem Griff lösen, bis sie begriff, mit wem sie es zu tun hatte: mit Sarn, dem Schamanen des Dorfes und Oberhaupt der Gemeinschaft, die er selbst seine Sippe nannte – und der ihre Mutter im gleichen Maße hasste, wie sein Einfluss seit ihrem Auftauchen im Dorf geschrumpft war. Der Alte stand schräg hinter ihr, sodass sie nicht mehr als den Schatten seiner dürren, altersgebeugten Gestalt sehen konnte, aber sie fragte sich verzweifelt, wie es ihm überhaupt gelungen war, sich ihr unbemerkt zu nähern. Sie musste stärker in Gedanken versunken gewesen sein, als ihr lieb sein konnte.

»Was machst du hier, du dummes Gör?«, herrschte er sie mit seiner unangenehm schrillen Stimme an, und sie spürte seinen heißen Atem in ihrem Nacken. »Weißt du nicht, dass es euresgleichen verboten ist, hier unerlaubt hinzukommen? Und noch dazu an einem Tag wie diesem!«

Arri wollte sich zu ihm umdrehen, aber der Alte ließ ihr Handgelenk los und versetzte ihr gleichzeitig einen so heftigen Stoß in den Rücken, dass sie ein paar Schritte vorwärts stolperte und fast gestürzt wäre. »Mach, dass du nach Hause kommst.«

In Arris Kopf herrschte heller Aufruhr. Sie verfluchte sich dafür, dass sie hinter dem Rücken ihrer Mutter hierher gekommen war und nicht gleich wieder kehrtgemacht hatte, als sie den einzelnen Sonnenstrahl bemerkt hatte, der durch den Dunst gebrochen war. Und dann ihre Unvorsichtigkeit! Sarn war vielleicht schon hier gewesen, verborgen hinter einem der alten heiligen Steine, und wenn er zuvor noch nicht gewusst hatte, wem der Stofffetzen gehörte, den auch ihm der Lichtfinger offenbart haben musste, dann hatte sie es ihm mit ihrer unbedachten Handlung offenbart. Sie hatte keine Ahnung, welche Folgen es haben würde, wenn der Schamane wusste, dass sie hier schon einmal gewesen war. So aufgewühlt, wie sie war, war sie nicht in der Lage, auch nur einen einzigen klaren Gedanken zu fassen. Sie wollte einfach weg hier.

Ohne sich auch nur noch einmal umzusehen, lief sie los, auf den Pfad zu, der zur Hütte ihrer Mutter führte. Aber sie kam nicht weit, ohne von Sarn nicht noch einen Gruß hinterher geschickt zu bekommen.

»Und hier, dass du mir das nicht vergisst!«, schrie er. Etwas sauste durch die Luft und klatschte ein paar Schritte vor ihr in den Dreck. Es war der Fisch, den sie nahe der Stelle hatte liegenlassen, an der sie den Stofffetzen gefunden hatte. Arri bückte sich rasch und hob die Äsche auf, und ohne sich auch nur noch einmal umzusehen, hetzte sie weiter, dem gewundenen Pfad folgend, der sie weg von dem Heiligtum und dem alten Schamanen brachte und hin zu der Hütte, die ihr Schutz war, so lange sie denken konnte. Erst nachdem sie eine Wegkehre zwischen sich und den Steinkreis gebracht hatte, wurde sie langsamer und blieb schließlich ganz stehen. Mit der rechten Hand fuhr sie sich durch die Haare, während sie mit der Linken den verdreckten Fisch umklammert hielt, als fürchtete sie, er werde sich sonst selbstständig machen.

Sie hörte keine Schritte hinter sich, weder Sarn noch irgendjemand anderer schien ihr gefolgt zu sein. Ob das gut war oder nicht, vermochte sie nicht zu beurteilen. Jedenfalls wusste sie, dass sie ihrer Mutter nicht in einem solch aufgelösten Zustand unter die Augen treten durfte – zumindest nicht, wenn sie keine misstrauischen Blicke und bohrenden Nachfragen riskieren wollte, denen sie kaum würde standhalten können, so tief, wie ihr der Schreck in den Gliedern steckte und der Nachhall des ekelhaften Gefühls, von Sarns dürrer Greisenhand umklammert worden zu sein. Ihrer Mutter auch nur *irgendetwas* zu verbergen war fast unmöglich, und sie wollte es ihr nicht auch noch leichter machen. Vor allem hatte sie überhaupt keine Lust, ihr zu erklären, was sie bei dem Steinkreis gewollt hatte – und was das alles mit dem Riss in ihrem Rock zu tun hatte.

In einer vollkommen sinnlosen Geste glättete sie erst ihren Sommerrock und zupfte dann die von einer Bronzenadel zusammengehaltene Bluse zusammen, bevor sie sich noch einmal mit der Hand durchs Haar fuhr und dann den Fisch sorgfältig im feuchten Gras abwischte. Die ganze Zeit ging ihr der Lichtfinger nicht aus dem Kopf, der auf den Stofffetzen gedeutet hatte. Arri war sich sicher, dass dies etwas zu bedeuten hatte, aber so aufgewühlt wie sie immer noch war, kam sie auf keine vernünftige Erklärung. Ein Fingerzeig, den einer von Sarns Göttern dem alten Schamanen hatte geben wollen?

Sie schüttelte heftig den Kopf. Ihre Mutter würde sie auslachen, wenn sie ihr mit einer solchen Deutung käme. Sie ging langsam weiter, ohne diese Frage aus dem Kopf zu bekommen – und das unangenehme Gefühl, dass ihr die Begegnung mit Sarn bei anderer Gelegenheit noch sauer aufstoßen würde. Wahrscheinlich wäre es das Beste, ihrer Mutter doch davon zu erzählen.

Arri wälzte diesen Gedanken im Kopf hin und her und klopfte ihn aus allen Richtungen ab, um zu einer Antwort zu kommen, aber es gelang ihr nicht. Schließlich hatte sie den Fuß der schmalen Stiege erreicht, die zum Eingang ihrer auf kräftigen Pfählen ruhenden Hütte hinaufführte, und brach die Grübelei ab, ohne zu einem endgültigen Ergebnis gekommen zu sein. Vielleicht hatte sie ja Glück, und ihre Mutter erfuhr nichts von ihrem Zusammenstoß mit Sarn, und wenn doch, dann konnte sie immer noch behaupten, ein verirrtes Schaf habe sie zum Steinplatz gelockt. Das wäre zwar eine glatte Lüge, und es widerstrebte Arri zutiefst, ihre Mutter ohne Not anzulügen, auf der anderen Seite – warum sollte sie ihr unnötig Kummer bereiten?

Als sie den Fuß auf die obere der ohnehin nur aus fünf Stufen bestehenden Stiege setzte, hörte sie Stimmen aus dem Haus. Ihre Mutter hatte Besuch. Das war an sich nichts Besonderes. Ihre Mutter bekam oft Besuch. Meist von Männern und Frauen aus dem Dorf, die ihren Rat in all den praktischen Dingen suchten, von denen Lea so viel verstand, oder weil ein Familienangehöriger krank geworden war und sie ihre Hilfe benötigten. Manchmal kamen sogar – zumeist weibliche – Abgesandte anderer, weiter entfernt lebender Sippen, die Ähnliches von ihr wollten, und zwei oder drei Mal allein in diesem Sommer war auch Nor angereist, der weit über die Grenzen seines Einflussbereiches gefürchtete Hohepriester und Herrscher von Goseg.

Arris anfängliche Erleichterung, dass ihre Mutter beschäftigt war und gar keine Zeit hätte, ihr Vorhaltungen wegen des eingerissenen Rocks oder der Begegnung mit Sarn zu machen, wich einer geradezu trüben Stimmung, als sie die zweite Stimme tatsächlich als Nors erkannte. Auch wenn ihre Mutter es niemals laut ausgesprochen hatte, so wusste Arri doch, dass sie den Hohepriester noch sehr viel mehr ablehnte als Arri selbst, weshalb sie nach jedem seiner Besuche regelmäßig schlecht gelaunt und reizbar war. Arri hatte nicht hingehört und wusste daher nicht, worum es in dem Gespräch zwischen ihrer Mutter und dem Herrscher von Goseg ging, doch allein der Tonfall der durcheinander redenden Stimmen machte klar, dass es sich um einen Streit handelte – oder zumindest um etwas, das dem sehr, sehr nahe kam.

Sie zögerte kurz, den kunstvoll geflochtenen Muschelvorhang beiseite zu schlagen und einzutreten, begriff aber im nächsten Augenblick, dass ihre Mutter sie längst gesehen haben musste. Ganz gleich, wer zu Besuch kam und worum es ging – ihre Mutter saß stets mit dem Gesicht zum Eingang, und da es in der Hütte weit dunkler war als draußen, musste sich ihre Gestalt deutlich hinter dem Vorhang abzeichnen. Jetzt kehrtzumachen wäre verhängnisvoll gewesen und hätte ihrer Mutter allerhöchstens Anlass zu weiterem Ärger gegeben, denn ob sie Nor nun mochte oder nicht: Er war der mächtigste Mann weit und breit, mit dem man es sich besser nicht verdarb.

So schob Arri nach einem letzten Zögern sowohl ihre Bedenken als auch das ungute Gefühl beiseite und öffnete den Vorhang; die zahllosen Muschelstückchen, die in die Baststränge eingeflochten waren, klimperten hörbar und kündigten auf diese Weise jeden Besucher an, auch wenn es diesem vielleicht gar nicht recht war. Es fiel ihr nicht schwer, einen Ausdruck von Überraschung auf ihr Gesicht zu zaubern, als sie neben dem groß gewachsenen greisen Hohepriester von Goseg einen weiteren Besucher erblickte – einen in das dunkle, fast schwarze Wickelgewand der Krieger Gosegs gekleideten Mann, dessen Augen sich zu schmalen Schlitzen verengten, als er ihrer ansichtig wurde.

Ihre Mutter saß nicht auf dem Korbstuhl mit der hohen Lehne, auf dem sie Besucher gewöhnlich empfing, sondern stand an dem schmalen, nach Süden gerichteten Guckloch, hatte das Gesicht aber trotzdem dem Eingang zugewandt. Der kurze, fast schon mürrische Blick, den sie Arri zuwarf, machte klar, dass es um ihre Selbstbeherrschung vielleicht nicht ganz so gut bestellt war, wie sie bisher geglaubt haben mochte. Auch Nor, der offensichtlich gerade dazu angesetzt hatte, etwas zu sagen, unterbrach sich und wandte sich zum Eingang um. Der Anblick seines von Runzeln und Falten übersäten, aber vollkommen haarlosen Gesichtes, beim dem nicht nur Kopf- und Barthaar, sondern selbst die Augenbrauen fehlten und anstelle der Wimpern nur zwei Reihen kaum wahrnehmbarer, verkümmerter schwarzer Striche zu erkennen waren, jagte Arri einen kalten Schauer über den Rücken.

Nor maß Arri mit einem wenig freundlichen Blick, was aber nichts Außergewöhnliches war. Selbst bei den seltenen Gelegenheiten, bei denen ihre Mutter nach einem Besuch des Hohepriesters nicht gereizt oder besorgt gewirkt hatte, hatte der alte Mann Arri niemals anders als unfreundlich angesehen. Aber vielleicht lag das auch an seinem nackten Schädel, dessen Anblick in all seiner abstoßenden Nacktheit für Arri fast unerträglich war, vielleicht um so mehr, weil sie gewohnt war, dass Männerköpfe weitaus haariger waren als die von Frauen, denn schließlich trugen alle anderen Männer, die sie kannte, lange Haare und dichte Bärte.

In der Tiefe ihres Herzens war Arri jedoch sicher, dass Nors abweisender Blick einen ganz anderen Grund hatte, einen Grund, der mit ihr selbst zusammenhing. Dass Nor ein gleichermaßen gefährlicher wie mürrischer Mann war, würde wohl kaum jemand, der es wagte, hinter seinem Rücken über ihn zu tuscheln, ernsthaft bestreiten wollen. Und doch glaubte sie in seinen Augen mitunter etwas zu lesen, das weit darüber hinaus ging; eine Mischung aus Zorn und ... ja, beinahe Furcht, als sähe er in ihr sehr viel mehr als nur die Tochter ihrer Mutter, etwas, das für ihn gleichermaßen hassenswert wie fürchtenswert war.

Aber vielleicht lag es auch nur daran, dass sie so hässlich war.

Zwar gewiss nicht seinem Alter, sehr wohl aber seinem Rang angemessen, hatte Nor drei Frauen, von denen zwei kaum älter als Arri und alle drei wahre Schönheiten waren, während sie sich selbst nicht im Entferntesten mit ihnen messen konnte. Es hatte schon Tage gegeben, an denen sie sich geweigert hatte, zum Fluss zu gehen und Wasser zu holen, aus Angst, ihrem Spiegelbild mit dem viel zu schmalen Gesicht zu begegnen.

Zumindest ersparte sich Nor an diesem Tag eine entsprechende Bemerkung – auch die hatte sie aus seinem Munde schon vernommen – und beließ es bei einem verächtlichen Runzeln seiner Stirn, bevor er sich mit einem unwilligen Laut wieder zu Arris Mutter umwandte. »Die Zeit ist nun endgültig gekommen, Lea, und es wird dir nichts nutzen, wenn du noch einmal versuchst hinauszuzögern, was schon vor zwei Jahren hätte geschehen müssen. Tu deine Pflicht. Das bist du den Menschen hier schuldig.«

Leas Lippen wurden schmal, was Nor vielleicht entging, für Arri aber ein untrügliches Anzeichen dafür war, wie schwer es ihrer Mutter fiel, noch die Fassung zu bewahren. In ihren dunklen, eine Spur zu großen Augen – die ebenso wie die ihrer Tochter gerade eine Winzigkeit zu weit auseinander standen, als dass die Dorfbewohner ihr Gesicht länger als ein paar Augenblicke ansehen konnten, ohne verunsichert den Blick zu senken – blitzte es zornig auf. Als sie antwortete, klang ihre Stimme jedoch kühl, fast schon teilnahmslos. »Wollt Ihr mir drohen, Nor?«

Der Hohepriester hob abwehrend die Hände. Für Arri sah es aus, als hebe ein Raubvogel seine dürren Klauen, um sich auf sein Opfer zu stürzen. »Nichts läge mir ferner. Du lebst nun schon so lange bei uns, Lea, und du hast so viel für die Menschen hier getan ... auch für mich, das will ich gar nicht abstreiten. Denk an deine Tochter, wenn schon nicht an dich. Nicht alle meinen es so gut mit euch wie ich. Selbst in Goseg mehreren sich die Stimmen, die meinen, dass du das Wissen, das dir die Götter geschenkt haben, nicht länger für dich behalten darfst.« Lea wollte widersprechen, doch Nor fuhr mit einem heftigen Kopfschütteln und leicht erhobener Stimme fort: »Ich weiß, dass all das nicht gerecht ist. Mancher in eurem Dorf wäre in den letzten Wintern verhungert ohne die Gaben, die du uns gebracht hast, und nicht nur hier. Deswegen will ich dir auch nicht befehlen, sondern appelliere an deine Einsicht. Aber ich muss dich auch warnen: Verspiele nicht meine Gunst, und reize nicht die Götter Gosegs, unter deren Schutz du hier bislang unbeschadet gelebt hast!«

Leas Gesicht verhärtete sich. Der Zorn war aus ihren Augen gewichen, aber er hatte einer Kälte Platz gemacht, die eindeutig schlimmer war. Bevor sie antwortete, löste sie sich von ihrem Platz am Fenster, trat mit drei raschen Schritten hinter Arri und legte ihr in einer ganz gewiss nicht zufälligen Geste beide Hände beschützend auf die Schultern. Arri war verwirrt und sogar ein bisschen erschrocken. Was sich draußen wie ein Streit angehört hatte, war tatsächlich einer; ja, sie war sogar sicher, dass sich die beiden einzig ihretwegen noch beherrschten, um nicht noch viel schlimmere Dinge zu sagen. Was ging hier nur vor?

»Ihr habt eine sehr seltsame Art, Eure Dankbarkeit zu zeigen, Hohepriester«, fuhr ihre Mutter fort. »Oder ist es bei Eurem Volk üblich, diejenigen zu bedrohen, die Euch helfen, wo sie nur können?«

»Es tut mir Leid, wenn du meine Worte so verstanden hast, Lea«, antwortete Nor, wenn auch in einem Ton, der zumindest in Arris Ohren nach dem genauen Gegenteil klang. »Ich sage es gern noch einmal, und ich sage es auch laut, vor den Ohren des ganzen Dorfes, wenn du es willst: Ich weiß, was wir dir zu verdanken haben. Aber nicht alle denken so wie ich. Und jetzt, wo die Zeit mehr als überfällig ist und du endlich in unsere Gebräuche einwilligen musst, ob du es nun einsiehst oder nicht, werde selbst ich dich und deine Tochter nicht mehr beschützen können.«

Als er die Worte *deine Tochter* aussprach, verkrampften sich Leas Hände für einen Moment so fest auf Arris Schultern, dass es schon fast wehtat. Nor blieb das nicht verborgen. Ein Ausdruck von schlecht vertuschter Verletztheit huschte über sein nacktes, faltiges Gesicht, und plötzlich trat er näher, streckte die Hand aus und fuhr Arri damit flüchtig über das bis auf den Rücken reichende, glatte helle Haar. Er brachte es sogar fertig, dabei zu lächeln, aber es kostete ihn sichtliche Anstrengung. Nicht nur Arri spürte, dass er ihr ungefähr mit dem gleichen Vergnügen über den Kopf gefahren war, mit dem er eine hässliche Spinne oder ein missgestaltet geborenes Schwein gestreichelt hätte. Lea reagierte entsprechend, indem sie einen hastigen Schritt zurücktrat und ihre Tochter beinahe grob aus der Reichweite des Hohepriesters zerrte.

»Meine Antwort ist nein«, sagte sie, machte eine winzige, aber bedeutsame Pause und fuhr dann mit leicht erhobener Stimme und unmissverständlicher Betonung fort: »Richte das nur denen aus, *die nicht so denken wie du*. Und was deine Sorge um meine Zukunft und vor allem die meiner Tochter angeht, so kann ich dich beruhigen. Ich bin keine junge Frau mehr, aber ich bin auch noch nicht zu alt, um nicht zusammen mit meiner Tochter an einen anderen Ort zu gehen. Vielleicht an einen, an dem man unsere Gaben mehr zu würdigen weiß.«

Nor lächelte unerschütterlich weiter. Möglicherweise waren seine Züge aber auch einfach eingefroren – bei dem, was er da hörte. Etwas in seinen Augen erlosch jedenfalls. Er brachte es irgendwie fertig, die Wut in seinem Blick niederzukämpfen, aber weniger gut als sein Gesicht und seine Augen hatte er seinen Körper unter Kontrolle. Nor war ein uralter Mann, aber er war nach wie vor eine beeindruckende Persönlichkeit, was nicht nur an der Ausstrahlung von Macht und Autorität lag, sondern auch daran, dass er wesentlich größer als jeder andere Mann war und zudem ihre ungewöhnlich hoch gewachsene Mutter um einen halben Kopf überragte. Für einen Moment strahlte er einen solchen Zorn und eine solche Angriffslust aus, dass Arri erschrocken die Luft anhielt. Sie wäre nicht einmal überrascht gewesen, wenn der Hohepriester ihre Mutter gepackt und so lange geschüttelt hätte, bis sie ihm gab, was er von ihr wollte. Was immer es sein mochte.

Der Augenblick verging jedoch so schnell, wie er gekommen war. Der brodelnde Zorn, der dem alten Mann etwas von der Wildheit und Kraft zurückgegeben hatte, die vor unendlich vielen Sommern vielleicht einmal tatsächlich in ihm gewesen waren, erlosch, und Nor sackte regelrecht in sich zusammen. Sein nacktes Gesicht, eine Landschaft aus Falten, Runzeln und zahllosen, tief eingegrabenen Narben, erschlaffte ebenso wie seine Schultern, und er stützte sich schwer auf den knorrigen Stock, den er bisher eher lässig in der linken Hand gehalten hatte, als führe er ihn nur zur Zierde und als Zeichen seiner Macht mit sich – und nicht, um sich darauf zu stützen. »Ich wünschte, du würdest Vernunft annehmen, Frau. Nach all der Zeit, die wir uns nun kennen, mache ich mir nun langsam Sorgen um dich. Ich bin ein alter Mann, und ich weiß nicht, wie lange ich noch meine schützende Hand über dich und deine Tochter halten kann. Die jüngeren Männer bedrängen mich. Männer, die nicht so geduldig sind wie ich und sich womöglich mit Gewalt nehmen werden, wonach ihnen der Sinn steht – und wozu sie die alten Gesetze der Götter nicht nur berechtigen, sondern geradezu auffordern.«

Arris Mutter lachte leise; ein glockenheller Laut, in dem mehr Verachtung und Herablassung lagen, als hätte sie Nor eine schallende Ohrfeige versetzt. Der Krieger neben Nor spannte sich und machte einen Schritt in seinen aus Lederriemen gewickelten Gamaschen vorwärts, verhielt jedoch mitten in der Bewegung, als Nor mit einer kaum wahrnehmbaren Bewegung abwinkte. Obwohl Arri nicht zu ihr hochsah, spürte sie, wie der Blick ihrer Mutter an dem Krieger vorbei über die dem Eingang gegenüberliegende Wand tastete, wo das Zauberschwert hing – das Einzige, was sie außer ihrer Tochter und ihren Erinnerungen aus ihrer Heimat mitgebracht hatte. »Ich weiß Eure Sorge um mich zu schätzen, Nor«, sagte sie mühsam beherrscht, »aber ich kann ganz gut auf mich selbst aufpassen. Dennoch danke ich Euch für Eure Warnung. Ich werde in Zukunft noch vorsichtiger sein und mir noch sorgfältiger überlegen, mit wem ich rede und worüber.«

Diesmal *sah* der Hohepriester aus, als hätte sie ihn geohrfeigt. Und irgendwie – obwohl sie kaum etwas von dem verstand, was sie gerade gehört hatte – hatte Arri das Gefühl, dass sie es tatsächlich getan hatte. Nor starrte ihre Mutter für die Dauer von drei endlosen, schweren Atemzügen an, dann fuhr er auf der Stelle herum und verließ die Hütte ohne ein Wort des Abschieds und so schnell er konnte, dicht gefolgt von dem Krieger, der zu Arris Verblüffung ihr selbst und nicht ihrer Mutter einen letzten, merkwürdig abschätzenden Blick zuwarf.

Arri wartete, bis der Muschelvorhang hinter ihnen zugefallen war, und ein ganz kleiner, boshafter Teil von ihr hoffte, dass der alte Mann auf den schmalen Stufen das Gleichgewicht verlieren würde und kopfüber hinunterstürzte; aber sie wusste zugleich auch, dass das nicht geschehen würde. Alt und gebrechlich mochte Nor ja sein, aber alles andere als ungeschickt oder gar *unvorsichtig*. Das bewies allein die Tatsache, dass er sich trotz seines hohen Alters nicht gescheut hatte, den weiten und anstrengenden Weg von Goseg über die Hügel hierher zurückzulegen, einen Weg, der sich auch auf kürzester Strecke nicht an einem einzigen Tag zurücklegen ließ, sondern ihn zwei, vielleicht sogar drei Tage gekostet haben mochte. Als die schlurfenden, vom dumpfen *Klock, Klock* seines Stockes begleiteten Schritte auf der Stiege abbrachen, glitt Arri unter den Händen ihrer Mutter hindurch und trat ans Guckloch.

Sie war schneller gewesen als Nor, denn es vergingen noch ein paar Momente, bis er in ihrem Blickfeld auftauchte. Er bewegte sich langsam und dennoch auf eine Art, die ebenso große Zielsicherheit wie Kraft verriet. Sein unzweifelhaft hohes Alter und das, was Arri sah, passten nicht zusammen. Obwohl er spüren musste, dass sie hier oben am Guckloch stand und ihn beobachtete, hob er kein einziges Mal den Blick, während er mit hängenden Schultern und schwer auf seinen Stock gestützt den gewundenen Weg zum Dorf hinaufging, den Arri vorhin so leichtfüßig heruntergehüpft war; ein zu groß geratener Vogel in seinem Umhang aus Federn und gefärbten Tierfellen, der komisch gewirkt hätte, hätte er nicht zugleich auch wie ein *Raub*vogel ausgesehen. Arri blieb am Guckloch stehen, bis er zwischen den Bäumen am Dorfrand verschwunden war.

Auf dem Gesicht ihrer Mutter lag ein Ausdruck tiefer Bestürzung, als Arri sich schließlich zu ihr umwandte – oder war es Furcht? Sie wusste es nicht. Alles, was sie wusste, war, dass sie ihre Mutter selten zuvor so aufgewühlt erlebt hatte; wenn sie es recht bedachte, eigentlich noch nie.

»Was wollte er von dir?«, fragte sie.

»Nichts«, antwortete ihre Mutter. Sie versuchte sich zu einem Lächeln zu zwingen, aber es misslang und geriet zu einem Ausdruck, der ihre Unsicherheit nur noch unterstrich. Dennoch schüttelte sie bekräftigend den Kopf und sagte noch einmal: »Nichts. Jedenfalls nichts, worüber du dir Sorgen machen müsstest.« Sie machte eine wegwerfende Handbewegung, die Arri ebenso wenig überzeugte wie das kläglich misslungene Mienenspiel. »Er ist ein alter Dummkopf, das weißt du doch. Ich glaube, er hat Recht mit dem, was er gesagt hat: Er wird nicht nur allmählich alt, sondern auch sonderbar.«

Als alten Dummkopf hatte sie ihn schon öfter bezeichnet, und doch war diesmal etwas anders: In Arris Ohren klang das Wort *sonderbar* ganz eindeutig so, als hätte ihre Mutter in Wahrheit *gefährlich* gesagt. Sie legte den Kopf auf die Seite und sah ihre Mutter fragend an – und noch etwas Neues geschah, das sie vielleicht nach allem Sonderbaren der letzten Augenblicke am allermeisten verwirrte: Ihre Mutter senkte den Kopf und wich ihrem Blick aus. *Das* war ganz eindeutig noch niemals geschehen.

»Warum gibst du ihm nicht einfach, was er von dir will?«, fragte Arri.

Für einen kurzen Moment las sie nichts als Verwirrung auf dem Gesicht ihrer Mutter, als hätte sie die Worte zwar verstanden, wüsste aber nicht wirklich etwas damit anzufangen. Darauf folgte – ganz kurz, aber Arri sah es trotzdem – ein Ausdruck von Erschrecken, den sie jedoch ebenso schnell niederkämpfte, wie er gekommen war, und der dann einem milden, verstehenden Lächeln Platz machte, das Arri wie ein Faustschlag traf. »Ich fürchte, dass das nicht geht.«

»Und warum nicht?«, hakte Arri nach, fast schon ein bisschen frech. Das gönnerhafte Lächeln verblieb auf dem Gesicht ihrer Mutter und machte sie noch wütender. »Ich habe nicht alles gehört, aber ich weiß, dass er dich bedroht hat. Er wird dir Ärger machen, wenn du ihm nicht gibst, was er von dir will. Was ist es denn überhaupt?«

»Keine Sorge«, antwortete ihre Mutter. Sie hatte offensichtlich beschlossen, den letzten Teil von Arris Frage zu überhören.

»Er wird mir nichts tun. Er weiß genau, dass er das, was er von mir will, dann erst recht nicht bekäme.« Sie machte eine kleine, aber befehlende Geste mit der linken Hand, als Arri Luft holte, um erneut nachzuhaken. »Es ist jetzt gut. Geh zur Kochstelle und setz das Feuer in Gang. Ich werde uns etwas zu essen machen.«

»Jetzt schon?«, fragte Arri verblüfft. »Soll ich nicht erst noch in den Garten? Ich müsste dringend Unkraut zupfen.«

»Das Unkraut läuft dir nicht davon. Und außerdem möchte ich nicht, dass du dich heute Abend noch am Waldrand herumtreibst. Die Jäger haben erst gestern wieder Wolfsspuren im Wald gefunden. Gar nicht weit von hier.«

Als ob Wölfe so dumm wären, sich in die Nähe einer Hütte zu wagen, in der ein ständiges Kommen und Gehen herrschte. So etwas taten Wölfe nicht, die jagten eher verirrten Schafen hinterher. Aber Arri war klug genug, den gereizten Tonfall ihrer Mutter zu bemerken und diesen Gedanken für sich zu behalten. Wenn sie jetzt nicht gehorchte, dann würde es gleich *wirklich* unangenehm werden, und für einen einzigen Nachmittag, fand Arri, hatte sie schon genug in dieser Hinsicht erlebt. Es fehlte ihr noch, dass sie eine Abreibung bekam, nur weil ihre Mutter ihre schlechte Laune an niemand anderem als an ihrer Tochter auslassen konnte.

Als Arri immer noch keine Anstalten machte, ihrem Befehl nachzukommen, sondern einfach weiter dastand und sie anstarrte, wedelte ihre Mutter ungeduldig mit der Hand. »Geh endlich. Und beeil dich mit dem Feuermachen.«

Das war die unwiderruflich letzte Warnung, und nun beeilte sich Arri, fuhr auf der Stelle herum und trat so schnell durch die Türöffnung, dass sie um ein Haar die oberste Stufe verfehlt hätte und sich nur im allerletzten Moment an dem aus Eschenholz gefertigten Geländer festhalten konnte, das die Stiege zierte. Sie selbst hatte Tage damit zugebracht, nicht nur einen besonders gerade gewachsenen Stamm des seltenen Baumes zu suchen, sondern auch seine Rinde abzuschälen und ihn so lange mit feinem Sand und Blättern zu polieren, bis er so hart und glänzend wie ein sorgfältig abgekochter Knochen aussah und ihre Hände ganz rot und an manchen Stellen schon blutig gewesen waren. Und sie hatte ihre Mutter mehr als einmal in Gedanken dafür verflucht, ihr diese Arbeit aufgehalst zu haben, und sich gefragt, was sie sich eigentlich hatte zu Schulden kommen lassen, um derart bestraft zu werden. Keine andere Hütte im Dorf hatte ein *Geländer*, das zu nichts nutze war und nicht einmal schön aussah!

Während sie jetzt mit klopfendem Herzen dastand und darauf wartete, dass ihre Knie zu zittern aufhörten, nahm sie in Gedanken alles zurück und bedankte sich im Stillen bei ihrer Mutter. Dieses nutzlose, hässliche Ding hatte sie gerade vor einem üblen Sturz bewahrt.

Ein Rascheln hinter dem großen Holunderstrauch, aus dessen Früchten ihre Mutter einen schweißtreibenden, stärkenden Tee zu bereiten pflegte, schreckte sie aus den Gedanken auf. Schlich sich dort vielleicht gerade einer der Wölfe an, vor denen ihre Mutter sie gewarnt hatte? Arri war schon drauf und dran, wieder kehrtzumachen und die Stiege hinaufzueilen, als sie das bärtige Gesicht eines ihr nur flüchtig bekannten Mannes entdeckte und dann die dunklen Kleider zwischen den verkrüppelten Stämmen hindurchschimmern sah.

Es war der Krieger aus Goseg, der Mann, den Nor zu der Unterredung mit ihrer Mutter mitgebracht hatte. Er starrte sie noch eine Weile schweigend an, drehte sich dann um und verschwand mit weit ausgreifenden, fast ärgerlich wirkenden Schritten in Richtung Dorf.

2 Schweigend half Arri ihrer Mutter, den Fisch auszunehmen und die Kräuter, Wurzeln und frischen Karotten aus ihrem kleinen Gärtchen vorzubereiten, die sie dazu essen würden. Ihre Mutter hatte bereits am Vormittag frisches Fladenbrot gebacken, sodass es keiner allzu langen Vorbereitungen mehr bedurfte.

Die Sonne war kaum untergegangen, da erfüllte der köstliche Geruch von gebratenem Fisch die Hütte, der Arri nicht nur das Wasser im Munde zusammenlaufen, sondern auch ihren Magen hörbar knurren ließ. Ihre Mutter beantwortete dies mit dem ersten, flüchtigen Lächeln, das sie ihr an diesem Tag zeigte, bestand aber wie üblich darauf, dass sie sich gründlich das Gesicht und vor allem die Hände wusch, bevor sie aßen. Auch das war etwas, das Arri nicht verstand und das sie für ziemlich unsinnig hielt; niemand im Dorf tat so etwas, und Arri hatte schon ein paar Mal gegen diese vermeintliche Willkür aufbegehrt, aber ohne Erfolg.

Heute erschien es ihr noch weniger ratsam als sonst, ihre Mutter noch mehr zu verärgern, und so ergab sie sich in ihr Schicksal und wusch sich gehorsam mit dem eiskalten Wasser, das wie jeden Abend in einer flachen hölzernen Schale bereitstand. Sie musste zugeben, dass es gut roch und sie auch ein wenig erfrischte; ihre Mutter pflegte das Wasser mit Kräutern zu versetzen, die sie im Wald sammelte – aber das kalte Nass jagte ihr auch einen kribbelnden Schauer über den Rücken. Nachdem die Sonne untergegangen war, wurde es schnell kalt. Auch wenn die Tage noch lang waren und die Sonne manchmal bis weit in den Abend hinein heiß vom Himmel brannte, so neigte sich der Sommer doch bereits deutlich dem Ende entgegen, was man gerade nach Einbruch der Dunkelheit jeden Tag ein bisschen mehr spürte.

Sie aßen schweigend. Der Fisch war köstlich, und auch die Beilage aus Möhren, Ackerbohnen und Hundspetersilie, die ihre Mutter bereitet hatte, schien heute deutlich besser zu schmecken als sonst; zudem kam Arri ihre Portion spürbar größer vor als gewöhnlich. Neben etlichem anderen, was ihr Leben von dem der Dorfbewohner unterschied, achtete ihre Mutter streng darauf, dass sie nicht zu viel aß – was nur zu oft darauf hinauslief, dass sie nicht wirklich satt wurde. Heute aber schien es ihr gleich zu sein, und so langte Arri nicht nur kräftig zu, weil es ihr außergewöhnlich gut schmeckte und sie tatsächlich sehr hungrig war, sondern sie aß auch noch eine ganze Weile weiter, wie um ihrer

Mutter im Nachhinein zu beweisen, dass sie recht daran getan hatte, die größte Äsche von Rahn zu verlangen. Dennoch blieb mehr als die Hälfte des Fisches übrig, selbst als Arri so viel gegessen hatte, dass sie befürchtete, platzen zu müssen, wenn sie auch nur noch einen einzigen Bissen hinunterschluckte.

Als sie schließlich lustlos an einem Stück Fladenbrot herumknabberte, von dem sie sich viel zu viel auf den Teller gehäuft hatte, nahm ihre Mutter das übrig gebliebene Stück Fisch, wickelte es sorgfältig in ein großes Blatt und verschwand mit den beiden hölzernen Tellern und der schweren Bronzepfanne nach draußen, um es in dem hölzernen Trog, den sie einzig zu diesem Zweck neben der Sommerkochstelle am Ende der Hütte aufgestellt hatte, sorgfältig abzuwaschen. Obwohl sie dies jeden Abend tat, kam Arri doch heute ganz besonders zu Bewusstsein, wie seltsam dieses Verhalten war. Niemand hier im Dorf aß von *Tellern*. Ihre Mutter hatte die beiden dünnen, leicht gewölbten Holzteller in mühevoller Arbeit aus einer Baumscheibe herausgeschnitzt, bearbeitet und poliert, und obwohl Arri, die es nicht anders kannte, wie selbstverständlich davon aß, hatte sie sich doch schon mehr als einmal gefragt, was eigentlich der Sinn dieses umständlichen Benehmens war.

Es erschien ihr ebenso rätselhaft wie das Beharren ihrer Mutter darauf, sich vor dem Essen und auch morgens nach dem Aufwachen mit kaltem Wasser das Gesicht und die Hände zu waschen – und wie so viele andere Dinge, die sie tat und zu denen es im Dorf nichts Vergleichbares gab. All das musste etwas mit ihrem früheren Leben zu tun haben. Bestimmt nicht heute – nicht nach all dem, was geschehen war –, aber doch bald, das nahm sich Arri vor, würde sie ihre Mutter wieder nach dem Land fragen, aus dem sie gekommen war, und dem Leben, das die Menschen dort geführt hatten. Und diesmal, das nahm sie sich fest vor, würde sie sich nicht mit ein paar Ausflüchten und Gemeinplätzen abspeisen lassen!

Nach einer Weile kam ihre Mutter zurück, stellte die Pfanne und die beiden Teller an ihren Platz und bedeutete Arri mit einer wortlosen Geste, dass es Zeit war, sich zum Schlafen niederzulegen. Damit hatte sie Recht. Draußen war es längst dunkel geworden, die Nachtkälte kroch ins Haus, und unter dem dicken Bärenfell, das auf ihrer dünnen Grasmatratze lag, würde es wenigstens warm sein, auch von unten; schließlich war der über der klammen Erde schwebende Holzboden zusätzlich mit einer fest gestampften Lehm- und Rindenschicht gegen die Feuchtigkeit abgeschirmt. Arri war auch tatsächlich müde, denn sie hatte an diesem Tag zwar nicht schwer arbeiten müssen, aber all die Aufregung hatte sie doch angestrengt.

Zugleich war sie enttäuscht; sie hätte gern noch mit ihrer Mutter geredet, ihr Fragen gestellt und sich vor allem für ihr ungehöriges Benehmen entschuldigt, denn obwohl ihre Mutter ihr keine weiteren Vorwürfe gemacht hatte, spürte sie doch den tiefen Kummer, der sie plagte. Sie war nicht sicher, ob sie selbst der alleinige Grund dafür war, aber sie hatte zumindest das ihre dazu beigetragen. Also zog sie sich gehorsam auf ihr Lager zurück und kroch unter das warme Fell, doch als ihre Mutter sich ebenfalls auf ihrer Grasmatratze ausstreckte und die viel dünnere, aus mehreren kleinen Fellen zusammengenähte Decke über sich zog, sagte sie: »Es tut mir wirklich Leid.«

Sie bekam nicht sofort eine Antwort. Tatsächlich schwieg ihre Mutter lange genug, dass Arri schon glaubte, sie werde gar nichts mehr sagen, dann aber hörte sie, wie sie sich wieder aufrichtete und halb zu ihr umdrehte. »Was tut dir Leid?«

Auch Arri setzte sich nun auf, wobei sie allerdings sorgsam darauf achtete, dass das Bärenfell nicht von ihren Schultern glitt. Es war erstaunlich, wie schnell es nach Einbruch der Dunkelheit kalt in der Hütte geworden war. Das Gesicht ihrer Mutter war nur als etwas hellerer Fleck in dem trüben Zwielicht zu erkennen, das die Hütte erfüllte. Es war nahezu Neumond, und selbst durch die beiden offenen Gucklöcher, die allzu bald mit Biberfellen verhangen und dann mit einer dicken Schicht aus Stroh, Bast und Lehm für den Winter abgedichtet werden würden, drang keine nennenswerte Helligkeit herein.

Arri fand keine Ruhe, unzählige verrückte Erinnerungsfetzen und Fragen schossen ihr durch den Kopf. Schließlich hielt sie es nicht mehr aus und fragte: »Was wollte Nor jetzt eigentlich von dir?« Als ihre Mutter nicht gleich antwortete, stützte sie sich auf dem Ellbogen auf, sah zu ihr hinüber und fügte noch hinzu: »Er klang so ungehalten wie noch nie. Dabei müsste er dir doch eigentlich zu Dank verpflichtet sein – nach allem, was du für das Dorf getan hast und damit letztlich auch für Goseg.«

»Menschen sind undankbar«, erwiderte ihre Mutter leise. »Manche mehr und manche weniger, aber tief in sich sind sie es alle. Man nimmt Hilfe gern an, wenn man sie nötig hat, aber sobald man sie nicht mehr braucht, ist sie schnell wieder vergessen. So ist das nun einmal.«

»Überall?«, fragte Arri. Sie zögerte einen winzigen Augenblick, raffte dann all ihren Mut zusammen und fügte hinzu: »Auch dort, wo du herkommst?«

Diesmal verging deutlich mehr Zeit, bevor ihre Mutter antwortete. Ihre Stimme hatte sich verändert, aber Arri hätte nicht sagen können, wie. »Ich glaube schon. Vielleicht nicht ganz so wie hier, aber das ist nur natürlich.«

»Wieso?«

»Weil Dankbarkeit etwas ist, das man sich leisten können muss«, antwortete ihre Mutter, und das verstand Arri noch viel weniger als alles andere. Aber sie spürte auch, dass es keinen Sinn hätte, jetzt weiterzubohren. Mit ihrer Frage hatte sie gegen ein unausgesprochenes Tabu verstoßen, das zwischen ihnen galt, so lange sie sich erinnern konnte, und das besagte, dass sie niemals über die Vergangenheit ihrer Mutter sprachen. Schon, dass sie die Frage überhaupt beantwortet hatte, war außergewöhnlich.

Ihre Mutter ließ sich wieder zurücksinken, und Arri konnte im trüben Zwielicht sehen, wie sie unter der dünnen Decke die Knie an den Leib zog, damit ihr nicht zu viel von ihrer kostbaren Körperwärme verloren ging. Im Winter, wenn es wirklich kalt wurde, schliefen sie für gewöhnlich gemeinsam auf einer einzigen Matratze aus getrocknetem und sorgfältig geflochtenem Gras und teilten sich das warme Bärenfell ebenso, wie sie sich gegenseitig wärmten, doch solange es die Temperaturen zuließen, bestand ihre Mutter darauf, dass jeder auf seinem eigenen Lager blieb. Dabei wusste Arri, wie kalt es selbst jetzt schon unter der dünnen Decke ihrer Mutter werden konnte. Sie besaßen nur dieses eine Fell. Ein Bärenfell war etwas unvorstellbar Kostbares. Nicht einmal Sarn, der Dorfälteste und Schamane, besaß eines. Die einzigen anderen Menschen, die Arri kannte und die Bärenfelle als Kleidung oder Decken besaßen, waren Nor und die Krieger seines Heiligtums, und selbst die nicht alle; der Mann, der ihn heute begleitet hatte, hatte jedenfalls keines getragen.

»Schlaf jetzt«, sagte ihre Mutter. »Morgen wird ein anstrengender Tag.«

Eine weitere rätselhafte Bemerkung, die eher dazu angetan war, Arris Gedanken weiter zu beschäftigen und sie wach zu halten, denn schließlich war *jeder* Tag anstrengend, gerade im Sommer, wenn die Nächte kurz waren und sie demzufolge weniger Schlaf bekam. Arri verkniff sich aber jede entsprechende Frage und schloss sogar die Augen, wohl wissend, dass sie ganz bestimmt keinen Schlaf finden würde – mit dem Ergebnis, dass sie beinahe augenblicklich einschlief ...

... und sich übergangslos in einem Albtraum wiederfand.

Sie war nicht einmal sicher, ob es wirklich ein Albtraum war, aber sie wusste, dass sie träumte, denn sie träumte diesen Traum sehr oft und seit sie sich erinnern konnte; nicht jede Nacht, aber doch oft genug, dass das Wissen, sich in einer fremden Welt zu befinden, die es nur in den tiefsten Tiefen ihrer Gedanken gab, ganz allmählich seinen Weg in jene bedrückenden Gefilde zurückgefunden hatte, und sie schon wusste, was kam, als die ersten Bilder in ihrem Kopf auftauchten. Nicht genau. Der Traum war nicht immer gleich, und er erzählte auch keine Geschichte, jedenfalls keine, die sie zu erkennen vermocht hätte oder die irgendeinen Sinn ergab. Im Großen und Ganzen änderte sich jedoch nicht viel.

Sie träumte von Feuer, das vom Himmel regnete, und da waren Schreie, ein dumpfes Poltern und Tosen und Krachen, wie das Dröhnen zusammenstürzender Berge, und der allgemeine Geruch von Panik und Flucht lag in der Luft. Verzerrte Gesichter tauchten rings um sie herum auf und erloschen wieder, bevor sie sie erkennen konnte, und irgendwie war da auch Wasser, aber eine ganz andere Art von Wasser als die, welche sie kannte. Schwarze Wellen, die sich höher als die höchsten Bäume auftürmten und schaumige weiße Kronen hatten, Wasser, das so hart wie Stein war und Boote und Häuser und Menschen gleichermaßen zerschlug, und immer wieder Schreie und grellblaue, tausendfach verästelte Blitze, die den schwarz gewordenen Himmel zerrissen.

Ihr Herz begann zu rasen. Dass sie um die Tatsache wusste zu träumen, beschützte sie nicht vor der Furcht, mit der dieser Traum sie erfüllte. Sie glaubte Schmerz zu fühlen, nicht nur den eigenen Schmerz, sondern den eines anderen, von dem sie mit unerschütterlicher Gewissheit wusste, dass es ihre Mutter war, und Angst und eine so allumfassende Verzweiflung, dass sie im Schlaf ein leises, gequältes Wimmern ausstieß.

Noch immer regnete Feuer vom Himmel, zitterte und bebte die Erde, über die sie liefen, wie der Leib eines riesigen Tieres, das sich in Todeskrämpfen wand, zerschmetterten himmelhohe Wellen, die plötzlich härter waren als der Stein, gegen den sie anrannten, die Küste, ließen kleine Boote und mächtige Schiffe mit hundert Rudern und haushohen Masten samt ihren Besatzungen gleichermaßen hilflos durch die Luft wirbeln, bevor sie im kochenden Wasser versanken oder an den Klippen zerschmettert wurden, und überall rings um sie herum waren Menschen, die schrien und jammerten und um ihr Leben rannten. Manche brannten. Die Häuser der leicht abschüssigen Straße, die sie entlangrannten – seltsame Häuser, die es nur in diesem Traum gab und die so hoch waren wie Bäume und aus Stein gebaut, nicht aus Weidenzweigen und Holz und Lehm –, wankten wie biegsames Schilf im Sturm, und manche stürzten in sich zusammen, sodass der Stein ihrer Wände die Menschen erschlug, die sich in ihrer Nähe aufhielten.

»Arri!«

Ihre Angst wurde übermächtig. Etwas war heute anders. Der Traum schien wirklicher, auf eine durchaus körperliche Art bedrohlich, und zum allerersten Mal hatte sie das Gefühl, dass es vielleicht gar kein Traum war, sondern etwas anderes, ohne dass sie hätte sagen können, was. Etwas engte sie ein, ein Gefühl des Verlorenseins, das mit jedem Atemzug schlimmer wurde.

»Arri!«

Sie musste weg aus dieser Hölle, aber es gab kein Wohin. *Über ihr war nichts als der schwarze Himmel, aus dem abwechselnd und manchmal auch gleichzeitig gleißende Blitze und riesige Bälle aus purem, loderndem Feuer herabregneten, vor ihr das Wasser, eine unendliche, kochende schwarze Fläche, die bis ans Ende der Welt reichte und dort mit dem schwarzen Himmel verschmolz, und hinter ihr hatte sich die Erde zu einem neuen Berg aufgetürmt und erbrach flüssiges Feuer und tödlichen schwarzen Rauch, der jeden Atemzug zu einer brennenden Qual machte.*

»Arianrhod! Wach auf!«

Es war die vertraute Stimme ihrer Mutter, die den Bann brach. Von einem rasenden Herzschlag auf den nächsten befand sich Arri wieder in der Wirklichkeit, auch wenn der Albtraum ihr noch einen letzten, bösen Gruß mitgegeben hatte. Sie zitterte am ganzen Leib. Ihr Herz hämmerte wie verrückt, und auf ihrer Zunge war der süßliche Geschmack von Blut. Sie hatte sich auf die Lippen gebissen. Erst nach zwei, drei schnellen Atemzügen wurde sie sich der schlanken, aber kräftigen Hände ihrer Mutter bewusst, die ihre Handgelenke gepackt hatten und festhielten; offensichtlich hatte sie im Schlaf um sich geschlagen. Wahrscheinlich hatte sie auch geschrien, denn ihr Hals tat weh.

»Alles wieder in Ordnung?«, fragte ihre Mutter.

»Ja«, log Arri. Das war lächerlich. Rein gar nichts war in Ordnung. Ihr Herz hämmerte wie verrückt, sie zitterte am ganzen Leib, und wenn sie die Augen schloss, dann sah sie noch immer Flammen, die vom Himmel regneten, und schwarzes Wasser, das die Erde verschlang. Trotzdem nickte sie noch einmal, um ihre Behauptung zu bekräftigen, und versuchte sich aufzusetzen, doch der Traum hatte sie so geschwächt, dass ihre Mutter ihr dabei helfen musste.

»Du hattest wieder den Traum, nicht wahr?«, fragte sie mitfühlend.

Arri nickte. Sie versuchte Speichel unter der Zunge zu sammeln, um den widerlichen Blutgeschmack loszuwerden, und schluckte ein paar Mal, was es aber eher schlimmer zu machen schien. Spielte ihr die Erinnerung einen Streich, oder hatte ihre Mutter sie tatsächlich bei ihrem richtigen, geheimen Namen genannt, einem Namen, den außer ihr selbst und ihrer Mutter doch niemand wissen durfte, sodass sie ihr so lange eingeschärft hatte, ihn niemals zu gebrauchen, bis sie beinahe angefangen hatte, ihn zu vergessen?

»Habe ich dich geweckt?«, fragte sie, noch immer mit leicht schleppender Stimme und unentwegt schluckend. Die Erinnerung ließ sie einfach nicht mehr los. Immer mehr Speichel sammelte sich unter ihrer Zunge, sodass sie immer schneller schlucken musste und es dadurch nur immer schlimmer machte, und nun breitete sich auch ein leises Gefühl von Übelkeit in ihrem Magen aus. Diesmal hatte ihr der Traum wirklich zugesetzt, und das war seltsam, denn in gewisser Beziehung war er wie ein guter, alter Freund, der in leicht veränderter Form immer wiederkehrte und der seinen Schrecken auf diese Weise doch eigentlich verlieren sollte.

»Nein«, antwortete ihre Mutter. Arri brauchte einen Moment, um die Antwort der Frage zuzuordnen, die sie selbst gerade gestellt hatte. Auch ihre Gedanken waren irgendwie ... durcheinander. Es schien, als wäre der Traum noch da. Sie hatte Mühe, sich von den schrecklichen Bildern zu lösen, die sie zum allerersten Mal nun auch im Wachsein sah; nicht als Erinnerung an den durchlittenen Traum, sondern als Erinnerung an etwas, das sie wirklich erlebt hatte. Aber konnte das sein?

»Hier«, sagte ihre Mutter. »Trink das.« Der verschwommene Schatten, als den sie die Gestalt ihrer Mutter in der Dunkelheit erkannte, bewegte sich leicht, und dann spürte Arri, wie ihr etwas Hartes an die Lippen gesetzt wurde. Gehorsam schluckte sie, verzog angewidert das Gesicht, denn der Trank war nicht nur eiskalt, sondern schmeckte auch schlecht; sie wollte den Kopf wegdrehen und gab ihren Widerstand im Grunde sogleich wieder auf, als ihre Mutter ihr mit einer entsprechenden Bewegung klarmachte, dass sie den Becher ganz leeren sollte. Als sie es getan hatte, war in ihrem Mund ein Geschmack, als hätte sie versehentlich etwas gegessen, was schon seit längerer Zeit tot war, aber die Übelkeit war verschwunden, und auch ihr hämmerndes Herz beruhigte sich zusehends.

»Es tut mir Leid, wenn ich dich geweckt habe«, sagte sie mit belegter Stimme. »Das wollte ich nicht.«

»Das hast du auch nicht«, antwortete ihre Mutter. »Ich hätte dich ohnehin gleich geweckt. Steh auf.«

Arri warf dem schwarzen Schatten neben sich einen schrägen Blick zu und zögerte. Es war eiskalt in der Hütte. Es musste tief in der Nacht sein. Allein der Gedanke, das warme Fell abzustreifen, ließ ihr einen eisigen Schauer über den Rücken laufen. Dennoch tat sie, wie ihr geheißen, erhob sich – nun vor Kälte leicht zitternd – zuerst auf die Knie und dann vollends, und sah mit wachsender Verwirrung zu, wie auch ihre Mutter aufstand und mit schleppenden Schritten zur Türöffnung ging, die sie für die kühle Spätsommernacht mit einem Vorhang aus Biberfellen verhängt hatten, die an einigen Stellen schon kahl geworden und mit groben Stichen zusammengenäht waren.

»Wohin gehen wir?«, fragte Arri.

»Ich will dir etwas zeigen«, antwortete ihre Mutter. »Sei leise. Niemand darf uns hören.«

Der Moment verlor etwas von seiner Unheimlichkeit – wenn auch nicht viel –, als Arri hinter ihr aus der Hütte trat und die Stiege hinunterging, denn es war draußen zumindest eine Spur heller als in dem Pfahlbau und erstaunlicherweise sogar spürbar wärmer. Aus dem Schatten, der mit einer körperlosen Stimme zu ihr sprach, wurde wieder der vertraute Anblick ihrer Mutter, und ihre Hände und Knie hörten ganz allmählich auf zu zittern. Dennoch wuchs ihre Verwirrung ins Unermessliche, als sie sah, dass ihre Mutter nicht den Weg zum Dorf hinauf einschlug, sondern sich in die entgegengesetzte Richtung wandte, weg von den Hütten und dem Fluss und tiefer hinein in den Wald. Hatte ihre Mutter sie nicht unzählige Male davor gewarnt, nach Einbruch der Dunkelheit in den Wald zu gehen? Auch wenn sie immer noch daran zweifelte, dass hier Wölfe ihr Unwesen trieben, so bestand doch die Gefahr, sich in der fast völligen Schwärze zu verirren, in einen Kaninchenbau zu treten und sich den Fuß zu brechen, sich an einem Ast zu stechen, der sich in der Dunkelheit verbarg, oder sich auf zahllose andere Arten zu verletzen.

Ihre Mutter glitt mit einem Geschick, das selbst Arri überraschte, zwischen dem Unterholz am Waldrand hindurch, ohne dabei auch nur den mindesten Laut zu verursachen, und für einen winzigen, aber schlimmen Augenblick war die Angst wieder da, als die vollkommene Schwärze, die zwischen den Baumstämmen lauerte, sie einfach aufzusaugen schien wie der Nebel des Steinkreises, der Sarn Schutz geboten hatte, als er sich an sie angeschlichen hatte, um sie mit seiner dürren Greisenhand zu packen. Um ein Haar hätte Arri kehrtgemacht und wäre einfach wieder zur Hütte zurückgelaufen, um sich unter ihrer Decke zu verkriechen und darauf zu warten, dass es hell wurde. Vielleicht geschah das alles hier ja gar nicht wirklich. Vielleicht schlief sie ja noch, und ihr Traum hatte sich in etwas völlig anderes verwandelt, das sie lediglich glauben ließ, wach zu sein.

Dann aber nahm sie allen Mut zusammen und folgte ihrer Mutter (wenn auch weitaus weniger geräuschlos), während sich ihre Augen an die Dunkelheit hinter den Baumwipfeln gewöhnten. Obgleich ihre Mutter nur drei oder vier Schritte vor ihr stand, war sie nicht mehr als ein schwarzer Schatten zwischen anderen schwarzen Schatten, den sie nur erkannte, wenn er sich bewegte, aber sie *war* da, und das allein war wichtig. Arris Herz klopfte immer noch wie verrückt, und sie hatte immer noch Angst, aber es war nun eine andere Art von Furcht, die auf schwer zu beschreibende Weise leichter zu ertragen war.

»Wohin gehen wir?«, fragte sie.

Ihre Mutter machte eine unwillige Handbewegung, als wäre sie zwar nicht verärgert über die Frage an sich, wohl aber darüber, dass ihre Stimme die fast heilig anmutende Stille zwischen den Bäumen gestört hatte. Trotzdem antwortete sie. »Zur Quelle. Bleib immer dicht bei mir. Und sei still.«

Zur Quelle? Arris Verwirrung wuchs. Das war ein Fußmarsch, der selbst bei hellem Tageslicht nicht nur eine Weile in Anspruch nahm, sondern auch alles andere als ungefährlich war. Was wollten sie dort, mitten in der Nacht und ganz allein? Arri folgte ihrer Mutter gehorsam, und sie hätte wahrscheinlich auch ohne ihre Warnung kein Wort gesagt, denn dieser schwarz daliegende Wald erfüllte sie, zusammen mit der Erinnerung an ihren grässlichen Traum, mit einer Furcht, die ihr wortwörtlich die Kehle zuschnürte.

Ihre Gedanken überschlugen sich, aber sie taten es auf eine Weise, die sie den Weg auf der einen Seite als endlos empfinden ließ, als wollte die Strecke einfach kein Ende nehmen oder würde vor ihnen jeweils um das gleiche Stück länger, das sie gerade zurückgelegt hatten; auf der anderen Seite aber hatte sie zugleich auch das Gefühl, wie durch einen plötzlichen Zauber am Ziel zu sein. Als die Bäume vor ihnen zurückwichen und die kleine Waldlichtung unversehens vor ihnen lag, konnte sie sich nicht einmal mehr erinnern, was sie während der gesamten Wegstrecke gedacht hatte. Niemals zuvor war sie so verwirrt und so verunsichert gewesen wie heute.

Ihre Mutter hielt auch jetzt noch nicht an, sondern ging mit schneller werdenden Schritten bis zur Mitte der Lichtung, wo sich eine Anzahl fast mannshoher, zerschrundener Felsblöcke erhob. Das leise Plätschern von schnell fließendem Wasser war zu hören, und es kam Arri so vor, als wäre es der erste Laut, der seit Ewigkeiten bis zu ihnen drang.

»Was wollen wir hier?«, fragte sie.

Ihre Mutter verhielt zwar nicht im Schritt, bedeutete ihr aber mit einer raschen, unwilligen Geste, still zu sein, und kletterte, ohne sichtlich langsamer zu werden, geschickt auf den größten der wie sorgsam angeordnet daliegenden Findlinge. Ohne zu verstehen, was sie sah, beobachtete Arri, wie sie sich oben aufrichtete und dann langsam einmal im Kreis drehte, wobei sich ein Ausdruck angespannter Konzentration auf ihren Zügen breit machte. Dann begriff sie, dass ihre Mutter lauschte. Offenbar wollte sie ganz sichergehen, dass auch niemand in der Nähe war, der sie beobachten konnte.

Als Arri sich dem Felsen näherte, kletterte ihre Mutter ebenso geschickt und lautlos wieder zu ihr herunter und machte eine auffordernde Geste. »Zieh deinen Rock aus.«

»Wie?«, murmelte Arri verwirrt und mit einem Anflug von schlechtem Gewissen; sie dachte an den Riss im Saum, den sie sich im Steinkreis geholt hatte, und an die unheimliche Begegnung mit dem Schamanen, von der sie immer noch nichts erzählt hatte.

»Zieh deinen Rock aus«, wiederholte ihre Mutter. »Ich will nicht, dass du ihn zerreißt oder schmutzig machst.«

Arri verstand immer weniger, was hier eigentlich vorging, aber sie gehorchte und löste den Dorn aus der Gürtelscheibe, um dann den ledernen Gürtel abzulegen und anschließend aus dem Wickelrock zu schlüpfen. Ihre Mutter konnte ihrem Beispiel nicht folgen, denn sie selbst trug ein Kleid aus fein gesponnenem Flachs, das sie in einem Stück von den Schultern bis zu den Knöcheln verhüllte – etwas, das ihren schlanken, hohen Wuchs auf ganz besondere Weise betonte. Jetzt nahm sie den Kleidersaum hoch, schlug ihn mehrmals um und stopfte die so gewonnene Wulst sorgfältig in ihren breiten Gürtel aus bestem Hirschleder, wodurch ihre nackten, fast weißen Beine bis zu den Oberschenkeln entblößt wurden. Dann nahm sie Arri den Rock ab. Wenn sie den feinen Riss im Saum bemerkte, den sich ihre Tochter im Steinkreis zugezogen hatte, dann ließ sie es sich zumindest nicht anmerken. Arris Erleichterung hielt allerdings nur so lange, bis sie ihn zu einem der Felsen trug und sorgfältig darauf ablegte. Wieso legte sie so viel Wert darauf, den Rock in Sicherheit zu bringen?

Eine Weile stand ihre Mutter einfach so da und blickte Arri an, und Arri ihrerseits stand frierend und mit klopfendem Herzen da und sah ihre Mutter an, und etwas sehr Seltsames geschah. Abgesehen von ihr selbst war ihre Mutter der wohl hässlichste Mensch, den Arri kannte. Alle sagten das, und es stimmte auch, denn nichts an ihrem Köper war irgendwie richtig. Sie war nicht etwa verkrüppelt oder von Narben entstellt, aber ihre Haut war zu hell, ihr Gesicht zu schmal, und sie hatte Haare in einer Farbe, wie sie außer Arri kein anderer Mensch auf der Welt hatte und die sie jetzt, im blassen Licht der Sterne und der kaum fingerbreiten Mondsichel, an die Farbe ihres Zauberschwertes erinnerte.

Wie Arri selbst war auch ihre Mutter viel zu dünn. Je nach dem, wie sie sich bewegte, konnte man die Rippen unter ihrer Haut erkennen, was bei den anderen Menschen im Dorf höchstens der Fall war, wenn sich der Winter dem Ende entgegenneigte; zweifellos eine Folge ihres sinnlosen Beharrens darauf, niemals genug zu essen und sogar streng darauf zu achten, keinen Speck anzusetzen. Aber das war es nicht allein. Ihre Arme waren zu kurz, die Schultern zu schmal und ihre Körpermitte viel zu dünn – ein wirklich großer Mann, wie der Fischer Rahn etwa, hätte sie vermutlich mit beiden Händen umfassen können (wenn auch Arri nicht daran zweifelte, dass er hinterher keine Hände mehr *gehabt* hätte, sollte er es je versuchen). Dafür waren ihre Beine geradezu abwitzig lang. Von den viel zu schmalen Hüften bis zum Boden beanspruchten sie nahezu die Hälfte ihrer gesamten Erscheinung. So wie auch an Arri war alles an ihr im Verhältnis zueinander irgendwie falsch und abstoßend, und doch kam sie ihr in diesem Moment, und vielleicht zum allerersten Mal in ihrem Leben, unglaublich schön vor.

Vielleicht war es das silberfarbene Licht, das ihrer sonderbaren Figur schmeichelte, vielleicht war es der Aufruhr, der noch immer in Arris Gedanken herrschte, doch aus welchem Grund auch immer – mit einem Male *wusste* sie, dass das, was sie sah, richtig war, und alles andere falsch. Trotz der schrecklichen Magerkeit, der viel zu bleichen, viel zu glatten Haut, des schmalen Gesichts mit den sonderbaren Augen und den zu dünnen Lippen, hatte Arri plötzlich das Gefühl, niemals einen schöneren Menschen gesehen zu haben, niemals einen Menschen, der *richtiger* war, und niemals einen Menschen, dessen Gestalt mehr Kraft und Energie ausstrahlte, selbst jetzt, wo sie ganz ruhig und in entspannter Haltung vor ihr stand.

Der Augenblick verging so schnell, wie er gekommen war, aber er ließ etwas zurück. Sie konnte das Gefühl nicht in Worte kleiden, ganz einfach, weil es in ihrer Sprache kein Wort dafür gab; es war, als hätte Arri zeit ihres Lebens eine schmerzende Wunde mit sich herumgetragen, die noch immer da war und noch immer schmerzte, nun aber endlich zu heilen begann.

»Und was ... was tun wir jetzt hier?«, fragte sie schüchtern, als ihre Mutter auch nach einer geraumen Weile keine Anstalten machte, irgendetwas zu sagen oder ihr gar eine Erklärung für diesen nächtlichen Ausflug zu liefern.

»Wir reden über deinen Traum«, antwortete ihre Mutter mit sonderbarer Betonung und einem angedeuteten, noch sonderbareren Lächeln. »Aber nicht jetzt. Uns bleibt nicht sehr viel Zeit. Wir müssen zurück sein, bevor es hell wird und die anderen aufwachen.«

»Aha«, sagte Arri. Sie verstand kein Wort.

Das Lächeln ihrer Mutter wurde noch eine Spur wärmer. Einen kurzen Moment lang sah sie Arri noch auf dieselbe, irritierende Weise an, dann ging sie mit wenigen Schritten zum Waldrand, und noch einmal – wenn auch nur für einen Augenblick – kehrte das sonderbare Gefühl zurück, als Arri auffiel, wie anmutig und mühelos ihre Bewegungen wirkten. Sie schien vollkommen lautlos über den mit Gras und dem ersten, trockenen Laub des bevorstehenden Herbstes bedeckten Boden der Lichtung zu gleiten, und sich dann einfach aufzulösen, als ihre Gestalt mit den Schatten des Waldrandes verschmolz.

Etwas raschelte, dann ertönte ein helles, trockenes Knacken, und als ihre Mutter zurückkam, hielt sie einen armlangen und doppelt daumendicken Ast in der Hand, den sie von einem Baum abgebrochen hatte. Während sie sich Arri näherte, befreite ihn Lea sorgsam von Blättern und dünneren Zweigen, wog ihn schließlich prüfend in der Hand und warf ihn ihr dann mit einer so überraschenden Bewegung zu, dass sie ihn nur noch im allerletzten Moment auffangen konnte. Arri stellte sich alles andere als geschickt dabei an und hätte den Ast, der sich plötzlich wie eine widerspenstige Schlange in ihren Händen zu winden schien, um ein Haar fallen gelassen, aber trotzdem schien das, was sie sah, ihrer Mutter zu gefallen. Sie sagte zwar nichts, nickte aber beifällig.

»Und ... jetzt?«, fragte Arri verständnislos, während ihr Blick zwischen dem Ast in ihrer Hand und dem Gesicht ihrer Mutter hin und her wanderte. Wenn das ein Spiel war, dann eines, das sie nicht verstand.

»Schlag mich!«, sagte ihre Mutter.

Arri starrte sie an. »Wie?«

»Schlag mich!«, wiederholte ihre Mutter und nickte heftig, um ihre Aufforderung zu unterstreichen. »Nur keine Angst.«

»Du machst dich über mich lustig«, vermutete Arri.

Ihre Mutter schüttelte heftig den Kopf. »Keineswegs. Jetzt tu, was ich dir gesagt habe, und versuche, mich mit dem Stock zu treffen.«

Arri rührte sich noch immer nicht. »Aber warum?«, murmelte sie hilflos.

»Weil heute deine Ausbildung beginnt«, antwortete ihre Mutter. »Ich hätte schon viel früher damit anfangen müssen, aber es ist sehr leicht, die Augen vor der Wirklichkeit zu verschließen.«

Das verstand Arri noch viel weniger als alles andere, aber schließlich zuckte sie mit den Schultern und hob den Stock. Wenn ihre Mutter dieses seltsame Spiel mit ihr spielen wollte, warum nicht? Sie holte mit dem Stock aus und versuchte, ihre Mutter damit an der linken Schulter zu treffen; natürlich nicht besonders fest, denn sie wollte ihr schließlich nicht wehtun. Offenbar war das jedoch nicht das, was ihre Mutter erwartet hatte, denn sie machte nicht einmal eine Bewegung, um dem Schlag auszuweichen, sondern seufzte nur und bedachte Arri mit einem geradezu mitleidigen Kopfschütteln. »Versuch es noch einmal. Aber diesmal richtig.«

»Aber warum denn?«, murmelte Arri verstört. Warum, um alles in der Welt, sollte sie ihrer Mutter *wehtun*?

»Versuch dir einfach vorzustellen, ich wäre einer der Jungen aus dem Dorf«, antwortete ihre Mutter. »Ich habe dich gerade geärgert. Ich habe dich gedemütigt, dich geschlagen und dich in den Morast gestoßen. Ich bin viel stärker als du, aber jetzt hast du den Stock und kannst dich wehren.«

Abgesehen von dem Teil mit dem Stock, war die Vorstellung für Arri eher nahe liegend. Sie hatte dergleichen oft genug erlebt, auch wenn es letztlich meist die anderen gewesen waren, die den Kürzeren gezogen hatten. Dennoch wuchs ihre Verwirrung angesichts dessen, was ihre Mutter von ihr forderte. »Aber was hast du eigentlich vor?«, murmelte sie.

Diesmal schwang ein leicht unwilliger Ton in den Worten ihrer Mutter mit. »Ich will dir zeigen, wie man sich wehrt. Zum einen. Zum anderen ...«

»Zum anderen?«

»Ist es an der Zeit, dir zu sagen, was Nor von mir wollte«, antwortete Lea unbehaglich.

»Nor?«, fragte Arri, als hätte sie nicht recht verstanden, was ihre Mutter gerade gesagt hatte. Doch das Gegenteil war der Fall. Schon als ihre Mutter sie so hastig weggeschickt hatte, hatte sie geahnt, dass etwas Schlimmes passieren würde. Und als sie dann Nor im Streit mit ihr angetroffen hatte, war aus der Ahnung Gewissheit geworden. »Was ist mit ihm? Was wollte er von dir?«

Lea kniff die Augenbrauen zusammen, und Arri konnte ihr ansehen, dass sie heftig mit sich rang. »Ich fürchte, ich habe dich viel zu lange geschont«, sagte sie dann leise. Und erst als Arri nicht darauf antwortete, fuhr sie beinahe hastig fort: »Das Schlimme ist, dass Nor Recht hat. Du hättest schon längst einem Mann versprochen werden müssen.«

»Was?«, entfuhr es Arri entsetzt. Ihr Herz begann wie wild zu klopfen, als sie begriff, was ihre Mutter gerade gesagt hatte.

»Du hast dich daran gewöhnt, größer als alle *Gleich*altrigen zu sein, nicht wahr?« Lea räusperte sich, als hätte sie einen Kloß im Hals, und als sie weitersprach, klang ihre Stimme ungewöhnlich rau und heiser. »Du weißt natürlich, dass du mir im Wuchs nacheiferst, und bist deshalb gar nicht darauf gekommen, dass es noch einen anderen Grund geben könnte, warum du größer als alle anderen noch unvermählten Mädchen bist.«

»Welchen Grund?«, fragte Arri entgeistert.

»Der Grund ist, dass du zwei Jahre älter bist, als ich es dir und allen anderen gesagt habe«, antwortete ihre Mutter leise. Sie versuchte zu lächeln, aber es wurde nur eine Grimasse daraus. »Ich wollte es dir sagen. Immer wieder, den ganzen Sommer schon, das musst du mir glauben, Arianrhod. Aber ich habe mir einzureden versucht, dass es nicht nötig wäre, dass ich genug für das Dorf und Goseg täte und dass sie mich und dich in Ruhe ließen. Doch das stimmt nicht. Heute ist Nor gekommen, um einzufordern, was der Gemeinschaft nach altem Recht zusteht.«

»Und das wäre?«, fragte Arri in fassungslosem, ängstlichem Ton, als ihre Mutter nicht weitersprach.

Lea biss sich auf die Unterlippe und schüttelte leicht den Kopf, als könne sie sich so vor einer Antwort drücken. »Dich und deine Mitgift«, flüsterte sie schließlich.

Arri war wie vor den Kopf gestoßen. Sie hatte die ganze Zeit über gewusst, dass etwas mit ihr nicht stimmte, und sie kannte die alten Bräuche mittlerweile gut genug, dass sie nicht hätte überrascht sein dürfen über das, was ihre Mutter ihr gerade offenbart hatte. Doch das genaue Gegenteil war der Fall. Ihre Hütte stand so weit abseits vom Dorf, und ihre Mutter und sie lebten so anders als alle anderen, dass sie nie auf den Gedanken gekommen war, dass ihr gewohntes Leben schon bald zu Ende gehen könnte, nur weil plötzlich nicht mehr Leas, sondern Gosegs Gesetz über sie bestimmen sollte. »Deshalb hast du gesagt, dass wir auch weggehen könnten«, sagte sie schließlich tonlos.

Ihre Mutter nickte. »Ja. Ich weiß nicht, wie du darüber denkst. Natürlich ... wenn du willst ... wenn dir das Leben an der Seite eines Mannes ...«

Arri schüttelte heftig den Kopf. »Nein!« Sie schrie fast. »Ich will *nicht*.« Die Vorstellung, von einem dieser widerwärtigen bärtigen Männer aus dem Dorf zur Frau genommen zu werden, um ihm von da an für den Rest ihres Lebens treu und ergeben zu dienen, war ihr unerträglich. »Ich will weiter mit dir zusammenleben«, fuhr sie nicht minder heftig fort. »So, wie wir die ganzen Jahre zusammengelebt haben.«

Ihre Mutter lächelte traurig. »Ich fürchte, das wird nicht gehen. Für eine Weile kann ich Nor und die anderen noch hinhalten. Aber nicht mehr lange. Nor hat mir unmissverständlich klargemacht, dass er meine Entscheidung erwartet, noch bevor der erste Schnee gefallen ist. Und natürlich hat er diesen Zeitpunkt mit Bedacht gewählt. Niemand verlässt freiwillig ausgerechnet vor Wintereinbruch sein Dorf, um zu versuchen, irgendwo anders unterzukommen. Selbst jetzt wäre es schon zu spät, eine Sippe außerhalb des Einflussbereichs von Goseg zu finden, die uns gestattet, bei ihr zu siedeln. Wer das Recht erwerben will, sich an den Wintervorräten eines Dorfes zu bedienen, muss auch geholfen haben, sie aufzufüllen. Deswegen ist der einzig vernünftige Zeitpunkt für einen Ortswechsel das Frühjahr. Und wir müssen sehen, dass wir hier irgendwie so lange durchhalten, wenn wir in diesem Winter nicht Gefahr laufen wollen zu verhungern.«

Arri starrte ihre Mutter fassungslos an. Tief in ihrem Herzen stieg eine kalte Form der Empörung hoch, ein beißender Zorn, der sich nicht auf Nor richtete, sondern auf ihre Mutter, die ihr gerade beiläufig eröffnet hatte, dass sie sie die ganze Zeit über belogen hatte – und dass sie schon in zwei, drei Mondwenden vom Hungertod bedroht sein könnten! »Um mir das zu sagen, führst du mich mitten in der Nacht an diesen entlegenen Ort?«

»Aber nein, Kind.« Lea fuhr sich mit einer fast verloren wirkenden Geste durch die Haare. »Ich habe dich hierher geführt, um dich auf etwas vorzubereiten, was uns beiden möglicherweise schon allzu bald bevorsteht: auf einen Kampf. Nor und die anderen werden es nicht hinnehmen, dass ich mich gegen ihre Tradition ausspreche. Sie verlangen als Mitgift mein Wissen und meine Fertigkeiten. Und die kann ich ihnen nicht geben, selbst wenn ich es wollte.«

Arri hatte das Gefühl, als werde ein rot glühender Stachel durch ihr Herz getrieben. »Dann habe ich also nie vor einer freien Entscheidung gestanden? Dann hättest du niemals erlaubt, dass ich mir einen Mann aus dem Dorf nehme?«

Leas Mine gefror zu etwas, das ein eisiges Lächeln hätte sein können, aber auch etwas ganz anderes, vielleicht der Nachhall einer fernen Erinnerung. »Doch, das hätte ich. Und ich hätte einen Weg gefunden, um dennoch das Geheimnis meines Wissens zu wahren, dessen wahre Existenz niemand anderer kennt, noch nicht einmal du.« Sie zögerte kurz, bevor sie weitersprach. »Noch ist es nicht zu spät. Du kannst dich noch entscheiden. Wenn du von deiner Seite aus Nors Drängen nachgeben willst ...«

Arri hob unwillkürlich den Stock ein Stück höher, als wollte sie damit zuschlagen. »Ja, was dann?«

»Dann werde ich dir nicht im Weg stehen«, antwortete ihre Mutter mit fester Stimme. »Du bist kein Kind mehr. Es ist deine Entscheidung.«

Arri umklammerte den Stock so fest, dass ihre Knöchel weiß hervorstachen. Ihre Gefühle wirbelten wild durcheinander. Zu dem Zorn auf ihre Mutter hatte sich Verwirrung, ja, fast schon Verstörtheit gesellt. Bislang hatte ihre Mutter über alles bestimmt, was ihr Leben ausmachte. Und das sollte ausgerechnet jetzt anders sein, wo sie gleichzeitig zugegeben hatte, sie all die Jahre über belogen zu haben?

»Du darfst mir glauben«, fuhr Lea fort, als spüre sie ganz genau, was in Arri vorging. »Im Dorf mag es nicht üblich sein, die Mädchen um ihr Einverständnis zu bitten, wenn sie einem

Mann versprochen werden sollen. In meiner Heimat war das anders. Und ich sehe nicht ein, warum ich in deinem Fall anders verfahren sollte, als es mir *meine* Tradition vorschreibt.«

Arri schwieg. Es hätte vieles gegeben, was sie ihrer Mutter in diesem Moment an den Kopf hätte werfen können. Aber nichts davon hätte etwas an ihrer Lage geändert wie auch an der körperlichen Abneigung, die sie bei dem Gedanken empfand, ihr Leben fortan mit jemandem wie dem nach Fisch stinkenden Rahn teilen zu müssen.

»Also gut«, sagte ihre Mutter schließlich, als hätte sie auch diesmal wieder ihre Gedanken gelesen. »Wenn du deine Entscheidung getroffen hast, dann schlag zu. Und keine Angst. Ich werde dir nicht böse sein, wenn du triffst.«

Irgendwie, fand Arri, klang das so, als wäre es ganz und gar ausgeschlossen, dass sie traf. Das fand Arri in einer Lage wie dieser mehr als leichtsinnig. Sie rang noch einen Augenblick lang mit sich selbst, dann aber holte sie aus und schlug noch einmal – und diesmal deutlich kräftiger – zu.

Ihre Mutter machte sich weder die Mühe, dem Schlag auszuweichen, noch ihn *wirklich* abzuwehren. Das musste sie auch nicht. Sie hob nur beinahe gemächlich den Arm und packte mit zwei Fingern den Stock, den Arri im letzten Moment zurückgerissen hatte, als ihr klar geworden war, dass sie tatsächlich im Begriff stand, ihre Mutter zu treffen. Arri hätte nicht zu sagen vermocht, ob der Ausdruck auf ihrem Gesicht dabei ein Lächeln oder mühsam unterdrückter Ärger war.

»Bitte, Arri, das ist kein Spiel«, sagte sie. »Nicht, nachdem Nor mich und dich so herausgefordert hat. Ich will, dass du versuchst, mich zu treffen. Tu mir weh!«

Das war mit Sicherheit das Letzte, was Arri wollte, trotz des Zorns, den sie darüber empfand, dass ihre Mutter ihr neben vielem anderen sogar ihr richtiges *Alter* verschwiegen hatte, und trotz der klitzekleinen Tatsache, dass sie in diesem Winter verhungern könnten, obwohl sie für Sarns Sippe mehr als genug getan hatten, um sich einigermaßen durchfüttern zu lassen. Aber wenn sie darauf bestand ... Als Arri das nächste Mal ausholte, legte sie zwar noch nicht ihre ganze Kraft, aber doch einen guten Teil davon in den Schlag und zielte wieder auf den Oberarm ihrer Mutter. Falls sie traf, würde es vermutlich wehtun, aber mehr auch nicht.

Ihre Sorgen waren jedoch überflüssig. Sie traf nicht. Ihre Mutter duckte sich im allerletzten Moment und sprang zugleich einen halben Schritt zurück; der Stock schnitt mit einem pfeifenden Geräusch dort durch die Luft, wo sie eigentlich stehen sollte. Der Schwung ihres eigenen Schlages riss Arri nach vorn, sodass sie um ihr Gleichgewicht kämpfen musste. Als sie sich schließlich gefangen hatte, stand ihre Mutter wieder genau da, wo sie zuvor gewesen war, und bedachte sie mit einem eindeutig mitleidigen Blick. »Das war schon besser. Aber nicht gut genug. Versuch es noch einmal.«

Und das tat Arri. Sie schlug noch einmal zu und dann noch einmal und noch einmal, und ohne es selbst zu merken, legte sie immer mehr Kraft in ihre Hiebe und wurde dabei auch immer schneller. Nach dem fünften oder sechsten Schlag, der ins Leere ging, versuchte sie nicht nur tatsächlich ihre Mutter zu treffen, sondern spürte auch eine wachsende Wut in sich aufsteigen, die ihr noch mehr Kraft verlieh. Sie schlug jetzt nicht mehr nur nach ihrer Schulter, sondern nach ihrer Hüfte, ihrem Arm, einmal sogar nach ihren Waden – damit hätte sie sie beinahe erwischt, denn dieser Angriff kam offensichtlich vollkommen unerwartet, aber eben nur beinahe –, und versuchte am Ende sogar, mit dem Stock nach ihr zu stechen. Ihre Mutter wich jedem Angriff mit einer spielerischen Leichtigkeit aus, die Arri noch mehr ärgerte, und als wäre das alles noch nicht genug, begann sie schließlich sogar zu lachen.

»Das war gar nicht so schlecht«, sagte sie, als Arri endlich innehielt und den Stock sinken ließ. Sie war völlig erschöpft. Ihr Atem raste, und der Stock in ihrer Hand kam ihr plötzlich so schwer vor, dass sie alle Mühe hatte, ihn überhaupt noch zu halten.

»So«, keuchte sie atemlos, »aber ich habe dich nicht getroffen.«

»Und weißt du auch, warum?« Obwohl sich Lea mehr und deutlich hektischer bewegt hatte als Arri, ging ihr Atem nicht einmal schneller.

»Nein«, antwortete Arri, schüttelte den Kopf und verbesserte sich: »Oder doch, ja. Du hast nicht still gehalten.«

Wieder lachte ihre Mutter, aber diesmal klang es nicht abfällig. »Das wäre auch äußerst dumm von mir gewesen, oder?«

»Aber was tun wir hier eigentlich?«, fragte Arri. »Glaubst du etwa, ich müsste bei nächster Gelegenheit mit einem Stock auf Nor losgehen?«

»Ich hoffe bei allen Göttern, dass es nie zu einer Auseinandersetzung zwischen dir und Nor kommen wird«, sagte ihre Mutter ernst. »Und trotzdem ist es an der Zeit, dir das Kämpfen beizubringen. Fürs Erste zeige ich dir, wie du verhinderst, dass dir jemand wehtut.«

»Und später?«

»Zeige ich dir, wie man anderen wehtut. Aber das hat Zeit. Noch ist kein Geruch nach Schnee in der Luft.« Sie hob auffordernd die Hände. »Versuch es noch einmal. Diesmal werde ich mich nicht bewegen.«

3

Obwohl sie sich beeilt hatten, war die Dämmerung nicht nur bereits angebrochen, als sie ihre Hütte wieder erreichten, sondern schon fast vorbei. Nicht mehr lange, und die Sonne würde über dem Horizont auftauchen und die Dunkelheit vertreiben, die die Menschen hier mehr fürchteten als alles andere. Arris Mutter hatte sich schon oft über die Dorfbewohner lustig gemacht, die glaubten, der Sonnenwagen müsse Tag für Tag von dem riesigen, vom Boden aus unsichtbaren Pferd Trund mühsam über das Firmament gezogen werden, und dass es jederzeit geschehen könnte, dass das Pferd lahmte oder vollständig aus dem Tritt kam und es dann für ewige Zeiten finster bliebe. Arri war sich nicht sicher, ob dies wirklich nur dummes Gerede war. Auch sie hatte in den langen Wintern oft mit klopfendem Herzen darauf gewartet, dass die ersten zaghaften Sonnenstrahlen durch den Nebel brachen, und wenn das mehrere Tage hintereinander nicht geschehen war, die tiefe Furcht gespürt, die in ihr Herz Einzug gehalten hatte, während das Dorf wie in einem Todesschlaf dagelegen hatte.

Im Augenblick war es jedoch nicht nötig, sich Sorgen um den Sonnenwagen zu machen. Es herrschte bereits ein trübes Zwielicht, Nebel stieg vom Boden auf und griff wie mit grauen Geisterfingern nach ihren Beinen, und nur ein einzelner Vogel war schon wach genug, um dem bevorstehenden Tag ein verfrühtes Willkommen entgegenzurufen; ein Laut, der Arri sonderbar verloren und traurig erschien. Sie zitterte vor Kälte am ganzen Leib, denn die dünne Bluse, die sie mittlerweile wieder übergestreift hatte, klebte jetzt schweißnass an ihrer Haut und bot ihr keinen Schutz vor der Kälte, sondern schien sie nur noch zusätzlich auszukühlen, und der Nebel tat ein Übriges, um ihr das Gefühl zu geben, durch pure Feuchtigkeit zu waten.

Arri hatte während des gesamten Weges keinen Laut der Klage von sich gegeben, und indem sie die Kiefer so fest aufeinander presste, dass es schon wehtat, gelang es ihr sogar, nicht mit den Zähnen zu klappern. Dennoch schien ihrer Mutter ihr Zustand nicht zu entgehen, und obwohl auch sie während des gesamten Rückwegs geschwiegen hatte, zog sie Arri, kaum dass sie die Hütte betreten hatten, kurzerhand Bluse und Rock aus und steckte sie unter das warme Bärenfell. Arri protestierte schwach, wenn auch eigentlich nur, weil sie das Gefühl hatte, es tun zu müssen, rollte sich dann aber so eng in die warme Decke ein, wie sie nur konnte. Ihre Mutter bedachte sie mit einem Blick, in dem sich echte Sorge spiegelte, doch als Arri diesen Blick falsch deutete und die Decke wieder zurückschlagen wollte, um aufzustehen, schüttelte sie heftig den Kopf. »Bleib liegen. Wenigstens so lange, bis dir wieder warm ist. Du bist vollkommen durchgefroren. Es tut mir Leid. Es ist meine Schuld. Ich habe ganz vergessen, wie kalt es jetzt morgens noch ist. Ganz anders als ...«

Sie sprach nicht weiter. Ein seltsames Flackern erschien in ihrem Blick und erlosch beinahe ebenso schnell wieder, wie es gekommen war. Vielleicht hatte Arri es sich auch nur eingebildet. Ihre Zähne klapperten jetzt wirklich, und obwohl sie die Knie an den Leib gezogen und sich so eng in das Bärenfell eingewickelt hatte, wie es überhaupt nur ging, zitterte sie vor Kälte am ganzen Leib. Bevor sie sich auf den Rückweg von der Lichtung gemacht hatten, hatten sie ausgiebig von dem eiskalten, klaren Wasser aus der Quelle getrunken, die neben ihr entsprang, doch in ihrem Mund war trotzdem ein schlechter Geschmack. Sie würde Fieber bekommen, das spürte sie.

»Aber es ist schon spät«, widersprach sie trotzdem und auch jetzt nicht aus Überzeugung, sondern abermals aus dem Gefühl heraus, es tun zu müssen. Ihre Mutter bestand sonst unerbittlich darauf, dass sie mit dem ersten wirklichen Licht des Tages aufstand, selbst im Winter, wenn es nicht unbedingt etwas zu tun gab und sie sich manchmal so sehr gewünscht hätte, nur noch eine kleine Weile unter dem kuschelig warmen Fell liegen zu bleiben. »Ich muss aufstehen und ...«

»Heute nicht«, unterbrach sie ihre Mutter. »Wenigstens nicht sofort. Ich mache dir einen Sud aus Kräutern, damit du nicht krank wirst. Bis er fertig ist, kannst du noch liegen bleiben und dich aufwärmen.«

Arri hütete sich, ihrer ersten Regung nachzugeben und zu widersprechen. Sie gab ganz im Gegenteil endlich den Kampf gegen ihre Augenlider auf, die plötzlich unerträglich schwer zu werden schienen. Sie fror noch immer erbärmlich, spürte aber jetzt, wie die Wärme ganz allmählich in ihren Körper zurückströmte, und beschloss, die unerwartete Großzügigkeit ihrer Mutter auszunutzen und sich möglicherweise sogar noch ein paar Augenblicke Schlaf zu stehlen, bis der wärmende Kräutersud zubereitet war.

Sosehr sie den Sommer mit seiner Wärme und seinen langen Tagen genoss, sosehr hasste sie die allzu kurzen Nächte, in denen sie so wenig Schlaf bekam. Und diese Nacht war nicht nur deutlich kürzer als alle anderen gewesen; die Zeit, die sie zusätzlich wach gelegen war, hatte sie auch überaus angestrengt. Und als wäre das alles noch nicht genug, spürte sie nun jeden einzelnen Kratzer, jeden einzelnen blauen Fleck und jede einzelne Prellung, die sie bei ihrer ersten Unterweisung davongetragen hatte, mit quälender Intensität. Sie sollte ihre Mutter nicht nach einem Trank gegen das Fieber, sondern lieber nach einer Salbe gegen blaue Flecke fragen.

Mit diesem Gedanken schlief sie ein und erwachte erst, als helles Sonnenlicht durch ihre geschlossenen Lider drang und so heftig in ihren Augen kitzelte, dass sie niesen musste. Unwillkürlich hob sie die Hand vor das Gesicht – eine weitere Eigentümlichkeit, auf die ihre Mutter beharrte und die ihr schon so in Fleisch und Blut übergegangen war, dass sie sie nicht einmal mehr wahrnahm, obwohl sie ihren Sinn niemals eingesehen hatte; niemand im Dorf tat so etwas –, nieste noch einmal und noch heftiger, fuhr dann mit einer erschrockenen Bewegung hoch und riss die Augen auf. Helles Sonnenlicht erfüllte das Haus. Es war warm, und als sie erschrocken den Kopf in Richtung der Helligkeit wandte, musste sie die Augen zusammenkneifen, denn die Sonne schien genau durch das nach Süden hin offene Guckloch hindurch. Das bedeutete, dass es fast Mittag war. Sie hatte verschlafen! Ihre Mutter würde ihr tagelang Vorhaltungen machen und ...

»Bleib noch einen Moment liegen«, drang Leas Stimme in ihre Gedanken. »Ich hole Wasser, damit du dich waschen kannst.«

Überrascht riss Arri den Blick vom Guckloch los und sah gerade noch die Gestalt ihrer Mutter hinter dem Muschelvorhang verschwinden. Sie war ihr nicht böse, dass sie verschlafen hatte? Arri war vollkommen verwirrt. So etwas war bisher nur ein einziges Mal vorgekommen, vor drei oder vier Sommern, als sie wirklich krank gewesen war und tagelang dagelegen und mit einem schweren Fieber gerungen hatte. Hinterher hatte ihre Mutter ihr erzählt, dass sie um ein Haar gestorben wäre. Aber heute war sie nicht krank. In ihrem Mund war immer noch ein schlechter Geschmack, und sie hatte tatsächlich leichtes Fieber, aber es war nicht schlimm. Als sie sich noch weiter unter ihrer Decke aufrichtete, biss sie zwar die Zähne zusammen, denn sie hatte das Gefühl, den allerschlimmsten Muskelkater ihres ganzen Lebens zu haben, aber nichts davon hätte ihre Mutter unter gewöhnlichen Umständen als Grund anerkannt, bis Mittag im Bett liegen zu bleiben und zu schlafen. Arris Verwirrung wuchs ins Unermessliche.

Vorsichtig, weil ihr jede Bewegung Unbill und manche sogar wirkliche Schmerzen bereitete, setzte sie sich noch weiter auf, streifte die Decke ab und bemerkte erst in diesem Moment Rock und Bluse, die ordentlich zusammengelegt unmittelbar neben der Grasmatratze auf dem Boden lagen. Ihre Mutter musste sie gewaschen und zum Trocknen aufgehängt haben, während sie schlief, denn sie rochen gut und waren nur noch ein bisschen feucht, wie Arri bemerkte, als sie mit der Hand darüber strich. Nach kurzem Zögern schlüpfte sie in den Rock und zog die Bluse darüber, bevor sie den Gürtel anlegte und den Dorn durch die Gürtelscheibe schob, und sie kroch auch nicht wieder unter das Bärenfell zurück, sondern nahm mit untergeschlagenen Beinen auf der Grasmatratze Platz.

Ein sachter, aber durchaus angenehmer Geruch stieg ihr in die Nase. Ihre Mutter hatte Suppe gekocht, und auch das überraschte sie. Sie liebte Suppe, vor allem, wenn ihre Mutter sie nach dem Rezept aus ihrer alten Heimat zubereitete, mit ordentlich Gemüse und Wurzeln darin und – wann immer die Bauern Schlachttag oder die Jäger Jagdglück gehabt hatten und ihrer Mutter noch etwas schuldeten – mit einer überaus großzügig bemessenen Portion Fleisch.

Aber sie hatten vom vergangenen Abend noch genug Fladenbrot und Fisch übrig, sodass Arri niemals auch nur auf die Idee gekommen wäre, heute könnte es irgendetwas anderes zu essen geben. Wenn ihre Mutter etwas mehr hasste als einen knurrenden Magen und Hunger, wie sie ihn in jedem Winter, aber mitunter auch in anderen Jahreszeiten litten, dann war es Verschwendung. Und was war überhaupt gestern Nacht geschehen? Einen Moment lang fragte sich Arri ganz ernsthaft, ob sie ihren Ausflug zur Quelle und das, was sie dort getan hatten, vielleicht nur geträumt hatte.

Ihre Mutter kam zurück. Sie trug eine Wasserschale aus zweifach gebranntem Ton in der einen Hand und in der anderen den kostbaren kupfernen Kessel, aus dem es sichtbar dampfte. Wortlos stellte sie den Suppentopf gerade ein winzig kleines Stück außerhalb von Arris Reichweite auf den Boden, platzierte die Wasserschale direkt vor ihr und machte eine stumme, auffordernde Geste. Arri reagierte mit einem ebenso stummen, vorwurfsvollen Blick, der von ihrer Mutter natürlich ohne die allermindeste Wirkung abprallte, gab dann aber auf und schöpfte sich mit beiden Händen Wasser ins Gesicht, um sich zu waschen. Erst als sie fertig war und ihre noch nicht einmal ganz trockene Bluse schon wieder zu einem gut Teil durchnässt hatte, zog ihre Mutter die Waschschüssel zurück, reichte ihr den hölzernen Löffel und machte eine auffordernde Geste. »Iss.«

Das musste man Arri nicht zweimal sagen. Es war bereits Mittag. Die vergangene Nacht war anstrengend gewesen, und sie spürte schon nach dem ersten Löffel, *wie* hungrig sie tatsächlich war. Sie langte kräftig zu und bemerkte überhaupt erst, nachdem sie eine ganze Weile gegessen hatte, dass ihre Mutter ein kleines Stück weiter auf den Knien neben ihr saß und keinen Finger rührte, um ebenfalls zuzugreifen. Arri warf ihr einen fragenden Blick zu und erntete ein Kopfschütteln und den Anflug eines milden Lächelns als Antwort. »Ich habe schon gegessen. Nimm ruhig, so viel du willst.«

Das war so ungewöhnlich, dass Arri tatsächlich für einen Moment mit dem Essen innehielt und zuerst ihrer Mutter und dann dem Inhalt des Topfes einen schrägen Blick zuwarf. Der bauchige Kessel war nur zu einem kleinen Teil gefüllt; vielleicht eine halbe Hand breit über dem Boden, aber die Suppe war dick und kräftig, und es schwammen nicht nur Wurzeln und Knollen, sondern auch jede Menge köstlich schmeckender Fleischbrocken darin. Eine Portion wie diese zu essen hätte ihre Mutter ihr gewöhnlich niemals gestattet.

Arri beschloss, vorsichtshalber keine Frage zu stellen, sondern die Gunst des Augenblicks zu nutzen und den gesamten Topf zu leeren, wie schwer es ihr auch fallen sollte. Nach gestern Abend war dies das zweite Mal, dass ihre Mutter sich so ungewöhnlich großzügig zeigte, und selbstverständlich würde sie sie nach dem Grund dieses unerwarteten Verhaltens fragen – aber erst, nachdem sie den Topf bis auf den letzten Rest geleert hatte. Sie tat wirklich ihr Bestes, aber es gelang ihr nicht. Immer wieder warf sie ihrer Mutter scheue Blicke zu und wartete darauf, dass sie ihr den Löffel wegnahm und sagte, dass es nun genug sei. Stattdessen musterte ihre Mutter sie mit einem mühsam zurückgehaltenen, belustigten Ausdruck in den Augen, der schließlich zu eindeutigem (wenn auch gutmütigem) Spott wurde, als Arri endlich den hölzernen Löffel sinken ließ und japsend erklärte, dass sie einfach nicht mehr könne.

»Und ich habe schon gedacht, du wirst überhaupt nicht mehr satt«, sagte sie spöttisch. Aber war das wirklich nur Spott in ihrer Stimme, fragte sich Arri, oder hörte sie da einen verkappten Vorwurf? »Wie fühlst du dich?«

»Gut«, sagte Arri – was nicht einmal wirklich gelogen war. Sie fühlte sich immer noch ein wenig benommen. Jede Bewegung bereitete ihr Mühe, und sie hatte auch noch ein ganz kleines bisschen Fieber, aber sie fühlte sich auf eine köstliche, nie gekannte Weise satt und zufrieden, und was gab es Wichtigeres, als keinen Hunger zu haben in einer Welt, in der es oft tagelang nichts zu essen gab?

Ihre Mutter schüttelte den Kopf, als hätte sie das genaue Gegenteil gesagt. »Es tut mir Leid. Ich glaube, ich habe zu viel von dir verlangt. Bitte entschuldige.«

Falls sie vorgehabt hatte, Arris Verwirrung ins Unermessliche zu steigern, so war es ihr mit diesen Worten gelungen. Arri konnte sich nicht erinnern, dass ihre Mutter sich jemals bei ihr *entschuldigt* hatte, selbst wenn sie ihr wirklich Unrecht getan hatte, was selten genug vorkam. Sie zögerte eine ganze Weile, aber dann stellte sie die Frage, die ihr die ganze Zeit schon auf der Zunge brannte: »Und wie geht es jetzt weiter? Was werden wir machen, um ...«

»Um zu verhindern, dass du den Rest deines Lebens einem stinkendem Schwachkopf von Ehemann gehorchen musst?« Ihre Mutter lächelte müde und sah zu dem Gegenstand hin, der sie mit ihrer alten Welt verband, ihr Zauberschwert, das an seinem angestammten Platz an der Wand hing. Eine ganze Weile saß sie einfach reglos so da, dann stand sie mit einer fließenden Bewegung auf, nahm das Schwert von der Wand und legte es zwischen sich und Arri auf den Boden, sobald sie sich wieder gesetzt hatte. »Dieses Schwert birgt weitaus mehr Antworten, als du dir vorstellen kannst, Arianrhod. Du wirst einen langen Weg gehen müssen, um seine wahre Macht zu begreifen.« Sie schwieg einen Moment, bevor sie fortfuhr. »Geh jetzt den ersten Schritt zu seinem Verständnis. Fass es an.«

Arri riss ungläubig die Augen auf. Ihre Mutter gestattete *niemandem*, dieses Schwert zu berühren, auch ihr nicht. Arri hatte es ein einziges Mal versucht, vor vielen Sommern. Sie war damals noch so klein gewesen, dass sie nicht nur auf den wackligen Stuhl, sondern auch auf seine Lehne hatte hinaufklettern müssen, um das Schwert überhaupt zu erreichen, und sie erinnerte sich noch jetzt daran, wie aufgebracht und wütend ihre Mutter gewesen war, als sie gerade noch im letzten Moment hereingekommen war, bevor ihre Finger das sonderbar gefärbte Metall hatten berühren können. Sie selbst hatte es nicht mitbekommen und auch niemals gewagt, ihre Mutter danach zu fragen, aber sie wusste von den anderen aus dem Dorf, dass Lea zwei Männer getötet hatte, die versucht hatten, ihr das Schwert zu stehlen.

»Du meinst ...?«

»Fass es an«, wiederholte ihre Mutter und bekräftigte ihre Worte mit einem Nicken. »Aber sei vorsichtig. Es ist sehr scharf.«

Auch dessen war sich Arri bewusst, aber es war nicht der Grund, weswegen ihre Hand zitterte, als sie den Arm nach dem Schwert ausstreckte. Obwohl sie sich zahllose Male gefragt hatte, was an diesem Schwert wohl so Besonderes sein mochte, dass ihre Mutter es wie ihren Augapfel hütete, und sie fast ebenso oft mit dem Gedanken gespielt hatte, es heimlich doch einmal von der Wand zu nehmen oder wenigstens zu berühren, kostete es sie jetzt fast alle Willenskraft, die sie nur aufbringen konnte, die Hand weiter auszustrecken und schließlich die Fingerspitzen auf die Klinge zu legen – genau in der Mitte und sorgsam darauf bedacht, der so gefährlich scharfen Schneide ja nicht nahe zu kommen.

Ihr Herz pochte. Das Erste, was ihr auffiel, war, wie kalt das Metall war. Ihre Mutter hatte das Schwert nicht durch Zufall genau so aufgehängt, dass die Sonnenstrahlen, die durch das Guckloch drangen, genau darauf fielen. Es hätte warm sein müssen, doch das war es nicht. Und es fühlte sich ganz anders an, als sie erwartet hatte, viel glatter als jedes andere Metall, das sie kannte, und viel härter. Härter noch als Eis. Aber das war nicht alles. Auch, wenn sie das Gefühl nicht begründen konnte, so spürte sie doch ganz deutlich, dass diesem Schwert ein Geheimnis innewohnte. Eine große Macht. Scheu hob sie den Blick und sah ihre Mutter fragend an, und als diese auffordernd nickte, glitten ihre Finger behutsam an der Klinge empor, strichen über den wuchtigen, aus dem gleichen Metall gefertigten Griff, und hielten schließlich inne, bevor sie den bunten, kunstvoll gestalteten Knauf berührten.

So sonderbar das Schwert an sich schon war, die runde Metallscheibe an seinem oberen Ende war noch viel sonderbarer. Sie hatte den Durchmesser von drei oder vier nebeneinander gelegten Fingern und bestand aus einem dunkelgrünen Material, bei dem es sich weder um Metall noch um Stein zu handeln schien, auch wenn es mindestens ebenso hart war. In die glatte Oberfläche waren verwirrende Symbole eingelassen; Radkreise, Punkte und Linien, die ein bestimmtes Muster zu bilden schienen, das Arri zwar nicht erkennen konnte, von dem sie aber ganz deutlich spürte, dass es da war. Und allein der Blick ihrer Mutter machte ihr klar, dass es sich dabei nicht nur um ein Schmuckstück oder Zierrat handelte. Jeder Kreis aus grünem und gelbem Metall, welches die Sonne manchmal so grell widerspiegelte, dass der Anblick in den Augen schmerzte, *bedeutete* etwas. Und da sie spürte, dass ihre Mutter ganz genau diese Frage von ihr erwartete, hob sie schließlich abermals den Kopf und stellte sie ihr. »Was bedeutet das?«

»Das«, antwortete ihre Mutter ernst, »ist es, was Nor als Mitgift von mir fordert.«

»Dein Schwert?«, fragte Arri verwundert.

Lea schüttelte heftig den Kopf, antwortete aber trotzdem: »Ja. Er will auch das Schwert. Aber viel mehr noch will er das, was es bedeutet. Es ist das Geheimnis meiner Macht. Dein Erbe, Arianrhod.«

Arri schauderte. Es war das zweite Mal binnen kurzer Zeit, dass ihre Mutter sie mit ihrem wirklichen Namen ansprach, und dass sie es gerade jetzt und in diesem Moment tat, war ganz gewiss kein Zufall. Plötzlich spürte sie, dass sie einen sehr wichtigen Augenblick erlebte, vielleicht den wichtigsten überhaupt bisher, und auch wenn sie immer noch nicht verstand, was hier eigentlich vor sich ging, ließ sie doch allein diese Erkenntnis noch einmal und viel heftiger erschauern. »Hast du mich deshalb gestern mit ... mit in den Wald genommen?«, fragte sie zögernd.

»Ich werde dich lehren, dieses Schwert zu gebrauchen«, antwortete ihre Mutter. Seltsam – Arri war beinahe sicher, dass sie damit mehr meinte, als diese Klinge wie ein Krieger zu führen und sich damit ihrer Feinde zu erwehren. »Ich hätte längst damit beginnen müssen. Ich hoffe, es ist noch nicht zu spät. Ich habe wirklich geglaubt, es könne immer so weitergehen. Aber es geht nie immer so weiter. Die Welt dreht sich, und die Götter und ihre Hohepriester treiben ihr Spiel mit uns.«

»Das verstehe ich nicht«, sagte Arri.

»Und wie auch?«, gab ihre Mutter zurück. Plötzlich hörte sie sich traurig an. »Ich hätte dir längst so vieles sagen sollen, aber manchmal tun Erinnerungen weh, weißt du, und manchmal ist es leichter, einfach die Augen zu schließen und sich selbst einzureden, dass alles nur ein böser Traum ist, aus dem man irgendwann schon noch erwachen wird.«

Betroffen von der sonderbaren Mischung aus Trauer und quälenden Selbstzweifeln in der Stimme ihrer Mutter, wagte es Arri nicht, auch nur eine der zahllosen Fragen zu stellen, die ihr plötzlich auf der Seele brannten. Stattdessen griff sie – sehr vorsichtig – mit beiden Händen nach dem Schwert und hob es auf die gleiche Weise hoch, wie ihre Mutter es zu tun pflegte; ihre Rechte schloss sich um den lederbezogenen Griff, der sich ganz anders als die Klinge anfühlte, zwar ebenso hart, zugleich aber so anschmiegsam, als wäre er eigens für sie angefertigt worden. Ihre Linke umfasste vorsichtig die rasiermesserscharfe Schneide, und sie spürte einen dünnen, brennenden Schmerz, obwohl das Metall ihre Haut nicht einmal ritzte. Erneut glaubte sie das gewaltige Geheimnis zu spüren, das diesem Schwert innewohnte und das weit über seine bloße Zerstörungskraft und Gefährlichkeit hinausging.

»Sei vorsichtig damit«, mahnte ihre Mutter, nun aber in jenem sanften, mütterlichen Ton, der Arri meist wütend machte, gab er ihr doch das Gefühl, ein kleines Kind zu sein, dem man bei jedem Handgriff sagen musste, was gut für es war und was nicht.

Unendlich behutsam hob sie das Schwert hoch. Es war viel leichter, als sie erwartet hatte – die schweren, großen Klingen, die Nors Krieger trugen, waren um einiges kürzer, dafür aber mindestens dreimal so dick und plump, und mussten das Doppelte wiegen, wenn nicht mehr –, und als sie auf ein weiteres auffordendes Nicken ihrer Mutter hin die Linke von der Klinge löste und das Schwert nur noch am Griff hielt, erlebte sie eine weitere Überraschung: Plötzlich störte sie sein trotz allem enormes Gewicht kaum noch. Der Griff schmiegte sich so selbstverständlich in ihre Hand, dass sie das Gefühl hatte, die Waffe wäre plötzlich zu einer natürlichen Verlängerung ihres Armes geworden. Erstaunt sah sie zu ihrer Mutter hoch, und wieder reagierte diese ganz anders, als Arri vermutet hatte. Trauer und Schmerz verschwanden aus ihrem Blick und machten einer wohlwollenden Zufriedenheit Platz. Sie hatte etwas gesehen, was sie nicht zu erwarten gewagt, wohl aber gehofft hatte.

Ohne ein Wort zu sagen, stand ihre Mutter auf, nahm ihr behutsam das Schwert aus der Hand und trug es zu seinem Platz an der Wand zurück. »Wenn du irgendwann einmal vor der Wahl stehst, dieses Schwert zu retten oder mein Leben«, sagte sie, »dann entscheide dich für das Schwert.«

Das war so verrückt, dass Arri im ersten Moment fast sicher war, sich verhört zu haben. Aber dann drehte sich ihre Mutter zu ihr um, und was sie in ihren Augen las, fegte jeden Zweifel davon. Sie hatte es ganz genau so gemeint, und es war ihr bitter ernst damit.

»Aber warum?«, murmelte sie hilflos.

»Ich erwarte nicht, dass du es jetzt schon verstehst. Du wirst alles erfahren, bis deine Ausbildung abgeschlossen ist.« Sie zwang sich zu einem Lächeln. »Nor fordert meine Entscheidung zwar bis zum ersten Schnee, aber er wird sie auch keinen Tag früher bekommen. Uns bleibt also noch etwas Zeit, keine Sorge.«

Zeit wofür?, fragte sich Arri. Etwa, sich in Gedanken schon einmal mit dem Hungertod anzufreunden? Dass ihre Mutter – auch vor ihr – Geheimnisse hatte, das war inzwischen keine neue Erkenntnis mehr für sie. Aber allmählich wurde ihr klar, dass diese Geheimnisse wohl unendlich viel größer waren, als sie bisher auch nur angenommen hatte.

»Und ... was geschieht, wenn der erste Schnee früher fällt als gewöhnlich?«, fragte sie stockend. »Wirst du ihm dann das Schwert geben – und mich ... mich irgendeinem dummen Kerl als Zugabe?«

»Nein, ich denke ja gar nicht daran.« Lea zögerte, bevor sie weitersprach. »Ich weiß mich meiner Haut zu wehren, aber Nors Streitmacht wäre auch ich nicht gewachsen. Zumindest nicht mit der Waffe in der Hand.« Plötzlich erschien ein Lächeln auf ihrem Gesicht, und sie blinzelte Arri verschwörerisch zu. »Mach dir keine Sorgen. So lange er nicht weiß, wo unser Geheimnis wirklich verborgen ist, kann er uns nichts anhaben. Ich bin sicher, ich kann ihn noch länger hinhalten als bis zum Wintereinbruch, wenn es sein muss.«

Jetzt hatte sie zum allerersten Mal *unser* Geheimnis gesagt, dachte Arri, und der kleine Unterschied gab ihr den Mut, eine Frage zu stellen, die ihr sonst niemals über die Lippen gekommen wäre. »Und wo *ist* es verborgen?«

Ihre Mutter schüttelte lachend den Kopf. »So lange *du* nicht weißt, wo es ist, kann er es auch nicht aus dir herauspressen.« Sie schnitt Arri mit einer knappen Handbewegung das Wort ab, als diese eine weitere Frage stellen wollte. »Genug jetzt. Für einen Tag hast du schon fast zu viel erfahren. Mit neuem Wissen ist es wie mit Essen, weißt du? Allzu viel auf einmal davon, und dir wird schlecht.«

Dieser Meinung war Arri ganz und gar nicht. Ganz im Gegenteil fand sie, dass es sich genau umgekehrt verhielt. Ihr Hunger schien mit jedem Bissen, den ihre Mutter ihr hinwarf, noch zuzunehmen. »Ich habe Nors Krieger gestern gesehen«, sagte sie.

»Ich weiß«, antwortete Lea. »Ich war dabei.«

Arri schüttelte heftig den Kopf. »Nein. Nicht hier oben in der Hütte. Später, als ich das Feuer auf der Sommerkochstelle anmachen sollte. Er stand hinter dem Holunder und hat mich beobachtet.«

Leas Gesicht verfinsterte sich. »Hat er etwas gesagt?«

»Nein. Er hat mich nur ganz merkwürdig angestarrt.«

»Mehr möchte ich ihm auch nicht geraten haben«, sagte Lea düster. »Nor hat nicht nur einen, er hat gleich zwei Krieger mitgebracht. Als ich heute Morgen im Dorf war, habe ich sie mit Sarn und ein paar anderen zusammenstehen sehen.«

Arri dachte an die unheimliche Begegnung mit Sarn am Steinkreis, die ihr jetzt, mit etwas Abstand, fast wie ein ferner Traum vorkam. »Vielleicht planen sie das Jagd-Ernte-Fest«, sagte sie leise. »Immerhin ist Sarn der Schamane.«

»Und mindestens genauso närrisch wie Nor«, versetzte ihre Mutter. »Wenn du die beiden zusammen in einen Sack stopfst und mit einem Stock darauf schlägst, dann triffst du ganz bestimmt immer den Richtigen.« Sie winkte ab, als Arri etwas dazu sagen wollte. »Lass es gut sein, Arri. Du hast noch einiges zu tun. Der Regenwasservorrat ist fast aufgebraucht, und die Pflanzen in deinem Garten brauchen frisches Wasser, wenn sie nicht in der Sonne verdorren sollen.«

»Wasser?« Arri blickte missmutig auf die Schale, in der sie sich vor dem Essen das Gesicht und die Hände gewaschen hatte. »Ich müsste nicht einmal halb so oft zum Fluss gehen, wenn wir das Wasser dazu benutzten, wofür es da ist: zum Wässern«, nörgelte sie. »Stattdessen verschwenden wir unendlich viel Wasser mit *Waschen*. Niemand im Dorf wäscht sich so oft. Das ist verrückt. Es ist nicht einmal gesund.«

»Wer sagt das?«, fragte Lea in leicht belustigten Ton.

»Alle«, behauptete Arri.

»Alle?«, vergewisserte sich ihre Mutter. Das spöttische Funkeln in ihren Augen nahm noch zu. »Du meinst, alle deine Freunde? Sprichst du jetzt von denen, die ständig Grind und Schorf im Gesicht haben und auf deren Köpfen mehr Läuse zu finden sind als Haare, oder von denen, die so übel riechen, dass man gut daran tut, immer den Wind im Rücken zu haben, wenn man mit ihnen spricht?«

Arri blickte sie finster an, aber es war natürlich zu spät. Sie verfluchte sich selbst in Gedanken dafür, überhaupt davon angefangen zu haben, denn wenn ihre Mutter einmal Gefallen an einem bestimmten Thema gefunden hatte, dann pflegte sie so schnell nicht wieder damit aufzuhören.

»Vielleicht meinst du ja auch diejenigen«, fuhr sie fort, »die ständig zu mir kommen und sich einen Kräutertee oder einen Sud aus Pilzen geben lassen, weil sie Bauchgrimmen haben oder einen hässlichen Ausschlag, der so juckt, dass sie sich die Haut vom Leib kratzen. Ist dir so etwas schon einmal passiert?«

Widerwillig schüttelte Arri den Kopf, und obwohl sie wusste, dass es ein Fehler war, antwortete sie in trotzigem Ton: »Nein. Aber das liegt bestimmt nicht daran, dass ich mich so oft wasche.«

»Es liegt an demselben Grund«, antwortete Lea, »aus dem wir auch von Tellern essen und Fleisch und Fisch nicht roh verspeisen, und aus dem ich deine Kleider jeden dritten Tag wasche, ob sie nun schmutzig sind oder nicht.«

»Und was soll das für ein Grund sein?«, erkundigte sich Arri missmutig.

»Man nennt es Zivilisation«, antwortete ihre Mutter spöttisch.

»Aha«, sagte Arri. Ihre Mutter hatte dieses Wort schon mehrmals gebraucht, wenn auch nie im direkten Gespräch mit ihr, aber sie hatte nicht die geringste Ahnung, was es bedeutete. Dennoch fiel ihr ein Unterschied auf, denn die wenigen Male, da sie es vorher gehört hatte, hatte immer ein sonderbarer Unterton von Trauer in Leas Stimme mitgeschwungen, als spräche sie über etwas, was sie vor langer Zeit unwiderruflich verloren hatte. Nun glaubte sie beinahe so etwas wie Hoffnung in ihrer Stimme zu hören. »Ich nehme an, du wirst mir später erklären, was es bedeutet. Irgendwann, noch bevor der Winter kommt und der erste *Schnee* fällt.«

»Ich hoffe, das wird dann nicht mehr nötig sein.« Ihre Mutter winkte erneut ungeduldig, und Arri begriff, dass der seltene Moment der Langmut vorbei war. Wortlos stand sie auf und wandte sich zum Ausgang. Ihre Mutter hatte den großen Tonkrug, den sie zum Wasserholen verwendete, schon unten an der Stiege bereitgestellt, und als Arri ihn hochhob, verzog sie schon einmal vorbeugend das Gesicht, wobei sie daran dachte, wie schwer er auf dem Rückweg sein würde, wenn er randvoll mit Wasser wäre.

Ihr Protest, was ihren täglichen Verbrauch an Wasser anging, war durchaus ernst gemeint gewesen, und das nicht nur in einer Beziehung. Sie verbrauchten nicht nur sehr viel mehr Wasser als alle anderen im Dorf, von allen Häusern der Ansiedlung lag das ihre auch am weitesten vom Fluss entfernt. Der Weg, den Hügel hinauf und an der anderen Seite des Dorfes wieder hinunter zum Flussufer, war zwar kein mühsamer, aber auf dem Rückweg würde sie einen Krug mit sich schleppen, der fast so schwer war wie sie selbst, falls sie ihn ganz voll machte – oder immerhin halb so schwer, falls sie sich entschloss, den

Weg zweimal zu gehen. Wenn das die viel gepriesene *Zivilisation* ihrer Mutter war, dachte sie missmutig, dann konnte sie gern darauf verzichten.

Das Dorf schmorte in der Mittagshitze, als sie den Hügel erklommen hatte und auf den großen Platz in seiner Mitte zusteuerte. In der vergangenen Nacht hatte sie am eigenen Leib gespürt, wie nahe die kalte Jahreszeit bereits war, im Augenblick aber brannte die Sonne so unbarmherzig vom wolkenlosen Himmel, als wolle sie alles in ihrer Macht Stehende tun, um sie für die Unbill zu entschädigen.

In den letzten Jahren hatte sich das Dorf stark verändert, und das nicht nur, weil sich die Bevölkerung fast verdoppelt hatte. Die einfachen kleinen Pfahlbauten mit ihren lehmverputzten Flechtwänden und Schilfdächern waren durch größere Gebäude ergänzt worden, in denen getöpfert, Flachs gesponnen, Körbe geflochten oder Werkzeuge und Schmuck hergestellt und aufbewahrt wurden. Aber noch hatte sich die neue Zeit nicht vollständig durchgesetzt, noch wurde der innere Dorfkreis durch eine in sich geschlossene Reihe alter Hütten geprägt. Wie eine Herde verkrüppelter Tiere hockten sie am Rand des Platzes, seltsame Lebewesen, die sich im Licht der allmählich sinkenden Sonne hier zusammengefunden hatten, um in ihrer Gemeinschaft Schutz vor der bevorstehenden Nacht zu suchen.

Von ihren Bewohnern war bis auf eine Hand voll kleiner Kinder, die im Morast unter den Pfahlbauten herumtobten, nichts zu sehen. Die Erwachsenen und größeren Kinder waren wohl außerhalb des Dorfes bei der Arbeit, die allermeisten sicherlich auf den neu gerodeten Feldern, die mit Hilfe der von Ochsen gezogenen Pflüge in wertvolles Ackerland verwandelt worden waren. Andere hatten auf den Waldwiesen Rinder und Schafe zu hüten, manche streiften für gewöhnlich auf der Suche nach Wurzeln, Beeren oder essbaren Früchten, Pilzen und Blüten durch die Wälder, und nun, wo sich der Sommer allmählich dem Ende zuneigte, gingen auch die Jäger verstärkt auf die Pirsch, um Vorräte für den bevorstehenden Winter einzubringen.

Und trotzdem war es seltsam. Auch wenn die meisten Bewohner außerhalb des Dorfes ihren schweißtreibenden Beschäftigungen nachgingen, gab es doch sonst immer etliche, die hier am Dorfplatz und damit im Zentrum des täglichen Lebens mit allerlei alltäglichen Verrichtungen beschäftigt waren. Beunruhigt lief Arri zum jenseitigen Rand des Dorfplatzes, hinter dem sich eine sanft zum Flussufer hin abfallende Wiese befand, auf der zweifellos eine große Zahl bunter Wildblumen wüchse, wäre sie nicht von einer noch größeren Anzahl beharrlicher Füße niedergetrampelt worden, die sich unentwegt zum Fluss hinab und wieder zum Dorf heraufbewegten.

Hier sah sie doch noch einige Erwachsene. Auch wenn sie auf deren Anblick gern verzichtet hätte.

Sie hatte den Dorfplatz gut zur Hälfte überquert, als sie Stimmen hörte. Sie konnte weder heraushören, wem sie gehörten, noch, was gesprochen wurde, aber sie klangen aufgeregt, und sie drangen ganz eindeutig vom Flussufer herauf und damit genau von der Stelle, zu der sie unterwegs war. Einen Moment lang spielte sie ganz ernsthaft mit dem Gedanken, kehrtzumachen und das Dorf an seinem anderen Ende zu verlassen, auch wenn dies einen großen Umweg bedeutete – und einen sehr anstrengenden Rückweg, wenn sie den gefüllten Wasserkrug auf der Schulter trug. Dann aber siegte ihre Neugier. Etwas an diesen Stimmen war ... anders als sonst. Sie war nicht ganz sicher, wirklich das Echo eines Streits zu hören, aber zumindest war es kein friedliches Gespräch, das an ihr Ohr drang. Arri, die kurz inne gehalten hatte, ging nun umso schneller weiter.

Sie hatte sich getäuscht. Das Dorf wirkte nicht wie ausgestorben, weil all seine Bewohner bei der Arbeit auf den mühsam gerodeten Feldern oder vor der Mittagshitze in ihre Häuser geflohen waren, ganz im Gegenteil. Nahezu die gesamte Einwohnerschaft des Ortes hatte sich am Ufer der Zella versammelt, gar nicht weit von der Stelle entfernt, an der sie gestern Rahn die Äsche abgeluchst hatte. Doch nicht der Fischer stand im Zentrum der allgemeinen Aufmerksamkeit, sondern Grahl, der Jäger.

Arri wusste, dass er vor drei Tagen zusammen mit seinen Brüdern losgezogen war, um weitab vom Dorf auf die Jagd zu gehen, ein Vorhaben, das zwar gefährlich, aber überaus lohnenswert war, wenn es erfolgreich verlief (und alle Beteiligten überlebten). Sie hatte jedoch nicht damit gerechnet, dass die Männer so bald zurückkehren würden. Das Gebiet, das Wildschweine und Hirsche durchstreiften oder auf dem Wisente weideten, war riesig, und die Jäger blieben selten weniger als sieben oder noch mehr Tage fort.

Als Arri näher kam, bemerkte sie auch Kron, Grahls jüngeren Bruder; von Ans, dem ältesten der drei, war keine Spur zu sehen. Sie konnte bis auf das Wort *Wildschwein* immer noch nicht verstehen, was dort unten gesprochen wurde, was zum allergrößten Teil allerdings daran lag, dass alle wild durcheinander schnatterten und riefen, sodass Grahl Mühe hatte, sich überhaupt Gehör zu verschaffen. Aber ihr ungutes Gefühl wuchs, als sie sah, dass Kron verletzt war.

Er presste den linken Arm fest gegen den Leib und trug einen flüchtig gefertigten Verband aus Blättern um das Handgelenk und den Unterarm, der von dunkelbraunen, hässlich eingetrockneten Flecken verunziert war. Obwohl sein struppiges Haar weit ins Gesicht hing und er den verfilzten Bart das letzte Mal vermutlich vor zwei oder drei Sommern geschnitten hatte, konnte Arri erkennen, wie blass er war. Anscheinend, dachte sie, war die Jagd diesmal nicht so glatt verlaufen, wie Grahl und seine Brüder es vor ihrem Aufbruch vollmundig verkündet hatten. Sie selbst war nur ein einziges Mal auf ein angriffslustiges Wildschwein gestoßen, und sie hatte diese Begegnung nur überlebt, weil sie sich mit einer Schnelligkeit auf einen Baum geflüchtet hatte, die sie sich selbst bis zu diesem Moment niemals zugetraut hätte. Wildschweine waren weder besonders groß, noch sahen sie außergewöhnlich beeindruckend oder gar schnell aus, und doch waren allein in der Zeit, in der ihre Mutter und sie jetzt in diesem Dorf lebten, schon zwei Jäger von ihnen getötet worden, und es verging kein Sommer, in dem nicht wenigstens einer eine schwere Verletzung davontrug.

»Was ist geschehen?«, fragte sie. Die Frage war an niemand Besonderen gerichtet, und sie bekam auch keine Antwort. Die Blicke aller hingen wie gebannt an Grahls Lippen, der mit aufgeregter Stimme und noch aufgeregter gestikulierend erzählte, wobei er immer wieder in Richtung des Sonnenaufgangs deutete, wo er und seine Brüder die Wildschweinherde verfolgt hatten.

Arri setzte den Krug ab, legte die letzten Schritte schneller zurück und fragte noch einmal: »Was ist geschehen?«

Diesmal bekam sie eine Antwort, wenn auch nicht von Grahl oder einem der anderen Erwachsenen, sondern von Osh, einem Jungen aus dem Dorf, der zwei oder drei Sommer jünger war als sie, dennoch aber erstaunlich groß. Arri hatte kein gutes Verhältnis zu ihm – was allerdings auf nahezu alle Kinder aus dem Dorf zutraf –, und er ließ seinerseits gewöhnlich keine Gelegenheit ungenutzt verstreichen, sie zu ärgern oder sich über sie lustig zu machen. Jetzt aber drehte er sich eilfertig zu ihr um und antwortete in einem Ton, als wäre die Neuigkeit, die er ihr mitzuteilen hatte, sein alleiniger Verdienst. »Sie sind angegriffen worden! Feinde, die über die Berge gekommen sind! Eine ganze Horde!«

Arri sah ihn einen Moment lang zweifelnd an. Osh war ein Dummkopf und ein Angeber dazu, dem man nicht glauben konnte. Aber Grahls Stimme klang mehr als aufgeregt, und obwohl sie viel zu verwirrt war, um wirklich hinzuhören, glaubte sie doch Worte wie *Riesen, Feinde* und *Schlacht* zu vernehmen. »Wo ist Ans?«, fragte sie.

Oshs Gesicht nahm einen gewichtigen Ausdruck an. »Tot.«

Arri erschrak. »Tot?« Der Tod gehörte zum Leben im Dorf dazu wie der tägliche Sonnenaufgang und der immer gleiche Wechsel von Sommer und Winter, und er konnte jeden jederzeit treffen, sodass er zwar stets ein Anlass zur Trauer war, aber selten überraschend kam. In diesem Augenblick aber, in dem Grahl mit schriller Stimme erzählte und sein sichtlich schwer verwundeter Bruder mit totenbleichem Gesicht die eine oder andere Ergänzung dazu gab, erschreckte dieses Wort Arri zutiefst. Was, wenn Osh sich nicht nur wichtig machte, sondern die Wahrheit sprach?

Ohne auf die heftig durcheinander schnatternden Männer und Frauen zu achten, bahnte sich Arri einen Weg zu den beiden Jägern und zupfte Grahl am Ärmel seines Umhangs, der grob aus unterschiedlich großen Stücken Wildschweinfell zusammengenäht war und weder bequem noch wirklich warm sein konnte, dafür aber hervorragend zu der schweren Kette aus Bärenkrallen und Hauern passte, die der Jäger um den Hals trug. Grahl genoss zu Recht den Ruf eines hervorragenden Jägers, war darüber hinaus aber ein ziemlicher Dummkopf und Angeber. Arri musste zwei oder drei Mal an seinem Arm zerren, bis es ihr gelang, seine Aufmerksamkeit zu erregen, und er wenigstens für einen Moment sein heftiges Fuchteln mit den Armen einstellte.

»Was?«, fauchte er.

»Dein Bruder«, antwortete Arri. »Er ist verletzt. Bring ihn zu meiner Mutter.«

In Grahls eng beieinander stehenden, unter buschigen Brauen verborgenen Augen blitzte ein Ausdruck auf, den Arri nur als reine Wut bezeichnen konnte, obgleich sie dieses Gefühl nicht im Mindesten verstand. Dann presste er die Lippen aufeinander, und sie konnte regelrecht sehen, wie er eine Menge wenig freundlicher Worte herunterschluckte, die für sie bestimmt gewesen waren.

»So schlimm ist es nicht«, antwortete Kron an seiner Stelle, und das mit einer Stimme, die sich so anhörte, als kämpfe er mit aller Macht darum, sich noch auf den Beinen zu halten. Wahrscheinlich kam das der Wahrheit auch ziemlich nahe, wie Arri jetzt, wo sie unmittelbar vor ihm stand, erkannte. Sie sah, dass er den verletzten Arm nicht wirklich gegen den Leib presste, sondern mit einem groben Strick daran festgebunden hatte.

»Was mischst du dich ein?«, fauchte eine Stimme hinter ihr, die sie als die des Fischers Rahns erkannte, ohne sich zu ihm umdrehen zu müssen.

»Vielleicht hat sie ja Recht«, murmelte Grahl zu ihrer Überraschung. Diese unerwartete Zustimmung hinderte ihn nicht daran, Arri noch einmal mit einem kurzen, fast angewiderten Blick zu streifen. Dann jedoch wandte er sich direkt an seinen Bruder. »Geh mit ihr. Ihre Mutter soll sich um deine Wunde kümmern. Wenn sie hierher kommen, brauchen wir jeden Mann, um zu kämpfen.«

Kämpfen?, dachte Arri alarmiert. »Aber was ist denn geschehen?«, murmelte sie.

»Das geht dich nichts an«, sagte Grahl grob. »Wir bringen meinen Bruder jetzt zu deiner Mutter. Sie muss ihn schnell gesund machen. Wir sind alle in großer Gefahr.«

»Ich helfe dir«, sagte Rahn. Ungeduldig drängte er sich an Arri vorbei, wobei er natürlich die Gelegenheit nutzte, ihr einen so derben Stoß zu versetzen, dass sie fast gestürzt wäre, und streckte Kron die Hände entgegen, doch der Jäger schlug diese mit dem unversehrten Arm beiseite.

»Ich kann schon noch allein gehen«, knurrte er.

Rahn trat beleidigt zurück, und auch die anderen machten dem groß gewachsenen Jäger hastig Platz. Kron war dafür bekannt, manchmal ohne wirklichen Grund die Fäuste fliegen zu lassen, und dass er verletzt war und sichtlich Mühe hatte, sich überhaupt auf den Beinen zu halten, machte ihn eher noch reizbarer. Arri trat gehorsam an seine Seite und wandte sich ab, um vorauszugehen, blieb aber nach zwei Schritten wieder stehen und drehte sich noch einmal zu dem jungen Fischer um. Rahn trug wie die meisten Männer im Dorf Beinkleider, lief aber bis weit in den Winter hinein mit nacktem Oberkörper herum, damit auch jeder sehen konnte, wie muskelbepackt und breit gebaut er war – nach Arris Empfinden eindeutig ein Ausgleich dafür, dass sein Verstand nur mit Mühe und Not mit den Fischen mithalten konnte, denen er tagein, tagaus mit dem unterschiedlichsten Fanggerät nachstellte.

»Du kannst uns helfen«, sagte sie und deutete auf den leeren Krug. »Wir brauchen Wasser. Meine Mutter braucht immer viel Wasser, um eine Wunde zu versorgen.«

Rahns Augen wurden schmal. Arri war fast sicher, dass er sich in diesem Moment einfach auf sie gestürzt hätte, hätte nicht das ganze Dorf um sie herumgestanden; aber auch so konnte sie ihm ansehen, wie schwer es ihm fiel, es nicht zu tun. Dennoch fuhr sie mit einem zuckersüßen Lächeln fort: »Ich kann ihn auch selbst tragen, aber dann dauert es länger, bis wir bei meiner Mutter sind und Kron von seinen Schmerzen erlöst wird.«

4

Kaum hatten sie das letzte, abschüssige Stück des Weges in Angriff genommen, da kam ihnen auch schon Lea entgegen. Ihre Miene verfinsterte sich, als sie sah, wer sich in Begleitung ihre Tochter befand.

Mit großen Schritten und kampflustiger Miene erreichte sie die vier, bevor sie den halben Weg zur Hütte zurückgelegt hatten. Sie sagte nichts, aber zwischen ihren silberfarbenen Brauen entstand angesichts des Wasserkrugs, den der vorneweg gehende Rahn trug, eine steile Falte, und der Blick, mit dem sie Arri maß, enthielt eine unausgesprochene Frage, auf die sie zwar in diesem Moment sicherlich keine Antwort haben wollte, später dafür aber umso gewisser.

»Was ist geschehen?«, fragte Lea, wobei ihr Blick bereits kundig über Krons Gestalt und vor allem den verbundenen linken Arm tastete und dann seine Augen suchte. Aus einem Grund, den Arri nie wirklich verstanden hatte, sah ihre Mutter den Leuten, die mit einer Krankheit oder einer Verletzung zu ihr kamen, immer zuallererst und sehr lange in die Augen.

»Mein Bruder ist verletzt«, antwortete Grahl. »Sein Arm.«

»Das sehe ich.« Arris Mutter trat zur Seite und vollführte eine auffordernde Geste. »Bring ihn ins Haus.« Mit der anderen Hand hielt sie gleichzeitig Arri und Rahn zurück, als auch diese beiden sich in Bewegung setzen wollten. »Gib Arri den Krug«, wandte sie sich an den Fischer. »Und dann geh zur Zella und hole Nachschub. Ich brauche noch mehr Wasser.«

Rahn sah sie aus seinen braunen Augen eindeutig trotzig an, nahm aber ohne ein Wort den Krug von der Schulter und reichte ihn Arri. »Darüber reden wir später«, zischte ihre Mutter Arri zu, während sie sich bereits umdrehte und den beiden Jägern mit schnellen Schritten folgte. Arri wankte ihnen unter der Last des Kruges gebückt hinterher, fiel aber rasch zurück, sodass die drei bereits in der Hütte verschwanden, als sie gerade die Stiege erreicht hatte. Ächzend setzte sie den schweren Krug ab, gab sich selbst einige Augenblicke, um wieder zu Atem zu kommen, und setzte ihren Weg dann mit zusammengebissenen Zähnen fort. Obwohl sie sehr vorsichtig war, verschüttete sie einen gut Teil des Wassers, bis sie endlich durch den Muschelvorhang trat, was ihr einen weiteren ärgerlichen Blick ihrer Mutter einbrachte.

Grahl hatte seinen Bruder mittlerweile zu einer Grasmatratze geführt (ihre Matratze, wie Arri mit einem ärgerlichen Zusammenzucken feststellte) und ihm den Umhang abgenommen. Leas Gesicht blieb vollkommen unbewegt, aber Arri fuhr noch einmal und noch heftiger zusammen, als sie sah, dass Krons Arm auch oberhalb des Verbandes dunkel verfärbt war, an manchen Stellen fast schwarz. Sie verstand nicht annähernd so viel von der Heilkunst wie ihre Mutter, aber das musste sie auch nicht, um zu begreifen, dass es ernst war.

»Was ist passiert?«, wandte sich Lea an Grahl. Bevor er jedoch antworten konnte und ohne den Blick von Krons verbundenem Arm zu nehmen, fuhr sie, an ihre Tochter gewandt, fort: »Mach ein Feuer. Ich brauche heißes Wasser. Und bring mir meine Werkzeuge.«

Arri wankte gehorsam mit ihrer Last zum anderen Ende des Raumes, stellte den Krug mit einem unnötig lauten Knall ab und ging dann zu dem schmalen Durchgang, der ins Nebenzimmer führte. In den ersten Jahren, in denen sie hier gelebt hatten, war ihr Haus das einzige im weiten Umkreis gewesen, das nicht nur aus einem Raum bestanden hatte. Mittlerweile hatten auch etliche Dorfbewohner ihre Pfahlbauten um einen Raum erweitert oder neue Gebäude mit gleich zwei Räumen errichtet, vor allem wenn sie neben der schweren Feldarbeit noch ein Handwerk ausübten und einen Lagerplatz für ihre Vorräte und Waren brauchten oder im Winter ihr Vieh mit ins Haus nahmen. Es lag wohl nur an der alten Tradition und Sarns Starrsinn, dass man die größeren Gebäude hier weiterhin *Hütten* und nicht *Häuser* nannte, beinahe so, als sei es eine Schande, mehr als nur den allernotwendigsten Platz für Mensch und Tier zur Verfügung zu stellen.

Ihre eigene Hütte – ihr eigenes *Haus*, verbesserte sich Arri in Gedanken – war bei weitem nicht mehr das größte in der Umgebung, in dem Menschen ohne Vieh lebten, und ihr zweites Zimmer verdiente diesen Namen kaum. Es war ein winziger Verschlag, in dem ihre Mutter alles aufbewahrte, was nicht tagtäglich gebraucht wurde oder was von besonderem Wert für sie war. Durch die schmalen Ritzen des unverputzten Weidengeflechts drang nur sehr wenig staubiges Licht, doch Arri hätte selbst bei vollkommener Dunkelheit gefunden, wonach sie suchte. Der aus grobem Leder gefertigte Beutel lag auf dem kleinen Tischchen unmittelbar neben dem Eingang. Sein Inhalt klimperte leise, als Arri ihn hochhob und ihrer Mutter brachte.

Lea beachtete sie gar nicht, sondern bedeutete ihr nur mit einer Geste weiterzumachen, sodass sie sich rasch zu der Feuerstelle in der Mitte des Raumes begab, wo sie sich auf die Knie herabsinken ließ. Während sie bedächtig trockene Blätter und Reisig herunterrieseln ließ, blies sie behutsam in die nahezu erloschene Glut, um das Feuer neu anzufachen. Im allerersten Moment wollte es ihr nicht richtig gelingen, und sie bekam schon fast Angst, es übertrieben zu haben und das Feuer ausstatt anzublasen, was nichts anderes als die zeitraubende und mühsame Prozedur für sie bedeutet hätte, es völlig neu zu entzünden.

Dann aber fing eines der trockenen Blätter an zu schwelen, und kurz darauf leckte ein erstes, noch winziges Flämmchen an dem dürren Reisig empor. Arri atmete innerlich auf. Sie hasste es, Feuer zu machen. Die sicherste Methode war, einen runden Holzstab so lange zwischen den Handflächen schnell hin und her zu rollen, bis durch die Reibung ein winziger Glutfunke auf einem Feuerschwamm entstand, und es gelang ihr auch fast immer auf Anhieb. Aber *auf Anhieb* konnte der noch eine geraume Zeit bedeuten, und manchmal schmerzten ihre Hände hinterher so sehr, dass sie sie einen halben Tag lang nicht richtig benutzen konnte.

Inzwischen hatte ihre Mutter ihre Frage noch einmal wiederholt, während sie Grahl dabei half, seinen Bruder vollends aus dem schweren Fellumhang zu schälen und mit mehr oder weniger sanfter Gewalt auf die Matratze hinabzudrücken. Kron wehrte sich schwächlich; vielleicht aus einem ebenso absurden wie falschen Stolz heraus, vielleicht fieberte er aber auch bereits so stark, dass er gar nicht mehr richtig begriff, was er tat.

»Wir sind angegriffen worden«, wiederholte Grahl.

»Das weiß ich«, antwortete Lea unwillig. »Was ist mit seinem Arm? Wann ist es passiert und wo?«

»Ein Schwerthieb«, antwortete Grahl.

Arri fuhr so erschrocken herum, dass sie eine unbedachte Bewegung machte und das Feuer um ein Haar tatsächlich erstickt hätte. Geradezu entsetzt starrte sie den Jäger an, und auch ihre Mutter hatte mit einem Ruck den Kopf gehoben und bedachte Grahl mit einem Ausdruck, von dem Arri nicht sicher war, ob er Zweifel oder tiefes Erschrecken bedeutete.

»Ein Schwerthieb?« Arris Herz begann zu klopfen. Die einzigen Schwerter, die sie außer dem Zauberschwert ihrer Mutter je gesehen hatte, gehörten Nors Kriegern – aber die Wächter Gosegs waren ihre Verbündeten!

»Es waren Fremde«, antwortete Grahl. »Zwei Tage von hier, im Osten. Wir waren hinter Wildschweinen her und hatten gerade einen besonders großen Keiler erlegt, als sie auftauchten. Zuerst war es nur einer. Ans wollte ihn verjagen, weil wir dachten, er sei von einem anderen Stamm und wolle uns unsere Beute streitig machen.«

Lea sagte nichts dazu, sondern legte nur fragend den Kopf ein wenig mehr auf die Seite, und auch ihr Gesichtsausdruck änderte sich nicht, aber Arri konnte sich gut vorstellen, was hinter ihrer Stirn vorging. Vermutlich das Gleiche wie hinter ihrer eigenen. Grahl und seine Brüder waren nicht unbedingt dafür bekannt, ein freundliches Wesen zu haben. Ganz bestimmt hatte Grahls Bruder diesen Fremden nicht einfach nur freundlich aufgefordert, wieder zu gehen.

»Und?«, fragte Lea, als der Jäger nicht von sich aus weitersprach, sondern auf seinen Bruder herabblickte und dabei die rechte Hand im Schoß zur Faust ballte.

»Er ist gegangen«, antwortete Grahl, »und wir haben angefangen, den Keiler auszunehmen. Aber nach einer Weile ist er zurückgekommen, und mit ihm fünf oder sechs andere. Sie haben uns sofort angegriffen. Wir haben uns gewehrt, so gut wir konnten, aber es waren zu viele, und sie hatten Schwerter.«

»Schwerter?«, vergewisserte sich Lea.

Grahl nickte düster. »Es waren Krieger, keine Jäger. Ans haben sie erschlagen. Und auch ich wäre tot, wenn mein Bruder sich nicht dazwischengeworfen hätte. Der Hieb, der ihn getroffen hat, galt mir. Danach sind wir geflohen. Sie haben uns verfolgt, aber wir waren schneller und konnten ihnen entkommen.«

Leas Gesichtsausdruck ließ noch immer nicht erkennen, ob sie diese Geschichte nun glaubte oder nicht. Arri jedenfalls fiel es schwer. Sie zweifelte nicht daran, dass sie im Kern der Wahrheit entsprach, aber ihr war ebenso klar, dass Grahl das eine oder andere wohl nicht ganz so darstellte, wie es sich tatsächlich abgespielt hatte. Fünf oder sechs Krieger mit Schwertern gegen drei Jäger, die nur Speere und einfache Messer hatten? Kaum.

»Was waren das für Männer?«, fragte Lea schließlich. »Konntest du erkennen, zu welchem Stamm sie gehören?«

Grahl schüttelte heftig den Kopf. »Keinem, den ich kenne«, antwortete er. »Sie sahen nicht aus wie ...« Er suchte sichtlich nach Worten. »Wie Leute von hier«, sagte er schließlich. »Es waren Riesen. Der Kleinste von ihnen war größer als ich, und sie trugen Fellkleider, wie ich sie noch nie zuvor gesehen habe, und sonderbaren Schmuck.«

Ja, und gleich wird er erzählen, dass Blitze aus ihren Augen geschossen sind und die Erde zittert, wenn sie laufen, dachte Arri spöttisch. Sie hütete sich, diesen Gedanken laut auszusprechen oder sich ihre Zweifel auch nur anmerken zu lassen, aber sie glaubte dennoch zu spüren, dass es ihrer Mutter bei Grahls Worten nicht sehr viel anders erging als ihr. Sonderbarerweise wirkte sie zugleich aber auch sehr besorgt.

Sie ging jedoch nicht weiter darauf ein, sondern öffnete den Lederbeutel, den Arri ihr gebracht hatte, und kramte ein kleines Messer mit einer Bronzeklinge hervor, die kaum länger als ein Fingernagel war, dafür jedoch so scharf geschliffen, dass man sich fast schon daran schneiden konnte, wenn man sie nur ansah. »Das war vor zwei Tagen, sagst du?«, fragte sie, während sie sich über Kron beugte und mit einem raschen Schnitt die grobe Schnur durchtrennte, mit der er seinen verletzten Arm am Leib festgebunden hatte. Der Jäger stöhnte und warf den Kopf hin und her, und Lea gab seinem Bruder mit einer entsprechenden Geste zu verstehen, dass er ihn festhalten solle.

»Drei, wenn die Sonne untergeht«, antwortete Grahl. »Seither waren wir auf der Flucht vor ihnen. Wir hatten Angst, dass sie uns noch weiter verfolgen könnten.«

»Und da habt ihr euch gedacht, es ist das Beste, ihr kommt hierher zurück und lockt diese gewaltigen fremden Krieger direkt ins Dorf«, seufzte Lea kopfschüttelnd. Grahl wirkte betroffen, sagte aber nichts dazu, und auch Arri konnte plötzlich nur hoffen, dass seine Schilderung der unheimlichen Angreifer tatsächlich so hoffnungslos übertrieben war, wie sie vermutete. Ein halbes Dutzend Krieger, wie Grahl sie beschrieben hatte, noch dazu mit Schwertern und womöglich anderen, gefährlicheren Waffen ausgestattet, konnte es leicht mit dem gesamten Dorf aufnehmen. Arris Blick streifte das Schwert, das hinter ihrer Mutter an der Wand hing, und sie berichtigte sich in Gedanken. Na gut: *fast* mit dem gesamten Dorf.

»Sie haben uns nicht verfolgt.«

»Bist du da sicher?«, fragte Lea.

Grahl druckste herum, während sich Arris Mutter tiefer über seinen Bruder beugte und mit ihrem winzigen Messer den Verband aus Blättern aufschnitt. »Ja«, gestand er schließlich. »Hätten sie es getan, dann hätten sie uns wahrscheinlich auch erwischt. Wir sind nicht gut vorangekommen. Kron hat viel Blut verloren und konnte nicht sehr schnell laufen, und schon in der ersten Nacht hat er Fieber bekommen. Ein Stück des Weges musste ich ihn tragen. Ich hatte Angst, dass er auch stirbt. Du ... du wirst ihm doch helfen, oder?«

Lea antwortete nicht. Sie hatte den Verband mit einem Schnitt der Länge nach geteilt. Jetzt legte sie das Messer aus der Hand, griff aber noch nicht nach der Masse aus blutdurchtränkten Blättern und Moos, sondern wandte sich mit einem ungeduldigen Blick an ihre Tochter. »Komm her.«

Arri zögerte. »Aber das Feuer ...«

»Wird schon nicht ausgehen, in dem kurzen Augenblick«, unterbrach sie ihre Mutter. »Vielleicht brauche ich deine Hilfe. Und außerdem wäre es ganz gut, wenn du lernst, wie man mit Verletzungen umgeht. Komm.«

Unsicher stand Arri auf, trat an ihre Seite und ließ sich zögernd auf die Knie sinken. Abgesehen davon, ihr die Werkzeuge, Heilkräuter und das Wasser zu bringen und sich um das Feuer zu kümmern, konnte sich Arri nicht vorstellen, wie sie ihrer Mutter helfen sollte. Sie verstand nicht besonders viel von den Künsten ihrer Mutter, die sie vor ihr fast ebenso eifersüchtig hütete wie vor allen anderen.

»Halte seinen Arm«, befahl Lea. Wahrscheinlich hatte die Aufforderung Grahl gegolten, doch bevor der Jäger zugreifen konnte, hatte Arri bereits Krons Handgelenk umschlossen und hielt es so fest wie sie konnte. Es kostete sie eine Menge Überwindung. Krons Haut fühlte sich heiß an und so trocken wie altes Leder, das über die ganze Mittagszeit in der Sonne gelegen hatte, und sie konnte spüren, wie rasend schnell sein Herz schlug.

»Haltet ihn gut fest«, sagte Lea noch einmal. »Wenn der Verband an der Wunde festklebt, wird es sehr wehtun.«

Arri spannte die Muskeln an, und auch Grahls Griff um die Schultern seines Bruders verstärkte sich, als Lea unendlich behutsam den Blätterverband auseinander bog. Trotzdem stöhnte Kron leise, und Arri musste nun fast ihre gesamte Kraft aufwenden, um seinen Arm weiter ruhig zu halten. Ein erbärmlicher Gestank begann sich in der Hütte auszubreiten, als Lea das zusammengebackene Gemisch aus Blättern, Blut und Moos vorsichtig von Krons Arm streifte; es roch nach Eiter und altem Blut und Schmutz, aber auch noch nach etwas anderem, Schlimmerem. Arri sog scharf die Luft zwischen den Zähnen ein und musste gegen ein leises Gefühl von Übelkeit ankämpfen, als sie Krons Arm das erste Mal wirklich sah. Das Gesicht ihrer Mutter aber nahm einen deutlich besorgten Ausdruck an.

»Das sieht nicht gut aus«, sagte sie, und allein die Tatsache, *dass* sie das sagte, alarmierte Arri über die Maßen, denn gewöhnlich gehörte es zu den ehernen Grundsätzen ihrer Mutter, den Leuten, die zu ihr kamen, stets Mut zu machen. Andererseits, dachte Arri und wagte einen zweiten, etwas längeren Blick auf Krons Arm, nachdem ihr Magen *wirklich* zu revoltieren begann, wäre alles andere einfach nur lächerlich gewesen. Der Arm des Jägers hatte sich schwarz verfärbt und war nahezu auf das Doppelte seines normalen Umfangs angeschwollen. Die Wunde reichte bis auf den Knochen, der zwar nicht ganz gebrochen, aber auf der Länge einer Handspanne gesplittert war, und der üble Geruch, den sie verströmte, schien mit jedem Moment schlimmer zu werden. Es war nicht zu erkennen, was auf seiner schwarz verfärbten Haut faulendes Fleisch und was Reste des drei Tage alten Verbandes waren, aber Arri wunderte sich im Grunde, dass der Mann überhaupt noch lebte.

»Bring mir eine Schale Wasser«, verlangte ihre Mutter, »und etwas von dem gepressten Mohn.«

Arri stand gehorsam auf, verschwand im Nebenzimmer und kam mit einer flachen hölzernen Schale zurück, die ein grobkörniges, schwarzes Pulver enthielt. Das Allermeiste davon waren tatsächlich getrocknete Mohnsamen, aber sie wusste, dass ihre Mutter auch noch einige andere, geheime Ingredienzien darunter gemischt hatte, und hätte sie nicht schon der Anblick von Krons Arm alarmiert, so hätte es spätestens die Tatsache getan, dass ihre Mutter nach diesem Pulver verlangte. Seine Herstellung war sehr aufwändig und zeitraubend, und ihre Mutter hatte ihr oft genug eingeschärft, dieses Pulver niemals – *niemals* – zu berühren oder ohne ihre ausdrückliche Erlaubnis herauszugeben, denn es versetzte denjenigen, der es nahm, nicht nur in einen tiefen Schlaf, in dem er weder Schmerz noch sonst etwas spürte, sondern konnte den Schlaf auch übergangslos in den Tod übergehen lassen, wenn man nur eine Winzigkeit zu viel davon verabreichte.

Umso überraschter war Arri nun, als sie die großzügige Menge sah, die ihre Mutter in die Schale mit Wasser einrührte, welche sie ihr gebracht hatte. Sie beruhigte sich selbst damit, dass Kron auch ein außergewöhnlich großer und starker Mann war, und sah schweigend zu, wie Lea die Schale an seine Lippen setzte und ihm gut die Hälfte des Wassers einflößte.

»Wir müssen warten, bis der Trank wirkt«, sagte sie und reichte Arri die Schale zurück. »Hier. Stell das gut weg. Wir brauchen es vielleicht später noch einmal.«

Während Arri gehorchte, wandte Lea sich wieder an Grahl. »Wo genau habt ihr diese Fremden getroffen?«

»Im Osten«, antwortete der Jäger.

»Drei Tage weit im Osten?«, erwiderte Lea. Der Zweifel in ihrer Stimme war unüberhörbar. Niemand ging so weit, um ein Wildschwein zu jagen. Das sprach sie zwar nicht laut aus, aber sowohl Arri als auch Grahl hörten es irgendwie trotzdem heraus.

»Keine drei Tage«, antwortete er. »Aber auf der anderen Seite des großen Flusses. Allein und ohne Kron wären es weniger als zwei Tagesmärsche gewesen.«

»Das ist trotzdem weit«, sagte Lea. Sie klang besorgt. »Wieso habt ihr den Fluss überquert?«

Was geht dich das an?, antwortete Grahls Blick. Er presste trotzig die Lippen zusammen und schwieg, aber er musste ebenso gut wie Arri wissen, dass er diese Frage würde beantworten müssen. Wenn nicht ihnen, dann spätestens Sarn. Der große Fluss im Osten stellte nicht nur eine beinahe unüberwindliche Barriere dar, an der die bekannte Welt endete, sondern markierte zugleich auch die Grenze, bis zu der der Einflussbereich Gosegs und der mit dem Heiligtum verbündeten Sippen und Dörfer reichte. Was dahinter lag, war Niemandsland, über dessen Bewohner man wenig wusste, um das sich dafür aber umso mehr Gerüchte rankten. Aber noch nie hatte jemand etwas von Riesen erzählt, die sonderbare Kleidung trugen und mit Schwertern auf harmlose Jäger losgingen. Soviel Arri wusste, gab es dort eben andere Dörfer, andere Sippen und vielleicht andere Heiligtümer, in denen andere Götter angebetet wurden, dennoch aber *Menschen.*

»Wir haben die Schweine zwei Tage lang verfolgt«, sagte Grahl schließlich in trotzigem Ton. »Ich lasse keine Beute entkommen, nur, weil sie durch einen Fluss flieht.«

»Aber du hast die Gerüchte gehört«, sagte Lea ruhig. »Über die fremden Krieger aus dem Osten. Du und deine Brüder, ihr wolltet nicht einfach einmal nachsehen, was an diesen Gerüchten dran ist?«

»Gerüchte«, sagte Grahl abfällig. »Dummes Gerede, mit dem man Kindern Angst macht, damit sie sich abends nicht vom Feuer entfernen.«

Lea seufzte. »Ja, und jetzt ist einer deiner Brüder tot, und der andere ...« Sie schüttelte den Kopf, sah auf Kron hinab und hob dann mit einem neuerlichen Seufzen die Schultern. »Aber das geht mich nichts an. Was immer ihr getan habt oder auch nicht, ist geschehen, und ihr habt einen ziemlich hohen Preis dafür bezahlt.«

Sie stand auf. »Gib Acht, dass er den Arm nicht bewegt«, sagte sie, an Arri gewandt, während sie sich umdrehte und mit schnellen Schritten im Nebenzimmer verschwand. Grahl starrte ihr nach. Er hatte die Kiefer so fest zusammengepresst, dass Arri meinte, seine Zähne knirschen zu hören. Vermutlich war ihre Mutter mit ihrer Frage der Wahrheit näher gekommen, als sie selbst ahnte. Arri hatte schon vor langer Zeit begriffen, dass es kaum einen sichereren Weg gab, sich den Hass eines anderen zuzuziehen, als ihm einen Fehler nachzuweisen.

Als hätte er ihre Gedanken gelesen – vielmehr hatte er aber wahrscheinlich ihren Blick gespürt –, starrte Grahl sie nun so hasserfüllt an, dass sie rasch die Augen senkte und es allemal vorzog, auf Krons verheerten Arm zu starren. Ihr Magen krampfte sich prompt wieder zusammen, jetzt aber schon nicht mehr ganz so schlimm wie zuvor, und auch der Gestank schien bereits weniger schlimm zu sein, obwohl Arri nicht ganz sicher war, ob sie sich nicht einfach nur daran gewöhnt hatte. Vielleicht half ihr auch die wachsende Gewissheit, dass ihre Mutter sie wohl nicht zu dieser grässlichen Hilfe zwang, um sie zu quälen, vielleicht brauchte sie sie ja tatsächlich bei dem, was sie nun tun musste. Wahrscheinlich aber kam es ihr vor, dass auch dies Teil der geheimnisvollen *Ausbildung* war, von der sie in der vergangenen Nacht gesprochen hatte. Allerdings gefiel ihr dieser Teil weit weniger als die Unterweisung im Wald.

Ihre Mutter rumorte einige Augenblicke im Nebenraum, und als sie zurückkam, trug sie eine ganze Anzahl kleiner Tongefäße und lederner Beutel auf den Armen. Geschickt balancierte sie mit ihrer Last heran, sank wieder auf die Knie und verteilte alles so um sich herum auf dem Boden, dass sie es ohne Mühe erreichen konnte.

»Das Feuer«, erinnerte sie Arri.

Froh, Krons Arm endlich loslassen zu können, stand Arri auf und ging zu dem flachen Stein in der Mitte des Zimmers, auf dem das kurzlebige Reisigfeuer seinen Zenit mittlerweile schon wieder überschritten hatte und erneut zu erlöschen drohte. Diesmal kostete es sie jedoch nur wenige Handgriffe, die Flammen neu anzufachen und einige etwas dickere Äste nachzulegen, die das Feuer länger in Gang halten würden. Es war sehr warm im Raum. Warum ihre Mutter ein so großes Feuer brauchte, verstand sie nicht wirklich – was hieß: Sie hatte einen Verdacht. Aber der war so unangenehm, dass sie den Gedanken rasch wieder von sich schob. Sie legte weiteres Holz nach und bröselte schließlich eine Hand voll trockenen Torf in die Flammen, der nicht annähernd so hell brannte wie die Zweige, aber heißer und sehr viel länger.

Als sie fertig war und wieder an Leas Seite zurückkehrte, begann der Schlaftrunk seine Wirkung zu tun. Kron hatte die Augen geschlossen; er atmete noch immer schnell und hektisch, und an beiden Seiten seines Halses pochte eine Ader, die verriet, wie rasend sein Herz schlug. Doch als Lea vorsichtig die Hand ausstreckte und mit den Fingerspitzen die Wundränder berührte, reagierte er nicht.

Was nun kam, hatte Arri schon oft genug beobachtet, aber sie hatte noch nie dabei mithelfen müssen, und sie war überrascht, dass es so ein großer Unterschied war. Ihre Mutter mischte Kräuter und Pulver, die sie aus den verschiedensten Pflanzen und Pilzen gewonnen hatte, in einer Wasserschale, in die sie anschließend ein sauberes Tuch tauchte, mit dessen Hilfe sie die grässliche Wunde in Krons Arm säuberte, so gut es ging; wobei *so gut es ging* ganz und gar nicht *gut* bedeutete. Das brandig gewordene Fleisch schien sich an manchen Stellen regelrecht aufzulösen, wenn sie mit dem Tuch darüber strich, an anderen wiederum war es hart wie Stein geworden oder begann heftig zu bluten, wenn sie es auch nur berührte.

Der Gestank nach Eiter wurde so übermächtig, dass Arri zweimal schrecklich übel wurde, und auch aus Leas Gesicht war sämtliche Farbe gewichen, als sie endlich fertig war. Die Schale, in die sie immer wieder ihr Tuch getaucht hatte, war nun mit einer braunroten Flüssigkeit gefüllt, die kaum weniger übel roch als Krons Arm. Erschöpft ließ sich Lea zurücksinken. »Das hat keinen Sinn«, wandte sie sich an Grahl. »Ich kann den Arm nicht retten.«

Grahls Blick machte klar, dass er das gewusst hatte. Trotzdem flammte eine Mischung aus Wut und Entsetzen in seinen Augen auf. »Was soll das heißen?«, fuhr er sie an. »Du kannst alle Verletzungen heilen! Hilf ihm!«

»Das soll heißen«, antwortete Lea leise, fast traurig, zugleich aber auch sehr entschieden, »dass die Wunde brandig geworden ist. Wenn du es schon nicht siehst, dann solltest du es zumindest riechen.« Sie schüttelte traurig den Kopf. »Er ist dein Bruder. Ich weiß, was er dir bedeutet. Wärt ihr gestern hierher gekommen, hätte ich vielleicht noch etwas tun können. Aber so ist es zu spät. Es ist ein Wunder, dass er überhaupt noch lebt.«

Noch einmal – diesmal aber nur für einen ganz kurzen Moment – blitzte blanker Hass in Grahls Augen auf, aber das Gefühl hielt nicht einmal lange genug an, um Arri erschrecken zu können. Dann machte es einer dumpfen Verzweiflung und einem Schmerz Platz, die sie bei diesem großen, streitlustigen Mann niemals erwartet hätte. »Also ... also wird er sterben?«

Lea ließ eine geraume Weile verstreichen, bevor sie antwortete, und sie sah Grahl dabei auch nicht direkt in die Augen. »Das wissen nur die Götter, Grahl. Ich kann seinen Arm nicht retten.« Sie schwieg kurz und fügte dann noch leiser hinzu: »Aber vielleicht ihn.«

Grahls Augen wurden groß. Das Entsetzen, das Arri darin las, war offensichtlich noch größer als das bisherige, aber von einer vollkommen anderen Art. »Du ... du willst seinen ... seinen Arm abschneiden?«, flüsterte er.

»Er wird mit Sicherheit sterben, wenn ich es nicht tue. Noch heute, spätestens aber morgen. Vielleicht wird er auch sterben, wenn ich es tue, doch wenn nicht, stirbt er bestimmt.«

Arri spürte ein kurzes, aber eisiges Frösteln. Sie wusste, dass ihre Mutter Recht hatte. Kron gehörte mit zu den stärksten Männern im ganzen Dorf. Die meisten anderen an seiner Stelle hätten nicht einmal den Rückweg hierher lebend überstanden. Dennoch schnürte ihr die bloße Vorstellung dessen, was ihre Mutter gerade vorgeschlagen hatte, die Kehle zu.

»Aber ... mit einem Arm wird er ... ein Krüppel sein«, stammelte Grahl. Arri sah, dass er unter all dem eingetrockneten Schmutz und der Sonnenbräune blass geworden war. »Er wird nie mehr auf die Jagd gehen können. Wovon soll er leben? Wie soll er sich und seine Familie ernähren?«

»Wenn die Götter entscheiden, dass er lebt, dann werden sie auch dafür sorgen, dass er es kann«, antwortete Lea. »Er wird eine andere Arbeit finden. Seine Frau und seine Kinder können ihn versorgen, und Ans' Familie ebenfalls, jetzt, wo er nicht mehr am Leben ist.« Sie hob müde die Schultern. »Er ist dein Bruder. Es ist deine Entscheidung.«

Grahl schwieg eine lange, schier endlos lange Weile. Er blickte auf seinen bewusstlosen Bruder herab, doch Arri war sicher, dass er etwas ganz anderes sah. Schließlich flüsterte er: »Er wird mich dafür hassen.«

»Nicht so sehr wie mich«, sagte Lea. »Uns bleibt nicht mehr viel Zeit, aber ein wenig schon. Besprich es mit seiner Familie oder auch mit Sarn, wenn du willst. Aber komm schnell zurück. Jeder Moment, den wir noch warten, verschlechtert seine Aussicht, am Leben zu bleiben.«

Zuerst schien es, als hätte Grahl ihre Worte gar nicht gehört. Sein Blick flackerte unstet über das Gesicht seines bewusstlosen Bruders, wanderte dann zu seinem Arm und saugte sich an der schwärenden Wunde fest. Im ersten Augenblick dachte Arri, dass seine Lippen zitterten, dann aber wurde ihr klar, dass sie lautlose, gestammelte Worte formten, vielleicht in einer Sprache, die nur er allein verstand.

»Nein«, sagte er schließlich. »Tu es. Jetzt.«

»Bist du sicher?«, fragte Lea. »Du hast Recht, weißt du? Er wird dich dafür hassen.«

»Nicht so sehr wie dich.« Grahl versuchte zu lachen. Es misslang. »Waren das nicht deine eigenen Worte?«

»Alle hier hassen mich.« Lea schüttelte ernst den Kopf. »Aber du bist sein Bruder.«

Grahls Blick löste sich von Krons Gesicht, bevor er antwortete, strich mit sonderbarer Kälte über Leas Gestalt und blieb dann an der Klinge des schimmernden Zauberschwertes an der Wand hinter ihr hängen, bevor er antwortete. »Ich habe schon einen Bruder verloren. Ich will nicht schuld am Tod eines zweiten sein. Du hast Recht. Wenn die Götter es wollen, wird er weiterleben, und wenn es so kommt, dann werde ich es als Zeichen nehmen, unsere Kraft nicht mehr mit der Jagd auf Schweine zu verschwenden. Ein Mann kann ein Schwert auch mit einer Hand führen. Wir werden Ans' Mörder suchen und töten.«

Ein flüchtiger Ausdruck von Trauer huschte über Leas Gesicht und erlosch wieder, bevor Grahl ihn sehen konnte. Arri jedoch entging er keineswegs. Das war ganz eindeutig nicht die Antwort, auf die ihre Mutter gewartet hatte, aber sie schien auch nicht wirklich überrascht. Allerhöchstens enttäuscht.

»Wenn du es so willst. Trotzdem möchte ich, dass du gehst und Sarn holst. Ich brauche noch ein wenig Zeit, um alle Vorbereitungen zu treffen, und auch die Hilfe eines zweiten Mannes. Und wer wäre besser geeignet als euer Schamane?«

Grahl setzte zu einer Antwort an, doch in diesem Augenblick hörte Arri das Muschelklappern des Vorhanges, und als sie überrascht den Kopf wandte, sah sie niemand anderen als den Mann die Hütte betreten, von dem ihre Mutter soeben gesprochen hatte: Sarn. Grauhaarig, mit verfilztem Bart und trotz seines fortgeschrittenen Alters noch immer mit breiten Schultern, die wie unter dem unsichtbaren Gewicht der Jahre, die auf ihnen lasteten, weit nach vorn gebeugt waren, wirkte er übellaunig und angriffslustig wie immer, als er sich wieder aufrichtete, zugleich aber auch ein wenig verunsichert, und das war etwas, das Arri noch nie an ihm beobachtet hatte. Trotzdem wich sie ganz unwillkürlich ein Stück zurück, und ihr war, als spüre sie noch jetzt den festen Griff seiner Greisenhand, mit der er sie im Steinkreis umklammert hatte.

»Du brauchst nicht nach mir zu schicken«, sagte er. »Ich habe alles gehört.«

»Ich weiß«, antwortete Lea. »Ich hoffe, es war nicht zu unbequem für dich, die ganze Zeit draußen zu stehen und zu lauschen.«

Arri runzelte überrascht die Stirn. Wann immer sie allein waren, pflegte ihre Mutter nie einen Hehl daraus zu machen, was sie von Sarn wirklich hielt, nämlich so wenig wie Sarn umgekehrt davon, dass er die fremde Frau und ihr Kind nur in seinem Dorf duldete, weil ihr Nutzen für die Gemeinschaft größer war als der Schaden, den sein Stolz durch ihre Anwesenheit davontrug; nun gut, und vielleicht auch, weil sie trotz allem unter Nors persönlichem Schutz stand. Aber sie hatte noch nie erlebt, dass ihre Mutter Sarn so unverblümt herausforderte. Der Dorfälteste anscheinend auch noch nicht, denn er starrte Lea einfach nur fassungslos an, und Arri wäre nicht weiter erstaunt gewesen, hätte er wie ein Fisch auf dem Trockenen nach Luft geschnappt. Dann jedoch fing er sich wieder und setzte ein möglichst grimmiges Gesicht auf.

»Deine Entscheidung ist richtig«, sagte er, direkt an Grahl gewandt, nicht etwa mitfühlend, sondern ganz im Ton eines Herrschers, der die Entscheidung eines unbedeutenden Untergebenen im Nachhinein gutheißt. »Unser Stamm ist zu klein, um auch nur auf ein einziges Leben verzichten zu können. Wenn die Götter es wollen, wird Kron wieder gesund, und ihr könnt den Mord an eurem Bruder rächen.« Er wandte sich mit verächtlichem Gesichtsausdruck an Lea. »Du brauchst meine Hilfe?«

Ohne zu antworten, griff Lea in ihren Beutel und kramte ein zweites Messer heraus, dessen Klinge ebenso übertrieben breit war wie die des ersten lächerlich klein. Es hatte einen langen, mit Lederstreifen umwickelten Griff, den sie nun sorgsam in eine zweite Lage aus dickem Stoff wickelte, bevor sie aufstand und damit zum Feuer ging. Der bittere Klumpen in Arris Hals wurde größer, als sie sah, dass ihre Mutter die bronzene Messerklinge ins Feuer legte und sorgsam so platzierte, dass sie möglichst viel Glut abbekam.

Noch immer ohne etwas zu sagen, verschwand sie abermals im Nebenzimmer und kam nach einem Augenblick mit zwei unterschiedlich langen Lederriemen in der Hand zurück. Der eine war geflochten, bestand aus mehreren dünnen Schnüren und war doppelt so lang wie Arris Arm. Mit wenigen geschickten Bewegungen knotete sie ihn um Krons Handgelenk und zog ihn stramm. Mit dem anderen, dünneren Riemen beugte sie sich über Krons Schulter und band den Arm dicht über dem Gelenk so fest ab, dass das Blut gestaut wurde. Sie bedeutete Grahl mit einer Kopfbewegung, seinen Bruder festzuhalten, und winkte dann Sarn herbei. »Du musst seinen Arm ausgestreckt halten«, sagte sie, während sie ihm das Ende der geflochtenen Schnur in die Hand drückte. »Zieh so fest wie du kannst. Keine Sorge. Er wird nichts spüren.«

Der Dorfälteste betrachtete den Lederriemen ungefähr so begeistert, wie er eine giftige Schlange angesehen hätte, die Lea ihm gereicht hätte, dann bedachte er sie selbst mit einem vielleicht noch angewiderteren Blick. Doch Lea ließ sich weder von dem einen noch dem anderen beeindrucken, sondern nahm das Schwert von der Wand, ergriff es mit beiden Händen und berührte mit der Klinge vorsichtig Krons Arm an einer Stelle nur zwei Finger breit unterhalb des Riemens, mit dem sie ihn abgebunden hatte. Der Kloß in Arris Hals war mittlerweile so dick geworden, dass sie kaum noch atmen konnte. Sie wusste nicht, was sie mehr erschreckte – die Vorstellung von dem, was ihre Mutter gleich tun würde, oder die Kälte, mit der sie ihre Vorbereitungen traf.

»Es könnte sein, dass er aufwacht«, sagte Lea leise und in ernstem Ton, an Grahl gewandt. »Wenn das geschieht, musst du ihn auf jeden Fall festhalten, hast du verstanden? Er wird verbluten, wenn er sich die Riemen abreißt.«

Grahl nickte. Er war sehr blass, wirkte aber zugleich auch entschlossen, ganz anders als Sarn, der allenfalls so tat, als hielte er den Riemen, mittels dessen er Krons Arm strecken sollte, tatsächlich fest. Seine Hände zitterten sichtbar.

Als es dann geschah, ging alles so schnell, dass Arri nicht einmal wirklich Zeit fand zu erschrecken. Ihre Mutter suchte mit leicht gespreizten Beinen nach festem Stand, hob das Schwert in einer fließenden Bewegung so hoch über den Kopf, dass die Klinge raschelnd das mit Gras gedeckte Dach über ihr streifte, und ließ es dann mit einer sonderbar mühelos wirkenden Bewegung niedersausen. Das schimmernde Metall durchtrennte Fleisch und Knochen so leicht, als wäre es auf keinen wirklichen Widerstand gestoßen, und fuhr mit einem dumpfen Laut fast fingertief in die Fußbodenbretter.

Grahl gab einen leisen, wimmernden Laut von sich, der so gequält klang, als hätte das tödliche Metall in seinen eigenen Arm gebissen. Kron ächzte im Schlaf und lag dann wieder still, und Sarn, der ganz offensichtlich im letzten Moment doch noch tat, was Lea von ihm verlangt hatte und den Riemen straff zog, taumelte mit zwei eindeutig lächerlich wirkenden Schritten rückwärts und wäre sicherlich äußerst unsanft zu Boden gefallen, wäre er nicht mit dem Rücken gegen die Wand neben dem Guckloch geprallt. So rutschte er nur ungeschickt daran entlang nach unten – was für Arri fast genauso komisch aussah. Das Lachen blieb Arri allerdings im Halse stecken, als der Riemen in seinen Händen der Bewegung mit einer kurzen Verzögerung folgte und inmitten eines nach allen Seiten spritzenden Blutschwalls wie eine Peitschenschnur auf ihn zuschnellte. Krons abgetrennter Arm, der daran hing, platschte mit einem dumpfen Laut direkt neben Sarns Füßen auf den Boden, und das Blut, das aus ihm schoss, ergoss sich über seine Sandalen und besprenkelte sein Gewand.

Lea legte das Schwert aus der Hand und war mit zwei schnellen Schritten beim Feuer. Mit einer sonderbaren Mischung aus blankem Entsetzen und einem seltsam teilnahmslosen Interesse sah Arri zu, wie sie das Messer aus der Glut nahm, sich zu Kron hinabbeugte und die mittlerweile glühende Klinge auf seinen Armstumpf presste, aus dem nur sehr wenig und unnatürlich hell aussehendes Blut quoll. Es zischte, und der durchdringende Gestank von verbranntem Fleisch erfüllte den Raum, als Lea den Stumpf mit wenigen, sehr schnellen Bewegungen ausbrannte. Arri wurde nun endgültig schlecht. Irgendwie schaffte sie es, sich nicht vor die Füße ihrer Mutter zu übergeben, aber erstaunlicherweise gelang es ihr nicht, sich von dem furchtbaren Bild loszureißen. Kron warf im Schlaf den Kopf hin und her. Sein ganzer Körper bebte so stark, dass sein Bruder all seine Kraft aufwenden musste, um ihn niederzuhalten. Seine Beine strampelten wild.

Schnell, dennoch aber mit sehr ruhigen, sicheren Bewegungen führte Lea ihre Arbeit zu Ende, legte das Messer anschließend wieder ins Feuer und sah dann mit nachdenklich gerunzelter Stirn auf ihren Patienten hinab. Kron stöhnte leise im Schlaf, hatte aber aufgehört, sich hin und her zu werfen und mit den Beinen zu strampeln. Sein Armstumpf blutete nicht mehr, und der Gestank von Eiter und Fäulnis war einem Geruch gewichen, als hätte man ein Stück Wildbret zu lange im Feuer gelassen. Sarn saß noch immer in unveränderter Haltung unter dem Fenster und starrte abwechselnd den bewusstlosen Jäger und den Lederriemen in seinen Händen an, an dessen Ende immer noch Krons abgetrennter Arm hing; seinem Gesichtsausdruck nach zu schließen, wäre er nicht besonders überrascht gewesen, wäre dieser plötzlich zum Leben erwacht und hätte nach seiner Kehle gegriffen.

Lea bückte sich nach einem der kleinen Lederbeutel, die sie geholt hatte, und reichte ihn Grahl. »Bestreicht die Wunde mit einem dicken Sud aus diesen Kräutern. Ich komme später und lege ihm einen Verband an, aber im Moment sind Licht und Luft das Beste für die Wunde. Ihr müsst ihm Wasser geben, so viel es nur geht. Wenn er nicht trinken will, dann zwingt ihn.«

Grahl blickte den kleinen Beutel in seiner Hand vollkommen verständnislos an. Er wusste offensichtlich nicht, was er damit anfangen sollte. »Aber was, wenn ...«

»Mehr kann ich im Augenblick nicht für deinen Bruder tun«, unterbrach ihn Lea. Plötzlich klang sie ungeduldig, fast zornig. Sie wedelte mit der Hand. »Jetzt bringt ihn nach Hause. Wenn er aufwacht und seine Schmerzen zu schlimm werden, dann kommt zu mir, aber wahrscheinlich wird er schlafen.«

»Aber ... aber er wird ... leben?«, murmelte Grahl. Es klang flehend.

»Ich hoffe es.« Lea fuhr sich mit der Zungenspitze über die Lippen und verbesserte sich dann mit einem abgehackten, aber nur angedeuteten Nicken: »Wahrscheinlich. Wenn er die Nacht übersteht, sind seine Aussichten gut. Jetzt bringt ihn weg.«

Nicht nur Arri war verwirrt. Bisher hatte ihre Mutter die gleiche Mischung von Sicherheit und Zuversicht ausgestrahlt wie sonst auch. Nun aber wirkte sie erregt, ungeduldig und zornig und schien Kron und die beiden anderen gar nicht schnell genug loswerden zu können. Was bedeutete das nur?

Hinter ihr richtete sich Sarn ächzend wieder auf. Arri wandte flüchtig den Kopf und sah, dass er den Lederriemen immer noch in beiden Händen hielt; ein Angler, der einen ganz besonders grausigen Fisch gefangen hatte. Auch in seinen Augen las sie pures Entsetzen, aber nicht nur. Da war noch etwas, und auch wenn sie es nicht richtig zu deuten vermochte, machte es ihr Angst.

Grahl schob den Beutel, den Lea ihm gegeben hatte, unter seinen Umhang, dann hob er seinen bewusstlosen Bruder anscheinend ohne die mindeste Mühe hoch und wandte sich zum Ausgang »Und du kommst täglich und ... und sorgst dich um ihn?«, vergewisserte er sich, bevor er die Hütte verließ.

Lea nickte. Sie sagte nichts. Ihr Gesicht war zu einer Maske erstarrt.

»Und wenn nicht, dann werden die Götter sein Leben erhalten«, sagte Sarn. »Ich werde ihre Gunst erflehen, und der ganze Stamm wird ihnen opfern, damit sie Krons Leben verschonen.«

»Ja«, flüsterte Lea, so leise, dass Arri bezweifelte, dass Sarn die Worte überhaupt verstand. »Tu das.« Etwas lauter und mit einem Lächeln, das so falsch war, wie es nur sein konnte, fügte sie hinzu: »Geh mit ihm, Sarn. Er wird alle Hilfe brauchen, die er bekommen kann. Was ich tun konnte, habe ich getan. Jetzt sind eure Götter an der Reihe.«

Sarn starrte sie mit eisigem Blick an und wollte Grahl dann folgen, doch Lea hielt ihn noch einmal zurück und deutete auf Krons abgetrennten Arm. »Hast du nicht etwas vergessen? Das hier gehört Kron, glaube ich.«

Arri stockte der Atem, und auch der Stammesälteste japste nun tatsächlich nach Luft. Dann aber drehte er sich mit einem Ruck herum, hob Krons abgetrennten, schon fast vollständig ausgebluteten Arm auf und stürmte regelrecht damit aus der Hütte. Arri war mit zwei schnellen Schritten am Guckloch und sah, dass er heftig auf Grahl einzureden begann der seinen bewusstlosen Bruder die Anhöhe zum Dorf hinauftrug. Die beiden waren nicht allein. Nicht nur Rahn, sondern nahezu alle männlichen Dorfbewohner hatten sich – ohne dass Arri es bisher auch nur bemerkt hätte – vor ihrer Hütte versammelt und offensichtlich darauf gewartet, dass er und die beiden Jäger wieder herauskamen. Arri wartete, bis Grahl und seine Begleiter aus ihrem Blickfeld verschwunden waren, dann drehte sie sich wieder zu ihrer Mutter um und sah sie fassungslos und aus großen Augen an. »Warum hast du das getan?«, murmelte sie.

Lea schnaubte. »Was?«, stieß sie hervor. »Sein erbärmliches Leben gerettet? Ich weiß es nicht.«

»Sarn«, antwortete Arri kopfschüttelnd. »Warum hast du ihn so gereizt?«

»Gereizt?«, erwiderte Lea mit einem neuerlichen, durch und durch humorlosen Lachen. »Ich habe ihn nicht gereizt, Arri. Ich habe ihm einen Gefallen getan. Jetzt hat er endlich den Grund, nach dem er schon so lange sucht.«

»Wie meinst du das?«

»Ich hätte diesen Dummkopf sterben lassen sollen. Es war ein Fehler, ihm zu helfen, ganz gleich, wie es ausgeht.«

»Aber hast du mir nicht immer selbst gesagt, dass es niemals ein Fehler ist, einem Menschen zu helfen?«, fragte Arri.

»Und vielleicht war gerade das mein größter Fehler«, antwortete Lea düster. Sie biss sich auf die Lippen. Bevor sie weitersprach, hob sie das Schwert auf und wischte die Klinge sorgfältig mit Buchenblättern sauber. Ihre Stimme wurde leiser. »Es ist gleich, was jetzt passiert, weißt du? Wenn er stirbt, dann ist es meine Schuld, jedenfalls für Sarn, und er wird dafür sorgen, dass alle anderen das auch glauben. Und wenn er lebt, dann ist es meine Schuld, dass sich der Stamm mit einem weiteren Krüppel herumplagen muss, der nicht mehr arbeiten kann und an den man wertvolles Essen verschwenden muss.«

»Das meine ich nicht.« Arri war verwirrt, aber auch traurig, denn sie spürte den Aufruhr, der hinter der Stirn ihrer Mutter tobte, und sie fühlte sich so hilflos, da sie nichts für sie tun konnte. »Das mit dem Arm. Warum hast du das getan? Es war grausam.«

Lea fuhr mit einer zornigen Bewegung herum, und in ihren Augen funkelte es so wütend, dass Arri fast sicher war, nunmehr selbst zur Zielscheibe ihres Zorns zu werden. »Wieso grausam?«, fragte sie böse. »Vielleicht brauchen sie ihn ja, um ihn ihrem Nachtgott Mardan zu opfern.« Sie lachte hart auf. »Vielleicht essen sie ihn ja auch.«

Arri war schockiert. So etwas hatte sie noch niemals aus dem Mund ihrer Mutter gehört. Doch die harsche Antwort, die ihr auf der Zunge lag, wollte nicht kommen. Stattdessen fragte sie ganz leise: »Du hasst diese Menschen?«

»Hassen?« Lea schien einen Moment ernsthaft über diese Frage nachzudenken. Dann schüttelte sie den Kopf. Plötzlich schimmerten ihre Augen feucht. »Nein.« Dann hob sie die Schultern und verbesserte sich: »Ja. Du hast Recht. Ich hasse sie. Aber nicht, weil sie so sind, wie sie nun einmal sind. Ich hasse sie, weil unser Volk sterben musste und sie leben.«

»Aber das ist doch nicht ihre Schuld«, widersprach Arri. Sie war nicht einmal sicher, ob das stimmte. Sie wusste so wenig über das, was geschehen war, bevor sie hierher gekommen waren.

»Nein. Es ist nicht ihre Schuld. Aber das macht es nicht besser, weißt du?« Plötzlich fing sie an zu weinen. Ihr Gesicht blieb fast unbewegt, doch über ihre Lippen kam ein leiser, klagender Laut, und die Tränen malten glitzernde Spuren in den Schweiß auf ihrem Gesicht. Der bloße Anblick brach Arri schier das Herz. Nie zuvor hatte sie ihre Mutter weinen sehen. Es war ein Schock, denn wenn es einen Menschen auf der Welt gab, dessen Stärke und Unbesiegbarkeit ihr vollkommen erschienen waren, dann war es ihre Mutter. Etwas, das sie zum Weinen brachte, das musste ... unvorstellbar sein. Mit einem Male fühlte sie sich so hilflos, dass auch sie nur mit Mühe die Tränen zurückhalten konnte. Sie wollte sich von ihrem Platz am Fenster lösen und zu ihrer Mutter gehen, um sie in die Arme zu schließen, doch kaum hatte sie den ersten Schritt getan, da fuhr Lea auf dem Absatz herum und stürmte so schnell aus dem Haus, wie sie nur konnte.

5

Drei Tage und drei Nächte lang rang Kron mit dem Tod und mit ihm das ganze Dorf; schließlich gewann er diesen Kampf, auch wenn er nie wieder derselbe Mann sein sollte, als der er zusammen mit seinen Brüdern weggegangen war. Für Arri war es, als wollten diese Tage kein Ende nehmen. Unentwegt hallte das Dorf vom dumpfen Dröhnen der Trommeln wider, die Sarn schlagen ließ, um Mardan gnädig zu stimmen, und je nachdem, wie der Wind stand, konnte man die schrille Altmännerstimme des Schamanen hören, dessen Singsang so wenig eine Pause fand wie das Trommelschlagen und die gemurmelten Gebete der anderen, die nicht auf den Feldern waren und die überreiche Ernte dieses Sommers einbrachten.

Auch Arri fand kaum Schlaf in dieser Zeit. Zwei oder drei Mal jeden Tag schickte ihre Mutter sie mit frischen Kräutern und Heiltränken zur Hütte des Jägers, wo sie darauf achtete, dass ihm die Tinkturen auch zuverlässig eingeflößt, sein Verband ebenso regelmäßig erneuert wie die Wunde sauber gehalten wurde. Die ersten ein oder zwei Mal konnten sich Sarn – und vor allem natürlich Rahn! – eine böse Bemerkung nicht verkneifen. Einmal erntete sie sogar eine wütende Beschimpfung des jungen Fischers, die sie aber ebenso wenig zur Kenntnis nahm, wie sie so tat, als fielen ihr das Getuschel und die verstohlenen Blicke der anderen nicht auf, die sie ihr immer dann zuwarfen, wenn sie glaubten, sie merke es nicht. Bald jedoch verstummten die boshaften Kommentare, und Sarn beließ es dabei, sie mit eisigen Blicken zu messen und die Gaben ihrer Mutter wortlos entgegenzunehmen.

Arri glaubte jedoch nicht, dies könne etwa daran liegen, dass sich Sarns Groll ihrer Mutter und auch ihr gegenüber allmählich legte. Vielmehr verfiel der Schamane immer stärker in einen Zustand vollkommener körperlicher und geistiger Erschöpfung, denn er schien sich vorgenommen zu haben, so lange über Krons Lager zu wachen, bis dieser entweder starb oder die Augen aufschlug. Am Ende des dritten Tages hätte Arri nicht mehr darauf gewettet, welcher der beiden zuerst die beschwerliche Reise in das ewige Reich des Todes antreten würde.

Sie erlebte jedoch noch etwas anderes, was ihr neu und auf erschreckende Weise unangenehm war: Zum allererstein Mal, solange sie sich zurückerinnern konnte, brach ihre Mutter ihr Wort. Sie hatte versprochen, sich selbst um den verletzten Jäger zu kümmern, doch sie verließ ihre Hütte kein einziges Mal, und als Grahl am Mittag des zweiten Tages zu ihr kam und sie bat, sich um seinen Bruder zu kümmern, dessen Zustand sich offenbar dramatisch verschlechtert hatte, schickte sie ihn mit ein paar groben Worten und der Bemerkung fort, dass es nichts in ihrer Macht Stehendes mehr gab, was Sarn und seine Götter, die er ununterbrochen anwimmerte, nicht besser könnten. Arri verstand diese Äußerung ihrer Mutter nicht, auch wenn sie sie kaum noch überraschte. Seit dem Tag, an dem sie den Streit zwischen ihr und Nor belauscht hatte, hatte sich ihre Mutter verändert, und diese Veränderung war weder abgeschlossen, noch war es eine Veränderung zum Guten.

An dem Abend, der der Rückkehr der Jäger folgte, gingen sie nicht wieder hinaus in den Wald, und auch nicht an dem danach, doch in der dritten Nacht wurde Arri von ihrer Mutter weit vor Sonnenaufgang mit den Worten geweckt, dass sie sich nun genug ausgeruht habe und es an der Zeit sei, ihre Ausbildung fortzusetzen. Obwohl Arri noch immer jeder Knochen im Leib wehtat und ihr Muskelkater eher schlimmer als besser geworden war, freute sie sich innerlich darauf, war zugleich aber auch beinahe erschrocken; nach allem, was durch den Angriff auf die Jäger geschehen war und vielleicht noch geschehen würde, kam es ihr irgendwie unangemessen vor, jetzt einfach so weiterzumachen, als wäre nichts passiert; und sie fühlte sich auch ein bisschen schuldig, weil ihr allein der Gedanke, wieder mit ihrer Mutter hinaus in den Wald zu gehen, Freude bereitete, wo doch über das Dorf ein so großes Unglück gekommen war.

Dennoch folgte sie Lea widerspruchslos, als sie sie zu der kleinen Lichtung im Wald führte, in deren Mitte die Quelle entsprang. Dort angekommen, wollte sie den Rock abstreifen und sich nach dem Ast bücken, der noch immer genau dort lag, wo sie ihn fallen gelassen hatte, aber ihre Mutter schüttelte den

Kopf und zog einen drei Finger breiten Streifen aus gegerbtem Leder aus dem Ausschnitt ihres Kleides. »Heute üben wir etwas anderes«, sagte sie. »Dreh dich um.«

Arri sah sie verwirrt und auch etwas beunruhigt an, gehorchte dann aber, und ihre Mutter trat hinter sie, verband ihr mit dem Lederstreifen die Augen und knotete ihn nachlässig an ihrem Hinterkopf fest. »Jetzt zähl langsam bis dreißig.«

»Dreißig?«, wiederholte Arri verständnislos.

Ihre Mutter seufzte. »Ja, das habe ich wohl auch versäumt«, murmelte sie. »Also gut: Zähl bis zehn, so weit, wie du Finger an beiden Händen hast, und das dreimal hintereinander. Kannst du das?«

»Natürlich«, antwortete Arri. »Und ... dann?«

Darauf bekam sie keine Antwort. Die Schritte ihrer Mutter entfernten sich rasch und waren kurz darauf gar nicht mehr zu hören. Arri bekam es ein bisschen mit der Angst zu tun, beruhigte sich aber selbst damit, dass ihre Mutter schon wissen würde, was sie tat, und zählte schließlich in Gedanken langsam bis zehn und dann noch einmal und noch einmal, bis sie schließlich die Hände hob und den Streifen von ihren Augen riss.

Mit klopfendem Herzen sah sie sich um. Sie war nicht überrascht festzustellen, dass ihre Mutter verschwunden war, aber aus dem unangenehmen Gefühl, das sie die ganze Zeit über gehabt hatte, wurde nun eindeutig Furcht, ganz gleich, wie angestrengt sie auch versuchte, sich selbst zu belügen und das Gegenteil zu behaupten. Dabei war es nicht einmal besonders schwer zu erraten, was ihre Mutter nun von ihr erwartete. Ganz offensichtlich hatte sie die Zeit genutzt, sich irgendwo versteckt, und sie, Arri, sollte sie nun suchen. Das war zwar möglicherweise eine echte Herausforderung, aber Arri war nicht nach Versteckspielen zumute; sie überlegte sogar ganz ernsthaft, ob sie jetzt einen Grund hatte, eingeschnappt zu sein. Schließlich war sie kein kleines Kind mehr. Dann aber zuckte sie mit den Schultern und machte sich auf die Suche.

Anfangs war es nicht einmal besonders schwer. Bis zum Sonnenaufgang musste es noch eine gute Weile hin sein, wenn nicht mehr, aber das Gras war trotzdem schon feucht vom Tau, sodass ihre Schritte deutlich sichtbare Abdrücke darin hinterließen – und die ihrer Mutter natürlich auch. Von der Stelle hinter ihr, an der sie gestanden hatte, führten sie zur Quelle, bogen dann scharf nach rechts ab und verschwanden geradewegs im Wald, und das wortwörtlich.

Neumond war erst seit einem Tag vorbei, doch der Himmel war wolkenlos, und das Licht der Sterne reichte aus, um Leas Fußspuren im Gras deutlich erkennen zu können. Zwischen den Bäumen jedoch herrschte fast vollkommene Dunkelheit, und auch nachdem sie die Augen geschlossen und ein gutes Dutzend Herzschläge lang abgewartet hatte, dass sie sich an die veränderten Lichtverhältnisse hier im Wald gewöhnten, wurde es nicht viel besser. Sie erkannte ihre Umgebung jetzt zumindest schemenhaft, doch es war trotzdem viel zu dunkel, um der Fährte eines Menschen zu folgen. Ganz davon abgesehen, dass es hier zwischen den Bäumen kein Gras gab, sondern nur Moos und Flechten und dürres Unterholz.

Arris Mut sank, aber nur für einen Moment. Ihre Mutter verlangte oft Dinge von ihr, die schwer waren und mit denen sie sich nicht selten überfordert fühlte, aber sie hatte nie etwas *Unmögliches* von ihr erwartet. Die Aufgabe musste also zu lösen sein. Dieser Gedanke half. Furcht und Niedergeschlagenheit verschwanden, und eine kribbelnde Erregung ergriff von Arri Besitz. Zweifellos stand ihre Mutter irgendwo gut verborgen in den Schatten des Waldes und beobachtete sie, und sie hatte nicht vor, sie zu enttäuschen. Behutsam ließ sie sich in die Hocke sinken, tastete mit den Fingerspitzen über den von der Sommerhitze ausgetrockneten und rissig gewordenen Boden und strengte die Augen an, um in dem schwachen Licht so viel wie nur möglich zu erkennen.

Nach einer Weile hatte sie Erfolg. Nur ein kleines Stück vom Waldrand entfernt entdeckte sie einen Ast mit einer frischen Bruchstelle und in gerade Linie dahinter ein niedergetretenes Mooskissen. Mit einem zufriedenen Lächeln richtete sie sich auf, folgte der Spur und entdeckte weitere, verräterische Hinweise darauf, dass jemand kurz vor ihr hier gewesen war: noch mehr geknickte Äste, noch mehr niedergetretenes Moos und eine frische Schleifspur im trockenen Laub, das den Waldboden bedeckte. Ein grimmiges Lächeln breitete sich auf Arris Zügen aus, als ihr klar wurde, wie wenig Rücksicht ihre Mutter auf ihrem Weg zwischen den Bäumen hindurch genommen hatte; aber die Erkenntnis ärgerte sie auch ein wenig. Sie kannte ihre Mutter nun wahrlich gut genug, um zu wissen, dass sie es ihr nicht absichtlich leicht machen würde. Vielmehr bewies die schon fast überdeutliche Spur, der sie tiefer in den Wald hinein folgte, wie gering ihre Mutter ihre Fähigkeiten einschätzte.

Plötzlich verhielt sie im Schritt. Im allerersten Moment wusste sie selbst kaum, warum, dann wurde ihr klar, dass hier irgendetwas nicht stimmte. Die Spur aus geknickten Ästen und achtlos beiseite gefegtem Laub führte geradeaus weiter, was nichts anderes bedeutete, als dass ihre Mutter sich irgendwo dort vorne verbarg, und doch hatte sie für einen winzigen Moment das eindringliche Gefühl, beobachtet zu werden. Langsam drehte sie sich einmal im Kreis, sah sich dabei aus misstrauisch zusammengekniffenen Augen um und setzte ihren Weg schließlich fort, als sie nichts anderes als Schatten und Dunkelheit gewahrte.

Sie hatte noch keine drei Schritte getan, als es über ihr in der Baumkrone raschelte. Erschrocken fuhr Arri herum, aber ihre Bewegung kam zu spät. Ein Schatten stürzte aus den Ästen des Baumes herab, unter dem sie gerade hindurchgegangen war, und ihr blieb nicht einmal Gelegenheit für einen überraschten Ausruf, da wurde sie auch schon getroffen und so wuchtig zu Boden gerissen, dass ihr schwarz vor Augen wurde. Als sie wieder sehen konnte, lag sie lang ausgestreckt auf dem Rücken, und ihre Mutter kniete auf ihr und drückte ihr einen fingerlangen, abgebrochenen Stock gegen die Kehle. »Wenn das hier ein Messer wäre, dann wärst du jetzt tot«, sagte sie ernst.

Arri hätte ihr gern geantwortet, aber sie wagte es nicht. Lea hielt zwar eindeutig *kein* Messer in der Hand, aber das zersplitterte Ende des Astes war kaum weniger scharf als eine Klinge, und sie drückte es mit solcher Kraft gegen ihren Hals, dass es wirklich wehtat. Alles, was sie als Reaktion wagte, war ein angedeutetes Kopfnicken.

Ihre Mutter hielt die Astspitze gerade lange genug gegen ihre Kehle, dass es wirklich unangenehm wurde, dann stand sie mit einer fließenden Bewegung auf, ließ den Ast fallen und streckte ihr die Hand hin, um ihr beim Aufstehen zu helfen. Ganz instinktiv wollte Arri danach greifen, aber dann siegte ihr Stolz, und sie erhob sich aus eigener Kraft. Lea sah ihr mit unbewegtem Gesicht zu, aber Arri meinte trotzdem, so etwas wie einen zufriedenen Ausdruck in ihren Augen zu erkennen.

»Weißt du, warum es mir gelungen ist, dich zu überraschen?«, fragte sie.

»Du hast dich in den Ästen versteckt.«

»Und du hast es gemerkt«, antwortete Lea. »Habe ich Recht?«

Arri erinnerte sich an das Gefühl, beobachtet zu werden, und antwortete mit einer Bewegung, die eine Mischung aus einem widerwilligen Nicken und einem Schulterzucken war. »Mmm.«

»Du *hast* es gemerkt«, beharrte ihre Mutter. »Warum bist du trotzdem weitergegangen?«

»Weil deine Spur in den Wald hineingeführt hat«, erwiderte Arri. Sie bemühte sich, ein möglichst zerknirschtes Gesicht zu machen.

»Ah ja, meine Spur.« Lea schüttelte den Kopf. »Eine ziemlich auffällige Spur, findest du nicht? Ich musste mir richtig Mühe geben, um sicher zu sein, dass du sie auch siehst. Du bist nicht auf die Idee gekommen, dass niemand, der nicht wie ein blindwütiger Ochse durch den Wald trampelt, eine so auffällige Spur hinterlassen würde? Es sei denn, er *will*, dass du sie siehst?«

»Nein«, gestand Arri zerknirscht.

»Und du bist auch nicht auf die Idee gekommen, dass ich genau auf dieser Spur zurückgehen und mich im Hinterhalt auf die Lauer legen könnte?«, fuhr Lea fort.

Diesmal antwortete Arri gar nicht, sondern sah sie nur betroffen an.

»Du musst wirklich noch viel lernen«, seufzte ihre Mutter. »Deine Sinne sind scharf, sonst hättest du nicht gespürt, dass ich dich beobachte, aber du weißt so erbärmlich wenig darüber, wie du sie benutzen musst.«

»Ich verstehe das nicht!«, begehrte Arri auf. »Was tun wir hier? Warum soll ich das alles lernen? Ich werde es ja trotzdem nie auch nur mit einem einzigen von Nors Kriegern aufnehmen können, wenn sie kommen sollten, um mich zu holen!«

»Darum geht es auch gar nicht. Ich will dir beibringen, am Leben zu bleiben. Ich ...« Lea brach ab, biss sich auf die Unterlippe und schüttelte dann heftig den Kopf, als hätte sie sich selbst eine Frage gestellt und auch beantwortet. Als sie weitersprach, klang ihre Stimme deutlich sanfter. »Bitte verzeih. Ich weiß, ich verlange zu viel von dir. Es ist nicht deine Schuld, dass ich zu lange die Augen vor der Wahrheit verschlossen habe. Aber ich fürchte, uns bleibt nur noch wenig Zeit, und da ist so viel, was du noch lernen musst.« Plötzlich erschien ein fast mildes Lächeln auf ihren Zügen. »Sag es ruhig, wenn ich wieder zu viel von dir verlange.«

»Du verlangst nicht zu viel«, antwortete Arri, Worte, die schon allein ihr Stolz ihr gebot. »Ich würde nur gern verstehen, was wir überhaupt hier tun. Ist es wirklich wegen Nor? Oder doch eher wegen der fremden Krieger, von denen Grahl erzählt hat?«

Wieder antwortete ihre Mutter nicht gleich, sondern sah sie abschätzend an. Dann hob sie die Schultern. »Grahl ist ein Dummkopf und ein Großmaul. Es würde mich nicht wundern, wenn die Krieger, von denen er erzählt hat, in Wahrheit auf vier Hufen laufen und Hauer im Gesicht tragen.«

»Krons Arm sah nicht aus, als wäre er von einem Wildschwein verletzt worden«, gab Arri zu bedenken, doch ihre Mutter lachte nur leise.

»Du hast noch nie gesehen, wozu ein wütender Keiler wirklich fähig ist, wie?«, fragte sie kopfschüttelnd. »Aber wahrscheinlich hast du Recht. Ich vermute, sie sind tatsächlich angegriffen worden – auch wenn ich eher glaube, dass es Jäger eines anderen Stammes waren, in deren Gebiet Grahl und seine Brüder gewildert haben.«

»Und warum dann das alles hier?«, fragte Arri.

»Weil Nor nicht mehr zurück kann und mich zu einer Entscheidung zwingen muss, wenn er nicht vor seinen Priestern das Gesicht verlieren will. Selbst wenn wir es bis zum Frühling herauszögern können: Irgendwann müssen wir hier weg.«

»Und du glaubst, wir werden wie Männer kämpfen müssen, dort, wo wir hingehen?«, fragte Arri besorgt.

»Als ich damals hierher kam, musste ich es«, antwortete ihre Mutter ernst. »Ich hoffe, du wirst nichts von alledem brauchen, was ich dir beibringen werde, aber ...«

Sie brach abermals mitten im Wort ab, legte den Kopf auf die Seite und lauschte einen Moment lang mit halb geschlossenen Augen. Arri wollte eine Frage stellen, doch Lea hob rasch und erschrocken die Hand und gebot ihr zu schweigen. Ein konzentrierter, aber auch leicht erschrockener Ausdruck lag plötzlich auf ihren Zügen. Für eine kleine Ewigkeit, wie es schien, stand sie vollkommen reglos da, atmete nicht einmal, und drehte sich schließlich einmal um sich selbst. Der Anteil an Sorge in ihrer Miene schien größer geworden zu sein, als sie sich wieder zu ihrer Tochter umwandte.

»Was hast du?«, fragte Arri beunruhigt.

»Nichts«, antwortete ihre Mutter. »Ich dachte, ich hätte etwas gehört, aber ich muss mich wohl getäuscht haben. Vielleicht ein Tier«, fügte sie mit wenig überzeugend gespielter Leichtigkeit hinzu.

Bei dem Tier, dachte Arri, das ihrer Mutter solch unübersehbare Angst machte, musste es sich um einen ausgewachsenen Bären handeln oder um ein Rudel Wölfe. Plötzlich begann auch ihr Herz schneller zu schlagen. Hatte ihre Mutter sie nicht erst vor ein paar Tagen vor Wölfen gewarnt, die sich angeblich genau in dieser Gegend herumtreiben sollten?

Beinahe als hätte sie ihre Gedanken gelesen und versuchte sie nun mit aller Macht zu beruhigen, machte ihre Mutter eine besänftigende Geste und deutete mit der anderen Hand in die

Richtung, aus der sie gekommen waren. »Ich glaube, du hast deine Lektion für heute gelernt«, sagte sie lächelnd. »Morgen zeige ich dir, wie man auch Spuren findet, die der andere nicht absichtlich hinterlassen hat, aber jetzt sollten wir zurückgehen.«

Ihr Versuch war gut gemeint, bewirkte aber eher das Gegenteil. Sie war voll innerer Unruhe, und sie hatte sich nicht gut genug in der Gewalt, dass Arri es nicht gemerkt hätte. Was immer sie gehört hatte, es musste sie überaus beunruhigen. Arri sagte jedoch nichts dazu, sondern drehte sich gehorsam um und ging los, und sie tat auch so, als falle ihr nicht auf, dass ihre Mutter ein paar Mal fast unmerklich stockte und sich immer wieder hastig umsah, während sie sich dem Waldrand näherten. Auch sie lauschte konzentriert, doch alles, was sie hörte, war das Geräusch des Windes, der in den Baumkronen über ihren Köpfen spielte, und das Schlagen ihres eigenen Herzens, das so wild wie ein Trommelwirbel klang.

Erst als sie den Waldrand erreicht hatten und auf die Lichtung heraustraten, wurde ihr klar, dass sie tatsächlich den Klang einer Trommel hörte. Der Wind hatte sich gedreht und trug nun das Trommeln vom Dorf heran, und sie glaubte darunter den monotonen Singsang zu hören, den die Sippe auf Sarns Befehl hin angestimmt hatte, um Mardan und die anderen Götter gnädig zu stimmen. Mitten im Schritt blieb sie stehen und wandte den Kopf, um in das Gesicht ihrer Mutter hinaufzusehen, und sie war nicht besonders überrascht, als sie ihr ärgerliches Stirnrunzeln bemerkte. »Sie beten noch immer«, sagte sie.

»Ja«, antwortete Lea. »Und das Schöne ist, dass die Götter am Ende immer Recht behalten, weißt du? Wenn Kron stirbt, dann hat er sich ihrer Gnade als nicht würdig erwiesen, und wenn er es übersteht, dann haben sie ein Wunder bewirkt und ihm das Leben geschenkt.« Ihre Stimme war ganz leise, aber so voller Verachtung, dass Arri schon wieder ein kaltes Frösteln verspürte, das ihr über den Rücken lief.

»Warum hasst du ihre Götter so?«, fragte sie.

»Ihre Götter?«, wiederholte Lea mit einem sonderbaren, bitteren Lächeln. »O nein, du irrst dich. Ich hasse sie nicht. Es gibt keine Götter, weißt du? Weder hier noch sonst wo auf der Welt. Sollte es sie geben, dann wäre es besser für sie, sie gingen mir aus dem Weg.«

Ganz gewiss, dachte Arri, meinte ihre Mutter das nicht so. Sie selbst glaubte nicht an Nors oder Sarns Götter – und wie auch? –, und trotzdem war ihr klar, dass es Götter geben musste. Die Welt mit all ihren unvorstellbaren Wundern und Schrecknissen und ihrer schier endlosen Größe konnte schließlich nicht von selbst entstanden sein, und es musste auch jemanden geben, der die Geschicke der Menschen lenkte. Vielmehr war sie sicher, mit ihrer Frage etwas in ihrer Mutter berührt zu haben, vielleicht den Grund, aus dem sie so selten über dieses Thema sprach, einen alten Schmerz, den sie schon unendlich lange mit sich herumtrug, der aber offensichtlich noch immer nicht vernarbt war. »Gibt es dort, wo du herkommst ...« Sie biss sich auf die Lippen und verbesserte sich, als sie neu ansetzte: »Gibt es dort, wo wir herkommen, keine Götter?«

Sie hatte nicht wirklich mit einer Antwort gerechnet, aber sie bekam eine. »Doch.« Die Stimme ihrer Mutter wurde noch leiser und bitterer. »Es gab sie. Wir haben ihnen gehuldigt, ihnen Tempel gebaut und ihnen Opfer dargebracht. Sie waren nicht so grausam wie Sarns. Unsere Götter waren weise und gütig, und wir mussten ihren Zorn nicht fürchten, sondern glaubten ganz im Gegenteil, dass sie uns beschützen und über uns wachen würden.«

»Aber das haben sie nicht getan«, vermutete Arri.

»Nein«, sagte ihre Mutter. »Wenn es sie gab, dann haben sie all die Jahre über nur mit uns gespielt. Sie haben uns das Paradies gezeigt. Sie haben uns wissen lassen, wie Menschen wirklich leben können, nur, um es uns dann in einem einzigen Augenblick wieder wegzunehmen. Aber ich glaube nicht, dass es sie wirklich jemals gegeben hat.«

Tief in sich, das spürte Arri, glaubte sie es doch. Sie spürte den Schmerz ihrer Mutter, und sie fühlte sich wieder schuldig, weil sie mit ihrer Frage an diese alte Wunde gerührt und sie aufgerissen hatte, und dennoch raffte sie all ihren Mut zusammen und fragte: »Was ist passiert? Du hast mir niemals erzählt, was mit unserer Heimat geschehen ist.«

»Sie ist untergegangen«, antwortete Lea. Plötzlich wurde ihre Stimme hart und spröde. »In einer einzigen Nacht. Und das ist alles, was du darüber wissen musst.«

»Aber warum?«, fragte Arri. »Wenn es dort so anders war als hier und ... und so viel besser, warum erzählst du mir dann nichts davon?«

»Weil es nicht mehr existiert«, erwiderte ihre Mutter. »Warum soll ich dir von etwas erzählen, das du niemals sehen wirst? Ich könnte dir von Wundern berichten, die über alles hinausgehen, was du dir überhaupt vorstellen kannst. Von Menschen, die glücklich und ohne Angst vor dem Morgen gelebt haben, die keinen Hunger kannten und keinen Schmerz. Aber wozu? Das wäre so, als berichtete ich dir von einem Traum, den wir niemals erreichen können.«

»Aber warum denn nicht?«, fragte Arri. Plötzlich musste sie an ihren eigenen Traum denken, den sie träumte, so lange sie sich erinnern konnte und der immer wiederkam. Nur, dass es kein schöner Traum war. »Vielleicht können wir ja dorthin zurückkehren. Ich meine ... auch, wenn der Weg weit ist und gefährlich, wir könnten ...«

»Nein, das können wir nicht«, unterbrach sie ihre Mutter. Arri hörte das Zittern in ihrer Stimme, und ihr entging auch nicht das Aufblitzen von Zorn und Schmerz in ihren Augen – doch dann wurde Leas Stimme plötzlich ganz weich, und auch die Härte in ihrem Blick erlosch. Sie lächelte traurig. »Nein«, sagte sie noch einmal, jetzt aber in verändertem, nicht einmal mehr bitteren, sondern nur noch auf eine verzeihende Art traurigen Ton. »Das können wir nicht. Unsere Heimat existiert nicht mehr. Du und ich, wir sind die Letzten unseres Volkes. Es ist untergegangen, so wie das Land, in dem es gelebt hat, und mit mir wird auch die Erinnerung daran verschwinden.«

»Aber wie kann ein ganzes Land untergehen?«, fragte Arri zweifelnd. »Was ist denn passiert?«

»Ich weiß es nicht«, gestand ihre Mutter. »Vielleicht waren es tatsächlich die Götter. Vielleicht haben wir sie erzürnt, ohne es zu wissen. Aber vielleicht haben wir auch einfach nur Pech gehabt.« Sie hob die Schultern. »Ich weiß nicht, was geschehen ist. Die Erde brach auf und spie Feuer, aus dem Himmel regneten Flammen, und wer dem Feuer und dem Rauch entkam, den verschlang das Meer.«

»Ich weiß«, sagte Arri.

Einen Moment lang sah ihre Mutter sie erstaunt an, aber dann nickte sie. »Dein Traum«, sagte sie.

»Es ist kein Traum, habe ich Recht?«, flüsterte Arri.

»Nein«, gestand Lea. »Es ist kein Traum. Es war die letzte Nacht. Die Nacht, in der ich dich zum Hafen getragen habe. Alle sind dorthin gelaufen, ohne zu ahnen, dass auch dort nur der Tod auf sie wartete. Du warst noch zu klein, um zu laufen, und dein Vater und ich haben dich abwechselnd getragen, bis ...« Ihre Stimme versagte, und ihre Augen füllten sich mit Tränen. Welch einen unvorstellbaren Verlust musste sie erlitten haben, dachte Arri, dass der Schmerz sie selbst nach all den Jahren noch so überwältigte?

»Mein Vater?«, murmelte sie. Sie hasste sich selbst dafür, diese Frage zu stellen. Ihre Mutter hatte *nie* über ihren Vater geredet, und den Grund dafür sah Arri jetzt nass in ihren Augen schimmern, und dennoch konnte sie nicht anders, als fortzufahren: »Wer war er?«

Ein sonderbares Gefühl überkam Arri, als sie Lea so vor sich stehen sah. Niemals zuvor hatte sie ihre Mutter so ernst erlebt; zornig, ja, aufbrausend, übellaunig und nachtragend und oft genug auf eine verletzende Art vorwurfsvoll, die ihr das Gefühl gegeben hatte, ganz allein die Schuld an allem zu tragen, was ihrer Mutter in ihrem Leben widerfahren war. Aber niemals auf eine so ... nein, es gelang ihr nicht, das Gefühl wirklich in Worte zu kleiden.

Sie antwortete auch nicht gleich. Ein einziges schlichtes Ja, ein Kopfnicken, und ihre Mutter würde ihr die Antwort auf all die unzähligen, quälenden Fragen geben, die sie zeit ihres Lebens beschäftigt hatten, ohne dass sie es jemals gewagt hätte, auch nur eine einzige davon auszusprechen. Sie würde endlich erfahren, wer sie war, wer ihre Mutter war und woher sie kam. Und dennoch zögerte sie. Sie war sich nicht sicher, ob sie tatsächlich das Recht hatte, diese Fragen zu stellen. Noch vor wenigen Tagen hätte sie es getan, ohne auch nur einen Herzschlag lang zu zögern, aber nun blickte sie in die Augen ihrer Mutter und las einen Schmerz darin, der nichts mit den Tränen zu tun hatte, die ihr noch immer über das Gesicht liefen, sondern der all die Jahre über in ihr geschwelt hatte, mühsam unterdrückt und verborgen, aber niemals besiegt. Sie fragte sich, ob sie das Recht hatte, in der alten Wunde zu rühren. »Erzähl mir von meinem Vater«, bat sie.

Wieder schwieg ihre Mutter eine ganze Weile, und auch danach antwortete sie nicht sofort, sondern wandte sich um und ging mit langsamen Schritten auf die kleine Felsgruppe in der Mitte der Lichtung zu. Arri folgte ihr. Das Echo der Trommelschläge wurde im Rhythmus des böigen Windes lauter und leiser, ohne jemals ganz abzubrechen, und auch ihr Herz schlug jetzt immer rascher, als wolle es sich dem Takt der Trommeln anpassen. Als sie die Quelle erreicht hatten, nahm ihre Mutter auf einem kniehohen Felsen Platz und schlug mit der flachen Hand auf den Stein neben sich.

Arri gehorchte und setzte sich neben sie, ihre Mutter aber schlang den Arm um sie und drückte sie an sich. Das war etwas, was Arri nicht gewohnt war und von dem sie bisher selbst angenommen hatte, dass sie es gar nicht mochte. Sie hatte schon früh begriffen, dass ihre Mutter die körperliche Nähe anderer Menschen scheute, selbst die Nähe ihrer eigenen Tochter, und daraus geschlossen, dass daran irgendetwas Unangenehmes sein musste. Umso überraschter war sie, als sie nach einem allerersten Moment des Widerstandes spürte, dass das genaue Gegenteil der Fall war. Außer den wirren Träumen, in denen die starken Arme ihrer Mutter sie vor dem Feuer beschützten, das vom Himmel fiel, hatte sie sich noch niemals so behütet und sicher gefühlt wie jetzt.

»Dein Vater war ein Seemann«, begann ihre Mutter mit leiser Stimme, in der noch immer ein sonderbar trauriger Unterton mitzuschwingen schien, aber nun kein Schmerz mehr und auch keine Bitterkeit. »Fast alle unsere Männer fuhren zur See. Wir lebten auf einer Insel, weißt du? Einer sehr großen Insel, aber trotzdem einer Insel, die an allen Seiten vom Meer umgeben war. Unsere Männer waren Händler und Entdecker, und ein paar von ihnen sicher auch insgeheim Abenteurer, auch wenn sie das niemals laut zugegeben hätten.« Sie lachte leise. »Ich glaube, dein Vater war auch ein Abenteurer. Er hat oft von seinen Reisen erzählt, und so, wie er es getan hat, hat es sich stets wie ein einziges großes Spiel angehört. Aber er war noch mehr. Von manchen seiner Fahrten hat er Narben zurückgebracht, ohne jemals zu erzählen, wie er sie sich zugezogen hat.«

»Dann war er ein großer Krieger?«, vermutete Arri.

Da sie den Kopf an die Schulter ihrer Mutter gelegt hatte, konnte sie den Ausdruck auf deren Gesicht nicht erkennen, aber sie spürte, wie sie heftig und fast erschrocken den Kopf schüttelte. »Nein. Wir waren kein Volk von Kriegern. Wir verstanden uns zu verteidigen, das ist wahr, und viele unserer Schiffe waren mächtig und gefürchtet, aber nur bei denen, die dumm genug waren, in ihnen eine vermeintlich leichte Beute zu sehen und sie anzugreifen. Unsere Flotte ist auf allen Meeren gefahren und hat Handel mit den Völkern hinter dem Horizont getrieben, aber wir waren keine Krieger.«

So, wie sie das sagte, musste diese Feststellung für sie von großer Bedeutung sein, auch wenn ihre Worte nicht recht zu dem zu passen schienen, was Arri erlebt und zum Teil mit eigenen Augen gesehen hatte. So hervorragend, wie ihre Mutter mit dem Schwert umzugehen verstand, konnte sie es ohne Mühe selbst mit dem stärksten Mann im Dorf, ja selbst mit Nors bestem Krieger aufnehmen. Sie schwieg und wartete darauf, dass ihre Mutter weitersprach, doch dann fiel ihr etwas ein, das noch viel weniger zu dem passen wollte, was sie erzählte.

»Du hast gesagt, wir wären die Letzten unseres Volkes«, sagte sie. »Nur du und ich. Aber wie kann das sein? Wenn unsere

Schiffe alle Meere befahren haben, dann muss es doch noch andere Überlebende geben.«

Lea nickte. »Schiffe, die auf Reisen waren, die in fremden Häfen vor Anker lagen oder durch unbekannte Gefilde kreuzten, meinst du.« Wieder lachte sie, aber diesmal klang es eindeutig bitter, fast wie ein Schluchzen. »Ja. Wäre es an irgendeinem anderen Tag geschehen, dann hättest du Recht. Wenn es die Götter tatsächlich gibt, dann haben sie sich einen ganz besonders grausamen Tag für ihre Rache an uns ausgesucht.«

»Und wieso?«

Der Wind drehte, und das Dröhnen der Trommeln wurde wieder lauter; es kam Arri auch so vor, als würde der Klang plötzlich hektischer und bedrohlicher, wie um den Worten ihrer Mutter den gebührenden Nachdruck zu verleihen.

»Es war der Tag der Sommersonnenwende«, sagte Lea leise. »Unser größtes und heiligstes Fest, das unser ganzes Volk immer gemeinsam gefeiert hat. An diesem einen Tag im Jahr kehrten alle Schiffe in den Hafen zurück, kamen alle Reisenden nach Hause und unterbrachen alle Abenteurer das, was sie gerade taten, um das Fest mit ihrer Familie zu begehen.« Sie lächelte; Arri konnte es spüren, obwohl sie sie immer noch nicht ansah. »In der Nacht der Sommersonnenwende zwei Jahre zuvor wurdest du gezeugt, Arianrhod. Am Tag danach verließ das Schiff deines Vaters den Hafen und kam erst zurück, als du schon drei Mondwenden alt warst.«

»Dann hat er mich nur ein einziges Mal gesehen?« Der Gedanke bekümmerte Arri, obwohl sie selbst nicht genau sagen konnte, warum.

Ihre Mutter schüttelte jedoch den Kopf. »Zweimal. Sein Schiff kehrte am Abend des Sonnenwendfestes zurück, als allerletztes. Uns blieb nicht einmal mehr Zeit, ein letztes Mal ...« Sie brach ab, schwieg einen Moment und setzte dann neu und in verändertem, um Sachlichkeit bemühtem Ton an. »Er hatte mir versprochen, nicht wieder zur See zu fahren, wenigstens in der nächsten Zeit. Ich war so glücklich an diesem Abend. Sein Schiff war schwer beladen mit Handelsgütern und

Reichtümern aus fernen Ländern, und da war so viel, was er mir erzählen und zeigen wollte, doch wir dachten ja, wir hätten Zeit. Er wollte bleiben, um dabei zuzusehen, wie du heranwächst, aber dann ...«

Ihre Stimme versagte endgültig, und diesmal war Arri nicht in der Lage, eine weitere Frage zu stellen. Auch ihre Kehle war plötzlich wie zugeschnürt. Obwohl sie sich um Fassung bemühte, war der Schmerz in der Stimme ihrer Mutter so stark, dass er etwas in ihr berührt und ausgelöst hatte, wie die Erinnerung an ein Gefühl, das sie noch nicht kannte. Erst jetzt begriff sie wirklich, was ihre Mutter vorhin gemeint hatte, als sie gesagt hatte, dass es nichts Schlimmeres gebe, als einem Traum nachzujagen, den man niemals erreichen könnte. Anders als ihre Mutter hatte sie selbst diese untergegangene Welt niemals gesehen, und dennoch empfand auch sie plötzlich ein Gefühl von Verlust, das fast unerträglich war. Mit einem Mal war sie fast froh, nach ihrem Vater gefragt zu haben und nicht nach ihrer Heimat.

Ihre Mutter versuchte es noch einmal, aber auch jetzt reichte ihre Kraft nur für wenige Worte, bevor die Stimme ihr endgültig den Dienst versagte. »Alles ging so schnell. In dem einen Augenblick waren wir alle zusammen und glücklich. Wir haben gefeiert und Pläne geschmiedet, und im nächsten ...«

Sie sprach nicht weiter, und sie musste es auch nicht, denn Arri wusste, was geschehen war. Ihr Traum war plötzlich wieder da, diesmal im Wachen, und vielleicht dadurch umso schlimmer. Sie wurde durch die Straßen einer brennenden, untergehenden Stadt getragen, eingekeilt in eine gewaltige, panisch flüchtende Menschenmenge, unter einem schwarzen Himmel, aus dem es Steine und Blitze und Feuer regnete, sie hörte die Schreie und spürte die Angst der Menschen, fühlte, wie sich die Straße unter ihr hob und senkte, und vernahm das furchtbare Geräusch, mit dem Häuser einstürzten und ihre Bewohner unter sich begruben ... das Heulen des Sturms, der mit jedem Atemzug an Gewalt zunahm und dem sie trotzdem entgegenrannten, das dumpfe Donnern der Wellen, die sich an der Küste brachen und

Menschen und gewaltige Schiffe gleichermaßen durch die Luft schleuderten und am Ufer zerbersten ließen.

Da sie nun wach war und nicht träumte, hätte sie sich gegen diese Bilder wehren können, doch so schrecklich sie auch waren, so *wollte* sie zum ersten Mal wirklich sehen, was da geschah. Es war kein Traum. Es waren ihre frühesten Erinnerungen, mit Sicherheit verfälscht durch die lange Zeit, die vergangen war, und dennoch unauslöschlich in ihr Gedächtnis eingebrannt. »Und wie ...« Sie schluckte mühsam und musste sich mehrfach mit der Zunge über die Lippen fahren, bevor sie weiter sprechen konnte, »wie sind wir entkommen?«

»Dein Vater hat uns gerettet«, antwortete Lea. »Sein Schiff war das Letzte, das an diesem Abend in den Hafen eingelaufen war, und lag somit am weitesten draußen vor den Klippen, fast noch im Meer. Ein Teil der Besatzung war an Bord geblieben, und irgendwie ... haben wir es geschafft, es zu erreichen. Wir konnten den Hafen verlassen, trotz des Sturms und der Wellen, die doppelt so hoch waren wie unser Mast. Aber dann ...« Sie hob die Schultern. »Ich weiß nicht mehr, was geschehen ist. Plötzlich war ich im Wasser und hielt dich in den Armen, und überall rings um uns herum waren Trümmer und ertrinkende Menschen. Ich war sicher, dass auch wir sterben würden. Das Nächste, woran ich mich erinnere, ist eine Planke, an die ich mich geklammert habe. Als der Sturm endlich vorüber war und es hell wurde, waren wir allein. Dein Vater war fort, und alle anderen auch, und da war nur das endlose Meer und dieses Stück Holz, an das ich mich klammern konnte. Irgendwann hat mich die Strömung ergriffen und mit sich getragen. Wir sind viele Tage auf dem Meer getrieben. Ich weiß nicht mehr, wie viele, aber ich weiß, dass wir fast verdurstet wären, obwohl rings um uns herum nichts als Wasser war. Ich wollte nicht mehr leben, damals. Meine Heimat war untergegangen, jeder einzelne Mensch, den ich kannte, und auch dein Vater war mir genommen worden. Wozu sollte ich noch leben? Alles, was ich wollte, war loslassen und ertrinken. Es ist ein schneller Tod, weißt du? Man sagt, er sei qualvoll, aber es geht schnell.«

»Aber du hast es nicht getan«, sagte Arri. »Warum?«

Sie wusste die Antwort, aber es erfüllte sie dennoch mit einem warmen Gefühl, die Worte zu hören.

»Deinetwegen. Du warst noch am Leben. Ich habe dich mit einem Fetzen meines Kleides auf der Planke festgebunden und dich tagsüber mit meinem Körper vor der Sonne geschützt. Ich war sicher, dass du sterben würdest. Du warst so klein und zart, und so schwach, und du hast die ganze Zeit keinen Laut von dir gegeben. Ich wollte sterben, aber wie konnte ich das, so lange du am Leben warst?«

»Du hast darauf gewartet, dass ich sterbe.« Die Worte erschreckten Arri, aber zugleich hörte sie selbst, dass kein Vorwurf oder gar Zorn darin war. Es war eine reine Feststellung.

Ihre Mutter nickte, und ihre Hand schloss sich fester um Arris Schulter. »Ja. Ich war dumm, damals. Der Schmerz war zu groß, um ihn zu ertragen, und ich glaubte, kein Recht zu haben, als Einzige weiter zu leben. Ich meinte es den anderen schuldig zu sein, ebenfalls zu sterben. Es brauchte ein kleines Kind, um mir zu zeigen, wie dumm das war. Du warst so tapfer, und du hast dich mit solcher Macht an dieses Leben geklammert, dass ich es nicht über mich gebracht habe, einfach aufzugeben. Irgendwann hat uns die Strömung an die Küste gespült, und barmherzige Menschen haben uns aus dem Wasser gezogen und gesund gepflegt.«

»Hier?«, fragte Arri.

Ihre Mutter lachte ganz leise. »Nein, nicht hier. Weit oben im Norden, an einem Ort, dessen Namen ich vergessen habe. Ich bin geblieben, bis ich wieder gesund und bei Kräften war, und dann habe ich mich auf die Suche nach anderen Überlebenden unseres Volkes gemacht. Doch ich habe keine gefunden, weil es keine gab.«

»Und warum sind wir dann hier geblieben?«, wollte Arri wissen. »Wenn dieser Ort so schlimm ist und Nor und Sarn und all die anderen auch, warum bist du dann nicht weiter gezogen?«

»Weiter?«, wiederholte ihre Mutter. Sie nahm den Arm von Arris Schulter und straffte sich, bevor sie den Kopf schüttelte.

»Wohin? Hier ist es so gut oder so schlecht wie überall. Es ist nicht die Schuld dieser Menschen. Sie sind nun einmal, wie sie sind. Die Menschen fürchten das, was sie nicht kennen, und je einfacher sie sind, desto größer ist ihre Angst vor dem Unbekannten. Ich wusste stets, dass wir nicht für immer hier bleiben können, aber für eine Weile war es nicht der schlechteste Ort, trotz Nor und aller anderen. Ich fürchte nur, dass diese Zeit jetzt zu Ende geht.«

Sie erhob sich und sah mit einem aufmunternden Lächeln auf Arri herab. »Keine Sorge«, sagte sie, »noch nicht heute und auch nicht morgen. Vielleicht tatsächlich, kurz bevor der erste Schnee fällt, aber wenn wir Glück haben, noch nicht einmal dann. Ich glaube, der Winter wird hart, und wenn er gleich mit voller Kraft einsetzt, wird sich für uns vielleicht alles noch einmal zum Guten wenden.«

»Ein harter Winter soll gut für uns sein?«, fragte Arri fassungslos. »Aber dann ist doch die Gefahr umso größer, dass wir verhungern, oder sogar erfrieren, wenn wir das Dorf verlassen müssen!«

»Das ist das Druckmittel, das Nor in der Hand zu haben glaubt«, sagte ihre Mutter ungerührt. »Aber es wäre nicht das erste Mal, dass er sich in solch einem Punkt täuscht. Gosegs Einfluss sinkt im Winter mit jeder Handbreit Schnee, der auf das Land fällt. Wenn die Wege erst einmal unpassierbar sind, entscheidet nur noch Sarn über unser Schicksal. Auch wenn er uns aus tiefstem Herzen hasst, wird er sich doch hüten, uns unter Druck zu setzen. Je länger die dunkle Jahreszeit dauert, desto dringender wird das Dorf das brauchen, was ich ihm zu bieten habe, und die Menschen hier wissen das. Wir müssen nur irgendwie die Zeit des ersten Schnees überstehen.« Sie schnitt Arris nächste Frage, die ihr unwillkürlich über die Lippen kommen wollte, mit einer Geste ab, mit der sie sie zugleich auch aufforderte, ebenfalls aufzustehen. »Ich werde die Zeit bis dahin nutzen, um dir alles beizubringen, was ich weiß, aber für heute ist es genug. Lass uns ins Dorf zurückgehen und ...«

Die Trommeln verstummten, und auch Lea brach erschrocken mitten im Wort ab und wandte mit einem Ruck den Kopf in die Richtung, aus der der Wind plötzlich nur noch Schweigen zu ihnen trug. Noch vor einem Atemzug hatte sich Arri nichts mehr gewünscht, als dass dieser quälende, unheimliche Trommelrhythmus endlich aufhörte. Aber die Stille, die sie nun umgab, war schlimmer. »Was mag passiert sein?«, fragte sie.

»Ich weiß es nicht.« Auch ihre Mutter klang besorgt, fast alarmiert. »Vielleicht ist Kron gestorben. Wir müssen zurück. Schnell.«

Obwohl sie sich beeilten und es bis Sonnenaufgang noch eine Weile hin sein musste, als sie das Dorf erreichten, kamen sie dennoch zu spät. Über dem kleinen, auf fast mannshohen Pfählen stehenden Haus, das Arri und ihre Mutter bewohnten, lastete noch immer die Dunkelheit der nahezu mondlosen Nacht, und über dem Fluss zeigte sich noch nicht einmal die Ahnung des ersten grauen Schimmers, der die Dämmerung ankündigen würde. Es war so still, als wären ihrer beider Atemzüge und die Geräusche, die Arris Schritte im Gegensatz zu den lautlosen Bewegungen ihrer Mutter auf dem Boden verursachten, die einzigen Laute auf der ganzen Welt, und dennoch schien ihre Mutter irgendetwas gehört zu haben, denn sie waren kaum aus dem Wald herausgetreten, da blieb sie stehen und hob erschrocken die Hand, sodass auch Arri mitten im Schritt verharrte.

Dann sah sie ihre Mutter an, aber sie war auch geistesgegenwärtig genug, nichts zu sagen und keine Frage zu stellen, und sie bemühte sich darüber hinaus sogar, möglichst flach zu atmen. Für einen winzigen Moment war es ihr, als hätte das Schlagen der Trommeln wieder eingesetzt, aber es war nur das Hämmern ihres eigenen Herzens, das sie hörte. So schwer es ihr auch fiel, gelang es ihr dennoch, sich zu gedulden, bis sie den Blick ihrer Mutter einfing, und ihre Augen stellten eine lautlose Frage, die Lea auf die gleiche Weise beantwortete. *Sie* hatte etwas gehört, auch wenn die Stille für Arris Ohren nach wie vor vollkommen schien. Das unheimliche Schweigen schien sogar noch zugenommen zu haben, seit sie die Lichtung verlassen hatten; als hätte der seit drei Tagen anhaltende Trommelschlag über dem Dorf alle anderen Geräusche vertrieben.

Es vergingen noch einige weitere, endlose Augenblicke, dann drang ein leises Klimpern an Arris Ohr, und unter der Stiege ihrer Hütte erschien ein Schatten, der vorsichtig mit dem Fuß nach der obersten Stufe tastete und mit beiden Händen nach sicherem Halt an der darüber liegenden Wand suchte, bevor er sich aufrichtete. Rahn?, dachte Arri überrascht. Es war zu dunkel, um selbst auf die geringe Entfernung das Gesicht der Gestalt zu erkennen, doch es gab nur einen Mann seiner Statur im Dorf.

»Was tust du da?«, schnitt Leas Stimme scharf durch die Dunkelheit.

Der junge Fischer fuhr so erschrocken zusammen, dass er auf dem schmalen halbierten Baumstamm um ein Haar das Gleichgewicht verloren und die Stiege heruntergestürzt wäre; er fing sich dann aber im letzten Moment wieder, bevor er Arri diesen Gefallen tun konnte, und aus der anderen Richtung sagte eine dünne, aber scharfe Stimme: »Rahn hat mich hierher begleitet. Es war mein Wunsch.«

Lea drehte betont langsam den Kopf und sah der zweiten, deutlich kleineren und gebückt gehenden Gestalt entgegen, die nun aus dem Schatten des Hauses auf sie zukam. Es war Sarn. Er musste vollkommen lautlos und womöglich sogar mit angehaltenem Atem dort in der Dunkelheit gestanden und sie belauert haben.

»Und warum geht ihr in mein Haus, wenn ich nicht da bin, und ohne meine Erlaubnis?«, fragte Lea kühl.

Der Stammesälteste kam mit langsamen Schritten näher. Die Kette aus Muschelschalen und Tierzähnen, die er um den Hals trug, klimperte leise im Takt seiner schleppenden Schritte. »Eure Stiege ist steil und gefährlich. Und ich bin ein alter Mann und habe keine Lust, mir den Hals zu brechen.«

Arri spürte, dass ihre Mutter in diesem Moment dafür umso mehr Lust hatte, ihm diese Mühe abzunehmen, aber sie beherrschte sich mit bewunderungswürdiger Kraft und deutete nur eine Kopfbewegung an, die Sarn als zustimmendes Nicken deuten konnte, wenn ihm danach war – oder auch als alles andere. Sie machte einen halben Schritt zur Seite und zurück, sodass sie wie zufällig genau zwischen ihr und dem hünenhaften Fischer stand, der sich mit ungelenken Bewegungen mittlerweile die Stiege heruntergearbeitet hatte, und wollte dann etwas zu Sarn sagen, doch der alte Schamane kam ihr zuvor.

»Wo wart ihr, mitten in der Nacht?«, fragte er.

Die Blicke, mit denen Lea ihn bisher gemustert hatte, waren ohnehin schon nicht besonders freundlich gewesen, jetzt aber verdüsterte sich ihr Gesicht noch mehr. Wer glaubte Sarn zu sein, ihr eine solche Frage stellen zu dürfen, und noch dazu in diesem Ton? Umso erstaunter war Arri, als ihre Mutter sie beantwortete. »Arri und ich waren im Wald. Kräuter sammeln.«

»Kräuter?« Sarns Blick glitt betont langsam an Leas Gestalt entlang und verharrte dabei einen ganz kurzen, aber bezeichnenden Moment auf ihren leeren Händen. »Nachts?«

»Es gibt Kräuter, die man nur im Mondlicht pflücken sollte. So wie du auch manche Pilze nur nachts sammelst.«

»Aber ihr wart nicht erfolgreich?«

»Wie gesagt«, wiederholte Lea, »sie sind schwer zu finden.« Sie machte eine unwillige Handbewegung. »Was willst du hier? Es ist spät, und ich bin müde. Meine Tochter und ich würden gern noch ein wenig schlafen, bevor die Sonne aufgeht.«

»Kron verlangt nach dir«, antwortete Sarn.

»Kron?« Es gelang Lea nicht völlig, ihre Überraschung zu verbergen, und auch Arri riss ungläubig die Augen auf und starrte den greisen Schamanen an. Nachdem die Trommeln verstummt waren, hatte auch sie ganz selbstverständlich angenommen, dass das nur eines bedeuten konnte. »Er lebt?«

»Unsere Gebete und Opfer wurden erhört«, antwortete Sarn. »Er lebt, und er will mit dir reden. Ich weiß nicht, warum. Aber er verlangt unentwegt nach dir.«

Eine Spur von Misstrauen erschien in Leas Blick. »Warum?«

»Warum fragst du ihn das nicht selbst?«, mischte sich Rahn ein. »Nach allem, was du ihm angetan hast, wärst du ihm das vielleicht schuldig.«

Seine Worte empörten Arri, aber ihre Mutter machte sich nicht einmal die Mühe, den Fischer anzusehen. Ihr Blick blieb unverwandt auf Sarn gerichtet, der seinerseits sie anstarrte, und das auf eine Art, die Arri immer weniger gefiel. Rahn und er waren nicht nur hierher gekommen, um dem Wunsch eines sterbenden Mannes zu entsprechen.

»Also gut«, sagte Lea schließlich. »Wahrscheinlich hast du Recht, und ich sollte nach ihm sehen. Arri, geh und hol meinen Lederbeutel. Den großen braunen.«

Arri trat zwar gehorsam hinter ihrer Mutter hervor und eilte die Stiege hinauf, aber sie tat es mit einem schlechten Gefühl, und sie sah sich allein auf dem kurzen Stück in die Hütte dreimal nach ihrer Mutter und den beiden anderen um. Ihr war nicht wohl dabei, sie allein in Sarns Gesellschaft zurückzulassen, und schon gar nicht in der Rahns, obgleich sie spätestens seit der Nacht vor drei Tagen wusste, dass ihre Mutter sich auch ohne ihr Schwert nicht vor einem Mann wie Rahn fürchten brauchte. Rasch durchquerte sie den Raum, tastete in vollkommener Dunkelheit nach dem Lederbeutel, nach dem ihre Mutter verlangt hatte, und machte sich auf den Rückweg, blieb jedoch dann noch einmal stehen und sah sich verwirrt um. Irgendetwas war hier nicht so, wie es sein sollte, auch wenn sie zuerst nicht sagen konnte, was. Es verging ein kurzer Augenblick, bis sie es bemerkte: Es war das Schwert. Es hing an seinem angestammten Platz an der Wand, aber nicht so, wie es sollte. Jemand hatte es von der Wand genommen und offensichtlich in aller Hast wieder zurückgehängt, ohne sich seine genaue Position gemerkt zu haben. Rahn!

Arri war nicht einmal überrascht, dass Rahn der Verlockung, das berühmte Schwert ihrer Mutter zu berühren, nicht hatte widerstehen können, sie war nur einigermaßen empört – ein Gefühl, das nahezu augenblicklich in ein schadenfrohes Grinsen überging, als sie näher trat und die frischen dunklen Flecken erkannte, die im blassen Sternenlicht hier drinnen fast schwarz auf der Klinge glitzerten. Möglicherweise würde sich Rahn länger an diese Tat erinnern, als ihm recht war.

Sie hörte ihre Mutter draußen rufen und beeilte sich, zu ihr zu kommen. Rahn starrte ihr finster entgegen, und selbstverständlich sorgte Arri dafür, dass ihm das schadenfrohe Funkeln in ihren Augen nicht entging, ebenso wie sie gerade eine Winzigkeit zu lange auf seine rechte Hand starrte, die er, auf der Hüfte aufgestützt, zur Faust geballt hatte. Rahns Augen wurden noch schmaler, aber er schluckte herunter, was ihm so sichtlich auf der Zunge lag, und bedeutete ihr mit einer groben Kopfbewegung, vor ihm herzugehen.

Ihre Mutter und Sarn hatten mittlerweile schon den halben Weg den Hang hinauf hinter sich gebracht, sodass Arri kräftig ausschreiten musste, um zu ihnen aufzuschließen. Trotzdem holte sie sie erst ein, als sie die Hütte des Schmieds schon passiert hatten und auf den Dorfplatz traten. Vollkommen anders, als zu dieser frühen Tageszeit üblich, war das lang gestreckte Oval von einem halben Dutzend Feuer fast taghell erleuchtet.

Ein sonderbarer, süßlicher Geruch lag in der Luft, bei dem nicht nur Arri überrascht die Stirn runzelte, sondern sich auch der Blick ihrer Mutter viel sagend noch weiter verfinsterte. Es war nicht nur der Geruch nach brennendem Holz und Torf, sondern auch nach etwas, das einen leicht schwindelig machte, wenn man es zu tief einatmete; ein Gemisch aus Kräutern und Blütenpollen, das Sarn gern benutzte, um sich in den Zustand zu versetzen, in dem er mit seinen Göttern sprechen konnte. Es hatte eine berauschende Wirkung, aber die Visionen, zu denen es führte, waren nicht immer angenehm, und von ihrer Mutter wusste sie, dass dieser Rauch auch nicht ungefährlich war. Sie selbst hatte ihn einmal – versehentlich – eingeatmet und noch Tage danach unter heftigen Kopfschmerzen gelitten.

Gewöhnlich verwendete Sarn diesen Rauch nur in seinem eigenen Haus, und auch das erst, nachdem er sich mit schier endlosem Gesang und Tanz bereits an den Rand des körperlichen Zusammenbruchs gebracht hatte; jetzt aber schlug ihnen der süßliche Geruch aus jeder einzelnen Feuerstelle entgegen, die am Rand des Dorfplatzes brannte. Was hatte der Schamane vor?, fragte sich Arri verstört. Wollte er die ganze Sippe in einen Rauschzustand versetzen, und warum dann ausgerechnet hier und nicht im Steinkreis, wie es den alten Sitten gemäß schon sehr bald zum Jagd-Ernte-Fest der Fall sein würde?

Sie stellte diese Frage nicht laut, aber sie konnte ihrer Mutter ansehen, dass es ihr ebenso erging, und wäre es nach den Blicken gegangen, die sie Sarn zuwarf, hätte der greise Schamane das andere Ende des Platzes wohl nicht mehr lebend erreicht.

Das Haus, in dem Kron lebte, lag ein gutes Stück jenseits des Dorfplatzes und schon fast unten an der Zella, und es war größer als die meisten anderen, denn Kron hatte eine große Familie und nicht nur gleich zwei Frauen, sondern auch fast ein Dutzend Kinder, mit denen er sich die Hütte teilte. Vielen im Dorf erging es so. Arri wusste es natürlich nur aus den Erzählungen ihrer Mutter, doch es musste wohl so sein, dass früher sehr viele Kinder gleich nach der Geburt oder spätestens im ersten Winter, der darauf folgte, gestorben waren, und nur zu oft ihre Mütter gleich mit ihnen. Seit Lea und sie hier lebten, hatte sich das geändert. Es starben viel weniger Kinder, was die Frauen im Dorf aber nicht davon abhielt, sich (nach den Worten ihrer Mutter) weiter wie die Karnickel zu vermehren. Mit dem Ergebnis, dass sämtliche Häuser im Dorf allmählich zu klein wurden.

Vor dem des Jägers hatte sich eine ansehnliche Menschenmenge versammelt; sicherlich nicht das gesamte Dorf, aber doch nahezu jeder erwachsene Mann und eine Menge Kinder und Halbwüchsige. Die Gesichter, die sich in ihre Richtung wandten, als die Menge auseinander wich, um dem Schamanen und ihnen Platz zu machen, wirkten zum größten Teil übernächtigt und grau, und der Ausdruck darauf war eher der von Erschöpfung als von Misstrauen oder Zorn. Manches Augenpaar wirkte trüb, was Arri auch gut verstehen konnte, als sie hinter ihrer Mutter durch den Eingang trat. Allein der Geruch, der ihr entgegenschlug, löste wiederum ein leises, aber sehr unangenehmes Schwindelgefühl hinter ihrer Stirn aus.

Im Innern der Hütte herrschte ein solches Gedränge, dass Arri Mühe hatte, Kron überhaupt zu entdecken. Der Jäger lag auf einem aus kostbaren Bären- und Wolfsfellen errichteten Bett, das nicht nur von seiner Familie, sondern auch von seinem Bruder und dessen gesamter Familie umlagert wurde. Der Geruch nach betäubenden Dämpfen war hier drinnen fast übermächtig, wurde aber auch von etwas anderem, Unangenehmerem durchdrungen. Es roch nach Krankheit und Fieber und Schmutz und nach dem Schweiß zu vieler Menschen, die zu lange hier drinnen gewesen waren. Wenn schon nicht vor ihnen, so wichen die Menschen doch zumindest vor dem Schamanen respektvoll zur Seite – so weit das in der Enge des Raumes möglich war, hieß das –, sodass es ihnen schließlich irgendwie gelang, sich an Krons Krankenlager heranzuschieben.

Wie Sarn gesagt hatte, war der Jäger wach. Er saß halb aufgerichtet auf seinem Lager. Sein Gesicht glänzte vor Schweiß und war sehr bleich, und er starrte ebenso vor Schmutz wie der von braun eingetrocknetem Blut durchtränkte Verband um seinen Armstumpf. Arri verzog angewidert das Gesicht, als ihr klar wurde, dass die Quelle des üblen Geruchs vor allem Kron selbst war, während sich der Blick ihrer Mutter schlagartig verdüsterte. Einen Moment lang starrte sie auf Kron herab, dann drehte sie mit einem Ruck den Kopf und maß Arri mit einem Blick, unter dem das Mädchen sich am liebsten zwischen den Ritzen der Fußbodenbretter verkrochen hätte. Sie sagte nichts, aber das war auch nicht nötig – schließlich hatte sie Arri eindringlich eingeschärft, dem Schamanen ihre Kräuter und Salben nicht nur zu bringen, sondern sich auch mit eigenen Augen davon zu überzeugen, dass Krons Verband mindestens zweimal am Tag gewechselt und die Wunde gesäubert wurde. Die Wahrheit war, dass Arri nur ein einziges Mal den Mut aufgebracht hatte, Krons Hütte tatsächlich zu betreten.

»Hatte ich euch nicht aufgetragen, die Wunde unbedingt sauber zu halten?«, wandte sich Lea in scharfem Ton an Sarn. »Dieser Verband ist mindestens drei Tage alt. Wozu habt ihr nach meinen Salben verlangt, wenn ihr sie nicht benutzt?«

Sarns vor Erschöpfung gesprungene und vereiterte Lippen verzogen sich zu einem überheblichen Lächeln. »Wir brauchen deine Hexenkunst nicht, wie du siehst«, stieß er hervor. »Mardan hat unsere Opfer angenommen und meine Gebete erhört.«

Arri sah, dass ihre Mutter zu einer geharnischten Antwort ansetzte, es sich dann aber im letzten Moment doch anders überlegte und es bei einem ärgerlichen Blick und einem angedeuteten Achselzucken beließ, bevor sie neben Krons Lager auf die Knie herabsank und gebieterisch die Hand ausstreckte. Arri hatte es plötzlich sehr eilig, ihr den Beutel mit ihren Utensilien auszuhändigen, und ihre Mutter griff hinein und zog ein in getrocknete Blätter eingewickeltes Päckchen heraus, ohne auch nur hinzusehen. »Ich hoffe, es ist noch nicht zu spät«, murmelte sie düster. »Haltet ihn fest. Diesen eingetrockneten Dreck von seinem Arm zu entfernen wird ihm bestimmt wehtun.«

Sie wollte die Hände nach Kron ausstrecken, aber der Jäger prallte heftig zurück und fuhr sie an: »Rühr mich nicht an! Wenn du mich noch einmal berührst, töte ich dich. Ich habe zwar nur noch eine Hand, aber die wird schon reichen, um dir das Genick zu brechen!«

Lea blinzelte. »Wie?«

»Rühr mich nicht an«, wiederholte Kron. Sein Blick flackerte irr. »Du hast mir den Arm abgeschnitten! Du ... du hast mich zum Krüppel gemacht!«

»Ich habe dir das Leben gerettet, Kron«, antwortete Lea, nicht nur in erstaunlich ruhigem Ton, sondern auch mit einem nahezu mütterlichen, verständnisvollen Lächeln, das Arri fast noch mehr überraschte als die Ruhe in ihrer Stimme. »Hätte ich es nicht getan, dann wärst du gestorben.«

Arri rechnete fest damit, dass Sarn die Gelegenheit zu einer spitzen Bemerkung ergreifen würde, aber er schwieg. Nur das boshafte Funkeln in seinen Augen verstärkte sich.

»Und wenn!« Kron hustete qualvoll und brauchte eine ganze Weile, um wieder zu Atem zu kommen, und Arri glaubte regelrecht zu sehen, wie seine Kräfte in dieser Zeit abnahmen. Seine

Lider schienen so schwer zu werden, dass es ihm kaum noch gelang, sie offen zu halten. Irgendwann fand er die Kraft weiterzureden, aber seine Stimme war jetzt nur noch ein heiseres Flüstern. »Du hattest kein Recht. Ich kann nicht mehr für mich und meine Familie sorgen. Ich werde allen zur Last fallen. Du hättest mich sterben lassen sollen!«

»Es war meine Entscheidung, Kron.«

Nicht nur Arri hob überrascht den Kopf, auch ihre Mutter wandte sich verwirrt um. Sarns Augen aber wurden so schmal wie die einer angreifenden Schlange, und der Ausdruck darin ebenso tückisch. Arri hatte zwar schon beim Eintreten bemerkt, dass sich Grahl am Lager seines Bruders aufhielt, ihm aber keine weitere Beachtung geschenkt, und nach dem, was sie gerade erlebt hatte, hätte sie von ihm allerhöchstens weitere Vorwürfe erwartet. Zwar bedachte auch der jüngere Jäger ihre Mutter mit Blicken, die alles andere als freundlich oder auch nur dankbar waren, dennoch schüttelte er den Kopf, wartete, bis sein Bruder zu ihm hochsah, und sagte dann noch einmal: »Es war nicht ihre Schuld, Kron. Es war meine Entscheidung – und die Sarns.«

Der Schamane keuchte hörbar, und auch alle anderen in der Hütte ließen ein erstauntes wie auch ungläubiges, erschrockenes Raunen und Murren hören. Grahl ignorierte jedoch sowohl den Stammesältesten als auch Krons Familie, kniete neben seinem Bruder nieder und griff behutsam nach seiner unverletzten Hand. »Wenn du jemanden dafür hassen willst, dann mich.«

»Aber ... aber warum hast du mir das ... angetan?« murmelte Kron. »Ich bin dein Bruder.«

»Gerade weil du mein Bruder bist«, antwortete Grahl. »Die Wunde war brandig, und das weißt du auch. Du wärst gestorben, hätten wir den Arm nicht abgeschnitten. Ich werde für deine Familie sorgen, solange du es nicht kannst, das verspreche ich. Du wirst wieder gesund, und dann finden wir eine andere Arbeit für dich.«

»Eine Arbeit für einen Krüppel?« Kron versuchte zu lachen, brachte aber nur ein halb ersticktes Krächzen zustande. »Wie soll die aussehen?«

»Das weiß ich nicht«, antwortete sein Bruder. »Aber das ist im Augenblick auch gleich. Du bist stark. Du wirst gesund. Das allein ist wichtig.« Er wandte sich mit einem fast scheuen Blick an Lea. »Du wirst ihm helfen?«

»Die Götter werden ihm helfen«, mischte sich Sarn ein. »Ich werde weiter zu ihnen beten, und wir müssen ihnen noch mehr Opfer bringen.«

Sowohl Grahl als auch Arris Mutter achteten nicht auf ihn. »Du hast Recht«, sagte Lea. »Dein Bruder ist stark. Er wird es schaffen. Wenn wir diesen *Dreck* da möglichst schnell von seinem Arm herunterkriegen, heißt das.« Sie deutete zornig auf Krons Armstumpf und verzog angeekelt das Gesicht. Grahl wirkte noch einen Moment lang zögerlich, aber dann rang er sich zu einem Entschluss durch und nickte.

»Du zweifelst also an der Macht der Götter«, zischte Sarn, »und erdreistest dich, Mardan selbst herauszufordern?«

Grahl wollte auffahren, aber Lea legte ihm rasch die Hand auf den Unterarm und wandte sich mit einem Kopfschütteln und in besänftigendem Ton an den Schamanen. »Niemand bezweifelt die Macht deiner Götter, Sarn. Sie haben lange und gut über dein Volk gewacht, und sicher waren es auch deine Gebete und eure Opfer, die Kron die Stärke verliehen haben, den Kampf gegen das Fieber zu gewinnen. Aber auch du kennst die Kraft der Natur und ihrer heilenden Kräuter und Pflanzen. Manchmal sind Gebete allein nicht genug. Vielleicht erwarten die Götter zuweilen von uns, dass wir auch die Kräfte der Natur nutzen. Wozu sonst hätten sie sie uns gegeben?«

Sarns Augen wurden noch schmaler, und sein ohnehin unansehnliches Gesicht verzog sich endgültig zu einer verkniffen hässlichen Maske aus purem Hass. Er war nicht dumm. Er spürte die Falle, die Lea ihm stellte, aber anscheinend sah er keinen Weg, ihr zu entgehen. Schließlich stieß er mit einem Schnauben die Luft aus. »Du willst die Götter also auch noch verhöhnen, Weib?«, fuhr er sie an. »Sie werden dich damit nicht ungestraft davonkommen lassen! Du hast schon viel zu lange dein Unwesen hier getrieben.«

»Lass uns unsere Kräfte zusammentun, Sarn«, antwortete Lea unbeeindruckt. »Geh und bete zu Mardan. Bring ihm Opfer. Und lass mich tun, was in meiner Macht steht.«

Arri beobachtete Sarn und ihre Mutter abwechselnd und aus angstvoll geweiteten Augen. Sie spürte, wie dünn das Eis war, auf dem sich ihre Mutter bewegte. Der Schamane hatte ihre Mutter vom ersten Tag an gehasst, an dem sie ins Dorf gekommen war, und der Umstand, dass sie auch ihm das Leben gerettet hatte, hatte daran nichts geändert, sondern es eher noch schlimmer gemacht. Er wartete seit Jahren auf eine Gelegenheit, sie zu vernichten, und vielleicht war genau dies der Anstoß, den er brauchte. Sie verstand auch ihre Mutter nicht. Sicherlich hatte sie Recht – ein einziger Blick in Krons graues, von Fieber, Durst und Erschöpfung gezeichnetes Gesicht bewies das –, aber es gab keinen Grund, Sarn so zu provozieren. Nicht ausgerechnet jetzt.

Doch wenn dies der Augenblick war, auf den Sarn seit Jahren gewartet hatte, dann ließ er ihn ungenutzt verstreichen. Eine kleine Ewigkeit lang starrte er Lea noch hasserfüllt an, dann fuhr er auf dem Absatz herum und stürmte aus dem Haus. Eine von Krons Frauen und zwei oder drei seiner Töchter folgten ihm, der Rest der Familie jedoch blieb, auch wenn man ihren Gesichtern ansehen konnte, wie unwohl sie sich fühlten und wie verstört sie waren.

»Das tut mir Leid«, sagte Grahl leise. Er sah Lea dabei nicht an, aber seine Stimme klang ehrlich. »Ich wollte nicht, dass ...«

»Es ist nicht deine Schuld«, unterbrach ihn Lea. »Ich hätte mein Wort halten und nach deinem Bruder sehen sollen, dann wäre es nicht so weit gekommen.« Sie konnte sich einen kurzen, vorwurfsvollen Blick in Arris Richtung nicht ganz verkneifen, während sie das sagte, ging aber dann zu derer Erleichterung nicht weiter darauf ein, sondern wandte sich ihrer Aufgabe zu. »Wir brauchen Wasser, und ich fürchte, ich werde deinem Bruder noch einmal Schmerzen zufügen müssen. Er ist zu schwach, als dass ich ihm von dem Mohnpulver geben dürfte.«

Das war das Stichwort, auf das Arri gewartet hatte. Sie erinnerte sich noch zu gut an den Anblick, den Krons Arm vor drei Tagen geboten hatte, um besonderen Wert auf eine zweite Kostprobe zu legen. Zumindest im Augenblick wäre ihr selbst Rahns Gesellschaft lieber gewesen als die ihrer Mutter, denn obwohl sie bisher kein einziges entsprechendes Wort gesagt hatte, waren ihre vorwurfsvollen Blicke doch mehr als genug, um Arri klarzumachen, dass auch sie einen nicht geringen Anteil an Krons schlechtem Zustand hatte. Sie wollte aufspringen und hinauseilen, um Wasser zu holen, doch Grahl kam dem zuvor, indem er eine befehlende Geste zu einem seiner Söhne machte. Der Junge sprang auf und war verschwunden, bevor Arri ihre Bewegung auch nur zu Ende führen konnte, und sie wollte sich schon wieder enttäuscht zurücksinken lassen, doch dann wandte sich ihre Mutter zu ihr um. »Geh hinaus und such nach Rahn. Ich habe etwas mit ihm zu besprechen. Geh und sag ihm, dass er auf mich warten soll.«

Arri erhob sich gehorsam und ging, wobei sie sich ganz ernsthaft fragte, ob ihre Mutter etwa ihre Gedanken gelesen hatte. Es erwies sich als nicht einmal einfach, die Hütte zu verlassen, und draußen wurde das Gedränge im ersten Moment eher noch schlimmer. Jetzt, wo der Morgen mit Riesenschritten nahte, wie ihr ein kurzer Blick auf den trübgrau gewordenen Himmel im Osten zeigte, schien tatsächlich das ganze Dorf auf den Beinen zu sein. Die Nachricht, dass sie und ihre Mutter hier waren, musste sich mit Windeseile herumgesprochen haben und hatte offensichtlich sogar dazu geführt, dass die Vorbereitungen für die Feldarbeiten und andere dringende Aufgaben sträflich vernachlässigt wurden – etwas, das Sarn unter normalen Bedingungen zu Zornesausbrüchen und wüsten Beschimpfungen veranlasst hätte, die alles, was sich auf den Beinen halten konnte, augenblicklich an die Arbeit getrieben hätten. Dass Sarn heute darauf verzichtete, war ein schlechtes Zeichen. Arri hoffte nur, dass es nicht der Zorn auf ihre Mutter war, der seine Sinne verdunkelte, sondern die schlechten Neuigkeiten, die Grahl und Kron von jenseits des großen Flusses mitgebracht hatten.

Vergeblich versuchte Arri, in den Gesichtern der Menschen zu lesen, zwischen denen sie sich nun hindurchquetschte. Sie entdeckte Rahn fast am anderen Ende der Menschenmenge und arbeitete sich sofort zu ihm durch, doch gerade als sie nahe genug war, um mit einem Winken seine Aufmerksamkeit erheischen zu können, bemerkte sie, dass der Fischer nicht allein war. Er war in eine erregte Auseinandersetzung mit Sarn verwickelt, bei der sich sein Part allerdings fast ausschließlich aufs Zuhören und ein gelegentliches zustimmendes Nicken beschränkte.

Arri ging langsamer und blieb schließlich stehen, obwohl sie im Grunde schon viel zu nahe war, um jetzt noch zurückzukönnen. Rahn brauchte sich nur umzudrehen, um sie zu sehen. Nachdem sie ihn mit dem Wasserkrug vor allen anderen gedemütigt hatte (was war da bloß in sie gefahren? Sie wusste doch, wie empfindlich der Fischer in dieser Beziehung war!), hegte er wahrscheinlich einen abgrundtiefen Groll auf sie. Ganz zu schweigen davon, dass sie jetzt ohne den Schutz ihrer Mutter einer Menschenmenge gegenüberstand, die Sarn in den zurückliegenden drei Tagen mit Sicherheit nach Kräften gegen sie aufgehetzt hatte. Aber sie hatte Glück. Sarn sprach noch zwei oder drei Sätze, machte dann eine abschließende, herrische Geste in Richtung des Fischers und fuhr herum, ohne auch nur einen einzigen Blick in ihre Richtung zu werfen. Während er nun davonstapfte, wirkte er plötzlich nicht mehr annähernd so müde und kraftlos wie noch vor ein paar Augenblicken in der Hütte, befand Arri.

Sie wartete, bis der Schamane außer Hörweite war, dann nahm sie all ihren Mut zusammen und trat auf Rahn zu. Der hünenhafte Fischer wirkte nicht überrascht, sie zu sehen, nur verächtlich und vielleicht auch ein bisschen heimtückisch. Noch bevor er etwas sagen konnte, wurde ihr klar, dass er sie schon eine ganze Weile beobachtet haben musste. Umso erstaunlicher, dass er den Schamanen nicht darauf aufmerksam gemacht hatte ... Sarn hätte sich die Gelegenheit ganz gewiss nicht entgehen lassen, sie vor aller Ohren zu beschimpfen und zu erniedrigen.

»Was willst du?«, herrschte Rahn sie an.

»Meine Mutter will mit dir reden«, antwortete Arri. »Ich soll dir sagen, dass du hier auf sie warten sollst.«

»Und wie kommst du auf die Idee, dass sie mir etwas zu sagen hätte?«, gab Rahn übellaunig zurück.

Arri schluckte die scharfe Antwort herunter, die ihr auf der Zunge lag. Sie waren nicht allein, und Rahn gab sich nicht die geringste Mühe, leise zu sprechen. Arri konnte regelrecht spüren, wie die meisten der Umstehenden die Ohren spitzten, und sie sah auch, dass einige ganz unverblümt zu ihr und dem Fischer hinsahen. Ihre Mutter würde gewiss nicht begeistert sein, wenn herauskäme, dass sie schon wieder in einen Streit mit Rahn verwickelt gewesen war.

»Sie lässt dich bitten, auf sie zu warten«, sagte sie, mühsam beherrscht. »Ich weiß nicht, was sie von dir will, aber ich glaube, es ist wichtig.«

Rahn schürzte verächtlich die Lippen. »So, unsere selbst ernannte Heilerin und oberste Wetterprophetin hat also etwas Wichtiges mit einem einfachen Fischer wie mir zu besprechen. Nun, dann werde ich wohl besser auf sie warten. Wo kämen wir denn hin, wenn ein einfacher dummer Fischer wie ich es wagen würde, sich dem Wunsch einer so mächtigen Frau zu widersetzen?«

Diesmal fiel es Arri wirklich schwer, ihre Antwort für sich zu behalten. Rahn war auf Streit aus, was für sich genommen nichts Besonderes war; aber da war etwas in dem tückischen Glitzern in seinen Augen, das sie warnte. Vielleicht war sie besser beraten, wenn sie jetzt einfach gar nichts mehr sagte.

Sie schwieg, und zumindest erreichte sie damit eines, nämlich, dass Rahn sich ärgerte. Anscheinend hatte er fest damit gerechnet, dass sie widersprechen oder gar versuchen würde, ihn zurechtzuweisen, und sich bereits eine passende Antwort zurecht gelegt. Als er keine Gelegenheit bekam, sie loszuwerden, blitzte es in seinen Augen so wütend auf, dass Arri sich unwillkürlich spannte, dann aber verzog er nur noch einmal und noch verächtlicher die Lippen, drehte sich auf dem Absatz um und ging die paar Schritte zum Fluss hinunter. Arri blickte ihm unentschlossen nach. Ihr war ziemlich klar, was ihre Mutter jetzt von ihr erwartet hätte – nämlich, dass sie dem Fischer folgte und versuchte, ihn milder zu stimmen, oder dass sie sich gar für ihr Verhalten in den letzten Tagen ihm gegenüber entschuldigte. In einem plötzlichen Anflug seltener Vernunft war sie sogar nahe daran, ganz genau das zu tun, aber der Augenblick verging, ohne dass sie Gefahr lief, der Verlockung zu erliegen, und im nächsten Moment zupfte sie jemand am Ärmel. Arri fuhr verärgert herum, aber es war nur Osh, der zusammen mit einigen anderen Kindern aus dem Dorf hinter ihr aufgetaucht war. Der spöttische Ausdruck in seinen Augen verriet ihr, dass er ihr kleines Gespräch mit Rahn mit angehört hatte.

»Dem hast du es aber gegeben«, sagte er hämisch.

»Was willst du?«, fragte Arri unwirsch. Oshs Augen wurden schmaler, und Arri rief sich in Gedanken zur Ordnung. Sie musste Acht geben, ihren Ärger über Rahn – und vor allem natürlich über den Schamanen – nicht an dem Jungen auszulassen. Was Osh von ihr dachte oder über sie sagte, konnte ihr herzlich egal sein, aber angefangen von der Begegnung mit Sarn am Steinkreis, von der sie ihrer Mutter immer noch nichts erzählt hatte, hatte sie in den letzten Tagen wahrhaftig schon genug Schaden angerichtet. Etwas hatte sich geändert, grundlegend und unumkehrbar. Bisher hatte sich ihre Mutter selten eingemischt, wenn sie mit einem der anderen Kinder aus dem Dorf Streit hatte oder auch mit einem Erwachsenen, und sie allerhöchstens sanft zur Ordnung gerufen, wann immer sie der Meinung war, dass sie es zu toll trieb. Doch jetzt spürte sie, dass diese Zeiten vorbei waren. Vielleicht gehörte auch das zum Erwachsenwerden dazu, dachte sie; dass sie nicht mehr tun und lassen konnte, was sie wollte, und schon gar nicht sagen.

»Ist es wahr, was Sarn über deine Mutter und dich erzählt?«, fragte Osh, der seine Überraschung überwunden und erneut ein hässliches Grinsen aufgesetzt hatte.

»Das weiß ich nicht«, antwortete Arri. Nicht, dass sie es sich nicht denken konnte. »Was sagt er denn über uns?«

Osh tauschte einen raschen, fast triumphierenden Blick mit den beiden dunkelhaarigen Jungen, die rechts von ihm standen, und Arri gemahnte sich im Stillen noch einmal und noch nachdrücklicher zur Ruhe. Osh und seine Freunde waren nicht zufällig gerade jetzt hier aufgetaucht, und sie waren zweifellos ebenso auf Streit aus, wie Rahn es gewesen war. Nur, dass sie Osh – so weit das überhaupt möglich war – für noch dümmer als den Fischer hielt. Vielleicht erfuhr sie ja von ihm, was hier eigentlich los war. Der Junge setzte zu einer Antwort an, aber Arri drehte sich fast gemächlich um und ging langsam zur ruhig dahinfließenden Zella hinunter; nicht direkt auf Rahn zu, aber doch ungefähr in seine Richtung. Wie sie erwartet hatte, folgten ihr Osh und die anderen. Ihr Herz schlug ein wenig schneller. Sie konnte sich nicht vorstellen, dass die Jungen über sie herfallen würden – nicht jetzt und schon gar nicht hier, wo das ganze Dorf zusah –, aber man konnte schließlich nie wissen. Es war besser, sie blieb auf der Hut.

»Der Stammesälteste sagt, dass deine Mutter und du schuld an all dem Unglück seid, das uns getroffen hat«, beantwortete Osh ihre Frage, nachdem er mit einigen schnellen Schritten zu ihr aufgeholt hatte und gerade dicht genug neben ihr herging, dass ihr seine Nähe unangenehm wurde.

»So?«, meinte Arri. »Von welchem Unglück sprecht ihr denn? Von den besseren Ernten, die ihr habt, seit wir hier sind? Oder von all den Krankheiten, die meine Mutter geheilt hat? Oder den besseren Waffen und Werkzeugen, die ihr dank ihrer Hilfe herstellt?«

Sie sah Osh bei diesen Worten nicht an, sodass sie seine Reaktion darauf nicht auf seinem Gesicht ablesen konnte, doch der gehässige Unterton seiner Stimme nahm noch zu. »Achk hat sein Augenlicht verloren, und deine Mutter ist schuld daran.«

Arri blieb mitten im Schritt stehen und drehte sich so abrupt zu dem Jungen herum, dass er hastig einen halben Schritt vor ihr zurückwich und abwehrend die Hände hob. »Wer sagt das?«

»Sarn«, antwortete Osh verdattert. »Jeder weiß das.«

»Unsinn!«, erwiderte Arri. »Es war ein Unfall, für den niemand etwas konnte. Achk nicht und meine Mutter schon gar nicht.«

»Jeder weiß es«, beharrte Osh stur. »Und Sarn hat es auch gesagt. Achks Schmelzofen ist zerborsten, weil er die Künste seiner Väter verraten hat und dem falschen Zauber erlegen ist, den deine Mutter ihm eingeflüstert hat.«

Osh bewegte sich zielstrebig auf den Punkt zu, an dem er Bekanntschaft mit dem höchst realen Zauber von Arris rechter Faust machen würde. Vielleicht war der einzige Grund, aus dem sie sich noch beherrschte, der, dass sie in diesem Moment das Gefühl hatte, nicht so sehr Oshs Stimme zu hören, sondern vielmehr die des alten Schamanen. »Das hat Sarn gesagt?«

»Jeder weiß es.« Osh stülpte trotzig die Unterlippe vor. »Und was ist mit den fremden Kriegern? So etwas ist noch nie vorgekommen Und jetzt, wo ihr hier seid ...«

»Nach mer als zehn Sommern«, sagte Arri spöttisch.

»... tauchen sie plötzlich wie aus dem Nichts auf und schleichen durch die Wälder«, fuhr Osh unbeeindruckt fort. »Vielleicht haben sie euch ja vorausgeschickt, um uns auszuspähen, und jetzt werden sie bald kommen, um uns alle zu töten oder uns noch Schlimmeres anzutun.«

Welch ein Unsinn!, dachte Arri. Sie wusste nicht, ob sie Osh einfach mit einem gezielten Hieb auf die Nase zum Schweigen bringen oder ihn auslachen sollte. Schließlich beließ sie es bei einem Kopfschütteln und einem mitleidigen Blick den selbst dieser Dummkopf verstand. Aber da war noch etwas, das Osh gesagt und das sie im allerersten Moment gar nicht richtig begriffen hatte. »Was soll das heißen – sie schleichen durch die Wälder?« Plötzlich erinnerte sie sich wieder daran, wie seltsam sich ihre Mutter auf ihrem Weg nach Hause benommen hatte.

»Die Männer haben Spuren gefunden.« Osh deutete triumphierend auf Rahn, der nur wenige Schritte entfernt stand und nicht einmal in ihre Richtung sah. Dennoch erkannte Arri allein an seiner Haltung, dass er offenbar angestrengt lauschte.

»Sarn hat Rahn und ein paar von den anderen in die Wälder geschickt, um nach dem Rechten zu sehen. Sie sind auf Spuren gestoßen. Spuren von Fremden, die nicht hierher gehören.«

»Ist das wahr?«, wandte sich Arri direkt an den Fischer. Und fast hätte sie hinzugefügt: »Von Fremden oder von meiner Mutter?« Aber das ließ sie dann doch besser bleiben.

Aus Krons Hütte drang ein kurzes, aber schmerzerfülltes Brüllen zu ihnen, das sie alle herumfahren und in die entsprechende Richtung blicken ließ, aber diesem ersten Schrei folgte kein zweiter, nur das Weinen eines Kindes, das wohl über den Laut erschrocken war.

»Also – wie war das mit den Spuren?«, hakte Arri nach, nachdem sie sich wieder dem Fischer zugewandt hatte. »Du hast sie gefunden?«

Rahn tat so, als hätte er ihre Frage gar nicht gehört oder zumindest nicht verstanden, dass sie ihm galt. Vielleicht hätte er mit dieser Taktik sogar Erfolg gehabt, dann aber beging er den Fehler, für einen Moment in ihre Richtung zu sehen, und als er Arris Blick begegnete, zerbröckelte sein Widerstand so schnell, dass man regelrecht dabei zusehen konnte – etwas, das Arri mehr als befremdend gefunden hätte, wäre es zum ersten Mal geschehen. Aber mittlerweile hatte sie sich daran gewöhnt, dass etliche Männer und Frauen im Dorf auf eine Weise auf sie reagierten, die höchstens ihrer Mutter gegenüber angemessen gewesen wäre, und sie hatte längst aufgehört, über den Grund dafür nachzugrübeln. Einen Moment lang druckste Rahn noch herum, dann rettete er sich in ein angedeutetes Schulterzucken und eine gemurmelte Antwort, die so leise war, dass Arri sie vermutlich nicht einmal dann verstanden hätte, hätte er sie ihr direkt ins Ohr geflüstert.

»Ich nehme an, das heißt nein«, vermutete sie.

»Da waren Spuren«, beharrte Rahn im trotzigen Tonfall eines Kindes, das bei einer Missetat ertappt worden ist und sich herauszureden versucht, obwohl es ganz genau weiß, wie wenig das fruchtet.

»Aber du hast sie nicht selbst gesehen«, bohrte Arri nach.

Rahns Blick war jetzt regelrecht hasserfüllt. »Nein«, gestand er widerwillig. »Aber die anderen. Warum sollten sie mich anlügen?«

»Vielleicht aus dem gleichen Grund, aus dem sie behaupten, meine Mutter wäre eine Hexe und brächte nur Unglück über euch alle«, antwortete Arri.

»Wer behauptet so etwas?«, fragte eine Stimme hinter ihr. Arri fuhr erschrocken zusammen, drehte sich um und zuckte dann noch einmal und noch heftiger zusammen, als sie ihre Mutter erkannte. Sie war so leise hinter ihr aufgetaucht, dass sie ihre Schritte nicht einmal gehört hatte, so wenig, wie sie sich des Umstands bewusst geworden war, dass sie nun praktisch allein am Flussufer standen. Die Menschenmenge vor Krons Hütte hatte nicht sichtbar abgenommen, doch die Männer und Frauen hatten eine Gasse für ihre Mutter gebildet, die sich bislang nicht wirklich geschlossen hatte, und auch jetzt waren die meisten Gesichter in ihre Richtung gewandt und nicht in die der Hütte. Arri bemerkte dies jedoch nur beiläufig, denn der Blick, mit dem ihre Mutter sie maß, entging ihr keineswegs.

Sie sprühte vor Zorn. Arri war erschrocken, aber auch verwirrt. Was hatte sie jetzt wieder falsch gemacht? Sie hatte das Gefühl, die Antwort auf ihre unausgesprochene Frage in den Augen ihrer Mutter lesen zu können, wenn sie nur genau genug hinsah, aber eigentlich wollte sie das gar nicht. Ohne die Frage zu beantworten, drehte sie sich wieder um und hielt nach Osh und den anderen Kindern Ausschau, aber sie waren ebenso schnell wieder verschwunden, wie sie vorhin aufgetaucht waren.

»Ich danke dir, dass du auf mich gewartet hast«, fuhr ihre Mutter fort, nunmehr direkt an den Fischer gewandt und in deutlich versöhnlicherem Tonfall als soeben. Rahn reagierte auf seine gewohnte Art – mit einem trotzigen Blick in Leas Richtung –, beließ es darüber hinaus jedoch bei einem Schulterzucken, und Arris Mutter fuhr fort: »Ich habe eine Aufgabe für dich, Rahn – natürlich erst, nachdem du dich ausreichend erholt hast. Sarn hat mir erzählt, dass du die vergangenen Nächte fast ohne Pause an Krons Lager gewacht hast, wofür ich dir danke, denn es wäre eigentlich meine Aufgabe gewesen – oder die meiner Tochter.«

»Kron ist mein Freund«, antwortete Rahn in leicht verwirrtem Ton, während sein Blick unstet zwischen den Gesichtern Arris und ihrer Mutter hin und her wanderte.

»Trotzdem hätte das noch lange nicht jeder für ihn getan«, beharrte Lea. Sie kam näher. »Immerhin hast du deine eigene Arbeit vernachlässigt. Und dazu noch das, was Sarn von dir verlangt hat ...« Sie schüttelte den Kopf und kleidete nicht in Worte, was sie davon hielt, wodurch sie es aber eigentlich nur umso deutlicher kundtat. Die Verwirrung auf Rahns Gesicht hatte mittlerweile ein Ausmaß angenommen, das Arri schon fast lächerlich erschien. Trotzdem hütete sie sich, eine entsprechende Bemerkung zu machen. Aus einem Grund, den sie immer weniger verstand, schien ihre Mutter mit jedem Moment wütender auf sie zu werden. Dabei hatte sie doch nur getan, was sie ihr aufgetragen hatte.

»Ich soll nicht mit dir reden«, sagte Rahn.

»Wer sagt das?«, erkundigte sich Lea. Diesmal antwortete Rahn nicht, aber das schien Lea auch gar nicht erwartet zu haben. Sie nickte nur wissend, und ein flüchtiges, resignierendes Lächeln huschte über ihr Gesicht. Sie sah sich wie zufällig um, und obwohl dabei auf ihrem Gesicht nicht die mindeste Regung abzulesen war, folgte Arris Blick dem ihrer Mutter doch in eine ganz bestimmte Richtung, und sie war nicht überrascht, Sarn dort stehen zu sehen. Er wirkte erschöpft und hatte sich schwer auf seinen Stock gestützt, was ihn aber nicht daran hinderte, mit dem anderen Arm wild zu winken.

»Die Sonne geht bald auf, und du musst sehr müde sein«, fuhr ihre Mutter an Rahn gewandt fort. »Vielleicht ist es besser, du schläfst erst ein wenig und versuchst, zu Kräften zu kommen. Später würde ich mich dann gern mit dir unterhalten.«

Auch Rahn sah einen Moment lang unsicher in Sarns Richtung, dann aber schüttelte er heftig den Kopf. »Ich weiß nicht, was wir zu ...«, begann er, brach dann aber mitten im Wort ab und riss die Augen auf. Arri blickte kurz zu ihrer Mutter und sah etwas matt und goldfarben zwischen ihren Fingern aufblitzen und sofort wieder verschwinden, während Rahn sichtbar um seine Fassung rang.

»Ganz, wie du meinst«, fuhr ihre Mutter fort. ›Vielleicht hast du Recht. Es ist spät geworden. Wenn du es dir anders überlegst, dann komm einfach später zu uns.« Sie gab Arri einen Wink. »Komm. Lass uns zurückgehen. Ich muss ein neues Heilmittel für Kron zubereiten, und es gibt auch sonst noch eine Menge zu tun.«

Arri trat gehorsam an die Seite ihrer Mutter und ging mit ihr die Böschung zum Dorfplatz hinauf, doch sie konnte sich kaum beherrschen, bis sie halbwegs außer Hörweite der anderen waren. »Was habe ich jetzt schon wieder falsch gemacht?«, fragte sie in vorwurfsvollem Ton. »Ich habe ihm genau das ausgerichtet, was ich sollte.«

»Ich hatte dir aufgetragen, ihn um etwas zu *bitten*«, sagte ihre Mutter betont, »nicht, ihm etwas zu *befehlen*.«

Als ob es jemals irgendeinen Sinn gehabt hätte. Rahn um etwas zu *bitten!*, dachte Arri trotzig. Sie hütete sich aber, das auszusprechen. Ihre Mutter war in gereizter Stimmung, was seit einer Weile nun wirklich nichts Besonderes mehr war, und es war sicher besser, wenn sie schwieg. So schnell sie es gerade noch konnten, ohne dass es tatsächlich wie eine Flucht aussah, überquerten sie den Dorfplatz und nahmen den kürzeren Weg aus dem Dorf hinaus, den nach Süden in Richtung Schmiede – und des Steinkreises, wie sich Arri mit einem unangenehmen Frösteln bewusst wurde.

Schweigend passierten sie die Hütte des Blinden und bogen nach rechts ab, ohne dem uralten Kreis stummer, steinerner Wächter auch nur auf Sichtweite nahe zu kommen. Arri atmete erleichtert auf. Die Begegnung mit dem Schamanen kam ihr immer mehr wie ein ferner Traum vor, und hätte ihr jemand gesagt, dass ihr dort nicht Sarn aufgelauert hatte, sondern ein von ihm geschicktes Trugbild, sie hätte es wahrscheinlich geglaubt.

Sie verscheuchte den hässlichen Gedanken, erinnerte sich dafür aber plötzlich an etwas anderes, das sie auf ganz andere, aber nicht minder intensive Weise beunruhigte: an das goldfarbene Funkeln, das sie in der Hand ihrer Mutter gesehen hatte. Was konnte es nur gewesen sein? Ihre Mutter besaß kein Gold, und selbst wenn es sich anders verhielte – warum sollte sie es ausgerechnet Rahn zeigen? Das Einzige, was sie damit erreichen würde, wäre, dass er anfinge zu überlegen, wie er es ihr am besten stehlen könnte.

Sie machten sich an den kurzen Abstieg zurück zu ihrer Hütte, als es in den Büschen neben ihnen raschelte. Arri fuhr erschrocken zusammen, ihre Mutter jedoch blieb mit einer Bewegung stehen, die nicht die mindeste Überraschung verriet und noch weniger Furcht, und machte eine rasche, beruhigende Geste in ihre Richtung. Dann aber riss Arri überrascht die Augen auf, als ein Schatten aus dem Gebüsch neben ihnen trat und nach einem weiteren Schritt zu einem grimmig blickenden Rahn wurde.

»Das ging schneller, als ich dachte«, sagte ihre Mutter. »Wir gehen besser hinein.«

Rahn wandte sich nicht nur gehorsam um und ging, sondern eilte sogar voraus. Arri konnte ihre Neugier nun nicht mehr bezähmen. Während sie dem Fischer an der Seite ihrer Mutter folgte, fragte sie: »Was bedeutet das? Was hast du ihm gesagt?«

»Etwas, das eigentlich deine Aufgabe gewesen wäre«, erwiderte ihre Mutter, noch immer in demselben scharfen und für Arri nach wie vor unverständlichen Ton wie bisher. Als sie etwas erwidern wollte, fuhr Lea fort: »Still jetzt. Am Ende hört uns noch jemand. Wie ich diesen Dummkopf kenne, ist er auf direktem Weg hierher gekommen.«

Arri sah zwar nicht ein, was daran so schlimm sein sollte, beschleunigte ihre Schritte aber trotzdem, als auch ihre Mutter schneller ging. Sie holten Rahn ein, als er die Stiege erreicht hatte und sich zu ihnen herumdrehte. Er wollte etwas sagen, doch Lea gebot ihm mit einer herrischen Geste gleichzeitig zu schweigen und nach oben in die Hütte zu gehen, und der

Fischer gehorchte. Er blieb aber so dicht hinter dem schmalen Eingang stehen, dass es Arri und ihrer Mutter unmöglich wurde, die Hütte zu betreten. Obwohl es drinnen so dunkel war, dass sie Rahn nicht einmal mehr als Schatten ausmachen konnte, geschweige denn sein Gesicht erkennen, glaubte sie doch die Verwirrung zu spüren, die von ihm ausging, zugleich aber auch ein mindestens ebenso großes Misstrauen und eine nunmehr mühsam unterdrückte Wut. Mit einem Mal bekam sie Angst. Vielleicht war es ein Fehler von ihrer Mutter gewesen, den Fischer hierher zu bestellen.

»Also, was willst du von mir?«, begann er, und das in einem Ton, der Arris Befürchtungen nicht nur neue Nahrung gab, sondern sie fast zur Gewissheit machte. »Sarn wird wütend auf mich sein, wenn er hört, dass ich hier gewesen bin.«

»Dann würde ich es ihm an deiner Stelle auch nicht verraten«, antwortete Lea gelassen. Sie wartete vergebens darauf, dass Rahn den Weg freigab, dann seufzte sie leise, ging weiter und schob ihn dabei einfach zur Seite; ruhig, aber doch so kräftig, dass er hastig einen Schritt zurückstolperte und mit den Armen ruderte, um das Gleichgewicht nicht zu verlieren. »Mach Licht«, sagte sie, an Arri gewandt.

Nichts, was sie lieber getan hätte! Aus ihrer Verachtung für Rahn war schlagartig Furcht geworden, die nicht nachließ, sondern mit jedem Augenblick stärker wurde, den ihre Mutter und sie zusammen mit ihm hier drinnen waren. Sie war plötzlich sicher, dass es ein schrecklicher Fehler gewesen war, ihn hierher zu bestellen. Begriff ihre Mutter denn nicht, wie gefährlich dieser Mann war, auch wenn sie ihn für einen Dummkopf hielt – oder vielleicht gerade deswegen?

Rasch tastete sie sich im Dunkeln zur Feuerstelle ließ sich in die Hocke sinken und blies hinein. Kurz darauf glomm in der grauen Ascheschicht ein winziger, dunkelroter Funke auf, mit dem es ihr gelang, einen trockenen Zweig in Brand zu setzen und mit diesem wiederum die Flamme einer kleinen Öllampe zu entzünden. Rahn fuhr unmerklich zusammen und blinzelte besorgt in das rasch größer werdende Flämmchen. Ihre Mutter hatte jedem im Dorf gezeigt, wie einfach die Herstellung einer solchen Lampe war und wie sicher ihr Betrieb, wenn man einige wenige grundlegende Dinge beachtete; dennoch war sie die Einzige hier, die eine solche Lampe besaß, und Rahns Blick verriet Arri eindeutig, dass er Angst davor hatte, warum auch immer.

»Also«, begann er schließlich, unruhig und in jenem angriffslustigen Ton, hinter dem sich pure Angst verbarg. »Was willst du von mir?«

Ihre Mutter antwortete nicht gleich, sondern beobachtete einige Herzschläge lang scheinbar konzentriert das Größerwerden der Flamme, bis das milde Licht den gesamten Raum erfüllte und ihn in ein sonderbares Durcheinander aus warmer, gelber Helligkeit und huschenden Schatten tauchte, die man nur lange genug zu beobachten brauchte, um seltsame, gestaltlose Dinge darin zu entdecken. Und auch dann beantwortete sie Rahns Frage nicht sofort, sondern bedachte Arri mit einem zweiten, noch seltsameren Blick, unter dem diese sich immer unwohler zu fühlen begann. So wie schon draußen hatte Arri mehr und mehr das Gefühl, irgendetwas von großer Wichtigkeit verpasst zu haben. Etwas, das sie betraf.

»Vor allem möchte ich mich bei dir entschuldigen«, sagte Lea schließlich. »In letzter Zeit hat es eine Menge ... Missverständnisse zwischen uns gegeben, die ich bedauere.« Sie warf Arri einen raschen, fast drohenden Blick zu. »Vor allem meine Tochter hat sich den einen oder anderen ... Fehltritt geleistet. Es tut ihr Leid. Habe ich Recht?«

Die letzte Frage galt Arri, die mit einem verwirrten Blick und dann aber auch mit einem – wenn auch widerwilligen – Nicken in Rahns Richtung darauf reagierte. Die Augen des Fischers wurden schmal. Wenn sie jemals einen Ausdruck von Misstrauen auf dem Gesicht eines Menschen gesehen hatte, dann jetzt auf Rahns. Er sagte nichts. Auch Arris Mutter schwieg eine Weile und sah ihn nur erwartungsvoll an, dann wurde ihr klar, dass sie keine Antwort bekommen würde. Sie griff unter ihr Kleid, und als sie die Hand wieder hervorzog, lag eine schimmernde Perle aus Oraichalkos auf ihrer Handfläche. In dem flackernden gelben Licht, das die Öllampe verbreitete, schien der Stein leicht zu pulsieren, wie ein winziges schlagendes Herz, das mit geheimnisvollem Leben erfüllt war. Der Ausdruck von Misstrauen auf Rahns Gesicht blieb, nun aber mischte sich eine jäh aufflammende Gier hinein, die er kaum noch beherrschen konnte. Seine Hand zuckte, als wolle er nach dem Stein greifen, bewegte sich dann aber doch nicht.

»Du weißt, was das ist?«, fragte Lea.

Rahn starrte sie nur an. Ein weiterer Ausdruck gesellte sich zu dem Durcheinander von Gefühlen in seinem Blick: Verwirrung.

»Willst du ihn haben?«, fragte Lea geradeheraus.

Für einen kurzen Moment wurde die Gier in Rahns Augen fast übermächtig, dann aber trat er mit einer übertriebenen Bewegung zurück und schüttelte den Kopf. »Du machst dich über mich lustig.«

Arri konnte Rahns Reaktion durchaus verstehen. Auch wenn sie nicht viel von solcherlei Dingen verstand und sich auch nie wirklich dafür interessiert hatte, so wusste sie doch, von welch enormem Wert der Stein in der Hand ihrer Mutter war. Nors Halskette zierten mehrere und zum Teil deutlich größere Perlen aus Oraichalkos, doch selbst Sarn war nicht reich genug, auch nur einen einzigen dieser wertvollen Steine zu besitzen. Es hieß, dass man ihr Gewicht je nach Größe und Schönheit mit dem Drei- bis Fünffachen in Gold aufwog. Arri interessierte sich weder für Gold noch für Oraichalkos oder irgendetwas anderes, das sich zwar gewinnbringend eintauschen ließ, man aber weder essen noch zu irgendeinem anderen, wirklich nutzbringenden Zweck verwenden konnte. Selbst als Schmuck erschien es Arri nicht besonders reizvoll. Jede Kette aus bunten Sommerblumen, die sie sich umband oder ins Haar flocht, war hundertmal schöner. Dennoch war nicht zu übersehen, wie schwer es Rahn fiel, ihrer Mutter den Stein nicht einfach aus der Hand zu reißen.

»Ich meine es ernst«, beharrte Lea. »Du kannst ihn dir verdienen, wenn du es möchtest.«

In Rahns Gesicht arbeitete es. Einen Moment lang war er sichtlich hin und her gerissen zwischen Gier, Misstrauen und noch etwas anderem, das Arri nicht genau einordnen konnte, obgleich sie zu spüren glaubte, dass es von allen einander widerstrebenden Gefühlen das stärkste war. Dann jedoch schüttelte er noch einmal und noch entschiedener den Kopf. Es gelang ihm nicht wirklich, den Blick von der honigfarben schimmernden Versuchung auf Leas Handfläche loszureißen, doch er trat entschlossen einen weiteren halben Schritt zurück und verschränkte die Arme vor der Brust, wie um seinen Händen die Gelegenheit zu nehmen, sich selbstständig zu machen und zu tun, wofür er nicht den Mut hatte. »Das ist eine Falle«, behauptete er.

Lea lachte leise. »Eine Falle?«, wiederholte sie kopfschüttelnd. »Warum sollte ich wohl etwas so Dummes tun? Und was könnte ich dir schon antun – selbst, wenn ich es wollte?« Sie schüttelte noch einmal den Kopf und schloss dann die Hand um den Stein, und wieder flackerte Gier in Rahns Augen auf. »Nein. Ich weiß, ich hätte es schon längst tun sollen, aber ich entschuldige mich noch einmal in aller Form für alles, was zwischen uns vorgefallen ist. Und vor allem für alles, was Arri gesagt und möglicherweise getan hat. Sie hat noch nicht ganz begriffen, dass Zurückhaltung mitunter eine Tugend sein kann, aber ich versichere dir: Das wird sie schon noch lernen.«

Rahn schwieg. Sein Blick tastete misstrauisch über Leas Gesicht, als suche er nach einer Spur von Verrat und Heimtücke darin, wollte aber auch immer wieder ihre Hand suchen, in der der verlockende Schatz verborgen war. Arri konnte ihm regelrecht ansehen, wie angestrengt er nach Worten suchte und sie nicht fand.

»Ich will dir nichts vormachen, Rahn«, fuhr Lea fort. »Es ist gewiss nicht so, als hätte ich dich plötzlich in mein Herz geschlossen, und ich erwarte auch umgekehrt nicht, dass du uns alles verzeihst und all das vergisst, was Sarn und ein paar von den anderen dir vielleicht über uns erzählt haben. Aber die Dinge haben sich geändert, und so, wie es aussieht, brauchen Arri und ich Hilfe. Die Hilfe eines Mannes, dem wir vertrauen können. Und wer wäre da besser geeignet als du?«

Rahn runzelte die Stirn, und Arri fragte sich besorgt, ob ihre Mutter den Bogen nicht überspannte. Rahn mochte ein Dummkopf sein, doch wie viele gerade nicht besonders intelligente Menschen besaß er ein feines Gespür dafür, wenn sich jemand über ihn lustig machte oder versuchte, ihn hinters Licht zu führen.

»Wobei?«, fragte er misstrauisch.

»Bei verschiedenen Dingen«, antwortete Lea. Sie schüttelte hastig den Kopf, wie um jedem Widerspruch des Fischers von vornherein zuvorzukommen. »Keine Sorge – niemand wird es erfahren, und selbst wenn, ich verlange nichts von dir, was dir oder irgendeinem hier im Dorf schaden würde.«

»Was gäbe es denn, was du und deine Tochter nicht allein viel besser könntet?«, erkundigte sich Rahn misstrauisch. »In all den Jahren habt ihr keinen von uns gebraucht.«

»Das ist wahr«, erwiderte Lea. »Aber die Dinge ändern sich. Ich verfüge über gewisse Fähigkeiten, die ihr nicht habt, und ich weiß manches, was ihr nicht wisst. Letzten Endes bin ich jedoch nur eine Frau, und meine Tochter bislang noch nicht einmal das. Ich brauche einen Mann für gewisse Tätigkeiten, zu denen ich selbst nicht in der Lage bin.« Sie hob wieder die Hand und ließ ihn den Stein sehen. »Du kannst diesen Stein haben, und wenn du alles zu meiner Zufriedenheit erledigst, bekommst du im nächsten Frühjahr einen zweiten dazu, sobald die Saat ausgebracht ist. Länger werde ich deine Dienste wahrscheinlich nicht benötigen.«

Rahn dachte angestrengt nach, aber schließlich – und ganz offensichtlich nicht nur zu Arris Überraschung – schüttelte er noch einmal den Kopf. »Nein«, sagte er. »Ich traue dir nicht. Und selbst wenn – was sollte ich damit? Sarn würde ihn mir ohnehin wieder wegnehmen.«

Lea starrte ihn einen Moment lang fast fassungslos an, und als sie dann endlich antwortete, umspielte ein kleines Lächeln ihre Lippen. »Du musst ihm nicht erzählen, dass du ihn hast.

Du kannst diesen Stein und den anderen nehmen und in ein anderes Dorf gehen. Du wärst ein reicher Mann. Du könntest dir jede Frau aussuchen, die du haben willst, oder auch gleich mehrere, ganz wie es dir gefällt. Was erwartet dich hier?«

Sie war klug genug, nicht hinzuzufügen, dass er immer ein armer Fischer bleiben würde, dem die anderen nur deshalb nicht ganz offen ins Gesicht sagten, was sie von ihm hielten, weil sie seine Fäuste fürchteten; aber das schien auch gar nicht nötig zu sein. Für die Dauer von zwei, drei hämmernden Herzschlägen starrte Rahn sie so wütend an, als hätte sie es gesagt.

»Und was ... müsste ich dafür tun?«, fragte er schließlich stockend.

»Nichts, dessen du dich schämen müsstest«, antwortete Lea, »oder das die anderen nicht erfahren dürften. Ich will, dass du Augen und Ohren für mich offen hältst und mir alles berichtest, was mit den Fremden zu tun hat. Ich will wissen, ob es diese Spuren wirklich gibt oder ob Sarn sie nur erfunden hat, um ein bisschen Angst zu verbreiten.«

»Dann hat er also Recht«, zischte Rahn. »Sie haben dich vorausgeschickt. Du gehörst zu ihnen und bist nur hier, um uns auszuspähen.«

So unsinnig dieser Vorwurf auch war, fand es Arri doch empörend, ihn aus Rahns Mund zu hören. Ihre Mutter jedoch lachte nur leise und schüttelte spöttisch den Kopf. »Dummkopf. Wäre es so, würde ich dann ausgerechnet dich bitten, mir zu helfen? Nein. Ich gehöre weder zu diesen Fremden, noch weiß ich, wer sie sind. Ganz im Gegenteil. Ich fürchte, dass Sarn die Gefahr unterschätzt – sollte es diese fremden Krieger tatsächlich geben. Jemand muss ihn warnen.«

»Und warum tust du es nicht selbst?«

»Weil er mir ganz gewiss nicht glauben würde«, erwiderte Lea.

Das gab Rahn für einige Augenblicke Stoff zum Nachdenken, während Arri ihre Mutter verwirrt ansah. Sie hatte ihr ja vor ein paar Tagen selbst gesagt, dass es an der Zeit war, sich einen Freund zu kaufen, aber warum ausgerechnet Rahn? Von allen im Dorf – Sarn selbst einmal ausgenommen – war Rahn womöglich derjenige, dem sie am allerwenigsten trauen konnten, vielleicht oder gerade weil sie ständig mit ihm zu tun hatten.

»Und was sonst noch?«, fragte Rahn. Wieder suchte sein Blick die schimmernde, goldgelbe Träne auf Leas Handfläche, und diesmal verharrte er lange genug darauf, um auch Arri klarzumachen, dass er seine Entscheidung im Grunde schon gefällt hatte und jetzt nur noch nach Gründen suchte, um sie vor sich selbst zu rechtfertigen.

»Nicht allzu viel«, antwortete Lea, »aber auch nicht wenig. Ein paar Botengänge, dann und wann. Vielleicht werde ich dich zu einem der anderen Stämme schicken, um das eine oder andere für mich zu holen. Das Wichtigste aber ist meine Tochter.«

Arri sog scharf die Luft zwischen den Zähnen ein und starrte ihre Mutter aus aufgerissenen Augen an, und auch Rahn wirkte kaum weniger fassungslos. »Deine Tochter?«, wiederholte er verständnislos.

Arri wollte selbst etwas einwenden, aber ihre Mutter warf ihr einen so zornigen Blick zu, dass sie es nicht wagte, auch nur einen einzigen Ton von sich zu geben. »Ich möchte, dass du Arri beschützt. Du wirst ein Auge auf sie werfen, wann immer sie die Hütte verlässt und ich nicht bei ihr bin, und du wirst mir alles berichten, was andere über sie sagen. Insbesondere Sarn.«

»Aber ...«, begann Arri.

»Schweig!«, herrschte ihre Mutter sie an. »Was immer du sagen willst, spare es dir.« Sie wandte sich wieder an den Fischer. »Sind wir uns einig? Du wirst Arri beschützen, und du weißt, was ich damit meine.«

Wieder verging eine kleine Ewigkeit, in der Rahn nichts anderes tat, als Arris Mutter anzustarren, aber dann nickte er, auch wenn man ihm ansehen konnte, wie schwer es ihm fiel. »Bis zum nächsten Frühjahr.«

»Bis die Saat ausgebracht ist«, bestätigte Lea. »Wenn das letzte Feld bestellt ist, bekommst du deinen Lohn und bist frei.«

Rahn nickte. Er sah nicht nur so aus, als begänne er jetzt schon seine Entscheidung zu bedauern, sondern wirkte auch verstörter als zuvor, was Arri nur zu gut nachempfinden konnte, denn ihr erging es nicht wesentlich anders. Was meinte ihre Mutter mit *wenn das letzte Feld bestellt ist?* Nor würde sie kaum so lange in Ruhe lassen!

»Dann geh jetzt«, sagte Lea. »Bevor noch jemand merkt, dass du hier bist. Ich werde Arri zu dir schicken, wenn ich dich brauche.«

Rahn ging so schnell, dass es zu nichts anderem als einer Flucht wurde, und Arri wartete nicht einmal, bis seine Schritte draußen auf der Stiege verklungen waren, bevor sie sich auf dem Absatz umdrehte und ihre Mutter anfuhr: »Was bedeutet das? Was soll das heißen, er soll auf mich aufpassen? Wieso ausgerechnet *er*? Und wieso brauche ich überhaupt jemanden, der über mich wacht?«

Die Reaktion ihrer Mutter war anders, als sie erwartet hatte. Unter gewöhnlichen Umständen hätte sie ihr einen so unverschämten Ton niemals durchgehen lassen, jetzt aber sah sie ihre Tochter nur einen Atemzug lang traurig an und sagte dann leise: »Rahn spioniert uns sowieso hinterher. Ist es dann nicht viel klüger, ihn für unsere Zwecke einzubinden?«

6

Arri hätte selbst nicht genau sagen können, was sie erwartet hatte – doch für die nächsten fünf oder sechs Tage geschah rein gar nichts Außergewöhnliches, sah man einmal davon ab, dass Rahn ihr ganz offensichtlich aus dem Weg ging und sie selbst alle Hände voll zu tun hatte, um ihren kleinen Garten in Schuss zu halten und ihr sonstiges Tagwerk zu verrichten. Anfangs hatte sie noch ein paar Mal versucht, mit ihrer Mutter zu reden, aber stets entweder gar keine oder aber eine so abweisende Antwort erhalten, dass sie es bald aufgegeben und sich in beleidigtes Schweigen gehüllt hatte. Ihrer Mutter schien das nur recht zu sein. Anders als Arri es erwartet hätte, rief sie sie nicht zur Ordnung, sondern beließ es dabei, ihr dann und wann einen vorwurfsvollen Blick zuzuwerfen – und ihr selbstverständlich die unangenehmsten und schwersten Arbeiten aufzutragen, die ihr nur einfielen.

Wenigstens kam es Arri so vor. Jeden Morgen schickte Lea sie mit frischem Verbandszeug und Salbe zu Kron, damit sie seine Wunden behandelte und sie selbst über die Genesung des Jägers auf dem Laufenden hielt. In den ersten ein oder zwei Tagen war Arri sicher, dass ihre Mutter das nur tat, um sie zu bestrafen, denn wann immer Kron sich dazu aufraffen konnte, überschüttete er sie mit den wüstesten Flüchen und Verwünschungen; und wenn er dazu zu müde oder zu erschöpft war, starrte er sie wütend und hasserfüllt zugleich an. Außerdem wurde der Weg zu seiner Hütte und wieder zurück jedes Mal zur reinen Qual für sie.

Einmal war sie Sarn begegnet, der zwar nichts gesagt hatte, aber das war auch nicht nötig gewesen – der Blick, mit dem er sie gemustert hatte, war schlimmer gewesen als alles, was er hätte sagen können; ein anderes Mal waren ihr Osh und einige der anderen Kinder aus dem Dorf nachgelaufen und hatten ihr etwas hinterhergeschrien, was sie einfach nicht hatte verstehen wollen, ja, eines von ihnen hatte es sich sogar nicht verkneifen können, ihr einen Erdklumpen nachzuschleudern, der sie aber weit verfehlt hatte. Arri war mehr als wütend auf ihre Mutter. Sie schickte sie nicht nur ausgerechnet zu dem Menschen im Dorf, der sie am allerwenigsten sehen wollte, sondern hatte ihr auch noch diesen Irren Rahn auf den Hals gehetzt. Dass sie ihn in all der Zeit nicht ein einziges Mal zu Gesicht bekam, änderte überhaupt nichts an ihrem Zorn, ja, auf eine gewisse Art schien es ihn eher noch schlimmer zu machen, denn ein Rahn, den sie sah, war ihr hundertmal lieber als einer, den sie nicht sah und der hinter ihrem Rücken wer weiß was ausbrütete.

Dann aber geschah etwas Seltsames. Arri fühlte sich von der schrecklichen Aufgabe, die ihre Mutter ihr aufgetragen hatte, noch immer gleichermaßen angewidert wie gedemütigt; Krons Armstumpf heilte zwar gut, und nicht nur das, sondern auch mit geradezu erstaunlicher Schnelligkeit, aber er bot trotzdem einen schrecklichen Anblick. Vielleicht waren es nicht einmal so sehr die entzündete Narbe und das rote, nässende Fleisch, von dem trotz allem noch immer ein leicht brandiger Geruch ausging, und ganz gewiss nicht Krons Beleidigungen und Flüche, die sie schon nach den ersten Besuchen kaum noch wahrnahm. Nein, was ihre Besuche in seiner Hütte so schrecklich machte, das war der Umstand, dass ihr sein Anblick die Verwundbarkeit Krons – und damit auch ihre eigene – vor Augen führte. Kron und seine beiden Brüder waren die mit Abstand stärksten Männer im Dorf gewesen. Das war stets so gewesen, und es hatte für Arri nie einen Zweifel daran gegeben, dass sie es auch bleiben würden. Nichts und niemand, nicht der furchtbarste Sturm, nicht der bitterste Winter und nicht das schrecklichste Raubtier, so hatte sie immer geglaubt, konnte diesen drei Männern etwas anhaben; wahrscheinlich noch nicht einmal ein Höhlenbär.

Nun war einer von ihnen tot und würde nie wiederkommen, der andere ein Krüppel, der nur durch das Wissen ihrer Mutter und die Gnade des Schicksals überhaupt noch lebte, und der Dritte, auch wenn er sich alle Mühe gab, sich nichts von seinen wahren Gefühlen anmerken zu lassen, ein gebrochener Mann, in dessen Augen eine Angst Einkehr gehalten hatte, die nie wieder daraus verschwinden würde. Arri fühlte sich verwundbar und hilflos, wenn sie in der Hütte des Jägers war. Was immer diesen drei Männern wirklich zugestoßen sein mochte – wie konnte irgendjemand hier im Dorf glauben, einer Gefahr Herr zu werden, mit der nicht einmal Grahl und seine Brüder fertig geworden waren?

Aber zugleich geschah noch etwas anderes, dass ihr am Anfang nicht einmal klar war. Ihr Widerwille, die vereiterten, übel riechenden Verbände zu lösen und Krons Wunde zu säubern, wurde keinen Deut schwächer. Ganz im Gegenteil schien er immer noch zuzunehmen, fast so als gäbe es Dinge, an die man sich nicht gewöhnen konnte, sondern die ganz im Gegenteil immer schlimmer wurden, je öfter man sie tat. Und trotzdem stellte sie schon bald etwas ganz Erstaunliches fest: Krons Wunde heilte langsam, aber sie heilte, und Arri begann Freude daran zu empfinden. Hatte sie sich noch am Anfang dazu zwingen müssen, den schrecklichen Stumpf auch nur anzusehen, so erfüllte sie nun jeder noch so kleine Fortschritt mit Freude. Bald musste sie sich nicht mehr dazu zwingen, sondern untersuchte die Wunde ganz im Gegenteil höchst aufmerksam und nahm jedes noch so winzige Zeichen einer Besserung voller Freude zur Kenntnis.

Obwohl sie sich fest vorgenommen hatte, mit ihrer Mutter kein Wort mehr zu wechseln, bis diese von sich aus das Schweigen brach und zumindest die Andeutung einer Entschuldigung über die Lippen brachte, ertappte sie sich doch schon am dritten Tag dabei, ihr voller Stolz von den Fortschritten zu berichten, die Krons Heilung machte. Ihre Mutter sagte auch dazu nichts, aber in ihren Augen erschien ein sonderbar warmer Ausdruck, den Arri zwar nicht wirklich verstand, der aber dennoch irgendetwas zwischen ihnen zu bereinigen schien. Von diesem Augenblick an begriff sie sehr viel besser als zuvor, warum ihre Mutter das hier tat und die Menschen trotz allem, was sie ihr angetan hatten, noch immer heilte: weil es einfach ein gutes Gefühl war, einem anderen zu helfen.

Zur selben Zeit setzten sie ihre nächtlichen Ausflüge in den Wald fort, und dabei schienen ihr Streit und die düsteren Wolken, die am Horizont des Schicksals aufgetaucht waren, gleichermaßen vergessen zu sein; als führten sie nicht nur zwei Leben – ein geheimes und ein für jeden sichtbares –, sondern wären in diesen unterschiedlichen Leben auch verschiedene Menschen. Der Groll auf ihre Mutter war ebenso vergessen wie deren Hass und die Verbitterung – und auch die sonderbare Mischung aus Ungeduld und Sorge, die Arri stets in ihren Augen las, wenn sie glaubte, ihre Tochter bemerke es nicht.

Sie lernte viel in diesen Nächten. Ihre Mutter geizte zwar sehr viel mehr mit Lob als mit Tadel, vor allem dann, wenn sie der Meinung war, dass Arri irgendetwas nicht schnell genug begriff oder sich unnötig dumm anstellte; und dennoch spürte sie, dass sie im Grunde sehr zufrieden mit dem war, was sie sah. Die größte Freude bereiteten ihr die heimlichen Augenblicke, die sie auf der abgelegenen Waldlichtung mit der Unterweisung in ihr bislang vollkommen unbekannten Kampfarten verbrachten, immer sorgsam darauf bedacht, dass niemand auch nur im Entferntesten etwas davon mitbekam. Es war gar nicht auszudenken, was geschehen würde, wenn Sarn oder jemand anderes im Dorf davon Wind bekäme. Das Kriegshandwerk war Männersache, und die knappen Unterweisungen im Umgang mit Pfeil und Bogen, Knüppeln oder den wenigen kostbaren Kupfer- und Bronzewaffen war etwas, um das jedes weibliche Wesen einen großen Bogen machte. Es war schon außergewöhnlich genug, dass man einer Frau den Besitz eines Schwertes gestattete, und wohl nur auf den Umstand zurückzuführen, dass man sie als Fremde nie wirklich in die Dorfgemeinschaft aufgenommen hatte. Aber wenn Sarn erfahren hätte, dass Lea ihre Tochter in der Kampfkunst mit eben diesem Schwert unterwies – er hätte zweifellos damit den Grund gefunden, um ihr endgültig den Prozess zu machen.

Es waren heimliche, aufregende Begegnungen mit einer ganz neuen, fremden Welt, in denen Arri alles um sich herum vergaß, obwohl – oder vielleicht auch gerade *weil* – sie den Zwiespalt ihrer Mutter spürte. Offensichtlich erwies sie sich als äußerst gelehrige Schülerin. Schon nach wenigen Tagen forderte ihre Mutter sie nicht mehr dazu auf, sie mit einem Stock zu schlagen, sondern nahm sich ihrerseits einen kräftigen Ast, mit dem sie die Hiebe abwehrte und hin und wieder auch einen eigenen Treffer anbrachte; zumeist dann, wenn sie der Meinung war, dass Arri leichtsinnig oder sich ihrer Sache zu sicher wurde, oder vielleicht auch etwas fester zugeschlagen hatte, als wirklich notwendig war. In diesem einen besonderen Punkt sagte sie nie etwas und lobte ihre Tochter kein einziges Mal, doch das war auch nicht nötig. Was nichts daran änderte, dass Arri regelmäßig mit frischen blauen Flecken und schmerzenden Muskeln nach Hause zurückkehrte, kurz bevor die Sonne aufging.

Zehn Tage, nachdem Kron und sein Bruder vor der Jagd heimgekehrt waren, fand er das erste Mal wieder die Kraft, aufzustehen und einige wenige Schritte zu laufen. Arri jubilierte innerlich, auch wenn der Jäger sie um ein Haar geschlagen hätte; er hatte seine Kräfte wohl überschätzt und war nach wenigen Schritten gestürzt, und selbstverständlich gab er ihr die Schuld an seinem Missgeschick, ebenso wie an dem Umstand, dass er nahezu auf die Hälfte seines Gewichts abgemagert war und noch immer unter Fieber und schlechten Träumen litt. Kron befand sich nicht nur eindeutig auf dem Weg der Besserung – er würde leben. Und früher oder später, so hoffte sie wenigstens, würde er sich vielleicht sogar mit seinem Schicksal abfinden und begreifen, dass er Arri für ihre aufopfernde Pflege dankbar sein musste.

Der Gedanke erfüllte sie mit einer solchen Zufriedenheit, dass sie wider besseres Wissen zu ihm hineilte und versuchte, ihm auf die Beine zu helfen – mit dem Ergebnis allerdings, dass sie seinem wütenden Schlag nur deshalb entging, weil Kron nach ihr hieb und sich dabei auf einen Arm zu stützen versuchte, den er gar nicht mehr hatte. Arri war nicht dumm genug, es ein zweites Mal zu versuchen, aber es gelang ihr trotzdem nicht, wirklich zornig auf Kron zu sein. Die wenigen Schritte, die der Jäger getan hatte, erfüllten sie mit einer solchen Freude, dass sie auf der Stelle herumfuhr und im Laufschritt loseilte. Sie musste ihrer Mutter von Krons Fortschritten berichten.

So schnell sie nur konnte, stürmte sie die Böschung hinauf und über den Dorfplatz, auf dem ein reges Treiben herrschte. Vor einer Hütte hatten sich ein paar Frauen und ältere Kinder zusammengehockt, um auf alte Art mit Reibsteinen Korn zu mahlen. An einer anderen Ecke waren zwei Frauen damit beschäftigt, eine einfache Mahlzeit aus Fladenbrot und Ackerbohnen für die Männer und Frauen vorzubereiten, die sich den Rücken bei der harten Arbeit auf den Feldern mit den Sicheln krumm machten oder unter großem Körpereinsatz bereits geerntete Dinkel- und Nacktgersteähren weiterverarbeiteten. Dazwischen wuselten die kleinen Kinder herum, die noch keine

Aufgaben übernehmen konnten, und ganz in der Nähe der Hütte, die den neuen Gewichtswebstuhl mit den unzähligen Steingewichten beherbergte, der unter Anleitung ihrer Mutter und mit Arris Hilfe im letzten Jahr gebaut worden war, türmten gerade zwei Männer frisch geschnittenen Flachs auf, der noch gebrochen und gesponnen gehörte.

Arri nahm weder die verwunderten Blicke zur Kenntnis, die ihr einige der Männer und Frauen zuwarfen, noch die Schmährufe, mit denen sie Osh und ein paar der anderen Kinder bedachten. Auch Kron schrie ihr irgendetwas hinterher, und als sie den Dorfplatz verließ und in Richtung ihrer Hütte davoneilte, folgte ihr ein ganzer Chor von Beschimpfungen und Flüchen, den sie im ersten Moment gar nicht verstand, bis sie das Quieken und Grunzen wahrnahm, das sie wie die Kielspur eines kleinen Schiffes hinter sich herzog; offensichtlich hatte sie die sich sonst im Schlamm unter den Pfostenhäusern suhlenden Ferkel durcheinander gewirbelt, was deren Besitzer nicht gerade begeisterte. Aber welche Rolle spielte das schon?

Sie beschleunigte ihre Schritte nur noch mehr, rannte den abschüssigen Weg hinab und rief bereits nach ihrer Mutter, noch bevor sie die Hütte erreicht hatte. Immer zwei Stufen auf einmal nehmend, rannte sie die Stiege hinauf und sprang so ungestüm durch den Eingang, dass sie sich um ein Haar in den Muschelvorhang verheddert hätte und alle Mühe aufbieten musste, um nicht zu stürzen.

Ihre Mutter war nicht da. Die Hütte war leer, und Arri war nur im allerersten Moment enttäuscht, dann aber eindeutig beunruhigt. Seit dem letzten Zusammenstoß mit Sarn verließ ihre Mutter ihr Zuhause so gut wie gar nicht mehr – zumindest nicht tagsüber – und erst recht nicht, ohne ihr vorher Bescheid zu geben; so, wie sie umgekehrt auch Arri eingeschärft hatte, nirgendwo allein hinzugehen, wenn sie nichts davon wusste. Aus ihrem Hochgefühl wurde schlagartig eine vollkommen übertriebene Sorge. War irgendetwas geschehen?

Arri warf einen flüchtigen Blick in den zweiten Raum – immerhin wäre es ja möglich gewesen, dass ihre Mutter dort war, um ein neues Heilmittel für Kron zusammenzumischen –, dann verließ sie die Hütte fast ebenso rasch wieder, wie sie hereingekommen war, und sah sich hilflos um. Plötzlich hatte sie Angst, und sie konnte nicht einmal genau sagen, warum oder gar wovor. Sie versuchte vergeblich, sich selbst einzureden, dass sie sich albern benahm; schließlich war sie kein kleines Kind mehr, dem man es nachsehen konnte, dass es vor Angst zu weinen anfing, wenn es im Dunkeln aufwachte und seine Mutter nicht gleich sah. Lea war vielleicht nur in den Wald gegangen, um ein paar Kräuter zu suchen, oder hinauf ins Dorf, um Eier oder Fleisch einzutauschen. Zweifellos würde sie binnen kurzem wieder hier sein; wenn es sich anders verhielte, so hätte sie ihr gewiss Bescheid gesagt, bevor sie sie zu Kron schickte.

Diese Gedanken mochten treffend und richtig sein, aber sie halfen nicht. Ganz im Gegenteil begann Arris Herz immer heftiger zu klopfen, und ihre Furcht nahm noch zu. Sie fühlte sich verloren und so einsam und hilflos, als wäre sie mitten in der Nacht allein im Wald ausgesetzt worden. Dieses Gefühl war durch und durch albern und geradezu kindisch, aber auch dieser Gedanke half nicht. Aus ihrer Furcht drohte ganz im Gegenteil Panik zu werden – und wäre es vielleicht auch geworden, hätte sie sich nicht in diesem Moment umgedreht und ihre Mutter gesehen, die soeben gebückt und mit sehr schnellen Schritten aus der Hütte des Blinden kam.

Arri verschwendete nicht einmal einen einzigen Gedanken an die Frage, was ihre Mutter ausgerechnet dort tat, sondern rannte los und konnte sich gerade noch beherrschen, ihre Mutter nicht erleichtert in die Arme zu schließen, als sie endlich bei ihr angelangte.

»Arri?«, murmelte ihre Mutter überrascht. »Ist etwas passiert?« Sie wirkte verwirrt und auch ein ganz kleines bisschen beunruhigt. Arris aufgewühlter Zustand war ihr nicht entgangen.

»Kron«, sagte sie.

»Kron?«, wiederholte ihre Mutter. Eine steile Falte erschien zwischen ihren Augen. »Was ist mit ihm?«

»Er ist ... aufgewacht«, antwortete Arri stockend.

»Und was ist daran so Besonderes?«, wollte ihre Mutter wissen. »Bisher ist er doch eigentlich jeden Morgen aufgewacht, oder?«

Arri zog es vor, nicht weiter auf den spöttischen Unterton in der Stimme ihrer Mutter zu achten. Sie schüttelte heftig den Kopf. »Das meine ich nicht. Er ist aufgestanden. Aus eigener Kraft.«

»Und das ist auch wirklich alles?«, vergewisserte sich ihre Mutter. Arri sah ihr an, dass sie sich Mühe gab, nicht zornig zu klingen.

»Er wird wieder gesund«, antwortete sie. »Er ist ganz von allein aufgestanden und ein paar Schritte weit gelaufen!«

»Das sind gute Neuigkeiten«, sagte ihre Mutter, behielt sie aber weiter aufmerksam im Auge und fügte schließlich mit einem angedeuteten, spöttischen Lächeln hinzu: »Aber so richtig bei Kräften ist er anscheinend noch nicht. Sonst wäre er zweifellos längst hier aufgetaucht, um mir den Hals umzudrehen.«

»Bei mir hat er es jedenfalls schon mal versucht«, sagte Arri. »Aber ich war schneller als er.«

»Dann wollen wir hoffen, dass das auch noch eine Weile so bleibt«, sagte ihre Mutter lachend. »Schließlich brauche ich dich noch. So lange Kron seinen Zorn an dir auslässt, kommt er wenigstens nicht hierher.«

Arri tat ihrer Mutter den Gefallen, über diese Worte zu lachen, aber sie verspürte trotzdem eine leise Enttäuschung. Sie hatte erwartet, dass sie sich mehr über Krons Genesung freuen würde, zumal sie ja einen ungleich größeren Anteil daran hatte als Arri. Sie zerbrach sich den Kopf über eine Antwort, die ihre Mutter nicht verärgern oder gar wütend machen würde, doch sie kam nicht dazu, denn aus der Hütte des Blinden drang Lärm, und nur einen Augenblick später tastete sich der alte Mann mit zitternden Händen ins Freie. »Du bist ja immer noch da«, keifte er. Im ersten Moment war Arri verwirrt, denn die weit offen stehenden, glasigen Augen des Alten blickten genau in ihre

Richtung, sodass sie dachte, die Worte gälten ihr, dann aber begriff sie, dass er mit ihrer Mutter sprach. »Du sollst weggehen, habe ich gesagt! Ich will nicht mit dir reden! Du hast mir schon genug angetan! Geh!«

Arris Mutter setzte zu einer Antwort an, und man konnte ihr ansehen, wie scharf sie ausfallen würde – aber dann beließ sie es bei einem bedauernden Achselzucken und gab Arri gleichzeitig mit einer besänftigenden Handbewegung zu verstehen, dass sie schweigen sollte. Der blinde Mann konnte die Geste nicht sehen, aber er schien sie dennoch irgendwie gespürt zu haben, denn seine erloschenen Augen suchten in Arris Richtung und fixierten dann einen Punkt ein gutes Stück neben ihr. »Ist da noch jemand?«, schnappte er. »Wer ist da? Was willst du? Hast du deine Tochter mitgebracht, damit ihr euch gemeinsam über mich lustig machen könnt?«

»Niemand macht sich über dich lustig, Achk«, sagte Lea sanft. »Ich will dir helfen. Ich meine es ernst. Denk einfach ein wenig über meinen Vorschlag nach. Ich komme heute Abend zurück und bringe dir etwas zu essen. Dann kannst du mir immer noch antworten.«

»Du kannst mir etwas zu essen bringen, denn das bist du mir schuldig«, keifte der blinde Mann, »aber es bleibt bei meiner Antwort. Und jetzt geh, nimm dein Balg und verschwinde!«

Arri wollte etwas sagen, aber ihre Mutter wiederholte die hastige, abwehrende Handbewegung und schüttelte darüber hinaus den Kopf. Der blinde Mann keifte weiter mit schriller Stimme hinter ihnen her, als sie sich abwandten und nebeneinander zur Hütte gingen, aber nun kamen nur noch sinnlos brabbelnde Laute über seine Lippen. Was immer er gerade gemeint haben mochte, der klare Moment war vorbei, und Arri spürte, dass es vollkommen zwecklos wäre, ihre Mutter um eine Erklärung zu bitten. Auch das war etwas, was sie zwar nicht erst jetzt, in diesem Moment, aber tatsächlich zum ersten Mal in ganzer Tragweite begriff: Seit dem Tag von Nors Besuch war ihre Mutter immer verschlossener und abwesender geworden, auch ihr gegenüber.

Das, was sie nachts gemeinsam im Wald taten und beredeten, änderte nichts daran, ganz im Gegenteil; je weiter ihre Mutter die Türen der Vergangenheit öffnete und je tiefer der Einblick wurde, den sie Arri in ihr früheres Leben gewährte, desto verschlossener und kälter schien sie tagsüber zu werden. Manchmal hatte Arri das Gefühl, es tatsächlich mit zwei vollkommen unterschiedlichen Menschen zu tun zu haben, die sich mit jedem Tag, der verging, noch weiter voneinander entfernten; als wäre die eine Lea, die, an deren Seite sie nun ging, nicht mit dem einverstanden, was die andere sie nachts lehrte und ihr riet. Natürlich war dieser Gedanke verrückt, aber seit dem Tag, an dem der mächtige Hohepriester zu ihnen gekommen war, war überhaupt nichts mehr so, wie es einmal gewesen war.

»Es geht Kron also schon besser«, nahm Lea das unterbrochene Gespräch wieder auf, während sie – langsamer werdend – den Pfad hinunterging. Der blinde Mann schrie immer noch hinter ihnen her, und Lea hatte die Stimme ganz leicht erhoben, wie um ihn zu übertönen – obwohl das nicht wirklich nötig war. Vielmehr hatte Arri das Gefühl, dass sie sie fast krampfhaft davon abhalten wollte, eine bestimmte Frage zu stellen. »Und? Wie gefällt dir das?«

Arri verstand nicht wirklich, was ihre Mutter wissen wollte, und sah sie nur verwirrt an.

»Wie fühlst du dich dabei?«, meinte Lea. »Immerhin hattest du einen nicht geringen Anteil an seiner Genesung.«

»Das Meiste hast du doch getan«, erwiderte Arri.

»Das wird Kron anders sehen, fürchte ich«, seufzte ihre Mutter. »Und ohne deine Hilfe wäre er bestimmt nicht so bald wieder zu Kräften gekommen.« Sie sah Arri abschätzend an. »Was ist es für ein Gefühl?«

»Was für ein Gefühl?«

»Einem Menschen zu helfen«, erklärte Lea, hob aber auch zugleich abwehrend die Hand, als Arri etwas erwidern wollte. »Ich meine: einem Menschen *wirklich* zu helfen. Einem Menschen wie Kron, dem du eigentlich nichts schuldig bist und an dessen Schicksal dich auch keine Schuld trifft.«

Arri verstand immer weniger, worauf ihre Mutter eigentlich hinauswollte, und sie wollte dieses Unverständnis gerade in Worte kleiden, da erinnerte sie sich plötzlich an das sonderbare Gefühl, das sie verspürt hatte, als sie vorhin Krons Wunde verbunden hatte, und plötzlich glaubte sie zu verstehen, was ihre Mutter meinte. Es *war* ein wunderbares Gefühl, einem anderen helfen zu können, auch – und vielleicht sogar gerade – einem Fremden, dem sie diese Hilfe nicht schuldig war. Sie sagte nichts, sondern nickte nur, aber dieses Nicken schien ihrer Mutter Antwort genug zu sein, denn für einen Moment erschien ein Ausdruck ehrlicher Freude in ihren Augen, wie Arri sie schon viel zu lange nicht mehr darin gesehen hatte.

»Ich werde später hinauf zum Steinkreis gehen«, fuhr ihre Mutter fort, wobei sie sowohl das Thema als auch die Tonlage wechselte. »Ich wollte mich dort mit jemandem treffen und möchte, dass du mich begleitest.« Sie warf einen Blick in den Himmel hinauf. »Lauf also nicht mehr allzu weit weg.«

Arri hatte nicht vorgehabt, überhaupt irgendwo hinzulaufen – zumindest nicht, bis ihre Mutter das Wort *Steinkreis* ausgesprochen hatte. Konnte es sein, dass sie auf irgendeine rätselhafte Weise von ihrer Begegnung mit Sarn in dem alten Heiligtum erfahren hatte? »Mit ... mit wem willst du dich denn dort treffen?«, stotterte sie.

»Das wirst du schon noch früh genug sehen«, erwiderte ihre Mutter in einem Ton, der Arri klarmachte, wie sinnlos es war, weiter zu fragen. Das stimmte Arri nicht gerade ruhiger. Ihr schlechtes Gewissen wurde geradezu übermächtig, und als sie die Hütte erreichten, wollte sie die Gelegenheit nutzen, um vor ihrer Mutter die Stiege hinaufzueilen. Aber Lea hielt sie mit einer raschen Geste zurück. »Geh in den Wald und suche noch ein paar Blätter, um Krons Verband zu erneuern. Wenn wir zurück sind, möchte ich mir den Arm selbst ansehen.«

Arri sah ihre Mutter einen Moment lang zweifelnd an – Lea hatte einen Vorrat von bereits gereinigten Blättern im Haus, der ausreichte, um Krons Arm bis zum nächsten Vollmond zu verbinden –, aber sie wandte sich dann gehorsam und mehr als nur ein *bisschen* beunruhigt um und hatte den Waldrand schon fast erreicht, als ihre Mutter, die bereits auf der obersten Stufe der Stiege stand, noch einmal stehen blieb und ihr nachrief: »Und bring noch ein paar von den braunen Pilzen mit – die mit den gerippten Köpfen.«

»Aber dazu ...«, begann Arri.

»Musst du bis zur Quelle, ich weiß«, fiel ihr die Mutter ins Wort. »Ein Grund mehr, dich zu beeilen. Wenn du dich sputest, kannst du rechtzeitig zurück sein. Und nimm genug von den Pilzen. Am besten einen ganzen Korb.« Sie unterstrich ihre Worte mit einer auffordernden Geste auf den kleinen Anbau neben der Hütte hin, in der sie die Körbe und allerlei anderes Werkzeug sowie verschiedene Gebrauchsgegenstände untergebracht hatte, die sie nicht tagtäglich benötigten, und obwohl sich in ihrem Gesicht nicht ein einziger Muskel rührte, gelang es ihr trotzdem, mit einem Male deutlich unwilliger auszusehen; auf die ganz bestimmte Art, die ein Fremder vielleicht nicht einmal bemerkt hätte, die Arri aber zu der Überzeugung brachte, dass es jetzt eindeutig besser war, *nicht* noch einmal zu widersprechen.

Trotzdem hätte sie es um ein Haar getan.

Es war nicht der Weg zur Quelle, den sie scheute. Er war nicht so weit, dass er wirklich zur Mühe werden konnte, und seit etlichen Tagen ging sie ihn schließlich jede Nacht. Aber die Pilze? Sie hatte keine Ahnung, wozu ihre Mutter sie plötzlich so dringend brauchte – gewiss nicht, um ein neues Heilmittel für Kron daraus zu machen –, aber sie waren selten und wuchsen nur an einer einzigen Stelle, nämlich zwischen den Felsen auf der Waldlichtung, und auch dort nur in geringer Zahl. Arri glaubte nicht, dass sie auch nur den kleinsten der drei Körbe, die ihre Mutter besaß, voll bekommen würde, selbst wenn sie die Lichtung und ihre gesamte Umgebung absuchte. Ihre Mutter wollte sie wegschicken, und das für eine geraume Zeit, aber warum? Und warum *sagte* sie nicht einfach, dass sie allein sein wollte?

Missmutig ging sie zum Schuppen, griff sich den kleinsten Korb aus geflochtenen Weidenzweigen und machte sich auf den

Weg. Trotz der fast unmöglich zu lösenden Aufgabe, die ihr die Mutter aufgetragen hatte, ließ sie sich Zeit. Sie würde sowieso den Korb kaum zur Hälfte voll bekommen, und sie war darüber hinaus auch sehr sicher, dass Lea die Pilze ganz gewiss nicht nachzählen würde, ganz im Gegenteil – vermutlich würde sie ihnen ebenso wenig Beachtung schenken wie den Blättern, die sie ihr völlig überflüssigerweise zu holen aufgetragen hatte, wenn sie nur lange genug wegblieb, um ...

Arri blieb wie vom Donner gerührt stehen, riss die Augen auf und hätte sich am liebsten selbst geohrfeigt, als ihr klar wurde, *warum* ihre Mutter sie weggeschickt hatte und warum sie solchen Wert darauf legte, dass sie auch ja lange genug fortblieb. Schließlich wäre es nicht das erste Mal, dass ihre Mutter sich einen Mann aus dem Dorf holte, um eine Weile mit ihm allein zu sein. Jetzt war ihr auch klar, warum sie so herumgedruckst hatte und sich alle möglichen Vorwände einfallen ließ, statt einfach rundheraus zu sagen, dass sie, Arri, verschwinden und eine ganze Zeit lang nicht wiederkommen sollte. Es hatte also gar nichts mit dem unglückseligen Zusammentreffen mit Sarn im Steinkreis zu tun!

Arri schüttelte den Kopf und ging mit einem leicht spöttischen Lächeln auf den Lippen weiter – und jetzt sogar schneller, obwohl sie nun sicher war, Zeit zu haben. Ihre Mutter war eine gesunde, alles andere als alte Frau mit ganz gewöhnlichen Bedürfnissen, wie sie jede andere Frau, jeder andere Mann im Dorf auch hatte, aber es war ihr aus irgendeinem Grund peinlich, mit ihrer Tochter über gewisse Dinge des Lebens zu reden – die diese längst wusste. Wahrscheinlich hätte sie der Schlag getroffen, dachte Arri, hätte sie auch nur geahnt, dass ihre Tochter mehr als nur eine ungefähre Vorstellung davon hatte, was sie in ihrer Hütte tat, wenn sie Besuch aus dem Dorf bekam. Arri war zwar – zumindest in ihren Augen – noch keine richtige Frau, aber sie war weder blind noch taub oder dumm. Nicht alle im Dorf machten ein so großes Geheimnis um das, was Männer und Frauen (und manchmal auch Frauen und Frauen oder Männer und Männer) miteinander taten, wenn sie allein waren, und die meisten Wände hatten Ritzen, durch die man mühelos hindurchspähen konnte, wenn man nur ein bisschen vorsichtig war.

Auch Arri hatte das schon des öfteren getan, wenn auch mit schlechtem Gewissen und ohne ganz genau zu wissen, warum sie das bei allen Göttern eigentlich tat. Was sie gesehen hatte, hatte sie erregt, auf eine eigentümliche, nicht einmal wirklich angenehme, aber auch ganz gewiss nicht unangenehme Art. Dennoch verstand sie nicht wirklich, was an dieser Sache so besonders war, dass ihre Mutter ein solches Geheimnis daraus machte. Irgendwann – und zwar in nicht allzu ferner Zukunft, so nahm sie sich vor – würde sie ihrer Mutter sagen, dass sie Bescheid wüsste, und sie freute sich jetzt schon auf den betroffenen Ausdruck, der dann unweigerlich auf deren Gesicht erscheinen musste.

In Gedanken versunken, wie sie war, war sie schon tiefer in den Wald eingedrungen, als sie selbst bemerkt hatte. Die Stelle, an der die Heilkräuter wuchsen, hatte sie längst passiert, und sie dachte daran, zurückzugehen und das Versäumte nachzuholen, entschied sich aber dann dagegen. Sie würde weiter zur Lichtung gehen, ein paar von den Pilzen suchen und den Korb dann auf dem Rückweg bis zum Rand mit Blättern füllen, das sah auf jeden Fall besser aus, auch wenn ihre Mutter vermutlich nicht einmal richtig hinsehen würde.

Sie beschleunigte ihre Schritte und vertrieb sich die restliche Zeit auf dem Weg zur Lichtung, indem sie darüber nachdachte, wer wohl in diesem Augenblick bei ihrer Mutter sein mochte. Die Auswahl war nicht allzu groß. Es gab zwar einige unverheiratete Männer im Dorf, die durchaus Interesse an ihrer Mutter zeigten (und auch ein paar verheiratete), aber Lea war wählerisch, was das anging. Was Arri wiederum nicht wirklich verstand. Ihre Mutter war keine junge Frau mehr, und verglichen mit den meisten anderen Frauen im Dorf – selbst manchen, die deutlich älter waren als sie selbst –, war sie alles andere als eine Schönheit. Aber vielleicht kam es bei dem, was sie da taten, auf Schönheit ja auch nicht an.

Grahl, entschied sie. Grahl wäre ein Mann nach dem Geschmack ihrer Mutter. Dass er ein Weib und einen ganzen Stall voller Kinder hatte, hatte ihn noch nie gestört, und außerdem war er ihrer Mutter etwas schuldig, nachdem sie Kron das Leben gerettet hatte. Arri kicherte albern in sich hinein, als sie sich Sarns Gesicht vorzustellen versuchte, wenn er Grahl und ausgerechnet ihre Mutter in diesem Moment so sehen könnte. Obwohl sie wirklich nicht genau verstand, was daran nun so außergewöhnlich war, ahnte sie doch, dass er vor lauter Wut aus der Haut fahren würde, wenn er davon Wind bekäme.

Sie erreichte die Lichtung und machte sich ohne Eile auf die Suche nach den Pilzen. Natürlich fand sie nicht viele – nicht einmal genug, um auch nur den Boden des Korbes zu füllen –, sodass sie ihre Suche bald ausdehnte und nicht nur die Felsen rings um die Quelle, sondern die gesamte Lichtung mit einbezog. Dennoch wurden es nicht wirklich mehr, sodass sie nach kurzem Zögern entschied, nun tatsächlich auch noch den unmittelbaren Waldrand abzusuchen. Ihr war nicht besonders wohl dabei. Den Weg vom Dorf bis hierher kannte sie, aber sie war niemals weiter als bis zu dieser Lichtung gegangen, und ihre Mutter hatte sie sogar eindringlich davor gewarnt, das zu tun. Niemand, der halbwegs bei Verstand war, ging in diese Richtung tiefer in den Wald hinein. Das Buschwerk wurde dort so dicht, dass es an vielen Stellen sicherlich kein Durchkommen mehr gab, und da, wo Bäume und Unterholz sich ein wenig lichteten, war der Boden manchmal tückisch; es gab sumpfige Stellen, in denen man stecken bleiben konnte, und angeblich auch Treibsand, in dem ein Mensch binnen kurzem einfach versinken konnte, ohne jemals wieder gesehen zu werden.

Arri lächelte, um sich selbst Mut zu machen, setzte einen Fuß in den Wald hinein und blieb wieder stehen, als es irgendwo im dichten Unterholz vor ihr knackte. Ihr Herz begann schneller zu klopfen, und ihre Hände zitterten, während der Blick ihrer weit aufgerissenen Augen das Muster aus braunen und grünen Schatten und ineinander gekrallten Umrissen vor ihr absuchte. War da nicht eine Bewegung gewesen? Und hatte sie nicht plötzlich ganz deutlich das Gefühl, beobachtet und aus riesigen, lauernden Augen angestarrt zu werden?

Arri beschimpfte sich selbst in Gedanken – jetzt benahm sie sich tatsächlich wie das dumme kleine Kind, als das ihre Mutter sie manchmal betrachtete. Da war nichts. Was ihr Angst machte, waren einzig die albernen Geschichten, die man sich über diesen Teil des Waldes erzählte und an die vermutlich niemand glaubte. Schon, weil noch niemand in diesem Teil des Waldes gewesen war und also auch niemand wissen konnte, wie es darin aussah. Dieser Gedanke sollte sie eigentlich beruhigen, sonderbarerweise verfehlte er seine Wirkung jedoch vollständig. Ganz im Gegenteil raste ihr Herz jetzt geradezu, und sie hatte deutlich das Gefühl, angestarrt zu werden. Um ein Haar hätte sie gerufen und gefragt, ob dort jemand sei. Vielleicht war der einzige Grund, aus dem sie es nicht tat, der, dass sie Angst davor hatte, eine Antwort zu bekommen.

Hastig fuhr sich Arri mit der Zungenspitze über die Lippen, warf einen unsicheren Blick in den grob geflochtenen Korb, dessen Henkel sie mit beiden Händen so fest umklammert hielt, dass alles Blut aus ihren Fingern gewichen war, und stellte betrübt fest, dass sich kaum eine Hand voll kümmerlicher Pilze darin befand. Ihre Mutter würde nicht begeistert sein. Für einen Moment fochten Angst und Vernunft einen stummen Kampf hinter ihrer Stirn aus, aber die Angst gewann. Rasch drehte sich Arri um, ging zu dem Felsen zurück und verfiel schließlich in einen raschen Laufschritt, in dem sie die Lichtung überquerte. Sie wurde erst langsamer, als sie in den Wald auf der gegenüberliegenden Seite eindrang und Unterholz und Gestrüpp so dicht wurden, dass sie sich gezwungen sah, ihre Schritte ein wenig zu verlangsamen.

Hinter ihr knackte etwas. Das Geräusch eines Astes, der unter einem Fuß oder einer Pfote zerbrochen war. Ihre außer Rand und Band geratene Phantasie sorgte dafür, dass die dazu passenden Bilder vor ihrem inneren Auge erschienen, ganz egal, wie sehr sie sich auch dagegen zu wehren versuchte. Vielleicht nur, um sich selbst davon zu überzeugen, dass da rein gar nichts war, was sie fürchten musste, drehte sie sich um – und fuhr so heftig zusammen, dass sie um ein Haar ihren Korb fallen gelassen hätte.

Diesmal hatte sie den Schatten *gesehen*. Er war nicht einmal allzu weit hinter ihr gewesen; klein und geduckt und zu schnell, um ihn wirklich erkennen zu können, aber eindeutig *da*.

Arris Hände zitterten plötzlich so heftig, dass sie Mühe hatte, den Korb zu halten, und auch ihre Knie begannen zu schlackern. Was war das gewesen? Ein Kaninchen oder ein Fuchs? Nein, dafür war der Schatten zu groß gewesen, zugleich aber auch zu klein für einen Bären oder einen Menschen. Vielleicht ein wildernder Hund?

Plötzlich musste Arri wieder an das denken, was ihre Mutter ihr über Wölfe erzählt hatte. Sie hatte es nicht geglaubt, aber mit einem Mal war sie sich gar nicht mehr so sicher, dass sich Lea diese Geschichte tatsächlich nur ausgedacht hatte, um sie von eigenmächtigen Spaziergängen in die Wälder abzuhalten.

Arri lauschte angestrengt. Ihr Herz hämmerte viel zu laut, als dass sie auch nur das geringste andere Geräusch hätte wahrnehmen können, und ihre Angst gaukelte ihr Bewegungen vor, wo keine waren. Dann aber hörte sie erneut das Knacken eines trockenen Astes, gefolgt von dem Geräusch großer, schwerer Pfoten auf trockenem Laub, und einen Laut, der ihr schier das Blut in den Adern gerinnen ließ: ein tiefes Knurren.

Arri fuhr mit einem Schrei auf den Lippen herum, ließ den Korb fallen und stürmte davon. Etwas antwortete auf ihren Schrei, tief, drohend und ungemein *gierig*. Aus dem vorsichtigen Tappen schwerer Pfoten wurde ein rasendes Trommeln, das entsetzlich schnell näher kam, und sie spürte die Gefahr, noch bevor der Schatten in ihren Augenwinkeln auftauchte und sie sich instinktiv fallen ließ. Etwas streifte ihre Schulter und machte aus ihrem noch halbwegs kontrollierten Sturz einen Schlag, der sie mit solcher Wucht auf den weichen Waldboden schmetterte, dass ihr die Luft aus den Lungen gepresst wurde und sich ihr gellender Angstschrei in ein halb ersticktes Keuchen verwandelte. Schmerz flackerte wie eine Folge kleiner gelber Blitze über ihre Augen und machte sie für einen Moment fast blind; dann bemerkte sie beinahe überrascht, wie ihr Körper gänzlich ohne ihr Zutun reagierte und sich herumwarf, um dem vernichtenden Sturz die allergrößte Wucht zu nehmen.

Es war dennoch so schlimm, dass sie beinahe das Bewusstsein verlor. Hilflos rollte sie über den nicht nur mit weichem Laub, sondern auch mit spitzen Steinen und gefährlich zerbrochenen Ästen übersäten Waldboden, überschlug sich drei-, vier-, fünfmal und wäre vermutlich noch weiter gerollt, hätte nicht ein dorniger Busch ihrer Schlitterpartie ein unsanftes Ende bereitet. Etwas schrammte über ihr Gesicht und hinterließ eine dünne, nasse Linie, die schon im nächsten Augenblick heftig brannte, und abermals zuckten grelle Schmerzblitze über ihr Blickfeld und hinterließen eine Spur aus wattiger Schwärze, die sie im ersten Moment vergeblich wegzublinzeln versuchte.

Als sich ihre Sinne wieder klärten, erklang das Knurren erneut. Arri zwang sich mit aller Willenskraft, die sie noch aufbringen konnte, die Augen zu öffnen und den Kopf in die entsprechende Richtung zu drehen, und sie sah ihre schlimmsten Befürchtungen nicht erfüllt, sondern übertroffen.

Es war ein Wolf – der mit Abstand größte und hässlichste Wolf, den sie jemals gesehen hatte. Das Ungeheuer war nahezu so groß wie ein Kalb und hatte ein schwarz-grau geflecktes, struppiges Fell. Seine Zähne, von denen schaumiger Geifer troff und die zu einem drohenden Knurren gebleckt waren, mussten annähernd so lang wie ihr kleiner Finger sein, und seine Augen starrten sie mit einer Gier an, die Arri auch noch das letzte bisschen Mut nahm.

Aber etwas stimmte nicht mit ihm. Das Tier war riesig. Viel größer als jeder Hund, den sie je gesehen hatte, und hundertmal wilder, aber es war auch nahezu zum Skelett abgemagert. Unter seinem struppigen, von zahllosen Geschwüren und nässenden Wunden durchlöcherten Fell stachen die Rippen hervor. Eines seiner Ohren war abgerissen, und die Wunde war so entzündet, dass sie in einem dunklen Rot zu leuchten schien, und selbst über die große Entfernung hinweg konnte Arri den üblen

Geruch wahrnehmen, den das Tier verströmte. Ein Geruch, der sie an Krons Arm erinnerte, als er zu ihrer Mutter gekommen war. Der angeschlagene Gigant schien Mühe zu haben, in die Höhe zu kommen. Sein missglückter Angriff hatte Arri von den Füßen gefegt, aber der Wolf war ebenfalls gestürzt und versuchte nun vergeblich, wieder auf alle viere zu kommen. Erst nach dem dritten oder vierten Anlauf gelang es ihm, zitternd aufzustehen und einen Schritt zu machen. Und es war nur *ein* Wolf ohne die Begleitung eines ganzen Rudels.

Arri schöpfte Hoffnung. Sie war noch immer wie benommen vor Angst und zitterte am ganzen Leib, aber zugleich war da auch eine unhörbare Stimme in ihr, die die Lage ganz nüchtern betrachtete und den Wolf mit einem einzigen Blick einschätzte. Das Tier war verletzt und krank, vermutlich ein Einzelgänger, den das Rudel ausgestoßen hatte und der nun verzweifelt versuchte, allein zu überleben, und schon mehr tot als lebendig war; halb verhungert und so schlimm verletzt, dass er wohl kaum noch länger als ein paar Tage zu leben hatte. Das machte den Wolf nicht weniger gefährlich, eher im Gegenteil – und doch schöpfte Arri neuen Mut. Wenn sie ein bisschen Glück hatte und nicht in Panik verfiel, kam sie vielleicht doch noch mit dem Leben davon.

Als hätte der Wolf ihre Gedanken gelesen, kam er nicht mehr näher, sondern fletschte nur noch drohender die Zähne. Der üble Geruch, der von ihm ausging, wurde stärker, aber Arri sah auch, wie heftig seine Flanken zitterten. Als er den nächsten Schritt in ihre Richtung tat, brach er in den Hinterläufen ein und hielt sich nur noch mit Mühe überhaupt auf der Beinen.

Sie beging dennoch nicht den Fehler, dieses Tier zu unterschätzen. Verwundete Raubtiere waren die gefährlichsten, denn sie hatten nichts mehr zu verlieren.

Ohne dass ihr Blick die blutunterlaufenen, entzündeten Augen des Wolfs auch nur für einen Moment losließ, stemmte sie sich halb in die Höhe und tastete zugleich mit der rechten Hand über den Boden. Sie fand einen faustgroßen, glatten Stein, nahm ihn aber nicht auf, sondern suchte weiter und ertastete schließlich einen abgebrochenen Ast, den sie fest mit den Fingern umschloss. Der Wolf knurrte drohend, als ahne er, was sie vorhatte, und kam einen weiteren, unsicheren Schritt näher. Arri hatte Mühe zu atmen. Sie zitterte am ganzen Leib und so heftig, dass es ihr beim ersten Versuch nicht einmal wirklich gelang, den Stock zu ergreifen, und nachdem sie es geschafft hatte, musste sie ihn zu Hilfe nehmen, um sich auf die Beine zu stemmen.

Der Wolf war noch näher gekommen. Arri konnte sehen, wie sich die Muskeln unter seinem schorfigen Fell spannten, während sein Blick gleichermaßen erfüllt von schier unerträglichem Hunger und Heimtücke über ihre Gestalt tastete. Er machte einen weiteren Schritt auf sie zu und blieb wieder stehen, als seine Flanken zu zittern begannen und er abermals in den Hinterläufen einzubrechen drohte. Arri nahm an, dass ihn der Sprung, mit dem er sie zu Boden gerissen hatte, seine allerletzten Kräfte gekostet hatte. Vielleicht, dachte sie, kam sie ja doch noch mit dem Schrecken davon. Möglicherweise hatte das Tier einfach nicht mehr die Kraft für einen weiteren Angriff.

Aber tief in sich spürte sie, dass das nicht so war.

Unendlich vorsichtig, um das Ungeheuer nicht durch eine unbedachte Bewegung zu provozieren, richtete sie sich weiter auf, wich langsam einen Schritt zurück und hob den Stock. Der Wolf drohte knurrend, und schaumiger Geifer troff von seinen Lefzen. Arri sah jetzt, dass mehrere seiner Zähne abgebrochen und auch sein Maul wenig mehr als eine einzige, schwärende Wunde war.

Mit aller Macht versuchte sie, sich zur Ruhe zu zwingen. Ihre Gedanken rasten. Ihr Atem ging so schnell, dass sie kaum noch Luft bekam, und alles in ihr schrie danach, einfach herumzufahren und davonzustürzen, so schnell sie nur konnte. Vielleicht hatte sie tatsächlich eine Möglichkeit, sich in Sicherheit zu bringen. Das Tier war verletzt und musste halb wahnsinnig vor Schmerz und Hunger sein, und vermutlich hatte es vor ihr mindestens ebenso große Angst wie sie umgekehrt vor ihm. Dennoch rührte sie sich nicht von der Stelle; sie war noch nie einem Wolf so nahe gewesen, aber sie wusste, wenn sie davonliefe, wäre es um sie geschehen. Sobald sie dem Tier den Rücken zudrehte, würde es sie zweifellos angreifen, und Arri war sicher, dass es trotz allem immer noch genug Kraft hatte, sie einzuholen und niederzureißen. Immerhin hatte es sie schon mit seinem ersten Sprung zu Boden geschleudert, obwohl es sie praktisch nur gestreift hatte.

Entschlossen ergriff sie ihren Stock fester und wich einen halben, vorsichtigen Schritt zurück, noch immer ohne den Blick des Tieres auch nur für den winzigsten Moment loszulassen. Möglicherweise würde es ja nicht angreifen. Jetzt, wo sie aufrecht vor ihm stand und nicht mehr vor ihm davonlief, mochte ihre Größe und der fast armlange Knüppel in ihrer Hand es beeindrucken. Zumindest aber flößten sie ihm Respekt ein, denn das Tier kam zwar abermals näher, blieb aber dann sofort wieder stehen, als sie den Knüppel hob und ihn drohend schwang.

Als der Angriff dann kam, erfolgte er so plötzlich, dass sie trotz allem beinahe zu spät reagiert hätte. Der Wolf stieß ein schrilles Heulen aus, stieß sich mit den Hinterläufen ab, die mit einem Mal eine Kraft entwickelten, die Arri nie und nimmer mehr vermutet hätte, und sprang sie mit weit aufgerissenem Maul an. Arri ließ sich unwillkürlich zur Seite fallen und schlug mit dem Stock zu. Sie verfehlte den Wolf genau so knapp, wie die zuschnappenden Kiefer des Tieres ihr Ziel verfehlten. Arri stürzte, doch auch der Wolf kam nicht so fließend und schnell wieder auf die Beine, wie er es vermutlich zeit seines Lebens gewohnt gewesen war, sondern brach mit einem schrillen Jaulen in den Hinterläufen ein und blieb benommen und winselnd vor Schmerz liegen. Nicht lange, aber die Zeit reichte Arri trotzdem, wieder auf die Beine zu kommen und den Stock fester zu ergreifen.

Jetzt wäre der Moment gewesen, herumzufahren und davonzurennen, und das sogar mit einiger Aussicht auf Erfolg. Der Wolf versuchte vergeblich, in die Höhe zu kommen. Ein- oder zweimal gelang es ihm sogar, aber er brach immer wieder in den Hinterläufen ein, und sein Heulen und Jaulen klang jetzt kaum mehr drohend, sondern fast schon Mitleid erregend. Sie glaubte nicht, dass dieses Tier noch die Kraft hatte, sie zu verfolgen, geschweige denn einzuholen.

Aber sie lief nicht davon. Sie ergriff ganz im Gegenteil nun mit beiden Händen ihren Knüppel, bewegte sich mit kleinen, vorsichtigen Schritten auf den Wolf zu, immer auf einen plötzlichen Angriff gefasst und bereit, zurückzuspringen, und ging schließlich in einem weiten Bogen um ihn herum. Ohne es zu merken, hielt sie den Knüppel nun nicht mehr wie einen Stock, sondern wie ein Schwert, ganz, wie ihre Mutter es ihr gezeigt hatte, nahm mit leicht gespreizten Beinen neben dem Tier Aufstellung – und zertrümmerte ihm mit einem einzigen, wuchtigen Schlag den Schädel.

Zitternd trat sie zurück, ließ den Stock sinken und schloss für einen Moment die Augen, bis sich ihr hämmernder Herzschlag wenigstens so weit beruhigt hatte, dass sie wieder atmen konnte, ohne dabei wie ein Fisch auf dem Trockenen nach Luft zu japsen. Als sie die Augen öffnete, lag der Wolf reglos ausgestreckt und auf die Seite gefallen vor ihr. Ein dünnes Rinnsal aus überraschend hellem Blut lief aus seinem Ohr, und seine Augen starrten blicklos ins Leere.

Plötzlich zitterten ihre Hände so stark, dass sie alle Mühe hatte, den Knüppel nicht fallen zu lassen. Ein Sturm von Gefühlen brach über sie herein und ließ sie wanken, wobei Furcht und Verwirrung die Oberhand hatten, zugleich aber auch noch etwas völlig anderes, Neues, und auf eine sonderbare Weise zugleich Erschreckendes und Erregendes. Warum hatte sie das getan? Arri starrte ihre Hände an, dann den abgebrochenen Ast, an dessen Ende ein einzelner Blutstropfen und ein paar drahtige, schwarz-graue Haare klebten, und schließlich den reglos daliegenden Wolf. Sie wollte Erleichterung verspüren, denn dieses Tier war aus keinem anderen Grund hier aufgetaucht, als sie zu töten, aber alles, was sie empfand, war eine tiefe, fast hoffnungslose Verwirrung und ein ganz leises, zwar absurdes, aber dennoch vorhandenes Gefühl von Schuld. Sie hatte sich nur verteidigt, und trotzdem hatte sie das Gefühl, etwas Falsches getan zu haben.

Arri versuchte sich damit zu trösten, dass sie diese bemitleidenswerte Kreatur letzten Endes von ihren Leiden erlöst hatte. Auch das half nichts. Sie hätte dem Wolf spielend davonlaufen können, und schwach und verwundet, wie er war, hätte er vermutlich auch keine weitere Gefahr mehr dargestellt. Zumindest hätte sie ins Dorf laufen und die Jäger alarmieren können, damit sie sich um das Raubtier kümmerten.

Zutiefst verwirrt über ihre eigenen, einander widerstrebenden Gefühle, ließ Arri den Stock fallen, drehte sich um und ging mit langsamen, fast bedächtigen Schritten los. Sie war noch nicht weit gekommen, als es hinter ihr raschelte. Arri zuckte erschrockenen zusammen. Sie drehte sich um, und ein entsetztes Keuchen kam über ihre Lippen.

Der Wolf war nicht tot. Er war nicht einmal bewusstlos. Das Geräusch, das sie gehört hatte, war das, mit dem sich das schwer verletzte Tier in die Höhe gearbeitet hatte. Aus seinem Ohr lief jetzt mehr Blut, und auch der Speichel, der von seinen Lefzen troff, hatte sich hellrot gefärbt. Ein tiefes, unvorstellbar *drohendes* Knurren drang aus seiner Brust, während er sich vollends zu ihr umdrehte und auf eine groteske Art humpelnd loslief.

Grotesk vielleicht – aber dennoch erschreckend schnell.

Arri vergeudete fast die Hälfte der winzigen Zeitspanne, die ihr noch blieb, indem sie den Wolf aus fassungslos aufgerissenen Augen und vollkommen reglos dastehend anstarrte, bevor sie endlich herumfuhr und mit gewaltigen Sätzen davonlief. Hinter ihr kamen das Hecheln und Knurren des Wolfes und das Geräusch seiner weichen Pfoten auf dem Waldboden mit entsetzlicher Schnelligkeit näher. Arri versuchte schneller zu rennen, aber sie konnte es nicht. Der Wolf holte mit unbarmherzigem Ungestüm auf. Todesangst ergriff sie. Sie glaubte, seinen hechelnden, stinkenden Atem bereits im Nacken zu spüren, und dann konnte sie *hören*, wie er sich abstieß und mit einem gewaltigen Satz auf sie zuflog.

Verzweifelt warf sie sich zur Seite, aber diesmal verließ sie ihr Glück. Der Wolf musste ihre Bewegung vorausgeahnt haben; vielleicht war sein Sprung auch ungeschickt gezielt gewesen, und sie hatte sich ihm in den Weg geworfen, statt in die andere Richtung – gleich wie: Das Tier, das trotz allem noch immer fast so schwer wie sie selbst sein musste, prallte mit entsetzlicher Wucht gegen sie und riss sie von den Füßen. Ein scharfer Schmerz explodierte in ihrem Arm, als sich die Zähne des Wolfes in ihre Bluse gruben und den Stoff und die darunter liegende Haut mühelos zerfetzten. Arri schrie vor Schmerz und Angst, schlug ungeschickt auf dem Boden auf und besaß diesmal nicht mehr genug Geistesgegenwart, um sich abzurollen und dem Sturz auf diese Weise seine allerschlimmste Wucht zu nehmen, sodass sie ein zweites Mal und noch härter gegen einen Baumstamm prallte und um ein Haar das Bewusstsein verloren hätte.

Als sie die Augen aufschlug und sich hochrappelte, war sie sich sicher, dass sie nun sterben würde.

Auch der Wolf war gestürzt, genau wie das erste Mal, als er sie angesprungen hatte, aber sie hatte ihn entweder hoffnungslos unterschätzt, oder Todesangst und Schmerz verliehen dem Tier noch einmal seine alten, gewaltigen Kräfte. Arri stemmte sich wimmernd vor Schmerz und Angst in die Höhe, während der Wolf mit einer fast spielerisch anmutenden Bewegung aufsprang und herumwirbelte. Sein Fang war weit geöffnet, und in seinen blutunterlaufenen Augen loderte jetzt nichts anderes als die reine Mordlust. Das Tier wusste, dass es sterben würde, aber es würde sie mitnehmen. Arri riss mit einem verzweifelten Schrei die Arme vors Gesicht und warf sich mit einer noch verzweifelteren Bewegung zur Seite, doch sie spürte auch, dass sie viel zu langsam war. Der Wolf sprang mit einem mächtigen Satz auf sie zu ...

... und neben Arri tauchte wie aus dem Nichts ein riesiger, verzerrter Schatten auf, der gegen den Wolf prallte und ihn davonschleuderte.

Zum dritten Mal innerhalb kurzer Zeit schlug Arri auf dem Waldboden auf, der plötzlich überhaupt nicht mehr federnd und nachgiebig schien, sondern ihr so hart wie Stein vorkam; sie rollte herum und keuchte noch einmal und noch lauter vor Schmerz, als sie dabei ihren verletzten Arm belastete. Sie spürte, wie sich hinter ihren Lidern eine gewaltige, allumfassende Dunkelheit zusammenballte. Ihre Sinne begannen zu schwinden. Aber wenn sie jetzt das Bewusstsein verlor, das wusste sie, dann würde sie nicht wieder aufwachen. Mit verzweifelter Kraft kämpfte sie die Ohnmacht nieder, zwang sich, sich auf den Rücken zu wälzen und die Augen zu öffnen, und musste ein paarmal blinzeln, denn im ersten Moment sah sie nichts als verwaschene Schemen und ineinander laufende Schatten.

Dann klärte sich ihr Blick, und was sie sah, das ließ sie für einen Moment sogar ihre Schmerzen und ihre Todesangst vergessen.

Der Wolf war gute fünf oder sechs Schritte weit von ihr zu Boden gestürzt und musste sich dabei noch weiter verletzt haben, denn er stieß nun ein hohes, klägliches Fiepen aus und versuchte vergeblich, sich in die Höhe zu stemmen. Seine Hinterläufe brachen immer wieder ein, und auch der Blutstrom aus seinem Ohr und seinem Maul hatte deutlich zugenommen. Eine riesenhafte, ganz in zottiges, schwarzes Fell gehüllte Gestalt stand breitbeinig und leicht geduckt über dem gefällten Tier, ein Ungeheuer, zehnmal so groß wie der Wolf und hundertmal so gefährlich.

Das Trugbild hielt nur einen Augenblick. Schon auf den zweiten Blick erkannte Arri, dass es ein Mann war, kein Ungeheuer, doch das mochte an allem anderen, was sie über die Gestalt gedacht hatte, nichts ändern. Es war der riesigste Mann, den sie jemals zu sehen geglaubt hatte; selbst Nor musste neben ihm wie ein Zwerg aussehen, und er war so breitschultrig, dass sich auch Grahl und seine Brüder mühelos hinter ihm hätten verstecken können. Arri konnte sein Gesicht nicht erkennen, denn er wandte ihr den Rücken zu, aber er hatte langes, bis weit über die Schultern fallendes, dichtes schwarzes Haar, und im allerersten Moment war es ihr unmöglich, mit Sicherheit zu sagen, ob das schwarze Fell, in das er sich gehüllt hatte, tatsächlich nur ein Umhang war.

Der Wolf gab es auf, ganz aufstehen zu wollen, und stemmte sich nur auf die Vorderläufe hoch. Sein von hellrotem Schaum erfülltes Maul versuchte, nach dem Mann zu schnappen, doch dieser wich dem Angriff mit einer fast spielerischen Bewegung aus und versetzte dem Tier im Gegenzug einen wuchtigen Tritt vor den Kopf, der es abermals zu Boden schleuderte. Dann griff er unter seinen Umhang, zog ein Schwert hervor und stieß es dem Wolf mit einer einzigen, kraftvollen Bewegung tief in den Leib. Das Tier heulte noch einmal schrill und erschlaffte dann. Der Fremde zog die Waffe zurück, wischte die Klinge mit einer sorgsamen Bewegung am Fell des toten Wolfes ab, und versetzte dem Kadaver rasch hintereinander noch zwei, drei wuchtige Tritte; vermutlich weniger, um seinen Zorn an ihm auszulassen, als eher, um sich davon zu überzeugen, dass das Tier auch tatsächlich tot war. Dann ließ er die Waffe wieder unter seinem Umhang verschwinden und drehte sich mit einer betont langsamen Bewegung zu Arri um.

Arri erstarrte. Sie glaubte zu spüren, wie ihr Herz für einen Moment aufhörte zu schlagen und dann mit doppelter Wucht wieder einsetzte, und sie sah den Fremden aus ungläubig aufgerissenen, starren Augen an. Ihre Gedanken schienen plötzlich nur noch träge abzulaufen, wie ein unvorsichtiger Wanderer, der in den Sumpf geraten war und mit jedem Schritt mehr Kraft aufbringen musste, um von der Stelle zu kommen. Sie war nicht einmal sicher, dass sie noch atmete.

Sie wusste nicht, was sie erwartet hatte – aber ein Gesicht wie dieses hatte sie noch nie zuvor gesehen. Der Fremde war ganz eindeutig ein Mann und kein Ungeheuer, wie sie im allerersten Moment gedacht hatte, und doch war sie sich nicht einmal dessen völlig sicher. Sein Gesicht, das von rabenschwarzem lockigem Haar eingerahmt war, war kräftig und markant und dennoch viel schmaler als das der Männer aus dem Dorf, was es ihr schier unmöglich machte, sein Alter zu schätzen – noch dazu, weil er keinen Vollbart trug, wie alle anderen Männer, die Arri kannte, Nor einmal ausgenommen. Er hatte hohe, deutlich hervorstehende Wangenknochen, was sein Gesicht ein wenig wie das ihrer Mutter aussehen ließ, und sehr helle, klare Augen, die von einem sonderbaren Blau waren und Arri mit einer Mischung aus Neugier, Erleichterung und sanftem Tadel anblickten.

Eine geraume Weile stand er einfach nur da und sah sie auf diese seltsame Art an, unter der sie sich zunehmend unwohler fühlte, obwohl sie tief in sich zu spüren glaubte, dass von diesem Fremden keine Bedrohung ausging – immerhin hatte er ihr das Leben gerettet –, dann streckte er die Hand in ihre Richtung aus und machte einen einzelnen Schritt, blieb aber sofort wieder stehen, als Arri erschrocken zusammenfuhr und hastig ein kleines Stück rücklings vor ihm davonkroch. Für einen ganz kurzen Moment lächelte er; jedenfalls nahm sie an, dass es ein Lächeln war, auch wenn sie sich nicht ganz sicher sein konnte. Schließlich hatte sie bis auf Nor noch niemals das fast bartlose Gesicht eines erwachsenen Mannes gesehen, und dieses Blecken der Lippen, das zwei Reihen erstaunlich großer, makellos weißer Zähne entblößte, mochte ebenso gut eine Drohgebärde sein. Arri kroch vorsichtshalber noch ein weiteres Stück vor ihm davon und hob den linken, unverletzten Arm vor das Gesicht.

»Du brauchst keine Angst vor mir zu haben«, sagte der Fremde. Seine Stimme war tief und volltönend und erfüllte Arri mit einem vollkommen absurden Gefühl von Zutrauen und Sicherheit, doch sie hatte Mühe, die Worte überhaupt zu verstehen. Er sprach langsam, als müsse er über jedes einzelne Wort erst einen winzigen Augenblick nachdenken, bevor er es wählte, und mit einem rollenden Akzent, den Arri noch nie zuvor gehört hatte. Und ganz plötzlich begriff sie, wer da vor ihr stand.

Es musste einer der Fremden sein, die Grahls Bruder erschlagen und Kron verwundet hatten!

Das Gefühl vorsichtiger Erleichterung, das sie bisher verspürt hatte, verschwand schlagartig. Sie hatte die Geschichten, die man sich im Dorf erzählte, nicht wirklich geglaubt. Ebenso wie ihre Mutter war sie der Meinung gewesen, dass Grahl und die anderen logen – zweifellos in Sarns Auftrag – und dass es die Spuren, die sie entdeckt zu haben behaupteten, gar nicht gab. Sie hatte sich getäuscht. Das musste einer der Fremden sein. Mit einem Mal erkannte sie es so deutlich, als hätte der Mann ihre Gedanken gelesen und ihre Vermutung laut bestätigt: dunkelhaarige Riesen in schwarzen Fellen, die mit Schwertern bewaffnet waren und erst zuschlugen und dann fragten, was sie getroffen hatten.

Er hatte sie vor dem Wolf gerettet, aber zweifellos nur, um sie jetzt selbst zu töten. Arri begann leise zu wimmern. Sie wollte weiter vor dem Fremden davonkriechen, aber ihre Kraft reichte nicht mehr.

»Du bist tapfer«, fuhr der Fremde fort. Er ließ den Arm sinken und versuchte auch nicht, noch einmal näher zu kommen. »Aber wenn du das nächste Mal einen Wolf erschlägst, überzeuge dich davon, dass er auch wirklich tot ist.«

Und damit nickte er ihr noch einmal zu, drehte sich auf dem Absatz um und verschwand so schnell und lautlos wieder im Wald, wie er aufgetaucht war.

7 Noch lange, nachdem der geheimnisvolle Fremde verschwunden war, stand Arri wie erstarrt da. Ihr Arm schmerzte. Blut tränkte den zerrissenen Stoff ihrer Bluse und lief in einem dünnen Rinnsal an ihrem Handgelenk hinunter. Ihr Herz klopfte, aber jetzt nicht mehr so schnell, dass es ihr den Atem abschnürte, sondern langsam und hart, als müsse es vor jedem Schlag mühsam Kraft sammeln, und ihre Gedanken drehten sich jetzt nicht mehr im Kreis, sondern schienen einfach erstarrt zu sein. Sie fühlte sich wie in einem Albtraum gefangen, der plötzlich wahr geworden war und nicht aufhörte, wenn man erwachte, sondern einfach weiterging und ganz im Gegenteil nur noch schlimmer wurde.

Irgendwann fand sie wenigstens weit genug in die Wirklichkeit zurück, um aufzustehen und mit zitternden Knien zu dem erschlagenen Wolf hinüberzugehen. Obwohl es diesmal keinen Zweifel mehr daran gab, dass er endgültig und unwiderruflich tot war, griff die Angst abermals mit eisigen Fingern nach ihr. Selbst im Tod wirkte das Tier furchteinflößend; abgemagert und verletzt oder nicht, es war eine gewaltige Bestie mit beeindruckenden Klauen und Fängen, deren bloßer Anblick ihr einen neuerlichen Schauer den Rücken hinunterlaufen ließ. Sie hatte Glück gehabt, dass der Wolf sie auch bei seinem zweiten Angriff verfehlt hatte – hätte er sie richtig getroffen, hätte er ihr vermutlich den Arm abgerissen. Und wäre dieser unheimliche Fremde nicht gekommen ...

Als wäre dieser Gedanke ein Auslöser gewesen, meldete sich ihr Arm mit pochendem Schmerz zurück. Arri riss den Blick mit erheblicher Mühe von dem toten Wolf los und wich vorsichtshalber drei, vier Schritte vor ihm zurück – man konnte schließlich nie wissen –, bevor sie mit spitzen Fingern den zerrissenen Ärmel ihrer Bluse hochhob und ihren Arm begutachtete. Er sah schlimm aus; nicht so schlimm, wie er sich anfühlte, aber schlimm genug. Sie hatte vier tiefe Kratzer davongetragen, von denen einer noch immer heftig blutete. Als sie behutsam danach tastete, tat es so weh, dass sie scharf die Luft einsog und nur mit Mühe einen Schrei unterdrücken konnte. Der Schmerz trieb ihr Tränen in die Augen, aber er erinnerte sie vor allem an einen anderen, viel schlimmeren und zugleich ähnlichen Anblick, den sie vor nicht allzu langer Zeit gehabt hatte. Sie musste die Wunde reinigen, bevor sie sich entzündete.

Obwohl ihr alles andere als wohl dabei war, machte sie kehrt und ging zur Lichtung zurück, um die Wunde im eiskalten Wasser der Quelle auszuwaschen, was wirklich *weh*tat. Die Eiseskälte betäubte den Schmerz nicht, wie sie erwartet hatte, sondern fachte ihn im Gegenteil eher noch an, sodass ihr die Tränen über das Gesicht rannen, als sie endlich fertig war. Aber sie hatte die Wunde gesäubert, und wenn sie jetzt noch einen Verband anlegte, würde sie sich zumindest nicht entzünden.

Den Korb, den sie auf der Flucht vor dem Wolf fallen gelassen hatte, hatte sie auf dem Rückweg wieder aufgehoben, aber er war natürlich leer; die Pilze waren irgendwo im Wald verstreut, und die Blätter und Heilkräuter hatte sie ja sowieso erst auf dem Rückweg mitnehmen wollen. Einen Moment lang überlegte sie ernsthaft, irgendeinen Verband aus Blättern aufzulegen, entschied sich aber dann dagegen. Ihr Arm schmerzte noch immer höllisch, aber wenn sie eines von ihrer Mutter gelernt hatte, dann, dass die Natur zwar über gewaltige Heilkräfte verfügte, aber auch unermesslichen Schaden anrichten konnte, wenn man diese Kräfte falsch einsetzte. Außerdem musste sie sich beeilen, um nach Hause zu kommen. Sie hatte eine Menge zu erzählen.

Unwillkürlich schlug sie einen respektvollen Bogen um den Kadaver des Wolfes, als sie sich endgültig auf den Rückweg machte. Das Wissen, dass er ihr nicht mehr gefährlich werden konnte, änderte nichts daran, dass er ihr immer noch Angst machte. Darüber hinaus nistete sich ein hässlicher, aber hartnäckiger Gedanke in ihr ein: nämlich der, dass da, wo *ein* Wolf war, durchaus auch noch ein zweiter sein konnte. Dass das Tier von seiner Meute ausgestoßen worden war, bedeutete nicht unbedingt, dass es sich besonders weit von ihr entfernt hatte.

Nicht nur weil ihr Arm mittlerweile erbärmlich wehtat, wurde Arri immer schneller, je mehr sie sich ihrem Zuhause näherte. Vielleicht war es am Anfang einfach zu viel gewesen, und vielleicht war der Schrecken einfach noch größer gewesen, als ihr bewusst gewesen war – immerhin hatte sie, wenn sie es recht bedachte, zum allerersten Mal *wirklich* Todesangst gehabt, auch wenn sie dies niemals laut zugeben würde. Doch es kam ihr so vor, als hätte sie alles, was geschehen war, bisher gar nicht begriffen. Mit jedem Schritt, den sie dem Dorf näher kam, veränderten sich die Bilder in ihrer Erinnerung, wurden wirklicher und gleichzeitig auf eine andere Art viel schlimmer. Mit einem Mal schien der Wald von fremden, bedrohlichen Geräuschen erfüllt zu sein, dem Tappen von schweren Pfoten, dem

Rascheln von rauem Fell, das an Baumstämmen entlangstrich, einem gierigen Hecheln und Knurren.

Obwohl ihr die Erfahrung zu sagen versuchte, dass es nichts anderes als Einbildung war, nichts anderes sein konnte – denn wären die Wölfe noch in der Nähe, dann wäre sie längst tot –, war sie zugleich davon überzeugt, die Geräusche des näher kommenden Rudels zu hören, die Meute zu spüren, die sie einkreiste und auf einen günstigen Moment zum Angriff wartete. Ihr Instinkt versuchte immer verzweifelter, ihr klarzumachen, dass nichts davon wirklich war, aber es nutzte nichts – als sie noch hundert Schritte vom Waldrand entfernt war, ließ sie den Korb abermals fallen und verfiel in einen schnellen Laufschritt. Ihr Arm quittierte die Anstrengung mit noch schlimmeren, pochenden Schmerzen, und die Wunde begann wieder heftiger zu bluten, doch das nahm sie nicht einmal wahr. Wie von Sarns grausamen Göttern gehetzt, fegte sie aus dem Wald, überwand das kurze Stück bis zur Hütte ihrer Mutter mit wenigen gewaltigen Sätzen und stürmte die Stiege hinauf, ohne dass ihre Zehen die groben Stufen auch nur wirklich zu berühren schienen. Fast ohne langsamer zu werden, rannte sie durch die Türöffnung, verhedderte sich prompt in dem muschelbesetzten Vorhang und verlor das Gleichgewicht. Irgendwie gelang es ihr, ihren Sturz mit den Händen abzufangen, was einen noch schlimmeren, jetzt fast grausamen Schmerz durch ihren Arm schießen ließ, aber sie ignorierte auch ihn, richtete sich hastig auf und sprudelte mit schriller Stimme hervor: »Mutter, ich ...«

Sie hatte vergessen, dass ihre Mutter sie weggeschickt hatte. Sie hatte vergessen, *warum* ihre Mutter sie weggeschickt hatte.

Es war sehr dunkel in der Hütte. Ihre Mutter hatte die Biberfelle vor die beiden Gucklöcher gehängt, sodass nur wenig Licht durch die Ritzen zwischen dem Fell und der lehmverputzten Wand drang oder sich zwischen den muschelbesetzten Strängen des Vorhangs hindurchschlich. Im allerersten Moment sah sie ihre Mutter nicht, sondern spürte lediglich ihre Anwesenheit. Sie lag auf der Grasmatratze, auf der sie Kron mit einem wuchtigen Schlag ihres Zauberschwertes den Arm abgetrennt hatte – Arris Matratze! –, und ihre viel hellere, fast weiße Haut bildete in dem schattendurchwobenen Halbdunkel des Hauses einen deutlichen Kontrast zu der sonnengebräunten, fast kupferfarbenen Haut der muskulösen Gestalt, die neben ihr lag.

Arri konnte das Gesicht des Mannes nicht erkennen, denn es war zwischen den Brüsten ihrer Mutter verborgen, während seine rechte Hand zu ihrem Schoß geglitten war und sich zwischen ihren leicht gespreizten Beinen zu schaffen machte. Der muskulöse Rücken des Mannes glänzte vor Schweiß, und ein sonderbarer, nicht ganz unvertrauter Geruch, der zugleich unangenehm wie auf seltsame Weise erregend war, lag in der Luft; der Geruch nach Schweiß und den verbotenen, berauschenden Kräutern, mit denen ihre Mutter manchmal den Wein versetzte, aber auch noch etwas, das sie manchmal in der Luft gewahrte, wenn ihre Mutter sie fortschickte und sie Besuch von einem Mann aus dem Dorf bekam.

Obwohl sie so lautstark hereingepoltert war, vergingen noch einmal zwei oder drei Herzschläge, bevor ihre Mutter überhaupt reagierte. Verwirrt und überrascht hob sie den Kopf und sah in Arris Richtung, und ein Ausdruck von Unmut erschien auf ihrem Gesicht; ein Unmut, der nach weiteren zwei oder drei Atemzügen in jähes Erschrecken und dann Betroffenheit umschlug; und dann in etwas, das fast an Entsetzen grenzte. Hastig hob sie den Kopf und versuchte sich ganz aufzurichten, kam aber unter dem Gewicht des Mannes, der halb auf ihr lag, nicht wirklich in die Höhe. Mit einer raschen Bewegung schlug sie seine Hand beiseite, die sich noch immer zwischen ihren Schenkeln zu schaffen machte, und versuchte zugleich, ihn ganz von sich herunterzuschieben.

Der Mann gab ein unwilliges Knurren von sich, drückte sie mit dem anderen Arm grob auf das Lager zurück, und seine Hand wanderte schon wieder an ihrem Leib hinab und suchte das schwarze Dreieck über ihrem Schoß. Lea schlug mit solcher Wucht nach seinem Handgelenk, dass er mit einem überraschten Laut den Arm zurückzog und sich halb aufrichtete. »Was ...«, knurrte er.

Arris Herz schien für einen Schlag auszusetzen. Der Mann sah sie immer noch nicht an, sondern starrte eindeutig wütend auf ihre Mutter hinab. Sie konnte sein Profil nun selbst im schwachen Licht der Hütte so deutlich erkennen, dass sie sich fragte, wie sie es auch nur für den Bruchteil eines Atemzuges *nicht* hatte tun können. Es war Rahn.

Für einen Moment war Arri nicht in der Lage, überhaupt zu denken. Hinter ihrer Stirn herrschte nur Leere – und das Gefühl, in einen schwarzen, unendlich tiefen Abgrund zu stürzen. Wieso Rahn? Was wollte er hier? Was tat er ihrer Mutter an?

Dann begriff sie – nein, *gestand sich ein* –, was sie sich im allerersten Moment nicht zu begreifen gestattet hatte, und dieser Gedanke war vielleicht noch schlimmer.

Arri prallte zurück, bis sie gegen die Wand neben dem Fenster stieß. Ihr Herz schlug endlich weiter, so hart und schnell, dass sie es bis in die Fingerspitzen spüren konnte. Ihre ganze Umgebung schien sich um sie zu drehen. Sie starrte ihre Mutter und den Fischer an, die nur mit ihrem eigenen Schweiß bekleidet und jetzt in einer fast komisch anmutenden Art ineinander verschlungen dalagen, und sie weigerte sich noch immer zu begreifen, was sie sah; was es bedeutete. Rahn. Wieso ausgerechnet Rahn?

»Arri«, sagte ihre Mutter atemlos. Irgendwie gelang es ihr, sich wenigstens weit genug unter Rahn hervorzuarbeiten und sich auf die Ellbogen aufzurichten, um sich ganz zu ihrer Tochter umdrehen zu können. »Was tust du hier? Wieso bist du nicht ...«

Arri hörte nicht einmal hin – und wie konnte sie? Sie starrte das unglaubliche Bild an, das sich ihr bot, und hinter ihrer Stirn überschlugen sich unablässig die Gedanken. Ein kleiner Teil von ihr, dem jeglicher Augenschein gleich war, vielleicht auch das Kind, das sie schon lange nicht mehr war, ohne es bis zu diesem Moment gewusst zu haben, versuchte ihr einzureden, dass es nicht so war, wie es aussah, dass Rahn ihrer Mutter Gewalt angetan hatte und sie im allerletzten Moment gekommen war, um das Schlimmste zu verhindern. Aber sie wusste zugleich auch, dass das nicht stimmte. Ein einziger Blick in das Gesicht ihrer Mutter reichte aus, um ihr auch diese verzweifelte Ausrede zu nehmen, an die sie sich gegen jede Vernunft klammerte.

Endlich gelang es ihrer Mutter, Rahn vollends von sich herunterzustoßen. Hastig wollte sie sich aufrichten, führte die Bewegung dann aber seltsamerweise nicht zu Ende, sondern ließ sich ganz im Gegenteil wieder ein Stück weit zurücksinken und bedeckte ihre Brüste mit dem linken Arm, fast als wäre ihr die Nacktheit, die sonst so selbstverständlich zwischen ihnen war, mit einem Mal peinlich. Rahn, der ungeschickt auf der anderen Seite der Matratze zu Boden gestürzt war und sich nun mit reichlich verdattertem Gesichtsausdruck aufrichtete, setzte dazu an, etwas zu sagen, bemerkte dann aber Leas Blick und drehte mit einem Ruck den Kopf. Im allerersten Moment sah er genau so betroffen aus wie sie zuvor, als sie Arri erkannt hatte, dann aber zog er die Augenbrauen hoch, und ein anzügliches Grinsen erschien auf seinem breitflächigen Gesicht.

»Oh«, sagte er. »Wir haben Besuch.« Er stemmte sich weiter hoch, sodass er nun halb in der Hocke saß, und sein Grinsen wurde noch anzüglicher, während sein Blick zwischen Arri und ihrer Mutter hin und her wanderte. »Warum hast du nicht gesagt, dass deine Tochter auch noch kommt? Wir hätten es uns doch auch zu dritt gemütlich machen können.«

Lea ignorierte ihn. »Arri! Wieso bist du zurück?«, fragte sie. »Du bist doch gerade erst ... aber ich habe dir doch gesagt ...«

Arri schlug die Hände vor den Mund, fuhr herum und stürmte aus der Hütte. Aus den Augenwinkeln sah sie ihre Mutter nun vollends aufspringen, und sie hörte, wie sie ihren Namen rief, aber sie beachtete weder das eine noch das andere, sondern war mit einem einzigen gewaltigen Satz aus dem Haus. Sie lief die Stiege nicht hinunter, sondern sprang auf den Boden hinab. Um ein Haar wäre sie gestürzt. Sie ruderte hektisch mit den Armen und machte einen ungeschickten, stolpernden Schritt, bis es ihr gelang, das Gleichgewicht wieder zu finden. Blindlings und ohne nachzudenken wandte sie sich nach links und stürmte zurück in den Wald, aus dem sie vor wenigen Augenblicken erst geflohen war. Sie hörte, wie ihre Mutter den Muschelvorhang beiseite schlug, in der Türöffnung erschien und ihren Namen rief, zuerst laut und befehlend, dann in fast flehendem Ton und schließlich wieder laut und scharf. Sie achtete auch darauf nicht, sondern rannte weiter und stürmte blindlings in den Wald hinein, ohne auf die dornigen Zweige und tief hängenden Äste der Bäume zu achten, die in ihr Gesicht peitschten, an ihren Haaren zerrten und ihre Kleider zu zerreißen versuchten. Alles drehte sich um sie. Das Blut rauschte in ihren Ohren. Sie hatte noch immer das Gefühl zu fallen, und vielleicht war es ein Sturz, der niemals ein Ende nehmen würde.

Irgendwann verklang die Stimme ihrer Mutter; nicht, weil sie aufgehört hatte, nach ihr zu rufen, sondern weil Arri schon viel zu weit entfernt war, um sie noch zu hören, und irgendwann – noch später – wurden ihre Schritte langsamer. Sie blieb nicht stehen, sondern lief immer noch weiter, rannte aber jetzt nicht mehr wie von grausamen Göttern gehetzt und blindlings durch den Wald, sondern wich zumindest den ärgsten Hindernissen aus, die ihr den Weg verstellten. Schließlich blieb sie stehen, taumelte gegen einen Baum und lehnte sich erschöpft und nach Atem ringend gegen die raue Borke.

Sie war vollkommen entkräftet. Ihr Herz schlug so schnell, als wollte es in ihrer Brust zerspringen, und ihr Atem hatte sich in etwas Scharfes verwandelt, das versuchte, ihr die Kehle aufzuschlitzen. Sie hatte noch immer das Gefühl, dass sich die ganze Welt um sie drehte, aber nun war es ihre Erschöpfung und das rasende Hämmern ihres Herzens, die sie am ganzen Leib zittern ließen.

Rahn! Warum Rahn? Warum hatte ihre Mutter das getan?

Arri schloss die Augen, aber das machte es eher schlimmer, denn statt Dunkelheit sah sie erneut die schrecklichen, unvorstellbaren Bilder, die sich ihr eben noch geboten hatten. Ihre Mutter und Rahn! Das durfte nicht sein! Er war der Schlimmste von allen, auf seine Art vielleicht schlimmer als Sarn, ja sogar schlimmer als Nor, denn von allen Menschen im Dorf war er womöglich der Einzige, der keinen Grund für seine Bosheit brauchte, sondern sie einzig und allein nur quälte und demütigte, weil er Freude daran empfand.

Nur ganz allmählich beruhigte sich Arris rasender Pulsschlag. Ihre Hände zitterten noch immer, jetzt aber vor Schwäche und Überanstrengung, und sie begann zu frieren, denn sie war am ganzen Leib in Schweiß gebadet, und hier, unter dem nahezu vollkommen geschlossenen Blätterdach des Waldes, war es zu dieser Jahreszeit schon kühl. Nach einer Weile bemerkte sie, dass ihr Arm wieder heftiger schmerzte. Sie sah hin und stellte fest, dass die Wunde wieder zu bluten begonnen hatte; wie es ihr vorkam, jetzt sogar heftiger als am Anfang.

Mit zusammengebissenen Zähnen und spitzen Fingern tastete sie ihren Arm ab und wurde mit einem noch heftiger brennenden Schmerz belohnt, der ihr zwar ein leises Wimmern entlockte, sie jedoch gleichzeitig nicht daran hinderte, weiter über ihren zerschundenen Oberarm zu tasten. Arri war nie besonders wehleidig gewesen, denn in der Welt, in die sie hineingeboren und in der sie aufgewachsen war, war das schlichtweg ein Ding der Unmöglichkeit, aber auch nie über die Maßen tapfer. Sie mied Schmerz, wo sie nur konnte, was nur vernünftig war – nun aber tastete sie weiter über ihren Arm, befeuchtete schließlich die Fingerspitzen mit der Zunge und versuchte die Wunde auf diese Weise sauber zu wischen, womit sie es natürlich nur noch schlimmer machte. Dennoch hörte sie nicht auf. Ganz im Gegenteil – in ihrem Zustand genoss sie den Schmerz, lenkte er sie doch zumindest ein bisschen von den schrecklichen Bildern ab, die sie noch immer peinigten. Sie wischte und rubbelte so lange über ihren Arm, bis ihr der Schmerz die Tränen in die Augen trieb und sie es nicht mehr aushielt.

Erst dann kam sie einigermaßen zur Vernunft und wendete zumindest etwas von dem an, was ihre Mutter sie gelehrt hatte. Ungeschickt, weil nur mit einer Hand, riss sie ein Stück aus dem ohnehin zerfetzten Ärmel ihrer Bluse, wickelte den Streifen um ihren Oberarm und knotete ihn so fest zu, wie sie es gerade noch aushielt. Aus dem brennenden Schmerz in ihrem Fleisch wurde ein kaum weniger quälendes Pochen, und der Streifen färbte sich rasch dunkel und nass. Zwar konnte sie den Arm jetzt endgültig nicht mehr bewegen, ohne jedes Mal vor Schmerz die Zähne aufeinander beißen zu müssen, aber zumindest hörte die Wunde auf zu bluten.

Zeit verging. Arri hätte hinterher nicht mehr sagen können, wie viel, doch die Schatten, die das Sonnenlicht warf, welches durch das durchlöcherte grüne Dach hoch über ihrem Kopf hereinfiel, wanderten ein sichtbares Stück weiter, bevor sie ganz allmählich das Gefühl hatte, wieder in die Wirklichkeit zurückzufinden und zum ersten Mal seit einer endlos langen Zeit wieder einen halbwegs klaren Gedanken zu fassen.

Nicht, dass sie besonders stolz darauf gewesen wäre. Nun, wo der erste Schrecken verklungen war und Bestürzung, Unglauben und pures Entsetzen ihre Vernunft wenigstens nicht mehr völlig davonwischten, begann Arri allmählich zu begreifen, dass sie sich recht dumm benommen hatte. Sie war weit davon entfernt, sich selbst auch nur die geringste Schuld an dem zu geben, was passiert war – und wie konnte sie das auch? –, aber da war zugleich auch eine leise, aber beharrliche Stimme in ihr, die darauf bestand, dass sie falsch reagiert hatte. Sie hatte jedes Recht, entsetzt zu sein, jedes Recht, empört zu sein – aber sie hätte nicht einfach davonlaufen und sich wie ein kleines Kind benehmen sollen. Schließlich wusste sie nicht erst seit jetzt, dass es einen gewissen Unterschied zwischen Männern und Frauen gab und offensichtlich auch etwas, das beide dann und wann miteinander tun mussten, und warum sollte ihre Mutter da eine Ausnahme machen, nur weil sie ihre *Mutter* war? Und trotzdem – Rahn? Warum ausgerechnet er?

Etwas raschelte im Unterholz hinter ihr. Arri fuhr erschrocken herum und suchte mit misstrauischen Blicken das Muster aus schwarzen, grünen und dunkelbraunen Schatten ab, das sie umgab. Das Rascheln wiederholte sich nicht, und sie sah auch nichts; vermutlich ein kleines Tier, das ihretwegen geflohen war. Auch wenn sie weit gelaufen war, befand sie sich doch noch in der Nähe des Dorfes, und die wenigen wirklich gefährlichen Raubtiere, die es gab, mieden erfahrungsgemäß die Nähe von Menschen.

Aber sie hatte den Wolf nicht vergessen, und auch den Fremden nicht.

Doch wie konnte sie zurück? Arri war noch immer bis ins Innerste aufgewühlt. Sie spürte Scham: Scham über das, was sie gesehen hatte, wie auch über ihr eigenes kindisches Verhalten. So konnte sie ihrer Mutter unmöglich unter die Augen treten.

Sie konnte aber auch nicht hier bleiben. Die Vorstellung, ihre Mutter könne sie suchen und sie hier mitten im Wald finden, wo sie sich wie ein kleines Kind in den Schatten verkrochen hatte, war ihr unerträglich.

Was sie wieder zu der Frage brachte, was sie nun *tun* sollte. Tief in sich bedauerte es Arri längst, so Hals über Kopf aus der Hütte geflohen zu sein. Vielleicht nicht einmal aus der Hütte – diese allererste, spontane Reaktion konnte sie sich selbst verzeihen, und sie wusste, dass ihre Mutter es ganz genauso gehalten hätte – aber sie hätte es damit gut sein lassen und spätestens dann stehen bleiben sollen, als ihre Mutter sie zurückgerufen hatte. Indem sie einfach weitergelaufen und wie ein störrisches Kind blindlings in den Wald geflüchtet war, hatte sie womöglich nicht nur den Zorn ihrer Mutter heraufbeschworen, sondern sich selbst jeder Möglichkeit beraubt, ihr wieder unter die Augen zu treten, ohne das Gesicht zu verlieren.

Arri fragte sich, ob sie das überhaupt jemals wieder konnte. Rahn. Warum ausgerechnet *Rahn*? Warum von allen Menschen im Dorf ausgerechnet der Mann, der sie am meisten in Rage zu bringen vermochte?

Sie drehte sich unwillkürlich in die Richtung, in die sie gehen musste, um nach Hause zu gelangen, und stolperte blindlings los. Dürres Gezweig peitschte ihr ins Gesicht, als sie sich rücksichtslos ihren Weg bahnte, aber sie merkte es nicht einmal; in ihr waren nur dumpfe, pochende Verzweiflung und die Sorge, dass Rahn noch da sein könnte, wenn sie zu Hause ankam, oder dass ihre Mutter so wütend war, dass sie sie gleich wieder fortschickte.

Als der Waldrand in Sicht kam, wurde sie langsamer, um zu lauschen und sicherzugehen, dass sie ihrer Mutter nicht direkt in die Arme lief. Auch wenn ihr ihre überreizten Sinne überall Bewegungen vorzugaukeln versuchten, musste sie sich doch nach einer Weile eingestehen, dass sie hier ganz allein war. Auf weichen Knien setzte sie ihren Weg fort und erreichte schweißgebadet und mit letzter Kraft ihre Hütte. Ungeschickt und immer noch im Zweifel, ob sie das Richtige tat, wankte sie die Stiege hinauf, und wie schon einmal war es auch jetzt wohl nur dem Geländer zu verdanken, dass sie nicht ausglitt und hinabstürzte. Im wahrhaftig allerletzten Augenblick versuchte sie sich ein paar Worte zurechtzulegen, mit denen sie ihre Mutter ansprechen konnte.

Sie fand keine, und sie brauchte sie auch nicht, denn die Hütte war leer.

Anfangs war sie fast erleichtert, dann machte sich ein Gefühl tiefer Enttäuschung in ihr breit. Fast schon verzweifelt ließ sie den Blick durch den kleinen, nahezu vollkommen leeren Raum schweifen, ging schließlich sogar zur anderen Seite und warf einen Blick in den winzigen Vorratsraum, als hoffe etwas in ihr wider besseres Wissen, ihre Mutter dort anzutreffen. Natürlich war sie nicht da.

Was sollte sie tun? Ihre Mutter hatte gesagt, dass sie sich später oben am Steinkreis treffen wollten. Arri war längst nicht mehr in der Verfassung, die Zeit abschätzen zu können, die seit ihrer unheimlichen Begegnung im Wald verstrichen war. Vielleicht war es schon ewig lange her, vielleicht war der angedachte Zeitpunkt längst vorüber – wäre die Lage nur ein bisschen anders gewesen, so hätte sie sich jetzt auf den Weg zu dem Heiligtum gemacht, auch wenn sie selbst dort nicht mehr das Geringste hinzog, ganz im Gegenteil. Aber zweifellos würde ihre Mutter früher oder später dort auftauchen, wenn sie sie nur lange genug ergebnislos gesucht hatte; falls sie sich die Mühe überhaupt machte.

Plötzlich wurde Arri klar, in welch unangenehme Lage sie sich gebracht hatte. Sie konnte nicht davon ausgehen, dass ihre Mutter wirklich nach ihr suchte. Immerhin wusste sie ja nicht, wie es tatsächlich um sie stand. Für ihre Mutter musste es so aussehen, als wäre sie einfach in einem ungünstigen Moment hereingeplatzt und kopflos davongerannt. Von allem, was ihr widerfahren war, konnte sie nichts wissen. Vielleicht erwies sich der Umstand, dass sie einen so freundschaftlichen Umgang miteinander pflegten und ihre Mutter nicht annähernd so streng zu ihr war wie alle anderen Eltern des Dorfes zu ihren Kindern, nun als Fluch, denn es war gut möglich, dass Lea sich damit tröstete, dass ihre Tochter früher oder später schon zur Vernunft kommen und ganz von allein zurückkehren würde, während sie selbst mit ihrem normalen Tagewerk fortfuhr. Was unter Umständen bedeutete, dass sie erst lange nach dem höchsten Sonnenstand zurückkäme, möglicherweise auch erst am Abend.

Arri spielte ernsthaft mit dem Gedanken, sich trotz allem auf den Weg zum Steinkreis zu machen. Dabei streifte ihr Blick zufällig die rückwärtige Wand des Raumes, und sie erstarrte förmlich und riss die Augen auf.

Die Wand war leer. Das Schwert ihrer Mutter war nicht mehr da, wo es hingehörte.

Im allerersten Moment war sie so überrascht, dass sie sogar den pochenden Schmerz in ihrem Arm vergaß. Vorhin, als sie das erste Mal hier gewesen war, hatte das Schwert noch an seinem angestammten Platz gehangen, da war sie vollkommen sicher. Jetzt war es fort, und das konnte nur bedeuten, dass ihre Mutter es mitgenommen hatte. Aber warum? Wenn sie tatsächlich nur fort war, um nach ihr zu suchen, warum sollte sie dann eine Waffe mitnehmen?

Der Gedanke ließ eine ganze Reihe anderer durchweg unangenehmer Vorstellungen durch Arris Kopf purzeln, von denen einige geradezu ungeheuerlich waren – was nichts daran änderte, dass sie sie mit neuem, abgrundtiefem Schrecken erfüllten. Hatte ihre Mutter das Schwert mitgenommen, weil sie um die

Gefahr wusste, die draußen im Wald lauerte? Oder – unsinnig, aber für einen Moment erwog Arri diesen Gedanken ganz ernsthaft – hatte sie sie mit dem, was sie getan hatte, so erzürnt, dass sie das Schwert tatsächlich mitgenommen hatte, um sie zu bestrafen?

»Arri?« Etwas polterte. Das Klappern des Muschelvorhangs drang gedämpft durch den anderen, viel dichteren Vorhang aus Panik, der sich über Arris Gedanken gelegt hatte, dann hörte sie die Stimme ihrer Mutter erneut, und diesmal lauter, erschrockener und nur noch einen Deut davon entfernt zu schreien. »Arri? Ihr Götter! Was ist mit dir?«

Hastige Schritte ertönten. Arri öffnete die Augen und sah ihre Mutter rasch näher kommen und sich mit erschrockenem Gesicht über sie beugen, während sie neben ihrem Lager auf die Knie sank. Etwas polterte, als sie das Schwert, das sie offenbar tatsächlich in der Hand gehalten hatte, einfach fallen ließ.

»Arri! Was hast du?« Auch in den Augen ihrer Mutter loderte Panik auf, als sie die Hände nach ihr ausstreckte und dann im letzten Moment zurückprallte, da sie Arris rot besudelte Finger sah. Sie sog erschrocken die Luft zwischen den Zähnen ein.

»Aber was ...?«, murmelte sie, brach ab, und ein vollkommen neuer, erschrocken-verwirrter Ausdruck breitete sich auf ihren Zügen aus.

Hinter ihr polterten schwere Schritte auf der Stiege, und der Vorhang klimperte wieder. Arri wollte sich auf die Ellbogen hochstemmen, um an ihrer Mutter vorbeizusehen, doch Lea sagte nur scharf und ohne den Blick von ihrer Tochter zu wenden: »Verschwinde!« Die Schritte brachen ab, und einen Augenblick später entfernten sie sich. Obwohl Arri nicht einmal einen Schatten gesehen hatte, wusste sie, dass es Rahn gewesen war.

»Ich ... ich bin verletzt«, murmelte sie.

»Ja, das sehe ich«, sagte ihre Mutter knapp, nahm ihre blutverschmierte Hand und zog sie an sich heran, um die vier tiefen Kratzer zu begutachten, die der Wolf in Arris Arm gerissen hatte. »Woher hast du das?«

»Ich ... der Wald«, stotterte Arri. »Ich bin gelaufen ... Aber vorher hatte ich die Pilze gesammelt, ganz wie du es mir aufgetragen hattest.«

»Ich verstehe. Du warst mal wieder etwas ungestüm.« Ihre Mutter seufzte und besah sich die Wunde noch einmal genauer. »Das sieht schlimmer aus, als es ist. Ich werde dir gleich einen Wundverband anlegen. Allerdings frage ich mich, warum du das nicht selbst getan hast.«

»Das habe ich ja«, sagte Arri. »Aber der Verband ist wieder abgegangen.« Sie musste ihrer Mutter von dem Wolf erzählen, und vor allem von dem unheimlichen Fremden. »Da war ein Mann«, begann sie, »und ...«

»Rahn«, unterbrach sie ihre Mutter. »Ja, ich weiß.« Sie lächelte, nun aber eindeutig verlegen. »Das war dumm von mir – dir vorher nichts zu sagen, meine ich. Ich hätte mir denken sollen, dass du es herausfindest; immerhin bist du meine Tochter.«

»Das meine ich nicht«, sagte Arri, aber ihre Mutter hörte gar nicht hin. Sie löste sich von ihrem Platz am Eingang, ließ sich mit untergeschlagenen Beinen neben Arri auf die Matratze sinken und legte ihr den Arm um die Schulter. Arri konnte sich gerade noch beherrschen, ihren Arm nicht abzuschütteln. So vertraut und innig ihr Verhältnis zueinander auch war, berührte ihre Mutter sie doch so gut wie nie; schon lange nicht mehr, seit sie ein wirklich kleines Kind gewesen war. Das hatte nichts mit ihr zu tun. Arri hatte schon vor langer Zeit begriffen, dass ihre Mutter es *niemandem* erlaubte, sie zu berühren oder ihr auch nur *nahe* zu kommen. Lea wurde unruhig, sobald sich ihr jemand auf weniger als Armeslänge näherte, und wenn diese Entfernung deutlich unterschritten wurde, reagierte sie regelrecht panisch; wie ein Raubtier, dem man zu nahe gekommen war.

Vielleicht hatte sie deshalb so übertrieben reagiert, als sie ihre Mutter in Rahns Armen gesehen hatte.

»Es war mein Fehler«, begann Lea.

»Aber dieser Mann ...«

»Ich rede nicht von Rahn«, unterbrach sie Lea wieder. »Ich weiß, dass du ihn verabscheust, und ich habe ihn auch nicht gerade ins Herz geschlossen.« Sie hob die Schultern und seufzte kurz. »Aber er ist ein Mann, und die Auswahl ist nicht besonders groß.«

»Die Auswahl«, wiederholte Arri.

»Weißt du, Arianrhod«, sagte ihre Mutter, und ihr Lächeln verkrampfte sich noch mehr. Sie nahm nun von sich aus den Arm von Arris Schulter und rang linkisch mit den Händen. »Es gibt da ... gewisse Dinge, die ... Frauen und Männer miteinander tun ... *erwachsene* Frauen und Männer.«

»Ja«, sagte Arri. »Ich weiß.«

Lea blinzelte.

»Das Dorf ist nicht sehr groß«, fuhr Arri fort. »Und die meisten Wände haben Ritzen, durch die man sehen kann.«

»Du ... du meinst ...?«, begann ihre Mutter.

»Ich meine, ich glaube, ich weiß, was du mir sagen willst«, antwortete Arri und hoffte insgeheim, ihre Mutter werde sie nicht auffordern, diesen Satz noch einmal zu wiederholen. »Ich bin kein Kind mehr, weißt du?«

»Oh«, sagte Lea. Sie wirkte betroffen und erleichtert zugleich. »Du meinst ...«

»Ja«, seufzt Arri. »Ich meine.« Sie fragte sich, *wer* hier eigentlich die Erwachsene war.

»Ich hätte es wissen müssen«, fuhr ihre Mutter fort. Sie schüttelte den Kopf. »Die Menschen in diesem Land gehen mit solchen Dingen ... etwas anders um, als ich es gewohnt bin. Ich dachte, du ...«

Wärst taub und blind?, führte Arri den Satz in Gedanken zu Ende. Vorsichtshalber sprach sie es nicht laut aus.

»Aber du weißt nicht, was jetzt mit dir geschieht«, fuhr Lea fort. Sie beantwortete ihre eigene Frage mit einem Nicken. »Das ist das Problem.« Irgendwie wirkte sie erleichtert. »Du bist jetzt kein Kind mehr.«

Das war Arri schon lange nicht mehr. Sie schwieg. Was hätte sie auch schon sagen sollen?

»Es tut mir wirklich Leid«, meinte Lea und fuhr sich mit der Zungenspitze über die trockenen Lippen. »Vorhin, als du mich mit Rahn gesehen hast ... ich weiß, dass es ein Schock gewesen sein muss. Für mich wäre es so gewesen, glaube ich. Ich meine: Es ist das Natürlichste von der Welt. Jedermann tut es, dann und wann. Es ... es ist eigentlich etwas sehr Schönes, zumindest, wenn man sich sehr gern hat ... aber auch wenn nicht ... also ... es gehört einfach zum Leben mit dazu ...«

Sie begann zu stottern, verhaspelte sich endgültig und setzte schließlich nach einem hörbaren Einatmen neu an. »Vielleicht hätte ich dir das alles schon viel früher erklären sollen. Ich meine: Jetzt gibt es da nicht mehr allzu viel zu erklären, oder?«

»Nein«, antwortete Arri wahrheitsgemäß, obwohl sie sich dessen nicht ganz sicher war.

»Aber du möchtest doch kein Kind bekommen, oder?«, stieß ihre Mutter hervor. Arri starrte sie an. »Ja, das dachte ich mir«, fuhr Lea fort. »Zu wissen, wie man etwas tut, heißt nicht zwangsläufig zu wissen, was es bedeutet, nicht wahr?«

Arri schwieg weiter.

»Tja«, seufzte ihre Mutter, »dann wird das wohl doch ein längeres Gespräch.«

8

Arri hatte die Hütte den ganzen Tag über nicht mehr verlassen, nachdem ihre Mutter sie versorgt und ihr die dickere Winterbluse als Ersatz für die zerrissene Sommerbluse herausgesucht hatte. Noch lange – fast bis zum Einbruch der Dunkelheit – hatten sie in zwar unvertrauter, aber sehr wohltuender Nähe nebeneinander gesessen und geredet; nicht nur über das, was Nor von ihnen gefordert hatte, sondern auch über alles mögliche andere: über belanglose Dinge des Alltags genauso wie über weitere aufregende Geschichten aus der Welt, in der Arri zwar geboren war, die sie aber niemals kennen gelernt hatte, oder auch den alltäglichen Klatsch und Tratsch aus dem Dorf, etwas, von dem ihre Mutter stets behauptet hatte, dass es sie nicht kümmere und dass es auch unter ihrer Würde sei, sich wie ein gewöhnliches Weib aus dem Ort das Maul über alles und jeden zu zerreißen; worüber sie aber trotzdem mit großer Begeisterung sprach.

Worüber sie nicht geredet hatten, das waren auf der einen Seite Rahn und sein Verhältnis zu ihrer Mutter und auf der anderen Seite Arris Begegnung mit dem Wolf und dem unheimlichen Fremden. Was den Wolf anging, so war Arri bald zu dem Schluss gekommen, dass ihre Mutter ihr ohnehin nicht glauben würde. Die Schrammen, der einzige Beweis für ihre Begegnung mit dem Untier, waren weit weniger tief, als sie erwartet hatte; und das wohl hauptsächlich deshalb, weil der Wolf sie gar nicht richtig erwischt hatte, sondern abgerutscht war – wofür Arri ihm im Stillen dankbar war. Nein, nach einem Kampf auf Leben und Tod mit einem Raubtier sah die ungewöhnliche Wunde nicht gerade aus, und obwohl ihre Mutter es mit keiner Silbe erwähnt hatte, war Arri doch überzeugt, dass sie ihr sowieso nicht glauben, sondern allenfalls annehmen würde, ihre Tochter hätte sich diese wilde Geschichte ausgedacht, um einer Bestrafung zu entgehen.

Und was den Fremden anging ... in gewissem Sinne galt dasselbe auch für ihn. Viel schlimmer aber war, dass Arri irgendwie den Zeitpunkt verpasst hatte, von ihm zu reden, vielleicht weil sie zuvor auch schon die Begegnung mit Sarn im Steinkreis verschwiegen hatte, und, wenn sie ehrlich war, allein in diesem Sommer bereits zig andere Begebenheiten, von denen sie wusste, dass ihre Mutter sie alles andere als ruhig und gelassen hinnehmen würde. Wäre sie gleich am Anfang mit der ganzen Wahrheit herausgeplatzt, hätte ihre Mutter ihr vielleicht noch geglaubt, aber nachdem bereits eine Weile verstrichen war, konnte sie gar nicht anders als annehmen, sie hätte sich diese haarsträubenden Geschichten nur ausgedacht, um von ihrem eigenen falschen Verhalten abzulenken und womöglich ihr Mitleid zu wecken. Und vielleicht war das ja noch nicht einmal verkehrt, vielleicht hatte ihr ihre Phantasie ja tatsächlich einen Streich gespielt.

Auch das war eine Möglichkeit, die Arri immer ernsthafter in Betracht zog, je weiter der Tag fortschritt und je mehr die Erinnerungen an den unheimlichen Fremden mit den sonderbaren Augen verblassten. Möglicherweise hatte sie sich diese Begegnung nur eingebildet. Sie war in Todesangst gewesen, vollkommen in Panik aufgelöst und felsenfest davon überzeugt, im nächsten Augenblick sterben zu müssen. Vielleicht war der Wolf einfach ungeschickt gewesen und hatte sich bei seinem Sprung das Genick gebrochen, und ihre außer Rand und Band geratene Phantasie hatte diesen Fremden einfach erfunden. Schließlich – Geschichten von Kindern, die in gewaltige Gefahr gerieten und im allerletzten Moment von einer geheimnisvollen Macht gerettet wurden, die wie aus dem Nichts erschien und ebenso rasch und spurlos wieder verschwand, hatte sie schon zur Genüge gehört, aber sie wusste eben auch, dass es in den meisten Fällen nur Geschichten waren. Nicht mehr.

Als sie an diesem Abend einschlief – zum ersten Mal seit sehr, sehr langer Zeit und tatsächlich zum ersten Mal in der Zeit, an die sie sich bewusst zurückerinnern konnte, nicht auf dem Lager neben, sondern in den Armen ihrer Mutter –, nahm sie sich fest vor, ihr spätestens am nächsten Morgen davon zu erzählen, und zuzugeben, warum sie bisher nichts davon gesagt hatte.

Sie tat es auch am nächsten Morgen nicht. Als sie erwachte – sehr früh, noch vor Sonnenaufgang und mit heftigen Kopfschmerzen, die wieder schlimmer geworden waren –, war sie allein. Ihre Mutter hatte die Hütte offensichtlich schon vor Tagwerden verlassen, was ungewöhnlich war; niemand ging vor Sonnenaufgang aus dem Haus, wenn es nicht wirklich einen triftigen Grund dafür gab. Arri war beunruhigt, war aber noch gleichzeitig viel zu müde, um sich tatsächlich Sorgen zu machen. Als sie später dann aufstand, kitzelte sie ein verirrter Sonnenstrahl bereits an der Nase, und sie beeilte sich, um in ihren Garten zu kommen, den sie in letzter Zeit über Gebühr vernachlässigt hatte. Sie pflanzte hier Kohl, Möhren, Erbsen und verschiedene Sorten von Bohnen und Kräutern an und kämpfte einen Kräfte zehrenden Kampf gegen das Unkraut, das vom Waldrand her alles daran setzte, um ihre Anpflanzungserfolge wieder zunichte zu machen.

Auf diese Weise verging der gesamte Tag und auch noch ein guter Teil des darauf folgenden. Ihre Mutter erwies sich als so schweigsam und wortkarg, wie Arri es gewohnt war, und sie ging auch ein paar Mal fort, ohne zu erklären, warum oder wohin, und auch, ohne auf Arris entsprechende Fragen zu antworten, die sie nach ihrer Wiederkehr stellte.

Als ihre Mutter am dritten Tag gegen Abend zurückkam – wieder einmal, ohne dass sie gesagt hatte, wohin sie ging oder warum –, stand Arri auf und eilte ihr entgegen, sobald sie ihre Schritte draußen hörte. Kurz bevor sie die Tür erreichte, blieb sie jedoch stehen, denn sie begriff, dass ihre Mutter nicht allein war. Sie konnte den vertrauten Rhythmus ihrer Schritte erkennen und ihre Stimme hören, doch dann auch noch eine zweite, männliche Stimme, und noch bevor Arri sich umdrehte und zum Guckloch zurückwich, um einem verstohlenen Blick durch das zurückgezogene Biberfell zu werfen, wusste sie, wer es war.

Und trotzdem verfinsterte sich ihr Gesicht, als sie Rahn erkannte.

Es war nicht einmal die Tatsache allein, dass ausgerechnet *Rahn* ihre Mutter begleitete. Niemand aus dem Dorf kam hierher, wenn er nicht ihrer Hilfe bedurfte oder es irgendeinen anderen wirklich wichtigen Grund gab, und solange sich Arri zurückerinnern konnte, war fast immer *sie* es gewesen, die neben ihrer Mutter den steil abfallenden Weg vom Dorf herabging. Sie verspürte ein kurzes, aber eindringliches Gefühl einer fast schon lächerlichen Eifersucht. Was ihren Zorn noch schürte und zumindest für einen Moment fast zu etwas wie Hass machte, das war die *Art*, auf die Rahn neben ihrer Mutter herging. Obwohl fast einen Kopf kleiner, was dem Ganzen schon wieder etwas ungewollt Komisches gab, hatte er den Arm in einer Besitz ergreifenden Geste um ihre Schulter gelegt, und die Finger seiner Hand spielten unentwegt an ihrem Oberarm. Arri konnte das Gesicht ihre Mutter nicht erkennen, aber sie konnte sich gewiss nicht vorstellen, dass ihr das gefiel oder sie es auch nur *ertrug*. Trotzdem machte sie keine Anstalten, Rahns Arm abzustreifen, zumindest nicht, bis sie in Arris Sichtfeld kamen.

Arri trat rasch vom Guckloch zurück, wandte sich zur Tür und bemühte sich, eine möglichst strafende Miene aufzusetzen, als sie die Schritte ihrer Mutter auf der Stiege hörte. Wenn Lea glaubte, die beiden zurückliegenden Tage hätten irgendetwas an ihrer Meinung über Rahn und das, was sie mit ihm tat, geändert, so irrte sie sich. Ganz egal was die beiden miteinander taten und warum, Arri würde diesen Dummkopf nicht willkommen heißen, nur weil es ihm gelungen war, ihre Mutter irgendwie zu verzaubern.

Lea war jedoch allein, als sie hereinkam. Mit einer unbewussten Bewegung bückte sie sich unter dem Muschelvorhang hindurch, machte einen einzelnen Schritt und blieb dann stehen, um Arri stirnrunzelnd anzublicken. »Hast du irgendetwas?«

Arri schüttelte heftig den Kopf, obwohl sie selbst nicht genau wusste, warum, und sie musste die Gedanken ihrer Mutter nicht lesen, um zu erkennen, wie wenig Glauben sie ihr schenkte. Seltsamerweise ging sie jedoch nicht weiter darauf ein, sondern setzte ihren unterbrochenen Weg fort und sagte in fast beiläufigen Ton: »Ich glaube, es ist an der Zeit, dass wir deine Ausbildung wieder aufnehmen. Das Jagd-Ernte-Fest steht bereits vor der Tür, und danach wird es nicht mehr lange dauern, bis der erste Schnee fällt.«

Arri empfand es geradezu als boshaft, dass sie Nors Drohung benutzte, um von Rahn abzulenken. Mit einer fast zornigen Kopfbewegung trat sie an das Guckloch, durch das sie ihre Mutter und Rahn beobachtet hatte. »Du warst wieder mit ihm zusammen.«

Lea blieb abermals stehen, und als sie sich jetzt zu Arri umwandte, verdunkelte Zorn ihr Gesicht. Der scharfe Verweis, auf den Arri wartete, kam jedoch nicht. »Ja«, sagte sie nur. »Aber nicht so, wie du vielleicht glaubst.« *Und wäre es so, gin-*

ge es dich nichts an. Das sprach sie zwar nicht aus, aber die Worte standen so deutlich in ihren Augen geschrieben, dass Arri sie beinahe zu hören glaubte.

Sie gemahnte sich zur Vorsicht. Ihre Mutter hatte ihr in den letzten Tagen wiederholt klargemacht, dass sie kein Kind mehr war, sondern eine Frau, aber sie kannte sie auch wahrlich gut genug, um zu wissen, dass sie sich ganz gewiss nicht irgendwelche Unverschämtheiten von ihr gefallen ließe oder auch nur etwas, das sie dafür hielt. Trotzdem fragte sie: »Was habt ihr denn dann zusammen gemacht?«

Der Zorn in den Augen ihrer Mutter wuchs noch weiter, aber sie blieb auch jetzt erstaunlich ruhig. »Ich hatte etwas mit ihm zu besprechen. Und mit Grahl. Weißt du, Arianrhod...«, seitdem ihre Tochter mit der Armwunde aus dem Wald zurückgekommen war, nannte sie sie nicht mehr Arri, sondern sprach sie mit ihrem vollen Namen an, wie um auf diese Weise deutlich zu machen, dass sie sie als ebenbürtig akzeptierte, »... in diesem Punkt hätte ich vielleicht auf dich hören sollen. Wahrscheinlich wäre es klüger gewesen, einen anderen Mann aus dem Dorf auszuwählen, damit er für mich arbeitet. Rahn ist ein solcher Dummkopf. Man muss ihm alles fünfmal erklären, und selbst dann macht er es wahrscheinlich noch falsch, wenn man ihm nicht unentwegt auf die Finger schaut.«

»Lenk nicht ab«, erwiderte Arri, und das war nun eindeutig zu viel, wie sie in den Augen ihrer Mutter las. Der erwartete Zornesausbruch kam zwar immer noch nicht, doch als sie antwortete, war ihre Stimme hörbar kühler und schuf eine Distanz zwischen ihnen, die Arri zwar nur zu gut kannte, von der sie aber gehofft hatte, sie endgültig überwunden zu haben.

»Ich sehe, dass du dich von deiner Armverletzung erholt hast«, sagte sie spröde. »Das ist gut. Es ist jetzt wirklich an der Zeit, deine Ausbildung fortzusetzen. Und sei dir sicher: Ab heute werde ich dir des Nachts nicht nur das Kämpfen beibringen, sondern auch das Rechnen und ein paar andere Fertigkeiten, die du dringend benötigen wirst.« Ohne eine Antwort abzuwarten, trat sie zur rückwärtigen Wand des Zimmers, nahm das Schwert herunter und warf es Arri ansatzlos und aus dem Handgelenk zu, noch während sie sich wieder zu ihr umdrehte. Arri griff ganz instinktiv zu, und sie bekam die Waffe sogar am Griff zu fassen; allerdings durch nichts anderes als pures Glück und nicht etwa durch eigenes Geschick. Unter dem Gewicht des Schwertes taumelte sie einen Schritt zurück und fand nur mit Mühe ihr Gleichgewicht wieder.

»Was ... warum hast du das getan?«

»Damit du dich schon einmal an das Gewicht gewöhnst. Bisher haben wir mit Stöcken gekämpft, aber ich finde, du bist jetzt so weit, auch damit zu üben. Freust du dich schon darauf?«

Arri antwortete gar nicht, sondern starrte ihre Mutter und das mehr als armlange, in einer geheimnisvollen Farbe schimmernde Schwert in ihrer Hand nur verständnislos an. Dieses Schwert war der größte Schatz, den ihre Mutter besaß, vielleicht das einzig *wirklich* Wertvolle, was sie überhaupt auf der Welt hatte. Sie hatte nie jemandem gestattet, es auch nur anzurühren. Natürlich hatte sich Arri nichts mehr gewünscht, als eines Tages dieses Schwert in der Hand zu halten und vor allem zu lernen, damit so umzugehen wie ihre Mutter, aber sie hatte es niemals auch nur gewagt, diesen Wunsch laut zu äußern. Umso überraschter war sie nun.

Aber vielleicht war sie nicht nur überrascht. Selbstverständlich hatte es ihr Freude bereitet, dass ihre Mutter ihr nicht nur ihr verborgenes Wissen um die geheimen Kräfte der Natur beibrachte, sondern sie auch lehrte, zu kämpfen und sich zu verteidigen, und das auf eine Weise, die sie noch vor wenigen Mondwenden für vollkommen unmöglich gehalten hätte. Bisher aber war es trotz allem nichts anderes als ein großes, aufregendes Spiel für sie gewesen. Trotz aller Einschärfungen ihrer Mutter, gerade das nicht zu tun, hatte sie sich selbstverständlich insgeheim an dem Gedanken erfreut, was für Gesichter die Kinder aus dem Dorf machen würden, wenn sie sie das nächste Mal verspotteten, sie einen arbeitsscheuen Nichtsnutz nannten oder gar angriffen und sie ihnen die eine oder andere unangenehme Überraschung bereiten könnte, und die schönste von all diesen

Vorstellungen war selbstverständlich die gewesen, das irgendeines Tages mit Rahn zu tun.

Sie hatte auch davon geträumt, dieses Schwert zu führen, doch jetzt, als sie das überraschend große Gewicht der Waffe in der Hand spürte, war da plötzlich etwas ganz anderes. Vielleicht war es einfach die Erinnerung an das, was ihre Mutter mit diesem Schwert getan hatte. Plötzlich glaubte sie noch einmal zu sehen, wie die Klinge fast ohne Widerstand durch Krons Fleisch und Knochen schnitt und seinen Arm so sauber abrennte, wie sie selbst eine Wildblume pflücken mochte. Wenn ihre Mutter und sie miteinander kämpften, dann taten sie es mit bloßen Händen oder allenfalls mit Stöcken. Sie versuchten sich zu treffen, und mehr als einmal war aus diesem freundschaftlichen Kräftemessen beinahe Ernst geworden – und doch war es ein gewaltiger Unterschied. Ein Stockschlag tat weh und konnte üble Folgen haben, führte im Allgemeinen aber zu kaum mehr als einem blauen Fleck oder allenfalls einem gebrochenen Arm, wenn man sehr viel Pech hatte.

Diese Waffe war dagegen zum Töten da. Ihr Biss zerriss Fleisch und spaltete Knochen. Eine Waffe wie diese gegen einen Menschen zu richten, das hieß nicht, ihn zu verprügeln oder ihn mit einem geprellten Arm oder schlimmstenfalls humpelnd nach Hause zu schicken, wie sie es in ihrer Vorstellung schon zahllose Male mit Osh und den anderen Rabauken aus dem Dorf getan hatte. Dieses Schwert gegen einen Menschen zu richten bedeutete etwas Endgültiges.

»Bist du ... sicher?«, fragte sie.

Ihre Mutter nickte. »Wenn du es bist.«

Arri glaubte zu spüren, dass die Antwort darauf wichtig war, und wäre sie ehrlich gewesen, hätte sie spätestens in diesem Augenblick den Kopf geschüttelt und ihrer Mutter die Waffe zurückgegeben. Aber sie hatte nicht den Mut dazu.

Schweigend reichte sie ihrer Mutter das Schwert zurück. Lea nahm die Waffe mit undeutbarem Ausdruck entgegen und zögerte, sie an ihren Platz an der Wand zurückzuhängen, als spüre sie, was in ihrer Tochter vorging. Möglicherweise hätte sie auch eine entsprechende Frage gestellt, doch in diesem Moment erklang draußen vor der Hütte ein lautstarkes Poltern und Scharren, und dann drang Rahns ungeduldige Stimme zu ihnen herein. »Le? Le – wo bleibst du?«

Arri zog fragend die Augenbrauen hoch. Le? *Lea* war bereits die Abkürzung von Leandriis wirklichem Namen. Wieso kürzte dieser Trottel eine *Abkürzung* ab?

Ihre Mutter seufzte tief. »Was für ein Dummkopf.«

»Warum gibst du dich dann mit ihm ab?« Arri wusste, dass sie sich jetzt besser mucksmäuschenstill verhalten hätte, aber sie konnte sich die Frage einfach nicht verkneifen.

Die Antwort ihrer Mutter fiel überraschend friedfertig aus. »Weil ich ihn brauche, Arianrhod. Nicht nur, um das Lager mit ihm zu teilen.«

Bedeutete dieses fast unmerkliche Zögern in ihren Worten einen versteckten Tadel? Arri wusste, dass ihre Mutter solche versteckten Hinweise liebte. »Warum?«, fragte sie.

»Weil ich ihn mit dem Wagen ins nächste Dorf schicke«, antwortete Lea. »Es sind zwei, drei Tage hin und noch einmal zwei Tage zurück, mindestens. Wenn dieser Dummkopf sich nicht verirrt, heißt das.«

»Bis zum nächsten Dorf ist es gerade mal ein knapper Tagesmarsch«, begehrte Arri auf.

»Ein Tages*marsch*, du sagst es«, bestätigte ihre Mutter. »Ein Ochsenkarren ist viel langsamer, und er kann nicht durch die Wälder fahren, sondern muss große Umwege machen ...«, sie zog eine spöttische Grimasse, »... vor allem, wenn Rahn die Zügel in der Hand hält.«

Vielleicht verirrt er sich ja und kommt gar nicht zurück, dachte Arri hoffnungsvoll. *Und da gab es ja auch noch die Wölfe ...*

Sie sprach auch diesen Gedanken nicht laut aus, aber etwas von ihren Gefühlen musste sich wohl deutlich auf ihrem Gesicht widerspiegeln, denn ihre Mutter zog missbilligend die Augenbrauen zusammen, konnte aber zugleich ein spöttisches Funkeln nicht ganz aus ihrem Blick verbannen. Bevor sie sich umdrehte und die Hütte verließ, wandte sie sich noch einmal ganz dem Schwert zu, das sie wieder an seinem angestammten Platz an der Wand befestigt hatte, und es schien Arri, als dächte sie einen Moment darüber nach, die Waffe wieder herunter- und mitzunehmen. Sie tat es nicht, aber die Bewegung war Arri nicht entgangen, so wenig, wie es ihrer Mutter entgangen sein konnte, dass sie es gemerkt hatte. Als Lea die Hütte schließlich verließ, machte Arri eine ganz instinktive Bewegung, ihr zu folgen, besann sich dann aber eines Besseren und trat wieder an das Guckloch heran, durch das sie Rahn und ihre Mutter vorhin schon beobachtet hatte.

Die beiden hatten sich wieder ein Stück von der Hütte entfernt und standen auf Armeslänge voneinander da. Sie waren nicht nahe genug und sprachen zu leise, als dass Arri hätte verstehen können, was sie redeten, doch dafür war Rahns Körpersprache umso deutlicher: Er fuchtelte unentwegt mit den Händen und hatte Schultern und Kinn kampflustig nach vorne gereckt. Ganz offensichtlich war er nicht mit dem einverstanden, was Lea von ihm verlangte. Was ihm natürlich bei ihrer Mutter nichts nutzte.

Arri sah mit stillem Vergnügen zu, wie der Fischer sich noch eine Weile wand und zierte, bis es ihrer Mutter zu bunt wurde und sie das Gespräch mit einer herrischen Geste beendete. Rahn schwieg einen Moment, dann streckte er die Hände aus, wie um sie zum Abschied noch einmal zu umarmen, doch sie wich mit einer fließenden Bewegung zurück, und Rahn ließ enttäuscht die Schultern sinken und trottete davon. Ihre Mutter blieb reglos und mit hoch erhobenen Haupt stehen und sah ihm nach, bis er am oberen Ende des Weges verschwunden war.

Sie kehrte nicht sofort zurück, sondern machte sich eine Weile irgendwo außerhalb von Arris Blickfeld zu schaffen, und als sie schließlich wieder durch den Vorhang trat, brachte sie eine hastig zusammengestellte, aber reichliche und noch dazu schmackhafte Mahlzeit aus Wildäpfeln, Windenknöterich, Bucheckern und kaltem Fleisch vom Vortag mit. So aufgewühlt, wie sie sich gefühlt hatte, hatte Arri in den zurückliegenden Tagen praktisch nichts gegessen, sodass sie sich beherrschen musste, um nicht alles gierig in sich hineinzustopfen. Sie war noch nicht ganz fertig, da sagte ihre Mutter: »Ich würde dich gern zu einem kleinen Spaziergang einladen.«

»Jetzt?« Arri ließ den halb gegessenen Apfel überrascht sinken. »Wohin gehen wir denn?«

»Ich möchte dir etwas zeigen.« Ihre Mutter wandte sich bereits zur Tür, machte dann aber noch einmal kehrt und nahm zu Arris Überraschung das Schwert wieder von der Wand. »Und das geht nur, solange es hell ist. Komm, beeil dich. Wir haben ein hübsches Stück Weg vor uns.«

Damit hatte sie keineswegs übertrieben. Sie verließen die Hütte und tauchten in das dichte Blätterdach des Waldes ein. Für eine Weile war Arri überzeugt davon, dass sie wieder zur Quelle gehen würden, damit sie ihre Ausbildung – nunmehr bei Tageslicht – fortsetzten. Sie warf dem Schwert, das ihre Mutter trotz seines Gewichts locker in der linken Hand trug, dann und wann einen schrägen Blick zu, aber sie stellte keine entsprechende Frage, schon weil es etwas viel Unangenehmeres auf der Lichtung gab, der sie sich jetzt näherten. Sie versuchte ein paar Mal unauffällig die Richtung zu wechseln, nicht viel, gerade weit genug, dass sie nicht an der Stelle vorbeikommen würden, an der der tote Wolf lag, aber ihre Mutter hielt den einmal eingeschlagenen Kurs stur bei, sodass sich Arri am Schluss insgeheim fragte, ob sie vielleicht längst um das tote Tier wusste – und um alles andere auch, was hier geschehen war.

Doch sie erlebte eine Überraschung. Als sie an der entsprechenden Stelle ankamen – Arri erkannte sie sofort an niedergetrampeltem Unterholz und geknickten Zweigen –, war der Wolf nicht mehr da. Sie konnte mit Mühe ein Aufatmen unterdrücken, doch ihre Erleichterung hielt nur einen winzigen Moment an, denn ihre Mutter blieb plötzlich stehen, wandte mit gerunzelter Stirn den Kopf zuerst nach links, dann nach rechts und ging dann langsam, aber zielsicher genau dorthin, wo der Kadaver des Wolfes gelegen hatte. Behutsam ließ sie sich in die

Hocke sinken, rammte das Schwert ohne sichtbare Anstrengung fast eine Handbreit tief in den Boden, um beide Hände frei zu haben, und tastete mit den Fingerspitzen über die Stelle, an der der Wolf von dem Fremden erschlagen worden war. Sie schwieg eine ganze Weile. Schließlich hob sie die Finger der linken Hand ans Gesicht, roch daran und schüttelte kurz den Kopf, wie um sich eine in Gedanken selbst gestellte Frage zu beantworten.

»Hier hat etwas gelegen«, sagte sie, während sie sich an ihrem Schwert hochstemmte und sich zugleich schon wieder zu Arri umdrehte. »Etwas ziemlich Großes. Es ist eine Menge Blut geflossen.«

Irgendwie gelang es Arri, ihrem Blick nicht auszuweichen und auch ansonsten ein möglichst unbeteiligtes Gesicht zu machen. Nicht *zu* unbeteiligt, selbstverständlich. »Urd?«

Lea verzog nachdenklich die Lippen. »Etwas, das ein so großes Tier schlägt, muss ziemlich gefährlich sein. Hat Kahn nicht erzählt, sie hätten die Spuren von Wölfen gefunden?«

Arri nickte hastig. »Vielleicht ist es einfach so gestorben«, sagte sie mit einer Kopfbewegung auf die Stelle hinter ihrer Mutter. Natürlich wusste sie, dass es nicht stimmte. Für einen Moment kam es ihr so vor, als wären die Umrisse des toten Wolfes mit deutlich sichtbaren Linien auf dem Boden zu erkennen. Hatte der Fremde den Kadaver weggeschafft? Wahrscheinlich nicht. Auch wenn die meisten von ihnen so klein waren, dass sie den Menschen allenfalls als Nahrung dienten und keine Gefahr darstellten, so hatte dieser Wald doch eine Menge hungriger Bewohner, für die das tote Tier ein wahres Festmahl dargestellt haben musste.

Ihrer Mutter schüttelte entschieden den Kopf. »Nein. Es ist Blut geflossen. Ziemlich viel Blut.« Einen Moment lang sah sie Arri auf eine Art an, unter der diese sich nun *wirklich* unbehaglich zu fühlen begann, dann aber tat sie das Ganze mit einem Schulterzucken ab, zog das Schwert wieder aus dem Boden und forderte sie mit einer entsprechenden Kopfbewegung auf, weiterzugehen. Arri atmete innerlich erleichtert auf. Sie war keine besonders begabte Lügnerin. Hätte ihre Mutter auch nur eine einzige weitere Frage gestellt, wäre sehr rasch klar geworden, was hier wirklich geschehen war.

Nach wenigen Augenblicken erreichten sie die Lichtung, aber Arris Mutter machte an der Quelle nur einen Augenblick Halt, um einen Schluck Wasser zu trinken und ihren Durst zu löschen, dann gingen sie weiter. Sie drangen auf der gegenüberliegenden Seite in den Wald ein, in die Richtung, die Arri bisher stets gemieden hatte. Ihr war nicht besonders wohl dabei, aber sie verbot sich selbst jede entsprechende Frage oder Bemerkung und schloss nur ein wenig dichter zu ihrer Mutter auf.

Auch bei Tageslicht unterschied sich dieser Wald von dem, durch den sie hierher gekommen waren. Die mächtigen Eichen und Buchen standen dichter, und das Blätterdach über ihren Köpfen war nahezu vollkommen geschlossen, was dazu führte, dass es hier spürbar kühler und dunkler war, sodass in diesem Wald eine immerwährende, graue Dämmerung herrschte. Unterholz und Gestrüpp wucherten um sie herum. An manchen Stellen hätte es kein Durchkommen gegeben, hätte ihre Mutter nicht dann und wann ihr Schwert zu Hilfe genommen – jetzt wusste Arri wenigstens, warum sie es mitgenommen hatte –, um sich einen Weg durch das braune Gestrüpp zu hacken, und auch der Boden federte nun unter ihren Schritten.

Trotz des dichten Bewuchses aus Bäumen und Gebüsch hatte Arri das Gefühl, immer tiefer in einen Sumpf hineinzugehen. Die Luft wurde nicht wärmer, aber spürbar feuchter, und ein paar Mal blieb ihre Mutter auch stehen, sah sich stirnrunzelnd und mit einem Ausdruck höchster Konzentration auf dem Gesicht um und wechselte dann scheinbar willkürlich ihren Kurs. Zwei- oder dreimal hörte es Arri in dem farbenverzehrenden Grau vor ihnen knacken und rascheln, und mindestens einmal war sie auch sicher, das Geräusch großer Pfoten zu vernehmen, die hastig davonrannten. Nichts davon schien ihre Mutter jedoch zu irritieren oder gar zu ängstigen. Sie setzte ihren Weg unbeirrt, wenn auch nicht in gerader Richtung fort.

Eine ganze Zeit lang marschierten sie auf diese Weise in so zügigem Tempo durch den Wald, wie es das unwegsame Gelände nur zuließ. Und irgendwann wurde es vor ihnen wieder hell. Lea sagte noch immer nichts, beschleunigte ihre Schritte nun aber deutlich, sodass Arri plötzlich alle Mühe hatte, überhaupt noch mit ihr mitzuhalten, und es vergingen nur mehr wenige weitere Augenblicke, bis sie helles Sonnenlicht durch die Bäume hindurchschimmern sah. Noch ein Dutzend rascher Schritte, und sie hatten den Waldrand erreicht. Arri blieb verblüfft stehen und riss die Augen auf.

Der Anblick, der sich ihr bot, kam nicht nur völlig unerwartet, er war auch geradezu phantastisch. Jenseits des Waldes ging der Boden in eine sanft gewellte, von kniehohem, saftigem Gras bewachsene Hügellandschaft über, die sich so weit zog, wie das Auge reichte. Hier und da wuchsen ein paar Bäume, manchmal einzeln, manchmal in kleinen Gruppen, von denen aber keine die Bezeichnung Wald verdient hätte, und weit im Osten konnte sie das von ewigem Weiß gekrönte Grau der Berge erkennen, die mit dem Horizont verschmolzen. Ein lauer Wind, der Arri nach der feuchten Kälte drinnen im Wald wärmer und wohltuender vorkam, als er war, wehte ihnen in die Gesichter und trug ein verwirrendes Durcheinander fremdartiger, aber fast ausnahmslos angenehmer Gerüche mit sich heran.

»Aber ... was ist denn das?«, murmelte sie.

In den Augen ihre Mutter erschien ein stolzes Lächeln, als hätte sie ganz allein das hier alles erschaffen. »Das, was ich dir zeigen wollte. Aber nicht nur.«

Arri hörte den letzten Satz gar nicht. »Aber ... aber wie kann das sein?«, murmelte sie erstaunt. »Alle anderen sagen doch, dass das Land auf dieser Seite des Waldes zu gefährlich ist! Sarn erzählt, hier gäbe es Ungeheuer und böse Geister.«

»Sarn«, sagte ihre Mutter betont, »ist ein Dummkopf. Allerdings ... was die Geister angeht, so hat er vielleicht sogar Recht.« Ihr Lächeln wurde geradezu verschwörerisch, aber es war auch nicht zu übersehen, wie sehr sie sich amüsierte, als sie den plötzlich erschrockenen Ausdruck auf Arris Gesicht gewahrte. »Möchtest du sie sehen?«, fragte sie. Ohne Arris Antwort abzuwarten, trat sie mit einem weiteren Schritt vollends aus dem Wald heraus, hob die Hand und pfiff schrill durch die Finger.

Im allerersten Moment geschah gar nichts. Arri blinzelte ihre Mutter verwirrt an und wollte gerade dazu ansetzen, eine entsprechende Frage zu stellen, als sie etwas hörte. Das Geräusch war ganz leise; am Anfang kaum mehr als ein fernes Donnergrollen, das viel eher zu spüren als wirklich zu hören war und sich aus einer Richtung näherte, die sie nicht genau erkennen konnte. Doch es nahm rasch an Lautstärke zu, und schon bald darauf spürte Arri, dass sie sich nicht getäuscht hatte: Der Boden unter ihren Füßen zitterte tatsächlich, ganz sacht zwar nur, aber eindeutig im Rhythmus des allmählich lauter werdenden Dröhnens und Grollens. Es war, als käme etwas auf sie zu, noch unsichtbar zwar, aber rasend schnell und sehr, sehr groß.

Plötzlich war die Angst wieder da. Ihr Herz begann zu klopfen, und nur mit Mühe konnte sie das Zittern ihrer Hände unterdrücken. Sie wandte sich zu ihrer Mutter um. Auch Lea musste das Geräusch hören, aber sie wirkte nicht im Mindesten beunruhigt, sondern schien sich ganz im Gegenteil über die mittlerweile unübersehbare Furcht ihrer Tochter zu amüsieren.

»Was ... was ist das?«, fragte Arri. Sie versuchte vergeblich, das Zittern in ihrer Stimme zu unterdrücken.

Ihre Mutter hob die Hand. »Warte!«

Und dann sah Arri sie.

Das Dröhnen war mittlerweile zum Geräusch eines Wasserfalls angeschwollen, der unmittelbar hinter ihr eine hundert Mannslängen hohe Felswand hinabstürzte. Arri wich, ganz ohne es zu merken, wieder einen halben Schritt in den Wald zurück, als hinter einem der kleinen Haine eine gewaltige Masse riesiger Kreaturen auftauchte – die Ungeheuer, von denen Sarn gesprochen hatte. Es waren gewaltige, muskulöse Geschöpfe mit schwarzem, weißem und braunem Fell, muskulösen Hälsen und schrecklichen Schädeln und noch schrecklicheren Gebissen und langen Beinen, die in Hufen endeten, welche Ehrfurcht gebietend genug aussahen, um einem Menschen fast beiläufig den Schädel zu zertrümmern.

Nur, dass es keine Ungeheuer waren, sondern Pferde.

Dutzende von Pferden, wenn nicht hunderte. Wie eine einzige, gewaltige Masse schwenkten sie zu dem Waldflecken herum, obwohl Arri sicher war, dass sie ihn mit ihrer schieren Masse einfach hätten niederrennen können. Sie wurden nicht langsamer, sondern schienen im Gegenteil sogar noch an Geschwindigkeit zuzulegen, während sie sich dem Waldrand – und damit auch Arri und ihrer Mutter – näherten. Dennoch rührte sich Lea nicht von der Stelle.

»Mutter?«, fragte Arri. Sie musste fast schreien, um das Dröhnen der zahllosen Hufe zu übertönen. Dennoch schien ihre Mutter sie gehört zu haben, denn sie hob noch einmal die Hand und winkte Arri sogar zu, wieder zu ihr zurückzukommen. Arri reagierte, indem sie noch einen weiteren Schritt in den Wald zurückwich und sich nach einem Baum umsah, auf den sie sich flüchten konnte.

Die Pferde kamen unaufhaltsam näher. Erst im allerletzten Moment, als Arri schon fest davon überzeugt war, dass die Tiere ihre Mutter einfach niedertrampeln würden, wurde die Herde langsamer. Kaum noch eine Armeslänge von Lea entfernt, hielten die Tiere schnaubend und wiehernd inne. Viele von ihnen begannen unruhig auf der Stelle zu tänzeln; manche rannten aber auch sofort wieder davon oder blieben einfach stehen.

»Komm schon«, rief ihre Mutter. »Du brauchst keine Angst zu haben. Sie tun dir nichts!«

Arri machte einen zaghaften Schritt und blieb sofort wieder stehen, als eines der Pferde, ein besonders großes, beeindruckendes Tier mit einem prachtvollen Schädel und einem glänzenden Fell in der Farbe der Nacht, den Kopf wandte und mit einem leisen Schnauben in ihre Richtung sah. Lea lachte, wiederholte ihr Winken und trat gleichzeitig auf das schwarze Pferd zu. Arri riss ungläubig die Augen auf, als sie sah, wie das riesige Geschöpf den Kopf senkte und es nicht nur zuließ, dass ihre Mutter ihm Hals und Nüstern tätschelte, sondern die Berührung auch ganz offensichtlich genoss.

»Komm schon, du Hasenfuß«, sagte Lea lachend. »Das ist Nachtwind. Er wird dir nichts tun.«

»Nachtwind?«, wiederholte Arri verblüfft. »Dieses Ding hat einen Namen?«

Gerade so, als hätte es nicht nur seinen Namen, sondern auch Arris Worte verstanden, drehte das Pferd den Kopf und schien sie missbilligend aus seinen großen, erstaunlich klug wirkenden Augen anzusehen.

Ihre Mutter lachte abermals, aber in ihrer Stimme schwang auch ein sanfter Ton von Tadel mit, als sie antwortete. »Dieses *Ding* ist kein Ding«, sagte sie betont, »sondern ein Hengst. Er ist der Anführer der Herde und außerdem mein Freund.« Sie wedelte zum dritten Mal mit der Hand. »Komm her! Und du, Nachtwind, sag Arianrhod guten Tag. Sie ist meine Tochter, weißt du? Nimm ihr nicht übel, was sie gerade gesagt hat. Sie weiß es nicht besser, aber sie hat es bestimmt nicht böse gemeint. Sie kennt dich ja noch nicht.«

Der riesige Hengst schnaubte zustimmend, und der Ausdruck in seinen sanften braunen Augen schien plötzlich verständnisvoller zu werden.

Arri rief sich in Gedanken zur Ordnung. So sehr sie der Anblick der gewaltigen stolzen Tiere auch beeindruckte – und erst recht die selbst jetzt nur allmählich aufdämmernde Erkenntnis, dass ihre Mutter offenbar ein ganz besonderes Verhältnis zu ihnen zu haben schien – es blieben Tiere, ganz gewöhnliche Pferde.

Selbstverständlich wusste sie, was Pferde waren. Niemand im Dorf hielt sich ein Pferd, denn sie waren nicht annähernd so stark wie Ochsen, dafür aber viel anspruchsvoller und sehr viel schwieriger zu halten. Arri wusste, dass die Stuten wohlschmeckende Milch gaben und dass auch ihr Fleisch essbar war. Vor zwei Sommern hatten die Jäger ein erlegtes Pferd mitgebracht, und das ganze Dorf hatte sich daran gütlich getan – abgesehen von ihr selbst, denn ihre Mutter hatte ihr verboten, davon zu kosten. Jetzt verstand Arri auch, warum.

»Jetzt komm schon her«, sagte ihre Mutter zum wiederholten Mal, zwar immer noch lächelnd, aber dennoch in einem hörbar veränderten Tonfall, der ihre Aufforderung eher in die Nähe eines Befehles rücken ließ anstelle einer Bitte. Arri setzte sich gehorsam in Bewegung, aber ihr Herz klopfte immer heftiger, und ihre Finger begannen zu zittern, als sie auf einen auffordernden Wink ihrer Mutter hin die Hand hob, um die Nüstern des Hengstes zu streicheln. Nachtwind senkte den Kopf, um es ihr ein wenig leichter zu machen, und sie war überrascht, wie weich und warm er sich anfühlte. Sie hatte erwartet, es wäre wie bei einer Kuh, schlabberig und kalt, aber das genaue Gegenteil war der Fall.

Der Hengst ließ sie kurz gewähren, dann warf er mit einem Schnauben den Kopf in den Nacken, tänzelte ein paar Schritte zurück und sprengte davon, aber nur, um gleich darauf zurückzukommen und mit den Hufen vor ihr im Boden zu scharren.

»Du gefällst ihm«, sagte Lea. »Ich glaube, du hast einen neuen Freund gewonnen.«

Arri bedachte den Hengst mit einem schrägen Blick. Er mochte vielleicht nicht so boshaft und angriffslustig sein, wie der Anblick seines nachtschwarzen Fells und des beeindruckenden Gebisses sie glauben machte, aber er war ein *Tier*, und ein schrecklich starkes dazu. Ihr *Freund*?

Die Herde hatte sich mittlerweile zerstreut. Etliche Tiere grasten friedlich, andere tollten mit den Jungtieren herum, von denen Arri eine ganze Anzahl gewahrte, wieder andere standen einfach da und taten gar nichts; vielleicht Wächter, die nach Raubtieren Ausschau hielten, die versuchen mochten, sich im hohen Gras unbemerkt anzuschleichen. Arri sah jetzt auch, dass sie sich kräftig verschätzt hatte, was die Größe der Herde anging. Es waren vielleicht vierzig oder fünfzig Tiere, noch immer eine gewaltige Menge, die aber nicht nach hunderten zählte.

Sie drehte sich wieder zu ihrer Mutter um und wollte etwas sagen, doch da traf sie ein Stoß in den Rücken, der fast sanft war, zugleich aber so kraftvoll, dass sie haltlos zwei, drei Schritte nach vorn stolperte und nur mit Mühe und heftig rudernden Armen ihr Gleichgewicht wieder fand. Empört fuhr sie herum und wich hastig noch einen weiteren Schritt rückwärts gehend zurück, als sie sah, wem sie diesen rüden Stoß zu verdanken hatte. Das Pferd war nicht ganz so groß wie Nachtwind – aber auch nicht *wirklich* kleiner – und hatte ein schwarz-weiß geschecktes Fell, eine lange, strahlend weiße Mähne und einen schwarzen Schweif. Noch während sich Arri völlig verdattert fragte, ob dies nun ein heimtückischer Angriff oder ein Versehen gewesen war, kam es mit zwei Schritten näher, senkte den Kopf und stupste sie mit seiner weichen Schnauze so kräftig vor die Brust, dass sie schon wieder unbeholfen nach hinten stolperte und noch heftiger mit den Armen rudern musste, um nicht zu stürzen.

»He!«, begehrte sie auf. »Was soll denn das?«

Ihre Mutter lachte schallend. »Vielleicht solltest du ihr einfach die Nüstern streicheln oder den Hals. Ich wette, dass sie dann aufhört.«

Arri warf ihrer Mutter zwar einen zweifelnden Blick zu, aber das gescheckte Ungeheuer trabte schon wieder heran, und so beeilte sie sich, ihrem Rat nachzukommen. Hastig streckte sie die Hand aus und tätschelte den schwarz-weiß gefleckten Hals des Pferdes, und tatsächlich bekam sie jetzt keinen weiteren Knuff mehr. Ganz im Gegenteil schnaubte das riesige Tier vor lauter Wohlwollen. Arri fuhr zwar noch einmal zusammen, als sich der gewaltige Schädel ihrem Gesicht näherte, doch diesmal beließ es das Ungeheuer dabei, seine Nüstern kurz an ihrer Wange zu reiben; dann drehte es sich plötzlich um und lief ein paar Schritte weit davon, bis es stehen blieb und an den saftigen Grashalmen zu zupfen begann, die die Ebene bedeckten.

»Ich muss mich verbessern«, sagte Lea hinter ihr. »Ich glaube, du hast zwei neue Freunde gewonnen.«

Arri drehte sich halb zu ihr um, sah aber immer wieder zu dem schwarz-weißen Schecken. Sie sagte nichts, doch der Ausdruck auf ihrem Gesicht schien so komisch zu sein, dass ihre

Mutter schon wieder in ein leises, spöttisches Gelächter ausbrach.

»Das ist Morgenwind«, sagte sie. »Nachtwinds Tochter.« Ohne Arris Reaktion auf ihre Eröffnung abzuwarten, drehte sie sich zu dem riesigen Hengst um, der mittlerweile wieder an ihre Seite getreten war, tätschelte mit der linken Hand seinen Hals und fuhr ihm mit der anderen fast liebkosend über die Nüstern. »Du hast deiner Tochter gesagt, wer Arianrhod ist, nicht wahr?«, fragte sie. »Das war eine gute Idee. Ich bin sicher, unsere Kinder werden genauso gute Freunde, wie wir es sind.«

Arri wusste im ersten Moment nicht, was sie sagen sollte. Sie fragte sich, ob ihre Mutter nur einen Scherz hatte machen wollen. »Du ... du sprichst doch nicht etwa wirklich mit ihnen?«, murmelte sie schließlich hilflos.

»Selbstverständlich tue ich das. Und sie mit mir.«

»Du ... du machst dich über mich lustig.« In Arris Stimme war sehr wenig Überzeugung, und obwohl ihre Mutter sich nun wieder zu ihr umdrehte, dauerte es eine ganze Weile, bis sie antwortete; immer noch lächelnd, nun aber mit einem sonderbaren Ernst in der Stimme. »Keineswegs. Nachtwind und die Seinen sind meine Freunde. Vielleicht die besten, die ich jemals hatte.« Sie hob rasch die Hand, als Arri etwas sagen wollte, und fuhr in verändertem Ton fort: »Ich glaube wirklich, dass sie mich verstehen. Nicht die Worte, nicht, was ich sage. Aber sie spüren, dass ich nicht ihr Feind bin, und ich spüre, dass es umgekehrt genauso ist.«

Arri sah sich abermals verwirrt um, antwortete aber trotzdem: »Es sind nur Tiere, Mutter.«

»Nur Tiere?« Lea hörte auf, Nachtwinds Hals zu streicheln, und versetzte ihm stattdessen einen Klaps mit der flachen Hand auf die Flanke. Der Hengst reagierte darauf mit einem enttäuschten Schnauben, drehte sich aber gehorsam um und rannte zu seiner Tochter. Kaum hatte er die gescheckte Stute erreicht, fielen beide in einen leichten Trab und liefen ein gutes Stück weit davon, bevor sie ausgelassen herumtollten

»Nur Tiere«, sagte Lea noch einmal. Dann schüttelte sie den Kopf. »Ja, das mag vielleicht sogar stimmen. Aber es sind ganz besondere Tiere. Nicht nur Nachtwind und seine Herde, auch wenn er gewiss ein ganz außergewöhnliches Exemplar ist. Die Menschen hier wissen nicht, was Pferde wirklich sind. Für die allermeisten sind sie nur Wild, dass sie jagen können und deren Fleisch äußerst schmackhaft ist. Einige wenige spannen sie vor Karren und halten sich auch noch für besonders schlau, weil sie diese prachtvollen Tiere eine Arbeit tun lassen, für die die Götter Ochsen und Kühe erschaffen haben.« Sie schüttelte heftig den Kopf, als versetze sie allein die Vorstellung schon in Zorn. »Sie haben ja keine Ahnung.«

»Und ... was sind sie wirklich?«, fragte Arri zögernd.

Ein sonderbarer Ausdruck trat in die Augen ihre Mutter, fast so etwas wie Wehmut, vielleicht auch eine sachte Spur von Trauer. Ihre Stimme wurde leiser. »In meiner Heimat ...« Sie verbesserte sich. »In unserer Heimat waren Pferde für uns etwas ganz Besonderes. Wir waren für unsere Pferde fast so berühmt wie für das Geschick unserer Seeleute und die Tüchtigkeit unserer Händler. Wir züchteten Tiere, die auf der ganzen Welt begehrt waren. Als ich so alt war wie du, Arianrhod, hat mir mein Vater mein erstes eigenes Pferd geschenkt. Es war ein Fohlen, ein Hengst wie Nachtwind, und auch ebenso schwarz. Er hat mir sein Leben lang treue Dienste geleistet, und als er schließlich starb, da war es wirklich ein Freund, der von mir ging, nicht nur ein Tier. Du wirst mich verstehen, wenn du sie erst einmal ein bisschen besser kennen gelernt hast. Ich glaube, Morgenwind mag dich. Sie ist sonst eher scheu. Ich habe fast ein Jahr gebraucht, um ihr Vertrauen zu erringen. Du kannst sehr stolz darauf sein, dass sie ganz von sich aus zu dir gekommen ist.«

Arri schwieg dazu, schon weil es gar nichts gab, was sie hätte sagen können. Sie war noch immer viel zu überrascht, um sich wirklich eine Meinung über das bilden zu können, was sie sah oder was ihre Mutter ihr erzählt hatte, aber sie musste nur einen einzigen Blick auf Leas Gesicht werfen, um zu begreifen, dass sie sich nicht etwa über sie lustig machte, sondern diese Worte bitter ernst meinte. Und irgendwie konnte sie sie auch verstehen. Nun, wo sie ihren ersten Schrecken überwunden und begriffen hatte, dass ihr von diesen Tieren keine Gefahr drohte, fiel Arri die Schönheit und Anmut dieser großen, kräftigen Geschöpfe mehr und mehr ins Auge. Längst nicht alle waren so muskulös und beeindruckend wie Nachtwind, manche sogar eher klein, nicht viel größer als Kälber, obwohl sie offensichtlich ausgewachsen waren. Doch es ging etwas von ihnen aus, das Arri zwar nicht mit Worten beschreiben konnte, das ganz zweifellos aber genau dem entsprach, was sie in der Stimme ihrer Mutter hörte und in ihrem Blick las.

»Wieso weiß niemand etwas davon?«, fragte sie verwundert.

»Weil die Menschen im Dorf ein abergläubisches Pack sind, denen man nur irgendwelche Geschichten von Geistern, zornigen Göttern und sechsköpfigen Ungeheuern erzählen muss, um ganz sicherzugehen, dass sie niemals hierher kommen werden.«

»Hast du ihnen diese Geschichten erzählt?«, fragte Arri.

»Ich?« Lea schüttelte heftig den Kopf und grinste spitzbübisch. »Warum hätte ich das tun sollen? Sie hätten mir doch sowieso nicht geglaubt. Nein, ich habe es Rahn erzählt, und er hat es Sarn erzählt, und wie es der Zufall will, hat unser geliebter Dorfältester und Schamane des Nachts sonderbare Lichter im Wald gesehen und noch sonderbarere Geräusche gehört, als er eines Tages herkam, um sich mit eigenen Augen vom Wahrheitsgehalt dieser Geschichten zu überzeugen. Nein.« Sie schüttelte noch einmal und heftiger den Kopf und fuhr dann in ernstem Ton fort: »Niemand weiß von dem hier, und das muss auch so bleiben. Wüssten diese Dummköpfe, bei denen wir leben, von Nachtwind und seiner Herde, dann würden sie ihn jagen und abschlachten, um sein Fleisch zu essen. Ich bin die Einzige, die von ihm weiß – und jetzt du.«

»Und du hast mir die ganze Zeit über nichts davon erzählt?«, fragte Arri. Sie war ein wenig enttäuscht. Ihre Mutter hatte ihr gerade ein großes Geheimnis verraten, was sicherlich ein Vertrauensbeweis war, hatte aber im gleichen Atemzug auch gesagt, dass sie dieses Geheimnis lange Zeit vor ihr verborgen gehalten hatte. Warum?

»Ich konnte dir nichts sagen, Arianrhod. Du warst ein Kind.«

»Ich hätte niemandem etwas verraten!«, begehrte Arri auf.

»Sicherlich nicht absichtlich. Aber dieses Geheimnis ist zu groß und zu wertvoll, um es mit irgendeinem anderen auf der Welt zu teilen. Du bist jetzt die Einzige außer mir, die davon weiß, und du musst mir schwören, dass du es niemandem verrätst. Es wäre ihrer aller Tod. Die Leute würden sie fangen und schlachten oder in einen Pferch sperren und sie schwere Arbeiten verrichten lassen. Nachtwind könnte so nicht leben, ebenso wenig wie du oder ich. Versprich mir, dieses Geheimnis in deinem Herzen zu bewahren.«

Arri nickte.

»Das genügt mir«, sagte Lea. Plötzlich lachte sie wieder. »Und jetzt haben wir genug der hehren Worte und gewichtigen Versprechen ausgetauscht. Lass uns den Rest Tageslicht nutzen und ein wenig mit unseren neuen Freunden spielen. Komm – ich stelle dir den Rest der Herde vor.«

9

Sie waren noch fast bis Sonnenuntergang geblieben, und obwohl Arri die meiste Zeit über schweigsam und eher zurückhaltend gewesen war und sich (mit mehr oder weniger Erfolg) einzureden versucht hatte, dass sie dieses kindische Spiel nur mitmachte, um ihrer Mutter einen Gefallen zu tun, vermochte sie sich der Faszination, die von den großen, stolzen Tieren ausging, auf Dauer doch nicht zu entziehen. Erst als sich der Himmel im Westen bereits eindeutig grau färbte, machten sie sich auf den Rückweg.

Bei Dunkelheit erwies es sich als noch schwieriger, den verbotenen Wald zu durchqueren, als bei Tage, sodass der Nachtzenit bereits überschritten sein musste, bis Arri schließlich – erschöpft und völlig entkräftet, aber auch auf eine sonderbare

Weise zufrieden, die sie sich selbst nicht genau erklären konnte und die ihr aber das intensive Gefühl gab, plötzlich Teil von etwas Neuem und sehr Kostbarem geworden zu sein – neben ihrer Mutter aus dem Wald trat und die wenigen Schritte zu ihrer Hütte zurücklegte. Als sie die Stiege fast erreicht hatten, blieb ihre Mutter abrupt stehen und hob die rechte Hand. Ihr linker Arm, der das Schwert hielt, blieb locker, doch Arri entging keineswegs, dass sich ihre Finger fester um den lederbezogenen Griff der Waffe schlossen.

»Was ist?«, fragte sie erschrocken.

»Nichts«, behauptete Lea. Ihr Gesichtsausdruck und ihre plötzlich angespannte Haltung besagten jedoch das Gegenteil. Auch Arri sah sich hastig nach allen Seiten hin um und lauschte einen Moment, so angestrengt sie konnte, aber ihr fiel nichts auf. Dennoch begann ihr Herz zu klopfen. Wenn ihre Mutter der Meinung war, etwas gehört zu haben, dann *war* da etwas. Obwohl Lea nicht müde wurde, ihr immer wieder zu versichern, dass ihre noch frischen jugendlichen Sinne viel schärfer waren als die jedes Erwachsenen, verging doch praktisch kein Tag, an dem sie ihr nicht bewies, dass zumindest sie eine Ausnahme von dieser Regel darstellte.

»Bleib zurück«, zischte sie, unbeschadet dessen, was sie gerade selbst gesagt hatte, wechselte das Schwert von der linken in die rechte Hand und bewegte sich, seitwärts gehend, nur auf den Zehenspitzen und vollkommen lautlos die Stiege hinauf. Unmittelbar vor dem Vorhang blieb sie stehen und lauschte, und dann drückte ihre Haltung plötzlich nichts anderes als blanke Überraschung aus. Ohne eine Aufforderung abzuwarten, folgte Arri ihrer Mutter.

Lea war geduckt und durch und durch angespannt unter der Tür stehen geblieben. Mit der linken Hand hatte sie – ohne auch nur den geringsten Laut zu verursachen – den Muschelvorhang beiseite geschoben, sodass Arri an ihr vorbei in die Hütte blicken konnte. Ein leises, auf merkwürdige Weise vertraut erscheinendes Geräusch drang an ihr Ohr. Im allerersten Moment sah Arri so gut wie nichts, aber ihre Augen gewöhnten sich rasch an die Dunkelheit, und dann konnte sie die Verblüffung ihrer Mutter nur zu gut verstehen. Der Anblick, der sich ihr bot, hatte etwas Gespenstisches. Durch die Gucklöcher drang nur das blasse Licht der Nacht herein, sodass sie die Umrisse aller Dinge in der Hütte mehr erahnte als wirklich erkannte, aber das machte das Bild eher noch unheimlicher.

Sarn, der Dorfälteste, saß in Leas aufwändig gefertigtem, aber bereits an vielen Stellen gerissenen Korbstuhl und hatte Kopf und Schultern gegen die geflochtene hohe Lehne sinken lassen. Er schnarchte mit weit offen stehendem, zahnlosem Mund. Sein mit bunten Federn geschmückter Umhang war im Schlaf über seiner Brust auseinander gefallen, sodass man seinen ausgemergelten, dürren Leib darunter erkennen konnte. Ein dünner Speichelfaden, der im hereinfallenden Mondlicht wie nasses Silber glänzte, lief aus seinem Mundwinkel und besabberte den Kragen seines Federumhangs. Sarn war nicht allein gekommen. Eine zweite, ebenfalls schlafende Gestalt hatte sich zu seinen Füßen zusammengerollt und schnarchte mit ihm um die Wette. Es war zu dunkel, als dass Arri ihr Gesicht hätte erkennen können, aber anhand seiner Gestalt vermutete Arri, dass es sich um Grahl handelte.

Lea blieb noch einige Augenblicke reglos unter der Tür stehen und schüttelte immer wieder den Kopf, als könne sie einfach nicht glauben, was sie mit eigenen Augen sah. Dann schlug sie mit einem Ruck den Vorhang vollends beiseite und polterte so lautstark in die Hütte hinein, dass die schlafende Gestalt am Boden mit einem Ruck aufsprang und Sarn so erschrocken zusammenfuhr, dass er fast vom Stuhl gefallen wäre. Arri hätte am liebsten laut aufgelacht, aber das wäre vermutlich unangebracht gewesen; irgendwie gelang es ihr, sich zu beherrschen.

Ihre Mutter schien da weit weniger Skrupel zu haben. Sie lachte zwar nicht schallend auf, sondern beließ es bei einem kurzen, spöttischen Laut, aber irgendwie hörte es sich in Arris Ohren genau so an – und ganz offensichtlich nicht nur in ihren. Grahl funkelte sie zornig an, während Sarn im allerersten Moment einfach nur orientierungslos ins Leere starrte. Schlaftrunken versuchte er sich in die Höhe zu stemmen und wäre um ein Haar nun endgültig vom Stuhl gefallen. Der Stock rutschte ihm von den Knien und polterte so lautstark zu Boden, dass Grahl heftig zusammenfuhr und sein Blick das Gesicht ihrer Mutter losließ.

»Guten Morgen, die Herren«, sagte Lea ruhig. »Ich hoffe doch, ich habe euch nicht zu unsanft geweckt?«

Grahl war klug genug, gar nichts zu sagen, sondern fuhr sich nur mit dem Handrücken über das Gesicht und versuchte sich den Schlaf aus den Augen zu blinzeln, wahrend sich Sarn Sabber vom Mund wischte und zumindest zu antworten versuchte. Er brachte im ersten Moment aber nur ein unverständliches Krächzen zustande, räusperte sich und nutzte die gewonnene Zeit, um ein paar Mal zu blinzeln. In die Benommenheit in seinem Blick mischte sich eine Art müder Zorn, der aber wohl mehr aus seinem Verstand als aus seinem Herzen kam.

»Da bist du ja endlich«, begann er mit immer noch belegter Stimme, räusperte sich erneut und fuhr dann in schärferem Ton fort: »Wo seid ihr gewesen? Der Nachtzenit ist weit überschritten!«

Lea warf einen flüchtigen Blick zum Guckloch, als müsse sie sich davon überzeugen, dass das auch stimmte, dann schüttelte sie den Kopf und sagte: »Und das schon eine ganze Weile. Ihr zwei scheint einen guten Schlaf zu haben.«

»Um so schlimmer«, polterte Sarn. »Wo seid ihr den ganzen Tag und die halbe Nacht gewesen?«

»Meine Tochter und ich waren an einem geheimen Ort im Wald, wo wir in jeder dritten Nacht nackt um einen Stein herumtanzen, um böse Geister zu beschwören«, antwortete Lea bissig. »Bisher hatten wir noch nie Erfolg damit, aber jetzt bin ich nicht mehr sicher, ob es nicht vielleicht doch geklappt hat.« Sie warf Arri einen fragenden Blick zu. »Was meinst du?«

Arri hob zur Antwort nur die Schultern. Natürlich wusste sie, wie Lea diese Worte gemeint hatte, und ganz gewiss wusste es Sarn auch. Trotzdem wäre es ihr lieber gewesen, sie hätte das nicht gesagt. Sarn war kein Mann, der sich beißerden Spott gefallen ließ. In seinen Augen blitzte es denn auch prompt auf. Er fuchtelte ungeduldig in Grahls Richtung, und der Jäger beeilte sich, sich nach seinem Stock zu bücken und ihn dem Schamanen zu reichen. Als er sich vorbeugte, sah Arri es unter seinem Umhang kurz aufblitzen. Der Jäger hatte eine Waffe mitgebracht.

Wieder im Besitz seines Stabes, schien Sarn auch sein altes Selbstvertrauen zurückgewonnen zu haben. Er stampfte mit dem Ende des Stockes auf, dass die ganze Hütte dröhnte, und herrschte Lea an: »Wo ihr gewesen seid, habe ich gefragt!«

Zu Arris Erleichterung blieb ihre Mutter vollkommen ruhig. »Ich habe dich verstanden, Sarn. Ich finde nur, dass das eine sehr seltsame Frage ist für einen Mann, der uneingeladen in meine Hütte eingedrungen ist. Ich kann mich jedenfalls nicht erinnern, dir einen Schlafplatz angeboten zu haben – so wenig wie dir, Grahl. Oder hat dich deine Frau rausgeworfen, weil du wieder einmal hinter fremden Röcken her warst?«

Sarns Gesicht verdüsterte sich noch weiter. Er warf dem Jäger einen herausfordernden Blick zu, aber Grahl funkelte Lea nur trotzig an und rührte sich nicht.

»Was wollt ihr?«, fragte Lea.

»Du hast Rahn weggeschickt«, antwortete Sarn. »Wohin? Und zu welchem Zweck?«

»Er macht ein paar Besorgungen für mich«, antwortete Lea. »Keine Angst. Er wird bald zurück sein und seine Arbeit nicht vernachlässigen.«

Das hatte Sarn nicht gefragt. Seine Augen wurden schmal. »Wieso schickst du ihn fort, ohne mein Wissen?«

»Oh, verzeiht, edler Sarn«, antwortete Lea spöttisch. »Ich wusste nicht, dass ich Eure Erlaubnis brauche, wenn ich jemanden auf einen Botengang schicke.«

»Wenn dieser Botengang die Sicherheit meines Dorfes gefährdet ...«

»*Eures* Dorfes?«, unterbrach ihn Lea.

Sarn ignorierte den Einwurf. »... geht es mich sehr wohl etwas an«, fauchte er.

»Die Sicherheit des Dorfes?« Lea verzog abfällig die Lippen. »Es geht dich zwar nichts an, Sarn, aber ich habe Rahn ins Nachbardorf geschickt, um eine Wagenladung Kupfererz und Zinn sowie Treibhämmer, Meißel, Stichel und Schlegel zu holen. Wie sollte das die Sicherheit *Eures Dorfes* gefährden?«

Kupfererz und Zinn?, dachte Arri überrascht. *Und Schmiedewerkzeug?* Wozu benötigte ihre Mutter all diese Dinge? Das Dorf hatte keinen Schmied mehr, seit Achk sein Augenlicht verloren hatte, und alles, was sie jetzt an Bronzewaren brauchten, mussten sie mit Gosegs Genehmigung andernorts eintauschen.

»Es ist gefährlich, das Dorf zu verlassen!«, beharrte Sarn und stampfte abermals mit seinem Stock auf. »Hast du die Fremden vergessen, die in den Wäldern umherstreifen?«

»Du meinst die, die noch niemand zu Gesicht bekommen hat?«, fragte Lea kühl.

Grahl sog scharf die Luft zwischen den Zähnen ein und spannte sich, während Sarn zum dritten Mal mit seinem Stock aufstampfte. »Genug«, sagte er scharf. »Sie haben einen von Grahls Brüdern getötet und einen anderen verkrüppelt!«

»Wofür wir auch nur Grahls Wort haben«, sagte Lea schulterzuckend. Grahl wurde noch ein bisschen blasser, aber Lea fuhr völlig unbeeindruckt fort: »Ich weiß nicht, was wirklich passiert ist. Vielleicht war es so, wie Kron und Grahl berichten, vielleicht auch nicht. Es spielt keine Rolle.«

»Es spielt keine Rolle, wenn Fremde durch unsere Wälder streichen und uns auskundschaften, weil sie vielleicht einen Angriff planen?«, ächzte der Dorfälteste.

»Einen Angriff?«, wiederholte Lea. »Wer sollte das tun, und warum? Die Rache Gosegs wäre ihnen gewiss.«

»Uns haben sie vollkommen grundlos angegriffen«, warf Grahl ein.

»Vielleicht sind sie auf Eroberung aus«, sagte Sarn. »Es gibt Gerüchte über ein fremdes Volk, das aus dem Osten über die Berge drängt und ein Dorf nach dem anderen erobert. Es heißt, sie lassen keine Überlebenden zurück.«

»Dann geht nach Goseg, damit Nor euch Krieger schickt, um euch zu beschützen«, sagte Lea. »Immerhin entrichtet das Dorf genau zu diesem Zweck Jahr für Jahr Tribut an das Heiligtum.«

»Vielleicht wäre es gar nicht nötig, Nor um Hilfe zu bitten«, sagte Sarn böse.

»Was genau willst du damit sagen?«, fragte Lea. Ihre Stimme war ruhig, fast schon gefährlich ruhig, fand Arri, und auch der Ausdruck in ihrem Gesicht änderte sich nicht im Mindesten. Aber ihre Augen sprühten Funken, und die Finger ihrer rechten Hand schlossen sich ein ganz kleines bisschen fester um den Schwertgriff.

Sarn hielt ihrem Blick stand, und auch in Grahls Augen zeigte sich ein Ausdruck, der über Trotz und mühsam unterdrückte Furcht hinausging. Er war nicht so dumm, nach seiner Waffe zu greifen, doch irgendetwas an seiner bloßen Art dazustehen schien nicht nur Arri zu zeigen, dass er durchaus bereit dazu wäre, wenn es sein musste.

In diesem Moment, das spürte sie genau, waren sie alle nur ein winziges Stückchen vom Ausbruch offener Gewalttätigkeiten entfernt – obgleich niemand vermutlich *wirklich* sagen konnte, warum.

Es war ausgerechnet Sarn, der die Lage wieder entspannte, wenn auch vermutlich, ohne es selbst zu ahnen, denn seine nächsten Worte kamen scharf und in herausforderndem, aggressivem Ton. »Ich will damit sagen, dass das Unglück bei uns Einzug gehalten hat, seit du und deine Tochter hier seid.«

»Diesen Zustand können wir rasch ändern«, erwiderte Lea. »Wenn du darauf bestehst, dann ziehen Arianrhod und ich noch in dieser Nacht weiter. Das Wenige, was wir besitzen, ist schnell zusammengepackt.« Sie machte eine ausholende Handbewegung, und Sarn fuhr erschrocken zusammen und wich ein ganz kleines Stückchen zurück, als hätte er Angst, Lea könne ihn schlagen, während Grahls Blick mit wachsender Unruhe über das Schwert in ihrer Rechten tastete. »Ein einziges Wort genügt, Sarn«, fuhr sie fort, »und dieses Haus ist bei Sonnenaufgang leer. Doch vielleicht solltest du zuvor die Menschen im

Dorf fragen, was sie davon halten. Wer wird ihnen sagen, wann die Zeit gekommen ist, die Saat auf die Felder zu bringen? Wer wird den Fischern sagen, wie sie bessere Reusen bauen und welche Fische sie fangen können und welche nicht, um den Bestand des nächsten Jahres nicht zu gefährden? Wer sagt den Jägern, in welche Himmelsrichtung sie gehen müssen, um mehr Beute zu machen? Wer kümmert sich um die Kranken und Verwundeten?«

Und auch das, wünschte sich Arri, hätte sie besser nicht gesagt. Nichts davon war übertrieben oder gar gelogen. Die Menschen in diesem Dorf hatten auch vor ihrer Ankunft gejagt, Fische gefangen und ihre Kranken und Verletzten geheilt, doch das geheime Wissen ihrer Mutter übertraf ihre Fertigkeit bei weitem. Auch wenn sie die anderen Zeiten gar nicht bewusst miterlebt hatte, so wusste sie doch von ihrer Mutter, dass mit ihr und ihrer Tochter ein – wenn auch bescheidener – Wohlstand in das Dorf Einzug gehalten hatte, und was noch wichtiger war: Selbst im Winter hatten jetzt alle genug zu essen. Aber da war noch etwas, das ihre Mutter ihr vor gar nicht einmal langer Zeit gesagt hatte: Die Menschen hassten es, daran erinnert zu werden, dass sie einem etwas schuldeten.

Das wütende Aufblitzen in Sarns Augen gab ihrer Einschätzung Recht. Für einen winzigen Moment sah der alte Mann tatsächlich so aus, als wolle er seinen Stock nehmen und sich auf Lea stürzen. Natürlich tat er es nicht, und doch spürte Arri, dass ihre Mutter mit diesen letzten Worten eine Grenze überschritten hatte, die besser unangetastet geblieben wäre. Es gab Wahrheiten, die alle kannten und die vielleicht doch nur so lange erträglich blieben, wie niemand sie aussprach.

»Ihr seid also nur hierher gekommen und habt die halbe Nacht auf mich gewartet«, fuhr sie fort, als Sarn nicht antwortete und auch Grahl ebenso beharrlich schwieg, wie er sie mit kaum noch verhohlener Wut anstarrte, »um mir zu sagen, dass ihr mir nicht traut?« Sie schüttelte heftig den Kopf. »Ihr hättet euch die Mühe sparen können. Das wusste ich bereits.«

»Was ist das für ein Unsinn, den du meinem Bruder einflüstern willst?« fragte Grahl schließlich. »Bist du völlig von Sinnen? Reicht es dir nicht, was du ihm bisher angetan hast?«

»Angetan?«, wiederholte Lea und sah den Jäger mit ehrlicher Verständnislosigkeit an.

»Du hast ihm den Arm abgeschnitten«, antwortete Sarn an seiner Stelle. »Du hast ihn zu einem Krüppel gemacht, der den Rest seines Lebens auf die Almosen anderer angewiesen sein wird.«

»Ein Rest, den er sonst nicht gehabt hätte«, sagte Lea scharf. In ihrer Stimme war plötzlich ein neuer Klang. Nichts von alledem, was der Schamane und Grahl bisher gesagt hatten, hatte sie wirklich treffen oder gar verletzen können, doch dieser Vorwurf, das spürte Arri, ging eindeutig zu weit. Sie sah ihrer Mutter an, dass sie sich noch mit letzter Kraft beherrschte, einigermaßen ruhig zu bleiben.

»Du hast ihn verkrüppelt«, beharrte Sarn stur, als hätte er diese Worte gar nicht gehört, »und jetzt willst du ihn auch noch zum Gespött aller anderen machen.«

»Oh«, murmelte Lea. »Er hat es dir erzählt, ich verstehe.« Sie schwieg für eine geraume Zeit und schüttelte traurig den Kopf. Nach einem kurzen resignierenden Seufzen fuhr sie fort. »Das ist schade. Er hatte mir versprochen, nichts zu sagen. Es hätte so vieles leichter gemacht, nur noch eine kleine Weile zu schweigen.«

»Du hast ihm dieses Versprechen abgepresst«, behauptete Sarn, »oder ihn mit deinen Hexenkräften dazu gebracht, es dir voreilig zu geben. Was wolltest du damit erreichen? Hat dir das, was du ihm angetan hast, immer noch nicht gereicht? Du hast ihm das Leben gerettet, aber vielleicht wäre es besser gewesen, du hättest es nicht getan.«

Ganz kurz blitzte es so wütend in Leas Augen auf, dass Sarn zusammenfuhr und sich Grahl sichtbar spannte, dann aber erlosch ihr Zorn ebenso plötzlich, wie er gekommen war, und machte einem Ausdruck mindestens ebenso tiefen Bedauerns Platz. »Vielleicht wäre es besser gewesen, wir wären überhaupt nicht hierher gekommen«, murmelte sie, aber nicht als Antwort auf Sarns Worte, sondern nur an sich selbst gewandt, und so leise, dass Arri nicht einmal sicher war, dass der Schamane und sein Begleiter die Worte überhaupt hörten. Nach einem neuerlichen Zögern, fuhr sie lauter und in verändertem, nunmehr um reine Sachlichkeit bemühtem Ton fort: »Das ist deine Meinung, Sarn. Ich glaube, dass es richtig war, und ich glaube auch, dass mein Vorhaben von Erfolg gekrönt sein wird.«

»Und wenn nicht?«

»Eben – und wenn nicht«, erwiderte Lea. Sie schüttelte den Kopf. »Gib mir, Kron und Achk nur ein paar Tage Zeit. Sollte ich scheitern, verliert ihr alle nichts, im Gegenteil: Du kannst jedem sagen, du hättest es gleich gewusst und wärest von Anfang an dagegen gewesen. Sollte ich Erfolg haben, profitieren alle davon. Und du, Sarn, kannst hinterher immer noch behaupten, es wären nur meine Hexenkräfte gewesen.« Ihre Stimme veränderte sich ein ganz kleines bisschen, kaum hörbar, und doch schwang etwas darin mit, das Sarn noch ein bisschen blasser werden ließ, auch wenn Arri dies vor wenigen Augenblicken noch gar nicht für möglich gehalten hätte.

»So oder so«, fuhr sie fort, »bist du auf jeden Fall gut beraten, nichts zu tun, bis Rahn zurück ist. Vermutlich könntest du mich daran hindern, mein Vorhaben in die Tat umzusetzen, doch dann gäbe es immer welche im Dorf, die sich fragen würden, ob du es vielleicht nicht nur getan hast, weil du Angst hattest, ich könnte Erfolg haben. Warte einfach ab und lass mich gewähren, und du kannst nur gewinnen.«

Arri verstand mittlerweile rein gar nichts mehr. Zwar war ihr klar, dass es irgendetwas mit dem zu tun hatte, weswegen ihre Mutter Rahn fortgeschickt hatte, und wohl auch mit Grahls Bruder und dem blinden Mann, aber nichts davon schien in diesem Moment irgendeinen Sinn zu ergeben. Darüber hinaus kreisten ihre Gedanken um ein vollkommen anderes Thema. Die Spuren, die Sarn erwähnt hatte. Die Fremden, von denen Grahl behauptete, sie hätten ihn und seine beiden Brüder so grundlos angegriffen, und an deren Existenz ihre Mutter so offensichtlich nicht glaubte. Sie hätte es ihr sagen können. Sie hätte es ihr schon vor drei Tagen sagen *müssen*. Es waren keine Gerüchte, und es waren auch nicht nur Spuren. Die Fremden waren hier. Arri hatte mindestens einen von ihnen gesehen, und auch wenn dieser eine ihr das Leben gerettet hatte, sagte das rein gar nichts über ihre Ziele aus. In ihr sträubte sich alles, dem Schamanen Recht zu geben, aber in diesem einen Punkt hatte er es womöglich. Warum schwieg sie? Warum hatte sie bislang nichts gesagt?

Arri spürte, dass dies vielleicht ihre unwiderruflich letzte Gelegenheit war, von ihrer unheimlichen Begegnung im Wald zu erzählen, zugleich wusste sie aber auch, dass ihr niemand glauben würde. Sarn würde *behaupten*, ihr zu glauben, es aber nicht wirklich tun, und ihre Mutter schon gar nicht – und wenn doch, so würde sie sehr wütend sein, dass sie, Arri, nicht längst davon erzählt hatte, sondern im allerungünstigsten aller nur denkbaren Augenblicke damit herausrückte.

»Es ist spät, Ältester«, sagte Lea. »Meine Tochter und ich sind jedenfalls müde. Zweifellos habt auch ihr beide morgen einen mühsamen und anstrengenden Tag vor euch und braucht euren Schlaf.«

Das war ein kaum verhohlener Hinauswurf, eine schiere Ungeheuerlichkeit, die Sarn unter gewöhnlichen Umständen niemals hingenommen hätte. Doch an diesem nächtlichen Treffen war nichts gewöhnlich. So funkelte er Lea nur noch zornig an, dann eilte er, übertrieben schwer mit seinem Stock aufstampfend, zur Tür und ging vorsichtig die schmalen Stufen hinunter. Grahl – der ihre Mutter in so großem Bogen umging, wie es überhaupt möglich war – folgte ihm, und sie konnte hören, wie die beiden lautstark und heftig miteinander zu streiten begannen, kaum dass sie unten angekommen waren und sich auf den Weg ins Dorf machten.

Entgegen ihrer sonstigen Gewohnheiten trat Lea rasch ans Guckloch und blickte ihnen nach, bis die Dunkelheit sie aufgesogen hatte. Ihre Stimmen waren noch einen Moment zu hören, verklangen dann aber. »Dieser dumme, alte Mann«, seufzte Lea. »Er weiß genau, was Nor von mir gefordert hat und dass ich entweder an Einfluss verlieren werde oder zusammen mit dir weggehe. Warum kann er es nicht einfach dabei bewenden lassen und Ruhe geben?«

Sag es ihr!, flüsterte eine Stimme in Arris Gedanken. *Jetzt!* Sie musste ihr von dem Fremden erzählen, auch auf die Gefahr hin, dass ihre Mutter ihr vielleicht nicht glauben oder, falls sie es doch tat, sehr wütend auf sie sein würde.

Aber sie schwieg.

Ihre Mutter trat vom Guckloch zurück, lehnte das Schwert gegen die Wand darunter und verhängte die Öffnung dann mit einem Biberfell. Erst nachdem sie auch mit dem zweiten Guckloch auf die gleiche Weise verfahren war, nahm sie das Schwert wieder zur Hand, trug es aber nicht an seinen Platz an der Wand zurück, wie Arri erwartet hatte, sondern betrachtete die Waffe auf eine sehr sonderbare, schwer zu deutende Weise. Zwei- oder dreimal hob sie den Blick und sah ihre Tochter an, als gäbe es da etwas, das mit diesem Schwert zusammenhing und auch sie betraf, dann aber hängte sie es doch zurück und ließ sich mit einem schweren Seufzer in den brüchigen Korbstuhl fallen, in dem Sarn zuvor geschnarcht hatte.

Nun, nachdem sie die Biberfelle vorgehängt hatte, war es fast vollkommen dunkel hier drinnen, doch Arri spürte das Gefühl tiefer Trauer, das ihre Mutter überkam. Dies war eine für Arri vollkommen unerwartete Reaktion auf den Besuch der beiden Männer. Sie hatte mit Zorn gerechnet, Wut, Ärger, vielleicht sogar Sorge – aber nicht damit. Außer dem, was sie gerade gehört hatte, war noch viel mehr zwischen ihrer Mutter und dem Schamanen. Umso schwerer fiel es ihr, ihrer Mutter die Geschehnisse im Wald zu beichten. Aber sie musste es tun. Wenn sie es jetzt nicht tat, würde sie nie wieder die Kraft dafür aufbringen.

»Ich ... ich muss dir etwas sagen«, begann sie.

»Ich weiß.« Der Schatten in der fast vollkommenen Dunkelheit vor ihr, der ihre Mutter war, bewegte sich unruhig, und Arri konnte das Knarren des sorgfältig geflochtenen Stuhles hören, in dem sie hin und her rückte, als hätte Sarn ihn mit seiner Anwesenheit irgendwie verändert oder beschmutzt, sodass sie nun nicht mehr sicher war, bequem darauf sitzen zu können.

»Du weißt?«, murmelte Arri erschrocken. Aber wie? Wie konnte ihre Mutter um ihr Geheimnis wissen, und selbst wenn sie bereits davon erfahren hatte, warum hatte sie bisher geschwiegen?

Ein leises, aber fast traurig klingendes Lachen drang als Antwort aus den Schatten zu ihr. »Arianrhod, du bist meine Tochter. Irgendwann wirst du es verstehen, aber für heute glaub mir einfach, dass Kinder sehr selten Geheimnisse vor ihren Eltern bewahren können. Ich weiß, dass du hier nicht wegwillst, weder wenn der erste Schnee fällt noch im nächsten Frühjahr. Ich habe es in deinem Gesicht gewesen, als ich dir von Nors Forderung erzählt habe. Und ich kann dich verstehen, glaub mir.«

»Aber ...«, begann Arri, wurde aber sofort wieder von ihrer Mutter unterbrochen, die im gleichen, ebenso sanften wie verständnisvollen, aber auch fast unnahbaren Ton fortfuhr, als hätte sie ihre Entgegnung gar nicht gehört.

»Glaub mir, auch ich will nicht wirklich fort von hier. So sehr uns dieser Ort und seine Menschen auch einengen mögen, ist er doch seit zehn Jahren meine Heimat. Ich habe sonst niemanden. Es gibt keinen Ort, an den wir gehen könnten, jedenfalls keinen, der nicht schlimmer wäre als dieser hier, gebeutelt von Hungersnöten und einem Elend, wie es zu meiner Ankunft auch hier noch geherrscht hat. Aber wir müssen es. Nor wird nicht nachgeben, und selbst wenn, so wird Sarn es bestimmt nicht tun.« Arri konnte hören, wie sie traurig den Kopf schüttelte. »Ich werde diesen Menschen hier ein letztes Geschenk zum Abschied machen, und dann ziehen wir weiter.«

Arri schwieg. Die Gelegenheit war vorbei. Sie hatte nichts gesagt und würde auch nichts mehr sagen. Jetzt nicht mehr. Das Gefühl der Trauer, das sie gerade auf ihre Mutter übertragen hatte, war in Wahrheit ihr eigenes, und es war auch nicht wirklich Trauer, sondern Mitleid, denn sie spürte den Schmerz ihrer Mutter fast so deutlich, als wäre er ihr eigener. Sie konnte es ihr jetzt nicht sagen und später vielleicht auch nicht mehr.

Vielleicht nur, um überhaupt etwas zu sagen und das immer lastender werdende Schweigen zu brechen, fragte sie: »Warum war Grahl plötzlich so feindselig dir gegenüber? Noch vor wenigen Tagen ...«

»... war er auf meiner Seite und hätte selbst Sarn die Stirn geboten«, unterbrach sie ihre Mutter, »ich weiß.« Sie lachte ganz leise, doch jetzt klang es einfach nur bitter. »Aber nicht, weil er der Meinung war, ich sei im Recht.«

»Warum dann?«, fragte Arri.

»Vielleicht war er einfach verzweifelt«, antwortete ihre Mutter. »Vielleicht hat Sarn ihm auch aufgetragen, sich so zu geben, um sich auf diese Weise in mein Vertrauen zu schleichen.« Sie hob die Schultern. »Vielleicht hat er geglaubt, auf diese Weise etwas von mir bekommen zu können, was ich ihm nur dann und wann einmal geschenkt habe, wenn mir danach war.«

»Du meinst ...?«

»Ich war noch nie das Eigentum eines Mannes, und ich werde es niemals sein«, sagte ihre Mutter ruhig. »Was Grahl für ein Geschenk gehalten haben mag, das war in Wahrheit etwas, das ich mir von ihm genommen habe. Vielleicht hat er das begriffen und ist nun zornig.«

Arri war sich nicht ganz sicher, ob sie diesem wirren Gedankengang folgen konnte, und sie wollte es auch nicht, jedenfalls nicht jetzt. »Aber was hat er gemeint, als er sagte, du hättest seinem Bruder ...«, sie versuchte sich an den genauen Wortlaut zu erinnern, war aber nicht ganz sicher, ob es ihr gelang, »... Unsinn in den Kopf gesetzt?«

»Warum wartest du nicht einfach ab, bis Rahn zurück ist?«, erwiderte ihre Mutter. »Dann wirst du schon sehen, was ich gemeint habe.« Sie seufzte ganz leise und sehr tief. »Wer weiß? Vielleicht haben sie ja Recht.«

10

»Wer hätte so etwas schon einmal gehört? Ein blinder Mann und ein einarmiger! Warum soll nicht gleich ein Stummer unsere Lieder singen?«

Aus Sarns Stimme troff der Hohn wie zäher Honig aus einem aufgebrochenen Bienenkorb, und aus den Reihen der Zuschauer, die nicht nur hinter und neben ihm Aufstellung genommen hatten, sondern einen mehrfach gestaffelten, nahezu undurchdringlichen Dreiviertel-Kreis um die heruntergekommene Hütte am Rand des Dorfes bildeten, erhob sich ein zustimmendes Gemurmel. Zwei oder drei Männer lachten, aber Arri gewahrte auch das eine oder andere finstere Gesicht, das mit unverhohlenem Zorn in ihre Richtung blickte. Nahezu das ganze Dorf war zusammengekommen, und auch, wenn es bisher niemand gewagt hatte, es laut auszusprechen, so war Arri doch klar, dass vermutlich die Hälfte von ihnen darauf wartete, dass das Vorhaben ihrer Mutter scheiterte.

Wenn sie ehrlich war, erging es ihr nicht sehr viel anders.

Natürlich *wartete* sie nicht darauf, dass ihre Mutter scheiterte, und sie hätte gewiss auch andere Worte gewählt als der Dorfälteste – aber ein bisschen verrückt war das, was Lea ihr erklärt hatte, schon. Ein blinder Verrückter und ein einarmiger Krüppel, die gemeinsam die Arbeit eines Schmieds tun sollten? Das war zumindest ... gewagt.

Als hätte sie ihre Gedanken erraten – was im Augenblick wahrscheinlich nicht einmal besonders schwer war –, drehte Lea den Kopf und warf ihr einen raschen, aufmunternden Blick zu, bevor sie sich wieder auf das Geschehen in der Hütte konzentrierte. Um die Sache zu vereinfachen, hatte Rahn auf Sarns Geheiß hin kurzerhand die vordere Wand der Schmiede abgerissen, was bei dem bejammernswerten Zustand des ohnehin baufälligen Gebäudes keinen großen Unterschied mehr machte, sodass zumindest sie und die Zuschauer in der vordersten Reihe freie Sicht auf das hatten, was sich im Innern des Hauses abspielte.

Arri bezweifelte, dass ihrer Mutter das recht war, und auch Kron hatte die eine oder andere entsprechende Bemerkung gemacht, doch der Schamane war in diesem Punkt unnachgiebig geblieben und hatte eingewendet, dass die Gefahr eines Brandes bestünde, wenn sich ein Blinder und ein Krüppel von Krons Größe die enge Hütte teilten und noch dazu mit Feuer hantierten. Damit hatte er vermutlich sogar Recht, aber Arri war natürlich auch klar, warum er *wirklich* darauf bestanden hatte: aus demselben Grund, aus dem er praktisch das ganze Dorf zusammengerufen hatte, um bei Achks und Krons erster gemeinsamer Arbeit zuzusehen. Er wollte, dass möglichst viele miterlebten, wie ihre Mutter scheiterte.

Dabei gab es im Augenblick nicht einmal viel zu sehen. Achk saß mit untergeschlagenen Beinen auf dem Boden, betätigte den Blasebalg und gab Kron mit schriller, misstönender Stimme, die immer gerade eine Winzigkeit davon entfernt schien, wirklich zu schreien, keifende Anweisungen, von denen der größte Teil unverständlich war; und wie Arri aus dem immer besorgter werdenden Gesicht ihrer Mutter schloss, zu einem gut Teil vermutlich auch einfach un*sinnig*. Kron nahm das Gezeter des Alten scheinbar gleichmütig hin und tat darüber hinaus das, was sie in den zurückliegenden Tagen immer und immer wieder geübt hatten; jedenfalls nahm Arri das an. Zu sehen war kaum etwas, denn der ehemalige Jäger und zukünftige neue (halbe) Schmied des Dorfes hatte sich gewiss nicht durch Zufall so postiert, dass sein breiter Rücken den Blick auf nahezu alles versperrte, was im Innern der aufgebrochenen Hütte geschah.

Seit dem nächtlichen Gespräch in Leas Hütte waren zehn Tage vergangen. Rahn hatte sich zur allgemeinen Überraschung nicht nur nicht verirrt, sondern war bereits am Abend des dritten Tages zurückgekommen, und seither hatte Arri ihre Mutter kaum noch gesehen, denn sie hatte praktisch ihre gesamte Zeit mit Kron und dem blinden Mann verbracht und war nur zu den Mahlzeiten und zum Schlafen nach Hause gekommen. Arri war ein bisschen beleidigt gewesen, dass sie ihr trotz ihrer hartnäckigen Nachfrage (und Arri konnte *sehr* hartnäckig sein) bis zum Schluss nicht gesagt hatte, was sie eigentlich plante.

Selbstverständlich hatte sie es trotzdem erfahren. Sarn hatte schon dafür gesorgt, dass sich die Verrücktheit, die sich ihre Mutter hatte einfallen lassen, in Windeseile im Dorf herumsprach, und Arri konnte beinahe verstehen, dass Lea ihr nichts hatte sagen wollen. Der Plan *war* verrückt. Aber vielleicht würde er ja gerade deshalb funktionieren.

»Also?«, drang Sarns Stimme kaum weniger schrill und misstönend als die des blinden Schmiedes in ihre Gedanken. »Worauf wartet ihr noch?«

Lea schenkte ihm einen giftigen Blick, sagte aber nichts, sondern wandte sich nur mit einem auffordernden Nicken an Kron. Der einarmige Riese packte den klobigen Schmiedehammer, schwang ihn aber noch nicht, sondern stupste Achk nur leicht mit dem Fuß an, woraufhin der Blinde noch hektischer mit seinem Blasebalg zu hantieren begann. Eine Zeit lang war nichts zu hören außer dem Zischen der entweichenden Luft und dem etwas leiseren, aber irgendwie *bösartigen* Geräusch, mit dem die Schmelze aus Kupfer und Zinn und einigen anderen Zutaten, die Achk eifersüchtig geheim hielt, aus dem Schmelztiegel in die tönerne Gussform floss. Weder Arri noch irgendeiner der anderen konnte wirklich sehen, wie sich das heißflüssige Metall in der vorbereiteten Gussform verteilte, denn Kron schirmte weiter alles mit seinem breiten Rücken ab, doch sie wusste aus dem Wenigen, das sie aufgeschnappt hatte, dass nun der kritische Moment kam, auf den Sarn und ihre Mutter – wenn auch aus völlig unterschiedlichen Gründen – gleichermaßen gespannt warteten. Kron versetzte dem Schmied einen weiteren, sanften Stups mit dem Fuß, den dieser mit einer halblaut gekeiften Beschimpfung quittierte, seinen Blasebalg jedoch trotzdem rasch sinken ließ und nach der schweren bronzenen Zange tastete, die Kron griffbereit neben ihn gelegt hatte.

»Gut so«, murmelte Kron. »Ein bisschen mehr nach links ... gut.« Seine Stimme klang flach, aber angespannt, und Arri konnte die Unruhe der beiden Männer regelrecht spüren. In den zurückliegenden Tagen hatten sie jeden Handgriff hundertfach geübt und abgesprochen, aber es war dennoch das erste

Mal, dass sie es wirklich *taten*. Die Materialien, die Rahn gebracht hatte, waren zu kostbar, um sie bei einem leichtsinnigen Versuch zu verschwenden, und einmal in eine bestimmte Form gegossen, war die Bronze entweder zu gebrauchen oder konnte nur noch neu eingeschmolzen oder weggeworfen werden – von den tausend anderen Dingen, die schief gehen konnten, gar nicht zu reden.

Eines davon geschah genau in diesem Moment. Funken stoben auf, als Achk mit seiner Zange nach dem Gussstück stocherte, und mehr als einer davon traf die rückwärtige Wand der Hütte. Holz und trockenes Blattwerk begannen zu qualmen, doch Lea hatte dies vorausgesehen und Rahn mit einem gefüllten Wassereimer unmittelbar neben dem gewaltsam erweiterten Eingang postiert. Hastig und ohne dass es einer Aufforderung bedurfte, drängte er sich an Kron vorbei und löschte das halbe Dutzend winziger Brandherde, bevor wirklich ein Feuer ausbrechen konnte. Sarn verzog verächtlich die Lippen, ersparte sich aber zu Arris Erstaunen jeden Kommentar.

Mit dem zweiten Versuch löste Achk den noch glühenden Rohling aus der Gussform, sodass man nun zumindest erkennen konnte, dass es sich um einen schmalen Dolch mit einer handlangen, ungewöhnlich spitz zulaufenden Klinge handelte, die anstelle eines Griffes nur einen dünnen Stab hatte. Die Klinge glühte noch in einem fleckigen, ebenso rasch wie unregelmäßig verblassenden Rot, als Achk aufstand und unsicher und mit weit vorgestreckten Armen auf den kniehohen, plan geschliffenen Stein zuwankte, der ihm als Amboss diente. Obwohl Kron ihn am Oberarm ergriff und behutsam führte, wäre er um ein Haar ins Feuer getreten, und wieder stoben Funken auf, auch wenn Rahn diesmal nicht löschen musste. Erst beim zweiten Versuch gelang es dem blinden Schmied, das Werkstück so zu platzieren, dass Kron mit seinem wuchtigen Fäustling zwei, drei kräftige Schläge ausführen konnte, die die Klinge deutlich breiter und flacher werden ließen.

Sein vierter Hieb war schlecht gezielt, möglicherweise hielt Achk die Zange auch nicht fest genug. Der Rohling wurde ihm jedenfalls aus den Händen geprellt und fiel zu Boden. Kron legte hastig den Hammer ab und nahm dem schon wieder lautstark keifenden Alten die Zange aus der Hand, um die Klinge aufzuheben. Arri warf einen raschen Blick über die Schulter zu ihrer Mutter zurück. Auf Leas Gesicht zeigte sich nicht die mindeste Regung, aber Arri sah ihr trotzdem an, wie besorgt sie war. Aus den Reihen der Zuschauer erhob sich ein besorgtes Murmeln, in dem Arri aber den einen oder anderen schadenfrohen Unterton zu hören glaubte. Auch Sarn schwieg, aber seine Augen funkelten tückisch.

Mittlerweile hatte Kron Achk die Zange wieder in die Hand gedrückt und versuchte seine Arme so zu dirigieren, dass die Messerklinge diesmal flach auf dem Stein auflag. Achk machte es ihm nicht unbedingt leicht, sondern bewegte sich ebenso ungeschickt, wie er Kron mit einer wahren Flut von Beschimpfungen überschüttete. Kron schlug noch zwei- oder dreimal mit seinem Hammer zu, und jedes Mal veränderte sich der Klang, mit dem Metall auf Metall schlug. Das Gussstück kühlte offensichtlich rasch ab.

»Nicht so fest, Dummkopfs«, keifte Achk. »Willst du, dass die Klinge zerbricht?«

»Halt sie einfach nur still, und es wird nichts passieren«, knurrte Kron. Er schwang den Hammer trotzig um so heftiger. Die Klinge zerbrach nicht, aber als er den Hammer wieder zurückzog, war sie deutlich verbogen. Kron fluchte, legte den Hammer beiseite und versuchte die Zange in Achks Händen umzudrehen, vermutlich, um die Klinge mit ein paar Hieben in die andere Richtung wieder gerade zu biegen. Achk konnte weder sehen, was er genau tat, noch warum, doch er schien zu spüren, was geschehen war, denn er stieß Kron mit einer groben Bewegung zur Seite und griff mit der bloßen Hand nach dem Messer. Es zischte hörbar, als seine Fingerspitzen über das immer noch glühend heiße Metall strichen, aber er schien keinen Schmerz zu spüren. Seine Fingerkuppen waren schon seit einem halben Menschenleben schwarz und verkohlt und mittlerweile wohl vollkommen gefühllos.

»Dummkopf!«, keifte er. »Ich habe es dir gesagt! Jetzt hast du es verdorben! Muskeln allein reichen eben nicht, du grober Kerl!«

»Gib Acht, was du sagst, alter Mann«, grollte Kron.

»Was willst du sonst tun?«, erkundigte sich Achk höhnisch.

»Kron! Achk!«, sagte Lea scharf. Sie schob Arri mit sanfter Gewalt zur Seite, war mit einem raschen Schritt bei Kron und dem Blinden und begutachtete den Schaden. »Ist es nicht zu reparieren?«, fragte sie stirnrunzelnd.

Achk strich weiter mit den Fingerspitzen und schließlich mit der Handfläche über die verbogene Messerklinge. Es zischte abermals, und lauter. »Es ist verdorben«, nörgelte er. »Ich selbst könnte es vielleicht noch retten, wenn du mir nicht mein Augenlicht geraubt hättest, aber dieser Dummkopf doch nicht! Er hat alles zunichte gemacht!«

»Ich glaube, wir haben genug gesehen«, mischte sich Sarn ein. Er schnaubte abfällig. »Ich war von Anfang an dagegen, aber diesen einen Versuch musste ich dir geben, Lea, schon um Krons und Achks willen.« Er hob unmerklich, aber wirkungsvoll die Stimme. »Aber nun ist es genug. Hör mit diesem grausamen Spiel auf, bevor am Ende noch ein Unglück geschieht.«

Lea achtete nicht weiter auf ihn. Sie tastete mit den Fingerspitzen nach dem Messer, zog die Hand aber sofort und mit einem schmerzhaften Verziehen der Lippen wieder zurück. Trotzdem sagte sie: »So schlecht finde ich es gar nicht.« Sie wandte sich mit einem fragenden Blick an Achk, den der Blinde zwar nicht sehen konnte, aber irgendwie zu spüren schien, denn er drehte das verbrannte Gesicht in ihre Richtung und sah sie aus seinen erloschenen Augen an.

»Wie lange hast du gebraucht, um dein erstes Messer zu schmieden?«

Achk antwortete nicht darauf, aber Lea schien damit auch nicht wirklich gerechnet zu haben, denn sie drehte sich fast augenblicklich zu Sarn um und fuhr fort: »Bestimmt länger als ein paar Tage, nehme ich an.«

Sarn machte ein abfälliges Geräusch. »Du bist verrückt. Bereitet es dir Freude, diese armen Menschen zu quälen?«

»Es bereitet mir Freude, ihnen eine Gelegenheit zu geben«, antwortete Lea mit einem dünnen Lächeln. »Und eurem Dorf auch. Ihr braucht doch einen neuen Schmied, oder?«

»Nachdem du uns den alten genommen hast, ja.« Sarn wurde plötzlich zornig. Mit einer wütenden Geste stocherte er nach Achks verbranntem Gesicht. »Reicht dir nicht, was du ihm angetan hast? Musst du ihn auch noch zum Gespött des ganzen Dorfes machen? Oder wartest du auf seinen Tod?«

Er machte eine weitere, wütende Handbewegung, die diesmal aber nicht Lea oder dem blinden Mann galt, sondern den Umstehenden. »Genug, sage ich. Lasst diese armen Menschen in Ruhe!«

»Warum fragst du sie nicht, ob sie in Ruhe gelassen werden wollen?«, entgegnete Lea. »Kron, glaubst du, dass ihr es schafft?«

Kron zog ein missmutiges Gesicht und warf einen noch missmutigeren Blick auf das kümmerliche Ergebnis seines ersten Versuchs, die Schmiedekunst zu erlernen, aber schließlich nickte er – und zu Arris Überraschung grunzte nach einem weiteren Moment auch Achk eine widerwillige Zustimmung.

»Dann ist es wohl entschieden«, sagte Lea. »Achk ist ein guter Schmied. Sein Wissen ist unersetzlich für euch alle. Ihr könnt es euch nicht leisten, es verloren gehen zu lassen. Blind ist er euch nicht mehr von Nutzen, aber Kron kann für ihn sehen. Er wird Achks Augen sein, und Achks Hände werden seinen verlorenen Arm ersetzen.«

»Das ist verrückt«, beharrte der Schamane. »Und es ist nicht der Wille der Götter.«

»Das haben sie dir gesagt, nehme ich an?«, fragte Lea.

Sarn presste die rissigen Lippen aufeinander und funkelte sie an, und auch Lea selbst schien zu spüren, dass sie damit vielleicht ein bisschen zu weit gegangen war, denn sie beeilte sich, sich wieder zu Achk umzudrehen und zu fragen: »Du hast jetzt fünf Tage mit Kron gearbeitet. Glaubst du, dass du ihn deine Kunst lehren kannst?«

»Wenn er lernt, seine Kraft im Zaum zu halten«, nörgelte Achk. Er drehte das Gesicht in die Richtung, in der er Kron vermutete. »Er ist ein grober Klotz, aber er wird es schon lernen.«

»Und du bist verrückt, alter Mann«, sagte Sarn, was Arri einigermaßen komisch verkam, denn schließlich war er ein gutes Stück älter als Achk. »Vielleicht kannst du ihn ja lehren, den Hammer zu schwingen und deine Werkstücke krumm zu schlagen, aber wer wird deine Formen herstellen? Wer wird die Feinarbeiten vornehmen? Du, ohne etwas zu sehen, oder er, mit nur einer Hand? Mach dich nicht lächerlich!«

Kron wollte auffahren, aber Lea brachte ihn mit einem mahnenden Blick zum Verstummen und legte dem blinden Schmied zugleich beruhigend die Hand auf die Schulter. Achk fuhr sichtlich zusammen. Seit er blind war, hasste er es, ohne Vorankündigung angefasst zu werden.

»Du wolltest einen Beweis, dass es möglich ist«, fuhr Lea fort, noch immer erstaunlich ruhig und nun wieder direkt an den Schamanen gewandt. Das Bronzemesser war inzwischen offenbar weit genug abgekühlt, dass sie es in der Hand halten konnte, ohne sich zu verbrennen, denn sie nahm die krumm gebogene Klinge zwischen Daumen und Zeigefinger der rechten Hand und hielt sie fast triumphierend in die Höhe.

»Ihr seht es«, rief sie mit leicht erhobener Stimme. »Es ist nicht vollkommen, aber ein Anfang ist gemacht. Warum es also nicht weiter versuchen?«

»Unsinn!« Sarn stampfte wütend mit seinem Stock auf. »Ich werde nicht tatenlos zusehen, wie du unser Dorf zum Gespött des ganzen Landes machst!«

Es fiel Arris Mutter jetzt sichtlich immer schwerer, ruhig zu bleiben. Vielleicht gelang es ihr tatsächlich nur, weil sie ebenso deutlich wie Arri und alle anderen hier spürte, dass Sarn sie um jeden Preis zum Äußersten treiben wollte.

»Ich habe nichts dergleichen vor«, sagte sie ruhig. Ihre Finger begannen mit dem Messer zu spielen; vielleicht weil die Klinge doch noch zu heiß war, um sie länger als ein paar Augenblicke ruhig zu halten, vielleicht auch aus einem ganz anderen Grund.

»Es ist doch ganz einfach, Sarn. Ihr habt keinen Schmied. Von den drei Jägern, die es im Dorf gab, ist einer tot und der andere verkrüppelt. Ihr habt drei wichtige Mitglieder eurer Gemeinschaft verloren und dafür zwei zusätzliche Mäuler zu stopfen. Was habt ihr zu verlieren, wenn ihr bis zum nächsten Frühjahr wartet und seht, ob sie lernen zusammenzuarbeiten? Vor dem nächsten Frühling werdet ihr ohnehin niemanden finden, der hierher kommt, um Achks Platz einzunehmen. Wenn überhaupt«, fügte sie nach einer winzigen und – Arri war sicher, genau berechneten – Pause hinzu. »Ein halbes Jahr, Sarn, ein Winter, in dem nach der reichen Ernte dieses Jahres wohl kaum jemand Hunger leiden wird. Ist das zu viel verlangt für zwei Männer, die ihr Leben für euch alle eingesetzt haben?«

Der Schamane machte eine Bewegung, wie um abermals mit seinem Stock aufzustampfen, aber dann beließ er es bei einem letzten, verächtlichen Blick und stapfte davon. Ein gut Teil der Neugierigen, die gekommen waren, um Leas Niederlage mit anzusehen, folgte ihm, aber etliche blieben auch; vielleicht die, die gekommen waren, um Zeuge von *Sarns* Niederlage zu werden. Seltsamerweise stimmte dieser Gedanke Arri nicht froh, obwohl er es eigentlich sollte.

»Es wird nicht funktionieren«, sagte Kron plötzlich; allerdings erst, nachdem der Schamane und seine Begleiter sich ein gutes Stück entfernt hatten, und auch dann so leise, dass niemand außer Arri, ihrer Mutter und dem Blinden die Worte hören konnte. Er klang auf eine Weise niedergeschlagen und zornig zugleich, die Arri bei einem Mann wie ihm niemals erwartet hätte.

Auch ihre Mutter wirkte überrascht. Sie sagte jedoch nichts, sondern musterte den einarmigen Jäger nur einen Moment lang abschätzend und drehte sich dann mit einer abrupten Bewegung zu dem knappen Dutzend Männer und Frauen um, die vor der Hütte zurückgeblieben waren.

»Es gibt hier nichts mehr zu sehen«, sagte sie scharf. »Ihr könnt gehen. Es sei denn, ihr wollt bleiben und Achk helfen, seine Hütte wieder herzurichten.«

Die Hälfte der Neugierigen entfernte sich sofort und die andere Hälfte, nachdem Lea sie nacheinander scharf angesehen hatte. Auch dann blickte sie ihnen noch einen Moment lang aufmerksam hinterher, bis sie sicher war, dass sie auch tatsächlich gingen, und wandte sich schließlich mit einem flüchtigen Lächeln wieder zu Kron um.

»Das wirkt immer. Du musst den Menschen nur sagen, dass du Freiwillige für eine unliebsame Arbeit suchst, und schon haben sie alle plötzlich etwas furchtbar Wichtiges zu tun.« Sie wurde übergangslos wieder ernst, und ihre Stimme gewann ebenso an Schärfe wie ihr Blick an Härte. »Ich will einen solchen Unsinn nicht noch einmal hören. Wenigstens nicht, solange Sarn oder einer der anderen in der Nähe ist.«

»Aber er hat Recht«, sagte Kron düster. »Ich kann das nicht. Ich werde es nie können.« Er streckte den Arm aus, nahm Lea den grifflosen Bronzedolch aus der Hand und drückte ihn dann in seiner gewaltigen Pranke zusammen, ohne sich dabei übermäßig anstrengen zu müssen. Lea zog erstaunt die Augenbrauen hoch.

»Die Legierung ist zu weich«, sagte sie.

»Zu weich?« Achks Hände tasteten mit erstaunlicher Zielsicherheit in Krons Richtung, wanderten wie dürre, knochenbeinige Spinnen an seinem Arm hinauf und rissen ihm den Dolch regelrecht aus den Fingern. »Zeig her!«

»Achk«, sagte Lea. »Das ist doch nicht weiter ...«

»Sie hat Recht«, keifte Achk. »Es ist zu weich! Du hast zu viel Zinn in die Mischung getan! Du Dummkopf! Ich habe es dir hundertmal gesagt, aber du hast nicht zugehört! Die Legierung war falsch! Kannst du Dummkopf denn gar nichts richtig machen?«

Lea warf ihm einen scharfen Blick zu, den Achk natürlich nicht sehen konnte – und hätte er ihn gesehen, vermutete Arri, so wäre er ihm herzlich egal gewesen –, aber Krons Miene wurde noch mürrischer.

»Du tölpelhafter, grober Kerl!«, schimpfte er weiter. »Warum hast du nicht einfach getan, was ich dir aufgetragen habe?«

»Achk!«, sagte Lea scharf. »Das reicht jetzt!«

»Aber er hat doch Recht«, sagte Kron niedergeschlagen. »Ich kann das nicht. Ich bin Jäger, kein Schmied. Ich werde das nie lernen.«

»Willst du den Rest deines Lebens auf die Mildtätigkeit anderer angewiesen sein?«, fragte Lea. »Oder – schlimmer noch – in der Angst leben, dass die Ernte einmal nicht so reich ausfällt wie in diesem Jahr, die Jäger das Jagdglück verlässt und man so mit euch verfährt, wie das früher hier üblich war, und euch als Hungerleider mit Schimpf und Schande aus dem Dorf jagt?«

»Aber er hat Recht!«, sagte Kron noch einmal. »Wir haben es versucht, doch ich kann es nicht. Und ich werde es auch nie lernen. Solche Dinge sind nichts für mich. Ich kann Spuren lesen. Ich kann mich an einen Hirsch heranpirschen, ohne dass er mich bemerkt, und ich kann einen Eber in vollem Lauf mit dem Pfeil treffen ...« Er brach ab, biss sich auf die Unterlippe und starrte mit leerem Blick auf seinen Armstumpf hinab, bevor er mit leiserer, zitternder Stimme fortfuhr: »... oder konnte es einmal. Das ist nichts für mich. Sarn hat Recht. Ich werde es nie lernen. Am Ende werden alle über mich lachen, und dann werden sie mich eines Tages sowieso aus dem Dorf jagen.«

Arri bemerkte aus den Augenwinkeln, wie ihre Mutter zu einer scharfen Entgegnung ansetzte – Geduld hatte niemals zu ihren Tugenden gehört –, aber sie kam ihr zuvor. »Du warst der beste Jäger, den dieser Stamm je hatte, nicht wahr?«, fragte sie.

Krons Blicke wurde noch mürrischer. »Du sagst es, Mädchen. Ich *war* es. Und dass ich nicht mehr jagen kann, ist nicht nur für mich schlimm, sondern für uns alle. Es bedeutet, dass das Dorf weniger frisches Fleisch auf den Tisch bekommen wird.«

»Du hast deinen Arm verloren, nicht dein Wissen«, antwortete Arri. »Du könntest es mir beibringen. Zeig mir alles, was du weißt. In ein paar Tagen kann ich sicher auf die Jagd gehen und ebenso erfolgreich sein wie du.«

Kron starrte sie fassungslos an. »Du weißt ja nicht, was du redest, du dummes Kind. In ein paar Tagen? Nicht einmal in einem Jahr könnte ich dich auch nur einen Bruchteil von dem lehren, was du wissen musst, um erfolgreich auf die Jagd zu gehen.«

»Und wieso glaubst du dann, du müsstest in wenigen Tagen alles verstehen, was Achk dir beibringen kann?«, fragte Lea sanft.

Kron starrte sie an, dann Arri und schließlich wieder sie. Dann schüttelte er erneut den Kopf. »Weibergewäsch. Sarn hat Recht. Ihr redet und redet, bis einem schon vom Zuhören der Kopf schwirrt und man euch am Ende alles verspricht, nur damit ihr Ruhe gebt!«

»Oh, so funktioniert das«, sagte Lea belustigt. »Warum hast du mir das nicht schon längst verraten?«

Kron blieb ernst. »Sarn hat Recht«, sagte er noch einmal. »Man kann euch nicht trauen. Ihr treibt ein grausames Spiel mit mir.«

Und damit wandte er sich um und ging mit hängenden Schultern davon.

»Wo geht er hin?«, krächzte Achk. Seine blinden Augen bewegten sich unruhig hin und her. »Was tut er? Wohin geht er?«

»Fort«, antwortete Lea. »Aber mach dir keine Sorgen. Er kommt zurück. Spätestens in zwei Tagen.«

11) Es dauerte nicht zwei, sondern fünf Tage, in denen es nach den letzten heißen Sommertagen fast ununterbrochen regnete, aber am Schluss *kam* Kron zurück, und Achk nahm seine unterbrochene Ausbildung wieder auf, und damit wurde alles nur noch schlimmer. Arri selbst bekam kaum etwas davon mit, denn ihre Mutter verbot ihr nicht nur strengstens, das Dorf zu betreten und mit irgendeinem anderen außer ihr zu reden, sondern sogar die Hütte – außer in ihrer Begleitung – zu verlassen, und obwohl Arri über die Ungerechtigkeit und Willkür dieses Verbots aufs Äußerste empört war, hielt sie sich daran. Dennoch hätte sie schon blind sein müssen, um nicht zu spüren, wie die Stimmung im Dorf allmählich umschlug. Es war nicht so, dass jemand etwas gesagt oder sie oder ihre Mutter gar angegriffen hätte, doch Lea wurde immer wortkarger und abweisender, wenn sie Abends tropfnass wie eine streunende Wildkatze zurückkam und Arri sie fragte, was sie erlebt hatte, und bei den seltenen Gelegenheiten, bei denen sie ihr gestattete, sie ins Dorf zu begleiten, konnte sie die Feindseligkeit, die ihnen entgegenschlug, mehr als deutlich spüren.

Zweifellos steckte Sarn dahinter. Lea weigerte sich beharrlich, auf jede entsprechende Frage zu reagieren, aber die Blicke, die ihnen die Menschen aus dem Dorf zuwarfen – oder eben auch gerade nicht –, sprachen ihre eigene, sehr deutliche Sprache. Was Arri spürte, war zwar noch weit von blankem Hass entfernt, aber es ging deutlich über die unterschwellige Ablehnung und das niemals ganz erloschene Misstrauen allen Fremden gegenüber hinaus, die Arri bereits zur Genüge kennen gelernt hatte. Etwas änderte sich, und es war keine Veränderung zum Guten.

Das Einzige, was sich nicht änderte, waren ihre heimlichen Ausflüge in den Wald, bei denen sie trotz der zunehmenden nächtlichen Kälte statt sorgfältig geschnürter Fußlappen nur leichte Sandalen trug, und die auch nur mit Widerwillen, da ihr Barfußlaufen immer noch am liebsten war. Nachdem ihre Mutter ihr verboten hatte, die Hütte zu verlassen, verbrachte sie ihre Tage außer mit den alltäglichen Verrichtungen wie der Pflege ihres Gartens und dem notdürftigen Flicken ihrer zerrissenen Sommerbluse mit nichts anderem, als eine neue Grasmatratze als Ersatz für die von Rahn entweihte und zuvor von Krons Blut besudelte zu fertigen. Ohne viel zu zögern, schob sie mit Beendigung ihrer Arbeit die alte Matratze im wahrsten Sinne des Wortes ihrer Mutter unter – zu ihrer Enttäuschung, ohne dass diese es überhaupt bemerkte.

Ihr Groll darüber währte allerdings nicht lange. Wie ihre Mutter es durchhielt, sich nahezu den ganzen Tag um Kron und den blinden Schmied zu kümmern, die Kranken und Verletzten des Dorfes zu versorgen, sich Rahns Nachstellungen zu erwehren (wenn auch nicht immer; das schien ein Teil ihrer Abmachung zu sein, auch wenn Arri sich hütete, sie danach zu fragen), nebenbei auch noch all ihren anderen Pflichten und unterschiedlichen Aufgaben nachzukommen und noch jede Nacht mit ihr hinaus in den Wald zu gehen, um ihre Ausbildung fortzusetzen, war ihr ein Rätsel. Aber sie tat es, und was Arri schon vorher und nicht unbedingt angenehm aufgefallen war, wurde noch deutlicher: Sobald sie – meist kurz nach dem Nachtzenit – die Hütte verließen und sich auf den Weg zur Quelle auf der Lichtung machten, schien aus ihrer Mutter eine vollkommen andere Person zu werden. Ihre Fahrigkeit und ihr übellauniges, abweisendes Wesen waren dahin, und sie wurde zu einer geduldigen, wenn auch strengen Lehrerin.

Auf diese Weise vergingen zehn oder zwölf Tage, in denen Arri zwar viel und begierig lernte, sich zugleich aber immer größere Sorgen um ihre Mutter machte. In Leas Gesicht waren jetzt dunkle Linien und Schatten, die jeden Tag ein wenig tiefer zu werden schienen und die es vorher noch nicht gegeben hatte, und ihre Bewegungen verloren mehr und mehr von ihrer natürlichen Anmut und wurden abgehackt und fahrig. Sie wurde nicht nur immer unduldsamer, sondern machte auch Fehler, was sie früher nie getan hatte, und wenn sie nicht gemeinsam draußen im Wald waren, wurde sie noch wortkarger und abweisender, obwohl Arri nicht verborgen blieb, dass Kron und sein blinder Lehrmeister ganz offensichtlich gute Fortschritte machten. Die heruntergekommene Hütte am Wegesrand, die bisher einfach nur ein Schandfleck für das ganze Dorf gewesen war, wurde von Rahn wieder aufgebaut, stabiler und größer, als sie jemals ausgesehen hatte, und aus dem Rauchabzug im Dach drang jetzt fast ununterbrochen grauer, scharf riechender Qualm.

Manchmal konnte man den roten Feuerschein des Schmelzofens bis tief in die Nacht hinein durch die Ritzen der Wände schimmern sehen. Arri stellte zwei- oder dreimal eine entsprechende Frage, bekam aber – wenn überhaupt – nur abweisende Antworten und gab es schließlich auf. Ihre Mutter drückten schwere Sorgen, so viel zumindest war ihr klar, und sie war nicht sicher, ob diese nur mit ihrem Streit mit dem Schamanen und dem verrückten Vorhaben zu tun hatten, aus zwei halben Männern wieder einen ganzen zu machen, oder ob da vielleicht nicht noch etwas anderes war.

Doch es gab auch schöne Momente. Allein zweimal in diesen Tagen besuchten sie Nachtwind und seine Herde, und vielleicht waren diese wenigen kostbaren Augenblicke die einzigen in all dieser Zeit, in denen ihre Mutter wirklich glücklich war; und vielleicht sogar zum letzten Mal in ihrem ganzen Leben, wie Arri später – aber dennoch viel, viel zu früh – einmal begreifen sollte.

Arri fand die Vorstellung immer noch ziemlich kindisch, ein Tier, selbst ein so beeindruckendes wie den riesigen schwarzen Hengst, nicht nur als seinen Freund zu betrachten, sondern auch noch mit ihm zu sprechen wie mit einem Menschen, aber sie wollte ihrer Mutter die Freude nicht verderben, und so nahm sie sich fest vor, einfach mitzuspielen und zumindest so zu tun, als erginge es ihr genauso.

In Wahrheit gelang es ihr selbst nicht, sich der Faszination dieser herrlichen Tiere zu entziehen. Sie *redete sich ein*, mit Nachtwind und den anderen Pferden herumzutollen, um ihrer Mutter einen Gefallen zu tun, aber in Wahrheit genoss sie es mindestens ebenso sehr wie Lea. Vor allem Sturmwind hatte es ihr angetan – oder sie es der schwarz-weißen Stute, so genau vermochte sie das nicht zu sagen. Ganz wie bei ihrem ersten Zusammentreffen mit der Herde suchte die Stute nicht nur eindeutig ihre Nähe, sondern stupste sie immer wieder mit ihrer weichen Schnauze an, als wollte sie sie tatsächlich zum Spielen herausfordern.

Als sie das dritte Mal zu den Pferden kamen, wartete Sturmwind bereits auf sie, und diesmal musste sie sich kaum noch verstellen, um so zu tun, als bereite es ihr Freude, sich dem Tier zu widmen. Ihre Mutter enthielt sich zwar jeder Bemerkung, aber Arri entgingen die wohlwollenden Blicke nicht, die sie ihr immer wieder zuwarf. Anscheinend war es ihr wenigstens gelungen, ihrer Mutter eine Freude zu machen.

Doch sie kamen nicht nur den weiten Weg hier heraus, um mit der Herde zu spielen. Arri lernte eine Menge über die Tiere, nicht nur über Nachtwind und seine Herde, sondern über Pferde überhaupt, ihre Aufzucht und Pflege und ihre besonderen Charaktereigenschaften, und hätte sie es nicht schon längst gewusst, so hätte ihr spätestens der Ausdruck in den Augen ihrer Mutter klargemacht, wie glücklich sie in diesen wenigen Augenblicken war. Sie erzählte nicht bloß von Pferden im Allgemeinen, sondern auch von dem Tier, das sie selbst als Kind gehabt hatte, und so – vielleicht sogar, ohne dass sie es wollte – erzählte sie Arri auf diese Weise mehr über ihr früheres Leben, als sie es in all der Zeit zuvor freiwillig getan hatte. Arri hörte gebannt zu und hing nur so an ihren Lippen. Ihre Mutter hatte seit jener ersten Nacht im Wald nie wieder von ihrem früheren Leben und ihrer Heimat gesprochen und war auch allen direkten Fragen Arris beharrlich ausgewichen.

Sie befanden sich auf dem Rückweg und waren gar nicht mehr weit vom Dorf entfernt, als Arri all ihren Mut zusammennahm und sie schließlich die Frage stellte, die ihr schon so lange auf der Seele brannte. Es war tief in der Nacht. Wie jedes Mal, wenn sie bei den Pferden gewesen waren, war der Nachtzenit schon längst überschritten, und sie würden dem nächsten Morgen näher sein als dem vergangenen Abend, bis sie endgültig nach Hause kamen. Immerhin hatten sie den schwierigeren Teil des Weges bereits hinter sich gebracht und gerade die Quelle passiert, sodass sie nun ein wenig besser vorwärts kamen. Lea schritt mit einem hörbar erleichterten Seufzer rascher aus, kaum dass sie die Lichtung hinter sich gelassen hatten, und Arri schlang den schweren wollenen Umhang, den sie gleich ihrer Mutter um die Schultern geworfen hatte, zwar fröstelnd enger zusammen, versuchte aber gleichzeitig auch, ihre Schritte noch ein wenig mehr zu beschleunigen.

Der Sommer war endgültig vorbei, und auch wenn die Sonne sich tagsüber noch mit einem Übermaß an Wärme und klarer Helligkeit fast trotzig gegen das Unvermeidliche aufzulehnen schien, so wurde es doch nach Einbruch der Dunkelheit empfindlich kühl. Jetzt, in der kältesten Zeit der Nacht, konnte sie ihren Atem bereits als grauen Dampf vor dem Gesicht aufsteigen sehen. Die Luft legte sich wie ein dünner, eisiger Film auf ihre Haut, und Kälte und Feuchtigkeit krochen langsam, aber auch beharrlich durch ihre Kleider. Gar nicht mehr lange, dachte sie missmutig, und sie würde ebenso durchnässt sein, als wäre sie in ihren Kleidern ins Wasser gefallen. Sie sollten sich besser beeilen, nach Hause zu kommen, bevor sie am Ende noch beide krank wurden.

Dennoch blieb ihre Mutter nach einem knappen Dutzend weiterer, rascher Schritte stehen, legte fast erschrocken den Kopf auf die Seite und lauschte einen Moment lang sichtbar konzentriert. Auch Arri verhielt mitten im Schritt und sah gebannt zu ihrer Mutter hin. Sie sagte nichts, aber deren angespannte Haltung entging ihr so wenig wie die fast unmerkliche Bewegung, mit der ihre rechte Hand unter den Umhang glitt. Arri wusste, dass sie dort ihr Schwert trug. Seit Grahls und Sarns unangekündigtem nächtlichen Besuch nahm sie die Waffe immer mit, wenn sie die Hütte verließ. Arri gegenüber hatte sie behauptet, sie täte es aus Furcht, das Schwert könne ihr gestohlen werden, und sicherlich entsprach das auch zu einem Teil der Wahrheit – aber vielleicht eben nur zu einem Teil, und möglicherweise auch nur zu einem kleinen Teil.

»Was hast du?«, fragte sie.

Sie hatte im Flüsterton gesprochen, doch ihre Mutter hob so erschrocken die Hand, dass Arri fast schuldbewusst zusammenfuhr, und drehte sich dann langsam mit geschlossenen Augen und schräg gelegtem Kopf einmal um sich selbst. Sie lauschte konzentriert, und Arri tat dasselbe. Alles, was sie hörte, waren das erschrockene Klopfen ihres Herzens und die gedämpften Geräusche des nächtlichen Waldes. Aber nur, dass *sie* nichts hörte, bedeutete nicht, dass da auch tatsächlich nichts war.

»Ist ... irgendetwas nicht in Ordnung?«, fragte sie schließlich, als ihre Mutter die Augen zwar wieder öffnete, aber keine Anstalten zu irgendeiner Erklärung machte und auch der Ausdruck auf ihrem Gesicht weiter so besorgt und angespannt blieb.

Lea schüttelte den Kopf. Ihre rechte Hand kroch wieder unter dem Umhang hervor. »Nein. Ich dachte, ich hätte etwas gehört, aber ich muss mich wohl getäuscht haben.« Sie schüttelte noch einmal und heftiger den Kopf, und auf ihrem Gesicht erschien nun ein ärgerlicher Ausdruck, von dem Arri allerdings fast sicher war, dass er ihr selbst galt. »Ich sehe allmählich wohl schon Gespenster.«

Sie straffte die Schultern, wie um ihren Weg fortzusetzen, machte aber nur einen einzigen Schritt und blieb dann abermals stehen. Sie hatte sich ausgezeichnet in der Gewalt. Der Ausdruck auf ihrem Gesicht blieb unverändert, und auch ihre rechte Hand machte jetzt nicht mehr diese verräterische Bewegung, aber Arri sah trotzdem, dass der Anteil von Sorge in ihrem Blick eher noch größer geworden war. Plötzlich musste sie wieder an den Fremden denken, den sie getroffen hatte (und zwar, ob das nun Zufall war oder nicht, nahezu genau an dieser Stelle), und mit einem Mal hatte auch sie das Gefühl, dass sie nicht mehr allein waren. Jemand beobachtete sie.

Aber das konnte nicht sein, versuchte sie sich selbst in Gedanken zu beruhigen. Ganz egal, wie geschickt dieser mögliche Beobachter auch im Anschleichen und Heranpirschen sein mochte, Arri wusste, dass den scharfen Sinnen ihrer Mutter nicht der geringste verräterische Laut entgangen wäre.

»So geht das nicht weiter«, seufzte ihre Mutter.

»Was?«, fragte Arri, obwohl sie sicher war, dass die Worte nicht ihr gegolten hatten.

Ihre Mutter antwortete denn auch nicht, sondern warf ihr nur einen seltsamen Blick zu und ging dann weiter, blieb aber nach wenigen Schritten schon wieder stehen und hob den Kopf, diesmal aber nicht, um sich erschrocken umzusehen. Für eine geraume Weile blickte sie konzentriert in den Himmel hinauf, der durch eine Lücke im Blätterdach über ihren Köpfen an dieser Stelle besonders deutlich zu sehen war. Die Nacht war vollkommen wolkenlos, und da der Mond zu einer kaum noch kleinfingerbreiten, blassen Sichel zusammengeschmolzen war, schienen die Sterne doppelt hell und klar über ihnen am Firmament zu funkeln; wie unzählige winzige Augen, die aufmerksam auf sie herabblickten.

Eine geraume Weile stand sie einfach so da und sah zu den Sternen hinauf, und zumindest am Anfang tat Arri es ihr gleich. Ihre Mutter hatte sie auch einiges über die Sterne gelehrt. Sie hatte ihr erzählt, dass manche von ihnen Namen hatten und dass sie den Seefahrern ihres Volkes dabei geholfen hatten, ihren Weg durch die unendlichen Einöden des Meeres zu finden, und vor allem auch immer wieder unbeschadet nach Hause zu kommen. Arri hatte sich ehrliche Mühe gegeben, diesem Gedanken zu folgen, aber es war ihr nicht wirklich gelungen. Für sie waren diese winzigen funkelnden Lichter eben nichts mehr als funkelnde Lichter, und wenn sie darüber hinaus eine weitere, geheimnisvolle Bedeutung hatten, so hatte sie sich ihr zumindest bis jetzt noch nicht erschlossen.

»Komm her.« Lea forderte sie mit einer Handbewegung auf, an ihre Seite zu treten. Gleichzeitig hob sie den rechten Arm und deutete steil in den Himmel hinauf. Arris Blick folgte der Geste, aber sie erkannte dort nichts weiter als wahllos verstreute, glitzernde Punkte; wie Eiskristalle auf schwarzem Stein, oder auch die Augen teilnahmsloser Götter, die seit Anbeginn der Zeit auf die Erde herabblicken.

»Siehst du diese Sterne?«, fragte Lea.

Arri nickte, aber auf ihrem Gesicht musste sich wohl ein Ausdruck ziemlicher Verständnislosigkeit ausbreiten, denn ihre Mutter lachte plötzlich. Dann legte sie Arri den Arm um die Schultern, zog sie dicht an sich heran und deutete abermals mit der freien Hand nach oben. »Diese dort«, sagte sie. Arri versuchte es ehrlich, aber für sie blieben es bedeutungslose kalte Punkte. »Dort oben«, fuhr Lea fort. »Siehst du, genau dort, wo mein Finger hindeutet. Diese kleine Gruppe. Sie bilden fast einen Kreis, mit einem einzelnen, besonders hellen Stern in der Mitte.«

Arri tat ihr Möglichstes, und schließlich glaubte sie zumindest, diese ganz spezielle Konstellation zu sehen, auf die ihre Mutter sie aufmerksam zu machen versuchte. Aus irgendeinem

Grund schien sie für sie von besonderer Bedeutung zu sein. Arri nickte.

Der Blick ihrer Mutter bekam etwas Zweifelndes, als frage sie sich, ob Arri vielleicht einfach nur mitspielte, um ihr einen Gefallen zu tun. Aber dann wiederholte sie ihr Nicken und fuhr fort: »Ganz egal, was auch passiert, merk dir diese Sterne. Wenn du sie wieder findest, dann hast du immer einen Anhaltspunkt für deine Orientierung, wo auch immer auf der Welt du dich gerade aufhältst.«

Sie nahm den Arm von Arris Schulter, griff mit der anderen Hand unter ihren Umhang und zog das Schwert hervor. »Hier. Schau.«

Vorsichtig, um sich nicht an der scharfen Klinge zu schneiden, ergriff sie das Schwert mit beiden Händen und hielt es so ins Licht, dass der silbrige Schein, der durch die Lücke im Blätterdach fiel, den Griff und vor allem den reich verzierten Knauf an seinem Ende beleuchtete. »Siehst du es?«

Arri sah im allerersten Moment nichts anderes als das, was sie schon unzählige Male zuvor gesehen hatte – solange sie sich zurückerinnern konnte, hing dieses Schwert an der Wand in ihrer Hütte, und sie hatte es schon so oft gesehen, dass sie bereits seit Jahren eigentlich nicht mehr wirklich hinschaute. Früher hatte sie sich manchmal den Kopf über die Bedeutung des komplizierten Musters in dem verzierten Knauf zerbrochen, es aber irgendwann einmal aufgegeben; vermutlich besagte die Anordnung aus unterschiedlich großen Kreisen und Sicheln, die in blitzendem Gold in den dunkelgrünen Stein des Knaufs eingelassen war, überhaupt nichts, sondern diente nur der Zierde. Jedenfalls hatte sie das bisher geglaubt. Nun aber – wenn auch erst, nachdem ihre Mutter abermals mit dem Finger in den Himmel und dann auf den wuchtigen Schwertknauf gedeutet hatte – fiel ihr plötzlich etwas auf. Sie sah in den Himmel empor, runzelte konzentriert die Stirn, blickte dann wieder auf den Schwertknauf, sah noch einmal in den Himmel und schließlich wieder auf den grünen, mit goldenen Kreisen bedeckten Stein.

»Das ... das sind dieselben Sterne«, murmelte sie überrascht. Ihre Mutter nickte und sah sehr zufrieden aus, doch Arri fuhr nach einem weiteren, aufmerksamen Blick in den Himmel hinauf fort: »Aber es sind zu viele.«

»Nein«, erklärte ihre Mutter kopfschüttelnd. »Es sind sieben. Siehst du?« Ihr deutender Finger folgte ihren Worten. »Diese sechs hier bilden einen fast regelmäßigen Kreis, und der siebte, größte, ist genau in der Mitte. Es sind die Plejaden. Merke dir diesen Namen, auch wenn du vielleicht irgendwann einmal der einzige Mensch auf der Welt sein wirst, der ihn noch kennt.«

Das galt vielleicht für die winzigen, goldenen Abbilder der ruhig funkelnden Götteraugen dort oben am Himmel, aber nicht für die Sterne selbst. Arri sah noch einmal und jetzt mit höchster Konzentration hin, aber es blieb dabei. »Es sind nur fünf«, beharrte sie.

»Fünf, die man sofort sehen kann«, erwiderte Lea mit einem matten Lächeln und einem irgendwie sanft wirkenden Kopfschütteln. »Aber es sind sieben, glaub mir. Dort oben ist der Sitz der Götter, und von dort aus sehen sie uns zu und wachen über unser Schicksal.«

Arris Verunsicherung stieg noch weiter. Ihre Mutter sprach sehr selten über die Götter, und wenn, dann tat sie es zumindest mit bitterer Stimme, in der immer ein leiser, aus einem niemals ganz überwundenen Zorn geborener Vorwurf mitschwang, wenn sie nicht gleich ganz offen mit ihnen haderte; und doch spürte sie, dass die Worte in diesem Moment nicht einfach nur so dahingesagt waren. Viel mehr war da plötzlich etwas in ihrer Stimme – und auch auf ihrem Gesicht –, was Arri ein kurzes Frösteln über den Rücken laufen ließ. Sie hätte nicht geglaubt, dass ihre Mutter überhaupt zu einer solchen Empfindung fähig wäre, und doch spürte sie die Ehrfurcht, die sie plötzlich ergriffen hatte, aber auch etwas wie eine stille, resignierende Trauer; als spräche sie über etwas unglaublich Kostbares, das sie verloren hatte und von dem sie wusste, dass sie es nie wieder zurückerlangen konnte.

»Die Götter?«, wiederholte sie. »Aber ich dachte, du glaubst nicht an sie?«

»Vielleicht glauben sie ja noch an mich«, erwiderte Lea traurig. »Und vielleicht will ich nur nicht mehr an sie glauben.«

»Weil sie dir so viel genommen haben?«

»Ich habe es versucht«, antwortete Lea, ohne damit wirklich auf ihre Frage zu antworten. Ihr Blick war wieder nach oben gerichtet, doch Arri hatte das Gefühl, dass ihre Mutter dort etwas vollkommen anderes sah als sie. »Es ist mir nicht gelungen. Vielleicht bin ich zu schwach. Vielleicht sind die Menschen auch dazu verdammt, an etwas wie die Götter zu glauben. Vielleicht ist auch einfach nur die Vorstellung unerträglich, dass es sie nicht gibt.«

»Warum?«, fragte Arri verstört. »Wieso willst du an etwas glauben, das du doch eigentlich hasst?«

»Weil es leichter ist, etwas zu haben, dem man die Schuld geben kann«, antwortete Lea fast im Flüsterton. Bildete es sich Arri nur ein, oder schimmerten plötzlich Tränen in ihren Augen? »Wenn da oben nichts ist, Arianrhod, wozu sind wir dann hier? Wenn das alles hier keinem höheren Ziel dient, wozu gibt es uns dann?«

Es war keine Frage, auf die ihre Mutter wirklich eine Antwort erwartet hätte, das spürte sie, und doch zerbrach Arri sich für einen Moment den Kopf darüber, was sie darauf sagen könnte. Ihre Mutter kam ihr zuvor, indem sie den Blick mit einem Ruck von den kalt blitzenden Diamantsplittern oben am Nachthimmel losriss und sich zu einem Lächeln zwang.

»Du hast mich gefragt«, fuhr sie nach einer spürbaren Pause und in verändertem, aber gefasstem Ton fort, »warum dieses Schwert so wertvoll für mich ist.«

»Weil es das Einzige ist, was du aus deiner Heimat mitgebracht hast«, antwortete Arri, »und weil es eine mächtige Waffe ist, der nichts widersteht.«

Ihre Mutter lächelte, als hätte sie etwas sehr Dummes gesagt, was sie aber nicht besser wissen konnte. Sie nickte zwar, sagte dann aber: »Nein. Jede Waffe ist immer nur so mächtig wie derjenige, der sie führt. Du hast Recht – dieses Schwert ist das Einzige, was ich mitbringen konnte, aber es ist nicht nur ein bloßes Erinnerungsstück, und es ist sehr viel mehr als nur eine Waffe.«

Sie drehte das Schwert behutsam auf der Handfläche herum, sodass Arri nun die Rückseite des Knaufes sehen konnte. Sie unterschied sich von der vorderen. Auch sie bestand aus dunkelgrünem Stein, der mit goldenen Einlegearbeiten verziert war, kleine Punkte, Striche und Halbkreise, die sich jedoch in einer vollkommen anderen Anordnung darboten als auf der vorderen Seite. »Dieses Schwert wird eines Tages dir gehören, Arianrhod. Es ist dein Erbe; vielleicht das Kostbarste, was jemals einem Menschen hinterlassen worden ist. Es ist nicht die Schärfe seiner Klinge, die es so wertvoll macht, auch wenn sie alles zerschmettern kann, was die Menschen in diesem Land dagegen aufbieten könnten. Aber dies hier ist sein wahres Geheimnis.«

»Das verstehe ich nicht«, sagte Arri.

Lea nickte verständnisvoll. »Und wie auch? Das ist ja gerade das Geheimnis dieser Waffe, dass sie denen, die sie in Händen halten, die Macht über das Wohl und Wehe so vieler Menschen verleiht, und dass sie es auf so völlig andere Weise tut, als jeder ahnt, der ihr Geheimnis nicht ganz genau kennt.«

Arri wartete darauf, dass sie von sich aus weitersprach, aber das tat ihre Mutter nicht. Sie sah sie nur an, als wäre dies allein schon das große Geheimnis gewesen, das sie ihr offenbaren wollte, und als verstünde sie gar nicht, warum Arri sie so verwirrt und verständnislos anblickte.

Eine ganze Weile verging, ohne dass einer von ihnen etwas sagte, und schließlich räusperte sich Arri unbehaglich, und ihre Mutter schlug den Umhang zurück und setzte dazu an, das Schwert wieder in die mit einer Bronzeeinfassung verstärkte Lederschlaufe zurückzuschieben, die sie in den Gürtel geknüpft hatte, der ihr Kleid um die Taille herum zusammenhielt. Aber sie führte die Bewegung nicht zu Ende, sondern hob plötzlich und mit einem neuerlichen, erschrockenen Ruck den Kopf und schien zu lauschen. Und diesmal war Arri sicher, sich den

Ausdruck von Schrecken auf ihren Zügen nicht nur einzubilden. »Was ist los?«, flüsterte sie alarmiert.

Lea bedeutete ihr auch jetzt mit einem hastigen Wink, still zu sein, drehte sich aber gleichzeitig mit einem Ruck um und lief mit raschen Schritten und alles andere als leise los. Arri folgte ihr mit klopfendem Herzen, doch obwohl sie jegliche Vorsicht aufgab und ohne Rücksicht auf den Lärm, den sie dabei machte, so schnell ausschritt, wie sie es nur konnte, fiel sie rasch hinter ihrer Mutter zurück und hätte womöglich ganz den Anschluss verloren, wäre Lea nicht nach zwei oder drei Dutzend Schritten ebenso abrupt wieder stehen geblieben, wie sie losgelaufen war. Keuchend gelangte Arri bei ihr an und wollte eine entsprechende Frage stellen, doch ihre Mutter machte erneut eine befehlende Geste, sah sich aufmerksam nach rechts und links um und deutete dann mit dem Schwert nach vorne, in die Richtung, in der das Dorf liegen musste.

Arris Blick folgte der Bewegung, und sie fuhr zum zweiten Mal innerhalb kurzer Zeit so erschrocken zusammen, dass sie gerade noch einen Aufschrei unterdrücken konnte.

Vor ihnen schimmerte es rot durch das Unterholz.

»Feuer«, flüsterte Lea. »Es brennt.«

Aber was sollte dort brennen?, fragte sich Arri. In dieser Richtung lag nur das Dorf und ... ihre Hütte!

Als wäre diese Erkenntnis ihnen beiden im gleichen Moment gekommen, rannten Arri und ihre Mutter auch schon los.

Lea nahm jetzt überhaupt keine Rücksicht mehr darauf, ob Arri mit ihr Schritt halten konnte oder nicht, sondern brach durch das Unterholz, und wo sie nicht schnell genug von der Stelle kam, hackte sie sich ihren Weg mit dem Schwert frei. Arri hörte das Geräusch reißenden Stoffes, als ihr Umhang an den dornigen Zweigen des Gestrüpps hängen blieb, aber auch darauf nahm sie keine Rücksicht, sondern schien ganz im Gegenteil nur noch schneller vorwärts zu hasten. Obwohl sie mit ihrem eigenen Körper und der scharfen Klinge einen Weg für sie bahnte, fiel Arri abermals zurück und verlor sie schon nach wenigen Dutzend Schritten aus den Augen.

Dennoch bestand nicht die Gefahr, gänzlich den Anschluss zu verlieren, denn das düsterrote Flackern vor ihnen nahm jetzt immer rascher an Intensität zu, sodass sich der huschende Schatten, in den sich ihre Mutter verwandelt hatte, immer deutlicher davor abzeichnete. Was immer dort vorne brannte, es musste ein gewaltiges Feuer sein, und obwohl Arri wusste, dass es nicht möglich war, glaubte sie bereits einen Schwall trockener Hitze zu spüren, der ihr entgegenschlug, und den Geruch brennenden Holzes wahrzunehmen, der die Luft schwängerte. Ihr Zuhause! Es durfte nicht ihre Hütte sein! Diese Hütte und das Wenige, was darin war, waren alles, was sie besaßen, alles, was ihr Leben ausmachte.

Sie hörte einen dumpfen Laut und dann die Stimme ihrer Mutter, die einen Fluch in einer Arri vollkommen unbekannten Sprache ausstieß, dann hob das Geräusch ihrer Schritte wieder an, ertönte jetzt aber langsamer und auch nicht mehr ganz so regelmäßig.

Tatsächlich war sie langsamer geworden. Als Arri, von einer neuen Sorge um ihre Mutter ergriffen, schneller ausschritt, holte sie tatsächlich wieder auf, und kurz bevor sie den Waldrand erreichten, hatte sie nahezu zu ihr aufgeschlossen. Noch immer war ihre Mutter kaum mehr als ein verwaschener Schatten, den sie nur sah, weil er sich dunkel gegen den flackernden Lichtschein abhob, doch sie konnte erkennen – dass sie deutlich humpelte.

»Mutter!«, keuchte sie. »Was ist passiert?«

Möglicherweise wollte Lea sogar antworten, denn sie stockte fast unmerklich im Schritt und setzte dazu an, den Kopf in Arris Richtung zu drehen, doch in diesem Augenblick hatte sie den Waldrand erreicht, und sie blieb abrupt stehen und stieß einen tiefen Seufzer der Erleichterung aus.

Sie waren kaum einen Steinwurf von ihrer Hütte entfernt aus dem Wald herausgetreten, und Arri erkannte nicht einmal einen Atemzug nach ihrer Mutter, dass die schilfgedeckte, auf doppelt armdicken Stelzen stehende Hütte unversehrt war. Der Feuerschein war jetzt viel deutlicher zu sehen, und für einen Augenblick ließ die Helligkeit die Umrisse des Hauses mit scharf abgegrenzten Linien vor dem flackernden roten Hintergrund erscheinen. Es war nicht ihr Heim, das brannte, dachte Arri erleichtert. Das Feuer – es war ein gewaltiges, scheinbar himmelhoch loderndes Feuer – brannte irgendwo dahinter, und ein Stück höher.

Es war das Dorf, das brannte.

Arris Erleichterung, ihr Heim unversehrt vorzufinden, hielt kaum einen Augenblick länger an als das ganz ähnliche Gefühl, das ihre Mutter gehabt haben musste. Lea stieß einen zweiten, diesmal erschrockenen Seufzer aus und stürzte weiter, und Arri zögerte nur einen Herzschlag lang, bevor sie ihr folgte. Nicht mehr von den Bäumen und dem Unterholz des Waldes abgeschirmt, war der Feuerschein jetzt so grell, dass er in den Augen schmerzte, und sie spürte die Hitze tatsächlich. Auch der durchdringende Gestank von brennendem Holz war nicht mehr eingebildet, und darunter war noch ein anderer, schlimmerer Geruch, den sie in ihrer Aufregung nicht sofort einzuordnen vermochte, der ihrer Furcht aber neue Nahrung gab.

Arri rannte, doch sie verlor den Anschluss, noch bevor sie die halbe Strecke zur Schmiede hinauf zurückgelegt hatte, und ihre Angst um ihre Mutter bekam einen neuen, hässlicheren Unterton. Ganz egal, wie abfällig und bitter sich ihre Mutter manchmal über die Menschen im Dorf äußern mochte – Arri kannte sie gut genug, um zu wissen, dass sie keinen Augenblick zögern würde, ihr eigenes Leben für einen von ihnen aufs Spiel zu setzen. Und so, wie es vor ihnen aussah, musste das ganze Dorf in Flammen stehen.

Arri versuchte fast verzweifelt, noch schneller zu laufen. Auf halbem Wege ließ sie ihren Umhang fallen, und als sie das letzte, steil ansteigende Stück in Angriff nahm, schleuderte sie auch die Sandalen von den Füßen. Dennoch schienen sich die Umrisse ihrer Mutter in dem lodernden Rot einfach aufgelöst zu haben, lange, bevor sie die Stelle erreichte, an der die Hütte des blinden Mannes stand.

Um genau zu sein, erreichte sie sie gar nicht, denn schon, als sie noch ein Dutzend Schritte davon entfernt war, wurden die

Hitze und das grelle, jetzt nicht mehr rote, sondern fast weiße Licht so unerträglich, dass sie schützend den Arm vor das Gesicht riss und stehen bleiben musste. Aufgeregte Stimmen und Schreie drangen an ihr Ohr, das Trappeln zahlloser schwerer Schritte, Rufe und Gebrüll. Sie glaubte Schatten im tanzenden Weiß vor sich zu erkennen, dann drehte der Wind und fegte ihr eine so gnadenlose Hitze ins Gesicht, dass sie zwei oder drei Schritte zurückstolperte und qualvoll hustete. Das gleißende Licht trieb ihr die Tränen in die Augen. Halb blind und noch immer den rechten Arm schützend vor das Gesicht gehoben, drang sie in das dichte Unterholz am Wegesrand ein, stolperte prompt über eine Wurzel und wäre um ein Haar gefallen, hätte sie sich nicht im letzten Augenblick mit ausgestreckten Händen an einem Baum abgestützt.

Doch sie zog die Arme mit einem Schmerzensschrei wieder zurück. Der Baum war so heiß, dass seine Rinde zu glühen schien. Hitze und Licht waren so gewaltig, dass sie ständig gegen einen heftigen Hustenreiz ankämpfen musste und nur verschwommene Schatten und Bereiche unerträglicher Helligkeit wahrnahm. Immerhin sah sie, dass sich das Feuer auf einen kleinen Bereich links von ihr konzentrierte. Auch der Hintergrund dort glühte rot, aber nicht mehr so unerträglich, als wäre der Sonnenwagen hinabgestürzt.

Arri taumelte hustend auf diesen Bereich zu, und die Stimmen und der Lärm wurden lauter. Sie glaubte in all dem Durcheinander die Stimme Rahns herauszuhören, aber wo war ihre Mutter? Mittlerweile war der Brandgeruch so unerträglich geworden, dass sie schon allein deshalb kaum noch atmen konnte. Hustend und qualvoll nach Luft ringend, taumelte sie auf den Weg zurück – und riss mit einem erschrockenen Keuchen die Hände vors Gesicht, als sie von einem eiskalten Wasserschwall getroffen wurde.

Nach der grausamen Hitze war das Wasser so kalt, dass es wie ein Schlag ins Gesicht war. Schatten tanzten in ihren Augenwinkeln, und sie hörte eine aufgebrachte Stimme schreien: »Aus dem Weg, du dummes Gör! Verschwinde!«

Mühsam wischte sich Arri das Wasser aus den Augen, musste aber dennoch mehrmals blinzeln, um überhaupt etwas sehen zu können. Der Wasserschwall, der sie getroffen hatte, war nicht der Einzige. Vor ihr ragte die riesige Gestalt eines Mannes auf, der abwechselnd sie und den leeren Tonkrug in seinen Händen wütend musterte, bevor er sich umdrehte und davonstürmte. Hinter ihm eilten andere herbei, Kessel, Krüge und sogar Schalen mit Wasser schleppend, mit denen sie sich so dicht an den Brandherd herankämpften, wie es die grausame Hitze zuließ, bevor sie die Flammen zu löschen versuchten. Das gesamte Dorf schien zusammengelaufen zu sein, und Arri vernahm einen Chor aufgeregter, panischer Stimmen, die aus der Dunkelheit jenseits des Feuerscheins drangen und alle auf die eine oder andere Weise nach Wasser schrieen. Die Menschen mussten eine Kette gebildet haben, die bis zur Zella hinunterreichte – aber bis dahin, dachte sie, waren es mindestens zweihundert Schritte, viel zu weit, um wirklich eine geschlossene Kette zu bilden, die wahrscheinlich die einzige Möglichkeit gewesen wäre, schnell genug und in ausreichender Menge Wasser herbeizuschaffen, um das, was von Achks Hütte noch übrig war, zu retten.

»Arianrhod!« In all dem Durcheinander von Stimmen, Lärm und dem Prasseln der Flammen erkannte sie nicht die Stimme ihrer Mutter, wohl aber den scharfen Ton, der darin mitschwang. Noch immer heftig blinzelnd und mit halb verschleiertem Blick, drehte sie sich um und sah ihre Mutter auf sich zustürmen. Obwohl erst wenige Augenblicke vergangen waren, seit sie sie das letzte Mal gesehen hatte, erschrak Arri bei ihrem Anblick. Ihr Umhang war verkohlt, und der Saum qualmte sichtbar. Ihr Gesicht war rußverschmiert und ihr Haar auf der linken Seite angesengt. Auch sie hatte einen Kupferkessel in der Hand, den sie vermutlich kurzerhand jemandem abgenommen hatte. »Was willst du hier?«, herrschte sie sie noch einmal an. »Willst du dich umbringen? Verschwinde!«

Arri konnte sie nur verwirrt anstarren. »Aber ich ...«, begann sie, doch ihre Mutter hörte gar nicht mehr zu, sondern fuhr auf dem Absatz herum und verschwand mit ihrem Kupferkessel in der Dunkelheit, allerdings nur, um fast unmittelbar darauf mit einem weiteren, gefüllten Gefäß zurückzukommen. Näher als jeder andere wagte sie sich an das Feuer heran und kippte das Wasser zielsicher in die weiß lodernde Glut. Ein hörbares Zischen erklang, aber das Feuer verlor nicht wirklich an Kraft. So heiß, wie es brannte, dachte Arri schaudernd, musste das Wasser einfach verdampfen, bevor es die Flammen auch nur erreichte. Was immer dort brannte – es war nicht nur Holz.

Immerhin erkannte sie jetzt, dass es keineswegs das ganze Dorf war, das in Flammen stand, wie sie in ihrem allerersten Schrecken angenommen hatte. Es war die abgelegene Hütte des Schmieds, und vielleicht war das auch die Erklärung für die fast schon unnatürliche Kraft, mit der das Feuer wütete. Sie hatte sich nie sonderlich um das gekümmert, was er tat, aber sie wusste natürlich, dass er neben Erz und Holzkohle auch noch eine Menge anderer, geheimnisvoller Zutaten in seiner Hütte aufbewahrte, mit denen er seine Metalle veredelte oder auch das Feuer heißer brennen lassen konnte als jeder andere. Irgendetwas musste hier schrecklich schief gegangen sein.

Ihre Mutter kam zurück, warf ihr im Vorbeistürmen einen zornigen Blick zu und verschwand wieder in der Dunkelheit, um abermals nach wenigen Augenblicken mit einem Gefäß voller Wasser zurückzukommen. »Also gut!«, schrie sie über das Brüllen der Flammen hinweg, als sie an ihr vorbeirannte. »Dann mach dich nützlich! Hilf mit, eine Kette zu bilden!«

»Wo sind Kron und Achk?«, rief Arri ihr nach. Sie bekam keine Antwort, wahrscheinlich hatte ihre Mutter die Worte unter all dem Lärm gar nicht gehört. Als sie das nächste Mal zurückkam, schloss Arri sich ihr an. Sie stürmten weiter und auf den Dorfplatz hinaus, der vom Lodern der Flammen in ein unheimliches, düsteres Rot getaucht wurde. Das flackernde Licht zerhackte die Bewegungen der Menschen zu einer rasenden Abfolge einzelner Bilder und machte sie zu einem höllischen Tanz. Tatsächlich hatten die Dorfbewohner eine unregelmäßige zerbrochene Kette quer über den Platz und bis hinunter zum Fluss gebildet, die jedoch aus viel zu wenigen Gliedern bestand, sodass sie die gefüllten Behältnisse unterschiedlichster Form und Größe nicht einfach weiterreichen konnten, sondern zu einem kräftezehrenden und vor allem zeitraubenden Hin und Her gezwungen waren. Lea riss einem Kind, das unter dem Gewicht eines gefüllten Kruges fast zusammenzubrechen schien, seine Last kurzerhand aus den Fingern, fuhr herum und versetzte Arri aus der Bewegung heraus einen Stoß, der sie an den Platz des Jungen beförderte. »Hilf mit!«, schrie sie, während sie bereits im Laufschritt wieder davonhetzte.

Und genau das tat Arri. Kessel, Krüge, Töpfe – einmal sogar eine geflochtene Schale, auf deren Boden wie durch ein Wunder eine winzige Wasserpfütze schwappte (Arri warf sie in hohem Bogen weg) – wurden ihr gereicht, und sie gab sie weiter, wankte hin und her, vor und zurück und sah immer wieder zu der brennenden Hütte hin. Die Flammen schienen nicht kleiner zu werden, beinahe als gäbe das Wasser, das die verzweifelten Dorfbewohner hineinschütteten, ihnen neue Nahrung, statt sie zu ersticken. Von Achks Hütte konnte längst nichts mehr übrig sein.

Arri verdrängte die Frage, was aus dem blinden Schmied und seinem einarmigen Gehilfen geworden sein mochte, mit fast verzweifelter Kraft an den Rand ihres Bewusstseins. Sie hatte geglaubt, den Alten zu verachten und den Jäger zu fürchten, und etwas davon entsprach auch der Wahrheit, und doch wurde ihr plötzlich klar, wie sehr sie sich in den wenigen zurückliegenden Tagen an diese beiden ungleichen Männer gewöhnt hatte. Nicht, weil sie plötzlich ihre Verbundenheit gegenüber den Dorfbewohnern im Allgemeinen entdeckt hätte, sondern weil diese beiden vielleicht mittlerweile die Einzigen waren, die ihre Mutter zwar sicherlich nicht als ihre Freunde bezeichnen konnte, die aber zumindest nicht ihre Feinde waren.

Das Feuer wütete noch eine geraume Weile. Allen Bemühungen der Dorfbewohner zum Trotz schienen die Flammen anfangs tatsächlich noch höher zu lodern, statt an Kraft einzubüßen. Die Hitze war selbst hier mitten auf dem Dorfplatz deutlich zu spüren, und der Wind trug den Qualm in erstickenden Schwaden zu ihnen herauf, sodass nicht nur Arri ihre Arbeit immer wieder unterbrechen musste, um qualvoll und hustend nach Atem zu ringen.

Dazu kam die Sorge um ihre Mutter. Lea tauchte immer wieder auf, um irgendein Gefäß mit Löschwasser an sich zu reißen und damit davonzustürzen, als hätte sie sich vorgenommen, das Feuer ganz allein zu löschen, und Arri entging nicht, dass die Anzahl der Brandflecken auf ihren Kleidern nahezu jedes Mal zunahm. Sie versuchte sich damit zu beruhigen, dass ihre Mutter von allen im Dorf mit Sicherheit am besten wusste, wie sie auf sich aufpassen konnte, aber dieser Gedanke änderte rein gar nichts daran, dass sie ein Dutzend Mal am Rande der Panik war, wenn ihre Mutter länger als ein paar Augenblicke wegblieb.

Der Kampf gegen das Feuer schien die ganze Nacht zu dauern. In Wahrheit verging nur ein Bruchteil dieser Zeit, bis die Flammen schließlich doch kleiner wurden und aus dem verzehrenden Weiß zuerst ein loderndes Gelb und dann ein ganz allmählich dunkler werdendes Rot wurde, bevor sich das Feuer in seiner Raserei selbst zu verzehren begann. Doch Arri war schon lange vor Ablauf dieser Zeit zu Tode erschöpft von den schweren Krügen und Töpfen, die sie ununterbrochen entgegennehmen und weiter tragen und reichen musste. Jeder einzelne Muskel in ihrem Körper war verkrampft und schmerzte, und mit jeder noch so winzigen Bewegung kam sie dem Punkt näher, an dem sie einfach nicht mehr weiterkönnen und zusammenbrechen würde. Ein- oder zweimal sah sie Rahn, der mit gleich zwei randvoll gefüllten Wasserkrügen in den Armen vorüberhastete, und sie glaubte auch Kron zu sehen, war aber nicht ganz sicher und hatte nicht die Kraft, auch nur mit Blicken nach ihm zu suchen.

Die Wut des Feuers ließ stetig nach, und das Licht war bald nicht mehr so grell, dass es ihr die Tränen in die Augen trieb, wenn sie auch nur in die falsche Richtung sah. Von Achks Hütte würde am Ende nicht mehr als Asche übrig bleiben, und vielleicht nicht einmal das. Doch mittlerweile mussten sie sich um einen neuen Brandherd kümmern. Mindestens ein Dutzend umstehender Bäume hatten Feuer gefangen, und die Dorfbewohner kämpften jetzt nicht mehr darum, die Hütte des blinden Schmieds zu retten (falls sie das je getan hatten), sondern darum, ein Übergreifen der Flammen auf den angrenzenden Wald zu verhindern, was den Untergang des gesamten Dorfes bedeutet hätte. Selbst diesen Kampf gewannen sie nur knapp und wahrscheinlich nur, weil es in den letzten Tagen so heftig geregnet hatte und der Wald mit Feuchtigkeit getränkt war wie Moos, das drei Tage im Wasser gelegen hatte. Unterholz und Blätter waren einfach zu nass, um richtig zu brennen.

Schließlich versagten Arris Kräfte endgültig. Jemand reichte ihr einen gefüllten Eimer, aber ihre tauben Finger waren nicht mehr in der Lage, ihn zu halten. Der geflochtene Henkel entglitt ihr, und der Eimer fiel zu Boden und ergoss seinen Inhalt über den aufgeweichten Morast, und im nächsten Moment sank auch Arri auf die Knie und dann kraftlos nach vorn. Es gelang ihr, den Sturz mit ausgestreckten Armen aufzufangen, aber ihre verkrampften Muskeln waren nicht mehr in der Lage, das Gewicht ihres Körpers in die Höhe zu stemmen. In ihren Ohren rauschte das Blut. Ihr war übel, und wenn sie die Augen schloss, dann drehte sich die Dunkelheit hinter ihren Lidern immer rascher.

»Ist alles in Ordnung mit dir?«

Die Stimme drang so dumpf und verzerrt an ihr Bewusstsein, als hätte sie Wasser in den Ohren. Mit einiger Mühe gelang es ihr, die Lider zu heben, aber das Gesicht, in das sie emporblickte, trieb immer wieder vor ihren Augen auseinander und brach in Stücke, wie eine Spiegelung auf bewegtem Wasser. Sie wollte nicken, aber selbst dafür fehlte ihr die Kraft. Das Gesicht trieb noch einmal auseinander und setzte sich dann endgültig zu dem eines dunkelhaarigen Burschen mit breiter Nase und einem löcherigen Bart zusammen.

Rahn. Abgesehen von Sarn wohl der Mensch, den sie im Moment am allerwenigsten sehen wollte.

Ihr Stolz reichte allerdings nicht so weit, dass sie die Hand ausschlug, die er ihr hinhielt, um ihr beim Aufstehen behilflich zu sein. Kaum allerdings stand sie wieder auf den Beinen (und hatte sich davon überzeugt, dass sie es auch tatsächlich aus eigener Kraft konnte), zog sie mit einem Ruck die Hand zurück und funkelte den Fischer an. »Es geht schon«, schnappte sie. Mit einer winzigen Verzögerung, aber deutlich widerwilliger fügte sie hinzu: »Danke.«

Rahn reagierte ganz anders, als sie erwartet hätte. Der Blick, mit dem er sie maß, wirkte allenfalls belustigt, zu Arris Ärger aber auch ganz eindeutig ein wenig mitleidig.

»Wo ist meine Mutter?«, fauchte sie. Als ob ausgerechnet Rahn das wüsste! Es war einfach das Erste, was ihr eingefallen war.

»Wahrscheinlich ist sie damit beschäftigt, sich anzusehen, welches Unheil sie diesmal angerichtet hat«, antwortete eine Stimme, von der Arri erst nach einigen Augenblicken begriff, dass es nicht die Rahns war. Noch etliche Atemzüge mehr brauchte sie, um die nötige Kraft zusammenzukratzen, den Kopf zu drehen und in das faltige Gesicht des Besitzers dieser Stimme zu blicken.

»Ich kann nur hoffen, dass sie nicht zu enttäuscht ist«, fuhr Sarn fort. »Immerhin ist es uns gelungen, das Allerschlimmste zu verhindern und wenigstens das Dorf zu retten.«

Arri war sich nicht ganz sicher, ob sie über diese Worte wirklich nachdenken wollte, geschweige denn, sie verstehen. Ihr lag eine ganze Menge auf der Zunge, was sie dazu sagen konnte, aber sie war in diesem Moment – glücklicherweise – einfach zu benommen, um auch nur einen Ton herauszubringen. Sie starrte den Schamanen einfach nur an.

Immerhin fiel ihr auf, dass Sarn kein bisschen anders aussah als sonst – ein dürrer, alter Mann, der ein ausgemergeltes und von Falten zerfurchtes Gesicht mit einem sorgfältig gestutzten Bart und bis auf die Schultern fallendes, strähniges graues Haar hatte und stets wie unter einer unsichtbaren Last nach vorn gebeugt dastand. Sein Wickelgewand und der buntfarbene

Umhang waren schmutzig und an zahllosen Stellen geflickt, doch weder an seinen Kleidern noch auf seinem Gesicht oder seinen Händen war Ruß, und sein Gesicht glänzte auch nicht vor Schweiß, noch war er außer Atem und so vollkommen erschöpft wie alle anderen hier. Seine Beteiligung an den Löscharbeiten hatte sich offensichtlich auf reines Zusehen beschränkt.

Arri hütete sich, eine entsprechende Bemerkung zu machen, doch allein der Blick, mit dem sie den Dorfältesten maß, schien verräterisch genug zu sein, denn sein Gesicht verdüsterte sich noch weiter, und in seinen vom Alter trüb gewordenen Augen blitzte es wütend auf. »Was starrst du mich so an, Hexenkind?«, zischte er.

Arri schwieg noch immer beharrlich, aber sie bemerkte aus den Augenwinkeln, wie Rahn ein Stück von ihr zurückwich und hinter den Schamanen trat; als hätte er Angst, in etwas hineingezogen zu werden, mit dem er lieber nichts zu tun haben wollte. Für einen winzigen Moment wollte sich der verrückte Gedanke in Arris Kopf einnisten, dass er es auch tat, um den Alten im Zweifelsfall packen und von ihr wegzerren zu können, doch sie sagte sich zugleich selbst, wie närrisch diese Vorstellung war. Ganz egal, was ihre Mutter Rahn auch versprochen oder bereits gegeben hatte, der Fischer war viel zu feige, um in der Öffentlichkeit derart deutlich Stellung zu beziehen.

»Wirst du gefälligst antworten, wenn ich mit dir rede?«, fuhr Sarn fort. Arris beharrliches Schweigen schien ihn immer wütender zu machen. Herausfordernd trat er auf sie zu und schwenkte den knorrigen Stab, auf den er sich bisher gestützt hatte.

Arri machte eine erschrockene und ganz unbewusst abwehrende Bewegung mit beiden Händen, die Sarn jedoch als Angriff auszulegen schien; vielleicht hatte er auch nur auf einen Vorwand gewartet. Bevor Arri ihre Bewegung auch nur halb zu Ende gebracht hatte, schwang er seinen Stock und schlug nach ihr.

Der Hieb war lächerlich langsam und unbeholfen, und es bereitete ihr trotz aller Erschöpfung nicht die geringste Mühe, dem Schlag auszuweichen. Worauf sie nicht gefasst war, war Sarns zweiter Hieb, bei dem seine flache Hand so hart gegen ihre Schulter schlug, dass sie mit haltlos rudernden Armen rückwärts taumelte und dann ungeschickt auf das Hinterteil plumpste. Es tat so weh, dass ihr die Tränen in die Augen schossen, was Sarn aber anscheinend nicht zu genügen schien. Noch immer seinen Stock schwenkend und lautstark zeternd, setzte er ihr nach, während Rahn sich ebenso unauffällig wie konsequent ein gutes Stück zurückzog. So viel zu ihrer Hoffnung, dass er tatsächlich in ihrer Nähe blieb, um das zu tun, wofür ihre Mutter ihn bezahlte, nämlich auf sie aufzupassen ...

»Du unverschämtes Balg!«, zeterte Sarn. »Du wagst es, die Hand gegen mich zu heben? Ich werde dir den Respekt beibringen, den deine Mutter dich offensichtlich nicht gelehrt hat!«

Er schwang den Stock noch höher und jetzt mit beiden Armen, und Arri wusste, dass er diesmal treffen würde.

Als Sarn zuschlug, blitzte es silberhell hinter ihm auf. Sein Stock fuhr nicht auf Arri herab, sondern flog in hohem Bogen davon und verschwand in der Dunkelheit, und Sarn selbst taumelte zwei Schritte zur Seite und wäre um ein Haar gestürzt, wäre Rahn nicht plötzlich wie aus dem Boden gewachsen hinter ihm aufgetaucht, um ihn aufzufangen.

»Was ist hier los?«, fragte Lea scharf. Sie hatte das Schwert wieder gesenkt, machte aber keine Anstalten, es vollends einzustecken, sondern funkelte Sarn und Rahn abwechselnd und auf eine Art an, als wäre nun sie es, die nur auf einen Vorwand wartete, um zuzuschlagen. »Musst du dich jetzt schon mit Kindern schlagen, Sarn?«, fragte sie aufgebracht. »Wenn du kämpfen willst, dann heb deinen Stock auf und greif mich an. Oder hast du Angst, von einer Frau besiegt zu werden?«

Sie warf Arri einen raschen, aber aufmerksamen Blick zu – *Alles in Ordnung?* –, wandte sich dann wieder an den Schamanen und schob das Schwert in die breite Lederschlaufe an ihrem Gürtel. Die Härte in ihrem Blick nahm noch zu, als sie die Arme ausbreitete und in unverändertem Ton, aber hörbar lauter fortfuhr: »Nur zu, Sarn. Falls es mein Schwert ist, das du fürchtest – ich verspreche dir, dass ich es nicht ziehen werde. Nimm ruhig deinen Stock, wenn du Angst hast, gegen eine Frau zu kämpfen.«

Arri stemmte sich umständlich in die Höhe. Ihre Knie zitterten noch immer, und ihr Herz jagte, als wolle es in ihrer Brust zerspringen. Sie war erleichtert, dass ihre Mutter ihr im letzten Moment zu Hilfe gekommen war – von Sarns Stock getroffen zu werden war nicht lustig. Der knorrige, halb mannslange Stab war schwer wie Stein und vermutlich ebenso hart. Ein Schlag damit hätte ihr glatt den Schädel zertrümmert – aber sie verstand nicht wirklich, was Lea jetzt tat. Niemand im Dorf mochte den Schamanen, aber er war ein alter Mann, der schon länger lebte als irgendein anderer aus ihrer Mitte, und sie selbst war die stärkste Frau, der Arri jemals begegnet war; vielleicht sogar der stärkste *Mensch*. Selbst Rahn fürchtete sie, auch wenn er das niemals zugeben würde. Lea gewann nichts, wenn sie diesen alten Mann einschüchterte. Ganz im Gegenteil. Wenn Sarn etwas vollkommen beherrschte, dann die Macht auszuspielen, die die Schwachen über die Starken hatten. Ihre Mutter musste das ebenso gut wissen wie sie.

»Du wagst es, mich zu bedrohen?«, giftete der Schamane. »Aber was habe ich erwartet, von einer wie dir? Was du angerichtet hast, reicht dir ja anscheinend noch nicht.« Er riss seinen Arm los und bückte sich tatsächlich nach seinem Stock, allerdings nur, um sich schwer darauf zu stützen, und nicht, um damit auf Lea loszugehen. Er sprach auch nicht sofort weiter, sondern sah sich rasch nach allen Seiten um – vermutlich um sicherzugehen, dass er auch genügend Zuhörer hatte.

»Seht ihr denn nicht, dass mit dieser Hexe das Unglück über uns alle gekommen ist?«, rief er mit nicht einmal viel lauterer, aber mit einem Male durchdringender und weithin hörbarer Stimme. »Sie behauptet, es gut mit uns zu meinen! Sie sagt, dass sie Geschenke bringt, aber ihre Geschenke bringen den Tod: Das neue Metall, das sie uns versprochen hat, hat Achk das Augenlicht gekostet! Sie hat uns gelehrt, bessere Ernten zu erzielen, aber seither sind die Winter kälter geworden, und das Frühjahr kommt immer später! Sie hat uns gelehrt, mehr Wild zu jagen, doch seither sind die Wälder voller Ungeheuer und böser Geister, und sie hat gesagt, sie werde uns helfen, in Frieden mit unseren Nachbarn zu leben und besseren Handel zu treiben, und jetzt schleichen Fremde durch die Wälder, die unsere Jäger töten und vielleicht unser aller Untergang planen!«

Er fuchtelte mit seinem Stock in die Richtung, in der die Glut der brennenden Schmiede allmählich zu verblassen begann. »Wir haben es nur der Gnade der Götter zu verdanken, dass das Feuer nicht auf das ganze Dorf übergegriffen hat! Wir alle hätten zugrunde gehen können!«

Wenn diese Worte ihre Mutter irgendwie beeindruckten, so ließ sie es sich jedenfalls nicht anmerken. Lea strich mit den Fingerknöcheln über den Schwertgriff. »Ich frage mich, der Gnade welcher Götter wir es wohl zu verdanken haben, dass das Feuer überhaupt ausgebrochen ist«, sagte sie in fast heiterem Tonfall. Sie lächelte sogar, aber ihre Augen blieben dabei so kalt und hart wie Eis.

Sarn ächzte. »Du wagst es, die Götter auch noch zu verhöhnen, Weib?«

»Ich wage es, eine Frage zu stellen«, erwiderte Lea ruhig, schnitt dem Dorfältesten aber zugleich mit der linken Hand das Wort ab, noch bevor er überhaupt noch etwas sagen konnte. Ihre andere Hand ruhte weiter auf dem Schwertgriff. »Und wenn du fertig damit bist, den Zorn der Götter auf mein Haupt herabzubeschwören, alter Mann, dann könntest du mir ja dabei helfen, die Verwundeten zu versorgen.« Sie drehte sich mit einem Ruck herum. »Arianrhod, komm mit! Wir haben eine Menge Arbeit.«

12 »Glaubst du, dass das klug war?«, fragte Arri, nachdem sie sich wieder auf den Weg zu Achks ehemaliger Hütte gemacht hatten und kaum, dass sie auch nur halbwegs aus der Hörweite des Schamanen heraus waren. Obwohl ihre Mutter ganz genau wissen musste, wovon sie sprach, zögerte sie kurz und sah sie mit einem Verständnislosigkeit vorspiegelnden Stirnrunzeln an. »Was?«

»Sarn so zu reizen«, antwortete Arri. »Die Götter zu beleidigen.«

»Wie kann ich seine Götter beleidigen, wenn ich nicht an sie glaube?«, gab Lea mit einem Kopfschütteln zurück. Sie beschleunigte ihre Schritte ein wenig, sodass Arri rascher ausgreifen und fast rennen musste, um nicht zurückzufallen. »Und was Sarn angeht – ich glaube nicht, dass er meine Antwort überhaupt gehört hat. Er hat sich diese Rede schon seit langem sorgsam zurechtgelegt und nur auf eine Gelegenheit gewartet, sie vor möglichst vielen Zuhörern loszuwerden.« Sie lachte ganz leise. »Glücklicherweise ist er nicht besonders gut in solchen Dingen. Niemand wird ihm glauben.«

Was das anging, war Arri nicht annähernd so sicher, wie ihre Mutter es zu sein schien. Niemand hatte Sarn laut zugestimmt, und sie war noch viel zu erschrocken und aufgeregt gewesen, um außer in Rahns auch nur in ein einziges anderes Gesicht zu blicken, aber ihrer Mutter konnte so wenig wie ihr entgangen sein, wie sehr sich die Stimmung im Dorf in den letzten Tagen gegen sie gewandt hatte. Ihre Mutter mochte durchaus Recht haben – Sarn war gewiss kein begnadeter Redner. Aber die Menschen im Dorf waren einfache Menschen, bei denen einfache Worte besser ankamen und nachhaltiger wirkten als eine geschliffene Rede, wie sie Lea zu führen vermochte. Ihre Mutter musste das ebenso gut wissen wie sie; genau, wie sie *besser* als sie wissen musste, welchen schlimmen Fehler sie mit ihrem Auftritt gerade begangen hatte. Warum tat sie so, als wäre alles in Ordnung?

Mittlerweile hatten sie sich dem Ort der Katastrophe genähert, und rings um sie herum waren zu viele neugierige Ohren, als dass Arri es wagte, weiter über dieses Thema zu sprechen. Sie nahm sich fest vor, es bei der ersten sich bietenden Gelegenheit nachzuholen, auch wenn sie das sichere Gefühl hatte, dass ihre Mutter das wusste und ihr ganz gewiss so schnell keine solche Gelegenheit geben würde.

Von der Hütte, in der Achk all die Jahre über gelebt und die Rahn vor wenigen Tagen erst wieder sorgsam aufgebaut hatte, war tatsächlich *nichts mehr* geblieben. Die Hitze und ein den Atem abschnürender Geruch nach verkohltem Holz und heißem Stein und Metall lagen noch immer in der Luft, und der beißende Qualm trieb Arri die Tränen in die Augen. Die Hand voll Bäume, die der Hütte am nächsten gestanden hatten, waren zu schwarzen Skeletten verbrannt und aller Blätter und dünneren Äste beraubt, und auch das Unterholz existierte nicht mehr. Was davon übrig war, lag als graue Ascheschicht auf dem Boden, die bei jedem unvorsichtigen Schritt aufwirbelte und sie zum Husten reizte. In weitem Umkreis waren die Bäume nahezu blattlos; was an den Ästen geblieben war, das hatte sich braun verfärbt und wirkte wie welk, als wäre auf diesem Flecken der Herbst zu früh und mit zu großer Macht gekommen. Und Achks Hütte selbst ...

... war einfach nicht mehr da.

Obwohl Arri die ungeheure Kraft des Feuers am eigenen Leib gespürt hatte, blieb sie fassungslos stehen und starrte den schwarzen, zwanzig Schritte durchmessenden Kreis an, in dessen Zentrum die Hütte des Blinden gestanden hatte. Wände und Decke waren ebenso wie das Unterholz und die Blätter zu feiner, weißer Asche zerfallen, und selbst von Achks Werkzeug, das zu einem gut Teil aus Metall bestanden hatte, war kaum noch etwas geblieben. Ungefähr dort, wo sich sein Schmelzofen befunden haben musste, ragte ein unförmiger Klumpen aus der Asche, ein Stück daneben einige kleinere, ungewöhnlich geformte Gebilde, bei denen es sich vielleicht um Zinn- und Kupfererz gehandelt hatte, die Achk und Kron benötigt hatten, um Bronze daraus zu schmelzen, aber wenn, so mussten sie in der ungeheuren Hitze des Feuers nicht nur geschmolzen sein, sondern auch ihre Farbe verändert haben, denn Arri erkannte sie nicht.

»Wo sind Kron und Achk?«, flüsterte sie erschrocken. Gleichzeitig sah sie sich hastig um. Etliche Männer und Frauen – viele von ihnen verletzt, wie sie erschrocken feststellte, und alle ausnahmslos zu Tode erschöpft, wie es schien – hatten sich da, wo sie gerade standen, zu Boden sinken lassen, wobei sie einen respektvollen Abstand zu dem geschwärzten Kreis auf der Erde einhielten, fast als fürchteten sie, das Feuer noch einmal heraufzubeschwören, das sie gerade mit so viel Mühe und so knapp besiegt hatten. Kron und der Blinde waren nicht unter ihnen.

»Hat die Reihenfolge, in der du nach ihnen fragst, irgendetwas zu bedeuten?«, erkundigte sich ihre Mutter lächelnd, wurde aber sofort wieder ernst. »Mach dir keine Sorgen. Es geht ihnen gut. Abgesehen von ein paar Brandblasen und Schrammen ist ihnen nichts geschehen.« Sie machte eine Kopfbewegung zur anderen Seite des verkohlten Kreises hin, wo das Feuer nicht nur Achks Hütte und einen Teil des Waldes verschlungen, sondern auch den Trampelpfad ausgelöscht hatte, der hinunter zu ihrer eigenen Hütte führte. Zuvor hatte das Astwerk die freie Sicht auf den Steinkreis verborgen, auf dessen ferne, aber deutlich sichtbare Ecksteine Arri jetzt mit Unbehagen starrte. »Ich habe sie zu uns nach Hause geschickt«, drang die Stimme ihrer Mutter in Arris aufgewühlte Gedanken. »Du kannst nach ihnen sehen, wenn du willst – und bring Verbandszeug und Salbe auf dem Rückweg mit. Ich fürchte, ich werde heute Nacht eine ganze Menge davon brauchen.«

Arri nickte hastig, riss sich von dem Anblick der steinernen Riesen los, die den Eingang des Heiligtums mit sturer Gleichmut zu bewachen schienen, und lief los. Obwohl sie sich selbst gerade noch in Gedanken darüber lustig gemacht hatte, ertappte sie sich nun dabei, einen großen Bogen um den Kreis aus schwarz verbrannter Erde zu machen. Der Boden war noch immer so heiß, dass es wehtat, auf nackten Füßen darüber zu gehen. Arri beschleunigte ihre Schritte, und der scharfe Geruch wurde für einen Moment so durchdringend, dass sie den Atem anhielt und sich ihre Augen aufs Neue mit Tränen füllten und selbst dann noch brannten, als sie sie weggewischt hatte. Ein dürrer, schwarz verbrannter Ast, der vorher noch nicht hier gewesen war, hätte um ein Haar ihr Gesicht getroffen. Als Arri die Hand hob, um ihn beiseite zu drücken, zerfiel er unter ihrer Berührung zu Asche.

Als sie aus dem Wald gekommen waren, hatte ihre Hütte dunkel dagelegen. Doch als sie jetzt mit ihren hastig aufgeklaubten Sandalen in der Hand wieder auf sie zuhielt, drang der ruhig brennende Schein einer Öllampe durch die Ritzen der Läden, und noch bevor sie die Stiege hinauflief, konnte sie die Stimmen von Kron und dem blinden Schmied hören, die sich gedämpft, aber aufgeregt unterhielten.

Als sie die Hütte betrat, erlebte sie eine Überraschung, auch wenn sie nicht behaupten konnte, dass sie angenehm war. Nicht nur Achk und der einarmige Jäger erwarteten sie, sondern auch Rahn, der als Einziger stand und mit vor der Brust verschränkten Armen und einem so dümmlichen Grinsen auf dem Gesicht in ihre Richtung sah, dass Arri gar nicht nachfragen musste, um zu wissen, dass er sie erwartet und durch eines der Gucklöcher hindurch beobachtet hatte. Welches Spiel spielte der Fischer mit ihnen? Das letzte Mal hatte sie ihn bei Sarn gesehen, und das war noch nicht lange her. Ihre Mutter mochte ja vielleicht Kron und Achk hierher geschickt haben, aber hätte sie auch nur ein einziges Wort mit dem Fischer gewechselt, wäre das Arri nicht entgangen.

»Wer ist das?«, fragte Achk, als er ihre Schritte und das Klimpern des Muschelvorhangs hörte.

»Ich bin es nur ... Arri.« Um ein Haar hätte sie *Arianrhod* gesagt, im allerletzten Moment aber brachte sie es nicht über die Lippen. Vermutlich war der Gedanke einfach nur kindisch, doch *Arianrhod* war noch zu neu und zu kostbar für sie, um es mit allen zu teilen. Schon gar nicht mit Rahn. »Ich soll nach euch sehen und mich davon überzeugen, dass euch auch wirklich nichts fehlt. Und meiner Mutter ein paar Dinge bringen, die sie benötigt, um die Verletzten zu versorgen.«

»Was soll mir schon fehlen, du dummes Kind«, krähte Achk. »Außer meinem Haus, meinem Werkzeug und allem, was ich besessen habe?«

Arri setzte zu einer scharfen Antwort an – sie hätte nichts anderes von Achk erwarten dürfen, und doch ärgerte sie seine Undankbarkeit über die Maßen –, aber dann fing sie einen warnenden Blick aus Krons Augen auf und beließ es bei einem Schulterzucken und einer abfälligen Grimasse, die der Blinde nicht sehen konnte. »Dann gehe ich jetzt zurück und bringe meiner Mutter das Verbandszeug und die Salben, um die sie mich gebeten hat.«

»Such die Sachen nur heraus«, sagte Rahn. »Ich bringe sie ihr.«

Arri maß ihn mit einem gleichermaßen verstörten wie verächtlichen Blick. »Du?«

»Ich glaube, es ist besser, wenn du für den Rest der Nacht hier bleibst«, sagte Rahn ungerührt. »Und davon abgesehen ist es auch der Wunsch deiner Mutter.«

»Ach?«, machte Arri schnippisch. »Und woher willst ausgerechnet du das wissen?«

»Weil es meine Aufgabe ist, auf dich aufzupassen«, antwortete Rahn, noch immer lächelnd und scheinbar vollkommen ungerührt von Arris bewusst herausforderndem, fast schon beleidigenden Ton. Was sie umso mehr ärgerte.

»Das ist deine Aufgabe?«, vergewisserte sie sich, wartete, bis Rahn wichtigtuerisch genickt hatte, und fragte dann mit einem übertriebenen Stirnrunzeln: »Seltsam. Vorhin, als Sarn mit seinem Knüppel auf mich losgegangen ist, hatte ich nicht das Gefühl, dass du auf mich aufgepasst hast.«

»Dir ist doch nichts passiert, oder?«, gab der Fischer gelassen zurück. Aber der überhebliche Ausdruck in seinen Augen erlosch, und er nahm die Arme herunter. »Such die Sachen heraus, nach denen deine Mutter verlangt, damit ich endlich gehen kann.«

Die letzten Worte hatte er in merklich kühlerem Ton gesprochen, der allein Arri verriet, dass ihn diese Bemerkung nicht annähernd so unberührt ließ, wie er vorgab. Arri lächelte ihm noch einmal zuckersüß zu, dann schob sie sich an ihm vorbei und trat in den kleinen Raum, in dem ihre Mutter all ihre Utensilien verwahrte. Sie wusste selbst nicht genau, was von all den Salben, Kräutern, Tinkturen und Blättern ihre Mutter in diesem Augenblick benötigte. Lea hatte ihr das eine oder andere über die Heilkunst und vor allem die verborgenen Kräfte der Natur und wie man sie am besten einsetzte beigebracht, aber längst nicht alles, und spätestens seit dem schrecklichen Schicksal, das Achk im letzten Sommer widerfahren war, wusste sie, dass Brandwunden nicht nur zu den schmerzhaftesten, sondern auch zu den gefährlichsten Verletzungen gehörten, die Menschen davontragen konnten.

Sie sahen – zumindest am Anfang – nicht so schlimm aus wie Schnittwunden, ein offen gebrochener Arm, ein gequetschter Finger oder ein ausgestochenes Auge, doch in fast allen Fällen, die Arri miterlebt hatte, heilten sie nur sehr langsam und begannen oftmals zu schwären und mit ihrem Gift den Körper des Verletzten zu verseuchen. Dass Achk die schreckliche Verbrennung überlebt hatte, die nicht nur sein Augenlicht ausgelöscht, sondern sein ganzes Gesicht verheert hatte, war ein mehr als nur kleines Wunder. So suchte sie nahezu alles heraus, von dem sie auch nur annahm, dass es ihrer Mutter von Nutzen sein konnte, häufte es in eine grob geschnitzte hölzerne Schale und trug sie wieder hinaus, um sie Rahn in die Hände zu drücken.

»Bring das meiner Mutter«, sagte sie barsch. »Und frag sie, ob sie meine Hilfe nicht doch benötigt. Ich werde sie später fragen, was sie geantwortet hat.«

Rahn griff sich die Schale und verließ zu Arris Überraschung ohne ein weiteres Wort das Haus, doch als sie sich wieder zu Kron und dem Blinden umdrehte, begegnete sie dem tadelnden Blick des Jägers. »Warum bist du so zu ihm, du dummes Kind?«, fragte Kron.

»Ich bin kein Kind mehr«, antwortete Arianrhod, zog die Augenbrauen zusammen und fügte hinzu: »Was meinst du damit – *so*?«

»So abweisend«, antwortete Kron. »Weißt du denn nicht, dass er schon lange ein Auge auf dich geworfen hat?«

Das ist ja gerade das Problem, dachte Arri. Sie behielt diese Worte vorsichtshalber für sich, doch Kron fuhr fort, als hätte er ihre Gedanken gelesen (wahrscheinlich war es in diesem Augenblick nicht besonders schwer, sie auf ihrem Gesicht zu erkennen): »Rahn ist ein guter Mann. Ein starker Mann. Eine wie du sollte froh sein, einen Burschen wie Rahn zu bekommen.« Er maß sie mit einem durchdringenden, eindeutig anzüglichen Blick. »Du bist wahrlich alt genug, um endlich einem Mann versprochen zu werden. Hüte also deine Zunge und danke den Göttern lieber dafür, dass einem wie Rahn an einem so hässlichen dürren Ding wie dir gelegen ist.«

Arri würde den Göttern frühestens an dem Tag danken, an dem ihre Mutter sie mit der Neuigkeit weckte, dass Rahn in der Zella ertrunken oder von einem wütenden Eber aufgeschlitzt worden sei, aber sie behielt auch das für sich und antwortete nur mit einem Schulterzucken. Das Thema behagte ihr ganz und gar nicht, zumal sie nicht wusste, was Kron von Nors Forderung wusste. Vielleicht einzig, um davon abzulenken, trat sie dichter an Achk heran, der sich gleich neben der Tür mit dem Rücken gegen die Wand gelehnt hatte und mit unstet hin und her huschenden, blinden Augen die Richtung zu bestimmen versuchte, aus der ihre Stimme und das Geräusch ihrer Schritte kamen. Sie musterte ihn aufmerksam und fragte dann: »Bist du verletzt?«

»Nein«, sagte Achk grob, was eindeutig gelogen war. Sein verheertes Gesicht, das aus nahezu nichts anderem als verschorften Narben und hässlichen Geschwüren bestand, machte es schwer, wirklich darin zu lesen, doch Arri glaubte dennoch, eine ganze Anzahl neuer, wenn auch größtenteils harmloser Wunden zu erkennen. Und was für sein Gesicht galt, galt in noch größerem Maße für seine Hände. Seine Finger waren schon vor Arris Geburt schwarz verkohlt und über und über vernarbt gewesen, doch bei genauerem Hinsehen entdeckte sie auch darauf eine ganze Anzahl kleiner, nässender roter Punkte. Er musste Schmerzen haben. Aber wenn er es vorzog, ihre Hilfe abzulehnen, so war das seine Sache.

Mit einem fragenden Blick wandte sie sich zu Kron um. »Und du?«

Kron hatte entweder größere Schmerzen als der Schmied, oder er war einfach vernünftiger. Er sagte nichts, hielt Arri aber die rechte Hand hin, auf der etliche große, hässliche Brandblasen schimmerten. Weitere, wenn auch nicht ganz so schlimm aussehende nässende Wunden und Kratzer bedeckten seine Arme, den nackten Oberkörper und Rücken, und auch sein Armstumpf hatte offensichtlich wieder zu bluten begonnen, was Arri gar nicht gefiel. Ohne ein weiteres Wort trat sie abermals in die Kammer und kam nach wenigen Augenblicken mit einer Hand voll frischer Blätter und einem kleinen, irdenen Gefäß mit einer Salbe zurück, von der sie wusste, dass sie eine kühlende und auch leicht betäubende Wirkung entfaltete, wenn man sie auf eine Wunde auftrug.

In ihrem Kopf war eine ganz leise, aber penetrante Stimme, die sie daran zu erinnern versuchte, dass sie nicht die geringste Ahnung hatte, welche Wirkung diese Salbe sonst noch haben mochte, und durchaus die Gefahr bestand, dass sie alles schlimmer machte statt besser, aber sie schob sie beiseite. Wortlos stellte sie das mitgebrachte Gefäß vor Kron auf den Boden, verließ die Hütte und kam wenige Augenblicke später mit einem Krug voll frischen Wassers zurück, den sie allerdings nur halb gefüllt hatte, um nicht so schwer tragen zu müssen.

Kron sah sie zweifelnd an, streckte aber gehorsam die Hand aus, als sie ihn mit einer entsprechenden Kopfbewegung dazu aufforderte, und Arri versorgte seine Wunden, so gut sie es konnte. Sie war nicht sicher, ob es auch wirklich gut *war*. Kron war ein starker Mann, dem so leicht kein Schmerzenslaut über die Lippen kam, und dennoch sog er ein paar Mal scharf die Luft zwischen den Zähnen ein, und obwohl er nichts sagte, wurden die Blicke, mit denen er sie maß, immer zorniger. Dennoch ließ er ihre Behandlung nahezu klaglos über sich ergehen und bedankte sich sogar mit einem angedeuteten Nicken, als Arri endlich fertig war, und sie das Tuch, mit dem sie seine Wunden ausgewaschen hatte, in dem Gefäß mit dem mittlerweile schmutzig gewordenen Wasser auswrang.

»Du bist ein gelehriges Kind, wie?«, fragte er. »Hat dir deine Mutter das beigebracht?«

Arri legte das Tuch beiseite und setzte dazu an, ihre Finger in der Schale zu waschen, besann sich dann aber eines Besseren, als sie sich das Wasser noch einmal genauer ansah. Es schillerte nicht nur in einem hässlichen, von gelben Streifen durchzogenen Braunrot, es roch mittlerweile auch wie eine eiternde Wunde. Statt die Finger hineinzutauchen, wischte sie sie kurzerhand an ihrem Rock trocken, etwas, das ihre Mutter auf den Tod nicht ausstehen konnte, das ihren Rock nach dieser Nacht aber auch nicht mehr schmutziger machte. Erst mit einiger Verspätung antwortete sie auf Krons Frage. »Es bleibt nicht aus, das man das eine oder andere mitbekommt, wenn man so viele Verwundete und Kranke sieht.«

»Und wenn man das Kind einer Hexe ist«, fügte Achk von seinem Platz neben der Tür aus hinzu.

Arri beachtete ihn nicht. Das war das Einzige, was sie im Augenblick tun konnte. Jede Antwort, die sie hätte geben können, hätte es nur noch schlimmer gemacht. Sie fragte sich, ob ihre Mutter sie hergeschickt hatte, um sie zu bestrafen, und wenn ja, wofür.

»Was ist geschehen?«, fragte sie, an Kron gewandt. Seine Antwort bestand jedoch nur aus einem Schulterzucken und einem kritisch-missbilligenden Blick, mit dem er den Verband maß, den sie mit deutlich mehr gutem Willen als wirklichem Geschick an seiner Hand angelegt hatte. Vielleicht war er ja nötig, damit sich seine Wunden nicht entzündeten und er die andere Hand nicht womöglich auch noch einbüßte, doch im Moment war seine Wirkung genau so, als wäre eben das bereits geschehen. Sie hatte Krons Hand zu einer unbeholfenen Faust zusammengebunden, aus der nur sein Daumen herausragte.

»Das weiß ich nicht«, antwortete der Jäger. »Die Schreie und der Lärm haben mich geweckt. Als ich aus der Hütte gelaufen bin, habe ich die Flammen schon gesehen.« Er bedachte Achk mit einem bezeichnenden Blick, zog aber zugleich auch eine Grimasse, wie um Arri auf diese Weise klarzumachen, dass sie keine Antwort von ihm bekommen würde, zumindest keine, mit der sie etwas anfangen konnte.

Sie versuchte es trotzdem. »Was ist passiert, Achk? Wieso ist das Feuer ausgebrochen, mitten in der Nacht?«

»Woher soll ich das wissen?«, erwiderte Achk in feindseligem Ton. »Es hat angefangen zu brennen, mehr kann ich nicht sagen. Die Hitze hat mich geweckt, und ich hatte Glück, überhaupt noch aus der Hütte zu kommen. Hätte ich nicht die Stimme des Feuers gehört, so wäre ich im Schlaf verbrannt.«

»Die Stimme des Feuers?«, fragte Arri. »Was soll das sein?«

Achk schnaubte abfällig. »Man arbeitet nicht ein Leben lang mit dem Feuer, ohne seine Stimme zu kennen und seine Sprache zu verstehen«, stieß er hervor. »Ich habe es gehört. Etwas hat gebrannt.«

Arri tauschte einen fragenden Blick mit Kron, auf den sie jedoch nur ein abermaliges einseitiges Schulterzucken zur Antwort bekam, und fuhr dann fort: »Dein Brennofen? Habt ihr das Feuer nicht richtig gelöscht?«

»Was fällt dir ein, du unverschämtes Balg?«, erwiderte Achk aufgebracht. »Das Feuer war aus! Ich habe noch nie vergessen, es zu löschen!«

Arri warf abermals einen fragenden Blick in Krons Gesicht, und diesmal nickte er wortlos.

»Vielleicht hat ja dieser Tölpel etwas falsch gemacht«, fuhr Achk mit keifender Stimme und heftig in Krons ungefähre Richtung gestikulierend fort. »Ich habe ihm gesagt, dass keine Glut mehr im Ofen sein darf. Dass er mit den Händen in die Asche greifen muss, um sich davon zu überzeugen, dass sie auch wirklich kalt ist!«

»Das hast du sogar selbst getan«, erwiderte Kron.

»Das Feuer war aus!«, beharrte Achk. »Es hat gebrannt, aber es war nicht meine Schuld.«

»Aber irgendetwas muss passiert sein«, beharrte Arri. »Es hat kein Gewitter gegeben in dieser Nacht.«

»Und wenn, hätte der Blitz nicht meine Hütte getroffen«, fügte Achk hinzu. Er kicherte albern. »Ich kenne mich mit Gewittern aus. Auch wenn es das Feuer der Götter ist, so bleibt es doch Feuer, und das Feuer ist mein Freund.« Er lachte noch einmal, länger und schrill und meckernd, und ein dünner Speichelfaden lief aus seinem Mundwinkel und tropfte an seinem Kinn hinab. Arri verzog angeekelt das Gesicht.

»Meine Hütte steht nicht von ungefähr in der Nähe des Heiligtums«, fuhr er fort. »Ein Blitz kann sie dort gar nicht treffen.«

»Was für ein Unsinn«, grollte Kron kopfschüttelnd, erreichte damit aber nur, dass Achk noch schriller zu keifen begann.

»Was weißt denn du schon, du grober Tölpel!«, zeterte der Alte. »Du bist vielleicht stark, aber das ist jeder Ochse auch! Und was hat dir deine Kraft genutzt? Sieh dich doch an!«

»Immerhin *kann* ich mich noch ansehen«, versetzte der Jäger böse, und so ging es weiter. Arri hörte schon bald nicht mehr hin. Ihre Mutter hatte ihr erzählt, dass sich die beiden nahezu ununterbrochen stritten, aber sie hatte diesen Worten kaum Beachtung geschenkt und es sich allenfalls komisch vorgestellt; zwei Männer, die sich unentwegt in den Haaren lagen und einander doch brauchten, auch wenn sie viel zu stolz waren, es zuzugeben. Aber es *war* nicht komisch. Kron und Achk waren einfach zwei zänkische Männer, die nur auf ein Stichwort warteten, um den anderen zu beschimpfen oder zu verhöhnen. Irgendwann gab sie es nicht nur auf zuzuhören, sondern die beiden überhaupt zur Kenntnis zu nehmen. Sie hatte Krons Wunden versorgt, so gut sie konnte, und auch noch einmal versucht, sich um Achk zu kümmern. Der Alte hatte es ihr gedankt, indem er nach ihr geschlagen und sich dann ausgerechnet auf die neue Grasmatratze gebettet hatte, die sie in mühevoller Kleinarbeit geknüpft hatte, woraufhin sich Arri schmollend auf ihre eigene – alte und mittlerweile schon halb zerfledderte – Matratze zurückzog und ihm insgeheim möglichst große Schmerzen wünschte.

Sie musste wohl trotz allem eingeschlafen sein, denn das Nächste, was sie bewusst wahrnahm, waren das Klimpern des Vorhangs und ein schlanker Umriss, der sich gegen das klare Licht der Morgensonne abzeichnete, die dahinter schien. Obwohl sie nur einen Schatten erkennen konnte und sich noch benommen und schlaftrunken fühlte, wusste sie, dass es ihre Mutter war. Sie roch nach Qualm.

Unsicher richtete sie sich auf ihrem Lager auf und versuchte, den Schlaf wegzublinzeln, machte es im ersten Moment aber eher schlimmer. Der Schatten vor ihr bekam kein Gesicht, floss dafür aber auseinander und verbog sich auf groteske Weise.

»Ist alles in Ordnung?«, fragte Lea. Ihre Stimme klang müde und so brüchig wie die einer alten Frau. Arri antwortete nicht, weil sie wusste, dass ihre Mutter ohnedies nicht hinhören würde.

Müde und mit hängenden Schultern schleppte sich Lea zu ihrem Lager und hätte sich beinahe darauf niedersinken lassen, fuhr jedoch im letzten Moment wieder hoch, als sie sah, dass es nicht leer war. Achk lag wie ein gefällter Baum auf der neuen Matratze, die Arri geflochten hatte und schnarchte laut und mit offenem Mund.

Von Kron war nichts mehr zu sehen. Er musste gegangen sein, während Arri geschlafen hatte.

»Wunderbar, wie du aufpasst«, seufzte ihre Mutter. Einen Moment lang sah sie sich unschlüssig um und wirkte fast hilflos, dann schleppte sie sich zu ihrem Korbstuhl und ließ sich mit einem abermaligen, noch erschöpfter klingenden Seufzen darauf nieder, das sich mit dem Knarren des stark strapazierten Weidengeflechts zu einem gleichermaßen vertrauten wie unangenehmen Geräusch verband. Sie schloss die Augen, kaum dass ihr Hinterkopf die geflochtene Lehne berührt hatte, und Arri war ziemlich sicher, dass sie auf der Stelle eingeschlafen wäre.

Aber sie zwang ihre Lider, sich noch einmal zu heben, und sah zuerst den schlafenden Schmied und dann ihre Tochter aus rot geränderten Augen an. »Verzeih«, sagte sie matt. »Das war ungerecht.«

Arri setzte sich weiter auf und antwortete auch darauf nur mit einem stummen Achselzucken. Ihre Mutter hatte Recht – sie *war* ungerecht gewesen, aber das war Arri gewohnt und nahm es kaum noch zur Kenntnis. So war sie eben. »War es ... schlimm?«, fragte sie mitfühlend.

»Nein«, antwortete Lea. »Aber anstrengend. Wir haben Glück gehabt, trotz allem. Niemand wurde wirklich schwer verletzt, aber es ist kaum einer ohne Brandblasen, wunde Hände oder versengte Haare davongekommen.« Sie lachte, doch es war ein Laut, dem jeglicher Humor fehlte. »Immerhin brauchen wir uns bis zum ersten Schnee keine Sorgen um unser Essen zu machen. Seit heute Nacht steht das ganze Dorf noch tiefer in meiner Schuld.«

»Außer Sarn«, vermutete Arri. Die Bemerkung tat ihr schon Leid, bevor sie sie ausgesprochen hatte, denn das Gesicht ihrer Mutter verdüsterte sich so sehr, dass sie es trotz der dicken Schicht aus eingetrocknetem Ruß, Schweiß und Schmutz auf ihrer Haut erkennen konnte.

»Ja«, antwortete Lea. Ein bitteres Lächeln huschte über ihre Lippen und verschwand wieder. »Er hat sich die Finger nur schmutzig gemacht, als er sich nach seinem Stock gebückt hat.« Sie zögerte einen Herzschlag lang und fuhr dann mit leiserer Stimme fort: »Und vielleicht vorher, als er die Hütte angezündet hat.«

Achk grunzte im Schlaf und drehte sich lautstark schmatzend auf der Matratze herum, wie um darauf zu antworten. Arri sah erschrocken in seine Richtung, aber der Alte schnarchte bereits weiter. Wenn er die Worte gehört hatte, dann verstellte er sich meisterhaft. »Du meinst ...«, begann sie ungläubig.

Ihre Mutter richtete sich ein wenig auf dem Korbstuhl auf, straffte die Schultern und legte den Kopf in den Nacken, um ihn ein paar Mal hin und her zu bewegen und ihre verkrampften

Muskeln zu entspannen. Dann stand sie auf, zog das Schwert unter dem Umhang hervor und befestigte es sorgfältig wieder an seinem Platz an der Wand. Ohne sich zu Arri umzudrehen, sagte sie: »Wer soll es sonst gewesen sein?«

»Aber warum sollte er das tun?«, erwiderte Arri verstört. Plötzlich verstand sie die Worte ihrer Mutter von vorhin, als sie sich mit dem Schamanen gestritten hatte, besser – und auch Sarns zornig-erschrockene Reaktion darauf.

»Weil er nicht will, dass wir tatsächlich Erfolg haben könnten«, antwortete sie.

»Aber das Dorf braucht einen Schmied«, widersprach Arri.

»Und es wird ihn auch bekommen«, seufzte Lea, ließ sich schwer in den Korbstuhl zurücksinken und bettete den Hinterkopf an die zerschlissenen Lehne. Sie schloss die Augen, sprach aber weiter. »Rahn hat ein Gespräch zwischen ihnen und dem Hohepriester von Goseg belauscht, als Nor das letzte Mal hier war. Goseg wird einen neuen Schmied herschicken, im nächsten Sommer.« Sie lachte wieder dieses leise, vollkommen freudlose Lachen. »Natürlich muss das Dorf danach noch mehr Tribut an Nor und seine Bande von Halsabschneidern bezahlen, aber du hast vollkommen Recht – wir brauchen einen Schmied.«

»Warum sollte er so etwas tun?«, fragte Arri noch einmal – obwohl sie sich zugleich in Gedanken selbst fragte, warum sie diese Frage überhaupt stellte. Sie wusste ja, dass ihre Mutter Recht hatte. »Ich meine: Er ist der Älteste. Das Feuer hätte das ganze Dorf vernichten können! Er würde nichts tun, was den Menschen hier schadet!«

»Sarn«, antwortete ihre Mutter betont, »würde vor allem nichts zulassen, was *ihm* schadet.«

»Und du *weißt*, dass er es war?«, vergewisserte sich Arri. »Oder vermutest du es nur?«

»Jedermann weiß es«, antwortete Lea müde.

»Und ich habe es gesehen«, fügte eine Stimme von der Tür aus hinzu. Arri fuhr erschrocken um und erblickte Rahn, der gebückt unter dem Türrahmen hindurchtrat und Grimassen schneidend ein Gähnen unterdrückte.

»Du hast ihn *gesehen?*«, vergewisserte sich Arri.

Rahn schlurfte mit hängenden Schultern durch den Raum und bedachte Arri mit einem Blick, als wäre er nicht ganz sicher, ob sie einer Antwort überhaupt wert war. Er gähnte erneut und lehnte sich neben Lea an die Wand, bevor er antwortete. »Nicht direkt«, räumte er ein. »Aber er kam mir aus der Richtung der Hütte entgegen, ganz kurz, bevor das Feuer ausbrach, und er war nicht erfreut, mich zu sehen – oder von mir gesehen zu werden.« Er zuckte mit den Achseln, beugte sich ein Stück vor und versuchte, Lea den Arm um die Schultern zu legen. »Da fragt man sich doch, was er mitten in der Nacht dort gewollt hat.«

Oder was du *mitten in der Nacht dort gesucht hast,* dachte Arri, hütete sich aber, diesen Gedanken laut auszusprechen, sondern sah nur mit mühsam unterdrückter Schadenfreude zu, wie ihre Mutter Rahns Arm so heftig von sich stieß, dass er beinahe erschrocken zur Seite gewichen wäre. »Wenn das wahr ist, dann müsst ihr es allen sagen«, sagte sie.

»Es weiß ohnehin jeder«, sagte Lea kopfschüttelnd. »Niemand würde uns zuhören. Und selbst wenn er es ganz offen eingestünde, würde alles dadurch nur noch schlimmer.«

Sie verzog die Lippen, als Rahn Anstalten machte, sich auf der Lehne des Korbstuhls niederzulassen, was diesen zweifelsohne knirschend hätte zusammenbrechen lassen, und fuhr mit plötzlich trotzig klingender Stimme fort: »Wir werden einfach noch einmal von vorn anfangen und allen beweisen, dass wir ihn und Nor nicht brauchen.«

»Von vorn anfangen? Du bist verrückt, Weib.« Achk richtete sich schwankend auf, wischte sich mit dem Handrücken den Sabber aus dem Gesicht und spie aus. »Und womit? Es ist alles weg. Mein Werkzeug, die Gussformen, der Blasebalg, das Erz, alles, was ich zum Schmieden brauche ... es ist nichts mehr da. Ich habe ja nicht einmal mehr ein Dach über dem Kopf.«

»Rahn wird deine Hütte wieder aufbauen, und was das Erz und dein Bronzewerkzeug angeht: verbrannt ist es mit Sicherheit nicht, höchstens gestohlen.« Lea zeigte nicht das leiseste

Anzeichen von Überraschung, Achk durch und durch wach zu sehen, sondern begnügte sich damit, Rahn von sich zu schieben, bevor er mit seinem vollen Körpergewicht dem bereits heftig knirschenden und sich zur Seite neigenden Korbstuhl den Rest geben konnte. »Bis deine Hütte wieder hergerichtet ist, kannst du bei uns bleiben«, sagte sie mit einem ärgerlichen Blick in Rahns Richtung. »Und was dein Werkzeug und alles andere angeht, so werde ich für Ersatz sorgen.«

»Ach, und wie?«, fragte Achk höhnisch.

»Lass das einfach nur meine Sorge sein«, antwortete Lea abweisend. Dann grinste sie plötzlich schief, während sie zu dem Fischer hochsah, der mittlerweile seinen Annäherungsversuch aufgegeben hatte und wieder an der Wand lehnte. »Rahn wird deine Hütte größer aufbauen, und vor allem an einem anderen Ort. Und er wird bei dir wohnen, zumindest so lange, bis ihr mit eurer Arbeit fertig seid und selbst Sarn zugeben muss, dass ich Recht habe.«

»Solange es nicht so endet wie das letzte Mal«, fügte Rahn in boshaftem Ton hinzu und funkelte Lea wütend an. Achk verzog das Gesicht – was es aber auch nicht hässlicher machte –, während etwas in Leas Augen zu erlöschen schien, von dem Arri bisher gar nicht gewusst hatte, dass es da gewesen war.

Rahn verzog das Gesicht, als hätte er auf etwas Saures gebissen. »Es tut mir Leid«, sagte er, nachdem Leas Gesichtsausdruck sich nicht änderte, und schließlich fügte er noch hinzu: »Ich wollte damit nicht sagen, dass du an dem Brand schuld bist.«

»Aber du hast ja Recht«, antwortete Lea kühl. »Es war meine Schuld. Ich habe es nie bestritten, oder?«

»Was war deine Schuld?«, fragte Arri. Ihr Blick irrte zwischen den Gesichtern Rahns, des Blinden und ihrer Mutter hin und her, aber sie bekam keine Antwort. Vielleicht nahmen die drei sie in diesem Augenblick nicht einmal zur Kenntnis. Ganz sicher hatten sie ihre Frage nicht gehört.

Ein unangenehmes, lastendes Schweigen breitete sich in der für ein solches Gespräch viel zu kleinen Hütte aus, und Arri begriff zumindest eines: dass Rahn mit seinen unbedachten Worten etwas ausgesprochen hatte, was – außer ihr – jedermann zu wissen schien, was aber nach einer nie laut getroffenen Absprache für immer unausgesprochen bleiben sollte.

»*Was* war deine Schuld?«, fragte sie noch einmal.

Im allerersten Moment war sie sicher, auch jetzt wieder keine Antwort zu bekommen, denn in den Augen ihrer Mutter blitzte schon wieder der ungeduldige Zorn auf, den Arri immer dann darin las, wenn sie sie auf etwas ansprach, das ihr unangenehm war, oder ihr eine Frage stellte, die sie nicht beantworten wollte, und dem nur zu oft ein jäher Wutausbruch folgte.

Diesmal jedoch nicht. »Achk«, sagte sie. »Was ihm zugestoßen ist, war meine Schuld. Seine Augen. Ich bin schuld, dass er seine Augen verloren hat. Und alles andere auch.«

Arri sah den blinden Schmied gleichermaßen überrascht wie ungläubig an. Sie hatte niemals wirklich erfahren, was Achk zugestoßen war, eben nur, dass es ein schreckliches Unglück gewesen war, bei dem sich Achk nicht nur schlimme Verbrennungen im Gesicht zugezogen, sondern auch beide Augen (und nach Arris Meinung auch einen gut Teil seines Verstandes) verloren hatte. Sicher, es hatte Gerede gegeben, das auch ihr zu Ohren gekommen war, aber sie hatte ihm keine Beachtung geschenkt. Wozu auch? Es gab ständig dummes Gerede. Was immer im Dorf geschehen mochte, wenn es nur schlimm genug war, wurde es unweigerlich ihrer Mutter angelastet, und sei es etwas so ganz Natürliches wie ein Herbststurm oder aber ein heftiges Gewitter.

Aber jetzt fragte sie sich, ob es in diesem Fall vielleicht doch mehr als das *ganz gewöhnliche Gerede* gewesen war.

Zu ihrem Erstaunen war es ausgerechnet Achk, der ihrer Mutter widersprach. »Du redest wirres Zeug, Weib«, sagte er barsch. »Es war nicht deine Schuld. Ich habe nicht richtig zugehört. Du hast mir gesagt, dass ich vorsichtig sein muss und nichts überstürzen soll. Ich war zu ungeduldig, und ich wollte dir zeigen, dass ich es besser weiß als du. Es war mein Stolz, der das Unglück ausgelöst hat, und nicht deine Schuld.«

»War es doch«, widersprach Lea. Bei dem *doch* ließ sie die Handfläche wuchtig auf die Lehne des Korbstuhls klatschen, auf der sich Rahn gerade noch hatte niederlassen wollen, aber ihre Stimme war so kraftlos und brüchig, dass sich die beabsichtigte bekräftigende Wirkung eher ins Gegenteil verkehrte.

»Was ist geschehen?«, fragte Arri ein weiteres Mal. »Ihr müsst es mir sagen.«

»Was wir müssen, entscheide immer noch ich, mein Kind«, antwortete Lea, zwar in strengem Ton, aber noch immer mit der gleichen brüchigen Stimme, die ihren Worten jede Schärfe nahm. Müde ließ sie sich auf ihrem Stuhl nach vorn sinken, stützte die Ellbogen auf den Knien auf und vergrub das Gesicht in den Händen. »Aber vielleicht hast du Recht«, fuhr sie fort. »Ich hätte es dir schon längst erzählen sollen, bevor dir irgendetwas von dem Unsinn zu Ohren kommt, den Sarn herumerzählt.« Sie nahm die Hände herunter, sah Arri nachdenklich ins Gesicht und sagte dann: »Oh. Du hast es offensichtlich schon gehört.«

»Du hast es ja gerade selbst gesagt«, erwiderte Arri und beglückwünschte sich in Gedanken dazu, so schnell auf eine Entgegnung gekommen zu sein, die es ihr ermöglichte zu antworten, ohne zu antworten. »Es ist alles nur Unsinn.«

»Und nun willst du wissen, was wirklich geschehen ist.« Lea verbarg das Gesicht erneut in den Händen. Ihre Schultern sanken nach vorn, als hätte sie sich bisher gegen eine unsichtbare Last gestemmt, der sie nun ganz plötzlich nicht mehr gewachsen war. »Ich habe einen Fehler gemacht«, sagte sie leise. »Einen schlimmen Fehler, Arianrhod. Sicher nicht den ersten, seit ich hierher gekommen bin, aber den schlimmsten.«

»Und was war das für ein Fehler?«, fragte Arri, als ihre Mutter nicht weitersprach.

»Ich habe es gut gemeint«, antwortete Lea. Sie lachte bitter. »Weißt du, dass die allergrößten Fehler meist die sind, die in bester Absicht begangen werden?«

Arri tauschte einen fragenden Blick mit Rahn, erntete aber nur ein ratloses Schulterzucken und einen noch ratloseren Blick.

»Und was war das für ein Fehler?«, fragte sie.

»Ich wollte die Dinge beschleunigen«, sagte Lea. »Vielleicht war das mein einziger Fehler, aber er war schlimm genug. Die Dinge brauchen ihre Zeit, weißt du? Ich kam hierher, und ich sah, dass die Menschen hier so ... so schrecklich wenig wussten, und dass sie hilflos den Jahreszeiten ausgesetzt waren, kaum in der Lage, Getreide für den täglichen Gebrauch anzubauen oder ihre Jagden zu planen. Es war wie ein Sturz in eine andere Zeit, tausend Jahre zurück. Ich dachte, ich könnte ihnen helfen, diese verlorene Zeit aufzuholen und auf Dauer den Hunger aus ihren ständig knurrenden Mägen zu vertreiben. Ich habe mich geirrt.«

Sie nahm die Hände herunter und faltete sie im Schoß, während sie sich zugleich wieder aufsetzte und die Schultern straffte. Seltsam – Arri war fest davon überzeugt gewesen, Tränen in ihren Augen schimmern zu sehen, aber ihre Miene wirkte gefasst, und ihre Stimme klang jetzt nur noch sachlich. »Ich wollte Achk lehren, Eisen zu schmieden.«

»Eisen?«

»Das Metall, das unser Volk verwendet hat.« Lea machte eine Kopfbewegung zur Wand hin. »Das, aus dem auch mein Schwert geschmiedet ist. Es hätte den Menschen hier einen gewaltigen Vorteil vor allen anderen verschafft. Bessere Werkzeuge. Mächtigere Waffen. Tausend Dinge, die mit der weichen Bronze hier nicht möglich waren.«

»Und was war daran so falsch?«, wollte Arri wissen. Was ihre Mutter da erzählte, klang nach einer guten Idee, auch wenn es sich ziemlich abenteuerlich anhörte. Aber das galt ja im Grunde für jede Idee, die ihre Mutter ausbrütete.

»Falsch war daran, dass ich glaubte, alles zu wissen und klüger zu sein als das Schicksal«, antwortete Lea bitter. »Ich war Priesterin, Arianrhod, kein Schmied. Ich dachte, ich kenne das Geheimnis, Eisen zu schmelzen. Ich hatte ein paar Mal zugesehen und das eine oder andere aufgeschnappt und war überheblich genug zu glauben, dass das reicht.« Sie seufzte leise. »Wie sich gezeigt hat, hat es nicht gereicht.«

»Was ist geschehen?«, fragte Arri wieder. Die Frage galt eigentlich Achk, und der Schmied schien das auch zu spüren, denn er setzte zu einer Antwort an, aber Lea kam ihm zuvor.

»Die Rezeptur war wohl falsch«, sagte sie. »Als Achk die Schmelze angestochen hat, ist sein Ofen zerborsten. Das geschmolzene Metall hat sein Gesicht und seine Augen verbrannt. Es ist ein Wunder, dass er überlebt hat.«

»Das hat wohl eher mit deinen heilenden Händen zu tun«, widersprach Achk.

Abermals fiel Arri auf, dass der blinde Schmied mit erstaunlich klarer Stimme sprach, und sie war erstaunt über das, *was* er sagte. Sie sah den Alten stirnrunzelnd an. Natürlich war es unmöglich, in der zerstörten Landschaft seines Gesichts zu lesen, aber es kam ihr trotzdem so vor, als wäre der Ausdruck darauf deutlich klarer geworden. Konnte es sein, dass Achk ihr – und dem gesamten Dorf – die ganze Zeit über nur etwas vorgespielt hatte? Nein, entschied sie. Es war wohl eher anders herum. Auch wenn ihr der Gedanke zuallererst vollkommen widersinnig vorkam, schien Achk doch aus der Katastrophe, die sein Leben nun zum zweiten Mal binnen kurzer Zeit heimgesucht hatte, Kraft *gewonnen* zu haben.

»Das war wohl das Mindeste, was ich dir schuldig war«, antwortete Lea. Plötzlich lächelte sie. »Und es war ganz gewiss nicht allein mein Verdienst. Du hattest Glück, Achk. Und du bist ein zäher alter Knochen.«

»Und du ein dummes Weib«, polterte Achk. »Es *war* nicht deine Schuld. Ich habe lange darüber nachgedacht. Was du mir über das Zaubermetall deines Volkes erzählt hast, muss stimmen.«

Lea wollte abermals widersprechen, doch Achk schien das irgendwie zu spüren. Vielleicht hatte er es auch erwartet, denn er machte eine rüde Handbewegung und fuhr mit lauter Stimme fort: »Ich bin Schmied, Weib. Der Sohn eines Schmiedes, der auch der Sohn eines Schmiedes war. Wenn es etwas gibt, worauf ich mich verstehe, dann ist es das Metall. Was du mir erzählt hast, war richtig. Vielleicht war ich zu ungeduldig. Vielleicht war die Mischung nicht richtig. Vielleicht war das Feuer zu heiß oder nicht heiß genug.«

»Vielleicht reicht es auch nicht, ein paar Tempeltänze und wohlklingende Lieder zu kennen, um die Welt zu verändern«, sagte Lea.

»Wenn du wohlklingende Lieder kennst, warum singst du sie dann nicht«, fragte Achk patzig, »statt mit einer Stimme wie eine heisere Krähe zu keifen?« Er wiederholte seine ärgerliche Geste, obwohl Lea diesmal gar nicht dazu angesetzt hatte, ihn zu unterbrechen. »Wir versuchen es noch einmal. Und noch einmal und noch einmal, wenn es sein muss. Und irgendwann werden wir nicht nur Bronze schmelzen, sondern auch das Zaubermetall, von dem du gesprochen hast.«

»So viel Zeit wird uns nicht bleiben, fürchte ich«, sagte Lea traurig. »Sarn wird nicht aufgeben. Und er wird gewiss nicht tatenlos zusehen, wie wir ihn vor aller Augen zum Narren machen.«

»Und wenn wir es ihm einfach sagen?«, fragte Arri aufgeregt.

Nicht nur Rahn und ihre Mutter sahen sie auf eine Art an, als zweifelten sie ernsthaft an ihrem Verstand. Auch Achk drehte das Gesicht in ihre Richtung und zog die verbrannten Narben zusammen, die die Stelle seiner Augenbrauen eingenommen hatten.

»Ich meine es ernst«, beharrte sie. »Sarn kann sein, wie er will, aber er ist kein Dummkopf.« Sie deutete heftig gestikulierend auf das Schwert an der Wand über ihrer Mutter. »Er muss doch verstehen, was das Geheimnis dieses Metalls für die Menschen hier im Dorf bedeutet. Warum sagt ihr ihm nicht einfach, was ihr plant? Vielleicht wird er uns sogar helfen, wenn er weiß, dass es um das Zaubermetall geht.«

»Manchmal wünschte ich mir, noch einmal so jung zu sein wie du«, sagte ihre Mutter sanft. »Das Leben ist um so vieles einfacher, wenn man geradeaus denkt.«

Rahn lachte, und Arri wurde wütend. »Geradeaus oder dumm?«, fragte sie zornig.

»Das war nicht böse gemeint«, sagte Lea. »Glaub mir, Arianrhod, ich wünschte wirklich, es wäre so einfach, wie du glaubst. Aber leider ist es das nicht.«

»Und was ist so falsch daran?«, fragte Arri. Sie war noch immer wütend, und trotz des ungewohnt versöhnlichen Tones, in dem ihre Mutter mit ihr sprach, wurde sie sogar immer noch wütender.

»Nichts«, antwortete Lea. »Das ist es ja gerade, was es so schlimm macht.« Sie atmete hörbar ein und ließ Hinterkopf und Schultern wieder gegen die Rückenlehne des Stuhles sinken. »Es ist spät geworden. Lasst uns alle ein wenig schlafen. Danach denken wir vielleicht klarer. Morgen werde ich mir den Schaden noch einmal genauer ansehen und entscheiden, was zu tun ist. Jetzt kann ich nicht mehr denken.«

Sie stand schwerfällig auf, und auch Arri wollte sich erheben, sank aber wieder zurück, als ihre Mutter eine abwehrende Geste machte. »Bleib einfach, wo du bist. Für heute schlafen Achk und du hier. Wenn ich wieder in der Lage bin, einen klaren Gedanken zu fassen, lasse ich mir eine bessere Lösung einfallen.«

Arri war von diesem Vorschlag wenig begeistert, aber sie konnte ihrer Mutter ansehen, dass sie viel zu müde und erschöpft war, um sich auf eine lange Auseinandersetzung einzulassen. Und wenn sie ehrlich war, erging es ihr selbst nicht viel anders. Die wenige Zeit, die sie halb sitzend gedöst hatte, hatte längst nicht ausgereicht, um ihr das zurückzugeben, was sie die Anstrengungen während der Löscharbeiten an Kraft gekostet hatten.

»Und du?«

»Ich finde schon einen Platz zum Schlafen«, sagte Lea.

Rahn grinste anzüglich.

13   Arri erwachte erst am späten Nachmittag desselben Tages – oder des darauffolgenden, das kam ganz auf den Standpunkt an. Für Arri war *morgen* immer dann, wenn sie geschlafen hatte; ein reiner Verteidigungsmechanismus, den sie entwickelt hatte, nachdem ihre Mutter damit begonnen hatte, nahezu jede Nacht für sie zum Tage zu machen. Die Hütte war leer. Achks penetranter Altmännergeruch hing noch in der Luft, und die fast noch taufrische Matratze, auf der er gelegen hatte, war zerwühlt und an mehreren Stellen aufgerissen. Arri musterte sie kritisch – ein halber Tag Arbeit, der auf sie wartete – und reckte sich dann ausgiebig, bevor sie aufstand und die Hütte fast fluchtartig verließ, um mit wenigen Schritte die mit Kalk gefüllte Grube anzusteuern, die ihre Mutter für die Verrichtung ihrer Notdurft angelegt hatte. Bevor sie in den Schatten der umstehenden Bäume eintauchte, warf sie einen raschen Blick zum Dorf hinauf.

Sie war ein wenig enttäuscht. Die Stelle, an der noch gestern Achks Hütte gestanden hatte, klaffte jetzt wie eine schwarze Wunde, die tief in den Wald hineingerammt war – das *hatte* sie erwartet – und in der sich nichts rührte. Das hatte sie *nicht* erwartet. Ganz im Gegenteil: Nach dem, was ihre Mutter in der vergangenen Nacht gesagt hatte, hätte sie zumindest geglaubt, Rahn emsig hantieren und sägen und hämmern zu sehen, um die verbrannte Schmiede wieder aufzubauen.

Stattdessen sah sie gar nichts, und plötzlich fiel ihr auch die Stille auf. Ihre Hütte lag weit genug vom Dorf entfernt, dass es hier immer recht ruhig war, aber nun hörte sie *gar nichts*. Es schien, als wäre das Dorf, das sich bisher auf der Anhöhe gegenüber erhoben hatte, einfach nicht mehr da.

Arri setzte den Weg fort, folgte dem Ruf ihres Körpers und kehrte erst eine ganze Weile später und deutlich entspannter aus dem Schutz der Bäume zurück. Sie sah in den Himmel hinauf. Die Sonne hatte den Zenit schon lange überschritten und befand sich wieder auf dem absteigenden Teil ihrer Wanderung, und das gefiel Arri nicht. Wo war ihre Mutter? Und wo waren Rahn und der Schmied?

Plötzlich fühlte sie sich furchtbar allein, und vor allem: allein *gelassen*. Wieso sagte ihr niemand, was sie tun sollte?

Vielleicht wäre es eine gute Idee, sich erst einmal zu waschen. Arri ging gemächlichen Schrittes zur Hütte und steuerte den in mühsamer Schnitzarbeit ausgehöhlten Eichentrog an, in dem ihre Mutter Regenwasser sammelte. Auf halbem Wege ergriff ein spöttisches Lächeln von ihren Lippen Besitz. Wie lange war es her, dass sie sich furchtbar über die Macke ihrer Mutter aufgeregt hatte, sich ständig zu waschen, auch wenn sie gar nicht schmutzig war? Jetzt dachte sie ganz genau wie Lea. War es das, was ihre Mutter gemeint hatte, wenn sie behauptete, sie wäre jetzt *erwachsen*?

Sie beugte sich so tief über den Eichentrog, dass ihre Haare beinahe im kühlen Wasser eintauchten, und schaufelte sich ein paar Hand voll des eiskalten Wassers ins Gesicht. Sie prustete und japste nach Luft und bedachte sich selbst in Gedanken mit einer ganzen Reihe wenig schmeichelhafter Bezeichnungen, weil sie nicht auf sich selbst gehört und die morgendliche Wäsche einfach übersprungen hatte – zumal es nicht Morgen, sondern *Nachmittag* war. Dann zwang sie sich mit einer gewaltsamen Anstrengung, den unterbrochenen Gedanken fortzuführen: Wo waren alle?

Ihr Magen meldete sich mit einem hörbaren Knurren zu Wort und erinnerte sie daran, wie lang der gestrige Tag gewesen war und wie wenig sie gegessen hatte. Sie dachte an den Rest Fladenbrot, den sie in der Hütte gesehen hatte, aber die bloße *Vorstellung*, dass Achk vor ihr seine fauligen Zahnstümpfe hineingeschlagen haben könnte, löste ein so heftiges Gefühl von Übelkeit in ihr aus, dass sie sich plötzlich gar nicht mehr so hungrig fühlte.

Statt zurück in die Hütte zu gehen, lief sie in die Richtung, in der sich der Weg ins Dorf mit dem gewundenen Pfad zur alten Schmiede kreuzte. Was hatte ihre Mutter in der vergangenen Nacht gesagt? *Nach dieser Nacht steht das ganze Dorf noch tiefer in meiner Schuld.* Vielleicht würde es ja wenigstens für ein Stück Brot und einen Bissen Fleisch reichen.

Obwohl seit der Katastrophe ein halber Tag verstrichen war, war der Brandgeruch, der ihr entgegenschlug, noch immer eindringlich genug, um ihr den Atem zu nehmen. Sie hob die Hand vor den Mund und hielt sogar die Luft an, als sie den Bereich aus verbranntem Erdreich passierte, blieb dann aber trotzdem noch einmal stehen.

Sie war allein. Und das Heiligtum, das ihr schon seit geraumer Zeit Unbehagen verursachte, war so nah, dass sie nur den Kopf hätte drehen müssen, um einen Blick auf die steinernen Riesen zu werfen, den Wohnort der Götter, wie die Sippe glaubte. Vielleicht war das ja noch nicht einmal so verkehrt. Vielleicht hatten Sarns zornige Götter das Feuer geschickt, um die ungläubige fremde Frau in ihre Schranken zu weisen, und vielleicht hatten sie auch schon zuvor Unglück über den Schmied gebracht, indem sie seinen Brennofen hatten zerbersten lassen.

Es gelang Arri nicht, diesen Gedanken endgültig zu verscheuchen. Schauplätze von Katastrophen zogen Menschen für gewöhnlich an wie drei Tage altes Aas die Fliegen, und sie hätte zumindest erwartet, ein paar Neugierige anzutreffen, selbst wenn es nur ein paar Kinder waren. Rings um sie herum rührte sich jedoch nichts. Selbst der unversehrte Teil des Waldes, der sich an den verbrannten Bereich aus verkohlten Baumstämmen und zu Asche zerfallenem Unterholz anschloss, schien wie ausgestorben zu sein, als hätte das Inferno der vergangenen Nacht jedes Leben aus diesem Teil der Welt vertrieben.

Arri verspüre ein kurzes, aber eisiges Frösteln und hatte es plötzlich sehr eilig, auf den direkten Weg zum Dorf abzubiegen. Es waren allerdings nur einige wenige Schritte, bevor sie wieder stehen blieb und ihr Herz heftig zu klopfen anfing. Im allerersten Moment konnte sie nicht einmal sagen, was es war, das ihr solche Angst einjagte, aber es war da, und es wurde mit jedem Atemzug schlimmer. Ihr Herz hämmerte. Ihr Mund war mit einem Mal so trocken, als hätte sie seit drei Tagen nichts mehr getrunken, und ihre Hände und Knie zitterten immer stärker. Denn ganz plötzlich wurde ihr klar, dass sie nicht hierher gehörte.

Vielleicht war es dieser Moment, der ihr Leben endgültig und unwiderruflich änderte. Nicht all die zahllosen Gespräche mit ihrer Mutter. Nicht all die Gelegenheiten, bei denen sie weinend vor Angst oder Wut oder Scham nach Hause gerannt war. Nicht all die schlaflosen Nächte, in denen sie mit einem scheinbar grundlosen, aber quälend intensiven Gefühl von Einsamkeit und ... *Anderssein* und mit klopfendem Herzen aufgewacht war. Sie verstand all das plötzlich, sie erinnerte sich an jeden einzelnen Moment der Enttäuschung und Scham, aber es war *dieser* Anblick, der ihr die Augen öffnete, und eine ganz einfache, aber grundlegende Erkenntnis: Nicht *sie* und *ihre Mutter* waren es, die anders waren.

Es waren *alle anderen*, die anders waren, und obwohl sie zuerst noch Schwierigkeiten hatte, diesem scheinbar unsinnigen Gedanken zu folgen, spürte sie doch zugleich, was für ein gewaltiger Unterschied das war.

Natürlich war das Dorf nicht *wirklich* ausgestorben, aber es bot doch einen so ganz anderen, *beunruhigenden* Anblick, dass dieser allein vielleicht schon der Auslöser für jenes sonderbare Gefühl der Fremdartigkeit war, das Arri in diesem Moment ergriff und ihr Leben auf so nachhaltige Weise veränderte. Auf dem großen Dorfplatz bewegten sich Menschen, aber es waren zu wenige für diese Tageszeit, und die meisten von ihnen schlichen mit hängenden Schultern und müden Bewegungen dahin, manche hockten oder standen auch einfach nur da und starrten ins Leere. Auf der anderen Seite, nahe beim Fluss, spielten ein paar Kinder, doch auch ihr Spiel erschien Arri lustlos und matt; wie eine Pflichtübung, die sie hinter sich bringen mussten, weil ihre Eltern sie aus der Hütte geschickt hatten, und nicht wie etwas, das sie tun wollten.

Eine allgemeine Stimmung dumpfer Müdigkeit lag über dem Dorf, die nicht nur alle Bewegungen, sondern auch alle Geräusche und jegliches Anzeichen von Leben dämpfte.

Aber das allein war es nicht. *Das* hätte Arri nachvollziehen können: Das ganze Dorf war schlichtweg müde. Alle hier, gleich ob Mann, Frau, Kind oder Greis, hatten eine ungemein anstrengende und Kräfte zehrende Nacht hinter sich, und wahrscheinlich hatten nur die allerwenigsten lange geschlafen, so wie sie. Doch es war nicht nur die körperliche Müdigkeit, die sie gewahrte. Darunter lag eine andere, dumpfere Mattigkeit, die sie vielleicht schon von Anfang an gespürt hatte, die ihr aber nun tatsächlich zum allerersten Mal bewusst wurde.

Zugleich *sah* sie, wie anders all diese Menschen waren, verschieden von der Gestalt her und dem Schnitt ihrer Gesichter, anders in ihrer Art, sich zu bewegen und zu reden, anders in ihrer Art, zu *sein.* Sie war inmitten dieser Menschen aufgewachsen. Ihr Anblick hatte zu ihrem täglichen Leben gehört, so lange sie sich zurückerinnern konnte. Und doch hatte sie plötzlich das Gefühl, sie zum allerersten Mal so zu sehen, wie sie wirklich waren. Alle hier waren von gedrungenerem Wuchs als sie und ihre Mutter, kräftiger, aber auch deutlich kleiner; selbst Rahn, der von allen Männern im Dorf der Allerstärkste und Kräftigste war, war nicht einmal so groß wie ihre Mutter, und kaum eine Handbreit größer als sie selbst. Die Gesichter der Leute hier waren flacher, grober und einfacher, und das unsichtbare Feuer in ihren Augen, das vielleicht einzig den wirklichen Unterschied zwischen dumpfem tierischem Verstand und dem eines Wesens ausmachte, das den Blick zum Himmel wandte und sich fragte, ob dort oben nicht vielleicht doch die Götter wohnten, schien weniger hell zu brennen.

Arri wusste, dass das ungerecht war. Diese Menschen waren weder besser noch schlechter als ihre Mutter und sie, sie waren einfach nur *anders.*

Und das bedeutete, dass sie nicht hierher gehörten.

Lange Zeit blieb Arri reglos und schweigend am Rande des großen Platzes stehen und versuchte mit dem Verstand zu erfassen, was ihr Herz längst begriffen hatte. Ihre Mutter hatte gesagt, dass sie allerspätestens im nächsten Frühjahr von hier weggehen würden, und nun wusste sie auch, warum. Es hatte vielleicht noch nicht einmal wirklich etwas mit Nors Drohung zu tun, und wenn doch, dann auf eine viel tiefere, umfassende

Weise, die außer den Menschen hier auch Mardan und die anderen Götter mit einschloss, zu denen sie beteten, und mit der Lebensweise, die sie als die richtige erachteten.

Eine Bewegung am Rande ihres Gesichtsfelds erregte ihre Aufmerksamkeit. Arri sah genauer hin und erkannte eine sonderbar schief wirkende Gestalt, die auf der anderen Seite des Dorfplatzes aufgetaucht war und mitten im Schritt innegehalten hatte. Kron. Der Jäger musste sie im gleichen Moment erkannt haben wie sie ihn, und obwohl Arri viel zu weit entfernt war, um sein Gesicht zu erkennen, spürte sie seine Überraschung, sie hier zu sehen. Er schien auf eine ganz bestimmte Reaktion von ihr zu warten, aber Arri wusste nicht, auf welche.

Sie blieb noch einige weitere Atemzüge lang stehen und erwiderte Krons Blick, dann drehte sie sich wieder um und schlug den Weg zur alten Schmiede ein, um über diesen Umweg nach Hause zurückzukehren; warum sie das tat und warum sie damit auch wieder direkt auf das Heiligtum zuhielt, hätte sie nicht einmal zu sagen vermocht. Ganz plötzlich brannten ihr tausend Fragen auf der Seele, die sie ihrer Mutter stellen musste.

Ein eisiger Schauer lief ihr über den Rücken, als sie die Stelle passierte, an der Achks Hütte gestanden hatte. Selbst jetzt schien noch ein spürbarer Hauch von Wärme in der Luft zu hängen; nicht die Wärme der Herbstsonne, die zu dieser Tageszeit noch immer eine erstaunliche Kraft hatte, sondern eine vollkommen andere, zerstörerische Kraft, die sich in der zurückliegenden Nacht hier ausgetobt hatte und deren Echo noch immer zu spüren war. Unter ihren Füßen wirbelte die weiße Asche auf, die alles war, was das Feuer von Achks Schmiede übrig gelassen hatte.

Ganz wie in der Nacht zuvor schlug sie unwillkürlich einen fast furchtsamen Bogen um den schwarz verbrannten Kreis auf der Erde, und es war auch dasselbe Gefühl wie zu jenem Zeitpunkt: Sie glaubte nicht nur das Feuer zu spüren, das hier getobt hatte, sondern noch etwas anderes, viel Dunkleres, als hätte das, was Sarn oder seine Götter getan hatten, unsichtbare Spuren hinterlassen, die man weder greifen noch sehen noch riechen konnte und die doch die Kraft hatten, ihrer aller Leben zu verändern und sie zu zwingen, sich mit unangenehmen Wahrheiten auseinander zu setzen.

Warum hatte sich Sarn so offen gegen sie gewandt? Arri hatte durchaus verstanden, was ihre Mutter ihr gesagt hatte, aber das bedeutete nicht, dass sie es auch *begriff*. Wie war es möglich, dass Sarn die Zukunft des ganzen Dorfes aufs Spiel setzte, nur aus verletztem Stolz heraus? Oder hatte es doch etwas mit dem Glauben an die alten grausamen Götter zu tun, der tief in die Seele des Schamanen und der ganzen anderen Sippe eingebrannt war?

Sie hatte den halben Weg zur Hütte hinab hinter sich gebracht, als sie eine Bewegung am Waldrand wahrnahm. Etwas schimmerte hell zwischen den Schatten der Bäume, und silberfarbenes Metall blitzte im Sonnenlicht. In Erwartung, dass es ihre Mutter war, beschleunigte sie ihre Schritte noch mehr und hob zugleich den Arm, um ihr zuzuwinken.

Ihr Gruß wurde nicht erwidert, und die Gestalt trat auch nicht weiter aus dem Wald heraus, sondern verschmolz ganz im Gegenteil erneut mit den Schatten und war einen Augenblick später endgültig verschwunden.

Arri war verwirrt. Ihre Mutter *musste* sie gesehen haben. Wieso hatte sie nicht auf ihr Winken reagiert oder war wenigstens stehen geblieben?

Sie beschleunigte ihre Schritte abermals, erreichte die Stelle am Waldrand und blieb wieder stehen. Sie lauschte. All die üblichen Geräusche des Waldes drangen aus dem schattigen Grün an ihr Ohr, und vielleicht – aber auch wirklich nur vielleicht – das Geräusch leichter Schritte, die sich rasch entfernten.

Arri war beunruhigter, als sie zugeben wollte. Wenn es ihre Mutter war, die sie gesehen hatte, warum zeigte sie sich dann nicht, sondern lief im Gegenteil davon – und wenn es ein Fremder war, was wollte er dann hier, und wieso zeigte er sich nicht, um das Gastrecht in Anspruch zu nehmen?

Sie dachte daran, der vermeintlichen Gestalt nachzugehen, aber ihr war nicht wohl bei dem Gedanken, ganz allein diesen düsteren, von Schatten und sonderbaren Geräuschen erfüllten Wald ganz in der Nähe des Heiligtums zu betreten. Mit aller Gewalt zwang sie sich, nicht daran zu denken, dass der Schatten von etwas ganz anderem stammen könnte, von etwas, das mit Sarns Göttern zu tun hatte und mit den blutigen Beschwörungsriten, die der greise Schamane ab und zu in dem düsteren Kreis steinerner Giganten zelebrierte ...

Es musste ihre Mutter gewesen sind. Ganz sicher. Und wenn das tatsächlich stimmte, dann hatte sie ihre Gründe gehabt, nicht auf ihr Winken zu reagieren, und wäre ganz bestimmt nicht erfreut, wenn sie ihr jetzt nachging. Und wenn nicht ...

Arri konnte ein eisiges Frösteln nicht unterdrücken, das ihr zwischen den Schulterblättern den Rücken hinablief. Es gab Gerüchte, dass sich im Steinkreis etwas herumtrieb, das nichts Menschliches an sich hatte. Aber das war mit Sicherheit dummes Gerede. Es gab ja auch noch ganz andere, viel greifbarere Gefahren.

Plötzlich musste Arri an den sonderbaren Fremden denken, der ihr das Leben gerettet hatte. Was, fragte sie sich, wenn Sarn und die anderen Recht hatten und dieser Mann nur der Späher war, dem andere folgen würden; vielleicht ein ganzes Heer, das sich jetzt schon bereitmachte und ihren Untergang plante ...

Die Vorstellung war kindisch. Schon ihre Vernunft sagte ihr, dass es nicht so sein konnte. Wäre dieser Fremde, auf den sie im Wald gestoßen war, in feindlicher Absicht hier, hätte er ihr schwerlich das Leben gerettet und somit die Gefahr auf sich genommen, seine Anwesenheit frühzeitig zu offenbaren. Er hätte nicht einmal die Hand gegen sie zu erheben brauchen; es hätte ja vollkommen ausgereicht, wenn er gar nichts getan und einfach abgewartet hätte, bis der Wolf sie tötete.

Der Fehler in diesem Gedankengang fiel ihr auf, noch bevor sie ihn ganz zu Ende gedacht hatte. Wenn dieser Fremde tatsächlich nur die Vorhut einer ganzen Horde wilder Krieger darstellte, konnte er es sich gar nicht leisten, dass jemand vermisst wurde und womöglich das ganze Dorf nach ihm suchte und die umliegenden Wälder durchkämmte.

Was war denn dieser unheimliche Fremde nun – ihr geheimer Schutzengel oder ihr schlimmster Feind? Oder stammte der Schatten, den sie gesehen hatte, doch von jemand – oder etwas – ganz anderem, von etwas, das mit dem Heiligtum und ihrem heimlichen Besuch dort zu tun hatte?

Es war verwirrend. Verwirrend und sehr beängstigend.

Sie scheute davor zurück, wieder ins Dorf zu gehen. Dort gab es nichts für sie zu tun, und sie *wollte* auch nicht dorthin, schon aus Angst, den Schamanen oder vielleicht auch Kron zu treffen. Aber auch ihr eigenes Zuhause erschien ihr im Augenblick nicht sicher genug. Wäre doch nur ihre Mutter hier gewesen!

Das Gefühl, nicht mehr allein zu sein, ließ sie zusammenzucken. Gehetzt sah sie nach rechts und links, drehte sich schließlich um, und ihr Gesicht verfinsterte sich, als sie die beiden Gestalten erkannte, die oben am Ende des Weges aufgetaucht waren. Es waren Kron und der Schamane. Im allerersten Augenblick hatte sie Angst, sie hätten sie gesehen (was zumindest auf Kron ja auch zutraf) und wären ihretwegen gekommen, dann aber bemerkte sie, dass die beiden in einen heftigen Streit verwickelt waren. Kron deutete immer wieder mit seinem verbliebenen Arm dorthin, wo sich gestern zu dieser Zeit noch die Hütte des Schmieds befunden hatte, und auch Sarn tat dasselbe, allerdings abwechselnd mit dem linken Arm und seinem Stock, wobei er immer wieder heftig den Kopf schüttelte. Mehrmals deutete er auch zu Arris Hütte hinunter, und schließlich schien es ihm zu bunt zu werden, denn er umfasste seinen Stock mit beiden Händen und stampfte wütend damit auf den Boden.

Vielleicht hätte er das besser nicht getan, wenigstens nicht da, wo er gerade stand, denn das Ergebnis seiner jähzornigen Bewegung war eine gewaltige weiße Staub- und Aschewolke, die hochwirbelte und ihn und Kron zum Husten brachte. Beide wedelten unverzüglich mit der Hand vor dem Gesicht herum und wichen hastig ein paar Schritte zurück, und auch Arri trat ein kleines Stück in die Schatten des Waldes hinein; falls Kron und der Schamane sie nicht bereits gesehen hatten, dann mussten sie es ja auch nicht unbedingt noch tun. Sarns Laune war durch sein Ungeschick ganz gewiss nicht gestiegen – und wie sie den Schamanen kannte, würde er wahrscheinlich *sie* für seine eigene Dummheit verantwortlich machen.

Ihr schadenfrohes Grinsen erlosch schlagartig, als sie zwischen die Bäume trat. Es war hier spürbar kühler als draußen im Sonnenschein; eine unangenehme, feuchte Kälte, die das Nahen des Herbstes ungleich brutaler ankündigte, als es das warme Licht der Spätsommersonne draußen glauben ließ. Und ihre eigenen Gedanken, die sie gerade bewegt hatten, waren noch nicht vergessen. Der fremde Schatten war noch in ihrem Kopf, intensiv genug, sie schon wieder die Blicke unsichtbarer, lauernder Augen spüren zu lassen, die sie aus dem Hinterhalt heraus beobachteten.

Arri rief sich in Gedanken zur Ordnung und zwang sich, sich langsam und sehr aufmerksam umzusehen. Der Wald war düster und kalt und feucht, aber das war auch schon alles. Niemand war da.

Solcherart beruhigt – wenn auch nicht so sehr, wie sie es sich gewünscht hätte –, wandte sie ihre Aufmerksamkeit wieder den beiden Männern oben am Weg zu und stellte verärgert fest, dass Kron zwar mittlerweile gegangen war, der Schamane aber gar nicht daran dachte, ihr denselben Gefallen zu tun und wieder zu verschwinden. Im Gegenteil: Er blieb eine geraume Weile reglos und mit trotzig gespannten Schultern stehen und sah schließlich so genau in Arris Richtung, dass sie nahezu sicher war, er habe sie gesehen, unbeschadet des Umstands, dass sie tief in den Schatten des Waldes zurückgewichen war. Sein Blick suchte aufmerksam den Waldrand ab, nicht nur den Punkt, wo Arri stand, sondern auch den Bereich rechts und links davon, verharrte für eine geraume Weile auf der Hütte und kehrte dann wieder ziemlich genau zu der Stelle zurück, an der sich Arri verborgen hatte.

Sie überlegte ernsthaft, noch ein Stück tiefer in den Wald hineinzugehen und einen Bogen zu schlagen, um sich der Hütte so zu nähern, dass Sarn sie von seiner Position oben auf dem Weg nicht sehen konnte, doch der Schamane nahm ihr die Entscheidung ab. Schwer auf seinen Stock gestützt, kam er den abschüssigen Pfad herunter.

Einen Augenblick lang fand sie Gefallen an der Vorstellung, dass Sarn auf dem abschüssigen Weg den Halt verlieren, stürzen und sich den Hals brechen könnte, aber auch diesen Gefallen tat er ihr nicht. Er ging sehr langsam, und er hatte noch nicht die Hälfte des Weges zurückgelegt, als eine weitere Gestalt hinter ihm erschien. Im ersten Moment konnte Arri sie im Gegenlicht der bereits tief stehenden Sonne nur als schwarzen Schatten erkennen, der dem Schamanen folgte, und als Sarn, der offensichtlich seine Schritte gehört hatte, stehen blieb und sich zu ihm umdrehte, erkannte ihn auch Arri. Es war Grahl, Krons Bruder.

Gebannt und mit klopfendem Herzen sah sie zu, wie Grahl rasch auf den Schamanen zuging und einige wenige, von heftigen Gesten und einem fast wütenden Deuten und Winken begleitete Worte mit ihm wechselte. Schließlich deutete Grahl wieder zum Dorf hin, doch Sarn schüttelte entschieden den Kopf und vollführte eine befehlende Geste mit seinem Stock, indem er auf Arris Hütte wies. Grahl zögerte sichtbar, gab sich dann aber mit einem Schulterzucken geschlagen, und die beiden setzten nebeneinander ihren Weg in diese Richtung fort. Arri löste sich aus ihrem Versteck und folgte den beiden im Schutz der Bäume. Als die beiden Männer schließlich vor der Hütte angekommen waren, sah Arri mit wachsendem Ärger zu, wie der Schamane die Stufen zur Tür hinaufstieg und dann in der Hütte verschwand, dicht gefolgt von Grahl.

Vielleicht sollte sie froh sein, dass ihre Mutter nicht da war. Sarn und der Jäger waren gewiss nicht gekommen, um sich für die vergangene Nacht zu entschuldigen oder ihrer Mutter einen Freundschaftsbesuch abzustatten.

Was sollte sie nun tun? Einen Moment lang dachte sie ernsthaft daran, die letzten Schritte bis zur Hütte hinabzulaufen und die beiden unverschämten Eindringlinge zur Rede zu stellen, verwarf diesen Gedanken aber fast so schnell wieder, wie er ihr gekommen war. Bevor sie einen Entschluss fassen konnte, was sie als Nächstes tun sollte, tauchte der Schamane bereits wieder unter der Türöffnung auf und tastete sich mit seinem Stock vorsichtig die schmalen Stufen hinab, sodass sich Arri nur noch mit einem schnellen Sprung hinter dem nahen Holunderbusch in Sicherheit bringen konnte. Grahl folgte ihm nach einer Weile, die gerade lang genug andauerte, um Arri sicher sein zu lassen, dass er nicht nur einen schnellen Blick in die Runde geworfen, sondern die Hütte gründlich durchsucht hatte. Die beiden entfernten sich ein paar Schritte von der Stiege, dann blieb Sarn wieder stehen und deutete mit seinem Stock fordernd auf den Waldrand.

Arri wich vorsichtshalber ein paar Schritte tiefer in das Unterholz zurück, obwohl sie vollkommen sicher war, dass die beiden Männer sie nicht sehen konnten. Grahl und der Schamane stritten aufgeregt weiter miteinander, dann machte Sarn eine abschließende Geste, und Grahl fügte sich. Nebeneinander und so schnell, wie es der alte Mann gerade noch konnte, gingen sie am Eichentrog vorbei und steuerten den Waldrand an.

Arri drohte in Panik zu geraten. Im allerersten Augenblick war sie sicher, dass die beiden sie nicht nur gesehen hatten, sondern auch auf dem Weg zu ihr waren, um ihr irgendetwas Schreckliches anzutun. Dann endlich fiel ihr auf, dass sich Sarn gar nicht direkt auf sie zubewegte, und sie erkannte, wie unsinnig dieser Gedanke war. Wenn Sarn ihr etwas zu sagen hatte, dann würde er sie einfach zu sich befehlen.

Es fiel ihr nicht besonders schwer, schneller in die Schatten zurückzuweichen, als Sarn und Grahl sich dem Waldrand näherten, aber ihre Beunruhigung steigerte sich, als sie sah, wie die beiden in den Wald eindrangen, wobei Grahl sein Messer zu Hilfe nehmen musste, um einen Pfad für den greisen Schamanen frei zu hacken. Sarn stolperte dennoch mehr, als dass er ging, und ohne seinen Stock hätte er nicht einmal die ersten drei Schritte geschafft, ohne auf die Nase zu fallen. Arri fand die Vorstellung einigermaßen erbaulich, aber es gab ihr auch zu denken. Sarn war ein alter Mann; wenn er stürzte, dann war das für *ihn* ganz und gar nicht komisch. Er musste schon einen triftigen Grund haben, ein solches Wagnis auf sich zu nehmen.

Wie dieser Grund aussah, das wurde Arri in dem Moment klar, als sie sah, dass Grahl nicht nur den Blick gesenkt hatte, um einen Pfad für den Dorfältesten frei zu hacken. Grahl *suchte* etwas.

Eine Spur.

Arris ungutes Gefühl zerstob schlagartig zu reinem Entsetzen, als ihr klar wurde, dass Grahl der Spur ihrer Mutter folgte. Sie wusste nicht, warum sich ihre Mutter so heimlich davongemacht hatte, und das sogar, ohne auf ihr Winken zu reagieren; doch warum und immer sie es getan hatte, sie hatte ganz gewiss einen triftigen Grund dafür gehabt. Und wenn das, weswegen sie in den Wald gegangen war, schon nicht für *ihre* Augen bestimmt war, dann erst recht nicht für die des Schamanen.

Für die Dauer eines Herzschlags drohte sie in Panik zu geraten, dann aber zwang sie sich mit einer gewaltsamen Anstrengung zur Ruhe und erwog hastig alle Möglichkeiten, die ihr offen standen. Besonders viele waren es nicht. Sie konnte versuchen, Grahl und den Schamanen irgendwie abzulenken (was aber vermutlich vollkommen aussichtslos war), sie konnte jemanden um Hilfe bitten (aber wen? Kron vielleicht oder den blinden Schmied? Lächerlich!), und sie konnte versuchen, ihre Mutter irgendwie zu warnen. Da das ohnehin die einzige Möglichkeit war, die im Mindesten Erfolg versprach, entschloss sie sich für Letzteres.

Reglos und mit angehaltenem Atem wartete sie, bis die beiden ungleichen Männer an ihrem Versteck vorübergegangen waren, spähte gebannt in die Richtung, in die sie sich entfernten, und erinnerte sich voller Unbehagen daran, dass Grahl des Spurenlesens mindestens ebenso mächtig war wie sie selbst und vermutlich sogar um einiges besser. Schließlich war er Jäger und noch dazu einer der Besten, die der Stamm jemals hervorgebracht hatte. Hinzu kam, dass er vermutlich nicht einmal besonders begabt sein musste, um die Spur ihrer Mutter zu finden. Sie waren in den letzten Tagen so oft in diese Richtung gegangen, das es selbst für einen Mann mit weitaus weniger scharfen Augen ein Leichtes sein musste, ihrer Fährte zu folgen.

Immerhin hatte sie einen Vorteil: Sie ahnte, wohin sich ihre Mutter gewandt hatte, und war nicht darauf angewiesen, ihrer Spur zu folgen, und sie musste auch nicht auf einen uralten Greis Rücksicht nehmen, der fünf Schritte brauchte, wenn Grahl einen einzigen machte, und der mindestens bei zweien davon gestützt werden musste.

Arri ließ noch einige weitere Augenblicke verstreichen, bis sie ganz sicher war, dass sich die beiden tatsächlich außer Hörweite befanden, dann huschte sie los. Da sie darauf baute, dass Sarn den Jäger auch weiter so zuverlässig behindern würde wie bisher, ging sie das Wagnis ein, die beiden in großem Bogen zu umgehen, was sie zwar weitere Zeit kostete, die sie jedoch durch ihre größere Schnelligkeit und bessere Kenntnis des Waldes leicht wieder wettzumachen hoffte. Sie kam jedoch nicht annähernd so gut von der Stelle, wie sie gehofft hatte, denn auch sie musste immer wieder stehen bleiben und lauschen, um sicherzugehen, dass sie Grahl und seinem Begleiter nicht etwa ganz aus Versehen in die Arme lief.

Der Weg zur Lichtung war ihr noch nie so weit vorgekommen wie jetzt. Sie stieß unterwegs zwei- oder dreimal auf frische Spuren, die von ihrer Mutter stammten, und ihre Hoffnung stieg, dass Grahl einer älteren Fährte aufgesessen war, die zwar unweigerlich auch zur Lichtung führen musste, aber vielleicht nicht auf direktem Weg, sodass ihr ein wenig mehr Zeit blieb, um ihre Mutter zu warnen. Warum hatte sie nur das Risiko auf sich genommen, am helllichten Tag dorthin zu gehen?

Nach einer schieren Ewigkeit erreichte sie den Rand der kleinen Waldlichtung. Alles war ruhig. Von ihrer Mutter war weder etwas zu sehen noch zu hören, so wenig wie von Sarn und seinem Begleiter. Aber das konnte sich bald ändern. Arri war so schnell gelaufen wie sie konnte, doch sie hatte trotzdem viel Zeit verloren. Die beiden konnten nicht allzu weit hinter ihr sein. Unschlüssig sah sie sich um. Sie hatte fest damit gerechnet, ihre Mutter hier vorzufinden, und war nun zugleich erleichtert wie enttäuscht. Aber wenn sie nicht hier war, wo dann?

Als ob sie die Antwort nicht wüsste. Arri sah mit klopfendem Herzen zum gegenüberliegenden Rand der Lichtung und noch einmal über die Schulter zurück. Sie glaubte die Stimmen Grahls und des Schamanen bereits zu hören, was vielleicht Einbildung war. Aber sie hatte keine Zeit, hier herumzustehen und zu trödeln!

Entschlossen straffte sie die Schultern und machte sich daran, die Lichtung mit schnellen Schritten zu überqueren. Obwohl ihr die Zeit unter den Nägeln brannte, nahm sie den kleinen Umweg in Kauf und ließ ihren Blick auch über die Felsen schweifen, die die Quelle umgaben, nur um sicher zu sein, dass sich ihre Mutter nicht dahinter verbarg – warum auch immer sie das hätte tun sollen. Fast widerstrebend steuerte sie dann das gegenüberliegende Ende der Lichtung an. Ihre Mutter hatte ihr erklärt, dass es im angrenzenden Verbotenen Wald rein gar nichts Unheimliches oder gar Gefährliches gab, und sie glaubte ihr – schließlich hatte sie ihn in ihrer Begleitung mittlerweile mehrmals durchquert. Dennoch machte ihr der bloße Anblick Angst. Die Gräuelgeschichten über diesen Teil des Waldes, die sie ihr Leben lang gehört hatte, und der Schatten, den sie vorhin ganz in der Nähe des Heiligtums gesehen hatte, verdichteten sich zu einem Gefühl purer Beunruhigung.

Ihre Schritte wurden immer langsamer, je näher sie dem Waldrand kam, und vielleicht wäre sie tatsächlich stehen geblieben und hätte sogar kehrtgemacht, wäre ihr nicht plötzlich etwas aufgefallen. Nahezu genau dort, wo die ersten Buchen standen, gewahrte sie einen geknickten Ast, nicht weit daneben ein niedergedrücktes Mooskissen ...

Arri versuchte die Augen vor dem Offensichtlichen zu verschließen, aber es half nichts: Es war eine Spur. Eine Spur, die zweifellos ihre Mutter hinterlassen hatte, als sie unvorsichtig – vielleicht in großer Eile? – in den Wald eingedrungen war.

Arri machte sich nichts vor – wenn *sie* diese Spur sah, dann musste Grahl sie erst recht entdecken. Sie verstand nicht, wieso ihre Mutter so leichtsinnig gewesen war, eine so deutlich sichtbare Spur zu hinterlassen. Hatte nicht ausgerechnet *sie* ihr immer wieder eingeschärft, wie wichtig es war, das Geheimnis zu wahren, das hinter diesem verbotenen Wald verborgen lag?

Es gab im Grunde nur zwei Erklärungen: Ihre Mutter begann leichtsinnig zu werden – was Arri gerade nach der vergangenen Nacht wenig wahrscheinlich erschien –, oder sie hatte es wirklich *verdammt* eilig gehabt ...

Irgendwo auf der anderen Seite der Lichtung raschelte es. Arri fuhr erschrocken herum und atmete im nächsten Augenblick erleichtert auf, als sie sah, dass es nur ein Schwarm Vögel war, der sich lärmend aus einer Baumkrone erhob. Ihre Erleichterung hielt aber nur einen winzigen Moment vor; gerade so lange, wie sie brauchte, um zu begreifen, dass diese Vögel bestimmt nicht von ungefähr aufgeflogen waren.

Ihre Verfolger waren ihr dicht auf den Fersen.

Arri wies auch die letzten Bedenken von sich, die die Vorstellung in ihr auslöste, sich ganz allein einen Weg zwischen den mächtigen Eichen und Buchen zu bahnen, wo frisches Tannengrün, dichte Büsche und hüfthohes Gras wie ein natürlicher Schutzwall wucherten und ein paar unüberlegte Schritte nur zu schnell in den Sumpf führen mochten, vor dem ihre Mutter sie eindringlich gewarnt hatte. So schnell sie nur konnte, folgte sie der Spur, die ihre Mutter hinterlassen hatte. Es fiel ihr nicht besonders schwer. Obwohl es mit jedem Schritt, den sie tiefer in den Wald eindrang, dunkler zu werden schien, verlor sie die Fährte, die den Weg ihrer Mutter markierte, kein einziges Mal. Nach einer Weile gab es keinen Zweifel mehr: Ihre Mutter war auf dem Weg zu den Pferden.

Arris Besorgnis wuchs. Sie beschleunigte ihre Schritte, um ihren Vorsprung vor den beiden Männern auszubauen, obwohl sie dadurch Gefahr lief, ein Hindernis zu übersehen und zu stürzen oder sich anderweitig zu verletzen. Sie hatte noch nicht einmal einen nennenswerten Bruchteil der Entfernung zum anderen Rand des Verbotenen Waldes zurückgelegt, als sie eine Bewegung vor sich wahrzunehmen glaubte und einen Moment später ein Geräusch hörte. Abrupt hielt sie mitten im Lauf inne und wäre vom Schwung ihrer eigenen Bewegung um ein Haar aus dem Gleichgewicht gerissen worden.

Im letzten Moment fand sie an einem Baumstamm Halt, schloss für einen Moment die Augen und wartete, bis sich ihr Herzschlag wenigstens so weit wieder beruhigt hatte, dass sein dumpfes Hämmern nicht jeden anderen Laut übertönte. Sie hob die Lider und blinzelte in das schattenerfüllte Halbdunkel vor sich. In ihren Ohren rauschte das Blut noch immer so laut, dass sie gar nicht erst versuchte, etwas anderes zu hören, aber nun sah sie wenigstens die Bewegung wieder: Etwas Helles regte sich im Unterholz, direkt hinter einem mannshohen Gebüsch, kaum eine Armeslänge vor ihr, und sie spürte die Nähe von jemand anderem mehr, als dass sie ihn sah oder hörte. Ohne ihre aufgewühlten Gedanken unter Kontrolle zu bringen, bewegte sie sich direkt darauf zu, obwohl ihr eine Stimme immer drängender zuflüsterte, dass sie sich sofort umdrehen und so schnell wie möglich weglaufen sollte ...

Im nächsten Augenblick war sie sehr froh, nicht darauf gehört zu haben.

Zunächst erkannte Arri nur die Stimme, obwohl ihre Mutter gar nichts sagte, sondern nur ein tiefes, lang anhaltendes Seufzen hören ließ, dann bewegte sie sich vorsichtig weiter, ließ sich vor dem dornigen Gebüsch in die Hocke sinken und bog unendlich behutsam die Zweige auseinander.

Nein, sie hatte sich nicht getäuscht. Es *war* ihre Mutter, und sie war nicht allein.

Auf der anderen Seite des Gebüschs befand sich eine freie Stelle am Waldboden, auf dem Moos und wuchernde Flechten fast so etwas wie eine natürliche Lagerstatt bildeten. Ihre Mutter lag nackt auf dem Rücken auf diesem weichen Bett und hatte die Beine um die Hüften einer muskulösen, dunkelhaarigen Gestalt geschlungen, die auf ihr lag und sich langsam und rhythmisch vor und zurück bewegte. Arri konnte das Gesicht des Mannes in dem schattigen Halbdunkel nicht erkennen, aber zweifellos war es niemand anderes als Rahn (wer sollte es sonst sein?), den sie nun das zweite Mal zusammen mit ihrer Mutter überraschte. Nur, dass es Lea diesmal nicht annähernd so unangenehm zu sein schien wie vor ein paar Nächten in ihrem Haus. Ganz im Gegenteil: Ihr Seufzen und Stöhnen wurde immer heftiger (und es waren ganz eindeutig *keine* Schmerzenslaute), und ihre Schenkel umklammerten Rahns Leib mit immer größerer Kraft. Ihre Hände gruben sich so fest in seinen Rücken, dass ihre Fingernägel blutige Schrammen auf seiner Haut hinterließen.

Arri bog die Äste vorsichtig noch ein wenig weiter auseinander, um besser sehen zu können, obwohl sie kein gutes Gefühl dabei hatte. Durch das nahezu vollkommen geschlossene Blätterdach des Waldes drang nur sehr wenig Licht, sodass sie kaum mehr als Schemen wahrnahm; zwei ineinander verschlungene Leiber, die sich jetzt immer schneller und hektischer bewegten, im gleichen Maße, wie auch das Seufzen ihrer Mutter zunahm und Rahns Atemzüge schneller und schärfer wurden.

Es war sonderbar. Der Anblick war Arri ebenso peinlich, wie er sie auch in den Bann schlug und es ihr fast unmöglich machte, sich von ihm zu lösen. Sie *wollte* das nicht sehen, nicht bei ihrer Mutter, und dennoch saugte sich ihr Blick beinahe gierig an jeder Bewegung fest, löste das, was sie eigentlich viel mehr erahnte als sah, doch eine sonderbare Sehnsucht in ihr aus; ein Sehnen nach etwas, das sie gar nicht kannte und auf das sie doch zeit ihres Lebens gewartet hatte, ohne es bis zu diesem Moment auch nur zu wissen.

Nach jener Nacht, in der sie Lea und Rahn überrascht hatte, hatte ihre Mutter ihr geduldig und in aller Ausführlichkeit erklärt, *was* sie da eigentlich gesehen hatte, und sie hatte geglaubt, es auch verstanden zu haben. Aber das stimmte nicht. Sie hatte die Worte verstanden, aber nicht, was sie bedeuteten. Jetzt verstand sie es, aber zugleich wuchs ihre Verstörtheit ins Unermessliche. Was sie sah, wurde ihr mit jedem Atemzug peinlicher, aber auch das Sehnen und Wünschen in ihr nahm zu; wenngleich auf eine erschreckende, verbotene Weise.

Das Ringen stöhnender Schatten ging weiter, und plötzlich warf sich ihre Mutter herum, schob Rahn von sich und glitt mit einer fließenden Bewegung hoch, bis sie rittlings auf ihm saß und mit einem Seufzen, das schon fast wie ein kleiner Schrei klang, den Kopf in den Nacken warf. Ihre Augen waren geschlossen, und auf ihrem Gesicht lag ein Ausdruck, der irgendwo zwischen höchster Verzückung und abgrundtiefer Qual zu schwanken schien, aber sie hatte das Gesicht jetzt genau in Arris Richtung gedreht, und wenn sie die Augen auch nur um einen winzigen Spalt öffnete, dann *musste* sie sie einfach sehen.

Vorsichtig ließ Arri den Zweig wieder an seinen Platz zurückgleiten, bewegte sich dann in der Hocke zwei, drei Schritte weit zurück und stand lautlos auf – was im Grunde wenig Sinn ergab, denn Leas Keuchen und Seufzen musste mittlerweile weithin hörbar sein –, und sie wich auch dann noch einmal ein gutes Stück auf Zehenspitzen und mit angehaltenem Atem zurück, bevor sie es auch nur wagte, sich umzudrehen und hörbar aufzuatmen.

Ihre Wangen glühten, und ihr Herz schlug als bitterer, harter Kloß direkt in ihrem Hals. All ihre Gedanken und Gefühle befanden sich in hellem Aufruhr. Sie wollte nur noch weg von hier, so weit und so schnell weg, wie sie nur konnte, aber zugleich wurde die Faszination des Verbotenen, Verruchten, das sie gesehen und getan hatte, immer stärker. Sie musste ...

... ihre Mutter und Rahn warnen. Sarn und sein Führer konnten nicht mehr allzu weit entfernt sein, und es konnte nicht mehr allzu lange dauern, bis sie Rahn und ihre Mutter hörten. Arri hätte selbst nicht sagen können warum, aber sie wusste einfach, dass es zu einer Katastrophe führen würde, wenn Sarn Lea und den Fischer miteinander sah.

Sie drehte sich vollends herum, und ein eisiger Schauer rann ihr über den Rücken, als ihr klar wurde, dass Sarn sie unweigerlich finden musste und dass niemand anderes als sie daran schuld war.

Sie hatte sich Sorgen gemacht, dass Grahl der Spur ihrer Mutter folgen würde. Aber das war gar nicht mehr nötig. In ihrem Bemühen, ihre Mutter möglichst schnell zu finden und zu warnen, war sie vollkommen rücksichtslos durch Gestrüpp und Unterholz gebrochen und hatte ihrerseits eine Fährte hinterlassen, wie sie breiter und auffälliger kaum sein konnte. Der Jäger musste schon blind sein, um die Spur aus zertrampeltem Moos, abgebrochenen Ästen und geknickten Zweigen zu übersehen, die ihren Weg hierher markierte.

Arris Gedanken überschlugen sich. Sie wusste nicht, wie weit Grahl und der Dorfälteste noch hinter ihr waren, doch es konnte nicht mehr allzu weit sein. Was sollte sie tun?

Sie spielte mit dem Gedanken, ihre Mutter und Rahn zu warnen. Aber es war tatsächlich nur ihr allererster Gedanke. Sie zweifelte nicht daran, dass ihre Mutter mit der Situation fertig werden würde – und nötigenfalls auch mit Grahl und dem Schamanen –, aber das Allerletzte, was ihre Mutter jetzt gebrauchen konnte, war eine weitere, offene Konfrontation mit Sarn. Und letzten Endes war sie nicht ganz unschuldig daran, dass es überhaupt so weit gekommen war. Warum hatte sie nicht viel früher reagiert und Sarn und den Jäger aufgehalten oder irgendwie abgelenkt, noch bevor sie überhaupt die Verfolgung ihrer Mutter aufgenommen hatte?

Arri warf einen raschen, fast gequälten Blick über die Schulter auf das Gebüsch zurück, hinter dem noch immer die keuchenden Atemzüge Rahns und ihrer Mutter hörbar waren, dann kam sie zu einem Entschluss. Rasch wandte sie sich um und ging auf ihrer eigenen Spur zurück, die die ihrer Mutter tatsächlich zum größten Teil überdeckte und fast unkenntlich machte.

Sie musste nicht allzu weit gehen. Schon nachdem sie zwei oder drei Dutzend Schritte zurückgelegt hatte, hörte sie vor sich Geräusche – das Brechen von Zweigen, Schritte auf dem weichen, mit Moos bedeckten federnden Boden und eine gedämpfte, misstönende Stimme, die sie zweifelsfrei als die des Schamanen erkannte. Arri erschrak. Hatte sie so lange dagesessen und ihre Mutter und Rahn beobachtet?

Ihr blieb keine Zeit, eine Antwort auf diese Frage zu finden. Ein Schatten tauchte vor ihr auf und wurde zu der breitschultrigen Gestalt des Jägers, zu der sich nur einen Augenblick später auch der Schamane gesellte. Arri hätte nicht sagen können, wer von beiden erschrockener war, aber Sarn sah eindeutig zornig aus, kaum, dass er sie erkannt hatte. Abrupt verhielt er mitten im Schritt, zog die Augenbrauen zusammen und fuhr sie übergangslos an: »Was suchst du hier? Wo ist deine Mutter?«

Es lag Arri auf der Zunge zu antworten, dass ihn das nichts angehe, doch sie beherrschte sich im letzten Moment. Sarn war auch jetzt schon wütend genug, ohne dass sie ihn noch weiter reizen musste.

»Ich suche sie ebenfalls«, antwortete sie, die Überraschte spielend. »Ich dachte, sie wäre hier, aber ich habe sie nicht gefunden.« Sie machte eine Kopfbewegung in den Wald hinter sich und sprach ganz bewusst mit leicht veränderter Stimme weiter; nicht einmal wirklich lauter, aber in jener hellen, durchdringenden Tonlage, vor der ihre Mutter sie eindringlich gewarnt hatte, weil man sie ganz besonders weit hörte, selbst wenn man nicht besonders laut sprach. Wenn ihre Mutter nicht ganz in einem Strudel aus Leidenschaft versunken war, würde sie ihre Stimme hören und entsprechend handeln. Unglückseligerweise war Arri sich in diesem Fall ganz und gar nicht sicher, was ihre Mutter unter *entsprechend handeln* verstehen würde, wenn sie begriff, dass Sarn und der Jäger ihr nachgeschlichen waren.

Oder auch ihre eigene Tochter ...

Doch sie hatte gar keine andere Wahl, als es darauf ankommen zu lassen.

»Der Wald wird dort hinten immer dichter«, fuhr sie fort. »Ich hatte Angst, mich zu verirren. Außerdem ist es hier sumpfig.« Sie zögerte einen ganz kurzen, genau berechneten Moment und fuhr mit einem schiefen Lächeln fort: »Und es ist ... seltsam hier. Meine Mutter hat mir erzählt, dass es hier Ungeheuer und böse Geister gibt.«

Sarn zog eine Grimasse. »Ja, das sagt man«, murmelte er. Das misstrauische Funkeln in seinen vom Alter trüb gewordenen

Augen legte sich kein bisschen. »Aber wenn es so ist, dann frage ich mich, was deine Mutter hier verloren hat. Es sei denn, sie ist mit diesen bösen Geistern im Bunde.«

Arri lächelte unerschütterlich weiter. Grahl sagte gar nichts, aber sein Blick tastete aufmerksamer und misstrauisch das Dunkel hinter ihr ab. »Sie wollte in den Wald gehen, um Kräuter zu suchen«, sagte sie. »Es sind eine Menge Verletzter zu versorgen, und sie muss neue Medizin herstellen.«

»Und die sucht sie ausgerechnet hier, im Verbotenen Wald?«, fragte Sarn misstrauisch.

Arri zuckte mit den Schultern. »Ich weiß es nicht. Ich dachte, ich finde sie hier, aber ich habe ihre Spur verloren.« Sie ließ abermals eine winzige Zeitspanne verstreichen und fügte dann in leicht schuldbewusstem Ton hinzu: »Wahrscheinlich habe ich mich getäuscht. Weiter als bis zur Lichtung sind wir eigentlich nie gegangen. Meiner Mutter ist dieser Wald auch nicht geheuer.«

Grahls Gesichtsausdruck nach zu schließen erging es ihm ganz genauso, und auch Sarn wirkte unruhig, auch wenn Arri nicht sicher war, ob es nicht zum allergrößten Teil Zorn war, den sie in seinen Augen las. Ihr fiel allerdings auch noch etwas auf: als sie das Wort *Spur* aussprach, wurde Grahls Blick eindeutig misstrauischer. Seine Augen tasteten sich an der tatsächlich schwer übersehbaren Fährte entlang, die Arri selbst hinterlassen hatte, und für einen winzigen Moment erschien ein sehr nachdenklicher Ausdruck darin. Dann aber wandte er zu ihrer Erleichterung den Blick ab, zuckte mit den Achseln und starrte sie an. Er gab sich Mühe, möglichst gelangweilt zu wirken, aber im Grunde, das spürte Arri, war ihm die Situation einfach nur unangenehm.

»Du lügst doch, du unverschämtes Balg«, behauptete Sarn. »Jetzt sag die Wahrheit! Was sucht deine Mutter, die Hexe, gerade hier?«

»Kräuter«, antwortete Arri mit einer Ruhe, die sie selbst überraschte. Aber obwohl sie wusste, dass es nicht besonders klug war, konnte sie nicht anders, als hinzuzufügen: »Sie braucht eine Menge Heilkräuter, um den Menschen im Dorf zu helfen. Es sind so viele Verletzte, und sie ist ganz allein.«

Sarn japste hörbar nach Luft und sah einen Moment lang so wütend aus, dass Arri allen Ernstes darauf wartete, dass er sich auf sie stürzte und sie schlug, während Grahl einen Atemzug lang einfach nur verblüfft wirkte und dann alle Mühe hatte, *nicht* breit zu grinsen. Vielleicht war es an der Zeit, die Wogen wieder ein wenig zu glätten.

»Du könntest mir helfen, nach meiner Mutter zu suchen«, wandte sie sich direkt an den Jäger. »Je schneller sie im Dorf ist, desto rascher kann sie ein neues Heilmittel herstellen, um die Verwundeten zu versorgen.« Sie deutete mit einer Kopfbewegung auf Grahls Hände, auf denen eine ganze Anzahl hässlicher, frischer Brandblasen glänzten. »Du hast ja auch etwas abgekriegt, wie ich sehe.«

»Ja, und es ist nur Mardans Gnade zu verdanken, dass es nicht noch mehr und schlimmere Opfer gegeben hat«, lamentierte Sarn. »Wir alle hätten zu Tode kommen können, nur weil deine Mutter ihr Gift in die Köpfe zweier kranker Männer gepflanzt hat.«

Er fuchtelte aufgebracht mit seinem Stab herum, wie um seinen auf so abrupte Weise unterbrochenen Auftritt von vergangener Nacht fortzusetzen, und Arri wich unauffällig einen halben Schritt zurück, nur falls er etwa auf die Idee käme, erneut mit seinem Stock auf sie loszugehen.

»Wenn du wirklich nach deiner Mutter suchst, warum rufst du nicht einfach nach ihr?«, erkundigte sich Grahl. Er sah sie an, als wolle er ihr unauffällig etwas signalisieren, aber sie verstand nicht, was. Hatte er das etwa nur gesagt, um sie zu unterbrechen und sie auf diese Weise zu beschützen? Seltsam – sie war in den letzten Tagen der Meinung gewesen, dass Grahl vollkommen auf Sarns Seite stand.

Aber vielleicht bildete sie sich auch nur ein, etwas zu sehen, was sie unbedingt sehen *wollte*.

»Ich ... ich weiß nicht«, sagte sie ausweichend. Das verlegene Lächeln, das sich dabei auf ihr Gesicht schlich, musste sie nicht schauspielern. »Ich meine ... meine Mutter hat mir verboten, in diesen Teil des Waldes zu gehen und ... und vielleicht gibt es hier ja tatsächlich Geister und ... und andere Dinge. Dinge, die man besser nicht weckt.«

Sarn machte ein verächtliches Geräusch. »Vielleicht treibt sie hier aber auch nur Dinge, die niemand von uns sehen soll«, sagte er böse, womit er der Wahrheit ziemlich nahe kam, wenn auch in vollkommen anderem Sinne, als er annehmen mochte.

Wieder war es zu ihrem Erstaunen Grahl, der ihr zu Hilfe kam. »Vielleicht hat das Mädchen Recht.« Sarn schenkte ihm einen bösen Blick, doch der Jäger fuhr mit einem verkrampften Lächeln fort. »Es stimmt, was man sich über diesen Wald erzählt. Hier geschehen seltsame Dinge. Ich selbst habe des Nachts unheimliche Lichter gesehen, die zwischen den Bäumen brannten. Und man sagt, dass gefährliche Kreaturen ihr Unwesen treiben, die einen in den Sumpf locken, bis man im Morast versinkt und erbärmlich verreckt. Wir sollten ... vielleicht nicht weitergehen.«

»Hast du Angst?«, fragte Sarn verächtlich.

»Jeder Jäger weiß, dass es Momente gibt, in denen man mit Vorsicht weiterkommt statt mit falschem Mut.« Grahl machte eine unschlüssige Geste an Arri vorbei. »Es ist schwer, bei diesem Licht einer Spur zu folgen.«

Sarns Gesicht wurde noch missmutiger, und Arri fragte sich, ob der Jäger den Bogen nicht überspannte. Die Spur, die sie selbst in den Wald getrampelt hatte, war so breit, dass selbst Sarn sie sehen musste. Dennoch nickte er schließlich widerwillig.

»Also gut«, sagte er. »Aber damit ist die Sache nicht erledigt. Sag deiner Mutter, dass ich mit ihr zu sprechen habe. Noch heute.«

Arri schluckte die patzige Antwort herunter, die ihr auf der Zunge lag, und beließ es bei einem bloßen trotzigen Blick; schon, weil Sarn dies vermutlich von ihr erwartete und allerhöchstens misstrauisch werden würde, wenn sie plötzlich zu gefügig wurde.

Sarn drehte sich um und ging ohne ein weiteres Wort, und auch Grahl schloss sich ihm an, allerdings nicht, ohne Arri noch einen weiteren dieser sonderbaren Blicke zugeworfen zu haben. Ari sah ihm sehr nachdenklich hinterher. Sie wurde nicht schlau aus dem Jäger. Er gehörte zu den Wenigen im Dorf, zu denen ihre Mutter bisher ein einigermaßen gutes Verhältnis gehabt hatte. Selbst nach Krons Unglück hatte er sich mehr oder weniger offen auf ihre Seite gestellt, und nun schien er erst Sarns treuester Verbündeter zu sein, um dann in gleichem Maße doch wieder von ihm abzurücken.

Wenigstens hatte sie das bis vor ein paar Augenblicken noch gedacht.

Es war verwirrend. Der Machtkampf, der zwischen ihrer Mutter und dem Schamanen seit dem Tag ihrer Ankunft im Dorf tobte, war nun ganz offen ausgebrochen, aber er wurde anscheinend nach sehr viel undurchsichtigeren Regeln ausgetragen, als Arri verstand.

Vielleicht wollte sie sie auch gar nicht verstehen.

Sie wartete, bis sie ganz sicher war, dass die beiden auch wirklich gegangen waren und sich nicht etwa nur ein paar Schritte weit entfernt hatten, um sie zu beobachten; dann drehte sie sich um, machte einen einzelnen Schritt und blieb dann wieder stehen. Ein ärgerlicher Ausdruck huschte über ihr Gesicht, als sie das Knacken eines Zweiges hinter sich vernahm, aber dieser Ärger galt ausschließlich ihr selbst. Sie war *sicher* gewesen, dass Sarn und der Jäger tatsächlich gegangen waren, aber ganz offensichtlich hatte sie sich getäuscht. Sie war zu vertrauensselig – auch sich selbst gegenüber – und was sie über ihre Mutter gedacht hatte, das schien für sie selbst erst recht zu gelten: Sie begann Fehler zu machen. Und das war nicht gut. Ärgerlich fuhr sie auf dem Absatz herum ...

... und riss erstaunt die Augen auf.

Nur wenige Schritte hinter ihr war tatsächlich eine Gestalt hinter einem Baum hervorgetreten, aber es war weder Sarn noch der Jäger, sondern ...

»Rahn?«, murmelte sie überrascht. »Was ... ich meine wie ...« Sie brach ab, fuhr sich mit der Zungenspitze über die Lippen und unterdrückte im letzten Moment den Impuls, einen Blick über die Schulter zurückzuwerfen. »Was tust du denn hier?«, fragte sie schließlich.

Die Frage schien Rahn zu überraschen. »Das, was deine Mutter mir aufgetragen hat«, antwortete er. »Ich passe auf, dass dir nichts passiert.«

Arri starrte ihn nur weiter an, und das offenbar so verständnislos, dass Rahn sich genötigt sah, einen Schritt auf sie zuzutreten und mit einer erklärenden Geste in die Richtung fortzufahren, in die Grahl und der Schamane verschwunden waren. »Ich war die ganze Zeit in deiner Nähe, keine Angst. Wenn Grahl auch nur *versucht* hätte, dir ein Haar zu krümmen ...« Er überließ es ihrer Phantasie, sich auszumalen, was dann geschehen wäre, legte den Kopf schräg und fuhr fort: »Ich dachte nur, es wäre besser, wenn ich mich nicht zeige.«

»Du ... du warst ... die ganze Zeit über hier?«, vergewisserte sich Arri.

»Ich weiß, was du sagen willst«, sagte Rahn. »Eigentlich hätte er mich hören müssen, unser großer Jäger und Spurenleser. Vielleicht ist es mit seinen Fähigkeiten ja doch nicht so weit her, wie er immer behauptet.« Er lachte leise. »Wer weiß – vielleicht ist das ja auch der Grund, aus dem er sich plötzlich so bei Sarn Liebkind macht.«

Und was ist der Grund, aus dem du dich bei meiner Mutter Liebkind machst?, dachte Arri. Sie sprach es nicht aus – sie war ja schließlich nicht verrückt –, aber Rahn bemerkte immerhin ihr Schweigen, auch wenn er es falsch deutete.

»Du brauchst wirklich keine Angst zu haben.« Er klang ein wenig beleidigt. »Deine Mutter hat mir aufgetragen, auf dich Acht zu geben, und das tue ich.« Ein schmutziges Grinsen erschien auf seinem Gesicht, und Arri bemerkte erst jetzt, dass er einen fast armlangen Knüppel in der rechten Hand hielt, den er jetzt schwungvoll in die geöffnete Linke klatschen ließ.

Dennoch fiel es ihr schwer, sich auf Rahns Worte zu konzentrieren. »Und du warst wirklich die ganze Zeit über in meiner Nähe?«, vergewisserte sie sich.

»Ja«, behauptete Rahn unwillig, schlug sich noch einmal mit dem Stock in die geöffnete Linke und schränkte dann ein: »Beinahe, jedenfalls. Ich habe gesehen, wie du im Wald verschwunden bist, und dann sind Grahl und der Dorfälteste dir nach. Also habe ich sie verfolgt.«

Arri spürte, dass er die Wahrheit sagte. Aber wenn es so war, dachte sie verwirrt – dann erklärte es vielleicht, wessen Schatten ihr in der Nähe des Heiligtums einen Schrecken eingejagt hatte. Aber wer war dann der Mann, den sie gerade zusammen mit ihrer Mutter gesehen hatte?

(14) Ihre Mutter kehrte erst nach Einbruch der Dunkelheit zurück, und sie war weder in einer Stimmung, in der es Arri angeraten schien, sie auf die Ereignisse vom Nachmittag anzusprechen, noch hätte sich die Gelegenheit dazu ergeben. Achk war zurück und hatte sie während der ganzen Zeit, die sie gemeinsam auf Leas Rückkehr gewartet hatten, aufs Übelste beschimpft, weil sie ihm nichts zu essen gegeben hätte – was nicht stimmte. Arri hatte aufgetragen, was sie im Haus hatten – einen erst gestern von Grahl erlegten und von ihrer Mutter bereits angebratenen Hasen, frische Möhren und Erbsen aus ihrem Garten und zwei dünne Scheiben Fladenbrot – und Achk hatte gut die Hälfte davon in sich hineingestopft, bevor er zuerst behauptet hatte, es sei ungenießbar, und nur wenige Augenblicke später, sie wolle ihn mit dem »bereits stinkenden Hasenfleisch« vergiften. Und kaum war ihre Mutter zurück, erdreistete er sich sogar zu der Lüge, sie hätte ihm gar nichts zu essen gegeben. Arri setzte zu einem geharnischten Protest an, aber ihre Mutter ließ sie erst gar nicht zu Wort kommen, sondern brachte sie mit einem ebenso stummen wie vorwurfsvollen Blick zum Schweigen und ging wieder hinaus,

um aus der verbliebenen Hasenkeule und dem, was Arris Garten hergab, eine Mahlzeit für den Blinden zuzubereiten.

Arri war empört. Dass Achk sich so benahm, wie er sich nun einmal benahm, überraschte sie nicht wirklich; der Alte war nun einmal verrückt und hatte allenfalls in der vergangenen Nacht so etwas wie einen lichten Moment gehabt. Aber dass ihre Mutter ihr nicht einmal die Gelegenheit gab, sich zu verteidigen, war einfach ungerecht. Hatte sie selbst ihr nicht immer und immer wieder erklärt, dass *Gerechtigkeit* vielleicht das Höchste aller Güter war, beinahe so wertvoll wie Freiheit, und vielleicht sogar wertvoller, denn wie konnte es Freiheit ohne Gerechtigkeit geben?

Für eine – nicht allzu lange – Zeit saß sie einfach nur da und starrte wütend abwechselnd den blinden Schmied und die Tür an, durch die ihre Mutter verschwunden war, dann aber sprang sie auf und folgte ihr. Achk rief ihr irgendeine Beleidigung hinterher, auf die sie gar nicht mehr achtete. Ihre Füße berührten nur zwei der fünf Stufen, bevor sie den Boden erreichte und sich mit weit ausgreifenden, fast schon rennenden Schritten dorthin wandte, wo sie ihre Mutter hantieren hörte.

Sie fand Lea in dem kleinen Verschlag hinter dem Haus, in dem sie seit vergangener Nacht ihr Lager aufgeschlagen hatte, um in der Hütte Platz für ihren (zumindest so weit es Arri betraf) unwillkommenen Gast zu schaffen. Sie stand mit dem Rücken zur Tür und schien etwas zu suchen. Ihre Bewegungen waren hektisch und fahrig.

»Wenn du das übrig gebliebene Essen von gestern suchst, dann spar dir die Mühe«, sagte Arri zornig. »Es ist nicht mehr da.«

Lea drehte mit einem so wutentbrannten Ruck den Kopf, dass Arri einen erschrockenen Schritt zurückwich, bevor ihr wieder einfiel, warum sie eigentlich gekommen war. »Dein neuer Freund hat es gegessen«, sagte sie. »Kurz bevor du gekommen bist.«

Ihre Mutter schwieg dazu. Arri versuchte vergebens in ihrem Gesicht zu lesen. Es war zu dunkel dazu. Aber sie konnte den

Aufruhr, der hinter ihrer Stirn tobte, regelrecht spüren, und das war seltsam. Nach dem, was sie vorhin mit angesehen hatte, hätte sie erwartet, sie glücklich zu sehen, oder zumindest *zufrieden*, aber das genaue Gegenteil war der Fall. Ihre Mutter war so aufgewühlt, dass es sie große Kraft zu kosten schien, sie nicht anzuschreien. Irgendetwas war geschehen, nachdem Arri sie draußen im Wald aus den Augen verloren hatte. Wusste sie vielleicht, dass Arri sie und den Unbekannten hinter den Büschen gesehen hatte?

»Er sagt, er sei hungrig.« Leas Stimme klang schleppend, als fiele es ihr schwer, sich auf die Antwort zu konzentrieren.

»Er hat gelogen«, sagte Arri. »Er ist ein böser alter Mann. Wie lange muss er noch bei uns bleiben? Er beschimpft mich unentwegt, und er lügt.«

»Er ist ein verbitterter alter Mann, dem wehgetan wurde«, antwortete Lea unerwartet sanft. »Und deshalb tut er anderen weh.«

»Er ist ein Lügner«, beharrte Arri. Sie war nicht bereit, irgendwelche Einwände zu Achks Gunsten zu akzeptieren. Noch einmal: »Wie lange bleibt er bei uns?«

»So lange es nötig ist«, antwortete Lea. Ihre Augen funkelten aus dem Halbschatten heraus, in dem ihr Gesicht verborgen lag. Sie versuchte Schärfe in ihre Stimme zu legen, aber es gelang ihr nicht. »Er braucht Hilfe. Wir können sie ihm geben, also geben wir sie ihm.«

»Warum?«, fragte Arri feindselig. »Weil du glaubst, ihm etwas schuldig zu sein!«

»Weil ich ihm etwas schuldig *bin*«, antwortete Lea betont, schüttelte aber zugleich den Kopf. »Aber das spielt keine Rolle. Ich würde ihm auch helfen, wenn ich ihm nichts schuldig wäre. Weil es das ist, was uns von diesen Menschen hier unterscheidet, weißt du?«

Noch gestern hätten Arri diese Worte vermutlich beeindruckt oder doch zumindest nachdenklich gestimmt, aber jetzt machten sie sie nur noch zorniger. »Nein, das weiß ich nicht. Ich weiß nur, dass er schlecht riecht, verrücktes Zeug brabbelt und überall seinen Dreck hinterlässt, wenn er mich nicht gerade belügt oder mir Beschimpfungen hinterher ruft.«

»Na ja, zumindest sind es keine anzüglichen Blicke«, sagte Lea kühl. »Du willst mir nicht erzählen, dass dich die Worte eines harmlosen alten Mannes wirklich treffen.« Sie zog die Augenbrauen zusammen und wartete vergebens auf eine Antwort. »Er wird nicht mehr lange bleiben«, fuhr sie fort. »Nur noch wenige Tage ... bis Rahn die Schmiede wieder aufgebaut hat ...«

»Rahn«, unterbrach Arri sie scharf, »wird kaum Zeit haben, um die Schmiede wieder aufzubauen. Er ist voll und ganz damit beschäftigt, den ganzen Tag lang hinter mir herzuschnüffeln. Sollte er sich nicht besser um seine schuppigen Brüder und Schwestern kümmern, die sich in der Zella tummeln?«

»Rahn schnüffelt dir nicht hinterher«, antwortete Lea sanft. »Ich habe ihn gebeten, auf dich aufzupassen, wenn ich nicht da bin.«

»Ich brauche niemanden, der auf mich aufpasst«, protestierte Arri. Es gelang ihr einfach nicht, ihre Mutter aus der Ruhe zu bringen, und das machte sie noch wütender.

»Ich weiß«, gab Lea zu. »Aber vielleicht brauche *ich* jemanden, der mir Rahn vom Leib hält. Wenigstens dann und wann.«

Ja, und ich kann mir auch denken, warum, dachte Arri böse. Sie behielt diesen Gedanken vorsichtshalber für sich, aber ihre Mutter schien trotzdem zu spüren, dass sie aus diesen Worten etwas anderes heraushörte als das, was sie eigentlich gemeint hatte, denn ihr Stirnrunzeln vertiefte sich noch, und sie trat vollends aus der Tür heraus und hob die Hand, um sie an der Schulter zu berühren.

Arri prallte einen halben Schritt zurück. Sie wusste selbst nicht, warum sie das getan hatte, aber ihr Herz klopfte, und ihre Hände zitterten plötzlich so stark, dass sie sie zu Fäusten ballen musste, um es zu verbergen.

»Was ist los mit dir, Liebling?« Lea ließ den Arm wieder sinken, aber ihre Stimme wurde hörbar sanfter, und aus dem ungeduldigen Zorn auf ihrem Gesicht wurden Betroffenheit und Sorge. »Stimmt etwas nicht?«

Ob etwas nicht stimmte? Wäre Arri nicht schier zum Heulen zumute gewesen, sie hätte vermutlich laut aufgelacht. *Nichts* stimmte mehr. Ihr Leben war aus den Fugen geraten, und das gründlicher und schneller, als sie es sich vor wenigen Tagen auch nur hätte vorstellen können.

Nichts war mehr so, wie es einmal gewesen war. Sie war nicht die, für die sie sich gehalten hatte. Ihre Zukunft – das ganze Leben, das noch vor ihr lag – würde vollkommen anders verlaufen, als sie erwartet hatte. Ihre Mutter war nicht die, für die sie sie gehalten hatte. Nichts von dem war vielleicht jemals so gewesen, wie sie geglaubt hatte, aber das war ihr einerlei, und es war ihr in diesem Moment auch vollkommen gleichgültig, ob sie etwas daran ändern konnte oder nicht. Sie wollte ihr altes Leben wieder haben, und sie wollte vor allem ihre alte *Mutter* wieder haben. Sie war doch alles, was sie überhaupt besaß!

»Ich verstehe dich so gut, mein armer Liebling«, fuhr Lea nach einer Weile fort, noch immer in diesem sonderbar sanften Ton, der Arri immer wütender machte, obwohl sie nicht einmal wusste, warum. Sie setzte erneut dazu an, die Hand nach ihr auszustrecken, brach die Bewegung aber dann schon im Ansatz ab, vielleicht, um ihr die Peinlichkeit zu ersparen, abermals ausweichen zu müssen. Ein Ausdruck vager Trauer erschien jetzt auf ihrem Gesicht.

»Ich wollte, ich könnte dir helfen, aber das kann ich nicht«, fuhr sie fort. »Das ist etwas, was du ganz allein durchstehen musst.«

»Was?«, fragte Arri. Die Feindseligkeit in ihrer Stimme erschreckte sie selbst, auch wenn sie allmählich begriff, dass dieses aus Hilflosigkeit geborene Gefühl in viel stärkerem Maße ihr selbst galt als ihrer Mutter. Sie war zornig, wütend wie noch nie zuvor in ihrem Leben, und sie wusste nicht einmal warum oder gar worauf.

»Die Zeit, die jetzt vor dir liegt«, antwortete ihre Mutter. »Es ist eine Zeit der Veränderungen, für dich in viel stärkerem Maße als für mich.« Arri sah ihre Mutter völlig verständnislos an, und Lea fuhr fort: »Du hast es mir vielleicht noch nicht verziehen, aber indem ich behauptet habe, du seist zwei Jahre jünger als du wirklich bist, habe ich dir diese zwei Jahre geschenkt. Jetzt ist diese Schonfrist abgelaufen. Künftig wirst du als eine Erwachsene behandelt werden, ob du das nun möchtest oder nicht.«

»Ich wüsste nicht, was sich dadurch ändern sollte!«

Lea lächelte leicht und auf eine Weise, die Arris Trotz vollends entfachte. »Du wirst anfangen, die Welt mit anderen Augen zu sehen. Du hast schon damit angefangen, habe ich Recht? Plötzlich ist alles anders, und du verstehst das nicht. Du beginnst zu zweifeln, an allem und jedem, sogar an mir. Vielleicht wirst du mich sogar hassen, für eine gewisse Zeit. Das ist vollkommen in Ordnung – so lange du die Grenzen des Anstands dabei nicht überschreitest.«

»Und wenn ich das nicht will?«

»Auch das ist ganz in Ordnung«, erwiderte ihre Mutter sanft. »Jeder fürchtet sich vor einer Veränderung, weil es leichter ist, an dem festzuhalten, was man kennt, statt sich dem Neuen zu stellen. Aber es geht nicht. Du kannst die Zeit nicht festhalten, ganz gleich, wie sehr du es auch versuchst.«

Sie kam nun doch näher, legte den Arm um Arris Schultern und drückte sie sanft an sich. Im allerersten Moment versteifte sich Arri unter ihrer Berührung, denn sie war ihr fast schon unangenehm. Um ein Haar hätte sie den Arm ihrer Mutter abgeschüttelt, auch wenn ihr klar war, wie sehr sie sie damit verletzen musste. Aber dann erinnerte sie sich, dass diese Berührung nicht unangenehm sein *sollte*; ganz im Gegenteil.

Die Umarmungen ihrer Mutter waren immer etwas ganz Besonderes für sie gewesen; vielleicht gerade, weil sie so selten waren und dadurch zu einem kostbaren Gut wurden, das sie möglichst lange festzuhalten trachtete. Obwohl ihr klar war, dass es nicht stimmen konnte, meinte sie sich an jede einzelne davon zu erinnern: Augenblicke voller köstlicher Wärme, in denen sie sich geborgen und sicher gefühlt hatte wie sonst niemals und von denen sie sich gewünscht hatte, sie mochten niemals enden.

»Das alles ist jetzt neu und verwirrend für dich«, fuhr Lea fort, »und es muss dich erschrecken, aber es ist nun einmal der Lauf der Natur. Keiner von uns hat die Macht, sie zu ändern.«

»Dann ist es dir ... auch so ergangen?«, fragte Arri zögernd. Sie wusste nicht, warum, aber während sie diese Worte aussprach, schienen sie wiederum das Bild vor ihrem inneren Auge heraufzubeschwören, das sie am Nachmittag gesehen hatte: ihre Mutter, deren Beine den Leib des Mannes umklammerten, den sie für Rahn gehalten hatte, während sich ihre Fingernägel in seinen Rücken gruben und sie stöhnend den Kopf hin und her warf. Diesmal war ihr die Erinnerung nicht peinlich, sie fand die bloße *Vorstellung* abstoßend; als wäre das, was sie bei so vielen anderen mehr oder auch weniger heimlich beobachtet hatte, etwas vollkommen anderes und Unnatürliches, nur weil *ihre Mutter* es tat.

Lea lachte leise, bevor sie antwortete, als hätte sie eine ganz besonders naive Frage gestellt, aber es war nichts Verletzendes oder gar Abfälliges an diesem Lachen. »Natürlich. Jedermann macht es durch, auf die eine oder andere Weise.«

»Und wie ... wie bist du damit umgegangen?«, fragte sie zögernd.

Diesmal verging spürbar etwas Zeit, bevor Lea antwortete, und ihre Stimme nahm einen sonderbaren, fast melancholischen Klang an. »Es ist so lange her, dass ich mich kaum noch erinnere. Ich glaube, ich war ziemlich unausstehlich, damals.«

»Also so wie heute?«, neckte sie Arri.

»Schlimmer«, antwortete Lea ernst. »Ich glaube, es gab ein paar Jahre, in denen ich meine ganze Umgebung fast in den Wahnsinn getrieben habe.« Sie entfernte sich mit langsamen Schritten von der Hütte, und da ihr Arm noch immer auf Arris Schulter lag, musste diese der Bewegung folgen, ob sie nun wollte oder nicht. »Aber ich fürchte, nicht das ist unser Problem. Es sieht eher so aus, als würden wir beide zusammen Sarn in den Wahnsinn treiben. Denn ob er will oder nicht – wir werden einen Weg finden, um bis zum Frühjahr hier zu bleiben, das verspreche ich dir.«

Während der nächsten beiden Tage geschah genau das, was Arri erwartet hatte: nämlich gar nichts. Ihre Mutter ging noch zwei- oder dreimal in den Wald, ohne sich die Mühe zu machen, sie über ihre Ziele aufzuklären oder ihr auch nur zu sagen, wann sie zurückkommen würde, und Arri ergab sich nach anfänglichem Murren in ihr Schicksal, das im Großen und Ganzen darin bestand, in der Hütte zu bleiben und Achks Beschimpfungen und Willkürlichkeiten zu ertragen.

Auch was sie über die Schmiede prophezeit hatte, erwies sich als nur zu wahr: Rahn rührte keinen Finger, um sie wieder aufzubauen, und verbrachte den Großteil seiner Zeit damit, am Waldrand herumzulungern und Leas Hütte zu beobachten; das Fischen hatte er offensichtlich ganz aufgegeben und den Einbaum auf Dauer trockengelegt, was mehr als merkwürdig war, da Sarn so etwas unter gewöhnlichen Umständen niemals geduldet hätte. Im Dorf herrschte eine sonderbare Stille, was aber vielleicht an der Jahreszeit lag. Alles, was auch nur halbwegs gehen und krauchen konnte und zu keinen anderen Arbeiten eingeteilt war, machte sich den Rücken mit der Ernte der letzten Felder krumm, die – Arris Mutter sei Dank – auch dieses Jahr wieder prächtig ausfallen würde. Nur ein einziges Mal kam Lea mit finsterem Gesicht aus dem Dorf zurück. Sie sagte nichts, aber sie strahlte einen solchen Zorn aus, dass Arri auch nicht fragen musste, um zu wissen, dass sie wieder einmal mit Sarn gestritten hatte.

Am dritten Morgen weckte sie ihre Mutter ungewöhnlich früh – noch deutlich vor Sonnenaufgang – und auf noch ungewöhnlichere Weise: Was sie weckte, war Leas Hand, die sich auf ihren Mund legte, und das Erste, was sie sah, als sie müde die Augen öffnete, war Leas andere Hand, deren ausgestreckter Zeigefinger über ihren Lippen lag und ihr auf diese Weise bedeutete, möglichst still zu sein. Arri deutete mit den Augen ein Nicken an, und ihre Mutter zog die Hand zurück, sodass sie wenigstens wieder atmen konnte, gab ihr aber mit einem Wink der anderen Hand noch einmal zu verstehen, dass sie nur keinen Laut machen solle.

Arri stemmte sich umständlich auf die Ellbogen hoch und drehte unwillkürlich den Kopf, um nach Achk zu schauen. Der blinde Schmied lag zusammengerollt auf seiner Matratze am anderen Ende des Zimmers und schnarchte so laut, dass sich Arri fast wunderte, nicht allein davon wach geworden zu sein. Aber das musste nichts bedeuten. Schließlich hatte sie selbst erlebt, dass Achk ganz offensichtlich gleichzeitig zuhören und schnarchen konnte.

Lautlos stand sie auf, schlüpfte in ihre Kleider und folgte ihrer Mutter. Lea hielt den Muschelvorhang zurück, damit es kein verräterisches Geräusch gab – Arri hatte niemals gelernt, so lautlos hindurchzuschlüpfen wie sie –, winkte ihr jedoch nur ungeduldig zu, als sie stehen bleiben und ihr einen fragenden Blick zuwerfen wollte. Erst als sie sich ein gutes Stück von der Hütte entfernt hatten – sicher aus der Hörweite der scharfen Ohren eines Blinden, schätzte Arri –, blieb sie wieder stehen. Sie wirkte übernächtigt und fahrig, als hätte sie in der zurückliegenden Nacht kein Auge zugetan, und Arri fiel erst jetzt auf, dass sie nicht nur ihr Schwert umgebunden hatte, sondern auch ihren warmen Kapuzenumhang trug.

»Was ist los?«, begann sie. »Ist etwas geschehen?«

»Nein«, antwortete Lea, eine Spur zu hastig für Arris Empfinden, und auch der schuldbewusste Ausdruck auf ihrem Gesicht besagte etwas anderes. Nach einem Moment zuckte sie unglücklich mit den Schultern und schränkte selbst ein: »Jedenfalls nichts Schlimmes. Ich ... wollte dir nur etwas sagen.«

»Und das ist so geheim, dass du mich mitten in der Nacht aus der Hütte schleifen musst«, murmelte Arri verschlafen.

Lea warf einen bezeichnenden Blick in den Himmel hinauf. »Es ist zwar noch eine Weile hin bis Sonnenaufgang«, verbesserte sie sie, »aber nicht mitten in der Nacht. Und es ist nicht *so* geheim. Ich wollte Achk nur nicht wecken, das ist alles.«

»Wie rücksichtsvoll von dir«, sagte Arri spöttisch. »Wo er doch ein so lieber Gast ist, den man gar nicht mehr missen möchte.«

»Er ist vor allem ein alter Mann, der schon zu viele Enttäuschungen erlitten hat«, antwortete Lea ernst. »Noch eine weitere würde er vielleicht nicht verkraften. Deshalb ist es besser, wenn er nicht erfährt, was ich vorhabe.«

»Und was wäre das?«, fragte Arri. Das ungute Gefühl in ihr wuchs im gleichen Maße, in dem sie richtig wach wurde und sich ihre Gedanken klärten. Sie war nicht einmal sicher, ob sie die Antwort auf ihre eigene Frage überhaupt hören wollte.

»Ich muss für ein paar Tage weg«, antwortete Lea und fügte hastig hinzu: »Nicht allzu lange, keine Angst. In spätestens fünf, sechs Tagen bin ich zurück.«

Nein, diese Antwort hatte sie wirklich nicht hören wollen; aber sie war im Grunde nicht einmal überrascht. Ihre Mutter hatte zwar versprochen, dafür zu sorgen, dass sie bis zum Frühjahr hier bleiben konnten, aber vielleicht glaubte sie ja selbst nicht daran und machte sich jetzt trotz aller gegenteiligen Bedenken daran, eine andere Bleibe für sie zu suchen. »Ich soll mich also die nächsten Tage um Achk kümmern ...«, begann Arri aufgebracht.

»Nicht allein«, unterbrach Lea sie hastig und im Tonfall einer Verteidigung. »Rahn wird dir helfen. Und auch Kron wird dann und wann vorbeischauen und dir zur Hand gehen, wenn es sein muss.«

»Wenigstens zu *einer* Hand«, schimpfte Arri. »Wo willst du hin?«

»Das Feuer hat alles zerstört«, antwortete Lea. »Achks Werkzeug, sein Erz, der Blasebalg ... es ist alles weg. Jemand muss Ersatz besorgen.«

Arri starrte ihre Mutter vollkommen fassungslos an. »Was soll das? Haben wir nichts Wichtigeres zu tun, als dafür zu sorgen, dass das Dorf wieder einen Schmied bekommt?«

»Ich wüsste nicht, was im Augenblick wichtiger wäre«, sagte ihre Mutter kühl. »Ich werde jedenfalls alles daran setzen, meine – und damit auch deine! – Position bis zum Wintereinbruch zu stärken.«

»Und dabei sollen dir ausgerechnet die zänkischen beiden Männer helfen?«, fragte Arri ungläubig. »Hast du vergessen, was beim letzten Mal geschehen ist?«

»Nein, dass habe ich nicht, genauso wenig wie Sarn, der mit Sicherheit die Finger dabei im Spiel hatte.« Lea warf einen unruhigen Blick in die Runde, als fürchte sie, jemand könne sie belauschen. »Vielleicht hast du es noch nicht gemerkt: Aber ich liefere mir einen erbitterten Kampf mit Sarn. Er will meine Position schwächen und ich sie stärken. Und letztlich geht es dabei um Nors Bedingung – und darum, dass ihn unser umtriebiger Schamane in diesem Punkt voll und ganz unterstützt. Es geht ...«

»Um mich«, beendete Arri den Satz ärgerlich. »Das habe ich schon verstanden.«

Ihre Mutter brachte das Kunststück fertig, gleichzeitig zu nicken und den Kopf zu schütteln. »Nicht nur um dich. Vielmehr um mein Schwert und alles, was damit zusammenhängt.« Sie wischte den nächsten Einwand Arris mit einer ungeduldigen Handbewegung beiseite. »Lass mich nur machen. Ich habe einen Plan, und wenn der gelingt, dürfte es Nor kaum gelingen, uns in die Knie zu zwingen.«

»Das ist ja alles schön und gut«, meinte Arri, »aber warum musst du selbst weggehen? Warum kann Rahn das nicht machen, wie das letzte Mal?«

»Weil es nicht wie das letzte Mal ist.« In Leas Stimme war jetzt ein leicht ungeduldiger Klang, den Arri nur zu gut kannte. Dennoch beherrschte sie sich. »Das letzte Mal musste er nur ein paar Brocken Kupfererz, etwas Zinn und das notwendigste Werkzeug besorgen, und selbst da hat er so ziemlich alles falsch gemacht, was man nur falsch machen kann.« Sie schüttelte bekräftigend den Kopf. »Es ist nichts mehr davon da. Die Schmiede muss von Grund auf neu eingerichtet werden. Ich bin selbst nicht ganz sicher, dass ich dieser Aufgabe gewachsen bin. Rahn wäre jedenfalls hoffnungslos überfordert. Nein – ich muss selbst gehen.«

»Dann komme ich mit!«

»Das geht nicht«, erwiderte Lea. »Die Reise wäre viel zu anstrengend – und gefährlich. Und du würdest mich nur aufhalten. Ich bin viel schneller, wenn ich allein gehe.«

»Du willst sagen, dass ich dir lästig wäre?«

Sowohl Leas Stimme als auch ihr Gesicht wurden um mehrere Grade kühler. »Ich will sagen, dass ich keine Lust habe, mich mit dir auf irgendwelche Wortklaubereien einzulassen, Arianrhod.« Ihre linke Hand schmiegte sich um den Schwertgriff in ihrem Gürtel. »Du wirst hier bleiben«, fuhr sie in bestimmtem Ton fort. »Rahn wird dich beschützen, keine Angst.«

»Rahn?«, vergewisserte sich Arri in abfälligem Ton. »Bist du sicher, dass wir von demselben Rahn sprechen?«

»Er wird dich beschützen«, beharrte Lea. »Wenn es sein muss, mit seinem Leben – schon, weil ich ihm klargemacht habe, dass ich ihn persönlich für alles zur Rechenschaft ziehen werde, was immer dir in meiner Abwesenheit auch widerfährt. Du bleibst einfach im Haus, bis ich zurück bin. Sollten Sarn oder irgendeiner der anderen Ärger machen, wendest du dich an Rahn um Hilfe.«

Arri spürte, dass es vollkommen sinnlos war, weitere Einwände anzubringen, aber sie versuchte es trotzdem. »Und wenn ich verspreche, dir nicht zur Last zu fallen?«, fragte sie. »Ich werde ganz still sein. Ich halte dich ganz bestimmt nicht auf!«

»Das tust du bereits«, antwortete Lea gereizt. »Ich habe keine Lust, mich mit dir zu streiten.« Sie nahm die Hand vom Schwert und seufzte. »Schade. Ich wollte es nicht so, aber wenn es denn sein muss, dann befehle ich dir, hier zu warten. Du wirrst tun, was nötig ist, und dich an Rahn und Kron wenden, wenn es Schwierigkeiten gibt.« Sie klang jetzt sehr bestimmt, zugleich aber auch enttäuscht, dass Arri nicht schneller einlenkte.

»Und wann willst du los?«, fragte sie.

»Heute«, antwortete Lea, zögerte einen Moment und verbesserte sich dann: »Jetzt.«

»So schnell?« Warum überraschte sie das? Dieses Gespräch wäre vollkommen sinnlos, wollte sie nicht *jetzt* aufbrechen.

»Ich möchte schon ein gutes Stück weg sein, wenn die anderen im Dorf wach werden.« Lea lachte heiser auf. »Ich glaube es zwar nicht, aber Sarn ist immer für eine Überraschung gut, und meist leider für eine schlechte. Ich möchte schon ein gutes Stück Weges hinter mich gebracht haben, bis er überhaupt merkt, dass ich weg bin.«

»Soll ich dein Kleid anziehen und unauffällig auf und ab gehen, damit er denkt, du wärst noch hier?«, fragte Arri. Es sollte ein Scherz sein, aber sie spürte selbst, wie gründlich er schief ging. Selbst in ihren eigenen Ohren klangen die Worte boshaft und verletzend. Leas Gesicht erstarrte endgültig zu Stein. Einen Moment lang blickte sie Arri noch mühsam beherrscht an, dann sagte sie ganz leise: »Ich bin so schnell zurück, wie ich kann«, drehte sich mit einem Ruck um und verschwand mit schnellen Schritten in der Dunkelheit.

Eine Weile lauschte Arri noch auf das Geräusch ihrer Schritte, dann war auch das verklungen, und Arri war nicht nur allein, sie fühlte sich auch so, unendlich allein und vor allem allein *gelassen*. Auf eine Art einsam, die fast schon körperlich wehtat. Ihre Augen füllten sich mit brennender Hitze. Sie wusste, dass sie ihrer Mutter wehgetan hatte, aber wieso begriff diese denn nicht, wie weh sie umgekehrt auch ihr tat? Fünf oder sechs Tage? Das kam ihr nicht nur so vor, das *war* eine Ewigkeit, länger als sie jemals zuvor allein gewesen war – und das ausgerechnet jetzt!

Ein paar Augenblicke lang spielte sie ernsthaft mit dem Gedanken, ihr einfach nachzugehen. Wenn sie erst weit genug vom Dorf entfernt waren, hatte ihre Mutter gar keine andere Wahl mehr, als sie mitzunehmen, wenn sie nicht einen gewaltigen Umweg in Kauf nehmen wollte.

Aber ihr war auch fast sofort klar, wie närrisch dieser Gedanke war. Sie bildete sich nicht ernsthaft ein, ihrer Mutter womöglich den ganzen Tag nachschleichen zu können, ohne dass sie es merkte. Und sie kannte ihre Mutter gut genug, um zu wissen, dass sie durchaus imstande wäre, kehrtzumachen und sie zurückzubringen, wenn sie nur wütend genug war.

Sie blieb noch eine geraume Zeit reglos in der Dunkelheit stehen und sah in die Richtung, in der ihre Mutter verschwunden war, aber schließlich drehte sie sich um und ging mit hängenden Schultern zur Hütte zurück.

15 Arri wäre nicht Arri gewesen, wenn sie das so einfach hingenommen hätte. Trotz aller Bedenken machte sie sich auf den Weg, um ihrer Mutter zu folgen. Nicht annähernd so leise wie Lea vorhin schlug sie den Vorhang beiseite und achtete diesmal auch nicht darauf, möglichst wenig Lärm auf der Stiege zu machen; wodurch sie Achk vermutlich endgültig weckte, dessen Schnarchen schon zuvor angefangen hatte, auffällig unregelmäßig zu werden. Aber dieses Problem löste sie kurzerhand, indem sie sich weit genug von der Hütte entfernte, um seine Stimme nicht hören zu können, wenn er mit seinen üblichen Nörgeleien begann.

Erst in gut zwei Dutzend Schritten Entfernung zur Hütte blieb sie stehen und schlang fröstelnd die Arme um den Oberkörper – und erstarrte, als sie im Wald neben sich ein Geräusch hörte, das typische helle Knacken, mit dem ein trockener Ast unter einem unvorsichtigen Fuß zerbrach …

Fast entsetzt fuhr sie herum. Und starrte in Rahns grinsendes Gesicht, während dieser vollends zwischen den Bäumen hervortrat.

»Was fällt dir ein, mich so zu erschrecken?«, fuhr sie ihn an. »Wieso schleichst du dich an mich an?«

Rahn kam näher und blieb gerade dicht genug vor ihr stehen, dass es ihr unangenehm war, und sie erkannte jetzt, dass sie sich getäuscht hatte. Sein Grinsen war noch viel breiter, als sie angenommen hatte. »Hat dir deine Mutter nicht gesagt, dass du nicht hierher kommen sollst?«

»Ich kann gehen, wohin ich will«, antwortete Arri patzig. Die Worte klangen selbst in ihren eigenen Ohren einfach nur dumm.

Rahn reagierte dann auch genau so, wie sie es sich eigentlich hätte denken können: Er griente noch breiter, verschränkte die Arme vor der Brust und maß sie mit einem langen, nicht anders als abfälligen Blick von Kopf bis Fuß, unter dem Arris Zorn noch weiter aufloderte.

»Was fällt dir ein?«, fauchte sie. »Ich werde meiner Mutter sagen ...«

»Dass ich genau das tue, was sie mir aufgetragen hat?«, unterbrach sie Rahn kopfschüttelnd und mit schlecht geschauspielertem Bedauern auf dem Gesicht. »Nur zu. Sie wird sich bestimmt freuen, das zu hören.«

Zu Arris Zorn gesellte sich ein Gefühl von Hilflosigkeit, das alles noch schlimmer machte. Am liebsten hätte sie die Fäuste gehoben und sich auf Rahn gestürzt, und nach allem, was ihre Mutter ihr in den vergangenen Wochen beigebracht und gezeigt hatte, hätte der Fischer möglicherweise eine unangenehme Überraschung erlebt. Aber sie war trotz allem noch klug genug zu wissen, dass sie diesem muskelbepackten Riesen nicht gewachsen wäre, wenn er es wirklich ernst meinte. Darüber hinaus war ihr klar, dass es vermutlich ganz genau das war, was Rahn mit seinem Benehmen zu erreichen versuchte. Sie weit genug zu reizen, damit sie etwas *wirklich* Dummes tat.

»Was hattest du eigentlich vor?«, fragte Rahn. »Wollst du dich vor der Pflicht drücken, deinen lieb gewonnenen Gast zu versorgen?«

Das sagte er zweifellos nur, um sie zu ärgern, und obwohl Arri das wusste, funktionierte es. »Gerade deshalb habe ich mich ja auf den Weg gemacht«, antwortete sie spitz. »Ich wollte zu dir, weil ich Achk eine Suppe kochen will und deshalb noch ein paar schöne spitze Fischgräten von dir brauche.«

Rahn sah sie geradezu verblüfft an, aber dann lachte er und streckte den Arm aus, wie um sie an der Schulter zu ergreifen. Arri wich rasch einen Schritt zurück, und Rahn ließ die Hand eindeutig enttäuscht wieder sinken, versuchte aber nicht noch einmal, sie zu berühren. »Komm schon«, sagte er, jetzt aber in eher gutmütigem Ton. »Ich weiß, dass dir euer Besuch nicht gefällt, aber du solltest es einfach hinnehmen und tun, was deine Mutter dir aufgetragen hat.«

»Und woher willst du wissen, was das ist?«, erkundigte sich Arri, drehte sich aber zugleich auch gehorsam um und machte zumindest einen ersten, zögernden Schritt in die Richtung, in die Rahn wies – nur, damit er nicht auf die Idee kam, sie am Ende doch noch anzufassen.

»Sie hat es mir gesagt.«

»Was?«, erkundigte sich Arri feindselig. »Dass du mich wie eine Gefangene behandeln sollst oder wie ein kleines Kind?«

»Wie ich dich behandele«, antwortete Rahn ruhig, »liegt ganz bei dir. Ich werde einfach so mit dir umgehen, wie du es verdienst.« Er schwieg einen ganz kurzen Augenblick. »Im Moment benimmst du dich wie ein störrisches kleines Kind. Also werde ich dich auch ganz genau so behandeln.«

Arri schluckte die wütende Antwort, die ihr auf der Zunge lag, vorsichtshalber herunter. Auch wenn sie es nie für möglich gehalten hätte, so war ihr Rahn zumindest im Moment eindeutig überlegen, auch mit Worten. Sie fragte sich, ob sie den Fischer in der Vergangenheit tatsächlich so völlig falsch eingeschätzt hatte oder ob es vielleicht der Einfluss ihrer Mutter war, den sie spürte. Nicht, dass diese sonderbare Veränderung Rahn auch nur im Geringsten sympathischer gemacht hätte, ganz im Gegenteil. Bisher war er für sie nicht mehr als ein großer, schrecklich starker, aber dummer Tölpel gewesen, den sie im Grunde nach Belieben herumschubsen und beleidigen konnte, ohne dass er es die meiste Zeit auch nur gemerkt hatte. Jetzt fragte sie sich, ob es nicht vielleicht doch ein bisschen anders gewesen war. Was, wenn Rahn während der ganzen Zeit, in der sie mit ihm zu spielen geglaubt hatte, seinerseits sein Spiel mit ihr gespielt und nur auf den Augenblick gewartet hatte, um es ihr heimzuzahlen?

Und welchen besseren Augenblick konnte es geben als den, in dem sie vier oder fünf oder vielleicht auch noch mehr Tage ganz allein mit ihm war?

»Und wenn ich dir einfach befehle, mir zu sagen, wohin meine Mutter gegangen ist, und mich zu ihr zu bringen?«, fragte sie trotzig.

Rahn lachte. »Deine Mutter hat mich schon davor gewarnt, dass du versuchen würdest, mir auf der Nase herumzutanzen. Aber keine Sorge: Damit kommst du bei mir nicht durch, und wenn du dich auf den Kopf stellst und mit den Ohren schlackerst.«

Arri blieb stehen und drehte sich mit einer ärgerlichen Bewegung zu ihm herum. »Ich könnte meiner Mutter erzählen, dass du aufdringlich geworden wärst. Wie würde dir das gefallen?«

Rahn schüttelte fast gelassen den Kopf, was ihrem Zorn neue Nahrung gab. »Nicht besonders«, gestand er, machte dabei aber ein Gesicht, das diesen Worten jegliche Glaubwürdigkeit nahm. »Aber du scheinst deine Mutter zu unterschätzen. Sie ist eine sehr kluge Frau und hat genau das vorausgesehen, weißt du? Und sie weiß auch, dass ich nicht so dumm bin, wie du immer behauptest.« Er machte einen Schritt nach hinten, um sie abermals auf diese durchdringende und nicht anders als anzügliche Art von Kopf bis Fuß zu mustern, wobei sich auf seinem Gesicht schon wieder dasselbe breite Grinsen bemerkbar machte. Sein Blick tastete auf eine vollkommen … *neue*, unangenehme Weise nicht nur über ihr Gesicht, sondern über ihre Schultern, ihre Arme und blieb eindeutig länger als notwendig an ihrem Oberkörper hängen.

Ganz kurz blitzte eine Erinnerung vor Arris geistigem Auge auf: Sie sah ihre Mutter, die auf dem weichen Mooskissen im Wald lag und die Beine um den dunkelhaarigen Fremden geschlungen hatte, und diese Erinnerung, so kurz sie auch währen mochte, machte Rahns Blick eindeutig zu etwas Schmutzigem, das sie zugleich mit einem vollkommen unsinnigen, aber heftigen Gefühl schlechten Gewissens erfüllte. Nur mit Mühe konnte sie den Impuls unterdrücken, die Arme vor der Brust zu verschränken.

»Du bist ein hübsches Ding«, fuhr Rahn fort. »Und ich bin bestimmt nicht der Einzige im Dorf, der das bemerkt hat. Aber so hübsch, dass ich deinetwegen mein Leben aufs Spiel setzen würde, nun auch wieder nicht.«

»Was soll das heißen?«, schnappte Arri.

Rahn grinste unerschütterlich weiter, aber irgendwie gelang es ihm trotzdem, zugleich mit einem Male sehr ernst zu wirken. »Weil deine Mutter mich töten würde, hätte sie auch nur den Verdacht, dass ich dich angerührt hätte.« Dann wurde sein Grinsen boshaft. »Außerdem – warum soll ich ein Kind nehmen, wenn ich die Frau haben kann? Du bist deiner Mutter sehr ähnlich, das ist wahr, aber bis du an sie heranreichst, vergeht noch eine Weile.«

Arri musste all ihre Willenskraft aufbieten, um sich nicht einfach auf ihn zu stürzen. Seine letzte Bemerkung erinnerte sie wieder daran, wie sie ihn zusammen mit ihrer Mutter gesehen hatte, und die Bilder, die aus ihrer Erinnerung aufstiegen, machten aus der bloßen Anzüglichkeit seiner Worte etwas Schlimmeres, für das sie keine wirkliche Bezeichnung fand. Hätte sie in diesem Augenblick eine Waffe gehabt, hätte sie ihn angegriffen.

Und Rahn schien wohl auch zu spüren, dass er einen Schritt zu weit gegangen war, denn er versuchte – wenn auch vergeblich –, besänftigend zu lächeln, und fügte in verändertem Ton hinzu: »Aber dieses Gespräch ist ohnehin überflüssig. Ich könnte dich gar nicht zu deiner Mutter bringen, selbst wenn ich es wollte.«

Arri glaubte ihm kein Wort, fragte aber trotzdem: »Wieso?«

»Weil ich nicht weiß, wohin sie will«, erwiderte Rahn. »Sie hat es mir nicht gesagt. Ich habe ihr ja noch abgeraten, ausgerechnet jetzt zu gehen, wo wir bald das Jagd-Ernte-Fest feiern werden und Sarn alles daran setzen wird, um die alten Götter im Steinkreis um Hilfe anzuflehen – und ganz nebenbei ein paar Boshaftigkeiten über deine Mutter loszulassen, gegen die sie sich dann nicht wehren kann. Aber sie hat behauptet, sie wäre rechtzeitig zurück, um Sarn in seine Schranken zu verweisen.«

»Du lügst doch!«, behauptete Arri. »Du behauptest, ausführlich mit meiner Mutter über den Zeitpunkt ihrer Reise gesprochen zu haben – und willst dann nicht wissen, wohin sie gegangen ist? Warum sollte dir meine Mutter das verschweigen?«

»Vielleicht aus dem gleichen Grund, aus dem sie es dir nicht gesagt hat?«, schlug Rahn vor. »Oder vielleicht auch, damit ich es niemandem verraten kann.«

Für einen Moment war Arri einfach nur verwirrt. Rahns Behauptung erschien ihr vollkommen unsinnig; nichts anderes als eine Ausrede, aber zugleich glaubte sie auch zu spüren, dass er die Wahrheit sagte. Dennoch erwiderte sie nach einem Moment und mit einem trotzigen Kopfschütteln: »Unsinn. Mir hat sie gesagt, dass sie weggeht, um Ersatz für das verlorene Werkzeug und neues Erz zu holen. Du warst schon einmal zu demselben Zweck fort. Du kennst also den Weg.«

»Wenn es so ist, dann muss sie wohl ihre Zauberkräfte bemühen, um mit einer Ladung Erz und anderen Dingen hierher zurückzukommen«, erwiderte Rahn.

»Was soll das heißen?«

Rahn hob die Schultern. »Es ist wahr, ich war im nächsten Dorf, um dort Vorräte und einige andere Dinge einzutauschen, nach denen deine Mutter mich geschickt hat. Aber ich habe den Ochsenkarren genommen und bin den Umweg über die Feuchtwiesen gefahren, immer gefährlich nah am Sumpf, denn nur dort kommt man überhaupt mit einem Wagen durch. Doch selbst der Wagen hätte kaum ausgereicht, um all die Dinge zu transportieren, die deine Mutter braucht, um eine vollkommen neue Schmiede für Achk einzurichten.«

»Und?«, fragte Arri verwirrt. »Glaubst du, sie wäre nicht in der Lage, einen Ochsenkarren zu lenken? Sie hat es doch immerhin auch geschafft, *dir* ihren Willen aufzuzwingen.«

Rahn nahm die Beleidigung hin, ohne mit der Wimper zu zucken. »Wahrscheinlich schon«, räumte er ein, »aber dazu hätte sie ihn auch mitnehmen müssen, meinst du nicht?«

»Was soll das jetzt wieder heißen?«, murmelte Arri verwirrt.

»Sie hat den Wagen nicht genommen«, antwortete Rahn, »also können wir auch schwerlich seiner Spur folgen.«

»Sie hat den Wagen ...«

»... nicht angerührt, natürlich auch, weil sie Sarn vorher um Erlaubnis hätte bitten müssen.« Rahns Augen funkelten belustigt. »Sarn hätte es ihr niemals erlaubt, und ich glaube auch nicht, dass sie so leichtsinnig wäre, ein Gefährt zu benutzen, dessen Spuren man so einfach folgen kann.«

Diesmal schwieg Arri eine ganze Weile. Ihre Mutter hatte ihr erzählt, dass sie weggehen würde, um alles zu beschaffen, was nötig war, um Achks niedergebrannte Schmiedewerkstatt wieder aufzubauen, und sie glaubte nicht, dass sie sie belogen hatte. Welchen Grund sollte sie dafür haben?

»Warum schließen wir nicht Frieden?«, fragte Rahn. »Wenigstens für die Zeit, bis deine Mutter zurück ist?«

Arri war für einen Moment hin- und hergerissen. Rahns Angebot klang nicht nur verlockend, es klang ehrlich, auch wenn es ihr nicht behagte, das zuzugeben, und vielleicht würde sie es später annehmen, aber noch war sie nicht bereit dazu. Sie beließ es bei einem feindseligen Blick in sein Gesicht, drehte sich mit einem Ruck um und ging mit trotzig in den Nacken geworfenem Kopf auf die Stiege zu. Ihre Gedanken kreisten um das, was Rahn gesagt hatte. Der Ochsenkarren, von dem er gesprochen hatte, war der einzige, den es im ganzen Dorf gab, das einzige Transportmittel, das groß genug war, um mehr als einen Ballen Heu oder zwei große Wasserkrüge damit von der Stelle zu bewegen. Wenn Lea ihn nicht genommen hatte, wie wollte sie dann all die Dinge hierher schaffen, von denen sie gesprochen hatte?

Falls sie es überhaupt wollte.

Arri schrak noch immer vor dem bloßen Gedanken zurück – aber was, wenn ihre Mutter tatsächlich nicht die Wahrheit gesagt hatte? Wenn sie nicht fortgegangen war, um Material und Werkzeug für Kron und den Blinden zu holen, sondern aus einem ganz anderen Grund?

Was, wenn sie nicht wiederkommen würde, weil sie nur für sich allein eine Bleibe für den Winter suchte?

Dieser Gedanke war so erschreckend, dass Arri ihn hastig von sich schob, oder es doch wenigstens versuchte. Aber es gelang ihr nicht ganz. Er war wie ein schleichendes Gift, mit dem sie sich einmal infiziert hatte und das nun seine Wirkung entfaltete, langsam, aber auch unaufhaltsam. Wenn ihre Mutter in diesem einen Punkt die Unwahrheit gesagt hatte, wieso dann auch nicht in einem anderen? Und schließlich hatte sie ihre Unsicherheit und Verwirrung selbst gespürt, vorhin noch, als Lea sich von ihr verabschiedet hatte.

Noch bevor sie die Stiege erreichte, kam sie zu einem Entschluss. Sie würde das tun, was sie von Anfang an hätte tun sollen, nämlich, ihren Befehl missachten und ihr folgen. Zu Fuß konnte ihre Mutter nicht sehr viel schneller vorankommen als sie selbst, wenn sie sich beeilte, und sie hatte in den letzten Wochen keine Gelegenheit ausgelassen, ihrer Tochter all ihre Fähigkeiten und Kenntnisse beizubringen, zu denen auch ein Geschick im Spurenlesen gehörte, das dem Grahls und der anderen Jäger gleichkam. Spätestens wenn die Sonne aufging, würde sie ihre Spur finden. Sie musste nur Rahn loswerden, und als sie den Fuß auf die unterste Treppenstufe setzte und ihr ein besonders lautes, grunzendes Schnarchgeräusch aus der Hütte entgegendrang, wusste sie auch, wie.

Statt sich umzudrehen und dem Fischer mit ein paar energischen Worten nachhaltig zu verbieten, der Hütte auch nur nahe zu kommen – wozu sie eben noch fest entschlossen gewesen war –, eilte sie die wenigen Stufen hinauf, blieb unter der Tür stehen und winkte ihm im Gegenteil zu, ihr zu folgen. Rahns Gesicht lag im Schatten des Hauses, aber sie spürte seine Überraschung und sah auch, dass er einen Moment zögerte, ihr dann aber mit umso energischeren Schritten nachkam. Arri dachte vorsichtshalber erst gar nicht darüber nach, was jetzt in seinem Kopf vorgehen mochte; aber was immer es auch war, er würde gleich eine ziemlich unangenehme Überraschung erleben.

»Bring einen Krug Wasser mit«, rief sie ihm zu. »Ich mache uns ein Frühstück. Es ist noch etwas kaltes Fleisch von gestern Abend da.«

Sie wartete nicht ab, ob Rahn ihrer Bitte nachkam oder nicht, sondern schlug den Vorhang bewusst grob zur Seite und schlich auch nicht auf Zehenspitzen ins Haus, so wie sie es vorhin verlassen hatte, sondern trampelte regelrecht hinein. Achk warf sich betont auffällig auf seinem Lager herum und ließ einen einzelnen, fast explosiven Schnarcher hören, aber sie spürte, dass er nicht echt war. Der Schmied war wach; das war er schon gewesen, als sie hereingekommen war.

Arri polterte weiter nach Kräften herum, und Achk tat weiter sein Bestes, um den Schlafenden zu spielen, während sie Feuerholz und Späne holte und mit geschickten Bewegungen die Lampe anzündete. Als Rahn, einen langsam, aber beständig leckenden Krug in beiden Händen tragend, gebückt durch die Tür trat, war der Raum vom milden, gleichmäßig gelb brennenden Schein der Öllampe erhellt. Rahn maß die kaum fingergroße Flamme mit einem unruhigen Blick, während er seine Last zum anderen Ende des Raumes trug und ebenso behutsam wie ungeschickt abstellte. Arri kommentierte sein Ungeschick mit einem spöttischen Lächeln, gab sich aber alle Mühe, es wie etwas anderes aussehen zu lassen, und es funktionierte, denn in den Augen des Fischers erschien ein überraschter Ausdruck.

Wie die allermeisten im Dorf benutzte Rahn keine Öllampen, um seine Hütte zu beleuchten, sondern – wenn überhaupt – ein qualmendes Feuer, das mehr Rauch als Licht verbreitete und im Sommer darüber hinaus unerträgliche Hitze. Es war Arri ein Rätsel, wieso das Dorf nicht regelmäßig drei oder vier Mal im Jahr abbrannte, bei all den offenen Feuerstellen, die es in den aus Holz, Weidengeflecht und Schilf gebauten Hütten gab, und wieso sich der Großteil seiner Einwohner nach wie vor beharrlich weigerte, die viel sichereren und vor allem leichter zu handhabenden Öllampen zu verwenden. Aber es gab so viele Rätsel in diesem Dorf, dass sie schon längst damit aufgehört hatte, sich wirklich den Kopf darüber zu zerbrechen. Vielleicht fing sie auch gerade erst damit an.

Sie hantierte noch eine Weile an der Lampe herum, wobei sie Rahn ein freundliches Lächeln schenkte, als er in ihre Richtung sah, dann stand sie auf und ging zu dem kleinen Schemel neben der Tür, auf dem tatsächlich noch die Reste der letzten Mahlzeit standen. Es waren kaum mehr als ein paar kümmerliche Reste, nicht einmal wirklich der Rede wert, sie zu essen, aber dieser eine Blick und ihre ganz bewusst nicht vollkommen natürlich wirkende Bewegung schienen Rahn vollkommen ausgereicht zu haben, um zu begreifen, dass sie ihn nicht hereingebeten hatte, um zusammen mit ihm zu essen. Sie sah nicht in seine Richtung, doch sie meinte seine Blicke zu spüren, wie die Berührung einer warmen, unangenehmen Hand, die ihren Rücken hinabstrich, über ihre Schenkel und Waden tastete und dann wieder hinauf. Ein sonderbares Gefühl breitete sich in ihr aus, und Arri rief sich in Gedanken zur Ordnung. Was es auch war, das sie in letzter Zeit immer öfter und immer heftiger empfand, *jetzt* war nicht der Moment, darüber nachzudenken oder gar dieser sonderbaren Neugier nachzugeben.

Bewusst langsam drehte sie sich um, hielt den Teller mit den kümmerlichen Essensresten in beiden Händen und machte ein verlegendes Gesicht, aber nicht nur. Sie hatte zwar keinerlei Übung in solchen Dingen, hoffte aber, dass dieses ganz bestimmte, angedeutete Lächeln, das sie in ihr entschuldigendes Achselzucken einfließen ließ, Rahn ganz genau das denken ließ, was er denken sollte, und allem Anschein nach erreichte sie ihr Ziel: Er sah die Schale in ihren Händen nicht einmal wirklich an, sondern ließ sich mit untergeschlagenen Beinen auf ihrer Matratze nieder, und aus der Verwirrung und Überraschung und – ja, auch der Spur von Misstrauen – in seinen Augen wurde etwas anderes. Er setzte dazu an, etwas zu sagen, aber Arri schüttelte rasch den Kopf und warf einen warnenden Blick auf den scheinbar schlafenden Schmied. »Wir müssen leise sein.«

Rahn machte ein abfälliges Geräusch und eine ebensolche Handbewegung. »Er schläft wie ein Stein«, antwortete er, allerdings im gleichen, fast flüsternden Tonfall, in dem auch Arri gesprochen hatte. Der Anteil von Misstrauen in seinem Blick war nun vollkommen erloschen, wie Arri zufrieden feststellte, und nun machte sich wieder jenes anzügliche Grinsen auf seinen Lippen breit, das es Arri immer schwerer machte, nicht einfach die Schale zu nehmen und sie ihm ins Gesicht zu werfen.

Er klopfte mit der flachen Hand zweimal neben sich auf die Matratze, als hielte er sie für einen Hund, den er auf diese Weise heranbefehlen konnte, und Arri trat auch wirklich einen Schritt auf ihn zu, blieb aber dann wieder stehen und warf einen weiteren, diesmal stirnrunzelnden Blick zu Achk hin. Der Schmied schnarchte noch immer und gab in fast regelmäßigen Abständen helle, schmatzende Geräusche von sich. Er hatte ihnen den Rücken zugedreht, aber Arri spürte so deutlich, dass er wach war und lauschte, als hätte er aufrecht dagestanden und ihr mit beiden Armen zugewinkt. Rahn spürte es offensichtlich nicht, denn er folgte ihrem Blick und fragte dann, eine Spur lauter und in verächtlichem Ton: »Warum lasst ihr diesen alten Stinker in eurer Hütte schlafen?«

Achk schnarchte bestätigend, und Arri gab sich Mühe, so zu tun, als ob sie nur noch mit Mühe ein Grinsen unterdrücken könnte. »Warum nennst du ihn so?«

»Weil er es ist, ganz einfach.« Rahn klopfte noch einmal neben sich und unterstrich seine Aufforderung diesmal mit einer entsprechenden Kopfbewegung, und Arri tat ein paar Schritte auf ihn zu, setzte sich dann aber gerade weit genug neben ihm auf die Matratze, damit er sie nicht mit der Hand erreichen konnte, ohne sich zur Seite zu beugen oder aufzustehen.

»Meine Mutter wollte, dass er hier bleibt, bis seine Schmiede wieder aufgebaut ist«, fuhr sie fort. Sie fügte in leicht schnippischem Ton hinzu: »Wenn ich mich richtig erinnere, hätte das doch längst der Fall sein müssen, oder nicht?«

»Ich kann nicht zwei Dinge gleichzeitig tun«, behauptete Rahn. »Im Augenblick bin ich damit beschäftigt, dich zu beschützen.«

Und im Augenblick, dachte Arri, war der Einzige, vor dem sie vermutlich wirklich beschützt werden musste, er selbst. Sie ließ sich aber auch davon nichts anmerken, sondern sah ihn nur an und lächelte stumm. Rahn tat so, als ob er die Hand nach einem Brotkrumen ausstrecken würde, nutzte die Gelegenheit aber, ein Stück zur Seite und damit auf sie zuzurutschen, sodass sie sich nun eindeutig in seiner Reichweite befand. Arri spannte sich innerlich, riss sich aber dann zusammen und schenkte ihm im Gegenteil ein weiteres, ganz bestimmtes Lächeln. Gleichzeitig beugte auch sie sich zur Seite und streckte die Hand nach dem Teller aus, und diesmal sorgte sie dafür, dass sie sich weit genug vorbeugte, um Rahn einen langen Blick in den Halsausschnitt ihrer Bluse und somit auf ihre Brüste zu gewähren. Seine Augen wurden ein bisschen größer, aber fast zu ihrer Überraschung beherrschte er sich noch.

»Du solltest ihn nicht so nennen«, sagte sie mit einer neuerlichen Kopfbewegung auf den sich immer noch schlafend stellenden Schmied, hatte zugleich aber auch alle Mühe, Rahn nicht laut zuzustimmen. Er hatte Recht: Achk war ein verrückter alter Mann, und er stank.

Rahn wirkte ein wenig unwillig. »Vielleicht sollten wir lieber ...«, begann er, und streckte zugleich den Arm nach Arri aus, aber sie wich mit einer raschen Bewegung, dennoch aber mit einem neuerlichen, noch aufreizenderen Lächeln zurück, legte den Zeigefinger über die Lippen und deutete mit der anderen Hand auf Achk.

Rahn wirkte jetzt erst recht enttäuscht, ließ den Arm aber wieder sinken und klaubte sich den letzten Rest Brot vom Teller. »Keine Angst, der Alte schläft wie ein Stein. Wenn er einmal eingeschlafen ist, dann weckt ihn so schnell nichts mehr. Ich wundere mich fast, dass er nicht im Schlaf verbrannt ist, ohne überhaupt zu merken, was passierte.«

»Vielleicht hat er es ja gemerkt«, antwortete Arri, »und will im Augenblick nur nicht darüber sprechen.«

Rahn wirkte jetzt völlig enttäuscht, auch *er* wollte im Moment nicht über dieses Thema reden. Arri vermutete, dass ihm überhaupt nicht nach Reden zumute war. Trotzdem antwortete er: »Warum sollte er?«

»Vielleicht, weil er Angst hat?«, vermutete Arri.

Rahn schluckte den letzten Bissen Brot herunter, griff nach dem leeren Teller und fegte ihn mit einer schwungvollen Bewegung zur Seite. Er schlitterte scheppernd über den Boden und prallte mit einem noch lauteren Geräusch gegen die Wand neben der Tür. Achk warf sich mit einem widerstrebenden Grunzen herum und schnarchte nach einem Augenblick unbeeindruckt weiter.

Rahn stutzte und sah ihn stirnrunzelnd an, wandte sich dann aber wieder zu ihr um. Achk war ein besserer Schauspieler, als Arri angenommen hatte; oder war Rahn ein schlechterer Beobachter? »Du meinst, weil er herausbekommen hat, dass Sarn die Schmiede angezündet hat?«, fragte er.

»Das wäre doch immerhin eine Erklärung, oder?« Arri deutete mit den Augen eine Bewegung auf den vermeintlich schlafenden Schmied an, legte abermals den Zeigefinger über die Lippen und ließ sich dann ein Stückchen zurücksinken, bis sie sich nur noch mit den Ellbogen aufstützte und sich die Bluse deutlich über ihren Brüsten spannte, die in dieser Haltung viel größer und voller erschienen, als sie waren. Rahn machte zwar ein Gesicht, das klar werden ließ, für wie überflüssig er ihre Vorsicht hielt, schien aber entweder Gefallen an dem Spiel zu finden oder gab sich einfach geschlagen, denn er rückte zwar ein gutes Stück näher, fuhr aber fast schon zu laut fort: »Vielleicht sucht er auch einfach nur nach einem Dach über dem Kopf, unter dem er es sich auf Dauer gemütlich machen kann. Hast du schon einmal daran gedacht?«

Arri schüttelte so heftig den Kopf, dass ihr Haar flog. »Sobald die Schmiede wieder steht, wird er dorthin übersiedeln.«

»Und wenn es ihm nun hier besser gefällt, wo er Nahrung und Gesellschaft im Überfluss hat und er gar nicht daran denken muss, je wieder einen Schmiedehammer in die Hand zu nehmen?«, beharrte Rahn und ließ sich, ähnlich wie sie, auf die Seite und einen Ellbogen sinken. Den anderen Arm streckte er in ihre Richtung aus, zögerte dann aber im allerletzten Moment, sie zu berühren, und griff stattdessen nach ihrem Haar. Seine Finger begannen mit einer Strähne zu spielen und berührten dabei wie zufällig ihren Hals. Arri fuhr heftig zusammen, brachte es aber irgendwie fertig, ihm dennoch weiter zuzulächeln, und Rahn wurde mutiger und rutschte ein Stück näher. Seine Finger spielten weiter mit ihrem Haar, aber nur zwei davon; die anderen berührten ganz sacht ihren Hals, nun jedoch nicht mehr zufällig und auf eine ganz bestimmte Art.

»Lass das«, sagte Arri, aber sie lächelte unerschütterlich weiter, und ihr Blick sagte etwas ganz anderes.

»Wie hast du das gemeint: Er will vielleicht nie wieder einen Schmiedehammer in die Hand nehmen?«

»Davon hat dir deine Mutter nichts erzählt, wie?«, vermutete Rahn. Er nickte, um seine eigene Frage zu beantworten, und seine Finger ließen nun endgültig ihr Haar los und strichen sanft über ihre Wange, über ihr Kinn und weiter hinab über ihren Hals. Es kribbelte, als liefen Ameisen über ihre Haut, und es war nicht so unangenehm, wie es sein sollte. »Nach dem Feuer hat er ihr klipp und klar gesagt, dass er nicht mehr mitmachen will«, antwortete er. »Und dass er Kron nicht mehr helfen will.«

»Davon hat mir meine Mutter nichts erzählt«, antwortete Arri wahrheitsgemäß.

»Wie von einer Menge anderer Dinge auch.« Rahn lachte leise und warf einen verächtlichen Blick in Richtung des schlafenden Schmiedes. »Dabei war er schon vor dem Unfall alles andere als ein übervorsichtiger Schmied, sondern sogar dafür bekannt, nur allzu leichtfertig mit seinem Feuer umzugehen. Warum, meinst du wohl, lag seine Schmiede ganz am Rande des Dorfes? So weit weg von allen anderen?«

Es kostete Arri alle Überwindung, die sie aufbringen konnte, aber sie schaffte es irgendwie, sich seiner Berührung nicht zu entziehen, sondern ganz im Gegenteil den Kopf zur Seite zu drehen und ihre Wange an seiner rauen Hand zu reiben.

Erneut lief ihr ein rasches, unbekanntes Frösteln über den Rücken. Sie staunte über sich selbst. Sie sollte aufschreien, schon bei dem bloßen *Gedanken*, von diesen Fingern angefasst zu werden, die auf so obszöne Weise über den Körper ihrer Mutter geglitten waren, doch die Berührung löste etwas völlig anderes in ihr aus: ein Kribbeln und Vibrieren, das ihren ganzen Körper zu ergreifen begann; dann eine Woge brennender

Wärme, die in ihrem Schoß ihren Ausgang nahm und wie siedendes Öl durch ihre Adern floss. An dem Gefühl selbst war rein gar nichts Schlechtes oder Verbotenes, das spürte sie, aber es sollte nicht *Rahn* sein, der es in ihr auslöste, nicht *ausgerechnet Rahn*, der schon ihre Mutter gehabt und niemals einen Hehl daraus gemacht hatte, wie sehr er sie verachtete.

»Lass das«, sagte sie noch einmal, aber ihr Atem ging plötzlich schneller, sodass sie Mühe hatte, mit normaler Stimme zu sprechen, was Rahn natürlich nicht verborgen blieb. Statt *es zu lassen*, wurde seine Hand im Gegenteil immer mutiger, glitt weiter an ihrem Hals hinab und über ihre Schulter bis zu ihrer Brust, die sich unter der Berührung zu spannen schien. Die Wärme in Arris Schoß zerbarst zur lodernden Glut eines Waldbrands im Hochsommer, und Arri presste mit aller Kraft die Lippen aufeinander, um ein Seufzen zu unterdrücken. Es war ganz gleich, was sie *tat*, so lange Achk es nicht *hörte.*

»Deine Mutter ist eine sehr kluge Frau«, fuhr Rahn fort. »Manchmal frage ich mich, ob sie nicht vielleicht *zu* klug ist.«

»Wie meinst du das?«, fragte Arri.

»Vielleicht ist es hin und wieder besser, die Dinge einfach als das zu nehmen, was sie sind, und nicht hinter allem und jedem ein Geheimnis zu vermuten.« Rahns Hand strich ihr liebkosend über die Wölbung ihrer Bluse, und Arri schloss für einen Moment die Augen und sammelte Kraft, um seinen Arm wegzuschieben. Etwas in ihr wollte es nicht einmal. Sie musste aufpassen, dass sie nicht selbst in die Falle tappte, die sie für Rahn aufgestellt hatte.

Und es wurde Zeit, sie zuschnappen zu lassen.

»Lass das«, sagte sie noch einmal, jetzt in hörbar schärferem Ton, aber noch immer lächelnd und ihn dabei auf eine herausfordernde Art ansehend, die ihn offensichtlich vollkommen verwirrte, aber keineswegs entmutigen konnte. »Gerade hast du noch gesagt, dass meine Mutter viel hübscher ist als ich.«

»Es gibt verschiedene Arten von Schönheit«, antwortete Rahn. Seine Hand ließ ihre Brust tatsächlich los, aber nur, um langsam, aber zielstrebig über ihren Leib und weiter nach unten zu wandern, und Arri folgte der Bewegung mit gerunzelter Stirn und einem Ausdruck gespielter kindlicher Verwirrung.

»Meine Mutter bringt dich um, wenn sie davon erfährt«, fuhr sie fort. Unauffällig warf sie einen weiteren Blick auf das andere Bett. Achk schnarchte unverdrossen weiter, und er spielte noch immer den Schlafenden, beging dabei aber denselben Fehler, den fast jeder begeht, der zu sehr darauf bedacht ist, sich schlafend zu stellen: Er bewegte sich gar nicht mehr.

»Sie muss es ja nicht erfahren«, antwortete Rahn. Seine Hand hatte den Saum ihres Rockes mittlerweile erreicht und versuchte, darunter zu schlüpfen, und Arri setzte sich rasch auf, schlug seinen Arm mit einer – wie er annehmen musste – spielerischen Bewegung zur Seite und zog die Beine an den Körper, um die Knie mit den Armen zu umschlingen.

»He!«, sagte Rahn. »Stell dich nicht so an.« Auch er richtete sich auf und versuchte erneut und diesmal eindeutig fordernd nach ihr zu greifen, doch Arri kam ihm zuvor. Mit einer einzigen, fließenden Bewegung sprang sie auf, holte aus und schlug ihm mit der flachen Hand ins Gesicht; fest und so schnell, dass er den Hieb vermutlich nicht einmal kommen sah. Noch bevor er reagieren konnte, wich sie rasch zwei, drei Schritte zurück und sagte noch einmal und in schärferem Ton, in den sie ganz bewusst einen sachten Unterton von Panik zu legen versuchte: »Lass das! Rühr mich nicht an! Ich will das nicht!«

Rahn hatte unwillkürlich die rechte Hand auf die Wange gepresst, wo ihn ihr Schlag getroffen hatte, schien aber darüber hinaus nicht einmal zu begreifen, was überhaupt geschah. Er glotzte sie einfach nur an. Arri machte zwei weitere stolpernde und trampelnde Schritte rückwärts, bis sie mit einem hörbaren Poltern gegen die Wand neben der Tür stieß, keuchte laut und griff dann mit beiden Händen nach dem Saum ihres Rockes. Sie zerrte mit aller Kraft, und der Stoff zerriss mit einem hellen Geräusch fast bis zum Knie hinauf.

»Nein!«, keuchte sie. »Rahn, bitte nicht!«

Endlich hatte der Fischer seine Überraschung überwunden, wenigstens weit genug, um die Hand herunterzunehmen und gleichzeitig aufzustehen. Er kam auf sie zu, aber langsam und noch immer mit einem Ausdruck vollkommener Verständnislosigkeit auf den Zügen, und Arri wartete gerade lange genug ab, bis er auf Armeslänge heran war, dann trat sie seinerseits blitzschnell auf ihn zu und versetzte ihm einen Stoß; genau auf die Art, die ihre Mutter ihr gezeigt hatte: schnell und hart, mit den flachen Händen und die Finger steif nach oben gerichtet, legte sie alle Kraft in ihre Unterarme und drückte die Ellbogen so wuchtig durch, wie es ging. Wäre Rahn auf den Angriff vorbereitet gewesen, hätte er ihm zweifelsohne widerstehen können, denn Arri war sehr wohl bewusst, dass sie nicht annähernd so schnell war, wie sie geglaubt hatte, und ihr Stoß nicht einmal den Bruchteil der Kraft hatte, den er eigentlich hätte haben müssen. Aber Rahn sah den Angriff nicht kommen.

Er war vollkommen unvorbereitet und schien immer noch nicht wirklich zu begreifen, was sie tat. Vielleicht hielt er all dies sogar noch für den Teil eines neckischen Spiels, das sie mit ihm spielen wollte. Ihre Handflächen trafen seine nackte Brust mit einem hörbaren Klatschen, und er stolperte zurück, ruderte zwei, drei Mal hilflos mit den Armen und fiel dann der Länge nach auf den Rücken. Arri fuhr auf dem Absatz herum und stürmte durch die Tür, noch bevor das dumpfe Poltern seines Sturzes ganz verklungen war, aber sie warf trotzdem noch einen Blick über die Schulter zurück und stellte erleichtert fest, dass Achk seine Maskerade endlich aufgegeben hatte und sich mit einer erschrockenen Bewegung auf seinem Lager aufsetzte.

Sie machte sich nicht die Mühe, die Stiege hinunterzulaufen, sondern sprang mit einem einzigen Satz bis zum Boden hinab, rollte sich über die Schulter ab und nutzte den Schwung ihres eigenen Sturzes, um wieder auf die Füße zu kommen. Hinter und über sich hörte sie Rahn wütend brüllen, und dann das Geräusch, mit dem er aufsprang und durch die Hütte trampelte. Da schien noch eine zweite Stimme zu sein, die wohl Achk gehörte, aber sie verschwendete auch keine Zeit damit, zur Hütte zurückzublicken, sondern rannte auf den Waldrand zu, so schnell sie nur konnte.

Vielleicht ein bisschen *zu* schnell, denn sie übersah in der Dunkelheit irgendein Hindernis, in dem sich ihr Fuß verfing. Ein scharfer Schmerz warnte sie im letzten Moment, aber es war zu spät. Arri versuchte, sich mit einer hastigen Bewegung herum- und zurückzuwerfen, doch diesmal wurde ihr ihre eigene Schnelligkeit zum Verhängnis. Der Schmerz in ihrem Knöchel wurde zu lodernder Glut, dann hatte sie das Gefühl, ihr Bein würde ihr aus dem Gelenk gerissen. Hilflos fiel sie zu Boden, schlug schwer und der Länge nach auf und blieb einen Moment lang benommen liegen. Als sich ihre Gedanken wieder klärten, schmeckte sie Blut, und in ihren Ohren wummerte ihr Herz wie verrückt. Rahns Gebrüll hinter ihr war lauter geworden, und Arri richtete sich hastig auf und machte trotz der pochenden Schmerzen mit einem Ruck ihren Fuß frei, als sie das hastige Poltern seiner Schritte auf der Stiege hörte.

Sie stolperte weiter, und das im wahrsten Sinne des Wortes. Ihr Bein tat schrecklich weh, gehorchte ihr aber noch, was zumindest bedeutete, dass sie sich nichts gebrochen hatte, aber ihre Mutter hatte ihr mehr als einmal erzählt, dass eine Prellung schmerzhafter als ein Bruch sein konnte, und Arri begriff in diesem Moment, dass das nur zu wahr war.

Sie biss die Zähne zusammen und versuchte, den pochenden Schmerz in ihrem rechten Knöchel zu ignorieren und sich zu noch größerer Schnelligkeit zu zwingen, doch es ging nicht. Statt schneller zu werden, kam sie nur aus dem Takt und drohte abermals zu fallen. Hinter ihr wurde Rahns wütendes Gebrüll noch lauter, und sie konnte seine stampfenden Schritte hören, die entsetzlich schnell näher kamen, und als sie nun doch im Laufen einen Blick über die Schulter zurückwarf, stellte sie fest, dass er höchstens noch sieben oder acht Schritte hinter ihr war und mit jedem einzelnen Schritt weiter aufholte.

Arris Gedanken rasten. Der Waldrand war noch ein Dutzend Schritte entfernt, doch wenn sie ihn erreichte, dann wäre sie im Vorteil. Rahn mochte schneller und auch stärker sein als sie, aber sie kannte sich dort drinnen ungleich besser aus als er. Hier draußen würde die Morgendämmerung bald ihre

Kraft entfalten, im Wald selbst aber herrschte noch immer vollkommene Finsternis, die ihr Schutz gewähren würde. Sie hatte ihr ganzes Leben an diesem Wald verbracht und kannte zumindest in einigem Umkreis jeden Baum, jeden Strauch und jede Wurzel.

Aber sie begriff auch, dass sie es bis dahin nicht schaffen würde.

Als sie spürte, dass Rahn nur noch zwei Schritte hinter ihr war, schlug sie einen Haken, ließ sich blitzschnell auf Hände und Knie herabfallen und krümmte den Rücken. Rahn prallte wunschgemäß in vollem Lauf gegen sie, rammte ihr dabei, ganz und gar nicht wunschgemäß, das Knie in die Rippen und schrie vor Wut auf, als er plötzlich den Boden unter den Füßen verlor, in hohem Bogen durch die Luft flog und eine gute Mannslänge entfernt und mit solcher Wucht auf den Boden aufprallte, dass der ganze Wald zu beben schien.

Sein Aufprall hatte nicht nur Arri die Luft aus den Lungen gepresst, sondern sie ebenfalls zu Boden geschleudert. Hilflos rollte sie herum, kam endlich auf dem Rücken zu liegen und biss die Zähne zusammen, um einen Schmerzensschrei zu unterdrücken, für den sie wahrscheinlich gar keine Luft gehabt hätte. Zu dem wütenden Pochen in ihrem rechten Knöchel hatte sich nun ein fast noch schlimmerer Schmerz in ihrem Rücken gesellt, und jeder Atemzug wurde von einem dünnen, aber tief gehenden Stich begleitet, der ihr verriet, dass ihr Rahns Knie mindestens eine Rippe gebrochen hatte, wenn nicht mehr. Trotzdem biss sie die Zähne zusammen, arbeitete sich auf die Ellbogen hoch und drehte mit einem Ruck den Kopf, um nach Rahn Ausschau zu halten.

Dem Fischer war es nicht besser ergangen als ihr. Er lag ein gutes Stück von ihr entfernt da und schien Mühe zu haben, sich hochzustemmen. Aber er lag *zwischen* ihr und dem rettenden Waldrand, und er arbeitete sich zwar taumelnd und unsicher und eindeutig benommen hoch, aber er *kam* hoch, und das sogar schneller als sie. Während sich Arri noch auf die Füße stemmte, vorsichtig nur den linken Fuß belastend und eine

Hand mit zusammengebissenen Zähnen gegen ihre Rippen gepresst, stand er auf, schüttelte zwei oder drei Mal abgehackt den Kopf und fuhr sich schließlich mit der linken Hand über das Gesicht. In dem Blick, der Arri danach traf, loderte nichts als blanke Mordlust.

»Das war nicht besonders lustig«, sagte er.

Arris Blick tastete fast verzweifelt über den Waldrand und suchte nach irgendeinem Fluchtweg, aber da war keiner. Hinter ihr lagen nur der dunkle Schatten der Hütte und der ihr plötzlich unendlich lang erscheinende und steil ansteigende Weg zum Dorf hinauf, und selbst, wenn es dort oben jemanden gegeben hätte, der ihr helfen konnte, wäre sie mit ihrem verstauchten Knöchel niemals so weit gekommen. Obwohl es ihr heftige Schmerzen bereitete, machte sie zwei Schritte zurück, ohne dabei zu humpeln, und hob beide Arme vor die Brust, die Finger ausgestreckt und die Handflächen nach außen gedreht.

»Komm mir nicht zu nahe«, drohte sie.

»Oder was?«, fragte Rahn.

»Ich warne dich«, wiederholte Arri. »Meine Mutter hat mir gezeigt, wie ich mich wehren kann.«

»Anscheinend hat dir deine Mutter eine ganze Menge gezeigt«, bestätigte Rahn mit finsterem Gesicht. Seine Hände tasteten an seinem Körper entlang, als wollte er sich davon überzeugen, dass noch alles unversehrt und einigermaßen an seinem Platz war, dann schüttelte er den Kopf und bedachte sie erneut mit einem wütenden Blick. Sonderbarerweise verzichtete er aber darauf, sich sofort auf sie zu stürzen, womit Arri fest gerechnet hatte. Stattdessen fragte er: »Was sollte das? Ist das irgendein verrücktes Spiel, das dir deine Mutter beigebracht hat?«

Er machte einen weiteren Schritt auf sie zu, und Arri prallte hastig um die gleiche Distanz zurück und sagte noch einmal: »Komm nicht näher.«

Wieder reagierte Rahn völlig anders, als sie erwartet hatte. Er machte tatsächlich noch einen weiteren Schritt auf sie zu, blieb dann aber stehen, und der Ausdruck auf seinem Gesicht war jetzt eher verstört als wütend. Vielleicht nachdenklich. »Was soll denn dieser Unsinn?«, schnappte er.

»Ich werde jetzt gehen«, antwortete Arri. »Ich werde meine Mutter schon finden, auch ohne deine Hilfe.«

Rahn reagierte einige Augenblicke lang gar nicht, dann machte er einen weiteren, einzelnen Schritt in ihre Richtung und sagte in fast bedauerndem Tonfall: »Du weißt, dass ich das nicht zulassen kann. Deine Mutter hat mir ...«

»Meine Mutter wird dich umbringen, wenn ich ihr erzähle, was du getan hast«, fiel ihm Arri ins Wort. Ihre Stimme klang dabei nicht annähernd so überzeugt, wie sie es gern gehabt hätte, und auch ihre Hände zitterten immer heftiger, so stark, dass Rahn es einfach sehen *musste*, aber sie bezweifelte trotzdem, dass er es bemerkte. Auf seinem Gesicht machte sich ein Ausdruck von allmählich aufdämmernder Erkenntnis, aber unendlich viel größerer Verblüffung breit.

»Was habe ich denn getan?«, murmelte er.

Konnte es sein, dass er tatsächlich nicht begriff?, fragte sich Arri verwirrt. Egal. »Ich werde ihr erzählen, dass du versucht hast, mich anzufassen. Du weißt, was sie dann mit dir macht.«

Und endlich begriff Rahn. Sein Gesicht verdüsterte sich, und in seinen Augen blitzte purer Hass auf. »Sie würde dir kein Wort glauben«, sagte er, aber er klang dabei nicht sehr überzeugt.

»Das braucht sie auch nicht«, erwiderte Arri. »Achk hat alles gehört. Er hat nicht geschlafen.« Sie machte eine Kopfbewegung über die Schulter zurück. »Geh hinauf in die Hütte und frag ihn, wenn du willst.«

Für eine geraume Weile stand Rahn einfach nur da und starrte sie an. Er hatte die Hände zu Fäusten geballt, und Arri konnte sehen, wie sich seine gewaltigen Muskeln spannten, doch dann ließ er die Arme wieder sinken und schüttelte abermals den Kopf. Er gab sich redliche Mühe, ein verächtliches Lächeln auf seine Lippen zu zwingen, auch wenn es ihm nicht gelang. »Das würdest du nicht wagen. Und deine Mutter würde dir auch nicht glauben. Sie kennt mich. Sie vertraut mir.«

»Ja, deswegen hat sie dir ja auch gesagt, dass sie dich umbringt, wenn du mich auch nur anrührst«, erwiderte Arri. Ihre Gedanken rasten noch immer. Sie spürte, nein, sie *konnte sehen*, wie es hinter Rahns Stirn arbeitete, und ihr war klar, dass sie dieses Spiel nicht endlos weiter treiben konnte. Ihre Worte hatten ihn wütend gemacht, aber auch verunsichert, und sie musste die Gelegenheit ausnutzen.

»Wenn du mich gehen lässt, sage ich nichts. Das verspreche ich. Aber wenn nicht ....« Sie ließ den Satz absichtlich unbeendet, und vielleicht war das das Falscheste, was sie hatte tun können. Rahn war kein Mann, den man mit unausgesprochenen Drohungen beeindrucken konnte. Das Einzige, was sie damit erreichte, war, ihn wütend zu machen. Sie konnte regelrecht mit ansehen, wie seine Unsicherheit erneut blanker Wut wich.

»Du verdammtes, kleines Biest! Du glaubst wirklich, mich erpressen zu können? *Damit?*«

»Ich gehe jetzt«, erwiderte Arri ungerührt. »Wenn du mich aufhalten willst, versuch es ruhig. Selbst wenn du es schaffst, wird sich meine Mutter ihren Teil dabei denken, wenn sie zurückkommt und ich grün und blau geschlagen bin.«

»Das ist eine ausgezeichnete Idee«, sagte Rahn und stürzte sich auf sie.

Arri hatte gehofft, dass es nicht so weit käme, es aber vorausgesehen. Ihr Bein schmerzte noch immer, und ihre zumindest angebrochene Rippe quittierte jeden Atemzug mit einem dünnen Nadelstich, der sich tief in ihre Brust bohrte, aber sie erwartete ihn trotzdem ruhig und diesmal mit besonnener Überlegung. Sie wusste jetzt, was sie vorhin falsch gemacht hatte. Sie hatte sich hinreißen und Wut und Panik ihre Bewegungen bestimmen lassen, statt kühl zu überlegen, wie es ihre Mutter ihr immer und immer wieder gepredigt hatte. Noch einmal würde sie denselben Fehler nicht machen. Als Rahn heranstürmte, täuschte sie eine Bewegung nach rechts an und wich dann blitzschnell in die entgegengesetzte Richtung aus, und er fiel tatsächlich darauf herein und stolperte einen halben Schritt an ihr vorbei. Diesmal reagierte Arri richtig. Rasch streckte sie das Bein aus, damit er darüber stolperte, und riss gleichzeitig den rechten Arm in die Höhe, um ihm den Ellbogen in den Nacken zu schmettern, sobald er an ihr vorbei war.

Rahn stolperte nicht an ihr vorbei. Er fiel auch nicht. Statt dass ihr ausgestrecktes Bein ihn aus dem Gleichgewicht brachte, schmetterte *sein* Schienbein *ihren* Unterschenkel mit solcher Wucht zur Seite, dass Arri nicht nur einen keuchenden Schmerzensschrei ausstieß, sondern auch das Gleichgewicht verlor und zum zweiten Mal und noch härter zu Boden fiel.

Was sie rettete, das war vielleicht nur der Umstand, dass ihr Tritt Rahn zumindest aus dem Takt brachte. Er stolperte ungeschickt und mit beiden Armen rudernd ein halbes Dutzend Schritte weit und fand nur mit Mühe sein Gleichgewicht zurück, sodass Arri Zeit genug blieb, ihre Benommenheit abzuschütteln und sich zumindest herumzuwälzen. Als Rahn sich gefangen hatte und wieder heranstürmte, warf sie sich zur Seite und entging mit knapper Not einem stampfenden Fußtritt, der nach ihrem Gesicht gezielt und so hart gewesen war, dass er sie vermutlich umgebracht hätte. Ganz instinktiv griff sie nach seinem Knöchel und versuchte, ihn aus dem Gleichgewicht zu bringen.

Genauso gut hätte sie auch versuchen können, eine der seit Urzeiten im Wald stehenden Eichen mit bloßen Händen zu entwurzeln.

Rahn schnaubte nur wütend, riss sein Bein los und trat abermals nach ihr. Sein Fuß streifte ihre Wange nur, aber selbst das reichte schon aus, um sie an den Rand der Bewusstlosigkeit zu treiben. Er aber hopste albern auf einem Bein neben ihr herum – anscheinend hatte sie ihn doch aus dem Gleichgewicht gebracht – und fing sich dann wieder, aber die winzige Atempause hatte ihr gereicht. Zwar unsicher und halb blind, aber doch sehr schnell kam sie auf die Füße und wich rasch zwei, drei Schritte vor Rahn zurück. Alles drehte sich um sie. Rahns Gestalt verschwamm immer wieder vor ihren Augen, und es schien keine Stelle an ihrem Körper zu geben, die nicht wehtat.

»Jetzt nimm endlich Vernunft an, du dumme Göre!«, keuchte Rahn. »Hör mit diesem Unsinn auf, und ich verspreche dir, dass deine Mutter nichts davon erfährt.«

Arri trat nach ihm. Rahn stieß ihr Bein mit solcher Wucht zur Seite, dass sie beinahe schon wieder gestürzt wäre, machte einen Schritt auf sie zu, und Arri überließ endlich ihren Instinkten die Kontrolle über ihre Bewegung und empfing ihn mit einer schnellen und sehr präzise gezielten Schlagkombination: Ihr linker Handballen knallte hart in seine Rippen unmittelbar unter dem Herzen, die versteiften Finger ihrer Rechten stachen wie ein Dolch nach seiner Kehle. Sie traf.

Rahn tat ihr immerhin den Gefallen, ein schmerzerfülltes Grunzen von sich zu geben. Das war aber auch schon alles.

Das Nächste, was sie spürte, war eine regelrechte Explosion von dumpfem Schmerz, als sich seine Faust in ihren Leib bohrte. Sie brach in die Knie. Der Schrei, der über ihre Lippen wollte, wurde zu einem pfeifenden Laut, mit dem die Luft aus ihren Lungen wich. Ihr wurde so übel, dass sie fest davon überzeugt war, sich im nächsten Moment übergeben zu müssen. Rahns Hand krallte sich in ihr Haar, und mit einem brutalen Ruck riss er ihren Kopf zurück. Seine Faust ballte sich vor ihrem Gesicht und holte aus, und Arri hob schwächlich die Arme, um seinen Hieb abzuwehren, der nicht abzuwehren war.

Statt ihr jedoch das Gesicht zu Brei zu schlagen, versetzte Rahn ihr nur einen Stoß, der sie endgültig nach hinten und auf den Rücken schleuderte. Wieder drohte sich eine verlockende, allumfassende Schwärze um ihre Gedanken zu legen, eine Dunkelheit, an der nichts Erschreckendes war, sondern im Gegenteil ein verführerisches Versprechen von Ruhe ... und Erlösung von Schmerz und Angst; vor allem Angst. Sie war nicht sicher, ob sie noch einmal erwachen würde, wenn sie dieser Verlockung nachgab. Mit aller Willenskraft zwang sie sich, die Augen zu öffnen, und stellte mit einem Gefühl leiser Überraschung fest, dass sie nicht nur auf dem Rücken lag, sondern Rahn dergestalt auf ihr saß, dass seine Knie ihre Arme gegen den Boden pressten und seine Beine ihren Leib blockierten.

»Du verdammtes kleines Miststück!«, zischte er. »Ich sollte dich windelweich prügeln, du Biest!« In seinen Augen loderte eine Wut, die er offensichtlich kaum noch beherrschen konnte. Sein Gesicht war zu einer Grimasse verzerrt.

»Schlag doch ... zu«, antwortete Arri keuchend. »Aber dann bringst du mich besser gleich um. Sonst ... macht meine Mutter nämlich dasselbe mit dir.«

Vielleicht war das die falsche Antwort, denn plötzlich war da etwas in seinem Blick, was sie bisher trotz allem noch nie darin gesehen hatte und was sie zutiefst erschreckte. Noch einmal ballte er die Hand zu einer schrecklich großen, verheerenden Faust, aber dann ließ er den Arm plötzlich wieder sinken, und nur einen Augenblick später stand er mit einem Ruck auf. Arri biss die Zähne zusammen, als sich seine Knie dabei grausam hart in ihren Oberarm bohrten, aber einen kleinen wimmernden Laut konnte sie trotzdem nicht unterdrücken.

Rahns Mitleid hielt sich anscheinend in Grenzen, denn er sah noch einen Augenblick lang verächtlich auf sie herab, dann beugte er sich vor, griff nach ihrem Handgelenk und zerrte sie grob, fast schon brutal, am Arm in die Höhe.

»Nimmst du jetzt endlich Vernunft an?«, fragte er.

»Du kannst mich tot schlagen oder mich gehen lassen«, antwortete Arri lahm. »Aber irgendetwas musst du jetzt tun.«

»Ich weiß nicht, was du bist«, sagte Rahn mit bebender Stimme, »besonders dumm oder besonders dreist. Aber eines bist du ganz bestimmt – die Tochter deiner Mutter. Weißt du eigentlich, wie ähnlich du ihr bist?« Er machte eine zornige Handbewegung, als sie antworten wollte oder er zumindest das Gefühl hatte. »Mit einem Unterschied allerdings: Du bist nicht annähernd so klug wie sie.«

Arri hatte Mühe, seine Worte überhaupt zu verstehen. Ihre Knie zitterten immer stärker, und das Rauschen des Blutes in ihren Ohren schien jeden anderen Laut einfach hinwegzufegen.

Und trotzdem: »Schlag mich tot oder lass mich gehen«, nuschelte sie. Deutlich reden konnte sie nicht mehr. »Ich werde

... nach meiner Mutter suchen. Du weißt, was sie dir ... was dir passiert, wenn ich ihr ... die Wahrheit sage.«

»Welche Wahrheit?«, fragte Rahn verächtlich.

»Sie wird *mir* glauben«, behauptete Arri. »Und Achk wird meine Geschichte bestätigen.«

»Dieser verrückte blinde alte Mann?«, fragte Rahn verächtlich. Er lachte.

»Verrückt und blind vielleicht«, erwiderte Arri. Sie atmete hörbar ein, fuhr sich unsicher mit dem Handrücken über den Mund und holte noch einmal tief Luft, bevor sie fortfuhr: »Aber nicht taub. Er hat alles gehört.«

Rahn setzte zu einer Entgegnung an, aber dann zog er nur eine wütende Grimasse, schwieg eine geraume Weile und sagte schließlich: »Gut ausgedacht, das muss ich zugeben. Aber Achk ist ein alter Mann. Ein ziemlich kranker alter Mann, der noch dazu blind und halb verrückt ist. Ihm könnte ein Unglück zustoßen, bevor deine Mutter zurück ist, weißt du?«

»Das wagst du nicht«, nuschelte Arri. Sie hatte immer größere Mühe zu sprechen. Sie konnte spüren, wie ihr Gesicht anschwoll, und als sie sich mit dem Unterarm über die Lippen fuhr, blieb ein schmieriger, rotbrauner Streifen auf ihrer Haut zurück. »Wenn du ihn umbringst, kannst du mich genauso gut auch gleich selbst töten.«

Rahn riss die Hand in die Höhe, um sie zu schlagen, aber dann ergriff er sie stattdessen nur grob bei den Armen. Er packte so fest zu, dass sie schon wieder vor Schmerz keuchte, und schüttelte sie ein paar Mal. Ihr Kopf flog haltlos in den Nacken, und ihre Zähne schlugen so fest aufeinander, dass sie Blut schmeckte. »Sarn und die anderen haben Recht, weißt du?« Seine Stimme bebte vor Wut. »Du bist wirklich die Tochter deiner Mutter! Sie kann stolz auf dich sein!«

Einen Moment lang funkelte er sie an, erfüllt von einer so bodenlosen Wut, dass Arri fast körperlich spüren konnte, wie schwer es ihm fiel, nicht einfach so lange auf sie einzuschlagen, bis sie sich nicht mehr rührte, dann aber ließ seine Linke plötzlich ihren Arm los und grabschte ihr mit solcher Kraft zwischen die Beine, dass sie ein klägliches Wimmern ausstieß. Arri wand sich in seinem Griff und versuchte sich loszureißen, aber es war sinnlos.

»Wenn ich schon für etwas bezahlen soll, was ich nicht getan habe, dann kann ich es mir doch eigentlich auch nehmen, oder?«, zischte er hasserfüllt. Sein Gesicht war jetzt so nahe vor dem Arris, dass sie seinen Atem spüren konnte. Er roch schlecht und ging fast so schnell wie ihr eigener. »Vielleicht ist es ja das, was du brauchst! Du glaubst, du wärst alt genug, um mit Erwachsenen deine Spielchen spielen zu können, du dumme Göre? Meinetwegen, aber dann musst du auch darauf gefasst sein, wie eine Erwachsene behandelt zu werden!«

Er griff noch fester zu. Seine Finger wollten für einen Moment durch den Stoff ihres Rockes in sie eindringen, und es *tat weh*, so sehr, dass Arri sich krümmte und mit der freien Hand nach ihm schlug. Rahn grunzte vor Schmerz, als ihre Fingernägel seine Wange zerkratzten, und versetzte ihr einen Stoß, der sie ein paar Schritte weit zurücktaumeln ließ.

»Verschwinde bloß!«, sagte er. »Lauf doch zu deiner verdammten Mutter! Vielleicht fressen euch ja beide die Wölfe!« Und damit fuhr er auf dem Absatz herum und stampfte wütend davon.

Arri sank wimmernd auf die Knie. Noch immer drehte sich alles um sie. Rahns Griff war so brutal gewesen, dass sie seine Hände noch immer schmerzhaft auf ihrem Körper zu spüren glaubte. Das Blut rauschte in ihren Ohren. Ihr Herz pochte, als wollte es aus ihrer Brust springen, und sie fühlte sich so elend wie selten zuvor in ihrem Leben. Sie hatte alles falsch gemacht. Sie war sich so schlau vorgekommen, mit ihrem genialen Plan, dabei hatte nur eine Winzigkeit gefehlt, und sie hätte sich selbst um Kopf und Kragen gebracht. Rahn hatte Recht: Sie war sicherlich kein Kind mehr, aber sie hatte sich eindeutig wie eines benommen. Was sie getan hatte, war dumm, dumm, dumm gewesen.

Und so ganz nebenbei hatte sie ihr Ziel erreicht.

Es dauerte eine ganze Weile, bis diese Erkenntnis in ihre Gedanken sickerte. Es war riskant gewesen, aber am Ende hatte sie Erfolg gehabt. Oder vielleicht auch einfach nur Glück. Sie blieb noch eine Zeit lang auf den Knien hocken und wartete ab, bis die Dämmerung mit ganzer Kraft hereingebrochen war und auch aus dem Schwarz zwischen den Bäumen ein allmählich lichter werdendes Grau wurde, dann stemmte sie sich mühsam hoch und humpelte los, um nach der Spur ihrer Mutter zu suchen.

16 Schon sehr bald war es auch unter dem dichten Blätterdach des Waldes halbwegs hell geworden, doch dafür hatte Arris Verzweiflung eine Düsternis erreicht, die sie sich zuvor nicht einmal hatte vorstellen können. Sie hatte die Spur ihrer Mutter gefunden und wieder verloren, wieder gefunden und noch einmal verloren, und abermals gefunden, vielleicht ein halbes Dutzend Mal oder mehr, und sie war längst nicht mehr sicher, ob es tatsächlich noch die richtige Fährte war, der sie folgte, oder eine der zahllosen anderen Spuren, die sie selbst zusammen mit ihr hinterlassen hatte. Alles war falsch. Jeder Muskel in ihrem Körper tat weh, und der Wald, der bisher ein vertrauter Ort der Zuflucht für sie gewesen war, schien sich in etwas anderes verwandelt zu haben, einen düsteren Ort voller unheimlicher und bedrohlicher Dinge, die ihr Angst machten, statt ihr Schutz zu versprechen. Ihr Bein schmerzte. Jeder Atemzug, den sie nahm, wurde noch immer von einem dünnen Stich begleitet, und manchmal, wenn sie besonders tief einatmete, glaubte sie Blut zu schmecken.

Mittlerweile hatte sie die Lichtung längst hinter sich gelassen und befand sich im verbotenen Wald, in den die Spur ihrer Mutter sie geführt hatte; eine Spur, von der sie nur hoffen konnte, dass es die richtige und keine, die Tage alt war. Vielleicht war ihre Mutter ja zu den Pferden gegangen – auch wenn sie sich nicht vorstellen konnte, warum –, und vielleicht würde sie sie ja einholen, wenn sie nur schnell genug war. Sie musste es. Wenn nicht ...

Nicht zum ersten Mal kam Arri in den Sinn, dass sie sich in Lebensgefahr befand. Es war nicht dieser Wald mit seinen unheimlichen Schatten und seinen bedrohlichen Geräuschen – das war eine Furcht, die ganz allein aus ihr selbst kam und die sie in Zaum halten konnte, wenn sie sich nur ein bisschen beherrschte. Zweifellos gab es gerade in diesem Teil des Waldes außer wilden Tieren noch eine ganze Reihe anderer Gefahren, die auf sie lauerten, aber ihre Mutter hatte ihr gezeigt, worauf sie zu achten hatte. So lange sie aufpasste, dass sie nicht in den Sumpf geriet oder gar in Treibsand oder sich an einem giftigen Busch verletzte, war sie nicht wirklich in Gefahr. Aber was, wenn sie sich geirrt hatte und ihre Mutter nicht hier war – oder sie sie einfach nicht einholen konnte?

Arri bemühte sich nach Kräften, den pochenden Schmerz in ihrem Knöchel zu missachten und so rasch auszuschreiten, wie es das dichte Unterholz und der von Wurzeln und gefährlichen Löchern und Fallgruben übersäte Boden nur zuließen, aber sie kam trotzdem nur quälend langsam von der Stelle. Wenn sie ihre Mutter nicht fand, wenn sie ihre Spur verlor oder sie sie schlicht und einfach nicht einholte, dann war sie in Schwierigkeiten; in gewaltigen Schwierigkeiten sogar. Sie konnte nicht zurück. Vielleicht würde sich Rahn wieder beruhigen, wenn sie ihm nur ein bisschen Zeit ließ, aber das kam sogar selbst Arri wie bloßes Wunschdenken vor. Und selbst wenn nicht, so würde er sie jetzt ganz bestimmt nicht mehr *beschützen*, und wahrscheinlicher war ohnehin, dass er auf Rache für die Demütigung sann, die sie ihm zugefügt hatte. Das Allermindeste, was sie zu gewärtigen hatte, war, dass er sie schikanieren und quälen würde, bis ihre Mutter zurückkehrte. Und an alledem war sie ganz allein schuld, und das war vielleicht das Schlimmste überhaupt.

Trotzdem musste sie jetzt vorwärts denken und nicht rückwärts, ganz wie es ihre Mutter ihr beigebracht hatte. Sie nahm sich vor, bis zur Grasebene zu gehen und sich bis dahin einfach an die Hoffnung zu klammern, dass sie ihre Mutter schon irgendwie finden würde; oder zumindest eine Spur, die deutlich genug war, um sich selbst davon zu überzeugen, dass es die richtige war, nicht nur, um daran zu glauben. Wenn sie sie dort nicht fand ... Nein, Arri zog es vor, diesen Gedanken zumindest im Moment nicht weiterzuverfolgen. Löse immer ein Problem nach dem anderen, nicht alle gleichzeitig. Auch das war einer der Lieblingssprüche ihrer Mutter.

Schließlich wurde es wenigstens heller. Arri hatte längst jegliches Zeitgefühl verloren, doch sie spürte trotzdem, dass sie lange unterwegs gewesen war, viel länger als ihr recht war, und auf jeden Fall länger, als ihre Mutter gebraucht haben konnte, um hierher zu gelangen. Auf dem allerletzten Stück wurden ihre Schritte dann doch wieder langsamer, und eine ganz kurze Strecke vor dem Waldrand blieb sie beinahe stehen: vielleicht um den Moment, in dem sie sich selbst eingestehen musste, dass alles vergebens gewesen war, noch ein allerletztes Mal hinauszuzögern. Sie war so dumm gewesen. Alles, was sie erreicht hatte, war ein ebenso sinnloser wie anstrengender Marsch durch den Wald, eine gehörige Tracht Prügel, zerrissene Kleider und ein Rahn, den sie so wütend gemacht hatte, dass sie einfach nur hoffen konnte, dass er ihr nicht gleich die Kehle durchschnitt, wenn sie reumütig ins Dorf zurückkehrte.

Sie ging weiter und blieb nach nur einem einzigen Schritt schon wieder stehen, als sie das helle Lachen ihrer Mutter hörte und einen Moment später ihre Stimme, die irgendetwas rief, das sie nicht verstand. Sprach sie mit jemandem?

Arris Erleichterung hielt nicht einmal so lange vor, wie das glockenhelle Lachen ihrer Mutter brauchte, um in ihren Ohren zu verklingen. Ja, sie war jetzt ganz sicher, dass Lea mit jemandem gesprochen hatte, und das wiederum bedeutete, dass sie nicht allein war. Aber hatte sie nicht gesagt, dass sie allein reisen würde?

Irgendwie hatte Arri plötzlich das sichere Gefühl, dass ihre Mutter nicht begeistert sein würde, sie zu sehen, aber es war auch eindeutig zu spät, um jetzt umzukehren. Vorsichtig ging sie weiter, hielt unmittelbar vor dem Waldrand wieder an und ließ sich halb in die Hocke sinken, um die Deckung eines großen Farns auszunutzen, der dort wuchs.

Der Anblick, der sich ihr bot, war so verblüffend, dass sie für einen Moment mitten in der Bewegung innehielt. Sie hatte sich nicht getäuscht. Ihre Mutter stand tatsächlich nur ein kleines Stück vor ihr, kaum fünf oder vielleicht sechs Schritte entfernt. Sie sprach jetzt nicht mehr und hatte den rechten Arm halb erhoben, wie um jemandem mit einem Wink zu verstehen zu geben, dass er verschwinden sollte, aber sie drehte ihr den Rücken zu. Und sie trug nun nicht mehr den schwarzen Kapuzenumhang, sondern nur noch ihr knöchellanges Kleid, das für die Jahreszeit und vor allem die Witterung viel zu dünn war. Das Haar fiel ihr offen bis weit über die Schultern hinab und in ungebändigten Strähnen fast bis in die Mitte des Rückens, statt zu einem strengen Pferdeschwanz zusammengebunden zu sein wie am Morgen, als Arri sie das letzte Mal gesehen hatte, und auf den zweiten Blick fiel Arri auch auf, dass sie selbst ihr Schwert abgeschnallt hatte. Das war mehr als ungewöhnlich, denn ihre Mutter trennte sich *nie* von ihrem Schwert, so lange es nicht an seinem Platz an der Wand neben ihrem Stuhl hing.

Jetzt lehnte es zwei Schritte entfernt an einem Baum. Ihr Umhang und auch die einfachen Schnürsandalen, die sie am Morgen getragen hatte, lagen daneben im Gras. Den erstaunlichsten Anblick aber bot das klobige, vierrädrige Gefährt, das neben ihrer Mutter stand. Bei flüchtigem Hinsehen hätte man es mit dem Ochsenkarren verwechseln können, von dem Rahn vorhin gesprochen hatte, aber dieser Vergleich hätte nicht einmal einem zweiten Blick standgehalten. Der Wagen war flacher und ein Stück länger als der Ochsenkarren, der allen Dorfbewohnern gemeinsam gehörte, hatte aber höhere Seitenwände, und auch die schweren hölzernen Räder entsprangen zwar dem gleichen Grundgedanken, wirkten aber irgendwie eleganter, und vor allem – er hatte *vier* Räder statt der üblichen zwei. Von den beiden Ochsen, die das Gefährt ziehen sollten, war keine Spur zu sehen.

Arri stand behutsam wieder auf und versuchte noch vorsichtiger, den Farn auseinander zu biegen, um kein verräterisches

Geräusch zu machen, aber sie war entweder nicht vorsichtig genug gewesen, oder die Sinne ihrer Mutter waren noch schärfer, als sie ohnehin angenommen hatte.

Vollkommen ansatzlos wirbelte Lea herum, und noch bevor sie die Bewegung ganz zu Ende gebracht hatte, wurde aus ihrem gelösten Dastehen die sprungbereite Haltung einer Raubkatze. Die Überraschung verschwand so schnell, wie sie gekommen war und machte blankem Zorn Platz. »Arri?«, murmelte sie. »Also habe ich mich doch nicht getäuscht. Du bist nachlässig. Ich habe dich gehört und deinen Schritt erkannt, da warst du noch nicht ganz aus dem Wald herausgetreten.« Ihre Stimme wurde härter. »Was hast du hier zu suchen, Arianrhod?«

Arri gab ihren ohnehin sinnlos gewordenen Versuch auf, möglichst lautlos durch den Farn zu treten, und machte einen entschlossenen Schritt ganz aus dem Wald heraus, und beinahe wäre es ihr sogar gelungen, sich selbst davon zu überzeugen, dass das Zittern ihrer Knie tatsächlich an dem anstrengenden Weg hierher lag.

»Ich habe dich gefragt, was du hier ...«, setzte Lea ein weiteres Mal an und in noch schärferem Ton, brach aber dann mit einem erschrockenen Laut ab, und ihr Gesichtsausdruck änderte sich abermals und noch gründlicher, als sie sah, in welchem Zustand ihre Tochter war. Sie machte einen Schritt auf sie zu, blieb dann aber stehen und warf einen hastigen Blick über die Schulter in die Richtung, in die sie zuvor gesehen und auch gewunken hatte, dann ging sie weiter, und für einen Moment wünschte sich Arri nichts mehr, als dass sie sie einfach in die Arme schließen und festhalten würde. Aber sie kannte ihre Mutter auch gut genug, um zu wissen, dass sie es nicht tun würde.

»Was ist passiert?«, fragte Lea. »Wer hat das getan? Woher weißt du, dass ich hier bin?«

»Deine Spur«, antwortete Arri. »Ich bin einfach deiner Spur gefolgt. Es war leicht. Du warst nicht besonders vorsichtig.«

»Ist dir jemand gefolgt?« Leas Blick tastete aufmerksam über den Waldrand hinter Arri und kehrte dann wieder zu ihrem

Gesicht zurück. Jetzt, nachdem ihr erster Schrecken verstrichen war, sollte sich eigentlich Sorge um sie oder doch wenigstens Erleichterung auf ihren Zügen bemerkbar machen, aber Arri suchte vergebens nach irgendeinem Anzeichen dafür. Ihre Mutter wirkte nur zutiefst verwirrt und in die Enge getrieben, fand sie.

»Was ist passiert?«, fragte Lea noch einmal. »Wer hat das getan?«

Vielleicht war das der Moment, vor dem sich Arri bisher am allermeisten gefürchtet hatte. Ihre Mutter trat mit zwei raschen Schritten ganz auf sie zu, streckte die Hand aus und fasste sie fast grob am Kinn, um ihren Kopf zur Seite zu drehen. Arri sog schmerzerfüllt die Luft zwischen den Zähnen ein, aber das schien ihre Mutter gar nicht zur Kenntnis zu nehmen. Sie zwang sie, den Kopf auf die andere Seite zu drehen, und musterte ihr Gesicht kritisch und aus eng zusammengekniffenen Augen.

»Jemand hat dich verprügelt«, sagte sie. »Wer?«

Arri schwieg noch immer. Es wäre so leicht, Rahn die ganze Schuld an allem zu geben. Die Geschichte, die sie sich auf dem Weg hierher zurechtgelegt hatte, klang überzeugend, gerade weil sie sich nicht allzu weit von der Wahrheit entfernte, aber sie brachte sie plötzlich nicht mehr über die Lippen. Sie verstand selbst nicht, warum. Sie hatte nicht den allermindesten Grund, Rücksicht auf Rahn zu nehmen.

»Rahn«, sagte ihre Mutter schließlich und ließ ihr Gesicht los. Sie trat einen Schritt zurück. »Habe ich Recht?«

Arri schwieg noch immer. Sie gewann ein paar Augenblicke damit, die Hand zu heben und sich übertrieben behutsam über das Kinn zu streichen, so als hätte ihr der Griff ihrer Mutter sehr viel mehr wehgetan, als er es wirklich hatte, aber sie wusste natürlich, dass sie Leas Frage auf Dauer nicht ausweichen konnte. »Ja«, sagte sie schließlich, »aber ...«

»Bist du verletzt?«, unterbrach sie ihre Mutter.

»Nein«, antwortete Arri. »Jedenfalls nicht schlimm.«

»Und dir ist auch wirklich niemand gefolgt?«, wollte Lea wissen.

Arri schüttelte abermals den Kopf, und Lea fuhr auf dem Absatz herum, sagte: »Warte hier. Ich bin gleich zurück.« Sie lief mit schnellen Schritten um den Wagen herum und verschwand nur ein kleines Stück dahinter im Wald. Arri verstand nun überhaupt nichts mehr. Von allen Reaktionen ihrer Mutter, die sie vorausgesehen, erhofft oder auch befürchtet hatte, war diese die sonderbarste.

Bevor sie sich auch nur einigermaßen wieder beruhigt hatte, glaubte sie Stimmen zu hören, nicht nur die ihrer Mutter, sondern auch die von einem oder mehreren Männern. Ihre Ungeduld wuchs, und sie war drauf und dran, ihrer Neugier freien Lauf zu lassen und auf den Wald zuzueilen, verwarf diesen Gedanken aber augenblicklich wieder, als sie erst ein Rascheln hörte und dann Schritte, die direkt auf sie zuhielten. Ihre Mutter tauchte im Unterholz auf, und wenn sie im Wald mit jemandem gesprochen hatte, dann ließ sie es sich zumindest nicht anmerken. Im Vorbeigehen nahm sie ihr Schwert auf und band es sich um, ohne im Schritt innezuhalten. Arri war beunruhigt. Sie hatte diese einfachen Bewegungen schon so oft gesehen, dass sie für sie ebenso zur Selbstverständlichkeit geworden waren, wie sie ihrer Mutter in Fleisch und Blut übergegangen sein mussten. Und doch war mit einem Male etwas vollkommen Neues, schwer in Worte zu Fassendes, Bedrohliches daran. Zum allerersten Mal hatte sie das Gefühl, dass ihre Mutter das Schwert nicht nur um die Hüfte band, weil es auf diese Weise einfacher zu transportieren war, sondern sich zum Kampf rüstete.

»Mit wem hast du gesprochen?«, fragte sie.

»Gesprochen?«, wiederholte Lea, und diesmal hatte Arri das sichere Gefühl, dass *sie* es jetzt war, die diese Frage nur stellte, um Zeit zu gewinnen.

»Als ich gekommen bin«, antwortete sie. »Und gerade jetzt wieder. Du hast mit jemandem geredet.«

»Oh, das.« Lea machte eine wegwerfende Handbewegung. »Ich habe die Pferde gerufen.«

Arri trat einen halben Schritt zur Seite und sah sich mit einer fast schon übertriebenen Geste in der Runde um. Die wellige

Grasebene lag vollkommen leer vor ihr. Weder von Nachtwind noch von seiner Herde war irgendetwas zu sehen, und sie hätte es auch gewusst, wären die Pferde noch vor einigen Augenblicken hier gewesen. Als sie Nachtwind das letzte Mal zusammen mit ihrer Mutter besucht hatte, hatte es Tage gedauert, bis der nicht einmal unangenehme, aber durchdringende Geruch, der den Tieren anhaftete, völlig aus ihren Kleidern und ihrem Haar verschwunden war.

»Also, was ist passiert?«, fragte Lea noch einmal, jetzt ruhiger, aber auf eine bestimmende Art, die keine Ausflüchte mehr zulassen würde. »War das Rahn? Warum?«

»Ja«, antwortete Arri. Der Blick ihrer Mutter verfinsterte sich, und Arri hörte sich beinahe zu ihrer eigenen Überraschung und sehr hastig fortfahren: »Aber es war nicht seine Schuld.«

»Nicht seine Schuld?« Leas Augenbrauen zogen sich fragend zusammen. »Was soll das heißen? Hast du ihn vielleicht darum gebeten, dich grün und blau zu schlagen?«

Arri suchte vergebens nach einer Antwort. Sie war mindestens ebenso überrascht von dem, was sie gesagt hatte, wie es ihre Mutter sein musste, und wahrscheinlich noch viel mehr. Dass ausgerechnet *sie* Rahn in Schutz nahm, das wäre ihr selbst noch vor einem Atemzug wie ein Ding der Unmöglichkeit vorgekommen. Schließlich sagte sie: »Es war ... ich habe ihn gereizt. Ich weiß, ich hätte das nicht tun sollen. Ich war dumm. Es war meine Schuld, wirklich. Schließlich kenne ich Rahn lange genug und hätte wissen müssen, wie weit ich gehen kann.«

Vielleicht waren auch diese Worte nicht besonders klug gewählt. Lea wirkte alles andere als überzeugt, und in Arri breitete sich ein sachtes Gefühl von Panik aus, während sie sich fragte, was sie wohl antworten sollte, wenn ihre Mutter sie nach Einzelheiten fragte. Sie würde sich zweifellos sofort in Widersprüche und Ungereimtheiten verstricken.

»Und dann bist du hierher gekommen, um nach mir zu suchen?«, vergewisserte sich ihre Mutter, noch immer in gleichermaßen ungläubigem wie zweifelndem Ton. »Wieso?«

»Rahn hat mir gesagt, dass du den Ochsenkarren nicht genommen hast«, antwortete Arri. »Deshalb bin ich deiner Spur durch den Wald gefolgt.« Sie deutete auf den sonderbaren, vierrädrigen Karren. »Woher kommt dieser Wagen?«

Lea tat, als hätte sie die Frage gar nicht gehört. »Rahn ist ein verdammter Dummkopf. Ich sollte zurückgehen und ihm die Kehle durchschneiden. Was hast du getan, um ihn so wütend zu machen?«

»Wenn ich das wüsste«, antwortete Arri ausweichend. »Ein Wort hat das andere gegeben, und ich war so wütend, und ...« Sie hob hilflos die Schultern.

»Und dann bist du einfach davongerannt«, vermutete ihre Mutter. Ihre Miene wurde noch finsterer. »Ich sollte dir eine gehörige Tracht Prügel verabreichen, aber das hat Rahn ja anscheinend schon erledigt ...« Sie stutzte. Aus dem Ärger auf ihrem Gesicht wurde ein eher nachdenklicher, dann misstrauischer Ausdruck, während ihr Blick an Arri hinabwanderte und an einem Punkt dicht über ihren Füßen hängen blieb. Arris Blick folgte dem ihren, und sie fuhr zusammen, als ihr klar wurde, dass ihre Mutter den Riss in ihrem Rock entdeckt hatte.

»Das ist auf dem Weg hierher passiert«, sagte sie hastig und hätte sich im nächsten Moment am liebsten selbst geohrfeigt, das überhaupt gesagt zu haben. Sie hatte eine Frage beantwortet, die ihre Mutter gar nicht gestellt hatte, und damit aus einem möglicherweise einfach nur neugierigen Blick einen Verdacht gemacht, den sie ja gerade hatte zerstreuen wollen. Das Misstrauen in den Augen ihrer Mutter loderte auch prompt höher auf, und sie war sichtlich dicht davor, eine Frage zu stellen, die Arri nun vermutlich endgültig in Bedrängnis gebracht hätte. Aus ihrer *unterschwelligen* Panik war längst *wirkliche* geworden, und sie verstand sich selbst immer weniger. Wieso *verteidigte* sie Rahn?

Zu ihrer Erleichterung gab sich ihre Mutter jedoch mit dieser wenig überzeugenden Erklärung zufrieden, auch wenn ihre Laune eher noch tiefer zu sinken schien. »Was hast du dir nur dabei gedacht, hierher zu kommen?«, sagte sie vorwurfsvoll.

»Ich bin einfach deiner Spur gefolgt, und ...«

»Das meine ich nicht, und das weißt du auch ganz genau, mein liebes Kind.« Lea machte eine ärgerliche Handbewegung. »Weißt du eigentlich, dass mich deine Gedankenlosigkeit einen ganzen Tag kostet? Wie gesagt – hätte Rahn es nicht schon getan ...«

»Was meinst du damit: Es kostet dich einen ganzen Tag?«, fragte Arri.

»Der Weg zurück ins Dorf«, antwortete Lea. »Bis ich wieder hier bin, ist es viel zu spät, um noch aufzubrechen.« Sie schüttelte ärgerlich den Kopf. »Ich hätte dich für klüger gehalten. Jetzt muss ich zurückgehen und noch mehr Zeit damit vergeuden, diesen Dummkopf wieder zu beruhigen.«

»Nein!«, entfuhr es Arri erschrocken.

»Was – *nein?*« Lea legte den Kopf schräg und sah sie aus schmaler werdenden Augen an, und Arri verspürte schon wieder das heftige Bedürfnis, sich selbst zu ohrfeigen. Es war nicht das Wort, welches das Misstrauen ihrer Mutter schürte, sondern ihr Ton.

»Ich ... ich gehe nicht zurück«, antwortete sie stockend. »Das will ich nicht.«

»So, das willst du nicht«, wiederholte Lea mit sonderbarer Betonung. »Und du meinst, das wäre Grund genug für mich, meine Pläne zu ändern?«

»Ich meine: Ich ... ich kann nicht zurück«, antwortete Arri hastig. »Rahn war ... er war wirklich sehr wütend, und ... und ich weiß nicht ... ich glaube nicht, dass er sich wieder beruhigt.«

Ihre Mutter sagte einige Augenblicke lang gar nichts, aber ihr Blick tastete noch einmal und auf nun andere Weise über ihr Gesicht und ihre Arme, so als überlege sie misstrauisch, woher diese Verletzungen wohl wirklich stammen mochten.

»Ich kann nicht zurück«, sagte Arri noch einmal. »Bitte. Ich ... ich will ...«

»Was?«, fragte Lea.

»Ich will mit dir gehen«, stieß Arri hervor. »Ich will nicht bei Rahn und den anderen bleiben – und schon gar nicht bei Achk. Er ist ein widerlicher alter Mann, der mir Angst macht.«

»Er ist vor allem ein *blinder* alter Mann, der Hilfe braucht«, antwortete Lea. Es klang nicht wirklich überzeugt, sondern eher wie etwas, das sie sich zurechtgelegt hatte. »Du kannst ihn nicht einfach allein lassen.«

»Er ist auch bis jetzt ganz gut allein zurecht gekommen. Die anderen werden sich schon um ihn kümmern. Und ich ... ich will nicht zurück. Lass mich mit dir gehen.«

»Das ist unmöglich«, antwortete Lea. »Es wäre viel zu gefährlich. Du ...«

»Ich gehe nicht zurück«, unterbrach Arri sie. Sie schrie fast, und wäre ihre Mutter nicht ohnehin schon misstrauisch gewesen, so hätte allerspätestens der Ton, in dem sie diese Worte hervorstieß, sie es werden lassen.

»Und das ist also alles, was du zu sagen hast?«, fragte Lea kühl. »Du *gehst* nicht zurück?«

Arri schwieg verstockt. Sie kannte ihre Mutter wahrlich gut genug, um zu wissen, dass sie mit ihrem Schweigen alles nur noch schlimmer machte, aber das galt zumindest in diesem Augenblick auch für jedes Wort, das sie hätte anbringen können.

»Was ist wirklich geschehen?«, fragte ihre Mutter plötzlich.

Arri schwieg weiter, auch wenn sie nicht einmal selbst genau wusste, warum. Ihre Mutter konnte kaum wütender werden, als sie es ohnehin schon war, und allerspätestens nach ihrer Rückkehr ins Dorf würde sie ohnehin erfahren, was sie getan hatte, und ob das noch heute oder in etlichen Tagen geschah, machte vermutlich keinen Unterschied. Aber sie brachte es einfach nicht über die Lippen. Sie stand einfach da, starrte ihre Mutter an und war sich selbst sehr genau bewusst, dass sie sich wie ein verstocktes kleines Kind benahm, aber es half nicht.

»Wie du willst«, sagte ihre Mutter schließlich, nachdem sie eine geraume Weile ebenso vergeblich wie mit wachsender Ungeduld auf eine Antwort gewartet hatte. Sie drehte sich mit einem Ruck herum, hob im Vorbeigehen ihren Umhang und die Sandalen auf und verschwand mit schnellen Schritten im Wald.

Sie blieb nicht sehr lange fort, aber trotzdem lange genug, um Arri Zeit zu lassen, ihren Entschluss, hierher gekommen zu sein, hundertmal zu bedauern und ganz ernsthaft mit dem Gedanken zu spielen, einfach kehrtzumachen und ins Dorf zurückzulaufen, um sich Rahns Zorn zu stellen und allem anderen, was dort vielleicht noch auf sie warten würde. Hatte sie sich tatsächlich eingebildet, dass sie nur hierher zu kommen brauchte, um ihre Mutter von ihrem einmal gefassten Entschluss abzubringen? Sie sollte sie eigentlich gut genug kennen, um zu wissen, wie lächerlich diese Vorstellung war.

Vielleicht hätte sie es sogar wirklich getan, hätte der sonderbare Wagen, der unmittelbar vor ihr stand, ihre Aufmerksamkeit nicht erneut geweckt. Bisher war sie viel zu aufgeregt und zu verstört gewesen, um dem fremdartigen Gefährt mehr als einen flüchtigen Blick zu schenken – und sich vielleicht ein ganz kleines bisschen zu wundern, wo er überhaupt herkam. Auch jetzt war diese Frage von keinem wirklich großen Interesse für sie – nicht in diesem Augenblick – aber sie näherte sich ihm trotzdem und stellte sich auf die Zehenspitzen, um einen Blick über die hohe Seitenwand auf die Ladefläche zu werfen.

Überrascht runzelte sie die Stirn. Der Wagen war nicht leer, wie sie erwartet hatte. Auf der Ladefläche lagen mehrere Bündel, die ganz offensichtlich Kleider, Decken, und eine überraschend große Menge an Nahrungsmitteln enthielten. Auch wenn ihre Mutter am Morgen mit leeren Händen in den Wald gegangen war, so schien sie ihre Reise doch sorgfältig geplant und noch sorgfältiger vorbereitet zu haben. Das allein war nichts, was Arri hätte überraschen dürfen; ihre Mutter tat selten etwas ohne Grund, und noch seltener, ohne sich gut vorzubereiten, doch mit einem Male fielen ihr (neben der Kleinigkeit seiner bloßen Existenz) noch etliche andere Besonderheiten an dem Wagen auf. Obwohl er auf den ersten Blick plumper wirkte als die ganz ähnlichen Gefährte, die sie bisher gesehen hatte, wirkte er bei genauerem Hinsehen doch um einiges gefälliger.

Die einzelnen Teile waren mit großer Kunstfertigkeit gebaut und auf eine Weise zusammengefügt, die Arri noch nie gesehen hatte. Doch es war und blieb das, was sie auf der Ladefläche sah, was sie am allermeisten aufwühlte. Als sie die Schritte ihrer Mutter hinter sich hörte, drehte sie sich um und fragte: »Warum hast du ihn nicht mitgebracht?«

»Wen?«, fragte Lea.

Arri machte eine zornige Handbewegung auf den Wald hinter ihr. »Den Mann, mit dem du gesprochen hast, als ich gerade gekommen bin.«

»Ich habe mit niemandem gesprochen, und ...«, begann ihre Mutter, aber Arri machte nur eine ärgerliche Geste und unterbrach sie, lauter und in fast schon vorwurfsvollem Ton.

»Das war er, nicht wahr? Der Mann, mit dem ich dich im Wald gesehen habe. Wer ist er?«

»Du hast uns ...«, begann Lea, biss sich auf die Unterlippe und sah sie einen Moment lang so verstört an, als hätten sie plötzlich die Rollen getauscht, als wäre sie es, die sich verteidigen musste und Arri diejenige, die einen Grund hatte, empört zu sein. Dann aber erinnerte sie sich wieder daran, dass Arri ihre Tochter war, und aus dem Ausdruck ertappter Betroffenheit auf ihrem Gesicht wurde Zorn. »Ich wüsste nicht, was dich das anginge. Oder warum ich eine so unverschämte Frage überhaupt beantworten sollte.«

Arri entging der drohende Unterton in ihrer Stimme so wenig wie das nur noch mühsam zurückgehaltene Funkeln in ihren Augen, aber sie war so aufgebracht, so verletzt und so zornig, dass es ihr vollkommen gleich war. »Du wolltest mich nicht mitnehmen, weil du schon einen anderen Begleiter für die Reise hattest, nicht wahr?«, fragte sie. »Du hast gesagt, ich würde dich nur aufhalten, und es wäre viel zu gefährlich, aber in Wahrheit wolltest du, dass ich hier bleibe, weil du mit ihm allein sein wolltest.« Ihre Mutter setzte zu einer Antwort an, aber Arri schnitt ihr erneut und mit einer noch zornigeren Geste das Wort ab und deutete aus der gleichen Bewegung heraus auf den Wagen. »Das sind Vorräte und Decken für zwei. Du hast mich nicht zurückgelassen, weil es zu anstrengend oder zu gefährlich für mich wäre, sondern weil du mich nicht gebrauchen konntest, habe ich Recht?«

Lea starrte sie an. Sie hatte die Kiefer so fest aufeinander gepresst, dass Arri ein leises Knirschen zu hören glaubte, mit dem ihre Zähne aufeinander mahlten, und ihre rechte Hand schloss sich mit aller Kraft um den Schwertgriff. Sie sagte nichts, aber Arri spürte auch, dass das einzig und allein daran lag, dass sie in diesem Augenblick nur die Wahl hatte, überhaupt nichts zu sagen oder schlichtweg zu bersten. Aber ihr selbst erging es kaum anders. Ein Teil von ihr war fast entsetzt über den geradezu unglaublichen Ton, den sie ihrer Mutter gegenüber anschlug, und doch war es ihr zugleich nicht möglich innezuhalten. Sie war empört; empört und verletzt wie noch nie zuvor in ihrem Leben. Ihre Mutter hatte sie unter einem Vorwand bei Rahn und diesem widerlichen alten Mann zurückgelassen, um ein paar Tage allein mit diesem fremden Mann zu sein. Offensichtlich war ihr das eigene Leben wichtiger als das ihrer Tochter.

Fast noch lauter und in herausforderndem, beinahe schon herrischem Ton fuhr sie fort: »Wer ist er? Kommt er aus dem Nachbardorf? Oder ist es einer von Nors Kriegern? Kenne ich ihn? Ich meine: Ist es vielleicht der, dem ich zuvor im Wald begegnet bin? Ich hoffe doch, ihr habt euch gut unterhalten, als er dir erzählt hat, dass mich der Wolf beinahe umgebracht hätte.«

Ihre Mutter sagte noch immer nichts, aber in ihrem Blick erschien plötzlich ein neuer Ausdruck, der zwischen immer noch wachsendem Zorn und Betroffenheit schwankte und dem ohnehin schalen Triumph, den Arri bei ihren eigenen Worten empfand, einen noch schlechteren Beigeschmack verlieh. Keine Überraschung. Ihre Vermutung, die ihr tatsächlich erst in genau diesem Moment gekommen war, war offensichtlich richtig: Ihre Mutter wusste von ihrer unheimlichen Begegnung im Wald und auch von dem Zwischenfall mit dem Wolf – was ihre Frage im Grunde ja schon beantwortete.

Dennoch blieb das Gefühl von gerechtem Zorn, das sie erwartete, aus. Sie war wütend, sie war verletzt und furchtbar enttäuscht, und trotzdem spürte sie zugleich, wie ungerecht das war, was sie gesagt hatte, und wie ichbezogen. Aber sie war auch zumindest jetzt einfach zu stolz, um irgendetwas davon zurückzunehmen. Es wäre auch zu spät gewesen. Ihre Mutter starrte sie noch einen Augenblick lang auf diese sonderbare Weise an, dann drehte sie sich auf dem Absatz um und rannte regelrecht davon. Aber es war keine Flucht, und wenn, dann eine vor sich selbst oder dem, was sie vielleicht getan hätte, wenn sie geblieben wäre.

Arri taten ihre eigenen Worte bereits wieder Leid, und wäre ihre Mutter auch nur eine Winzigkeit langsamer gewesen, wäre sie ihr nachgelaufen oder hätte ihr zumindest etwas zugerufen. Doch so war sie schon wieder im Wald verschwunden, noch ehe Arri die Bewegung auch nur wirklich bemerkte, und zum zweiten Mal blieb sie allein und niedergeschlagen zurück. Das kurze Gefühl von Triumph, mit dem es sie erfüllt hatte, ihrer Mutter die Wahrheit ins Gesicht zu schleudern, war vergangen, und zurück blieben Leere und Niedergeschlagenheit, die ihr fast die Tränen in die Augen steigen ließen.

Für einen Moment hasste sie sich beinahe selbst. Sie kam sich vor, als läge mit einem Mal ein Fluch auf ihr, der alles, was sie anfing, in einer Katastrophe enden ließ.

Vielleicht aus keinem anderen Grund als reinem Trotz drehte sie sich wieder dem Wagen zu, kletterte nach kurzem Zögern auf die Ladefläche hinauf und tat etwas, das eben noch geradezu unvorstellbar für sie gewesen wäre: Sie begann die Sachen zu durchwühlen, die ihre Mutter darauf abgeladen hatte. Bei den allermeisten handelte es sich, genau wie sie angenommen hatte, um Lebensmittel, genug für zwei Personen und mindestens acht oder zehn Tage, aber es gab auch Felle und Decken, einen Umhang, der nicht ihrer Mutter gehörte, und allerlei Dinge des täglichen Bedarfs, die sie ebenfalls noch nie in Leas Besitz gesehen hatte. Auf den ersten Blick schien nichts Außergewöhnliches daran, doch auf den zweiten war es dasselbe wie mit dem

Wagen – alles war zugleich vertraut und bekannt, wie auch auf schwer in Worte zu fassende Weise fremd; als wäre der grundsätzliche Gedanke, der dahinter stand, vielleicht derselbe, die Handwerkskunst, die all diese Dinge hervorgebracht hatte, aber eine vollständig andere.

Zwei der großen Felle, die sie fand, waren seltsam – bei dem einen vermutete sie, dass es sich um das Fell eines Wolfes handelte, war aber nicht ganz sicher, das andere war ihr gänzlich unbekannt und stammte offensichtlich von einem Tier, das sie noch nie gesehen hatte. Statt wassergefüllter Schweinsblasen fand sie einen aus Leder gefertigten, prall gefüllten Wasserschlauch, dessen Nähte so fein und kunstfertig waren, dass nicht einmal ein einziger Tropfen daraus entwich, und einen wuchtigen Dolch, dessen Klinge aus Stein gefertigt war und nicht aus Bronze; sie war dennoch so scharf, dass sich Arri daran schnitt, als sie behutsam mit dem Finger darüber strich. Darüber hinaus entdeckte sie eine Kette, an der eine große Anzahl bedrohlich aussehender Raubtierzähne aufgefädelt war, und einen kleinen Lederbeutel, dem ein sonderbarer Geruch entströmte, von dem sie nicht sagen konnte, ob er nun besonders angenehm oder besonders abstoßend war. Als sie ihn öffnete und einen neugierigen Blick hinein warf, gewahrte sie jedoch nichts anderes als einige kleine Knochen und ein feines grünes Pulver, das sie lieber nicht anrühren wollte. Sorgsam knotete sie den Beutel wieder zu, legte ihn und alles andere zurück an seinen Platz und verschnürte das Bündel gerade noch rechtzeitig, bevor sie die Schritte ihrer näher kommenden Mutter hörte.

Ihre Zeit reichte nicht mehr aus, vom Wagen zu steigen, bevor Lea aus dem Wald heraustrat und sie sah, doch wenn ihre Mutter daran Anstoß nahm, so verlor sie zumindest kein Wort darüber. Schweigend wartete sie, bis Arri – sehr viel umständlicher, als sie hinaufgekommen war – wieder von dem Wagen herunterstieg und ihr entgegentrat.

»Du wirst mich begleiten«, sagte sie. »Aber glaub nicht, dass die Sache damit erledigt ist. Du kannst es mir jetzt sagen, oder ich werde nach unserer Rückkehr ins Dorf herausfinden, was wirklich vorgefallen ist.« Trotz der nun wirklich nicht mehr zu überhörenden Drohung in ihrer Stimme schnitt sie Arri mit einer zornigen Bewegung das Wort ab, als diese etwas erwidern wollte, und nahm den Umhang von den Schultern Mit einer schwungvollen Bewegung warf sie das Kleidungsstück auf den Wagen, verfuhr auf die gleiche Weise mit ihrem Schwert und machte dann eine befehlende Geste hin zum Kutschbock. »Warte hier«, sagte sie, während sie sich bereits wieder umdrehte. »Ich bin bald zurück. Rühr dich nicht von der Stelle.«

Zum dritten Mal binnen kurzer Zeit verschwand ihre Mutter im Unterholz und kehrte diesmal schon nach wenigen Augenblicken zurück, war jedoch nicht mehr allein. Arri wandte sich erwartungsvoll zum Waldrand um, als sie das Geräusch schwerer Schritte und das Brechen von Zweigen hörte, doch sie erlebte eine Überraschung: Als ihre Mutter aus den Schatten des Waldes heraustrat, tat sie es nicht in Begleitung des schwarzhaarigen Fremden, wie Arri erwartet hatte. Stattdessen hielt sie in jeder Hand einen Strick, den sie um Hals und Kopf zweier Pferde gebunden hatte. Arri riss erstaunt die Augen auf, als sie sah, wie friedlich und gehorsam diese riesigen, starken Tiere hinter ihrer Mutter hertrotteten; und ein einziger Blick genügte, um ihr klarzumachen, dass die beiden Pferde durchaus gewohnt waren, am Zügel geführt zu werden. Anscheinend gab es da doch noch das eine oder andere, was ihre Mutter ihr nicht erzählt hatte. Von dem Mann, auf den Arri wartete, war keine Spur zu sehen, und als sie zur Seite trat, um ihrer Mutter Platz zu machen und lauschte, hörte sie auch keine Schritte.

»Hilf mir«, befahl Lea unwirsch.

Arri beeilte sich, an ihre Seite zu treten, und ihre Mutter drückte ihr wortlos den Strick eines der beiden Pferde in die Hand. Arri griff gehorsam zu, tat dann aber einen erschrockenen Satz zurück, als das Pferd den Kopf in den Nacken warf und ein unwilliges Schnauben ausstieß.

»Halt den Zügel ruhig«, sagte Lea scharf. »Es tut ihm nichts, solange du es nicht erschreckst.«

Arri hatte rein gar nichts anderes getan, als einfach nur den Strick festzuhalten, aber sie schluckte die Antwort, die ihr auf der Zunge lag, vorsichtshalber herunter. Das Tier scheute noch einmal und sogar noch heftiger, beruhigte sich dann aber binnen eines einzigen Augenblicks und begann an dem saftigen Gras zu seinen Füßen zu zupfen, als wäre nichts geschehen. Arri hielt den Strick gehorsam fest, wich aber trotzdem so weit an sein Ende zurück, wie es nur ging, und beäugte das Tier weiter misstrauisch aus den Augenwinkeln. Sie war verwirrt, auch wenn sie schon mehrmals zusammen mit ihrer Mutter hier gewesen war, um Nachtwind und seine Herde zu besuchen oder auch mit den Tieren zu spielen, was ihr allerdings nur mit sehr wenigen wirklich gelungen war. Die allermeisten zeigten zwar keine wirkliche Angst, wohl aber so etwas wie eine natürliche Scheu vor Menschen und erlaubten es nicht, ihnen wirklich nahe zu kommen oder sie gar anzufassen.

Dieses Tier hier war anders; ebenso wie das zweite, das ihre Mutter nun am Zügel zum vorderen Ende des Wagens führte, schien es die Nähe von Menschen durchaus gewohnt zu sein und sie auch zu akzeptieren. Arri war plötzlich sicher, diese beiden Pferde noch nie bei Nachtwinds Herde gesehen zu haben. Jetzt fiel ihr auch auf, dass auf den Rücken der beiden Tiere große Felle lagen, deren Zweck ihr nicht klar war. Neugierig und mit wachsendem Staunen sah sie zu, wie ihre Mutter das Pferd mit einem zwar aus groben Stricken, dennoch aber kunstvoll geflochtenen Geschirr an den Wagen anspannte. Arri hätte erwartet, dass es sich sträubte, doch es schien überhaupt nichts dagegen zu haben und fing ganz im Gegenteil friedlich und scheinbar vollkommen gleichmütig an zu grasen, während ihre Mutter noch damit beschäftigt war, die Leinen und Stricke festzuknoten.

Als sie fertig war, gebot sie Arri mit einer wortlosen Geste, das andere Tier herbeizubringen. Arri gehorchte und sah weiter zu, wie ihre Mutter die Prozedur wiederholte und ihr Werk anschließend kritisch begutachtete, so als wüsste sie zwar, was sie tat, hätte aber nicht allzu viel Übung darin, sodass sie es vorzog, ihre eigene Arbeit noch einmal zu kontrollieren. Auch eine Konstruktion wie diese hatte Arri noch nie zuvor gesehen. Im Grunde ähnelte sie der Deichsel, mit der auch die Ochsen vor den Karren gespannt wurden, hatte aber kein Joch, sondern nur eine große Schlaufe, die über Hals und Brust der Pferde gelegt wurde und zusätzlich mit weichen Blättern umwickelt war, vermutlich, damit sich die Tiere nicht wund scheuerten.

»Woher kommen diese Pferde?«, fragte sie.

Ihre Mutter sah nicht einmal in ihre Richtung, geschweige denn, dass sie geantwortet hätte, sondern fuhr wortlos fort, das Geschirr zu überprüfen.

»Sie gehören nicht zu Nachtwind und seiner Herde, habe ich Recht?«, bohrte Arri weiter. Auch jetzt schien es im allerersten Moment so, als wolle Lea einfach nur weiter beharrlich schweigen, dann aber deutete sie zumindest ein Kopfschütteln an und rang sich zu einem einsilbigen »Nein« durch.

»Dann gibt es noch mehr als diese eine Herde?«, fragte sie.

Ihre Mutter war endlich fertig damit, den festen Sitz des Geschirrs zu überprüfen. Sie ging in weitem Bogen um den Wagen herum, tätschelte im Vorbeigehen die Nüstern eines der Tiere, was dieses mit einem zufriedenen Schnauben quittierte, und stieg dann mit einer raschen Bewegung auf die schmale Sitzbank am vorderen Ende des Gefährts. »Sie gehören Dragosz«, antwortete sie mit einiger Verspätung und in unwilligem Ton auf Arris Frage. Zugleich machte sie eine knappe Handbewegung auf den freien Platz neben sich.

»Dragosz?«, wiederholte Arri, während sie gehorsam zu ihrer Mutter hinaufkletterte. Immerhin wusste sie jetzt schon seinen Namen. Er klang sonderbar, fand sie. Ganz anders als die Namen der Männer aus dem Dorf. Aber wenn sie versuchte, sich an sein Gesicht zu erinnern, dann musste sie zugeben, dass er auch irgendwie sonderbar *ausgesehen* hatte, wenngleich sie nicht in der Lage war, diesen Unterschied genau in Worte zu fassen.

»Und wer ist er?«, fragte sie.

Ihre Mutter warf einen langen, aufmerksamen Blick in die Runde, vielleicht, weil sie sich überzeugen wollte, dass sie nichts vergessen oder zurückgelassen hatte, eher aber wohl, weil sie nach jemand ganz Bestimmten Ausschau hielt ... Arris Augen schweiften aufmerksam über das nahe Unterholz, und dann setzte sich der Wagen auch schon mit einem sanften Ruck in Bewegung und riss sie aus ihren aufgewühlten Gedanken.

»Jemand, den du nicht kennst. Und den du auch nicht kennen gelernt hättest, wenn es nach mir ginge. Wenigstens jetzt noch nicht.«

»Aber ...«, begann Arri, aber Lea unterbrach sie sofort und in unwilligem Ton. »Schweig jetzt«, sagte sie. »Ich will jetzt nicht reden. Wir haben noch Zeit genug dazu. Wir haben einen langen Weg vor uns.«

(17) Bis spät in den Nachmittag hinein fuhren sie in gemäßigtem, aber gleichmäßigem Tempo nach Osten, ohne dass ihre Mutter auch nur ein einziges Wort gesprochen hatte. Auch ihr Gesicht blieb während der ganzen Zeit vollkommen ausdruckslos und starr. Arri warf ihr dann und wann einen verstohlenen Blick aus den Augenwinkeln zu – der Lea natürlich nicht verborgen belieb –, verfiel aber darüber hinaus in dasselbe verstockte Schweigen wie sie. Ihre Mutter war immer noch übelster Laune, das spürte sie trotz der vollkommenen Ausdruckslosigkeit, die sie wie eine Maske über ihr Gesicht gestülpt hatte. Aber es war nicht nur Zorn oder der Ärger über ihren Ungehorsam, der sie zwang, ihre Pläne so überstürzt zu ändern. Da war noch mehr. Arri kannte ihre Mutter gut genug, um zu spüren, dass sie schwere Sorgen plagten. Vielleicht Angst.

Und schließlich war es auch Arri, die das immer drückender werdende Schweigen nicht mehr ertrug. Den ganzen Nachmittag über waren sie durch eine ständig wechselnde Landschaft gefahren. Die weite, nur von einigen wenigen, in kleinen Gruppen wachsenden Bäumen unterbrochene Grasebene war einer sumpfigen Flusslandschaft gewichen, durch die sich der Wagen nur mühsam und äußerst vorsichtig seinen Weg hatte bahnen können, dann war es ein gutes Stück – weit weniger gefährlich, dafür aber umso langsamer – am Rande dichter Wälder vorbeigegangen, in denen die Zeit schneller voranzuschreiten schien, denn ein Großteil der Blätter hatte sich schon goldgelb gefärbt oder lag bereits als allmählich verfaulendes Laub am Boden, und schließlich wieder eine weite, flache Ebene, auf der nichts anderes als Gras und kümmerliches Gebüsch wuchsen.

Einmal waren ihnen mehrere Wisente begegnet, die ihrer Gegenwart aber nur flüchtig Beachtung schenkten und nicht einmal die Mahlzeit unterbrachen, die ihnen das noch immer saftig wachsende Gras bot. Arri betrachtete die großen, kräftigen Tiere mit den mächtigen Hörnern mit angemessenem Respekt, aber auch der Neugier, die sie aufgrund der großen Entfernung, an der sie an ihnen vorbeifuhren, ohne Scheu aufbringen konnte. Die Herde bot nicht nur einen beeindruckenden Anblick, die Gelassenheit, mit der die Tiere auf ihre Anwesenheit reagierten, brachte sie auch zu der Vermutung, dass sie sich in einem Landstrich befanden, in den sich nur sehr wenige Jäger verirrten, die hinter den riesigen, aber eigentümlich gutmütigen Tieren her waren; vielleicht überhaupt keine. Ein anderes Mal galoppierte eine Gruppe wilder Pferde in großem Abstand an ihnen vorbei, bei der es sich aber vermutlich nicht um Nachtwind und seine Familie handelte; so vertraut, wie ihre Mutter mit dem Hengst und seiner Herde war, wäre er sicherlich herangekommen, um sie zu begrüßen.

Für eine Weile beschäftigte Arri all das Neue und Unbekannte, das sie sah, hinlänglich genug, dass ihr die Zeit nicht lang wurde. Aber als sie dann auf Geheiß ihrer Mutter an einem Bach vom Bock kletterte und ihr half, die Pferde zu tränken, wurde ihr klar, was sie eigentlich getan hatte. Mit einem heftigen Anflug schlechten Gewissens sah sie die Sorge in Leas Augen, denn letzten Endes war sie es, die schuld an der niedergeschlagenen Stimmung war, in der sich ihre Mutter befand. Sie war immer noch ein wenig wütend, und sie empfand immer noch ein Gefühl tiefer Enttäuschung, dass das Wiedersehen mit ihrer

Mutter so vollkommen anders verlaufen war, als sie gehofft hatte. Aber sie war immer weniger sicher, ob sie tatsächlich das *Recht* hatte, so zu empfinden. Sicherlich hatte sie das Recht, enttäuscht über die Erkenntnis zu sein, dass ihre Mutter die Gesellschaft dieses Fremden der ihren offensichtlich vorzog, und sei es nur für eine Weile – aber auf der anderen Seite sagte sie sich, dass auch ihre Mutter eine Frau mit eigenen Bedürfnissen und Gefühlen war. Vermutlich hatte Lea bei diesem Fremden – Dragosz – etwas gefunden, was ihr weder Rahn noch Grahl oder irgendein anderer aus dem Dorf geben konnte; und das ganz sicherlich nicht nur in körperlicher Hinsicht.

»Du wolltest wissen, was wirklich passiert ist«, begann sie, nachdem sie den Bach schon wieder eine ganze Weile hinter sich gelassen hatten.

Lea tat ihr nicht den Gefallen, es ihr leichter zu machen, indem sie darauf einging. Aber sie erwies sich zumindest als eine *Spur* erwachsener als sie, denn sie sagte zwar nichts, wandte aber nach ein paar Augenblicken den Kopf und sah sie scheinbar gleichgültig an.

»Es ... es war nicht Rahns Schuld«, fuhr Arri stockend fort. Jetzt, wo sie sich dazu durchgerungen hatte zu reden, sollte es ihr eigentlich leichter fallen, die richtigen Worte zu finden, doch das genaue Gegenteil war der Fall. Sie hatte sich fest vorgenommen, bei der Wahrheit zu bleiben, ganz gleich, wie ärgerlich ihre Mutter auch darauf reagieren würde, und doch ertappte sie sich schon wieder dabei, nach Worten und Wendungen zu suchen, die ihre eigene Rolle in dieser unrühmlichen Geschichte in einem etwas besseren Licht erscheinen ließen. Die Worte, die ihr über die Lippen kommen wollten, waren nicht die, die sie sich eigentlich zurechtgelegt hatte.

»Ich war wütend auf dich. Ich wollte nicht allein bleiben, und als Rahn mir dann auch noch erzählt hat, was du ihm aufgetragen hast, habe ich ihn so lange gereizt, bis er zornig wurde und auf mich losgegangen ist.«

Leas Blick wurde fragend, aber sie sagte immer noch nichts. Arri fuhr sich hastig mit dem Handrücken über den Mund, sammelte all ihre Kraft und erzählte dann, stockend und immer wieder innehaltend, um ihrer Mutter einen scheuen Blick zuzuwerfen und in ihrem Gesicht nach irgendeiner Reaktion auf das Gehörte zu suchen, sich aber dennoch streng an die Wahrheit haltend, was wirklich passiert war. Als sie bei der Stelle angelangt war, an der sie den sich schlafend stellenden Schmied zu einem glaubwürdigen Zeugen für etwas gemacht hatte, was in dieser Form niemals passiert war, glaubte sie es kurz und belustigt in Leas Augen aufblitzen zu sehen, war aber nicht ganz sicher, ob sie vielleicht nur etwas gewahrte, was sie sehen *wollte*. Ihre Mutter schwieg weiter und forderte sie mit keinem Wort, keiner Geste auf, irgendetwas zu erklären, sondern sah sie nur aufmerksam an. Als Arri erzählte, wie Rahn sie draußen vor der Hütte angegriffen und was genau er getan hatte, verdüsterte sich ihr Blick tatsächlich für einen kurzen Moment, aber sie sagte auch jetzt nichts, sondern wartete ab, bis Arri zu Ende berichtet hatte.

»Und dann bist du meiner Spur bis zur Ebene gefolgt?«, fragte sie in leicht zweifelndem Ton. »Habe ich eine so deutliche Fährte hinterlassen? Ich erinnere mich gar nicht, so unvorsichtig gewesen zu sein.«

»Ich weiß es nicht«, antwortete Arri wahrheitsgemäß. »Als Rahn erzählt hat, dass du den Ochsenkarren nicht genommen hättest, habe ich einfach gehofft, dich dort zu finden.«

Diese Antwort schien ihrer Mutter nicht unbedingt zu gefallen; oder zumindest nicht das zu sein, was sie gern gehört hätte. »Bist du sicher, dass er dir nicht gefolgt ist?«

»Rahn?« Arri schüttelte überzeugt den Kopf. »Ich glaube nicht, dass ihm nach einem Spaziergang zumute war.«

Lea blieb ernst. »Es wäre nicht gut, wenn er uns gesehen hätte.«

»Er ist mir nicht gefolgt«, versicherte Arri.

»Ich hoffe«, seufzte ihre Mutter. »In den letzten Tagen ist er mir mehrmals nachgeschlichen. Er ist ein solcher Tölpel, dass ich schon taub sein müsste, um ihn nicht zu hören, aber man kann nie wissen.«

»Rahn ist dir nachgeschlichen?«, vergewisserte sich Arri. »Glaubst du, er weiß von ...«

»Von Dragosz?« Lea schüttelte heftig den Kopf und ließ die Bewegung dann übergangslos in einem Schulterzucken enden. »Ich weiß es nicht. Am Anfang habe ich es gedacht, aber vielleicht war es nur meine eigene Eitelkeit, die mich das glauben ließ.« Sie lachte leise und zuckte abermals und irgendwie bitterer mit den Schultern. »Vielleicht hofft er auch nur, dass ich ihn zu der Stelle führe, an der ich meinen Schatz vergraben habe.«

»Was für ein Schatz?«, entfuhr es Arri.

»Der, von dem dieser Dummkopf glaubt, dass ich ihn habe«, antwortete Lea abfällig.

Arri verstand immer noch nicht, wenigstens nicht gleich. Aber dann hellte sich ihr Gesicht auf. »Die Oraichalkos-Perle?«

»Anscheinend bildet sich dieser Dummkopf ein, dass ich einen ganzen Sack voll davon irgendwo vergraben habe. Und wahrscheinlich wird dieser Sack in seiner Einbildung jedes Mal ein bisschen größer, wenn er darüber nachdenkt.«

»Und wie viel Oraichalkos hast du wirklich?«, fragte Arri.

Statt zu antworten, griff ihre Mutter unter ihr Kleid und streckte ihr dann den Arm hin. Auf ihrer Handfläche lag eine kleine, honigfarbene Träne. Die Perle, die Lea Rahn in jener Nacht angeboten hatte, als sie dabei gewesen war.

»Nur ... nur diese eine?«, vergewisserte sie sich.

Ihre Mutter lachte leise und vollkommen humorlos und steckte ihren *Schatz* wieder ein. »Glaubst du, wir würden hier leben, wenn ich *reich* wäre?«

Arri wusste nicht genau, was das Wort *reich* bedeutete, zumindest nicht in dem Zusammenhang, in dem ihre Mutter es jetzt gebrauchte, aber sie begriff immerhin, was sie meinte.

»Aber wenn du nur diesen einen Stein hast ...«, begann sie.

»Dann wird Rahn nicht besonders begeistert sein, wenn das Frühjahr kommt«, fügte Lea mit einem kühlen Lächeln hinzu. »Ich weiß.«

»Du hast ihm zwei Steine versprochen.«

»Und ich habe nur einen. Immerhin hat es den Vorteil, dass er mir meinen Schatz auch nicht stehlen kann.«

Arri lächelte zwar pflichtschuldig, aber sie verstand die Beiläufigkeit nicht, mit der ihre Mutter das sagte. Rahn war kein Mann, der sich ungestraft betrügen ließ.

»Und was willst du ihm sagen, wenn es Frühjahr wird, und er zwei Steine erwartet?«

»Bis zum Frühjahrsfest werde ich ihn vertrösten können. Und sei dir sicher: Bevor das letzte Feld bestellt ist, sind wir schon längst über alle Berge.« Plötzlich warf Lea den Kopf in den Nacken und begann laut und schallend zu lachen. »Schade, dass ich nicht dabei war, um sein Gesicht zu sehen, als er auf dich losgegangen ist«, kicherte sie, nachdem sie sich einigermaßen beruhigt hatte. »Ich kann mir vorstellen, dass er ziemlich überrascht war.« Sie blinzelte ihr zu. »Und mach dir keine Sorgen. Er wird niemandem etwas erzählen. Rahn würde niemals zugeben, von einem Kind verprügelt worden zu sein.«

»Eigentlich hatte ich eher das Gefühl, dass *er mich* verprügelt hat«, antwortete Arri zerknirscht.

Um ganz genau zu sein, hatte sie dieses Gefühl nicht *gehabt*, sondern hatte es noch immer. Die Zeit, die sie ruhig neben ihrer Mutter auf dem Kutschbock gesessen und wenigstens innerlich etwas zur Ruhe gekommen war, hatte es sie fast vergessen lassen, aber nun, durch die Erinnerung geweckt, glaubte sie erneut jeden einzelnen Hieb und Tritt zu spüren, den der Fischer ihr versetzt hatte. Selbst das dünne Stechen in ihrer Seite, mit dem ihre angeknackste Rippe jeden einzelnen Atemzug kommentierte, war wieder da. Spätestens morgen früh, dachte sie missmutig, würde sie sich wohl nicht einmal mehr bewegen können, ohne vor Schmerz die Zähne zusammenzubeißen.

»Du hast mehr Glück als Verstand gehabt«, antwortete ihre Mutter in – zumindest Arris Meinung nach – vollkommen unangemessenem, fröhlichem Ton. »Rahn hätte dich ebenso gut auch umbringen können.« Sie legte den Kopf auf die Seite und sah ihre Tochter prüfend an. »Du hast doch nicht etwa wirklich geglaubt, es mit ihm aufnehmen zu können?«

Tatsächlich war es genau das gewesen, was Arri geglaubt hatte, obwohl ihr natürlich längst klar war, wie närrisch diese Vorstellung gewesen war. Sie zog es vor, nicht auf diese Frage zu antworten, aber ihr Gesichtsausdruck schien Lea Antwort genug zu sein, denn sie runzelte die Stirn und schüttelte abermals den Kopf. »Wenn das wirklich so ist, dann war ich eine schlechte Lehrerin. Und du hast die Tracht Prügel, die er dir versetzt hat, wahrscheinlich verdient.«

»Aber ...«

»Ich habe dir ein paar Kniffe und ein paar kleine Gemeinheiten gezeigt, mit denen du dich deiner Haut erwehren kannst, wenn es nötig ist«, fuhr Lea unbeeindruckt fort. »Aber ich habe dir oft genug gesagt, dass du dich nicht überschätzen sollst. Rahn ist sicherlich ein Dummkopf, aber er ist ein verdammt *starker* Dummkopf. Abgesehen von Grahl und seinem Bruder ist er wahrscheinlich der stärkste Mann im Dorf. Nicht einmal ich hätte den Mut, ihn so zu reizen; zumindest nicht, wenn ich unbewaffnet wäre. Du hast verdammtes Glück, überhaupt noch an Leben zu sein, ist dir das klar?«

»Ja«, gestand Arri kleinlaut. Ihr Gefühl von Enttäuschung und Zorn verschwand zusehends. Ihre Mutter reagierte weitaus weniger heftig auf ihre Eröffnung, als sie erwartet hatte. Sie ging einfach zur Tagesordnung über, und vielleicht war das ihre Art, ihr zu sagen, dass sie verstand, was sie getan hatte, und warum. Arri aber gestand sich ihrerseits ein, dass sie allen Zorn und jede Strafe verdient hatte, die ihre Mutter sich für ihren Ungehorsam vielleicht noch einfallen lassen konnte.

Als hätte sie ihre Gedanken gelesen, sagte Lea in diesem Augenblick: »Ich hoffe, dir ist klar, was du beinahe angerichtet hättest, Arianrhod. Es hätte dich das Leben kosten können.«

»Ich weiß«, antwortete Arri zerknirscht. »Es tut mir auch Leid, aber ...« Hilflos hob sie die Schultern und wusste mit einem Male nicht mehr, wohin mit ihrem Blick und ihren Händen. Auch ohne sie anzusehen, spürte sie, dass diese Worte ihrer Mutter nicht reichten.

»Ich sollte enttäuscht sein«, fuhr Lea fort. »Ich dachte, du hättest verstanden, was ich dir beizubringen versucht habe, aber ich bin wohl doch keine so gute Lehrerin, wie ich mir eingebildet habe.«

»Aber ich wollte doch nur ...«, begann Arri, aber Lea hörte ihr gar nicht zu, sondern fuhr mit einem Seufzen fort: »Du hast so ziemlich alles falsch gemacht, was man überhaupt nur falsch machen kann. Du musst lernen, vorher über die Folgen dessen nachzudenken, was du tust. Diesmal bist du mit ein paar blauen Flecken davongekommen. Aber es hätte auch anders ausgehen können. Es hätte auch ihn das Leben kosten können. Wolltest du das?«

Arri war ein wenig erstaunt, als ihr klar wurde, dass sie diese Frage nicht wirklich beantworten konnte. Abermals hob sie hilflos die Schultern. Vielleicht nur, um überhaupt etwas zu sagen, murmelte sie nach einer Weile: »Was stört mich dieser Dummkopf.«

Ohne dass sie hätte sagen können, warum, spürte sie, dass diese Antwort vielleicht die falscheste war, die sie in diesem Moment hätte geben können. Ihre Mutter sah sie eine kleine Ewigkeit lang durchdringend an, dann überzeugte sie sich mit einem raschen Blick davon, dass das Gelände vor ihnen eben und frei von Hindernissen war, sodass die Pferde zumindest für das nächsten Stück allein ihren Weg finden würden, ließ die Zügel in den Schoß sinken und drehte sich auf der schmalen Bank ganz zu ihr um. »Ist das alles, was er für dich ist? Ein Dummkopf?«

Arri wollte antworten, doch ihre Mutter schüttelte den Kopf, um ihr das Wort abzuschneiden, und fuhr mit ein wenig traurig klingender Stimme fort: »Du hasst ihn, nicht wahr? Ich meine, nicht erst, seitdem du ihn zusammen mit mir gesehen hast ... Er hat dich ein Leben lang gequält und gedemütigt, und du hast dir schon lange gewünscht, es ihm heimzuzahlen. Ist es das, was du wolltest? Seinen Tod?«

»Nein!«, sagte Arri fast erschrocken – und vielleicht gerade so hastig, weil da ein winziger Teil in ihr war, der *genau das* gewollt hätte. Nur hatte sie es bis zu diesem Moment nicht wirklich begriffen. Oder nicht wahrhaben wollen.

»Die Welt wäre bald ein ziemlich einsamer Ort, wenn wir jedem, der uns einmal gedemütigt oder beleidigt hat, den Tod wünschen und alle diese Wünsche in Erfüllung gehen würden«, fuhr Lea fort. »Ich mag Rahn ebenso wenig wie du, aber das gibt mir nicht das Recht, sein Leben aufs Spiel zu setzen, nur um eines kleinen Vorteils willen. Was hättest du getan, hätte ich deine Lüge geglaubt und ihn zur Rechenschaft gezogen? Hättest du zugesehen, wie ich ihn töte?«

Arri wusste es nicht. Aber sie fühlte sich zunehmend unwohler. Ihre Mutter hatte vollkommen Recht, mit jedem Wort. Sie hatte so ziemlich alles falsch gemacht, was man nur falsch machen konnte. »Es tut mir Leid«, murmelte sie nur noch einmal.

»Das hoffe ich«, sagte Lea ernst. »Ich werde dich nicht für das bestrafen, was du getan hast, obwohl du es wahrlich verdient hättest. Aber ich will, dass du darüber nachdenkst. Nicht so sehr über das, was du getan hast, sondern über das, was hätte passieren können. Versprichst du mir das?«

Arri nickte. Sie meinte es ernst.

»Gut«, sagte Lea. »Dann ist die Angelegenheit für mich erledigt. Ich werde nie wieder darüber sprechen, es sei denn, du willst es.«

Sie wandte sich wieder nach vorn, hob die Zügel und ließ die geflochtenen Stricke abermals mit dieser schnappenden Bewegung aus dem Handgelenk heraus knallen. Ein sachter Ruck ging durch den Wagen, als die Pferde rascher ausgriffen und dann wieder in ihre gewohnte, gleichmäßige Geschwindigkeit zurückfielen.

Wieder fuhren sie eine geraume Weile schweigend dahin. Die Landschaft, durch die das Fuhrwerk rollte, änderte sich jetzt zusehends, aber es fiel Arri sonderbar schwer, sich darauf zu konzentrieren. Ganz gleich, was Lea auch gesagt hatte, es gelang ihr nicht, tatsächlich Verständnis für Rahn aufzubringen oder ihn auch nur als etwas zu sehen, das auch nur entfernt mit einem menschlichen Wesen zu tun hatte, und doch hatten Leas Worte an etwas gerührt, das ihr zu schaffen machte. Der Tod und das Sterben gehörten so selbstverständlich zum Leben der Menschen im Dorf, dass sie eigentlich noch nie bewusst darüber nachgedacht hatte. Und doch glaubte sie plötzlich zu spüren, dass von allen Lektionen, die ihre Mutter ihr in diesem Sommer erteilt hatte, diese eine vielleicht die allerwichtigste gewesen war. Es gab Dinge, mit denen man spielen durfte, und andere, mit denen nicht. Und das Leben eines Menschen – selbst eines solchen, wie Rahn es war – gehörte ganz eindeutig nicht dazu.

Aber wenn ein Menschenleben so kostbar und wertvoll war, wieso hatte ihre Mutter ihr dann allein in den zurückliegenden beiden Wochen mindestens ein Dutzend Möglichkeiten beigebracht, um es mit einer einzigen Handbewegung auszulöschen?

»Wir müssen uns bald eine Stelle zum Übernachten suchen«, sagte Lea nach einer Weile. Arri schrak aus ihren Gedanken hoch und sah erst sie an, dann in den Himmel hinauf. Fast wäre sie erschrocken, als sie sah, wie tief die Sonne schon stand, und als hätte es dieses Anblicks bedurft, spürte sie auch plötzlich, wie empfindlich kalt es bereits geworden war. Der wolkenlose, strahlend blaue Himmel und das saftige Grün der Landschaft rund um sie herum vermochten jetzt nicht mehr darüber hinwegzutäuschen, wie nah der Winter bereits war. Nicht mehr lange, und am Morgen würde sich bereits der erste Raureif im Gras zeigen.

Ohne auf eine Antwort zu warten, deutete Lea mit einer Kopfbewegung auf eine kleine Felsgruppe, nur noch einen guten Steinwurf entfernt. Der Wagen steuerte bereits in gerader Linie darauf zu. »Das da vorn scheint ein günstiger Platz zu sein. Was meinst du?«

Arri wusste genau, dass ihre Mutter sich längst entschieden hatte; vermutlich schon lange, bevor sie sie überhaupt auf die Felsgruppe aufmerksam gemacht hatte. Einen Moment lang überlegte sie, ob sie diese Frage vielleicht nur stellte, damit sie sie bejahte, dann aber wurde ihr klar, dass Lea sie einfach auf die Probe stellen wollte. Sie hatte keine wirkliche Lust zu antworten. An diesem Tag war zu viel geschehen, als dass ihr der Sinn noch nach irgendwelchen Spielchen stand. Sie hob nur die Schultern.

Ihre Mutter bedachte sie mit einem tadelnden Blick, beließ es zu Arris Erleichterung aber dabei und hielt den Wagen an, als sie sich den Felsen bis auf ein paar Schritte genähert hatten. Arri wollte aufstehen und vom Bock klettern, doch ihre Mutter machte eine rasche, abwehrende Geste, sprang vom Wagen und verschwand mit schnellen Schritten in dem dicht wuchernden Grün, das die Felsen an drei Seiten einrahmte. Arri entging keineswegs, dass sie dabei den Umhang zurückschlug und die rechte Hand griffbereit auf das Schwert legte. Ganz abgesehen von den wilden Tieren, die sich vielleicht ganz in ihrer Nähe herumtrieben, gab es hier noch ganz andere, möglicherweise weit gefährlichere Räuber: Menschen. Oder um genauer zu sein: Menschen, die ihnen nicht wohlgesonnen waren.

Es vergingen nur wenige Augenblicke, bis ihre Mutter zurückkam. Sie bemühte sich zwar, möglichst gelassen zu erscheinen, aber es gelang ihr nicht wirklich, den Ausdruck von Erleichterung auf ihrem Gesicht zu verbergen.

»Wonach hast du gesucht?«, fragte Arri.

»Gesucht?« Lea schüttelte unwirsch den Kopf. »Nach nichts. Ich habe mich umgesehen, das ist alles. Es bietet sich an, das zu tun, wenn man sein Lager in einer Umgebung aufschlägt, die man nicht kennt. Es sei denn, es macht dir nicht aus, in unmittelbarer Nähe einer Bärenhöhle zu übernachten oder im Revier einer Wildschweinrotte.«

Arri stieg wortlos vom Wagen. Ihre Mutter hatte zwar Recht, aber das änderte nichts daran, dass *das* ganz bestimmt nicht der Grund für die Erleichterung gewesen war, die sie in ihren Augen las. Sie hatte etwas ganz Bestimmtes erwartet – nein: *befürchtet* – und es nicht vorgefunden.

Sie hütete sich, auch nur eine entsprechende Bemerkung zu machen, sondern maß ihre Umgebung mit einem zwar verstohlenen, aber dennoch sehr aufmerksamen Blick. Die verwitterten

Felsen, vor denen der Wagen angehalten hatte, bildeten eine nach drei Seiten hin geschlossene Barriere, die sie zuverlässig gegen Wind und Kälte, aber auch allzu neugierige Blicke schützen würde. Aber sie waren sichtlich nicht die ersten, die diesen Ort zu einer Übernachtung nutzten: Die Erde zwischen den Felsen trug die schwarzen Brandspuren zahlreicher Lagerfeuer, und hier und da meinte sie auch etwas zu gewahren, was verrottete Abfälle sein konnten. Misstrauisch geworden, blieb sie stehen und sah noch einmal in die Richtung zurück, aus der sie gekommen waren.

Schon seit einer geraumen Weile waren sie bergab gefahren, obwohl das Gelände unweit vor ihnen wieder anstieg und, vielleicht noch mehrere Pfeilschüsse entfernt, zu einer steilwandigen Schlucht zwischen karstigen Hügeln wurde, die die Landschaft vor ihnen beherrschen. Arri hatte nicht wirklich auf den Weg geachtet, aber jetzt, als sie darüber nachdachte, war sie doch ziemlich sicher, dass der Wagen die meiste Zeit über in gerader Linie auf diesen Durchlass zwischen den Hügeln zugerollt war. Nur auf dem letzten Stück war er deutlich von diesem Kurs abgewichen und hatte einen regelrechten Schlenker gemacht. Nein, es war kein Zufall, dass sie an dieser kleinen Felsgruppe vorbeikamen, und ihre Mutter hatte sie ebenso wenig rein zufällig entdeckt.

»Wie oft bist du schon hier gewesen?«, fragte sie geradeheraus.

Ihre Mutter bedachte sie nur mit einem kühlen Blick und eilte an ihr vorbei zum hinteren Ende des Wagens. Während sie weiter geflissentlich so tat, als hätte sie ihre Frage gar nicht gehört, nahm sie zwei der großen Bündel, die auf der Ladefläche lagen, warf sie sich so mühelos über die Schultern, als wögen sie gar nichts, und trug sie, immer noch schweigend, zum Felsen hin. Arri fasste sich in Geduld, bis sich Lea ihrer Last entledigt hatte und abermals zurückkam, diesmal aber die Pferde ansteuerte.

»Du kennst diesen Platz, habe ich Recht?«, fragte sie. »Du übernachtest nicht zum ersten Mal hier.«

Wenn auch eindeutig widerwillig, so wandte Lea doch jetzt zumindest den Kopf in ihre Richtung und bedachte sie mit einem langen, stirnrunzelnden Blick. »Ja«, gestand sie. »Aber das ist schon eine Ewigkeit her. Hilf mir.«

Dies war auch wieder eine von Leas Antworten, die im Grunde keine waren, sondern vielmehr ihre Art klarzumachen, dass sie über diese Angelegenheit nicht reden wollte. Aber Arri gedachte dieses Mal nicht, sich so einfach abspeisen zu lassen. Sie hatte kein besonders gutes Gefühl dabei – das Eis, auf dem sie sich bewegte, war dünn. Ihre Mutter hatte ihr offensichtlich vergeben, aber das bedeutete ganz gewiss nicht, dass sie dieses gerade erst so mühsam zurückgewonnene Vertrauen nach Belieben belasten und auf die Probe stellen konnte. Und trotzdem: Ihre Mutter wurde nicht müde, ihr immer wieder zu versichern, dass sie kein Kind mehr war, sondern eine beinahe erwachsene Frau. Aber dann sollte sie sie gefälligst auch nicht länger wie ein Kind behandeln!

Ihre Mutter ergriff den Zügel eines Pferdes und führte die Tiere so weit um die Felsen und an den Waldrand dahinter heran, bis das Gefährt im Schutz des grauen Gesteins verschwunden war, und auch das war Arris Meinung nach ganz und gar kein Zufall, denn wenn jetzt jemand auf demselben Weg wie sie zuvor näher käme, dann konnte er es praktisch erst sehen, wenn er eigentlich schon daran vorbei war. Arri stieg vom Wagen und setzte vorsichtig den Fuß auf. Der Knöchel schmerzte noch ein wenig, schien aber ansonsten wieder in Ordnung zu sein, und aus einem unerklärlichen Grund war sie vor allem deswegen darüber erleichtert, weil sie ihre Mutter nicht bitten musste, ihn sich anzusehen. Stattdessen half sie mit, die Tiere von ihrem sonderbaren Geschirr zu befreien und ein kleines Stück weit weg zu führen, bevor sie sie am Waldrand wieder anbanden. Als Lea jedoch mit einem ärgerlichen Kopfschütteln die Leine wieder löste, mit der Arri ihr Pferd ganz absichtlich lang genug an einem Baumstamm festgebunden hatte, dass es sich ein wenig bewegen und zumindest ein paar kümmerliche Grashalme erreichen konnte, und es zwei

Schritte weit ins Unterholz hineinführte, um es dort kürzer anzubinden, war es mit ihrer Geduld endgültig vorbei.

»Warum sagst du mir nicht endlich, was hier los ist?«, forderte sie. »Du hast Angst, dass uns jemand verfolgt, habe ich Recht? Wer ist es?«

Leas Gesicht verdüsterte sich noch weiter; ob als Reaktion auf ihren unverschämten Ton oder weil sie mit ihrer Vermutung der Wahrheit ziemlich nahe gekommen war, konnte Arri nicht sagen. Sie rechnete auch nicht wirklich mit einer Antwort, doch sie bekam eine.

»Vielleicht«, gestand Lea, ausweichend und ohne sie direkt anzusehen. »Ich glaube es eigentlich nicht, aber es ist besser, wir sind vorsichtig.«

»Warum?«, fragte Arri. »Hast du Angst, dass uns jemand überfällt, oder möchtest du nicht, dass man im Dorf erfährt, wohin wir eigentlich gehen?«

Diesmal starrte ihre Mutter sie schon länger und fast feindselig an. Mit einer ihrer beiden Vermutungen hatte Arri ganz offensichtlich ins Schwarze getroffen.

»Vielleicht von beidem etwas«, antwortete sie nach einer Weile. Dann hob sie die Schultern und rang sich ein Lächeln ab. »Du hast Recht. Es wäre mir nicht angenehm, wenn man im Dorf wüsste, wohin ich unterwegs bin. Obwohl es wahrscheinlich überhaupt keine Rolle spielt. Jetzt nicht mehr.« Ihr Lächeln entgleiste ihr zusehends. »Aber alte Gewohnheiten lassen sich so schnell nicht ablegen, weißt du?«

»Nein«, sagte Arri. »Ich weiß *nicht*.«

Der Blick ihrer Mutter wurde anklagend. Zu Arris Überraschung aber beließ sie es bei einem Seufzen und einem traurigen Kopfschütteln, bevor sie sich umdrehte und zu den Felsen zurückging. Arri folgte ihr, schweigend und hin- und hergerissen zwischen Zorn und einem Gefühl von tiefem Mitleid, das fast gegen ihren Willen in ihr aufkam, als sie den inneren Zweikampf spürte, den ihre Mutter ausfocht. Aber sie konnte auch nicht mehr zurück. Vielleicht, dachte sie, gehörte auch das zu dem, was ihre Mutter so gern als *erwachsen werden* bezeichnete; Fragen zu stellen, die man eigentlich nicht stellen wollte, weil man Angst vor der Antwort hatte.

Ihre Mutter warf noch einen langen Blick zurück in die Richtung, aus der sie gekommen waren, dann ließ sie sich mit untergeschlagenen Beinen niedersinken, lehnte den Hinterkopf und Rücken gegen den rauen Fels und schloss für einen kurzen Moment die Augen. Arri konnte sehen, wie es hinter ihrer Stirn arbeitete. Als sie die Lider wieder hob, hatte sich etwas in ihrem Blick geändert.

»Ja, du hast Recht«, sagte sie. »Ich möchte nicht, dass man im Dorf weiß, wohin ich gegangen bin. Es wäre nicht gut. Nicht gut für uns und nicht gut für die Menschen, zu denen wir gehen.«

Auch Arri setzte sich, verharrte aber in stocksteif aufgerichteter Haltung, fast als hätte sie Angst, ihre Entschlossenheit könne ins Wanken geraten, wenn sie es sich auch nur erlaubte, die Muskeln zu entspannen. »Und wohin genau fahren wir?«

»Zu Freunden«, antwortete Lea. »Menschen, die ich schon seit langer Zeit kenne und schätze. Gerade deshalb wäre es mir nicht angenehmer, wenn Sarn oder gar Nor erführen, dass ich mit diesen Leuten Handel treibe.«

Handel? Arri fragte sich, womit ihre Mutter eigentlich *handeln* wollte. Sie besaß doch nichts. »Liegen sie im Streit mit dem Hohepriester?«, fragte sie.

Ein kurzes, humorloses Lächeln huschte über Leas Züge, und ihre Stimme wurde abfällig. »Goseg liegt mit jedem im Streit, der sich seinem Willen nicht beugt und keinen Tribut zahlt«, antwortete sie, schüttelte aber gleich darauf den Kopf und fuhr mit leiserer Stimme fort: »Nein. So weit würde ich nicht gehen. Diese Leute haben nichts mit Nor und den anderen Priestern aus Goseg zu schaffen, und sie wollen es auch nicht. Aber es ist trotzdem besser, wenn niemand weiß, dass ich sie kenne. Ich habe schon genügend Menschen Unglück gebracht, nur weil ich da war. Und manchmal ist es durchaus von Vorteil, wenn man einen Ort hat, an den man gehen kann und von dem nicht jedermann weiß.«

»Oder einen Menschen«, vermutete Arri.

Diesmal bekam sie nur ein geheimnisvolles Lächeln zur Antwort, doch ihre Mutter wirkte versöhnlicher, als sie weitersprach. »Ich glaube, ich muss mich bei dir entschuldigen, Arianrhod. Ich verlange von dir, dass du aufhörst, dich wie ein Kind zu benehmen, und dabei behandle ich dich die ganze Zeit über noch immer wie eines. Es war nicht recht von mir, dir nicht zu sagen, was ich wirklich plane.«

»Dafür sagst du es mir ja jetzt«, vermutete Arri, wartete jedoch vergebens auf eine Antwort und fügte mit schräg gehaltenem Kopf und fragendem Ausdruck hinzu: »Oder?«

Lea zögerte weiterhin. Die Finger ihrer rechten Hand fuhren über den verzierten Griff ihres Schwertes und zeichneten die Konturen der darauf abgebildeten Sonnen- und Mondsymbole nach, ohne dass sie sich der Bewegung selbst bewusst zu sein schien. »Ich könnte dir sagen, was ich vor*hatte*«, antwortete Lea schließlich und mit einem neuerlichen, traurigen Lächeln. »Aber wozu über Pläne reden, die sich längst zerschlagen haben?«

»Zerschlagen?«

»Ich hatte alles genau geplant«, bestätigte Lea. »Perfekt, wie ich dachte. Vielleicht ein bisschen *zu* perfekt. Ich dachte, ich hätte alles vorausgesehen, aber anscheinend habe ich mich für klüger gehalten als ich bin, und das nicht zum ersten Mal.«

»Was ist denn passiert?«, fragte Arri.

»Ich habe mich zu wichtig genommen, das ist passiert«, antwortete ihre Mutter. »Als wir damals hierher kamen, habe ich mich für klüger gehalten als die Menschen, die hier lebten, und ich fürchte, das rächt sich jetzt.«

»Klüger noch als Rahn?«, fragte Arri in dem schwachen Versuch, einen Scherz zu machen. »Das war in der Tat vermessen.«

Ihre Mutter lachte zwar leise, aber ihr Blick wurde eher noch trauriger. »Damals glaubte ich, ich wäre so viel klüger als all diese Leute hier«, fuhr sie fort. »Ich meinte, alles zu verstehen und ganz genau zu wissen, was ich zu tun hätte. Ich wusste es nicht.«

»Wie meinst du das?«

»Die Leute in diesem Land sind nicht dumm«, antwortete Lea. »Wenn jemand dumm war, dann ich. Ich habe mich ihnen überlegen gefühlt, nur weil ich mehr *wusste* als sie. Oder es mir wenigstens eingebildet habe.« Sie stieß sich mit einer müde wirkenden Bewegung von ihrem steinernen Halt ab und streckte ächzend den rechten Arm nach einem der beiden Bündel aus, die sie vom Wagen genommen hatte.

Arri war dem Bündel deutlich näher und hob ihrerseits die Hand, um ihrer Mutter zu helfen, aber dann erkannte sie, dass es genau das war, das sie vorhin durchsucht hatte, und stockte mitten in der Bewegung. Glücklicherweise entging Lea ihre schuldbewusste Geste. Ächzend zog sie das Bündel zu sich heran, knotete es auf und begann darin zu kramen.

»Wir können kein Feuer machen«, fuhr Lea fort, »aber wir haben kaltes Fleisch und Brot, und nur ein paar Schritte hinter dem Wald fließt der Bach, an dessen Unterlauf wir vorhin die Pferde getränkt haben. Wenn du uns etwas Wasser holst, zaubere ich uns etwas Essbares.«

Arri verbiss sich gerade noch rechtzeitig die Frage, warum sie nicht das Wasser aus dem Schlauch nahm, der sich in ihrem Bündel befand. Obwohl im Grunde nichts Verbotenes an dem war, was sie getan hatte, wäre es ihr in diesem Augenblick unangenehm gewesen zuzugeben, dass sie das Gepäck durchsucht hatte. Widerstrebend stand sie auf, ging zwei Schritte weit und kam dann wieder zurück. »Und worin soll ich es herschaffen?«

Lea sah sie einen Moment lang fast ratlos an, dann kramte sie hastig in dem Bündel und förderte eine hölzerne Schale zutage, die sie ihr reichte.

»Du bist wirklich auf alles vorbereitet, wie?«, fragte Arri leicht überrascht.

»Ich will nie wieder in die Verlegenheit geraten, mich mit nichts anderem als einem alten Schwert am Gürtel und einem schreienden Säugling im Arm mitten im Meer wieder zu finden«, antwortete ihre Mutter mit todernstem Gesicht.

Arri blinzelte. »Wie?«

»Geh schon.« Lea wedelte ungeduldig mit der Hand, aber in ihren Augen war nun auch ein verräterisches Funkeln. Arri sah sie noch einen weiteren Herzschlag lang verwirrt an, dann aber beeilte sie sich, nach dem Bach zu suchen, von dem ihre Mutter gesprochen hatte.

Angelockt von einem plätschernden Geräusch umging sie ein kleines Waldstück und stieß an seinem Rand auf den Bach, der diesen Namen überdies nicht wirklich verdiente, denn er war nicht einmal zwei Schritte tief und vielleicht doppelt so breit, nur einer der für diesen Teil des Landes so typischen schmalen Wasserläufe, die das wogende Meer aus Gras und hüfthohem Heidekraut durchschnitten. Arri kam diese Landschaft ungewöhnlich und anziehend vor, aber auch ein bisschen unheimlich. Das Dorf, an dessen Rand sie aufgewachsen war und ihr gesamtes Leben verbracht hatte, lag inmitten dichter, scheinbar endloser und vielerorts wortwörtlich undurchdringlicher Wälder, sodass sie die ungewohnte Weite ringsum erschreckte. Wenn ihre Mutter ihr von ihrem früheren Leben und dem Meer erzählt hatte, hatte sie diese Geschichten immer sehr aufregend gefunden, aber eigentlich nicht wirklich verstanden, wovon sie sprach. Doch es musste dem hier nahe kommen – eine Landschaft, die nahezu vollkommen leer war, so weit das Auge reichte, und in der sich der Blick verlieren konnte, wenn man nicht Acht gab.

Arri ließ sich Zeit, dem Befehl ihrer Mutter nachzukommen. Nachdem sie sich am Ufer des kaum zwei Handflächen breiten Baches in die Hocke gelassen und die Schale randvoll mit Wasser gefüllt hatte, setzte sie sie behutsam zu Boden, ließ sich vollends auf die Knie sinken und trank lange und ausgiebig von dem Wasser, das zwar kristallklar war und köstlich schmeckte, aber auch so kalt, dass sich ihre Lippen beinahe taub anfühlten, nachdem sie ihren Durst endlich gelöscht hatte. Sie stand auch jetzt noch nicht auf, sondern setzte sich ganz im Gegenteil ins Gras und schloss für einen Moment die Augen, um zu lauschen; nicht nur auf das leise Geräusch des Windes, der knisternd mit dem trocken werdenden Laub der Baumkronen über ihr spielte und auf dem kniehohen Gras Töne wie auf den Saiten eines fremdartigen, aber nicht unangenehm klingenden Instruments hervorrief, sondern auch und vor allem in sich hinein, auf das Durcheinander von Gefühlen und Gedanken, die sich zum Teil so heftig widersprachen, dass sie einfach nicht wusste, was nun richtig und was falsch war, oder überhaupt etwas davon.

Da war eine dünne, schwache Stimme in ihr, die ihr sagte, dass sie zurückgehen sollte, bevor ihre Mutter anfing, sich Sorgen um sie zu machen und vielleicht kam, um nach ihr zu suchen, aber zugleich spürte sie auch, dass es nicht geschehen würde. Ihre Mutter hatte sie wahrscheinlich nicht wirklich fortgeschickt, um Wasser zu holen. In dem Beutel, aus dem sie die Schale genommen hatte, befand sich mehr als genug Wasser für sie beide und einen einzigen Abend. Vielleicht hatte sie sie weggeschickt, weil sie einfach allein sein wollte, und vielleicht hatte sie auch gespürt, dass es ihr, Arri, ganz genau so erging.

Arri war verstört, verunsichert, verwirrt und ängstlich wie schon seit langer Zeit nicht mehr, und sie wusste auch nicht mehr, was sie glauben sollte. Alles war plötzlich so ganz anders. Die wenigen Worte, die ihre Mutter vorhin gesprochen hatte, hatten ihr Leben erneut und vielleicht noch grundlegender aus der Bahn geworfen als all die Veränderungen zuvor, die sie für so gewaltig gehalten hatte. Vielleicht hatte sie ihre Mutter zum allerersten Mal wirklich *zweifelnd* erlebt. Trotz allem, trotz aller Fehler, die sie gemacht hatte, allem, was Arri als ungerecht empfand und nicht annehmen mochte, trotz ihrer Launen und des unbestreitbaren Umstandes, dass sie manchmal ungerecht und selbstsüchtig war, auch ihrer eigenen Tochter gegenüber, war sie Arri bisher zugleich dennoch unfehlbar erschienen; der Mensch auf der Welt, der ihr Leben wie kein anderer bestimmte und letzten Endes behütete. Nun hatte sie zugegeben, einen Fehler gemacht zu haben, und auch wenn Arri noch nicht wirklich verstand, was sie damit gemeint hatte, so spürte sie zugleich doch tief in sich drinnen, dass dieser Fehler gewaltig gewesen sein musste. Schlimm genug, um ihrer beider Leben vollkommen aus der Bahn zu werfen.

Vielleicht war es das. Vielleicht fing sie an zu begreifen, dass ihre Mutter nicht unfehlbar war und dass sie eben nicht immer da sein würde, um ihre Tochter zu beschützen und alles wieder ins rechte Lot zu bringen, wenn diese Fehler beging oder das Schicksal ihr übel mitspielte. Leas Eingeständnis machte aus der Mutter, die für Arris Verständnis bisher schlichtweg die stärkste Macht unter dem von den Göttern gespannten Himmel war, stärker noch als das Schicksal selbst, einen ganz gewöhnlichen Menschen.

Aber das wollte sie nicht glauben.

Ein leises Knacken drang in ihre Gedanken. Arri schrak auf, sah sich hastig nach rechts und links um und zwang ein gequältes Lächeln auf ihre Lippen, als sie nichts sah. Vermutlich war es auch nichts gewesen. Ein trockener Zweig, der unter seinem eigenen Gewicht abgebrochen war, ein verspätetes Echo auf ihre Schritte oder ein kleines Tier, das vor dem unbekannten Eindringling in seine Welt floh. Es gab ein Dutzend Erklärungen, und eine war so überzeugend wie die andere. Dennoch schlug ihr Herz immer schneller, und sie hatte plötzlich wieder das sichere Gefühl, beobachtet zu werden. Sie versuchte – vergeblich –, sich selbst in Gedanken zur Ordnung zu rufen, gab aber fast sofort wieder auf und erhob sich.

Als sie sich nach der Schale bückte und sie behutsam aufhob, um nichts von ihrem Inhalt zu verschütten, löste sich ein Schatten aus dem Waldrand und trat auf sie zu.

Arri schrak so heftig zusammen, dass sie sich das Wasser nicht nur über den Rock schüttete, sondern die Schale gänzlich fallen ließ. Sie prallte auf dem Uferstreifen auf, sprang noch einmal in die Höhe und fiel ins Wasser, wo sie der Strömung einen Moment lang schaukelnd Widerstand entgegenzusetzen versuchte und dann wie ein winziges Boot davontrieb.

Arri starrte die Gestalt, die unversehens aus dem Wald gekommen war, aus entsetzt aufgerissenen Augen an. Sie wollte schreien, aber ihre Kehle war wie zugeschnürt, und sie brachte keinen Laut hervor. Trotzdem schlug sie die Hand vor den Mund und prallte einen Schritt zurück, als der Fremde weiter auf sie zukam.

Sie erkannte ihn jetzt. Es war der schwarzhaarige Mann, der sie vor dem Wolf gerettet hatte. Der, den sie zusammen mit ihrer Mutter im Wald gesehen hatte. Dragosz.

Rasch, aber ohne Hast ging er an ihr vorbei, machte zwei schnellere Schritte, um die davonschwimmende Schale einzuholen, und fischte sie mit einer übertriebenen Bewegung aus dem Wasser. Dann kam er zurück und streckte ihr die Schale hin. »Das hast du fallen lassen, Arianrhod. Du solltest vorsichtiger sein. Deine Mutter wäre nicht erfreut, wenn du sie verlieren würdest.«

Arri griff unwillkürlich nach der Schale, aber sie nahm die Worte kaum zur Kenntnis. Ihr Herz hämmerte, und ihre Hände zitterten so stark, dass sie sich eher an der Schale festklammerte, statt sie zu halten. Sie war der Panik so nahe, dass sie am liebsten schreiend davongelaufen wäre, und gleichzeitig auch gelähmt vor Schrecken und vollkommen unfähig, sich zu bewegen.

Dragosz blieb eine ganze Weile einfach so stehen und sah sie an. Er sagte nichts, und in seinem sonderbar geschnittenen Gesicht rührte sich nicht der kleinste Muskel, aber in seinen Augen erschien plötzlich ein nahezu belustigtes Funkeln, auch wenn Arri das unangenehme Gefühl hatte, den wahren Grund für seinen Spott nicht zu kennen; und auch gar nicht kennen zu *wollen*.

»Du brauchst keine Angst zu haben«, sagte er schließlich. Sein Akzent kam Arri viel stärker vor als bei ihrem ersten Zusammentreffen. Er sprach zwar klar verständlich, aber langsam, als müsse er über jedes einzelne Wort nachdenken, bevor er es wählte, und was er sagte, klang sonderbar hart und auf schwer zu greifende Weise fremdartig.

»Ich ... habe auch keine Angst«, antwortete Arri schleppend. Es klang selbst in ihren eigenen Ohren albern.

Das Funkeln in Dragosz' Augen nahm zu. »Ja, das scheint mir auch so«, sagte er spöttisch. »Obwohl du es solltest ... ich meine, nicht vor mir. Aber es ist nicht ungefährlich für zwei Frauen, allein unterwegs zu sein.«

»Wir sind ja nicht allein. Du bist doch hier, um auf uns aufzupassen«, antwortete Arri, und hätte ihre Stimme nicht vor Furcht und Anspannung gezittert, dann hätten die Worte vielleicht auch tatsächlich so patzig geklungen, wie sie es sollten.

Trotzdem lachte Dragosz. »Leandriis irrt sich, weißt du das?«, meinte er. »Sie hat behauptet, du wärst nicht wie sie. Aber das stimmt nicht. Ihr seid euch ähnlicher, als sie ahnt.«

Vielleicht nur ähnlicher, als sie wahrhaben will, dachte Arri. »Hast du dich nur an mich angeschlichen, um mit das zu sagen?«

»Hätte ich mich *angeschlichen*«, antwortete Dragosz, »hättest du mich nicht bemerkt, Arianrhod.« Er lächelte unerschütterlich weiter, und auch sein Gesicht blieb nahezu ausdruckslos, und doch meinte Arri etwas wie eine ganz sachte Drohung aus seinen Worten herauszuhören.

Sie spürte, dass ihre Hände noch immer zitterten, jetzt vielleicht sogar noch mehr als zuvor, versuchte einen Moment lang vergeblich, es zu unterdrücken, indem sie die Finger mit aller Kraft um die hölzerne Schale schloss, bis sie diese schließlich verärgert auf den Boden stellte. Dragosz beobachtete sie aufmerksam, und sie musterte umgekehrt nun ihn ganz offen und mit schon fast herausfordernder Neugierde. Was sie sah, überraschte und irritierte sie gleichermaßen. Sie hatte Dragosz im Grunde ja bisher nur einmal gesehen, und damals war sie in Todesangst und vollkommen verstört gewesen, sodass sie sein Gesicht nicht einmal dann hätte wirklich beschreiben können, hätte sie es schon wenige Augenblicke nach der unheimlichen Begegnung versucht.

Nun stand er knapp auf Armeslänge und im hellen Tageslicht vor ihr, geradezu als wollte er ihr Gelegenheit geben, ihn genauer in Augenschein zu nehmen, und da er offensichtlich nichts dagegen hatte, tat sie es auch. Sie korrigierte ihre Schätzung, was sein Alter anging, um etliche Jahre nach unten; er war deutlich älter als sie und auch älter als Rahn, aber auch ein gutes Stück jünger als ihre Mutter. Er war von kräftigem Wuchs und seine Haut war eine Spur dunkler als die der Dorfbewohner. Sein Haar war schwarz wie die Nacht, und das Auffälligste an ihm überhaupt war sein Bart, der nicht ungezügelt bis auf die Brust hinabhing, sondern so kurz abgeschnitten war, dass man hier und da die Haut seiner Wangen und seines kräftigen Kinns hindurchschimmern sehen konnte.

»Was willst du von mir?«, fragte sie, als Dragosz auch weiter keine Anstalten machte, irgendetwas zu sagen oder in irgendeiner anderen Art auf ihre fragenden Blicke einzugehen.

»Hast du das nicht gerade selbst gesagt?«, entgegnete Dragosz. »Ich passe auf, dass euch nichts geschieht.«

»Meine Mutter kann gut auf sich selbst aufpassen«, erwiderte Arri.

»Ich weiß. Und wenn sie allein unterwegs wäre, würde ich mir auch keine Sorgen um sie machen.« Dragosz lachte ganz leise. »Allerhöchstens um denjenigen, der so dumm wäre, einen Streit mit ihr anzufangen. Unglücklicherweise ist sie nicht allein unterwegs.«

Arris Blick verdüsterte sich noch mehr, als ihr klar wurde, was der Fremde damit sagen wollte. »Du meinst, du willst darauf aufpassen, dass *ich* keine Dummheiten mache? Hat meine Mutter dir das aufgetragen?«

»Leandriis?« Dragosz schüttelte den Kopf. Erst jetzt, im Nachhinein, fiel Arri auf, dass er ihren wahren Namen gebrauchte, so, wie er auch sie mit Arianrhod angesprochen hatte, nicht mit der verkürzten Form, als die sie jedermann im Dorf kannte. Ihre Mutter musste diesem Fremden wirklich sehr vertrauen, wenn sie ihm ihre wahren Namen verraten hatte, die sie sonst jedem anderen gegenüber hütete wie einen kostbaren Schatz. »Nein. Ganz im Gegenteil. Ich glaube nicht, dass sie sehr begeistert wäre, wenn sie uns jetzt hier miteinander reden sähe.«

»Wieso?«, fragte Arri.

»Ich gestehe, dass ich anfangs ein wenig verärgert war, dass sie mich mit ein paar eiligen Worten wie einen Bettler fortgejagt hat, nur weil du plötzlich aufgetaucht bist.« Dragosz trat einen halben Schritt zurück und maß Arri mit einem langen Blick von der Art, wie sie auch Rahn angesehen hatte, und der ihr beinahe ebenso unangenehm war. Aber dann lächelte er, und obwohl auch dieses Lächeln fast ebenso anzüglich war wie das des Fischers, fehlte ihm doch etwas, das Rahns Blick ganz besonders schwer zu ertragen gemacht hatte. »Aber jetzt, wo ich dich genauer sehe, kann ich sie beinahe verstehen. Wenn ich eine Tochter hätte, die so hübsch wäre wie du, dann würde ich sie auch vor jedem Mann verstecken.«

Arri spürte, dass sie rot wurde. Sie versuchte sich einzureden, es geschähe aus Zorn, aber das stimmte nicht. »Ist es denn nötig?«

»Was? Dich vor jedem fremden Mann zu verstecken?«

»Mich vor *dir* zu verstecken«, antwortete Arri.

Dragosz lachte. »Wenn es nur meine Blicke sind, die sie fürchtet, ja. Aber darüber hinaus? Nein.«

»Meine Mutter scheint da anderer Meinung zu sein«, antwortete Arri spitz. »Irgendeinen Grund wird sie schon haben, warum sie nicht will, dass du mich siehst.«

»Deine Mutter ist deine Mutter«, erwiderte Dragosz, »und ich glaube fast, das ist Grund genug. Jedenfalls wäre es für jede Mutter meines Volkes Grund genug, hätten sie eine Tochter wie dich.«

»*Deines* Volkes?«, wiederholte Arri. »Welches Volk ist es denn?«

Dragosz wirkte überrascht, aber nicht sehr. »Deine Mutter scheint dir nicht sehr viel über mich erzählt zu haben«, sagte er, statt ihre Frage zu beantworten. Er deutete ein Schulterzucken an. »Wahrscheinlich wird sie ihre Gründe dafür haben. Und wahrscheinlich ist es doch besser, wenn ich diese Gründe achte, auch wenn ich sie nicht kenne.«

»Du meinst, du *willst* meine Frage nicht beantworten«, sagte Arri verärgert. Es war ihr selbst nicht bewusst in diesem Moment, aber ihre Angst war längst verflogen, so wie auch ihre Hände und Knie schon lange aufgehört hatten zu zittern; und auch das spürte sie nicht einmal. »Warum bist du dann hergekommen, außer um meine Fragen nicht zu beantworten und mich zu verspotten?«

Sie hätte erwartet, dass Dragosz jetzt ärgerlich reagieren oder sie zumindest zurechtweisen würde, aber er wirkte nur leicht überrascht und lachte plötzlich wieder. »Tatsächlich – deine Mutter hat die Unwahrheit gesagt. Du bist ihr noch ähnlicher, als ich sowieso geglaubt habe. Zumindest hast du ihre Zurückhaltung und Scheu geerbt.«

Das verstand sogar Arri. Sie lauschte zwar vergebens auf einen Unterton von Tadel oder gar Drohung in diesen Worten, rief sich in Gedanken aber dennoch scharf zur Ordnung. Dragosz würde ihr nichts tun, davon war sie mittlerweile überzeugt, aber sie würde auch nichts von ihm erfahren, wenn sie ihn unnötig reize. »Was willst du von mir?«, fragte sie nur noch einmal und jetzt in gezwungen ruhigem Ton.

»Im Grunde wollte ich einfach nur ein paar Worte mit dir wechseln«, antwortete der schwarzhaarige Fremde. »Ich war neugierig auf dich, das ist alles.«

»Wieso?«, erkundigte sich Arri misstrauisch. »Hat meine Mutter so viel über mich erzählt?«

Dragosz schüttelte heftig den Kopf. Die aus Reißzähnen und Klauen gefertigte Kette an seinem Hals klimperte leise. »Im Gegenteil. Sie hat eigentlich gar nichts über dich erzählt, und genau das hat mich neugierig gemacht.«

»Und?«, fragte sie. »Bist du zufrieden mit dem, was du siehst?«

»Zumindest verstehe ich sie jetzt ein wenig besser«, antwortete Dragosz. Arri verspürte einen leisen Anflug von Ärger. Auch wenn Dragosz das bestimmt nicht wusste, so waren er und ihre Mutter sich doch zumindest in diesem einen Punkt ähnlich: Sie verstanden es meisterhaft, auf Fragen, die ihnen nicht gefielen, einfach nicht zu antworten. Doch was für ihre Mutter galt, das musste sie diesem Fremden nicht unbedingt auch durchgehen lassen.

»Was suchst du hier?«, fragte sie erneut und in noch schärferem und fast schon unverschämtem Ton. »Bist du nur gekommen, um dich über mich und meine Mutter lustig zu machen?«

»Nein«, antwortete Dragosz rasch. Sein Lächeln erlosch endgültig, und an seiner Stelle machte sich ein Ausdruck von tiefer, ehrlich empfundener Sorge in seinen Augen breit. »Ich wollte dich nur wissen lassen, dass ich da bin. Früher oder später hättest du es ohnehin gemerkt. Ich nehme doch an, deine Mutter hat dir das Spurenlesen beigebracht?«

»Ja«, antwortete Arri. »Aber ich bin nicht so gut wie sie.«

»Dann wäre sie auch keine gute Lehrerin«, antwortete Dragosz, was Arri im allerersten Moment nicht verstand, bevor er hinzufügte: »Die Frage ist wohl eher, ob du so gut bist wie *sie* in deinem Alter.« Er legte eine hörbare Pause ein, und Arri hatte das Gefühl, als wäre er nicht gänzlich sicher, ob er tatsächlich weitersprechen sollte. Als er es dann tat, war seine Rede möglicherweise nicht nur deshalb noch ein wenig schleppender, weil er sich die Worte mühsam zurechtzulegen musste. »Ich möchte dich um etwas bitten«, sagte er.

»Mich?«, entfuhr es Arri überrascht.

Dragosz nickte. Er griff unter seinen schwarzen Fellumhang, und Arri konnte sehen, wie er die Hand um etwas schloss, das er darunter trug, dann aber zog er den Arm wieder zurück. Seine Hand war leer. »Ihr habt noch einen langen und nicht ungefährlichen Weg vor euch«, fuhr er fort. »Ich möchte, dass du ein wenig auf deine Mutter Acht gibst.«

Diesmal musste Arri ihre Überraschung nicht mehr vorspiegeln. »Ich?«, vergewisserte sie sich. »Aber wieso denn ich?«

»Weil deine Mutter zwar eine ebenso tapfere wie kluge Frau ist«, antwortete Dragosz, »aber auch eine sehr stolze. Vielleicht ein bisschen zu stolz. Sie würde meine Hilfe niemals annehmen. Sie weiß, wie gefährlich diese Reise ist, aber sie würde mir nicht erlauben, euch zu begleiten, um euch zu beschützen und darauf Acht zu geben, dass euch nichts passiert.«

Arri war noch immer so überrascht, dass sie gar nicht antworten konnte. Sie starrte den schwarzhaarigen Fremden nur an. Dragosz seinerseits schien auf eine ganz bestimmte Reaktion ihrerseits zu warten und machte keinen Hehl aus seiner Enttäuschung, als sie nicht kam. »Und ... was genau ... erwartest du von mir?«, fragte sie schließlich lahm.

»Nicht viel«, antwortete Dragosz. Arri war ziemlich sicher, dass er eigentlich etwas ganz anderes hatte sagen wollen. »Vielleicht nur, dass du die Augen aufhältst – und ein wenig auf deine Mutter achtest. Sie ist eine sehr kluge Frau, aber im Augenblick neigt sie zu unbedachten Reaktionen, fürchte ich. Und es wäre gut, wenn du ihr nichts von unserem Gespräch erzählst. Es würde sie nur zusätzlich belasten, wenn sie wüsste, dass wir uns begegnet sind.«

Es dauerte noch einen Moment, aber dann begriff Arri – endlich –, wovon Dragosz überhaupt sprach. Ihre Augenbrauen rutschten ein Stück nach oben, und sie konnte selbst hören, wie sich ein schriller Unterton in ihre Stimme schlich, als sie antwortete: »Du meinst, ich soll sie für dich bespitzeln?«

»Unsinn«, erwiderte Dragosz – im unduldsamen Ton des ertappten Sünders. »Wie kommst du darauf?«

»Weil du es gerade gesagt hast?«, schlug Arri vor.

Dragosz' Augen blitzten noch zorniger. »Für wie dumm hältst du mich?«, fauchte er. »Sie ist deine Mutter, oder? Und ich bin ein vollkommen Fremder für dich, habe ich Recht? Wie kommst du auf die Idee, ich könnte ernsthaft von dir erwarten, deine eigene Mutter für einen Mann zu belügen, über dessen Ziele und Absichten du rein gar nichts weißt?«

Arri kam in diesem Moment vor allem der Gedanke, dass dies ein äußerst komplizierter Satz für einen Mann war, der ihrer Sprache anscheinend nur mit Mühe mächtig zu sein schien; zumal er ihn fließend und ohne das geringste Stocken hervorgebracht hatte. Sie sagte nichts dazu.

»Vielleicht hätte ich nicht kommen sollen«, fuhr Dragosz fort, nachdem er eine geraume Weile vergeblich darauf gewartet hatte, dass sie ihm eine Antwort gab. Er schüttelte den Kopf und sah Arri dabei beinahe erwartungsvoll an, doch sie hüllte sich weiterhin in beharrliches Schweigen. »Ich überlasse es dir, ob du deiner Mutter etwas davon erzählst oder nicht«, fuhr er fort, allerdings in einem Ton, der wenig Zweifel daran aufkommen ließ, welcher der beiden Möglichkeiten er den Vorzug gab. »Letzten Endes spielt es wahrscheinlich gar keine Rolle. Ich wollte dich nur wissen lassen, dass ich in der Nähe bin, um auf euch aufzupassen.«

Nein, dachte Arri, das war ganz gewiss nicht der Grund, aus dem er sich ihr gezeigt hatte; zumindest nicht der einzige. Sie behielt auch diesen Gedanken vorsichtshalber für sich, aber sie sah Dragosz nun noch aufmerksamer an und versuchte in seinem Gesicht zu lesen, was ihm ganz eindeutig unangenehm zu sein schien, denn irgendwie gelang es ihm plötzlich nicht mehr, vollkommen ruhig dazustehen oder auch nur seine Hände still zu halten. Auch wenn es ihr noch immer nicht wirklich gelang, in seinem fremdartig geschnittenen Gesicht zu lesen, so war jedoch zumindest eines klar: Dragosz bedauerte es längst, überhaupt gekommen zu sein.

»Ich werde in eurer Nähe bleiben, solange ich es kann«, fuhr er fort. Seine Hand bewegte sich abermals unter den Umhang, und als sie diesmal wieder aus den schwarzen Fellen auftauchte, hielt sie einen kleinen Beutel aus Leder umklammert, den er ihr nach kurzem Zögern reichte. Arri zögerte deutlich länger, die Hand auszustrecken, tat es aber schließlich doch, und Dragosz ließ den Beutel in ihre Handfläche fallen. Er war unerwartet schwer und schien irgendetwas von körnig-grober Konsistenz zu enthalten.

»Falls ihr in Gefahr geratet und ich nicht in der Nähe bin, um euch sofort zu helfen«, sagte er, »dann wirf einfach diesen Beutel ins Feuer. Er brennt sehr hell, sodass man den Feuerschein nachts weit sieht, und tagsüber entwickelt er einen starken Rauch.«

Arri schloss unsicher die Finger um das kleine Säckchen. Es war nicht so, dass sie Dragosz nicht glaubte – aber diesen Beutel anzunehmen war fast so, wie einen Pakt mit ihm zu schließen; einen Pakt, der vielleicht weit mehr beinhaltete, als ihr zu diesem Zeitpunkt schon klar war. Schließlich aber nickte sie zustimmend. Was hatte sie schon zu verlieren?

»Was ist denn an unserer Reise so gefährlich?«, erkundigte sie sich zögernd. Sie war ziemlich sicher, dass die ehrliche Antwort *nichts* gelautet hätte und sich Dragosz nur wichtig machen wollte; und sie war mehr als nur *ziemlich*, sondern *vollkommen* sicher, dass es ein Fehler war, überhaupt mit ihm zu reden. Das Einzige, was sie vernünftigerweise tun sollte, wäre, auf der Stelle zu ihrer Mutter zurückzugehen und ihr von diesem Treffen zu berichten.

»Reisen sind immer gefährlich«, antwortete Dragosz, »vor allem, wenn sie durch unbekanntes Land führen. Ist euch nicht aufgefallen, dass ihr verfolgt werdet?«

»Doch. Gerade jetzt, vor ein paar Augenblicken.«

Dragosz blieb ernst. »Ich weiß nicht, wer es ist, aber jemand folgt euch, seit du bei deiner Mutter aufgetaucht bist.« Er hob rasch die Hand, als Arri etwas sagen wollte. »Keine Sorge, ich werde mich darum kümmern. Aber ihr solltet ein wenig vorsichtiger sein.«

Arri fragte sich, was genau er unter *sich darum kümmern* verstand, auch wenn sie die Antwort im Grunde gar nicht wissen wollte. Laut fragte sie: »Du weißt, wohin wir fahren?«

»Deine Mutter hat es mir nicht gesagt«, antwortete Dragosz – was im Grunde keine Antwort war. Aber dergleichen hatte sie beinahe schon erwartet. »Weißt du es denn nicht?«

Dann hätte ich wohl nicht gefragt, dachte Arri verärgert. Sie schüttelte nur den Kopf, worauf sich ein unbehagliches Schweigen zwischen ihnen ausbreitete, das Dragosz schließlich mit einem unechten Räuspern beendete.

»Verlier den Beutel nicht, den ich dir gegeben habe«, sagte er hastig. »Und sei vorsichtig damit, wenn ein Feuer in der Nähe ist. Das Pulver brennt sehr leicht.« Er sah sie auffordernd an, trat noch unbehaglicher von einem Fuß auf den anderen und bückte sich schließlich nach der Schale, die sie ins Gras gestellt hatte. Mit einer raschen Bewegung füllte er sie, richtete sich wieder auf und hielt ihr die randvoll gefüllte Schale hin. »Geh jetzt zurück, bevor sich deine Mutter zu fragen beginnt, wo du bleibst. Nimm.«

Als Arri nach der Schale griff, berührten sich ihre Finger, und Arri fuhr so heftig zusammen, dass sie wiederum einen Teil des Wassers verschüttete, aber sie merkte es kaum. Dragosz zog die Hand nicht zurück, obwohl das kalte Wasser auch über seine Finger lief. Stattdessen griff er plötzlich zu und umfasste ihre rechte Hand und das Gelenk; auf eine sonderbare Weise zugleich fest wie auch so sacht, dass sie es kaum spürte.

Dennoch jagte ihr die Berührung einen eisigen Schauer über den Rücken, ein Gefühl, das sie im allerersten Moment für Furcht hielt, bevor sie begriff, dass es etwas völlig anderes und Neues war. Sie konnte nicht sagen, ob ihr dieses Gefühl angenehm war oder ob es sie in Panik versetzte. Vielleicht beides zugleich.

»Was ...?«, begann sie.

Dragosz ließ ihre Hand los, aber nur, um ihr im nächsten Moment den Zeigefinger über die Lippen zu legen und zugleich sacht den Kopf zu schütteln. Arris Herz begann zu hämmern. Aus dem kalten Schauer wurde eine ganzes Heer winziger eiskalter Ameisen, die ihr Rückgrat hinunterliefen, und die Panik war nun da, auch wenn es eine seltsam stille Art der Panik war, frei von jeglicher Furcht. Ihre Hände und Knie begannen zu zittern.

Dragosz' Zeigefinger blieb einen scheinbar endlosen Augenblick auf ihren Lippen liegen, dann fuhr er ihr mit dem Handrücken sanft über die Wange. Sein Gesicht war dem ihren plötzlich so nahe, dass sie seinen Atem spüren konnte, der sonderbar roch, warm und nach einem Gewürz, das sie nicht kannte, aber nicht unangenehm. Ihr Herz schlug jetzt unmittelbar in ihrem Hals, und ihre Finger fühlten sich so kalt an, als wären sie erfroren. Sie hatte furchtbare Angst, aber zugleich war da auf einmal auch der absurde Wunsch in ihr, er möge weitermachen mit dem, was er tat.

Und einen Moment lang schien es tatsächlich so. Er hörte auf, ihre Wange zu streicheln, und umfasste stattdessen ihr Gesicht mit beiden Händen. Er kam noch näher. Aber nur für einen Moment. Dann konnte sie regelrecht sehen, wie etwas in seinem Blick erlosch. Fast hastig ließ er ihr Gesicht los und zog sich zwei Schritte weit zurück. Er wirkte erschrocken, fast ein bisschen schuldbewusst. »Geh jetzt«, sagte er. Und war verschwunden.

Arri blinzelte benommen in die Runde. Ihr Herz hämmerte noch immer so hart, als wollte es ihr aus der Brust springen, und es vergingen noch einige weitere verwirrende Augenblicke, bis Arri begriff, dass Dragosz sich natürlich nicht einfach in Luft aufgelöst hatte. Vielmehr war sie es gewesen, die einfach aufgehört hatte, die Welt um sich herum wahrzunehmen.

Dafür brach diese Welt nun mit um so größerer Wucht über sie herein. Mit einem Mal wurde ihr klar, dass es längst nicht mehr nur ihre Hände und Knie allein waren, die zitterten. Sie bebte am ganzen Leib. Die Wasserschale, die sie in den Händen hielt, war längst wieder leer. Ihre Wangen glühten, als hätte sie Fieber, das Blut, das durch ihre Adern rauschte, schien sich in siedendes Öl verwandelt zu haben. Ihre Finger fühlten sich an, als wären sie zu Eis erstarrt. Die Welt schien sich rings um sie zu drehen, und fast kam es ihr vor, als bewege sich selbst der Boden, auf dem sie stand.

Was war nur mit ihr los?

Tief in sich drinnen wusste sie sehr wohl, was es war, aber es war ein verbotenes Wissen, vor dem sie zurückschrak wie vor einer ebenso verlockenden wie verzehrenden Flamme.

Wo war Dragosz?

Arris Blick tastete unstet über den Waldrand, suchte in den Schatten nach ihm und versuchte eine Spur zu erhaschen, irgendein Zeichen, dass er da gewesen war, als benötige sie einen Beweis dafür, dass es diese Begegnung überhaupt gegeben hatte.

Es gab keinen. Der geheimnisvolle Fremde war so lautlos und rasch wieder verschwunden, wie er aufgetaucht war.

Sie musste zurück! Sie musste ihrer Mutter davon berichten, von allem, was er gesagt hatte, und vor allem davon, was er beinahe *getan* hätte!

Hastig fuhr sie herum, war mit zwei Schritten am Waldrand und machte dann noch einmal kehrt, um zum Bach zu gehen und die Wasserschale zum dritten Mal zu füllen. Im Grunde war es völlig aberwitzig. Ihre Mutter hatte Wasser, und nach dem, was gerade geschehen war, spielte es überhaupt keine Rolle, und zugleich war es ihr mit einem Mal unglaublich wichtig, dieses Wasser zurückzubringen; nicht weil Lea das Wasser brauchte, sondern weil sie ihr *aufgetragen* hatte, es zu holen. Ihr schlechtes Gewissen (warum eigentlich?) brannte wie eine Flamme in ihr und machte es ihr fast unmöglich, auch nur zu atmen. Behutsam, die Schale mit Wasser mit ausgestreckten Armen vor sich haltend wie einen unendlich kostbaren Schatz, von dem sie unter gar keinen Umständen auch nur den winzigsten Tropfen verschütten durfte, machte sie sich auf den Rückweg.

(18) All ihre Bedenken und Ängste, ob und vor allem wie sie ihrer Mutter von ihrer Begegnung mit Dragosz beichten sollte, erwiesen sich als überflüssig, als sie zu der kleinen Felsengruppe auf der anderen Seite des Waldes zurückkehrte. Obwohl die Sonne den Horizont zwar bereits berührte, aber noch nicht untergegangen war, fand sie ihre Mutter schlafend vor, in der gleichen Haltung, in der sie vorhin dagesessen hatte, mit Kopf und Rücken gegen den Felsen gelehnt und einem Ausdruck vollkommener Erschöpfung auf den im Schlaf erschlafften Zügen. Viel mehr vielleicht als alles, was Dragosz gesagt hatte, machte ihr dieser Anblick klar, wie Recht er gehabt hatte: Arri war es den ganzen Tag über nicht aufgefallen, denn sie war viel zu sehr mit ihren eigenen Sorgen beschäftigt gewesen, doch das Gefühl von schlechtem Gewissen, das sie auf dem Weg hierher begleitet hatte, schien nun regelrecht aufzulodern, als ihr klar wurde, *wie* erschöpft ihre Mutter wirklich war. Wahrscheinlich hatte sie während der gesamten Nacht zuvor kein Auge zugetan, und der Weg, der hinter ihnen lag,

musste sie überdies zusätzlich angestrengt haben, auch wenn sie ihn vermeintlich bequem auf dem Kutschbock zugebracht hatte.

Obwohl das nun vollkommen sinnlos geworden war, setzte Arri die Schale mit Wasser so behutsam vor ihrer Mutter ab, wie sie sie hierher getragen hatte; das ganze Stück, ohne auch nur einen einzigen Tropfen zu verschütten, als wäre es tatsächlich eine Opfergabe, die sie ihrer Mutter brachte und nicht einfach nur eine Schale mit kaltem Wasser, das sie überdies nicht wirklich brauchte. Im allerersten Moment fühlte sie sich einfach nur hilflos – auf dem Weg hierher, so quälend lang er ihr auch vorgekommen sein mochte, war sie der Frage, wie sie ihrer Mutter von Dragosz erzählen sollte, schlichtweg dadurch ausgewichen, dass sie sich vollkommen auf die Aufgabe konzentriert hatte, keinen einzigen Wassertropfen zu verschütten. Nun aber hatte sie diese Ausrede nicht mehr. Anfangs verspürte sie eine tiefe Erleichterung: Lea schlief den tiefen Schlaf völliger Erschöpfung, und sie, Arri, hatte nicht das Recht, sie daraus zu wecken. Und außerdem spielte es keine Rolle, ob sie ihr jetzt oder erst später von ihrem Gespräch mit Dragosz berichtete.

Aber auch das war nicht wirklich die Wahrheit. Da war ein Teil in ihr, der ihr einflüstern wollte, dass es nicht nötig sei, ihr überhaupt davon zu erzählen, dass es ihrer Mutter keinen Nutzen brachte, wenn sie sie immer noch weiter belastete, ein Teil, der ihr, leise und mit einschmeichelnder Überzeugungskraft, klarmachen wollte, dass Dragosz Recht hatte, dass es besser war, wenn sie gar nichts von seiner Nähe wusste, denn schließlich hätte sie ihr dann auch von den Verfolgern berichten müssen, von denen Dragosz erzählt hatte, und das wiederum würde ihre Mutter sicherlich nur noch mehr beunruhigen.

Arri schüttelte sacht den Kopf, als ihr klar wurde, was diese Stimme wirklich war: nichts anderes als ihr eigener, fast verzweifelter Wunsch, Ausreden zu finden, um ihrer Mutter nichts von Dragosz erzählen zu müssen. Denn da war auch noch etwas anderes in ihr: keine Stimme, keine wirkliche Begründung, wohl aber ein Durcheinander von Gefühlen und

Bildern, die sie mit einem Gefühl tiefer Scham erfüllten; und die zugleich doch so unbeschreiblich süß und kostbar waren, dass sie sie mit aller Macht festzuhalten versuchte. Sie glaubte, die Berührung von Dragosz' Fingern auf ihrer Wange noch immer zu spüren, glaubte seine Augen zu sehen, in denen etwas geschrieben stand, das nicht sein durfte und vor dem sie sich mehr fürchtete als vor allem anderen auf der Welt und das sie zugleich auch mehr herbeisehnte als alles andere. Wie konnte sie sich so nach etwas verzehren, das sie gar nicht kannte?

Für einen kurzen Moment wurde das nagende Gefühl von Schuld so stark in ihr, dass sie die Hand ausstreckte, um ihre Mutter an der Schulter zu berühren und sie wachzurütteln. Sie hatte das Gefühl, sterben zu müssen, wenn sie ihr nicht sofort beichtete, was sie erlebt – und vor allem, was sie sich gewünscht – hatte. Aber sie führte die Bewegung nicht zu Ende. Stattdessen wich sie vorsichtig ein kleines Stück zurück, ließ sich auf der anderen Seite der Felsennische mit untergeschlagenen Beinen zu Boden sinken und warf einen Blick in den Himmel hinauf. Die Sonne war mittlerweile zu einem kaum noch fingerbreiten Kreisausschnitt über den Bergen im Westen geworden, und die Schatten wurden länger und dunkler. Es war jetzt schon spürbar kühler als vorhin, als sie fortgegangen war, um Wasser zu holen, und Arri dachte voller Schaudern daran, wie kalt die Nächte jetzt bereits wurden, und dass ihre Mutter sie ja schon gewarnt hatte, dass sie kein Feuer machen konnten. Immerhin hatte sie aber zwei Decken vom Wagen geholt, die Arri zuvor noch gar nicht entdeckt hatte, sodass sie jetzt der Kälte zumindest nicht vollkommen schutzlos ausgeliefert war.

Mit diesem Gedanken und dem festen Vorsatz, ihrer Mutter in dieser Nacht einen Teil ihrer Last abzunehmen, sie schlafen zu lassen und an ihrer Stelle Wache zu halten, nickte sie ein.

Und erwachte mitten in der Nacht und mit klopfendem Herzen, und weniger von einem Geräusch als eher von einem Gefühl allgemeiner Unruhe oder vielleicht auch Bedrohung. Sie war allein. Obwohl es so dunkel war, dass sie selbst die kaum drei Schritte entfernten Felsen ihrer Nische nur als massive Wand aus undurchdringlicher Schwärze wahrnehmen konnte, spürte sie doch, dass ihre Mutter nicht mehr da war. Vielleicht war es auch einfach das Fehlen ihrer regelmäßigen Atemzüge, das sie geweckt hatte. Arri hatte plötzlich ein Gefühl von absoluter Stille – auf der anderen Seite der Felsen spielte der Wind weiter raschelnd mit dem Gras, das trockene Laub der Bäume knisterte, als strichen unsichtbare Finger darüber, und sie hörte sogar die leisen Geräusche, die die beiden Pferde im Schlaf verursachen mochten, und trotzdem meinte sie zugleich von einer allumfassenden Stille eingehüllt zu sein, dem Schweigen, das aus dem Wissen stammte, plötzlich allein gelassen worden zu sein.

Arri sprang so hastig auf, dass ihr schwindelig wurde, aber sie unterdrückte das Gefühl und streckte nur rasch die Hand aus, um sich an dem Felsen hinter ihr abzustützen. Ihr Herz begann zu rasen. Wo war ihre Mutter? Sie hatte ihr versprochen, Wache zu halten und sie zu beschützen, während sie schlief, und dass sie dieses Versprechen nicht laut, sondern nur sich selbst gegenüber abgegeben hatte, änderte rein gar nichts. Sie hatte ihr Wort gebrochen – schon wieder –, und das war alles, was zählte.

Obwohl sie noch immer so schlaftrunken war, dass sie mehr taumelte als ging, stürmte sie zwischen den Felsen hervor, streifte die Decke ab, in die sie sich gewickelt hatte, und ließ sie achtlos zu Boden fallen, während sie sich gleichzeitig blindlings nach rechts wandte. Um ein Haar wäre sie gegen den Wagen geprallt, der als riesiges, gefährliches Hindernis jäh aus der Dunkelheit vor ihr auftauchte. Es gelang ihr im letzten Moment, die Hand auszustrecken, sodass sie nur einen dumpfen Schmerz spürte, der durch ihr Handgelenk schoss, statt sich ernsthaft zu verletzen, aber sie torkelte einen Schritt zurück und musste hastig mit den Armen rudern, um nicht das Gleichgewicht zu verlieren und zu stürzen. Das dumpfe Geräusch, mit dem sie gegen den Wagen geprallt war, vielleicht auch ihre heftige Bewegung, hatte eines der Pferde geweckt.

Das Tier, das anscheinend im Stehen geschlafen hatte, drehte mit einem unwilligen Schnauben den Kopf in ihre Richtung und scharrte mit den Hufen, und im nächsten Moment hörte

Arri hinter sich einen neuen Laut: das seidige Flüstern einer Stimme, die nahezu die gleiche Tonlage hatte wie der Wind, der über das Gras strich, sodass sie sie bisher gar nicht bewusst wahrgenommen hatte. Ihre Mutter. Sie sprach mit jemandem. Hatte sich Dragosz doch entschlossen, sich zu zeigen, oder hatte er sich vorhin gar einen Scherz mit ihr erlaubt, als er sie bat, ihrer Mutter nichts von seiner Anwesenheit zu verraten – oder sie möglicherweise sogar auf die Probe stellen wollen?

Arris Benommenheit war mittlerweile vollkommen verflogen. Langsam und mit schon wieder heftig klopfendem Herzen drehte sie sich um und versuchte die Dunkelheit mit Blicken zu durchbohren, aber es war ein sinnloses Unterfangen. Die Nacht war so kalt, wie sie es befürchtet hatte, aber noch sehr viel dunkler, und der Himmel hatte sich fast gänzlich zugezogen, sodass weder Mond noch Sterne zu sehen waren. Das wenige Licht, das irgendwie seinen Weg durch die geschlossene Wolkendecke gefunden hatte, reichte gerade aus, damit man die sprichwörtliche Hand vor Augen sehen konnte, aber kaum weiter. Ihre Mutter und Dragosz konnten eine Pfeilschusslänge entfernt sein und auf der anderen Seite der Felsen stehen, genauso gut aber auch direkt vor ihr.

Was sollte sie tun? Wenn Dragosz wirklich zurückgekommen war, um mit ihrer Mutter zu reden, dann würde sie alles erfahren, und auch, wenn Arris Vernunft ihr klarzumachen versuchte, dass an ihrem Gespräch eigentlich rein gar nichts Verbotenes oder auch nur Verfängliches gewesen war, begann ihr Herz doch allein bei der Vorstellung schneller zu klopfen, und ihr schlechtes Gewissen wurde noch stärker. Sie hatte nichts getan, dessen sie sich zu schämen brauchte, und dennoch erfüllte sie der Gedanke, dass Dragosz jetzt mit ihrer Mutter reden könnte, beinahe mit Entsetzen. Sie war davon überzeugt, dass ihre Mutter sie nur ein einziges Mal ansehen musste, um zu wissen, was sie in diesem Augenblick gefühlt und gedacht und vor allem, was sie sich gewünscht hatte.

Trotzdem ging sie nach kurzem Zögern weiter. Für einen Moment spielte sie mit dem Gedanken, einfach an ihren Schlafplatz zurückzukehren und so zu tun, als wäre sie gar nicht erwacht, aber sie erwog diese Möglichkeit gerade so lange, wie sie brauchte, um den Gedanken zu Ende zu denken. Die Dunkelheit würde ihr Schutz gewähren, sodass ihre Mutter ihr kleines Täuschungsmanöver gewiss nicht durchschauen würde, aber die Ungewissheit war schon jetzt so gut wie unerträglich. Nicht zu wissen, mit wem Lea dort auf der anderen Seite der Felsen sprach – und vor allem *worüber*! –, wäre mehr, als sie ertragen konnte.

So leise sie konnte, den linken Arm tastend vorgestreckt, um nicht in der Dunkelheit erneut gegen ein Hindernis zu prallen und sich vermutlich zu verraten, ging sie den Weg zurück, den sie gekommen war, und umrundete die Felsgruppe in der anderen Richtung. Das Wispern der Stimme wurde lauter, aber nicht verständlicher. Doch jetzt war sie beinahe sicher, dass es die Stimme ihrer Mutter war, und zwar *nur* ihre Stimme; wenn sie mit jemand anderem sprach, dann beschränkte sich dieser andere aufs Zuhören und sagte selbst nichts.

Sie konnte ein wenig besser sehen, als sie die Felsen umrundet hatte und die weite Grasebene wieder vor ihr lag; in der Dunkelheit ein Meer aus Schwärze, die nur ein wenig tiefer war als die über ihr, und doch reichte dieser winzige Unterschied aus, um die schlanke Gestalt auszumachen, die in einem Dutzend Schritte Entfernung dastand und zum Himmel hinaufsah. Es war ihre Mutter, und sie war allein.

Arri konnte nicht erkennen, was sie tat – oder ob sie überhaupt etwas tat –, aber sie schien sich auf etwas zu stützen, und jetzt, als sie näher war und sich darauf konzentrierte, hörte sie auch, dass ihre Stimme monoton klang; gleichförmig und nahezu ohne Betonung, und es war irgendetwas Seltsames darin, auch wenn sie nicht sagen konnte, was es war.

Sie zögerte wieder. Ein spürbares Gefühl von Erleichterung machte sich in ihr breit, ihre Mutter allein zu sehen und nicht etwa zusammen mit Dragosz, aber zugleich nahm ihre Verwirrung eher noch zu. Sie verstand nicht, mit wem ihre Mutter da redete. Anscheinend mit niemandem, aber das war allerhöchstens etwas, was sie von den kleinen Kindern im Dorf kannte oder dem verrückten Achk, doch nicht von ihrer Mutter.

Sie zögerte noch einen allerletzten Augenblick, aber dann ging sie weiter. Sie hatte sich verschätzt, was die Entfernung anbetraf; Lea war noch viel weiter entfernt, als sie geglaubt hatte, aber der Wind stand günstig, sodass sie sie jetzt deutlich hören konnte. Trotzdem verstand sie sie nicht. Es war die Stimme ihrer Mutter, doch sie redete in einer Sprache, die sie nicht kannte und die ihr auch nicht im Geringsten vertraut vorkam.

Schließlich hielt Lea in ihrem sonderbaren Singsang inne und drehte sich zwar nicht zu ihr um, wandte aber den Kopf, und trotz der vollkommenen Dunkelheit, die ihre Gestalt und auch ihr Gesicht noch immer zu einem flachen, tiefenlosen Schatten herabminderte, glaubte Arri ihr sanftes Lächeln zu spüren; wie die flüchtige, aber sehr warme Berührung einer großen, beschützenden Hand.

»Komm ruhig näher, Arianrhod«, sagte sie. »Du musst nicht schleichen.«

»Ich ... wollte dich nicht stören«, antwortete Arri stockend. Sie war ihrer Mutter nun nahe genug, um trotz der Dunkelheit erkennen zu können, dass sie tatsächlich allein war. »Was tust du hier?«

Eine geraume Weile verstrich, so als müsse Lea erst über die Antwort nachdenken – vielleicht aber auch über den Sinn ihrer Frage –, und sie wandte den Kopf wieder und sah in die gleiche Richtung wie zuvor, ehe sie sprach. »Ich halte Zwiesprache mit den Göttern. Aber bisher haben sie nicht geantwortet.«

»Mit den Göttern?« Arri war stehen geblieben, als ihre Mutter sie angesprochen hatte, doch nun ging sie langsam weiter, hielt aber auf gut drei- oder vierfacher Armeslänge wieder inne, fast ohne es selbst zu merken. Plötzlich verspürte sie beinahe so etwas wie Scheu, ihrer Mutter noch näher zu kommen. »Aber du hast mir doch selbst gesagt, es gäbe sie gar nicht.«

»Das ist kein Grund, nicht mit ihnen zu reden.« Lea lachte; wenigstens nahm Arri an, dass das Geräusch ein Lachen sein sollte. Es klang bitter, aber nicht so bitter, wie sie erwartet hatte. »Einen Versuch war es wert, oder?«

Arri war nicht sicher, ob sie wirklich verstand, was ihre Mutter ihr sagen wollte. Sie war nicht einmal sicher, ob die Worte tatsächlich ihr galten. Sie schwieg. Nachdem eine weitere, kleine Ewigkeit vergangen war, in der weder sie noch ihre Mutter etwas gesagt hatten, überwand sie ihre Scheu und ging weiter, bis sie unmittelbar neben ihr stand. Lea reagierte auch darauf nicht, jedenfalls nicht im ersten Moment. Erst nach einiger Zeit streckte sie den Arm aus und legte die Hand sacht auf ihre Schulter, sah aber nicht auf sie herab, sondern blickte weiter in den wolkenverhangenen schwarzen Himmel hinauf.

»Es gab eine Zeit, da habe ich täglich mit ihnen gesprochen«, flüsterte sie, legte eine neuerliche, lange Pause ein, und fuhr dann plötzlich und übergangslos in derselben, fremdartigen Sprache fort, die Arri vorhin gehört hatte; einer Sprache, von der sie plötzlich gar nicht mehr sicher war, dass es sich tatsächlich um eine solche handelte. Sie hörte nichts, was sie jemals gehört hatte, ja, sie war nicht einmal ganz sicher, ob es *Worte* waren oder vielleicht etwas völlig anderes, Geheimnisvolleres. Möglicherweise etwas wie ein Lied. Doch wenn, dann war es ein unendlich trauriges Lied.

»Ist das ... die Sprache deiner ...« Arri verbesserte sich fast hastig, »... *unserer* Heimat?«

Wenn Lea ihren Versprecher überhaupt bemerkt hatte, überging sie ihn. Ohne den Blick von den schwarzen Wolken am Himmel loszureißen, nickte sie. »Ja. Eine davon.«

»Eine?«, wiederholte Arri verwirrt. »Hattet ihr ... *wir* denn mehr als eine Sprache?« Diese Vorstellung erschien ihr sinnlos. Wozu sollte ein einziges Volk mehr als eine Sprache haben? Sie fand es schon höchst verwirrend, dass die Menschen in ihrem Dorf einen anderen Dialekt als die in den Nachbardörfern sprachen, sodass es manchmal schwer war, sie überhaupt zu verstehen. Trotzdem nickte Lea – wieder nach einem spürbaren Zögern, fast, als folge sie einem sonderbaren Zeremoniell, das es ihr verbot, irgendetwas sofort oder auch nur schnell zu tun, und sie ließ noch einmal dieses leise, nun aber eindeutig bittere Lachen hören, bevor sie antwortete.

»Wir hatten viele Sprachen, Arianrhod. Die Sprache der gemeinen Menschen, die Sprache der Seeleute, die Sprache der Soldaten und die Sprache der Könige.«

»Aber warum?«, erkundigte sich Arri.

»Warum tun Menschen die Dinge, die sie tun?«, gab ihre Mutter zurück. Sie sah sie immer noch nicht an. Ihr Blick suchte den schwarzen Himmel ab, und nun, als Arri ihr nahe genug war, um ihr Gesicht erkennen zu können, sah sie ganz deutlich, dass sie tatsächlich nach etwas suchte, vielleicht auch auf etwas wartete. »Du hast mich gerade gehört, nicht wahr?«

Arri nickte nur, und ihre Mutter schien die Bewegung zu spüren, obwohl sie nicht zu ihr herabsah. Vielleicht hatte sie auch keine Antwort erwartet.

»Was du gehört hast, war die Sprache der Hohepriester. Nur sehr wenige Auserwählte durften sie sprechen, denn es war die Sprache, in der wir mit den Göttern geredet haben.«

»Du warst eine Hohepriesterin?«, murmelte Arri. Ihre Stimme bebte vor Ehrfurcht, obwohl sie diese Erkenntnis nicht hätte überraschen dürfen; sie war nicht neu für sie. Und zugleich war sie es trotzdem. Vielleicht erst jetzt, nachdem sie diese sonderbaren, gleichzeitig unendlich fremdartigen wie berührenden Worte gehört hatte, begriff sie wirklich, was dieses Wort bedeutete. Es war nicht nur irgendein Titel, nicht nur irgendeine Bezeichnung für das, was Männer wie Sarn oder Nor oder die Jäger taten.

»Fast mein halbes Leben lang habe ich in dieser Sprache mit den Göttern geredet«, fuhr Lea fort. »Und fast mein halbes Leben lang haben sie mir geantwortet. Ich hätte dich diese Sprache so gern gelehrt, Arianrhod. Sie ist wunderschön. Manche sagen, sie sei so alt wie die Welt, und andere behaupten, sie allein sei es, die die Götter zum Leben erweckt habe.«

»Und was davon ist nun wahr?«, fragte Arri.

»Ich weiß es nicht«, gestand Lea. Sie klang jetzt nicht mehr bitter, sondern allenfalls ein wenig traurig; aber nicht sehr.

»Und ... wirst du mich lehren, sie zu sprechen?«, fragte Arri.

Diesmal verging eine lange, wirklich sehr lange Zeit, bis ihre Mutter antwortete. Sie blickte noch immer in den Himmel hinauf, doch ihre Hand, die auf Arris Schulter lag, schien mit einem Mal schwerer zu werden, als wäre ein Teil ihrer Kraft aus ihrem Körper gewichen, sodass sie sich mit der Berührung, die ihr bisher Schutz und Sicherheit vermittelt hatte, jetzt auf sie stützte. »Nein.«

»Warum nicht?«

»Weil ich es nicht mehr kann«, antwortete Lea leise. »Ich habe sie verlernt.«

»Aber du hast sie doch gerade noch ...«, begann Arri und brach mitten im Satz ab, als ihre Mutter traurig den Kopf schüttelte. »Was du gehört hast, das waren nur die Worte. Aber ich fürchte, sie allein reichen nicht. Es sind nicht die Worte, die die Götter zum Leben erwecken, sondern das, was sie bedeuten.«

»Das verstehe ich nicht«, sagte Arri, und diesmal lächelte ihre Mutter. »Irgendwann wirst du es verstehen. Wenigstens hoffe ich das. Vielleicht wirst du klüger sein als ich, wenn diese Welt dir die Gelegenheit dazu lässt.«

Der Wind frischte auf, und obwohl er noch immer nicht wirklich stark war, reichte er doch, eine Lücke in die schwarze Wolkendecke über ihnen zu reißen, sodass sie das Funkeln der Sterne darüber erkennen konnten, und es war seltsam – Arri konnte ihrer Mutter ansehen, dass sie nicht nur darauf gehofft, sondern ganz genau *gewusst* hatte, dass das passieren würde, und wahrscheinlich sogar darauf gewartet hatte. Vielleicht hatten die Götter ihrer alten Heimat, zu denen sie in dieser fremdartigen Sprache gebetet hatte, ihr ein Zeichen geschickt.

Ein verirrter Lichtstrahl spiegelte sich auf Metall, und Arri sah erst jetzt, dass ihre Mutter das Schwert aus dem Gürtel gezogen und vor sich in den weichen Boden gerammt hatte, um sich mit der rechten Hand auf dem verzierten Knauf abzustützen.

»Siehst du diesen einen, besonders hellen Stern dort oben?«, fragte Lea. Sie löste weder die rechte Hand vom Schwert, noch nahm sie die andere von Arris Schulter, und doch begriff Arri fast sofort, was sie meinte: Zwischen den zahllosen Sternen, die wie glitzernde Eiskristalle auf schwarzer Asche am Himmel schimmerten, blinkte ein ganz besonders heller, weißer Funke. Sie nickte.

»Er hat unseren Seefahrern als Leuchtfeuer gedient«, fuhr Lea fort. »Wo auch immer auf der Welt sie waren, sie mussten sich nur nach seinem Licht richten, um wieder nach Hause zu kommen. Merk ihn dir gut. Vielleicht wird er dir eines Tages das Leben retten. Auch wenn er deinen Vater und so viele andere das Leben gekostet hat.«

Arri lauschte vergeblich nach einem Unterton von Bitterkeit oder gar Vorwurf in der Stimme ihrer Mutter. Nichts davon war zu hören. Es war eine Feststellung, mehr nicht, und vielleicht war es gerade das, was diese Worte so schrecklich machte, denn hätte es dieses Leuchtfeuer am Himmel nicht gegeben, hätte dieser eine, funkelnde Stern ihren Vater in jener schicksalhaften Nacht nicht nach Hause gebracht, dachte Arri, dann wäre er vielleicht jetzt noch am Leben. Aber dann wären sie und ihre Mutter vielleicht schon tot. Ganz plötzlich ergriff sie ein entschlossener Zorn auf die vergessenen Götter, über die ihre Mutter sprach. Wenn es sie wirklich einmal gegeben hatte, dachte sie, dann hatten sie einen grausam hohen Preis für all die vermeintlichen Geschenke verlangt, die sie den Menschen gaben, welche sie mit ihren Gebeten zum Leben erweckt hatten.

Der Wind frischte weiter auf, vergrößerte die Lücke in der Wolkendecke, und es wurde spürbar kälter. Lea löste nun doch die rechte Hand vom Schwert, das, sicher in den Boden gerammt, weiter dastand, und machte eine flatternde Bewegung nach oben. »Erinnerst du dich an die Sterne, die ich dir gezeigt habe?«

»Die sieben, von denen nur fünf sichtbar sind?«, fragte Arri.

»Die Plejaden. Ja. Zeig sie mir.«

Arri hatte den Namen vergessen, nicht aber die Position des zum Teil unsichtbaren Sternbildes am Himmel. Sie brauchte nur einen Augenblick, um es wieder zu finden und mit dem ausgestreckten Arm in seine Richtung zu deuten. »Dort.«

»Ja.« Lea sagte nur dieses eine Wort, aber Arri konnte ihr ansehen, mit welchem Stolz es sie erfüllte, dass sie diese kleine Aufgabe so schnell und mühelos gelöst hatte. Dabei war sie nicht schwer gewesen. Die Sterne hatten Arri immer fasziniert, und sie hatte sich schon als kleines Kind gefragt, ob sich hinter diesen kalt funkelnden Lichtern am Himmel nicht vielleicht tatsächlich mehr verbarg als eben nur Lichter am Himmel, und wenn ja, was. Erst von ihrer Mutter und erst vor sehr kurzer Zeit hatte sie erfahren, dass manche dieser Sterne Namen hatten und manche Bilder und Gestalten am Himmel bildeten, aber gespürt hatte sie es schon immer. Möglicherweise hatte ihre Mutter ihr mehr vererbt als nur ihr silberfarbenes Haar und ihre schlanke Gestalt, die sie so oft zum Gespött aller anderen gemacht hatten.

»Haben all diese Sterne Namen?«, fragte sie.

»Nicht alle«, antwortete Lea. »Aber viele. Du wirst sie lernen müssen.«

»Aber es sind so viele«, murmelte Arri. »Was bedeuten sie?«

»Alles«, antwortete Lea. »Vielleicht habe ich zeit meines Lebens zu den falschen Göttern gebetet, Arianrhod. Vielleicht sind wir alle dumm und mit Blindheit geschlagen. Wir heben den Blick in den Himmel und suchen die Götter hinter der Welt, die wir sehen können, und doch ist die Antwort vielleicht die ganze Zeit dort oben.«

»In den Sternen?«, vergewisserte sich Arri.

»Sie sind alles«, antwortete ihre Mutter, doch sie tat es in einem Ton, der diese Worte irgendwie nicht wirklich zu einer Antwort machte, als hätte es Arris Frage nur bedurft, damit sie sich selbst eine Frage stellte, deren Antwort sie längst kannte und nur nicht wahrhaben wollte. »Sie wachen über uns, weißt du? Wenn du ihre Sprache verstehst, dann verraten sie dir so viel. Sie sagen dir, wohin du gehen musst, um nach Hause zu kommen. Sie sagen dir, wann die Saat ausgebracht werden muss und wann es Zeit ist, die Ernte einzuholen. Sie verraten dir, ob der nächste Winter hart oder mild wird, der nächste Sommer trocken oder kalt, ob der Schnee früh fällt und die Flüsse Hochwasser führen, wenn das Frühjahr kommt. Alle Antworten sind dort oben zu finden, Arianrhod. Wir müssen nur lernen, die richtigen Fragen zu stellen.«

Und ganz plötzlich begriff sie, wie wenig sie in Wahrheit über ihre Mutter wusste. Sie hatte geglaubt, alles über sie zu wissen, spätestens seit ihrem Gespräch auf der Waldlichtung, als sie vom Untergang ihrer Heimat und ihrer verzweifelten Flucht erfahren hatte, und in gewissem Sinn stimmte das sogar – sie wusste so unendlich viel mehr über ihre Mutter als irgendein anderer Mensch auf der Welt, vermutlich sogar mehr als Dragosz – und zugleich wusste sie rein gar nichts von ihr. Arris bewusste Erinnerungen reichten vielleicht sieben oder acht Sommer zurück, und sie wurden dünner und schemenhafter, je weiter sie zurückreichten, doch das Leben ihrer Mutter hatte nicht in jener Zeit begonnen, nicht einmal erst dann, als sie aus ihrer Heimat geflohen oder als sie, ihre Tochter, zur Welt gekommen war.

Es war dieser Augenblick, in dem Arri zum ersten Mal und mit erschütternder Wucht klar wurde, dass die Frau, die nun neben ihr stand und ihre Mutter war – und der sie nicht nur ihr Leben verdankte (und das gleich zweimal), nein, alles, was sie wusste, was sie war und was sie vielleicht irgendwann einmal werden würde –, nicht sehr viel mit der Leandriis zu tun hatte, die sie einst gewesen war. Mit ihrer Flucht aus ihrer sterbenden Heimat hatte sie nicht nur ihren Namen abgelegt und all ihr weltliches Hab und Gut verloren, ihre Familie, ihr Zuhause, sondern wortwörtlich ihr Leben. Ein kalter Schauer rann über Arris Rücken, als sie noch einmal an den sonderbaren Gesang zurückdachte, der sie hierher gelockt hatte. So fremd und vollkommen *anders*, wie diese Worte in ihren Ohren geklungen hatten, so vollkommen fremd und anders musste ihr Leben gewesen sein, das sie vor dem Untergang ihrer Heimat geführt hatte. Vielleicht *dachte* sie nicht einmal wie die Menschen hier. Vielleicht nicht einmal so wie sie.

Als hätte sie die Trauer gespürt, die Arri mit einem Mal ergriffen hatte, riss Lea den Blick vom Himmel los und drehte sich nicht nur ganz zu ihr um, sondern ließ sich leicht in die Hocke sinken, sodass sich ihre Gesichter auf gleicher Höhe befanden. Und als sie weitersprach, bewiesen ihre Worte, dass sie ihre Gedanken, wenn schon nicht gelesen, so doch ziemlich genau *erraten* hatte.

»Ich werde dich diese Sprache nicht lehren, Arianrhod«, sagte sie, »denn sie ist so tot wie die Götter, die sie einst gesprochen haben. So tot wie unsere Vergangenheit. Und ich werde auch keine weiteren Fragen über meine Heimat und mein früheres Leben beantworten. Die Vergangenheit ist tot, und keine Macht der Welt kann sie zurückbringen. Du musst nach vorn schauen, hörst du? Du gewinnst nichts dabei, einer Zeit nachzutrauern, die nie wieder kommen wird und die du niemals erlebt hast.« Ohne die Hand von Arris Schulter zu nehmen oder ihren Blick loszulassen, griff sie mit der anderen Hand hinter sich und zog das Schwert aus dem Boden. Sie hielt Arri den verzierten Griff so dicht vor das Gesicht, dass sie zurückgeprallt wäre, hätte Leas andere Hand sie nicht zugleich so festgehalten.

»Du musst mir etwas versprechen, Arianrhod«, sagte sie, und in ihrer Stimme war plötzlich ein Klang, der Arri schaudern ließ. Sie versuchte abermals und mit nun schon deutlich mehr als *sanfter* Gewalt, sich loszureißen, doch der Griff von Leas so zart erscheinenden Händen war so hart wie das Zaubermetall, aus dem ihr Schwert geschmiedet war. Ihr Blick wurde bohrend, und schließlich nickte Arri zögernd.

»Ich habe dich schon einmal darum gebeten, aber ich weiß, dass du es damals wahrscheinlich nicht verstanden hast. Das konntest du gar nicht. Aber jetzt meine ich es bitter ernst, Arianrhod. Ich weiß nicht, was morgen geschieht, oder am Tag danach. Doch was immer es ist, du musst mir eines versprechen. Wenn du dich zwischen mir und diesem Schwert entscheiden musst, Arianrhod, dann wähle das Schwert. Es ist alles, was zwischen dir und einem Leben in Barbarei und Schrecken steht.«

Sie ließ Arris Schulter los, richtete sich auf und forderte sie zugleich auf, nach dem Schwert zu greifen. Arri zögerte, doch ihre Mutter wiederholte die Geste so heftig, dass sie diesmal zum Befehl wurde, und sie streckte zögernd die Hand aus und schloss die Finger um den verzierten Griff der Waffe. Das Schwert kam ihr schwerer vor als bisher, als ginge etwas Lautlos-Bedrohliches von ihm aus, das sie in all den Jahren zuvor noch nie bemerkt hatte. Plötzlich war sie sich sicher, dass diese Klinge viel größeres Unheil anzurichten vermochte als Fleisch zu zerschneiden und Knochen zu zertrümmern. Der grüne Stein, aus dem der goldverzierte Knauf geschnitzt war, fing einen Spritzer aus silberfarbenem Sternenlicht ein und schien für ein Lidzucken wie unter einem kalten, inneren Feuer aufzuleuchten, und währenddessen hatte Arri den völlig verrückten Gedanken, dass dieses Schwert tatsächlich von einem unheimlichen, düsteren Leben erfüllt sein mochte und auf diese Weise auf ihre Gedanken antwortete. Dann erlosch das Schimmern, das vermutlich ohnehin nur in ihrer Phantasie existiert hatte, und zurück blieb ein Gefühl tiefer, vollkommener Verwirrung.

»Wirst du mir das versprechen?«, fragte Lea noch einmal.

Arri starrte sie nur weiter verstört an. Wäre die Situation nicht so unheimlich und schrecklich verdreht zugleich gewesen, hätte sie möglicherweise laut aufgelacht. War ihre Mutter verrückt geworden? Sie erwartete im Ernst von ihr, dass sie sich für ein Stück lebloses *Metall* entschied, wenn sie vor diese Wahl gestellt wurde? Das war verrückt!

»Nein«, sagte sie.

Für die Dauer eines Herzschlags verfinsterte sich Leas Gesicht. Ihre alte Ungeduld war wieder da, und Arri sah genau, wie dicht sie davor stand, die Beherrschung zu verlieren und sie einfach anzufahren, wie sie es oft tat, wenn Arri nicht sofort gehorchte oder irgendetwas nicht zu ihrer vollen Zufriedenheit erledigte. Dann aber zwang sie sich mit einer sichtbaren Anstrengung zu einem Lächeln. »Vielleicht hast du ja sogar Recht. Ich kann so etwas schwerlich von dir verlangen, wenn du nicht weißt, warum.«

Sie legte den Kopf in den Nacken und blickte eine ganze Weile wortlos in den Himmel hinauf, als erwarte sie, dort oben Rat zu finden oder vielleicht auch eine Antwort auf all die Fragen, die sie vielleicht quälten. Dann straffte sie mit einem lautlosen Seufzen die Schultern, trat einen halben Schritt zurück und nahm Arri das Schwert wieder aus der Hand. »Der kommende Winter wird sehr mild werden. Und die Schneeschmelze im nächsten Jahr sehr früh einsetzen. Aber Eis und Schnee werden zurückkehren, spät im Frühjahr, und mit großer Kraft.«

Arri sah ihre Mutter nun noch verwirrter an. Was hatten das Wetter und das nächste Frühjahr mit dem zu tun, worum sie sie gerade gebeten hatte? Sie behielt jedoch sowohl ihre Verwirrung als auch all die Fragen, die ihr auf der Zunge brannten, für sich und geduldete sich, bis ihre Mutter von sich aus fortfuhr. »Erinnerst du dich, was ich dir über dieses Schwert erzählt habe? Die Sterne, die in seinem Griff abgebildet sind?« Sie hielt Arri abermals den Schwertgriff hin, und ihr auffordernder Blick machte deutlich, was sie von ihr erwartete. Arri gehorchte und sah den kunstvoll verzierten, im schwachen Licht nun wieder fast schwarz erscheinenden Knauf gehorsam an, doch sie hatte kein gutes Gefühl dabei. Die Erinnerung an das, was gerade geschehen war, war noch zu frisch. Es nutzte ihr rein gar nichts, sich selbst zu versichern, dass sie die düstere Seele dieser Waffe nicht wirklich gespürt, sondern sich das unheimliche Erlebnis nur eingebildet hatte.

»Zeig sie mir noch einmal«, verlangte Lea.

»Die Plejaden?«

Lea nickte, und Arri deutete gehorsam auf den Kreis aus sieben goldenen Punkten auf dem Schwertgriff und dann auf die fünf sichtbaren, in kaltem Weiß schimmernden Sterne über ihnen am Himmel.

»Und weißt du noch, was ich dir darüber erzählt habe?« Leas ausgestreckter Finger deutete auf den winzigen, goldfarbenen Viertelkreis unter dem Siebengestirn auf dem Schwertknauf.

»Der ... Himmelswagen?«, murmelte Arri. Sie erinnerte sich nur mühsam. Ihre Mutter hatte ihr eine Menge über dieses

Schwert erzählt, aber vieles davon hatte mit den Göttern und ihrem Glauben zu tun, die beide zusammen mit ihrer Heimat untergegangen waren, und warum hätte sie sich etwas merken sollen, das für sie von keinerlei Belang mehr war? Trotzdem schien sie nicht ganz falsch gelegen zu haben, denn ihre Mutter sah zwar nicht völlig zufrieden aus, nickte aber trotzdem.

»Der Himmelswagen, mit dem die Sonne ihre Reise durch die Nacht antritt, um am Morgen wieder am Himmel zu erscheinen«, bestätigte sie, schüttelte aber fast gleichzeitig den Kopf. Ein kurzes, flüchtiges Lächeln huschte über ihre Lippen und erlosch ebenso rasch wieder, wie es erschienen war. »Jedenfalls ist es das, was die meisten glauben. Und was sie auch glauben sollen.«

»Aber es ist nicht die Wahrheit«, vermutete Arri.

Statt sofort zu antworten, drehte ihre Mutter das Schwert herum, sodass sich der goldene Viertelkreis nun *über* dem winzigen Siebengestirn befand; eine fragend hochgezogene Augenbraue über einem leblos starrenden Götterauge. Arri war verwirrt und sah ihre Mutter auch mit dem gleichen Ausdruck an, doch Lea lächelte nur weiter und ließ noch ein paar Augenblicke verstreichen, wie um sicherzugehen, dass ihre Tochter auch tatsächlich gesehen hatte, was sie ihr zeigen wollte, dann deutete sie mit der anderen Hand zum Himmel, hinauf zu dem unvollkommenen Zwilling des Sternbildes auf dem Schwertgriff, und Arris Blick folgte der Geste, und dann sah sie es so deutlich, dass sie sich verblüfft fragte, wieso es ihr nicht die ganze Zeit über schon aufgefallen war: Auch über dem Vorbild des Schwertknaufs dort oben am Himmel spannte sich ein fast vollkommener Viertelkreis, nur dass er nicht aus Gold bestand, sondern aus zahllosen blitzenden Lichtpunkten, hunderte und tausende und abertausende von Sternen, die sich in einem gewaltigen Band dort oben entlangzogen. Es war ein wunderschöner Anblick, der Arri umso mehr verblüffte, als ihr klar wurde, dass es ihn nicht erst seit jetzt gab, sondern diese Sterne dort oben leuchteten, so lange sie lebte, und schon sehr viel länger. Und trotzdem hatte sie sie bis eben noch niemals wirklich gesehen.

»Was ... ist das?«, murmelte sie stockend. Ihre Stimme bebte ganz leicht. Auch wenn sie die Antwort auf ihre eigene Frage kannte – es waren Sterne, was sonst? –, so spürte sie doch jetzt vielleicht zum ersten Mal, aber mit unerschütterlicher Gewissheit, dass es eben *nicht nur* Lichter am Himmel waren, nicht nur die schlafenden Götter oder Geister oder Dämonen, für die die meisten anderen sie halten mochten, falls sie sich überhaupt Gedanken darüber machten, sondern mehr. Sie hatte das Gefühl, von etwas Großem berührt zu werden, von etwas fast *Heiligem*.

»Alles«, antwortete ihre Mutter, und auch in ihrer Stimme klang ein schwacher Anflug jener Ehrfurcht an, die Arri empfand. Sie drehte das Schwert wieder um und amüsierte sich einen Moment lang sichtlich über Arris Stirnrunzeln, als der goldene Halbkreis nun wieder unterhalb des Siebengestirns war. »Siehst du? Manchmal ist es das Allereinfachste, das größte Geheimnis im Offensichtlichen zu verbergen.«

»Dann ist das ...?« Arri deutete fast schüchtern auf den Schwertknauf. »... so etwas wie ... wie Goseg?«

Lea wirkte für einen Moment ehrlich verblüfft. »Ja. Wenn du so willst. Nor und seine Priester richten Steine auf und bauen gewaltige Heiligtümer, aber nur die Wenigsten von denen, die in diesen Heiligtümern beten und ihren Tribut entrichten, ahnen, dass sie im Grunde nur einem einzigen Zweck dienen: die Zeit zu messen.« Sie lächelte traurig. »Auch ich war einst ganz ähnlich wie Nor und die anderen. Eine Priesterin, Arianrhod. Unser Glaube war vielleicht nicht ganz so grausam wie der dieser Menschen hier, und unser Einfluss auf das Leben der Menschen nicht ganz so groß, und doch ist der Unterschied nicht so gewaltig, wie ich mir immer eingeredet habe.«

Eine unbestimmte Trauer schwang in ihrer Stimme mit, und Arri fragte: »Aber was ist daran so schlimm?«

»Vielleicht nichts«, erwiderte Lea, allerdings in einem Ton, der das genaue Gegenteil besagte. »Wir belügen die Menschen, das ist alles. Wir tun es zu ihrem Besten, aber das ändert nichts daran, dass wir sie belügen.«

Sie schwieg einen Moment, dann schüttelte sie abgehackt und irgendwie zornig den Kopf und hob noch einmal das Schwert. »Du hast Recht, Arianrhod. Alles, wozu Nor und seine Priester mit ihrem gewaltigen Heiligtum in Goseg fähig sind, ist auch in diesem Schwert verborgen, und noch viel mehr. Die meisten halten es für eine Waffe, und das ist es auch, aber es ist darüber hinaus auch ein Instrument gewaltiger Macht. Denn wer den genauen Verlauf der Jahreszeiten kennt, den Tag der Sommer- und Wintersonnenwende, der weiß auch, wann die Saat ausgebracht werden muss und wann es Zeit ist, die Ernte einzuholen, wann die Zeit der Stürme beginnt und die Flüsse steigen.«

Sie machte eine unbestimmte Bewegung in die Richtung, aus der sie gekommen waren. »Das ist es, was Nor und Sarn und all die anderen fürchten, Arianrhod. Nicht meine Heilkunst, denn die können sie verstehen. Nicht mein Wissen um die Natur, das Verhalten der Tiere, denn das ist gar nicht so viel größer als das ihre. Manches habe ich erst in diesem Land und von den Menschen hier gelernt. Was sie fürchten, ist mein Wissen um die Zeit, um den Weg der Sonne und des Mondes, und um die Jahreszeiten. Es hat nichts mit den Göttern oder Magie zu tun, Arianrhod. Unser Volk hat den Himmel über zahllose Generationen hinweg beobachtet, und vor unserem ein anderes und davor wieder ein anderes. Es ist nur das gesammelte Wissen zahlloser Generationen. Nicht mehr.«

»Aber warum sagen sie es den Menschen dann nicht einfach?«, wunderte sich Arri.

Zu ihrer Überraschung lachte Lea auf. »Aber wo kämen wir hin, wenn jeder einfache Bauer und Fischer wüsste, wann es Zeit ist, etwas Bestimmtes zu tun oder zu lassen?« Sie lachte erneut und schüttelte heftig den Kopf, als hätte Arri einen besonders guten Scherz gemacht. »Du hast es bereits begriffen, Arianrhod, auch wenn du es vielleicht selbst nicht weißt. Das hier ist das letzte Geheimnis der Priester. Wenn du es offenbarst, beraubst du sie ihrer Macht über die Menschen, und das ist es, was sie fürchten. Wüsste Nor genau, wo mein geheimes

Wissen verborgen ist, hätte er es mir längst gestohlen und mich getötet.«

Arri erinnerte sich an das Gespräch mit dem greisen Hohepriester. »Deshalb hat er von dir verlangt, dass du es ihm sagst?«

Lea nickte. »Ja. Und ich hätte den Moment, in dem ich es getan hätte, nicht einmal um einen Atemzug überlebt, so wenig wie du.« Sie ließ sich wieder in die Hocke sinken und rammte das Schwert genau zwischen sich und Arri in den weichen Boden. Ihre rechte Hand lag flach auf dem Knauf. »Ich werde dich lehren, es zu gebrauchen. Es ist nicht einmal so schwer, wenn man das Geheimnis kennt. Aber du darfst es niemals preisgeben, hörst du? Niemandem, ganz gleich, wie sehr du ihm auch vertraust.«

»Das verspreche ich«, sagte Arri, doch ihre Mutter schüttelte den Kopf und machte zugleich eine abwehrende Bewegung.

»Nein«, sagte sie, »versprich nichts vorschnell. Bald wird eine Zeit kommen, in der du andere Menschen triffst, denen du glaubst, vertrauen zu können. Du wirst die Liebe kennen lernen, und das wünsche ich dir von ganzem Herzen. Und doch darfst du nie jemandem das Geheimnis dieses Schwertes verraten.«

Arri begriff erst ganz langsam, wovon ihre Mutter überhaupt sprach – nämlich nicht nur von diesem Schwert und seinem Geheimnis, sondern von einer Zeit, in der sie selbst nicht mehr da sein würde. Aber sie wollte nicht darüber reden. Der Tod gehörte so selbstverständlich zu dem Leben, das sie bisher geführt hatte, dass er kaum noch Schrecken für sie barg, aber das galt nicht für ihre Mutter. Sie würde ewig leben, das war für Arri vollkommen sicher.

»Aber du ...«, begann sie, wurde aber sofort wieder mit einem noch heftigeren Kopfschütteln ihrer Mutter unterbrochen.

»Irgendwann wirst du selbst Kinder haben«, sagte Lea. »Eines davon wird eine Tochter sein, und ihr wirst du dein Wissen weitergeben, nur ihr und sonst niemandem. So ist es immer gewesen, und so wird es auch weiter sein.«

»Aber warum sagen wir es nicht einfach allen?«, murmelte Arri. »Wenn das, was Nor und die anderen tun, nur eine Lüge ist, warum erzählen wir es dann nicht allen? Und warum sagen wir ihnen nicht die Wahrheit? Dann hätten sie keinen Grund mehr, dich zu fürchten.«

Lea lächelte, als hätte sie einen dummen, aber verzeihlichen Fehler begangen. »O Arri, glaubst du, du wärest die Erste, die auf diesen Gedanken gekommen ist?« Sie schüttelte den Kopf. »Es ist unmöglich.«

»Warum?«

»Weil es die Ordnung der Dinge durcheinander bringen würde«, antwortete Lea, womit Arri nicht wirklich etwas anfangen konnte. »Die Menschen brauchen Führer. Sie brauchen jemanden, der ihnen sagt, was sie tun sollen und wann, und was sie nicht tun sollen. Vielleicht wird irgendwann einmal eine Zeit kommen, in der das anders ist, aber heute und jetzt würde es unermesslichen Schaden anrichten, diese alte Ordnung zu zerstören. Das Ergebnis wären Krieg und Leid. Glaub mir. Ich habe es gesehen.«

»Warum bekämpfen wir Nor und die anderen dann?«, wunderte sich Arri.

»Wir bekämpfen ihn nicht«, erwiderte Lea ernst. »Er und die anderen fürchten mich, und deshalb versuchen sie, mich loszuwerden, aber nicht ohne zuvor mein Wissen an sich gebracht zu haben. Und früher oder später wird es ihnen auch gelingen. Aber ihn nicht zu bekämpfen bedeutet nicht, ihn zu unterstützen oder das, was er und die anderen tun, gutzuheißen. Vor langer Zeit waren unsere Vorfahren genau wie die Menschen hier. Wir haben diese Zeit überwunden und es geschafft, das Leben eine Spur erträglicher zu machen – und vielleicht ein wenig gerechter.«

Ihre Stimme wurde leiser, und wieder trat dieser sonderbare Ausdruck von Trauer in ihren Blick. Als sie fortfuhr, schienen die Worte gar nicht so sehr Arri zu gelten, sondern klangen fast wie eine Entschuldigung, die sie für sich selbst benötigte. »Ich habe genau so gedacht wie du, als ich hierher gekommen bin,

Arianrhod. Ich dachte, ich brauchte nur hierher zu kommen und den Menschen zu sagen, was sie falsch machen und wie es besser geht. Ich habe mich getäuscht. Du darfst nicht denselben Fehler begehen wie ich. Lass den Dingen ihre Zeit. Wir können den Menschen hier helfen, sich ein wenig schneller zu entwickeln, aber wir können sie nicht zwingen, unzählige Generationen in wenigen Sommern zu überspringen. Und nun ...«, sie stand mit einem plötzlichen Ruck auf, und sowohl ihr Gesichtsausdruck als auch ihr Ton änderten sich schlagartig und radikal, »... sag mir, wie lange es noch dauert, bis die Sonne aufgeht.«

Arri hatte Mühe, dem jähen Gedankensprung zu folgen. Völlig verwirrt sah sie zu ihrer Mutter hoch, und ihre Verwirrung wuchs noch, als Lea das Schwert wieder aus dem Boden zog und ihr die Waffe hinhielt, als könne sie die Antwort auf Leas Frage auf dem blanken Metall ablesen. Zögernd hob sie den Blick in den Himmel und suchte nach dem Mond, aber er war noch immer hinter dichten Wolken verborgen.

»Nein«, sagte Lea. »Du sollst es nicht schätzen. Ich will es ganz genau wissen.«

»Aber das ist unmöglich!«, begehrte Arri auf.

»Und wenn ich dir sage, dass es das nicht ist?«, fragte Lea lächelnd. Sie hob das Schwert, deutete mit der freien Hand zuerst in den Sternenhimmel hinauf, dann wieder auf den verzierten Griff. »Sieh her. Ich zeige dir, wie man es macht.«

19 Obwohl es bis Sonnenaufgang noch eine Weile hin war, war an Schlaf in dieser Nacht nicht mehr zu denken; weder für Arri noch für ihre Mutter. Lea hatte ihr nicht gezeigt, wie man den Himmelsstein nutzte, um in Verbindung mit dem genauen Stand von Mond und Sternen den genauen Zeitpunkt zu bestimmen, und ihr auch sonst keine weiteren Geheimnisse des Schwertes offenbart, und obwohl Arri zutiefst enttäuscht darüber gewesen war, war sie doch zugleich fast erleichtert, denn sie bezweifelte, dass sie auch nur noch ein einziges weiteres Wort der Erklärung verstanden hätte. Nun endlich wusste sie um den geheimen Schatz ihrer Mutter, der nicht aus Silber oder Gold bestand oder weiteren prachtvollen Oraichalkos-Perlen, sondern aus etwas viel Wertvollerem, dem Kostbarsten vielleicht überhaupt, was es auf der ganzen Welt gab: Wissen.

Ohne dass eine von ihnen es hätte laut aussprechen müssen, waren sie übereingekommen, nicht bis Sonnenaufgang zu warten, sondern ihren Weg direkt fortzusetzen und so viel Strecke wie möglich gutzumachen. Die beiden Pferde zeigten sich nicht begeistert von der Störung ihrer wohlverdienten Ruhepause und gaben sich störrisch, sodass es Lea etliche Mühe kostete, ihnen die Geschirre wieder anzulegen und sie überhaupt zum Weitergehen zu bewegen. Schließlich aber rollten sie unter der mittlerweile wieder vollkommen geschlossenen Wolkendecke weiter auf den Durchlass zwischen den Bergen zu, und obwohl Arri ein durchaus mulmiges Gefühl dabei hatte, fanden die beiden Tiere auch in der tiefen Dunkelheit sicher ihren Weg.

Sie sprachen kaum ein Wort miteinander, bis die Sonne aufging, aber es war eine vollkommen andere Art des Schweigens als die, die tagsüber zwischen ihnen geherrscht hatte; jeder saß in seine eigenen Gedanken versunken da, doch zugleich war da auch ein Gefühl von tiefem Vertrauen zwischen ihnen, das keiner Worte bedurfte und sie in ein Empfinden von Geborgenheit und Wärme hüllte, und nicht das schuldbewusst-verstockte Schweigen vom Tage. Einmal – kurz vor Sonnenaufgang – fuhr ihre Mutter neben ihr fast unmerklich zusammen. Als Arri den Kopf wandte und sie ansah, reagierte sie nur mit einem sanften Lächeln, und weder ihrer Haltung noch ihrem Gesichtsausdruck war irgendetwas Außergewöhnliches anzumerken; dennoch spürte Arri die Spannung, die plötzlich von ihr Besitz ergriffen hatte, und auch die kleinen, verstohlenen Blicke aus den Augenwinkeln, mit denen sie ihre Umgebung abtastete, entgingen ihr keineswegs.

Sie hatte etwas gehört. Etwas, das nicht hierher gehörte. Auch in Arri machte sich Unruhe breit, doch nur für einen

Augenblick; dann beruhigte sie sich selbst mit dem Gedanken, dass es wahrscheinlich nur ein Tier gewesen war, das das Geräusch der Pferdehufe oder das Knarren und Quietschen des Wagens in seiner Nachtruhe gestört hatte – vielleicht auch Dragosz, denn der Fremde hatte ihr ja gesagt, dass er in ihrer Nähe bleiben würde, um auf sie und ihre Mutter Acht zu geben.

Spätestens jetzt, dachte sie, wäre der unwiderruflich letzte Moment, ihrer Mutter von ihrer Begegnung am vergangenen Abend zu erzählen, ohne sich der unangenehmen Frage stellen zu müssen, warum sie so lange damit gewartet hatte. Aber aus irgendeinem Grund ... schaffte sie es wieder einmal nicht, ihrer Mutter etwas wirklich Wichtiges zu sagen. Sie schwieg beharrlich weiter und warf ihrer Mutter nur dann und wann einen verstohlenen Blick aus den Augenwinkeln zu, bis Leas Anspannung wieder wich. Wahrscheinlich war es wirklich nur ein Tier gewesen oder irgendein anderes, zufälliges Geräusch. Einen Moment lang amüsierte sich Arri bei der Vorstellung, was Dragosz wohl für ein Gesicht machen würde, wenn er im Morgengrauen aufwachte und feststellte, dass die beiden Frauen, über die er seinen unsichtbaren, schützenden Arm gebreitet hatte, schon längst auf und davon waren.

Plötzlich wurde ihr klar, dass sie sich gerade in Gedanken selbst als *Frau* bezeichnet hatte. Zum allerersten Mal, und sie musste lächeln. Vielleicht war es tatsächlich so, wie ihre Mutter behauptete, und sie wurde allmählich erwachsen.

Der Morgen graute, doch sie kamen nicht schneller voran, denn im gleichen Maße, in dem es heller wurde, wurde der Weg auch schwieriger, sodass ihr Tempo eher sank, statt zuzunehmen. Außerdem wurde es kälter, nicht wärmer. Gestern Morgen, als sie aufgebrochen waren, waren Arri die Berge so fern und unerreichbar erschienen, dass sie nicht einmal darüber *nachgedacht* hatte, jemals dorthin zu gelangen. Jetzt waren sie den Bergen nicht wirklich näher gekommen, aber das Gebiet, durch das sie sich bewegten, unterschied sich doch ganz und gar von den dichten Wäldern, in denen sie aufgewachsen war. Der Boden war steinig. Immer wieder tauchten gewaltige Findlinge aus dem

Wurzelgeflecht auf, das die trockene Erde bedeckte, sodass der Wagen stecken zu bleiben oder sich gleich ganz fest zu fahren drohte, und einmal mussten sie absteigen und das schwerfällige Gefährt ein gutes Stück den Weg zurück und noch dazu bergauf schieben, um sich einen anderen Weg zu suchen.

Auf diese Weise verging die Hälfte des Tages. Als die Sonne den höchsten Punkt ihrer Bahn erreicht hatte, hielt Lea den Wagen an und bereitete wortlos aus ihren Vorräten eine Mahlzeit zu. Sie bestand weiterhin darauf, kein Feuer zu machen, auch wenn Arri diese Vorsichtsmaßnahme nicht mehr ganz einsah; während der Nacht war ein Feuerschein weithin sichtbar und verräterisch, aber tagsüber bestand diese Gefahr kaum, und so ziemlich das Erste, was Lea ihr beigebracht hatte, war, wie man ein Feuer dazu brachte, vollkommen ohne Rauch zu brennen. Trotzdem widersprach sie nicht, sondern sah ihrer Mutter nur wortlos zu, wie sie Wasser und Essen aus ihren Beuteln nahm und die notwendigen Vorbereitungen traf. Immerhin verzichtete sie diesmal wenigstens darauf, sie auf einen vollkommen überflüssigen Botengang zu schicken.

Sie aßen so schweigend, wie sie den ganzen Tag miteinander auf dem Kutschbock gesessen hatten, dann setzten sie ihren Weg fort. Zweimal noch fragte Arri ihre Mutter, wohin sie eigentlich unterwegs waren, bekam aber jedes Mal nur eine ebenso wortkarge wie mürrische Antwort, sodass sie auf einen dritten Versuch gleich ganz verzichtete.

Als es zu dämmern begann, steuerte Lea den Wagen in den Schatten einiger dürrer Bäume, deren schon nahezu blattlose Äste allerdings kaum wirklich Schutz vor Entdeckung boten. Der Boden war auch hier mit Felsbrocken und spitzen Steinen übersät, und da, wo er es nicht war, sumpfig und nass, und ein unangenehmer, fast fauliger Geruch ging davon aus, sodass Lea kurzerhand entschied, die Nacht auf der Ladefläche des Wagens zu verbringen. Arri knurrte mittlerweile der Magen, aber wenn sie daran dachte, was sie gestern und heute Mittag gegessen hatte, verspürte sie eigentlich keine große Lust auf eine weitere, so wenig schmackhafte Mahlzeit.

Trotz der satten Zeiten, die das Dorf gerade erlebte, war sie es gewohnt, hin und wieder zu hungern, und ihre Mutter hatte ja selbst gesagt, dass sie nicht viel mehr als zwei Tage brauchen würden, um ihr Ziel zu erreichen. Was machte da schon eine Nacht mit leerem Magen, wenn sie am nächsten Tag am Ziel waren und die festliche Mahlzeit auf sie wartete, die die Gastfreundschaft vorschrieb, wenn Freunde zu Besuch kamen? Sie schlief auch in dieser Nacht mit dem festen Vorsatz ein, ihrer Mutter gleich am nächsten Morgen von ihrer Begegnung mit Dragosz zu erzählen, doch als ihre Mutter sie weckte, war sie noch viel zu benommen und schlaftrunken, um auch nur einen Laut hervorzubringen.

»Still!«, zischte Lea. »Da ist jemand.«

»Ich weiß«, nuschelte Arri schlaftrunken. Natürlich war da jemand. Dragosz hatte ihr ja versichert, die ganze Zeit in ihrer Nähe zu bleiben, um auf sie Acht zu geben, und vermutlich war er nun in seinem Bestreben, sie und ihre Mutter nicht noch einmal aus den Augen zu verlieren, unvorsichtig geworden oder hatte die Schärfe von Leas Sinnen einfach unterschätzt. »Es ist ...«

»Still!«, unterbrach sie ihre Mutter erneut und in noch schärferem Ton. »Keinen Laut!«

Mit den umständlichen Bewegungen eines Menschen, der viel zu schnell aus einem tiefen Schlaf gerissen worden ist, setzte sich Arri vollends auf. Umständlich, aber alles andere als vorsichtig, sodass der ganze Wagen zu schaukeln anfing und die hölzerne Konstruktion ein hörbares Knarren und Quietschen von sich gab – was ihr einen weiteren, ärgerlichen Blick ihrer Mutter einbrachte. Sie setzte noch einmal dazu an, ihrer Mutter zu erklären, wer es war, dessen Nähe sie bemerkt hatte, aber Leas Blick ließ sie sich anders besinnen. Mochte ihre Mutter doch ihr Schwert nehmen und losschleichen. Sie würde eine Überraschung erleben. Und dasselbe galt vermutlich nicht minder für Dragosz. Und was Arri anging: Sie gönnte es ihnen beiden.

Mit einem stummen Achselzucken setzte sie sich endgültig auf, fuhr sich mit beiden Händen über das Gesicht und unterdrückte ein Gähnen, während sie müde in den Himmel hinauf und nach Osten blinzelte. Sie konnte die Berge als gezackte Schattenlinie vor einem dunstigen Streifen aus fast schwarzem Grau erkennen. Bis zum Sonnenaufgang war es noch eine geraume Weile hin, anscheinend, dachte sie resignierend, war es allmählich ihr Schicksal, in keiner Nacht mehr ausreichend Schlaf zu bekommen.

»Bleib, wo du bist«, beschied ihre Mutter, während sie sich bereits erhob und nahezu lautlos von der Ladefläche des Wagens herunterglitt. Arri hatte nicht vorgehabt, irgendetwas anderes zu tun, und so hob sie nur abermals die Schultern und gähnte hinter vorgehaltener Hand. Anders als ihre Mutter wusste sie sowohl, was sie gehört hatte, als auch, dass ihnen nicht die mindeste Gefahr drohte, sodass sie ganz ernsthaft erwog, sich auszustrecken und weiter zu schlafen. Wenn ihre Mutter Dragosz tatsächlich traf, dann war es ganz und gar nicht sicher, dass sie so schnell zurückkam.

Aber sie war nun einmal wach, und obwohl sie so müde war, als hätte sie die ganze Nacht kein Auge zugetan, spürte sie zugleich auch, dass sie jetzt keinen Schlaf mehr finden würde. Also beschloss sie, sich in Geduld zu fassen, und vertrieb sich die Zeit damit, sich alle möglichen lustigen oder auch peinlichen Situationen vorzustellen, in die ihre Mutter und Dragosz kommen mochten, wenn sie sich unversehens gegenübersahen.

Ganz am Rande ihres Bewusstseins tauchte plötzlich ein anderer, hässlicher Gedanke auf: Was, wenn ihre Mutter oder Dragosz falsch reagierten und der eine den jeweils anderen in der Dunkelheit für einen Angreifer hielt? Was das anging, wusste sie wenig über Dragosz, dafür aber umso mehr, wozu ihre Mutter imstande war. Vielleicht war es ein Fehler gewesen, ihrer Mutter nicht zu sagen, auf wen sie treffen würde. Arri beruhigte sich mit dem Gedanken, dass Lea eine kluge Frau war. Und auch Dragosz hatte nicht den Eindruck erweckt, dass er ein Dummkopf wäre.

Sie musste länger warten, als sie gehofft, aber nicht annähernd so lange, wie sie befürchtet hatte, bis sie die Schritte ihrer

Mutter hörte, und sie spürte schon, dass irgendetwas nicht in Ordnung war, bevor sie sie sah. Das näher kommende Geräusch verriet ihr, dass ihre Mutter vielleicht noch nicht rannte, aber auch alles andere als langsam ging oder gar vorsichtig. Etwas stimmte nicht.

Beunruhigt setzte Arri sich auf, doch sie kam nicht dazu, die Bewegung zu Ende zu führen, bevor ihre Mutter auch schon aus der Dunkelheit herangestürmt kam. Etwas blinkte silberhell in ihrer Hand; sie hatte ihr Schwert gezogen.

»Was ist passiert?«, fragte Arri erschrocken.

»Schnell!«, befahl ihre Mutter, ohne ihre Frage zu beantworten. »Hilf mir, wir müssen weg!«

Arris Beunruhigung explodierte zu purer Angst, als sie den gehetzten Ton in Leas Stimme hörte. Irgendetwas Schlimmes musste passiert sein – und sie hatte das schreckliche Gefühl zu wissen, was es war.

Mit einem einzigen Satz sprang sie vom Wagen, aber ihre Mutter war bereits um das Gefährt herum und zu den Pferden gelaufen und begann damit, die Tiere mit fliegenden Fingern anzuschirren.

»Was ist denn nur passiert?«, fragte Arri. Ihr Herz begann zu hämmern. Sie *wusste*, was passiert war, und es war *ihre* Schuld. Warum hatte sie nur nichts gesagt?

»Nichts«, zischte Lea. »Später. Jetzt hilf mir, die Pferde anzuspannen. Ich möchte hier verschwunden sein, wenn es hell wird.«

»Es ... es tut mir Leid«, stammelte Arri. »Ich hätte es dir sagen müssen. Ich weiß, aber ...« Arri brach mit einem erschrockenen Keuchen ab, als ihr Blick auf das Schwert fiel. Auf der Klinge schimmerten dunkle Flecken, die noch nicht auf dem Metall gewesen waren, als Lea fort gegangen war.

Blut.

Plötzlich hatte Arri das Gefühl, dass sich eine unsichtbare, eisige Hand nach ihrem Herzen ausstreckte und es langsam, aber mit unbarmherziger Kraft zusammendrückte. Das war *Blut* auf dem Schwert ihrer Mutter!

»Worauf wartest du?«, fuhr Lea sie an. »Wir müssen weg!«

Arri hörte gar nicht hin. Einen endlosen, schweren Atemzug lang starrte sie die dunklen Flecken auf der Schwertklinge noch aus aufgerissenen Augen an, dann fuhr sie auf dem Absatz herum und stürmte in die Richtung los, aus der ihre Mutter gerade gekommen war. Lea rief ihr nach, aber Arri reagierte nicht darauf, sondern beschleunigte ihre Schritte nur noch mehr. Etwas Entsetzliches war passiert, und es war ganz allein *ihre* Schuld! Warum hatte sie nur nichts gesagt? Wahrscheinlich war Dragosz verletzt, möglicherweise sogar tot, und das alles nur, weil sie zu feige gewesen war, um ihrer Mutter ihr lächerliches kleines Geheimnis zu beichten!

Blindlings stürmte sie in die Dunkelheit hinein, stolperte über irgendein Hindernis, das sie nicht einmal sah, und fand durch mehr Glück als irgendetwas anderes und mit wild rudernden Armen ihr Gleichgewicht wieder. Lea schrie erneut und mit schriller Stimme ihren Namen, aber Arri rannte nur noch schneller. Es war ihre Schuld! Dragosz war tot, nur weil sie feige gewesen war!

»Arri!«, schrie Lea hinter ihr. »Komm zurück!«

Arri stürmte weiter, prallte in der Dunkelheit gegen ein weiteres Hindernis und fiel auf die Knie, rappelte sich wieder auf und stolperte weiter, blindlings und fast ohne zu wissen, wohin.

Vielleicht wäre sie noch weiter und weiter in die Nacht hineingestolpert, hätte ihre Mutter sie nicht am Ende eingeholt und grob zurückgerissen. »Verdammt, was soll das?«, fuhr sie sie an. »Hast du den Verstand verloren?«

Arri riss sich mit einer so heftigen Bewegung los, dass ihre Mutter fast erschrocken zurückprallte und sie verstört ansah.

»Aber was ist denn ...?«, begann sie.

»Was ist passiert?«, unterbrach sie Arri beinahe schreiend. »Woher kommt das Blut auf deinem Schwert? Was hast du getan?«

Der Ausdruck von Verwirrung auf dem Gesicht ihrer Mutter nahm eher noch zu. »Aber ...«

»Antworte!«, schrie Arri. »Du hast ihn umgebracht!«

»Umgebracht?« Lea schüttelte verwirrt den Kopf. »Wen?«

»Lüg nicht!«, schrie Arri ihre Mutter an. »Du hast ihn umgebracht! Ich weiß es!« *Und es ist ganz allein meine Schuld!*

Einen Moment lang kämpfte ihre Mutter sichtlich um ihre Beherrschung. Ihre Hand umklammerte immer noch das Schwert, aber sie tat es nun so fest, als müsse sie sich mit aller Macht zusammenreißen, nun nicht nach *ihr* zu schlagen. »Ich weiß nicht, wovon du sprichst«, sagte sie schließlich. »Ich habe niemanden getötet.«

»Und woher kommt dann das Blut an deinem Schwert?«, fragte Arri aufgebracht.

Wieder starrte ihre Mutter sie nur mit einer Mischung aus Verständnislosigkeit und immer mühsamer zurückgehaltenem Jähzorn an, dann drehte sie sich mit einem Ruck um und befahl Arri gleichzeitig mit einer herrischen Geste, ihr zu folgen. »Komm mit!«

Sie verschwand mit so raschen Schritten in der Dunkelheit, dass Arri alle Mühe hatte, sie nicht aus den Augen zu verlieren. Sie war vollkommen aufgewühlt. Hinter ihrer Stirn überschlugen sich die Gedanken. Ihre Mutter hatte Dragosz erschlagen, den vielleicht einzigen Menschen auf der Welt, der noch ihr Freund gewesen war, oder zumindest nicht ihr *Feind,* und das nur, weil sie zu feige gewesen war, einen winzigen Fehler zuzugeben, oder – schlimmer noch – Spaß an ihrer albernen Heimlichtuerei gehabt hatte!

Wenn Dragosz tot war, wenn ihre Mutter ihn tatsächlich erschlagen hatte, weil sie ihn in der Nacht für jemanden gehalten hatte, der sich an ihr Lager anschlich, dann war es ganz genau so, als hätte Arris eigene Hand das Schwert geführt.

Sie bewegten sich ein gutes Stück weit in die Dunkelheit hinein, und so sehr sich Arri auch anstrengte, gelang es ihr doch nicht, wirklich zu ihrer Mutter aufzuschließen. Erst, als Lea schließlich langsamer wurde und dann ganz stehen blieb, holte sie sie ein. Ihr Blick irrte fahrig über den mit dürrem Gras und Steinen übersäten Boden, und ihr Herz begann schon allein bei der Vorstellung wie wild zu hämmern, Dragosz' reglos ausgestreckten Körper zu erblicken. Aber da war nichts. Nur Gras und Steine und knorrige Wurzeln, die wie verkrüppelte Finger aus dem Boden herausgriffen.

»Nun?«, fragte Lea. »Bist du zufrieden – oder hast du irgendetwas anderes erwartet? Etwas ganz Bestimmtes?«

Arri hätte den lauernden Unterton in der Stimme ihrer Mutter nicht einmal hören müssen, um zu begreifen, dass hier nicht nur etwas völlig anders war, als sie erwartet hatte, sondern Lea auch spätestens jetzt wissen musste, dass es da etwas gab, was ihre Tochter ihr offensichtlich vorenthalten hatte. Verstört drehte sie sich einmal im Kreis und versuchte, die Dunkelheit mit Blicken zu durchdringen, aber sie gewahrte auch jetzt nichts anderes als knorrige Schatten und fast baumlose Umrisse, die zweifellos natürlichen Ursprungs waren. Dann aber spürte sie doch etwas. Ein ganz leiser, aber bezeichnender Geruch lag in der Luft, so schwach, dass sie ihn nur spürte, weil er nicht hierher gehörte und etwas ungemein Alarmierendes mit sich brachte.

»Blut«, flüsterte sie.

Lea nickte. Ohne, dass Arri sie ansehen musste, spürte sie, dass sich ihr Gesichtsausdruck noch weiter verfinsterte. Sie sagte nichts, winkte Arri aber mit einer knappen Geste vollends zu sich heran und ließ sich in die Hocke sinken. Als Arris Blick ihrer Bewegung folgte, sah sie einen dunklen, noch feucht glänzenden Fleck im Gras. Lea wiederholte ihre auffordernde Geste, und Arri streckte gehorsam die Hand danach aus, wagte es aber schließlich doch nicht, ihn zu berühren. Der Geruch wurde noch stärker. Es war Blut. Eine Menge Blut, das hier geflossen war.

»Ich weiß nicht, was hier passiert ist«, sagte Lea leise. Arri hielt den Blick weiter auf den in der Nacht schwarz aussehenden Blutfleck im Gras gerichtet, aber sie konnte fast körperlich spüren, wie misstrauisch ihre Mutter sie anstarrte. »Ich habe Geräusche gehört. Einen Kampf. Aber als ich hergekommen bin, war niemand da.« Ihre freie Hand machte eine flatternde Bewegung. Arris Blick folgte ihr, und sie entdeckte weitere und noch größere Blutflecken, eine Spur, die von einer Fährte aus zertrampeltem

Gras und geknickten Wurzeln flankiert wurde und in der Dunkelheit verschwand. »Anscheinend hat es einen Kampf gegeben«, fuhr Lea fort. Was eine Erklärung war, klang wie eine Frage, und ihre misstrauischen Blicke schienen nun wie Feuer auf Arris Haut zu brennen. »Wer immer es war, muss schwer verletzt worden sein. Vielleicht wurde er weggetragen. Ich weiß nicht, von wem oder warum. Weißt du es vielleicht?«

»Nein«, antwortete Arri. Sie war fast entsetzt über ihre eigene Antwort. Warum tat sie das? Warum gestand sie nicht spätestens *jetzt*, was gestern geschehen war? Ihre Mutter würde nicht erfreut sein, aber ihr – berechtigter – Zorn würde so nur noch weiter zunehmen, mit jedem Moment, den Arri verstreichen ließ, ohne ihr endlich die Wahrheit zu sagen. Und dennoch hörte sie plötzlich ihre eigene Stimme wie die einer Fremden antworten: »Ich ... ich dachte ... es ... es wäre ...«

»Ja?«, fragte Lea lauernd.

Arri fuhr sich mit der Zungenspitze über die Lippen und folgte der Spur aus Blut und aufgewühlter Erde ein paar Schritte weit, bevor sie wieder stehen blieb. Nicht, um ihr wirklich nachzugehen, sondern um auf diese Weise einen Vorwand zu haben, ihre Mutter nicht anzusehen. »Ich muss wohl geträumt haben«, murmelte sie. »Es ... es tut mir Leid.«

»Und mir tut es Leid, dass du mich anscheinend für so dumm hältst«, antwortete ihre Mutter kopfschüttelnd. »Du bist keine gute Lügnerin, Arianrhod. Wen hast du hier erwartet?«

Dragosz, dachte Arri. *Warum sprach sie den Namen nicht aus? Welcher Teil von ihr war das, der sogar stärker war als ihr eigener Wille und es ihr unmöglich machte, dieses eine Wort auszusprechen?* Sie schwieg beharrlich weiter, auch als sie hörte, wie ihre Mutter mit zwei, drei schnellen Schritten auf sie zukam. Als Lea sie hart an der Schulter packte und herumriss, konnte sie sich gerade noch beherrschen, ihre Hände nicht beiseite zu schlagen.

»Das ist jetzt kein Spiel mehr, Arianrhod!«, fuhr ihre Mutter sie an. »Jemand war hier. Jemand folgt uns, und du weißt, wer es ist!«

Und sie wusste auch, was er getan hatte. Dragosz hatte Wort gehalten. Jemand hatte sich an sie angeschlichen, und Dragosz hatte seinen Teil des Paktes eingelöst, den sie beide geschlossen hatten, und über sie gewacht. Sie konnte ihn nicht verraten.

»Ich ... ich dachte, es wäre ...«, begann sie und brach wieder ab.

Ihre Mutter schüttelte sie so kräftig, dass ihr Kopf hin und her flog. »Wer?«, herrschte sie sie an. »Arri – zwing mich nicht, etwas zu tun, das ich nicht tun will!«

Aber sie konnte doch auch *sie* nicht zwingen, etwas zu tun, was sie nicht tun *durfte*. Hatte ihre Mutter ihr nicht immer und immer wieder gesagt, dass nichts heiliger war als ein gegebenes Wort?

»Rahn«, stieß sie schließlich atemlos hervor. »Ich dachte, es wäre Rahn.«

Lea ließ ihre Schultern los, wich einen halben Schritt zurück und starrte sie verblüfft an. »Rahn?«, wiederholte sie ungläubig. »Aber wieso Rahn?«

»Weil ...« Auch Arri machte vorsichtshalber einen Schritt zurück und legte die Hand auf die Schulter. Ihre Mutter hatte so fest zugepackt, dass es immer noch wehtat. »Ich dachte, er wäre mir gefolgt«, fuhr sie fort. »Du ... du hast doch selbst gesagt, dass er hinter deinem Schatz her ist, und ... und als ich aus dem Dorf weggelaufen bin, da ...« Sie brach ab und begann, mit den Händen zu ringen.

»Da hast du geglaubt, er wäre dir heimlich nachgelaufen, um auf diese Weise meine Spur aufzunehmen«, führte Lea den Satz zu Ende.

Arri nickte. Ein Teil von ihr schrie entsetzt auf. War sie verrückt geworden? Diese Geschichte mochte für den Augenblick glaubhaft klingen – aber eigentlich nicht einmal das –, doch es war nur eine Frage der Zeit, bis ihre Mutter die Wahrheit herausfände, spätestens, wenn sie das nächste Mal mit Dragosz sprach, und dann würde alles nur noch viel schlimmer werden. Und doch konnte sie nicht anders. Da war etwas zwischen dem schwarzhaarigen Fremden und ihr geschehen, was sie nicht verstand und was sie erschreckte, aber es war auch etwas, das große Macht über sie hatte und stärker war als ihr Wille, stärker als jede Vernunft. »Ja. Gestern dachte ich ein paar Mal, ich ... ich hätte etwas gehört. Aber ich ... ich habe mich nicht getraut, es dir zu sagen.«

»Warum?« Das Misstrauen verblieb noch in den Augen ihrer Mutter, ja, es schien sogar fast noch zuzunehmen, dann aber machte es einem plötzlichen Ausdruck tiefer Trauer Platz. Sie schüttelte den Kopf und beantwortete mit leiserer Stimme ihre eigene Frage: »Weil du Angst hattest, dass ich dir Vorwürfe mache, nicht wahr?«

Arri hob nur die Schultern und raffte all ihre Kraft zusammen, um dem Blick ihrer Mutter standhalten zu können.

»Ich muss wohl eine noch schlechtere Lehrerin sein, als ich dachte«, sagte Lea traurig. »Warum hast du so wenig Vertrauen zu mir?«

»Das stimmt nicht«, antwortete Arri. »Es ... es war doch alles meine Schuld. Ich hätte Rahn nicht so wütend machen dürfen. Wenn ich einfach weggelaufen wäre, dann wäre gar nichts passiert. Aber jetzt ... Du hast gesagt, dass niemand von dem Ort wissen darf, zu dem wir unterwegs sind. Weil es doch deine Freunde sind und du sie nicht in Gefahr bringen willst. Und wenn Rahn von ihnen wüsste ...«

Lea seufzte tief, schlug ihren Umhang zurück und wischte sorgsam die Blutflecken von der Klinge ihres Schwertes, bevor sie die Waffe wieder in die mit einer Bronzeeinfassung verstärkte Lederschlaufe an ihrem Gürtel schob. Ihr Blick tastete aufmerksam und sehr lange in die Runde, und Arris vorsichtige Erleichterung bekam zumindest einen Dämpfer, denn in den Augen ihrer Mutter flackerten noch einmal Misstrauen und Zweifel auf, während sie die Blutflecken und unübersehbaren Kampfspuren im Gras musterte. Dann aber schüttelte sie betrübt den Kopf. »Du musst dir keine Vorwürfe machen, Arianrhod. Wenn es jemanden gibt, der Schuld an all dem hier ist, dann bin ich es.«

»Aber warum?«, fragte Arri. »Du hast doch nur ...«

»Weil es mir offensichtlich nicht gelungen ist, dein Vertrauen zu erringen«, unterbrach sie ihre Mutter. »Es tut mir Leid. Vielleicht war ich in meinem Bestreben, dich Vorsicht und Misstrauen zu lehren, ein bisschen zu erfolgreich.« Sie lächelte bitter. »Aber man kann nicht alles haben, nicht wahr?«

»Das ist nicht wahr!«, begehrte Arri auf. »Ich vertraue dir, aber ...«

»Aber nicht so weit, dass du zu mir kommst, um einen Fehler zuzugeben, der uns allen zum Verhängnis hätte werden können«, unterbrach Lea sie, und es waren diese Worte, die irgendetwas zwischen ihnen endgültig zu zerstören schienen. Die zur Versöhnung ausgestreckte Hand, die Lea ihr dargeboten hatte, war plötzlich nicht mehr da.

Auch wenn der Vorwurf, den Arri in ihren Worten hörte, sicherlich nicht beabsichtigt war, er war da, und er machte es ihr nun vollends unmöglich, vielleicht doch noch die Wahrheit zu sagen.

Nachdem Lea eine Weile vergebens auf eine Antwort gewartet hatte, wiederholte sie dieses flüchtige, bittere Lächeln, dann drehte sie sich mit einer abrupten Bewegung um und deutete in die Richtung, in der der Wagen stand. »Komm«, sagte sie. »Ich weiß nicht, was hier geschehen ist, aber wir sollten trotzdem so schnell wie möglich verschwinden – und aufpassen, dass uns keiner der Raufbolde folgt, die hier aufeinander eingedroschen haben. Vielleicht ist es sogar ganz gut so. Wenn wir uns beeilen, erreichen wir unser Ziel vielleicht noch bei Tageslicht.«

Sie erreichten ihr Ziel nicht mehr vor Sonnenuntergang, was wohl daran lag, dass Lea für eine Weile den Wagen mit aller Vorsicht durch einen Bach lenkte, um so gut es ging ihre Spur zu verwischen, und später noch einmal aus dem gleichen Grund einen Umweg über ein holpriges Gesteinsfeld wählte, was den Wagen in allen Fugen ächzen und krachen ließ, sodass Arri schon Angst hatte, er würde auseinander fallen. Den übrigen Tag waren sie ununterbrochen nach Osten gefahren, und Lea hatte den Wagen nur ein einziges Mal für längere Zeit angehalten, damit die Pferde ihren Durst an dem kleinen Tümpel löschen konnten, an dem sie vorüberkamen. Auch Arri hatte absteigen und trinken wollen, doch ihre Mutter hatte sie mit einer raschen Handbewegung und einem kaum angedeuteten, aber warnenden Kopfschütteln zurückgehalten und stattdessen wortlos auf den ledernen Wasserschlauch gedeutet, der hinter ihnen auf der Ladefläche lag. Arri hatte sich zwar darüber gewundert – wenn das Wasser für die Pferde gut war, wieso dann nicht für sie? –, sich aber dennoch wortlos gefügt, so, wie sie auch fast den gesamten Tag über schweigend neben ihrer Mutter gesessen hatte. Die gesamte holprige Fahrt war in gedrückter Stimmung verlaufen, der jedoch sonderbarerweise nichts wirklich Feindseliges angehaftet hatte. Vielmehr hatte sie gespürt, dass ihre Mutter überhaupt nicht zornig auf sie war, wohl aber von großer Sorge erfüllt, und da sie – viel besser als ihre Mutter selbst – den Grund für diese Sorge kannte, war auch sie selbst immer schweigsamer und verschlossener geworden.

Darüber hinaus gab es noch einen weiteren, handfesten Grund für Leas Anspannung: Ganz gleich, ob sie Arris Lügengeschichte nun geglaubt hatte oder nicht; das Blut und die Kampfspuren, die sie gefunden hatten, bewiesen ganz eindeutig, dass sie nicht so allein in diesem Teil der Welt waren, wie Lea es bisher angenommen zu haben schien; oder sie zumindest glauben machen wollte. Abgesehen von der einen Rast, die sie den Pferden gönnte, rollte der Wagen den ganzen Tag über ununterbrochen dahin, wenn auch manchmal so langsam, dass selbst ein Kind zu Fuß schneller gewesen wäre, denn das Gelände wurde im gleichen Maße schwieriger, in dem sie sich den Bergen näherten. Sie waren noch immer nicht sichtbar näher gekommen, doch ihre Umgebung hatte nun rein gar nichts mehr mit der Landschaft gemein, in der Arri aufgewachsen war.

Es gab keinen Weg oder Pfad, und was Arri schon am Tag zuvor vermutet hatte, wurde nun zur Gewissheit, nämlich dass ihre Mutter diesen Weg noch nicht sehr oft genommen hatte;

wahrscheinlich das letzte Mal vor ein paar Sommern, als sie über Gebühr verspätet von einem Besuch in Goseg zurückgekehrt war, weil sie angeblich auf dem Rückweg noch tagelang in einem Nachbardorf aufgehalten worden war. Arri hatte diesen Vorfall schon fast vollständig vergessen, doch jetzt fiel er ihr nicht nur wieder ein, sondern bekam auch eine ganz andere Bedeutung. Offensichtlich hatte ihre Mutter ihr all die Jahre mehr Dinge vorenthalten, als sie auch nur im Entferntesten geahnt hatte.

Sie verzichtete darauf, Lea darauf anzusprechen – schließlich hatte sie selbst ihrer Mutter auch die eine oder andere Kleinigkeit verschwiegen – und konzentrierte sich stattdessen lieber darauf, sich bei der gleichermaßen holprigen wie rasanten Fahrt so abzustützen, dass sie nicht aus dem Wagen fiel. Mehr als einmal mussten sie umkehren und einen großen Umweg in Kauf nehmen, wenn sich die Strecke als zu schwierig für den Wagen erwies, und auch wenn Lea ihr Bestes tat, sich ihre wirklichen Gefühle nicht anmerken zu lassen, so spürte Arri doch, dass sie in zunehmendem Maße unruhiger wurde. Als die Sonne zu sinken begann, trieb sie die Pferde immer unbarmherziger und rücksichtsloser an, was Arri, die ja wusste, dass ihre Mutter ein ganz besonderes Verhältnis zu diesen Tieren hatte, mehr als alles andere davon überzeugte, dass sie in Gefahr waren; oder dass Lea es zumindest annehmen musste.

Mit dem letzten Licht der untergehenden Sonne lenkte Lea das Gespann einen zwar sanften, aber sehr lang ansteigenden und mit einem Gewirr aus Felstrümmern und Findlingen übersäten Hang hinauf, dessen oberes Ende sie gerade in dem Augenblick erreichten, in dem die Sonne endgültig unterging. Rings um sie herum herrschte noch ein Rest von grauem Zwielicht, das einen die Umrisse der Dinge mehr erahnen als wirklich erkennen ließ und in dem es beinahe schwerer war, sich zu orientieren, als bei tatsächlicher Dunkelheit, aber vor ihnen fiel der Hang ebenso steil wieder ab, wie er auf der anderen Seite angestiegen war, und in dem tief eingeschnittenen Tal, das sich unter ihnen erstreckte, herrschte bereits tiefste Nacht. Dennoch gab es Licht dort unten. Nicht einmal allzu weit entfernt gewahrte Arri eine Anzahl winziger flackernder roter Punkte, wie Leuchtkäfer, die auf der Stelle tanzten, und der charakteristische Geruch von brennendem Holz schlug ihr entgegen. Da waren auch Geräusche, aber sie waren zu schwach, um sie eindeutig zuzuordnen.

»Ist es das?«, fragte sie.

»Ja«, antwortete Lea. »Nur noch ein kleines Stück, und wir haben es geschafft.« Falls diese Worte aufmunternd oder beruhigend gemeint waren, so verfehlten sie ihre Wirkung vollständig. Lea klang unsicher und fahrig, und was ein Seufzer der Erleichterung hatte werden sollen, geriet eher zu einem Stoßgebet, als rechne sie fest damit, dass ihnen das Schicksal oder irgendeine andere boshafte Macht zuletzt doch noch einen Streich spielen würde.

Arri hütete sich, auch nur eine entsprechende Bemerkung zu machen, und sie hatte sich sogar gut genug in der Gewalt, um sich nicht auf dem Kutschbock umzudrehen und einen besorgten Blick in die Richtung zurückzuwerfen, aus der sie gekommen waren. Doch im nächsten Augenblick tat ihre Mutter ganz genau das, was sie sich gerade verboten hatte. Der Ausdruck auf ihrem Gesicht war vielleicht noch nicht ganz der von Angst, aber er war nicht mehr sehr weit davon entfernt.

Als sie weiterfuhren und Kurs auf den Schwarm roter Glühwürmchen unter ihnen nahmen, trieb sie die Pferde zu einer Geschwindigkeit an, die vielleicht nicht einmal besonders hoch war, angesichts der fast völligen Dunkelheit und des Gewirrs aus Felsen, Schutt und gefährlichen Wurzeln und Löchern im Boden aber geradezu mörderisch. Der Wagen schaukelte so heftig hin und her, dass Arri sich mit aller Kraft an der schmalen Sitzbank festklammern musste und es ihr fast wie ein kleines Wunder vorkam, dass sie nicht den größten Teil ihrer Ladung verloren. Der Weg hinunter dauerte auf diese Weise nur wenige Augenblicke, doch als sie endlich wieder über halbwegs ebenen Boden rollten und aus ihrem Schwarm tanzender roter Geister vor ihnen eine gerade Reihe regelmäßiger rechteckiger

Flecke geworden war, die kaum noch einen Steinwurf entfernt sein konnten, atmete sie so erleichtert auf, als wäre sie den halben Tag von Wölfen durch den Wald gehetzt worden und hätte endlich die Sicherheit menschlicher Behausungen erreicht.

Auch Lea gestattete es sich, sich vorsichtig zu entspannen, trieb die Pferde aber nur zu noch größerer Schnelligkeit an, sodass der Wagen zwar über ebenen Boden dahinrollte, aber beinahe noch mehr schaukelte und ächzte als bisher. Ein Hund kam ihnen aus der Dunkelheit entgegen und rannte eine Weile kläffend neben dem Wagen her, und Arri wurde so heftig hin und her geworfen, dass sie ernsthaft befürchtete, vom Wagen zu fallen. Hätte die Fahrt auch nur noch einige Augenblicke länger angedauert, sie hätte ihrer Mutter möglicherweise gesagt, dass es keinen Grund für diese Hast gab und ihr alles gebeichtet.

Dann jedoch war es so plötzlich vorbei, wie es begonnen hatte. Die Lichter vor ihnen wuchsen immer rascher an und wurden zu einer Reihe erstaunlich großer und auch erstaunlich zahlreicher Fenster, wie Arri sie noch nie zuvor in ihrem Leben gesehen hatte und allenfalls aus den Erzählungen kannte, mit denen Lea Gebäude ihrer alten Heimat beschrieben hatte. Hinter ihnen glomm nicht nur roter Feuerschein, sondern es drang auch ein Durcheinander von Geräuschen und Gerüchen zu ihnen heraus. Es war so dunkel, dass Arri das dazugehörige Haus nicht einmal erkennen konnte, als sie unmittelbar davor anhielten, doch es musste sich um ein wirklich riesiges Gebäude handeln, denn obwohl der schwarze Umriss vor ihnen übergangslos mit der Dunkelheit des wolkenverhangenen Himmels verschmolz, konnte sie seine Größe schlichtweg spüren. In diesem Haus mussten nahezu so viele Menschen Platz haben wie in ihrem gesamten Dorf.

Lea ließ den Wagen, zumindest auf dem letzten Stück, zwar ein wenig langsamer rollen, lenkte ihn aber so dicht an das Haus heran, wie es überhaupt nur ging, und sprang vom Kutschbock, noch bevor sie vollkommen angehalten hatten. Der Hund, der ihnen entgegengekommen war, war plötzlich wieder da und sprang kläffend auf sie los, doch noch bevor Arri auch nur wirklich Gelegenheit fand zu erschrecken, ließ sich ihre Mutter in die Hocke sinken und streckte den Arm aus, und aus dem wütenden Gekläff des Hundes wurde ein freudiges Winseln. Schwanzwedelnd legte er sich vor ihrer Mutter auf den Rücken und ließ sich von ihr Bauch und Hals streicheln. Offensichtlich kannte er sie, dachte Arri; oder es war der schlechteste Wachhund, von dem sie je gehört hatte.

Wahrscheinlich angelockt vom Bellen des Hundes, öffnete sich eine niedrige Tür in dem Haus nur ein kleines Stück entfernt, und in dem flackernden, rotgelben Lichtschein, der herausdrang, konnte Arri eine gedrungene Gestalt erkennen. Ihre Mutter stand auf, hob grüßend die Hand und ging dem Mann entgegen, und auch Arri machte Anstalten, vom Wagen zu steigen, doch Lea hielt sie mit einer raschen Geste zurück. Arri gehorchte zwar, dachte sich aber ihren Teil – vielleicht war es mit der großen Freundschaft, die ihre Mutter angeblich mit den Bewohnern dieses Hauses verband, doch nicht so weit her; zumindest mit denen, die weniger als vier Beine hatten.

Der Mann, der unter der Tür erschienen war – Arri konnte ihn gegen das rote Licht nur als gesichtslosen Schatten erkennen, aber sie sah immerhin, dass er sehr groß und von sehr massiger Statur war –, rief ihrer Mutter ein Wort in einer Sprache zu, die Arri nicht verstand, und Lea antwortete mit einem raschen Winken und einer Bemerkung in derselben Sprache, die Arri ebenso wenig verstand, die aber eindeutig scherzhaft klang. Der Fremde legte den Kopf schräg, und seine Haltung spannte sich ein wenig, dann aber schien er Lea zu erkennen. Er drehte den Kopf und rief irgendjemandem innerhalb des Hauses etwas zu, bevor er ihrer Mutter entgegenging. Arri konnte die Worte nicht verstehen, die sie miteinander wechselten. Und dennoch meinte sie aus dem Tonfall und den kurzen, abgehackten Sätzen herauszuhören, dass es sich kaum um die Wiedersehensfreude unter alten Freunden handelte, sondern eher um ein kühles Gespräch, bei dem sich ihre Mutter eher aufs Bitten als aufs Fordern verlegte, was ungewöhnlich genug war.

Arri versuchte eine Weile, zumindest den Sinn des Gespräches zu erraten, gab es aber schließlich auf und riss ihren Blick von der Gestalt ihrer Mutter und des Fremden los, um das Haus näher in Augenschein zu nehmen. Auch jetzt, als sie ihm so nahe war, dass sie es fast hätte berühren können, war es wenig mehr als ein riesiger Schatten, der einen gut Teil des Himmels zu verdunkeln schien – oder verdunkelt hätte, hätte sie den Himmel sehen können. Den ganzen Tag über war es bewölkt und kalt gewesen, und daran hatte sich nach Sonnenuntergang nichts geändert. Die Dunkelheit ringsum wäre vollkommen gewesen, hätte es nicht die hell erleuchteten Fenster gegeben, und Arri fragte sich, ob sie den Grund für die so gefährliche Hast, in der sie diese letzte Wegstrecke zurückgelegt hatten, nicht falsch eingeschätzt hatte. Wenn es etwas gab, worauf sich ihre Mutter wirklich verstand, dann war es das Wetter. Möglicherweise hatte sie gewusst, wie bedeckt der Nachthimmel sein würde, und deshalb alles getan, damit sie ihr Ziel noch vor Einbruch einer Dunkelheit erreichten, die tatsächlich vollkommen war; auf jeden Fall zu stark, als dass sie nach Sonnenuntergang noch nennenswert hätten weiter fahren können.

Auch im roten Streulicht, das aus den Fenstern und der offen stehenden Tür drang, konnte sie wenig von dem riesigen Haus erkennen. Immerhin sah sie, dass es sich nicht nur in seiner Größe und durch die ungewöhnlichen Fenster vollständig von den Hütten ihres Heimatdorfes unterschied. Seine Wände bestanden bis auf Hüfthöhe aus zwar groben, aber kunstvoll zusammengefügten Steinen und Felsbrocken, die mit Lehm oder nasser Erde verschmiert worden waren, um Kälte und Feuchtigkeit draußen und die Wärme des Feuers drinnen zu halten. Darüber war das Haus aus Holz und einem Gemisch aus Baumrinde und Blättern erbaut, dessen Ritzen aber ebenfalls sorgsam verschmiert und abgedichtet worden waren, und zu beiden Seiten der Fenster hingen dicke Bretter vor, jeweils der exakten Größe eines halben Fensters, die man wohl vor die Öffnung klappen konnte. Arri hatte so etwas noch nie gesehen, erinnerte sich dann aber vage daran, dass ihre Mutter ihr einmal von *Fensterläden* erzählt hatte, die in ihrer alten Heimat üblich gewesen waren, um Feuchtigkeit und Kälte aus den Häusern auszusperren.

Hier zumindest schien niemand die Notwendigkeit dazu zu sehen. Obwohl es bitterkalt war, waren die Läden ausnahmslos an den Seiten eingehakt. Nicht nur der Geruch nach brennendem Holz und Torf und ein Durcheinander von Stimmen und anderen Lauten drangen zu Arri heraus, sondern auch ein Schwall trockener Wärme, der sie die beißende Kälte, die der Dämmerung auf dem Fuße gefolgt war, doppelt schmerzhaft spüren ließ.

Sie sah wieder zu ihrer Mutter hin. Lea unterhielt sich weiter und heftig gestikulierend mit dem Fremden. Arri hoffte, dass die beiden sich möglichst rasch einig würden, bevor sie hier oben auf dem Kutschbock erfror.

Unruhig rutschte sie auf dem harten Holz der Bank hin und her, das sich mittlerweile so kalt wie Eis anfühlte. Der Hund, der ihrer Mutter nicht gefolgt war, sondern noch immer auf der anderen Seite des Wagens stand, stellte sich auf die Hinterläufe, wodurch er spielend seine gewaltigen Vordertatzen auf die Sitzbank neben ihr legen konnte, und beäugte sie misstrauisch. Eingedenk dessen, was Arri gerade beobachtet hatte, wollte sie ganz instinktiv die Hand ausstrecken, um ihn zu streicheln – sie mochte Hunde über alles und hatte nie verstanden, warum ihre Mutter nicht wollte, dass auch sie zumindest einen Hund hatten –, prallte aber dann im allerletzten Moment erschrocken zurück, als sie genauer hinsah und feststellte, dass der Hund kein Hund war. Es war ein Wolf. Er war nicht so groß wie der, der sie im Wald angefallen hatte, und so gut genährt und gepflegt, dass er auf den ersten Blick tatsächlich als Hund durchgehen konnte, aber auch wirklich nur auf einen sehr flüchtigen ersten Blick.

Der Wolf legte die Ohren an, fletschte die Zähne und stieß ein leises, drohendes Knurren aus, als er ihre Angst spürte, und der Mann bei der Tür unterbrach sein Gespräch mit Lea und rief einen einzelnen, scharfen Befehl, auf den hin sich das Tier sofort zurückzog und gehorsam an seine Seite trottete. Arri blickte ihm aus ungläubig aufgerissenen Augen nach. Was waren das für Leute, die sich *Wölfe* als Haustiere hielten?

20

Es verging noch eine geraume Weile, bis sich ihre Mutter endlich umdrehte und zu ihr zurückkam. »Du kannst herunterkommen. Es ist alles in Ordnung. Wir können heute Nacht hier bleiben.«

»Und das hat so lange gedauert?«, erwiderte Arri. »Ich dachte, diese Leute wären deine Freunde.«

»Das sind sie auch«, sagte Lea unwirsch. »Aber das heißt nicht, dass man unangemeldet und zu jeder Zeit einfach zu ihnen kommen kann.«

Das verwirrte Arri nun völlig. Das Gesetz der Gastfreundschaft war heilig. Nicht einmal Sarn, da war sie sicher, würde einen Fremden abweisen, der zu ihm kam und um eine Mahlzeit und Obdach für eine Nacht bat. Aber sie schluckte die entsprechende Bemerkung, die ihr auf der Zunge lag, herunter, und als sie umständlich und steif gesessen von dem ganzen Tag auf dem Kutschbock vom Wagen kletterte, fuhr ihre Mutter von selbst und in hörbar besorgtem Ton fort: »Wir sind nicht die ersten Gäste, die heute gekommen sind. Diese Menschen sind vorsichtig.«

Arri sah ihre Mutter fragend an, aber diesmal bekam sie keine Antwort. Stattdessen bedeutete ihr Lea mit einer knappen Geste, ihr zur Hand zu gehen, während sie die Pferde abschirrte. Nachdem sie damit fertig waren, nahm sie die Zügel der Tiere und führte sie nach links in die Dunkelheit hinein, fort von der offen stehenden Tür, in der der Mann, mit dem sie geredet hatte, noch immer stand und sie beobachtete. Arri folgte ihrer Mutter, schon, weil ihr diese schattenhafte Gestalt unheimlich war – und vor allem wegen des Wolfes! –, und all ihre Zweifel zerstreuten sich, als ihr schon nach wenigen Schritten klar wurde, dass Lea sich hier tatsächlich auskannte.

In der fast völligen Dunkelheit führte sie die Pferde um das Haus herum und zu einer niedrigen, aber sehr breiten Tür auf seiner Rückseite, die mit einem schweren Balken verschlossen war. Sie gebot Arri mit einer Kopfbewegung, ihr zu öffnen, und nachdem es dieser mit einiger Mühe gelungen war, hakte sie den Fuß um einen der Türflügel und zog ihn auf. Dahinter lag ein dunkler Raum unbekannter Größe, aus dem ihnen ein intensiver, aber nicht unbedingt unangenehmer Tiergeruch entgegenschlug; nicht nur der vertraute Geruch nach Kühen und Ziegen, sondern auch ein anderer, an den sich Arri in den zurückliegenden Tagen so sehr gewöhnt hatte, dass er ihr nicht mehr fremd erschien, obwohl er es im Grunde war: der Geruch nach Pferden. Der dunkle Raum, in den Lea die beiden Tiere am Zügel hineinführte, diente offensichtlich als Pferdestall.

Das war so ungewöhnlich wie das Haus selbst. Offensichtlich war ihre Mutter doch nicht die Einzige, die wusste, dass Pferde nicht nur herrlich anzusehende Geschöpfe waren, sondern auch von großem Nutzen. Sie fragte sich, wer dieses Geheimnis eigentlich von wem erfahren hatte, aber ihre Neugier ging nicht so weit, ihrer Mutter ins Innere des Stalls zu folgen. Leute, die Wölfe und Pferde hielten, mochten auch noch für ganz andere, viel unangenehmere Überraschungen gut sein.

Sie musste auch nicht lange warten. Lea kehrte schon nach wenigen Augenblicken zurück, schloss wortlos die Tür und legte ebenso wortlos den Balken wieder vor. Arri sah mit einem kurzen, aber heftigen Anflug von absurdem Neid, wie mühelos sie den schweren Stamm handhabte, unter dessen Gewicht sie beinahe das Gleichgewicht verloren hätte.

»Was sind das für Leute?«, fragte sie, während sie ihrer Mutter zurück zum Wagen folgte.

»Freunde«, antwortete Lea, wenn auch in einem Ton, der diesem Wort eine Menge von seinem warmen Klang nahm. »Trotzdem solltest du vorsichtig sein. Sprich mit niemandem und sag nichts, es sei denn, ich erlaube es dir.«

»Aber ich spreche ihre Sprache doch sowieso nicht«, antwortete Arri.

Ihre Mutter lachte kurz. »Oh, sie sprechen die gleiche Sprache wie wir, ungefähr wenigstens. Targan macht sich nur manchmal einen Spaß daraus, Fremde in einem Kauderwelsch zu begrüßen, das er sich wahrscheinlich selbst ausgedacht hat.«

»Aha«, machte Arri. Das klang genauso hilflos, wie sie sich nach der Antwort ihrer Mutter fühlte, und Lea lachte noch einmal, und diesmal echt. »Du wirst schon sehen. Aber jetzt hilf mir. Es sei denn, du bist ganz versessen darauf, noch länger hier draußen in der Kälte zu bleiben, statt an einem warmen Feuer zu sitzen und dich satt zu essen.«

Sie hatten den Wagen wieder erreicht. Lea lud sich zwei der schweren Bündel, die darauf lagen, auf die Schultern und reichte Arri das dritte, leichteste; was nicht hieß, dass es *leicht* war. Arri taumelte unter dem Gewicht des Gepäckstücks und musste rasch einen Schritt zur Seite machen, um nicht vollends das Gleichgewicht zu verlieren. Der Tag, den sie auf dem Wagen zugebracht hatte, hatte sie mindestens genauso viel Kraft gekostet, als wäre sie die ganze Strecke zu Fuß gegangen. Targan machte zwar einen gemächlichen Schritt zur Seite, um sie und ihre Mutter ins Haus zu lassen, rührte aber keinen Finger, um ihnen ihre Last abzunehmen, obwohl er ganz so aussah, als könne er sich alle drei Bündel auf eine Schulter laden, ohne ihr Gewicht auch nur zu spüren.

Dennoch atmete Arri so hörbar erleichtert auf, dass es ihr fast selbst peinlich war, als sie hinter ihrer Mutter durch die Tür trat.

Das Allererste, was sie spürte, war die Wärme. Die Luft hier drinnen war so rauchgeschwängert und stickig, dass sie anfangs das Gefühl hatte, kaum atmen zu können, aber sie spürte auch plötzlich, wie kalt es draußen geworden war. Ihr Gesicht und ihre Finger und Zehen fühlten sich an, als wären sie mit einer dünnen Schicht aus Eis überzogen.

»Legt eure Sachen einfach ab«, sagte Targan. »Ich kümmere mich schon darum.«

Arri gehorchte zwar, froh, das Gewicht des sperrigen Bündels los zu sein, setzte aber praktisch im gleichen Moment den Fuß darauf und sah ihre Mutter fragend an. Auch Lea hatte sich ihrer Last entledigt und wirkte so erleichtert, als hätte sie sie den ganzen Weg hierher auf den Schultern getragen und nicht nur wenige Schritte weit. Sie erwiderte Arris Blick auf eine besondere Art, aber in ihren Augen blitzte es fast spöttisch auf, was sie nicht verstand.

»Nimm es ruhig mit, wenn du Angst um dein Bündel hast«, sagte Targan belustigt. »Du kannst es aber auch hier lassen, und einer meiner Söhne kümmert sich darum, dass es sicher verwahrt wird – es sei denn, in dem Beutel da ist etwas, wovon du dich auf keinen Fall trennen kannst.«

Verwirrt sah Arri den großen Mann an. Zum ersten Mal konnte sie Targans Gesicht erkennen, aber es war ihr nicht möglich, ihn wirklich einzuschätzen. Er war tatsächlich noch größer, als sie geglaubt hatte, dabei aber so massig, dass seine Größe kaum auffiel. Sein Haar war so kurz geschoren, dass er fast kahlköpfig wirkte, und Arri hatte noch nie einen Mann mit so schmutzigem Gesicht und Händen gesehen. Auf den allerersten Blick machte er einen fast grimmigen Eindruck, aber er wirkte gleichzeitig auch auf eine schwer in Worte zu fassende Weise freundlich; ein Riese, der aussah, als zerbräche er manchmal nur zum Zeitvertreib Baumstämme, könne aber zugleich auch keiner Fliege etwas zuleide tun. Arri sah rasch zu ihrer Mutter hin, dann wieder in Targans Gesicht. Sie überlegte, ob sich in seiner vermeintlich scherzhaften Bemerkung vielleicht eine Anspielung verbarg, denn das Bündel, das ihre Mutter ihr gegeben hatte, hatte tatsächlich gerade noch etwas enthalten, von dem außer ihr niemand etwas wusste: das Säckchen, das sie von Dragosz bekommen hatte.

Sie verscheuchte den Gedanken daran. Ihre Mutter konnte nichts von Dragosz' Geschenk wissen, das sie sich soeben erst unter die Bluse geschoben hatte, und Targan schon gar nicht. Sie musste aufhören, hinter jeder harmlosen Bemerkung eine Anspielung und in jedem Scherz eine Falle zu vermuten. Vielleicht hatte ihre Mutter ja Recht gehabt, als sie sagte, dass sie in ihrem Bemühen, ihre Tochter Misstrauen zu lehren, möglicherweise zu erfolgreich gewesen war.

»Lass es ruhig hier«, sagte Lea. »Was in Targans Haus ist, ist sicher.«

»Ich ... natürlich«, sagte Arri hastig und direkt an Targan gewandt. Dabei trat sie unbehaglich von einem Fuß auf den anderen. »Ich wollte dich nicht beleidigen. Es war nur ...«

»... ein bisschen viel«, fiel ihr Lea ins Wort, allerdings genau wie sie an den riesigen Mann gewandt. »Für uns beide. Der Weg war sehr anstrengend.« Irrte sich Arri, oder versuchte ihre Mutter, ihr einen raschen, verstohlenen Blick zuzuwerfen? *Sag nichts.*

»Du warst lange nicht mehr hier«, bestätigte Targan. »Umso mehr überrascht mich dein Besuch. Wir hatten nicht vor dem nächsten Frühjahr mit dir gerechnet.«

Arri sah beunruhigt zu ihrer Mutter auf. Im nächsten Frühjahr? War Targans Haus etwa die erste Etappe auf ihrer Suche nach einer neuen Heimat, wenn sie sich nach der Schneeschmelze vor Nors Nachstellungen in Sicherheit bringen würden?

»Wir mussten ... unsere Pläne ändern«, antwortete Lea. Das fast unmerkliche Stocken in ihren Worten konnte Targan ebenso wenig entgangen sein wie Arri, und Lea machte es noch schlimmer, indem sie sich in ein verlegenes Lächeln und ein hoffnungslos übertriebenes Schulterzucken rettete. »Aber wir bleiben nicht lange.« Sie hob noch einmal die Schultern und fügte dann – fast zu Arris Entsetzen – hinzu: »Nur diese eine Nacht.«

»Vielleicht solltest du erst einmal ankommen, bevor du vom Gehen redest«, sagte Targan lächelnd. Er wandte sich direkt an Arri. »Du bist also Leandriis' Tochter. Sie hat viel von dir erzählt. Aber sie hat nicht gesagt, dass du schon eine junge Frau geworden bist. Noch ein, zwei Sommer, und es wird schwer werden, euch zu unterscheiden.« Er machte einen halben Schritt zurück und maß Arri mit einem langen, von einem angedeuteten Kopfschütteln begleiteten, prüfenden Blick. »Ich habe eine Tochter in deinem Alter. Vielleicht sollte ich sie mir bei Gelegenheit doch einmal genauer ansehen. Für mich ist sie noch ein Kind, aber vielleicht stimmt das ja nicht.«

Allmählich wurde Arri das Gespräch peinlich. Fast feindselig starrte sie Targan an, von dem sie eher eine Frage zu ihrem ramponierten Äußeren erwartet hatte, statt dick aufgetragener Schmeicheleien, aber dieser lächelte nur.

Ohne eine weitere Reaktion abzuwarten, bückte sich ihr Gastgeber und lud sich sowohl Leas als auch Arris Bündel ohne die allermindeste sichtbare Mühe auf nur einen Arm; gleichzeitig deutete er mit einer Kopfbewegung tiefer ins Haus hinein.

»Ihr müsst hungrig sein. Kommt. Ich hoffe doch, unsere anderen Gäste haben noch ein wenig übrig gelassen.«

Bei der Erwähnung der *anderen Gäste* fuhr Lea abermals fast unmerklich zusammen, und ein Ausdruck von Unmut erschien auf ihrem Gesicht, verschwand jedoch wieder, als sie sich Arris fragender Blicke bewusst wurde. Ungeduldig winkte sie ihre Tochter an ihre Seite und wollte losgehen. Sie befanden sich in einem kleinen Vorraum, der gleich drei Türen hatte – die ungewöhnlichste Konstruktion, die Arri jemals zu Gesicht bekommen hatte. Mit Ausnahme des kleinen Vorratsraumes in ihrer eigenen Hütte und einigen ähnlichen Räumen im Dorf hatte sie noch niemals eine Unterteilung innerhalb eines Hauses gesehen, geschweige denn eine *Tür,* wie sie sie nur aus Leas Erzählungen über ihre alte Heimat kannte – und wozu sollte eine solche auch gut sein? Offensichtlich kannte sich Lea hier aus, denn sie steuerte ganz selbstverständlich eine dieser drei Türen an. Targan hielt sie jedoch mit einer fast schon erschrocken wirkenden, auf jeden Fall aber sehr hastigen Geste zurück.

»Meine Frau hat die Kammer für dich und deine Tochter vorbereitet«, sagte er. »Vielleicht schaut ihr sie euch einmal an.«

Lea wirkte ein bisschen verdutzt, und auch Arri drehte sich stirnrunzelnd zu ihrem Gastgeber um und maß ihn mit einem fragenden Blick. Es war nicht nur, dass Targan plötzlich fahrig klang; noch vor einem Augenblick hatte er ja selbst gesagt, wie sehr ihn Leas unangekündigter Besuch überrascht habe. Wie konnte da seine Frau – oder sonst wer – auch nur *irgendetwas* vorbereitet haben?

Targan schien seinen Versprecher wohl im gleichen Moment bemerkt zu haben wie sie, denn er wirkte plötzlich ebenso verlegen wie hilflos, dann aber unterstrich er seine Worte nur noch einmal mit einer wedelnden Handbewegung, und Lea deutete ein Schulterzucken an und ging auf die Tür zu, die er bezeichnet hatte. Arri folgte ihr gehorsam, aber dennoch mit einem sonderbaren Gefühl. Von der vorsichtigen Erleichterung, die sie ergriffen hatte, der Dunkelheit und Kälte und allem, was sich darin verborgen haben mochte, endlich entronnen zu sein, war nicht mehr viel geblieben. Auch wenn sie der Versicherung ihrer Mutter, Targan sei ihr Freund und sie könnten ihm und seiner Familie vorbehaltlos trauen, nach wie vor glaubte, so machte doch allein Leas Reaktion klar, dass hier irgendetwas nicht stimmte. Hätte sie es nicht besser gewusst, sie hätte geschworen, dass Targan ihr plötzlicher Besuch mehr als unangenehm war und er sie viel lieber hätte gehen als kommen sehen.

Sie sah sich mit unverhohlener Neugier um, während sie ihrer Mutter und Targan durch die Tür in einen kurzen, aus massiven Baumstämmen erbauten Korridor folgte. Die Tür, die sie durchschritten, war so schwer, dass es Lea sichtliche Mühe kostete, sie zu öffnen, und Arri entging auch nicht, dass auf ihrer Innenseite ein mehr als daumenbreiter bronzener Stab befestigt war, den man in eine metallverkleidete Vertiefung im Rahmen schieben konnte, um sie damit zu verschließen. Und endlich begriff sie den Sinn dieses kleinen Vorraumes mit seinen zusätzlichen Türen: Wer immer in dieses Haus hineinwollte, würde sich schwer tun, es ohne die Erlaubnis seiner Bewohner zu betreten. Es war nicht einfach nur ein großes Haus, es war zugleich eine Festung.

Arri hatte noch niemals eine solche gesehen, aber ihre Mutter hatte ihr davon erzählt, den Burgen und Festungen ihrer Heimat, großen wehrhaften Gebäuden, die ihren Bewohnern nicht nur Schutz vor den Jahreszeiten und den Unbilden der Natur boten, sondern auch jedweden Angreifer sicher zurückhielten. Eine sonderbare Aufregung ergriff von Arri Besitz, als sie sich klarmachte, wie wenig sie bisher begriffen hatte, wohin sie tatsächlich unterwegs waren. Diese Menschen hier waren nicht einfach nur Freunde ihrer Mutter. Es war eine vollkommen andere Welt, die sie nun betrat. Arri hatte noch niemals ein Haus gesehen, dessen Tür man verschließen konnte und das ganz offensichtlich viel mehr dem Zweck diente, andere draußen zu halten, als nur seinen Bewohnern Unterschlupf und Wärme zu gewähren. Aus einem Grund, den sie selbst nicht ganz nachvollziehen konnte, gefiel ihr diese Vorstellung nicht, aber sie war auch zugleich sehr aufregend.

Sie folgten dem Gang bis zu seinem Ende, wo es eine weitere, ebenso massive Tür gab, hinter der eine steile Stiege nach oben führte. Der Anblick hätte Arri nicht überraschen dürfen – selbst das Wenige, was sie von außen hatte erkennen können, hatte ihr klargemacht, dass dieses Haus auch sehr viel höher war als jedes andere Gebäude, das sie je zu Gesicht bekommen hatte, obwohl es nicht auf Stelzen stand wie die Hütten in ihrem Heimatdorf; allerdings hatte sie noch nie davon gehört, dass es irgendwo außerhalb der alten Welt ihrer Mutter Häuser mit mehr als einem Stockwerk gab. Jetzt befand sie sich in einem solchen. Targan eilte voraus und rumorte einen Augenblick in der Dunkelheit am anderen Ende der Treppe herum, dann glomm ein vertrautes gelbes Licht über ihnen auf, und der große Mann erschien unter einer niedrigen Tür und winkte ihnen mit der linken Hand zu. In der anderen hielt er eine kleine Öllampe, deren Machart Arri vertraut vorkam. In Targans Händen wirkte sie wie ein Spielzeug, und er hielt sie so, als hätte er Mühe, sie mit seinen groben Fingern nicht zu zerbrechen.

»Kommt«, sagte er, »macht es euch nur gemütlich. Ich lasse euch gleich eine Schale heißer Suppe bringen.« Er gab sich keinerlei Mühe, seine Unruhe und sein Unbehagen zu verhehlen, und wartete nicht einmal ab, bis sich Lea und Arri an ihm vorbei durch die niedrige Tür geschoben hatten, bevor er die Lampe auf den Boden stellte und wortlos verschwand. Lea drehte sich um und sah ihm stirnrunzelnd nach, antwortete auf Arris fragenden Blick aber nur mit einem wenig überzeugenden

Schulterzucken und schloss dann die Tür hinter ihnen. Sie war nicht so massiv wie die, die sie unten passiert hatten, aber mit offensichtlich großer Kunstfertigkeit gebaut, sodass zwischen den einzelnen Brettern nicht der winzigste Spalt blieb. Die Angeln aus breiten Lederstreifen knarrten hörbar, als sie sich bewegten, doch die Tür schloss so dicht, dass die Flamme der kleinen Öllampe auf dem Boden nun ruhig und ohne das mindeste Flackern brannte.

Was Arri in ihrem Licht sah, war ebenso faszinierend wie auch enttäuschend zugleich: Der Raum, in den Targan sie geführt hatte, war groß, aber nicht sehr hoch. Über ihren Köpfen berührten sich die beiden Hälften des schrägen Daches. Lea und auch sie selbst konnten gerade noch aufrecht darin stehen, Targan aber hätte sich allerhöchstens gebückt hier drinnen aufhalten können. Der Boden, der aus denselben, sorgsam gearbeiteten Brettern bestand wie die Tür, war unerwartet sauber, und der ganze Raum, der sich über einen gut Teil des Hauses erstrecken musste (es sei denn, das Gebäude war noch sehr viel größer, als Arri bisher ohnehin angenommen hatte), war vollkommen leer. In einer Ecke unweit der Tür befanden sich zwei, mit unordentlich zusammengeknüllten Tierfellen bedeckte Grasmatratzen, das war alles.

»Ich dachte, seine Frau hätte das Zimmer für uns *vorbereitet*?«, murmelte Arri.

»Targan ist immer auf Gäste eingerichtet«, antwortete ihre Mutter, halblaut und in einem sonderbaren Tonfall, als wäre ihr diese Antwort gerade in dem Moment eingefallen, in dem sie sie gegeben hatte, und als glaubte sie selbst nicht daran, zöge sie aber einer anderen, viel unangenehmeren Möglichkeit vor. Sie seufzte, zuckte noch einmal mit den Schultern und machte schließlich eine Kopfbewegung zur Matratze hin. »Ich werde später mit ihm reden. Warum versuchst du nicht, ein wenig zu schlafen? Du musst müde sein.«

Das war Arri in der Tat, müde und so erschöpft wie schon seit langer Zeit nicht mehr – aber ihre Mutter konnte doch nicht im Ernst annehmen, dass sie sich jetzt einfach hinlegte und einschlief, als wäre nichts geschehen?» Besonders erfreut scheinen deine Freunde ja über unseren Besuch nicht zu sein. Oder ist das ihre Auffassung von Gastfreundschaft, Freunde in einen leeren Raum zu sperren?«

Lea sah sie eine ganze Weile wortlos und stirnrunzelnd an, bevor sie schließlich – fast widerwillig – nickte. »Ja«, bestätigte sie. »Irgendetwas ist seltsam.«

»Vielleicht liegt es an den *anderen* Gästen, von denen Targan gesprochen hat?«, vermutete Arri.

»Targan hat oft Gäste. Sein Haus ist nicht umsonst so groß. Es vergeht kaum ein Tag, in dem niemand hierher kommt. Er lebt vom Handel, weißt du? Und es lässt sich schwer handeln, wenn man denjenigen, die kommen, um Ware zu tauschen, kein Dach über dem Kopf bietet.«

Das klang zu überzeugend, um lediglich eine spontan ausgedachte Ausrede zu sein. »Was geht hier eigentlich vor?«, fragte Arri.

»Ich sage es dir«, antwortete Lea unwillig, »sobald ich es selbst herausgefunden habe.«

Arri fuhr spürbar zusammen, als sie den scharfen Unterton in der Stimme ihrer Mutter hörte, aber sie war immerhin klug genug, nichts darauf zu sagen, und presste nur die Lippen aufeinander. Sie gewann nichts, wenn sie ihre Mutter auch noch zusätzlich bestürmte.

Vielleicht nur, um überhaupt etwas zu sagen, was die Lage nicht noch schlimmer machte, fragte sie: »Was hast du damit gemeint, wir bleiben nur diese eine Nacht?«

Lea sah sie so verwirrt an, als hätte sie plötzlich in einer völlig unverständlichen Sprache gesprochen. »Was ich damit gemeint habe?« Sie hob die Schultern. »Wie wäre es mit dem, was ich gesagt habe? Wir bleiben heute Nacht hier, und morgen bei Sonnenaufgang machen wir uns auf den Rückweg.«

»So schnell?«

»So schnell«, bestätigte Lea. »Ich möchte so schnell wie möglich zurück ins Dorf.« Ihre Miene verfinsterte sich. »Wir hätten niemals weggehen sollen. Nicht ausgerechnet so knapp vor dem

Jagd-Ernte-Fest, das Sarn nutzen wird, um das Dorf gegen mich aufzuwiegeln.«

»Warum haben wir es dann getan?«, fragte Arri, während ihr ein kalter Schauer über den Rücken lief, als sie sich daran erinnerte, dass Rahn sie mit fast den gleichen Worten gewarnt hatte – und dass das Opferfest im Steinkreis stattfinden würde, dem Ort, an dem sich vor gar nicht allzu langer Zeit Sarns Greisenhand um ihr Handgelenk gewunden hatte, als wollte er sie dort für die Ewigkeit festhalten.

»Weil es mit einem blinden Schmied und einem einarmigen Gehilfen schon schwer genug ist, eine Schmiede zu betreiben«, antwortete Lea mit sanftem Spott in der Stimme. »Aber ohne Werkzeug und Erz ist es noch viel schwerer. Deshalb«, fügte sie nach einer winzigen Pause mit ganz leicht veränderter Stimme hinzu, »habe *ich* entschieden, trotzdem zu gehen. Auch wenn es mir gar nicht passt, nicht da zu sein, wenn Sarn im Steinkreis seine lächerlichen Beschwörungen zum Opferfest vollführt und die Menschen gegen uns aufhetzt.«

»Aber du hast es entschieden«, wiederholte Arri. »Ich verstehe.«

»Das bezweifle ich«, erwiderte Lea kühl. Sie tat Arri nicht den Gefallen, ihr zu vergeben oder auch nur ein Verständnis zu heucheln, das sie ganz und gar nicht hatte. Ganz im Gegenteil verspürte Arri plötzlich das Bedürfnis, sich selbst zu ohrfeigen, als ihr klar wurde, dass sie ihrer Mutter anscheinend das Stichwort gegeben hatte, auf das sie seit zwei Tagen wartete.

»Es war wichtig für mich, Achk und Kron nicht allein im Dorf zurückzulassen, weißt du? Ich traue Sarn nicht.«

»Sarn?«, wiederholte Arri verständnislos. »Aber was sollte ich denn ...«

»Es hätte schon gereicht, wenn du einfach da gewesen wärst«, unterbrach sie ihre Mutter. »Du darfst Männer wie Sarn niemals unterschätzen, Arianrhod. Sie sind vielleicht nicht besonders klug, aber das macht sie nicht weniger gefährlich; ganz im Gegenteil, sie spüren jede noch so winzige Schwäche, und sie nutzen sie gnadenlos aus.«

»Aber was hätte ich tun können?«, murmelte Arri niedergeschlagen.

»Einfach nur da sein«, antwortete Lea. »Sarn hätte dich wahrscheinlich beschimpft und vielleicht auch gedemütigt, aber ich glaube nicht, dass er es wirklich gewagt hätte, dir etwas anzutun. Er hätte zumindest nicht mit Achk und Kron sprechen können, nicht, wie er es jetzt kann.«

Arri schwieg. Da war so viel, was sie hätte sagen können, so viel, was ihr *auf der Zunge* lag, und dennoch brachte sie keinen Laut hervor. Ihre Kehle war wie zugeschnürt. Es spielte keine Rolle, ob sie tausend Einwände gegen das hatte, was Lea ihr vorhielt oder nicht, tief in sich spürte sie einfach, dass sie Recht hatte. Plötzlich fühlten sich ihre Augen mit brennender Hitze.

»Du hast gefragt«, sagte Lea kühl und mit einer Stimme, der jegliches Mitgefühl fehlte. Das mochte stimmen, dachte Arri bitter – aber was brachte ihre Mutter auf den Gedanken, dass sie *diese* Antwort hatte hören wollen?

»Ja«, antwortete Arri mit einiger Verspätung. Sie erschrak selbst über den verbitterten Klang ihrer Stimme. »Das habe ich.«

»Doch du wolltest die Antwort nicht hören.« Täuschte sie sich, oder genoss es Lea regelrecht, das Messer in der Wunde noch einmal herumzudrehen? »Dann solltest du vielleicht auch keine entsprechenden Fragen stellen.« Ganz plötzlich machte sie einen eher traurigen als vorwurfsvollen Eindruck. »Es tut mir Leid, Arianrhod, aber irgendwann musst du anfangen, es zu begreifen.«

»Was?«, fragte Arri, als ob sie es nicht wüsste.

»Dass es auch dazu gehört, zu seinen Fehlern zu stehen, wenn man erwachsen wird«, antwortete Lea, nun endgültig erbarmungslos. »Oder sie wenigstens einzusehen und daraus zu lernen.«

Fehler? Es lag Arri auf der Zunge, mit einem schrillen Lachen zu antworten, aber sie presste auch jetzt nur die Lippen zu einem dünnen, fast blutleeren Strich aufeinander und schwieg. Bildete sich ihre Mutter tatsächlich ein, keine Fehler gemacht zu haben? Aber auch das sprach sie nicht aus. Sie konnte es nicht. Lea schwieg eine ganze Weile. Als klar wurde, dass ihre Tochter nichts mehr zu dem Thema sagen würde, nickte sie sichtbar zufrieden und deutete noch einmal auf das einfache Lager neben der Tür. »Ruh dich einfach ein wenig aus. Targan wird uns sicher gleich etwas zu essen bringen, und dann ...«

Schritte auf der Stiege unterbrachen sie. Lea war mit einer so schnellen Bewegung bei der Tür, dass Arri schon wieder erschrocken zusammenfuhr. Während sie die linke Hand nach dem ausstreckte, was ihre Mutter kurz zuvor auf ihre dementsprechende Frage als *Riegel* bezeichnet hatte, schlug sie mit der anderen den Umhang zurück und schloss die Finger um den Schwertknauf. So viel zu ihrer Behauptung, dachte Arri besorgt, es wäre alles in Ordnung.

Die Tür wurde von außen geöffnet, noch bevor Lea es tun konnte, doch es war nicht Targan, der hereinkam. In dem unsteten Licht, zu dem der Kerzenschein wieder wurde, nachdem die Tür die Zugluft nicht mehr zurückhielt, erkannte Arri ein dunkelhaariges Mädchen, das ungefähr in ihrem Alter sein mochte und vermutlich sehr hübsch war, auch wenn das unter all dem Schmutz und eingetrockneten Ruß auf ihrem Gesicht eher zu erraten als wirklich zu erkennen war. Vielleicht das Mädchen, von dem Targan gesprochen hatte, überlegte Arri. Seine Tochter. Schmutzig genug dazu war sie allemal. Ihre Mutter entspannte sich sichtbar, als sie sah, wer da zu ihnen hereinkam, und trat rasch einen Schritt zurück und zugleich zur Seite, um Platz zu machen. Arri wunderte sich ein bisschen, wie es dem Mädchen überhaupt gelungen war, die Tür zu öffnen, denn es trug in jeder Hand eine große Schale mit dampfender Suppe, und unter jeden Arm hatte es zusätzlich ein dickes Fladenbrot geklemmt.

»Runa«, sagte ihre Mutter erfreut. »Wie schön, dich zu sehen!«

Das Mädchen suchte sich mit seiner Last einen Weg zwischen ihr und Arri hindurch und setzte die beiden Schalen mit einer geschickten Bewegung zu Boden. Die Suppe konnte doch nicht ganz so heiß sein, wie Arri angenommen hatte – oder die Kleine war ziemlich hart im Nehmen, denn sie hatte beide Daumen in die Schalen gehakt, um sie sicher tragen zu können. Als Runa aufstand, nahm Arri ihr rasch die beiden Brote ab, bevor sie sie ihr am Ende noch mit den Füßen zuschob.

»Mein Vater bittet dich, noch ein bisschen Geduld zu haben«, sagte Runa, nachdem sie sich vollends aufgerichtet (und die Daumen an ihrem Kleid abgewischt) hatte. »Er kommt zu dir, sobald er Zeit hat.«

»Ist irgendetwas nicht in Ordnung?«, erkundigte sich Lea.

Runa hob die Schultern. »Weiß nicht. Einer von unseren Gästen ist verletzt, ziemlich schlimm. Er sieht sogar noch übler aus als du.« Runa grinste Arri frech an. »Wer hat dich eigentlich so zugerichtet? Du siehst ja furchtbar aus.«

»Verletzt?« Leas erschrockener Tonfall erstickte Arris Empörung über Runas Bemerkung schon im Ansatz. »Wie viele sind es denn? Wenn du sagst, *einer* ist verletzt?«

»Drei«, antwortete Runa zögernd. »Aber mein Vater scheint zu glauben, dass sie nicht allein sind.«

»Wieso?«, fragte Arri.

Runa maß sie mit einem Blick, als fragte sie sich, ob sie einer Antwort überhaupt wert wäre, hob dann aber die Schultern und sagte: »Weil Vater ein paar meiner Brüder losgeschickt hat, um sich umzusehen. Vielleicht hat er Angst, dass noch mehr von ihnen draußen herumschleichen.«

Ihre Mutter sah sie erneut und fast noch erschrockener an. Vielleicht dachte sie in diesem Moment an dasselbe wie Arri; Blutflecken im Gras, die in der Nacht schwarz schimmerten. Als sie jedoch weitersprach, klang ihre Stimme ruhig und allenfalls auf eine mitfühlende Weise besorgt, aber nicht alarmiert. »Wenn dein Vater es wünscht, sehe ich mir den Verletzten gern an.«

»Nein«, antwortete Runa, »das möchte er nicht.«

»Du hast ihn doch noch gar nicht gefragt«, sagte Arri.

Diesmal war der Blick, den ihr das dunkelhaarige Mädchen zuwarf, nicht abschätzend, sondern eindeutig verächtlich. »Aber er hat gewusst, dass du diese Frage stellen wirst«, antwortete sie, allerdings an Lea gewandt, nicht an Arri »Und mir aufgetragen, dir zu sagen, dass es nicht nötig ist.« Sie machte eine Kopfbewegung auf die beiden hölzernen Schalen. »Esst eure Suppe, so lange sie heiß ist. Ich bringe euch später noch mehr, wenn ihr wollt. Ihr braucht nur zu rufen.«

Arri sah ihr verwirrt nach, als sie das Zimmer verließ und die Tür hinter sich zuzog, und auch zwischen den Augenbrauen ihrer Mutter entstand eine steile Falte. Arri wiederholte in Gedanken das, was sie schon mehr als einmal gedacht hatte, seit sie hierher gekommen waren: Dafür, dass Lea diese Leute als ihre *Freunde* bezeichnete, benahmen sie sich ziemlich sonderbar. Auch wenn Runa es nicht laut ausgesprochen hatte, so bedeuteten ihre Worte doch nichts anderes, als dass sie in dieser Kammer bleiben und sie nicht ohne Erlaubnis verlassen sollten.

»Ich glaube, Runa hat Recht«, seufzte ihre Mutter. »Lass uns essen, solange die Suppe noch heiß ist.«

Wie zur Antwort begann Arris Magen genau in diesem Moment hörbar zu knurren. Sie reichte ihrer Mutter eines der beiden Brote, bückte sich nach der Schale und nippte vorsichtig von ihrem Inhalt. Die Suppe war so heiß, dass sie ihren Geschmack im ersten Moment nicht einmal feststellen konnte, aber sie duftete köstlich, und zwischen den Gemüse- und Wurzelstücken, die sie enthielt, schwamm auch das eine oder andere Stück Fleisch, das von ebenso zäher wie faseriger Konsistenz war, aber ausgezeichnet schmeckte. Arri kannte dieses Fleisch nicht, doch als sie ihre Mutter danach fragte, erntete sie nur ein unwilliges Stirnrunzeln, als hätte sie sie mit ihrer Frage an etwas erinnert, das sie lieber nicht wissen wollte.

Arri schnüffelte misstrauisch an ihrem Brot. Es roch gut, wie gerade frisch gebacken, aber Arri musste daran denken, wo Runa es getragen hatte.

»Iss ruhig«, sagte ihre Mutter. Sie selbst ging mit gutem Beispiel voran, biss herzhaft in ihr Brot und fuhr mit vollem Mund kauend fort: »Targans Frau ist eine ausgezeichnete Köchin.« Sie lachte. »Ich glaube, so mancher kommt in Wahrheit nur hierher, um ihr Essen zu genießen.«

Arri fragte sich, warum *sie* in Wahrheit hierher gekommen waren, aber statt die Frage laut auszusprechen, raffte sie all ihren Mut zusammen, brach ein Stück von ihrem Brot ab und knabberte zaghaft daran. Es schmeckte nicht ganz so gut, wie sie es nach den Worten ihrer Mutter erwartet hatte, aber auch nicht schlecht.

»Und?«, fragte Lea. »Wie schmeckt es dir?«

»Immerhin nicht nach Achselschweiß«, antwortete Arri.

Lea stutzte, sah sie einen Moment lang verwirrt an – und begann dann herzhaft zu lachen.

»Warum sind diese Leute so schmutzig?«, beschwerte sich Arri.

»Und das ausgerechnet von einer gewissen jungen Dame, die mich als verrückt bezeichnet hat, weil ich von ihr verlangt habe, sich wenigstens dann und wann zu waschen?« Lea schüttelte den Kopf und wurde wieder ernst. »Sie sind nicht schmutzig. Jedenfalls nicht so, wie du jetzt vielleicht denkst.«

»Du meinst, es gibt verschiedene Arten von Schmutz?« Sie legte den Kopf schräg. »Oder ist Schmutz bei verschiedenen Leuten nur unterschiedlich schlimm?«

»Wie?«

»Bin ich schmutziger, wenn ich genau so schmutzig bin wie Runa?«

»Irgendwie schon.« Lea schüttelte rasch den Kopf, als Arri auffahren wollte. »Es liegt an ihrer Arbeit.«

»An ihrer Arbeit?«

»Sie schürfen Erz«, antwortete Lea. »Wenn du nur lange genug in Staub und Schmutz herumgewühlt hast, dann bekommst du das Zeug irgendwann nicht mehr ab, weil es sich in die Haut gefressen hat ... Aber ich glaube, du hast auch Recht, und sie waschen sich nicht sehr oft.« Sie hob die Schultern und brach ihr Brot, um den Rest Suppe aus ihrer Schale zu tunken, die sie im Gegensatz zu Arri schon fast geleert hatte.

»Hier in der Nähe?«

»Wenn uns morgen noch die Zeit bleibt, dann zeigt dir Targan vielleicht die Mine«, sagte Lea. »Falls du sie sehen möchtest, heißt das – aber stell dir nichts allzu Großartiges vor. Eigentlich ist es nicht viel mehr als ein Loch im Boden, das sich unterirdisch weiter verzweigt ... allerdings ziemlich weitläufig.«

»Müssen wir wirklich gleich morgen früh wieder zurück?«

Lea wirkte leicht verärgert, dass sie schon wieder davon anfing, aber zu Arris Überraschung verzichtete sie darauf, diese Verärgerung in Worte zu kleiden, sondern reagierte nur mit einem bedauernden Schulterzucken und einem Nicken.

Arri versuchte nicht noch einmal, ihre Mutter zum Bleiben zu überreden, aber sie machte auch keinen Hehl aus ihrer Enttäuschung. Immerhin war es das erste Mal, so lange sie sich erinnern konnte, dass sie sich wesentlich weiter als einen halben Tagesmarsch von ihrer Hütte entfernte und andere Menschen traf als die Bewohner des Nachbardorfes; und vielleicht einen gelegentlichen Besucher, den sie aber meist nur von weitem sah, falls sie nicht sowieso erst davon hörte, wenn er bereits wieder abgereist war. Sie konnte die Einwände ihrer Mutter ja durchaus nachvollziehen, aber sie war trotzdem zutiefst enttäuscht. Da verließ sie zum allerersten Mal überhaupt ihr heimatliches Dorf, reiste fast zum anderen Ende der Welt, und das alles nur, um ein leeres Zimmer zu sehen und einen Mann mit einem schmutzigen Gesicht und seine ziemlich unfreundliche Tochter zu treffen – o ja, und vielleicht noch einen Blick in ein ziemlich tiefes Loch im Boden zu werfen!

Ein leises Scharren an der Tür ließ sie aufsehen. Auch Lea hob mit einem Ruck den Kopf. Ein alarmierter Ausdruck erschien auf ihrem Gesicht, doch sie winkte Arri trotzdem beruhigend zu, während sie mit einer fließender Bewegung aufstand und sich zur Tür wandte. Ihre Hand glitt zum Schwert.

Sie hatte noch nicht den ersten Schritt getan, als die Tür aufging und der Wolf hereinkam.

Lea atmete erleichtert auf und entspannte sich, doch Arri reagierte genau entgegengesetzt: Sie fuhr so heftig zusammen, dass sie beinahe ihre Schale fallen gelassen hätte, und wäre am liebsten entsetzt aufgesprungen, hätte sie der bloße Anblick des Ungeheuers nicht gleichzeitig auch gelähmt.

Der Wolf blieb vor ihrer Mutter stehen und sah mit einem Ausdruck, den Arri nicht anders als freundliche Neugier bezeichnen konnte, zu ihr hoch, dann tappte er weiter und geradewegs auf sie zu. Arris Herz schien einen Schlag zu überspringen und dann doppelt schnell und direkt in ihrem Hals weiter zu hämmern, als das riesige Tier näher kam, für einen Moment verharrte und sie mit der gleichen, unübersehbaren Neugier (wie es ihr vorkam, aber nicht annähernd so freundlich) anstarrte und seinen Weg dann fortsetzte. Langsam kam es näher, hielt unmittelbar vor Arri an und beschnüffelte erst ihre Hände, dann ihre Arme. Arri stockte der Atem, als der Wolf den Kopf hob und ihr Gesicht beschnüffelte – und dann einen halben Schritt zurücktrat und die Schnauze in ihre gerade zur Hälfte geleerte Suppenschale senkte.

Ihre Mutter lachte. »Ich glaube, du hast gerade einen neuen Freund gefunden.«

Arri ächzte vor Unglauben und Schrecken, aber sie war noch immer so gelähmt, dass sie keinen einzigen Muskel rühren konnte, sondern die Schale festhielt, während der Wolf in aller Seelenruhe deren Inhalt ausschlabberte.

»Er ist vollkommen harmlos, keine Angst«, sagte Lea belustigt. »So lange du ihm nichts tust oder er spürt, dass du Angst vor ihm hast.«

Arri war klar, dass sie den zweiten Teil dieses Satzes nur gesagt hatte, um sie zu foppen. Hätte das Tier wirklich mit einem Angriff auf *Angst* reagiert, dann hätte es sie schon unten vor dem Haus in Stücke gerissen. Trotzdem wagte sie es nicht, sich zu rühren oder gar die Schüssel zu senken. Reglos und wie erstarrt saß sie da, bis der Wolf die Schale zur Gänze geleert hatte, endlich wieder den Kopf hob und sie so vorwurfsvoll und verlangend anblickte, als hätte er fest mit einem Nachschlag gerechnet und wäre jetzt enttäuscht, ihn nicht zu bekommen, wobei er sich genießerisch mit der Zunge über das Maul leckte.

»Wenn du ihn jetzt auch noch streichelst«, sagte ihre Mutter, »dann hast du wirklich einen neuen Freund.«

Arri starrte sie einen Herzschlag lang ungläubig an, aber Lea machte eine auffordernde Bewegung, und so setzte sie schließlich die Schale zu Boden, streckte zögernd die Hand aus und fuhr dem Tier mit den Fingerspitzen flüchtig über den Schädel, bevor sie die Hand hastig wieder zurückzog. Der Wolf legte den Kopf auf die Seite und sah ihr ins Gesicht, und hätte Arri nicht ganz genau gewusst, wie unmöglich so etwas war, sie hätte in diesem Moment geschworen, es in seinen Augen spöttisch aufblitzen zu sehen.

»Du brauchst wirklich keine Angst vor ihm zu haben«, sagte Lea noch einmal. »Er ist zahmer und harmloser als die meisten Hunde, die ich kenne, und vor allem viel gelehriger – so lange man ihn nicht reizt oder er glaubt, Targan und seine Familie verteidigen zu müssen. Ich nehme an, für ihn sind sie so etwas wie sein Rudel, das er beschützen muss.«

»Das ist ein *Wolf*«, sagte Arri. Ihre Stimme zitterte.

»Targan hat ihn als kaum zwei Monate alten Welpen mitgebracht«, erwiderte ihre Mutter, »nachdem er seine Mutter und den Rest des Rudels getötet hatte. Dieses eine Tier hat er mitgebracht und gezähmt.« Sie kam näher, ließ sich neben dem Wolf in die Hocke sinken und schlug ihm zwei oder drei Mal mit der flachen Hand so kräftig auf den Rücken, dass jeder normale Hund, den Arri kannte, wahrscheinlich nach ihr geschnappt hätte. Das riesige Raubtier aber sah sie nur einen Moment lang an und begann dann, ihre Hand abzulecken. Arri kam aus dem Staunen nicht mehr heraus. Ihre eigenen Erfahrungen mit Wölfen beschränkten sich auf eine einzige, wenig angenehme Gelegenheit, aber sie hatte genug über diese gefährlichen Räuber gehört, um zu wissen, wie erstaunlich das war, was ihre Mutter gerade vor ihren Augen getan hatte. Und wie gefährlich.

»Seit wann bist du so ängstlich?«, fragte Lea.

»Bin ich nicht«, erwiderte Arri, was aber nicht einmal in ihren eigenen Ohren irgendwie überzeugend klang. Sie rettete sich in ein Lächeln und ein verlegendes Schulterzucken. »Ich habe ... schlechte Erfahrungen mit Wölfen gemacht«, erinnerte sie.

»Ich weiß«, antwortete Lea. »Aber das war etwas anderes. Der Wolf, der dich angegriffen hat, war krank und halb verrückt vor Hunger, und er war ein wildes Tier.« Etwas in ihrem Blick veränderte sich, aber Arri konnte nicht sagen, in welche Richtung. »Dragosz hat mir davon erzählt. Du hast dich gut geschlagen.«

Für Leas Verhältnisse war dies ein gewaltiges Lob und vielleicht auch etwas wie ein Friedensangebot, aber Arri war weder in der Stimmung für das eine noch empfänglich für das andere. »Gut geschlagen?«, wiederholte sie und schüttelte traurig den Kopf. »Wenn Dragosz nicht gekommen wäre, dann hätte er mich getötet.«

»Selbstverständlich hätte er das. Ein Kind mit einem Stock als Waffe gegen einen kampferprobten alten Wolf, den der Hunger fast wahnsinnig gemacht hat, das ist kein gerechter Kampf.« Lea schüttelte bekräftigend den Kopf. »Du hattest keine Aussicht zu überleben.«

Arri streifte den Wolf, der zwar noch immer die Hand ihrer Mutter ableckte, dabei aber so unverwandt zu ihr aufsah, als verfolge er ihre Unterhaltung und sei gespannt auf ihre Antwort, mit einem besorgten Blick und wich vorsichtshalber ein kleines Stück vor beiden zurück, bevor sie antwortete. »Warum hast du es mir nicht gesagt?«

»Was?«

»Dass du von meiner Begegnung mit dem Wolf gewusst hast ... und Dragosz.«

»Das hätte ich«, erwiderte ihre Mutter ruhig, »wenn *ich* davon gewusst hätte. Dragosz hat mir erst zwei Tage später erzählt, was geschehen ist. Warum hast *du* nichts gesagt?«

Arri hätte sich ohrfeigen können, diese Frage überhaupt gestellt zu haben. Sie hätte sich die Antwort ihrer Mutter denken können. Aber nun war es zu spät. Sie kannte ihre Mutter wahrlich gut genug, um zu wissen, dass sie nur auf ein Stichwort gewartet hatte und nun nicht mehr locker lassen würde. Vielleicht, überlegte sie, war es an der Zeit, einmal eine ihrer eigenen Lektionen auszuprobieren, nämlich die, dass Angriff oft die beste Verteidigung war. »Du wolltest nicht, dass ich etwas von ihm erfahre, habe ich Recht?«

Lea hörte auf, den Wolf zu streicheln. »Wie meinst du das?«

»Du hättest mir nichts von ihm erzählt, wenn ich euch nicht im Wald gesehen hätte, nicht wahr?«, fragte Arri. »Warum?«

»Warum sollte ich mich vor dir rechtfertigen?«, gab Lea spröde zurück. »Ich hätte dir von ihm erzählt, aber noch nicht.«

»Und warum nicht?«

»Ich hatte meine Gründe«, erwiderte ihre Mutter. »Ich war ...« Sie brach ab, schwieg einen Moment und setzte dann neu an. »Dragosz ist nicht der, für den du ihn hältst, Arianrhod. Ich war nicht sicher, ob es richtig ist, dass du ihn kennen lernst. Oder er dich.«

»Aber er hatte mich doch schon gesehen«, erinnerte Arri. »Spätestens, als er mich vor dem Wolf gerettet hat.«

»Aber da wusste er nicht, dass du meine Tochter bist«, antwortete Lea.

Arri sagte zwar nichts dazu, sah ihre Mutter aber ungläubig an. Sie konnte doch unmöglich so naiv sein, tatsächlich zu glauben, dass Dragosz durch einen reinen Zufall ganz genau im richtigen Augenblick aufgetaucht war, um sie vor dem Wolf zu retten. Solche Zufälle gab es nicht. Er hatte sie beobachtet, und nicht erst seit diesem Tag.

»Erzähl mir von ihm«, verlangte sie geradeheraus. Was nach den Maßstäben ihrer Mutter eine reine Unverschämtheit war.

Dennoch antwortete Lea. »Ich weiß nicht viel über ihn. Nur das, was er mir erzählt hat.«

»Und du glaubst ihm nicht.«

Lea zögerte gerade einen Moment zu lange, um ihre Antwort glaubhaft klingen zu lassen. »Es spielt keine Rolle, ob ich ihm glaube oder nicht«, sagte sie, um fast im selben Atemzug zu sagen: »Selbstverständlich glaube ich ihm. Dragosz ist kein Mann, der lügen würde. Das hat er nicht nötig.«

»Du liebst ihn?«, vermutete Arri.

Ihre Mutter blickte sie stirnrunzelnd an, blieb aber immer noch ruhig. »Ich fürchte, auch das spielt keine Rolle. Dragosz ist ...« Sie hob die Schultern. »Er ist ein aufrechter Mann, das ist vielleicht schon mehr, als ich erwarten durfte.«

»Woher kommt er?«, fragte Arri. »Von hier?«

Lea lächelte flüchtig. »Nein. Er kommt von weit her. Sein Volk kommt aus dem Osten.« Sie machte eine unbestimmte Geste. »Von jenseits der Berge.«

Es dauerte eine kleine Weile, aber dann begriff Arri. »Das sind nicht die Männer, die ...« Sie atmete hörbar ein. »Das sind nicht die Männer, die Grahl und seine Brüder angegriffen haben?«, setzte sie neu an.

»Ich weiß nicht, wer wen angegriffen hat«, antwortete Lea. »Ich war nicht dabei.«

»Also waren sie es«, sagte Arri. Diesmal wartete sie vergeblich auf eine Antwort.

»Dann ist ... alles andere auch wahr?«, fragte sie unsicher. »Was Grahl und die anderen behaupten?«

»Dieser Unsinn? Dass sie einen Angriff planen und alle töten wollen?«, fragte Lea verächtlich. »Ja, das ist genau so überzeugend wie Sarns Behauptung, dass ich vor zehn Jahren ins Dorf gekommen bin, um es auszuspähen.« Sie lächelte wieder. »Nein. Sie planen keinen Angriff. Das wäre dumm. Warum sollten sie von so weit her kommen, nur um *Krieg* zu führen? Noch dazu einen Krieg, den sie nicht gewinnen können?«

»Wieso nicht?«

»Goseg ist viel zu stark«, antwortete Lea. »Selbst wenn Dragosz die Krieger besiegen könnte, wäre der Preis viel zu hoch.« Sie schüttelte noch einmal und vielleicht sogar eine Spur zu heftig den Kopf. »Und selbst wenn es nicht so wäre: Warum sollte Dragosz einen Krieg führen? Er hätte viel zu verlieren, aber kaum etwas zu gewinnen. Dieses Land ist groß. Es bietet mehr als genug Platz für eine weitere Sippe.«

Das klang nicht besonders überzeugend, fand Arri. Nicht einmal so, als glaube ihre Mutter selbst daran. Auf welche Frage wollte sie eigentlich nicht antworten?, dachte sie. Auf die nach Dragosz' Sippe oder auf die nach Dragosz selbst?

Als ob sie die Antwort nicht wüsste!

Sie dachte an Dragosz und daran, wie sie ihn am Bach getroffen hatte. Sie war verwirrt. Prompt meldete sich auch ihr schlechtes Gewissen wieder, denn es war nun das zweite Mal, dass sie ihrer Mutter das Zusammentreffen mit Dragosz verschwieg, wobei sie selbst nicht sagen konnte, warum. Da war irgendetwas an Dragosz gewesen, das sie unendlich verstörte. Ihr Verstand, alles, was sie von ihrer Mutter gehört hatte, alles, was sie selbst erlebt und über diesen Mann in Erfahrung gebracht hatte, das alles schrie ihr zu, dass sie ihm nicht trauen durfte – aber da war zugleich noch eine andere Stimme in ihr, der all diese Gründe vollkommen gleichgültig waren. Etwas *war* zwischen Dragosz und ihr, das sie nicht in Worte fassen konnte, das aber immer stärker wurde. Erst jetzt, im Nachhinein, wurde ihr klar, dass seit ihrer letzten Begegnung mit diesem ungewöhnlichen Mann kein Augenblick vergangen war, in dem nicht ein Teil von ihr an ihn gedacht hatte.

Vorsichtig und in – wie sie hoffte – beiläufigem Ton sagte sie: »Vielleicht wäre es doch besser gewesen, wenn er mitgekommen wäre.« Vielleicht hatte sie nicht beiläufig genug geklungen, denn ihre Mutter sah sie mit gerunzelter Stirn an, bevor sie – allerdings mit einem Kopfschütteln – antwortete: »Nein, er wäre sowieso nicht mit hierher gekommen.«

»Wieso?«, fragte Arri.

»Weil ich nicht wollte, dass er ... das hier sieht«, antwortete ihre Mutter zögernd.

Aber traute sie ihm denn nicht?, dachte Arri verwirrt. Ein Teil von ihr konnte sie sehr gut verstehen, aber ein anderer war regelrecht empört. Und vielleicht sah man ihr ihre Gedanken deutlicher an, als es ihr recht sein konnte, denn ihre Mutter fuhr rasch und in fast um Verzeihung heischendem Ton fort: »Targan ist in dieser Beziehung etwas ... sonderbar. Er lebt davon, dass Fremde hierher kommen und mit ihm Handel treiben, und dennoch misstraut er ihnen grundsätzlich.«

»Vielleicht hat er schlechte Erfahrungen gemacht«, murmelte Arri – eigentlich nur, um überhaupt etwas zu sagen.

»Vielleicht«, antwortete ihre Mutter.

Aber das war nicht der wirkliche Grund, fügte Arri in Gedanken hinzu, so wenig, wie es tatsächlich an *Targan* lag, dass sie Dragosz nicht hatte mit hierher bringen wollen. Irgendwie schien das Verhältnis zwischen Lea und dem schwarzhaarigen Fremden doch um einiges komplizierter zu sein, als Arri bisher angenommen hatte. Und ihre eigene Rolle dabei machte es auch nicht unbedingt einfacher. »Irgendwann wird er es kennen lernen«, sagte sie.

»Nein«, antwortete Lea. »Das glaube ich nicht. Es ist wahrscheinlich das letzte Mal, dass ich hierher komme.«

»Wieso?«

»Weil wir fortgehen werden«, erinnerte Lea.

»Und du willst mir immer noch nicht sagen, wohin«, vermutete Arri.

Ihre Mutter schwieg eine ganze Weile. Sie ließ sich wieder in die Hocke sinken und fuhr dem Wolf mit der Hand über Kopf und Nacken, aber das tat sie zweifellos nur, um ihre Finger zu beschäftigen und Zeit zu gewinnen. Der Wolf schien das zu spüren, denn er entzog sich ihrer Berührung zwar nicht, blickte aber weiter sehr aufmerksam in Arris Gesicht hinauf, und schließlich, gerade als Arri zu dem Schluss gekommen war, dass ihre Mutter gar nicht auf ihre Frage antworten würde, sagte sie: »Wir gehen mit Dragosz.«

Seltsam – Arri war nicht einmal überrascht. Irgendwie hatte sie es gewusst. »Und wann?«

Lea hob die Schultern. »Ich hoffe immer noch, dass uns Zeit bis zum Frühjahr bleibt, aber ich bin mir nicht mehr ganz sicher. Sarns Aktivitäten gefallen mir nicht. Vielleicht müssen wir schon bald gehen.«

Arri fragte sich ganz ernsthaft, ob Dragosz überhaupt etwas von den Plänen ihrer Mutter wusste. Wahrscheinlich schon, aber sicher war es nicht. Dann verscheuchte sie den Gedanken. »Zu seinem Volk?«, vermutete sie.

»Ja«, antwortete Lea. »Es wird dir dort gefallen.«

»Woher weißt du das?«, fragte Arri. »Du warst doch noch gar nicht bei ihnen.«

»Weil ich sicher bin, dass es an jedem Ort besser ist als an dem, an dem wir jetzt leben«, antwortete Lea. »Zumindest, seitdem Sarn die Schlinge enger um meinen Hals zu ziehen versucht.«

Und wenn nicht?, dachte Arri. *Was ist, wenn du dich täuschst?* Sie war völlig verstört. Ein Teil von ihr war zwar vollkommen empört über ihre eigenen Gedanken – wie konnte sie es nur wagen, Dragosz irgendetwas anderes als gute Absichten zu unterstellen? –, ein viel größerer aber wunderte sich doch sehr über die Reaktion ihrer Mutter. Abgesehen von dem Wenigen, was er selbst erzählt hatte, konnte Lea kaum mehr über Dragosz wissen als sie selbst, und wenn es tatsächlich stimmte, dass sein Volk jenseits der Berge lebte, konnte sie darüber erst recht nichts wissen, denn sie war so wenig wie Arri oder irgendein anderer, den sie kannten, jemals in diesem Land hinter den Bergen gewesen. Dass Lea einem anderen Menschen so vorbehaltlos glaubte (oder wenigstens so tat als ob), war mehr als ungewöhnlich, und es konnte dafür eigentlich nur zwei Gründe geben – sie war entweder blind vor Liebe oder vollkommen verzweifelt. Arri war nicht sicher, welche Möglichkeit sie mehr fürchten sollte.

Leichte Schritte näherten sich auf der Treppe. Der Kopf des Wolfes fuhr mit einer ruckartigen Bewegung herum, und ein aufmerksamer, aber nicht besorgter Ausdruck erschien in seinen Augen. Auch Lea sah hoch und wirkte für einen winzigen Moment, in dem sie sich nicht vollends in der Gewalt hatte, einfach nur erleichtert. Das Gespräch musste ihr wohl doch unangenehmer gewesen sein, als sie zugeben mochte. Gleich darauf erschien Runa wieder unter der Tür, und kaum erblickte sie Lea und den Wolf, verfinsterte sich ihr Gesicht auch schon wieder – falls es darauf überhaupt jemals so etwas wie einen freundlichen Ausdruck gegeben hatte, dachte Arri.

»Da bist du ja«, sagte sie, in tadelndem Ton und an den Wolf gewandt. »Ich habe dich schon im ganzen Haus gesucht. Du weißt doch, dass Vater nicht will, dass du unseren Besuch belästigst.«

Als hätte der Wolf die Worte verstanden, senkte er den Kopf und trat rasch und mit angelegten Ohren an Runas Seite, während Arris Mutter sich zu sagen beeilte: »Es ist nicht seine Schuld. Wenn du auf jemanden böse sein willst, dann auf mich. Er hat anscheinend nicht vergessen, wie sehr ich ihn als Welpe verwöhnt habe.«

Während Arri sich verwirrt fragte, warum ihre Mutter eigentlich einen *Wolf* in Schutz nahm, blickte Runa nun zu ihr hinüber, und der Ausdruck von mit Ärger gemischter Herablassung auf ihrem Gesicht nahm tatsächlich noch zu. Dann aber hob sie die Schultern und machte eine unfreundliche Kopfbewegung auf die offene Tür hinter sich. »Vater möchte dich sehen. Ich glaube, er braucht deine Hilfe.«

»Was ist geschehen?«, fragte Lea besorgt.

»Ich weiß nicht«, antwortete Runa. Arri spürte, dass das nicht die Wahrheit war, aber das Mädchen gab sich nicht einmal Mühe, überzeugend zu wirken. »Ich soll dich nur holen.«

Leas Unruhe wuchs, was Arri gut verstehen konnte – nachdem Targan so gegen die Regeln der Gastfreundschaft verstoßen hatte, indem er sie praktisch hier oben einsperrte, würde er sie gewiss nicht aus einer bloßen Laune heraus zu sich rufen. Irgendetwas musste passiert sein. Irgendetwas passierte eigentlich *immer* in letzter Zeit.

»Gut«, sagte Lea nach kurzem Überlegen. »Ich komme mit. Arianrhod, du wartest hier auf mich.«

»Ich komme auch mit«, erwiderte Arri vielleicht ein bisschen zu scharf. Ihre Mutter blickte sie kurz und beinahe wütend an, gab dann jedoch zu Arris Überraschung nach.

»Also gut«, seufzte sie. »Aber du redest mit niemandem. Hast du das verstanden?«

Arri war so überrascht, dass sie nur wortlos nickte, während es in Runas Augen eindeutig schadenfroh aufblitzte. Als sie sich umdrehte, um als Erste die dunkel daliegende Stiege hinunterzugehen, zog sie den Wolf grob an einem Ohr mit sich.

Arri zog ärgerlich die Stirn kraus, verbiss sich aber jede Bemerkung. Vielleicht hatte ihre Mutter ja Recht, und das Tier war für einen Wolf außergewöhnlich sanftmütig, wenigstens hoffte sie es für Runa. Wenn nicht, würde sie vielleicht auf eine ziemlich drastische Weise den Unterschied zwischen einem Hund und einem *Wolf* herausfinden ...

Runa bewegte sich auf der vollkommen dunklen Stiege mit der traumwandlerischen Sicherheit eines Menschen, der in dieser Umgebung geboren war und sein gesamtes Leben hier verbracht hatte, und auch Lea wirkte fast ebenso sicher. Arri gab sich alle Mühe, mit den beiden Schritt zu halten, streckte aber trotzdem im Dunkeln beide Arme zur Seite aus, um sich mit den Händen an den rauen Wänden entlangzutasten. »Zieh den Kopf ein«, sagte Lea vor ihr, als sie das Ende der Stiege erreicht hatten.

»Warum?«, fragte Arri und bedauerte die Frage schon im nächsten Augenblick, denn sie bekam prompt eine Antwort, wenn auch keine, die sie sich gewünscht hätte: Sie knallte mit der Stirn gegen ein Hindernis, das vermutlich ein niedriger Türsturz aus Holz war, sich in diesem Moment aber wie massiver Stein anfühlte. Arri biss die Zähne zusammen, als ein glühender Pfeil durch ihren gesamten Schädel bis in den Nacken hinunterschoss, und irgendwie gelang es ihr sogar, jeglichen Schmerzenslaut zu unterdrücken.

Dennoch musste der Laut, mit dem sie gegen den Türsturz geknallt war, verräterisch genug gewesen sein. Irgendwo in der Dunkelheit vor ihr erklang das leise, schadenfrohe Lachen ihrer Mutter. »Weil die Türen hier ziemlich niedrig sind. Aber ich glaube, das weißt du schon.«

Arri verzichtete vorsichtshalber auf eine Antwort – schon, weil ihr der Schmerz die Tränen in die Augen trieb und sie wusste, dass man es auch ihrer Stimme angehört hätte –, schloss aber dichter zu ihrer Mutter auf und verspürte eine heftige Erleichterung, als vor ihnen endlich wieder rotgelber Lichtschein zu sehen war. Sie vermutete vor sich eine weitere Tür und zog sicherheitshalber den Kopf ein, dann bogen sie um eine

Ecke, und endlich konnte sie wieder sehen und nicht nur hören und tasten.

Der Anblick, der sich ihr bot, als sie hinter ihrer Mutter durch die Tür trat, war überraschend. Nach dem massiven Eingangsbereich, der schmalen Stiege und der fast leeren Kammer, in die Targan sie geführt hatte, hatte sie einen weiteren, kleinen und finsteren Raum erwartet, der wehrhaft und eng wirkte. Doch zumindest was die Enge anging, befand sie sich im Irrtum. Vor ihnen erstreckte sich ein Raum, der sich über einen gut Teil des gesamten Gebäudes erstrecken musste, denn in der Wand zu ihrer Linken gewahrte sie die allermeisten der Fenster, deren Lichtschein sie hierher geführt hatte, und er *wirkte* eng, war es aber nicht wirklich. Dieser Eindruck kam eher zustande, weil er trotz seiner erstaunlichen Größe hoffnungslos überfüllt war. Es gab gleich drei offene Feuerstellen, die nicht nur rotes Licht, sondern auch anheimelnde Wärme verbreiteten, und Arri gewahrte in der rauchgeschwängerten Luft auf Anhieb ein halbes Dutzend Lager, die so um diese Feuerstellen gruppiert waren, dass die darauf schlafenden Menschen möglichst viel Wärme abbekamen.

Die Fenster an der gegenüberliegenden Wand sahen auf den ersten Blick ebenfalls geöffnet aus, doch dann erkannte Arri, dass sie sich getäuscht hatte. Sie waren mit straff gespannten Rinder- oder Schweineblasen verschossen, sodass zwar Tageslicht durchschimmern, aber nicht übermäßig viel Wärme entweichen konnte. An der Wand erhob sich eine Konstruktion, die dem Vorratsregal ihrer Mutter ähnelte, aber ungleich größer und massiver war und so hoffnungslos voll gestopft mit allen möglichen Dingen, dass Arri erst gar nicht versuchte, sie allesamt zu erkennen. Vielleicht ein Dutzend Menschen hielten sich hier drinnen auf: Männer, Frauen und Kinder unterschiedlichen Alters, aber nahezu alle mit den gleichen schmutzigen Gesichtern und Händen. Sie sah (und vor allem *roch* sie sie!) auch Tiere, die ganz offensichtlich zusammen mit den Bewohnern dieses Hauses hier drinnen lebten – ein oder zwei Ziegen, ein Schwein, das in einer Ecke lag und ein halbes Dutzend Ferkel säugte, die die Menschen nach Einbruch der Dunkelheit wohl hereingeholt hatten, damit sie keinem Raubtier zum Opfer fielen oder einfach davonliefen.

All die unterschiedlichen Bewohner dieses höchst sonderbaren Hauses schienen sie und ihre Mutter (vor allem aber *sie*) mit der gleichen, misstrauischen Neugier anzustarren. Über Targans Gesicht huschte ein flüchtiges Stirnrunzeln, als er sah, dass Lea nicht allein heruntergekommen war, doch er enthielt sich jeder Bemerkung, drehte sich nur um und bedeutete Lea mit einem ungeduldigen Wink, ihm zu folgen. Arri machte zwei rasche Schritte, um noch schneller zu ihrer Mutter aufzuschließen.

»Was ist?«, fragte Lea.

»Ich hatte gehofft, deine Hilfe nicht zu brauchen. Aber der Zustand eines unserer Gäste hat sich verschlechtert.« Targan wedelte weiter mit einer Hand herum, sodass es Arri fast wie eine zweite, lautlose Sprache vorkam, mit der er ihrer Mutter vielleicht etwas mitzuteilen versuchte, was er nicht laut aussprechen wollte, wies aber zugleich auch mit der anderen Hand auf einen Punkt fast am Ende des großen Raumes. Neugierige Blicke folgten ihnen, als sie darauf zusteuerten. Arri hätte sie gern erwidert, doch stattdessen eilte sie so dicht hinter ihrer Mutter her, dass sie Acht geben musste, ihr nicht in die Fersen zu treten, und hielt den Blick dabei fast furchtsam gesenkt. Hier drinnen herrschte eine sonderbare Stimmung; etwas, das sie nicht wirklich in Worte fassen, aber überdeutlich spüren konnte.

Targan führte sie zum anderen Ende des Raumes und trat dann beiseite, um Lea Platz zu machen. Im allerersten Moment konnte Arri nicht viel erkennen, denn ihre Mutter und Targan versperrten ihr die Sicht, dann aber bemerkte sie drei Männer, die um eine mit sorgsam ausgesuchten, gleich großen Steinen eingefasste Feuerstelle saßen. Genauer gesagt, *saßen* zwei von ihnen. Der dritte lag mit geschlossenen Augen auf dem Rücken, aber er schlief nicht, und wenn doch, dann phantasierte er, denn er warf unentwegt den Kopf hin und her, und auch seine Hände bewegten sich unablässig, wobei seine schmutzigen Fingernägel scharrende Geräusche auf dem Boden aus hartem Holz verursachten.

Wie auch die beiden anderen hatte er langes, verfilztes Haar und einen womöglich noch ungepflegteren Bart, und genau wie sie trug er einfache Schnürsandalen und einen Rock aus einem struppigen Fell sowie einen Umhang, der früher einmal das flauschige Vlies eines Wisents gewesen war. Während seine beiden Kameraden den Umhang jedoch eng um die Schultern geschlungen hatten, als frören sie trotz der anheimelnden Wärme hier drinnen noch immer, war der seine wie eine Decke über seinen Körper ausgebreitet und bis zum Kinn hochgezogen. Das Gesicht des Fremden glänzte vor Schweiß, und Arri konnte seiner Haut ansehen, wie sehr sie glühte.

»Was ist mit ihm?«, fragte Lea, während sie mit raschen Schritten um das Feuer herumging und sich neben dem Fiebernden auf ein Knie herabsinken ließ. Einer der beiden Männer starrte sie nur finster an, und hätte es irgendeinen Grund für diese Annahme gegeben, Arri hätte geschworen, einen gehörigen Anteil Feindseligkeit in seinem Gesicht zu lesen, doch der andere sagte: »Er war unvorsichtig. Wollte einen Wisent erlegen, aber wir haben ihn gewarnt, der Herde nicht zu nahe zu kommen. Es war ein Bulle dabei. Er wollte nicht hören.«

Lea bedachte den Mann mit einem kurzen, zweifelnden Stirnrunzeln, dann streckte sie die Hand aus und schlug den zur Decke umgewandelten Umhang über dem Brustkorb des Verletzten mit einem Ruck zurück. Darunter kam ein wenig kunstvoll angelegter Verband aus Blättern zum Vorschein, der fast zur Gänze durchgeblutet war und dem Verletzten das Aussehen eines Buckeligen verlieh. Ohne auch nur einen Moment zu zögern, griff Lea zu und entfernte den Verband.

Arri sog scharf die Luft zwischen den Zähnen ein, als sie die schreckliche Wunde sah, die darunter zum Vorschein kam. Obwohl sie schon einen halben Tag alt sein musste, blutete sie noch immer, und Arri kam es beinahe wie ein kleines Wunder vor, dass der Mann überhaupt noch lebte. Seine Schulter war schrecklich verstümmelt. Das Schlüsselbein trat in einem offenen Bruch zutage, und unter dem roten, nässenden Fleisch war auch der weiße Knochen seines Schulterblatts zu sehen. Die Wunde verströmte einen schwachen, aber ebenso bezeichnenden Geruch, der Arri verriet, dass der zerschmetterte Knochen und die durchtrennten Muskeln und Adern nicht einmal das Schlimmste waren, was dieser Mann davongetragen hatte.

»Das war ein Bulle, sagt Ihr?«, fragte Lea.

Der Mann, der schon einmal geredet hatte, nickte abgehackt. Irgendwie wirkte die Bewegung trotzig. »Wir haben ihn gewarnt«, wiederholte er.

»Und Euer Freund hätte besser auf Euch gehört«, fügte Lea hinzu. Sie begutachtete die Wunde noch einmal ausgiebig, ohne sie mit den Fingern zu berühren, richtete den Oberkörper dann wieder auf und schüttelte den Kopf. »Ich fürchte, ich kann nichts mehr für ihn tun. Er hat schon zu viel Blut verloren, und die Wunde ist brandig.«

Der Mann schwieg, doch Targan sagte: »Aber er wäre nicht der Erste, den du rettest. Deine Heilkünste sind überall im Land berühmt.«

»Hättest du mich eher gerufen, hätte ich vielleicht noch etwas tun können.« Leas Stimme klang sonderbar teilnahmslos. »Jetzt ist es zu spät. Und die Wunde sitzt an einer unglücklichen Stelle. Wäre es ein Arm oder die Hand, hätte er vielleicht noch eine Aussicht zu überleben. Aber so?« Sie schüttelte abermals den Kopf. »Was soll ich tun? Ihm die Schulter abschneiden?«

»Ich habe euch gleich gesagt, dass sie ihm nicht helfen wird«, mischte sich der andere Mann ein, der bisher kein Wort gesprochen, Lea aber unentwegt und mit wachsender Feindseligkeit gemustert hatte. »Lasst uns lieber zu den Göttern beten und ein Opfer bringen, statt ihren Zorn auf uns alle herabzubeschwören, nur weil wir der fremden Hexe vertrauen.«

Lea maß den Mann mit einem Blick, den sie ansonsten vielleicht für einen besonders abstoßenden, aber an sich harmlosen Wurm aufgebracht hätte, und reagierte darüber hinaus gar nicht, beugte sich nach einem Moment aber noch einmal über den Fiebernden und unterzog nicht nur seine Schulter, sondern auch den Rest seines Körpers einer aufmerksamen Musterung. Arri tat dasselbe, und es verging nur ein Augenblick, bis ihr auffiel, dass die schreckliche Wunde in der Schulter nicht die einzige war. Dicht unterhalb des Herzens klaffte ein fingerlanger, gebogener Schnitt, der anders als die Schulterwunde nicht mehr blutete, aber ebenfalls tief genug war, dass man an zwei Stellen den weißen Knochen hindurchschimmern sehen konnte, und mindestens drei seiner Finger an der rechten Hand waren gebrochen.

Erst jetzt fiel ihr auf, dass auch die beiden anderen Männer verletzt waren. Verglichen mit dem, was ihrem Kameraden zugestoßen war, waren es nicht viel mehr als lächerliche Schrammen; ein frisch verschorfter Kratzer auf der Wange des einen, eine noch im Wachstum begriffene Schwellung unter dem Auge des anderen, und die Hände beider waren voll eingetrockneten Blutes, bei dem es sich aber vielleicht auch um das ihres Freundes handeln mochte, den sie hierher getragen hatten. Arri versuchte, den Blick ihrer Mutter aufzufangen, um ihr eine lautlose Frage zu stellen, aber es gelang ihr nicht.

Lea musterte den Sterbenden lange und konzentriert und auf eine Art, in der sich teilnahmslose Gleichgültigkeit mit einer vagen Trauer zu mischen schien, dann schüttelte sie noch einmal den Kopf und sagte: »Er wird die Nacht nicht überleben. Ich kann euch einen Trank mischen, der sein Fieber dämpft und ihm das Sterben leichter macht. Das ist aber auch schon alles. Es tut mir Leid.«

»Wage es nicht, ihn zu berühren!«, zischte der Mann, der sie gerade schon einmal angegriffen hatte. Sein Kamerad warf ihm einen warnenden Blick zu, der dessen Zorn aber nur noch zu schüren schien. »Wage es nicht, ihn anzurühren«, sagte er noch einmal.

»Ganz wie du willst«, antwortete Lea kühl und richtete sich endgültig auf. Ihr Umhang fiel bei dieser Bewegung auseinander, sodass man das Schwert sehen konnte, das sie darunter trug. Der Ruhigere der beiden hatte sich gut genug in der Gewalt, um fast überzeugend so zu tun, als hätte er es nicht gesehen, in den Augen des anderen aber blitzte es auf.

»Was ist das?«, fragte er. »Ein Weib, das ein Schwert trägt? Wer bist du? Eine Hexe oder einfach nur ein Weib, das seinen Platz in der Welt nicht kennt?«

»Warum stehst du nicht auf und versuchst, es herauszufinden?«, fragte Lea in beinahe freundlichem Ton.

Nicht nur Arri fuhr erschrocken zusammen. Nach allem, was in den letzten Tagen und vor allem heute geschehen war, konnte sie verstehen, dass ihre Mutter sich nicht mehr so gut in der Gewalt hatte wie sonst – aber eine derartige Antwort hätte sie dennoch nicht erwartet.

Auch der andere schien im ersten Moment völlig fassungslos zu sein. Eine Frau mit einem Schwert an der Seite zu sehen mochte ihn verblüfft haben, aber von dieser Frau eine so offene Herausforderung zu hören war offensichtlich mehr, als er im ersten Moment verkraften konnte. Nach einem Atemzug straffte er jedoch die Schultern und machte Anstalten aufzustehen, doch diesmal mischte sich Targan ein. »Genug!«, sagte er scharf. »Ihr seid hierher gekommen, um eine Mahlzeit und einen Platz am Feuer zu verlangen, und ich habe euch beides gewährt, wie es die Gastfreundschaft gebietet. Aber ihr werdet euch wie Gäste benehmen. Ich dulde keinen Streit in meinem Haus!«

Einen Herzschlag lang war Arri sicher, dass sich die Feindseligkeit des Bärtigen nun gegen Targan richten musste, und dem zornigen Auflodern in seinem Blick nach zu schließen war diese Vermutung zumindest nicht ganz falsch. Derselbe Blick zeigte ihm aber offensichtlich auch, welchem muskelbepackten Riesen er gegenüberstand und wie ernst Targans Warnung gemeint war. Er presste wütend die Lippen aufeinander und ließ sich dann wieder zurücksinken, und auch Lea beließ es bei einem verächtlichen Schulterzucken.

»Kommt mit«, sagte Targan. Die Worte galten Lea und Arri. »Wenn ihr schon einmal hier seid, können wir gleich auch unseren Handel besprechen. Und ihr« – er wandte sich an die beiden Männer – »bleibt bei eurem Freund und wacht über ihn, bis seine Seele zu den Göttern gegangen ist. Wenn ihr Wasser braucht oder noch hungrig seid, dann ruft nach mir.«

Begleitet von ihm und seiner Tochter – und dem Wolf, der keinen Schritt von Runas Seite wich – durchquerten sie den Raum erneut und steuerten eine der anderen Feuerstellen an; ganz gewiss nicht zufällig die, die am weitesten von den drei Fremden entfernt war. Der Platz am Feuer war besetzt, doch die beiden älteren Frauen und der halbwüchsige Junge, die um die wärmende Glut herumsaßen, standen rasch auf und entfernten sich, als Targan und seine Begleiter näher kamen. Arri versuchte, einen Blick in ihre Gesichter zu erhaschen, aber es gelang ihr nicht, denn alle drei wandten fast erschrocken die Köpfe ab, als sie in ihre Richtung sah. Targan bedeutete ihr und ihrer Mutter mit einer fast groben Geste, Platz zu nehmen. Arri und Lea gehorchten, doch als sich auch Runa unaufgefordert zu ihnen setzen wollte, verscheuchte ihr Vater sie mit einer unwilligen Bewegung. Dann fragte er: »Seid ihr noch hungrig? Ich hole euch gern noch etwas zu essen.«

Lea lehnte mit einer raschen Kopfbewegung ab, Arri hingegen nickte. Sie hatte ihr Brot ja nur angeknabbert, und den Großteil ihrer Suppe hatte der Wolf gefressen. »Gut«, sagte Targan. »Dann wartet hier.«

Arri sah ihm verstört nach, während er auf dem Absatz herumfuhr und davoneilte, nutzte die Gelegenheit aber auch, um sich noch einmal unauffällig, aber auch sehr viel aufmerksamer als das erste Mal umzusehen. Ihre Aufmerksamkeit galt diesmal jedoch nicht der sonderbaren Einrichtung des Raumes, sondern einzig den Menschen. Die Ähnlichkeit der Männer, Frauen und Kinder mit Targan beschränkte sich nicht nur auf die schmutzigen Gesichter. Zwei der älteren Männer mochten seine Brüder sein, bei den anderen aber handelte es sich ganz offensichtlich um seine Söhne, möglicherweise auch schon Enkelsöhne. Fast alle senkten hastig die Blicke oder taten so, als wären sie plötzlich mit etwas anderem, furchtbar Wichtigem beschäftigt, wenn sie in ihre Richtung sah, aber der eine oder andere hielt ihrem neugierigen Blick auch stand. Arri las Verunsicherung in ihren Gesichtern, vielleicht in dem einen oder anderen sogar etwas wie Furcht oder Ablehnung, aber eigentlich keine Feindseligkeit. Die seltsame, unangenehme Stimmung, die sie schon beim Eintreten gespürt hatte, musste einen Grund haben, den sie noch nicht begriff.

»Wer sind diese Leute?«, fragte sie schließlich, an ihre Mutter gewandt.

Sie hatte damit Targan und seine Familie gemeint, aber Lea verstand die Frage offensichtlich falsch. »Auf jeden Fall keine harmlosen Reisenden oder Händler«, antwortete sie besorgt. »Dieser Mann wurde nicht von einem Tier verletzt.«

»Es war ein Schwerthieb«, vermutete Arri.

Ihre Mutter sah sie überrascht an, nickte dann aber. »Ja. Woher weißt du das?«

Weil ich weiß, wer ihn geführt hat, dachte Arri. Laut sagte sie: »Er hatte noch mehr Verletzungen. Einen Schnitt in der Brust, und auch die beiden anderen sahen aus, als wären sie ordentlich verprügelt worden.«

Die Antwort mochte nachvollziehbar klingen, war aber dennoch ein Fehler, das begriff sie, noch bevor sie die Worte ganz ausgesprochen hatte. Das Misstrauen in den Augen ihrer Mutter loderte noch heller auf, und Arri fügte hastig hinzu: »Glaubst du, dass sie selbst ihren Kameraden angegriffen haben?« Lea antwortete nicht, sondern sah sie nur mit schräg gehaltenem Kopf und fast noch misstrauischer an. »Vielleicht sind sie in Streit geraten«, fuhr Arri fort. »Zumindest der eine sah mir ganz so aus, als ob nicht viel dazugehören würde, um ihn dazu zu bringen, sein Schwert zu ziehen.«

»Sie hatten keine Schwerter«, sagte Lea.

»Die haben sie mit Sicherheit draußen versteckt«, antwortete Arri. »Vielleicht haben sie diese Geschichte nur erfunden, weil sie Angst vor der Rache der Familie des Sterbenden haben.«

Leas Misstrauen war immer noch nicht ganz zerstreut, das sah Arri ihr an, aber immerhin schien sie über ihre Worte nachzudenken. Dann schüttelte sie den Kopf. Sie sah sich rasch und sichernd nach rechts und links um, wie um sich davon zu überzeugen, dass niemand sie belauschte, bevor sie antwortete. »Nein. Sie sind unseretwegen hier. Meinetwegen.«

»Wieso?«, murmelte Arri überrascht. Woher konnte ihre Mutter das wissen?

»Du hast die Spuren doch auch gesehen, oder?«, fragte Lea, und nun wurde ihr Blick bohrend. Arri hielt ihm vielleicht nur noch stand, weil sie wusste, dass ihre Mutter sie einfach durchschauen musste, wenn sie jetzt nicht unbeirrbar dabei blieb, die Unwissende zu spielen. Und sie war ziemlich sicher, dass sie ihr ein zweites Mal nicht so leicht vergeben würde.

»Außerdem kenne ich einen von ihnen«, fügte Lea nach einer Weile und in leiserem, fast resignierendem Ton hinzu. Sie deutete mit den Augen eine Kopfbewegung an. »Der Ruhigere von beiden. Ich habe ihn schon einmal gesehen. Er gehört zu Nors Kriegern.«

»Sie kommen aus Goseg?«, entfuhr es Arri; offensichtlich eine Spur zu laut, denn ihre Mutter zuckte leicht zusammen und warf ihr einen erschrockenen Blick zu, vorsichtig zu sein. Fast unmerklich nickte sie. »Ja. Den einen habe ich schon einmal in Nors Begleitung gesehen, und die beiden anderen gehören ganz gewiss zu ihm. Sie müssen uns gefolgt sein. Er weiß vermutlich nicht, dass ich ihn erkannt habe, aber wir müssen vorsichtig sein.«

»Aber du hast doch gesagt, dass niemand etwas von diesem Ort weiß.«

»Das dachte ich bislang auch. Vielleicht habe ich sie hierher geführt. Ein Grund mehr, auf der Hut zu sein.«

»Dann ... dann müssen wir hier weg«, meinte Arri. »Bevor ...«

Ihre Mutter unterbrach sie mit einer besänftigenden Handbewegung. »Keine Angst. So lange wir hier in Targans Haus sind, kann uns nichts geschehen. Niemand hat es je gewagt, in diesem Haus gegen die Regeln der Gastfreundschaft zu verstoßen ... oder sagen wir es so: Niemand hat diesen Versuch je überlebt.«

Und das sollte sie beruhigen? »Aber wir können doch nicht ...«

»Wir müssen vor allem Ruhe bewahren«, unterbrach sie Lea abermals. »Ich weiß nicht, was diesen drei Männern zugestoßen ist, doch das bietet uns einen Vorteil, den wir nutzen sollten. Wenn sie von irgendjemandem angegriffen wurden, dann haben wir vielleicht einen Freund; unsere Feinde haben demnach Feinde, was ja auch nicht unbedingt das Schlechteste ist, was uns passieren kann.«

Targan kam zurück. Er hielt eine Schale mit Suppe in der rechten Hand, und hätte Arri noch daran gezweifelt, dass Runa wirklich seine Tochter war, wären diese Zweifel jetzt zerstreut worden, denn auch er hatte den rechten Daumen in die Suppe getaucht. Wortlos nahm er zwischen ihr und ihrer Mutter Platz, reichte ihr die Schale und steckte den schmutzigen Daumen in den Mund. Arri hatte plötzlich gar keinen großen Hunger mehr, zumal Targan weder Brot noch einen Löffel mitgebracht hatte, bedankte sich aber dennoch mit einem artigen Nicken, als er ihr einen auffordernden Blick zuwarf, und setzte die hölzerne Schale gehorsam an die Lippen. Ihre Mutter versuchte ihr mit Blicken etwas zu bedeuten, das sie nicht verstand, und Targan wandte sich mit einem unbewusst ächzenden Laut endgültig an Lea.

»Ich muss mich für das Benehmen dieser Männer entschuldigen, Leandriis.« Beim ersten Mal war es Arri nicht wirklich aufgefallen, jetzt aber bemerkte sie, dass Targan ihre Mutter offensichtlich immer mit ihrem wirklichen Namen anredete, was ihr weit mehr über das Vertrauen verriet, das sie diesem Mann entgegenbrachte, als alles andere. »Sie sind nicht lange vor euch gekommen und haben unsere Gastfreundschaft beansprucht. Ich hatte gleich kein gutes Gefühl dabei. Sie gefallen mir nicht.«

»Aber du wirst niemals jemanden wegschicken, der zu dir kommt und ein Lager für die Nacht und eine warme Mahlzeit erbittet«, sagte Lea sanft. »Das ist einer der Gründe, aus denen ich stolz bin, dich meinen Freund nennen zu können.«

Targan schüttelte fast ärgerlich den Kopf. »Es ist einer der Gründe, der mir schon oft eine Menge Ärger eingebracht hat. Aber du brauchst keine Angst zu haben. Ich werde nicht dulden, dass dir unter meinem Dach ein Leid zugefügt wird. Obwohl ...«, er schwieg einen Atemzug lang, und für die gleiche Zeitspanne huschte ein schwer zu deutendes Lächeln über seinen Lippen, »... obwohl ich nicht sicher bin, wer wem ein Leid zufügen würde, wenn es so weit käme.«

»So weit wird es nicht kommen«, versprach Lea. »Wir werden gleich morgen bei Sonnenaufgang abreisen.«

»Ach, Unsinn!«, sagte Targan mit einer wegwerfenden Geste. »Wenn jemand dieses Haus morgen verlässt, dann bestimmt nicht du, Leandriis. Das Gesetz der Gastfreundschaft gilt bei Sonnenaufgang nicht mehr. Wir werden sehen, wer dann geht.«

»Ich will nicht, dass ihr unseretwegen ...«, begann Lea, doch Targan unterbrach sie erneut und mit einer diesmal fast zornigen Handbewegung. »Mit dir oder deiner Tochter hat meine Entscheidung wenig zu tun, Leandriis. Du bist immer ein gern gesehener Gast in meinem Haus, doch es spielt keine Rolle, ob du es bist oder nur irgendein Fremder, der um ein Dach für eine Nacht bittet. Wer das Gesetz der Gastfreundschaft in meinem Haus beleidigt, der beleidigt mich. Diese beiden Männer werden gehen, sobald es hell wird, spätestens aber, wenn ihr Kamerad gestorben ist. Du und deine Tochter, ihr könnt bleiben, so lange ihr wollt.« Er machte eine scharfe Handbewegung, um jeden möglichen Widerspruch Leas von vornherein wegzufegen. »Meine Söhne und ich werden dich bis zur Grenze unseres Gebietes begleiten, und darüber hinaus bis zu deinem Dorf, wenn es nötig sein sollte.«

»Bevor wir über das Gehen sprechen, sollten wir vielleicht erst einmal über den Grund unseres Kommens reden«, antwortete Lea mit einem knappen, aber sehr warmen Lächeln. »Es ist spät. Ich weiß, dass ich viel von dir verlange, aber unsere Zeit ist begrenzt.«

Targan wirkte enttäuscht, vielleicht sogar ein bisschen verärgert. Vielleicht verstieß Lea mit ihrer direkten Art gegen irgendein schwer zu durchschauendes Ritual, das er beim Handeln voraussetzte. »Und was genau brauchst du?«

»So ziemlich alles. Was ihr an Werkzeug erübrigen könnt, Kupfer, Zinn ...«

Targan zog leicht verwundert die Augenbrauen zusammen. »Du willst es tatsächlich noch einmal mit dem Schmieden riskieren?«

»Vorerst nur mit dem Bronzeschmieden. Alles andere macht zur Zeit keinen Sinn.«

»Du solltest dich trotzdem vorsehen«, beharrte Targan. »Nach allem, was ich gehört habe, traue ich eurem Schamanen jede Schandtat zu. Er wartet doch nur darauf, dass du einen Fehler machst.«

»Ich habe tatsächlich schon einen Fehler gemacht«, sagte Lea hastig. Targans Worte waren ihr ganz offensichtlich unangenehm. »Aber derselbe Fehler wird mir nicht noch einmal unterlaufen, keine Sorge.«

»Nach dem, was du erzählt hast, war es nicht deine Schuld, dass euer Schmied erblindete«, antwortete Targan. »Wie willst du verhindern, dass andere Fehler machen?«

»Indem ich sie diesmal besser unterrichte«, sagte Lea. »Derselbe Fehler wird mir kein zweites Mal unterlaufen«, beharrte sie. »Und ich kann diese Menschen nicht einfach so zurücklassen, nach all der Zeit.«

»Da sie so freundlich und zuvorkommend zu dir waren, vermute ich?«, fügte Targan spöttisch hinzu.

»Das spielt keine Rolle«, entgegnete Lea. »Wir haben bei ihnen gelebt. Meine Tochter ist bei ihnen aufgewachsen. Hätten sie uns damals nicht aufgenommen, wären wir vielleicht heute beide nicht mehr am Leben.« Sie begleitete diese Worte mit einem sonderbaren Blick in Targans Gesicht, der ihm unangenehm zu sein schien, denn er hielt ihm nur ganz kurz stand, bevor er sich in ein unglückliches Lächeln rettete.

Arri hatte plötzlich das intensive Gefühl, nicht mehr allein zu sein. Unbehaglich drehte sie sich um und erkannte, dass sie sich nicht getäuscht hatte: Nahezu lautlos hatte sich der Wolf wieder genährt. Er stand gerade einmal zwei Schritte hinter ihr und sah sie aus seinen unergründlichen Augen an, und als hätte er nur darauf gewartet, dass Arri aufsah, überwand er nun auch noch die restliche Entfernung und begann schon wieder, an ihren Händen zu schnüffeln. Arri wusste mittlerweile, dass das Tier vollkommen harmlos war, aber das änderte nichts daran, dass sie innerlich vor Furcht erstarrte. Alles, was sie konnte, war, ihrer Mutter einen stummen, Hilfe suchenden Blick zuzuwerfen, den Lea gewiss nicht übersah. Dennoch blickte sie geflissentlich in eine andere Richtung, und auch Targan tat so, als bemerke er gar nicht, was sich unmittelbar neben ihm abspielte.

»Dann kommen wir zu einer anderen Frage«, fuhr er in verändertem Ton und mit einer fahrigen Geste in die Runde fort. »Du bist mit einem großen Wagen gekommen, weil du viel mitnehmen willst.«

Der Wolf hatte mittlerweile aufgehört, Arris Hände zu beschnüffeln. Seine feuchte Nase näherte sich ihrer Suppenschale.

Lea nickte. »Und jetzt möchtest du wissen, welche Gegenleistung ich dir bieten kann.«

»Freundschaft ist ein kostbares Gut«, sagte Targan. »Aber es macht nicht satt, und es wärmt allenfalls die Seele, nicht den Körper, wenn draußen Schnee fällt und der Wind ums Haus heult.«

»Den einen oder anderen vielleicht doch«, sagte Lea mit einem kurzen, belustigten Blick in Arris Richtung. Arri hatte sich mittlerweile so weit zurückgebeugt, wie sie es im Sitzen konnte, ohne Gefahr zu laufen, das Gleichgewicht zu verlieren und nach hinten zu kippen, aber die schnüffelnde Nase des Wolfes folgte der Bewegung beharrlich. Targan folgte ihrem Blick, runzelte die Stirn und machte eine wenig überzeugende Bewegung, um das Tier zu verscheuchen. Tatsächlich wich der Wolf einen halben Schritt zurück, aber nicht weiter, und setzte sich auf die Hinterläufe. Er begann zu hecheln. Sein Blick tastete gierig über die Suppenschale in Arris Händen; zumindest hoffte sie, dass es die *Schale* war, die er anstarrte.

»Targan«, sagte Lea mild.

Targan tat noch einen halben Atemzug lang so, als verstünde er gar nicht, was sie überhaupt wollte, doch schließlich drehte er sich um und winkte seine Tochter herbei. Arri sah erst jetzt, dass Runa offensichtlich schon die ganze Zeit in geringem Abstand dagestanden und die Szene mit unverhohlener Schadenfreude beobachtet hatte. »Runa. Bring dein Tier weg. Es belästigt unseren Besuch.«

»Oh, das ... das ist schon in Ordnung«, sagte Arri zögernd. »Er stört mich nicht ... wirklich nicht.« Sie setzte die Suppenschüssel auf dem Boden ab, damit sie die Hände frei hatte, um dem Wolf über den Kopf zu streichen und ihre Behauptung zu beweisen (und vor allem, damit niemand sah, wie stark ihre Finger zitterten), und wenn schon nicht die Worte, so erwies sich doch zumindest die Bewegung schon wieder als Fehler, denn der Wolf kam unverzüglich wieder näher und tauchte die Schnauze in ihre Suppe.

»Ich sehe, dass du die Kochkunst meiner Frau zu schätzen weißt«, sagte Targan spöttisch. »Ich werde ihr ausrichten, wie sehr es dir gemundet hat.«

»Ich war ... eigentlich gar nicht mehr hungrig«, sagte Arri hastig. »Aber die Suppe war sehr gut. Wirklich.«

Targans Blick ließ keinen Zweifel daran aufkommen, was er von dieser Behauptung hielt, doch sie las auch weiter nur gutmütigen Spott in seinen Augen, keinen wirklichen Ärger. Dennoch hatte sie plötzlich das Gefühl, vor Scham im Boden versinken zu müssen.

»Warum zeigst du Arianrhod nicht das Haus, Runa?«, fragte Lea plötzlich. »Ich bin sicher, sie hält es vor Neugier schon gar nicht mehr aus, alles zu sehen und kennen zu lernen.«

Das war so ungefähr das Allerletzte, wonach Arri in Wahrheit der Sinn stand, aber ihre Mutter ließ den fast entsetzen Blick unbeachtet, den sie ihr zuwarf, und winkte Targans Tochter im Gegenteil mit einer Handbewegung heran. »Und lasst euch ruhig Zeit«, sagte sie. »Dein Vater und ich haben eine Menge zu besprechen, und ich glaube nicht, dass Arri die ganze Zeit zuhören und sich langweilen will.«

Arri presste wütend die Lippen aufeinander, als sie hörte, wie ihre Mutter – und sie war sicher, ganz bewusst – in so herablassendem Ton sprach. Sie sagte nichts dazu, doch in Leas Augen blitzte es kurz und spöttisch auf. Nein, es war kein Zufall gewesen. Was hatte sie ihr eigentlich getan?

»Eine gute Idee«, lobte Targan. Wieder winkte er in Runas Richtung, ungeduldiger diesmal, denn das Mädchen hatte bisher keinerlei Anstalten gemacht, seiner Aufforderung nachzukommen, und es setzte sich auch jetzt mit sichtbarem Widerwillen in Bewegung. Targan runzelte flüchtig die Stirn, tat aber ansonsten so, als hätte er diesen kleinen Tribut an Runas Trotz nicht bemerkt, und auch Lea lächelte ihre eigene Tochter an und machte darüber hinaus ein Gesicht, als hätte sie ihr gerade eine ganz besonders große Freude bereitet. Arri versuchte, sie mit Blicken aufzuspießen, was ihre Mutter aber eher noch weiter zu amüsieren schien, woraufhin sich Arri sich noch einmal und mit einem Gefühl wachsender Frustration in Gedanken dieselbe Frage stellte: *Was* hatte sie ihrer Mutter eigentlich getan?

»Eigentlich bin ich müde«, sagte sie. »Ich würde lieber noch ein wenig hier sitzen bleiben und ...«

»... dich zu Tode langweilen?« Lea schüttelte entschieden den Kopf. »Glaub mir, es gibt nichts Öderes auf der Welt, als dabei zuzusehen, wie jemand mit diesem zähen alten Burschen hier schachert.« Sie blinzelte Targan zu. »Targan behauptet zwar, jedermanns Freund zu sein, doch beim Handeln hört die Freundschaft für ihn auf.«

»Man muss sehen, wo man bleibt«, erwiderte Targan mit einem breiten Grinsen. »Ich habe eine große Familie und eine Menge Mäuler zu stopfen.«

»Ja«, pflichtete ihm Lea bei. »Und jedes Mal, wenn ich dich besuchen komme, scheinen es ein paar mehr geworden zu sein.« Sie grinste plötzlich genau so breit und anzüglich wie der große Mann, wurde aber gleich darauf wieder ernst und wandte sich mit gespieltem Verständnis an Arri. »Aber wahrscheinlich hast du Recht. Der Weg hierher war ziemlich anstrengend, und du musst müde sein. Geh nur. Runa wird dich auf dein Zimmer bringen und dafür sorgen, dass dich niemand stört.«

21 Runa und ihr vierbeiniger Begleiter hatten sie zurück in die Dachkammer gebracht, die Lea beschönigend als *Zimmer* bezeichnet hatte, für Arri aber nichts anderes als ein Gefängnis war. Sie hatten kein Wort miteinander gewechselt, auf dem Weg nach oben, aber Arri hatte das schadenfrohe Grinsen auf Runas Gesicht regelrecht gespürt, obwohl sie hinter ihr ging. Wortlos hatte sie sie nach oben geführt und sich selbstverständlich auch nicht entblödet, einen anderen Weg zu nehmen als zuvor, sodass Arri in der nahezu vollkommenen Dunkelheit ununterbrochen irgendwo anstieß und sich zwar diesmal nicht den Kopf, wohl aber beide Schienbeine und das rechte Knie prellte und sich eine heftig brennende Schramme auf dem linken Handrücken zuzog. Sie verbiss sich jeden Schmerzenslaut und gab Runa auch nicht die Genugtuung, sich zu beschweren, aber sie verbrachte einen gut Teil der Zeit, die sie für den Weg nach oben brauchten, damit, sich alle möglichen hässlichen Dinge auszumalen, die sie ihr antun könnte.

Die kleine Öllampe, die sie zurückgelassen hatten, brannte noch immer, doch es war spürbar kälter geworden. Arri warf dem Mädchen zum Abschied einen giftigen Blick zu, bei dem sie sich allerdings selbst ziemlich albern vorkam. Runa reagierte auch gar nicht darauf, sondern ging wortlos hinaus und zog die Tür hinter sich zu. Arri wartete einen Moment lang auf das Geräusch ihrer Schritte auf der Stiege. Es kam nicht, aber sie verzichtete auch darauf, sofort zur Tür zu gehen und sie wieder zu öffnen. Sie war ziemlich sicher, dass Runa draußen stand und nur darauf wartete, dass sie ganz genau das tat, und auch diese Genugtuung gönnte sie ihr nicht.

Stattdessen ging sie zu ihrer Matratze, setzte sich und wickelte sich so eng in ihren Umhang, wie sie konnte. Es half nicht viel. Es war mittlerweile so kalt hier drinnen, dass sie ihren eigenen Atem als grauen Dampf im blassen Licht der Lampe sehen konnte; aber sie hatte auch nicht vor, allzu lange so sitzen zu bleiben.

Um genau zu sein, wartete sie gerade so lange, wie *sie* es an Runas Stelle getan hätte, wäre sie draußen vor der Tür gewesen – und noch eine Winzigkeit länger –, dann stand sie auf, schlich auf Zehenspitzen zur Tür und presste mit angehaltenem Atem das Ohr gegen das dünne Holz, um zu lauschen. Nichts. Arri gab noch ein halbes Dutzend Herzschläge zu, dann öffnete sie lautlos die Tür, trat in die vollkommene Dunkelheit hinaus und wäre um ein Haar kopfüber die Stufen hinuntergefallen, als sie über den Wolf stolperte, der unmittelbar hinter der Tür lag. Im letzten Augenblick gelang es ihr, die Arme auszustrecken und Halt an den rauen Wänden rechts und links zu finden, dann stolperte sie hastig einen Schritt zurück und ging dann tatsächlich ungeschickt zu Boden, denn der Wolf zeigte sich von ihrem Fußtritt wenig begeistert und schnappte knurrend nach ihr.

Mühsam rappelte Arri sich wieder hoch, machte abermals einen Schritt in Richtung Flur und blieb wieder stehen, als das Tier drohend die Zähne fletschte. Allerdings rührte es sich nicht von der Stufe weg, auf der es der Länge nach lag. Wenigstens war das dumme Vieh nicht hier, dachte Arri grimmig, um sie aufzufressen, sondern sollte offensichtlich nur dafür sorgen, dass sie das Zimmer nicht verließ.

Einen Moment lang spielte sie ernsthaft mit dem Gedanken, es einfach darauf ankommen zu lassen und auszuprobieren, wie ernst das Tier seine Aufgabe nahm, aber ein einziger weiterer Blick auf seine gefletschten Zähne ließ sie diesen Gedanken genauso schnell wieder verwerfen, wie er ihr gekommen war. Dieses Ungetüm *würde* seine Aufgabe ernst nehmen.

Übellaunig und in Wahrheit viel wütender auf sich selbst als auf Runa oder gar den Wolf, ging sie zu ihrem Lager zurück und wickelte sich abermals in ihren Umhang. Aus dem großen Abenteuer, als das sie diese Reise bisher trotz allem empfunden hatte, begann allmählich ein mindestens ebenso großer Albtraum zu werden.

Dennoch fühlte sie sich fast sofort schläfrig, kaum dass sie sich auf ihrem Lager ausgestreckt und den Umhang eng um sich gewickelt hatte. Ihre Mutter mochte wohl Recht haben, auch wenn sie das niemals offen zugegeben hätte: Die Reise *war* anstrengend gewesen, und sie *war* sehr müde. Jetzt, wo sie an ihrem Ziel angelangt waren, glaubte sie jeden Stein und jedes Kaninchenloch noch einmal zu spüren, über das die großen, hölzernen Räder des Wagens gerumpelt waren. Wahrscheinlich wäre es tatsächlich das Vernünftigste, dass sie versuchte zu schlafen, um morgen wenigstens einigermaßen ausgeruht zu sein, wenn sie sich auf den Rückweg machten.

Kaum hatte sie diesen Gedanken gedacht, da machte sich Schläfrigkeit in ihr breit, der fast unmittelbar ein Gefühl bleierner Schwere folgte, das ihre Glieder ergriff. Arri spürte, wie ihre Gedanken wegdrifteten, und verscheuchte das Gefühl hastig. Sie *wollte* nicht einschlafen, so müde sie auch war; nicht jetzt, eingesperrt und allein in diesem kalten Raum, wo dies doch eigentlich der aufregendste Tag ihres bisherigen Lebens sein sollte. Obwohl sie im Grunde ganz genau wusste, wie albern dieses Benehmen war, nahm sie sich schon aus schierem Trotz vor, wach zu bleiben, bis ihre Mutter kam, und sei es nur, um ihr ein schlechtes Gewissen zu bereiten, wenn sie zurückkam und sie frierend hier fand.

Mit diesem Gedanken schlief sie ein und erwachte in vollkommener Dunkelheit und von dem eindringlichen Gefühl geweckt, nicht mehr allein zu sein.

Im allerersten Moment dachte sie, es wäre ihre Mutter, die ihre Verhandlungen mit Targan endlich zum Abschluss gebracht hatte und heraufgekommen war, um sich schlafen zu legen, aber dann hörte sie das Tappen schwerer Pfoten und verspürte einen leisen Raubtiergeruch, und ein jäher Schrecken durchfuhr sie. Der Wolf war hier hereingekommen, und vielleicht würde er sich ja einen saftigeren Happen holen, wenn sie diesmal keine Suppe hatte, um ihn zu füttern. Mit einer hastigen Bewegung richtete sie sich auf und versuchte, aus weit aufgerissenen Augen die Dunkelheit zu durchdringen. Es gelang ihr nicht, aber links von ihr ertönte ein gedämpftes Scharren, wie der Laut scharfer Krallen auf Holz, und dann sagte eine Stimme aus der entgegengesetzten Richtung: »Das solltest du lieber nicht tun. Er kann hastige Bewegungen nicht leiden, weißt du?«

Erschrocken – und noch hastiger – drehte Arri den Kopf in die andere Richtung und gewahrte immerhin einen blassen Schatten, der sich vor einem mattroten Rechteck abzeichnete; die Tür, an deren unterem Ende Licht schimmerte. »Runa?«, murmelte sie benommen. »Was tust du denn hier?«

Der Schatten machte eine hastige, wedelnde Geste, und aus der Stimme wurde ein erschrockenes Zischen. »Nicht so laut! Oder willst du, dass sie uns hören?«

»Wie?«, murmelte Arri benommen. »Wen meinst du mit *sie*?« Obwohl ihr das Herz bis zum Halse schlug, war sie noch immer schlaftrunken und hatte Mühe, den Worten eine Bedeutung abzugewinnen. Sie spürte, dass nicht viel Zeit vergangen war, seit ihr die Augen zugefallen waren, aber das Mädchen hatte sie aus einer Phase tiefsten Schlafes gerissen, sodass es ihr schwer fiel, mit der gewohnten Schnelligkeit ins Wachsein zurückzufinden.

»Eure Freunde«, antwortete Runa. »Die Fremden.«

»Die drei Männer?« Arri blinzelte verschlafen und gähnte im Dunkeln ungeniert mit weit offenem Mund. »Das sind nicht unsere Freunde.«

»Stell dir vor, das ist mir auch schon aufgefallen«, sagte Runa spitz. »Aber warum verschwende ich überhaupt meine Zeit mit dir? Sag mir einfach, wo deine Mutter ist, und ich spreche gleich mit ihr.«

Das reichte, um Arri endgültig aufzuwecken. »Was soll das heißen – sag mir, wo deine Mutter ist?« Sie wandte den Kopf in die Richtung, in der sie Lea vermutete, sah aber nichts anderes als vollkommene Dunkelheit. »Ist sie denn nicht unten bei euch?«

»Wäre sie es, wäre ich kaum hier heraufgekommen«, antwortete Runa schnippisch, fügte aber dann doch erklärend hinzu: »Sie ist schon vor einiger Zeit gegangen und hat gesagt, sie wolle sich schlafen legen. Ich dachte, sie wäre hier.«

Arri lauschte konzentriert in die Schwärze hinein, ob sie vielleicht die Atemzüge ihrer Mutter hörte; immerhin war es hier oben so dunkel, dass man nicht einmal die Hand vor Augen sehen konnte. Aber da war nichts. Die einzigen Atemzüge, die sie hörte, waren ihre eigenen und die des Mädchens und seines Wolfs. Außerdem hätte sie die Nähe ihrer Mutter einfach gespürt. »Was gab es denn so Wichtiges?«, fragte sie.

Runa zögerte spürbar, dann hob sie die Schultern. »Der Fremde ist gestorben.«

»So schnell?«

»Deine Mutter hat gesagt, dass er die Nacht nicht überleben wird. Aber vielleicht hätte sie das besser nicht gesagt. Sein Kamerad ist jetzt sehr wütend auf sie. Ich glaube, er gibt ihr die Schuld.«

»Meiner Mutter?«, keuchte Arri. »Aber das ist doch Unsinn! Er lag doch schon im Sterben, als wir ankamen.«

»Der Kerl ist gefährlich«, maulte Runa. »Wenn ihr nicht gekommen wärt, hätte er sich wahrscheinlich einfach jemand anderen gewählt, dem er die Schuld geben kann. Aber ihr *seid* nun einmal gekommen.«

»Was genau hat er gesagt?«, wollte Arri wissen.

»Das weiß ich nicht«, behauptete Runa. »Sie haben geflüstert. Ich konnte nicht alles verstehen, aber der Eine – der vorhin schon so feindselig gegenüber deiner Mutter war – war sehr aufgebracht. Sein Kamerad hat versucht, ihn zu beruhigen, aber ich hatte nicht das Gefühl, dass er besonders erfolgreich war. Ich habe ein paar Mal den Namen deiner Mutter gehört, und mehr weiß ich nicht … aber ich dachte mir, es ist besser, wenn ich es euch sage.«

Arri nickte zustimmend, und erst dann fiel ihr ein, dass Runa die Bewegung bei der herrschenden Dunkelheit nicht sehen konnte. So weit, ihre Dankbarkeit in Worte zu fassen, war sie allerdings noch nicht. »Wir müssen sie suchen. Hast du gesehen, wo sie hingegangen ist?«

»Sicher«, antwortete Runa ärgerlich. »Deshalb bin ich ja auch hierher gekommen, um nach ihr zu sehen, du Dummkopf.«

»Aber du weißt doch bestimmt, wohin sie gegangen sein *könnte*«, sagte Arri gepresst. Sie stand auf.

»Nein«, antwortete Runa. »Vielleicht.« Arri konnte hören, wie der Wolf an ihre Seite trat, dann bewegten sich die ledernen Türangeln knarrend. »Ich wüsste jedenfalls, wo ich nach ihr suchen würde.«

»Worauf warten wir dann noch?«, fragte Arri.

Runa zögerte. »Also eigentlich ...«

»... sollst du darauf achten, dass ich hübsch artig hier oben bleibe, ich weiß«, fiel ihr Arri ins Wort. »Aber du bist nun einmal hier. Bildest du dir wirklich ein, ich lege mich hin und schlafe in aller Seelenruhe weiter, wenn meine Mutter in Gefahr ist?«

»Ich habe nicht gesagt, dass ...«, begann Runa, brach dann aber mit einem Seufzen ab. »Meinetwegen komm mit. Aber *ich* habe dich nicht *gehen* lassen, damit das klar ist.«

Arri nickte auch diesmal nur wortlos. Was Runa ihr über die Fremden erzählt hatte, war viel zu alarmierend, als dass sie sich noch Gedanken über die albernen Sticheleien des Mädchens machen konnte. Sie war sogar ziemlich sicher, dass Runa ganz genau gewusst hatte, dass ihre Mutter *nicht* hier oben war, und dieses sonderbare Spielchen nur spielte, um sie in Schwierigkeiten zu bringen. Möglicherweise war sogar die ganze Geschichte von dem toten Fremden und seinen zornigen Kameraden einfach nur ausgedacht; aber die Gefahr, dass sie es *nicht* war, war einfach zu groß, und so folgte sie ihr die Stiege hinab wie zuvor.

Runa bedeutete ihr mit einer übertriebenen Geste, nur keinen verräterischen Laut zu machen, schüttelte aber auch fast im gleichen Augenblick und mindestens genauso übertrieben den Kopf, als Arri an ihr vorbei und durch die Tür in den großen Gemeinschaftsraum treten wollte. Es war wesentlich dunkler geworden – nur noch eine der drei Feuerstellen brannte, und auch sie war im Grunde kaum noch mehr als ein Häufchen dunkelroter Glut, die kaum noch nennenswertes Licht und keine Wärme mehr verbreitete –, und es war sehr still. Jedermann hier schien zu schlafen; abgesehen von einem Säugling, der halblaut und auf sonderbar regelmäßige Weise leise vor sich hinweinte. Dennoch konnte sie erkennen, dass der Platz, an dem die drei Fremden vorhin gesessen hatten, nun leer war.

»Wo ...«, begann sie, aber Runa unterbrach sie sofort, heftig winkend und Grimassen schneidend, wobei sie auf die andere Tür deutete.

Arri war ziemlich sicher, dass sich Runa nur wichtig machte, aber sie verschluckte die spitze Bemerkung, die ihr auf der Zunge lag, und folgte dem Mädchen nach draußen. »Wo sind sie?«

Runa hob die Schultern; die Bewegung wirkte nicht sehr überzeugend. »Vorhin waren sie noch da«, behauptete sie. »Ich sage doch: Die haben irgendetwas vor.« Sie schwieg kurz, indem sie scheinbar konzentriert in die Dunkelheit starrte, und zuckte dann abermals mit den Achseln. »Wir sollten wirklich nach deiner Mutter suchen ... Oder ich wecke meinen Vater und erzähle ihm alles.«

»Nein!«, sagte Arri fast erschrocken. Runa blinzelte verwirrt, und Arri beeilte sich hinzuzufügen: »Ich meine ... du weißt doch gar nicht, ob ... ob sie wirklich etwas Böses planen. Vielleicht wollten sie sich ja nur wichtig machen.«

Vor wem?, fragte Runas Blick. *Sie haben mit niemandem gesprochen.*

»Wir suchen lieber nach meiner Mutter«, fuhr Arri hastig fort. »Sprechen wir erst mit ihr. Einverstanden? Danach können wir immer noch deinen Vater wecken. Er wird bestimmt ziemlich wütend werden, wenn wir ihn umsonst aufwecken.«

Runa sah sie weiter zweifelnd an, was Arri nicht besonders überraschte. Ihre Worte klangen nicht überzeugend, nicht einmal für sie selbst. Und sie waren auch nicht wirklich der Grund für ihr so unübersehbares Erschrecken. Sie wusste nicht, ob Runa sich nicht doch nur über sie lustig machen wollte, aber sie konnte sich gut vorstellen, wie ihre Mutter reagieren würde, wenn sie *Targan* weckten, statt zuerst zu ihr zu kommen. »Meine Mutter«, erinnerte sie.

Runa warf ihr einen unwilligen Blick zu, sah sich aber darüber hinaus nur weiter unschlüssig um, sodass Arri nun allmählich überzeugt war, dass sie sich doch nur einen bösen Scherz mit ihr erlaubte. Schließlich deutete sie nach rechts. »Dort.«

Arri folgte ihr zwar, aber sie blieb argwöhnisch. Irgendetwas stimmte hier nicht, doch sie hatte immer mehr das Gefühl, dass es nicht das war, was Targans Tochter vorgab.

Sie bewegten sich in die Richtung zurück, aus der sie und ihre Mutter am Abend gekommen waren. Ihr Wagen stand noch scheinbar unberührt dort, wo Lea ihn zurückgelassen hatte, doch als Arri im Vorübergehen einen Blick auf die Ladefläche warf, gewahrte sie eine Anzahl Bündel und geflochtener Körbe, die sie ganz eindeutig nicht mit hierher gebracht hatten. Lea und Runas Vater waren sich anscheinend schon größtenteils handelseinig geworden, und offensichtlich hatte Targan auch keine allzu große Angst vor Dieben.

Arri entging auch keineswegs der kurze, neugierige Blick, mit dem Runa den Wagen streifte. Obwohl sie sich Mühe gab, sich ihre Neugier nicht allzu deutlich anmerken zu lassen, war Arri doch sicher, dass dem Mädchen diese Bauweise völlig fremd war, was der Behauptung ihrer Mutter, dieser Wagen stamme von Dragosz' Volk, merklich mehr Gewicht verlieh und ihr zugleich eine Menge über dieses Volk verriet, denn zweifellos sah Runa oft fremde und zum Teil vermutlich auch seltsamere Gefährte. Wenn sie einen solchen Wagen noch nie gesehen hatte, dann musste er wohl tatsächlich von *weit her* kommen.

Sie blieben stehen, als sie den Stall erreichten, in dem ihre Mutter die Pferde untergebracht hatte. Runa legte den Kopf schräg und schien zu lauschen, dann ging sie – schneller – weiter. Arri folgte ihr zwar weiter gehorsam, hielt aber einen vorsichtigen Abstand ein und war sehr angespannt. Wenn Runa glaubte, ihr irgendeinen kindischen Streich spielen zu können, würde sie eine unangenehme Überraschung erleben.

Obwohl Arri erwartet hätte, dass sich das Mädchen hier so unmittelbar in seinem Zuhause selbst mit verbundenen Augen zurecht gefunden hätte, wurden seine Schritte immer langsamer, je weiter sie gingen, und auch merklich unsicherer. Schließlich blieb Runa abermals stehen und lauschte, und auch der Wolf hielt inne und stellte aufmerksam die Ohren auf. Arri trat neben Runa und sah sie fragend an. Auch sie lauschte sehr konzentriert, aber sie hörte nichts. Runa bedeutete ihr jedoch mit einem hastigen Blick, still zu sein, und wenn Arri bis zu diesem Moment noch Zweifel gehabt hätte, dass irgendetwas nicht so war, wie es sein sollte: das, was sie in Runas Augen las, hätte sie endgültig beseitigt.

Es verging noch ein kurzer Moment, aber dann hörte sie es auch: Irgendwo in der Dunkelheit vor ihnen waren Stimmen. Zu weit entfernt und zu undeutlich, um die Worte zu verstehen, aber deutlich genug, um sie zu erkennen. Die eine gehörte ihrer Mutter, die andere erkannte sie erstaunlicherweise noch zweifelsfreier, obwohl sie sie bisher nur zweimal gehört hatte: Sie gehörte Dragosz.

Runa machte einen zaghaften Schritt, blieb wieder stehen und sah sie unschlüssig (oder ängstlich?) an, und sie wirkte eindeutig erleichtert, als Arri ihr mit einer hastigen Geste bedeutete, nicht weiterzugehen. Ihr Wolf stieß ein leises Knurren aus und verstummte augenblicklich, als Runa ihm die Hand zwischen die Ohren legte.

»Vielleicht ist es doch besser, wenn wir zuerst ...«, begann sie.

»Nicht so laut«, zischte Arri. »Warte hier.« Ohne Runas Reaktion abzuwarten, bewegte sie sich ein paar Schritte weit in Richtung der flüsternden Stimmen und hielt dann inne. Sie war immer noch nicht nahe genug heran, um mehr als ein paar zusammenhanglose Wortfetzen verstehen zu können, aber näher wagte sie sich nicht. Der Himmel war immer noch zugezogen, und er war im wahrsten Sinne des Wortes pechschwarz. Sie sah nicht einmal genau, wo sie hintrat, aber dafür wusste sie nur zu genau, dass ihre Mutter besser hörte als eine Eule.

Arri schloss die Augen und versuchte sich ebenfalls in dieser Kunst, aber ihr Erfolg war mäßig. Die Stimmen schienen ein kleines bisschen deutlicher zu werden, aber wirklich *verstehen* konnte sie immer noch nichts. »... bereit, glaub mir«, schien Lea zu sagen. Dragosz' Antwort konnte sie gar nicht verstehen, aber seine Stimme klang scharf, und ausgelöst durch diese Erkenntnis wurde ihr im Nachhinein klar, dass sich auch ihre Mutter unwillig anhörte – vorsichtig ausgedrückt. Arri konnte nicht sagen, ob sie tatsächlich Zeugin eines Streits wurde, aber die beiden hatten sich nicht für ein heimliches Stelldichein hier getroffen, so viel war klar. Wenn sie doch wenigstens wüsste, ob Dragosz ihr von ihrem Treffen am Fluss erzählt hatte! Sie versuchte, noch konzentrierter zu lauschen, aber das Einzige, was lauter wurde, war das Geräusch ihres eigenen Herzschlages in ihren Ohren. Immerhin war sie jetzt sicher, einen Streit zu belauschen; oder zumindest doch etwas, das gute Aussichten hatte, zu einem solchen zu werden. Sie versuchte vergeblich, den Stimmen, die durch die Dunkelheit wehten, einen Sinn abzugewinnen, dann gab sie auf und kehrte so lautlos zu Runa zurück, wie sie gekommen war.

»Mit wem ... spricht deine Mutter da?«, fragte das Mädchen, diesmal unaufgefordert ganz von selbst im Flüsterton. Arri hob zur Antwort nur die Schultern. Sollte sie Runa etwa von Dragosz erzählen und davon, dass ihre Mutter ihr offensichtlich schon wieder etwas verschwieg (nein, verdammt – sie *belog!*)?

Fast zu ihrer Überraschung gab sich Runa mit dem Schulterzucken zufrieden und drehte sich halb um, wie um zum Haus zurückzugehen, hielt dann aber nach einigen Schritten inne und machte ein unschlüssiges Gesicht, als wäre ihr plötzlich noch etwas eingefallen. »Wenn wir schon einmal hier sind«, sagte sie, »möchtest du dann die Mine sehen?«

Arri benötigte einige Augenblicke, um dem Wort überhaupt eine Bedeutung zuzuordnen. Zweifelnd sah sie das Mädchen an. »Jetzt? Es ist mitten in der Nacht.«

»Und?«, erwiderte Runa. »Dort unten ist es immer dunkel.«

Arri blieb weiterhin argwöhnisch. Die Worte ihrer Mutter hatten sie neugierig gemacht, zweifellos – sie wollte nichts mehr als diese geheimnisvolle *Mine* mit eigenen Augen zu sehen –, aber sie war im Augenblick viel zu aufgewühlt, um sich auf irgendetwas anderes als auf die Frage konzentrieren zu können, was ihre Mutter und Dragosz gerade miteinander geredet hatten. Sie bedauerte längst, nicht einfach weitergegangen zu sein, um zu lauschen, selbst auf die Gefahr hin, dass die beiden sie bemerkten. Wahrscheinlich, dachte sie, hatte dieses Versteckspiel ohnehin von Anfang an keinen Sinn gehabt, ja, wahrscheinlich hatten sich ihre Mutter und Dragosz insgeheim köstlich über das kleine dumme Mädchen amüsiert, das sich allen Ernstes einbildete, ein Geheimnis vor ihnen zu haben. Die Vorstellung machte sie wütend. Wieso verlangte ihre Mutter ständig von ihr, sich wie eine Erwachsene zu benehmen, behandelte sie aber nach wie vor wie ein kleines Kind? Und Dragosz? Zweifellos war er der Schlimmere von beiden. Von ihrer Mutter war sie eine solche Behandlung gewöhnt, und auf irgendeine Art, die Arri weder in Worte fassen konnte noch wollte, hatte sie sogar das Recht dazu, aber das galt nicht für Dragosz. Ihm stand das einfach ... nicht zu.

»Also?«, fragte Runa, als Arri noch immer nicht antwortete. Sie klang verunsichert. Aber vielleicht war ihr auch einfach nur kalt.

»Also was?«, gab Arri unwillig zurück und im ersten Moment ehrlich verständnislos. Ihre Gedanken kreisten so intensiv um Dragosz und ihre Mutter, dass sie für den Augenblick Mühe hatte, sich zu erinnern, worüber Runa und sie gerade gesprochen hatten.

»Die Mine«, antwortete Runa. »Es ist wirklich nicht weit. Ich meine: Wenn wir schon einmal hier draußen in der Kälte sind ...«

»Eigentlich ...«, begann Arri zögernd, rettete sich in ein hilfloses Achselzucken, mit dem sie noch einmal ein wenig Zeit gewann, und brachte immerhin genug Ordnung in ihre Gedanken, um sich wenigstens wieder daran zu erinnern, worüber sie vor einigen Augenblicken gesprochen hatten. Und genau das war auch der Moment, in dem ihr auffiel, was an Runas Benehmen nicht stimmte. »Warte«, sagte sie, leise, aber in einem plötzlich so misstrauischen Ton, dass Runa zusammenfuhr und einen Schritt vor ihr zurückwich. »Du hast doch gesagt, dass du meine Mutter und mich vor diesen Fremden warnen willst ...« Sie kramte angestrengt in ihrem Gedächtnis, bekam aber den genauen Wortlaut nicht mehr zusammen, sehr wohl aber den Sinn. »Also: Wie kommst du auf die Idee, dass ich jetzt diese verdammte Mine sehen wollte?«

Runa suchte so sichtbar angestrengt nach einer Ausrede, dass es im Grunde vollkommen egal war, was sie letzten Endes antwortete. Selbst wenn es die Wahrheit gewesen wäre, hätte Arri ihr unmöglich glauben können. »Ich ... ich dachte ja nur ... weil du dich vorhin so dafür interessiert hast und ...«

Nichts dergleichen hatte Arri getan, zumindest nicht in Runas Gegenwart. Sie warf dem Mädchen einen so eisigen Blick zu, dass es für einen Moment vollends ins Stammeln geriet und dann abbrach.

»Was ist hier los?«, fragte Arri. Mit einem Mal war sie mehr als nur besorgt. »Wieso hast du mich wirklich hierher geführt?« Ganz sicherlich nicht, um Lea zu treffen. Und plötzlich hatte sie Angst.

Aber auch dafür war es zu spät.

Der Wolf stieß ein leises, drohendes Knurren aus; ein Geräusch, das tief aus seiner Brust kam und wie es kein Hund je zustande bringen konnte, und aus der Dunkelheit hinter Runa trat eine hoch gewachsene Gestalt mit langem Haar und einem knöchellangen Umhang aus dunklem Fell, und ohne dass es nötig gewesen wäre, sich auch nur umzudrehen oder einen Laut zu hören, wusste Arri einfach, dass neben ihr ein zweiter Schatten aufgetaucht war. Sie musste auch die Gesichter der beiden Männer nicht erkennen, um zu wissen, um wen es sich handelte.

»Das hast du gut gemacht, Kind«, sagte eine Stimme hinter ihr. »Danke dir.«

Arri spannte sich. Für einen winzigen Moment war sie bereit, einfach herumzufahren und wegzulaufen, aber sie verwarf den Gedanken nahezu im gleichen Augenblick. In der vollkommenen Dunkelheit wäre sie ohnehin nur wenige Schritte weit gekommen, und der Mann hinter ihr hätte schon mehr als dumm sein müssen, um nicht mit genau dieser Reaktion zu rechnen und darauf vorbereitet zu sein. Aber vielleicht schätzte sie die Lage ja auch falsch ein, versuchte sie sich selbst zu beruhigen. Vielleicht war ja alles ganz anders. Vielleicht ...

... hatten die beiden sie nur hier herausgelockt, um ein Schwätzchen mit ihr zu halten? Das war lächerlich!

Sie versuchte die Panik niederzukämpfen, die wiederum Besitz von ihr ergreifen wollte, und fast zu ihrer eigenen Überraschung gelang es ihr auch; zumindest ein wenig. »Was soll das?«, fragte sie so laut, wie sie konnte, ohne wirklich zu schreien. Zumindest aber laut genug, damit ihre Mutter und Dragosz die Worte – wenn schon nicht verstehen, so doch – hören mussten. »Was wollt ihr von mir?«

»Wir wollen nur mit dir reden«, antwortete der Mann, der hinter ihr stand. Der andere hatte bisher geschwiegen, und er schwieg auch weiterhin, trat aber noch einen halben Schritt näher, sodass er nun fast unmittelbar hinter Runa auftragte. Trotz des schwachen Lichtes konnte Arri erkennen, dass es sich um denjenigen der beiden handelte, der vorhin schon so feindselig ihrer Mutter gegenüber gewesen war. Ihr Blick tastete über sein Gesicht, glitt dann an seiner Gestalt hinab und verharrte kurz, aber sehr aufmerksam auf seinen Händen. Sie waren leer.

»Wir wollen nur mit dir reden, Kind«, fuhr die Stimme hinter ihr fort. »Du brauchst keine Angst zu haben.«

Vermutlich war es gerade die letzte Bemerkung, die Arris Angst erst richtig schürte. Ihr Herz begann so heftig zu pochen, dass sie meinte, das Geräusch allein müsse ausreichen, um ihre Mutter und Dragosz zu alarmieren. »Wer sagt, dass ich Angst habe?«, fragte sie mit einer Stimme, die ihre eigene Frage sogleich beantwortete.

»Sie wollen wirklich nur mit dir reden«, sagte Runa hastig. »Das haben sie mir versprochen.«

Hätte Arri nicht viel zu viel Angst gehabt, hätte sie ihr einen mitleidigen Blick zugeworfen, aber das wäre wohl auch kaum mehr nötig gewesen. Runa sah weder so aus noch hörte sie sich so an, als ob sie selbst an das glaubte, was sie sagte. Vielmehr machte sie den Eindruck wie jemand, der etwas, was er gerade getan hatte, zutiefst bedauerte und verzweifelt nach einem Ausweg suchte.

»Das Mädchen hat Recht, Arri«, sagte der Mann hinter ihr. »Das war doch dein Name, oder? Arri.« Er sprach ihn falsch aus, als könne er sich nicht mehr ganz genau darauf besinnen, doch Arri war nahezu sicher, dass das Absicht war. Sie maß den zweiten Mann, der hinter Runa Aufstellung genommen hatte, mit einem weiteren misstrauischen Blick, dann drehte sie sich betont langsam um und brauchte plötzlich all ihre Willenskraft, um nicht erschrocken einen Schritt zurückzuprallen. Jetzt, wo er unmittelbar hinter ihr stand, fiel Arri erst auf, wie groß und muskulös der Mann wirklich war; sicherlich so groß wie Rahn und mindestens ebenso so stark, wenn nicht stärker. Im Gegensatz zu seinem Kameraden, der einen brutalen Zug im Gesicht hatte und etwas eindeutig Tückisches ausstrahlte, hatte er ein eher gutmütiges Gesicht. Dennoch spürte Arri instinktiv, dass er eindeutig der Gefährlichere der beiden war.

»Ist das wahr?«, fragte sie mit schon etwas ruhigerer Stimme, aber noch immer eine Spur lauter, als nötig war. Wo blieben nur ihre Mutter und Dragosz?

»Wenn wir dir etwas zuleide tun wollten, hätten wir das schon längst getan, meinst du nicht?« Der Fremde schüttelte leicht den Kopf. »Wir wollen wirklich nur mit dir reden.«

»Mit mir?«

»Eigentlich eher mit deiner Mutter«, antwortete der Mann, »aber sie ist im Moment ...« Er suchte nach Worten und setzte neu an: »Deine Mutter ist im Moment ... nicht besonders gut auf uns zu sprechen, fürchte ich.« Er deutete auf den Mann hinter Runa. »Mein Kamerad war vielleicht ein wenig ... unbedacht in der Wahl seiner Worte.«

»Du meinst, weil er sie als Hexe bezeichnet hat?«, gab Arri zurück.

Ein rasches, leicht verkniffenes Lächeln huschte über die Lippen des Bärtigen, aber er hatte sich augenblicklich wieder in der Gewalt. »Du musst ihn verstehen. Unser toter Kamerad war sein Bruder. Der Schmerz über seinen Tod war zu viel für ihn. Er hat in seinem Kummer vielleicht Dinge gesagt, die besser ungesagt geblieben wären.«

»Ja, das scheint mir auch so«, meinte Arri. Sie musste sich beherrschen, um die Dunkelheit hinter der hoch aufragenden Gestalt nicht fast panisch mit Blicken abzusuchen. Wo blieb nur ihre Mutter? Sie *musste* ihre Worte doch einfach hören!

»Ich kann mich irren«, fuhr Arri hastig fort, »aber hat er sie nicht schon beschimpft, bevor sein Bruder gestorben ist?«

Abermals blitzte es kurz und beinahe gehetzt im Blick ihres Gegenübers auf; der Blick eines ertappten Sünders, der sich allmählich in die Enge getrieben sah. Ohne hinsehen zu müssen, spürte Arri, wie sich auch Runa spannte. Möglicherweise ging dem Mädchen ja nun endgültig auf, dass es eine ziemliche Dummheit begangen hatte, und möglicherweise ein wenig zu spät. Der Wolf knurrte leise.

»Das ist richtig«, sagte der Fremde, diesmal mit unbewegtem Gesicht und vollkommen beherrscht, aber mit einer Stimme, in der irgendetwas falsch war. »Wir haben das eine oder andere über deine Mutter gehört.«

»Und was?«, wollte Arri wissen.

Der andere bewegte sich unruhig. »Deine Mutter ist eine mächtige Frau. Man sagt, ihre Heilkräfte vermögen wahre Wunderdinge zu vollbringen.«

»Und ihr bittet also um diese Wunderdinge, indem ihr sie beschimpft?«, fragte Arri herausfordernd. Ein Teil von ihr schrie fast in Panik auf, der Teil, der sich darüber im Klaren war, dass sie sich gerade um Kopf und Kragen redete, aber im Grunde war es völlig egal, was sie sagte. Sie musste nur reden, damit ihre Mutter und Dragosz die Worte hörten und endlich herkamen. Sie konnte die Spannung, die von den beiden Männern Besitz ergriffen hatte, mittlerweile fast körperlich spüren. Etwas würde geschehen. Etwas Schlimmes, und zwar gleich.

»Warum redet ihr nicht mit Leandriis selbst?«, mischte sich Runa ein. »Oder mit meinem Vater? Ich bin sicher, er kann alle Missverständnisse aufklären.«

»Ja«, sagte der Mann hinter ihr, »aber wer sagt dir, dass wir das wollen?«

22

Und dann schien plötzlich alles gleichzeitig zu geschehen. Arri fuhr herum. Runa prallte einen Schritt zurück und zur Seite, um der zupackenden Hand auszuweichen, mit der der Mann unversehens nach ihr griff, aus dem drohenden Knurren des Wolfes wurde etwas anderes, und das Tier stieß sich ansatzlos aus dem Stand ab und sprang mit geöffneten Fängen nach dem ausgestreckten Arm, der nach Runa grabschte. Hätten sich seine gewaltigen Kiefer um das Handgelenk des Mannes geschlossen, hätten sie ihm die Hand vermutlich einfach abgebissen.

Aber er erreichte sein Ziel nicht. Auch der andere Arm des Mannes kam plötzlich hoch, und seine Hand war nicht mehr leer, sondern hielt einen faustgroßen, glatten Stein umklammert, den er unter dem Umhang verborgen getragen haben musste und den er nun mit aller Kraft auf den Schädel des Wolfes herunterkrachen ließ.

Den Bruchteil eines Atemzuges, bevor sich die Fänge des Raubtiers in sein Fleisch rammen konnten, zerschmetterte der Stein dessen Schädel, und noch bevor der Wolf zuckend ins nasse Gras fiel, beendete die andere Hand des Mannes ihre Bewegung und riss das Mädchen von den Füßen. Runa fiel keuchend zu Boden. Arri hörte etwas hinter sich rascheln, deutete eine Bewegung nach rechts an und warf sich dann blitzartig nach links. Es gelang. Die zupackende Hand verfehlte sie so knapp, dass die Fingernägel des Mannes ihre Bluse zerrissen und eine brennende Spur auf ihrer Haut hinterließen, aber sie *verfehlte* sie; statt sie herumzureißen und festzuhalten, brachte sie sie nur zum Straucheln.

Arri kämpfte mit wild rudernden Armen um ihr Gleichgewicht, spürte, dass sie diesen Kampf so oder so verlieren würde, und warf sich stattdessen mit ausgestreckten Armen nach vorn. Etwas zischte so dicht über ihrem Hinterkopf entlang, dass sie den Luftzug spüren konnte. Vielleicht die Faust des Angreifers, vielleicht auch seine Waffe, mit der er nach ihr schlug, dann prallte sie auf und schlidderte ein gutes Stück weit über das nasse Gras davon. Noch ehe sie ganz zur Ruhe gekommen war, warf sie sich instinktiv herum und versuchte den Schwung ihrer eigenen Bewegung zu nutzen, um auf die Füße zu kommen, was ihr nicht gelang. Statt hochzuspringen, kippte sie gleich wieder nach hinten und schlug der Länge nach hin, entging auf diese Weise aber einem stampfenden Fußtritt, mit dem Nors Krieger ihren Kopf in den Boden zu rammen versuchte. Er meinte es wirklich ernst.

Sie rollte sich über die Schulter ab, genau wie es ihre Mutter ihr gezeigt hatte, sah einen weiteren gemeinen Fußtritt auf sich zukommen und riss unwillkürlich beide Arme vors Gesicht. Diesmal konnte sie dem Tritt nicht mehr ausweichen, aber sie hatte aus der Beinahe-Katastrophe mit Rahn gelernt. Statt den Tritt einfach nur abzufangen, was ihr möglicherweise die Handgelenke gebrochen hätte, ließ sie sich unter der brutalen Wucht des Angriffs zwar nach hinten kippen, packte aber auch gleichzeitig mit beiden Händen das Fußgelenk des Mannes und nutzte seine eigene Kraft, um ihn mit einem harten Ruck aus dem Gleichgewicht zu bringen. Ihr Gegner keuchte vor Überraschung, tanzte einen Moment lang geradezu komisch auf einem Bein herum und stürzte schließlich nach hinten.

Arri bemerkte aus den Augenwinkeln, dass sich der zweite Mann auf Runa gestürzt hatte und den Stein, mit dem er den Wolf erschlagen hatte, nun nach ihrem Gesicht schwang. Im letzten Moment warf Runa den Kopf zur Seite, riss gleichzeitig das Knie in die Höhe und zerkratzte dem Krieger mit den Fingernägeln beider Hände das Gesicht. Der Mann grunzte vor Wut und Schmerz und schlug mit umso größerer Wucht zu, aber sein Hieb ging fehl; der Stein grub sich mit einem dumpfen Laut nur einen Fingerbreit neben Runas Kopf in den Boden, und bevor er zu einem zweiten Hieb ausholen konnte, sprang Arri auf die Füße und rammte ihm die Schulter in den Rücken.

Das Ergebnis war nicht so beeindruckend, wie sie es sich gewünscht hätte, aber es reichte: Der Angreifer kippte mit einem überraschten Laut von Runa herunter, und das Mädchen half noch ein wenig nach, indem es ein zweites Mal mit dem Knie zustieß. Diesmal traf sie. Aus dem wütenden Schnauben des Kriegers wurde ein atemloses Keuchen, und er krümmte sich am Boden.

Arri streckte hastig die Hand aus, um Runa auf die Füße zu helfen; das Mädchen versuchte, danach zu greifen, und erstarrte dann mitten in der Bewegung. Ihre Augen wurden groß. Vielleicht war es tatsächlich eine Spiegelung auf ihren Augäpfeln, vielleicht hörte Arri auch ein verräterisches Geräusch – oder es war einfach nur Glück. Im allerletzten Moment ließ sie sich auf das rechte Knie fallen, krümmte den Rücken und spannte sämtliche Muskeln. Diesmal *war* das Ergebnis beeindruckend: Der Mann prallte in vollem Lauf und mit solcher Wucht gegen sie, dass ihr die Luft aus den Lungen getrieben wurde, als sie zu Boden fiel; der Angreifer aber verlor plötzlich den Boden unter den Füßen und segelte in hohem Bogen durch die Luft; und um das Maß voll zu machen, prallte er gegen seinen Kameraden, der sich in diesem Augenblick mit schmerzverzerrtem Gesicht hochzustemmen versuchte. Die Folge war ein zweizüngiger Schmerzensschrei und ein wahres Gewirr von ineinander verstrickten Gliedmaßen und Leibern.

Arri versuchte zu atmen. Sie konnte es nicht. Ihre Rippen fühlten sich an, als wären sie in unzählige kleine Stücke zersprungen – und zwar jede einzelne –, und jeder Atemzug schien zwar keine Luft, dafür aber flüssiges Feuer in ihre Lungen zu treiben. Dennoch sprang sie auf die Füße, griff nach Runas Arm und riss sie in die Höhe.

»Weg!«, keuchte sie; womit sie nicht nur ihren allerletzten Atem verschwendete, sondern auch einen weiß glühenden Schmerzpfeil tief in ihren Brustkorb hineinjagte. Für einen Moment wurde ihr schwarz vor Augen, und es war Runa, die sie am Arm ergriff und herumzerrte, nicht umgekehrt.

Schmerzgepeinigt und mit zusammengebissenen Zähnen torkelte sie los. Hinter ihnen randalierten die beiden Männer mittlerweile laut genug, dass man sie eigentlich noch auf der anderen Seite des Tales hören musste – zumindest ihre Mutter und Dragosz *mussten* sie doch einfach hören! –, und Arri verlor für einen Moment vollends die Orientierung. Sie konnte immerhin wieder atmen, auch wenn sie ganz und gar nicht sicher war, dass das wirklich eine Gnade war, und auch ihr Blick klärte sich langsam wieder. Obwohl sie in dieser Umgebung vollkommen fremd war, war sie doch ziemlich sicher, dass sie sich vom Haus *entfernten,* statt in die einzige Richtung zu laufen, in der sie Hilfe erwarten konnten.

»Wohin ...«, stieß sie atemlos hervor.

»Lauf!«, unterbrach sie Runa. Gleichzeitig beschleunigte sie ihre Schritte noch mehr, sodass Arri einen Moment ernsthaft fürchtete, das Gleichgewicht zu verlieren, bevor es ihr gelang, ihren Rhythmus dem des Mädchens anzupassen. Hinter ihnen wurden die wütenden Stimmen der beiden Männer noch lauter, und dann hörten sie das Stampfen schwerer Schritte, die in erschreckender Schnelligkeit näher kamen. *Wo war ihre Mutter?*

Der Boden, über den sie rannten, veränderte sich plötzlich und war jetzt nicht mehr nass und kalt und rutschig, sondern mit scharfkantigen Steinen übersät, und Arri begriff gerade noch rechtzeitig, was Runa mit »*Pass auf!*«, meinte, um den Kopf einzuziehen, als es rings um sie herum schlagartig noch dunkler wurde. Sie berührte ihn nicht, aber sie streifte den harten Fels, der einen Fingerbreit über ihrem Hinterkopf entlangstrich. Sie befanden sich in einer Höhle. Das musste die Mine sein, von der Runa gesprochen hatte. »Wohin laufen wir?«, keuchte sie dennoch.

»Nicht so laut!«, gab Runa gehetzt zurück. »Die Mine. Wir verstecken uns in den Stollen. Da finden die uns nie!«

Das Geräusch näher kommender, stampfender Schritte schien das genaue Gegenteil zu beweisen, aber nur einen Augenblick später verkündeten ein dumpfer Schlag, ein schmerzerfülltes Keuchen und ein zweiter, schwerer Aufprall, dass zumindest einer ihrer Verfolger den Kopf nicht schnell genug eingezogen hatte. Arri verzog die Lippen zu einem dünnen, schadenfrohen Grinsen, aber sie machte sich nichts vor: Wenn der Kerl nicht so freundlich gewesen war, sich tatsächlich den Schädel einzurennen, würde er jetzt nur noch wütender sein.

Sie stolperten noch ein paar Schritte durch vollkommene Dunkelheit, dann gewahrte Arri einen braunroten, matten Schimmer irgendwo vor sich; kaum mehr als ein Hauch, den sie unter gewöhnlichen Umständen nicht einmal wahrgenommen hätte. Jetzt schien dieses Licht die Rettung zu bedeuten, denn wo Licht war, da waren im Allgemeinen auch Menschen. Noch ein paar Schritte, und sie wären gerettet.

Trotzdem machte ihr Herz einen erschrockenen Satz in ihrer Brust, als sie sah, *wie* niedrig der Gang tatsächlich war, durch den sie hetzten – und dann einen zweiten und noch heftigeren, als sie die gefährlichen Felszacken und -spitzen erkannte, die in unregelmäßigen Abständen aus der Decke herauswuchsen. Runa wich diesen Hindernissen mit schlafwandlerischer Sicherheit aus, aber sie selbst hatte schließlich nicht ihr ganzes Leben hier unten verbracht, und sie verfügte auch nicht über den unterirdischen Orientierungssinn eines Maulwurfs. Ein einziger falscher Schritt, und es wäre um sie geschehen.

Wenn sie sich nicht selbst umbrachte, indem sie gegen eines dieser Hindernisse lief, würden ihre Verfolger sie unweigerlich einholen, sollte sie auch nur ein einziges Mal ins Stolpern geraten oder gar fallen. Ihr einziger Trumpf war die Enge des Stollens. Selbst Runa und sie konnten sich nur gebückt darin bewegen – für die beiden groß gewachsenen Fremden musste es nahezu unmöglich sein, anders als auf allen vieren von der Stelle zu kommen. Dass sie es trotzdem taten, bewies das hastige Scharren und Poltern hinter ihnen; es kam nicht wirklich näher, aber es kam Arri eindeutig so *vor*.

Runa ließ endlich ihre Hand los, lief aber nur noch schneller und winkte sie mit beiden Armen zu sich herüber. Arri versuchte ihrer Aufforderung zu folgen, allerdings mit dem einzigen Ergebnis, dass sie nun endgültig ins Stolpern geriet und auf Hände und Knie herunterfiel. Sofort rappelte sie sich auf und griff nach Runas Hand, die sie gleich wieder mit sich zog. Das rotbraune Licht war mittlerweile stärker geworden; nicht viel, nicht, dass es wirklich die Bezeichnung Helligkeit verdient hätte, doch es reichte immerhin aus, um Arri erkennen zu lassen, dass der Stollen vor ihnen womöglich noch tiefer und schmaler wurde. Waren die Wände am Anfang der Strecke noch einigermaßen behauen und glatt gewesen, so sah der Tunnel nun vollends aus wie eine auf willkürliche Weise entstandene Höhle, und auch die Decke senkte sich mehr und mehr herab, sodass Runa und sie schließlich auf Händen und Knien – und auf dem letzten Stück sogar auf dem Bauch – kriechen mussten.

Doch gerade als der Punkt erreicht war, an dem sich Arri eingestand, dass sie ganz eindeutig an Platzangst litt, wichen Wände und Decke wieder zurück, und sie fanden sich fast unversehens in einer acht oder zehn Schritte messenden, unregelmäßig geformten Höhle wieder, deren Decke hoch genug war, um gebückt darin zu stehen. Runa ließ ihr jedoch nicht einmal die Zeit, um sich ganz aufzurichten, sondern packte sie unverzüglich wieder am Arm und zerrte sie grob auf ein finsteres Loch zu, das an der gegenüberliegenden Wand der Höhle im Boden gähnte.

Das obere Ende einer grob zusammengezimmerten Leiter ragte daraus hervor, und erst jetzt sah Arri, dass diese Öffnung auch die Quelle des blassroten, flackernden Lichtes war, das die Höhle erfüllte und sie mit seinem unheimlichen Spiel von braunen Schatten zu etwas Angstmachendem werden ließ. Ein sonderbarer, ebenso fremdartiger wie unangenehmer Geruch drang aus der Tiefe zu ihnen empor, und nachdem Runa sich ohne zu zögern auf die Leiter geschwungen hatte und mit erstaunlichem Geschick und noch erstaunlicherer Schnelligkeit nach unten zu steigen begann und Arri sich vorbeugte, um ihr nachzusehen, wurde ihr fast auf der Stelle schwindelig. Sie konnte nicht sagen, wie tief der Schacht war, aber er war auf jeden Fall *sehr* tief.

Doch sie hatte keine Wahl. Hinter ihr kamen die Schritte und die schnaubenden Atemzüge der Verfolger näher, und auch wenn sie vermutlich noch weiter entfernt waren, als ihre eigene Angst sie glauben machen wollte, waren sie trotzdem bereits *nahe*. Sie warf einen letzten, zögernden Blick über die Schulter zurück, dann griff sie entschlossen nach der Leiter, tastete mit dem Fuß nach der obersten Sprosse und hätte um ein Haar das Bein mit einem erschrockenen Laut zurückgezogen, als sie spürte, wie das gesamte Gebilde unter ihrem Gewicht zu wanken begann. Aber sie hatte keine Wahl. Hier bleiben konnte sie nicht. Irgendetwas sagte ihr, dass ein Sturz in die Tiefe – und sei er tödlich – der Möglichkeit, diesen beiden Männern in die Hände zu fallen, allemal vorzuziehen war.

Runa hatte fast die Hälfte der Entfernung nach unten überwunden, und auch die Geräusche der Verfolger waren nun hörbar näher gekommen, bis Arri genug Mut zusammengekratzt hatte, um ein zweites Mal nach der Leiter zu greifen und einen Fuß auf die oberste Sprosse zu setzen. Was sie schon einmal erlebt hatte, wiederholte sich, und ihre schwache Hoffnung, es wäre nur Einbildung gewesen, erwies sich als falsch: Die mit Lederriemen festgebundene Sprosse ächzte hörbar unter ihrem Gewicht, und sie konnte spüren, wie die gesamte Leiter bebte und einen Moment später ein bedrohliches, tiefes Knarren und Ächzen ausstieß. Aber sie ging über ihre Furcht kurzerhand hinweg, tastete mit dem anderen Fuß nach der zweiten Stufe und kletterte dann Hand über Hand in die Tiefe.

Runa erreichte den Boden des scheinbar nicht enden wollenden Schachtes zwar ein gutes Stück vor ihr, aber Arri hatte dennoch aufgeholt. Ihr Abstand betrug allenfalls noch fünf oder sechs Stufen, und sie war beinahe selbst erstaunt, mit welcher Schnelligkeit und Sicherheit sie die letzten Leitersprossen überwunden hatte. Dennoch zitterten ihre Knie so stark, dass sie sich für einen Moment gegen die hölzerne Konstruktion lehnen musste, um wieder zu Kräften zu kommen. Der sonderbare Geruch, den sie oben wahrgenommen hatte, war mittlerweile zu etwas geworden, das stark genug war, ihr fast den Atem zu nehmen. Vielleicht war es nicht einmal der Geruch. Runa drehte sich zwar ungeduldig zu ihr um und winkte fast verzweifelt mit beiden Händen, aber Arri blieb trotzdem noch einige schwere Herzschläge länger an die Leiter gelehnt stehen und sah sich um.

Sie befanden sich in einem Raum, der sich kaum von dem unterschied, in dem der Schacht seinen Anfang genommen hatte, nur dass es hier gleich vier Ausgänge gab: zwei nicht ganz mannshohe, aber schmale Stollen, die schon nach zwei Schritten in vollkommener Dunkelheit endeten, und zwei weitere, wesentlich niedrigere Gänge, von denen einer so eng war, dass schon der Gedanke, sich dort hineinzuquetschen, Arri einen eisigen Schauer über den Rücken laufen ließ.

Selbstverständlich war es auch der, auf den Runa deutete.

»Das ... das kann ich nicht«, flüsterte Arri. Schon der Anblick des – wie es ihr vorkam – kaum handbreiten Risses im Fels schnürte ihr schier die Kehle zu. Sie hatte enge Räume nie gemocht, war aber im Grunde auch noch nie wirklich in die Verlegenheit gekommen, sich in einem solchen aufzuhalten, aber plötzlich wurde ihr klar, dass ihr allein der Gedanke, in einem Raum eingesperrt zu sein, in dem sie kaum die Hände, geschweige denn Arme und Beine bewegen konnte, panische Angst einflößte. Sie schüttelte noch einmal und heftiger den Kopf, doch Runa war ganz offensichtlich nicht gewillt, irgendeine Rücksicht darauf zu nehmen.

Sie warf einen raschen Blick an Arri vorbei zum oberen Ende der Leiter, dann zuckte sie mit den Schultern und drehte sich aus der gleichen Bewegung heraus um. »Du kannst ja hier bleiben«, sagte sie, ließ sich auf Hände und Knie hinabsinken und kroch dann, ohne auch nur einen Atemzug länger zu zögern, in den schmalen Felsspalt hinein.

Es wurde noch dunkler, denn ein gut Teil des blassen Lichtes, das die Höhle erhellte, war aus diesem Spalt gekommen; der andere stammte von einer nahezu heruntergebrannten Fackel, die in einer kupfernen Halterung steckte, welche jemand in die Wand getrieben hatte. Es vergingen nur wenige Augenblicke, bis nicht nur Runas Körper und Beine, sondern schließlich auch ihre Füße in dem niedrigen Stollen verschwunden waren, und nur noch ein winziger weiterer, bis Arri feststellte, dass es durchaus ein Gefühl gab, das schlimmer war als das, in einem engen Raum eingesperrt zu sein: nämlich das, vollkommen *allein* zu sein.

Panik drohte sie zu übermannen. Gerade noch war ihre Angst vor dem schmalen Stollen so groß gewesen, dass sie es allen Ernstes vorgezogen hätte, hier zu bleiben und darauf zu hoffen, dass vielleicht alles doch nur ein Missverständnis gewesen war und die beiden Männer tatsächlich nur mit ihr reden wollten (was für ein Unsinn!), doch dann begann die Leiter, an der sie noch immer lehnte, unter dem Gewicht des ersten Verfolgers zu erzittern, und Arri musste nicht nach oben sehen, um zu begreifen, dass sie ungleich schneller herabstiegen, als sie es getan hatte. Angst oder nicht – sie stieß sich von ihrem Halt ab, ließ sich auf die Knie fallen und kroch mit angehaltenem Atem hinter Runa in den Tunnel hinein.

Es war nicht so schlimm, wie sie erwartet hatte. Es war schlimmer. Wände und Decke waren so niedrig und eng, dass sie fast auf dem Bauch kriechen musste und ihre Schultern rechts und links am rauen Fels entlangschrammten. Die Luft schien schlagartig schlechter zu werden, kaum dass sie in den schmalen Spalt eingedrungen war, und obwohl vor ihr ein blassrotes Licht flackerte, hatte sie zugleich das Gefühl, in eine allumfassende, erstickende Schwärze gehüllt zu sein. Der unangenehme Geruch, den sie schon vorhin wahrgenommen hatte, wurde schier übermächtig, und schon nach den ersten Atemzügen spürte sie, wie die Luft in ihrer Kehle brannte und ihr schwindelig wurde. Vielleicht würde sie in diesem engen Schacht, tief unter der Erde, nicht zerquetscht werden, wie ihr ihre immer noch außer Rand und Band geratene Phantasie vorzugaukeln versuchte, aber es bestand durchaus die Gefahr, dass sie einfach erstickte.

Gerade als sie tatsächlich glaubte, ersticken zu müssen, wurde es vor ihr wieder heller – nicht, weil sie der Quelle des Lichts wirklich näher gekommen wäre, sondern weil plötzlich etwas nicht mehr da war, das es bisher blockiert hatte –, und dann griff eine schmale, aber überraschend kräftige Hand nach ihrem Arm und zerrte sie kurzerhand das letzte Stück über den rauen Boden. Endlich wichen Wände und Decke wieder zurück, und endlich hatte Arri das Gefühl, wieder frei atmen zu können. Mit einem Keuchen, das eher einem kraftlosen Schrei glich, richtete sie sich auf Hände und Knie auf und japste mit weit geöffnetem Mund nach Luft.

»Nicht so laut!«, zischte Runa erschrocken. »Sie dürfen uns nicht hören.«

Arri nahm einen weiteren, keuchenden und tiefen Atemzug, der sie allerdings nur zu der Überzeugung brachte, dass mit der Luft hier drinnen etwas ganz und gar nicht stimmte, denn in ihrem Kopf begann sich alles zu drehen, und sie spürte, wie eine leichte Übelkeit aus ihren Eingeweiden heraufzukriechen begann. Für einen Moment schloss sie die Augen und versuchte mit einer bewussten Anstrengung, nicht nur das Durcheinander hinter ihrer Stirn, sondern auch ihren Herzschlag einigermaßen zur Ruhe zu bringen – eines von beidem gelang ihr eindeutig nicht –, dann ließ sie sich wieder nach vorn sinken. Schwer stützte sie sich mit beiden Händen auf dem rauen Boden auf. Als sie die Augen wieder öffnete, schien es noch schlimmer zu werden. Die Wände stürzten aus allen Richtungen und zugleich auf sie ein, und für einen Moment bekam sie überhaupt keine Luft mehr.

»Ist alles in Ordnung?«, fragte Runa. Die Sorge in ihrer Stimme klang echt; was nichts daran änderte, dass Arri dies für die mit Abstand dümmste Frage hielt, die sie jemals gehört hatte.

»Nein. Wo sind wir?«

»In unserem Schacht«, zischte Runa. »Und bei allen Göttern: Sei ruhig.«

Arri verstummte zwar, drehte sich aber halb um und maß den Schacht, aus dem Runa sie gerade herausgezerrt hatte, mit einem ebenso langen wie bezeichnenden Blick. Auch wenn der Stollen nicht ganz so eng war, wie ihre überreizten Nerven ihr weisgemacht hatten, so war er doch auf jeden Fall zu eng, als dass sich ihre breitschultrigen Angreifer selbst mit aller Gewalt durch dieses Loch quetschen konnten. Auch wenn Arri es dem Mädchen noch immer ein wenig übel nahm, sie durch dieses schreckliche Loch gezerrt zu haben, so waren sie doch zweifellos in Sicherheit.

Runa schien das jedoch anders zu sehen. »Wir müssen still sein«, flüsterte sie gehetzt. »Es gibt einen zweiten Eingang. Wenn sie wissen, wo wir sind, ist es aus!«

Arri maß sie mit einem zweifelnden Blick, beschloss dann aber zu schweigen und sah sich stattdessen in der halbrunden Höhle um, in der sie sich befanden. Auch hier verbreitete eine fast heruntergebrannte Fackel mehr Schatten als wirkliche Helligkeit, doch Arri konnte immerhin erkennen, dass sie sich in einem unregelmäßig verlaufenden, kaum brusthohen Gang aufhielten, in dessen Wänden sich zahlreiche Nischen und Vertiefungen befanden; manche nur flache Dellen, kaum tief genug, um eine Hand hineinzulegen, andere so tief, dass es sich vielleicht um weitere Stollen handelte, ähnlich dem, aus dem sie soeben gekommen waren. Im schwachen, flackernden Licht der Fackel konnte sie die Spuren von Meißeln und anderen Werkzeugen erkennen, und ganz plötzlich wurde ihr klar, wo sie war: an dem Ort, an dem Runas Familie das Erz aus dem Felsen brach.

Arri verspürte ein kurzes, aber eisiges Frösteln, als sie sich vorzustellen versuchte, wie es sein musste, Morgen für Morgen hier hinabzusteigen, um sein Tagewerk zu verrichten. Der Stollen war so niedrig, dass man allerhöchstens auf den Knien arbeiten konnte, und hier und da wohl auch nur auf dem Bauch liegend, und es war vielleicht die schwerste aller nur vorstellbaren Arbeiten; ein Steinbruch tief unter der Erde, ohne Licht und fast ohne Luft.

»Und wohin jetzt?«, fragte sie – wohlweislich im Flüsterton, wenn auch eher, um Runa zu beruhigen, und nicht weil sie glaubte, in direkter Gefahr zu schweben. Zwischen ihnen und ihren Verfolgern lagen mindestens zehn Schritte massiver Fels und ein Loch, das kaum groß genug war, um den Kopf hindurchzuschieben.

Runa zögerte; sie wirkte so verwirrt, als wäre sie selbst nicht ganz sicher, wo sie überhaupt war – aber das war nur Arris allererster Eindruck. Dann wurde ihr klar, wie unrecht sie dem Mädchen tat. Runa war nicht verwirrt, sondern kämpfte mit aller Gewalt um ihre Beherrschung. Plötzlich regte sich Arris schlechtes Gewissen. Ganz gleich, ob Runa sie nun belogen hatte oder nicht, das Mädchen litt Todesangst, und *das* hatte sie ganz gewiss nicht gewollt. Irgendwie beherrschte sich Runa noch, aber in ihren Augen schimmerten Tränen, und sie hockte vermutlich nur so verkrampft da, damit Arri nicht sah, dass sie am ganzen Leib zitterte. »Und wie geht es weiter?«, flüsterte sie.

Es verging ein Moment, bis Runa antwortete, und wieder tat sie es in diesem sonderbaren, gehetzten Ton, der Arri vielleicht mehr alarmierte als alles andere: als hätte Runa Mühe, sich darauf zu besinnen, wo sie überhaupt war. »Wir warten«, flüsterte sie. »Vielleicht ... finden sie den Weg nicht. Sie kennen sich hier nicht aus.«

Das hörte sich allerhöchstens nach etwas an, das sie fast verzweifelt *glauben* wollte, dachte Arri, aber nicht nach wirklicher Hoffnung. Was immer sie von den beiden Fremden hielt – sie hatten ihr nicht den Eindruck gemacht, dumm zu sein. Und schon gar nicht den, schnell aufzugeben. Dennoch behielt sie ihre Meinung für sich und konzentrierte sich ganz darauf zu lauschen. Die Stimmen der beiden Männer drangen verzerrt und aller hohen Töne beraubt durch den schmalen Schacht, durch den Runa und sie gekrochen waren; zu leise, um die Worte zu verstehen, aber sie hörten sich eindeutig nach einem Streit an. Arri hatte keine Ahnung, ob das ein gutes Zeichen oder ein schlechtes war – aber sie wusste, dass sie hier schleunigst weg mussten, wenn sie überleben wollten. »Wohin führt dieser Gang?«, flüsterte sie.

Runa machte eine vage Geste hinter sich. »Tiefer in den Berg hinein. Aber es gibt einen Schacht, der zum Haus hinaufführt.«

»Worauf warten wir dann noch?«

Runa starrte stumm an Arri vorbei. »Sie ... sie haben ihn umgebracht«, murmelte sie plötzlich. »Er ... er hat ihn ... einfach erschlagen.«

Es dauerte einen Moment, bis Arri überhaupt begriff, dass sie von dem Wolf sprach; und noch einen zweiten, deutlich längeren, bis ihr klar wurde, dass der Schmerz in Runas Stimme tatsächlich dem toten Tier galt. Es gelang ihr nicht ganz, den Ausdruck von Verständnislosigkeit aus ihrem Blick zu verbannen, als sie Runa ansah. Es war doch nur ein Tier gewesen! Nach allem, was sie gesehen hatte, sollte das Mädchen heilfroh sein, überhaupt noch am Leben zu sein.

»Er hat ihn ... einfach erschlagen«, murmelte Runa. Ihre Stimme klang flach, auf eine so unheimliche Weise tonlos, dass es Arri einen eisigen Schauer über den Rücken jagte. »Ich ... ich habe ihn fast so lange gehabt, wie ich mich erinnern kann«, fuhr sie fort. »Er war mein Freund, und ... und er hat mich beschützt, aber er ... er hat ihn einfach ... erschlagen.« Ihre Stimme brach, und ihre Augen füllten sich endgültig mit Tränen.

»Um ein Haar hätte er *dich* erschlagen«, sagte Arri leise. Die Worte waren als Trost gemeint, ohne jeden Vorwurf, aber für einen winzigen Moment blitzte es in Runas Augen fast hasserfüllt auf. »Ja«, zischte sie zitternd, »und dafür wird mein Vater sie töten!«

Und wenn nicht er, dann meine Mutter bestimmt, fügte Arri in Gedanken hinzu.

Was sie wieder zu der Frage brachte, wo Lea überhaupt *war*.

Nun, hier unten jedenfalls nicht. Sie warf Runa einen auffordernden Blick zu, auf den das Mädchen jedoch nur mit einem stummen Kopfschütteln und einem Blick auf den Schacht hinter Arri antwortete, aus dem noch immer die verzerrten Stimmen der beiden Männer drangen. Kurz darauf erscholl ein gedämpftes Scharren und Ächzen, und Arri konnte regelrecht vor ihrem inneren Auge sehen, wie sich einer der breitschultrigen Männer vergeblich in den schmalen Schacht zu quetschen versuchte. Vielleicht tat er ihnen ja den Gefallen und erstickte in der Enge des Ganges.

»Was haben sie dir gesagt, damit du mich nach draußen lockst?«, fragte sie leise.

»Nichts anderes als dir«, antwortete Runa trotzig. »Dass es ihnen Leid tut und sie mit dir reden wollen, damit du bei deiner Mutter ein gutes Wort für sie einlegst.«

Und das hast du geglaubt?, dachte Arri, hütete sich jedoch, auch diesen Gedanken laut auszusprechen, aber Runa schien ihn wohl so deutlich von ihrem Gesicht abzulesen, als *hätte* sie es getan, denn der Ausdruck in ihren Augen wandelte sich nun von reinem Trotz in Feindseligkeit. »Sie haben behauptet, dass sie nur mit dir reden wollen«, wiederholte sie stur. Ihre Stimme bebte immer heftiger, und die Tränen liefen jetzt ungehemmt über ihr Gesicht.

Arri entschuldigte sich in Gedanken bei dem Mädchen. Ganz zweifellos hatte Runa nicht geglaubt, dass die beiden Fremden *nur* mit ihr reden wollten. So einfältig konnte sie nicht sein. Aber ebenso zweifellos hatte das Mädchen nicht erwarten können, was nun wirklich geschah – schließlich hatten die beiden ja auch versucht, *sie* umzubringen, und sie hatten ihren Wolf getötet. Eben noch war Arri fast sicher gewesen, dass Runas Erschütterung über den Verlust des Wolfes zum allergrößten Teil dem Umstand galt, dass sie sich seines Schutzes beraubt sah. Nun aber begriff sie, dass das ganz und gar nicht stimmte. Das Mädchen hatte den Wolf geliebt, sicherlich auch, aber ganz und gar nicht *nur* wegen seiner Stärke und Wildheit und dem Schutz, den beides für sie bedeutete. Er war ihr Freund gewesen.

»Wie lange müssen wir noch hier bleiben?«, fragte sie, größtenteils nur, um Runa auf andere Gedanken zu bringen.

Das Mädchen lauschte wieder, dann machte es eine Kopfbewegung hinter sich, tiefer hinein in die bedrohliche Dunkelheit, die den Durchgang ausfüllte. Worin der Unterschied bestand, war Arri nicht ganz klar, denn die Stimmen auf der anderen Seite der Wand waren immer noch zu hören, aber sie musste wohl oder übel darauf vertrauen, dass Runa wusste, was sie tat. Schließlich ging es auch um ihr Leben.

Auf Händen und Knien folgte sie Runa. Der Stollen wurde schon nach wenigen Schritten wieder so niedrig, dass sie ein gutes Stück weit auf dem Bauch kriechend zurücklegen mussten, und Arris Platzangst meldete sich prompt zurück; obwohl zwischen ihrem Rücken und der Decke noch eine gute Handbreit Luft war, bildete sie sich trotzdem ein, das Gewicht der Felsen zu spüren, die auf ihr lasteten und es ihr immer schwerer und schwerer machten zu atmen.

»Wieso sind diese Gänge so niedrig?«, keuchte sie. »Kein Mensch kann doch hier drinnen arbeiten!«

»Wir folgen den Erzadern im Gestein«, antwortete Runa aus der Dunkelheit vor ihr. »Es ist unnötig, so viel Felsen wegzubrechen, der kein Erz enthält.«

»Wie um alles in der Welt *arbeiten* dein Vater und die anderen hier drinnen?«, keuchte Arri. »Kratzen sie das Erz mit den Fingernägeln aus dem Stein?« Sie redete im Grunde nur, um ihre Angst zu bekämpfen, während sie sich Stück für Stück über den rauen Boden zog. Der Fels war so scharfkantig, dass ihre Fingerspitzen und Handflächen längst wund gescheuert waren und bluteten, und wie ihre Knie und Zehenspitzen aussahen, wagte sie sich gar nicht erst vorzustellen. Zweifellos hatte sie sich ihre Kleider zerrissen, worüber ihre Mutter sehr zornig sein würde.

Der Gedanke war so absurd, dass sie beinahe laut aufgelacht hätte. Ihre Mutter würde froh sein, sie noch einmal lebend wiederzusehen, und sie erleichtert in die Arme schließen – falls *sie* noch am Leben war, hieß das.

»Die Erwachsenen bauen die größeren Flöze ab«, antwortete Runa aus der Dunkelheit auf ihre Frage. »Die niedrigeren Gänge sind für meine jüngeren Geschwister und mich.«

»So wie der Gang, durch den wir entkommen sind?«

»Den habe ich ganz allein gegraben«, antwortete Runa mit unüberhörbarem Stolz in der Stimme.

Arri dachte einen Moment lang zweifelnd über diese Behauptung nach. Auch wenn ihr der Schacht, fahrig und wahnsinnig vor Angst, wie sie gewesen war, zweifellos viel länger vorgekommen war, als er in Wahrheit sein konnte, musste er doch mindestens zehn oder zwölf Schritte messen – wenn Runa die Wahrheit sagte, dann hatte sie praktisch ihr gesamtes bisheriges Leben damit verbracht, ihn zu graben.

Arri versuchte vergeblich, sich vorzustellen, wie es sein musste, ein ganzes Leben hier unten zu verbringen. Der schreckliche Geruch, den sie gleich zu Anfang wahrgenommen hatte, war noch immer da, auch wenn sie sich allmählich daran gewöhnte und ihn mittlerweile als nicht mehr ganz so quälend empfand – aber er war da, und was immer ihn verursachte, machte ihr das Atmen zur Qual. Was er ihren Lungen antun mochte, wollte sie lieber gar nicht wissen; und schon gar nicht, was er den Menschen antat, die Jahr um Jahr hier unten zubrachten und dabei auch noch körperlich schwer arbeiteten. Die Ausbeute dieser Mine sicherte Targan und seiner Familie zweifellos ein gutes Auskommen, aber Arri fragte sich, ob der Preis, den sie dafür zahlten, nicht zu hoch war.

Endlich wurde der Stollen wieder höher, sodass sie sich auf Hände und Knie aufrichten und nach einigen weiteren Schritten sogar aufstehen konnten. Vor ihnen flackerte ein blassrotes Licht, und in die staubige Luft mischte sich der vertraute Geruch von brennendem Holz. Sie glaubte Stimmen zu hören, aber als sie mit einem erleichterten Aufatmen weitergehen wollte, hielt Runa sie zurück. »Du musst ...«, begann sie zögernd, »... mir noch eine Frage beantworten.«

»Ja?«

Runa wich ihrem Blick aus. »Deine Mutter«, sagte sie unsicher. »Was ... was will sie wirklich hier?«

Arri verstand nicht einmal die Frage. Sie sah Runa nur verwirrt an.

»Ich meine: Warum ... warum seid ihr wirklich gekommen?«

»Um Erz einzutauschen«, antwortete Arri, »und Werkzeuge. Unsere Schmiede ist abgebrannt, und ...«

»Der Fremde hat etwas anderes behauptet«, unterbrach sie Runa.

Arris Gesicht verdüsterte sich. »Du hast also doch mit ihnen gesprochen.«

Runa zuckte verlegen mit den Schultern, zwang sich aber dann, Arris Blick standzuhalten, und atmete hörbar ein. »Ja. Und sie sagen, dass deine Mutter etwas im Schilde führt. Etwas, das uns alle verderben wird.« Sie atmete noch einmal und tiefer ein, als fiele es ihr schwer fortzufahren, und als sie weitersprach, war in ihrer Stimme ein hörbares Zittern. »Sie sagen, dass deine Mutter zu den Fremden gehört, die über die Berge kommen und unser Land erobern wollen. Sie behaupten, ihr seid nur hier, um uns auszuspähen. Ist das wahr?«

Das war ein solch haarsträubender Unsinn, dass Arri am liebsten laut aufgelacht hätte. Ausgerechnet ihre Mutter sollte den Untergang dieser Menschen planen? Sie schüttelte heftig den Kopf und setzte zu der scharfen Antwort an, die dieser unsinnige Gedanke zweifellos verdiente, aber dann konnte sie es plötzlich nicht. Ob sie es wollte oder nicht, sie musste wieder an ihre Mutter und Dragosz denken, an die geheimen Treffen im Wald und daran, wie wichtig es Dragosz gewesen war, dass niemand von seiner Anwesenheit erfuhr. Natürlich war das Unsinn. Ihre Mutter hatte praktisch ihr ganzes Leben der Aufgabe gewidmet, den Menschen hier zu helfen und ihr hartes Dasein wenigstens ein bisschen erträglicher zu machen. Allein der *Verdacht* war schon lächerlich ... und doch: Jetzt, wo sie darüber nachdachte, erinnerte sie sich wieder, dass Lea ihr nicht auf *alle* ihre Fragen geantwortet hatte. Sie hatte das für Zufall gehalten, und möglicherweise war es das auch ... Was, wenn Kron und seine Brüder die Wahrheit gesagt hatten, was ihr Zusammentreffen mit den Fremden anging? Aber das war einfach nur ...

Unsinn!

Sie hatte mit ihrer Antwort gerade lange genug gezögert, um nicht mehr wirklich glaubwürdig zu klingen, das sah sie Runa trotz des schwachen Lichtes deutlich an. Das Mädchen sagte zwar nichts mehr, aber ihr Blick blieb wachsam. Irgendeinen Grund mussten die Fremden schließlich haben, um hierher zu kommen.

»Und selbst wenn es so wäre? Warum sollten sie dann *dich* umbringen?«

Sie selbst hätte nur einen Augenblick gebraucht, um diesen fadenscheinigen Einwand zu entkräften, aber Runa schien er zu überzeugen; wenigstens fürs Erste. Sie sah Arri noch einen Atemzug lang zweifelnd an, aber dann ließ sie es mit einem Schulterzucken gut sein und wandte sich um. »Ich habe mich noch gar nicht bei dir bedankt«, sagte sie, während sie gebückt weitergingen.

»Bedankt?«

»Du hast mir das Leben gerettet«, erklärte Runa. »Der Kerl hätte mich glatt erschlagen.«

»Nicht der Rede wert«, antwortete Arri und rieb sich die schmerzenden Rippen. Bei all der Aufregung und Angst hatte sie den gemeinen Kniestoß, den der Krieger ihr versetzt hatte, fast vergessen, aber Runas Worte hatten sie nachhaltig wieder daran erinnert, dass mindestens eine ihrer Rippen angeknackst war, wenn nicht gebrochen.

»Ich habe noch nie ein Mädchen gesehen, das so kämpft wie du«, fuhr Runa unbeeindruckt fort. »Du hast es dem Kerl ganz schön gezeigt. Hat deine Mutter dir das beigebracht?«

»Was?«, fragte Arri miesepetrig. »Mich verprügeln zu lassen?«

Runa schüttelte heftig den Kopf. Der Gang war mittlerweile so hoch geworden, dass sie es tun konnte, ohne Gefahr zu laufen, sich an der Decke den Schädel zu rammen. Vor ihnen war jetzt deutlich ein rotes Licht zu erkennen, das von oben kam, und Arri konnte sehen, dass die Decke hier mit schweren und sorgfältig verkeilten Balken abgestützt war. Sie war jetzt auch sicher, gedämpfte Geräusche zu hören: möglicherweise Stimmen, das gleichmäßige Zetern eines Säuglings, das sie früher an diesem Abend schon einmal gehört hatte. Hatte Runa nicht gesagt, dass einer dieser Stollen direkt im Haus endete? Ein Gefühl vorsichtiger Erleichterung breitete sich in ihr aus. Vielleicht würde ja doch noch alles gut werden. Wenn sie erst einmal im Haus waren, konnte ihnen nichts mehr passieren.

»Zu kämpfen wie ein Mann«, antwortete Runa. »Man erzählt sich wahre Wunderdinge über sie, und ich habe auch noch nie eine Frau gesehen, die ein Schwert trägt, aber um ehrlich zu sein, habe ich nicht alles geglaubt, was ich gehört habe. Ich meine ... eine Frau, die ein Schwert führt und wie ein Mann redet?«

»Was ist daran ungewöhnlicher als an einem Kind, das auf dem Bauch durch die Erde kriecht und mit Hammer und Meißel Erz aus dem Felsen bricht?«, fragte Arri. »Jeder tut das, was er am besten kann.«

Runa warf ihr einen verstörten Blick zu, der Arri klarmachte, dass sie mit dieser Antwort nicht wirklich etwas anfangen konnte, und ging dann schweigend vor ihr her. Sie hatten jetzt vielleicht noch ein Dutzend Schritte, dann war dieser Albtraum vorüber. In dem blassen Licht, das durch einen rechteckigen, anscheinend weit nach oben führenden Schacht fiel, war eine grob gezimmerte Leiter zu erkennen, ganz ähnlich der, durch die sie auch in die Mine herabgestiegen waren, aber deutlich massiver, und nur ein kurzes Stück weiter zweigten zwei weitere Tunnel vom Hauptgang ab, die allerdings nicht beleuchtet waren. Offensichtlich bestand die Mine aus einem ganzen Labyrinth unterirdischer Gänge und Stollen. Runa stockte unmerklich im Schritt und maß die beiden Gänge gerade lange genug mit misstrauischen Blicken, um Arri unruhig zu stimmen, dann ging sie weiter, blieb aber unmittelbar vor der Leiter noch einmal stehen und drehte sich abrupt um.

»Meine Frage wirst du mir aber noch beantworten, bevor wir nach oben gehen«, sagte sie.

Arri war über diese Verzögerung alles andere als begeistert – sie musste nach oben und sehen, wo ihre Mutter war! –, stimmte aber dennoch mit einem widerwilligen Nicken zu und blieb ebenfalls stehen. Wahrscheinlich ging es am schnellsten weiter, wenn sie Runas Wunsch nachkam, statt sich auf einen weiteren endlosen Wortwechsel einzulassen. »Welche?«

»Deine Mutter«, sagte Runa, »ist sie tatsächliche eine ...?«

»Wie?«, machte Arri verblüfft, aber Runa nickte nur und trat unruhig von einem Fuß auf den anderen. »Die Leute sagen, sie hätte Zauberkräfte«, beharrte sie. »Ist das wahr? Und wenn, beherrschst du sie dann auch?«

Arri lachte ... und aus der Schwärze hinter Runa löste sich eine hoch gewachsene Gestalt in einem Umhang aus struppigem Wisentfell, umklammerte sie von hinten mit den Armen und hielt ihr mit einer Hand Mund und Nase zu, und noch bevor Arri auch nur wirklich begriff, was geschah, geschweige denn einen Schrei ausstoßen konnte, wurden auch hinter ihr Schritte laut, und sie fühlte sich auf die gleiche Weise gepackt und zurückgerissen. Eine riesige, übel riechende Hand presste sich ihr auf Mund und Nase und schnürte ihr den Atem ab, und gleichzeitig fühlte sie sich mit unwiderstehlicher Kraft von den Füßen gerissen und herumgezerrt. Aus den Augenwinkeln sah sie, wie Runa mit den Beinen strampelte und den Arm des Angreifers mit den Fingernägeln zerkratzte, wovon sich der Mann aber nicht im Geringsten beeindruckt zeigte. Rasch und fast mühelos trug er das aufbegehrende Mädchen davon, und auch Arri wurde trotz ihrer heftigen Gegenwehr wieder in die Richtung zurückgeschleift, aus der sie gekommen waren.

Arri trat immer verzweifelter um sich. Sie spürte, dass sie traf, hart traf, aber es nutzte nichts. Sie wurde bis zu der Stelle zurückgezerrt, an der die Decke sich zu tief herabsenkte, um aufrecht stehen zu können, dann wirbelte der Mann sie herum und warf sie so fest gegen die Wand, dass ihr die Sinne zu schwinden drohten, zog die Hand aber nicht von ihrem Gesicht weg. Allmählich wurde die Atemnot quälend. Arri drängte den Schleier aus schwarzen Spinnweben zurück, der ihre Gedanken verkleben wollte, bekam irgendwie eine Hand frei und tastete mit den Fingern über das Gesicht des Kerls, um ihm die Augen auszukratzen. Der Mann lachte nur roh und warf den Kopf zurück, aber seine Hand glitt für einen Moment von ihrem Gesicht, sodass sie wenigstens einen einzelnen, gierigen Atemzug nehmen konnte, bevor sich die schwere Hand erneut auf ihren Mund und ihre Nase presste.

»Wirst du still sein?«, sagte der grobe Kerl. »Wenn du atmen willst, dann musst du mir versprechen, nicht zu schreien, wenn ich dich loslasse.«

Sie konnte nicht antworten. Aber immerhin brachte sie ein schwächliches Nicken zustande, das der Mann wohl auch sah, denn er nahm die Hand wenigstens von ihrer Nase, wenn auch nicht von ihrem Mund. Sie konnte wieder atmen; nicht besonders gut, aber sie bekam Luft.

Runa hatte weniger Glück. Der andere Mann hatte sie auf die gleiche Weise gepackt wie sein Kamerad Arri, und er machte keinerlei Anstalten, sie los- oder auch nur *atmen* zu lassen. Runa wand sich und zappelte verzweifelt, strampelte mit den Beinen und versuchte, den Kopf hin- und herzuwerfen, aber natürlich war der Mann viel zu stark für sie, und Runas Bewegungen wurden sichtbar schwächer.

»Was tun wir mit ihr?«, fragte der Krieger.

Arri konnte das Schulterzucken des Mannes, der sie gepackt hielt, spüren. »Wir brauchen sie nicht mehr. Sorg dafür, dass sie still ist.«

Der Krieger tat gar nichts – aber er ließ Runa auch nicht los. Ihr Strampeln und Sichaufbäumen wurde noch einmal so heftig, dass der Mann alle Mühe hatte, sie zu halten, aber dann wurden ihre Bewegungen ganz plötzlich schwächer und hörten schließlich ganz auf. Doch auch jetzt ließ der andere Angreifer sie noch nicht los, sondern presste die Hand noch eine ganze Weile mit aller Kraft auf ihr Gesicht, bevor er endlich zufrieden war und das Mädchen einfach fallen ließ. Runas Körper sank schlaff zu Boden, und der Krieger versetzte ihr noch zwei, drei derbe Fußtritte; vielleicht nicht einmal wirklich, um sich davon zu überzeugen, dass sie tot war, sondern einfach, weil es ihm Spaß machte.

»Wenn du nicht willst, dass es dir genauso ergeht, dann gibst du keinen Laut von dir, wenn ich dich jetzt loslasse«, grollte die Stimme des zweiten Mannes an ihr Ohr. »Hast du das verstanden?«

Arri konnte nicht antworten. Sie starrte in fassungslosem Entsetzen auf das tote Mädchen hinunter, und ein Teil von ihr weigerte sich einfach zu glauben, was sie sah. Trotzdem zog sich die Hand schließlich von ihrem Gesicht zurück, wenn auch nicht weit und jederzeit bereit, sofort wieder zuzupacken, wenn sie auch nur an Widerstand denken sollte.

Aber Arri hätte nicht einmal schreien können, wenn sie gewollt hätte. Ihr Mund war wieder frei, doch sie hatte das Gefühl, ersticken zu müssen. Ihre Kehle war wie zugeschnürt, und es war ihr unmöglich, den Blick vom reglosen Körper des Mädchens loszureißen. Sie konnte nicht einmal mehr richtig denken. Runa ... *konnte* nicht tot sein! Sie hatte noch vor einem Augenblick mit ihr geredet. Sie hatten miteinander gescherzt, und jetzt war sie tot, vollkommen grund- und sinnlos umgebracht, nur weil sie sie (was hatte der Mann gesagt?) *nicht mehr brauchten?!*

Und plötzlich brandete eine Woge reiner, lodernder Wut in ihr hoch. Mit einer Bewegung, die selbst für ihren aufmerksamen Bewacher zu schnell kam, riss sie sich los, fuhr herum und schlug mit beiden Fäusten auf Runas Mörder ein, so schnell und hart, dass der Mann mit einem überraschten Grunzen zurücktaumelte und wahrscheinlich gestürzt wäre, wäre er nicht gegen die Stollenwand geprallt. Dann traf sie selbst ein Schlag, den sie nicht einmal kommen sah, und die Welt versank in einem Strudel aus erstickendem Nebel und Übelkeit.

Das Nächste, was sie bewusst wahrnahm, war der Umstand, dass sie auf Händen und Knien hockte, eine starke Hand ihren Nacken umschloss und ihren Kopf mit erbarmungsloser Kraft nach vorn drückte, sodass ihre Stirn fast den Boden berührte. Seit ihrem ebenso überraschenden wie sinnlosen Angriff auf Runas Mörder konnte kaum Zeit vergangen sein, denn der Mann kämpfte sich genau in diesem Moment mit wild fuhrwerkenden Armen wieder in die Höhe und machte Anstalten, sie zu treten; wahrscheinlich hätte er es sogar getan, hätte sein Kamerad ihn nicht mit einer zornigen Bewegung mit dem freien Arm zurückgescheucht.

»Lass das!«, sagte er grob. An Arri gewandt und in scharfem, drohendem Ton fuhr er fort: »Und du versuchst das besser nicht noch einmal, hast du verstanden? Wir brauchen dich nicht unbedingt lebend, das solltest du besser nicht vergessen!« Der Druck auf Arris Nacken wurde nun so stark, dass sie die Zähne zusammenpresste und trotzdem vor Schmerz aufstöhnte, aber der Krieger drückte nur noch fester zu und fragte: »Hast du mich verstanden?«

Arri konnte nicht reden. Sie bekam kaum noch Luft. Alles, was sie zustande brachte, war ein angedeutetes, hastiges Nicken, das dem Krieger allerdings auszureichen schien, denn er ließ ihren Hals zwar nicht los, lockerte seinen Griff aber zumindest so weit, dass sie wieder atmen und sogar den Kopf ein wenig heben konnte. Allerdings gestattete er ihr nicht aufzustehen.

»Geh und schau nach, ob jemand was gehört hat«, wandte er sich an seinen Kameraden. »Und bring eine Fackel mit. Diese Dunkelheit ist mir nicht geheuer.«

Der andere zögerte. Arri konnte ihm ansehen, dass er sehr viel lieber geblieben wäre und etwas ganz anderes getan hätte, aber dann warf er ihr einen drohenden Blick zu, der ihr wohl klarmachen sollte, dass aufgeschoben in diesem Fall ganz und gar nicht aufgehoben bedeutete, schürzte trotzig die Lippen und eilte davon. Arri wartete darauf, dass sein Kamerad nun endlich ihren Nacken losließ, und das tat er auch, allerdings nur, um sie praktisch im gleichen Augenblick grob am Arm zu packen und in die Höhe zu zerren. Sie wurde so unsanft gegen die Wand gestoßen, dass ihr Hinterkopf gegen den harten Fels prallte und sie schon wieder das Gefühl hatte, in einen bodenlosen Schacht aus Schwärze zu stürzen. »Versuch nur keine Dummheiten«, warnte er. »Du hast gesehen, was dir dann passiert.«

Arri hatte gesehen, was ihr wahrscheinlich auf jeden Fall passieren würde – so dachte sie –, allenfalls ein wenig später, wenn sie tat, was die Männer von ihr verlangten. Aber sie war sich sicher, dass sie sie nicht am Leben lassen würden. Nicht nach dem, was sie gerade mit angesehen hatte. Dennoch presste sie die Lippen aufeinander, damit ihr auch nicht der geringste Laut entschlüpfte, der ihrem Gegenüber vielleicht als Vorwand dienen konnte, sie abermals zu schlagen oder ihr etwas Schlimmeres anzutun. Sie versuchte die bunten Lichtblitze und Schleier wegzublinzeln, die vor ihren Augen wogten; ihr Blick klärte sich nur ganz allmählich, und selbst nachdem er es getan hatte, war sie nicht sicher, ob sie wirklich sehen wollte, was sie sah. Der Mann stand nur einen halben Schritt vor ihr und blickte ihr aufmerksam ins Gesicht, und was sie in seinen Augen las, das bestätigte ihre Vermutung nur. Er würde sie nicht am Leben lassen.

»Warum ... warum habt ihr das getan?«, flüsterte sie mit leiser, bebender Stimme. »Warum habt ihr sie umgebracht? Sie ... sie hat niemandem etwas getan!«

Ihr Gegenüber zog es vor, die Frage nicht zu beantworten. Stattdessen trat er einen halben Schritt zurück und maß sie mit einem neuerlichen, sehr aufmerksamen Blick von Kopf bis Fuß, und ein hässliches Lächeln und ein Ausdruck böser Vorfreude traten in seine Augen, die Arri schaudern ließen. »Du bist ganz und gar die Tochter deiner Mutter. Du kämpfst wie eine Wildkatze. Wenn du ein paar Jahre älter wärst, hättest du uns wirklich Schwierigkeiten machen können, weißt du das?«

Arri hielt seinem Blick stand, dann aber senkte sie den Kopf und sah wieder auf Runas leblosen Körper hinab. Für einen einzigen, winzigen Moment kam es ihr so vor, als bewege er sich, aber ihre verzweifelte Hoffnung, dass vielleicht doch noch eine Spur von Leben in ihr sein könnte, verblasste so schnell, wie sie gekommen war. Es war nur das Spiel von Licht und Schatten gewesen, das ihr diese vermeintliche Bewegung vorgegaukelt hatte.

»Warum habt ihr sie umgebracht?«, fragte sie noch einmal. Sie bekam auch diesmal keine Antwort, aber plötzlich fühlte sie, wie ihr die Tränen über das Gesicht liefen. Keine Tränen der Angst oder des Schmerzes, sondern einer kalten, hilflosen Wut, die fast schlimmer war als körperlicher Schmerz. Es war so sinnlos gewesen. Runas Tod war schrecklich, aber viel entsetzlicher noch erschien ihr die Beiläufigkeit, mit der der Mann sie umgebracht hatte; einzig und allein aus dem Grund, dass sie von keinem Nutzen für ihn war und er sichergehen wollte, dass sie nicht schrie.

Die Schatten an den Wänden erwachten zu hektischem, flackerndem Leben, als der zweite Mann zurückkam und dabei die Fackel mitbrachte, die am Ende des Stollens gebrannt hatte. Sein Kamerad warf ihm einen fragenden Blick zu, ohne Arri dabei allerdings gänzlich aus den Augen zu lassen, erntete aber nur ein unwilliges Kopfschütteln. »Es ist alles ruhig. Niemand hat etwas gehört.«

»Gut.« Der andere drehte sich wieder ganz zu Arri um. »Und das gilt auch für dich. So lange du keinen Lärm machst oder zu fliehen versuchst, bleibst du am Leben.«

Und so lange sie sie noch *brauchten*, dachte Arri bitter. Mühsam riss sie ihren Blick von Runas leblosem Körper los und sah dem Mann vor sich so fest in die Augen, wie sie nur konnte. »Was wollt ihr von mir?«, fragte sie.

Der Mann antwortete nicht, aber sein Kamerad verzog die Lippen zu einem hässlichen Grinsen. »Da würde mir schon das eine oder andere einfallen. Du bist zwar abgrundtief hässlich und die Tochter einer Hexe, aber ich wüsste schon etwas mit dir anzufangen ...« Er grinste noch breiter und sah dabei seinen Kumpanen ebenso fragend wie auffordernd an; der andere schien ernsthaft über seinen unausgesprochenen Vorschlag nachzudenken, schüttelte dann aber den Kopf.

»Dafür ist keine Zeit«, sagte er in leicht bedauerndem Ton. »Geh und such nach ihrer Mutter. Sag ihr, dass wir ihre Tochter haben und dass ihr kein Leid geschieht, wenn sie ihre Waffe ablegt und mit dir kommt.«

»Und wenn sie mir nicht glaubt?« Der Blick des anderen tastete abermals und diesmal ganz eindeutig gierig über Arris Gestalt.

»Dann ist es wohl besser, wenn du ihr einen Beweis mitbringst«, erwiderte sein Kumpan. Arris Augen wurden groß vor Schrecken, als seine Hand unter den Umhang glitt und mit einem kurzen, scharf geschliffenen Dolch wieder zum Vorschein kam. Keuchend versuchte sie, zurückzuweichen oder wenigstens den Kopf zur Seite zu werfen, doch der andere war schneller. Seine Hand grub sich in ihr Haar, riss ihr den Kopf nach hinten, und dann trennte der Dolch ihr eine gut handlange, dicke Strähne ihres hellen Haares ab. Arri stieß erleichtert die Luft zwischen den Zähnen aus und wich vorsichtshalber einen Schritt zur Seite, als der Mann sie endlich losließ und sich wieder zu seinem Begleiter umwandte. »Hier«, sagte er, während er ihm die Strähne hinhielt, »gib ihr das. Das wird sie überzeugen. So sonderbares Haar hat außer ihr selbst und ihrer Tochter hier niemand.«

Der Mann nahm die Haarsträhne zögernd entgegen. Er machte keinen Hehl aus seiner Enttäuschung, hob aber schließlich nur die Schultern und händigte dem anderen die Fackel aus, bevor er sich umdrehte und davonging.

»Warum tut ihr das?«, murmelte Arri. »Was ... was haben wir euch denn getan?«

Statt ihre Frage zu beantworten, trat der Mann wieder dichter an sie heran und hob die Fackel, um sie in ihrem flackernden roten Licht noch einmal zu betrachten, und vielleicht war der Blick, mit dem er sie nun maß, schlimmer als alles andere zuvor. Arri versuchte, weiter vor ihm zurückzuweichen, aber hinter ihr war nur harter Fels. Ihr Herz jagte.

»Warum wir das tun?« Der Mann beendete seine Musterung und schien einige Mühe zu haben, sich wieder auf ihr Gesicht zu konzentrieren. »Das fragst du auch noch? Tust du so, oder hast du wirklich keine Ahnung?«

»Ich weiß nicht, wovon du sprichst«, antwortete Arri. »Ich habe euch nichts getan. Und meine Mutter auch nicht.«

»Du lügst. Aber das wird dir auch nichts mehr nutzen, Hexenkind. Deine Mutter hat mit ihren Zauberkräften lange genug Unheil über uns gebracht. Und jetzt sei still. Du kannst noch früh genug reden, aber erst, wenn deine Mutter dabei ist.«

»Meine Mutter«, antwortete Arri leise, »wird dich töten. Und deinen Freund auch. Und wenn nicht sie, dann Runas Vater.«

»Kaum«, antwortete der Mann. »Er wird uns dankbar sein, wenn er erst einmal erfährt, welch heimtückisches Spiel deine Mutter mit ihm und seiner Familie gespielt hat.«

»Aber sie hat doch nur ...«, begann Arri.

Der Mann schlug sie warnungslos und blitzschnell und so hart, dass ihr Kopf schon wieder gegen den Stein schlug und ihre Unterlippe aufplatzte. »Du sollst still sein, habe ich gesagt!«, fauchte er.

Arri hob zitternd die Hand an ihr Gesicht, verbiss sich aber jeden Laut; und sei es nur, um ihm nicht die Genugtuung zu gönnen, sie wimmern zu hören. Sie schmeckte Blut, und ihre Lippe schwoll so rasch an, dass sie es spüren konnte. Trotzdem straffte sie nach einem Moment die Schultern und starrte ihn ebenso trotzig wie herausfordernd an – was vermutlich ein Fehler war, denn sie konnte dem Krieger ansehen, wie schwer es ihm jetzt fiel, sich nicht endgültig auf sie zu stürzen und mit Fäusten auf sie einzuschlagen.

Stattdessen trat er plötzlich wieder einen Schritt zurück, lehnte die Fackel so gegen die Wand, dass sie aufrecht stehen blieb und trotzdem weiter brannte, und zog abermals den Dolch unter dem Umhang hervor. Arri gab sich alle Mühe, sich ihre Angst nicht anmerken zu lassen, als er erneut näher trat, und es gelang ihr auch einigermaßen, aber sie konnte ihren Blick nicht daran hindern, sich an der schimmernden Klinge festzusaugen. »Hast du Angst?«, fragte er lächelnd. »Das brauchst du nicht. Ich tu dir nicht weh – falls du mich nicht dazu zwingst, heißt das.«

Arri presste sich mit verzweifelter Kraft gegen den rauen Stein. Ihre Fingernägel kratzten über den Fels, und sie drückte sich so eng an die Wand, als könne sie sich hineinpressen, aber es gab keine Nische mehr, wohin sie noch flüchten konnte, und der Krieger kam langsam und unaufhaltsam näher.

Das Messer näherte sich ihrem Gesicht, strich fast sanft über ihre Wange, näherte sich ihrem linken Auge und schwebte einen grässlichen Moment lang so dicht davor, dass sie die Spitze nur noch verschwommen sehen konnte. Für einen einzelnen, aber furchtbaren Atemzug war sie sicher, dass er ihr das Messer einfach ins Auge stoßen würde, aber dann zog er die Klinge wieder ein kleines Stückchen zurück und ließ die Messerspitze den gleichen Weg wieder nach unten wandern, den sie gerade genommen hatte: über ihre Wange, den Mundwinkel und ihre aufgeplatzte Unterlippe und weiter über das Kinn hinab zu ihrer Kehle und noch weiter hinunter, bis sie über den besudelten Stoff ihrer Bluse strich, der Wölbung ihrer Brust darunter folgte und abermals einen Moment darauf verharrte, ehe sie noch weiter wanderte, über ihren Leib und schließlich bis zu ihrem Schoß glitt, wo sie endgültig verharrte. Arris Herz hämmerte. Sie wusste nicht genau, was der Mann vorhatte, aber was immer es war, in diesem Moment wäre es ihr beinahe lieber gewesen, er hätte sie getötet.

»Hast du Angst, Mädchen?«, fragte er. Arri hätte sich lieber die Zunge abgebissen, statt zu antworten, aber der Mann hätte schon blind sein müssen, um ihre Angst nicht zu sehen. »Das brauchst du nicht«, fuhr er fort. »Ich habe nicht vor, dir wehzutun. Im Gegenteil. Du wirst sehen, es wird dir gefallen.«

Das Messer machte eine plötzliche, blitzschnelle Bewegung, aber der brennende Schmerz, auf den sie wartete, kam nicht. Stattdessen zerteilte die Messerklinge ihre Bluse bis zum Hals hinauf.

Arri sog erschrocken die Luft ein, als der Stoff auseinander fiel und von ihren Schultern zu rutschen drohte. Sie wollte ihn festhalten, aber das Messer bewegte sich blitzschnell ein Stück weiter und berührte nun ihre Kehle, sodass sie gezwungen war, den Kopf in den Nacken zu legen. Als sie trotzdem die Arme hob, um wenigstens ihre Blöße zu bedecken, schlug er ihre

Hände mit solcher Kraft beiseite, dass sie vor Schmerz keuchte. »Lass das!«, sagte er scharf. »Ich will dir nicht wehtun.« Ohne die Messerspitze von ihrer Kehle zu nehmen, trat er ein kleines Stück zurück und maß ihren zitternden Körper mit langen, gierigen Blicken. »Eigentlich bist du gar nicht so hässlich, wie alle sagen. Vielleicht ein bisschen dürr, aber sonst ...«

Plötzlich zog er das Messer doch zurück, griff dann blitzschnell mit der anderen Hand zu und warf sie mit einer so brutalen Bewegung zu Boden, dass sie vor Schmerz wimmerte und ihre Zähne hart aufeinander schlugen, bis sie Blut schmeckte. Noch bevor der grelle Schmerz verebbte, warf er sich auf sie, drückte sie mit seinem ganzen Körpergewicht auf den felsigen Untergrund und grapschte mit der freien Hand nach ihrer linken Brust. Die andere hielt immer noch das Messer, das er nun seitlich gegen ihren Hals drückte.

Arri bäumte sich verzweifelt auf, aber gegenüber dem starken Mann war sie hoffnungslos unterlegen. Mühelos presste er sie nieder, zwängte ihre Beine mit einer brutalen Bewegung auseinander und grapschte weiter so fest an ihrer Brust herum, dass ihr der Schmerz schon wieder die Tränen in die Augen trieb. Arri dachte weder an das Messer an ihrem Hals noch an alles andere, was er ihr angedroht hatte, sondern bäumte sich verzweifelt auf und schlug mit den Fäusten auf seine Schultern und seinen Kopf ein, aber das schien den Kerl nur noch weiter anzustacheln. Sein Gesicht war ihr jetzt so nahe, dass sie seinen Atem spüren konnte, der übel roch und mit einem Mal fast so schnell ging wie ihr eigener, dann klirrte das Messer neben ihrem Gesicht zu Boden, als er mit der Hand nach unten griff, um sein Wickelgewand hochzuschieben. Arri hämmerte weiter wie von Sinnen mit den Fäusten auf seinen Kopf ein, und anscheinend musste sie ihm nun doch wehgetan haben, denn er drehte plötzlich und mit einem unwilligen Schnauben den Kopf zur Seite, ließ ihre Brust los und schlug sie hart mit dem Handrücken ins Gesicht.

Arri wimmerte vor Schmerz und Angst und sackte halb besinnungslos zurück, und er griff abermals nach unten. Als er in sie einzudringen versuchte, gelang es ihm nicht, aber es tat entsetzlich weh. Arri kreischte vor Schmerz und trat um sich, ohne ihn auch nur einen Deut weit von sich herunterschieben zu können. Der Krieger versetzte ihr einen weiteren, noch härteren Schlag ins Gesicht, presste sich mit einem unwilligen Schnauben noch fester gegen sie und hielt ihr mit der linken Hand den Mund zu, während er mit der Rechten wieder nach unten griff und seinen Bemühungen mit den Fingern nachzuhelfen versuchte. Arri warf sich verzweifelt herum, versuchte ihn zu beißen und ihn irgendwie von sich herunterzustoßen, doch das einzige Ergebnis war, dass der Schmerz noch unvorstellbarer wurde.

Ihre strampelnden Beine stießen gegen die Fackel, und sie fiel um. Die Flammen strichen heiß an ihrem Gesicht entlang und waren verschwunden, ehe sie ihr wirklich Schmerz zufügen konnten. Fast ohne darüber nachzudenken, was sie tat, griff sie nach der Fackel. Sie bekam das brennende Ende zu fassen, und diesmal *tat* es weh, aber der Schmerz war nichts gegen die grausame Qual, die in ihrem Schoß wühlte, und das Entsetzen, das ihre Sinne zerreißen wollte. Statt loszulassen, glitt ihre Hand an dem glühenden Holz entlang, bis sie eine Stelle fand, die ihr nicht das Fleisch von den Knochen brannte, schloss sich fester darum – und dann stieß sie dem Mann die brennende Fackel mit aller Kraft ins Gesicht!

Der Angreifer schrie vor Schmerz und Wut. Plötzlich stank es durchdringend nach verschmortem Haar und versengtem Fleisch, und Arri schlug noch einmal und noch fester zu, obwohl die Flammen auch ihr Haar und ihre Augenbrauen versengten. Der Mann bäumte sich auf, versuchte ihr die Fackel aus der Hand zu schlagen und verfehlte sie, und Arri stieß ihm das brennende Holz ungeschickt in den Nacken. Der Gestank nach verschmortem Haar wurde noch schlimmer und seine Schreie wütender. Arri warf sich herum, schraubte sich irgendwie unter seinem schweren Körper hervor und war plötzlich frei; wenn auch nur für einen Moment. Hastig wollte sie davonkriechen, kam aber nur einen Schritt weit, bevor seine

Hand nach ihr griff und sich in ihren Rock krallte. Das Gewebe aus unendlich fein gesponnenen Nesselfasern riss mit einem hässlichen Laut und wurde ihr fast bis zu den Hüften vom Leib gezerrt. Arri fiel auf die Seite, krümmte sich und trat unwillkürlich nach seinem Gesicht – und diesmal traf sie so hart, dass der Mann mit einem Keuchen nach hinten stürzte und schwer gegen die Wand prallte.

Arri kroch hastig einen weiteren Schritt vom ihm fort, setzte sich auf und zog bibbernd die Knie an den Leib, während sie mit beiden Händen versuchte, den zerrissenen Rock irgendwie um sich zu wickeln und ihre Blöße zu bedecken. Das war vollkommener Unsinn. Ein winziger Teil von ihr, der trotz allem noch zu folgerichtigem Denken fähig war, versuchte ihr zuzuschreien, dass sie nur diese eine winzige Gelegenheit hatte davonzukommen, dass er gleich wieder über sie herfallen und ihr Dinge antun würde, die noch viel unvorstellbarer waren als die, die er gerade getan hatte, und dass sie *weg* musste. Aber sie war nicht in der Lage, auf sie zu hören. Sie schämte sich so sehr, dass es *weh*tat.

Und dann war es zu spät. Der Mann stemmte sich mit einem würgenden Laut in die Höhe, und Arri konnte sehen, was die Fackel seinem Gesicht angetan hatte: Nahezu das gesamte Haar und sein Bart auf der rechten Seite, da, wo ihn das brennende Holz getroffen hatte, waren zu schwarzer Schlacke verschmort, die auf seiner Haut klebte wie schmieriges Pech. Seine Lippe war aufgeplatzt und blutete, die Haut war so heftig gerötet wie nach einem schlimmen Sonnenbrand und mit kleinen, nässenden Stellen übersät, und wo sein rechtes Auge gewesen war, gähnte ein blutiges Loch, aus dem Schleim und eine wässrige Flüssigkeit über seine verbrannte Wange liefen. Im Fell seines Wisent-Umhangs nisteten Dutzende winziger rot glühender Funken, und der Gestank war jetzt so schlimm, dass sie kaum noch atmen konnte. Zitternd stemmte er sich an der Wand entlang in die Höhe, sank mit einem wimmernden Laut zurück und versuchte es abermals. Die brennende Fackel lag neben ihm. Eine blutige, ebenfalls mit nässenden Stellen aus rohem

Fleisch übersäte Hand streckte sich nach ihr aus und verfehlte sie, als Arri im letzten Moment den Kopf zurückwarf.

Die hastige Bewegung ließ sie endgültig das Gleichgewicht verlieren. Arri stürzte ungeschickt nach hinten, aber diesmal schlug sie nicht auf dem steinernen Boden auf, weil etwas Weiches und Warmes ihren Sturz aufhielt. Keuchend vor Entsetzen rollte sie herum und schrie im nächsten Augenblick gellend, als sie in Runas weit offen stehende, leere Augen blickte. Es war der Körper des Mädchens, der ihren Sturz aufgefangen hatte.

Und es war die tote Runa, die sie vielleicht das Leben kostete, denn als Arri ihren Schrecken endlich überwunden hatte und sich aufrichten wollte, schloss sich eine entsetzlich starke Hand um ihren linken Fuß und zerrte sie zurück. Unwillkürlich trat sie mit dem anderen Fuß zu und traf einmal, zweimal, dreimal und so hart, dass ein stechender Schmerz durch ihr Gelenk schoss, aber die Hand ließ ihren Fuß trotzdem nicht los, sondern zerrte sie im Gegenteil immer weiter und weiter zurück. Verzweifelt krallten sich Arris Hände in die Schultern des toten Mädchens, aber es nutzte nichts; Runa wurde einfach zusammen mit ihr zurückgeschleift, und dann war da plötzlich noch eine zweite Hand, die nach ihrem anderen Knöchel grapschen wollte. Arri warf sich herum, trat noch einmal nach dem Gesicht des Mannes und traf ihn so hart, dass sie spüren konnte, wie seine Zähne splitterten.

Der Kerl heulte vor Schmerz und spuckte Blut. Dann wurde sie mit einem so brutalen Ruck herum und auf den Rücken geworfen, dass ihre Hände von Runas Schultern glitten und zwei oder drei ihrer Fingernägel abbrachen, aber sie nahm diesen neuerlichen Schmerz kaum noch wahr, so schlimm er auch sein mochte. Blind vor Angst, wie sie war, landete sie einen letzten, noch härteren Tritt in das zerstörte Gesicht des Angreifers, dann hatte er auch ihr anderes Fußgelenk gepackt, richtete sich endgültig auf die Knie auf und zerrte sie mit einem derben Ruck zu sich heran. Sein Haar schwelte noch immer, und auch die roten Glutfunken in seinem Umhang waren nicht erloschen, sondern schienen eher noch mehr geworden zu sein.

Sein verbliebenes Auge funkelte mit mörderischem Hass auf sie herab. Er würde sie nicht einfach nur töten, sondern ihr etwas Unbeschreibliches antun. Und er begann in diesem Moment damit.

Sein Gewand war noch im Weg, als er sie endgültig an sich heranzog. Wütend schlug er ihr rechtes Bein zur Seite und griff aus der gleichen Bewegung heraus nach unten, um das um seinen Leib gewickelte Gewand anzuheben. Arri angelte nach der mittlerweile nur noch schwelenden Fackel, zog sie zu sich heran und hielt ihr Ende an den Umhang des Angreifers. Im allerersten Moment züngelte nur ein winziges, heftig qualmendes Flämmchen aus dem struppigen braunen Fell, dann explodierte das Feuer regelrecht. Eine zischelnde Stichflamme schoss in die Höhe, züngelte gierig nach Armen und Schultern des Kriegers und leckte über seine verbrannte Gesichtshälfte.

Arri bemerkte mit fassungslosem Entsetzen, dass er es gar nicht zu spüren schien; vielleicht war er nicht mehr fähig, Schmerz zu empfinden, oder seine Wut war einfach zu groß. Seine Hand machte sich irgendwo an ihrem Schoß zu schaffen, und der Schmerz kam zurück, schlimmer und grausamer als zuvor – aber dann schrie er gellend auf, warf sich zurück und stürzte rücklings und brennend zu Boden.

Arri trat noch einmal nach ihm, warf sich herum und kroch hastig auf Händen und Knien ein Stück weit davon, bevor sie sich wimmernd aufrichtete und mit der linken Hand ihren zerrissenen Rock zusammenraffte – als gäbe es hier unten jemanden, vor dem sie sich verhüllen müsste! Zitternd drehte sie sich um, und der Anblick, der sich ihr bot, raubte ihr trotz allem schier den Atem.

Der Mann war zu Boden gestürzt, rappelte sich aber genau in diesem Moment wieder auf. Sein Umhang brannte. Flammen leckten an seiner gesamten rechten Seite empor, züngelten nach seinem Haar und seinem Gesicht, und ein wahrer Regen winziger glühender Funken stob aus dem schwelenden Fell und schien ihn zu umtanzen wie ein Schwarm unheimlicher Glühwürmchen, die in immer größerer Anzahl zum Angriff ansetzten. Auch in seinem Gewand und dem, was noch von seinem Haar und seinem Bart geblieben war, nisteten unzählige winzige rote Funken, doch der Gestank nach brennendem Haar war endgültig dem von verschmorendem Fleisch gewichen. Schreiend taumelte der Mann auf die Füße, schlug mit den Händen nach den Flammen und versuchte vergeblich, seinen mittlerweile lichterloh brennenden Umhang auszuziehen, bevor er, blind vor Angst und Schmerz, wie er sein musste, gegen die Wand prallte und abermals in die Knie brach.

Arri hatte genug gesehen. Taumelnd machte sie einen ersten Schritt und wäre um ein Haar wieder gestürzt, als sich ihr Fuß in Runas Kleid verfing. Sie riss sich mit einem spitzen Schrei los. Vielleicht war das das Schlimmste bisher überhaupt: Für einen Moment war es ihr, als versuche das tote Mädchen, nach ihr zu greifen, wie um sie doch noch festzuhalten, damit sie ihr Schicksal teilte. Runas Kopf rollte haltlos herum, und ihre leeren Augen schienen sie vorwurfsvoll anzustarren. Hinter ihr wurden die Schreie des brennenden Mannes lauter und spitzer. Der Gestank war unerträglich. Flackernder roter Lichtschein erfüllte den Stollen und verwandelte ihn in etwas, das eine schreckliche Ähnlichkeit mit dem Ort der Verdammnis hatte, den Sarn in so glühenden Schreckensfarben zu beschreiben verstand.

Endlich riss sie sich von dem furchtbaren Anblick los und stolperte weiter. Obwohl sie sich von dem brennenden Mann entfernte, schienen seine Schreie immer noch lauter und durchdringender zu werden, und sie spürte die Hitze des brennenden Umhangs selbst über die größer werdende Entfernung hinweg. Warum starb er nicht endlich? *Warum starb er nicht endlich?*

Mehr torkelnd als rennend hetzte sie auf das Ende des Stollens zu, fiel auf die Knie, rappelte sich wieder hoch und fiel abermals, bevor sie den Schacht und die Leiter erreichte und mit zitternden Fingern nach den groben Sprossen griff. Die Schreie hinter ihr wurden immer noch lauter, und als Arri in die Höhe zu klettern versuchte, glitten ihre Finger im ersten Moment ab, denn sie waren glitschig von ihrem eigenen Blut.

Erst beim zweiten Anlauf gelang es ihr, festen Halt zu finden und sich mühsam in die Höhe zu ziehen. Die rechteckige Öffnung am oberen Ende des Schachtes schien endlos weit entfernt; sie musste sich viel tiefer unter der Erde befinden, als sie angenommen hatte.

Hand über Hand, immer langsamer werdend und blutige Abdrücke auf den Leitersprossen hinterlassend, kletterte Arri weiter in die Höhe, auf einer Leiter, die durch einen bösen Zauber im gleichen Maße länger zu werden schien, in dem sie sie erklomm. Immer wieder glitten ihre Finger von ihrem unsicheren Halt ab, und mehr als einmal war sie fest davon überzeugt, im nächsten Moment abzustürzen und auf dem tief unter ihr liegenden Boden zerschmettert zu werden.

Das geschah nicht, aber kurz vor dem Ziel verließen sie endgültig die Kräfte, sodass sie innehalten und sich an die Sprossen klammern musste, um wieder zu Atem zu kommen. Mit klopfendem Herzen sah sie nach unten und stellte fest, dass das, was ihr wie eine schiere Endlosigkeit vorgekommen war, in Wahrheit geradezu lächerlich kurz war: kaum ein Dutzend Sprossen, die noch dazu nicht annähernd so weit auseinander lagen, wie sie gemeint hatte. Roter Feuerschein flackerte unter ihr, und sie glaubte noch immer, Schreie zu hören, weit entfernt und schrill und spitz, doch von unendlicher Qual erfüllt. Aber das konnte nicht sein. Der Mann war längst tot oder starb spätestens in diesem Augenblick.

Arri gab noch einen Moment zu, bis sie wenigstens halbwegs sicher war, die letzten beiden Sprossen überwinden zu können, dann griff sie mit zusammengebissenen Zähnen nach oben und zog sich keuchend ins Freie.

Die Leiter endete in einem winzigen, spärlich beleuchteten Raum, der von Schatten und zahllosen Umrissen erfüllt war und kaum Platz für den rechteckigen Ausschnitt im Boden bot, unter dem der Schacht in die Tiefe führte. Mit letzter Kraft ließ sich Arri zur Seite kippen, rollte ein Stück weit von dem gähnenden Abgrund fort und rang keuchend nach Atem. Plötzlich spürte sie, wie erschöpft und ausgelaugt sie war. Sie hatte überall Schmerzen, und selbst das Atmen schien ihr mit einem Male so große Mühe zu bereiten, dass es einer bewussten Anstrengung bedurfte, um ihre Lungen mit Luft zu füllen.

Aber es war noch nicht vorbei. Da war noch immer der zweite Mann, Nors Krieger, der Runa getötet hatte und der in diesem Augenblick vielleicht auf der Suche nach ihrer Mutter war, um auch sie umzubringen oder ihr etwas vielleicht noch viel Schlimmeres anzutun. Sie musste Lea finden und sie warnen!

Arri blieb trotzdem noch einige weitere Augenblicke reglos und mit geschlossenen Augen auf dem Rücken liegen, bis sich ihr hämmernder Puls einigermaßen beruhigt hatte und sie wieder halbwegs zu Atem gekommen war, dann stemmte sie sich mühsam und auf zitternden Händen und Knien in die Höhe. Jetzt, wo sich ihre Augen an das veränderte Licht gewöhnt hatten, erkannte sie, dass der Raum nicht so winzig war, wie sie zuerst geglaubt hatte, sondern ganz im Gegenteil erstaunlich groß – nur war er derart mit allen möglichen Dingen und Werkzeugen voll gestopft, dass er drückend eng wirkte; ein Eindruck, den die niedrige, von schweren Balken gestützte Decke noch verstärkte. Es gab nur eine einzige, halb offen stehende Tür, durch die rötlicher Lichtschein und gedämpfte, aber aufgeregt durcheinander redende Stimmen drangen. Das Kind schrie noch immer, und noch immer auf die gleiche, fast unheimlich regelmäßige Weise.

Arri machte einen Schritt auf die Tür zu und knickte ein. Hastig streckte sie den Arm aus, fand an irgendetwas Halt und erschrak, als sie an sich herabsah. Sie war praktisch nackt. Ihr Rock, den sie krampfhaft mit einer Hand umklammert hielt, hing schief herunter, und die Bluse, vom Saum bis zum Halsausschnitt aufgeschnitten und zusätzlich überall zerrissen, wollte ihr wie ein zerfetzter Umhang immer wieder von den Schultern rutschen; und sie war über und über mit Blut besudelt, ihrem eigenen Blut, aber auch dem des Mannes, den sie getötet hatte.

Ihr kam erst jetzt wirklich zu Bewusstsein, was geschehen war, und ein sonderbares Gefühl von Bitterkeit breitete sich in ihr aus. Sie fühlte sich schuldig, und auch der Gedanke, dass dieses Gefühl einfach nur widersinnig war, änderte daran gar nichts. Sie hatte keine Wahl gehabt. Der Mann hätte sie umgebracht, wenn sie sich nicht gewehrt hätte, ganz gleich, was sie auch gesagt oder getan hätte, daran bestand nicht der mindeste Zweifel. Er hätte ihr auf unvorstellbare Weise Gewalt angetan und sie danach umgebracht, oder vielleicht auch gewartet, bis sein Kamerad zurück gewesen und über sie hergefallen wäre, und sie dann umgebracht, aber *umgebracht* hätte er sie auf jeden Fall, und wahrscheinlich auf allergrausamste Weise. Sie hatte es tun *müssen*. Dennoch empfand sie keinen Triumph. Der Mann hatte den Tod verdient, schon wegen dem, was sein Kamerad Runa angetan hatte, aber es war trotzdem ein schreckliches Gefühl, einen Menschen getötet zu haben, getötet mit den eigenen Händen.

Vorsichtig löste sie die Hand von ihrem Halt und lauschte in sich hinein. Ihre Knie fühlten sich so wackelig an, als hätten sich ihre Knochen in weichen Brei verwandelt, und auch der Schmerz in ihrem Schoß war wieder da – er war niemals weg gewesen, aber für eine Zeit hatte sie sich in einer Welt bewegt, in der Schmerzen und Furcht keine Macht mehr hatten –, so schlimm, dass sie sich nur mit vorsichtigen kleinen Schritten und weit nach vorn gebeugt bewegen konnte. Aber sie *konnte* sich bewegen, und das allein zählte.

Mit zusammengebissenen Zähnen schlurfte sie auf die Tür zu, stieß sie gänzlich auf, indem sie sich schwer mit der Schulter dagegen lehnte, und fiel mehr hindurch als sie ging.

Unversehens fand sie sich in dem großen Raum wieder, in dem sie am Abend zusammen mit ihrer Mutter und Targan gewesen war, nicht einmal weit von der Stelle entfernt, an der sie die drei Fremden das erste Mal gesehen hatte, von denen zwei nun tot waren; und der dritte würde nur allzu bald sterben, dafür würde sie sorgen, dachte sie grimmig. Seltsam, auf welch absonderlichen Wegen sich ihre Gedanken bewegten. Das Wissen, den Mann unten in der Mine getötet zu haben, machte ihr immer noch zu schaffen, und doch verspürte sie zugleich eine grimmige Entschlossenheit, auch seinen Kameraden tot zu sehen.

Sie machte einen weiteren, taumelnden Schritt und blieb wieder stehen, als sie ihre Mutter und Targan erblickte, die am anderen Ende des Raumes standen und aufgeregt mit einem dritten Mann sprachen, der verfilztes langes Haar hatte und einen schmutzstarrenden Wisentmantel trug; der Streit, den sie schon unten gehört zu haben glaubte. Niemand hier im Raum schien mehr zu schlafen. Die meisten hatten sich halb auf ihren Lagern aufgerichtet und folgten dem lautstarken Streit zwischen Lea und dem Fremden, manche waren auch halb aufgestanden, und Arri bemerkte, dass sich die eine oder andere Hand nach einer Waffe oder einem Knüppel ausstreckte. Die Spannung, die in der Luft lag, war fast mit Händen greifbar.

Arri machte einen weiteren, taumelnden Schritt und blieb wieder stehen. Die Tür, durch die sie hereingekommen war, fiel mit einem hörbaren Klacken hinter ihr zu, und der eine oder andere Kopf flog mit einem Ruck herum. Bisher hatten weder ihre Mutter noch Targan etwas von ihrem Eintreten bemerkt, denn sie waren viel zu sehr auf ihr Gespräch konzentriert, aber das änderte sich, als Arri einen weiteren Schritt machte und sie die Kräfte verließen. Hilflos fiel sie auf die Knie, stützte sich mit der linken Hand ab und versuchte mit der anderen, ihren zerrissenen Rock zusammenzuhalten, und was dann geschah, ging fast zu schnell, als dass sie hinterher genau hätte sagen können, *wie* es geschah und in welcher Reihenfolge: Targan und ihre Mutter hoben mit einem Ruck die Köpfe und sahen in ihre Richtung. Leas Augen wurden groß, und ein Ausdruck von Verblüffung und Schrecken erschien in ihrem Blick, und auch der Fremde wirbelte herum, und der Ausdruck auf *seinem* Gesicht wandelte sich im Bruchteil eines Atemzuges von Unglauben zu maßlosem Entsetzen. Dennoch reagierte er erstaunlich schnell. Bevor er sich gänzlich umgedreht hatte, zuckte seine rechte Hand bereits unter den Umhang und schloss sich um den Griff des Schwertes, das er darunter trug.

Doch so schnell er auch war, es reichte nicht.

Noch während er sich umdrehte, versuchte er seine Waffe unter dem Umhang hervorzuzerren, aber er hatte die Klinge nicht einmal ganz aus dem Gürtel gezogen, als Leas Schwert regelrecht in ihre Hand zu springen schien. Arri sah weder, dass sie ausholte, noch wirklich den Hieb, mit dem die Klinge aufblitzte und den Mann so mühelos enthauptete, wie die Sense eines Bauern durch trockenes Stroh fährt. Der kopflose Torso führte die begonnene Bewegung noch fast zu Ende, als hätte der Leib, seines Gehirns beraubt, nicht begriffen, dass er längst tot war, und selbst das Schwert glitt noch ein gutes Stück weiter aus seiner Scheide heraus, bevor er ganz langsam in die Knie brach und dann nach vorn kippte. Der abgeschlagene Schädel prallte mit einem dumpfen Laut auf dem Boden auf und rollte davon wie ein hässlich bemalter Kürbis, den Mund zu einem Schrei geöffnet, der nie mehr über die Lippen kommen sollte. Noch bevor er gänzlich zur Ruhe gekommen war, stürmte Lea bereits auf Arri zu, während Targan einfach wie gelähmt dastand und aus hervorquellenden Augen auf den enthaupteten Leib zu seinen Füßen starrte.

Arri versuchte, in die Höhe zu kommen, aber ihre Knie gaben einfach unter dem Gewicht ihres Körpers nach. Sie hatte keine Kraft mehr. Alles war vorbei. Sie war gerettet und in Sicherheit, und es schien, als sei diese Erkenntnis genug, um ihr den Zugriff auf die verborgenen Reserven zu verwehren, die ihr bisher die Kraft gegeben hatten, immer noch irgendwie weiterzumachen. Alles drehte sich um sie, und sie wäre vollends gestürzt, wäre ihre Mutter nicht mit wenigen, weit ausgreifenden Schritten neben ihr erschienen, um sie im letzten Moment aufzufangen.

»Arianrhod!«, keuchte sie entsetzt. »Arianrhod, bei der großen Göttin – was ist geschehen? Wer hat das getan?« Sie ließ das Schwert fallen, schloss Arri in beide Arme und drückte sie einen Herzschlag lang mit solcher Kraft an sich, dass ihr der Atem wegblieb, dann schob sie sie auf halbe Armeslänge von sich, um sie anzusehen. In das Entsetzen auf ihrem Gesicht mischte sich jähe Wut. »Wer hat das getan?«, wiederholte sie. »Arianrhod, sprich! Was ist geschehen?«

»Runa«, murmelte Arri. Tränen liefen ihr über das Gesicht, ohne dass sie es auch nur merkte. »Runa ist ... ist tot.«

»Runa ist ...«, keuchte ihre Mutter. Alle Farbe wich aus ihrem Gesicht. Einen Herzschlag lang starrte sie Arri aus ungläubig aufgerissenen, fast schwarzen Augen an, dann drehte sie mit einem Ruck den Kopf und sah zu Targan. Der große Mann stand noch immer wie gelähmt neben dem enthaupteten Krieger, sah aber nun in ihre Richtung, und auch der Ausdruck auf seinem Gesicht begann sich ganz allmählich zu ändern. Aus ungläubigem Schrecken wurde Furcht, und dann etwas anderes, fast, als hätte er ihre Worte verstanden, obwohl das über die Entfernung hinweg schlichtweg unmöglich war. Vielleicht war das, was er in Leas Augen las, einfach zu eindeutig.

»Bist du sicher?«, wandte sich Lea wieder an Arri. Ihre Stimme bebte, wurde schärfer. »Was ist passiert? Wer ... *wer hat das getan?*« Sie machte eine Kopfbewegung zu Targan und dem Toten zu seinen Füßen hin, aber Arri konnte nicht antworten, nicht einmal mehr mit einem Nicken.

Alles begann unwirklich zu werden. Die Stimme ihrer Mutter schien plötzlich wie von weit, unendlich weit her zu dringen, und ihr Gesicht begann sich vor ihren Augen zu verzerren. Sie verlor die Sinne, und sie konnte es spüren. Alle Kraft schien wie Blut aus einer klaffenden Wunde aus ihr herauszufließen, und eine sonderbar warme Dunkelheit griff nach ihren Gedanken und lullte sie langsam, aber auch unaufhaltsam ein. Aber sie durfte nicht ohnmächtig werden. Nicht jetzt. Sie musste ihrer Mutter sagen, was passiert war, und Targan ...

»Arianrhod!« Lea ergriff sie bei den Schultern und schüttelte sie. »Was ist passiert? *Antworte!*«

Arri wollte es ja, aber sie konnte es nicht, und dann musste sie es auch nicht mehr.

Die Tür, durch die sie gerade selbst gestolpert war, flog mit einem Knall auf und gegen die Wand, und ein brennender Mann stürmte herein.

Es war, als hätte sie einen Blick direkt in den tiefsten Schlund der Hölle getan. Was sie sah, konnte nicht die Wirklichkeit sein! Der Mann war tot, vor ihren Augen verbrannt ... und nun war er zurückgekommen, um sie zu holen und sie für das zu bestrafen, was sie ihm angetan hatte; vielleicht war es auch gerade anders herum, und die Unterwelt hatte ihn wieder ausgespieen, weil nicht einmal sie ihn haben wollte. Seltsamerweise hatte Arri nicht einmal Angst. Sie glaubte nicht, was sie sah. Es war vollkommen unmöglich. Der Mann war tot, und sie hatte endgültig das Bewusstsein verloren und durchlebte eine Fieberphantasie, in der sie die grässlichsten Bilder quälten, die nichts anderes als Ausdruck ihres schlechten Gewissens waren, einem Menschen diese unvorstellbare Qual angetan zu haben.

Sie wollte die Augen schließen und sich in die schützende Umarmung ihrer Mutter sinken lassen, den einzigen Platz auf der Welt, an dem sie wirklich Sicherheit finden konnte, aber die grässliche Vision gab keine Ruhe. Statt durch die Erkenntnis und ihre wirkliche Natur ihrer Daseinsberechtigung beraubt zu sein und zu verschwinden, machte die Erscheinung einen weiteren, lodernden Schritt in den Raum hinein, und plötzlich klang rings um sie herum ein Chor gellender Schreie auf. Die unsägliche Gestalt torkelte weiter, streckte zwei lodernde Arme in ihre Richtung aus, um sie endgültig zu umarmen und mit sich ins Verderben zu reißen, und ihre Mutter sprang auf, schwang das Schwert und rammte es dem Trugbild mit solcher Wucht in die Brust, dass es zurück und mit hoch geworfenen Armen gegen die Wand taumelte.

Die Wand fing Feuer, schlagartig und so gewaltig, als wäre sie mit Lampenöl getränkt. Lea riss ihr Schwert zurück, und der brennende Mann streckte nun die Arme nach ihr aus und machte einen weiteren Schritt, bei dem er brennenden Stoff und Fleischfetzen rings um sich herum verteilte. Beinahe augenblicklich brach in dem großen Raum Panik aus. Schreie gellten auf, überall waren plötzlich hastige, trampelnde Schritte, heftige Geräusche, und Lea schwang ihre Zauberklinge und führte einen weiteren, gewaltigen Hieb gegen den lodernden Dämon, der seinen rechten Arm dicht unterhalb der Schulter traf und kurzerhand abtrennte. Trotzdem torkelte die Gestalt weiter, setzte mit ihren Schritten den Boden und Felle und Decken der Schlafstätten in Brand und versuchte mit dem verbliebenen Arm nach Lea zu schlagen, bevor diese den Angreifer mit einem weiteren, noch gewaltigeren Schwerthieb endgültig zu Fall brachte.

Wieder drohten Arri die Sinne zu schwinden, und vielleicht hatte sie für einen Moment tatsächlich das Bewusstsein verloren, denn das Nächste, was sie wahrnahm, war die Hand ihrer Mutter, die sie grob am Arm packte und in die Höhe zerrte. Sie stolperte, fiel, und fand wieder in ihren Schritt zurück, als ihre Mutter sie mit sich zerrte. Schreie und Lärm und abscheulich zuckendes, rotes Licht vermischten sich um sie herum zu einem grauenhaften Bild, wie es grässlicher nicht den schlimmsten Albträumen entspringen konnte. Schwarzer, in der Kehle brennender Rauch erfüllte mit einem Mal die Luft, und die ganze Welt schien sich zu drehen und ins Wanken zu geraten. Jemand prallte gegen sie, riss sie um ein Haar von den Füßen und wurde wieder von dem tobenden Feuer ringsum verschlungen, als Lea ihn wegstieß und Arri gleichzeitig weiter zerrte.

Stolpernd und von ihrer Mutter abwechselnd gezogen und gestoßen, erreichten sie endlich die Tür und prallten so hart gegen den Rahmen, dass Arri tatsächlich stürzte. Ihre Mutter versuchte, sie wieder in die Höhe zu zerren, verlor durch die hastige Bewegung selbst das Gleichgewicht und sank ungeschickt auf ein Knie herab; allerdings nur, um sich sofort wieder hochzustemmen und gleichzeitig nach Arris Arm zu greifen.

Sie hatte gedacht, dass es nicht mehr schlimmer kommen könnte, aber als sie sich im Aufstehen umwandte und zurücksah, erwies sich diese Erwartung als falsch: Es konnte *immer* schlimmer kommen.

Der große Raum hatte sich endgültig in einen Ort der Verdammnis verwandelt, wie ihn selbst Sarn nicht in seinen schlimmsten, vom übermäßigen Genuss berauschender Pilze hervorgestöhnten Hassreden hätte ausmalen können. Obwohl seit dem Moment, in dem der brennende Mann hier hereingekommen war, kaum Zeit vergangen sein konnte, hatte mittlerweile die gesamte rückwärtige Wand Feuer gefangen. Arri hatte das entsetzliche Gefühl, dass sich die brennende Gestalt des Kriegers noch immer inmitten der roten und gelben Hölle bewegte, als versuche er, aufzustehen und ihnen zu folgen, obwohl das vollkommen unmöglich war. Ihre Mutter hatte ihn mit dem Schwert durchbohrt, und er *musste* tot sein; es war nur eine Täuschung, die durch das zuckende Licht und ihre eigene Furcht zustande kam.

Und die Flammen beschränkten sich nicht nur auf die hölzerne Wand, gegen die der sterbende Krieger geprallt war. Auch aus der offen stehenden Tür hinter ihm zuckte gelber und weißer Feuerschein, gefolgt von fettigem, schwarzem Qualm, der sich unter dem Türsturz hindurchschlängelte und brodelnd nach oben kroch. Schon in den wenigen Atemzügen, die Arri und ihre Mutter gebraucht hatten, um die Tür zu erreichen, hatte sich eine schwarze Gewitterwolke unter der Decke gebildet, die mit fast unheimlicher Schnelligkeit wuchs. Was immer Targans Familie in dem kleinen Raum hinter der Tür gelagert hatte, brannte wie Pech.

»Weiter!«, keuchte Lea. Ohne Arri auch nur die Möglichkeit zu geben, ihrer Aufforderung Folge zu leisten, zerrte sie sie herum und stieß sie weiter vor sich her auf den Ausgang zu.

Kurz bevor sie ihn erreichten, sah Arri noch einmal über die Schulter zurück, aber sie bedauerte fast, es getan zu haben. Targans Familie hatte ihren Schrecken immerhin weit genug überwunden, dass die Ersten begannen, das Feuer zu bekämpfen, indem sie mit Decken, Fellen und allem anderen auf die Flammen einschlugen oder Wasser ins Feuer schütteten – was sich zumindest in einem Fall als fatal erwies, denn die Flüssigkeit, die einer der Männer mitsamt dem Krug, der sie enthielt, in die Flammen warf, loderte plötzlich hell auf und verschlimmerte das Durcheinander nur noch. Die brodelnde schwarze Wolke unter der Decke war noch dichter geworden, und Arri verspürte ein neues, scharfes Kratzen im Hals, das ihr sagte, dass dieser Qualm nicht nur *Qualm* war. Dann erglühte das Licht hinter der Tür zu greller weißer Glut, und fast gleichzeitig erscholl ein dumpfer Knall, und Arri konnte spüren, wie das gesamte Haus unter ihren Füßen erbebte, als wolle es damit signalisieren, dass ihm niemand mehr entkommen konnte. Ihre Mutter riss sie rüde zurück und stieß sie so derb durch den Ausgang und nach draußen, dass sie auf die Knie fiel.

Mit einem einzigen Satz landete Lea neben ihr, riss sie – noch derber als zuvor – auf die Füße und stieß sie weiter. »Die Pferde!«, keuchte sie. »Hol die Pferde!«

»Die Pferde?«, wiederholte Arri verständnislos. »Aber wir müssen ...«

»Sofort!«, unterbrach sie ihre Mutter, und diesmal in so scharfem, fast panischem Ton, dass Arri unwillkürlich herumfuhr und in die Dunkelheit hineinstolperte; eine Dunkelheit, die nicht mehr annähernd so vollkommen war wie vorhin, als sie mit Runa (die jetzt *tot*! war) den gleichen Weg entlanggestolpert war. Das matte Dunkelrot, das durch die Fenster des großen Gebäudes gedrungen war, hatte sich in ein loderndes Orange und Gelb verwandelt, und auch hier draußen glaubte Arri schon den ätzenden schwarzen Qualm zu riechen. Schreie und hektischer Lärm wurden mit jedem Schritt, den sie sich der Ecke des Gebäudes näherte, lauter, und kurz bevor sie ihr Ziel erreichte, glaubte sie einen weiteren, noch gewaltigeren Knall zu hören, der aus dem Haus herauswehte.

Hinter der geschlossenen Tür erscholl das panikerfüllte Wiehern und Kreischen der Pferde, und noch bevor Arri den schweren Balken beiseite gewuchtet hatte, roch sie auch hier etwas Scharfes, das die Luft verpestete. Sie brach sich zwei weitere Fingernägel ab, weil sie sich in ihrer Hast viel zu ungeschickt anstellte, um den Balken hochzuwuchten, zerrte die Tür bibbernd vor Furcht und Schmerz, weit genug auf, um sich hindurchzuquetschen, und war im ersten Moment fast blind. Dumpfe, polternde Laute und der Geruch nach Panik schlugen ihr entgegen. Arri tastete sich mit vorgestreckten Händen in die Dunkelheit hinein, fühlte etwas Weiches, das unter ihrer Berührung zurückprallte, und wäre schon wieder fast gefallen, als sie auf etwas Nassem und Glitschigem ausglitt.

Dann war raues Holz unter ihren Fingern, und einen Moment später der grobe Strick, den ihre Mutter *Zügel* genannt hatte, als sie ihr zum ersten Mal ein Pferd zum Führen anvertraut hatte. Wenigstens betete Arri, dass es der Zügel war, während sich ihre Hände rasch daran entlang in die Höhe tasteten. Sie war vollkommen blind. Sie konnte hören, wie die Pferde an ihren Stricken zerrten und in Panik um sich schlugen, und sie konnte nur hoffen, dass sie nicht von den wirbelnden Hufen getroffen wurde. Dann spürte sie Fell unter ihren Fingern und etwas Weiches, Feuchtes. Etwas schlug nach ihrer Hand, aber Arri griff nur umso fester zu, folgte dem Strick mit den blutigen Fingern der anderen Hand wieder nach unten bis zu der Stelle, an der er festgebunden war, und schaffte es irgendwie, den Knoten zu lösen. Das Pferd versuchte sich loszureißen, aber Arri hielt den Strick mit aller Kraft fest, stolperte rückwärts gehend aus dem Stall und zog das widerstrebende Tier mühsam hinter sich her.

Kaum waren sie draußen, stieß das Tier ein schrilles Kreischen aus, stieg auf die Hinterbeine und schlug mit den Vorderläufen aus. Arri zog hastig den Kopf ein, um nicht von den wirbelnden Hufen getroffen zu werden, hielt den Zügel aber weiterhin fest und zerrte das Tier mit sich. Aus dem Haus drang mittlerweile ein ganzer Chor gellender Stimmen, die ganz eindeutig nicht allein der Furcht und dem Schrecken entsprangen, sondern vor Schmerz schrien, und das flackernde rot-orange Licht, das aus den Fenstern fiel, war noch kräftiger geworden.

Lea eilte ihr entgegen und nahm ihr den Zügel ab, gerade als Arri sicher war, das scheuende Tier nicht mehr halten zu können. »Das andere!«, befahl sie. »Hol das andere Pferd auch! Schnell!«

Arri stolperte blindlings los, um ihrem Befehl nachzukommen, aber sie verstand immer weniger, was ihre Mutter eigentlich vorhatte. Natürlich wollte sie nicht, dass die Tiere in ihrem Stall verbrannten, sollte das Feuer auf das ganze Haus übergreifen, aber warum ließ sie das Pferd dann nicht einfach laufen und half ihr, auch die anderen Tiere zu befreien? Egal. Torkelnd vor Schwäche und Angst, erreichte sie zum zweiten Mal die Stalltür und fuhr entsetzt zusammen, als sie plötzlich auch dahinter flackerndes rotes Licht erblickte. Das Schreien der Tiere war mittlerweile so schrill und angsterfüllt, dass es in ihren Ohren schmerzte, und ein warmer, scharf riechender Rauch schlug ihr entgegen. Arri brauchte all ihre Willenskraft, um ihre Furcht niederzukämpfen und weiter zu stolpern.

Das Feuer hatte noch nicht auf den Stall selbst übergegriffen, aber es war nur noch eine Frage der Zeit. Der Schein der Flammen drang durch die schmalen Ritzen der Wände, wo der Stall an das eigentliche Haus grenzte, und derselbe, luftabschnürende Geruch, der das Haus erfüllt hatte, lag plötzlich auch hier in der Luft und machte ihr nicht nur das Atmen fast unmöglich, sondern trieb ihr auch beinahe sofort die Tränen in die Augen. Irgendwo links von ihr war ein riesiger, verschwommener Schemen, der sich aufbäumte und kreischend vor Angst an dem Strick riss, mit dem er festgebunden war, aber es war nicht nur dieses eine Pferd; Arri erblickte noch mindestens drei oder vier weitere Tiere, die in schmalen hölzernen Verschlägen angebunden waren und mit aller Kraft an ihren Fesseln rissen und zerrten.

Sie konnte diese Tiere nicht einfach ihrem Schicksal überlassen! Noch wenige Augenblicke, und die Flammen, deren Hitze sie jetzt auch hier drinnen deutlich spürte, würden auch auf den Stall übergreifen, sodass die Tiere qualvoll verbrennen mussten!

Arri zögerte nur den Bruchteil eines Atemzuges (den zu nehmen sie sich wohlweislich hütete), dann stürmte sie an dem scheuenden Pferd vorbei und näherte sich dem nächsten Verschlag. Mit fliegenden Fingern zerrte sie den Riegel zurück, nestelte nach dem Strick, mit dem das Pferd darin angebunden war, und bekam den Knoten irgendwie auf. Zum Dank hätte das Pferd sie beinahe über den Haufen gerannt, hätte Arri sich nicht im letzten Moment zur Seite geworfen; so aber prallte sie derartig hart mit dem Hinterkopf gegen einen Balken, dass Funken und Lichtblitze vor ihren Augen auflodern und sie benommen zu

Boden sank. Als sie sich wieder aufrappelte, war das Pferd verschwunden, aber das Durcheinander rings um sie herum hatte eher noch zugenommen. Das Gitter aus rot glühenden Linien auf der Rückwand des Stalls war grober geworden, der Feuerschein drang jetzt nicht mehr in haarfeinen Linien durch die Ritzen zwischen den Brettern, sondern schien wie ein wütendes Tier dagegen anzurennen, das an seinen Ketten zerrte. Das Toben der Pferde war noch schlimmer geworden. Der gesamte Stall schien unter den Hufschlägen der panischen Tiere zu erbeben, und das, was gerade geschehen war, machte Arri deutlich, wie gefährlich ihr Versuch war, sie zu retten.

Dennoch stemmte sie sich taumelnd in die Höhe und griff mit zitternden Fingern nach dem Riegel des nächsten Verschlages. Das darin eingesperrte Tier hämmerte mit solcher Gewalt mit den Hufen gegen das Holz, dass es Arri im ersten Moment nicht einmal gelang, den Riegel zurückzuschieben. Als er endlich beiseite glitt, sprengte das Pferd so ungestüm an ihr vorbei, dass es gegen einen Balken prallte und mit einem Schmerzensschrei zu Boden fiel. Seine wirbelnden Hufe fuhren wie tödliche Geschosse durch die Luft, sodass sich Arri wiederum mit einem fast verzweifelten Sprung in Sicherheit bringen musste, um nicht getroffen zu werden.

Irgendwie gelang es dem Tier, sich wieder in die Höhe zu stemmen und aus dem Stall zu humpeln – offensichtlich hatte es sich weder etwas gebrochen noch sich sonst wie schwer verletzt –, aber es waren immer noch drei Pferde hier drinnen, die elendiglich verbrennen würden, wenn sie sie nicht aus ihren Gefängnissen befreite. Mittlerweile leckten die ersten, noch dünnen Flämmchen durch die Ritzen in der Wand, und es roch durchdringend nach brennendem Holz; und ganz leicht auch nach verschmortem Fell und brennendem Fleisch.

Arri torkelte hustend und mit tränenden Augen auf den nächsten Verschlag zu und fühlte sich plötzlich von einer starken Hand an der Schulter gepackt und zurückgezerrt. Eine Stimme schrie etwas, das sie im ersten Moment nicht verstand, dann wurde sie herumgerissen.

»Arianrhod!«, schrie ihre Mutter. »Was, zum Teufel, tust du? Wir müssen weg!«

Arri wollte antworten, aber plötzlich ergriff sie ein so heftiger Hustenreiz, dass sie nur ein qualvolles Würgen zustande brachte. Dennoch riss sie sich los und versuchte, ihrer Mutter mit heftigem Winken klarzumachen, was sie wollte, aber Lea war bereits bei ihrem zweiten Pferd angelangt. Sie machte sich nicht die Arbeit, das Seil zu entknoten, sondern zerschnitt es mit ihrem Schwert und zog das Tier beinahe gleichzeitig aus seinem Verschlag, und sonderbarerweise wehrte es sich nicht einmal, sondern ließ nur ein erleichtertes Schnauben hören, während Lea es rasch in Richtung Ausgang führte. »Arianrhod!«, schrie sie. »Komm!«

»Aber da sind doch noch ...«, begann Arri.

»*Komm!*«, schrie Lea erneut.

Arri starrte sie fassungslos an. Die verbliebenen Pferde schrieen jetzt vor Angst, aber auch vor Schmerz, und das Dröhnen, mit dem sie ihre Hufe gegen die Bretterwände schlugen oder sich mit den Leibern dagegenwarfen, klang wie Hammerschläge. Sie konnten die Tiere doch nicht einfach *verbrennen* lassen!

Doch offensichtlich hatte ihre Mutter genau das vor. Sie war unter der Tür stehen geblieben und winkte ihr mit der freien Hand zu, aber es war jetzt keine Aufforderung mehr, sondern ein eindeutiger *Befehl*, dem sie sich nicht mehr zu widersetzen wagte.

»Aber wir ... wir können die Pferde doch nicht einfach ... verbrennen lassen«, murmelte sie entsetzt. Hinter ihr schrieen die Tiere vor Qual und Todesangst, wie um ihre Worte zu unterstreichen, aber ihre Mutter war schon weiter, und Arri machte sich mit einem Gefühl unendlicher Schuld daran, ihr zu folgen.

Erst, als sie wieder ins Freie stolperte, wurde ihr bewusst, wie heiß es drinnen im Stall bereits geworden war und wie schlecht und stickig die Luft. Während sie ihrer Mutter mit hastigen kleinen Stolperschritten folgte, atmete sie gierig ein, und die Kälte und die frische Luft klärten auch ihre Gedanken – obwohl sie nicht einmal sicher war, ob sie das wirklich wollte. Hatte sie der Anblick des Hauses vorhin erschreckt, so erschien er ihr nun durch und durch entsetzlich. Loderndes rotes und gelbes Licht drang aus den Fenstern hervor, ein Chor gellender Schreie und schwarzer Qualm, deren bloßer Anblick schon fast ausreichte, um ihr die Kehle zuzuschnüren. Ihre Mutter hatte das zweite Pferd mittlerweile zum Wagen geführt und begann das Tier mit hektischen Bewegungen anzuschirren. Das Pferd wehrte sich und versuchte nach ihr zu beißen, aber Lea brach seinen Widerstand mit einem harten, blitzschnellen Schlag auf die empfindlichen Nüstern und bedeutete Arri gleich darauf mit einem Wink, sich schneller zu bewegen.

»Schnell!«, schrie sie. »Hilf mir!«

Arri gehorchte einfach nur noch, ohne zu denken. Sie kam sich vor wie in einem Albtraum gefangen, der kein Ende nehmen wollte, sondern nur immer noch schlimmer und schlimmer wurde, je verzweifelter sie versuchte, daraus zu erwachen. Taumelnd kam sie neben ihrer Mutter zum Stehen und griff nach den groben Stricken, mit denen Lea das sich immer noch heftig sträubende Tier anzuschirren versuchte. In ihrer Hast und mit ihren blutigen, halb tauben Fingern stellte sie sich so ungeschickt an, dass sie sie vermutlich mehr behinderte, als dass sie ihr half, aber Lea sagte nichts, sondern überzeugte sich mit einer fahrigen Bewegung davon, dass das Geschirr fest saß, dann schwang sie sich mit einer einzigen, kraftvollen Bewegung auf den Kutschbock, griff mit der linken Hand nach dem Zügel und versuchte mit der anderen, Arri zu sich heraufzuzerren. Es gelang ihr nicht, weil sie sich instinktiv sträubte, und auch Leas Kräfte schienen mittlerweile erschöpft. Arri fiel erst jetzt auf, wie mitgenommen ihre Mutter wirkte. Ihr Gesicht war rußverschmiert, und auch ihr Umhang und ihr Kleid wiesen überall Brand- und Rußflecken auf; vielleicht war es auch das Blut des Mannes, den sie erschlagen hatte.

»Verdammt!«, herrschte Lea sie an. »Komm endlich her!«

Ganz im Gegenteil versuchte Arri nur mit noch größerer Kraft, sich loszureißen. Sie konnte nicht sagen, ob ihre Panik allmählich schwand oder nur eine andere Qualität annahm, aber plötzlich wurde ihr klar, was ihre Mutter vorhatte, und der Gedanke war so entsetzlich und so widersinnig zugleich, dass sich alles in ihr einfach dagegen sträubte, ihn auch nur zu *denken.*

Immer verzweifelter riss und zerrte sie und warf sich zurück, aber Lea hielt sie mühelos fest und zog sie langsam, aber auch ebenso unaufhaltsam zu sich herauf auf den Wagen. Die beiden Tiere scheuten und stemmten sich gegen ihr Geschirr, und der ganze Wagen begann zu beben und sich von einer Seite auf die andere zu neigen wie ein vollkommen überladenes Boot im Sturm.

»Arianrhod!«, schrie ihre Mutter. »Hör damit auf, oder ich muss dich schlagen!«

Es war nicht diese Drohung, die Arri dazu brachte, ihren Widerstand einzustellen, sondern der viel schlimmere Unterton in der Stimme ihrer Mutter; da war plötzlich eine Härte und Unerbittlichkeit, die sie trotz allem in *dieser* Form noch nie gehört hatte. Und dasselbe spiegelte sich in ihrem Blick wider und ließ Arri nichts anderes als pure Angst vor ihrer Mutter empfinden. Sie machte noch immer keine Anstalten, auf den Wagen hinaufzusteigen, ließ sich nun aber widerstandslos von ihr auf die schmale Bank heraufzerren, und kaum hatte sie es getan, da griff ihre Mutter mit beiden Händen nach den Zügeln und ließ die Stricke wie eine Peitsche knallen.

Die Pferde wieherten unruhig und setzten sich unverzüglich in Bewegung. Doch das schwerfällige Gefährt rollte so langsam los, als kämpfte es gegen einen unsichtbaren, aber geradezu unüberwindlichen Widerstand. Noch einmal näherten sie sich dem Haus, denn der Wagen war von seiner Bauweise her nicht dafür geeignet, auf der Stelle zu wenden, und aus dem großen, von mittlerweile fast weißer Glut erfüllten Fenster, an dem sie entlangfuhren, drang ein Schwall erstickender Hitze, Qualm, Schreie, hektischer Lärm und ein furchtbares, helles Zischen und Prasseln, welches sich Arri nicht erklären konnte, das ihr Entsetzen aber weiter anstachelte. Dort drinnen starben die Menschen, die nicht mehr rechtzeitig vor der Wucht des Feuers und dem erstickenden Rauch hatten fliehen können, das spürte sie.

»Aber ... aber wir können sie doch nicht ...«

»Wir können nichts mehr für sie tun«, fiel ihr Lea ins Wort. Sie bückte sich, als ein Funkenschauer aus dem Fenster herausschlug und drohte, ihr das Haar und die Schultern zu versengen, und ließ dann die Zügel abermals wie eine Peitsche knallen. Die Pferde versuchten schneller zu gehen, und für einen Moment hatte Arri das schreckliche Gefühl, dass sich der ganze Wagen so weit zur Seite neigte, als wolle er umstürzen. Dann fanden die kräftigen Hufe der Tiere Halt, und das schwerfällige Gefährt setzte sich schaukelnd, aber rascher werdend, in Bewegung und entfernte sich von dem Haus. Arri drehte sich nun auf der Sitzbank um und sah zurück; mittlerweile drang die unheimliche rote Glut nicht mehr nur aus den Fenstern oder der weit offen stehenden Tür. Auch durch die Ritzen der Wände und des Daches glühte es überall drohend und heller werdend, und Arri konnte die brodelnden schwarzen Qualmwolken, die zum Himmel stiegen, selbst in der fast sternenlosen Nacht erkennen. Die gellenden Schmerzensschreie schienen lauter zu werden, je weiter sie sich entfernten, und nun glaubte Arri auch eine Anzahl von schattenhaften Gestalten zu erkennen, die aus dem Haus stürmten. Mindestens eine von ihnen brannte.

»Wir können nichts mehr für sie tun, Arianrhod«, sagte ihre Mutter mit sonderbar leerer, fast tonloser Stimme und ohne sich umzuwenden. »Es wiederholt sich alles. Es ist ... wie in unserer alten Heimat. Das Feuer holt sich seine Opfer, ohne dass es jemand aufhalten könnte.«

»Aber sie sterben«, murmelte Arri. »Ihr Haus brennt nieder. Sie werden alles verlieren, was sie haben. Es sind doch deine Freunde.« Fast gewaltsam riss sie den Blick von dem brennenden Haus los und wandte sich zu ihrer Mutter um. Der Wagen schoss mittlerweile mit einer Geschwindigkeit dahin, die sie dem behäbigen Gefährt niemals zugetraut hätte, und schien sogar immer noch schneller zu werden, sodass es Leas ganzer

Aufmerksamkeit und Geschicklichkeit bedurfte, die Zügel zu halten und die Pferde daran zu hindern, vollends durchzugehen, was zweifellos zu einer Katastrophe geführt hätte. Ihr Blick war starr nach vorn und doch zugleich in die ferne Vergangenheit gerichtet, und für die Dauer eines Herzschlags begriff Arri das ungeheure Ausmaß der Katastrophe, die ihre Heimat vernichtet und ihr den Vater genommen hatte. Das Gefühl eines schrecklichen Verlusts schien Gegenwart und Vergangenheit miteinander in einem einzigen Feuerrad zu verschmelzen, und ein verzweifeltes Schluchzen entrang sich ihrer Brust, als sie an all die unschuldigen Menschen dachte, die damals wie heute gestorben waren.

Jetzt, da das Haus hinter ihnen immer heller und heller leuchtete wie ein riesengroßer Scheiterhaufen, schien die Dunkelheit vor ihnen noch intensiver zu werden. Alles, was weiter als einen halben Steinwurf vor den Pferden lag, war einfach verschwunden. Es war, als rasten sie auf eine schwarze Wand zu. »Es sind doch deine Freunde«, sagte Arri noch einmal. »Wir müssen ihnen helfen.«

»Dazu ist es zu spät«, antwortete Lea, ohne den Blick von der Dunkelheit zu lösen, die vor ihr lag. Arri kam es vor wie ein Omen; als wollten ihnen Sarns Götter der Finsternis klarmachen, dass von nun an alles, was vor ihnen lag, düster und gefährlich sein würde. »Vier weitere Hände retten sie jetzt auch nicht mehr.«

Natürlich entsprach das der Wahrheit, dachte Arri niedergeschlagen. Das Feuer war längst außer Kontrolle geraten und würde das Haus verzehren, ganz egal, wie sehr sich seine Bewohner auch dagegen wehrten. Aber darauf kam es nicht an. Ihre Mutter hatte ihr erzählt, dass Targan und seine Familie ihre Freunde seien, und man ließ seine Freunde nicht einfach im Stich.

Das Schaukeln des Wagens nahm noch zu, aber er wurde nun doch wieder langsamer, während er den gewundenen Pfad hinaufrollte, den sie erst vor kurzem heruntergekommen waren. Als sie den Hügelkamm erreichten, begann sich der Himmel über den Bergen im Osten allmählich grau zu färben. Und dennoch hatte Arri das Gefühl, dass die Dunkelheit, die vor ihnen lag und in die sie hineinrollten, noch finsterer geworden war.

23 Noch bevor die Sonne ganz aufgegangen war, bekam sie Fieber. Ihre Mutter untersuchte sie flüchtig und kam zu dem Schluss, dass es wohl größtenteils ihre Erschöpfung und die Vielzahl kleinerer Schrammen und Blessuren waren, die sich auf diese Weise Ausdruck verliehen, aber Arri spürte, dass sie das nur sagte, um sie zu beruhigen. Ihr Fieber stieg auch weiter, und schon bald sank sie in einen Dämmerzustand zwischen Wachsein und wirren Phantasien; sie nahm nicht mehr wirklich wahr, was rings um sie herum oder gar *mit ihr* geschah, fand sich nur irgendwann lang ausgestreckt und in eine Decke gehüllt auf der Ladefläche des Wagens wieder. Später dann wachte sie auf, weil sie spürte, dass sich irgendjemand an ihr zu schaffen machte, ohne dass sie genau sagen konnte, wer oder wie, und dann verlor sie wohl endgültig das Bewusstsein, denn das Nächste, woran sie sich erinnerte, war, dass es dunkel war und ihre Mutter ihr eine Schale mit einer kalten, bitter schmeckenden Flüssigkeit an die Lippen setzte und sie zwang, diese hinunterzuwürgen.

Sie schlief die ganze Nacht und auch noch bis spät in den darauffolgenden Nachmittag hinein, und als sie endlich wieder erwachte, da tat sie es nicht von selbst, sondern von so rasenden Kopfschmerzen geweckt, wie sie sie noch nie zuvor verspürt hatte. Mattes Sonnenlicht drang durch ihre noch geschlossenen Lider, und der Wagen schaukelte so sacht und regelmäßig unter ihr, dass es eigentlich beruhigend und einschläfernd hätte sein müssen – aber ihr wurde nun eher übel davon. In ihrem Mund war ein grässlicher Geschmack, und sie hatte das Gefühl, nicht mehr einen einzigen Flecken am Körper zu haben, der nicht auf die eine oder andere Weise wehtat.

Anfangs versuchte Arri mit aller Kraft, wieder einzuschlafen, und sei es nur, um diesem durch und durch unangenehmen Augenblick zu entkommen, aber natürlich erreichte sie damit eher das Gegenteil; je mehr sie sich zu zwingen versuchte, wieder einzuschlafen, desto rascher streifte ihr Geist die Fesseln des Schlafes ab und desto unwohler fühlte sie sich. Schließlich gab sie auf und öffnete die Augen, aber auch das bedauerte sie sogleich. Aus dem milden, roten Licht, das durch ihre geschlossenen Lider gedrungen war, wurde ein grellweißer Feuerball, der sich wie ein glühendes Messer in ihre Augen zu bohren schien. Arri biss mit einem schmerzerfüllten Zischen die Zähne zusammen und drehte rasch den Kopf auf die Seite, kam aber irgendwie nicht auf den Gedanken, einfach die Lider wieder zu schließen, und hinter ihr erscholl ein sonderbarer Laut, den sie erst nach einigen Momenten als das spöttische Lachen ihrer Mutter erkannte.

Mühsam stemmte sie sich auf die Ellbogen hoch, verdrehte den Hals, um zu ihrer Mutter zu sehen, die hinter und über ihr auf dem Kutschbock saß, und stellte dabei fest, wie sehr sie verbunden und eingewickelt war, sodass sie sich nicht nur kaum bewegen konnte, sondern sich auch vorkam wie eine Tote, die man vergessen hatte, in ihr Grab zu legen. Ihre Mutter aber wandte ihr den Rücken zu und sah nicht einmal in ihre Richtung, und trotzdem sagte sie: »Es ist nicht besonders klug, direkt in die Sonne zu sehen, wenn man gerade wach geworden ist. Der Winter steht jetzt zwar vor der Tür, aber sie hat noch eine Menge Kraft.«

Arri blinzelte die Tränen weg, die ihr das plötzliche grelle Licht in die Augen getrieben hatte. Sie hätte gern die Hand zu Hilfe genommen, um auch noch einiges andere wegzuwischen, das sich in ihren Augenwinkeln eingenistet hatte und nicht nur ihre Wimpern verklebte, sondern allmählich auch wehzutun begann, aber ihre Hände waren beide so dick verbunden, dass sie die Finger praktisch nicht bewegen konnte.

»Wo ... wo sind wir?«, nuschelte sie mühsam. Ihre Zunge war schwer und weigerte sich, ihr richtig zu gehorchen, und Arri überlegte kurz, ob Lea sie ihr vielleicht auch verbunden hatte; dann schüttelte sie den Kopf über ihren eigenen, albernen Gedanken. Auch das war keine gute Idee – ihre Kopfschmerzen flammten zu einer schieren Feuersbrunst auf und verebbten wieder, als sie die Bewegung unversehens einstellte.

»In Sicherheit, keine Angst«, antwortete Lea und fügte mit einem neuerlichen, gutmütig-spöttischen Lachen hinzu: »Du solltest dich nur vorsichtig bewegen, falls du keinen Wert darauf legst, dass dir der Kopf zerspringt.«

Arri zog eine Grimasse (von der sie ganz und gar nicht sicher war, dass ihre Mutter sie nicht sah), konzentrierte sich darauf, ihrer Zunge ihren Willen aufzuzwingen und brachte irgendwie das Kunststück fertig, halbwegs verständlich – wenn auch schleppend – zu sprechen: »Liest du jetzt mittlerweile auch schon meine Gedanken?«

»Das tu ich schon die ganze Zeit, Arianrhod. Alle Mütter können die Gedanken ihrer Töchter lesen, weißt du das etwa nicht? Die Frage ist nur, ob sie es auch wirklich immer wollen. Außerdem«, fügte sie nach einer winzigen Pause und in beinahe schadenfrohem und unüberhörbar spöttischem Ton hinzu, »habe ich dir ein Mittel eingeflößt, das zwar dein Fieber senkt, aber leider auch schreckliche Kopfschmerzen verursacht.« Sie hob die Schultern. »Man kann eben nicht alles haben.«

»Ja, vielen Dank auch«, maulte Arri, »aber ich glaube, ich hätte lieber weiter ein bisschen Fieber gehabt.«

»Hättest du nur *ein bisschen* Fieber gehabt, Kleines, hätte ich dir das Mittel nicht gegeben. Bleib einfach noch eine Weile ruhig liegen. Es dauert nicht lange, bis du dich besser fühlst.«

Arri dachte daran, erneut zu widersprechen, sah die Sinnlosigkeit eines solchen Versuches aber rasch ein, ließ sich – äußerst behutsam – zurücksinken und schloss die Augen. Aus dem grellen Feuerball am Himmel wurde wieder ein mildes, rotbraunes Licht, das nur sanft durch ihre Lider drang. Die beruhigende Wirkung dieses Lichtes hielt jedoch nur einen Atemzug lang an, dann brachte es Erinnerungen mit sich, die sie nicht haben wollte, obwohl sie ihr im ersten Moment vollkommen sinnlos erschienen; zusammenhanglose Bilder aus einem Albtraum, in dem Feuer eine Rolle spielte, und Schreie und brennende Menschen ... und dann wurde ihr klar, dass es kein Albtraum gewesen war, sondern die Wirklichkeit.

Mit einem Ruck setzte sie sich auf und fuhr zu ihrer Mutter herum. Ihre Kopfschmerzen flammten erneut auf, aber das war ihr egal. »Targan!«, keuchte sie. »Runa! Was ... die anderen ... was ... was ist mit ihnen?« Ihre Stimme brach. Für einen Moment wurde der Schmerz zwischen ihren Schläfen so stark, dass sie nicht mehr richtig sehen konnte und alles rings um sie herum verschwamm, dann erlosch er so plötzlich, dass ihr beinahe schwindelig wurde.

»Es ist alles in Ordnung, Arianrhod«, sagte Lea. »Du brauchst keine Angst mehr zu haben. Wir sind in Sicherheit.«

Arri schluckte ein paar Mal und sammelte dabei Speichel im Mund, um ihre Zunge, die sich schon wieder taub anfühlte, geschmeidig zu machen. Sie nutzte die Zeit, um gründlich über die Worte ihrer Mutter nachzudenken. Die Furcht, die die Bilder aus ihrer Vergangenheit heraufbeschworen hatten, wühlte noch immer in ihr, und doch war ihr zugleich auch klar, dass Lea jetzt zum zweiten Mal nicht auf ihre direkte Frage geantwortet hatte. Sie beruhigte sich damit, dass sie vermutlich zu viel hineingeheimniste, oder das Mittel, das ihre Mutter ihr gegeben hatte, möglicherweise nicht nur für ihre Kopfschmerzen verantwortlich war, sondern auch ihre Gedanken träge machte.

»Wenn du dich besser fühlst, dann komm nach vorn zu mir auf die Bank«, fuhr ihre Mutter fort. »Es redet sich besser, wenn man sich dabei nicht ununterbrochen den Hals verdrehen muss.«

Zumindest seit Arri wach war, hatte Lea das kein einziges Mal getan, aber Arri beließ es dabei, drehte sich umständlich und ächzend um und kroch mit vorsichtigen, kleinen Bewegungen nach vorn und auf die Bank, wobei sie ungeduldig die Decke abstreifte, in die sie bislang gewickelt war, und hinter sich auf die Ladefläche warf. Sie wartete darauf, dass die Kopfschmerzen wieder einsetzten, aber das geschah nicht. Dennoch kostete es sie eine Menge Anstrengung und Geschicklichkeit, die kurze Entfernung zurückzulegen, denn die Verbände, die ihre Mutter ihr angelegt hatte, saßen nicht nur sehr stramm und behinderten sie bei jeder Bewegung, sondern taten zum Teil auch ziemlich weh, sodass ihr wiederum die Tränen in den Augen standen, als sie endlich neben ihrer Mutter angekommen war.

Lea sagte nichts dazu, maß sie aber mit einem Blick, in dem keinerlei Überraschung zu lesen war. Dann wandte sie ihre Aufmerksamkeit nach vorn, und Arri nutzte den Umstand, dass ihre Mutter genau um ihren Zustand zu wissen schien und sicherlich Rücksicht darauf nahm, um ihrerseits eine geraume Weile zu schweigen und sich zu orientieren. Bisher hatte sie auf dem Rücken gelegen und kaum mehr als den Himmel über sich gesehen, nun aber erkannte sie, dass sie über eine weite, von nichts anderem als Gras, Büschen und nur sehr vereinzelt stehenden, kränklich aussehenden Bäumen beherrschte Ebene rollten. Weit am Horizont, fast nur als verschwommene Linie zu erkennen, war das dunkle Grün eines ausgedehnten Waldes zu erkennen, und die Berge, die ihr auf dem Hinweg als Orientierung gedient hatten, befanden sich nun in ihrem Rücken. Auch wenn Arri weit davon entfernt war, die Zeit anhand des Sonnenstandes mit der gleichen Kunstfertigkeit und Genauigkeit abzulesen wie ihre Mutter, so erkannte sie doch, dass es später Nachmittag war. Sie erschrak.

»Wie lange habe ich geschlafen?«, entfuhr es ihr. »Du hast mich nicht den ganzen Tag schlafen lassen, oder?«

Lea schüttelte den Kopf und warf ihr einen kurzen, belustigten Blick aus den Augenwinkeln zu. »Nein. Du hast den Rest der Nacht, den nächsten Tag, eine weitere Nacht, noch einen ganzen Tag, noch eine Nacht und den größten Teil *dieses* Tages verschlafen.«

Arris Gedanken bewegten sich noch nicht geschmeidig genug, um diesem Satz auf Anhieb folgen zu können. Aber sie begriff immerhin, was ihre Mutter damit sagen wollte. Sie rechnete mühsam im Kopf nach. »Ich war ... *drei* Tage lang bewusstlos?«, murmelte sie.

Abermals schüttelte Lea den Kopf. »Nicht bewusstlos«, verbesserte sie. »Ich habe dir ein Mittel gegeben, das dich schlafen ließ. Das ist ein Unterschied.«

Das mochte so sein, für Arri spielte es jedoch kaum eine Rolle. »Aber warum?«

Wieder sah ihre Mutter sie nur ganz kurz an, doch diesmal blieb das belustigte Funkeln in ihren Augen aus. Sie löste die rechte Hand vom Zügel und berührte mit den Fingerspitzen Arris verbundene Rechte. Das Ergebnis war ein kurzer, aber heftiger Schmerz, der bis in ihre Schulter hinaufschoss und sie scharf die Luft einsaugen ließ. »Deshalb. Was hast du mit dieser Hand gemacht? Glühende Holzkohle aus einem Feuer geklaubt?« Sie schien keine Antwort auf ihre Frage zu erwarten, denn sie fuhr mit einem Kopfschütteln und unmittelbar fort: »Keine Angst. Ich konnte sie rasch genug behandeln. Du wirst keine Narben zurückbehalten, und wenn, dann zumindest keine, die dich behindern. Aber Brandwunden sind sehr, sehr schmerzhaft. Ich wollte nicht, dass du unnötig leidest.«

Seltsam – Arri spürte, dass das zugleich die Wahrheit war wie auch nicht. Sie blickte nachdenklich auf ihre dick verbundene rechte Hand hinab – der jähe Schmerz war erloschen, aber Leas Berührung hatte einen anderen, älteren Schmerz darin geweckt, der vielleicht die ganze Zeit über da gewesen war, den sie aber nicht bemerkt hatte und der nun im Takt ihres Herzens darin klopfte und pochte –, dann drehte sie sich mühsam auf der Bank um und sah zu den Bergen zurück, die nun fast so weit entfernt waren wie an dem Tag ihres Aufbruchs. »Du hättest mich nicht drei Tage lang schlafen lassen dürfen«, sagte sie vorwurfsvoll.

»Hättest du lieber drei Tage lang vor Schmerzen geschrien?«, gab ihre Mutter unerwartet scharf zurück. »Wie kommt es eigentlich, dass ich mich immer verteidigen muss, wenn ich versuche, dir etwas Gutes zu tun?«

Vielleicht, weil es selten vorkommt und sich oft genug als das Gegenteil herausstellt, dachte Arri. Sie hütete sich, diesen Gedanken laut auszusprechen, aber ihre Mutter schien diese

Antwort dennoch irgendwie zu spüren, denn ihr Gesicht verdüsterte sich noch weiter, und ihre Stimme wurde nun so kühl, als spräche sie über ein krankes Tier; noch dazu über eines, das jemandem gehörte, den sie eigentlich nicht leiden konnte. »Die Wunde ist mittlerweile weit genug verheilt. Schon sehr bald geht die Sonne unter, dann rasten wir, und ich werde den Verband entfernen. Es ist deine Entscheidung, ob ich ihn erneuere oder du lieber Schmerzen leiden und eine Narbe behalten willst.«

Arri schwieg auch dazu; nicht nur, weil sie sich noch viel zu elend und schwach fühlte, um sich auf einen Streit mit ihrer Mutter einzulassen, sondern auch, weil sie sich selbst sagte, dass sie sich reichlich undankbar benahm. Ganz gleich, welche Gründe Lea *wirklich* dafür gehabt haben mochte – sie hatte ihr eine sehr *unangenehme* Zeit erspart.

Was nichts daran änderte, dass es immer noch mindestens zwei Fragen gab, die ihre Mutter ihr bisher ganz bewusst nicht beantwortet hatte. Doch statt sie jetzt – sie spürte, dass es der falscheste aller nur denkbaren Augenblicke gewesen wäre – anzusprechen, glitt sie nur ein kleines Stück auf der Bank von ihr weg und sah dann lange und nachdenklich an sich herab. Auch ihre linke Hand war verbunden, wenn auch nicht so dick wie die rechte, sodass sie zumindest die Finger ein wenig bewegen konnte, und sie spürte weitere, zum Teil zwickende Verbände unter ihren Kleidern. Ihre Mutter hatte ihren Rock und ihre Bluse geflickt, und wenn man bedachte, dass sie es vermutlich in großer Hast getan hatte, war das Ergebnis sogar erstaunlich gut. Dennoch verdüsterte sich Arris Gesicht beim Anblick des dünnen Lederriemens, der ihren Rock jetzt bis zum Saum hinab zusammenhielt, und vor allem bei der Erinnerung daran, wie dieser Riss zustande gekommen war. Und diesmal musste Lea sicherlich nicht über irgendwelche außergewöhnlichen Fähigkeiten verfügen, um ihre Gedanken zu lesen.

»Deine anderen Verletzungen sind nicht schlimm«, sagte sie unaufgefordert. Arri sah sie zweifelnd an, und Lea fuhr mit einem unechten Lachen fort, das kein bisschen überzeugend wirkte: »Es sind nur Schrammen und Kratzer, die verschwinden. Keine Sorge.«

»Der ... der Krieger ...«, begann Arri. Ihre Stimme versagte, aber Lea erriet, wie der Satz hätte weitergehen sollen. Vermutlich hatte sie die ganze Zeit darauf gewartet, dass ihre Tochter eine entsprechende Frage stellte.

Sie schüttelte den Kopf. »Keine Angst. Er hat dich verletzt, aber es ist nicht schlimm.«

»Hat er ...«, begann Arri, wurde aber erneut und von einem diesmal heftigeren Kopfschütteln unterbrochen. »Nein, das hat er nicht«, sagte Lea in verändertem und plötzlich – Arri konnte sich nicht erklären, warum, aber es war so – fast angriffslustigem Ton. »Mach dir keine Sorgen. Dein *heiligstes* Gut ist unversehrt.«

Arri war verwirrt. Für einen Moment konnte sie ihre Mutter nur hilflos ansehen. Es war nicht das erste Mal, dass Lea so scheinbar grundlos hitzig und abfällig reagierte, wenn sie über das sprachen, was doch ihren eigenen Worten zufolge eigentlich fast zu dem Schönsten im Leben einer Frau gehören sollte, und sie verstand dieses sonderbare Benehmen immer weniger, zumal in dieser Lage, wo ihre Mutter doch eigentlich erleichtert sein sollte.

»Bist du sicher?«, fragte Arri und verfluchte sich im selben Atemzug dafür, diese Frage überhaupt gestellt zu haben, denn in Leas Augen blitzte nun fast so etwas wie Wut auf, und ihre Hände schlossen sich fester um die Zügel, als zöge sie es vor, lieber sie zu zerquetschen statt etwas anderes. »Ja«, antwortete sie zornig. »Ich habe nachgesehen, wenn es dich beruhigt.«

Das beruhigte Arri nicht, es war ihr überaus peinlich. Und sie empfand auch keinerlei Erleichterung, wie ihre Mutter anzunehmen schien, sondern einfach nur ein tiefes Gefühl zwischen Scham und hilfloser Wut, von der sie nicht einmal genau sagen konnte, wem sie überhaupt galt. Zu einem gut Teil sicherlich dem Mann, der ihr das angetan hatte, aber zu einem anderen, völlig verdrehten Teil auch ihr selbst, da sie es überhaupt zugelassen hatte. Es war verrückt. Sie hätte nichts tun können. Sie *hatte* alles getan, was sie konnte, und dennoch war da eine dünne, aber beharrliche Stimme in ihren Gedanken, die darauf beharrte, dass es ihre Schuld sei.

»Glaubst du, dass Targan und seine Familie ... dass sie es geschafft haben?«, fragte sie zögernd.

Ihre Mutter sah sie nicht an, sondern deutete nur ein unwilliges Schulterzucken an. »Wahrscheinlich nicht«, gestand sie nach einer Weile. »Als wir über den Hügelkamm gefahren sind, habe ich zurückgesehen. Das Haus stand lichterloh in Flammen. Ich hoffe, sie sind entkommen, aber ihr Haus ...« Sie beendete den Satz mit einem traurigen Kopfschütteln und zwang sich schließlich mit sichtbarer Anstrengung, Arri anzublicken. »Aber jetzt bist du erst einmal an der Reihe, mir einiges zu erzählen, meinst du nicht?«

»Ich weiß nicht genau, was ...«, begann Arri.

Lea unterbrach sie sofort und in scharfem Ton. »Bei allem Verständnis, Arianrhod – ich warte jetzt seit drei Tagen darauf zu erfahren, was überhaupt geschehen ist. Also rede endlich und bleib bei der Wahrheit, auch wenn sie dir unangenehm oder peinlich sein sollte.« Ein dünnes, verächtliches Lächeln huschte über ihre Lippen und verschwand wieder. »Wir sind allein, weißt du? Keiner ist hier, der dich hört, und ich verspreche dir, dass ich es niemandem verrate.«

»Es war ... es war meine Schuld«, begann Arri stockend, nur um schon wieder unterbrochen zu werden.

»Unsinn! Hast du die Männer etwa zu Targans Haus geschickt, damit sie uns überfallen?«

»Nein. Aber ich habe nicht auf dich gehört. Du hast gesagt, ich soll oben im Zimmer bleiben. Hätte ich es getan, dann wäre das alles vielleicht nicht passiert.«

»Was?«, hakte ihre Mutter nach.

»Runa«, antwortete Arri, leise und ohne Lea anzusehen. Dennoch entging ihr nicht, wie plötzlich eine steile, missbilligende Falte zwischen den Brauen ihrer Mutter entstand, und sie fügte rasch und fast hastig hinzu: »Nein, es war nicht ihre

Schuld. Sie ist heraufgekommen, um mich zu warnen. Sie hat die beiden Männer belauscht. Sie hatten irgendetwas vor.«

»Wie überraschend«, sagte Lea spöttisch. »Gut, dass sie es gemerkt hat. Ich wäre nie von selbst darauf gekommen.«

Arri ignorierte den abfälligen Ton in Leas Worten. »Sie wollte mich warnen, das war alles«, fuhr sie unbeeindruckt fort. »Es war meine Entscheidung, nach dir zu suchen.«

»Nach mir?« Lea wurde hellhörig. Arri überlegte, ob sie ihr sagen sollte, dass sie Dragosz und sie draußen belauscht hatte, entschied sich dann aber dagegen; auch wenn sie selbst nicht genau sagen konnte, warum. Stattdessen begann sie mit leiser, stockender Stimme zu berichten, wie es Runa und ihr ergangen war, nachdem sie das Haus verlassen und in die Mine geflüchtet waren. Als sie an der Stelle angekommen war, an der der Fremde Runa getötet hatte, versagte ihr die Stimme, und sie wartete darauf, dass ihr die Tränen über das Gesicht liefen. Sie kamen nicht. Ihre Augen begannen zu brennen, und in ihrer Kehle war mit einem Male ein bitterer Kloß, der sie am Atmen hinderte, doch ihre Augen blieben leer; sie weinte trockene Tränen.

Dann geschah etwas, das sie wirklich überraschte – obgleich es doch eigentlich das Natürlichste von der Welt sein sollte: Ihre Mutter ließ die Zügel los und legte ihr die Hand auf den Unterarm, und ein kurzes, aber sehr warmes Gefühl von Geborgenheit durchströmte Arri; etwas, das sie viel zu selten erlebt hatte und das auch jetzt nur Augenblicke anhielt, bevor Lea die Hand so hastig zurückzog, als hätte sie sich selbst bei etwas Verbotenem ertappt. »Es tut mir Leid, Arianrhod. Wirklich. Runa war ... ein gutes Kind.« Sie griff wieder mit beiden Händen nach den Zügeln und deutete ein Schulterzucken an. »Ein sehr freundliches Mädchen, jedenfalls ...«

»So?«, fragte Arri. »Ich hatte eher das Gefühl, dass sie mich nicht leiden konnte.«

Lea lachte leise. »Wer kann schon eine Konkurrentin leiden?« Arri sah sie verständnislos an. »Runa war ungefähr in deinem Alter«, erklärte ihre Mutter. »In diesem Alter ist jedes andere Mädchen ein Feind – noch dazu, wenn es so hübsch ist wie du.«

»Hübsch?«, wiederholte Arri. Lea wollte sie auf den Arm nehmen. »Ich bin nicht hübsch. Ich bin hässlich. Genau wie ...«

Sie brach mitten im Satz ab und biss sich auf die Unterlippe, aber ihre Mutter reagierte ganz anders, als sie erwartet hätte. Statt beleidigt zu sein oder sie gar zu schelten, lächelte sie kurz und führte den angefangenen Satz an ihrer Stelle zu Ende: »So wie ich, meinst du?«

»Nein«, sagte Arri hastig. »Es ist nur ...«

»... das, was Sarn und Nor jedem erzählen, der es hören will, seit wir hierher gekommen sind; und jedem, der es nicht will, übrigens auch. Aber nur, weil sie es immer wieder sagen, muss es dadurch nicht auch gleich die Wahrheit sein.«

»Wie meinst du das?«, fragte Arri.

Ihre Mutter warf ihr einen sonderbaren, langen Blick zu, bevor sie antwortete. »Ist dir eigentlich noch nie aufgefallen, wie dich die Männer aus dem Dorf ansehen – oder mich?« Sie beantwortete ihre eigene Frage mit einem Kopfschütteln. »Du bist nicht hässlich, Arianrhod, genauso wenig wie ich. Wir sehen nur anders aus als diese Menschen hier, das ist alles. Runa hat das sofort erkannt. Wärest du wirklich so hässlich, wie du selbst glaubst, dann wäre sie wahrscheinlich ganz nett und zuvorkommend zu dir gewesen.«

»Du meinst, dass jeder, der freundlich zu uns ist, es in Wahrheit schlecht mit uns meint?«, fragte Arri.

Lea seufzte übertrieben. »Musst du eigentlich jedes Wort verdrehen, das ich sage?«

»Selbstverständlich«, antwortete Arri ernst. »Ich bin deine Tochter.«

»Ja, ganz zweifelsohne«, sagte Lea säuerlich. Aber in ihren Augen blitzte es schelmisch, und für einen Moment fühlte Arri trotz allem, was geschehen war, ein befreiendes Lachen in sich aufsteigen.

Aber der Moment hielt nicht lange an. Die Erinnerungen waren zu stark, und der Schmerz saß noch zu tief.

»Und?«, fragte ihre Mutter schließlich. »Was ist dann geschehen? Du musst nicht darüber reden, wenn du nicht willst, aber oft ist eine Sache leichter zu ertragen, wenn man darüber spricht, glaub mir.«

Wahrscheinlich hatte sie Recht, dachte Arri. Sie zögerte, aber dann erzählte sie zu Ende. Es fiel ihr leichter, als sie erwartet hatte; die Erinnerung tat weh (und das durchaus in körperlichem Sinne), aber die Erleichterung, die ihre Mutter ihr versprochen hatte, stellte sich tatsächlich schon während des Redens ein. Zumindest ein Teil der absonderlichen Schuld, die sie noch immer bei der Erinnerung an die schreckliche Begegnung mit dem Krieger empfand, war verschwunden, als hätte sie sich diese wortwörtlich von der Seele geredet. »Ich war ganz sicher, dass er tot ist«, schloss sie. »Bitte glaub mir. Ich ... ich wusste nicht, dass er noch lebt und mir folgen könnte, sonst wäre ich nie ...«

»Was?«, unterbrach sie ihre Mutter. »Weggelaufen?« Sie schüttelte fast zornig den Kopf. »Was hättest du getan? Wärst du dageblieben und hättest dich umbringen lassen? Nur, damit das Feuer nicht auf das Haus übergreift?« Sie schnitt Arri mit einer wütenden Bewegung das Wort ab, das sie gar nicht hatte ergreifen wollen. »Du konntest nicht wissen, dass so etwas passiert! Niemand hätte das wissen können! Verdammt, ich habe dem Kerl das Schwert in die Brust gestoßen, und er ist immer noch weiter auf mich losgegangen!«

»Ich hätte trotzdem nicht ...«

»Was?«, unterbrach Lea sie scharf. »Um dein Leben kämpfen sollen? Rede keinen Unsinn! Niemand an deiner Stelle hätte anders gehandelt! Du *konntest* nicht ahnen, dass er noch einmal aufsteht!«

»Ich begreife es auch nicht«, murmelte Arri. Doch es klang in ihren Ohren nur wie eine Ausrede, und nicht einmal wie eine gute.

Ihre Mutter starrte einen Moment lang ins Leere, bevor sie abermals ein Schulterzucken andeutete. »Nor verabreicht seinen Kriegern einen ganz besonderen Pilzsud«, sagte sie schließlich. »Ich war bisher nicht sicher, aber ich habe ... Gerüchte gehört.«

»Gerüchte?«

»Rahn hat einmal etwas in dieser Art erzählt«, antwortete Lea. »Ich habe es nicht ernst genommen ... das übliche angeberische Gerede. Dass die Krieger aus Goseg unbesiegbar sind und keinen Schmerz und keine Erschöpfung kennen ...« Ein neuerliches, fast verlegen wirkendes Achselzucken. »Vielleicht war es doch mehr als Angeberei.«

»Aber ist denn das überhaupt möglich?«, fragte Arri zweifelnd.

»Ich hätte nicht gedacht, dass es *hier* möglich ist«, antwortete Lea, »aber ja, es *ist* denkbar. Auch ich kenne eine besondere Art von Pilzen, die ganz anders sind als die, mit deren berauschender Wirkung Sarn seine Zeremonien unterstützt. Schon wenn du sie kaust, gerätst du in einen Zustand, in dem dir alles gleich ist. Du spürst noch Schmerzen, aber sie sind dir vollkommen egal.« Sie sah Arri an. »Kommt dir das irgendwie bekannt vor?«

»Und du glaubst, dass Nor diese Pilze auch kennt?«

»Es müssen nicht diese Pilze sein«, antwortete Lea. »Aber sie wachsen auch hier. Ich habe sie selbst schon ... gesehen.«

Arri war ziemlich sicher, dass sie etwas anderes hatte sagen wollen, beließ es aber dabei. »Aber wenn das so ist, warum nehmen seine Krieger diese Pilze dann nicht immer?«, fragte sie. »Sein Heer wäre unbesiegbar.«

»Ja«, bestätigte ihre Mutter. »Zumindest einmal.«

»Wie meinst du das?«

»Nur sehr wenig im Leben ist umsonst, Arianrhod«, antwortete Lea. »Es ist wahr – wenn du diese Pilze nimmst, bist du zehnmal so stark wie sonst, und es gibt nicht viel, was dich aufhalten kann. Aber die meisten sterben, wenn die Wirkung nachlässt.«

»Das glaube ich nicht«, sagte Arri impulsiv. »Ich meine: Dann hätten sie es doch nicht genommen!«

»Wenn sie es wüssten, nicht«, bestätigte Lea. Sie schüttelte den Kopf. »Ich bezweifle, dass Nor seinen Kriegern etwas von dieser Nebenwirkung erzählt hat, aber es ist auch nicht gesagt, dass es tatsächlich jene Pilze waren. Es gibt eine Menge Pflanzenextrakte, die eine ähnliche Wirkung haben, und vielleicht war es auch nur Zufall. Wer weiß – vielleicht war der Kerl einfach nur ganz besonders zäh; oder einfach zu dumm, um zu begreifen, dass er eigentlich schon tot war. So oder so: Du hast dir nichts vorzuwerfen. Selbst wenn du es gewusst hättest ... ist dir nicht aufgefallen, wie schnell sich das Feuer ausgebreitet hat?«

Arri nickte nur. Worauf wollte ihre Mutter hinaus?

»Targan war ein Dummkopf!«, behauptete Lea. »Da war irgendetwas in diesem Lagerraum hinter der Tür, das wie Zunder gebrannt hat. So etwas lagert man nicht im Haus; schon gar nicht in einem Haus, in dem andere direkt daneben mit offenem Feuer hantieren! So etwas ist bodenlos leichtsinnig!«

Und sicherlich hatte sie auch damit Recht – aber das änderte rein gar nichts daran, dass sich Leas Worte für Arri mehr und mehr nach dem anhörten, was sie waren: dem fast schon verzweifelten Bemühen, eine Entschuldigung zu finden. Sie hatte Recht mit jedem Wort, aber das schien es eher noch schlimmer zu machen. »Wir hätten ihnen trotzdem helfen müssen«, sagte sie leise.

»Das haben wir aber nicht«, antwortete Lea fast sanft – und dann brachte sie den Wagen mit einem Ruck zum Stehen und fuhr so abrupt herum, dass Arri erschrocken zusammenfuhr und hastig so weit von ihr wegrutschte, wie es die schmale Bank zuließ. »Verdammt, was hätte ich deiner Meinung nach tun sollen? Ihnen helfen? Auch wenn ich genau wusste, dass es sinnlos ist? Bist du noch nicht schwer genug verletzt worden?«

»Aber ich ...«, begann Arri.

Lea schien sie gar nicht zu hören. »Nur, falls es dich interessiert, Arianrhod«, fuhr sie in so scharfem Ton fort, dass sie kaum noch einen Deut davon entfernt war, wirklich zu schreien, »du hast in den beiden letzten Tagen nicht einfach nur *geschlafen!* Du wärst um ein Haar gestorben! Was, wenn ich auch verletzt worden wäre? Vielleicht so schlimm, dass ich mich nicht hätte um dich kümmern können? Wer hätte dann deine Wunden versorgt? Hast du dich das schon einmal gefragt?«

»Aber ...«, begann Arri.

»Aber, aber, aber!«, unterbrach sie ihre Mutter, mittlerweile wirklich schreiend. Sie machte eine wütende Handbewegung. »Du brauchst mir keine Vorwürfe zu machen, Arianrhod! Das mache ich schon selbst. Glaubst du etwa, es macht mir nichts aus, meine Freunde im Stich zu lassen?«

»Warum hast du es dann getan?«, hielt Arri dagegen.

»Weil es hier um etwas Wichtigeres geht!«, antwortete Lea zornig.

»Und worum?«, wollte Arri wissen.

Diesmal dauerte es einen Moment, bis sie eine Antwort bekam, und ebenso plötzlich, wie der Zorn ihrer Mutter aufgeflammt war, erlosch er auch wieder und machte etwas Platz, das Trauer sein mochte, aber eben nicht nur. »Um das Wichtigste überhaupt, Arianrhod. Um dich.«

»Um ... mich?«, vergewisserte sich Arri. Sie schüttelte den Kopf. »Das verstehe ich nicht. Was soll an *mir* so wichtig sein?«

»Abgesehen davon, dass du meine Tochter bist?« Ihre Mutter fuhr ihr abermals mit der Hand über den Unterarm. Ihr Lächeln wurde so mütterlich und verständnisvoll, dass Arri damit rechnete, sie werde sie im nächsten Moment in die Arme schließen und einfach an sich drücken. Stattdessen zog sie die Hand fast hastig wieder zurück und wirkte mit einem Mal ein kleines bisschen unsicher; beinahe schuldbewusst. »Vielleicht verlange ich zu viel von dir. Wie könntest du es auch verstehen, wo ich es doch selbst kaum begreife?«

Sie griff nach den Zügeln und hob sie, wie um sie wieder auf diese eigentümliche Weise knallen zu lassen, führte die Bewegung aber nicht zu Ende, sondern ließ die Hände ganz im Gegenteil fast behutsam sinken und legte den geflochtenen Strick in ihrem Schoß zu einem ebenso komplizierten wie sinnlosen Schlaufenmuster, das sie ebenso rasch formte, wie sie es wieder zerstörte, neu formte und wieder zerstörte. »Es geht nicht darum, dass du meine Tochter bist, Arianrhod«, sagte sie nach einer kleinen Ewigkeit und sehr leise, wie an sich selbst gewandt. »Natürlich bist du das Wertvollste, was es für mich auf der Welt gibt; ich wäre wohl eine noch schlechtere Mutter, als ich es ohnehin schon bin, wäre es nicht so. Aber du bist viel mehr. Nicht nur für mich. Dein Leben ist vielleicht das kostbarste Gut, das es auf dieser ganzen Welt gibt.«

»Warum?«, fragte Arri. Die Worte ihrer Mutter waren ganz von der Art, die sie sonst als lächerlich abtun würde; genau das, was Lea selbst so oft als *pathetisches* Gerede bezeichnete, wenn sie es von Sarn oder auch Nor oder einem anderen Priester aus Goseg hörte. Und doch war in Leas Stimme ein Unterton, der Arri einen Schauer über den Rücken laufen ließ. Es spielte keine Rolle, ob sie die Wahrheit sagte oder nicht – *sie* glaubte, dass es so war.

»Warum bin ich etwas Besonderes?«, fragte sie noch einmal, als die Augenblicke verstrichen, ohne dass ihre Mutter antwortete oder auch nur ihren Blick von den kunstvollen Schlaufen und Gebilden löste, die sie in immer schnellerer Folge erschuf und wieder zerstörte.

»Weil du vielleicht das Einzige bist, was noch zwischen dieser Welt und vielen Jahren der Barbarei und der Unwissenheit steht, Arianrhod.« Plötzlich schlossen sich Leas Finger so fest um die Zügel, dass ihre Knöchel weiß durch die Haut stachen, und sie sah Arri mit einem Ernst an, wie diese ihn selten zuvor in den Augen ihrer Mutter gesehen hatte. »Du bist die Letzte unseres Volkes, Arianrhod.« Sie löste die rechte Hand vom Zügel, zog den angesengten Umhang zurück und strich mit den Kuppen von Zeige- und Mittelfinger über die in Gold gefasste Himmelsscheibe, die den Schwertknauf zierte. »Du und dieses Schwert, ihr seid alles, was von unserem Volk übrig geblieben ist. Dir darf nichts geschehen. Ganz egal, welchen Preis es auch kostet.«

Arri wollte antworten; auf die gleiche Weise, auf die sie immer antwortete, wenn ihre Mutter dieses Thema anschnitt: mit einem ungläubigen Kopfschütteln, einem Lachen und einer flapsigen Bemerkung. Aber sie konnte es nicht. Von einem Augenblick auf den anderen spürte sie, dass Lea Recht hatte. Aber das machte das, was geschehen war, weder ungeschehen noch irgendwie besser.

»Was immer auch passiert, Arianrhod«, fuhr ihre Mutter fort, »du darfst das niemals vergessen. Ein einzelnes Menschenleben zählt nichts gegen das, was das Wissen unseres Volkes für all diese Menschen hier tun kann.«

»Ja, und wenn ich mich zwischen diesem Schwert und dir entscheiden muss, dann weiß ich, wie ich mich entscheiden werde«, antwortete Arri mit einem unsicheren Lachen und in dem hoffnungslos gescheiterten Versuch, scherzhaft zu klingen.

Ihre Mutter blieb ernst. »Das hoffe ich. Ich weiß, dass es nicht richtig war, was ich getan habe. Ich hätte bleiben müssen, um Targan und seiner Familie zu helfen. Es hätte nichts geändert, aber ich hätte es trotzdem tun müssen. Doch ich habe sie verraten, und ich würde es wieder tun, um dich zu schützen.«

»Mich oder das Schwert?«, entschlüpfte es Arri. Sie hasste sich fast selbst für diese Worte, aber sie waren einmal heraus, und überraschenderweise schienen sie Lea auch nicht zu verletzen; und wenn, so ließ sie es sich nicht anmerken.

»Euch beide«, antwortete sie, »vor allem aber dich. Dieses Schwert ist ein mächtiges Werkzeug, doch es nutzt nichts, wenn man nicht weiß, wie man es handhaben muss. Ich habe dir einige seiner Geheimnisse verraten, aber längst nicht alle, und ich fürchte, dass die Zeit, die uns noch bleibt, noch knapper ist, als ich ohnehin geglaubt habe.«

»Bis was geschieht?«, fragte Arri.

Ihre Mutter überging die Frage. »Ich werde mit dem, was ich getan habe, leben müssen«, fuhr sie fort, »und auch du wirst das tun. Vielleicht wirst du eines Tages verstehen, warum ich so handeln musste, und mir verzeihen. Bis dahin kann ich dich einfach nur bitten, mir zu vertrauen.« Sie löste die Hand vom Schwertgriff und ließ den Wagen wieder anrollen. Arri griff unwillkürlich mit der verbundenen rechten Hand nach Halt, um das plötzliche, heftige Schaukeln des Gefährtes auszugleichen, fuhr zusammen und biss schmerzerfüllt die Zähne aufeinander. Ihre Mutter hatte ihr zwar gesagt, dass die Verbrennungen, die sie sich an der Fackel zugezogen hatte, nicht so schlimm wären, aber sie fühlten sich jedenfalls so an, als wäre unter dem Verband aus kunstvoll gewickelten Blättern rohes, entzündetes Fleisch. Für einen Moment trat ein Ausdruck von Sorge in die Augen ihrer Mutter, aber sie sagte nichts dazu, sondern wartete nur, bis Arri auf der Bank wieder ein kleines Stück näher an sie herangerutscht war und sicheren Halt gefunden hatte, bevor sie fortfuhr: »Wir rasten, sobald die Sonne untergeht, und fahren erst morgen früh weiter. Wir könnten das Dorf noch heute erreichen, aber ich möchte nicht mitten in der Nacht und übermüdet ankommen.«

Arri sah sie überrascht an. »Wir fahren zurück zum Dorf?«, vergewisserte sie sich ungläubig.

»Wohin sonst?«, wollte Lea wissen.

»Aber ...« Arri brach verwirrt ab und sah für die Dauer von zwei oder drei schweren Herzschlägen zu der dünnen, dunkelgrünen Linie am Horizont hin, bei der es sich um nichts anderes als um den verbotenen Wald handeln konnte, den Worten ihrer Mutter zufolge. Sie hatte ihr zwar gesagt, dass sie mehr als zwei Tage geschlafen hatte, aber Arri war bisher nicht klar gewesen, dass sie demnach schon beinahe wieder zu Hause waren.

»Aber ich dachte«, setzte sie neu an, »wir können nicht zurück. Wenn Nor erfährt, was seinen Kriegern widerfahren ist ...«

»Sie werden es ihm schwerlich verraten können«, unterbrach sie ihre Mutter. »Du hast Recht – früher oder später wird ihm auffallen, dass sie nicht zurückkommen, und er wird Nachforschungen anstellen. Aber bis er erfährt, was wirklich passiert ist, sind wir längst nicht mehr hier.«

»Und wenn er es schon weiß?«

»Woher?« Lea schüttelte so heftig den Kopf, als wolle sie sich selbst von etwas überzeugen. »Er wusste ja bisher nicht einmal, dass es Targan und seine Familie überhaupt gibt, und mit ein wenig Glück wird er es auch nie erfahren. Und selbst wenn ... wir müssen zurück ins Dorf, weil es noch einige Dinge gibt, die ich erledigen oder bereinigen muss. Aber in spätestens vier oder fünf Tagen verlassen wir diesen gastlichen Ort.«

»Und wohin gehen wir?«, wollte Arri wissen.

Diesmal zögerte Lea einen spürbaren Moment, zu antworten, und sie sah sie auch nicht an, als sie es tat. »Dragosz wird uns abholen.«

24

Sie hatten nicht bei Sonnenuntergang Halt gemacht, wie Lea eigentlich vorgehabt hatte, sondern waren noch so lange weiter gefahren, bis aus der Linie am Horizont eine Mauer aus massiver Schwärze geworden war und sie schließlich den Waldrand erreichten. Arri hatte nichts dazu gesagt. Sie hatten ohnehin während des gesamten restlichen Weges nur noch sehr wenig miteinander gesprochen – um nicht zu sagen, so gut wie gar nicht –, und Arri ersparte sich auch jede Bemerkung, als sie begriff, auf welch sonderbare Weise Lea den Wagen schließlich anhielt: sie lenkte das Gefährt unter die weit ausladenden Äste einer gewaltigen Buche, die sich nicht nur vorwitzig ein gutes Stück weit aus dem eigentlichen Wald herausgeneigt hatte, sondern auch dem Herbst trotzte, der überall sonst schon seine Spuren hinterlassen hatte. Ihre Krone glänzte immer noch in einem saftigen Grün, das selbst während der Nacht zu erkennen war, während die meisten anderen Bäume sich bereits braun oder rot und goldgelb verfärbt hatten.

Ihre Mutter rutschte mehr vom Wagen, als dass sie hinunterstieg, und ging mit hängenden Schultern an den Pferden vorbei nach vorn, um die Zügel um den Stamm der großen Buche zu binden. Ihre Bewegungen waren fahrig und ließen einen gut Teil ihrer gewohnten Sicherheit und Genauigkeit vermissen, aber Arri entging dennoch nicht, auf welch besondere Weise sie die Tiere anband: Mit einem Knoten, den man mit einem einzigen, entschlossenen Ruck wieder lösen konnte, ebenso wie sie den Wagen nicht in gerader Linie unter den Baum gefahren, sondern eigens einen weiten Bogen geschlagen hatte. Die weit ausladenden Äste der Buche überspannten nicht die ganze Ladefläche; was durchaus möglich gewesen wäre, denn sie war allemal groß genug dafür. Stattdessen stand der Wagen so, dass sie sofort weiter fahren konnten, wenn es sein musste, ohne umständlich zurücksetzen oder rangieren zu müssen.

Man hätte es auch anders ausdrücken können, dachte Arri. Ihre Mutter schien sich auf eine schnelle Flucht vorzubereiten. Aber warum?

Sie wollte ebenfalls vom Wagen klettern, aber Lea machte eine müde, abwehrende Geste. »Ich sehe nach, ob alles ruhig ist. Du bleibst inzwischen hier und rührst dich nicht von der Stelle.«

Arri warf ihr einen schrägen Blick zu. Wohin sollte sie schon gehen, in ihrem Zustand? Ebenso wort- wie ausdruckslos sah sie ihrer Mutter nach, die mit müde wirkenden, aber dennoch schnellen und so gut wie lautlosen Bewegungen im Unterholz verschwand. Sie verstand auch nicht genau, was ihre Mutter überhaupt vorhatte. Sie befanden sich auf der anderen Seite des verbotenen Waldes, den die Dorfbewohner wie den Ort der Verdammnis mieden, den Sarn so anschaulich zu beschreiben verstand – wer sollte wohl ausgerechnet jetzt und noch dazu so spät am Tage *rein zufällig* hier auftauchen, um sie zu überraschen?

Immer vorausgesetzt, Lea hatte die Wahrheit gesagt und es gab außer den drei unglückseligen Kriegern, die Nor ihnen nachgeschickt hatte, tatsächlich niemanden, der von ihrer geheimen Reise oder diesem Ort hier wusste.

Ihre Gedanken bewegten sich schon wieder auf Pfaden, die ihr nicht gefielen, und sie brach diese Überlegung hastig ab und konzentrierte sich stattdessen auf ihre Umgebung. Sie erkannte diesen Ort nicht wieder. Zwar hatte ihre Mutter ihr gesagt, dass es der jenseitige Rand des verbotenen Waldes war, dort, wo er an die große Grasebene grenzte, auf der sie auf Nachtwind und seine Herde getroffen waren, aber es hätte ebenso gut auch jeder andere, ähnlich aussehende Wald auf der Welt sein können. Von den Pferden jedenfalls war keine Spur zu sehen, und Arri erblickte auch sonst keinerlei vertraute Wegmarken, was aber nichts heißen musste – schließlich war sie nur wenige Male hier gewesen, und darüber hinaus gab es nicht den geringsten Grund, ihrer Mutter zu misstrauen oder ihr Wort anzuzweifeln. Dann wurde ihr klar, dass allein der Umstand, diesen Gedanken zu haben, schon wieder ein Zweifel an sich war, und das Nagen ihres schlechten Gewissens nahm weiter zu.

Was war nur mit ihr los? Sicherlich hatte Lea ihr in den letzten Tagen und Wochen Anlass genug gegeben, ihr nicht mehr vorbehaltlos alles zu glauben, was sie sagte, aber allmählich verfiel sie in das genaue Gegenteil und zog grundsätzlich alles in Zweifel, was sie sagte; und manchmal sogar das, was sie *nicht* sagte.

Arri schüttelte den Kopf, ärgerlich auf sich selbst, brach ihre ohnehin sinnlose Betrachtung des Waldrandes und der schwarz daliegenden Grasebene ab, und kletterte mit mühsamen, kleinen Bewegungen zurück auf die Ladefläche des Wagens, um sich auf dem Lager aus Fellen und Decken auszustrecken, auf dem sie die letzten drei Tage verbracht hatte. Es stank nach kaltem Schweiß und anderen, noch unappetitlicheren Dingen, aber das war ihr plötzlich gleich. Obwohl sie den Großteil des Nachmittages, wenn schon nicht schlafend, so doch in einem Dämmerzustand zwischen Schlaf und Wachsein verbracht hatte und auch immer wieder kurz eingenickt war, fühlte sie sich mit einem Mal furchtbar müde, und auch ihre Hand und die gebrochenen Rippen, die Lea so fest verbunden hatte, dass sie kaum atmen konnte, schmerzten nun wieder. Das Mittel, das ihre Mutter ihr auf dem Weg hierher immer wieder eingetrichtert hatte, hatte vielleicht das Fieber besiegt und ihrem Körper geholfen, die Verletzungen zu heilen, die sie sich zugezogen hatte, aber sie spürte nun am eigenen Leib, was Lea ihr über die Heilkräfte der Natur erzählt hatte: Sie waren gewaltig, aber man bekam selten etwas geschenkt.

Müde schloss sie die Augen. Nachdem die Sonne untergegangen war, waren die Temperaturen rasch gefallen, und mittlerweile war es empfindlich kalt, und doch war sie plötzlich sogar zu träge, um die Hand auszustrecken und eines der warmen Felle über sich zu ziehen. Sie wusste, dass sie am nächsten Morgen bis auf die Knochen durchgefroren erwachen und sich noch elender fühlen würde, und doch erschien ihr das plötzlich ein geringer Preis, verglichen mit der Anstrengung, den Arm zu heben und mit einer Hand, die vor Schmerz pochte, irgendetwas zu ergreifen, das so schwer war wie dieses Fell. Arri spürte, wie der Schlaf sie einlullte ...

... und dann drang das Brechen eines Zweiges so scharf und alarmierend in ihre Gedanken, dass sie sich mit einem Ruck aufsetzte.

Aus weit aufgerissenen, starren Augen blickte sie sich um. Ihr Herz begann zu hämmern, und plötzlich waren Schmerzen, Übelkeit und Fieber und selbst die Kälte vergessen, und sie lauschte mit allen Sinnen in die Nacht hinaus. Das Geräusch wiederholte sich nicht, aber dieser Umstand beruhigte sie keineswegs, sondern bewirkte eher das Gegenteil. Es war eindeutig der Laut gewesen, mit dem ein trockener Ast unter einem Fuß oder einer schweren Pfote zerbrach. Aber wäre es ein Tier gewesen, das diesen Laut verursacht hatte, dann wäre es jetzt nicht so still; sie hätte andere Geräusche gehört, Schritte, die entweder näher kamen oder sich entfernten, zumindest das Rascheln von Unterholz und trockenem Laub, das den Boden ringsum bedeckte wie ein dichter Teppich, auf dem es nur dann möglich war, sich lautlos zu bewegen, wenn man es wollte. Aber welches Tier würde eine solche Überlegung wohl anstellen? Und auch ihre Mutter hatte keinen Grund, sich an sie anzuschleichen.

Arris Hand tastete verstohlen über die Decke und das Gepäck, das rechts und links von ihrem Lager aufgeschichtet war, aber sie fand nichts, das sie im Notfall als Waffe hätte hernehmen können, um sich zu verteidigen. Doch sie brauchte etwas. Jemand war hier, ganz in ihrer Nähe, und es war ganz zweifellos ein Mensch.

»Erschrick nicht«, sagte eine leise Stimme hinter ihr.

Selbstverständlich bewirkten die beiden Worte genau das Gegenteil dessen, was sie sollten. Arri fuhr mit einem nur noch mühsam unterdrückten Schrei herum und starrte mit klopfendem Herzen in die Dunkelheit, und die Stimme fuhr fort: »Ich bin es nur.«

Die Stimme gehörte ganz zweifelsfrei Dragosz, auch wenn Arri den dazugehörigen Körper immer noch nicht sehen konnte, doch obwohl er flüsterte und sich ganz offensichtlich auch bemühte, in möglichst ruhigem Ton zu sprechen, hörte sie auch zugleich, dass etwas nicht mit ihm stimmte. Da war ein leises Zittern in seinen Worten, das bisher noch nie dagewesen war.

»Dragosz?«, murmelte sie.

Das Knacken eines brechenden Astes wiederholte sich, diesmal begleitet vom Knistern trockenen Laubes, das unter seinen Schritten zerkrümelte, dann löste sich ein massiger Schatten vom Waldrand und kam langsam auf sie zu. Eines der Pferde hob den Kopf und wieherte unruhig, und Dragosz strich ihm beiläufig mit der Hand über die Nüstern, während er daran vorbeiging. »Ja, ich bin es. Wo ist deine Mutter?«

»Ganz in der Nähe. Sie wollte sich nur umschauen, um sicherzugehen, dass auch niemand da ist.« Arri deutete ein Schulterzucken an. »Aber anscheinend war sie nicht gründlich genug.«

»Warum?« Dragosz kam nun näher und blieb in einem Abstand stehen, der gerade nicht ausreichte, um ihn in aller Deutlichkeit erkennen zu können, und Arri fragte sich, ob das Zufall war.

»Weil sie dich sonst bemerkt hätte«, antwortete sie.

Dragosz schüttelte den Kopf. Sie glaubte etwas wie ein leises Lachen zu hören. »Niemand bemerkt mich, wenn ich es nicht will. Wie geht es dir?«

»Gut«, behauptete Arri. »Wo kommst du jetzt her?«

»Wir waren verabredet«, antwortete Dragosz. »Deine Mutter und ich.« Irgendetwas stimmte nicht mit ihm, das spürte Arri. Es war nicht nur seine Stimme. Auch an seiner Gestalt war irgendetwas nicht so, wie es sein sollte, obwohl sie sie nach wie vor nur als einen halb verschwommenen Schemen vor dem Hintergrund des Waldrandes erkennen konnte.

»Hier?«, fragte sie zweifelnd.

»Hat sie dir nicht gesagt, dass wir verabredet waren?«

»Doch. Aber nicht jetzt. Sie hat gesagt, dass du in ein paar Tagen ins Dorf kommst, um uns abzuholen.«

»Ich musste meine Pläne ... ändern«, antwortete Dragosz. Seltsam, wie leicht man eine Lüge durchschauen konnte, wenn man das Gesicht seines Gegenübers *nicht* sah. Dragosz löste sich endlich von seinem Platz, kam näher und kletterte auf der anderen Seite des Wagens empor, aber mit Bewegungen, die Arri ebenso mühsam und umständlich vorkamen wie die, mit denen sie selbst gerade vom Kutschbock gestiegen war. Sie war jetzt sicher, dass mit ihm etwas nicht stimmte, und wären es nicht seine Bewegungen und sein sonderbar verkrüppelt aussehender Umriss gewesen, so hätte sie es gerochen. Er roch nach Schweiß, was an sich nichts Besonderes war – jeder, den sie kannte, roch so –, aber es war nicht der Schweiß schwerer Arbeit oder der Sommerhitze, sondern der saure Geruch eines überstandenen Fiebers, nur unzulänglich überdeckt von dem Kräuterduft, wie ihn die Verbände verströmten, die ihre Mutter aufzulegen pflegte.

Dragosz kam gebückt näher und ließ sich mit untergeschlagenen Beinen neben sie sinken, und endlich war er nahe genug, um von einem bloßen Schatten zu einem Körper zu werden. Aus Arris Verdacht wurde Gewissheit. Dragosz' Gesicht war so bleich wie frisch gefallener Schnee, das konnte sie trotz des schwachen Lichtes erkennen, und auf seiner Stirn glitzerte ein Netz aus zahllosen, winzigen Schweißtröpfchen. Seine Gestalt wirkte tatsächlich unförmig; er trug den linken Arm in einer Schlinge aus denselben groben Stricken, aus denen auch das Geschirr der Pferde geflochten war, und die Schulter unter dem schwarzen Fellmantel war so dick verbunden, dass er fast wie ein Buckliger aussah. Auf seinem Gesicht lag ein aufmunterndes Lächeln, aber Arri sah trotzdem, dass er all seine Willenskraft brauchte, um nicht am ganzen Leib zu zittern, so als hätte er Schüttelfrost. Wahrscheinlich hatte er welchen.

»Was ist passiert?«, fragte sie erschrocken. Dragosz zuckte nur – vorsichtig – mit der unverletzten Schulter; und Arri hatte nicht wirklich mit einer Antwort gerechnet, brauchte sie im Grunde aber auch gar nicht. Sie hatte sie sich fast im gleichen Moment schon selbst gegeben, in dem sie die Frage ausgesprochen hatte.

In all dem Durcheinander hinter ihrer Stirn waren zumindest ein paar Erinnerungen, die ganz eindeutig nicht aus einem Fiebertraum stammten, und in einer davon spielten gedämpfte Schreie eine Rolle, das Klirren von Waffen und große Flecken von niedergetrampeltem Gras, das nass von noch nicht ganz eingetrocknetem Blut war.

»Nichts von Bedeutung«, beantwortete Dragosz ihre Frage mit einiger Verspätung. »Ich bin froh, dass es *dir* wieder besser geht.« Sein Gesicht verdüsterte sich. »Als ich gehört habe, was passiert ist, habe ich mir schwere Vorwürfe gemacht. Es tut mir Leid, dass ich nicht da war, um dich zu beschützen.«

»Du konntest es nicht, oder?«, sagte Arri mit einer entsprechenden Kopfbewegung auf seine verbundene Schulter, aber Dragosz machte nur ein noch finstereres Gesicht.

»Ich habe dir versprochen, auf dich und deine Mutter aufzupassen«, beharrte er. »Es spielt letzten Endes keine Rolle, warum man ein Versprechen bricht, so lange man es bricht. Es tut mir Leid.«

Welch ein Unsinn!, dachte Arri.

Dann musste sie über ihre eigenen Gedanken lächeln. Dragosz sprach im Grunde nur laut aus, was sie selbst gerade gedacht hatte; und vielleicht war das nicht einmal Zufall. Jetzt, wo er ihr so nahe war, konnte sie erkennen, dass er sich in keinem besseren Zustand befand als sie, und eigentlich sogar in einem schlimmeren. Vielleicht, überlegte sie ernsthaft, führten ähnliche Verletzungen auch zu ähnlichen Verwirrungen des Denkens.

»Das warst du, in dieser Nacht, nicht wahr?«, fragte sie.

Dragosz sah sie fragend – aber nicht sehr überzeugend – an, und Arri fuhr mit einer erklärenden Geste auf seine verletzte Schulter fort: »Du hast die drei Krieger angegriffen, die uns aufgelauert haben.«

Dragosz zögerte. Seine Augen schimmerten wie nasse schwarze Steine, und irgendetwas in seinem Blick ... änderte sich. Arri konnte nicht sagen, was, aber sie war nicht sicher, ob es ihr gefiel. Ganz und gar nicht.

»Nun ja«, erwiderte er. »Man könnte es so nennen.«

»Und wie nennst *du* es?«, fragte Arri.

Der sonderbare Ausdruck in Dragosz' Augen blieb, aber da war jetzt plötzlich auch noch etwas anderes; etwas, das ihr einen durchaus nicht unangenehmen Schauer über den Rücken laufen ließ und das sie ebenso genoss, wie sie es fast schuldbewusst von sich schob. Sie war viel zu verwirrt und aufgewühlt, um das Gefühl benennen zu können (oder auch nur zu *wollen*), aber sie spürte doch, dass es etwas Verbotenes war. »Ich fürchte, ich habe sie unterschätzt«, gestand Dragosz mit unerwarteter Offenheit ein.

»Nors Männer?«

Dragosz nickte und zuckte gleichzeitig unglücklich mit den Schultern – zumindest wollte er es, brach die Bewegung dann aber schon im Ansatz und mit einer Grimasse sowie einem schmerzhaften Verziehen der Lippen wieder ab. »Ich dachte, ich könnte sie überraschen. In Wahrheit haben *sie* mich überrascht.«

»Und dich angegriffen?«, fragte Arri.

»Ja. Sofort und ohne auch nur zu fragen, wer ich bin oder welche Absichten ich habe.«

Das hörte sich ganz nach Nors Kriegern an, dachte Arri. Sie wartete vergeblich darauf, dass Dragosz von sich aus weitersprach, und als er es nicht tat, warf sie ihm einen auffordernden Blick zu, auf den er zwar reagierte, aber auch das erst mit einiger Verspätung. Arri hatte plötzlich das Gefühl, dass er es nicht tat, um das Gespräch in die Länge zu ziehen oder ihr auszuweichen, sondern dass ihm das Reden viel Mühe bereitete. »Ich konnte ihnen entkommen. Aber nur mit Mühe und Not. Sie haben mich verletzt. Anscheinend bin ich doch kein so guter Beschützer, wie ich geglaubt habe.«

»Du warst allein gegen drei«, antwortete Arri. »Du hast einen von ihnen so schwer verwundet, dass er in der nächsten Nacht gestorben ist.« Dragosz wollte widersprechen, doch Arri hob rasch die Hand und schüttelte entschieden den Kopf, bevor sie mit leicht erhobener Stimme fortfuhr: »Ich bin kein Krieger, und ich verstehe auch bestimmt nicht so viel vom Kämpfen wie meine Mutter oder gar du – aber einer gegen drei, das erscheint mir kein sehr ausgewogenes Verhältnis. Die Krieger von Goseg sind berüchtigt für ihre Rücksichtslosigkeit und ihre Stärke. Nur die wenigsten Männer hätten diesen Kampf überlebt – und noch dazu einen von ihnen tödlich verwundet.«

Einen Herzschlag lang sah Dragosz sie auf eine sehr sonderbare Weise an. Dann schüttelte er den Kopf, und ein sehr warmes, fast väterliches Lächeln erschien auf seinen Lippen und erlosch dann wieder. »Gleich wirst du mir erzählen, dass *ich* diesen Kampf eigentlich gewonnen habe.«

Arri nickte. »Genau genommen ist es auch so. Du lebst, und sie sind tot. Das könnte man einen Sieg nennen.«

Dragosz lachte leise. »Weißt du eigentlich, wie sehr du deiner Mutter ähnelst, Arianrhod?«

Das wusste Arri sehr gut, sie wusste nur nicht, was diese Bemerkung bedeutete, ausgerechnet jetzt. »Warum habt ihr mir nicht gesagt, wie schlimm es um dich steht?«

Dragosz sah sie verwirrt und vielleicht mit einer Spur von Misstrauen in den Augen an, und Arri fügte mit einer erklärenden Geste hinzu: »An dem Abend, als du mit meiner Mutter gesprochen hast, draußen bei der Mine.«

»Was dir passiert ist, tut mir aufrichtig Leid«, sagte Dragosz. »Hätte ich auch nur gewusst, dass du dort draußen bist ...«

Arri unterbrach ihn. »Du wusstest es aber nicht. Außerdem war ich ganz allein schuld. Meine Mutter hatte mir befohlen, im Haus zu bleiben. Hätte ich auf sie gehört, wäre vielleicht gar nichts passiert.« Dragosz hatte ihre Frage nicht beantwortet, das war ihr keineswegs entgangen. Und auch der ebenso verwirrte wie leicht misstrauische Ausdruck stand noch immer in seinen Augen. Mehr denn je hatte sie plötzlich das Gefühl, dass er aus einem ganz bestimmten Grund gerade jetzt und gerade hier aufgetaucht war, aber nun nicht so recht zu wissen schien, wie er anfangen sollte. Indem sie ihm Vorwürfe machte – oder auch nur etwas sagte, was er als Vorwurf auslegen konnte –, gewiss nicht.

»Deine Mutter wollte dich nicht unnötig beunruhigen«, sagte er nach einer Weile nun doch. Er zuckte wieder mit den Schultern; diesmal aber sehr behutsam. »Sie hat mich vor Nors Kriegern gewarnt, aber ich fürchte, ich habe ihre Warnung trotz allem nicht ernst genug genommen. Dabei hätte ich es wissen müssen. Schließlich bin ich ihnen schon begegnet.«

Das war eine Neuigkeit für Arri, die sie im allerersten Moment überraschte; dann zog sie zweifelnd die Augenbrauen zusammen. »Du sprichst von Kron und seinen Brüdern?« Ihr Herz begann zu klopfen.

»Ich weiß nicht, wer Kron ist«, antwortete Dragosz. »Aber sie waren zu dritt, ja.« Er legte den Kopf schräg. »Du kennst diese Männer?«

»Wenn es dieselben sind, über die wir reden, ja. Du hast einen von ihnen erschlagen und den anderen schwer am Arm verletzt?«

Dragosz sagte nichts. Er nickte nur, aber sein Blick wirkte mit einem Mal sehr wach.

»Das waren keine Krieger aus Goseg«, sagte Arri.

»Keine ...« Dragosz blinzelte verwirrt. »Aber deine Mutter hat mir gesagt, es wären Nors Männer gewesen.«

»Die drei waren Jäger. Männer aus unserem Dorf. Du musst sie falsch verstanden haben.«

Dragosz schwieg auch dazu, aber er tat es auf eine ganz bestimmte Art, die eine Antwort im Grunde vollkommen überflüssig werden ließ. Er hatte sie weder falsch verstanden, noch hatte Lea sich irgendwie missverständlich ausgedrückt. Sie konnte seine Verwirrung spüren, aber auch eine Spur von

Zorn, die er plötzlich empfand und nicht gänzlich unterdrücken konnte. »Darf ich dir eine Frage stellen?«, brach es aus ihr hervor.

»Welche Frage?« Dragosz sagte nicht *ja*.

»Grahl hat erzählt, du und deine Männer hättet sie völlig grundlos angegriffen«, begann Arri. »Warum habt ihr das getan?«

»Ich und ...?« Dragosz schüttelte überrascht den Kopf. »Ich war allein. Und sie haben mich angegriffen, ohne Grund und ohne dass ich irgendetwas getan hätte. Genau wie die Männer vor drei Nächten.«

Arri hätte nicht sagen können, warum, aber sie glaubte Dragosz. Auch wenn sie ihn ja praktisch kaum kannte, meinte sie doch genug über ihn zu wissen, um sicher zu sein, dass er nicht log. Welchen Grund sollte er auch dafür haben?

Sie wollte etwas sagen, doch in diesem Moment hob Dragosz warnend die Hand und legte zugleich den Kopf auf die Seite, um mit geschlossenen Augen zu lauschen, und nur einen halben Atemzug später hörte Arri es auch: Leichte, fast – aber eben nur fast – lautlose Schritte näherten sich, und sie vernahm ein Rascheln wie von Stoff, der über trockenes Laub strich. Dragosz spannte sich, und seine unverletzte Hand glitt unter den Umhang, vermutlich, um nach einer Waffe zu tasten, die er dort trug, und nun war es Arri, die rasch die Hand hob und eine besänftigende Geste machte. Laut und mit weithin hörbarer Stimme sagte sie: »Du kannst ruhig herauskommen, Mutter. Es ist nur Dragosz.«

Dragosz sah sie verwirrt an. Für die Dauer von zwei oder drei Atemzügen wurde es vollkommen still, dann wiederholte sich das Rascheln, sie hörte das Brechen von Zweigen, und ohne sich umdrehen zu müssen, wusste sie, dass ihre Mutter hinter ihnen aus dem Unterholz heraustrat und mit schnellen Schritten näher kam. Dragosz' Verwirrung nahm noch zu, aber dann wandte er sich halb um, um Lea entgegenzusehen, allerdings nicht, ohne Arri vorher einen kurzen, anerkennenden Blick zugeworfen zu haben. Oder war es etwas anderes?

»Was tust du hier?«, herrschte Lea Dragosz an; laut, unüberhörbar wütend und ohne sich mit einer Begrüßung aufzuhalten.

»Ja, ich freue mich auch, dich zu sehen«, antwortete Dragosz spöttisch. »Mir geht es übrigens schon wieder besser – nur, falls du es wissen wolltest.«

Verwirrt sah Arri zuerst ihre Mutter, dann Dragosz und schließlich wieder ihre Mutter an. Lea hatte das Schwert gezogen und funkelte Dragosz so wütend an, als könnte sie sich gerade noch beherrschen, sich nicht auf ihn zu stürzen. Seltsam – Arri konnte sich des Eindrucks nicht erwehren, dass der Zorn ihrer Mutter mindestens ebenso sehr ihr selbst wie Dragosz galt, obwohl sie sich weder für das eine noch für das andere irgendeinen Grund vorstellen konnte.

Es verging noch eine kleine Weile, dann konnte sie regelrecht sehen, wie ihre Mutter sich innerlich zur Ordnung rief. Mit einem Ruck schob sie das Schwert wieder in die lederne Schlaufe an ihrem Gürtel, schlug in der gleichen Bewegung den Umhang zurück und schwang sich mit einem kraftvollen Satz auf den Wagen. Das ganze Gefährt erzitterte unter ihrem Aufprall, und die Pferde wieherten unruhig. Ohne ein Wort zu sagen, ließ sich Lea vor Dragosz in die Hocke sinken, nestelte an seinem Umhang herum und streifte das Kleidungsstück dann mit einem Ruck ab. Dragosz biss die Zähne zusammen, konnte einen schmerzerfüllten Seufzer aber nicht ganz unterdrücken, und auch Arri riss erstaunt und erschrocken die Augen auf, als sie sah, wie unförmig die Schulter unter dem Umhang angeschwollen war. In den durchdringenden Geruch nach Heilkräutern, den der Verband bisher verströmt hatte, mischte sich etwas anderes, Schlimmeres.

Lea machte sich – Dragosz' Reaktion nach zu schließen, alles andere als sanft – an seiner Schulter zu schaffen und schüttelte schließlich den Kopf. »Entweder du hast es darauf angelegt, dich umzubringen, oder du überschätzt meine Heilkräfte und hältst mich tatsächlich für eine Zauberin. Ich kann dir versichern, dass ich es nicht bin. Sprichst du unsere Sprache so schlecht, oder hast du alles vergessen, was ich dir gesagt habe?«

»Das ist nur eine Schramme«, antwortete Dragosz, der sich dabei ungefähr so glaubwürdig wie ein trotziges Kind anhörte.

»Die sich bereits entzündet hat«, fügte Lea verärgert hinzu. »Ich habe dir gesagt, dass du dich schonen sollst. Ich habe dir gesagt, dass du den Verband täglich wechseln musst und die Salbe auftragen sollst, die ich dir gegeben habe. Gibt es noch etwas, was ich dir gesagt habe und was du in den Wind geschlagen hast?«

»Das eine oder andere«, brummte Dragosz. Lea wollte erneut auffahren, aber diesmal brachte er sie mit einem Blick zum Verstummen. »Ich bin gekommen, um dich zu warnen. Du darfst nicht zurück in euer Dorf gehen.«

»Warum?«, fragte Arri anstelle ihrer Mutter.

Lea warf ihr einen erbosten Blick zu, wandte sich dann aber wieder zu Dragosz und fragte ebenfalls: »Warum?«

»Ich habe Nachricht aus Goseg bekommen«, antwortete Dragosz. Goseg?, dachte Arri verwirrt. Was wusste Dragosz von Goseg? »Euer Schamane hat einen Boten nach Goseg geschickt. Meine Männer haben ihn abgefangen, keine Sorge. Er wird sein Ziel nie erreichen. Doch wenn er keine Antwort bekommt, wird er einen weiteren schicken, und dann noch einen und noch einen. Ich kann nicht euer ganzes Dorf auslöschen lassen.«

»Sarn?«, wiederholte Lea verwirrt. »Aber was ...?«

»Ich weiß nicht, woher, aber er weiß, was geschehen ist. Er hat einen Boten mit der Bitte um Hilfe nach Goseg geschickt, und ich glaube, du weißt ebenso gut wie ich, was das für dich und deine Tochter bedeutet.«

Trotz des schwachen Lichtes konnte Arri sehen, wie ihre Mutter erbleichte. »Sarn weiß von ... von Targan und seiner Familie?«, murmelte sie, brach ab, schüttelte verwirrt den Kopf und sah dann zu Arri, als erwarte sie ernsthaft von ihr eine Antwort. »Aber wie ist das möglich? Er kann unmöglich erfahren haben, was geschehen ist. Er wusste ja nicht einmal, wohin wir unterwegs waren!«

»Offensichtlich doch. Anscheinend war dein Geheimnis nicht ganz so gut bewahrt, wie du geglaubt hast.« Dragosz warf einen bezeichnenden Blick in Arris Richtung, den Lea jedoch mit einem eindeutig ärgerlichen Kopfschütteln beantwortete.

»Arianrhod wusste nichts davon.«

»Euer Schamane offenbar schon«, beharrte Dragosz. »Kommt mit mir. Es wird ein paar Tage dauern, bis Sarn begreift, dass sein Bote anscheinend nicht angekommen ist, aber danach wird er etwas unternehmen. Und ich fürchte«, fügte er mit einer Grimasse und einer angedeuteten Geste auf seine verletzte Schulter hinzu, »dass ich im Augenblick nicht in der Verfassung bin, euch zu beschützen.«

»Nun ja«, dachte Arri, »bisher konnten wir auch ganz gut allein auf uns aufpassen.« Jedenfalls *glaubte* sie, es nur zu denken – bis sowohl Dragosz als auch ihre Mutter gleichzeitig den Kopf drehten und sie jeder auf unterschiedliche Weise ansahen. Dragosz wirkte leicht gekränkt, während der ärgerliche Ausdruck in den Augen ihrer Mutter noch zugenommen zu haben schien; aber es war auch ein leicht belustigtes Funkeln darin, das sie zwar mit Mühe zu unterdrücken versuchte, was ihr aber nicht wirklich gelang.

»Mach dir darüber keine Sorgen«, sagte Lea schließlich, wieder an Dragosz gewandt. »Arianrhod und ich ...«

»... ihr könnt ganz gut auf euch selbst aufpassen«, sagte Dragosz, wobei er einen kurzen, ebenso ärgerlichen wie spöttischen Blick in Arris Richtung abschoss. »Ich weiß. Trotzdem wäre es mir lieber, ihr würdet mich gleich begleiten.«

Lea schüttelte entschieden den Kopf. »Es gibt noch ein paar Dinge, die ich in Ordnung bringen muss. Vielleicht nicht annähernd so viele, wie ich möchte, aber einiges muss noch getan werden.«

Seinem verstörten Blick nach zu schließen, konnte Dragosz mit diesen Worten ungefähr ebenso viel anfangen wie Arri – nämlich nichts –, doch er schien Lea mittlerweile gut genug zu kennen, um es nicht noch einmal zu versuchen. Stattdessen griff er umständlich mit dem rechten Arm hinter seine linke

Schulter und versuchte, den Umhang wieder hochzuziehen. Lea sah ihm einige Augenblicke lang – zwar mit unbewegtem Gesicht, aber dennoch spürbarer Schadenfreude – zu, wie er sich vergeblich bemühte, dann half sie ihm, stand in derselben Bewegung auf und machte eine Geste, wie um auch ihm beim Aufstehen behilflich zu sein. Dragosz warf ihr einen ärgerlichen Blick zu und arbeitete sich umständlich und schwankend in die Höhe. »Ganz, wie du willst«, erklärte er verdrießlich. »Aber sag hinterher bitte nicht, ich hätte dich nicht gewarnt.«

»Ganz bestimmt nicht«, erwiderte Lea. »Ich werde es nicht sagen, wenn ich keinen Grund dafür habe. Und sollte es einen geben, werde ich es wahrscheinlich nicht mehr sagen können.«

Dragosz blinzelte. »Wie?«

»Schon gut«, winkte Lea ab. »Vielleicht trifft es sich sogar ganz gut, dass du hier bist.«

»Wieso?«, fragte Dragosz mit einer ganz offensichtlichen Mischung aus Hoffnung und Misstrauen, wobei Leas Antwort Ersteres sogleich wieder überflüssig machte.

»Der Wagen«, antwortete sie. »Ich war nicht ganz sicher, ob ich ihn einfach hier lassen kann. Er ist ein bisschen zu groß, um ihn zu verstecken.«

Der Ausdruck auf Dragosz' Gesicht wurde noch ein wenig hilfloser. »Du ...«

»... nimmst ihn einfach mit«, unterbrach ihn Lea. »In deinem Zustand würde ich dir ohnehin von einem Zwei-Tage-Marsch abraten. Mit dem Wagen schaffst du es deutlich schneller als zu Fuß.«

Dragosz presste nur ärgerlich die Lippen aufeinander, ersparte sich aber jetzt jede Antwort – zu einem Teil sicher, weil auch er mittlerweile wusste, wie Unterredungen mit Arris Mutter im Allgemeinen endeten, möglicherweise aber auch, weil sie mit ihren Worten weniger weit von der Wahrheit entfernt war, als er zugeben wollte. Obwohl er sich ausgezeichnet in der Gewalt hatte, spürte selbst Arri, wie schwer es ihm fiel, sich auch nur auf den Beinen zu halten. Sie fragte sich, ob er den ganzen Weg, den sie auf dem Wagen liegend und schlafend verbracht hatte, zu Fuß zurückgelegt haben mochte, in derselben Zeit wie sie und noch dazu schwer verletzt. Wenn ja, dann war es kein Wunder, dass er dem Zusammenbruch näher war als irgendetwas anderem.

Diese Frage führte sie zu einer anderen, deren Antwort vielleicht noch viel beunruhigender war: nämlich der, *warum* Dragosz nicht mit ihnen auf dem Wagen gefahren war – und warum ihre Mutter sich so wenig begeistert von seinem plötzlichen Auftauchen zeigte.

»Ganz wie du willst«, sagte er noch einmal, jetzt aber in eindeutig trotzigem Ton. »Du bist alt genug, um zu wissen, was du tust.«

So, wie er das sagte, hörte es sich allerdings nicht so an, als ob er es auch wirklich glaubte. Allerdings sah er auch nicht so aus, als wollte er auf der Stelle Leas Vorschlag annehmen und mit dem Wagen nach Hause fahren, oder überhaupt irgendwohin. Er stand einfach nur da, blickte sie an und wartete sichtlich darauf, dass sie etwas sagte, und Lea ihrerseits stand da und hielt seinem Blick gelassen, aber mit wachsendem Unwillen stand. Die Situation begann aberwitzig zu werden.

»Warum warten wir nicht einfach bis Sonnenaufgang?«, schlug Arri vor. »Wir wollten doch ohnehin hier lagern. Dragosz könnte sich ausruhen, und wir ...«, sie suchte nach Worten, »... wir wären nicht allein.«

Sie kam sich ein bisschen albern bei diesen Worten vor, und wenn sie den Ausdruck auf dem Gesicht ihrer Mutter richtig deutete, hätte diese noch einige ganz andere, weit weniger schmeichelhafte Bezeichnungen dafür gefunden. Dragosz aber nahm die Hand, die sie ihm – eindeutig gegen den Willen ihrer Mutter – entgegenstreckte, dankbar und sehr schnell an.

»Eine gute Idee«, sagte er rasch. »Vielleicht gelingt es mir bis morgen früh ja noch, dich zur Vernunft zu bringen.«

»Ganz bestimmt nicht«, versetzte Lea. »Du ...« Sie schluckte den Rest dessen, was sie eigentlich aussprechen wollte, mit mühsamer Beherrschung herunter, drehte sich mit einem Ruck um und sprang ansatzlos und mit einem federnden Satz vom Wagen. »Aber meinetwegen, wenn es euch glücklich macht. Ihr könnt ja schon einmal das Abendessen vorbereiten, eine Blätterhütte bauen und ein gemeinsames Lied anstimmen, bis ich zurück bin.«

»Wohin gehst du?«, fragte Arri.

»Ich schaue mich um«, antwortete ihre Mutter. »Ich will nur sichergehen, dass wir während unseres romantischen Familienabends keinen unangemeldeten Besuch bekommen.«

»Aber ...«, begann Arri an, doch Dragosz legte ihr rasch die Hand auf die Schulter, und sie verstummte mitten im Satz. Es hätte auch keinen Sinn mehr gehabt, noch etwas zu sagen. Sie hörte erneut das Brechen von Zweigen und das Knistern von trockenem Laub unter schnellen, fast stampfenden Schritten, dann war ihre Mutter im Wald verschwunden. Hilflos blickte Arri ihr nach. Sie hatte ihre Mutter niemals für eine geduldige oder gar sanftmütige Frau gehalten, nun aber benahm sie sich eindeutig kindisch.

»Lass sie«, sagte Dragosz. »Sie wird schon wieder zur Besinnung kommen. Und vielleicht hat sie sogar Recht.«

»Womit?«, fragte Arri.

»Sich umzusehen«, antwortete er rasch. »Wir sind ein gutes Stück von eurem Dorf entfernt, aber derzeit ist es wohl besser, sicherzugehen.«

»Doch niemand weiß von diesem Ort.«

»So, wie auch niemand von euren Freunden gewusst hat?« Dragosz schüttelte abermals den Kopf, ließ sich neben ihr in die Hocke und gleich darauf erneut mit untergeschlagenen Beinen in eine erschöpft sitzende Haltung sinken; und das gewiss nicht nur, um auf gleicher Höhe mit ihr zu reden.

»Ich verstehe nicht, wie er davon wissen konnte«, gab Arri hilflos zurück. »Nicht einmal ich wusste, wohin wir fahren!«

»Deine Mutter ist eine sehr kluge Frau, Arianrhod«, antwortete Dragosz. »Aber sie ist auch eine sehr starke Frau, und sie begeht den gleichen Fehler, den viele begehen, die um ihre Stärke wissen. Sie neigt dazu, ihre Gegner zu unterschätzen. Dieser Sarn mag der alte Narr sein, für den deine Mutter ihn hält, aber er ist ganz bestimmt kein Dummkopf. Ich an seiner

Stelle hätte schon vor Jahren herausgefunden, wohin deine Mutter dann und wann verschwindet, um mit einem Wagen voller Schätze zurückzukehren.«

Arri sah ihn nur verwirrt an. Wahrscheinlich hatte er Recht. Aber das war es nicht, warum sie das Verhalten ihrer Mutter so irritierte. Hätte sie es nicht besser gewusst, hätte sie geschworen, dass Lea ... eifersüchtig war.

Aber das war natürlich Unsinn.

»Woher kennst du meine Mutter?«, fragte sie nach einer Weile und noch immer in die Richtung blickend, in der Lea in der vollkommenen Schwärze der Nacht verschwunden war. Sie wusste selbst nicht genau, warum sie diese Frage stellte, noch dazu ausgerechnet jetzt – vielleicht einfach nur, um das plötzlich immer unangenehmer werdende Schweigen zwischen ihnen zu durchbrechen –, aber für Dragosz schien sie nicht annähernd so harmlos zu sein, wie sie geglaubt hatte. Seine Hand, die noch immer (oder schon wieder? Sie wusste es nicht) auf ihrer Schulter lag, versteifte sich kurz – vielleicht nur für den zehnten Teil eines Atemzuges, aber dennoch lange genug, dass sie es merkte, und seine Stimme klang ein ganz kleines bisschen angespannt, als er antwortete.

»Warum?«

»Nur so«, behauptete Arri, was zugleich die Wahrheit wie auch eine Lüge war.

Dragosz zog den Arm zurück, hob die Schultern und ließ seine Hand dann erneut auf ihren Unterarm sinken; nur, dass seine Berührung jetzt irgendwie ... anders war. Sie konnte nicht sagen wie, aber sie war auf sonderbare Weise *angenehmer.*

»Vielleicht solltest du deine Frage anders stellen«, sagte er. »Richtiger wäre mich zu fragen, wie ich das erste Zusammentreffen mit deiner Mutter *überlebt* habe.«

Arri sah ihn zweifelnd an. Sie erinnerte sich gut, wie sie Dragosz und ihre Mutter das erste Mal zusammen gesehen hatte. Nach *Feindschaft* hatte es irgendwie nicht ausgesehen; und eigentlich auch nicht nach einem Kampf auf Leben und Tod.

Dragosz grinste, als hätte er ihre Gedanken gelesen, und wahrscheinlich hatte er es auch, auf eine gewisse Weise. »Es war zwei Tage nach meiner ... *Begegnung* mit euren Männern. Die, die ich für Krieger aus Goseg gehalten habe.«

Das waren Worte, die Arri im Augenblick zwar hinnahm, sich aber ganz bewusst für später merkte, um noch einmal darüber nachzudenken. Da Dragosz offensichtlich auf eine Reaktion ihrerseits wartete, sah sie ihn offen an und nickte dann übertrieben, und Dragosz fuhr fort: »Weißt du, Arianrhod, ich war einfach nur neugierig.«

»Worauf?«

»Ich habe mich gefragt, was das für Menschen sind, die ihre Waffen ziehen und sofort angreifen, sobald sie einen Fremden sehen. Einfach so, ohne einen Grund, ohne eine Frage zu stellen, ohne ...« Er suchte nach Worten.

»Ich verstehe«, sagte Arri, und das war sogar die Wahrheit. Sie kannte Grahl und seine Brüder gut genug, um Dragosz vorbehaltlos zu glauben – zumindest, was seine Schilderung des Zusammenstoßes mit den drei Jägern anging.

»Es war gar nicht einmal weit von hier«, fuhr er fort, und er klang dabei fast belustigt. Seine Hand lag noch immer auf ihrem Arm, aber sie war nun nicht mehr – ganz – still. Seine Finger strichen langsam über ihre Haut, und es war etwas an dieser Berührung, was sie fast unerträglich machte; aber auf eine vollkommen andere Art, als sie es jemals kennen gelernt hatte. Arri wollte den Arm schreiend zurückziehen und Dragosz am liebsten die andere Hand ins Gesicht schlagen; aber zugleich sehnte sie sich auch nach nichts mehr als danach, dass diese Berührung anhielt; und er vielleicht nicht nur ihr *Handgelenk* streichelte.

»Ganz plötzlich stand deine Mutter vor mir«, fuhr Dragosz fort. Er lächelte gequält. »Eine Frau. Eine wunderschöne Frau, verstehst du?«

»Nein«, antwortete Arri wahrheitsgemäß.

»Bei meinem Volk«, sagte Dragosz, »sind Frauen eben ... Frauen.«

»Bei unserem auch«, erwiderte Arri trocken.

»Nicht so«, sagte Dragosz. »Kein Weib ...«, war es Zufall, dachte Arri, dass er plötzlich dieses Wort gebrauchte?, »... unseres Volkes würde ein Schwert tragen. Deine Mutter hat ein Schwert getragen ... und beim großen Donnergott, nicht nur als Zierrat. Es hätte nicht viel gefehlt, und sie hätte mich getötet.«

»Weil du überrascht warst?«, fragte Arri.

»Weil sie so gut war«, antwortete Dragosz mit einer verlegenen Grimasse. »Du hast Recht: Ich habe sie nicht ernst genommen. Im ersten Moment. Im zweiten war ich überrascht, und im dritten und all den Momenten danach hatte ich alle Hände voll damit zu tun, am Leben zu bleiben.« Er lachte. »Ist es wahr, dass deine Mutter früher Priesterin war?«

»Ja.«

»Dann möchte ich die Götter, denen sie gedient hat, nicht zu Feinden haben«, sagte Dragosz ernst. »Hast du deine Mutter jemals kämpfen sehen?«

Arri wollte den Kopf schütteln, aber dann erschien plötzlich ein Bild vor ihrem inneren Auge: Sie sah ihre Mutter und das Schwert, das plötzlich in ihrer Hand erschien und den Mann enthauptete, der Runa getötet hatte; so schnell, dass sie die Bewegung nicht einmal wirklich *sah*. Sie sagte nichts, aber dieses *nichts* war Dragosz offenbar Antwort genug.

»Sie hat mich besiegt«, gestand Dragosz rundheraus. »Zuerst habe ich sie unterschätzt, dann war ich überrascht, und dann hatte ich ihr Schwert an der Kehle.«

»Aber nicht sehr lange«, vermutete Arri.

»Länger als mir lieb war«, sagte Dragosz mit übertriebener Zerknirschung. »Vielleicht nur ein paar Augenblicke, aber sie sind nicht besonders lustig, wenn du ein Schwert an der Kehle hast und die Wärme spürst, mit der dein eigenes Blut an deinem Hals herunterläuft.«

»Aber sie hat dich nicht getötet«, bemerkte Arri überflüssigerweise.

»Viel hat allerdings nicht gefehlt.« Dragosz strich sich mit der freien Hand über die Kehle und verzog die Lippen, als reiche allein die Erinnerung aus, um ihn die Schwertklinge wieder spüren zu lassen. Seine andere Hand blieb weiter auf ihrem Arm liegen; oder auch nicht – seine Fingerspitzen strichen sanft und anscheinend beiläufig über ihre Haut, und eigentlich hätte die Berührung allmählich unangenehm werden müssen, denn seine Fingerspitzen waren rau und so hart wie altes Holz und strichen immer wieder über dieselbe Stelle, aber das genaue Gegenteil war der Fall.

»Und wieso *hat* sie dich nicht getötet?«

»So genau weiß ich das selbst nicht«, gestand Dragosz. »Ich nehme an, ein einziges falsches Wort hätte genügt, und sie hätte es getan.« Er nahm endlich die Hand herunter – die von seinem Hals, nicht die von ihrem Arm – und lächelte erneut gequält. »Wahrscheinlich hat sie die Geschichte nicht geglaubt, die dieser ...?«

»Grahl.«

»Grahl ...«, Dragosz nickte, »... erzählt hat. Wäre es anders gewesen, wäre es vielleicht übel für mich ausgegangen.« Plötzlich grinste er. »Ich weiß gar nicht, warum ich dir das erzähle. Wenn meine Leute erfahren, dass ich von einer Frau besiegt worden bin, bin ich erledigt.«

»Du meinst, ich habe dich jetzt in der Hand?«, fragte Arri mit einem treuherzigen Blick.

»Ja«, seufzte Dragosz. »Dumm von mir.«

»Mach dir keine Sorgen«, beruhigte ihn Arri. »Ich werde dich nicht verraten – jedenfalls nicht, so lange du tust, was ich von dir verlange.«

»Wieso überrascht mich nicht, dass du das sagst?«, murrte Dragosz. Sein Gesicht verfinsterte sich, aber seine Fingerspitzen spielten weiter mit ihrem Handgelenk und schienen jetzt den Takt zu einem lautlosen Lied zu trommeln. »Habe ich schon erwähnt, dass du deiner Mutter sehr ähnlich bist?«

»Ein oder zwei Mal.« Plötzlich spürte Arri, wie kalt es wirklich geworden war. Ein eisiger Schauer lief über ihren Rücken, und sie bekam eine Gänsehaut. Dragosz zog sie ein wenig dichter an sich heran und legte ihr einen Teil seines Umhangs über die Schulter, aber das wollte sie nicht. Fast erschrocken glitt sie wieder unter dem warmen Fell hervor, machte sich aber nicht aus seinem Griff los, sondern sah ihn nur einen Herzschlag lang verlegen an, ehe sie sich – sehr vorsichtig – gegen seine Schulter lehnte. Irgendwie hatte sie das Gefühl, etwas Verbotenes zu tun, indem sie ihm so nahe kam, aber zugleich war es auch ein sehr angenehmes Gefühl. Sein Umhang war warm, und das Fell, aus dem er gemacht war, viel weicher, als sie seinem Aussehen nach vermutet hätte. Dragosz versuchte nicht noch einmal, sie unter seinen Umhang zu nehmen, legte ihr aber nun den Arm um die Schulter, um sie auf diese Weise wenigstens ein bisschen zu wärmen.

»Und weiter?«, fragte sie.

»Was – weiter?«

Als ob er das nicht wüsste! »Was ist weiter passiert«, fragte Arri, »nachdem dir meine Mutter *nicht* die Kehle durchgeschnitten hat?«

»Wir haben geredet«, antwortete Dragosz.

»Ja, das habe ich gesehen. Ich meine: Vorher. Bevor ihr *geredet* habt.«

Ganz kurz hatte sie das Gefühl, zu weit gegangen zu sein, denn obwohl Dragosz vollkommen reglos dasaß, schien er sich für einen Moment doch innerlich zu versteifen; als wäre etwas in ihm erloschen. Aber wenn, dann war es im nächsten Augenblick schon wieder da. Seine Finger begannen mit ihrem Haar zu spielen; ganz sacht nur, aber auf eine völlig andere Art, als sie sie kannte. Wieder lief ihr ein eisiger Schauer über den Rücken, doch sie war plötzlich nicht mehr sicher, ob er nur von der Kälte kam.

»Ich glaube nicht, dass dich das etwas angeht, Arri«, sagte er belustigt. Es war das erste Mal, dass er sie mit diesem Namen ansprach, statt sie *Arianrhod* zu nennen, und sie glaubte nicht, dass das Zufall war. »Oder dass deine Mutter einverstanden ist, wenn wir uns darüber unterhalten.«

»Dann haben wir eben jetzt zwei Geheimnisse«, antwortete Arri, ebenso ärgerlich darüber, dass er sie plötzlich wieder wie ein Kind behandelte, wie über die Tatsache, dass ihre Mutter ihm ihren Kindernamen überhaupt verraten hatte. »Und ich behalte das eine für mich, wenn du mir das andere verrätst.«

Dragosz schien dies nun nicht mehr lustig zu finden. Er sagte zwar nichts, aber seine Finger hörten auf, ihr Haar zu kringeln.

Für eine Weile saßen sie einfach schweigend beieinander, und ohne dass Arri es auch nur bemerkte, kuschelte sie sich immer enger an seine Schulter und versuchte dabei, sich einzureden, dass es nur die Wärme seines Umhangs war, die sie spürte, und das sonderbare Gefühl in ihrem Inneren die Erleichterung, endlich einen Menschen getroffen zu haben, der nicht ihr Feind war und dem sie vorbehaltlos vertrauen konnte.

Dragosz' Finger spielten wieder weiter mit ihrem Haar, und schließlich ließ Arri den Kopf zur Seite sinken und schmiegte ihre Wange gegen seine Hand. Für einen Moment erstarrte er, als hätte ihn diese Bewegung nicht nur völlig überrascht, sondern als wüsste er auch nicht genau, wie er damit umgehen sollte. Arri wollte sich schon wieder aufrichten und ein Stück weit von ihm wegrücken, denn um nichts auf der Welt wollte sie diesen kostbaren Moment zerstören oder ihn zu etwas machen, was er niemals sein durfte. Dann aber fuhren Dragosz' Finger fort, mit ihrem Haar zu spielen, und streichelten dabei gleichzeitig ihr Gesicht.

Ein sanfter Schauer durchfuhr Arri. Sie gab den Widerstand gegen sich selbst auf und versuchte jetzt nicht mehr, sich einzureden, dass das, was sie fühlte, irgendetwas anderes war als das, was es nun einmal *war*, aber diese Erkenntnis erschien ihr sonderbar undramatisch; sie hatte erwartet, von Schuldgefühlen geplagt und von ihrem schlechtem Gewissen gequält zu werden, doch nichts von alledem war der Fall. Seine Umarmung vermittelte ihr eine Wärme, die ihr weder zustand noch, dass sie sie wirklich haben wollte – aber es war ein Gefühl, gegen das sie wehrlos war. Vielleicht, weil sie sich tief in sich selbst auch gar nicht dagegen wehren *wollte*.

Für die Dauer von fünf oder auch zehn schweren Herzschlägen blieb sie reglos und mit geschlossenen Augen so sitzen und erkundete das neue, verbotene Gefühl von Wärme und Verlangen, das sich in ihrem Schoß breitmachte und rasch nach ihrem Herzen griff, dann öffnete sie die Augen wieder und drehte langsam den Kopf so, dass Dragosz ihre Wange weiter streicheln, sie ihn zugleich aber auch ansehen konnte. Trotz der fast vollkommenen Dunkelheit erkannte sie sein Gesicht nun deutlicher und klarer als jemals zuvor, denn sie waren sich auch noch nie so nahe gewesen. Er war schmutzig. Der kalte Schweiß, der auf seinem Gesicht eingetrocknet war, und das bleiche Licht des Nachthimmels ließen ihn kränklich und müde aussehen, aber Arri erkannte trotzdem, dass er deutlich jünger war, als sie bisher angenommen hatte.

Das Fehlen eines wild wuchernden Bartes, das sein Gesicht so fremdartig und faszinierend zugleich erscheinen ließ, machte es ihr vollkommen unmöglich, sein Alter auch nur zu schätzen; dennoch war sie plötzlich sicher, dass er ihrem Alter weit näher war als dem ihrer Mutter. Und noch etwas bewirkte dieser Blick: Er machte ihre Frage nahezu überflüssig. Plötzlich wusste sie, warum ihre Mutter diesen Fremden nicht nur verschont, sondern sich auch mit ihm eingelassen hatte. Da war etwas in seinem Gesicht, vielleicht in seinen Augen, was sie auf eine unmöglich in Worte zu fassende Weise anzog. Vielleicht war es das Fremdartige an ihm, aber vielleicht war da auch noch mehr, und was immer es war – Arri war sicher, dass es ihrer Mutter ganz genau so ergangen sein musste.

Arri fragte sich im Stillen, was wohl geschehen wäre, hätte Dragosz zuerst sie und nicht ihre Mutter getroffen. »Wohin wirst du uns bringen?«, fragte sie laut.

Dragosz zögerte eine Antwort hinaus. Seine Finger streichelten weiter ihre Wange, fuhren nun aber auch sanft an ihrem Hals hinab und wieder herauf. »Zuerst einmal in unser Lager«, sagte er schließlich.

»Zuerst?«, fragte Arri. »Und ... dann?«

»Wohin auch immer wir gehen.«

Das verstand Arri nicht. »Was soll das heißen – wohin auch immer ihr geht?«

»Mein Volk ist auf der Suche nach einer neuen Heimat«, erwiderte Dragosz. Seine Fingerspitzen streichelte jetzt ihren Nacken, was kitzelte, zugleich aber auch einen wohligen Schauer auslöste, der durch Arris ganzen Körper rann. »Ich weiß noch nicht, wohin uns das Schicksal und der Wille der Götter führen werden. Niemand weiß es.«

»Warum habt ihr eure alte Heimat verlassen?«, wollte Arri wissen. »Seid ihr vertrieben worden?«

Ein rasches, bitteres Lächeln huschte über Dragosz' Lippen und erlosch ebenso schnell wieder, wie es gekommen war. »Ja, so könnte man es nennen.«

»Was meinst du damit?« Arri richtete sich nun doch ein winziges Stück auf, um ihm direkt ins Gesicht sehen zu können. Dragosz' Worte verwirrten sie, aber sie beunruhigten sie auch ein kleines bisschen. Immerhin hatte dieser Mann es zweimal mit drei Gegnern gleichzeitig aufgenommen und diese Kämpfe nicht nur überlebt, sondern auch noch seine Gegner verwundet und einen, Grahls älteren Bruder Ans, bei dem angeblichen Überfall durch eine feindliche *Horde*, die er in Wirklichkeit ganz allein gewesen war, erschlagen. Sie konnte sich keinen Feind vorstellen, der ein Volk zu besiegen vermochte, das über so mächtige Krieger verfügte.

»Die Götter waren gegen uns«, sagte Dragosz. »Einst waren wir ein sehr mächtiges und stolzes Volk. Wir waren viele, und wir mussten keinen Feind fürchten. Aber das ist lange her. Zu der Zeit, als ich noch ein Kind war, brachten unsere Jäger reiche Beute nach Hause, in den Wäldern gab es Früchte und Beeren und Wurzeln, so viel wir nur brauchten, und die Ernten waren gut und so reichlich, dass wir Handel mit unseren Nachbarn treiben konnten. Jedenfalls hat man es mir so erzählt. Aber dann wurden die Winter länger und die Sommer heißer. Das Korn begann auf den Feldern zu verdorren, bevor es eingebracht werden konnte, die Flüsse führten weniger Wasser und hatten weniger Fische, und das Wild wanderte fort. Wir konnten nicht bleiben. Viele sind gestorben, in den letzten Jahren, und noch mehr wären ihnen gefolgt, wären wir im Land unserer Vorfahren geblieben. Also suchen wir eine neue Heimat.« Er lächelte traurig. »Siehst du – so einfach ist das.«

Seine Worte berührten Arri auf eigenartige Weise. Auch wenn sich seine Geschichte im ersten Moment so vollkommen anders anhörte, so ähnelte sie doch der, die ihre Mutter ihr erzählt hatte. Sie beide hatten ihre Heimat verloren, und im Grunde war es gar kein so großer Unterschied, dass Leas Welt in einer einzigen Nacht und in Feuer und Sturm untergegangen war, während die, aus der Dragosz und die Seinen stammten, einen stillen und schleichenden Tod gestorben war. Sie beide waren Heimatlose auf dem Weg in eine ungewisse Zukunft. Vielleicht war es ja das, dachte sie, was Dragosz und ihre Mutter verband. Aber wenn dem so war, dann galt es auch für sie, und jetzt, wo sie kurz davor waren, ihre Heimat endgültig zu verlassen, umso mehr.

»Liebst du meine Mutter?«, fragte sie mit einem Mal.

Dragosz' Hand erstarrte in ihrem Nacken. Jetzt *war* sie zu weit gegangen. Aber der scharfe Verweis, auf den sie wartete, blieb aus. Dragosz sah sie nur durchdringend an. Seine Hand lag plötzlich schwer und fast kalt auf ihrem Nacken, aber er zog sie auch nicht zurück. »Warum fragst du das?«, meinte er schließlich.

»Weil sie meine Mutter ist«, antwortete Arri. »Ich will nicht, dass ihr wehgetan wird.«

»Unsinn«, sagte Dragosz hart. »Du glaubst doch nicht ...« Er zog die Hand nun doch – fast erschrocken – zurück und räusperte sich unbehaglich. »Wenn du ein paar Jahre älter wärst, und vor allem nicht Leandriis' Tochter, könntest du mir wahrscheinlich sogar gefallen, aber so ...«

»So gefalle ich dir nicht?«

»Ich glaube, du weißt genau, was ich meine, Arri. Es gibt Dinge, die man tut, und Dinge, die man nicht tut.« Dragosz' Blick wurde hart, aber er rührte trotzdem keinen Finger, um sie von sich wegzuschieben oder sie auch nur aus seiner Umarmung zu entlassen. Nach einigen weiteren Augenblicken ließ er die Hand sogar wieder auf ihre Schulter sinken.

»Ich wollte doch nur ...«

»Ich weiß, was du wolltest«, unterbrach Dragosz sie barsch. »Ich ...« Er brach ab, wirkte für einen Moment beinahe hilflos und rettete sich schließlich in ein leicht verunglücktes Lächeln. »Entschuldige. Vielleicht ... war ich jetzt ein wenig zu heftig. Ich wollte dich nicht beleidigen. Du gefällst mir, wirklich. Du bist ein sehr hübsches Mädchen. Aber du bist auch Leandriis' Tochter – und außerdem bin ich viel zu alt für dich. Ich könnte beinahe dein Vater sein.«

»Unsinn«, antwortete Arri. »So alt bist du noch nicht. Und selbst wenn: Nor hat eine Frau, die jünger ist als ich, und *er* ist alt genug, um mein Urgroßvater zu sein.«

»Nor? Der Hohepriester aus Goseg, von dem deine Mutter mir erzählt hat?«

Arri nickte, und Dragosz zog eine beleidigte Grimasse. »Vielen Dank, dass du mich mit dieser alten Krähe vergleichst.« Er lachte. »Würde es dir etwas ausmachen, das Thema zu wechseln?«

Wenn alles wirklich so war, wie er behauptete, dachte Arri, warum nahm er dann den Arm nicht von ihrer Schulter oder setzte sich wenigstens so hin, dass ihr Kopf nicht mehr an seiner Wange lag? Da war ein deutlicher Unterschied zwischen dem, was seine Worte ihr mitteilten, und dem, was sein *Körper* sagte. Arri lauschte in sich hinein. Das verzehrende Verlangen war so gründlich erloschen, als hätte es niemals existiert, und an seiner Stelle verspürte sie plötzlich eine mindestens ebenso große schmerzende Leere. Dann Zorn. Wieso zeigte er ihr etwas so Wundervolles, nur um es ihr sofort wieder wegzunehmen? Legte er es darauf an, sie zu quälen, oder war es nur irgendein grausames Spiel, wie es Erwachsene manchmal mit Kindern spielten? Verdammt, sie *war* kein Kind mehr, schon lange nicht mehr! Sie war eine erwachsene Frau, und er hatte kein Recht, so mit ihr umzuspringen!

»Also, wie ist es?«, fragte Dragosz. »Sind wir noch Freunde?«

Noch, dachte Arri, würde bedeuten, dass sie es schon gewesen waren. Waren sie es? Sie sah ihn nur an.

Ihr Schweigen schien Dragosz' Missfallen zu erwecken, denn auf seinem Gesicht erschien nun zum ersten Mal ein Ausdruck von echtem Unmut, doch gerade als er dazu ansetzen wollte weiterzureden, erklang wieder das Geräusch brechender Zweige, und schnelle Schritte näherten sich. Arri löste sich fast erschrocken aus Dragosz' Arm und bewegte sich hastig ein kleines Stück weit von ihm weg, und auch Dragosz schob sich hastig mit dem Rücken an der hölzernen Wand in die Höhe. Als ihre Mutter den Wagen erreichte, saßen sie auf mehr als Armeslänge auseinander – aber sogar Arri fiel auf, dass Dragosz wie ein Mann aussah, der gerade sein Dorf um die Jagdbeute betrogen hatte. Und was sie selbst anging – sie war noch nie besonders erfolgreich darin gewesen, ihrer Mutter etwas vorzumachen.

Anscheinend war sie es auch jetzt nicht. Ihre Mutter setzte dazu an, über eines der großen Räder auf den Wagen zu klettern, hielt dann aber mitten in der Bewegung inne und blickte verwirrt von Arri zu Dragosz und wieder zurück. Eine tiefe, senkrechte Falte erschien wie hingezaubert zwischen ihren hellen Augenbrauen. »Was ...«, fragte sie fast lauernd, »... was ist denn los?«

»Wir haben auf dich gewartet«, antwortete Arri. »Wo warst du so lange?«

Lea setzte zu einer zornigen Antwort an, beließ es dann aber bei einem Schulterzucken und schoss einen eisigen Blick in Dragosz' Richtung ab, unter dem er regelrecht zusammenzuschrumpfen schien, bevor sie ihren Weg fortsetzte und vollends zu ihnen auf den Wagen hinaufstieg. »Ich habe mich umgesehen«, antwortete sie mit einiger Verspätung auf Arris Frage. »Es ist alles ruhig.«

»Hast du etwas anderes erwartet?«, fragte Dragosz.

»Nein«, erwiderte Lea. »Aber man kann nie wissen.« Sie schien noch mehr sagen zu wollen, schluckte es aber dann herunter und maß nun Arri mit einem langen, durchdringenden Blick, der ihr das Gefühl gab, von innen nach außen gekrempelt zu werden, auf dass ihre geheimsten Gedanken und

Gefühle offenbar wurden. Arri fragte sich mit wachsendem Unbehagen, wie lange ihre Mutter wohl schon am Waldrand gestanden und Dragosz und sie belauscht hatte; und vor allem *beobachtet*.

Verstohlen versuchte sie, im Gesicht ihrer Mutter zu lesen, doch alles, was sie entdeckte, war ein vager Zorn, der niemandem im Besonderen zu gelten schien; aber das bedeutete nichts, denn seit einer Weile sah sie ihre Mutter eigentlich nur noch grimmig dreinblicken, als hätte sie dem ganzen Leben den Krieg erklärt. Vielleicht war es auch umgekehrt.

»Ich halte es trotzdem für besser, wenn ihr gleich mit mir kommt«, versuchte es Dragosz noch einmal. »Wenn du schon nicht zur Vernunft kommen willst, dann denk wenigstens an deine Tochter. Du hast gesehen, wozu Nors Krieger imstande sind.«

Lea fuhr mit einer zornigen Bewegung herum und duckte sich leicht, beinahe wie um sich auf ihn zu stürzen, beherrschte sich aber dann im allerletzten Moment doch und sagte in leisem, fast kühlem Ton: »Und sie haben gesehen, dass wir uns unserer Haut zu wehren wissen.«

Das war dumm, und das musste ihre Mutter auch selbst wissen, dachte Arri. Sie hatten pures Glück gehabt, das war alles. Sie konnte Dragosz ansehen, dass er Ähnliches dachte, vermutlich aber zu demselben Schluss kam wie sie, nämlich dem, dass jedes weitere Wort nur Zeitverschwendung war. Er deutete ein einseitiges Schulterzucken an und schwieg.

»Ich möchte kein Feuer machen«, fuhr Lea fort. »Wir sind zwar noch ein gutes Stück vom Dorf entfernt, aber ich will das Wagnis trotzdem nicht eingehen, dass jemand den Feuerschein sieht.« Sie machte eine flatternde Handbewegung auf die Decken und Fellbündel zu ihren Füßen. »Du kannst hier auf dem Wagen schlafen, das ist sicher und auch ein wenig wärmer. Arianrhod und ich schlafen vorne bei den Pferden.«

Dragosz blinzelte überrascht, und auch Arri sah ihre Mutter verständnislos an. Der Wagen war wahrhaftig groß genug für drei, und auch wenn sie das Schlimmste hinter sich hatte, so fühlte sie sich doch noch lange nicht wieder kräftig genug, um sich auf eine Nacht auf dem nackten, feuchtkalten Waldboden zu freuen. Lea hatte jedoch in einem Ton gesprochen, der keinen Widerspruch zuließ, und selbst wenn sich einer von ihnen dazu durchgerungen hätte, so hätte es wohl wenig Sinn gehabt, denn sie kletterte bereits wieder vom Wagen herab und winkte Arri dabei ungeduldig heran.

Wahrscheinlich hatte ihre Mutter sie doch beobachtet, dachte Arri. Und die Vorstellung, dass sie eifersüchtig auf ihre eigene Tochter sein könnte, erschien ihr wirklich nur im allerersten Moment völlig unfassbar – gerade so lange, wie sie brauchte, um sich einzugestehen, dass es ihr eben noch andersherum genauso ergangen war. Mit einem letzten, bedauernden Blick in Dragosz' Gesicht stand sie auf und machte sich daran, ihrer Mutter zu folgen. Als sie dabei an ihm vorbeikam, raunte er ihr zu: »Vielleicht gelingt es dir ja, deine Mutter zur Vernunft zu bringen. Du musst es versuchen. Auf mich hört sie nicht, aber ihr seid in Gefahr, glaub mir.«

Als ob Lea ausgerechnet auf sie hören würde! Arri antwortete trotzdem mit einem angedeuteten Nicken, schon um ihn zu beruhigen, auch wenn sie kaum mit ihrer Mutter darüber sprechen würde. Umständlich folgte sie ihr. Ihre verbundene Hand behinderte sie so sehr, dass sie um ein Haar gefallen wäre, als sie vom Wagen herunterkletterte, und schon die wenigen Schritte hin zum Waldrand und der Stelle, an der ihre Mutter auf sie wartete, erschöpften sie spürbar. Bei dem bloßen Gedanken an den Marsch, der morgen vor ihnen lag, krampfte sich ihr schon der Magen zusammen.

Lea empfing sie mit einem Blick, der aus ihrer vagen Sorge endgültig Gewissheit machte: Sie *hatte* Dragosz und sie beobachtet. Zu ihrer Überraschung sparte sie sich jedoch jede entsprechende Bemerkung, sondern bedeutete ihr nur mit einer ebenso knappen wie ungeduldigen Geste, ihr weiter zu folgen. Sie entfernten sich ein gutes Dutzend Schritte vom Wagen, bevor sie eine Stelle erreichten, die vor Leas gestrengem Auge Gnade als Nachtlager fand; auch wenn Arri beim besten Willen nicht sagen konnte, was daran besser oder schlechter als an jedem einzelnen Flecken war, an dem sie bisher vorbeigekommen waren. Wortlos ließ sie sich ins Gras sinken, richtete sich dann noch einmal auf, um ihren Umhang abzustreifen, und breitete ihn wie eine Decke über Arri aus, als diese ihrem Beispiel folgte. Der Umhang war warm, und Arri schlang ihn instinktiv enger um sich, zugleich aber spürte sie auch, wie kalt die Nacht geworden war, und ihr schlechtes Gewissen machte sich bemerkbar.

Als hätte sie ihre Gedanken gelesen, schüttelte Lea den Kopf, noch bevor sie auch nur ein einziges Wort sagen konnte. »Das ist schon gut. Die Kälte wird mir helfen, wach zu bleiben.«

»Wach zu bleiben?«, wiederholte Arri. »Warum?«

»Jemand muss schließlich auf euch beide aufpassen«, antwortete Lea mit einem ärgerlichen Kopfschütteln. »Nicht genug, dass ich nicht einmal genau weiß, wie ich dich in deinem Zustand zurück ins Dorf bringen soll, taucht jetzt auch noch dieses zu groß geratene Kind auf, das lieber stirbt, bevor es zugeben würde, dass auch seine Kräfte Grenzen kennen. Dieser Dummkopf.«

»Dragosz?«

»Siehst du hier sonst noch jemanden?«, fragte Lea ärgerlich. »Natürlich Dragosz! Ich dachte wirklich, er wäre klüger als all die anderen Narren. Aber am Ende ist er auch nur ein Mann.« Sie seufzte tief. »Und jetzt schlaf. Wir haben morgen einen anstrengenden Marsch vor uns, und du wirst jedes bisschen Kraft brauchen.«

»Und du?«, fragte Arri.

»Mach dir keine Sorgen um mich«, erwiderte Lea. »Eine Nacht ohne Schlaf macht mir nichts aus. Und vielleicht ist es sogar ganz gut so. Ich habe über eine Menge Dinge nachzudenken.«

㉕ Dragosz war fort, als sie am nächsten Morgen noch vor Sonnenaufgang erwachte. Arri hatte nicht besonders gut geschlafen; sie klapperte vor Kälte mit den Zähnen. Irgendwie musste sich das nasse Gras, auf dem sie sich ausgestreckt hatte, im Laufe der Nacht in hartes Felsgestein verwandelt haben, denn ihr tat jeder einzelne Knochen weh. Außerdem hatte sie entsetzlichen Durst. Noch bevor sie die Augen öffnete, spürte sie, dass ihre Mutter nicht mehr neben ihr lag, und als sie es dann tat, sah sie, dass der Himmel über ihr noch schwarz war. Die Luft roch nach Schnee, obwohl es dafür eindeutig zu früh war, und die Wolken, die den Mond und den Großteil der Sterne verschlungen hatten, schienen so tief zu hängen, dass sie sicher war, sie mit dem ausgestreckten Arm berühren zu können. Allerdings war sie nicht sicher, ob sie auch die Kraft aufbringen würde, den Arm auszustrecken. Jeder einzelne Muskel in ihrem Körper schien verkrampft zu sein, aber vielleicht war sie auch einfach zu Eis gefroren.

Umständlich und sorgsam darauf bedacht, den doppelten Umhang, in den sie sich gewickelt hatte, ja nicht herunterrutschen zu lassen, weil sie dann vermutlich wirklich erfroren wäre, setzte sie sich auf, zog in derselben Bewegung die Knie an den Leib und lehnte sich mit Schultern und Rücken an den rauen Stamm des Baumes, unter dessen weit ausladender Krone Lea ihr Nachtlager aufgeschlagen hatte. Erst dann drehte sie den Kopf nach links und rechts, um nach ihrer Mutter Ausschau zu halten. Sie sah sie nicht, aber irgendetwas stimmte nicht. Arri war immer noch zu benommen und schlaftrunken, um dem Gedanken sofort nachgehen zu können, aber sie spürte immerhin, dass mit dem Bild, das sich ihr bot, irgendetwas nicht so war, wie es sein sollte. Es verging eine geraume Zeit, während der sie vergeblich versuchte, ihre Gedanken zu einer etwas schnelleren Gangart zu bewegen, aber schließlich wurde es ihr doch klar: Der Wagen war nicht mehr da.

Im allerersten Moment erschrak sie. Dann erinnerte sie sich an das, was ihre Mutter am vergangenen Abend zu Dragosz gesagt hatte – dass er den Wagen nehmen und damit zu seinen

Leuten fahren sollte, während sie selbst und Arri die restliche Strecke bis zum Dorf zu Fuß zurücklegen würden. Anscheinend hatte Dragosz seine Pläne geändert und war schon während der Nacht losgefahren.

Das Erste, was Arri dazu einfiel, war eine Mischung aus Enttäuschung und Schrecken, als sie an den mühsamen Fußmarsch dachte, der nun vor ihnen lag, zuerst durch den verbotenen Wald und bis zur Lichtung, und dann noch einmal gut dieselbe Entfernung, auch wenn die zweite Hälfte des Weges nicht ganz so anstrengend werden würde. Dann, so plötzlich, dass sie tatsächlich erschrocken zusammenfuhr, kam ihr der verrückte Gedanke, dass ihre Mutter Dragosz möglicherweise begleitet und sie ganz allein hier zurückgelassen hatte. Vielleicht hatte Lea sie und Dragosz gestern Abend nicht nur beobachtet und belauscht, sondern ihre Zauberkräfte benutzt, um Arris Gedanken und Gefühle zu lesen, und wusste nun, dass ihre Tochter weit mehr als bloße Zuneigung für den Mann empfand, der doch ihr gehörte; was lag da näher, als sie einfach hier zurückzulassen?

Natürlich war dieser Gedanke vollkommener Unsinn, das begriff Arri im gleichen Moment, in dem sie ihn dachte, aber das nur zu wissen half gar nichts. Es nahm ihm weder etwas von seinem Schrecken, noch hinderte es Arris Herz daran, plötzlich wie wild loszuhämmern. Sie stand mit einem Ruck auf und bemerkte kaum, wie der Umhang nun doch von ihren Schultern glitt und die Kälte erbarmungslos durch die Bluse biss, die sie darunter trug. Hastig machte sie einen Schritt in die Richtung, in der der Wagen gestanden hatte, blieb mit klopfendem Herzen wieder stehen und fuhr dann noch heftiger und jetzt eindeutig erschrocken zusammen, als hinter ihr das Rascheln von trockenem Laub erklang. Arri konnte gerade noch einen Schrei unterdrücken, als sie die schattenhafte Gestalt erblickte, die hinter ihr aus dem Wald heraustrat.

»Arianrhod?«

Der Schrecken erlosch, aber ihr Herz hämmerte beinahe noch schneller, und für einen Moment kam sich Arri tatsächlich so kindisch und dumm vor, wie sie sich benommen hatte. Die Gestalt war niemand anderes als ihre Mutter.

»Was ist mit dir?«, fragte Lea. Sie kam näher und wurde von einem bloßen Schemen zu einem menschlichen Wesen, und obwohl Arri sie gegen den völlig schwarzen Hintergrund des Waldes nur undeutlich erkennen konnte, sah sie doch, dass sie die Hand auf den Schwertgriff gelegt hatte und ihr Blick misstrauisch die schwarz daliegende Ebene hinter ihr absuchte.

»Nichts«, meinte Arri hastig und in einem Ton, der das genaue Gegenteil besagte. »Ich ... ich dachte nur ...«

Sie verstummte abermals. Ihre Mutter sah sie abschätzend an, dann nahm sie die Hand vom Schwert und kam näher. »Ich verstehe. Es ist alles in Ordnung. Dragosz ist schon abgefahren, und wir wollten dich nicht wecken. Fühlst du dich gut?«

»Nein«, antwortete Arri wahrheitsgemäß. Sie konnte sich nicht erinnern, sich jemals schlechter gefühlt zu haben. Der Schlaf, der hinter ihr lag, hatte ihr nicht geholfen, sich zu erholen, sondern schien sie ganz im Gegenteil Kraft *gekostet* zu haben. Sie fror noch immer erbärmlich, und ihre rechte Hand klopfte und pochte unter dem Verband, als hätte sie sich in einen Beutel voller Ameisen verwandelt, die mit aller Gewalt aus ihrem Gefängnis auszubrechen versuchten.

»Gut«, sagte Lea. »Dann können wir ja aufbrechen. Es sei denn, du hast gerade etwas Wichtigeres vor.«

Arri hatte das Gefühl, dass sie jetzt eigentlich wütend werden sollte – aber dann zuckte sie nur mit den Achseln. Ihre Mutter hatte ja Recht. Sie hatte tatsächlich nichts Wichtigeres vor, und auch wenn sie den Himmel über der dichten Wolkendecke kaum erkennen konnte, so spürte sie doch, dass es nicht mehr lange bis zum Einbruch der Dämmerung war. Schlaf würde sie sowieso nicht mehr finden (und wenn, dann wäre es höchstens die Art von Schlaf, die gerade hinter ihr lag und auf die sie getrost verzichten konnte) und solange sie sich bewegten, war die Kälte vermutlich besser zu ertragen.

Trotzdem drehte sie sich noch einmal um und sah dorthin zurück, wo der Wagen gestanden hatte. Es war so dunkel, dass sie ihn möglicherweise nicht einmal gesehen hätte, selbst wenn er noch da gewesen wäre, und die Schwärze dahinter hätte ebenso gut das Ende der Welt bedeuten können. Auf der anderen Seite hatte sie zeit ihres Lebens gelernt, sozusagen mit einem offenen Auge und einem offenen Ohr zu schlafen, und der schwerfällige, von zwei Pferden gezogene vierrädrige Karren bewegte sich alles andere als leise. Eigentlich hätte sie spätestens von dem Geräusch aufwachen müssen, mit dem er losgefahren war.

»Wenn du irgendjemandem Vorwürfe machen willst, dann mir«, sagte ihre Mutter, und wieder war es Arri, als hätte sie ihre Gedanken gelesen. War sie tatsächlich so leicht zu durchschauen? »Dragosz wollte sich von dir verabschieden. Ich musste ihn fast mit Gewalt davon abhalten, dich zu wecken.«

»Warum?«, fragte Arri.

»Er ist schon vor einer ganze Weile losgefahren«, antwortete Lea. Bildete sie es sich nur ein, oder wurde ihre Stimme plötzlich kühler? »Du hattest den Schlaf dringender nötig als ein paar Abschiedsworte. Und es ist ja nicht für lange. In spätestens vier oder fünf Tagen ist er zurück, und dann begleiten wir ihn.« Sie machte plötzlich eine ungeduldige Geste. »Komm jetzt. Wenn wir uns beeilen, sind wir zu Hause, bevor es richtig hell geworden ist.«

Allein bei dem Wort *beeilen* lief Arri schon wieder ein kalter Schauer über den Rücken. Abgesehen von ihrer rechten Hand hatte sie keine wirklichen Schmerzen, aber ihr ganzer Körper fühlte sich völlig verhärtet an, und allein die Vorstellung, mehr als drei aufeinander folgende Schritte zu tun, erschien ihr geradezu unvorstellbar. Sie rührte sich nicht von der Stelle.

»Gibt es noch irgendetwas?«, fragte Lea.

»Nein. Ich hätte mich nur ... gern von Dragosz verabschiedet, das ist alles.«

»Warum?« In Leas Stimme war eine neue Schärfe, die Arri zur Vorsicht gemahnte. »Einfach so«, antwortete sie. »Ich dachte nur, dass ... immerhin ist er schwer verletzt worden, weil er uns beschützen wollte.«

»Wie rührend«, sagte Lea spöttisch. »Aber in ein paar Tagen siehst du ihn ja schon wieder. Warte hier.«

Arri hatte nicht vorgehabt, irgendwo hinzugehen, ganz im Gegenteil erschien ihr der Gedanke, sich einfach wieder ins Gras sinken zu lassen und die Augen zu schließen, mit einem Mal verlockender als alles andere. Ein wenig ratlos stand sie da, während ihre Mutter aufs Neue mit den Schatten verschmolz und dann abermals so plötzlich und lautlos wie ein Gespenst wieder auftauchte, um ihr einen aus Lederflicken zusammengenähten Beutel hinzuhalten. Es schwappte hörbar, als Arri danach griff.

»Trink«, sagte Lea. »Du musst durstig sein.«

Eigentlich verspürte sie viel größeren Hunger als Durst, aber das änderte sich, kaum dass die ersten Tropfen ihre Lippen benetzt hatten. Als fache das Wasser ihren Durst viel mehr an, anstatt ihn zu löschen, fühlte sich ihre Kehle plötzlich wie ausgedörrt an, und Arri trank den Beutel mit großen, gierigen Schlucken fast zur Hälfte leer und hätte wohl auch noch die andere Hälfte heruntergestürzt, hätte ihre Mutter ihn ihr nicht mit sanfter Gewalt wieder weggenommen.

»Nicht so gierig«, warnte sie. »Du kannst trinken, so viel du willst, aber nicht so schnell.«

Eine plötzliche, kaum noch zu beherrschende Wut flammte in Arri auf, und beinahe hätte sie ihrer Mutter den Schlauch aus der Hand gerissen und sie angeschrien, dann aber schämte sie sich dieses Gefühls, zumal sie fast sicher war, dass Lea es deutlich auf ihrem Gesicht erkennen konnte. Sie hatte ja Recht. Wenn sie zu schnell und zu gierig trank, dann würde ihr allerhöchstens übel werden, und sie würde Lea noch mehr zur Last fallen, als sie es ohnehin schon tat.

»Also los«, sagte ihre Mutter, »gehen wir.«

Arri widersetzte sich nicht, sondern folgte ihrer Mutter. Das Gehen bereitete ihr weitaus weniger Schwierigkeiten, als sie erwartet hatte. Die ersten Schritte waren pure Qual, gegen die jede Faser ihres Körpers aufzubegehren schien, aber schon bald ebbten die Schmerzen ab, und sie waren kaum zehn oder fünfzehn Schritte weit in den Wald vorgedrungen, da war alles bis auf das quälende Pochen in ihrer rechten Hand auf ein halbwegs erträgliches Maß herabgesunken. Arri schöpfte allmählich Hoffnung, dass ihre Kräfte vielleicht doch ausreichen würden, um das heimatliche Dorf zu erreichen, zumal ihre Mutter zwar ein alles andere als gemäßigtes Tempo einschlug, dennoch aber Rücksicht auf sie nahm und weitaus weniger schnell ausschritt, als sie gekonnt hätte. Vielleicht lag es auch daran, dass es hier, im Innern des Waldes, so dunkel wie in einer Höhle war.

Schon bei Tage war es in diesem Teil des Waldes niemals heller als während der Dämmerung, doch jetzt, in dieser noch dazu sternen- und mondlosen Nacht, konnten sie nicht die Hand vor Augen sehen. Arri achtete streng darauf, niemals weiter als einen Schritt hinter ihrer Mutter zurückzufallen, und selbst so erkannte sie sie lediglich als Schemen, der sich nicht wirklich von seiner Umgebung abhob, sondern sich einzig durch seine Bewegung verriet. Dennoch hörte sie allerhöchstens zwei- oder dreimal, wie ihre Mutter gegen ein unerwartetes Hindernis prallte oder einen Fehltritt tat. Lea musste über das Sehvermögen einer Eule verfügen oder schlichtweg jeden Fußbreit Boden in diesem Wald kennen. Arri beneidete sie nicht darum, denn schon das Wenige, was sie von diesem unheimlichen Ort gesehen hatte, hatte ausgereicht, ihre Neugier auf den Rest ein für alle Mal zu stillen, aber sie war auch zugleich sehr froh, dass es so war. Allein wäre sie hier verloren gewesen.

Dennoch schien der Weg kein Ende zu nehmen. Ein- oder zweimal glaubte Arri sogar zu wissen, wo sie waren, wenn ihre Mutter einen besonders auffälligen Bogen schlug, der Boden unter ihnen auf eine bestimmte Art federte oder sie den ureigenen Geruch eines bestimmten Krautes, einer ganz besonderen Pflanze wahrnahm, aber jedes Mal war es gleich darauf so, als hätte sie die Orientierung noch gründlicher verloren. Was, flüsterte eine dünne, aber beharrliche Stimme irgendwo hinter ihren Gedanken, wenn Lea ihre Sicherheit nur spielte, um sie nicht zu beunruhigen, und sie sich in Wahrheit längst verirrt hatten und tiefer und tiefer in diesen verbotenen und ebenso geheimnisvollen wie gefährlichen Wald hineinliefen?

Vielleicht war ja das, was Sarn und die anderen Dorfbewohner sich über diesen Wald erzählten, gar nicht so falsch. Vielleicht war es nicht nur abergläubischer Unsinn, wie ihre Mutter sie glauben machen wollte, sondern die düsteren Geschichten hatten einen Kern, und hier drinnen *lebte* Etwas, das dafür verantwortlich war, dass so viele, die in diesen Wald hineingegangen waren, ihn nie wieder verlassen hatten. Hatte nicht ihre Mutter selbst ihr erzählt, dass in den allermeisten Geschichten – und wenn sie auch noch so phantastisch klangen – zumindest ein Fünkchen Wahrheit steckte? Und – viel schlimmer! – hatte sie nicht in den letzten Tagen mehr als einmal erlebt, dass ihre Mutter nicht so unfehlbar und allwissend war, wie sie zuvor geglaubt hatte?

Irgendwie gelang es Arri, die flüsternde Stimme, wenn schon nicht zum Verstummen zu bringen, so doch so weit zurückzudrängen, dass sie ihre Gedanken mit ihrem Gift nicht vollends durchdringen konnte. Sie tat ihrer Mutter Unrecht. Lea war möglicherweise nicht die allwissende und unüberwindliche Beschützerin, als die sie sie zeit ihres Lebens gesehen hatte, aber sie war dennoch eine sehr kluge Frau, und vor allem war sie in diesen Wäldern zu Hause und kannte vermutlich jeden Fußbreit Boden ebenso gut wie das Stück Land vor ihrem Haus.

Dennoch atmete Arri hörbar erleichtert auf, als es weit vor ihnen endlich grau zu werden begann. Die vollkommene Schwärze verwandelte sich in ein Muster aus dunklen Umrissen, die allesamt etwas Bedrohliches zu haben schienen, wie eine Parade der unglaublichsten Ungeheuer, die mitten in der Bewegung erstarrt waren und nur darauf warteten, von einem unvorsichtigen Laut, einer versehentlichen Berührung, geweckt zu werden. Einmal streifte tatsächlich etwas ihr Bein, etwas Lebendiges und Warmes, das lautlos, aber blitzschnell davonhuschte, und Arri konnte gerade noch einen erschrockenen Aufschrei unterdrücken, und kurz, bevor sie den Rand des Waldes erreichten, tat ihre Mutter vor ihr einen Fehltritt und versank fast bis ans Knie in dem Sumpf, der plötzlich dort war, wo sie festen Boden erwartet hatte. Gedankenschnell warf sie sich zurück, fand mit der linken Hand Halt an einem Baumstamm und befreite sich aus eigener Kraft aus der Falle, in die sie hineingetappt war, aber der saugende Laut, der dabei entstand, jagte Arri einen eisigen Schauer über den Rücken.

Es war nur das Gluckern des Sumpfes, das tückisch unter der vermeintlich festen Oberfläche lauerte, doch für Arri hörte es sich in diesem Moment an wie das Seufzen von etwas Lebendigem, das zornig darüber war, sich seiner schon fast sicher geglaubten Beute beraubt zu sehen. Einen respektvollen Bogen um die betreffende Stelle schlagend und langsamer als bisher, ging ihre Mutter weiter, und Arri folgte ihr in noch geringerem Abstand, obwohl sie jetzt aufpassen musste, ihr nicht in die Fersen zu treten. Zwei- oder dreimal geschah das sogar, aber Lea enthielt sich jeder Bemerkung, obwohl sie ihrer Tochter eine solche Ungeschicklichkeit sonst niemals hätte durchgehen lassen.

Sie atmeten beide erleichtert auf, als sie endlich den Waldrand erreichten und die weite Lichtung der kleinen Felsengruppe vor ihnen lag. Es war immer noch nicht wirklich hell geworden, und Mond und Sterne waren ebenso wenig zu sehen wie vorhin, aber die dicht geschlossene Wolkendecke hoch über ihnen hatte sich jetzt grau gefärbt, nicht mehr schwarz, und in dem Durcheinander aus Schatten und verschwommenen Umrissen, das sie umgab, erschienen die ersten, angedeuteten Farben. Es begann schon zu dämmern. Sie rasteten bei den Felsen, neben denen der Bach wie selbstvergessen vor sich hinplätscherte. Arri ließ sich auf die Knie nieder, um von dem eiskalten Wasser zu trinken, und lehnte sich dann mit dem Rücken gegen einen moosbewachsenen Stein, um ein bisschen zu verschnaufen. Aber ihre Mutter gönnte ihr keine längere Rast, ganz im Gegenteil; sie scheuchte sie wieder hoch und ging schneller weiter als zuvor.

Arri hatte erwartet, dass die zweite Hälfte des Weges weit weniger anstrengend werden würde als die erste, aber das war ein Irrtum. Der Weg war nicht nur ebenso anstrengend, sondern auch deutlich länger, und so verrückt es ihr auch selbst vorkam, war es doch beinahe schlimmer zu sehen, wohin sie ging, statt in vollkommener Dunkelheit hinter ihrer Mutter herstolpern zu müssen. Als sie sich endlich dem jenseitigen Rand des Waldes und damit ihrer Hütte näherten, war Arri am Ende ihrer Kräfte angelangt. Es war mittlerweile vollends Tag geworden. Selbst hier unten, im Wald, war es hell, und das klare, goldfarbene Sonnenlicht, das durch das dünner werdende Blätterdach fiel, ließ sie eine Wärme erwarten, die es erst in vielen Mondwenden wieder geben würde. Ganz im Gegenteil war es noch immer so kalt, dass ihr Atem vor ihrem Gesicht dampfte und das trockene Laub unter ihren Schritten mit einem Geräusch wie dünnes Eis brach. Trotz der zwei Umhänge, die Arri noch immer trug, war die Kälte längst bis in ihre Knochen vorgedrungen, und obwohl sie selbst wusste, wie albern diese Vorstellung war, glaubte sie ein paar Mal doch selbst, ihre eigenen Knochen knirschen zu hören.

Taumelnd vor Erschöpfung trat sie hinter Lea aus dem Wald und biss die Zähne zusammen, um Kraft für das letzte Stück Weg zu sammeln, auch wenn allein der Gedanke an die Stiege, die am Ende dieser Strecke auf sie wartete, ihr wiederum ein lautloses Stöhnen entlockte. Aber Lea hob rasch die Hand und hielt sie zurück. »Warte«, sagte sie.

Arri war viel zu müde, um zu widersprechen. Selbst die kleine Anstrengung, den Kopf zu drehen und ihre Mutter fragend anzusehen, ging fast über ihre Kräfte. Sie war sogar zu müde, um Mitleid zu empfinden, obwohl Lea einen Anblick bot, der wahrlich bemitleidenswert war. Ihr Kleid war nicht nur durch zahllose Brandflecken verunstaltet, sondern auch überall eingerissen und verdreckt, und ihre Haut hatte den kränklichen Ton der feinen Asche, die Achk manchmal früher aus seinem Brennofen geholt hatte. Dunkle Ringe lagen unter ihren Augen, und obwohl sie ganz still stand und sich mit höchster Konzentration umblickte, zitterte sie doch zugleich am ganzen Leib. Ihr Haar, das immer so glatt und glänzend wie ruhig daliegendes Wasser gewesen war, wirkte jetzt stumpf und strähnig, und ihre Lippen waren eingerissen und von Schorf bedeckt.

Ganz plötzlich begriff Arri, dass ihre Mutter vermutlich nicht nur in der letzten Nacht, sondern möglicherweise auch in den beiden vorhergehenden keinen Schlaf gefunden hatte und am Ende ihrer Kräfte angelangt war. Mit einem Mal schämte sie sich, sich selbst auf dem Weg hierher so bemitleidet zu haben. Was hatte sie schon zu beklagen, außer einer verbrannten Hand und ein paar geprellten Rippen?

»Worauf warten wir?«, fragte sie.

Ihre Mutter bedeutete ihr erneut mit einer raschen, unwilligen Bewegung, zu schweigen, und der Ausdruck müder Konzentration auf ihrem Gesicht nahm noch zu. Auch Arri sah sich aufmerksam um, konnte aber rein gar nichts Ungewöhnliches bemerken. Vom Dorf her wehten gedämpfte Laute herüber, doch weder auf dem Weg hinauf noch hier unten war irgendjemand zu sehen, was nicht weiter ungewöhnlich war. Auch wenn die Menschen im Dorf beizeiten aufzustehen pflegten, so war es doch noch früh. Die Sonne konnte erst vor kurzem ganz aufgegangen sein. Dennoch musste ihre Mutter irgendetwas Ungewöhnliches entdeckt haben, das erkannte Arri deutlich an ihrer Reaktion. Ihre Hand hatte sich wieder auf das Schwert gelegt, und sie wirkte angespannt.

»Mutter?«, murmelte Arri.

Lea blieb noch einen Moment lang in dieser aufmerksamen Haltung stehen, dann aber entspannte sie sich sichtlich, ließ die Schultern sinken und versuchte zumindest, beruhigend zu lächeln. »Nichts. Ich werde anscheinend langsam alt und fange schon an, Gespenster zu sehen.«

Wenn sie vielleicht glaubte, dass diese Worte Arri beruhigten, so irrte sie sich. Ganz im Gegenteil – auch Arri sah sich plötzlich beunruhigt um und glaubte überall Bewegungen, Geräusche und Schatten zu sehen, die nicht dorthin gehörten. Doch jedes Mal, wenn ihr Blick die entsprechende Stelle streifte, war da nichts. Wahrscheinlich erging es ihrer Mutter ganz genauso, dachte sie. Sie musste unendlich viel erschöpfter sein als sie, und ganz egal, wofür Arri sie auch hielt und was zu sein sie versuchte, letzten Endes war sie nur ein Mensch, dessen Kräfte Grenzen kannten.

Sie gingen weiter. Auf dem letzten Stück beschleunigte Lea ihre Schritte noch einmal unmerklich, sodass sie die Stiege vor ihr erreichte und bereits die Hälfte der Stufen überwunden hatte, bevor Arri auch nur einen Fuß auf die erste setzte, und sie beherrschte sich sogar und zog das Schwert erst dann halb aus dem Gürtel, als sie schon fast in der Hütte war und vermutlich der Meinung, dass Arri die Bewegung nicht sah.

Erschrocken blieb sie stehen und lauschte, zwei, drei, schließlich ein gutes halbes Dutzend schwerer Herzschläge lang. Aber aus der Hütte drang nicht das mindeste Geräusch. Kein Schrei, kein Kampflärm, keine Schritte. Auf zitternden Knien ging sie weiter, benutzte beide Hände, um den klirrenden Muschelvorhang zu teilen und einzutreten ...

... und hielt wie erstarrt mitten in der Bewegung inne.

Lea stand nur zwei Schritte vor ihr. Sie hatte das Schwert halb aus dem Gürtel gezogen und den linken Arm seitlich ausgestreckt und sich zugleich mit weit gespreizten Beinen halb geduckt; eine Haltung, die Anspannung und Bereitschaft ausdrücken sollte, jetzt aber einfach nur müde wirkte. Und sie war nicht allein. Rahn saß auf der anderen Seite des Zimmers in dem hochlehnigen Korbstuhl, in dem ihre Mutter gewöhnlich Besuch empfing. Die Biberfelle vor den beiden Gucklöchern waren eingehängt, und es war nicht hell genug hier drinnen, um sein Gesicht erkennen zu können, doch Arri sah zumindest, dass er sich in herausfordernder Haltung in dem Korbstuhl flegelte, beide Arme betont besitzergreifend auf den breiten, an etlichen Stellen bereits gesplitterten Lehnen und das rechte Bein über das linke Knie geschlagen. Ein massiger Schatten lehnte griffbereit neben seiner rechten Hand an der Lehne; vielleicht ein Knüppel, vielleicht aber auch etwas Schlimmeres. Ihre Mutter hatte keine Gespenster gesehen.

»Was willst du hier?« Leas Stimme zitterte ganz leicht, aber Arri war nicht sicher, dass es nur Zorn war. »Was fällt dir ein, in mein Haus einzudringen?«

»Ich habe auf dich gewartet«, antwortete Rahn. »Obwohl ich die Hoffnung schon beinahe aufgegeben hatte ... du hast lange gebraucht. Das Jagd-Ernte-Fest hast du jedenfalls verpasst. Und damit auch die blutrünstigen Tieropfer, die Sarn diesmal mit ungewöhnlicher Inbrunst und Hingabe zelebriert hat, beinahe so, als seist du eines der Opfertiere, die er bei lebendigem Leib hat jämmerlich ausbluten lassen.«

»Ich frage dich nicht noch einmal: Was willst du hier?« Lea zog das Schwert langsam ganz aus der bronzeverstärkten Schlaufe an ihrem Gürtel und richtete sich wieder auf, und obwohl ihre Haltung jetzt nicht mehr annähernd so sprungbereit und aggressiv war wie noch vor einem Atemzug, wirkte sie auf sonderbare Weise drohender.

Rahn schien aber nicht sonderlich beeindruckt, und ganz im Gegenteil lachte er leise, stemmte sich ächzend auf den Armlehnen des Stuhles hoch und ließ die Schultern dann wieder nach vorne fallen. »Aber Lea, das ist doch keine Art, einen alten Freund zu begrüßen. Eigentlich sollte ich dir jetzt böse sein. Immerhin habe ich die ganze Nacht hier gesessen und auf dich gewartet, und das, obwohl es im Dorf wohl kaum noch jemanden gibt, der gut auf dich zu sprechen ist, nachdem Sarn während des Opferritus die alten Götter über alle Maßen gepriesen hat – um dich dann ganz nebenbei voller Hass zu verfluchen.«

»Du hast ...« Lea brach ab, legte den Kopf schräg und sah Rahn einen Herzschlag lang durchdringend an. »Was soll das heißen? Und was ist mit Sarn? Welche Lügen hat er über mich verbreitet?«

Rahn setzte zu einer Antwort an, die vermutlich noch spöttischer und herausfordernder ausgefallen wäre, dann aber erblickte er Arri, die einen Schritt hinter ihrer Mutter stehen geblieben war, und obwohl sie sein Gesicht noch immer nicht genau erkennen konnte, spürte sie, wie sich sein Blick verfinsterte.

»Ich hoffe, die Nacht ist dir nicht zu lang geworden, so ganz allein dort draußen im Wald«, sagte er böse. »Obwohl – so völlig allein warst du ja nicht, oder?«

»Was meinst du damit?«, erwiderte Lea, obwohl sie so gut wie Arri wissen musste, was Rahns Worte bedeuteten.

»Ich war dort«, antwortete der Fischer. »Ich habe dich gesehen. Dich und deine Tochter und diesen ...« Er suchte nach Worten. »Diesen anderen.«

»Dort?«, vergewisserte sich Lea. »Was meinst du mit *dort*?«

Rahn seufzte tief. Er ließ sich wieder zurücksinken. Seine rechte Hand schloss sich um den Schatten, den er gegen die Lehne gelegt hatte – Arri sah jetzt, dass es ein Knüppel war, wenn auch einer, der eher den Umfang eines kleinen Baumstammes zu haben schien –, und sie hörte, wie er tief und irgendwie enttäuscht die Luft zwischen den Zähnen ausstieß. »Wahrscheinlich habe ich kein Recht, zornig zu sein. Schließlich hast du mir von Anfang an deutlich genug gesagt, dass du nicht mir gehörst. Ich wusste nur nicht, dass du deine Meinung so schnell änderst.« Sein Versuch, verächtlich zu klingen, misslang ebenso kläglich wie der Leas, einschüchternd zu wirken. »Aber was habe ich auch erwartet, von einer wie dir?«

Arri hätte es noch vor einem Atemzug nicht für möglich gehalten – aber ihre Mutter fuhr zusammen, und sie sah, wie hart sie diese Worte trafen. Aber wie konnte ein Mann wie Rahn jemanden wie ihre Mutter *überhaupt* verletzen? Ihre Stimme klang gepresst, als sie antwortete. »Was willst du hier?«

»Meinen Lohn«, antwortete Rahn. »Ich habe jetzt lange genug darauf gewartet.«

»Deinen Lohn?«, wiederholte Lea. »Wir hatten ausgemacht, dass du ihn im Frühjahr bekommst.«

»Wir hatten eine Menge ausgemacht«, antwortete Rahn. »Aber seither ist auch viel passiert. Gib mir jetzt, was mir zusteht.« Er stemmte sich abermals auf den Lehnen des Korbstuhls nach vorn, ließ die Schultern aber jetzt nicht sinken, sondern sah Lea herausfordernd an, und seine Hand schloss sich fester um das schlankere Ende des Knüppels, den er mitgebracht hatte. Arri fragte sich, ob er tatsächlich so dumm war, ihn benutzen zu wollen. Ihre Mutter schien sich dasselbe zu fragen, denn sie wirkte mit einem Mal wieder angespannt, aber nur für einen Moment; dann kam sie offensichtlich zu einem Schluss, denn sie schüttelte nur verächtlich den Kopf, rammte das Schwert mit solcher Wucht in den hölzernen Boden des Hauses, dass es zitternd neben ihr stecken blieb, und griff mit der frei gewordenen Hand in den Ausschnitt ihres Kleides, um einen winzigen Lederbeutel hervorzuziehen, den sie an einer Schnur um den Hals trug. Das wenige Licht, das durch die Ritzen der Läden hereindrang, spiegelte sich honigfarben auf der winzigen Perle, die sie aus dem Beutel auf ihre linke Handfläche schüttelte. »Diese eine jetzt, die andere im Frühjahr, wenn die Saat ausgebracht ist. So war es vereinbart.«

Sie streckte Rahn die Hand mit der Oraichalkos-Perle entgegen, aber der hünenhafte Fischer rührte keinen Finger, um danach zu greifen. »So war es ausgemacht, *bevor* Sarn das Dorf gegen dich aufgewiegelt hat. Das meine ich jedoch nicht.«

Aber was dann?, dachte Arri erschrocken. Sie versuchte den Blick ihrer Mutter aufzufangen, doch Lea starrte unverwandt Rahn an. Ihr Gesicht war unbewegt, doch sie konnte trotzdem sehen, wie es hinter ihrer Stirn arbeitete. Schließlich schürzte sie trotzig die Lippen und sagte, ohne Rahns Blick loszulassen: »Arianrhod, geh hinaus.« Gleichzeitig streifte sie den Ärmel von ihrer rechten Schulter und hob gleich darauf die andere Hand, um das Kleid auf der anderen Seite herunter und dann ganz abzustreifen, aber Rahn schüttelte rasch den Kopf und machte ein verächtliches Geräusch, und Lea erstarrte mitten in der Bewegung.

»Nein«, sagte er. »Das meine ich auch nicht. Ich mag nicht, was andere abgelegt haben.«

Lea sog scharf die Luft ein. »Meine Geduld ist bald erschöpft, Rahn. Was willst du von mir?«

»Was du mir versprochen hast«, erwiderte Rahn. Er beugte sich noch weiter vor, sodass Arri nun sein Gesicht erkennen konnte – sie war sicher, sie *sollte* es –, und sein Blick löste sich endlich von Leas Gesicht und tastete lüstern und anzüglich über das Arris, dann über ihre Gestalt. Nein, dachte sie, das *konnte* er nicht meinen. Das konnte ihre Mutter nicht meinen! »Es sei denn«, fuhr er fort, »deine Tochter ist wahrhaftig deine Tochter und hat dir erzählt ...«

»Arianrhod hat mir erzählt, was passiert ist«, unterbrach ihn Lea kühl. »Sie hat mir die Wahrheit erzählt. Es tut ihr Leid. Was sie getan hat, war dumm, und ich entschuldige mich an ihrer Stelle dafür. Ich trage dir nichts nach.«

Rahns Augen wurden groß. »Du trägst *mir* ...«, ächzte er.

»Arri hat mir gebeichtet, was sie getan hat«, sagte Lea noch einmal. »Ich hoffe, du kannst ihr verzeihen. Sie ist noch ein Kind und wusste nicht, was sie tut.«

Rahn starrte sie nur weiter ebenso finster wie fassungslos an. Und auch Arri hatte alle Mühe, den Worten ihrer Mutter überhaupt folgen zu können. Ihre Gedanken überschlugen sich. Was hatte Rahn nur gemeint?

»Du solltest besser keine Spielchen mit mir spielen, Lea«, sagte er. »Dazu habe ich zu lange auf dich gewartet.«

»Ich hoffe, die Zeit ist dir nicht lang geworden«, sagte sie böse.

»Eigentlich schon«, antwortete Rahn. »Es ist ziemlich einsam dort draußen.«

Leas Augen wurden schmal. Sie schwieg.

»Was ... was hat er damit gemeint?«, fragte Arri krächzend. Ihre Stimme versagte fast.

Lea ignorierte sie.

Rahn auch.

Die beiden blickten sich nur an, als versuchten sie, sich gegenseitig niederzustarren, aber wenn, dann endete dieser Kampf unentschieden. Irgendetwas war mit Rahn geschehen, seit sie den jungen Fischer das letzte Mal gesehen hatte, und es war eine ganz erstaunliche Veränderung. Noch erstaunlicher war, dass Arri diese Veränderung ... *gefiel.*

»Was willst du?«, fragte Lea schließlich. »Ich bin müde, Rahn. Wir beide sind müde und brauchen dringend ein wenig Ruhe.

Also nimm, was dir zusteht, und verschwinde.« Sie streckte ihm erneut die Hand mit der Oraichalkos-Perle hin, aber Rahn rührte auch jetzt keinen Finger, um danach zu greifen.

Was, um alles in der Welt, hatte Rahn *gemeint*?, dachte Arri. Ihre Gedanken rasten. Sie machte einen weiteren Schritt nach vorn, um ihrer Mutter nun direkt ins Gesicht sehen zu können, doch Lea ignorierte sie weiterhin so beharrlich, als wäre sie gar nicht da.

Das konnte nicht sein.

Das war vollkommen un-mög-lich!

Sie musste Rahns Blick falsch gedeutet haben. So etwas würde ihre Mutter ihr niemals antun.

»Was mir zusteht, gehört mir auch«, sagte Rahn leise und fast verächtlich. »So einfach ist das.«

Für den Augenblick schien sich das alt eingespielte Verhältnis umgedreht zu haben. Vielleicht zum ersten Mal war Rahn der Überlegene und ihre Mutter die Bittstellerin, die zu ihm gekommen war und nun nicht mehr wusste, was sie sagen oder tun sollte. Aber nur für einen Augenblick, dann schien Lea selbst zu spüren, was geschah, denn sie straffte nicht nur die Schultern, sondern schürzte auch trotzig die Lippen. Ihre Hand legte sich um die honigfarbene Perle. Mit einer geradezu bedächtigen Bewegung verstaute sie sie wieder in ihrem Beutel, hängte sich die dünne Lederschnur um den Hals, zog das Schwert aus dem Boden und schob es in die Schlaufe an ihrem Gürtel zurück, bevor sie sich wieder an Rahn wandte. »Also gut«, begann sie in verändertem, jetzt wieder gewohnt überheblichem Ton. »Was stellst du dir jetzt vor?«

Die Antwort auf diese Frage stand überdeutlich in Rahns Gesicht geschrieben, aber obwohl er Leas Blick noch immer scheinbar gelassen standhielt, brachte er es nicht fertig, sie laut auszusprechen.

Nicht, dass es nötig gewesen wäre.

»Mutter, du kannst ihn doch nicht …«, begann Arri.

Leas Kopf fuhr mit einer abrupten Bewegung herum, wie ein Raubvogel, der ein Opfer erspäht hat und dazu ansetzt, darauf niederzustoßen. »Ich weiß schon, was ich kann und was nicht«, zischte sie. »Habe ich dich nicht gebeten, hinauszugehen?«

»Aber warum denn?«, fragte Rahn böse. »Hast du Angst, dass deine Tochter etwas hört, was sie nicht hören soll?« Er löste endlich die Hand von seinem Knüppel und machte eine schnelle, abwehrende Geste, mit der er Lea unterbrach, als sie antworten wollte. »Keine Sorge. Ich hatte ohnehin nie vor, dein *großzügiges* Angebot anzunehmen. Warum sollte ich ein Kind nehmen, wenn ich eine richtige Frau haben kann?«

»Das klang aus Arianrhods Mund aber etwas anders«, sagte Lea.

»So?« Rahn machte ein abfälliges Geräusch. »Ich dachte, sie hätte dir erzählt, was wirklich passiert ist.«

»Das habe ich auch«, mischte sie Arri ein. »Hört auf, euch zu streiten! Was ist hier los? Ich ... ich will jetzt endlich wissen, was hier los ist! Mutter! Was hast du Rahn versprochen?«

»Die Frage ist wohl eher, was er jetzt will«, sagte Lea unwillig. »Also?«

»Nein«, antwortete Rahn. »Die Frage ist, was dir das wert ist, was ich zu erzählen habe.« Er machte eine Kopfbewegung auf den Beutel mit der kostbaren Perle, die Lea jetzt wieder unter ihrem Kleid am Hals trug. »Auf jeden Fall mehr als das da, da bin ich sicher.« Er machte eine kleine Pause, bevor er fragte: »Willst du denn gar nicht wissen, was während deiner Abwesenheit passiert ist?«

»Nicht im Geringsten«, behauptete Lea. »Wenn ich nicht da bin, wird ja wohl auch nichts Besonderes passieren.«

Rahn zog eine Grimasse. »Du bist nicht witzig, Lea. Ich frage mich nur, ob dir immer noch nach Scherzen zumute ist, wenn ich dir erzähle, dass Sarn einen Mann nach Goseg geschickt hat, um dort um Hilfe zu bitten.«

Lea hob die Schultern. »Und?«

Diesmal antwortete Rahn nicht sofort. Er wirkte ein bisschen enttäuscht, als hätte er eine andere Reaktion auf seine Eröffnung erwartet, fing sich aber schnell wieder. »Aber du weißt nicht, dass er von deinem Geheimnis weiß.«

Lea blieb weiter ruhig. »Welchem?«, fragte sie lächelnd.
»Deinem Freund«, antwortete Rahn. »Dem Fremden.«
Lea blieb auch jetzt vollkommen ruhig, aber Arri entging dennoch nicht, dass sie noch ein wenig bleicher wurde. Sie schwieg.
»Ich will nur eines von dir wissen, Lea«, fuhr Rahn fort. Er beugte sich noch ein wenig weiter vor. Noch ein kleines Stück, dachte Arri, und er fällt vom Stuhl. Aber an der Situation war überhaupt nichts Komisches. »Sagt Sarn die Wahrheit?«
»Worüber?«
»Über dich«, antwortete Rahn. »Er behauptet, du und deine Tochter wären nur hierher gekommen, um uns auszuspähen, und dass dieser eine Fremde nur die Vorhut einer ganzen Horde ist, die kommen wird, um uns alle zu vernichten. Ist das wahr?«
»Und wenn?«, fragte Lea.
»Ist es wahr?«, beharrte Rahn.
»Unsinn!«, sagte Lea verächtlich. »Glaubst du, ich wäre noch hier, wenn es so wäre?« Sie beantwortete Rahns Frage mit einem abgehackten Kopfschütteln. »Du beginnst mich zu langweilen, Rahn. Meine Tochter und ich sind müde. Also sag, was immer du mir zu sagen hast, und dann verschwinde. Renn meinetwegen zu Sarn und erzähl ihm von dem Fremden, mit dem du mich angeblich gesehen hast, wenn es dich glücklich macht, aber stiehl mir nicht meine Zeit.«
Die Worte aber verfingen bei ihm nicht. Leas ebenso herablassender Ton, der stets ausgereicht hatte, Rahn – und nicht nur ihn – mit wenigen Worten einzuschüchtern oder auch in rasende Wut zu versetzen, je nachdem, was ihre Mutter gerade beabsichtigt hatte, schien nun einfach an ihm abzuprallen. In seinen Augen blitzte es zwar kurz und zornig auf, aber Arri spürte genau, dass der Grund dieses Zornes nicht Leas Worte waren, oder gar die Art, in der sie sprach, sondern nur die Absicht, die hinter beidem stand. Sie dachte noch einmal das Gleiche, was sie gerade schon einmal gedacht hatte, nur, dass es diesmal keine Vermutung mehr war, sondern Gewissheit: Rahn hatte sich verändert. Sogar noch viel mehr, als sie bisher geglaubt hatte.

Und sie schien nicht die Einzige zu sein, der diese Veränderung auffiel. Auch ihre Mutter wirkte einen Moment lang verwirrt, und möglicherweise sogar ein bisschen erschrocken, aber sie wäre nicht sie gewesen, hätte sie sich nicht fast augenblicklich wieder gefangen.

»Also?«, fragte sie herausfordernd, als Rahn keine Anstalten machte, auf ihre Worte zu reagieren, sondern sie nur weiter ebenso trotzig wie beinahe belustigt ansah. »Worauf wartest du noch?«

»Du hast meine Frage nicht beantwortet«, behauptete er.

»Welche Frage?«, erwiderte Lea gepresst.

»Ob es wahr ist, dass dieser Fremde zu denen gehört, vor denen uns Sarn und die Priester aus Goseg gewarnt haben«, erwiderte Rahn. »Ich habe mit Kron gesprochen, weißt du? Und auch mit seinem Bruder. Sie können sich nicht mehr genau an die Männer erinnern, die sie überfallen haben, aber an einen doch – ihren Anführer. Und stell dir vor, erst vor ein paar Tagen habe ich einen Fremden gesehen, auf den ihre Beschreibung nur zu gut passt. Und weißt du, wo das gewesen ist? Und wer bei ihm war?«

Lea schwieg. Ihre Hand spielte mit dem Schwertgriff.

»Vielleicht hat es ja einen guten Grund, dass sich Kron und Grahl nur an einen einzigen Mann erinnern können«, mischte sich Arri ein. Ihre Mutter starrte sie fast entsetzt an, während Rahn plötzlich ärgerlich-amüsiert aussah – und Arri hätte sich am liebsten selbst geohrfeigt. Warum hatte sie nicht einfach den Mund gehalten? Aber es war zu spät.

»Und welchen?«, fragte Rahn.

Das Wort *Zorn* reichte eindeutig nicht mehr aus, um das zu beschreiben, was sie in dem Gesicht ihrer Mutter las; aber jetzt noch zu leugnen, hätte nicht nur alles noch viel schlimmer gemacht, sondern wäre auch einfach albern gewesen. Sie versuchte das Gewitter zu übersehen, das in den Augen ihrer Mutter wetterleuchtete, und fuhr in patzigem Ton fort: »Vielleicht, weil es keine anderen gab, an die sie sich hätten erinnern können.«

Rahn legte den Kopf auf die Seite. »Was meinst du damit?«

»Dass Dragosz allein war«, sagte Lea, leise, kopfschüttelnd und fast tonlos; und mit einem ebensolchen Blick in Arris Richtung. Der Zorn in ihren Augen war erloschen.

»Dragosz?«, fragte Rahn. »Ist das sein Name?«

Lea nickte. »Und *sie* haben *ihn* angegriffen, nicht er sie.«

»Er allein?«, fragte Rahn zweifelnd. »Ein Mann gegen drei, die so stark sind wie Kron und seine Brüder? Das soll ich glauben?«

»Dragosz ist ein *Krieger*«, sagte Arri stolz. »Er wäre auch mit mehr Dummköpfen wie Grahl und Kron fertig geworden.«

»Arianrhod, sei jetzt bitte still«, seufzte ihre Mutter. Sie klang nicht einmal mehr gefasst, sondern nur noch müde, als wäre es ihr mittlerweile gleichgültig, was Rahn dachte oder tat. Dennoch fuhr sie an den Fischer gewandt fort: »Arri sagt die Wahrheit. Dragosz ist ein Krieger und Grahl und seine Brüder nur einfache Jäger. Sie hatten Glück, dass er sie nicht alle drei getötet hat.«

»Also ist es wahr?«, sagte Rahn. »Er gehört zu den Feinden?«

»Nein«, seufzte Lea. »Dragosz ist so wenig euer Feind wie ich es bin. Sein Volk lebt jenseits der Berge, viel zu weit entfernt, um eine Gefahr für uns zu sein. Sie könnten uns nicht einmal dann etwas antun, wenn sie es wollten. Aber das wollen sie auch gar nicht.«

»Du lügst«, behauptete Rahn. »Wenn sein Volk so weit hinter den Bergen lebt, wie du sagst, was tut er dann hier?«

»Ich ...«, begann Lea heftig, brach dann mitten im Wort ab und schüttelte nur erschöpft den Kopf. »Glaub doch, was du willst. Von mir aus lauf zu Sarn und erzähle ihm, dass ich für die Feinde spioniere und euer aller Untergang vorbereite.« Sie nahm betont langsam die Hand vom Schwert und wies mit demselben Arm zur Tür. »Tu, was du willst. Geh zu Sarn und komm meinetwegen mit einem Dutzend Männern zurück, damit sie uns überwältigen können – aber tu mir einen Gefallen und gönn Arianrhod und mir vorher noch etwas Ruhe. Wir brauchen dringend ein wenig Schlaf.«

»Dich an Sarn verraten?« Rahn klang überrascht; vielleicht sogar ein kleines bisschen verletzt. »Aber warum sollte ich das tun?«

»Weil du es schon die ganze Zeit über tust«, seufzte Lea. Sie hob rasch die Hand, als Rahn antworten wollte. »Bitte, Rahn – ich bin müde und habe keine Lust mehr auf solche Spiele. Sarn hat dir nur erlaubt, dich mit mir einzulassen, damit du ihm über alles Bericht erstattest, was ich tue oder sage, nicht wahr?«

»Hätte ich es getan, dann wärst du jetzt schon tot«, antwortete Rahn, was genau genommen keine Antwort auf Leas Frage war – oder vielleicht auch doch, so genau vermochte Arri das nicht zu sagen.

»Wenn du mich nicht verraten willst, was willst du dann?«, fragte Lea.

»Ich will mit euch kommen«, antwortete Rahn.

»Mit uns ...?« Lea blinzelte. »Was meinst du damit? Wohin?«

Rahns Hand spielte wieder mit dem Knüppel, den er mitgebracht hatte, aber es war jetzt nichts Bedrohliches mehr an dieser Geste. Und vielleicht, überlegte Arri, war es das auch nie gewesen. Vielleicht hatte er diese Waffe ja aus einem ganz anderen Grund mitgebracht, als sie bisher geglaubt hatte.

»Ich habe dich belauscht, vergangene Nacht«, sagte Rahn geradeheraus. »Dich und deinen ... Freund. Ich habe alles gehört.«

Was hatte er gehört?, dachte Arri alarmiert. Schon wieder etwas, was ihre Mutter mit Dragosz besprochen hatte und was nicht für ihre Ohren bestimmt gewesen war? Sie sah Lea scharf an und versuchte, in ihrem Gesicht zu lesen, aber es gelang ihr nicht.

»Du hast ...«

»... alles gehört, ja«, sagte Rahn. »Jedes Wort. Wenn ich wirklich nur bei dir wäre, um für Sarn zu spionieren, dann würden wir dieses Gespräch jetzt nicht führen, meinst du nicht?«

»Warum bist du dann hier?«, fragte Lea lauernd.

»Das habe ich doch gesagt«, antwortete Rahn. »Ich will mit euch kommen.«

»Mit Dragosz und mir?«, wiederholte Lea zweifelnd. »Obwohl du glaubst, dass er euer Feind ist?«

»Wo wäre ich sicherer als bei ihm, wenn es wirklich so ist?«, fragte Rahn. »Wenn du die Wahrheit sagst und sein Volk wirklich nichts Böses gegen uns plant – umso besser. Ich habe mich immer schon gefragt, was jenseits der Berge sein mag.«

Lea schwieg lange Zeit. Sie glaubte Rahn kein Wort, das stand überdeutlich in ihrem Gesicht geschrieben, aber sie wusste auch ebenso eindeutig nicht, was sie von seiner Behauptung halten sollte. »Das ist ... wirklich alles, was du verlangst?«, vergewisserte sie sich. »Du willst nur mit uns kommen? Obwohl du nicht einmal weißt, was dich erwartet?«

Rahns Blick löste sich für einen Moment von ihrem Gesicht und streifte Arri, kehrte aber dann gleich wieder zu ihr zurück. »Weißt du es denn?«, fragte er.

Arris Mutter zögerte gerade einen Moment zu lange, um ihre Worte glaubhaft klingen zu lassen. »Ja«, sagte sie dann, »ich denke schon. Aber ich fürchte, du weißt es nicht. Stellst du es dir wirklich so einfach vor, von hier weg zu gehen und dein ganzes Leben hinter dir zu lassen?«

»Was für ein Leben, wenn du nicht mehr da bist und Elend und Hunger ins Dorf Einzug halten?«, gab Rahn verächtlich zurück. »Jeden Tag in die Zella zu waten und mit Speeren hinter Fischen herzustochern oder ihnen mit Angeln oder Netzen auf den Leib zu rücken? Im Winter zu hungern und im Sommer von der Hand in den Mund zu leben?«

»Du wirst nicht wissen, ob dich bei Dragosz' Volk ein anderes Schicksal erwartet. Es könnte schlimmer sein.«

»Schlimmer als unter Sarns Knute zu leben und zu sehen, wie alles, was wir mit deiner Hilfe geschaffen haben, Stück für Stück verfällt?« Rahn schnaubte abfällig. »Kaum.«

»Und ich bin nicht einmal sicher, dass Dragosz es gestattet«, fuhr Lea fort. Sie klang beunruhigt, nicht sehr, aber doch so, dass es Arri auffiel. Ihrer Mutter gingen die Einwände aus.

»Dann solltest du dafür sorgen, dass er es zulässt«, erwiderte Rahn kalt. Er machte eine wedelnde Handbewegung. »Es ist deine Entscheidung. Sarn wird mich so oder so nach Goseg schicken, wenn er erfährt, dass du zurück bist. Ich *werde* gehen. Die Frage ist nur, wohin – zusammen mit dir und deiner Tochter oder nach Goseg, um mit Nors Kriegern zurückzukommen.«

Lea schwieg eine geraume Weile, aber in ihrem Gesicht arbeitete es. Arri konnte erkennen, dass die unterschiedlichsten Empfindungen hinter ihrer Stirn einen stummen, aber erbitterten Kampf ausfochten. Zweifellos machten sie Rahns Worte zornig, aber auch die Teilnahmslosigkeit war noch da; und eine vage Trauer, die Arri im ersten Moment nicht verstand. »Ich kann dir nicht versprechen, dass du bei Dragosz' Volk willkommen bist«, sagte sie schließlich.

Rahn hob die Schultern. »Wenn Sarn erfährt, dass ich dich gewarnt habe«, erklärte er mit einem bitteren Lachen, »werde ich hier auch nicht mehr willkommen sein.«

»Muss er es denn erfahren?«, fragte Lea.

»Was?«, fragte Rahn. »Dass ich dich gewarnt habe?«

»Dass wir zurück sind«, antwortete Lea.

Arri sah ihre Mutter verwirrt an, schwieg aber, und auch Rahn schwieg einen Moment, als müsse er angestrengt über diese Worte nachdenken. Schließlich fragte er: »Wie meinst du das?«

»Bisher weiß niemand, dass wir hier sind«, antwortete Lea. »Und wenn wir vorsichtig sind, wird das auch so bleiben. Sarn hat dir aufgetragen, das Haus im Auge zu behalten und ihm Bescheid zu geben, wenn wir zurückkommen?«

Rahn zögerte ganz kurz, dann nickte er beinahe widerwillig.

»Dann tu einfach, was er dir gesagt hat, und beobachte meine Hütte«, fuhr Lea fort. »Du musst ja nicht unbedingt merken, dass wir wieder hier sind.«

»Ihr wollt euch hier verstecken?«, fragte Rahn. »Wozu soll das gut sein?«

»Nur für einen Tag«, antwortete Lea. »Wir gehen heute Nacht, sobald die Sonne untergegangen ist. Ich würde gleich aufbrechen, aber Arri ist müde und braucht dringend Schlaf, und ich muss noch gewisse Vorbereitungen treffen. Und dir würde ich raten, ebenfalls ein wenig zu schlafen. Wir haben einen anstrengenden Marsch vor uns und werden keine Rast einlegen.«

»Dann nehmt ihr mich mit?«

Lea hob die Schultern. »Ich kann dich ja sowieso nicht daran hindern, oder?«

»Nein«, erklärte Rahn rundheraus. Er wirkte ein bisschen überrascht, als hätte er mit deutlich mehr Widerstand gerechnet. Zögernd stand er auf, tat einen einzelnen Schritt und machte dann noch einmal kehrt, um seinen Knüppel zu holen. Leas Blick folgte seinen Bewegungen scheinbar teilnahmslos, aber sie war nicht besonders gut darin, sich zu verstellen; Arri spürte deutlich die Anspannung, die hinter dieser aufgesetzten Ruhe herrschte, und Rahn vermutlich auch.

»Dann wäre es dumm, es auch nur zu versuchen«, sagte Lea mit wenig Überzeugung in der Stimme und einem noch weniger überzeugenden Schulterzucken. »Außerdem ist es vielleicht ganz gut, einen starken Mann bei uns zu haben. Der Weg ist lang und nicht ungefährlich, vor allem für zwei wehrlose schwache Frauen wie uns.«

Rahns Augen wurden schmal; zumal sich Lea nicht einmal mehr Mühe gab, den beißenden Spott aus ihrer Stimme zu verbannen. Er sagte jedoch nichts, sondern beließ es bei einem zornigen Blick und ging weiter, blieb aber unmittelbar vor der Tür noch einmal stehen. »Bei Dunkelwerden?«, vergewisserte er sich.

»Besser eine kleine Weile danach«, antwortete Lea. »Sobald es im Dorf ruhig geworden ist. Und komm so, wie du bist. Bring nichts mit – oder vielleicht deinen Knüppel da.«

Rahn wirkte nun endgültig verstört, beließ es aber auch jetzt bei einem gleichermaßen verwirrten wie hilflosen Blick, schlug schließlich mit einer eindeutig zornigen Bewegung den Muschelvorhang beiseite und ging. Lea wartete nur einen Augenblick, dann wandte sie sich mit einem Seufzen zu Arri

613

um und fügte hinzu: »Nicht, dass dieser Dummkopf am Ende noch sein ganzes Hab und Gut zusammenrafft und sich hinterher wundert, wenn wir ein halbes Dutzend von Nors Kriegern am Hals haben.«

Arri sah ihre Mutter verwirrt an. Lea mochte ja Recht haben, aber sie hatte eindeutig nicht lange genug gewartet und auch zu laut gesprochen, als dass sie sicher sein konnte, dass Rahn die Worte nicht doch noch hörte.

Dann fing sie Leas fast beschwörenden Blick auf, und ihr wurde klar, dass ganz genau das ihre Absicht gewesen war: Rahn *sollte* sie hören. Aber warum?

Sie kleidete die Frage in einen entsprechenden Blick, aber Lea winkte fast erschrocken ab und fuhr – beinahe noch lauter – fort: »Es ist gut jetzt. Leg dich hin und versuch zu schlafen. Ich wecke dich, wenn es dunkel wird.«

Arri rührte sich nicht, um der Aufforderung ihrer Mutter nachzukommen, doch das schien Lea auch gar nicht erwartet zu haben. Sie blieb noch eine Weile regungslos stehen, dann ging sie zur Tür, teilte den muschelbesetzten Vorhang vollkommen lautlos und lauschte konzentriert.

»Er ist weg«, sagte sie schließlich.

»Ich verstehe nicht ganz«, begann Arri, suchte nach Worten und setzte dann neu an: »Warum hast du das gesagt? Rahn hat dich bestimmt gehört.«

»Rahn«, antwortete ihre Mutter betont, »*erwartet* so etwas von mir. Er würde misstrauisch werden, wenn ich nichts in dieser Art gesagt hätte.« Sie machte eine ärgerliche Handbewegung. »Und nun tu, was ich dir gesagt habe, und leg dich hin. Du bist noch lange nicht wieder gesund, und wir haben einen ziemlich anstrengenden Tag vor uns.«

Arri rührte sich nicht. »Was hättest du getan, wenn er sich nicht auf dein Angebot eingelassen hätte?«, fragte sie.

Sie las die Antwort auf ihre Frage in Leas Augen, noch bevor ihre Lippen sie aussprachen. »Dann hätte er dieses Haus nicht lebend verlassen.«

26 Sie erwachte mit hämmernden Kopfschmerzen, einem üblen Geschmack im Mund und dem sicheren Wissen, nicht lange genug geschlafen zu haben, nicht einmal wirklich *lange*. Jemand – ihre Mutter, wer sonst? – rüttelte an ihrer Schulter, beinahe sanft, aber doch mit einer fast unangenehmen Beharrlichkeit, die es unmöglich machte, die Berührung aus ihren Gedanken auszuschließen und sich in die verlockende Umarmung des Schlafes zurücksinken zu lassen, was sie lieber als alles andere getan hätte. Und sie glaubte auch, ihre Stimme zu hören, aber sie war noch viel zu benommen, um die Worte zu verstehen, geschweige denn, es zu *wollen*.

Aber natürlich ließ der Quälgeist keine Ruhe. Das Rütteln an ihrer Schulter hielt an, und auch Leas Stimme wurde drängender und zugleich klarer. »Arianrhod, wach auf. Es ist Zeit.«

»Zeit wofür?« Arri hob widerwillig das linke Augenlid und schloss es hastig wieder, als sich das Sonnenlicht wie ein dünnes, weiß glühendes Messer tief in ihren Schädel bohrte.

»Arianrhod, Liebling – es ist Zeit. Du musst aufwachen.«

Möglicherweise war es genau dieses Wort, das Arri endgültig in die Wirklichkeit zurückbrachte. Sie konnte sich nicht erinnern, wann ihre Mutter sie das letzte Mal *Liebling* genannt hatte, oder ob überhaupt. Verwirrt hob sie abermals die Augenlider und sah zu ihrer Mutter hoch. Lea sah mit einem Ausdruck unübersehbarer Sorge auf sie herab, aber sie wirkte zugleich auch sehr entschlossen. Außerdem stimmte etwas mit dem Licht nicht, das hinter ihr durch den Vorhang fiel. »Was ...?«, nuschelte Arri.

»Du musst aufwachen«, sagte ihre Mutter. »Es ist Zeit.«

Zeit wozu?, dachte Arri benommen. Müde blinzelte sie an Lea vorbei in Richtung der Tür. Der Muschelvorhang verhinderte, dass sie mehr als vage Schatten erkennen konnte, aber ihr war immerhin klar, dass es draußen zu hell war.

»Was ... ist denn los?«, murmelte sie schlaftrunken, während sie sich benommen auf die Ellbogen hochstemmte und ein paar Mal blinzelte, damit sich ihr Blick klärte.

»Wir müssen los«, sagte ihre Mutter noch einmal. »Hier. Trink das.« Sie reichte Arri eine Schale mit kaltem Wasser, die sie zwar gehorsam entgegennahm, aber noch nichts davon trank, obwohl sie durstig war. »Los?«, wiederholte sie verständnislos. »Aber es ist doch erst ...«

»Ich weiß, wie spät es ist«, unterbrach sie Lea. Arris Blick klärte sich allmählich, und wenn auch nicht ganz, so sah sie doch immerhin, dass ihre Mutter ihr Winterkleid angezogen und die Risse in ihrem Umhang geflickt und die Flecken entfernt hatte, so gut es eben ging. Ihr Gesicht war noch immer sehr blass, und die Ringe unter ihren Augen waren eher noch tiefer geworden, aber sie war sauber gewaschen, und ihr Haar glänzte, als hätte sie es den ganzen Tag gekämmt. Besonders viel geschlafen hatte sie offensichtlich nicht; falls überhaupt.

»Was ist denn los?«, murmelte sie, immer noch benommen und schlaftrunken, aber doch allmählich wacher werdend.

»Trink«, sagte ihre Mutter. »Und dann steh auf. Es wird Zeit.«

Sie sagte nicht, wozu, und Arri ersparte es sich, die Frage noch einmal laut zu stellen. Sie hätte sowieso keine Antwort bekommen, wozu sich also die Mühe machen? Gehorsam setzte sie die Schale an die Lippen, trank zuerst einen kleinen, vorsichtigen Schluck, dann, als das kalte Wasser ihren Durst erst richtig entfachte, einen zweiten und sehr viel größeren, und leerte sie schließlich zur Gänze, als ihre Mutter auffordernd nickte. Das Wasser war nicht nur eiskalt und frisch, es schmeckte auch ganz leicht nach Kräutern; vielleicht hatte ihre Mutter etwas hineingetan, was ihr helfen sollte, wieder zu Kräften zu kommen oder zumindest schneller wach zu werden. Eigentlich sollte sie das beunruhigen, denn obwohl Lea niemals müde wurde, ihr von den gewaltigen Heilkräften vorzuschwärmen, die die Natur besaß, erwähnte sie jedoch beinahe ebenso oft, wie gefährlich und dumm es doch war, diese Kräfte zu oft und zu leichtfertig einzusetzen. Aber vielleicht übertrieb sie es jetzt auch mit ihrem Misstrauen.

»Bist du so weit?«, fragte Lea und riss sie damit reichlich unsanft aus ihren Gedanken.

Die ehrliche Antwort auf diese Frage wäre ein klares *Nein* gewesen – ganz gleich, was Lea auch immer damit meinen mochte –, aber Arri blinzelte ihre Mutter nur verständnislos an und fragte dann: »Wie weit?«

Lea machte eine Kopfbewegung zur Tür hin; unwillig, wie es Arri vorkam. »Wir müssen weg. Es ist Zeit.«

Zeit wofür?, fragte sich Arri zum wiederholten Male. Ein einziger Blick in das Gesicht ihrer Mutter machte ihr jedoch klar, dass es wenig ratsam wäre, diese Frage noch einmal zu stellen. Lea wirkte unruhig, fast ein wenig besorgt, und schon wieder gereizt. Statt auch nur irgendetwas zu sagen, stand Arri auf, strich sich mit beiden Händen glättend über ihre Kleider, was vollkommen unangemessen war – und nickte dann. Wenn diese Bewegung ihre Mutter auch nur mit der Andeutung von Zufriedenheit erfüllte, dann verbarg sie es meisterhaft, denn sie drehte sich mit einer eindeutig zornigen Bewegung um, ging zum Ausgang und schlug den Muschelvorhang so wuchtig beiseite, als stünden ihr dort Rahn oder gar Sarn im Wege und wollten sie am Verlassen der Hütte hindern.

Trotz allem fühlte Arri sich immer noch benommen und schläfrig, sodass sie Leas überdeutliche Aufforderung offensichtlich nicht rasch genug befolgte, denn das Gesicht ihrer Mutter verfinsterte sich noch mehr, und Arri konnte sehen, wie schwer es ihr fiel, eine bissige Bemerkung zurückzuhalten. Sie beherrschte sich jedoch und beließ es bei einem ungeduldigen Blick und einem ärgerlichen Zusammenpressen der Lippen, bis Arri an ihr vorbei und auf die oberste Stufe der steilen Stiege getreten war.

Sie hielt inne. Die Sonne stand bereits hoch am Himmel, aber der Tag war trüb. Es gab keine Wolken, doch aus dem sonst so strahlenden Blau des Firmaments war ein verwaschenes Grau geworden, und obwohl es nicht wirklich kalt war, fröstelte Arri doch im allerersten Moment, denn der Anblick machte ihr endgültig und unwiderruflich klar, wie nahe der Winter bereits war. Sie wusste, dass es nicht sein konnte, aber sie glaubte bereits Schnee in der Luft zu riechen.

»Worauf wartest du?«, drängte Lea hinter ihr. Arri setzte sich ohne zu zögern in Bewegung, blieb aber unmittelbar am Fuß der Stiege abermals stehen und sah sich schaudernd nach rechts und links um. Ohne dass sie sich der Bewegung auch nur selbst bewusst gewesen wäre, zog sie den Umhang enger um die Schultern zusammen. Es war beinahe Mittag, dem Stand der Sonne nach zu schließen, und die fast weiß brennende Sonnenscheibe am Himmel hatte trotz allem noch immer genug Kraft, um die Nachtkälte längst vertrieben zu haben. Aber es war auch nicht die äußere Kälte, die sie frösteln ließ, sondern etwas, das aus ihrem Inneren kam. Arri schob das Gefühl auf die überstandenen Strapazen und ihre Müdigkeit, die einfach nicht weichen wollte, obwohl sie wahrlich lange genug geschlafen hatte.

»Worauf wartest du?«, fragte ihre Mutter noch einmal, nachdem sie die unterste Treppenstufe erreicht und eine Weile vergebens darauf gewartet hatte, dass Arri beiseite trat und ihr Platz machte. Diesmal antwortete sie. »Wohin gehen wir?«

»Fort«, antwortete Lea.

Arri war nur im allerersten Moment über diese Antwort verärgert; gerade so lange, wie sie brauchte, um zu begreifen, dass dies nicht einfach nur wieder die übliche, unwillige Art ihrer Mutter war, auf Fragen zu antworten, die sie für überflüssig hielt oder auf die sie einfach nicht antworten wollte. Diesmal war es die Wahrheit gewesen. Sie hatte es ihr gesagt, und dennoch erschreckte dieses eine Wort Arri nun so sehr, dass sie zwei Schritte vor ihrer Mutter zurückprallte und sie aus aufgerissenen Augen anstarrte. Ja, sie würden fortgehen, und das wortwörtlich und wahrscheinlich für immer.

Unwillkürlich wollte sie sich in die Richtung wenden, in der das Dorf lag, doch ihre Mutter schüttelte den Kopf und deutete gleichzeitig in die andere Richtung, zum Wald hin.

»Aber wir können doch nicht ...«, begann Arri und brach wieder ab, ohne den Satz zu Ende gesprochen zu haben.

»Was?«, fragte Lea.

»Aber ich meine ... Kron und Achk ...«, stammelte Arri. »Sie warten doch darauf, dass ...«

»... wir was tun?«, unterbrach sie Lea. Eine schmale Falte erschien zwischen ihren Augenbrauen. »Ihnen helfen? Ihnen etwas bringen, was wir ihnen versprochen haben, was wir aber nicht besitzen? Sie vor etwas schützen, vor dem sie gar nicht beschützt werden wollen?« Sie schüttelte heftig den Kopf. »Glaub mir, mein Kind, auch mir macht der Gedanke zu schaffen, mein Wort zu brechen, aber wir haben keine Wahl. Du hast gehört, was Rahn gesagt hat.«
»Aber warten wir denn nicht auf ihn?«
»Das wäre dumm, meinst du nicht? Und ich habe eigentlich nie etwas Dummes getan, wenn ich es vermeiden konnte. Also komm jetzt mit. Wir haben einen weiten Weg vor uns.«
Arri zögerte noch immer, aber sie hütete sich, ihre Mutter unnötig zu reizen, indem sie sich ihr zum dritten Mal hintereinander widersetzte; obwohl sie das unbestimmte Gefühl hatte, trotz allem eine sonderbare Art von Sanftmut an Lea zu spüren. Gehorsam – wenn auch alles andere als schnell – wandte sie sich zum Waldrand und setzte sich in Bewegung. Kurz bevor sie in das Unterholz eindrangen, blieb sie jedoch noch einmal stehen und sah zurück. Eben noch, vom Fuße der Stiege aus, war das Dorf nicht sichtbar gewesen, von hier aus jedoch konnte sie nicht nur den Weg zum Dorf hinauf einsehen, sondern auch die Stelle, an der Achks Schmiede gestanden hatte. Selbst über die große Entfernung hinweg erkannte sie die schwarze Narbe, die das Feuer in den Wald geschlagen hatte, und für einen winzigen Moment meinte sie sogar eine Bewegung unmittelbar am Waldrand wahrzunehmen; vielleicht eine Gestalt, die aus dem Wald hinausgetreten war und in ihre Richtung sah. Achk, der dort unten stand und ihrer feigen Flucht aus seinen erloschenen Augen nachsah?
Aber das war unmöglich. Achk war blind, und selbst wenn er es nicht gewesen wäre – Arri hatte selbst oft genug da gestanden und genau in diese Richtung geblickt, um zu wissen, dass der Waldrand von dort aus betrachtet nichts weiter als eine schwarz-grüne Mauer war, die alles verschlang, was sich davor bewegte. Und trotzdem ...

»Ich weiß, dass es wehtut, aber glaub mir, du wirst darüber hinwegkommen.«

Arri riss ihren Blick von der gar nicht vorhandenen Gestalt am Rand des Dorfes los und drehte sich fragend zu ihrer Mutter um. Nicht nur in ihrer Stimme hatte ein vollkommen ungewohnter, neuer Ton von Sanftmut und Verständnis mitgeschwungen, auch auf ihrem Gesicht lag ein Ausdruck, der Arri im allerersten Moment so sehr überraschte, dass er schon fast wieder erschreckend wirkte. »Was ... wovon sprichst du?«, murmelte sie verstört; obwohl sie tief in sich ganz genau wusste, was Lea meinte. Es war nicht so, dass sie sie nicht verstanden hätte, wohl aber so, dass sie diese Reaktion von ihrer Mutter zuallerletzt erwartet hätte. Und schon gar nicht jetzt.

»Es tut weh zu gehen«, antwortete Lea mit einem milden, verständnisvollen Lächeln, das ebenso wenig oder vielleicht noch viel weniger zu dem passte, was Arri erwartet hätte. »Selbst, wenn man meint, es gern zu tun – ganz gleich, was man vorher auch gesagt oder getan hat.«

Arri konnte sich nicht erinnern, jemals gesagt zu haben, dass sie von hier weg wollte. Sie hatte es oft gedacht, es sich noch viel öfter gewünscht, es aber niemals ausgesprochen; nicht so, dass ihre Mutter oder auch nur sie selbst es ernst genommen hätten – und doch spürte sie plötzlich, dass Lea ihre geheimsten Gedanken so klar erraten hatte, als könne sie ohne Mühe bis auf den Grund ihrer Seele blicken; vielleicht tiefer hinab, als sie es selbst konnte. Mit einem Mal erinnerte sie sich an das Gespräch, das sie vor gar nicht langer Zeit im Wald geführt hatten. Ihre Mutter hatte ihr damals lachend erklärt, dass jede Mutter die Gedanken ihrer Kinder erraten könne, und natürlich hatte Arri die Worte nicht ernst genommen. Vielleicht aber stimmte es tatsächlich, zumindest manchmal, und in ganz besonderen Augenblicken wie diesem.

Lea bedeutete ihr weiterzugehen, und diesmal gehorchte Arri. Auf demselben Weg, auf dem sie gekommen waren, und ohne es selbst auch nur zu bemerken, die Füße nahezu genau auf ihre eigenen Spuren setzend, um keine weitere überflüssige

Fährte zu hinterlassen, drang sie abermals in den Wald ein und wurde erst langsamer, als ihre Mutter sie an der Schulter berührte und eine Kopfbewegung nach links machte; zwar auch jetzt weiter weg vom Dorf, aber nicht mehr exakt in dieselbe Richtung, die sie bisher stets eingeschlagen hatten. Arri warf ihr einen fragenden Blick zu, beließ es aber auch dabei und ging schließlich für einige wenige Schritte sogar langsamer, bis Lea an ihre Seite getreten war und sie ihr Tempo wieder dem ihrer Mutter anpasste.

Für eine geraume Weile schritten sie schweigend nebeneinander her, dann sagte Arri unvermittelt: »Aber warum tut es so weh?«

»Wegzugehen?«

»Ja«, antwortete Arri einfach, auch wenn das nicht die ganze Antwort war. Seit Lea ihr das erste Mal gesagt hatte, dass sie ihr heimatliches Dorf verlassen würden, hatte sie unzählige Male darüber nachgedacht, wie es sein würde, wegzugehen und andere Orte, andere Menschen, ein anderes Leben kennen zu lernen, aber sie hatte niemals wirklich darüber nachgedacht, was es bedeutete. Für sie war die Vorstellung, dieses Dorf zu verlassen, nichts anderes als ein großes, aufregendes Abenteuer gewesen; etwas wie an jenem Morgen, an dem ihre Mutter sie zum ersten Mal auf die andere Seite des verbotenen Waldes geführt und sie Nachtwind und seine Herde kennen gelernt hatte. Manchmal hatte eine sachte Spur von Bitterkeit in dieser Vorstellung mitgeschwungen, aber sie hatte sie stets rasch verjagt, schon weil sie sich dieses Gefühl nicht erklären konnte und es ihr vollkommen abwegig erschien. Jetzt begriff sie plötzlich, dass ein Teil in ihr geahnt hatte, dass Weggehen auch noch etwas anderes bedeutete.

»Du hast in diesem Dorf viel Schlimmes erlebt«, fuhr ihre Mutter fort, nachdem Arri lange genug geschwiegen hatte, um klarzumachen, dass sie sich die Antwort auf ihre eigene Frage vielleicht selbst geben konnte, sie aber von ihr hören wollte. »Die Menschen hier waren nicht gut zu dir. Du hast viel mehr Schmerz als Freude erlebt. Du bist als Fremde hier aufgewachsen, und diese Menschen haben es dich spüren lassen, jeden Tag, an den du dich erinnern kannst. Du hast niemals wirklich Freunde gefunden, habe ich Recht?«

Arri sah nur stumm zu ihrer Mutter hoch. Sie war nicht sicher, ob Lea und sie unter dem Wort Freunde wirklich dasselbe verstanden. Wenn sie ehrlich zu sich selbst war, war sie nicht einmal ganz sicher, was dieses Wort bedeutete.

»Dein Verstand sagt dir, dass du froh sein müsstest, von hier weg zu kommen«, fuhr Lea fort. »Dass es an jedem anderen Ort besser sein muss als hier, und wahrscheinlich ist das sogar die Wahrheit. Und trotzdem tut es weh, habe ich Recht?«

Arri nickte. Allmählich wurde ihre Mutter ihr unheimlich. Las sie tatsächlich ihre Gedanken?

»Es tut immer weh, etwas Vertrautes zu verlieren, selbst wenn es nicht nur vertraut, sondern auch verhasst ist, Arianrhod. So sind wir Menschen nun einmal. Unsere Neugier auf das Unbekannte ist unstillbar, und doch fürchten wir es fast im gleichen Maße.« Sie lachte leise, aber es klang viel eher bitter als froh. »Vielleicht ist das der eigentliche Unterschied zwischen diesen Menschen hier und uns, weißt du?«

»Dass sie nicht neugierig auf das Unbekannte sind?«

»Dass ihre Furcht vor dem Unbekannten größer als ihre Neugier ist«, antwortete Lea, und ein Schatten huschte über ihr Gesicht. »Aber vielleicht war es ja auch das, was unserem Volk am Ende den Untergang gebracht hat.«

Arri wollte eine entsprechende Frage stellen, doch in diesem Moment hielt ihre Mutter mitten im Schritt inne, hob fast erschrocken die Hand und legte gleichzeitig lauschend den Kopf auf die Seite. Einen Herzschlag lang blieb sie mit geschlossenen Augen und angehaltenem Atem so stehen, dann fiel die Anspannung ebenso plötzlich wieder von ihr ab, wie sie gekommen war.

»Was hast du?«, fragte Arri erschrocken.

»Nichts«, behauptete ihre Mutter. Sie zwang sich zu einem Lächeln, das Arris Beunruhigung aber eher noch schürte. »Ich bin vorsichtig, das ist alles.«

»Glaubst du, dass Rahn ...?«

»... uns folgt?«, fiel ihr Lea ins Wort, beantwortete ihre eigene Frage mit einem Kopfschütteln und hob gleich darauf die Schultern. »Ich will es nicht hoffen. Dumm genug dazu wäre er allemal, aber ...«

Sie sprach nicht weiter, sondern presste nur die Lippen zu einem dünnen, blutleeren Strich zusammen, doch es wäre auch gar nicht nötig gewesen. Für einen Moment schien es genau anders herum zu sein als bisher: Jetzt war es Arri, die ihre Gedanken so deutlich lesen konnte, als stünden sie ihr auf der Stirn geschrieben. Wenn Rahn tatsächlich so dumm gewesen war, ihnen nachzuschleichen, dann würde er diese Dummheit vermutlich mit dem Leben bezahlen.

»Komm«, sagte Lea, mit einer plötzlich unwilligen Geste tiefer in den Wald hineindeutend. »Gehen wir weiter. Je schneller wir von hier verschwinden, desto besser. Ich werde allmählich unruhig.«

Arri warf ihr einen verstörten Blick zu, aber sie hütete sich auch, nur mit einem einzigen Wort zu widersprechen. Ihre Mutter war wieder so gereizt wie eh und je. Der magische Augenblick der Vertrautheit war vorbei, und jeder Versuch, ihn zurückzuzwingen, würde es nur schlimmer machen. Arri beherrschte ihre Enttäuschung – wenn auch mit Mühe – und unterdrückte sogar den Impuls, sich noch einmal umzudrehen, bevor sie weiterging.

Wahrscheinlich hätte sie es auch gar nicht gekonnt, denn ihre Mutter schlug ein merklich schärferes Tempo an als bisher, sodass es Arri fast schon Mühe kostete, mit ihr Schritt zu halten. Lea nahm dabei weder Rücksicht auf sie noch auf das neue Kleid, das sie an diesem Morgen erst angezogen hatte. So viel zu ihrer Behauptung, sie hätte nichts Verdächtiges gehört, dachte Arri. Sie marschierten in stumpfer Monotonie weiter, bis die Sonne schließlich als rot glühender Ball am Horizont versank und sich der Himmel über der Ebene so fest zuzog, als wolle Mardan, der Nachtgott, eine dicke Decke darüber ausbreiten.

Nach einer geraumen Weile suchte Arri nach einer passenden Ausrede, die es ihr ermöglichen würde, das immer quälender werdende Schweigen zu brechen, ohne dabei das Gesicht zu verlieren. Doch ihre Mutter nahm ihr die Mühe ab. Sie blieb so plötzlich stehen, dass Arri es erst wahrnahm, als sie bereits neben und fast an ihr vorbei war, und hob gleichzeitig warnend die linke Hand. Ihre andere senkte sich rasch und lautlos auf den Schwertgriff hinab.

»Was ...«, begann Arri, und brach sofort und erschrocken wieder ab, als Lea ihre warnende Handbewegung heftiger wiederholte und sich gleichzeitig rasch und vollkommen lautlos einmal um sich selbst drehte. Ein angespannter, höchst konzentrierter Ausdruck lag plötzlich auf ihrem Gesicht. Sie hatte etwas gehört.

Auch Arri lauschte angespannt in die Nacht hinein, doch alles, was *sie* hörte, war das seidige Geräusch, mit dem der Wind durch das Gras strich, und das dumpfe, immer schneller werdende Wummern ihres eigenen Herzschlags in den Ohren. Dennoch war sie sicher, dass da etwas war. »Was?«, flüsterte sie, nachdem sich Lea ein zweites Mal umgedreht und dann wieder ganz in ihre Richtung gewandt hatte.

»Still!«, zischte ihre Mutter. Sie sprach eindeutig lauter, als Arri es getan hatte, doch ihre Stimme hatte einen eigentümlichen Klang angenommen, der möglicherweise ebenso weit zu hören sein mochte wie ein normal gesprochenes Wort, irgendwie aber mit dem seidigen Geräusch des Windes im Gras verschmolz, sodass selbst Arri das Wort mehr erriet, als dass sie es wirklich verstand. »Jemand kommt!«

Arri lauschte noch einmal und jetzt mit angehaltenem Atem, konnte aber ebenso wenig hören wie zuvor. Trotzdem begann ihr Herz noch schneller zu hämmern. Wenn ihre Mutter sagte, dass dort jemand war, dann *war* da auch jemand. So einfach war das.

Lea bückte sich noch ein wenig weiter, zog das Schwert eine Handbreit aus der ledernen Schlaufe an ihrem Gürtel heraus und ließ es dann lautlos wieder zurücksinken. Vollkommen willkürlich, wie es Arri schien, hob sie den anderen Arm und deutete nach links in die Dunkelheit hinein. »Dorthin«, befahl sie mit ihrer hellen Flüsterstimme. »Zu den Bäumen! Rasch!«

Bäume? Arri starrte einen halben Herzschlag lang so konzentriert in die Richtung, in die ihre Mutter gedeutet hatte, wie sie es nur konnte, aber sie sah dort überhaupt nichts. Nur Schwärze. Dennoch setzte sie sich gehorsam in Bewegung, als Lea mit raschen und dennoch fast lautlosen Schritten loseilte. Arri selbst vermochte sich nicht annähernd so lautlos zu bewegen, aber sie tröstete sich damit, dass das Rascheln des Windes im Gras das Geräusch ihre Schritte schon übertönen würde.

Sie liefen vielleicht dreißig oder vierzig Schritte weit durch das hohe Gras, bevor Lea abermals stehen blieb, eine leicht geduckte Haltung einnahm und sich gehetzt nach allen Seiten hin umsah. Diesmal reagierte Arri schnell genug, sodass sie nicht an ihr vorbeistürmte, doch dafür ging ihr Atem jetzt so laut, dass sie sicher war, dass das Geräusch jeden Verfolger in weitem Umkreis auf ihre Spur bringen musste. Ihr Herz hämmerte zum Zerspringen. Sie wollte eine Frage stellen, erkannte an dem angespannten Ausdruck auf dem Gesicht ihrer Mutter aber im letzten Moment, wie gebannt diese lauschte, und sah sich stattdessen nur aus weit aufgerissenen Augen um.

Ein gutes Stück vor ihnen schien die Dunkelheit deutlich massiger zu sein als ringsum; vermutlich die Bäume, von denen ihre Mutter gesprochen hatte. Doch wenn sie der Rettung schon so nahe waren, warum zögerte sie dann?

Sie bekam die Antwort auf diese Frage, kaum dass sie den Gedanken ganz zu Ende gedacht hatte, aber auf eine gänzlich andere Weise, als ihr lieb gewesen wäre.

Lea setzte gerade dazu an, etwas zu sagen, als aus der Dunkelheit vor ihnen ein scharfes, trockenes Knacken ertönte, das Arri auch dann als das Brechen eines Zweiges erkannt hätte, hätte ihre Mutter sie nicht so überaus gründlich gelehrt, die Bedeutung verborgener Geräusche herauszufinden. Lea fuhr herum und zog ihr Schwert, und vielleicht war es das allererste Mal, dass sie tatsächlich einen Fehler beging; zumindest das allererste Mal, dass Arri es *sah*.

Und dennoch wäre es um ein Haar ein tödlicher Fehler gewesen.

Gestalten stürzten aus der Nacht heraus. Aber sie kamen nicht aus der Richtung, aus der das verräterische Geräusch gekommen war, sondern stürmten von hinten heran: die Verfolger, die ihre Mutter gehört hatte und die den winzigen Moment der Unaufmerksamkeit nutzten.

Es ging viel zu schnell, als dass Arri sich hinterher wirklich noch an Einzelheiten hätte erinnern können. Es waren drei – mindestens, vielleicht auch mehr – große, muskulöse Männer mit schwarzen Mänteln und langen, wehendem Haar, die wie Mardans Schattendämonen lautlos aus der Dunkelheit auftauchten und ihre Mutter angriffen, ohne auch nur einen Atemzug zu zögern. Alle drei waren mit Schwertern bewaffnet, und mindestens einer trug einen großen, mit barbarischen Symbolen bemalten Schild am linken Arm.

Er war der Erste, der starb.

Arri sah sich plötzlich ebenfalls von einem riesigen Schatten in die Enge getrieben, der unmittelbar vor ihr aus dem Boden gewachsen zu sein schien, sodass ihr gar keine Zeit blieb, genauer hinzusehen. Dann hörte sie auch schon das typische zischende Geräusch, mit dem das Zauberschwert ihrer Mutter durch die Luft fuhr – ein ganz anderer Laut als der, den die Bronzeschwerter der Krieger verursachten –, und darauf ein dumpfes Krachen, das in einem gellenden Schmerzensschrei unterging. Irgendetwas traf sie selbst mit solcher Wucht an der Schulter, dass sie nicht nur von den Füßen gerissen wurde und sich zwei-, drei-, viermal überschlug, sondern auch für einen Moment mit aller Kraft gegen die dunklen Schatten der Ohnmacht ankämpfen musste, die ihre Gedanken zu verschlingen versuchten.

Irgendwo, unendlich weit entfernt, wie es ihr schien, erscholl das Klirren von Waffen, die aufeinander prallten, und ein wütendes Geschrei und Gebrüll. Die Dunkelheit, die sie umgab, schien noch schwärzer zu werden, und da war plötzlich ein winziger, vergeblich nach Beachtung schreiender Teil in ihr, der sie daran zu erinnern versuchte, was ihre Mutter ihr über eine Situation wie diese beigebracht hatte. Was sie *gelernt* hatte. Sie durfte sich von Schmerz und Schwäche nicht überwältigen lassen. Sie musste in Bewegung bleiben. Aber sie konnte es nicht. Es waren nicht so sehr Schwäche oder Schmerz, die nahezu ihre gesamte linke Körperhälfte zu lähmen schienen. Es war, als habe sie alles vergessen, was sie erlernt hatte – und als *weigere* sich etwas in ihr, zu kämpfen. Schatten tanzten vor ihren Augen. Schatten, die eine riesige verzerrte Gestalt umwogten wie ein aus der Nacht gewobener Umhang, und ein einsamer Strahl von verirrtem Mondlicht brach sich auf matt goldfarbenem Metall.

Vielleicht war es einzig dieser Anblick, der sie rettete. Es war viel zu dunkel, als dass sie den Angreifer wirklich erkennen konnte, aber sie erkannte das *Schwert*, das er in der Hand hielt, und sie wusste, *warum* er es in der Hand hielt.

Lähmendes Entsetzen griff nach ihr und schien ihr auch noch den allerletzten Rest von Kraft zu rauben, und zugleich machte sich der panisch-alberne Gedanke in ihr breit, wie unzufrieden ihre Mutter doch mit ihr sein würde, wenn sie sie beobachtete und sehen musste, dass sie offensichtlich alles vergessen hatte, was sie sie gelehrt hatte.

Dann – viel zu spät, aber dennoch im allerletzten Moment – reagierte sie. Der Schatten über ihr wuchs zur Größe eines Erdriesen heran, irgendetwas stieß sie so hart in die Seite, dass ihr vor Schmerz übel wurde, und sie *spürte* das Schwert des Angreifers nur auf sich niedersausen, ohne es zu sehen.

Irgendetwas, das älter und viel mächtiger war als ihr Verstand, übernahm die Kontrolle über ihren Körper. Der pochende Schmerz in ihrer Seite wurde eher noch schlimmer, aber er spielte plötzlich keine Rolle mehr; statt sich von ihm lähmen zu lassen, verwandelte Arri ihn in Zorn und den Zorn in Kraft, mit der sie sich herumwarf und am Ende dieser Bewegung schräg nach oben austrat. Das Schwert, das nach ihrem Gesicht gezielt gewesen war, fuhr mit einem schmatzenden Laut eine Handbreit neben ihrer Schulter in den Boden, und nahezu im gleichen Augenblick rammte sie den rechten Fuß zwischen die Beine des Angreifers.

Der Mann stieß ein überraschtes Grunzen aus, ließ sein Schwert los und machte einen unbeholfen torkelnden Schritt zur Seite, bevor er mit einer schon fast grotesk langsamen Bewegung in die Knie brach und die Hände vor dem Unterleib zusammenschlug. Arri half der Entwicklung noch etwas nach, indem sie mit einer fließenden Bewegung auf die Beine kam, auf ihn zusprang und die freie Hand in sein schulterlanges verfilztes Haar krallte, um seinen Kopf nach vorne zu reißen. Im nächsten Moment krachte ihr Knie mit solcher Gewalt in sein Gesicht, dass sie nicht nur *hören* konnte, wie irgendetwas darin zerbrach, sondern ihr der jähe Schmerz selbst die Tränen in die Augen trieb.

Aber das Ergebnis war diesen Preis allemal wert. Arri ließ das schmutzstarrende Haar des Kriegers los, humpelte mit zusammengebissenen Zähnen einen Schritt zurück, und der Angreifer rang noch einmal mit einem beinahe komisch klingenden Laut nach Luft, verdrehte die Augen und fiel dann stocksteif nach hinten.

Schwer atmend wandte sich Arri um. Alles war so schnell gegangen, dass sie beinahe selbst überrascht von dem war, was sie getan hatte.

Ihr Blick streifte flüchtig das Schwert des Angreifers, das noch immer zwei Schritte neben ihr im Boden steckte. Aber sie erwog den Gedanken, danach zu greifen, nicht einmal ernsthaft. Sie hatte keinerlei Erfahrung mit dieser Waffe, und ihre Mutter hatte ihr mehr als eindringlich eingeschärft, dass eine Waffe, die man nicht beherrschte, nur zu leicht zu einer Gefahr für denjenigen werden konnte, der sie *schwang*.

Obwohl es ihr wie eine kleine Ewigkeit vorgekommen war, hatten ihr Sturz und der zugegeben nicht besonders gerechte Kampf danach doch nur wenige Atemzüge gedauert. Dennoch hatte sich der Anblick hinter ihr so radikal verändert, wie es nur möglich schien. Ihre Mutter hatte sich vier, fünf Schritte weit entfernt und kämpfte mit wuchtigen Schwerthieben gegen zwei Gegner gleichzeitig. Der dritte lag ein gutes Stück entfernt am Boden und rührte sich nicht mehr. Sein Schild war fort, ebenso wie der Arm, der ihn gehalten hatte.

Dennoch währte Arris Erleichterung nur wenige Augenblicke. Ihre Mutter verteidigte sich tapfer und mit einer verbissenen Mischung aus Schnelligkeit und plötzlicher, berstender Wut, doch Arri erkannte auch sofort, dass ihr die beiden Männer, die auf sie eindrangen, mindestens ebenbürtig waren; und das, was sie ihnen an Schnelligkeit und Geschick voraushatte, mit ungestümer Kraft und Wildheit leicht wettmachten. Vielleicht hatte sie den ersten Angreifer nur so einfach überwältigen können, weil er nicht mit einer derart entschlossenen Gegenwehr gerechnet hatte; nicht bei der Übermacht, mit der die Krieger angriffen, und schon gar nicht von einer *Frau*. Aber wenn es so war, dann hatten seine beiden Waffengefährten daraus gelernt und würden diesen Fehler nicht wiederholen.

Und es war ganz egal, was Lea ihr gesagt hatte oder nicht – jeder der beiden Krieger war mindestens doppelt so schwer wie sie und wahrscheinlich dreimal so stark. Sie musste etwas *tun!*

Arris Reaktionen wurden noch immer von jenem anderen, instinktiven Teil ihres Selbst bestimmt, der ihr soeben das Leben gerettet und sie in die Lage versetzt hatte, sich des Angriffes des viel stärkeren und zu allem entschlossenen Kriegers zu erwehren, und sie *dachte* auch jetzt nicht, sondern *reagierte* einfach auf das, was sie sah.

Ein winziger, hoffnungslos machtloser Teil ihres Selbst schrie zwar in schierer Panik auf und versuchte sie zurückzuhalten, als sie herumfuhr, aber diese Stimme drang nicht einmal wirklich an ihr Bewusstsein. Arri stürmte los, ignorierte den pochenden Schmerz in ihrem Knie kurzerhand, und stieß sich mit aller Kraft ab, als sie bis auf zwei Schritte an einen der beiden Krieger heran war. Ihre Mutter schrie auf, und Arri glaubte sogar so etwas wie einen entsetzten Ausdruck auf ihrem Gesicht zu gewahren, aber plötzlich ging alles viel zu schnell, als dass sie auch nur Zeit gefunden hätte, einen klaren Gedanken zu fassen.

Arri stieß sich mit aller Gewalt ab, flog für den Bruchteil eines Atemzugs nahezu waagerecht durch die Luft und prallte dann so hart gegen einen der beiden Krieger, dass es ihr schmerzhaft die Luft aus den Lungen trieb.

Es gelang ihr nicht, den Mann zu Boden zu reißen.

Ihre Füße prallten mit solcher Wucht in seinen Rücken, dass eine Woge aus grellem Schmerz in ihren Knöcheln zusammenschlug und sie vor Pein aufschrie, während sie selbst zurückgeschleudert wurde und hilflos zu Boden fiel, und ganz sicher hatte sie diesmal alles richtig gemacht, aber sie war einfach zu leicht. Nicht einmal die gewaltige Kraft ihres Sprungtrittes reichte aus, den muskulösen Krieger endgültig aus dem Gleichgewicht zu bringen. Arri stürzte schwer, und der Krieger stieß ein ebenso überraschtes wie wütendes Grunzen aus und musste einen hastigen, fast komisch aussehenden Ausfallschritt nach vorn und zur Seite machen, um sein Gleichgewicht zu behalten, aber er *behielt* es, während Arri hilflos auf den Rücken fiel und dort liegen blieb. Als sie ihre Benommenheit überwunden hatte und sich hochzustemmen versuchte, fuhr er herum und versetzte ihr einen Schlag mit dem Handrücken ins Gesicht, der sie erneut und diesmal halb bewusstlos zu Boden schleuderte.

Vielleicht hätte ihr selbstmörderischer Angriff den Kampf trotzdem entschieden, wäre es nicht jetzt ihre Mutter gewesen, die anders als erwartet – und vollkommen falsch! – reagierte.

So kurz die Ablenkung auch gewesen war, sie hatte Lea doch Gelegenheit gegeben, sich mit nur einem der beiden Angreifer zu befassen, und nun machte sich ihre überlegene Schnelligkeit und ihre bessere Waffe mit verheerendem Ergebnis bemerkbar. Ihre Klinge beschrieb einen funkelnden, rasend schnellen Dreiviertel-Kreis, schmetterte die Waffe des Kriegers beiseite und biss noch in der gleichen Bewegung tief in seinen linken Oberarm. Der Krieger ließ sein Schwert fallen und sank mit einem gellenden Schmerzensschrei auf die Knie.

Hätte Lea in diesem Moment den zweiten Krieger angegriffen, wäre der Kampf vermutlich vorbei gewesen. Stattdessen fuhr sie herum und war mit zwei Sätzen bei Arri.

Der Krieger, der Arri niedergeschlagen hatte, bemerkte die Gefahr im letzten Moment und wirbelte herum, sodass er dem wütenden Schwerthieb, den Lea nach seinem Kopf geführt hatte, nur um Haaresbreite entging, durch die ebenso hastige wie ungeschickte Bewegung aber rückwärts stolperte und nach zwei unbeholfenen Schritten auf den Rücken fiel. Spätestens jetzt hätte Lea allem ein Ende machen können, indem sie ihm nachsetzte und ihre Waffe einsetzte. Stattdessen jedoch fiel sie neben Arri auf die Knie, ließ ihr Schwert fallen und griff mit beiden Händen nach ihr.

»Arianrhod!«, keuchte sie. »Arianrhod, bist du verletzt?«

Arri war viel zu durcheinander, um diese Frage beantworten zu können. Benommen arbeitete sie sich auf die Ellbogen hoch und versuchte, die Hände ihrer Mutter abzustreifen. Lea schüttelte sie heftig, wobei sind immer wieder ihren Namen schrie. Ihre Augen waren schwarz vor Furcht, und Arri konnte sich nicht erinnern, jemals zuvor einen Ausdruck von so abgrundtiefem Entsetzen und Furcht auf dem Gesicht ihrer Mutter gesehen zu haben.

»Arianrhod! So antworte doch!«, schrie ihre Mutter.

Arri wollte es ja – doch in diesem Moment sah sie eine riesige Gestalt hinter ihrer Mutter emporwachsen, und alles, was sie hervorbrachte, war ein verzweifeltes Quietschen, das mit einem Schrei kaum etwas gemein hatte. Dennoch reagierte ihre Mutter darauf. So schnell, dass Arri die Bewegung kaum richtig mitbekam, stieß sie sie wieder zurück ins nasse Gras, ließ sich gleichzeitig zur Seite fallen und rollte über die Schulter ab, um noch aus der Bewegung heraus ihr Schwert aufzuheben und auf die Füße zu springen.

Doch so schnell die Bewegung auch war, diesmal war sie nicht schnell genug. Der Schwerthieb, den der verletzte Krieger beidhändig und mit aller Gewalt nach ihr geführt hatte, verfehlte zwar sein eigentliches Ziel und fegte ihr nicht den Kopf von den Schultern, aber die schwere Bronzeklinge streifte dennoch Leas Rücken, zerschnitt ihren Umhang und das Kleid, das sie darunter trug, und fügte ihr eine fast unterarmlange, klaffende Wunde quer über den Rücken zu, die augenblicklich stark zu bluten begann.

Lea stieß einen spitzen Schrei aus und begann zu taumeln, und der Krieger setzte ihr mit triumphierendem Gebrüll nach und schwang seine Waffe zu einem zweiten, noch gewaltigeren Hieb, der sein Ziel diesmal einfach treffen *musste*.

Arri warf sich herum, hakte den linken Fuß vor seinen Knöchel und trat ihm mit dem anderen Fuß und mit aller Kraft, die sie aufbringen konnte, in die Kniekehle. Aus der unvorteilhaften Lage heraus, in der sie sich befand, brachte sie nicht genug Kraft auf, um den Mann wirklich zu Fall bringen zu können. Ihr ohnehin verletztes Knie schien in Flammen aufzugehen, und vermutlich tat sie sich selbst viel mehr weh als ihm. Aber sie brachte ihn aus dem Gleichgewicht, sodass aus seinem Vorwärtsstürmen abermals ein ungeschicktes Stolpern wurde und auch sein zweiter, kraftvoll geführter Schwerthieb ins Leere ging. Ihre Mutter strauchelte ebenfalls, drohte das Gleichgewicht zu verlieren und fing sich im allerletzten Moment dann wieder, indem sie ihr ungeschicktes Torkeln in eine zwar wenig anmutige, aber ungemein wirkungsvolle Bewegung verwandelte, mit der sie sich herumwarf und sich ihrem Gegner erneut zuwandte.

Arri hörte, wie die ungleichen Waffen der beiden noch ungleicheren Gegner aufeinander prallten, aber sehen konnte sie es nicht. Ihr wurde schwarz vor Augen. Ihr Knie schmerzte entsetzlich, und ihr wurde so übel, dass sie befürchtete, sich übergeben zu müssen. Mit zusammengebissenen Zähnen kämpfte sie den Brechreiz nieder, wälzte sich wimmernd auf die unverletzte Seite und sah zu ihrer Mutter.

Im ersten Moment war sie erleichtert, denn es sah zumindest so aus, als wäre die Verletzung ihrer Mutter nicht so schwer, wie es den Anschein gehabt hatte: Lea kämpfte nun wieder mit zwei Gegnern gleichzeitig, denn auch der zweite Krieger, den sie zu Boden geschleudert hatte, war wieder auf die Füße gekommen und stand seinem Kameraden bei, und ihre Bewegungen waren so flüssig und kraftvoll, dass sie eher ein Tanz zu sein schienen als ein Kampf auf Leben und Tod.

Doch Arris Erleichterung hielt kaum einen Atemzug lang an. Als Lea einen Schwerthieb eines der beiden Männer parierte und sich dabei einmal blitzartig um sich selbst drehte, um einem zweiten, heimtückisch geführten Stich des anderen auszuweichen, sah sie, dass ihr Rücken blutüberströmt war. Kleid und Umhang hingen schwer und nass an ihr herab, und auch an ihren Beinen lief etwas hinunter, das in der Dunkelheit wie schwarzes Wasser aussah. Ihre Mutter mochte den beiden Männern durchaus gewachsen sein, vermutlich sogar überlegen – doch dieser Blutverlust musste sie binnen weniger Augenblicke schwächen, sodass sie diesen Kampf ganz bestimmt nicht lange durchhalten würde.

Mit zusammengebissenen Zähnen wälzte sich Arri weiter herum, stemmte sich halb in die Höhe und versuchte, den bohrenden Schmerz in ihrem Knie so weit zurückzudrängen, dass sie aufstehen konnte. Es gelang ihr, wenn auch nur mit äußerster Anstrengung, und sie spürte sofort, dass sie allenfalls dazu in der Lage sein würde zu humpeln, auf gar keinen Fall aber zu laufen – oder gar in den Kampf einzugreifen und ihrer Mutter zu helfen!

Mühsam drehte sie sich um und suchte nach dem Schwert, das der Krieger zuvor beim Angriff auf sie in den Boden gerammt hatte. Es spielte keine Rolle, ob sie mit der Waffe umgehen konnte oder nicht – wenn sie nicht innerhalb der nächsten wenigen Augenblicke in den Kampf eingriff und wenigstens einen der Krieger ablenkte, und sei es nur kurz, dann war es vorbei. Es spielte nicht einmal eine Rolle, ob sie bei dem Versuch ihr Leben verlor oder nicht. Wenn ihre Mutter unterlag, dann war es um sie ebenfalls geschehen.

Sie entdeckte die Waffe nur wenige Schritte entfernt, wo sie noch genau so im Boden steckte, wie sie sie zurückgelassen hatte. Von ihrem Besitzer war keine Spur zu sehen, aber Arri verschwendete nur einen flüchtigen Gedanken an ihn; wahrscheinlich war er davongekrochen, um seine Wunden zu lecken. Wimmernd humpelte sie los.

Das Schwert steckte so tief im Boden, dass sie mit beiden Händen zugreifen musste, um es herauszuziehen, und als die Waffe endlich frei kam, geschah das mit einem so plötzlichen Ruck, dass sie nach hinten stolperte, das Gleichgewicht verlor und stürzte. Diesmal war der Schmerz in ihrer Hand und dem Knie so grausam, dass sie gellend aufschrie und das Schwert wieder fallen ließ. Sie verlor nicht das Bewusstsein, glitt aber für endlose Momente durch pure Trübheit ohne äußere Eindrücke und Gedanken, und die Verlockung, einfach loszulassen und auf den Grund des schwarzen Sees zu sinken, der sich in ihr auftat, wurde beinahe übermächtig.

Ein gellender Schrei schnitt wie ein Messer durch die schwarzen Spinnweben, die ihre Gedanken einhüllten.

Es war die Stimme ihrer Mutter. Und es war Schmerz, den Arri darin hörte.

Mühsam wälzte sich Arri herum. Alles drehte sich um sie. Die Nacht, der nahe Wald und die Gestalten ihrer Mutter und der beiden Krieger verschwammen vor ihren Augen, und ihr wurde wieder übel. Trotzdem stemmte sie sich zitternd auf beide Hände und das unversehrte Knie hoch und tastete dann mit zusammengebissenen Zähnen nach dem Schwert. Es lag irgendwo nur ein kleines Stück neben ihr im Gras, aber im ersten Moment konnte sie es nicht sehen und drohte in Panik zu geraten. Sie meinte zu erkennen, dass ihre Mutter jetzt auch aus einer Wunde am Arm blutete. Aber immerhin stand sie noch, und sie hatte auch ganz offensichtlich sogar die Kraft, sich zu verteidigen. Aber wie lange noch?

Endlich entdeckte sie das Schwert, genau in der anderen Richtung als der, in der sie die Waffe vermutet hatte. Hastig streckte sie die Hand danach aus und schloss die Finger um den lederumwickelten Griff. Ein Fuß in einer groben Ledersandale senkte sich auf ihre Hand hinab und presste sie mit so grausamer Kraft nieder, dass sie vor Schmerz aufschrie. »Das würde ich an deiner Stelle nicht tun«, sagte eine Stimme über ihr. »Jedenfalls nicht, wenn du weiterleben willst.«

Arri fiel schwer auf die Seite. Ihr wurde erneut schwarz vor Augen, und sie hätte das Schwert losgelassen, aber sie konnte es nicht. Der Fuß presste ihre Hand noch immer mit so grausamer Kraft auf den Boden, dass sie das Gefühl hatte, jeder einzelne ihrer Finger wäre gebrochen. Ein verzerrtes Gesicht tauchte über ihr auf, floss auseinander wie ein Spiegelbild auf schmutzigem Wasser, in das jemand einen Stein geworfen hatte, und fügte sich wieder zusammen. Dunkle, tief in den Höhlen liegende Augen blickten mitleidlos auf sie herab.

»Du dummes Kind«, sagte Sarn kalt. »Du bist jetzt schon so schlimm wie deine Mutter, aber nicht annähernd so klug, weißt du das eigentlich?«

Arri wimmerte vor Schmerz. Sie versuchte nach dem Priester zu treten, aber in ihrer Panik stieß sie mit dem verletzten Bein zu. Der Tritt hatte nicht die Kraft, den alten Mann auch nur zu erschüttern. Sarn schlug ihr Bein trotzdem mit vollkommen übertriebener Kraft zur Seite, sodass sie abermals vor Schmerz aufschrie und sich krümmte.

Als sich die schwarzen Schleier vor ihren Augen wieder lichteten, hatte Sarn den Fuß vom Schwertgriff – und ihrer Hand – genommen und bückte sich gerade nach der Waffe.

Jedenfalls dachte sie im ersten Moment, es wäre Sarn.

Erst nach einem Moment klärte sich ihr Blick weit genug, um sie erkennen zu lassen, dass der Mann viel größer war, viel muskulöser und breitschultriger, und dass er keinen mit Federn und gefärbten Fellstücken besetzten Umhang trug, sondern trotz der herrschenden Kälte nur den nackten Oberkörper, doch erst als er sich aufrichtete und mit dem Schwert in der rechten Hand zu ihr umdrehte, erkannte sie ihn. Sie war nicht einmal überrascht. Nur zutiefst enttäuscht, obwohl sie wusste, dass sie nicht das allermindeste Recht dazu hatte.

»Steh auf!«, befahl Sarn.

Arri vernahm die Worte zwar, aber sie war nicht imstande, darauf zu reagieren. Sie konnte nur Rahn anstarren, und was sie sah, das war nicht das, was sie erwartet hatte. Der junge Fischer hielt ihrem Blick trotzig stand, aber in seinem Blick war noch etwas anderes, das Arri zutiefst verwirrte; etwas, was sie darin, noch dazu in einem Moment wie diesem, zuallerletzt erwartet hätte.

Sarn wartete vergebens darauf, dass sie auf seinen Befehl reagierte, dann trat er zurück und machte eine rasche, befehlende Geste mit der linken Hand. Die andere hielt noch immer den knorrigen Stab umklammert, auf den er sich stützte, obwohl Arri mehr denn je das Gefühl hatte, dass er ihn keineswegs brauchte.

»Rahn!«, sagte er knapp.

Rahn trat gehorsam einen Schritt auf Arri zu, blieb dann wieder stehen und blickte beinahe hilflos auf das Schwert hinab, das er in der Hand hielt; als wüsste er plötzlich nicht mehr, was er eigentlich damit sollte oder was es überhaupt war. Nachdem er vergeblich versucht hatte, die Waffe unter einen Gürtel zu schieben, den er gar nicht trug, rammte er das große Schwert kurzerhand wieder in die Erde, beugte sich dann zu Arri hinab und zerrte sie derb am Arm in die Höhe. Jedenfalls musste es für Sarn so aussehen. Aber sein Griff war nicht brutal. Seine schwielige Hand umschloss Arris Oberarme mit unerbittlicher Kraft, und doch gab er sich alle Mühe, sie beim Aufstehen zu stützen, statt sie einfach brutal in die Höhe zu reißen, was er durchaus gekonnt hätte. So weit es ihm möglich war, schien er dabei sogar Rücksicht auf ihr verletztes Knie zu nehmen.

Sarn entging dieses zwiespältige Verhalten keineswegs, denn er legte missbilligend seine runzelige Stirn noch mehr in Falten, aber zumindest für den Moment ersparte er sich jegliche Bemerkung.

»Gib Acht, dass sie keine Dummheiten macht«, sagte er, zwar an den Fischer gewandt, aber schon im Herumdrehen begriffen. Während der Bewegung ging eine sonderbare Veränderung mit ihm vonstatten – plötzlich stützte er sich schwer auf den knorrigen Stab, den er bisher nur zur Zierde in der rechten Hand gehalten zu haben schien, und aus einem nicht annähernd so alten Mann, wie er zu sein vorgab, wurde auch äußerlich wieder ein Greis, der keine körperliche Stärken ausstrahlte, sehr wohl aber die Kraft, die ihm die Last der Jahre und die damit erworbene Weisheit gab. »Sie ist gefährlich.«

»Ich weiß«, sagte Rahn. Seine Hand schloss sich ein wenig fester um Arris Oberarm; nicht annähernd so fest, wie er es gekonnt hätte, gerade genug, um ihr klarzumachen, dass er ihr wehtun *konnte*, wenn sie ihn dazu zwang, es aber eigentlich nicht wollte.

Arri sah wieder in die Richtung, in die der Schamane blickte, und ihr Herz machte einen erschrockenen Satz. In den wenigen Augenblicken, die sie abgelenkt gewesen war, hatte sich die Lage ihrer Mutter dramatisch verschlechtert. Sie wusste nun, wo der verschwundene Krieger war, mit dem sie selbst zuvor gerungen hatte: Er hatte sich seinen beiden Kameraden angeschlossen, sodass Lea nun gegen *drei* Gegner gleichzeitig stand, und Arri hatte sich auch in anderer Hinsicht nicht getäuscht – ihre Mutter *war* verletzt. Auch über dem linken Arm hatte sich der Stoff ihres Kleides dunkel gefärbt, und ihre Bewegungen hatten das meiste von ihrer tänzerischen Anmut verloren und wirkten abgehackt und mühsam, wenn auch immer noch sehr schnell.

Sie verteidigte sich mit verbissener Entschlossenheit gegen die drei Männer, die zwar gleichzeitig, aber vollkommen unkoordiniert auf sie eindrangen; zumindest einer von ihnen war ebenfalls verletzt und hatte das Schwert von der rechten in die linke Hand gewechselt, mit der er nicht besonders geschickt zu sein schien. Außerdem machten ihre Bewegungen klar, dass ihnen das Schicksal ihres Waffengefährten durchaus eine Warnung gewesen war. Sie sprangen zwar immer wieder vor und drangen auf Lea ein, doch aus ihren Bewegungen sprach Angst, und vielleicht war das der einzige Grund, aus dem ihre Mutter überhaupt noch am Leben war.

Arri kam nicht umhin, das Geschick und die Kampfkraft ihrer Mutter zu bewundern, trotz allem. Jeder dieser Männer war mindestens doppelt so stark wie sie, sie waren zu *dritt*, und sie war verletzt. Dennoch war der Kampf im Augenblick zumindest ausgeglichen.

Aber Arri sah auch, dass das nicht mehr lange so bleiben würde. Geschichten von Kämpfern, die gegen eine drei-, vier-, fünffache Übermacht fochten und diesen Kampf am Ende gewannen, gehörten ins Reich der Heldensagen, nicht in die Wirklichkeit. Ihre Mutter war verwundet. Jeder Herzschlag, mit dem ihr Blut aus den beiden tiefen Wunden herausgepresst wurde, kostete sie Kraft, jeder Schwerthieb, den sie mit ihrer eigenen Klinge auffing oder auch austeilte, zehrte weiter an ihren Reserven, die nahezu aufgebraucht sein mussten. Es war nur noch eine Frage der Zeit, bis eines der Bronzeschwerter sein Ziel traf. Eine Frage von *sehr wenig* Zeit.

»*Das genügt!*«, schrie Sarn plötzlich. Er stampfte mit seinem Stab auf, um sich Gehör zu verschaffen, doch der weiche Boden verdarb ihm den Effekt, da er den Laut nahezu völlig verschluckte.

»*Aufhören!*«, rief er noch einmal, und jetzt so laut, dass seine Stimme selbst das Klirren der Schwerter und die keuchenden Atemzüge der Kämpfenden übertönte.

Tatsächlich ließen die drei Krieger für einen Moment von Lea ab und wichen zurück, und auch Lea ließ ihren Schwertarm erschöpft sinken. Sie taumelte. Das Gras, auf dem sie stand, hatte sich dunkel von ihrem eigenen Blut gefärbt und war schlüpfrig geworden, sodass sie rasch zwei, drei Schritte zurückwich, bis sie wieder einen festen Stand hatte und den Abstand zwischen sich und ihren Gegnern damit deutlich vergrößerte. Ihr Gesicht glänzte vor Schweiß, und ihr Blick irrte zwischen den drei Männern und Sarn hin und her. Die Entfernung war zu groß, als dass Arri den Ausdruck auf ihrem Gesicht hätte erkennen können, aber sie sah, wie erschrocken ihre Mutter zusammenfuhr, als sie den Schamanen erblickte, und dann noch einmal und deutlich heftiger, als sie Arris Blick begegnete und den Fischer bemerkte, der hinter ihr stand und sie festhielt.

»Aufhören, habe ich gesagt!«, sagte Sarn noch einmal und stampfte abermals mit seinem Stab auf. Wie um ihn zu verhöhnen, verschluckte der Boden den Laut nun gänzlich, was Sarns Zorn noch zu schüren schien. »Es ist genug! Leg das Schwert weg!«

Lea schwieg endlose Augenblicke lang. Sie senkte die Waffe tatsächlich noch ein Stückchen weiter, bis die Spitze der langen, blutbefleckten Klinge den Boden berührte, aber dann hob sie sie wieder und machte eine trotzig-auffordernde Bewegung in Richtung der drei Krieger. »Schick deine Handlanger ruhig her, Sarn«, sagte sie herausfordernd. »Ich bin mit den Ersten fertig geworden, und diese hier schaffe ich auch noch.« Sie lachte laut und hart. Aber nun war es *ihre* Stimme, die ihr die beabsichtigte Wirkung verdarb. Arri war sicher, dass sie nicht die Einzige war, der das Zittern darin auffiel. »Sehr viele Krieger hast du ja nicht mehr, wenn ich richtig gezählt habe. Willst du es wirklich darauf ankommen lassen?«

Sarn zog eine wütende Grimasse, und auch Rahn, der immer noch hinter ihr stand, fuhr spürbar zusammen. Sein Griff lockerte sich, aber nicht weit genug, dass Arri es wagte, sich loszureißen. Noch nicht.

»Ich habe es dir gesagt.« Rahn klang angespannt. Sein Griff lockerte sich weiter. »Es war ein Fehler, sie anzugreifen. Wir hätten ...«

»Schweig!«, fiel ihm Sarn ins Wort. Lauter und nun wieder an Lea gewandt, fuhr er fort: »Ich sage es dir nicht noch einmal!«

»Was?«, gab Lea in bewusst abfälligem Ton zurück. Sie lachte – diesmal klang es fast überzeugend –, machte zwei schnelle Schritte auf die Krieger zu und ließ das Schwert dabei mit einer ruckartigen Bewegung durch die Luft schnellen, mit der sie das Blut von der Klinge schleuderte. Sie befand sich noch immer weit außerhalb der Reichweite der drei Krieger. Trotzdem fuhren die Männer erschrocken zusammen, und zumindest der verletzte Mann zog sich hastig um die gleiche Entfernung zurück, um die sie sich ihm genähert hatte.

»Lass uns einfach gehen, Sarn«, fuhr sie fort. »Das ist es doch, was du von Anfang an wolltest, und ich gebe sogar zu, dass du Recht hattest und ich im Irrtum war. Wir hätten niemals hierher kommen sollen. Lass uns in Frieden ziehen, und niemandem wird ein Leid geschehen.«

Sarn wirkte regelrecht verblüfft, aber dann verdunkelte ein Ausdruck schierer Wut sein Gesicht. Er schüttelte heftig den Kopf. »Dazu ist es zu spät. Du hast die Götter lange genug erzürnt. Jetzt verlangen sie ihre Opfer!«

»Lass mich raten«, sagte Lea spöttisch. »Es besteht nicht zufällig darin, dass ich dir meine Geheimnisse verrate?«

»Von deinen Hexenkünsten will ich nichts wissen«, sagte Sarn scharf. »Du hast schon viel zu lange und viel zu viel Schaden damit angerichtet. Die Götter sind erzürnt. Sie verlangen nach Blut.«

Lea kam zwei Schritte näher, blieb wieder stehen und hob das Schwert nun mit beiden Händen vor das Gesicht, indem sie seine Spitze mit der Linken stützte. Ihr Blick glitt scheinbar nachdenklich über die schlanke, selbst in der Nacht noch wie ein Blitz aus gefangenem Sonnenlicht schimmernde Klinge. »Blut?«, fragte sie lächelnd. »Nun, wie es scheint, haben sie ja schon etwas davon bekommen. Möchtest du, dass ich noch mehr davon vergieße? Vielleicht ein wenig von deinem?«

Arri fragte sich, was ihre Mutter da überhaupt tat. Sie spielte auf Zeit, das war klar – aber gerade *Zeit* war das, was sie am allerwenigsten hatte. Ihr Kleid hatte sich über der linken Seite mittlerweile vollkommen dunkel von ihrem eigenen Blut gefärbt, und wie ihr Rücken aussah, dass wagte sich Arri lieber gar nicht erst vorzustellen. Mit jedem Atemzug, den sie ungenutzt verstreichen ließ, musste sich das Kräfteverhältnis mehr zu ihren Ungunsten verschieben. Warum also *tat* sie das?

»Wenn du sterben willst, dann ist das deine Entscheidung«, sagte Sarn hart. »Ich werde zu den Göttern beten, dass sie dein Leben verschonen, und es sind großzügige Götter, die meine Stimme erhören werden. Aber nur, wenn du mit diesem sinnlosen Morden endlich aufhörst.«

Nicht nur Arri verschlug diese Unverschämtheit regelrecht die Sprache; auch Lea riss überrascht die Augen auf und starrte den Dorfältesten einfach nur fassungslos an. Dann aber ließ sie das Schwert ganz langsam wieder sinken, entspannte sich und machte einen weiteren Schritt, um sofort wieder stehen zu bleiben. Sie war jetzt fast in Reichweite der beiden Krieger.

»Woher weiß ich, dass ich dir trauen kann?«, fragte sie misstrauisch.

»Du wagst es, an meinem Wort zu zweifeln?«, keuchte Sarn. »Du ...«

»Nein, nur an dem deiner Götter, alter Mann«, fiel ihm Lea spöttisch ins Wort. Sarn fuhr zusammen und wurde noch blasser, und Lea schüttelte den Kopf, ließ das Schwert noch weiter sinken und fügte in nachdenklichem Tonfall hinzu: »Dann gibst du mir also dein Wort, dass meiner Tochter und mir nichts geschieht?« Sie machte eine flatternde Bewegung mit der freien linken Hand, und eine Spur winziger Blutstropfen, die von ihren Fingern ins Gras fielen, zeichnete sie dunkel und glitzernd auf dem Boden nach. »Hier, vor all diesen Männern?«

Sarn sah aus, als träfe ihn jeden Moment der Schlag. Er presste die Kiefer so fest aufeinander, dass Arri meinte, seine wenigen verbliebenen Zähne knirschen zu hören, und seine rechte Hand umschloss den Stab mit solcher Kraft, als wollte er ihn zerbrechen. »Ich verspreche dir, dass dir und deiner Tochter nichts geschieht, bevor ich nicht die Götter gefragt und *sie* über euer Schicksal entschieden haben«, sagte er gepresst.

Einen Moment lang stand Lea noch immer völlig reglos und mit unverändertem Gesichtsausdruck da, dann seufzte sie tief, und nicht nur Arri konnte regelrecht sehen, wie alle Kraft aus ihrem Körper wich. Ihre Schultern sanken nach vorne, und sie setzte die Schwertspitze auf die Erde, als wäre die Waffe plötzlich zu schwer geworden, um sie noch zu halten, und als müsste sie sich mit einem Male darauf stützen, wie Sarn auf seinen Stab. »Also gut«, murmelte sie.

Arri konnte sehen, wie sich die beiden Krieger vorsichtig entspannten, und auch Sarn selbst wirkte zwar kein bisschen weniger wütend, aber nun doch eindeutig erstaunt – und eine winzige Spur erleichtert. Augenscheinlich traute er seinen Kriegern doch nicht so viel zu, wie er vorgab.

»Du hast mein Wort«, sagte er. »Und Sarns Wort zählt.«

»Gut«, sagte Lea erleichtert. »Meines nämlich nicht.«

Und damit machte sie einen weiteren schnellen Schritt zur Seite, und ihr Schwert vollzog die Bewegung blitzschnell und in einem weit ausholenden Bogen nach und bohrte sich fast bis ans Heft in den Leib des Mannes, gegen den Arri vorhin gekämpft hatte.

Noch während er in die Knie sank und die Hände vor dem Leib zusammenschlug, um seine Eingeweide daran zu hindern, ihm auf die Füße zu fallen, wirbelte sie herum, schwang ihre Klinge in Richtung des zweiten Kriegers und verwandelte die Bewegung in einen weiten, unglaublich hohen Sprung, an dessen Ende ihre Füße mit solcher Wucht vor der Brust des dritten Mannes landeten, dass der Krieger mit haltlos rudernden Armen nach hinten stolperte und schwer ins Gras fiel. Auch Lea stürzte, kam mit einer katzenhaften Bewegung wieder auf die Füße und warf sich unverzüglich auf den letzten noch stehenden Krieger. Der Mann – es war der, den sie vorhin schon am Arm verletzt hatte – war hastig zurückgesprungen, um ihrem Schwertstoß zu entgehen. Jetzt riss er ungeschickt seine eigene Waffe in die Höhe, und es war wohl nur reines Glück, dass er Leas blitzartigen Schwertstoß damit noch einmal parierte.

Der Hieb war so kraftvoll geführt, dass sich die Bronzeklinge des Kriegers verbog und sein Arm herumgerissen wurde. Er stolperte, fiel ungeschickt auf ein Knie herab und stürzte mit einem keuchenden Schmerzensschrei gänzlich ins Gras, als er den Fehler beging, sich ausgerechnet mit dem verletzten Arm abstützen zu wollen. Lea versetzte ihm einen Tritt, der ihm nicht nur die Waffe aus der Hand prellte, sondern ihn auch haltlos herumrollen ließ, war mit einer einzigen, schnellen Bewegung endgültig über ihm und packte ihr Schwert mit beiden Händen, um es ihm in die Brust zu stoßen.

»Halt!« Sarns Stimme war scharf und befehlend wie der Schrei eines angreifenden Raubvogels, und irgendetwas war darin, das selbst durch die Raserei zu dringen schien, die Arris Mutter ergriffen haben musste, denn sie führte die begonnene

Bewegung nicht zu Ende, sondern blieb mit erhobenem Schwert und gespreizten Beinen über dem gestürzten Krieger stehen, sah über die Schulter zu Sarn zurück ...

... und erstarrte.

Vielleicht war es auch gar nicht Sarns Befehl gewesen, der sie innehalten ließ, sondern der Umstand, dass Rahn den Arm nun um Arris Hals geschlungen hatte, um ihren Kopf so weit nach hinten zu biegen, dass sie kaum noch atmen konnte. In seiner anderen Hand lag plötzlich etwas Scharfes und Hartes. Arri konnte nicht erkennen, was es war, denn er drückte es mit solcher Kraft gegen ihre Kehle, dass sie spürte, wie ihre Haut aufriss und warmes Blut an ihrem Hals herunterlief.

»Leg das Schwert weg, oder deine Tochter stirbt«, sagte Sarn kalt. »Sofort!«

Lea machte keinerlei Anstalten, ihre Waffe loszulassen oder auch nur von dem Krieger zurückzuweichen, der noch immer wie erstarrt zwischen ihren gespreizten Beinen lag und vor Angst kaum zu atmen wagte. Ihr Blick tastete mit einer Kälte über Arris Gesicht und dann ganz offensichtlich über das Rahns, die Arri einen eisigen Schauer über den Rücken laufen ließ. Sie hatte Todesangst. Rahn zwang ihren Kopf mit solcher Gewalt in den Nacken, dass sie kaum noch atmen konnte, und die Klinge an ihrer Kehle schmerzte fürchterlich, und doch jagte ihr das, was sie in den Augen ihrer Mutter las, die allergrößte Angst ein. Da war Angst um sie, natürlich, aber viel mehr überwog Leas Zorn – und ganz unübersehbar die kühle Berechnung, mit der sie ihre Aussicht abschätzte, mit einem raschen Schritt bei ihnen zu sein und Rahn zu töten, bevor er seine Waffe einsetzen konnte; vielleicht auch die ganz nüchterne Überlegung, dass Sarn es wohl nicht wagen würde, sie töten zu lassen, musste er doch wissen, dass sein eigenes Leben damit ebenfalls verwirkt wäre.

»Das wagst du nicht«, sagte sie kalt. »Keiner von euch würde es überleben.«

»Mein Leben liegt in den Händen der Götter«, erwiderte Sarn ruhig. Er schürzte abfällig die Lippen. Obwohl Arri sein

Gesicht nicht sehen konnte, war es noch beinahe zu hören. »Sie werden mich beschützen. Und wenn nicht, so ist es vielleicht ihr Wille.« Sie spürte, wie er eine befehlende Geste machte, auf die hin Rahn den Druck auf ihre Kehle noch einmal verstärkte, sodass aus dem einzelnen Blutstropfen, der aus dem winzigen Schnitt quoll, nun ein schmaler, aber beständiger Strom wurde. Sie konnte kaum noch atmen.

»Ich wusste ja schon immer, dass du ein Dummkopf bist, Rahn«, sagte ihre Mutter höhnisch. »Aber mir war bis heute nicht klar, wie dumm du bist. Glaubst du, dass es deinem Herrn gefällt, die einzige Geisel, die zwischen euch und dem sicheren Tod steht, ganz aus Versehen umbringst?« Plötzlich wurde ihre Stimme schärfer, befehlend und nur einen Deut davon entfernt, wirklich zu schreien. »Lass sie los, du Dummkopf! Sie erstickt!«

Im ersten Moment schien Rahn den Druck auf Arris Kehle eher noch zu verstärken, dann aber nahm er zumindest die Hand von ihrer Stirn, sodass sie den Kopf wieder heben und qualvoll hustend und würgend nach Luft ringen konnte. Die Messerklinge verblieb an ihrer Kehle, und auch der Blutstrom wurde eher noch stärker. Dennoch – und obwohl sie wirklich sehr wehtat – spürte Arri selbst, dass die Wunde kaum mehr als ein oberflächlicher Schnitt war; schlimm anzusehen, aber kaum gefährlich.

»Leg die Waffe weg«, verlangte Sarn noch einmal. »Es sei denn, das Leben deiner Tochter ist dir wirklich so wenig wert.« Er lachte böse. »Willst du tatsächlich die wenigen Sommer, die mir vielleicht noch vergönnt sind, gegen all die eintauschen, die deiner Tochter noch bevorstehen?«

Arri konnte mittlerweile wenigstens wieder atmen. Sie wagte es nicht, auch nur eine Bewegung zu machen, aus Angst, sich an der scharfen Klinge, die sich noch immer in ihr Fleisch bohrte, selbst die Kehle durchzuschneiden. Aber sie konnte Sarn am Rande ihres Blickfeldes zumindest erahnen und das Gesicht ihrer Mutter ganz genau erkennen. Was sie darin las, erschreckte sie fast noch mehr als die Klinge an ihrem Hals. Da war ein brodelnder, kaum noch zu bändigender Zorn, der absolute und unbedingte Wille zu töten, und – natürlich – Angst um sie. Aber da war auch eine kalte Berechnung, die irgendetwas in Arri sich zusammenkrümmen ließ wie einen getretenen Wurm.

»Das wagst du nicht«, sagte sie noch einmal. Der Krieger unter ihr bewegte sich stöhnend, versuchte, sich auf beide Ellbogen hochzustemmen und von ihr wegzukriechen, und Lea versetzte ihm einen so harten Tritt gegen das Kinn, dass er auf der Stelle das Bewusstsein verlor und schlaff ins Gras zurücksank. Blitzartig fuhr sie herum, hielt das Schwert nun wieder nur mit einer Hand und machte mit der der anderen, freien eine warnend-abwehrende Bewegung zu Sarns letztem verbliebenen Krieger, der sich mittlerweile erholt hatte und wieder herangekommen war. Der Mann, der noch drei Schritte entfernt war, erstarrte mitten in Bewegung und wagte es nicht, auch nur einen einzigen weiteren Schritt zu tun.

»Nun?«, fragte Lea.

Sarn wiegte den Kopf. Irgendwie sah er plötzlich aus wie ein großer, dürrer Raubvogel, der eine Beute erspäht hatte und überlegte, wie er sie am besten packen konnte. »Was – nun?«

Arris Mutter lachte böse. »Da, wo wir herkommen, nennt man so etwas wohl ein klassisches Unentschieden.«

»Das erscheint mir anders«, sagte Sarn.

»So, wie es aussieht«, fuhr Lea mit einem bösen Lächeln fort, »kann ich dir nichts tun, ohne das Leben meiner Tochter zu gefährden. Und du kannst meiner Tochter nichts tun, ohne das deine zu gefährden.«

Das mochte wahr sein, aber Arri war trotzdem der Panik nahe. Ganz gleich, wie ernst gemeint Leas Drohung auch sein mochte und wie logisch ihre Worte, gab es da etwas, das Arri ebenso wenig verborgen blieb, wie Sarn oder Rahn oder auch der letzte Krieger es übersehen konnten und vor dem ihre Mutter einfach die Augen zu verschließen schien. Sie blutete jetzt immer heftiger. Ihre Stimme war nicht leiser geworden, zitterte aber, und es war etwas wie ein spürbarer Klang von Schwäche darin, der nicht nur Arri klarmachen musste, wie es wirklich um ihre Kräfte bestellt war. Wäre sie unverletzt gewesen, hätte ihre Drohung vielleicht die beabsichtigte Wirkung erzielt; so aber musste selbst dem greisen Schamanen klar sein, dass er nichts anderes mehr zu tun brauchte, als einfach abzuwarten. Nicht einmal sehr lange.

»Vielleicht ist es ja der Wille der Götter, dass wir alle sterben«, sagte Sarn.

»Gerade hast du mir dein Wort gegeben, das Leben meiner Tochter zu verschonen, wenn ich aufgebe«, fuhr sie fort. »Jetzt gebe ich dir meines, dich zu verschonen, wenn du uns gehen lässt.«

»Hast du nicht selbst gesagt, dass dein Wort nicht gilt?«, gab Sarn zurück. »Woher willst du dann wissen, dass ich meines nicht breche?«

»Ich gehe davon aus, dass du das tust«, sagte Lea. Ihre Stimme wurde schärfer, aber auch die Schwäche darin nahm zu. »Rahn! Lass sie los!«

Tatsächlich spürte Arri, wie sich Rahns Griff lockerte; allerdings nicht annähernd weit genug, dass sie sich hätte losreißen können. Und selbst wenn es anders gewesen wäre, war da immer noch das Messer, das dafür sorgte, dass sie sich bei der geringsten unvorsichtigen Bewegung den Hals durchschneiden musste.

»Rahn«, sagte Sarn ruhig. »Ich senke jetzt meinen Stab. Wenn die Hexe ihre Waffe nicht weggeworfen hat, bevor er den Boden berührt, tötest du das Mädchen.«

Rahn fuhr spürbar zusammen. Obwohl er hinter ihr stand, konnte Arri den entsetzen Blick spüren, den er dem Schamanen zuwarf. Das Messer an ihrer Kehle begann zu zittern.

Sarn senkte nun den knorrigen Stab, auf den er sich bisher betont auffällig gestützt hatte. Leas Blick folgte der Bewegung aus starren, aufgerissenen Augen, und Arri konnte sehen, wie sich die Gedanken hinter ihrer Stirn überschlugen. Ihr Schwert kam hoch, die blutbespritzte Klinge deutete nun genau auf den weißhaarigen alten Mann, aber Sarn senkte seinen Stock unerbittlich weiter, bis er sich so weit vorgebeugt hatte, dass er sich selbst in die Hocke sinken lassen musste, um den Stab nicht loszulassen. Arri konnte sein Gesicht nicht erkennen, aber allein seine Haltung und die ruhige Art, die Bewegung – ganz langsam, aber ohne zu zögern – zu Ende zu führen, machte ihr klar, wie bitter ernst es ihm mit seiner Drohung war.

Und schließlich hatte er sich so weit vor und zur Seite gebeugt, wie er nur konnte, ohne direkt auf die Knie zu sinken, und der schweren Stab bekam das Übergewicht, entglitt seinen Fingern und fiel lautlos ins Gras.

»Rahn!«, sagte Sarn.

Arri verkrampfte sich und versuchte sich gegen den bevorstehenden Schmerz zu wappnen, als sie fühlte, wie der Fischer die Muskeln spannte. Ihre Mutter machte einen hastigen Schritt zurück und senkte das Schwert. »Nein!«, keuchte sie. »Rahn – nicht!«

»Dann gibst du auf?«, fragte Sarn.

Lea starrte Arri an, und erneut änderte sich etwas in ihrem Blick, und es war auch diesmal etwas, das Arri nicht deuten konnte und das sie zutiefst erschreckte. Ihr Nein war nicht das Nein, das Sarn hatte hören wollen.

»Es tut mir Leid, Arianrhod«, sagte Lea. »Bitte verzeih.«

Und damit fuhr sie auf der Stelle herum und war mit drei, vier weit ausgreifenden, schnellen Schritten in der Dunkelheit verschwunden. Arri fuhr erschrocken zusammen und starrte ihrer Mutter aus ungläubig aufgerissenen Augen hinterher, und auch Rahn schien für einen Moment so verblüfft zu sein, dass er das Messer sinken ließ und sich sein Griff spürbar lockerte. Vielleicht sogar weit genug, dass sie sich hätte losreißen können. Aber sie wagte es nicht. Ihr Knie schmerzte mittlerweile so stark, dass sie keine drei Schritte weit gekommen wäre. Und sie war auch viel zu überrascht, um auch nur ernsthaft daran zu denken.

Ihre Mutter ... ließ sie im Stich? Aber was ... was bedeutete das?

»Hinterher!«, brüllte Sarn. Er setzte dazu an, sich nach seinem Stock zu bücken, richtete sich dann aber mitten in der

Bewegung auf und fuchtelte wild mit beiden Armen, als der Krieger keine Anstalten machte, seinem Befehl nachzukommen, sondern ihn nur hilflos anstarrte. »Worauf wartest du, du Feigling?«, brüllte Sarn. »Hinter ihr her! Packt sie!«

Tatsächlich machte der Krieger einen zögerlichen Schritt in die Richtung, in der Lea verschwunden war, blieb dann aber sofort wieder stehen und begann unbehaglich auf der Stelle zu treten. Seine Angst vor Sarn war unübersehbar; aber seine Furcht, sich ganz allein in der Dunkelheit an die Verfolgung einer Frau zu machen, die gerade vor seinen Augen zwei seiner Waffengefährten getötet, den dritten niedergeschlagen und auch ihm so übel mitgespielt hatte, dass er sich kaum noch auf den Beinen zu halten vermochte, war augenscheinlich größer.

»Feigling!«, sagte Sarn verächtlich. Er bückte sich zum zweiten Mal nach seinem Stock, hob ihn auf und versetzte dem bewusstlosen Krieger im Herumdrehen einen derben Fußtritt, der seine Rippen knacken ließ. Vielleicht waren es auch Sarns Zehen, dachte Arri, denn als sich der greise Schamane zu ihr umdrehte, spiegelte sich auf seinem Gesicht zwar grenzenlose Wut, aber auch Schmerz, und er hatte die Lippen zusammengepresst und schien leicht zu humpeln. »Erbärmlicher Feigling!«, sagte er noch einmal. »Wäre ich nur ein bisschen jünger, dann würde ich die Hexe selbst jagen und zur Strecke bringen.«

Der Krieger fuhr sich unruhig mit dem Handrücken über den Mund. Er hatte Angst vor Sarns Zorn, das war unübersehbar, aber vermutlich überlegte er – völlig zu Recht –, dass es möglicherweise schlimm sein würde, den Zorn des Schamanen zu ertragen, die Entscheidung, Lea zu verfolgen, aber auf reinen Selbstmord hinauslief.

»Nun gut«, knurrte Sarn, als auch er endlich begriff, dass seine Autorität offenbar doch nicht schwerer wog als der pure Selbsterhaltungstrieb des Mannes. »Sie wird uns schon nicht entkommen. Immerhin«, fügte er mit einem bösen Lächeln und einer Geste auf das blutbesudelte, niedergetrampelte Gras hinzu, »haben wir ja eine gute Spur.« Er wandte sich zu Arri um.

»Freue dich nicht zu früh, Dämonenkind. Wir finden deine Mutter schon noch.«

»Glaubst du wirklich, dass das nötig ist?«, fragte Arri böse. Sarns Augen wurden schmal, aber Arri ließ ganz bewusst eine geraume Weile verstreichen, bevor sie weitersprach, und sie bemühte sich nicht nur, möglichst ruhig und selbstbewusst zu klingen, sondern legte ganz bewusst einen ebenso überheblichen wie höhnischen Ton in ihre Stimme. Sie hatte immer noch Angst, aber ihre Panik war dahin. Sie schämte sich fast für das, was sie gerade über Lea gedacht hatte.

»Ich an deiner Stelle würde mir die Mühe gar nicht machen, nach meiner Mutter zu suchen. Sie wird noch früher zu dir kommen, als dir lieb ist.«

Sarns Augen wurden noch schmaler, aber er sagte auch jetzt nichts, sondern presste nur die Lippen zu einem blutleeren Strich zusammen und starrte sie an.

»Du glaubst doch nicht wirklich, dass meine Mutter mich im Stich lässt, oder?«, fuhr sie spöttisch fort. Sie lachte. Da war plötzlich auch wieder jene lautlose, flüsternde Stimme in ihr, die ihr klarzumachen versuchte, dass sie auf dem besten Weg war, sich um Kopf und Kragen zu reden. Aber sie konnte nicht aufhören.

»Ich hoffe nur, du hast wirklich ein so gutes Verhältnis zu deinen Göttern, wie du behauptest, Sarn«, fuhr sie fort. »Ich fürchte nämlich, du wirst ihnen eher gegenüberstehen, als du glaubst.«

In Sarns Augen blitzte die reine Mordlust, und für einen Moment war Arri vollkommen sicher, dass sie den Bogen überspannt hatte und er nun seinen Stock nehmen würde, um sie auf der Stelle zu erschlagen. Stattdessen maß er sie jedoch nur noch einmal mit einem langen, plötzlich verächtlichen Blick, dann straffte er sich und gab Rahn, der hinter ihr stand, einen Wink. »Rahn!«

Arri spannte die Muskeln an, denn sie rechnete fest damit, nun abermals brutal gepackt oder gleich von hinten niedergeschlagen zu werden. Dann aber wurde ihr ein grober Sack über

Kopf und Schultern gestülpt, und für die nächsten anderthalb Tage sollte der schmutzige Stoff alles sein, was sie sah.

27 Der Raum war winzig, hatte nur ein einziges, kaum handbreites Guckloch, das ganz oben unter der aus schweren Balken gefertigten Decke angebracht war, und bestand – abgesehen von dieser Decke und dem Fußboden aus festgestampftem Lehm – vollkommen aus Stein. Arri hatte noch niemals ein Haus gesehen, das zur Gänze aus Stein erbaut war, aber dieses hier war es; zumindest der Raum, in den man sie gebracht hatte, vermutlich aber das ganze Haus.

Das war ungewöhnlich genug. Doch mindestens ebenso ungewöhnlich wie das Baumaterial, aus dem die kahlen Wände bestanden, die sie umschlossen, war auch die Art seiner Verarbeitung. Mauern aus Stein oder auch zumindest zum Teil gemauerte Wände hatte sie bereits in Targans Haus gesehen, noch nie aber solche wie hier. Die Erbauer dieses sonderbaren Hauses hatten sich nicht damit begnügt, mehr oder weniger passende Steine aufeinander zu schichten und irgendwie miteinander zu verbinden; die Wände bestanden aus gewaltigen, sorgsam behauenen Blöcken, von denen jeder einzelne länger war als ihr ausgestreckter Arm und so dick wie vier übereinander gelegte Hände mit gespreizten Fingern. Was schon ein einzelner dieser gewaltigen Brocken wiegen mochte, das konnte sich Arri nicht einmal vorstellen, geschweige denn, wie man ihn hierher gebracht und so sorgsam bearbeitet hatte. Die Oberfläche der Steine war glatt wie raues Eis, und die Zwischenräume schienen kaum breit genug, um einen Fingernagel hineinzuschieben.

Das Allerungewöhnlichste vielleicht aber war die Tür. Arri hatte – abgesehen vom Haus der Bergleute und Händler – noch nie zuvor eine Tür gesehen, die diesen Namen wirklich verdiente. Die meisten waren kaum stabil genug, um einem Wintersturm zu trotzen. Diese Tür hier aber war mindestens ebenso massiv wie die Decke: schwere Balken, dicker als eine Handspanne, die ebenso sorgsam bearbeitet waren wie die Steine, aus denen die Wände bestanden, und auch fast ebenso schwer sein mussten. Es gab weder einen Riegel noch irgendeine andere Möglichkeit, diese Tür zu öffnen; zumindest nicht von dieser Seite.

Oder, um es anders auszudrücken: Sie war gefangen.

Nicht, dass sich in dieser Hinsicht etwas geändert hätte, ganz im Gegenteil. Verglichen damit, was sie in den zurückliegenden anderthalb Tagen durchgemacht hatte, ging es Arri jetzt geradezu gut. Immerhin hatte man ihr nicht nur die groben Stricke abgenommen, mit denen ihre Hände bisher auf dem Rücken zusammengebunden gewesen waren, sondern ihr auch den stinkenden Sack vom Kopf gezogen, der sie nicht nur vollkommen blind gemacht, sondern ihr auch nahezu ununterbrochen das Gefühl gegeben hatte, ersticken zu müssen. Und die allergrößte Erleichterung war, dass sie nicht mehr laufen musste.

Ihr geprelltes Knie schmerzte immer noch unerträglich, obwohl sich Arri mit dem Rücken an die Wand gelehnt und dabei so hingesetzt hatte, dass sie das Bein ausstrecken konnte. Auch wenn sie es wohlweislich nicht wagte, den Rock hochzuschieben und ihr Knie zu betrachten, spürte sie, dass es nicht nur gut auf das Doppelte seines gewöhnlichen Umfangs angeschwollen sein musste, sondern wohl auch in allen Farben des Regenbogens schimmerte. Dabei war die Verletzung nicht einmal besonders schlimm gewesen und nichts im Vergleich zu dem, was sie sich in der Mine und bei dem Brand in Targans Haus zugezogen hatte. Dass sie ihre verletzte Hand überhaupt noch bewegen konnte, verdankte sie wohl dem Verband, den ihre Mutter ihr angelegt und den sie vor ihrem Aufbruch abgenommen hatte. Dagegen war die Prellung am Knie eigentlich nur eine Kleinigkeit, die sie wahrscheinlich jetzt schon nicht mehr spüren würde, hätte sie nur die Gelegenheit gehabt, ihr Bein zu schonen.

Aber diese Zeit hatten ihr Rahn und die Krieger nicht gelassen.

Ganz im Gegenteil. Arri wusste zwar, dass es nicht stimmte, aber sie hatte trotzdem das hartnäckige Gefühl, dass sie noch immer in Bewegung war.

Nachdem man ihr den Sack übergestülpt und ihr die Hände auf dem Rücken zusammengebunden hatte, hatte sie jemand – vermutlich Rahn – grob umgedreht und ihr dann einen groben Stoß zwischen die Schulterblätter versetzt, der sie haltlos hatte stolpern lassen, und es kam ihr so vor, als hätten sie seit jenem Moment nicht mehr angehalten.

Selbstverständlich *hatten* sie es – sie hatten zweimal Rast gemacht, um zu schlafen und zu essen, wobei sie nur, was das *Schlafen* anging, auf ihre Kosten gekommen war; ihre Beteiligung am *Essen* hatte sich darauf beschränkt, den Kau- und Schmatzgeräuschen der Männer und dem Knurren ihres eigenen Magens zu lauschen, denn zu essen hatte man ihr nichts gegeben.

Und dennoch hatte sie das Gefühl, als wäre sie endlos und ohne Pause unterwegs gewesen.

Wie ihre Mutter immer gesagt hatte: Es spielte keine sonderliche Rolle, was wirklich gewesen war; wichtig war, was man daraus machte. Und ihr Körper machte das Schlimmste daraus. Ihr Knie pochte, und sie war überall wund, was an der Behandlung der letzten Tage liegen mochte oder, zumindest teilweise, an den Brandverletzungen, die sie sich zuvor zugezogen hatte. In jedem Fall gab es keine Stelle an ihrem Leib, die nicht wehtat. Alles in ihr schrie danach, einfach die Augen zu schließen und einzuschlafen, aber das konnte und wollte sie nicht. Sie musste herausfinden, wo sie war, und vor allem, wie sie von hier verschwinden konnte.

Was ihren Aufenthalt anging, so war sie sich ziemlich sicher; sie hatte das Wort *Goseg* mehr als einmal aufgeschnappt, während sie unterwegs gewesen waren. Und auch was das Verschwinden anging, hatte sie mindestens ein Dutzend guter Pläne, von denen etliche durchaus Aussichten auf Erfolg hatten, die unglückseligerweise aber auch alle eines voraussetzten: dass sie *laufen* konnte, und das noch dazu ziemlich schnell. So, wie sich ihr Knie anfühlte, würde sie in den nächsten Tagen nicht einmal mehr *kriechen* können, geschweige denn rennen. Hätte sie dem Schmerz gestattet, Gewalt über sie zu erlangen, dann hätte er ihr längst die Tränen in die Augen getrieben.

Arri spürte, dass sie auf dem besten Wege war, ganz genau das zu tun, ganz einfach, indem sie nur daran *dachte*, und so verscheuchte sie den Gedanken hastig.

Vielleicht nur, um sich abzulenken, drehte sie sich umständlich so im Sitzen um, dass sie die schmale Öffnung unter der Decke betrachten konnte. Ihr Knie quittierte die Bewegung mit einer Woge wütender Schmerzen, die bis in ihre Hüfte hinaufschossen, aber Arri biss die Zähne zusammen und achtete nicht weiter darauf. Das Guckloch dort oben war von grauem, unsicherem Zwielicht erfüllt, aber da sie weder die Sonne sehen konnte noch wusste, in welcher Himmelsrichtung dieser Spalt lag, konnte sie nicht sagen, ob es die Morgen- oder Abenddämmerung war. So, wie sie sich fühlte, musste es die Abenddämmerung sein; und zwar die Dämmerung des längsten Tages, den die Welt jemals gesehen hatte. Sie würde einfach abwarten müssen, ob dieses Licht nach einer Weile heller wurde oder in ein paar Augenblicken gänzlich erlosch.

Sie war also in Goseg. Arri dachte den Gedanken kühl und ohne die geringste Wertung. Eigentlich sollte sie dieses Wissen erregen, trotz allem, hatte sie doch zeit ihres Lebens davon geträumt, das sagenumwobene Heiligtum, von dem nicht nur Sarn allen Ernstes behauptete, es sei der Sitz der Götter, mit eigenen Augen zu sehen. Natürlich hätte sie sich niemals träumen lassen, als Gefangene hierher gebracht zu werden, aber dennoch hätte da zumindest eine Spur von Neugier in ihr sein sollen. Aber sie empfand ... nichts. Nicht einmal die lautlos flüsternde Stimme ihrer Vernunft, die noch immer in ihr war und die versuchte, ihr die Zukunft in den schwärzesten nur möglichen Farben auszumalen, vermochte sie wirklich zu berühren. Es kam ihr so vor, als wäre in jener Nacht im Wald etwas in ihr erloschen und hätte nur eine harte, aber nicht mehr schmerzende Narbe auf ihrer Seele zurückgelassen.

Aber vielleicht war sie einfach zu müde, um einen klaren Gedanken zu fassen. Im Augenblick war sie damit zufrieden, keinen Sack mehr über dem Kopf zu haben und nicht mehr laufen zu müssen. Außerdem hatte sie schrecklichen Durst.

Arri versuchte, in eine einigermaßen erträgliche Haltung zu rutschen – was ihr nicht gelang –, löste widerwillig den Blick von dem vom grauen Zwielicht erfüllten Rechteck unter der Decke und fuhr sich mit der Zungenspitze über die rissigen Lippen. Sie hatte während der zurückliegenden anderthalb Tage auch nichts zu trinken bekommen. Jemand – sie nahm an, dass es Rahn gewesen war, konnte aber natürlich nicht sicher sein – hatte ihr ein paar Mal ein mit Wasser getränktes Mooskissen gegen das Gesicht gedrückt, sodass sie die Feuchtigkeit durch den Sack hindurch hatte aufsaugen können, was ihren allerschlimmsten Durst zwar gelöscht, aber auch einen widerwärtigen, fauligen Geschmack im Mund hinterlassen hatte, der einfach nicht vergehen wollte. Aber das war auch alles gewesen. Einen Moment lang überlegte sie, so laut zu rufen, bis jemand kam, der ihr Wasser bringen konnte, entschied sich aber dann dagegen. Schon der Gedanke, die Stimme zu heben, kam ihr mühsam vor – ganz abgesehen davon, dass sie vermutlich nur ein jämmerliches Krächzen hervorgebracht hätte – und so elend sie sich auch fühlen mochte, noch war ihr Stolz stärker als ihr Durst.

Jetzt, als sie ruhiger saß, machte sich eine wohltuende Entspannung in ihr breit, die rasch, aber fast ohne dass sie selbst es merkte, in eine bleierne Schwere überging, welche ihre Glieder und kurz darauf auch ihre Gedanken ergriff.

Obwohl es so ziemlich das Letzte gewesen war, womit sie selbst gerechnet hätte, musste sie wohl doch eingeschlafen sein, denn mit einem Mal fand sie sich in fast vollkommener Dunkelheit wieder. Der pochende Schmerz in ihrem Knie war zu einem dumpfen, zwar beständigen, aber eigentlich nur noch unangenehmen Druck geworden, und sie hatte Kopfschmerzen, die sich bis in ihren Nacken und die Schultern zogen; eine Folge der unnatürlichen, verspannten Haltung, in der sie sitzend an der Wand eingeschlafen war. Mühsam – und kein bisschen überrascht, plötzlich das Gefühl zu haben, als hätte sie eine Hand voll spitzer Dornen verschluckt, die nun mit aller Macht versuchten, sich durch ihren Nacken und die Schultern einen Weg nach außen zu bahnen – drehte sie den Kopf und sah wieder zu der Mauerlücke hoch.

Immerhin hatte sie jetzt Gewissheit. Das graue Zwielicht, das sie beobachtet hatte, war die Abenddämmerung gewesen, denn hinter dem Spalt war nun nichts mehr als Schwärze zu erkennen, allenfalls durchwoben von einem sachten, blassroten Hauch. Irgendwo dort draußen brannte ein Feuer.

Außerdem war jemand bei ihr gewesen, während sie geschlafen hatte, denn als sich Arri bewegte, stieß ihre Hand gegen eine hölzerne Schale; sie hörte ein schwappendes Geräusch, und kalte Nässe benetzte ihre Finger.

Umständlich und mit zusammengebissenen Zähnen, um nicht vor Schmerz wimmern zu müssen, setzte sie sich weiter auf und wartete darauf, dass sich ihre Augen an das veränderte Licht gewöhnten. Es war nicht so vollkommen dunkel hier drinnen, wie sie im allerersten Moment angenommen hatte. Schon bald konnte sie einen blassen, mattgrauen Schimmer erkennen, in dem die steinernen Wände das kaum vorhandene Licht reflektierten, das durch die Mauerlücke hereinfiel. Behutsam streckte sie die Hand aus, tastete über den Boden und fühlte feuchtes Holz. Obwohl alles in ihr danach schrie, die Schale zu packen und ihren Inhalt gierig herunterzustürzen – allein das *Wissen*, dass es Wasser in ihrer Nähe gab, fachte ihren Durst zu nie gekannter Wut an –, zwang sie sich, die Schale mit beiden Händen und sehr vorsichtig zu ergreifen, um sie noch vorsichtiger an die Lippen zu heben, damit sie auch ja keinen Tropfen der kostbaren Flüssigkeit verschüttete, und begann zu trinken.

Das Wasser war eiskalt und schmeckte so köstlich, wie es wohl sonst nur der kostbare Wein aus ihrer Heimat tun konnte, von dem ihre Mutter ihr so oft vorgeschwärmt hatte, ohne dass Arri ihn jemals hätte kosten können oder auch nur genau gewusst hätte, was Wein überhaupt war. Obwohl ihre Lippen so ausgetrocknet und rissig waren, dass die ersten Tropfen, mit denen sie sie benetzte, wirklich *weh*taten, so gewann ihre Gier doch nach dem ersten, noch vorsichtigen Schluck endgültig die Oberhand. Mit einem einzigen Zug leerte sie die Schale, ließ dann erschöpft und mit einem dankbaren Seufzen ihren Hinterkopf wieder gegen den rauen Stein sinken und saß einen Moment lang einfach nur so da und genoss das Gefühl, nicht mehr vor Durst schier den Verstand verlieren zu müssen. Sie war tatsächlich noch immer durstig; die wenigen Schlucke hatten keinesfalls ausgereicht, ihrem Körper die Menge an Flüssigkeit zurückzugeben, die sie in den vergangenen anderthalb Tagen verloren hatte. Aber immerhin hatte man ihr zu trinken gebracht, was bedeutete, dass ihre Wärter zumindest nicht vorhatten, sie verdursten zu lassen.

Wenn man ihr Wasser gebracht hatte, dann vielleicht auch etwas zu essen?

Arri ließ die Schale sinken, drehte sich halb um und tastete mit den Händen ein zweites Mal den Platz um sich ab. Das wenige Licht, das durch die schmale Öffnung hereindrang, reichte nicht aus, um auf dem Boden, auf dem unzählige Füße vielleicht hundert Jahre lang ihre Spuren hinterlassen hatten, mehr als Schwärze zu erkennen. Doch schon stießen ihre Finger erneut auf Widerstand. Sie griff zu, fand eine zweite, größere und schwerere Schale und als sie mit den Fingern hineingriff, spürte sie, dass sie mit einem klebrigen, kalten Brei gefüllt war.

Diesmal versuchte sie gar nicht erst, gegen ihre Gier anzukämpfen, sondern hob die Schale mit einer zitternden Hand ans Gesicht und schaufelte sich den Inhalt mit den Fingern der anderen Hand in den Mund. Sie wusste nicht, was sie da aß – irgendeine Art von kaltem Brei, der so gut wie geschmacklos war – und es war ihr auch vollkommen egal. Es war Nahrung, und das allein zählte. In diesem Moment hätte sie ihren Magen auch mit Blättern oder Gras gefüllt, hätte sie eines von beidem gehabt.

Etwas raschelte, und auf der anderen Seite der kleinen Kammer bewegte sich ein Schatten, den sie bisher noch gar nicht bemerkt hatte.

»Wer ... wer ist da?«, fragte Arri erschrocken. Ihr Herz fing an zu pochen.

Der Schatten bewegte sich erneut, blieb aber ohne klare Form oder Umrisse. »Du solltest nicht so hastig essen«, erklang Rahns Stimme. »Sonst wird dir am Ende noch schlecht, und es wäre schade um das gute Essen. Ich meine, wer weiß, wann du wieder etwas bekommst? Es war gar nicht so leicht, sich an den Wachen vorbeizuschleichen.«

Langsam ließ Arri die Schale sinken. »Rahn?«, fragte sie, während sie vergeblich versuchte, die Schwärze auf der anderen Seite des Raumes mit Blicken zu durchdringen. »Bist du das?«

Diesmal bestand die Antwort aus einem kehligen Lachen, und wieder bewegte sich der Schatten. »Weißt du noch jemanden hier in Goseg, der dir wohlgesonnen genug ist, um dir Wasser und etwas zu essen zu bringen?«

Arri blinzelte. Ihre Finger waren noch immer voller Brei, der nun auf ihren Rock zu tropfen drohte. Hastig wischte sie sie am Rand der Schale ab. »Du hast mir das Essen gebracht?«

Rahns Stimme klang belustigt, auch wenn sie glaubte, einen leicht enttäuschten Unterton darin zu vernehmen. »Nun überschlag dich nicht gleich. Ein einfaches *Danke* reicht vollkommen.«

»Danke«, sagte Arri. Bevor sie weitersprach, leckte sie die Finger der Linken sorgfältig ab, um nichts von der kostbaren Nahrung zu verschwenden, und bedauerte es zugleich, das Wasser so gierig heruntergeschluckt zu haben. Was immer sie gerade gegessen hatte, es verklebte ihre Zähne und ihren Gaumen wie Honig. »Warum?«

»Stell dir vor, weil ich mir eingebildet habe, du könntest hungrig sein«, antwortete Rahn. Sie hörte, wie er eine hastige Geste machte, um ihr das Wort abzuschneiden, als sie antworten wollte. Sehen konnte sie es nicht. Rahn blieb eine Stimme ohne Körper.

»Sprich bitte nicht so laut. Wenn die Wachen hören, dass jemand hier ist, dann schauen sie nach.«

»Und du bekommst Ärger?«

Sie konnte Rahns Achselzucken hören. »Zumindest bekomme ich keine Gelegenheit mehr, dir noch einmal etwas zu essen zu bringen. Wenn du also gern hungerst ...«

»Ich bin sowieso zu dick«, antwortete Arri patzig. »Das gute Leben ohne Hunger, welches das Dorf meiner Mutter verdankt, weißt du?«

Rahn machte sich nicht die Mühe, überhaupt zu antworten, und Arri kamen ihre eigenen Worte nicht nur albern und überflüssig vor, sie fragte sich auch – vergebens –, warum sie das überhaupt gesagt hatte; und vor allem erschreckte sie der unbeherrschte Ton, der plötzlich in ihrer Stimme war. Dass sie Rahn überhaupt erst bemerkt hatte, als er sich freiwillig zu erkennen gegeben hatte, sagte ihr nicht nur eine Menge über ihren eigenen Zustand, sondern machte sie auch wütend, und dass diese Wut zum Großteil ihr selbst galt, machte es allenfalls *schlimmer*.

»Und jetzt erwartest du, dass ich dir vor lauter Dankbarkeit um den Hals falle, wie?«, fragte sie herausfordernd.

»Nur, wenn ich vorher deine Hände sehen kann«, antwortete Rahn, »um mich davon zu überzeugen, dass du kein Messer darin hast, um mir die Kehle durchzuschneiden.«

»Nur keine Sorge«, erwiderte Arri boshaft. »Anderen hinterrücks ein Messer an die Kehle zu setzen überlasse ich dir. Du hast schließlich mehr Übung darin.«

Sie bedauerte die Worte schon, bevor sie ganz über ihre Lippen gekommen waren. Nicht, weil sie Rahn nicht verletzen wollte – ganz gewiss nicht –, aber ganz gleich, ob er sich nun darüber ärgerte (was sie inständig hoffte) oder auch nicht: Mehr als alles andere mussten ihm ihre Worte ihre Schwäche klarmachen. Dabei hatte sie sich fest vorgenommen, sich nicht herausfordern zu lassen, auch und schon gar nicht von Rahn.

Der Fischer antwortete erst nach einer Weile – und vollkommen anders, als sie erwartet hatte. »Es tut mir Leid, wenn ich dir wehgetan habe«, sagte er ernst. »Das wollte ich nicht. Aber es war die einzige Möglichkeit.«

»Wofür?«, fragte Arri böse. »Mich ein bisschen zu begrabschen?«

»Dir das Leben zu retten«, antwortete Rahn.

»Ja, sicher«, erwiderte Arri höhnisch. »Wenn das deine Art ist, jemandem das Leben zu retten, dann kann ich ja wirklich froh sein, dass du nicht mein Feind bist, wie?« Allmählich verspürte sie das Bedürfnis, sich selbst zu ohrfeigen. Warum hielt sie nicht einfach den Mund? Auf dem Weg hierher, und nachdem ihre erste Wut verraucht war, war sie zu dem Entschluss gekommen, gar nichts mehr zu sagen, bis dieser Albtraum – so oder so – vorüber war, und auch keinerlei Fragen zu beantworten (es sei denn, man zwang sie dazu), was sicherlich ein sehr kluges Vorhaben war. Nun aber schien plötzlich jede Vernunft dahin. Sie wollte einfach um sich schlagen und jemandem wehtun. Am allerliebsten natürlich Sarn und noch lieber Nor, aber wenn gerade keiner der beiden bei der Hand war, tat es Rahn zur Not auch.

Vielleicht, um nicht noch mehr zu sagen, was ihr später wieder Leid täte (und um ehrlich zu sein, weil sie immer noch verdammt hungrig war), hob sie die Schale und fuhr fort, den Rest des klebrigen Zeugs in sich hineinzuschaufeln. Was sie nicht daran hinderte, mit vollem Mund und nahezu unverständlich fortzufahren: »Stopfst du alle deine Freunde in einen Sack und zwingst sie, tagelang mit einem gebrochenen Bein zu marschieren?«

»Sarn war sehr wütend darüber«, sagte Rahn.

»Worüber? Dass du mir nicht auch noch die Füße zusammengebunden und mich wie ein erlegtes Schwein hinter dir hergeschleppt hast?«

»Er hatte mir aufgetragen, dich zu töten«, antwortete Rahn. »Es war nicht leicht, ihn davon zu überzeugen, dass du lebend wertvoller für uns bist, solange deine Mutter noch am Leben oder zumindest in Freiheit ist. Sein Befehl lautete, dich zu töten, sobald wir deiner habhaft werden.«

Diesmal stopfte sich Arri so viel von dem klebrigen Zeug in den Mund, dass sie fast glaubte, daran ersticken zu müssen, nur damit sie auf gar keinen Fall antworten konnte. Das Schlimme war, dass sie Rahn *glaubte,* obwohl sie sich mit aller Kraft dagegen sträubte, und sie hätte in diesem Moment lieber ihre eigene Zunge verschluckt, bevor sie das zugab.

»Und um deine nächste Frage gleich zu beantworten«, fuhr Rahn fort, nachdem er offensichtlich eingesehen hatte, dass er keine Antwort mehr bekommen würde, »bisher ist es Nors Kriegern noch nicht gelungen, Lea einzufangen. Und ich bin auch ziemlich sicher, dass sie noch lebt.«

»Warum?«, fragte Arri gegen ihren Willen und schalt sich im gleichen Atemzug eine Närrin. Was für eine Frage! Selbstverständlich war ihre Mutter noch am Leben, schon weil sie eben ihre Mutter war und somit gar nicht sterben konnte, weil Mütter grundsätzlich unsterblich waren.

Arri hörte für einen Moment auf zu kauen. Was waren das für unsinnige Gedanken? Stirnrunzelnd musterte sie die fast geleerte Schale in ihrer Hand. Ob Rahn ihr etwas ins Essen gemischt hatte, das ihre Gedanken verwirrte?

Nein, entschied sie. So schlau war Rahn nicht.

Aber vielleicht ein anderer, der ihn geschickt hatte ...

Trotzdem aß sie nach kurzem Zögern weiter. Vergiftet oder nicht, sie würde sowieso verhungern, wenn sie nichts aß, und es war letzten Endes egal, was sie umbrachte. Rahn lachte, als hätte er ihre Gedanken erraten und fände sie genauso kindisch wie sie selbst. »Weil ich es Nors Kriegern nicht zutraue, deine Mutter zu finden, wenn sie selbst es nicht will. Jedenfalls hoffe ich es, um ihretwillen. Außerdem ist deine Mutter viel zu stur, um zu sterben, so lange du nicht in Sicherheit bist. Du kennst sie.«

»Das habe ich nicht gemeint«, antwortete Arri. »Warum hast du mich nicht getötet, wenn Sarn es dir doch angeblich befohlen hat? Du tust doch sonst alles, was er von dir verlangt.« Das war schlichtweg nicht wahr, wie sie beide wussten. Außerdem überzeugte die Feindseligkeit in ihrer Stimme mittlerweile nicht einmal mehr sie selbst.

»Ich kann dich verstehen«, fuhr Rahn fort. »Ich an deiner Stelle würde mir wahrscheinlich genauso wenig trauen. Aber das solltest du. Ich bin nämlich der Einzige, der noch auf deiner Seite steht.«

»Sicher«, antwortete Arri spöttisch. »Deshalb hast du uns auch an Sarn verraten, nicht wahr? Oder hat er über Nacht das Spurenlesen gelernt?«

»Er nicht«, antwortete Rahn, so ruhig und unaufgeregt, als hätte er ganz genau diese Frage erwartet und sich die Antwort sorgsam zurechtgelegt. »Aber die Männer, die Nor zu seiner Unterstützung geschickt hat. Und es war auch nicht so schwer, eurer Spur zu folgen. Ich glaube, selbst ich hätte es gekonnt, wenn es nötig gewesen wäre. Deine Mutter wird allmählich nachlässig. Oder ihr wart wirklich in sehr großer Eile.«

Arri entging die verkappte Frage keineswegs, die sich in dieser scheinbar beiläufigen Feststellung verbarg, aber sie hütete sich, auch nur irgendetwas darauf zu sagen, sondern beugte sich tiefer über die Schale und tat so, als brauchte sie ihre gesamte Konzentration, um die einfache Aufgabe zu bewältigen, den zähen Brei aus der Schale in ihren Mund zu befördern – was der Wahrheit im Übrigen ziemlich nahe kam. Das bisschen Schlaf, das sie bekommen hatte, war keineswegs genug gewesen, um sie wirklich zu erfrischen, und ihre Gedanken bewegten sich immer mühsamer, statt allmählich in Schwung zu kommen, was sie doch eigentlich sollten.

»Du rechnest damit, dass deine Mutter zurückkommt, um dich zu befreien«, fuhr Rahn fort. »Aber darauf solltest du dich besser nicht verlassen.«

»Ach ja, und warum nicht?«

»Weil ich nicht glaube, dass sie dazu in der Lage ist.«

»Wieso?«

»Du weißt, wo wir hier sind?«, fragte Rahn, statt direkt zu antworten.

Natürlich wusste Arri das. Sie schüttelte heftig den Kopf. »Nein.«

»Goseg. Und du weißt, was Goseg ist?«

»Nors Heiligtum«, antwortete Arri. »Der große Tempel, in dem er und die anderen Priester zu den Göttern sprechen.«

»Ja, auch das«, sagte Rahn. Seine Stimme klang plötzlich belustigt, allerdings auf eine Art, als halte er noch eine wenig angenehme Überraschung für Arri bereit und freue sich insgeheim schon darauf, sie ihr unter die Nase zu reiben. »Warst du schon einmal hier?« Arri wusste, dass er die Antwort auf diese Frage genauso gut kannte wie sie, aber sie tat ihm trotzdem den Gefallen, den Kopf zu schütteln. »Dann weißt du wohl auch nicht, dass Goseg zwar ein mächtiges Heiligtum ist, zugleich aber auch eine gewaltige Festung«, fuhr Rahn fort. »Deine Mutter kann dich hier nicht heraushauen.«

»Und?«, fragte Arri. Worauf wollte er hinaus?

»Du verstehst es immer noch nicht, wie?«, seufzte Rahn. »Nicht einmal deine Mutter kann dich hier gewaltsam herausholen. Dazu brauchte sie ein ganzes Heer. Und wir waren einen ganzen Tag und fast zwei Nächte unterwegs, um hierher zu gelangen. Wenn deine Mutter also in der Lage wäre, dich zu befreien, dann hätte sie es wohl auf dem Weg hierher getan, statt abzuwarten, bis die Männer dich in Nors Festung brachten.«

Arri starrte ihn finster an. »Du willst mir Angst machen.«

»Ich will nicht, dass du dir falsche *Hoffnungen* machst«, sagte Rahn. »Deine Mutter wird nicht kommen, um dich zu retten. Jedenfalls nicht schnell genug.«

»Hast du nicht gerade erst lang und breit versucht, mich vom Gegenteil zu überzeugen?«, fragte Arri. Ob Rahn es nun beabsichtigt hatte oder nicht: Er *hatte* ihr Angst gemacht.

Weil er nämlich Recht hatte.

»Ich bin sicher, dass deine Mutter noch lebt.« Rahns Kleider raschelten, als er sich bewegte. »Aber sie wird nicht kommen, um dich zu retten.«

»Und warum erzählst du mir das?«, fragte Arri patzig. »Wirst du mir gleich anbieten, mich laufen zu lassen, wenn ich dafür alles tue, was du verlangst?«

Rahn seufzte. Der Laut klang ... enttäuscht. »Selbst wenn ich so dumm wäre, das zu versuchen, würden wir nicht besonders weit kommen, fürchte ich.« Nach einem kurzen Moment und mit einem leisen Lachen, von dem Arri nicht sagen konnte, ob es nun boshaft oder einfach nur spöttisch klang, fügte er hinzu: »Außerdem: Warum sollte ich für etwas bezahlen, was ich mir sowieso jederzeit nehmen kann, wenn ich es will?«

Das Rascheln, das Arri schon mehrmals gehört hatte, wiederholte sich und wurde nun deutlicher, und gleichzeitig bewegte sich der Schatten heftiger. Arri schielte unauffällig über den Rand ihrer Schale in Rahns Richtung und spannte sich zugleich, falls er sich auf sie zu stürzen gedachte, aber sie wusste auch, wie wenig sie Rahn entgegenzusetzen hatte. Er war doppelt so stark wie sie – mindestens –, und dass all die kleinen hinterhältigen Tricks, die ihre Mutter ihr beigebracht hatte, nicht *jeden* Unterschied in Kraft und Entschlossenheit wettmachen konnten, das hatte ihr Rahn vor gar nicht allzu langer Zeit schließlich auf ziemlich schmerzhafte Art und Weise deutlich gemacht.

Und selbst, wenn es anders gewesen wäre – wie sollte sie sich wohl gegen ihn verteidigen, hier drinnen und mit einem Bein, das schon unerträglich wehtat, wenn sie es *nicht* belastete? Trotzdem versuchte sie sich unauffällig in eine Lage zu bringen, in der sie ihm wenigstens *symbolisch* Widerstand leisten konnte. Im allerersten Moment ging es sogar, dann bohrte sich ohne jede Warnung eine glühende Nadel aus reinem Schmerz durch ihr Knie, und Arri schrie auf, ließ die Schale fallen und krümmte sich.

»Nicht so laut, habe ich gesagt!«, zischte Rahn. »Die Wachen!«

Zugleich sprang er endgültig auf die Füße und war mit einer einzigen, fließenden Bewegung bei ihr, noch immer kaum mehr als ein Schatten, aber jetzt immerhin ein Schatten mit einem Gesicht. Einem Gesicht, auf dem Arri zu ihrem Erstaunen einen Ausdruck echter Sorge zu erkennen glaubte.

Sie prallte erschrocken ein Stück weit von ihm zurück ... wenigstens wollte sie es, doch der harte Stein in ihrem Rücken ließ es nicht zu. Unwillkürlich hielt sie den Atem an.

»Was hast du?«, fragte Rahn. Arri antwortete nicht, schon weil sie es gar nicht konnte, aber Rahn schien es wohl auch so zu erraten oder an ihrer unnatürlich verkrampften Haltung abzulesen. Er sah ihr einen Herzschlag lang aufmerksam ins Gesicht, dann wich er in der Hocke ein Stück zurück, beugte sich über sie und schob ihren Rock nach oben – deutlich höher, als nötig gewesen wäre, um ihr Knie in Augenschein zu nehmen, wie Arri fand.

»Das sieht nicht gut aus«, sagte er, nachdem er ihr Bein einige Augenblicke lang – und Arris Meinung nach auch jetzt deutlich länger als notwendig, wobei sich seine Untersuchung ganz und gar nicht nur auf ihr Knie beschränkte – in Augenschein genommen hatte.

»Vielen Dank auch für die netten Worte«, gab Arri zurück. Dass ihre Stimme zitterte und sie dabei die Zähne zusammenbeißen musste, um nicht vor Schmerz zu stöhnen, verdarb ihr zwar ein wenig die beabsichtigte Wirkung, aber sie fuhr trotzdem fort: »Es ist noch gar nicht so lange her, da hat es dir offensichtlich besser gefallen.«

Rahn tat so, als hätte er die Spitze nicht verstanden, und noch vor wenigen Tagen hätte Arri ihm das sogar geglaubt. Jetzt war sie nicht mehr sicher. Der Rahn, der zu ihr in diese Kammer gekommen war, schien nicht mehr viel mit dem tumben Fischer gemein zu haben, den sie zeit ihres Lebens gekannt hatte. Sie fragte sich plötzlich, ob sie ihn *tatsächlich* gekannt hatte.

Einen Moment später keuchte sie vor Schmerz auf und konnte nur mit Mühe einen Schrei unterdrücken, als Rahn sich abermals vorbeugte und mit den Fingerspitzen, aber alles andere als vorsichtig über ihre angeschwollene Kniescheibe und das aufgedunsene Fleisch darunter tastete. Es tat so weh, dass ihr übel wurde.

»Entschuldige. Ich wollte dir nicht wehtun.« Rahn schüttelte den Kopf. »Aber es scheint nicht gebrochen oder ernsthaft verletzt zu sein. Ich verstehe zwar nicht so viel davon wie deine Mutter, aber ich glaube, es kommt wieder in Ordnung, wenn du dein Bein ein paar Tage schonst.«

»Wie schade«, presste Arri zwischen immer noch zusammengebissenen Zähnen hervor. »Dabei hatte ich doch vor, gleich morgen nach Sonnenaufgang einen langen Spaziergang zu machen.«

»Daraus wird wohl nichts«, gab Rahn in vollkommen ernstem Ton, dennoch aber mit einem angedeuteten Lächeln und einem mehr als angedeuteten, spöttischen Aufblitzen in den Augen zurück. »Es tut mir wirklich Leid.«

»Ja, ganz bestimmt«, erwiderte Arri gepresst. »Wie sehr du dich um mein Wohl gesorgt hast, das habe ich auf dem Weg hierher gemerkt. Vielen Dank auch noch mal.«

Rahn fuhr eindeutig schuldbewusst zusammen, und allein dass sie sah, wie sehr ihre Worte ihn trafen, ließ sie im gleichen Tonfall hinzufügen: »Aber was habe ich anderes erwartet, von einem Verräter wie dir?«

»Ich habe euch nicht verraten«, sagte Rahn. Dasselbe hatte er vorher schon gesagt, aber da war er nur eine Stimme ohne Körper gewesen, irgendwo verborgen in den Schatten auf der anderen Seite des Raumes. Nun sah sie in seine Augen, während er sprach, und da war keine Spur von Lüge, von Heimtücke oder auch nur Trotz. Er hörte sich verletzt an; ein Mann, dem man Unrecht getan hatte und den dies schmerzte.

»Natürlich nicht«, gab Arri zurück. »Ich bin sicher, du warst nur ganz zufällig dabei, als Sarn und seine Krieger uns eingeholt haben.«

»Ich habe auf euch gewartet«, erwiderte Rahn, »genau wie deine Mutter es von mir verlangt hatte. Als sie nicht gekommen ist, habe ich mir dann Gedanken gemacht. Es war Lea. *Ich habe mein Wort nicht gebrochen.*«

Arri presste die Lippen zusammen und starrte ihn an. Was sollte sie auch anderes tun? Er hatte ja Recht.

»Ich wollte zurückgehen, um nachzudenken und mir darüber klar zu werden, was ich tun sollte«, fuhr er fort, leise, aber plötzlich eindeutig im Tonfall trotziger Verteidigung. Er hob die Schultern. »Auf halbem Weg ist mir Sarn zusammen mit den Kriegern aus Goseg entgegengekommen. Er hat mich gefragt, wo ich herkomme, und ich habe die Wahrheit gesagt und geantwortet, dass ich im Haus deiner Mutter war, um mit ihr zu reden. Er hat mir befohlen, ihn und die Krieger zu begleiten. Was hätte ich wohl tun sollen – deiner Meinung nach?«

Arri fielen auf Anhieb ein Dutzend Dinge ein, die er besser getan hätte, statt sich dem Schamanen und den Kriegern anzuschließen, aber das tat nun nichts mehr zur Sache. Sie starrte Rahn nur weiter durchdringend und mit einem Zorn in den Augen an, den sie nur noch mit immer größerer Mühe aufrechterhalten konnte.

Das Schlimme war, dass sie ihm auch diesmal insgeheim Recht geben musste. Es war ihre Mutter gewesen, die ihr Wort gebrochen hatte, nicht er. Was hatte sie zur Sarn gesagt, als er sie aufgefordert hatte, sich zu ergeben? *Mein Wort gilt nicht?* Arri hatte es für eine Finte gehalten, und wahrscheinlich war es das auch, aber vielleicht nicht *nur*. Was, wenn Lea in diesem Augenblick zum ersten Mal die Wahrheit gesagt hatte und ihr Wort wirklich nicht galt?

Natürlich war das Unsinn.

Arri schämte sich ihres eigenen Gedankens. Aber einmal gedacht, nahm er Bestand an, und auch wenn sie ihn mühsam niederkämpfte, so saß er doch wie ein Stachel in ihrer Seele und begann schon jetzt, ihre Gefühle zu vergiften. »Was willst du von mir, verdammt?«, fuhr sie ihn an.

Statt direkt zu antworten, blickte Rahn sie nur einen weiteren Moment lang auf diese unentschlossene, aber auch mehr denn je enttäuschte Weise an, dann hob er die Schultern, seufzte leise und glitt in der Hocke ein kleines Stück von ihr zurück. Seine linke Hand kroch unter den Umhang, den er sich lose um die Schultern geworfen hatte, und kam gleich darauf mit einem gut faustgroßen Beutel aus Leder wieder hervor. Als er ihn zu Boden setzte, hörte Arri das Geräusch von Wasser, das ihren Durst sofort wieder anfachte.

Rahn machte jedoch keine Anstalten, ihre Schale noch einmal zu füllen, was sie insgeheim beim Anblick des Wasserbeutels gehofft hatte. Stattdessen griff er noch einmal unter seinen

Mantel und zog ein unordentlich zusammengeknülltes Tuch hervor, das er mit dem mitgebrachten Wasser tränkte, bevor er den Beutel sorgfältig wieder verschloss. Arri sah mit wachsender Verwirrung zu, wie er sich wieder vorbeugte und dann mit dem nassen Tuch über ihr Bein zu streifen begann. Die bloße Berührung tat schon wieder so weh, dass sie die Zähne zusammenbiss, aber es verging nur ein kurzer Augenblick, bis das kalte Wasser seine Wirkung zeigte: Der Schmerz erlosch nicht, wurde aber erträglicher, und sie fühlte, wie sich die verkrampften Muskeln in ihren Beinen ganz allmählich zu lockern begannen.

Rahn beließ es allerdings nicht dabei, nur ihr geschundenes Knie zu säubern und gleichzeitig zu kühlen. Als er damit fertig und offensichtlich mit den Ergebnissen seiner Bemühung zufrieden war, befeuchtete er das Tuch neu und säuberte ihren Unterschenkel bis zum Knöchel hinab, und dann machte er sich daran, auch ihr Bein oberhalb des Knies zu säubern. Was er sah, schien ihm ganz eindeutig zu gefallen, obwohl ihr Knie hässlich angeschwollen war und ihre Haut nicht nur hoffnungslos verdreckt und zerschunden und mit zahllosen Schrammen, Kratzern und verschorften Wunden übersät war und sie noch dazu so erbärmlich roch, dass es ihr selbst unangenehm war. Seine Bewegungen wurden sanfter. Seine Finger strichen wie zufällig über ihre Haut, während er mit dem Tuch kleine, kreisende Bewegungen über ihren Unterschenkel vollführte und dabei immer höher fuhr und so tat, als wolle er den Schmutz von ihrer Haut waschen. Und da war etwas in seinen Augen, was Arri zugleich erschreckte, wie es ihr auch auf eine Art gefiel, die sie noch viel mehr erschreckte.

Natürlich wäre Rahn nicht Rahn gewesen, wäre da nicht ein lüsternes Funkeln gewesen. Aber gleichzeitig war da noch mehr. Etwas, das sie bisher allenfalls an Dragosz gesehen hatte – wobei sie nicht einmal sicher war, dass es tatsächlich da gewesen war oder sie es nur gesehen hatte, weil sie es hatte sehen *wollen*.

Aber doch nicht ... Rahn!

Arri verscheuchte nicht nur fast erschrocken den Gedanken, sondern schlug auch mit einer übertrieben zornigen Bewegung seine Hand beiseite. »Lass das!«, sagte sie scharf. »Wenn du mich anrührst, werde ich schreien!«

»Um was zu erreichen?«, fragte Rahn beleidigt, zog aber trotzdem gehorsam die Hand zurück, klaubte dann nach einem weiteren Moment, in dem er sie ebenso kühl wie abfällig gemustert hatte, Wasserbeutel und Lappen auf und wich mit einer ungeschickt aussehenden, froschartigen Bewegung in der Hocke um zwei oder drei Schritte vor ihr zurück, sodass sie sich ganz eindeutig nicht mehr in seiner Reichweite befand. Doch nun konnte sie auch sein Gesicht nicht mehr erkennen, er war nun wieder – fast – eine Stimme ohne Körper; etwas, das sie plötzlich so sehr verunsicherte, dass sie sich um ein Haar bei ihm entschuldigt und ihn gebeten hätte, wieder näher zu kommen.

Und vielleicht hätte sie es tatsächlich getan, wäre er nicht noch abfälliger fortgefahren: »Die Wachen rufen?« Er lachte. »Was glaubst du, was sie mit dir tun würden, was ich ganz bestimmt nicht tue?«

»Glaubst du, das macht mir Angst?«, fragte Arri patzig. Natürlich machte es ihr Angst. Die bloße *Vorstellung* war schon fast mehr, als sie ertragen konnte. Trotzdem fuhr sie in noch höhnischerem, ganz bewusst verletzend gemeintem Ton fort: »Ruf doch deine Wachen, wenn du glaubst, dass mich das beeindruckt. Sollen sie doch mit mir machen, was sie wollen! Das ist mir noch immer hundertmal lieber, als wenn du es tust.«

Sie konnte Rahns Gesicht nicht sehen, und er gab auch nicht den geringsten Laut von sich, aber sie spürte, wie sehr ihn ihre Worte trafen. Für einen Moment wurde es sehr still. Mit dem nächsten Atemzug bedauerte sie ihre Worte so sehr, dass sie sich am liebsten selbst geohrfeigt hätte, und wäre auch nur noch ein einziger, weiterer Moment verstrichen, so hätte sie Rahn um Verzeihung gebeten und ihm zu erklären versucht, dass es nur Angst und Unsicherheit und kindischer Trotz waren, die sie das hatten sagen lassen.

Rahn gab ihr diesen Moment nicht. Gerade als Arri dazu ansetzte, etwas zu sagen, stand er mit einem Ruck auf, beugte sich dann noch einmal – sehr schnell – herab, um die beiden Schalen aufzusammeln, in denen er ihr Wasser und Essen gebracht hatte, und wich dann mit einer zornigen Bewegung endgültig in die Dunkelheit zurück. Sie konnte hören, wie er sich an der Tür zu schaffen machte.

»Wenn es mir gelingt, mich an den Wachen vorbeizuschleichen, dann bringe ich dir in der nächsten Nacht wieder etwas zu essen«, sagte er. »Aber verlass dich besser nicht darauf. Nors Männer sind wachsam.« Und damit öffnete er die Tür. Arri sah für einen winzigen Augenblick den schmalen Ausschnitt eines wolkenverhangenen Nachthimmels und flackernde, düster-rote Glut, die irgendwo von links kam, dann schlüpfte er durch den Spalt hinaus, und die Tür schloss sich wieder hinter ihm. Sie hörte noch, wie etwas mit einem schweren Geräusch vorgelegt wurde, vermutlich ein Riegel, dann war sie wieder allein.

Vollkommene Dunkelheit hüllte sie ein.

Arri saß lange, sehr, sehr lange in dieser absoluten Schwärze da, und sie merkte nicht einmal selbst, wie sie sich in den Schlaf weinte.

28

Arri bekam hinlänglich Gelegenheit, sich über ihre eigenen, dummen Worte zu ärgern, aber auch über das nachzudenken, was Rahn gesagt hatte – und so ganz nebenbei auch ihr Knie auszukurieren. Sie erwachte am nächsten Morgen erst eine ganze Weile nach Sonnenaufgang, und sie fühlte sich unausgeschlafen und müder als zuvor und mindestens so hungrig und durstig wie vor Rahns Besuch. Trotz der hämmernden Schmerzen in ihrem Bein quälte sie sich auf die Füße, humpelte zur Tür, hämmerte mit den Fäusten dagegen und schrie so lange, bis sie nahezu heiser war und ihre Kehle schmerzte, aber niemand kam, um nach der Ursache des Lärms zu sehen oder sich gar nach ihrem Befinden zu erkundigen.

Erst gegen Mittag ging die Tür ihres Gefängnisses auf, und zwei in schwarze Fellmäntel gekleidete Krieger traten ein. Während sich der eine drohend mit seinem Speer aufbaute und dabei ein so grimmiges Gesicht machte, dass Ari wahrscheinlich laut aufgelacht hätte, wäre da nicht zugleich etwas in seinen Augen gewesen, was ihr klarmachte, dass er nur nach einem Vorwand *suchte*, um sie auf der Stelle zu töten, brachte ihr der andere zwei flache hölzerne Schalen, die er so weit von ihr entfernt auf den Boden stellte, wie es hier drinnen überhaupt nur möglich war, bevor die beiden sich fast fluchtartig wieder zurückzogen und die Tür hinter sich verrammelten.

Und das war dann auch schon so ziemlich alles, was an diesem Tag geschah. Die beiden Schalen enthielten ein paar Schlucke brackig schmeckendes Wasser und eine kleine Portion desselben Breis, den Rahn ihr in der vergangenen Nacht gebracht hatte; gerade genug, um ihren Magen wieder daran zu erinnern, dass er ja eigentlich schon beim Aufwachen geknurrt hatte, und auf gar keinen Fall genug, um ihren Hunger zu stillen.

Niemand kam, um die leeren Schalen zu holen, und es kam auch niemand, um ihr eine zweite Mahlzeit oder auch nur einen Schluck Wasser zu bringen.

Rahn kehrte erst lange nach Dunkelwerden wieder zu ihr zurück. Arri hatte schon ungeduldig auf ihn gewartet, und er hatte die Tür noch nicht einmal ganz hinter sich geschlossen, da bestürmte sie ihn schon mit Fragen, in die sie die schüchternen Versuche einer halbherzigen Entschuldigung einfließen ließ. Rahn sagte jedoch nichts dazu. Er machte auch keine Anstalten, irgendeine der Fragen zu beantworten, mit denen sie ihn überfiel, und er tat ihr auch nicht den Gefallen, auf ihren flehenden Ton und die fast verzweifelten Blicke zu reagieren, die sie ihm zuwarf, sondern stellte nur die beiden Schalen, die er mitgebracht hatte, vor ihr auf dem Boden ab, hob stattdessen die beiden geleerten Behältnisse, die von ihrem kümmerlichen Mittagsmahl übrig geblieben waren, auf und verschwand dann ohne ein weiteres Wort.

Arri sah ihm mit einer Mischung aus Enttäuschung und Zorn hinterher, wobei der Zorn zwar zum allergrößten Teil ihr selbst galt, ein bisschen aber auch ihm. Sie hatte wirklich Zeit genug gehabt, um einzusehen, wie dumm und kindisch sie sich benommen hatte. Ganz gleich, was Rahn auch wirklich im Schilde führen mochte: Er *war* vermutlich der einzige Verbündete, den sie hier in Goseg und möglicherweise sogar auf der ganzen Welt hatte, und es war, wenn schon nicht undankbar, so doch zumindest dumm, es sich mit ihm zu verderben. Er hatte jedes Recht, beleidigt zu sein.

Zugleich ärgerte sich Arri aber auch über sein Verhalten. Er musste doch *spüren*, wie Leid ihr die Worte von gestern Nacht taten! Aber statt die ausgestreckte Hand zu ergreifen, die sie ihm hinhielt, maß er sie nur mit einem kühlen Blick und ließ sie dann ohne ein einziges Wort wieder allein.

Arri betätigte sich eine Weile damit, nach Kräften zu schmollen, dann aber erinnerte sie ihr knurrender Magen wieder daran, warum er eigentlich gekommen war, und sie humpelte zu ihrem Platz unter dem Fenster zurück und machte sich über die beiden Schalen her. Genau wie in der vergangenen Nacht hatte er ihr auch jetzt wieder eine Schale mit Wasser gebracht und eine zweite, etwas größere, die mit dem Arri schon zur Genüge bekannten grauen Brei gefüllt war. Sie hatte sich schon an den eigentlich gar nicht vorhandenen Geschmack gewöhnt und war diesmal klug genug, sich etwas von dem Wasser aufzusparen, um mit dem letzten Schluck das klebrige Zeug aus ihrem Mund zu spülen. Als sie fertig war, waren die beiden Schalen so säuberlich geleert, als hätte sie sie gerade mit großer Sorgfalt gereinigt, aber sie hatte immer noch Durst, und auch ihr Magen knurrte kein bisschen weniger als zuvor.

Und so ging es weiter. Die Nacht schien kein Ende zu nehmen. Arri fiel irgendwann in einen unruhigen Schlaf, aus dem sie immer wieder entweder von Albträumen oder einem heftig pochenden Schmerz in ihrem Knie und manchmal von beidem zugleich hochfuhr. Auch der darauffolgende Tag bot keine andere Unterbrechung als den Besuch der beiden Krieger, die kamen, um ihr Wasser und Nahrung zu bringen. Arri versuchte jetzt nicht mehr, sie anzusprechen, sondern zog sich gehorsam in ihre Ecke unter dem Fenster zurück und stand schweigend da, während der eine Krieger sie mit seinem Speer bedrohte und der andere die beiden leeren Schalen gegen volle austauschte. Sie hatte jetzt keine Angst mehr. Solange sie keine unbedachte Bewegung machte oder die Männer gegen sich aufbrachte, das spürte sie, würde ihr nichts geschehen.

Stattdessen betrachtete sie die beiden aufmerksam. Der Krieger mit dem Speer kam ihr vage bekannt vor. Im allerersten Moment überlegte sie, ob er zu denen gehörte, gegen die ihre Mutter gekämpft hatte, und ob die Erinnerung an diesen Kampf der Grund für die noch immer schwelende Wut in seinem Blick war. Dann aber meinte sie, ihn tatsächlich schon einmal gesehen zu haben, allerdings nicht vor zwei Nächten draußen jenseits des verbotenen Waldes, sondern vor sehr viel länger Zeit. Doch sie vermochte sich nicht wirklich an ihn zu erinnern und fragte sich, woher der Hass in seinen Augen kam.

Ein weiteres Rätsel, auf das sie – zumindest für die nächsten Tage – keine Antwort fand.

Auch dieser Tag verging, ohne dass auch nur irgendetwas geschah, und schon lange, bevor das Licht in dem kleinen Spalt unter der Decke wieder zu verblassen begann, lernte Arri einen neuen und ihren vielleicht bisher ärgsten Feind hier in Goseg kennen: die Langeweile. Sie war allein mit sich und ihren Gedanken, und so sehr sie auch versuchte, es nicht zu tun, kreisten eben diese Gedanken doch um nichts anderes als um die Frage, was sie hier erwarten würde.

Nicht eine einzige der Antworten, die sie sich selbst auf diese Frage gab, gefiel ihr.

Sie war davon ausgegangen, dass man sie rasch zu Sarn oder auch gleich zu Nor bringen würde, dem uneingeschränkten Herrscher nicht nur über dieses Heiligtum, sondern auch über das Land und alle Dörfer im weiten Umkreis, und sie hatte sich diesen Moment – natürlich – hundertfach und in den schwärzesten Farben ausgemalt. Aber rein gar nichts geschah. Lange

Zeit, nachdem es dunkel geworden war, schlich sich Rahn wieder in ihre Kammer, brachte ihr zu essen und Wasser, und er ging auch diesmal wieder, ohne ein einziges Wort gesagt oder auch nur eine ihrer Fragen beantwortet zu haben. Arri schlief auch in dieser Nacht mit knurrendem Magen, schrecklichem Durst und dumpfem Schmerz im Knie ein.

Auf diese Weise verging auch noch der nächste Tag. Die Krieger kamen und brachten ihr – viel zu wenig – Essen und Wasser, und Arri verbrachte die Zeit bis zum Sonnenuntergang damit, das graue Rechteck unter der Decke anzustarren und sich selbst in Gedanken mit einer erstaunlichen Vielfalt von Flüchen, Verwünschungen und Beleidigungen zu belegen, von denen sie zum Teil selbst nicht gewusst hatte, dass sie sie überhaupt kannte.

Endlich wurde es dunkel. Das graue Herbstlicht hinter dem Fenster wich dem mit zahllosen, hell funkelnden Sternen übersäten Nachthimmel der ersten wolkenlosen Nacht, seit man sie hierher gebracht hatte. Nun würde es nicht mehr lange dauern, bis Rahn kam, und heute, das nahm sie sich fest vor, würde sie ihn nicht wieder einfach so gehen lassen. Immerhin hatte er jetzt zwei Nächte Zeit gehabt, den zu Unrecht Verletzten zu spielen, und was genug war, war genug. Wenn sie ihren Stolz herunterschlucken musste, um ihn zum Reden zu bringen, nun, dann würde sie das eben tun.

Allein – Rahn kam in dieser Nacht nicht.

Die Zeit schlich dahin, und wie immer, wenn man auf ihr Verstreichen wartete, schien sich plötzlich jeder Atemzug zu einer kleinen Ewigkeit zu dehnen.

Arri stand mit trotzig verschränkten Armen und gegen die Wand gelehnt da, starrte den Sternenhimmel über dem Fenster an und wartete darauf, dass die Tür aufging und Rahn hereinkam, aber er kam nicht.

Der Nachtzenit war bereits überschritten.

Rahn kam immer noch nicht.

Arri wartete weiter, bis ihr Rücken und vor allem ihr Bein so heftig schmerzten, dass sie es einfach nicht mehr aushielt und sich wieder in ihrem Winkel unter dem Fenster zusammenkauerte. Irgendwann verlangten Erschöpfung und Müdigkeit ihren Preis, und sie schlief ein, um am nächsten Morgen mit schmerzendem Kopf und Nacken und vollkommen niedergeschlagen wieder aufzuwachen; und so hungrig, dass ihr schon beim bloßem Anblick der beiden leeren Schüsseln von gestern beinahe übel wurde.

Warum war Rahn nicht gekommen?

Hatten ihn die Wachen überrascht, als er versucht hatte, sich zu ihr zu schleichen? Arri dachte ernsthaft über diese Möglichkeit nach, entschied sich aber dann für ein klares Nein als Antwort. Sie hätte etwas davon mitbekommen, da war sie sich sicher. Wachen machten schließlich wenig Sinn, wenn sie nicht vor der Tür oder zumindest in unmittelbarer Nähe des Gebäudes standen, und hätten sie Rahn ergriffen, während er versuchte, zu ihr zu gelangen, dann hätte sie es ganz bestimmt gehört. Die dicken Mauern und die kaum weniger dicke Tür verschluckten zwar nahezu jeden Laut, der von draußen hereindringen wollte, aber es war trotzdem nicht vollkommen still. Dann und wann hörte sie Stimmen, Wortfetzen oder ein entferntes Gelächter, einmal das jämmerliche Quietschen eines Schweins, das wahrscheinlich gerade geschlachtet wurde, und während der Nacht hatte sie geglaubt, so etwas wie Gesang zu vernehmen, der aber zu schnell wieder verstummt war, als dass sie sicher sein konnte.

Einen Streit oder gar die Geräusche eines Kampfes unmittelbar vor der Tür hätte sie ganz bestimmt gehört.

Die andere Möglichkeit, die sich unweigerlich aus dieser Antwort ergab, gefiel ihr allerdings noch viel weniger: nämlich die, dass Rahn in der vergangenen Nacht nicht hatte kommen *wollen*. Hatte sie ihn mit ihren unbedachten Worten so sehr verletzt? Arri konnte sich das nicht vorstellen, schon gar nicht angesichts dessen, was sie am ersten Abend in seinen Augen gelesen hatte ... aber schließlich war Rahn ein Mann, und man wusste nie, auf welch kruden Pfaden sich die Gedanken eines Mannes bewegen mochten.

Die Zeit, bis die Wachen kamen, um ihr zu essen zu bringen, schien kein Ende zu nehmen. Arri wich hastig in ihren Winkel unter dem Fenster zurück, als sie das Scharren des schweren Riegels hörte, doch als sie die beiden nur halb gefüllten Schalen sah, die der zweite Krieger neben der Tür auf den Boden stellte, konnte sie nicht länger schweigen; auch wenn sie das Gefühl hatte, schreien zu müssen, um das Knurren ihres eigenen Magens zu übertönen. »Was soll das?«, begehrte sie auf. »Wollt ihr mich verhungern lassen? Das reicht ja nicht einmal, um einen Säugling satt zu machen!«

Der Krieger, der die Schalen gebracht hatte, beließ es nur bei einem verächtlichen Blick und wollte sich zum Gehen wenden, aber sein Kamerad nutzte den Vorwand, den Arri ihm mit ihrer Beschwerde geliefert hatte, um nicht nur drohend mit seinem Speer in ihre Richtung zu stochern, sondern sie mit der Spitze aus scharf geschliffenem Feuerstein in den Oberarm zu pieksen. »Halt den Mund, du dummes Ding!«, fuhr er sie an. »Sei froh, dass du überhaupt etwas bekommst! Wenn es nach mir ginge ...«

»... würdest du mich verhungern lassen?«, fiel ihm Arri ins Wort. Sie lachte böse. »Seltsam, aber wieso habe ich seit ein paar Tagen eigentlich das Gefühl, dass ihr genau das tut?«

In den Augen des Kriegers blitzte es noch wütender auf, und Arri schluckte den Rest dessen, was ihr eigentlich auf der Zunge lag, vorsichtshalber herunter und biss sich auf die Unterlippe. Die Stelle, an der sie die Speerspitze getroffen hatte, blutete zwar nicht, aber sie tat ziemlich weh, und vielleicht war es besser, wenn sie ihm keinen weiteren Vorwand lieferte, seine Waffe noch einmal und vielleicht mit etwas mehr Nachdruck in ihr Fleisch zu bohren. Sie funkelte ihn einfach nur herausfordernd an, konnte aber trotz allem nicht verhindern, dass ihr Blick immer wieder zu den beiden Schalen neben der Tür irrte. Ihr war schlecht vor Hunger.

»Komm jetzt«, sagte der andere Krieger von der Tür aus. Er wirkte angespannt. »Du weißt, was Nor gesagt hat. Er ist auch so schon zornig genug.«

Arri zog es vor, nicht über die genaue Bedeutung dieser Worte nachzudenken, und es wäre ihr wohl auch schwer gefallen, denn ihre ganze Konzentration galt plötzlich der Speerspitze, die nun nicht mehr auf ihre Seite gerichtet war, sondern langsam nach oben wanderte und schließlich ihre Kehle berührte.

»Hör damit auf«, sagte der Mann von der Tür aus. Er klang jetzt mehr als nur beunruhigt, fast schon ängstlich, aber Arri wollte den Grund für diesen Stimmungswandel gar nicht so genau wissen.

»Warum?«, fragte der Krieger. Er machte ein anzügliches Geräusch. Die Speerspitze glitt an Arris Hals hinauf, strich an ihrer Wange entlang und näherte sich ihrem Auge. Arri hielt unwillkürlich den Atem an. Sie wäre noch weiter vor der Waffe zurückgewichen, aber sie stand bereits ganz in der Ecke und hatte Schultern und Hinterkopf so fest gegen den Stein gepresst, wie sie nur konnte. Sie wagte es nicht einmal mehr zu atmen. Noch eine Haaresbreite näher, und der Speer würde sich in ihr Auge bohren oder sie gleich töten. Ihr Herz hämmerte so rasend, als wollte es in ihrer Brust zerspringen.

Endlich senkte der Krieger den Speer und trat zurück; allerdings nur einen halben Schritt weit und nicht einmal lange genug, um Arri Zeit für ein erleichtertes Aufatmen zu lassen. Dann hob er seinen Speer erneut. Die gezackte Spitze glitt unter den Saum ihres Rocks und schob ihn in die Höhe, wobei sie gewiss nicht aus Zufall einen dünnen, aber höllisch brennenden Kratzer auf ihrer Haut hinterließ. Dann ließ er den Speer sinken, doch nur, um ihn erneut anzusetzen und jetzt in Arris Bluse zu bohren und auch sie anzuheben. Sein Blick folgte der Spur, die die Speerspitze auf ihrer Haut hinterließ, bis er den Stoff fast bis zu ihrer Brust hochgeschoben hatte, und Arri machte eine neue, selbst in diesem Moment überraschende Erfahrung: Sie hatte geglaubt, die Berührung von Rahns grabschenden Händen auf ihrem Leib sei widerwärtig gewesen, aber nun musste sie erkennen, dass Blicke mindestens genauso unangenehm sein konnten.

»Eigentlich ist sie gar nicht einmal so hässlich«, fuhr der Krieger fort und fuhr sich mit der Zungenspitze über die Lippen. »Wenigstens für eine wie sie.«

»Hör endlich damit auf, Jamu«, sagte sein Kamerad hastig. »Nor wird ...«

»Nichts wird Nor«, unterbrach ihn der andere. »Weil er nämlich nichts davon erfahren wird. Oder willst du es ihm erzählen?«

»Nein«, antwortete der Mann unwillig. »Aber sie vielleicht. Was willst du Nor sagen, wenn er dich fragt, warum du seinen Befehl missachtet hast?«

»Vielleicht gar nichts, wenn er es nicht erfährt«, sagte Jamu noch einmal. »Wir könnten sagen, dass sie uns angegriffen hat und wir sie töten mussten, um uns vor ihrer Magie zu schützen.«

Der Speer in seinen Händen zitterte noch heftiger, als er den Druck auf die Waffe verstärkte, und diesmal *floss* Blut, wenn auch nur einige wenige Tropfen, und Arri sog scharf die Luft zwischen den Zähnen ein und wappnete sich gegen den Schmerz, der nun kommen musste – aber dann zog der Krieger den Speer mit einem Ruck zurück, spie angeekelt vor Arri auf den Boden und drehte sich abrupt um. Als er den Raum verließ, ähnelte es mehr als alles andere einer Flucht – was ihn allerdings nicht daran hinderte, noch im Hinausgehen mit seinem Speer die Schale mit dem mitgebrachten Brei umzustoßen.

Arri atmete so erleichtert auf, dass es wohl noch auf der anderen Seite der dicken Tür zu hören sein musste. Plötzlich zitterten ihre Knie so heftig, dass sie sich nicht mehr halten konnte und an der Wand entlang in die Hocke sank, wo sie mit hämmerndem Herzen und keuchendem Atem eine geraume Weile sitzen blieb. Ganz plötzlich hatte sie das Gefühl, dem Tod gerade um Haaresbreite entgangen zu sein, und vielleicht um weniger als *Haaresbreite.* Jamu hatte sie auf genau die Art angestarrt, wie sie für Männer seines Schlags üblich war, aber unter der Gier in seinen Augen – nicht sehr tief darunter, und auch nicht besonders gut versteckt – war noch etwas anderes gewesen. Jamu hatte sie töten wollen. Nicht weil er Angst vor ihr hatte oder wegen des Unsinns, den Nor ihm über sie oder ihre Mutter erzählt haben mochte. Was sie in seinen Augen gelesen hatte, war blanker, unverhohlener Hass gewesen.

Aber warum? Was hatte sie ihm getan?

Sie wartete, bis ihr Herz aufgehört hatte, wie verrückt von innen gegen ihre Rippen zu hämmern, dann ließ sie sich nach vorn auf beide Hände und das unversehrte Knie sinken und kroch zur Tür, um die Schale aufzuheben, die Jamu im Hinausgehen umgestoßen hatte.

Die Schale war nahezu leer und ihr ohnehin kümmerlicher Inhalt auf dem Boden verschüttet.

Wenigstens hatte er ihr das Wasser gelassen. Einen Tag ohne Essen würde sie aushalten, aber einen ganzen Tag ohne Wasser – und vielleicht auch noch eine ganze Nacht, falls Rahn auch heute nicht kam – vielleicht nicht. Arri war mittlerweile fast sicher, dass man ihr nicht zufällig nur gerade so viel zu essen und zu trinken gab, dass sie am Leben blieb, aber ganz bestimmt nicht mehr. Ohne das bisschen zusätzliche Essen, das Rahn ihr heimlich gebracht hatte, wäre sie vielleicht schon jetzt kaum noch in der Lage gewesen, aus eigener Kraft zu stehen. Wollte man sie vielleicht aushungern, um sicherzugehen, dass sie auch ganz bestimmt auf die Knie fiel, wenn man sie irgendwann zu Nor brachte?

Vorsichtig und mit beiden Händen ergriff sie die Wasserschale und trank einen großen Schluck. Ihre Vernunft sagte ihr, dass sie besser daran täte, sich die paar jämmerlichen Schlucke einzuteilen, denn es konnte gut sein, dass es bis zum nächsten Tag dauern würde, bevor sie wieder etwas bekam. Aber Vernunft war eine feine Sache, so lange man sie sich leisten konnte, und sie pflegte rasch an Macht zu verlieren, wenn man nur durstig genug war; und Arri war mittlerweile *sehr* durstig. Sie zögerte noch einen letzten Atemzug, dann zuckte sie seufzend mit den Schultern und leerte die Schale bis auf einen winzigen Rest, den sie sich für den Moment aufsparen wollte, wenn der Durst gar zu übermächtig würde.

Anschließend hob sie die umgekippte Schale Brei auf und leckte den kümmerlichen Rest heraus, der darin verblieben war, und sie ertappte sich tatsächlich bei der ernsthaften Überlegung, den verschütteten Brei vom Boden noch irgendwie aufzusammeln, um ihn sich einzuverleiben. Die Vorstellung war ziemlich widerlich, aber vielleicht letzten Endes nicht so schlimm wie der Gedanke, bis zum nächsten Tag hungern zu müssen.

Doch noch war ihr Stolz stärker als der Hunger, der in ihren Eingeweiden wühlte, und sie war nicht einmal sicher, dass der Krieger die Schale nicht sogar auf Nors ausdrücklichen Befehl hin umgestoßen hatte, und zwar aus keinem anderen Grund als dem, sich davon zu überzeugen, wie weit ihr Wille und ihr Stolz schon gebrochen waren.

Auch dieser Tag endete, ohne dass noch irgendetwas geschah oder jemand kam, und als die Nacht hereinbrach und die Zeit verrann und die Tür ihres Gefängnisses nicht aufging, um Rahn einzulassen, wuchs Arris Verzweiflung ins Grenzenlose. Vielleicht hatte sie sich ja getäuscht. Vielleicht wollte man sie ja tatsächlich verhungern lassen, nur eben nicht schnell und in wenigen Tagen, und die Männer brachten ihr ganz bewusst gerade so viel zu essen, dass sich ihre Qual schier endlos lange dahinziehen musste.

Natürlich war dieser Gedanke vollkommen unsinnig. Wenn Nor sie tatsächlich quälen wollte, dann standen ihm dazu sicher ganz andere, wirkungsvollere und vor allem brutalere Methoden zur Verfügung. Unglückseligerweise war es gerade diese Überlegung, die ihre Phantasie dazu anregte, sich in vollkommen übertriebene Schreckensbilder hineinzusteigern.

Es musste schon wieder auf den Nachtzenit zugehen, als sie ein Geräusch an der Tür hörte und hochfuhr. Sie hatte es selbst nicht gemerkt und war ganz im Gegenteil davon überzeugt gewesen, die ganze Zeit über hellwach dagesessen und auf das Verstreichen der Zeit gewartet zu haben. So ganz konnte das nicht stimmen, denn sie hatte zwar das Geräusch der Tür gehört, aber es war das Geräusch, mit dem sie geöffnet wurde, damit jemand den Raum *verlassen* konnte.

»Rahn?«, fragte sie. Der Schatten vor der Tür zögerte fast unmerklich, und Arri setzte sich erschrocken auf und sagte noch einmal und lauter: »Rahn? Bitte bleib!«

Tatsächlich erstarrte die Gestalt, die sich schwarz auf schwarz vor dem Hintergrund eines jetzt wieder wolkenverhangenen Nachthimmels abzeichnete, drehte sich dann zu ihr um, und die Dunkelheit auf der anderen Seite des Raumes wurde wieder so vollständig, als hätten Mardans Schattendämonen ihre dunklen Schleier über die Türöffnung gezogen, statt dass nur jemand die Tür mit einem kaum hörbaren Knarren wieder schloss.

»Ich wusste nicht, dass du wach bist«, sagte Rahn.

Arri atmete erleichtert auf. Sie war sich nicht ganz sicher gewesen, ob es sich bei dem Eindringling wirklich um Rahn handelte. »Ich habe nicht geschlafen«, sagte sie mit einer Stimme, die belegt und schlaftrunken genug klang, um die Behauptung selbst in ihren Ohren einfach nur lächerlich klingen zu lassen.

»Natürlich nicht«, antwortete Rahn denn auch unüberhörbar spöttisch, während er mit leise raschelnden Bewegungen näher kam. »Ich nehme an, du schnarchst immer so laut, dass man es noch auf der anderen Seite des Hauses hören kann, wenn du wach bist.«

»Also gut, vielleicht ein bisschen«, gestand Arri zerknirscht.

Rahn lachte. »Ach? Und wie schläft man *ein bisschen*?« Sie sah, wie er sich halb in Richtung der Tür umdrehte und den Kopf auf die Seite legte, wie um zu lauschen, und als er sich wieder direkt an sie wandte und fortfuhr, war seine Stimme leiser geworden und klang auch deutlich unwillig. »Was willst du?«

Arri überlegte sich ihre Antwort sehr genau. Sie konnte es sich auf gar keinen Fall leisten, ihn noch einmal zu verjagen oder ihn einfach nur gehen zu lassen, ohne mit ihm geredet zu haben, und dies ganz und gar nicht nur, weil er möglicherweise der Einzige war, der noch zwischen ihr und einem qualvollen Hungertod stand. Während all der endlosen Zeit, die sie auf ihn gewartet hatte, hatte sie sich ganz genau das immer und immer wieder eingeredet, doch nun begriff sie, dass das nicht stimmte. Auch wenn sie sich selbst vergebens fragte, warum eigentlich – Rahn *bedeutete* ihr etwas. Sie wusste nicht was, und sie verstand dieses Gefühl nicht im Geringsten, aber es war so.

»Mit dir reden«, sagte sie.

»Reden?«, wiederholte Rahn. »Und worüber? Ich meine: Im Grunde hast du bereits alles gesagt, was es zu sagen gibt.«

»Rahn, bitte«, sagte Arri. »Es tut mir Leid. Wirklich. Ich wollte dir nicht ...«

»... Gemeinheiten an den Kopf werfen?«, fiel ihr Rahn ins Wort und beantwortete seine eigene Frage sogleich mit einem heftigen Kopfschütteln. »Doch. Ganz genau das wolltest du.«

Seine Worte, vielleicht eben deshalb, weil sie so viel Wahrheit enthielten, ärgerten Arri schon wieder so sehr, dass ihre Vernunft gerade noch mit Mühe und Not die Oberhand behielt und sie daran hinderte, mit einer neuen Bosheit zu antworten. Sie hob stattdessen nur die Schultern und versuchte, möglichst schuldbewusst auszusehen – aber nicht, ohne mit zusammengekniffenen Augen nach dem Essen Ausschau zu halten, dass er wahrscheinlich mitgebracht hatte.

»Also?«, fragte er. »Was willst du? Ich habe nicht viel Zeit. Die Wachen sind misstrauisch geworden. Hast du ihnen etwas erzählt?«

»Nein!«, antwortete Arri erschrocken. Warum sollte sie etwas so Dummes tun?

»Also, was willst du dann?«

»Ich ... ich wollte mich bei dir entschuldigen.« Die Worte schienen Arri nur widerwillig über die Lippen zu kommen. »Was ich gesagt habe, tut mir Leid«, fuhr sie leise fort. »Es war dumm.«

»Ja«, stimmte ihr Rahn zu. »Das war es.« Plötzlich lachte er leise auf. »Aber um ehrlich zu sein, habe ich nichts anderes von dir erwartet. Schließlich bist du die Tochter deiner Mutter.«

Was sollte das denn jetzt schon wieder heißen?, fragte sich Arri. »Meine Mutter ist nicht dumm!«

»Nein«, sagte Rahn. »Aber sie neigt dazu, alle anderen für dumm zu halten – und sie auch so zu behandeln.« Er seufzte. »Ich nehme an, ich erzähle dir nichts Neues, wenn ich dir sage, wie ähnlich du ihr bist?«

Arri wusste nicht genau, was sie darauf sagen sollte, und so fuhr sie sich nur mit der Zungenspitze über die rissigen Lippen und reckte den Kopf, um die Dunkelheit hinter Rahn mit Blicken zu durchdringen. »Hast du ...?«

»... etwas zu essen mitgebracht?«, führte Rahn den Satz zu Ende. Statt die Frage zu beantworten, sah er rasch in die Dunkelheit auf der anderen Seite des Raumes und tauchte nur einen Herzschlag später wieder daraus auf, zwei flache, hölzerne Schalen in den Händen haltend. »Sicher. Warum hätte ich sonst kommen sollen?«

Arri hatte das sonderbares Gefühl, dass er eine ganz bestimmte Antwort auf diese Frage erwartete, doch statt irgendetwas zu sagen, stemmte sie sich halb in die Höhe und riss ihm die Schale mit Wasser regelrecht aus der Hand. Sie war so gierig, dass sie einen gut Teil der kostbaren Flüssigkeit verschüttete, bevor ihre Vernunft wieder die Oberhand gewann und sie die letzten Schlucke bedächtig und ganz bewusst langsam trank. Und auch mit dem Brei erging es ihr nicht sehr viel besser. In Windeseile löffelte sie die Schüssel mit den Fingern leer und leckte sie anschließend so gründlich und lange aus, bis Rahn ihr die Schale aus den Fingern nahm und den Kopf schüttelte.

»Nicht, das du am Ende noch Splitter in der Zunge hast«, sagte er spöttisch. »Sie ist auch so schon spitz genug.«

»Danke«, sagte Arri.

»Sie geben dir nicht genug zu essen«, vermutete Rahn.

»Nein«, sagte Arri. Warum stellte er diese Frage? Wäre er der Meinung gewesen, es wäre anders – warum hätte er dann das Risiko auf sich nehmen sollen, sich hier hereinzuschleichen?

»Ich werde Nor davon berichten«, murmelte Rahn. Er klang verärgert. »Das verspreche ich dir.«

»Wahrscheinlich lassen sie mich auf Nors Befehl allmählich verhungern«, erwiderte Arri, aber nun schüttelte Rahn heftig den Kopf und wirkte noch ärgerlicher.

»Nein!«, beharrte er. »Ich weiß, dass er den ausdrücklichen Befehl erteilt hat, dir genug zu essen und Wasser zu bringen und auch sonst dafür zu sorgen, dass dir kein Leid geschieht.« Er machte ein ärgerliches Geräusch. »Wahrscheinlich behalten die Wachen den größten Teil deiner Ration für sich und geben dir nur gerade genug, damit du am Leben bleibst.«

»Wenn du wirklich glaubst, dass ich genug zu essen bekomme, warum bist du dann überhaupt hier?«

Rahn lachte. Es klang nicht ganz echt. »Wann hätte ein Mädchen in deinem Alter jemals genug zu essen bekommen, um satt zu werden?«

»Und warum sollte Nor so um mein Wohl besorgt sein?«, beharrte Arri. »Ausgerechnet er?«

Wieder lachte Rahn, aber jetzt war es ein Geräusch, das die genau gegenteilige Wirkung auf Arri hatte. »Ganz bestimmt nicht, weil er dich so sehr ins Herz geschlossen hat, Arianrhod.«

Arianrhod? Arri sah den breitschultrigen Schatten über sich verwirrt an. Wieso gebrauchte Rahn ihren wirklichen Namen? Und woher kannte er ihn überhaupt?

»Warum dann?«, fragte sie.

Rahn kam wieder näher und ließ sich vor ihr in die Hocke sinken. Er stellte die beiden leeren Schalen ineinander, um eine Hand frei zu haben, griff dann unter seinen Mantel und förderte einen kleinen Apfel zu Tage, den er Arri zuwarf. »Das weiß ich nicht.«

Arri war so überrascht, dass ihr der Apfel durch die Finger glitt und zu Boden fiel. Hastig hob sie ihn auf, führte ihn ohne viel Nachdenken zum Mund und biss hinein. Er war winzig, verschrumpelt und braun und sah nicht nur so aus, sondern schmeckte auch irgendwie so, als wäre er nicht von der letzten, sondern von der *vorletzten* Ernte übrig geblieben, und dennoch hatte sie in diesem Moment das Gefühl, noch niemals etwas Köstlicheres gegessen zu haben. Eine Woge tiefer Dankbarkeit überflutete sie, und am liebsten wäre sie aufgesprungen und hätte Rahn in die Arme geschlossen, wäre sie nicht voll und ganz damit beschäftigt gewesen, zu kauen und das Gefühl zu genießen, endlich wieder etwas zwischen den Zähnen zu haben, was nicht breiig und ansonsten nach gar nichts schmeckte.

Als Arri fertig war, lächelte sie dankbar und schielte gierig auf Rahns Umhang, doch der Fischer schüttelte nur bedauernd den Kopf. »Das war alles. Mehr konnte ich nicht stehlen, ohne dass es aufgefallen wäre.«

»Stehlen«, wiederholte Arri. Sie lächelte oder versuchte doch zumindest, ihre gesprungenen Lippen zu etwas zu verziehen, was wie ein Lächeln aussah. »Ich wusste immer, dass du ein unehrlicher Mensch bist – aber ein Dieb?«

Rahn schien einen Moment lang ernsthaft über diese Worte nachdenken zu müssen, dann beschloss er wohl, dass es das Beste war, sie überhaupt nicht zur Kenntnis zu nehmen. »Du hast mich gefragt, warum ich gekommen bin.« Arri nickte, und Rahn schwieg abermals für eine geraume Weile, in der er sehr aufmerksam und sehr nachdenklich wirkte. »Ich habe etwas von deiner Mutter gehört.«

»Von meiner Mutter?!« Arri setzte sich kerzengerade auf. »Wo ist sie? Wie geht es ihr?«

Rahn hob besänftigend die Hände. »Das weiß ich nicht«, sagte er rasch und bedeutete ihr gleichzeitig mit einer fast erschrockenen Bewegung, leiser zu sprechen. Arri hatte vor lauter Überraschung fast geschrieen.

Kaum einen Deut leiser als zuvor fuhr sie fort: »Aber gerade hast du doch gesagt, dass ...«

»Nors Krieger suchen immer noch die Wälder im weitem Umkreis nach ihr ab«, fiel ihr Rahn ins Wort und winkte noch einmal und heftiger ab, wobei er das Gesicht verzog, als hätte er plötzlich Zahnschmerzen. »Es ist ihnen nicht gelungen, sie aufzuspüren, aber sie haben ihre Fährte entdeckt, und einer der Männer behauptet nicht nur, sie gesehen, sondern sogar, ihr gegenübergestanden zu haben. Ich glaube allerdings«, fügte Rahn mit einem angedeuteten Achselzucken hinzu, »dass er lügt.«

»Warum?«, fragte Arri.

»Weil er noch am Leben ist.« Rahns Versuch, einen Scherz zu machen, misslang kläglich, als fortfuhr: »Es sei denn, dass es deiner Mutter wirklich nicht besonders gut geht. Aber dann«, fügte er eindeutig überhastet hinzu, »hätten Nors Krieger sie wahrscheinlich längst eingefangen. Sie sind gut, weißt du?«

»Nein«, antwortete Arri finster. »Immer wenn ich dabei war, hat meine Mutter sie besiegt.«

Rahn machte eine rasche, ungeduldige Handbewegung. »Auch wenn Lea besser mit dem Schwert umgehen kann, bedeutet das doch nicht, dass sie schlecht sind. Und schon gar nicht dumm. Nor sucht seine Männer sehr sorgfältig aus. Schließlich ist es eine Ehre, bei ihm zu dienen.«

»Du scheinst ja dein Herz an Nor verloren zu haben«, erwiderte Arri giftig. »Bist du hergekommen, um ein Loblied auf ihn zu singen?«

»Du solltest deine Feinde nie unterschätzen«, erwiderte Rahn ernst. »Schon gar nicht, wenn sie so mächtig sind wie Nor. Narren erringen selten große Macht. Und wenn doch, dann behalten sie sie nicht lange.«

»Und?«, fragte Arri misstrauisch. »Warum erzählst du mir das alles?«

»Ihr wart auf dem Weg in die Berge, nicht wahr«, fragte Rahn, statt ihre Frage zu beantworten, »um euch den Fremden anzuschließen?«

Arri sagte nichts dazu, aber sie fragte sich verwirrt, worauf Rahn überhaupt hinauswollte. Er kannte die Antwort auf seine eigene Frage ebenso gut wie sie. »Du warst doch dabei.«

Rahn machte eine unwillige Geste. »Ich will nicht wissen, was deine Mutter mir *gesagt* hat«, antwortete er scharf. »Stell dir vor, daran erinnere ich mich selbst. Ich will wissen, was ihr *wirklich* vorgehabt hattet.«

»Ich weiß auch nicht mehr als du«, sagte Arri störrisch. Was wollte er eigentlich von ihr hören? »Wir wollten zu Dragosz, um uns ihm und seinem Volk anzuschließen. Warum?«

»Genau das frage ich mich auch«, sagte Rahn.

»Wie?« Arri blinzelte verständnislos.

»Deine Mutter war in unserem Dorf vielleicht nicht sehr beliebt, aber ihr hattet ein gutes Leben«, antwortete Rahn. »Ihr hattet immer genug zu essen, und die Menschen haben euch respektiert.«

»Respektiert?« Arri ächzte übertrieben. »Das ist komisch. Irgendwie hatte ich immer ein ganz anderes Gefühl.«

»Du irrst dich«, behauptete Rahn. »Gleich, wie sehr Sarn sie auch aufzuhetzen versucht hat: Die Leute haben nicht vergessen, was deine Mutter für das Dorf getan hat.«

»Was sollte das schon groß sein?«, fragte Arri störrisch. »Sie hat eure Verletzten und Kranken gepflegt und euch ein paar Dinge beigebracht, auf die ihr wahrscheinlich im Lauf der Zeit auch von selbst gekommen wärt.«

»Ich glaube beinahe, du hast wirklich keine Ahnung.« Rahn schüttelte den Kopf. »Ich bin vielleicht nicht so viel älter als du, aber ich kann mich noch gut erinnern, wie es war, bevor ihr in unser Dorf gekommen seid. Die Alten erzählen oft genug davon, und auch ich kenne diese Zeit noch.« Er sah sie nachdenklich an. »Wann hast du das letzte Mal gehungert?«

»Heute«, antwortete Arri wahrheitsgemäß. Ihr Magen knurrte gehorsam, um ihre Behauptung zu unterstreichen, und Rahn lächelte flüchtig, wurde aber sofort wieder ernst.

»Ich meine *wirklich* gehungert«, beharrte er. »Nicht einen Tag oder einen Monat, sondern einen ganzen Winter lang? Kennst du das Gefühl, nicht zu wissen, ob du das nächste Frühjahr noch erleben wirst, weil der Hunger dir die Eingeweide zerreißt und die Vorräte schon längst verdorben sind? Weißt du, wie es ist, wenn du deine Brüder und Schwestern vor Hunger sterben siehst und dich fragst, ob du vielleicht der Nächste bist?«

»Nein«, sagte Arri.

»Woher auch?«, schnaubte Rahn. »*Ich* kenne es, und jeder, der älter ist als ich, kennt es auch. Die Alten erzählen von Jahren, in denen nur die Hälfte des Dorfes noch am Leben war, wenn der Schnee schmolz. Und weißt du, warum *du* diese Zeit nie erlebt hast?«

»Nein«, antwortete Arri, »und es kümmert mich auch nicht! Bist du nur hergekommen, um ...«

»Weil es sie nicht mehr gibt, seit deine Mutter zu uns gekommen ist«, fuhr Rahn ungerührt fort. »Deine Mutter hat uns so viel Neues gelehrt. Die Felder bringen reichere Ernten ein, und die Jäger wissen stets, wo sie das meiste Wild erlegen können. Sie hat uns gelehrt, bessere Werkzeuge zu schmieden und die Saat stets zum rechten Zeitpunkt auszubringen ...« Er schüttelte den Kopf, um klarzumachen, dass er die Aufzählung noch eine geraume Weile fortsetzen könnte, machte dann aber nur eine abschätzende Handbewegung. »Deine Mutter hat dem Dorf Wohlstand und Sicherheit beschert, Arianrhod, und die Leute wissen das.«

»Wenn es wahr ist, dann haben sie eine sehr seltsame Art, ihre Dankbarkeit zu zeigen«, sagte Arri spitz und fügte in Gedanken hinzu: *dich eingeschlossen;* vorsichtshalber aber wirklich nur in Gedanken. Dennoch sah Rahn sie so vorwurfsvoll an, als hätte sie genau diesen Gedanken laut ausgesprochen. Dann aber zog er nur die linke Augenbraue hoch und fuhr fort: »Manchmal ist es schwer, immer nur Dankbarkeit zu zeigen. Die Leute fühlen sich in der Rolle des ewigen Bittstellers nicht wohl.«

Arri sah ihn verständnislos an.

»Geht es dir nicht auch so?«, fragte Rahn. »Ich meine: Was ist dir lieber? Immer nur von einem Almosen leben zu müssen oder von deiner eigenen Hände Arbeit?«

Arri sah ihn nur mit noch größerer Verständnislosigkeit an, und Rahn seufzte leise und schüttelte den Kopf. Er wirkte enttäuscht.

»Warum erzählst du mir das alles?«, wollte Arri wissen.

»Vielleicht, damit du verstehst, warum die Menschen im Dorf so zornig auf euch sind«, antwortete Rahn ernst.

Diesmal musste Arri ihrer Verständnislosigkeit nicht einmal sehr spielen. »Sie sind zornig auf uns, weil sie uns Dank schulden?«, murmelte sie verwirrt. »Was ist denn das für ein Unsinn?«

»Seit ihr in unser Dorf gekommen seid«, antwortete Rahn ruhig, »hat deine Mutter den Menschen gezeigt, um wie viel größer ihr Wissen ist. *Sie* ist es, denen sie bessere Ernten verdanken. Niemand muss mehr Angst haben, den nächsten Winter nicht mehr zu überleben oder zu sterben, weil er sich in den Finger geschnitten und die Wunde sich entzündet hat.« Er schüttelte heftig den Kopf, obwohl Arri gar nicht versucht hatte, zu widersprechen oder auch nur irgendetwas zu sagen, und fuhr lauter und in fast vorwurfsvollem Ton fort: »Aber sie hat ihr Wissen nie mit anderen geteilt. Sie behält es eifersüchtig für sich und hütet es wie einen Schatz. Die Menschen im Dorf wissen, dass es ihnen weiter gut geht, solange deine Mutter bei ihnen ist, und nun will sie gehen. Einfach so. Und du erwartest *Dankbarkeit?*«

»Was denn sonst«, gab Arri patzig zurück. »Aber wenn sie nicht wollen, ist es auch gut. Und dann ist es ja wohl sowieso das Beste, wenn wir euch nicht länger zur Last fallen. Ganz abgesehen davon, dass Sarn uns sowieso schon lange am liebsten mit Schimpf und Schande aus dem Dorf gejagt hätte und Nor uns unter Druck gesetzt hat.«

Rahn schüttelte entschieden den Kopf. »Es geht hier nicht um Sarn oder Nor. Die Menschen, die dich und deine Mutter vor vielen Jahren aufgenommen haben, können euch nicht einfach so gehen lassen. Was erwartest du? Deine Mutter ist ihnen etwas schuldig.«

»Ach, und was?«, erwiderte Arri höhnisch. »Was habt ihr für uns getan, dass wir euch etwas schuldig sind?«

Ein Ausdruck leiser Überraschung erschien in Rahns Augen, dann aber schüttelte er nur noch einmal und diesmal heftiger den Kopf.

»Ihr könnt nicht einfach irgendwo hingehen und die Leute die Brosamen von eurem Tisch aufsammeln lassen, solange es euch gefällt, und dann weiterziehen. Ich mag Nor nicht. Er ist ein grausamer Herrscher, ungerecht und selbstsüchtig. Aber er hat Recht.«

»Womit?«, fragte Arri.

»Mit dem, was er tut«, antwortete Rahn. Er hob die Schultern. »Man mag über die Art streiten, wie er seinen Willen durchzusetzen versucht, doch er hat Recht. Es wäre die verdammte Pflicht deiner Mutter gewesen, ihm das Geheimnis ihrer Magie zu verraten. Du kannst nicht irgendwo hingehen, eine Weile bleiben und tun, was immer du willst, und dann einfach wieder verschwinden, als wäre nichts geschehen!«

»Du bist wirklich nur hergekommen, um Nor zu verteidigen, wie?«, fragte Arri.

»Nein«, antwortete Rahn rundheraus. »Ich bin hier, weil Nor mir den Auftrag gegeben hat, mich in dein Vertrauen zu schleichen und dich auszuhorchen.«

Hätte Arri in diesem Moment noch einen Bissen des Apfels im Mund gehabt, er wäre ihr vermutlich im wahrsten Sinn des Wortes im Halse stecken geblieben. Aus aufgerissenen Augen starrte sie Rahn an und suchte – vergeblich – nach irgendeinem Anzeichen von Spott oder Hohn in seinem Gesicht, aber da war nichts. Er meinte diese Worte vollkommen ernst. »Und das ... das ... sagst du mir einfach so ins Gesicht?«, ächzte sie.

»Wäre es dir lieber, ich würde dich belügen?«, erwiderte Rahn.

»Du ... du willst mich verhöhnen«, murmelte Arri. »Du sagst das nur, um ...«

»... dir zu beweisen, dass du mir trauen kannst«, unterbrach sie Rahn.

Von allen verdrehten Gedanken, die er bisher geäußert hatte, fand Arri, war das der mit Abstand albernste. Dennoch sagte sie nichts dazu, und Rahn kam wieder ein Stück näher, hütete sich aber, den Abstand zu unterschreiten, mit dem ihr seine Nähe unangenehm hätte werden können. »Hast du wirklich geglaubt, ich könnte mich jede Nacht hier hereinschleichen, ohne dass die Wachen es merken?«, fragte er und schüttelte gleichzeitig den Kopf. »Goseg ist groß, aber doch nicht so groß, dass so etwas unbemerkt bliebe. Nor hat mich beauftragt, mit dir zu reden und dich auszuhorchen.«

»Und es mir zu sagen?«

Rahn lächelte, aber nur knapp. »Nein, das vielleicht nicht«, gestand er. »Ich bin ganz ehrlich zu dir, Arianrhod. Damit du begreifst, dass ich nicht dein Feind bin.«

»O ja, ich verstehe«, antwortete Arri verwirrt. »Du verrätst deinen Herren, um mir zu beweisen, dass ich dir trauen kann? Das macht Sinn.«

Ganz kurz huschte ein Ausdruck von Zorn über Rahns Gesicht, verschwand dann aber wieder. »Ich *verrate* ihn nicht«, behauptete er, »und Nor ist nicht mein Herr. Mein Leben gehört mir, wenn schon nichts anderes.«

»Und was erwartest du nun als Gegenleistung für deine große *Ehrlichkeit*?«, erkundigte sich Arri. »Dass ich jetzt meinerseits meine Mutter verrate?«

»Dasselbe«, sagte Rahn. »Dass du ehrlich zu mir bist. Ich war bereit, alles aufzugeben und mein Leben hinter mir zu lassen, um deiner Mutter und dir zu folgen. Als Dank hat sie mich verraten. Was erwartest du, wie ich darauf reagieren soll?«

»Ich weiß nicht, was du von mir willst«, antwortete Arri unwirsch. »Ich kann dir nicht mehr sagen, als du schon weißt.«

»Die Fremden«, beharrte Rahn. »Das Volk eures neuen Freundes ... kennst du den Weg dorthin?«

»Nein«, antwortete Arri, was nicht nur die Wahrheit war – sie sah Rahn auch an, dass er ihr keine andere Antwort geglaubt hätte.

»Aber du weißt, wie man sie findet?«

»Und wenn ich es wüsste – warum sollte ich es dir sagen?«, gab Arri misstrauisch zurück. »Damit du zu Nor gehst und es ihm erzählst?«

»Du begreifst anscheinend immer noch nicht, in welcher Lage du dich befindest.«

»Mit dem Rücken an der Wand?«, erkundigte sich Arri.

»Das ist nicht witzig, Arianrhod!« Plötzlich war in Rahns Stimme ein Ernst, der das spöttische Lächeln auf ihrem Gesicht gefrieren ließ. »Sarn wollte dich töten. Nor ist klüger und hat erkannt, dass du uns lebend von größerem Nutzen bist als tot, aber das heißt nicht, dass er weniger gefährlich wäre. Ganz im

Gegenteil. Er wird so oder so alles erfahren, was er von dir wissen will. Die Frage ist nur, wie schlimm es für dich wird.«

Wenn er es darauf angelegt hatte, ihr Angst zu machen, dachte Arri, dann war es ihm gelungen. Trotzdem zwang sie sich noch einmal zu einem Grinsen und fragte mit einem treuherzigen Augenaufschlag: »Wenn er glaubt, einer Hexe wie mir damit Angst machen zu können, hat er sich aber schwer getäuscht.«

Diesmal blitzte es eindeutig wütend in Rahns Augen auf, und sie sah, wie er zu einer entsprechenden Antwort Luft holte, es dann aber nur bei einem Seufzen und einem angedeuteten Kopfschütteln beließ. Plötzlich stand er auf. »Also gut«, sagte er, lauter und in verändertem Tonfall. »Du hast noch ein wenig Zeit, um nachzudenken. Aber nicht mehr allzu viel.«

»Wieso?«, fragte Arri. Worüber nachzudenken?

»Zum Beispiel über die Frage, was du den Menschen hier schuldig bist«, antwortete Rahn, »und sie dir. Nor hat einen Boten ins Dorf geschickt, der Sarn und den blinden Schmied nach Goseg bringen soll. Sobald sie eintreffen, werden sie zu Gericht über dich sitzen. Morgen, spätestens aber am Tag danach.«

»Über mich?«, wiederholte Arri verständnislos. »Aber wieso über mich? Ich ... ich habe nichts getan!«

Rahn hob übertrieben die Schultern, wie um klarzumachen, dass ihn das nichts anging und auch nicht wirklich kümmerte. »Ich sorge dafür, dass du morgen etwas Anständiges zu essen bekommst«, sagte er, statt auch nur mit einer einzigen Silbe auf ihre Frage einzugehen. Dann wandte er sich um, machte einen Schritt in Richtung der Tür und blieb noch einmal stehen. Sein Gesicht war wieder im Schatten verschwunden, sodass Arri es nicht erkennen konnte, aber sie hörte, wie er übertrieben schnüffelte.

»Und einen Eimer Wasser«, fügte er hinzu. »Du stinkst, als hättest du drei Jahre in der Jauchegrube gelegen.«

29

Rahn hielt Wort – zumindest, was den ersten Teil seines Versprechens anging. Die Männer, die am nächsten Tag zu ihr kamen, um ihr Essen und Wasser zu bringen (es waren nicht Jamu und sein Kamerad, die sie kannte), behandelten sie zwar nicht unbedingt freundlich, aber auch nicht mehr wie ein gefährliches Tier, und das Essen, das sie brachten, schmeckte zwar keinen Deut besser als zuvor, dafür fiel aber die Portion deutlich größer aus, sodass sie zum ersten Mal seit ihrem Erwachen in diesem steinernen Käfig vielleicht nicht wirklich satt war, aber auch nicht mehr das Gefühl hatte, verhungern zu müssen. Wasser zum Waschen wurde ihr nicht gebracht, und es schien auch so, dass Sarn und wen auch immer Nor aus dem Dorf hierher befohlen hatte, noch nicht in Goseg eingetroffen waren, denn der Tag ging zu Ende, ohne dass irgendjemand sie holte, und Rahn kam in der darauf folgenden Nacht nicht mehr zu ihr.

In der nächsten auch nicht.

Es vergingen noch zwei weitere Tage, bis sich etwas an der Eintönigkeit änderte, mit der die Zeit verstrich. Kurz nach Sonnenaufgang des dritten Tages seit ihrem Gespräch mit dem Fischer (Arri war mittlerweile übrigens sicher, dass Rahn alles war, nur kein *Fischer*) wurde die Tür ihres Gefängnisses unsanft aufgestoßen, und ihre beiden neuen Bewacher kamen herein. Sie brachten weder Essen noch Wasser, sondern bedeuteten ihr nur mit befehlenden Gesten, aufzustehen und ihnen nach draußen zu folgen.

Arri erhob sich zwar gehorsam und machte einen ersten, noch zögernden Schritt zur Tür hin, was ihr Knie mit einem scharfen Stich quittierte, blieb dann aber unvermittelt stehen, hob die linke Hand über die Augen und blinzelte geblendet in das grelle Licht des Morgens. Der Himmel war bedeckt, und allein der schneidende Wind, der ihr entgegenschlug und so spielend durch ihre Kleider drang, als wären sie gar nicht vorhanden, überzeugte sie davon, dass die Sonne am Himmel gar nicht so hell sein *konnte*, wie es ihr vorkam. Die Luft roch so intensiv nach Schnee, dass sie beinahe überrascht war, es nicht unter ihren nackten Füßen knirschen zu hören, als einer der beiden Männer sie mit einer unwilligen Bewegung aufforderte weiterzugehen. Doch ihre Augen hatten sich an das trübe Zwielicht des fast fensterlosen Gefängnisses gewöhnt, in dem sie so viele Tage verbracht hatte. So sehr sie es sich auch gewünscht hatte, die steinernen Wände ihres Kerkers mit bloßen Händen einreißen zu können, schien die ungewohnte Weite, in die sie nun hinaustrat, doch plötzlich von allen Seiten auf sie einzustürmen und ließ sie schwindeln.

Sie taumelte, griff unwillkürlich Halt suchend um sich und bekam tatsächlich etwas zu fassen; etwas, das warm und struppig war und mit einem unwilligen Laut auf die grobe Berührung reagierte. Im nächsten Augenblick spürte sie einen Schlag ins Gesicht, der nicht wirklich hart genug war, um wehzutun oder sie gar von den Füßen zu reißen, in seiner Bedeutung aber unmissverständlich war. Ihre neuen Bewacher mochten rücksichtsvoller sein als Jamu und sein Begleiter, doch auch ihre Langmut hatte Grenzen.

Arri fand mit einem raschen Schritt ihr Gleichgewicht wieder, fuhr sich mit dem Handrücken über den Mund, um sich davon zu überzeugen, dass ihre Lippen nicht aufgeplatzt waren, und beeilte sich dann weiterzuziehen, als der Mann, an dessen Haar sie sich gerade versehentlich festgehalten hatte, eine nun eindeutig zornige Geste machte. Immerhin hatte der kurze Zwischenfall ihren Augen Gelegenheit gegeben, sich an das grelle Licht zu gewöhnen, sodass sie nun nicht mehr das Gefühl hatte, ständig durch einen Schleier aus Tränen hindurchsehen zu müssen.

Was sie erblickte, war allerdings eher eine Enttäuschung. In jener Zeit ihrer Gefangenschaft, in der sie nicht mit dem Schicksal gehadert, über Rahn oder Nor nachgedacht oder sich gewünscht hatte, dass ihre Mutter kam, um diesem Albtraum endlich ein Ende zu bereiten, hatte sie sich vorzustellen versucht, was jenseits der undurchdringlichen Mauern ihres Gefängnisses liegen mochte. Aber die Wahrheit blieb selbst hinter ihrer vorsichtigsten Vorstellung zurück. Wenn das hier tatsächlich Goseg war, dann war es vollkommen anders, als sie es sich ausgemalt hatte. Es gab keine goldenen Türme und trutzigen Mauern, keine prachtvollen Straßen und Säulenhallen und gepflasterten Plätze wie die aus ihrer Heimat, von denen ihr Lea an einem stillen Abend erzählt hatte.

Das Haus, in dem sie eingesperrt gewesen war, befand sich auf der Schmalseite eines kleinen, halbrunden Platzes, dessen Abmessungen hinter denen ihres heimatlichen Dorfplatzes eindeutig zurückblieben. Das einzig Besondere hier war vielleicht, dass sämtliche Gebäude aus Stein errichtet waren, doch es war nur eine Hand voll, und sie waren eher klein – nicht deutlich größer als die Hütten, in denen die Menschen in ihrem Dorf lebten. Die Gucklöcher waren winzig, gerade handbreite Öffnungen, die wie furchtsam blickende Augen unter den weit überhängenden Dächern hervorlugten. Zwischen den einzelnen Gebäuden befanden sich nur schmale Lücken, kaum breit genug, um jemandem von ihrer Statur Durchlass zu gewähren, geschweige denn einem Erwachsenen, die dafür aber allen möglichen Unrat beherbergten, während der Platz selbst tadellos ordentlich und sauber wirkte.

Auf der anderen Seite lag eine etwas breitere Straße, die nach vielleicht einem oder zwei Dutzend Schritten vor einer mehr als mannshohen Palisadenwand aus angespitzten Baumstämmen endete, in der sich ein zweiflügeliges Tor befand, das im Augenblick allerdings geschlossen war. Ganz offensichtlich war Goseg umfriedet, aber das war auch schon alles, was sie darüber sagen konnte, und ihr blieb keine Zeit für einen zweiten, aufmerksameren Blick in die Runde, denn ihre Bewacher führten sie nicht fort, sondern nur geradewegs auf die andere Seite des Platzes und in ein weiteres, steinernes Gebäude.

Wie das Haus, in dem sie gefangen gewesen war, bestand es nur aus einem einzigen, rechteckigen Raum, der allerdings vier schmale Gucklöcher hatte – zwei auf jeder Seite – und nicht leer war. Arri erblickte eine erloschene Feuerstelle, deren weiße Asche noch nicht allzu lange erkaltet sein konnte, denn es war hier drinnen merklich wärmer als draußen auf dem Platz oder auch nur in ihrer Unterkunft, ferner eine niedrige Lagerstatt mit einer aus Gras geflochtenen Matratze, die sich in einem so erbärmlichen Zustand befand, dass Arri sie längst fortgeworfen und eine neue geflochten hätte, sowie mehrere wenig kunstvoll angefertigte Bastkörbe mit einem schweren Tongefäß unbekannten Inhalts, das mit einem ölgetränkten Lappen verschlossen war. Darüber hinaus gab es zwei hölzerne Eimer randvoll mit Wasser, zwischen denen ein niedriger, dreibeiniger Schemel stand, auf dem etwas lag, das Arri im ersten Moment für ein schmutziges Tuch hielt, bis sie erkannte, dass es ein Kleid war.

»Wasch dich«, sagte einer der beiden Männer. »Und zieh das andere Kleid an. So schmutzig kannst du nicht vor den Hohepriester treten.«

Arri drehte den Kopf und sah überrascht zu den beiden Wachen zurück. Sie war erschrocken, obwohl sie doch eigentlich hätte wissen müssen, warum man sie aus ihrem Gefängnis holte. Dann nahm Erstaunen dem Platz des Schreckens ein, als die beiden ohne ein weiteres Wort nicht nur das Haus verließen, sondern auch die Tür hinter sich schlossen. Jamu und sein Begleiter hätten wohl eher das genaue Gegenteil getan und ihr in aller Ausführlichkeit dabei zugesehen, wie sie sich auszog und wusch. Anscheinend hatte Rahn tatsächlich mit dem Herrn von Goseg gesprochen.

Sollte sie das beruhigen? Arri dachte einen Moment lang ernsthaft über diese Frage nach, kam aber zu keiner Antwort, und was hätte es ihr auch genutzt? Sie hob die Schultern, trat dichter an den Schemel heran und nahm das Kleid in Augenschein, das darauf lag. Es war ihr viel zu groß und von einem Schnitt, der sie weit mehr an einen Sack denken ließ denn an etwas, das man anziehen konnte.

Achselzuckend ließ sie das Kleid wieder sinken. Auch darüber nachzudenken war reine Zeitverschwendung, denn ihr war klar, dass ihre beiden Bewacher darauf bestehen würden, dass sie es anzog. Also überzeugte sie sich mit einem raschen Blick noch einmal davon, dass die Tür auch tatsächlich geschlossen und sie unbeobachtet war, und streifte dann mit einer raschen Bewegung ihre Kleider ab.

Erst, als sie sie zu Boden warf, sah sie, wie hoffnungslos verdreckt und an zahllosen Stellen zerrissen sie tatsächlich waren. Aber genau genommen bot sie selbst auch keinen sehr viel besseren Anblick. Auch sie starrte vor Schmutz, und nun, einmal an der frischen Luft gewesen, konnte sie Rahns Bemerkung, über die sie sich mehr geärgert hatte, als sie zugeben mochte, sehr viel besser verstehen.

Er hatte Recht gehabt.

Aber es war nicht nur der Schmutz. Arri sah noch einmal und aufmerksamer an sich herab und verzog die Lippen zu einer Grimasse. Unter all dem Dreck hatte sie noch immer zahllose Schrammen, mehr oder weniger verschorfte Wunden und blaue Flecken. Auch, wenn ihr Bein mittlerweile kaum noch wehtat und sie nur noch ganz leicht humpelte, so war es doch noch immer deutlich angeschwollen, und unter der Kniescheibe zeichnete sich eine halbmondförmige, dunkelblaue Verfärbung ab, die sie in jedem Fall sofort von ihrer Mutter hätte behandeln lassen. Es war seltsam, aber gerade der Anblick der Schwellung ließ sie ihre Mutter so schmerzlich vermissen, dass sie fast aufgeschluchzt hätte.

Da sie nicht glaubte, dass ihre Bewacher ihr allzu viel Zeit lassen würden, und sie ihnen auch nicht die Genugtuung geben wollte hereinzuplatzen, während sie noch nackt dastand und sich wusch, ließ sie sich rasch vor einem der beiden Eimer in die Hocke sinken und schöpfte sich zwei Hände voll eiskalten, klaren Wassers ins Gesicht. Es war so eisig, dass sie sofort eine Gänsehaut am ganzen Körper bekam und mit den Zähnen zu klappern begann. Dennoch wiederholte sie die Prozedur noch drei- oder viermal, bis sie das Gefühl hatte, wenigstens halbwegs sauber zu sein, dann schöpfte sie weitere Hände voll Wasser und trank solange, bis sie einfach nicht mehr konnte.

In Ermangelung eines Tuches tauchte sie ihr zerrissenes Kleid in den Eimer, wrang den Stoff unter Wasser aus, so gut sie konnte, und reinigte damit anschließend ihren Körper von all dem eingetrockneten Schmutz, Blut und Schweiß; wenigstens an den Stellen, die sie selbst erreichen konnte, und so gut es ging.

Es war eine anstrengende und schmerzhafte Prozedur, aber Arri biss die Zähne zusammen, verbrauchte das ganze Wasser, das man ihr bereitgestellt hatte, und suchte anschließend nach einem trocken gebliebenen Stück des Kleides, um sich damit abzutrocknen. Als sie sah, *wie* verdreckt der Stoff wirklich war, verwarf sie den Gedanken wieder. Sie hätte sich allerhöchstens wieder schmutzig gemacht. Stattdessen streifte sie sich mit den flachen Händen das Wasser von der Haut, so gut es ging, und schlüpfte anschließend in das Kleid, das man ihr hingelegt hatte. Sein Schnitt blieb so unvorteilhaft, wie er war, und zu allem Überfluss fühlte sich der Stoff so rau an, als hätte sie sich in grobem Sand gewälzt. Jede Bewegung in diesem Albtraum von Kleid musste zur schieren Qual werden. Aber immer noch besser, dachte sie, als in einem blutbesudelten Fetzen vor den Herrn von Goseg zu treten.

Ihre Überzeugung, vollkommen unbeobachtet und sicher zu sein, bekam dann doch einen gehörigen Knacks, als sie sich zur Tür wandte und die Hand hob, um zu klopfen, denn diese wurde aufgerissen, noch bevor Arri sie erreichte, und einer der beiden Krieger winkte sie mit einer herrischen Bewegung heraus. Sein Gesicht war völlig ausdruckslos, aber auf dem des anderen zeigte sich dafür ein umso breiteres Grinsen, das jede weitere Frage Arris überflüssig machte.

Zu ihrer eigenen Überraschung spürte sie, wie sie rot wurde. Sie warf dem Krieger einen giftigen Blick zu – sein Grinsen wurde noch breiter –, warf mit einer trotzigen Bewegung den Kopf in den Nacken und trat so gelassen zwischen den beiden Männern hindurch, wie sie nur konnte. »Wohin bringt ihr mich?«, fragte sie.

Sie rechnete nicht mit einer Antwort und war fast selbst überrascht, als sie sie bekam.

»Zu Nor. Und jetzt schweig und geh schneller. Der Hohepriester wartet nicht gern.«

Arri beschleunigte ihre Schritte tatsächlich. So lange sie Acht gab, machte ihr Bein ihr nicht allzu viel zu schaffen, aber sie spürte, dass sich das bei der geringsten unvorsichtigen Bewegung sehr schnell ändern würde. Ihre Begleiter wirkten wenig begeistert, ersparten sich aber jede weitere Bemerkung und beließen es dabei, sie mit unwilligen Gesten vor sich herzuscheuchen. Doch sie rührten sie nicht an.

Während sie den Platz – diesmal in Richtung des Palisadenzaunes – überquerten, fiel Arri auf, wie still es war. Die Sonne war schon vor einer geraumen Weile aufgegangen, und der Platz hätte vom geschäftigen Treiben von Menschen, von ihren Stimmen und ihrem Lachen, von ihren Schritten und den Geräuschen, die sie bei ihrer Arbeit verursachten, widerhallen müssen, doch sie hörte nichts; nicht einmal aus einem der Häuser drang auch nur der geringste Laut. Dieser sonderbare Ort, dachte sie, hatte entweder keine Bewohner – oder sie waren allesamt fort.

Arri konnte nicht sagen, welche dieser beiden Vorstellungen ihr größeres Unbehagen bereitete.

Auch der schmale Weg, der zu dem geschlossenen Tor in der Umfriedung dieses steinernen Ortes führte, wurde von gemauerten Gebäuden ganz ähnlicher Größe und Schlichtheit flankiert. Ein eigentümliches Gefühl ergriff von ihr Besitz. Sie hatte Häuser wie diese noch nie gesehen, aber das war es nicht. Die Welt war schließlich voll von Dingen, die sie noch nie gesehen hatte. Diesen versteinerten Hütten jedoch haftete etwas Gespenstisches an, etwas auf nicht in Worte zu fassende Weise ...
Uraltes.

Vielleicht waren es auch gar nicht die Wände aus gewaltigen, sorgsam aufeinander gesetzten Steinquadern und die ungewohnt eckige Bauweise, deren scharfe Linien und Kanten regelrecht in den Augen zu schmerzen schienen, sondern viel mehr die unheimliche Stille, die über der ganzen Anlage lag. Arri hatte das bedrückende Gefühl, sich mit jedem Schritt tiefer in eine Welt hineinzubegeben, die untergegangen war, lange bevor es Menschen wie sie überhaupt gegeben hatte. Der

Anblick berührte etwas in ihr, und für einen Moment war sie sicher – so verrückt ihr der Gedanke auch selbst vorkommen mochte, aber sie *war* es! –, sich an etwas zu erinnern, was sie niemals gesehen hatte.

Hatte die untergegangene Welt jenseits des Meeres, von der ihre Mutter ihr so oft erzählt hatte, so ausgesehen? Arri verspürte ein kurzes, aber heftiges Frösteln, als hätte sie ein eisiger Windstoß getroffen. Wenn es so war, dann war sie beinahe froh, sie niemals mit eigenen Augen gesehen zu haben.

Unwillkürlich verlangsamte sie ihre Schritte, als sie sich dem geschlossenen Tor im Palisadenzaun näherten, und wollte auch ein Stück zur Seite treten, um den Männern hinter sich Platz zu machen, damit sie an ihr vorbeigehen und das Tor öffnen konnten. Einer der beiden gab jedoch nur ein unwilliges Grunzen von sich, und nachdem Arri ihm über die Schulter hinweg einen verwirrten Blick zugeworfen hatte und sich wieder nach vorne wandte, erlebte sie eine Überraschung: Als sie sich dem Tor bis auf acht oder zehn Schritte genähert hatten, erscholl ein dumpfer, knirschender Laut, und einer der beiden übermannsgroßen Flügel begann sich ächzend zu bewegen und schwang ein Stück weit auf.

Arri war nur kurz wirklich überrascht; dann wurde ihr klar, dass es irgendwo dort draußen ein verborgenes Seil geben musste, an dem einer oder auch mehrere genauso verborgene Männer zogen. Nichts als eine List, um Eindruck zu schinden, dachte sie spöttisch. Doch trotz dieses Wissens verfehlte der Anblick des gewaltigen Tores, das sich scheinbar wie von Geisterhand bewegte, auch auf sie ihre Wirkung nicht völlig.

Das Tor öffnete sich gerade weit genug, um sie und ihre beiden Begleiter hindurch zu lassen. Auf der anderen Seite empfing sie nichts Dramatischeres als eine sanft abfallende Grasebene, die nach ein paar Dutzend Schritten in einen Wald überging, dessen Bäume zwar so dicht an dicht standen, dass ein Durchkommen Arri beinahe unmöglich erschien, die zugleich aber allesamt auf seltsame Weise verkrüppelt aussahen, von niedrigem Wuchs und mit zu vielen, nahezu blattlosen Ästen, gichtig verkrümmten Fingern gleich, die die Dunkelheit im Innern des Waldes festzuhalten versuchten. Etwas wie ein eisiger Hauch schien von diesem Wald zu Arri herüberzuwehen, eine Kälte, die nichts mit den äußeren Temperaturen zu tun hatte und denselben Teil ihrer Seele berührte, der gerade schon vor dem Anblick der versteinerten Stadt zurückgeschreckt war.

Sie schüttelte den Gedanken ab (oder versuchte es zumindest) und ließ den Blick in die entgegengesetzte Richtung schweifen. Auch dort erstreckte sich die Wiese ein gutes Stück weit, nun ebenso sanft ansteigend wie auf der anderen Seite abfallend. Trotz des schon fortgeschrittenen Morgens lag noch ein zarter Hauch von Raureif auf dem Gras, und Arri bemerkte, dass es von hier bis zur Kuppe des Hügels tatsächlich nur Gras gab und keinen einzigen Baum, keinen Busch, nicht einmal Unkraut, das nennenswert höher wuchs als das Gras – was nur bedeuten konnte, dass sich jemand mit großer Sorgfalt darum gekümmert hatte, dass das so war. Weiter oben auf der Hügelkuppe selbst erhob sich so etwas wie der großen Bruder des Palisadenzaunes, den sie gerade durchschritten hatten: ein gewaltiges Gebilde aus mindestens dreifach mannshohen Baumstämmen, die ebenso sorgsam ausgesucht wie bearbeitet waren, denn sie alle waren ausnahmslos gerade gewachsen und von gleicher Höhe. Eine zweite, umfriedete Stadt aus versteinerten Häusern?, dachte sie. Ihrer Meinung nach machte das keinen Sinn ...

... aber es macht auch keinen Sinn, sich unnötigerweise den Kopf darüber zu zerbrechen, denn der schmale Trampelpfad, auf den ihre Bewacher sie schoben, führte in fast gerader Linie zu diesem sonderbaren Bauwerk hinauf, sodass sie es in wenigen Augenblicken ohnehin aus nächster Nähe sehen würde. Wenn dies das berühmte Heiligtum von Goseg war, so stellte sein Anblick zumindest eine Enttäuschung dar. Seine schiere Größe war gewiss beeindruckend, aber letzten Endes war es doch nicht mehr als ein Zaun, wenn auch ein großer.

Der Wind drehte sich, als sie die halbe Entfernung zurückgelegt hatten, und für einen Moment trug er ein leises, aber unverkennbares Durcheinander genau der Geräusche mit sich heran, die sie bisher vermisst hatte: menschliche Stimmen, Lachen, ein helles Klingen und Hämmern, aber auch den ganz schwachen Geruch von brennendem Holz und frischem Mist, bevor er sich abermals drehte und die Geräusche wieder mit sich davontrug. Erneut hüllte sie Stille ein, aber nun wusste sie wenigstens, wo all die Menschen waren, die sie bisher vermisst hatte. Auf der anderen Seite des Hügels musste es ein zweites, ganz offensichtlich bewohntes Dorf geben. Das Rätsel um all diese leer stehenden, steinernen Gebäude hinter ihr wurde dadurch eher noch größer, und obwohl sie sich wohl kaum auf dem Weg zu Menschen befanden, die ihr wohl gesonnen waren, hatte der Gedanke trotzdem etwas Beruhigendes.

Vielleicht, weil sie das, was sie gerade gesehen hatte, so sehr beunruhigte ...

Auch aus der Nähe betrachtet, gab der gewaltige Palisadenzaun, der den Hügel krönte, sein Geheimnis nicht preis, falls er überhaupt eines hatte. Der einzige Unterschied zu der Umfriedung hinter ihr schien darin zu bestehen, dass es auch durch diesen Zaun einen Durchlass gab, aber offensichtlich kein Tor, sondern nur eine schmale Lücke zwischen den hoch aufragenden Stämmen, hinter der sich jedoch keine Gebäude zu befinden schienen, so weit Arri erkennen konnte, sondern anscheinend nur ein weiterer hölzerner Zaun. Eine sonderbare Konstruktion, die keinerlei Sinn zu ergeben schien und sie trotzdem an etwas erinnern wollte, ohne dass sie auch nur im Entferntesten hätte sagen können, woran.

Ihre Begleiter ließen ihr jedoch keine Zeit, sich das riesige Bauwerk genauer anzusehen. Der gewundene Pfad, dem sie folgten, führte nicht direkt zu der Bresche im Palisadenzaun hinauf, sondern machte ein gutes Stück davor einen scharfen Knick nach links und verschwand dann auf der anderen Seite des Hügels, und je näher sie dem Zaun kamen, desto eiliger schienen es die beiden Männer auf einmal zu haben. Mehr noch als ihre plötzliche Ungeduld aber verrieten Arri die unruhigen Blicke und die plötzlich unsicheren kleinen Bewegungen und

Gesten der beiden Krieger, wie unwohl sie sich in der Nähe des hölzernen Ungetüms fühlten.

Arri blieb stehen und drehte sich ganz zu ihnen herum. »Wohin gehen wir?«, fragte sie mit einer Stimme, die zwar fest war, aber nicht so fest, wie sie es sich gewünscht hätte.

Im ersten Moment glaubte sie, einen Fehler begangen zu haben, denn das Gesicht des Größeren der beiden verfinsterte sich, doch der andere antwortete in ruppigem Ton: »Geh weiter, und du erfährst es noch früh genug.«

Er klang beunruhigt, fand Arri, mindestens ebenso beunruhigt wie sie selbst, und vielleicht sogar ein bisschen furchtsam. Statt seinem Befehl zu gehorchen, deutete sie zu der riesigen hölzernen Wand über sich und fragte: »Ist das ... das Heiligtum?«

»Ja, und jetzt hör auf zu reden und geh weiter«, antwortete der Mann unwillig. Arri entging nicht, dass sich sein Blick weiter verfinsterte, und sie beeilte sich, rasch weiterzugehen. Trotzdem nutzte sie die Gelegenheit, noch eine entsprechende Geste in die Richtung zu machen, aus der sie gekommen waren, und in bewusst beiläufigem Ton zu fragen: »Und was ist das da?«

»Die Heilige Stadt«, antwortete der Mann widerwillig. »Nor und die anderen Priester wohnen dort, und ...«

»Schweig endlich still«, fiel ihm sein Begleiter ins Wort. »Was redest du überhaupt mit ihr? Du weißt, was Nor gesagt hat!«

Arri wusste es nicht, aber es fiel ihr auch nicht besonders schwer, es sich zu denken. So, wie sie Nor einschätzte, hatte er den Männern wahrscheinlich erklärt, dass sie sich die Ohren zuhalten müssten, sobald sie auch nur den Mund aufmachte, damit sie sie nicht mit ihren Hexenkräften verzauberte.

Dann aber begegnete sie dem Blick des Kriegers, und was sie darin las, war ganz und gar nicht das, was sie erwartet hätte. Natürlich war der Mann sehr aufmerksam. Mehr als einer der zahllosen Fluchtpläne, die sie in der endlosen Zeit ihrer Gefangenschaft ersonnen hatte, fußten auf der Hoffnung, dass ihre Bewacher sie für geschwächt und verwirrt halten und somit unterschätzen würden, in welchem Fall sie die eine oder andere unangenehme Überraschung für sie bereit gehabt hätte.

Aber das war ganz und gar nicht der Fall. Ganz im Gegenteil: Wenn sie etwas im Blick des dunkelhaarigen Mannes las, dann, dass er nicht nur ganz genau wusste, wer sie war und vor allem, wozu sie imstande war. Wenn überhaupt, dann würde dieser Mann sie allenfalls *über-* und nicht *unter*schätzen. Doch was sie wirklich erschreckte, das war etwas, was nur für einen ganz kurzen Moment in seinen Augen aufblitzte, gerade lange genug, bis er erkannte, wie deutlich sie ihm seine wahren Gefühle ansah, und den Ausdruck hastig aus seinem Blick verbannte.

Es war nichts anderes als Mitleid.

Der Anblick verstörte Arri so sehr, dass sie mitten im Schritt innehielt, den Mann anstarrte und erst weiter ging, als er ihr einen derben Stoß gegen die Schulter versetzte.

Arri stolperte hastig vorwärts, und auf dem Gesicht des Mannes, der sie gestoßen hatte, erschien ganz kurz ein fast schuldbewusster Ausdruck, der aber ebenso rasch wieder verschwand wie der mitfühlende Blick, mit dem er sie zuvor gemustert hatte. Ohne den mächtigen Palisadenzaun zu ihrer Rechten auch nur mit einem einzigen Blick zu bedenken, scheuchte der Krieger sie vor sich her, dann hatten sie das gewaltige Gebilde halb umrundet, und Arri konnte sehen, was auf der anderen Seite des Hügels lag.

Eigentlich war es schon eher ein kleiner Berg, der die Bezeichnung *Hügel* nicht mehr wirklich verdiente. Der Blick reichte von hier aus ungehindert und weit über das von einem nahezu geschlossenen Wald bedeckte Land, bevor er sich im Dunst des kalten Vormittages verlor. Ganz instinktiv sah Arri nach Süden, in die Richtung, in der sie ihr heimatliches Dorf wusste, und ein Gefühl abgrundtiefer Enttäuschung ergriff von ihr Besitz, als sie es nicht entdeckte. Dabei wusste sie doch, dass sie gut anderthalb, wenn nicht zwei Tagesmärsche von ihrer Heimat entfernt war.

Sie senkte den Blick und war im ersten Moment verwirrt, keinen weiteren Palisadenzaun oder irgendeine andere Art von

Befestigung zu sehen. Dennoch war die mit Raureif überpuderte Ebene am Fuße des Hügels nicht leer. Neben ein paar windschiefen Schuppen schien ein gewaltiges Langhaus geradewegs aus dem Boden zu wachsen, und auf seiner anderen Seite, an zwei Seiten vom Wald begrenzt, erstreckte sich ein hölzernes Gatter, in dem ein Dutzend struppiger Rinder missmutig an hart gefrorenen Grashalmen zupften.

Die Rinder wurden als Fleischvorrat für den Winter wohl auch dringend benötigt, denn in dem Langhaus fanden wahrscheinlich mehr Menschen Platz als in ihrem ganzen Dorf; und so, wie es sich anhörte, schienen sich auch jetzt mehr darin aufzuhalten. Das zertrampelte Gras und der aufgeweichte Boden vor dem Eingang machten klar, wie emsig das Kommen und Gehen hier sein musste. Natürlich war es schwer, so etwas zu schätzen, aber Arri nahm dennoch an, dass dieses ungewöhnliche Haus mindestens so groß wie Targans sein musste, wenn nicht größer, sich ansonsten aber vollständig von diesem unterschied, denn es hatte nur ein einziges Stockwerk, und seine Wände waren nicht aus Stein, sondern aus lehmverputzten Flechtwerkwänden erbaut. Das reetgedeckte Dach zog sich an drei Seiten fast bis zum Boden hinab, und mit Ausnahme eines einzigen Rauchabzuges, aus dem sich eine fast weiße Qualmwolke trotz des böigen Windes beinahe senkrecht in die Luft erhob, konnte Arri auch keine anderen Öffnungen erkennen und schon gar keine Gucklöcher oder Fenster.

Dafür war die Schmalseite des Gebäudes, auf die sie von der Höhe des Hügels hinabsehen konnte, umso beeindruckender. Hier *gab* es Fenster, deren Größe über die Entfernung hinweg schwer einzuschätzen war, die aber nahezu mannshoch sein mussten und eine gewaltige Tür flankierten, breit genug, um einen Ochsenkarren hindurchzulassen, und fast doppelt so hoch wie ein groß gewachsener Mann. Eine solche Tür (von den Fenstern gar nicht zu reden), dachte Arri, machte überhaupt keinen Sinn, denn schließlich war es der Sinn eines Hauses, Kälte und Wind draußen zu halten und die Wärme drinnen, was bei so absurd großen Löchern in den Wänden eigentlich unmöglich war. Aber das war lange nicht alles, was an diesem sonderbaren Haus nicht stimmte.

»Geh weiter«, sagte der Mann hinter ihr grob. »Der Hohepriester wartet auf dich, und er ist kein sehr geduldiger Mann.«

Sie folgte der Aufforderung, kam aber nun auch ohne zu trödeln nur noch langsam von der Stelle. Der Hang war abschüssiger, als es von oben den Anschein gehabt hatte, und der weiße Schimmer auf dem Gras schien wohl doch nicht nur Raureif zu sein, denn sie hatte mehr als einmal das Gefühl, um ein Haar auszurutschen, sodass sie sich schließlich nur noch mit vorsichtigen kleinen Schritten bewegte und die Arme seitlich ausstreckte, um nicht zu stürzen. Als sie schließlich die grasbedeckte Ebene erreicht hatten, konnte Arri noch keine Worte verstehen, aber sie hörte das typische, an- und abschwellende Raunen einer großen Menschenmenge, die vergebens versucht, völlige Ruhe zu bewahren, dann und wann unterbrochen vom scharfen Tonfall eines Befehles, der aber allenfalls für einige wenige Atemzüge tatsächlich für Ruhe sorgte.

Ihr Herz begann zu klopfen, als sie sich der gewaltigen Tür in der Schmalseite des Langhauses näherten, und obwohl sie nicht zu ihnen zurücksah, spürte sie doch, dass auch ihre Begleiter in zunehmendem Maße angespannter wurden. Aber wieso? Sicherlich war Nor ein mächtiger und gefürchteter Herrscher, bei dessen bloßem Anblick auch die Herzen noch viel tapferer Krieger schneller zu schlagen begannen; aber diese beiden *lebten* hier und sollten eigentlich hinlänglich Gelegenheit gehabt haben, sich an seine Nähe zu gewöhnen. Wenn sie trotzdem so sichtlich beunruhigt waren, wenn sie zu ihm gingen, dann sagte das Arri eine Menge über Nor und die Art, auf die er seine Untertanen behandelte. Genau genommen sogar eine Menge mehr, als sie eigentlich wissen wollte.

Erst jetzt fiel Arri auf, dass dieses gewaltige Langhaus nicht ebenerdig erbaut worden war, sondern auf einem wahren Wald halb mannshoher, armdicker Stützen stand, sodass Ungeziefer und die Kälte des Bodens im Winter es schwer hatten, in sein Inneres zu kriechen. Vier breite, aus nur flüchtig gehauenen

Baumstämmen gefertigte Stufen führten zu der gewaltigen Tür hoch, die aus der Nähe betrachtet noch viel größer war, als Arri ohnehin geglaubt hatte. Auch die beiden Fenster rechts und links davon hatten eigentlich die Größe und Abmessung von Türen, nur, dass sie nicht direkt auf dem Boden angebracht waren, und nun sah Arri noch etwas, das ihr Unbehagen weiter schürte: Von weitem hatte es den Anschein gehabt, als würde die Tür von zwei wie erstarrt dastehenden, hoch gewachsenen Kriegern flankiert, die sich schwer auf ihre Speere stützten und runde, bronzene Schilde trugen, aber jetzt erkannte sie, warum die Männer vollkommen reglos dastanden.

Sie konnten sich gar nicht bewegen, denn es waren gar keine Männer, sondern lebensgroße, kunstvoll aus Holz geschnitzte Statuen, die mit echten Waffen, echter Kleidung und wie Arri mit einem Anflug kalten Entsetzens feststellte, echten Haarschöpfen ausgestattet waren, deren unglückselige Besitzer ihre Haarpracht sicherlich nicht freiwillig hergegeben hatten. Ihre Gesichter waren nur grob geschnitzt, doch der unbehagliche Blick, mit dem Arri sie aus den Augenwinkeln musterte, machte ihr fast sofort klar, dass es sich dabei nicht um Nachlässigkeit, sondern ganz im Gegenteil um Absicht handelte, denn die grob angedeuteten Züge und starren Augen verliehen diesen stummen Wächtern etwas ungemein Bedrohliches.

Und noch etwas geschah, das ihr ebenso unerklärlich blieb wie vieles von dem, was sie an diesem Morgen schon gesehen hatte, ihr aber dennoch einen eisigen Schauer über den Rücken laufen ließ: Genau wie beim Anblick des versteinerten Dorfes vorhin hatte sie das Gefühl, etwas zu betrachten, das nicht hierher gehörte, sondern Teil einer Welt war, die es *hier* niemals gegeben hatte. Obwohl diese beiden Statuen ganz sicher aus nichts anderem als Holz und Stoff und Leder und Farbe bestanden, schien von ihnen doch zugleich etwas Wildes auszugehen, etwas, das einen erwarten ließ, sie im nächsten Augenblick aus ihrer ewigen Starre erwachen zu sehen, damit sie sich auf den frechen Eindringling stürzen konnten, der es wagte, die Ruhe dieses heiligen Ortes zu stören.

So abwegig dieser Gedanke auch sein mochte, es gelang Arri nicht, ihn vollends in die unaufgeräumte Ecke ihres Bewusstseins zu verbannen, die für Unsinn, Ammenmärchen und Geschichten von jener Art vorbehalten war, mit denen man im Allgemeinen kleine Kinder erschreckte; oder auch schon einmal größere, auch wenn diese das niemals zuzugeben pflegten. So stark war der unheimliche Eindruck, von diesen leblosen, geschnitzten Augen angestarrt zu werden, dass sie ihren Schritt spürbar verlangsamte, während sie zwischen den beiden stummen Wächtern hindurchging und über die Schulter hinweg fragte: »Was bedeuten diese Figuren?«

»Das weiß niemand«, antwortete der Mann, der schon mehrmals mit ihr gesprochen hatte. »Sicher nichts Gutes. Nor hat sie von einer seiner Reisen mitgebracht. Und jetzt geh schneller und schweig still!«

Arri gehorchte beiden Befehlen; sie hatte es plötzlich sehr eilig, dem Blick dieser toten Augen zu entrinnen und durch die Tür zu eilen. Anders als in Targans Haus gab es hier keine Fenster, mit Ausnahmen der beiden Öffnungen rechts und links der Tür, sodass alles, was weiter als wenige Schritte jenseits des Eingangs lag, nur vom Schein einiger weniger, dafür aber heftig rußender Fackeln erhellt wurde, die längst der Wände brannten. Arri konnte auch jetzt kaum mehr als Schatten erkennen, doch selbst wenn sie vollkommen blind gewesen wäre, hätte sie wahrscheinlich gespürt, dass sich eine große Menschenmenge hier drinnen versammelt hatte. Dabei war das Raunen und Stimmengemurmel schlagartig und fast vollkommen verstummt, kaum dass sie eingetreten war, und obwohl Arri nur sehr wenige der zahlreichen Gesichter erkennen konnte, die sich in ihre Richtung gedreht hatten, spürte sie doch, dass sie jede einzelne Person hier drinnen anstarrte.

Es war kein schönes Gefühl.

Schlimmer noch als das Gefühl jedoch, mit zu vielen Menschen in einem viel zu kleinen Raum eingepfercht zu sein, war der Gestank, der ihr entgegenschlug. Es roch nach Rauch und Schweiß, nach Vieh und Mist und trockenem Mehl und nassem

Stroh, aber auch nach Abfällen und schlecht gewordenem Obst, und ganz leicht auch nach etwas, das Arri sehr wohl im allerersten Moment erkannte, aber schlichtweg nicht *wollte:* nach Blut. Ihr Herz schlug plötzlich noch schneller, und dann, ohne Warnung und von einem Atemzug zum anderen, war die Angst da.

Trotz allem hatte sie bisher keine wirkliche Angst verspürt. Furcht, ja. Unbehagen und Unsicherheit und selbstverständlich Angst vor dem, was sie hier erwarten mochte, aber es war eine sonderbar *verstandesmäßige* Art von Furcht gewesen, die sie trotz allem nicht wirklich berührte. Sie hatte ihren Verstand in Aufruhr versetzt und – selbstverständlich – ihre Vorstellungskraft.

Nun aber nahm etwas ganz anderes von ihr Besitz, etwas Uraltes und Machtvolles, das wie eine eisige Klaue nach ihrer Seele griff, ihren Magen zusammenpresste und ihr die Luft abschnürte. Plötzlich begannen ihre Knie zu zittern, sodass es ihr immer schwerer fiel, einen Fuß vor den anderen zu setzen, und ihr Herz schien mit einem Mal irgendwo ganz oben in ihrer Kehle zu klopfen und ihr zusätzlich den Atem zu nehmen. Ein Gefühl von ... Endgültigkeit streifte sie, das sie so noch niemals gespürt hatte, nicht einmal in jenen schrecklichen Momenten in der Mine, als sie felsenfest davon überzeugt gewesen war, sterben zu müssen. Ihr Leben, das bisher wie ein zwar unbekannter, aber endlos langer Pfad vor ihr gelegen hatte, schien ihr mit einem Male *endlich;* der Weg, hinter dessen Biegungen so viele unbekannte Dinge, manche davon vielleicht erschreckend, manche schlimm, andere aber auch wunderbar, warten mochten, führte nicht weiter. Irgendetwas sagte ihr mit unerschütterlicher Gewissheit, dass er endete, nicht irgendwann und irgendwo, sondern heute, jetzt und hier, in diesem Haus.

Der Mann hinter ihr versetzte ihr einen sachten Stoß zwischen die Schulterblätter, als ihre Schritte immer langsamer wurden und sie stehen zu bleiben drohte. Arri stolperte, obwohl die Berührung nicht einmal kräftig genug gewesen war, um sie tatsächlich aus dem Gleichgewicht zu bringen, sondern allenfalls so etwas wie eine Warnung gewesen war. Sie ging wieder schneller und versuchte gleichzeitig, die unsinnige Angst niederzukämpfen, die in immer stärkerem Maße von ihren Gedanken Besitz ergreifen wollte.

Natürlich erreichte sie damit eher das Gegenteil. Ihr Herz klopfte noch heftiger, und ihre Knie zitterten jetzt so stark, dass es sie tatsächlich alle Mühe kostete, sich noch auf den Beinen zu halten. Sie wünschte sich, ihre Mutter wäre hier, um diesem Albtraum ein Ende zu machen.

Flankiert von den beiden Männern, die nun so dicht zu ihr aufgeschlossen hatten, dass Arri ihre Nähe geradezu körperlich spüren konnte, näherte sie sich dem hinteren Teil des großen Raumes, der tatsächlich das gesamte Innere des Langhauses zu beanspruchen schien. So riesig das Gebäude auch war, wirkte es im Moment trotzdem beengt, denn es quoll geradezu über vor Menschen. Nor musste all seine Untertanen zusammengerufen haben, damit sie an dieser Unterredung teilnehmen konnten, und auch diese Erkenntnis trug nicht unbedingt zu Arris Beruhigung bei. Es waren Dutzende – Männer, Frauen, Kinder, Greise, aber auch Krieger und Mütter, die ihre Säuglinge auf den Armen trugen, und was Arri in den Gesichtern der Menschen las, die nur widerwillig vor ihr und ihren Begleitern zur Seite wichen, das war überall und fast ausnahmslos dasselbe: Eine Mischung aus Neugier und jener Scheu, mit der man vielleicht ein exotisches und gefährliches Tier betrachten mochte, allerdings eines, das sicher in einem Käfig eingesperrt war und somit keine Gefahr mehr darstellen konnte, aber auch etwas wie eine boshafte Schadenfreude, Häme und Zorn, und nur zu oft blanken Hass. Was hatte Nor über sie und ihre Mutter erzählt?

Und schließlich stand sie Nor selbst gegenüber. Einer der beiden Männer hinter ihr legte ihr die Hand auf die Schulter, damit sie stehen blieb, aber das wäre gar nicht nötig gewesen. Arri erstarrte mitten in der Bewegung, als sie sich dem Herrn von Goseg gegenüber sah, und für einen Atemzug spülten der aufflammende Zorn und die Wut ihre Furcht einfach davon. Nor – sie erkannte auch sein Gesicht nur schemenhaft, denn auch der hintere Teil des Hauses war unzureichend beleuchtet, was Arri mittlerweile aber nicht mehr für einen Zufall hielt – saß nicht etwa auf dem Boden, wie sie erwartet hatte, sondern hatte auf einem hochlehnigen Stuhl mit geflochtenen Arm- und Rückenlehnen Platz genommen, den Arri nur zu gut kannte.

Es war der Korbstuhl ihrer Mutter. Offensichtlich hatte er ihn aus ihrem Haus bringen und hier aufstellen lassen. Es war nur ein Möbelstück, kostbar vielleicht, aber nichts gegen das, worum es hier wirklich ging, und doch versetzte der Anblick Arri für einen Moment in einen solch rasenden Zorn, dass sie sich am liebsten auf den greisen Schamanen gestürzt und mit Fäusten auf ihn eingeschlagen hätte.

Gottlob verrauchte ihr Zorn fast ebenso schnell, wie er aufgelodert war, sonst hätte sie möglicherweise wirklich etwas sehr Dummes getan; wobei sie mehr und mehr das ebenso ungute wie sichere Gefühl hatte, dass es absolut keine Rolle spielte, was sie tat oder sagte – oder auch nicht. Sie lenkte sich selbst damit ab, dass sie den Blick von dem Stuhl losriss, auf dem der Hohepriester saß, und ihre Aufmerksamkeit stattdessen dem Rest der regelrechten Versammlung zuwandte, die sie hier erwartete.

Rechts und links von Nors gestohlenem Thron saßen seine beiden jüngeren Frauen, keine davon auch nur einen Tag älter als Arri und beide ausgesprochen hübsch, wahre Schönheiten mit glatten, runden Gesichtern und kräftigen Gliedern und Leibern, denen man ansah, wie wohlgenährt sie waren. Keines dieser Mädchen wusste wahrscheinlich auch nur, was das Wort *Hunger* bedeutete (zumindest, seit Nor sie zu sich genommen hatte), doch Arri hatte auf dem Weg hierher in genug schmale, ausgezehrte Gesichter geblickt, um zu wissen, woher all das gute und reichhaltige Essen stammte, dem sie ihr gesundes Äußeres verdankten, und obwohl es wahrscheinlich der unpassendste aller Momente überhaupt war, erschienen in diesem Augenblick von ihrem inneren Auge ein paar sehr drastische Bilder, mit denen ihre Phantasie sich auszumalen versuchte, welche Gegenleistung dieser grausame alte Mann dafür verlangte; und sie fragte sich, ob ein stets voller Magen und der Platz an einem Feuer, das niemals erlosch, diesen Preis wirklich wert waren.

Fast als hätte sie ihre Gedanken gelesen, und vielleicht waren sie ja auch deutlich auf ihrem Gesicht zu erkennen, hob eine der jungen Frauen den Kopf und sah sie an. In ihren Augen blitzte etwas wie Trotz auf, dann blanker Zorn, den Arri sich zwar nicht erklären, den sie ebenso wenig aber auch wegleugnen konnte.

Hastig riss sie den Blick vom Gesicht der jungen Frau los und wollte einen halben Schritt zurückweichen, wurde aber von den beiden hinter ihr stehenden Männern daran gehindert. Obwohl sie nicht einmal eine Bewegung gemacht hatte, um Widerstand zu leisten oder gar wegzulaufen, ergriffen die Krieger sie nun an den Oberarmen und hielten sie fest.

»Arianrhod«, begann Nor. Der ungewohnte Name kam ihm nur schwer über die Lippen, und er sprach ihn noch dazu falsch aus, aber Arri war trotzdem beunruhigt. Woher kannte Nor ihren wirklichen Namen? Von ihrer Mutter ganz bestimmt nicht. Sie warf Rahn, der ein Stück links vom Priester und hinter ihm stand, einem ebenso fragenden wie vorwurfsvoll Blick zu, bekam aber nur ein angedeutetes Schulterzucken zur Antwort. *Von mir nicht.* Sie glaubte ihm.

»Sieh mich gefälligst an, wenn ich mit dir rede!«, sagte Nor scharf. Einer der Männer, die Arri hielten, verlieh seinem Befehl unaufgefordert Nachdruck, indem er den Druck auf ihren Oberarm so verstärkte, dass es wehtat, und Arri wandte sich hastig wieder dem Schamanen zu.

Nors tief in den Höhlen liegende Augen loderten vor Zorn, und auf seinem von Falten zerfurchten, vollkommen haarlosen Gesicht zeichnete sich ein noch viel größerer, brodelnder Zorn ab, eine Wut, die ganz gewiss nicht nur aus seinem Ärger darüber stammte, dass sie unverschämt genug war, nicht nur ihn anzusehen und bei seinem bloßen Anblick vor Ehrfurcht auf die Knie zu sinken. Erst jetzt, als Arri ihm direkt ins Gesicht sah, fiel ihr auf, wie sehr sich der Schamane seit ihrem letzten Treffen verändert hatte. In dem schwachen Licht und dem verwirrenden Spiel von Helligkeit und Schatten, das die Fackeln erzeugten, wirkte er deutlich gealtert, das jedoch nicht auf die Art, die man im Allgemeinen mit Begriffen wie Weisheit, Erfahrung oder gar Güte in Verbindung brachte, sondern ganz im Gegenteil auf eine harte, grausame Art.

Widerwillig musste sich Arri eingestehen, dass Nor tatsächlich *Macht* ausstrahlte, wenn auch jene Art von Macht, die aus Furcht und dem Wissen erwuchs, wozu dieser Mann fähig war, und nicht aus Ehrfurcht oder gar Vertrauen. Er trug auch jetzt wieder seinen mit bunten Federn und Fell geschmückten Umhang, der aber trotz der hier drinnen herrschenden Kälte offen stand, sodass man seine magere Brust sehen konnte. Um den Hals trug er eine Kette aus Bärenklauen und -fängen und den Hauern von Wildschweinen, die bei jedem anderen Mann seines unübersehbaren Alters einfach nur angeberisch gewirkt hätte, in Verbindung mit Nors trotz allem immer noch beeindruckender Gestalt aber nicht. Niemand wusste genau, wie alt Nor war, doch er wirkte selbst im Sitzen noch einschüchternd, und auch Arri, die nun wirklich keinen Grund hatte, gut über ihn zu denken, zweifelte nicht daran, dass er all diese Tiere, deren Zähne und Klauen er nun als Trophäen um den Hals trug, selbst erlegt hatte, als er noch jünger gewesen war.

Auch jetzt hatte er wieder seinen Stock bei sich, einen mannlangen Stab ganz ähnlich dem, den auch Sarn als Zeichen seiner Würde mit sich zu führen pflegte, den er aber nun fast nachlässig gegen die hohe Lehne des Stuhles gelegt hatte. Zusammen mit dem – ob nun gestohlenen oder nicht – Thronsessel, seinem barbarischen Kopfschmuck und der unnahbaren Härte in seinen Augen verlieh er der schmalen Gestalt des Schamanen eine Ausstrahlung von Macht, die Arri beinahe körperlich spüren konnte. Das Wort dieses Mannes war Gesetz, und schon die Bewegung seines kleinen Fingers reichte aus, um über Leben und Tod zu entscheiden. Und sie bildete sich ein, sich ihm widersetzen zu können? Lächerlich!

Arri spürte gerade noch im letzten Moment, wie nahe sie daran war, nun ebenfalls Nors Ausstrahlung zu erliegen, und gemahnte sich in Gedanken zur Vorsicht. Dass sie im Grunde sehr genau wusste, dass Nor diese Ausstrahlung bewusst aufgebaut hatte und mit großer Sorgfalt hütete und pflegte und dass sich hinter dieser Ausstrahlung vermeintlicher Macht und Allwissenheit nichts anderes als ein boshafter, gieriger alter Mann verbarg, änderte nichts daran, dass sie ihre Wirkung tat. Sie musste auf der Hut sein. Vielleicht hatte sie noch eine ganz geringe Aussicht, mit dem Leben davonzukommen, aber wenn, dann nur, wenn sie einen klaren Kopf behielt.

Arri straffte sich, reckte trotzig das Kinn vor und sah dem Schamanen so fest in die Augen, wie sie nur konnte. Der Zorn in Nors Blick loderte noch heller und verschwand dann, um einem Ausdruck kalter Verachtung Platz zu machen. Trotzdem hatte der winzige Moment gereicht, Arri endgültig klarzumachen, auf welch dünnem Eis sie sich bewegte. Sie wusste nicht genau, was Nor von ihr wollte. Sie wusste ja nicht einmal genau, warum sie überhaupt hier war, doch allein die große Anzahl von Menschen, die Nor zusammengerufen hatte, und die Krieger, die sie hielten, machten ihr klar, dass er nicht einfach nur *mit ihr reden* wollte. Viel mehr begriff sie plötzlich, dass sie Teil eines sorgsam vorbereiteten und für Nor zweifellos sehr wichtigen Rituals war, in dem sie eine ebenso wichtige Rolle spielte.

»Du sollst mich ansehen, wenn ich mit dir rede, du unverschämtes Kind!«, fuhr Nor sie an. Er machte eine wütende Geste zu den Männern hinter ihr. »Lehrt sie Gehorsam!«

Arri hatte ihn angesehen, und zwar so direkt, wie es überhaupt ging, und so konnte sie Nor jetzt einfach nur verwirrt anstarren und sich fragen, was er überhaupt von ihr wollte, doch in diesem Moment traf sie bereits ein harter Schlag in den Rücken, der sie nach vorn stolpern und auf die Knie fallen ließ. Irgendwie gelang es ihr, ihren Sturz abzufangen, sodass sie zumindest nicht mit dem Gesicht im Dreck landete, aber nun *lag* sie vor Nor auf den Knien, und wahrscheinlich war es ganz genau das, was er gewollt hatte. Ringsum wurde ein beifälliges Raunen laut, und die jüngere von Nors Frauen, die sie gerade schon so feindselig angeblickt hatte, verzog die Lippen zu einem schadenfroh Grinsen, bei dem sie zwei Reihen schmutziger und trotz ihrer Jugend bereits halb verfaulter Zähne offenbarte.

»Das wird dich vielleicht ein bisschen Respekt lehren«, fuhr der Schamane fort. »Aber was erwarte ich von einer wie dir?«

Arri schluckte mit Mühe die Antwort herunter, die ihr dazu auf den Lippen lag, aber sie spürte selbst, dass sie ihren Blick nicht annähernd so gut unter Kontrolle hatte wie ihr Gesicht. Das Mädchen neben Nor runzelte die Stirn, und auch die schmalen Finger des alten Schamanen schlossen sich einen Moment so fest um die Lehnen des Sessels, als wollte er sie zerbrechen. Dann aber entspannte er sich wieder und zwang stattdessen ein überhebliches Lächeln auf seine Lippen. Er würde ihr die Genugtuung nicht bieten, ihn hier und vor all seinen Untertanen wütend gemacht zu haben.

»Du weißt, warum du hier bist?«, fuhr er nach einer Weile fort. Da Arri nicht das Gefühl hatte, dass er tatsächlich eine Antwort auf diese Frage erwartete und ihm auch keinen Anlass geben wollte, sie erneut züchtigen zu lassen, sah sie ihn nur weiter fragend an. Nor verzichtete darauf, dieses Schweigen abermals zum Anlass zu nehmen, sie schlagen zu lassen, und fuhr fort: »Eigentlich wäre es deine Mutter, die hier vor uns stehen und sich für ihre Taten verantworten müsste. Aber da sie es vorgezogen hat, feige davonzulaufen und ihr einziges Kind seinem Schicksal zu überlassen, wirst du an ihrer Stelle sein.«

Arri erhob sich mühsam in eine zwar kniende, aber dennoch halbwegs aufrechte Haltung, wagte es aber nicht, gänzlich aufzustehen. Auf einen Wink Nors hin zerrte sie einer der beiden Männer grob die Höhe. Sie stand kaum auf ihren Füßen, da ergriff der andere auch schon ihren anderen Oberarm und hielt ihn so derb fest, dass sie die Zähne zusammenbeißen musste, um einen Schmerzenslaut zu unterdrücken. Allem Anschein nach war einfach alles, was sie hier sagte oder tat, falsch. Sie tröstete sich damit, dass das weniger an ihr lag, als vielmehr daran, dass Nor das eben so wollte.

»Ich verstehe nicht, was Ihr überhaupt von mir wollt«, sagte sie, zwar laut, aber mit viel weniger fester Stimme, als sie beabsichtigt hatte. »Warum bin ich hier? Was werft Ihr meiner Mutter vor?«

Nor riss die Augen auf und ächzte, als hätte sie keine harmlose Frage gestellt, sondern ihn auf die unverschämteste Art beleidigt, die man sich nur denken konnte, und auch in der Menge hinter ihr wurde ein unwilliges Murren und Raunen laut, und ein paar Rufe, deren genaue Bedeutung sie lieber nicht verstand. Selbst Rahn, der hinter Nors Thron stand und sich bisher nach Kräften bemüht hatte, so zu tun, als wäre sie gar nicht da, fuhr zusammen und starrte sie erschrocken an.

»Was deine Mutter getan hat?«, ächzte Nor. Er beugte sich in seinem gestohlenen Stuhl vor und starrte sie aus plötzlich schmal zusammengekniffenen Augen an. »Was deine Mutter getan hat, fragst du?«, keuchte er noch einmal. »Bist du tatsächlich so dumm, wie du zu sein vorgibst, oder einfach nur unverschämt?«

Arri hütete sich, irgendetwas darauf zu antworten oder auch nur eine entsprechende Miene zu verziehen, die dazu angetan gewesen wäre, Nors Unmut anzustacheln. Es war ohnehin gleich, was sie sagte oder tat.

»Was deine Mutter getan hat, hat die Götter erzürnt, und wir sind hier zusammengekommen, um ihre Vergebung und ihre Gnade zu erflehen und über deine Mutter und dich Gericht zu sitzen.«

Arri musste sich auf die Lippen beißen, um darauf nicht die passende Antwort zu geben. Sie war sicher, dass die Hälfte der Männer und Frauen, die hier zusammengekommen waren, nicht einmal verstand, wovon der Schamane überhaupt sprach und mehr als die Hälfte der verbliebenen Hälfte nicht wirklich daran Anteil nahm.

»Aber gut«, fuhr Nor fort, »wenn du es möchtest, dann will ich dir gern antworten. Niemand soll mir nachsagen, ich wäre ungerecht oder hätte einer jungen Frau nicht die Gelegenheit gegeben, sich zu verteidigen.« Er legte eine kurze Pause ein, um seinen Worten mehr Nachdruck zu verleihen, dann ließ er sich wieder zurücksinken und löste die rechte Hand von der Sessellehne, um sie in einer ebenso unbewussten wie Besitz ergreifenden Geste auf den Kopf des Mädchens zu senken, das neben ihm auf dem Boden hockte. Als er weitersprach, klang seine Stimme plötzlich ruhiger, aber auch sehr viel lauter, als wolle er sicher sein, dass auch der Letzte in dem großen Haus seine Worte hörte.

»Du hast gefragt, was wir deiner Mutter vorwerfen. Ich will es dir sagen. Vor langer Zeit, als du noch ein kleines Kind warst, ist sie in unser Land gekommen. Sie war allein und hilflos, ohne einen Mann, ohne ein Ziel, ohne ein Volk oder Freunde. Sie hat uns um Hilfe gebeten, und wir haben ihr Gastfreundschaft und Schutz gewährt, wie es seit Urzeiten unser Brauch ist. Wir haben ihr erlaubt, sich bei uns niederzulassen und ein Haus zu bauen. Wir haben ihr zu essen gegeben, unseren Schutz und unser Land, und obwohl sie anderen Göttern huldigte als wir, haben wir nicht einmal verlangt, dass sie ihnen abschwört. Aber vielleicht war das ein Fehler, denn der Einfluss dieser Götter wurde stärker, mit jedem Sommer, den sie bei uns war.«

Arri begriff sehr wohl, worauf er hinauswollte, aber sie war im ersten Moment dennoch überrascht. Obwohl sie Nor ebenso verachtete, wie sie ihn hasste, beging sie doch nicht den Fehler, ihn zu unterschätzen. Nor mochte gierig und grausam sein, aber er war nicht dumm. Umso weniger verstand sie nun, warum er es ihr so leicht machte. Die innere Stimme, die sie schon so oft vergeblich zu warnen versucht hatte, meldete sich auch jetzt wieder zu Wort, aber Arri hörte nun weniger denn je auf sie, denn wenn ihr eines klar war, dann, dass Nor soeben ein schwerer Fehler unterlaufen war – und dass das vielleicht ihre einzige Gelegenheit war, noch einigermaßen unbeschadet aus dieser Geschichte herauszukommen.

Fast zu ihrer eigenen Überraschung hörte sie sich sagen: »Ihr meint, ungefähr im gleichen Maße, in dem eure Felder bessere

Erträge abgeworfen haben, eure Jäger mehr Wild nach Hause gebracht haben und weniger von euren Frauen bei der Geburt ihrer Kinder gestorben sind, und Krankheiten und Wunden weniger Opfer gefordert haben?« Sie sah Nor herausfordernd an, und sie konnte das triumphierende Lächeln, das sich ohne ihr Zutun auf ihrem Gesicht ausbreitete, selbst spüren. »War es ungefähr das, was Ihr sagen wolltet, Nor?«

Rahns Augen weiteten sich, und der Ausdruck darin war nun pures Entsetzen. Auch einer der beiden Männer hinter ihr sog erschrocken die Luft zwischen den Zähnen ein, und den Ausdruck auf Nors Zügen vermochte sie nicht einmal mehr zu deuten. Aber plötzlich hatte sie das sehr ungute Gefühl, dass nicht *Nor* es gewesen war, der gerade einen schrecklichen Fehler begangen hatte, denn auch seine Augen leuchteten auf, aber es waren nicht Wut oder Bestürzung, die sie darin las, sondern ... Triumph?

Nor antwortete nicht sofort, sondern sah sie einen Moment lang nachdenklich an, dann schüttelte er den Kopf, seufzte hörbar und fragte in unerwartet sanftem Ton: »Du armes Ding. Ist es das, was deine Mutter dir erzählt hat?«

Nein, aber das, was ich mit eigenen Augen gesehen habe, dachte Arri, aber zumindest diesmal war sie klug genug, ihre Gedanken für sich zu behalten.

Nors Hand streichelte den Kopf des schwarzhaarigen Mädchens neben sich, aber er tat es auf eine Art, die Arri an einen Hund denken ließ, den er in Gedanken tätschelte; und den er auch ohne die geringsten Gewissensbisse am Abend verspeisen würde. »Ich will dir nichts vormachen, Arianrhod«, fuhr er fort. »Ich bin kein Mann, der nicht ein offenes Ohr für die Nöte der Menschen hätte, die in meinem Schutz leben. Es gibt ein paar in eurem Dorf – nicht viele, aber einige doch –, die zu deinen Gunsten gesprochen haben. Anfangs wollte ich ihnen nicht glauben, denn was ich im Zwiegespräch mit den Göttern erfahren habe, war etwas anderes, und was meine Augen gesehen haben, auch. Dennoch frage ich mich, ob sie nicht vielleicht Recht hatten.«

Recht womit?, fragte sich Arri. Sie warf einen fast Hilfe suchenden Blick in Rahns Richtung, aber der vermeintliche Fischer sah starr an ihr vorbei ins Leere und tat wiederum so, als wäre sie gar nicht da.

»Manche von denen, die dich verteidigen«, fuhr Nor fort, »sagen, dass du nichts von den Schandtaten und der schwarzen Magie deine Mutter weißt. Es fällt mir schwer, das zu glauben, aber immerhin warst du bis vor kurzem noch ein Kind, und jeder weiß, wie leicht es ist, ein Kind genau das glauben zu machen, was man will.« Er nahm die Hand vom Kopf des Mädchens und beugte sich wieder leicht vor. »Du glaubst also wirklich, deine Mutter hätte in all der Zeit, in der sie bei uns gelebt hat, nur Gutes bewirkt?« Er beantwortete seine eigene Frage mit einem Kopfschütteln und einem tiefen, bedauernden Seufzen. »Dann musst du wirklich sehr gutgläubig sein. Oder sehr dumm.«

»Aber ... wieso denn?«, murmelte Arri. Sie hatte doch nichts anderes gesagt als das, was jedermann hier wusste und mit eigenen Augen gesehen hatte. »Aber Ihr habt doch ...«, begann sie.

Nor unterbrach sie mit einer herrischen Geste, die in krassem Gegensatz zu seinem eben noch so sanften Tonfall stand. Als er weitersprach, hatte sich daran allerdings nichts geändert; ganz im Gegenteil war plötzlich ein verständnisvoller, beinahe warmer Unterton darin, als spräche er mit einem kleinen Kind, das zwar einen schweren Fehler begangen hatte, aber aus Unwissenheit, die man ihm nicht wirklich vorhalten konnte.

»Es ist wahr, mein Kind«, sagte er. »Manches hat sich scheinbar zum Guten gewendet, seit deine Mutter bei uns ist. Ich will gern zugeben, dass auch ich der Versuchung erlegen bin, die deine Mutter gebracht hat. Ja, es *waren* Gaben, wertvolle Gaben, kostbarer als alles, was wir jemals zuvor bekommen haben ... aber nicht jeder, der Gaben bringt, ist deswegen auch ein Freund.« Er schüttelte heftig den Kopf, und seine Stimme blieb so sanft, wie sie war, wurde aber zugleich lauter und auf unangenehme Art *belehrend*. »Es sind die Gaben *fremder* Götter, die deine Mutter uns gebracht hat, Arianrhod. Gaben, die keinem anderen Zweck dienten, als sich in unsere Herzen zu schleichen und den Glauben an unsere Götter, die uns so lange und so wohl bewacht und beschützt haben, zu ersticken. Sie waren süß, doch auch das Gift ist manchmal süß.«

Er beugte sich wieder vor und stützte sich auf die Stuhllehnen, als wolle er sich im nächsten Moment abstoßen, um sich wie ein angreifender Raubvogel auf sie zu stürzen. »Ja, es hat lange gedauert. Viel zu lange! Aber nun habe ich die Wahrheit erkannt. Die Götter haben mich erleuchtet, und noch ist es nicht zu spät, das Unheil von unserem Volk abzuwenden!«

»Aber Ihr ... Ihr ... irrt Euch«, murmelte Arri hilflos. »Meine Mutter hat niemals ...«

»Niemals – was?«, unterbrach sie Nor. Seine Augen wurden schmal. »Niemals etwas getan, was unserem Volk geschadet hätte?«

»Nein!«, sagte Arri heftig. »Sie hat immer nur Gutes getan! Sie hätte nie auch nur einem Menschen geschadet!«

Sie hatte viel lauter gesprochen, als sie beabsichtigt hatte, mit Sicherheit lauter, als gut gewesen war; eigentlich hatte sie schon beinahe geschrien. Aber es war seltsam: Allein mit ihrer Antwort hatte sie Nor jeden Grund geliefert, den er sich nur wünschen konnte, sie zu bestrafen oder dieses lächerliche Verhör, dessen Sinn ihr mit jedem Augenblick weniger klar war, zu beenden. Doch stattdessen ließ er sich wieder gegen die Lehne des ächzenden Stuhls sinken und sah sie für drei, vier, fünf endlose schwere Atemzüge lang an, und er wirkte einfach nur ... zufrieden?

Auch wenn Arri sich beim besten Willen nicht den geringsten Grund dafür denken konnte, so war sie doch plötzlich sicher, dass sie gerade ganz genau das gesagt hatte, was er von ihr hatte hören wollen. Sie war in eine Falle getappt, und doch erkannte sie sie nicht einmal jetzt, wo sie sich bereits unzweifelhaft in ihr verfangen hatte.

»Du verteidigst deine Mutter.« Nor klang immer noch überaus zufrieden. »Nun, das ist dein gutes Recht, und nicht weniger, als jede Mutter von ihrem Kind erwarten darf. Ich kann und will dir das nicht zum Vorwurf machen.«

Arri warf erneut einen fast verzweifelten Blick in Rahns Richtung, und obwohl er weiterhin starr ins Leere sah, war doch nicht zu übersehen, dass er ihren Blick spürte und sich immer unwohler darunter fühlte. Warum half er ihr nicht? Warum kam nicht endlich ihre Mutter, um sie zu retten, und warum hörte dieser Albtraum nicht endlich auf?

»Du glaubst also, deine Mutter hätte niemals etwas getan, um unserem Volk zu schaden?«, fuhr Nor in plötzlich lauerndem Ton fort. »Du glaubst wirklich, alles was sie getan hätte, wäre aus reiner Selbstlosigkeit geschehen, nur um den Menschen in eurem Dorf oder auch hier bei uns zu helfen?«

»Ja!«, antwortete Arri heftig.

»Dann musst du deine Mutter wirklich sehr lieben«, antwortete Nor, »oder sehr unbedarft sein.« Er hob die Hand. »Bringt Sarn und die Männer aus ihrem Dorf hierher.«

Rahn verschwand so schnell, als hätte er sich in Luft aufgelöst, und Arris Verwirrung stieg ins Grenzenlose. Warum machte sich Nor, der Hohepriester von Goseg und Herr über Leben und Tod, eine solche Mühe, um ihr die Schuld an etwas nachzuweisen, von dem sie beide wussten, dass es der blanke Unsinn war? Er hatte es nicht *nötig*, ihr irgendetwas zu beweisen – ihr oder sonst jemandem. Nor war der unumschränkte Herrscher über Goseg und jeden, der unter seinem Schutz stand. Er *brauchte* keinen Grund, um ihr anzutun, was immer er wollte!

Sie kam sich immer hilfloser vor, und was vielleicht das Allerschlimmste war: Sie hatte plötzlich das Gefühl, dass jeder in diesem Haus wusste, was das alles zu bedeuten hatte – nur sie nicht.

»Warum bin ich hier?«, wandte sie sich – unaufgefordert, was sichtlich Nors Missfallen erregte – an den Priester. Seine Antwort kam denn auch grob und ruppig und begleitet von einer ärgerlichen Geste. »Gedulde dich nur noch einen Augenblick. Vielleicht wirst du dann erkennen, wer deine wirklichen Freunde sind, Kind.«

Arri biss sich auf die Unterlippe, um sich die Antwort zu verkneifen, die ihr auf der Zunge lag. *Freunde?* Sie hatte hier keine

Freunde. Bisher hatte sie, trotz allem, tief in sich gehofft, dass zumindest Rahn noch so etwas wie ihr Freund wäre, doch seit seinem Besuch in ihrem Gefängnis vor zwei Nächten war sie sich auch dessen nicht mehr sicher. Immerhin hatte er unumwunden zugegeben, dass Nor ihn geschickt hatte, um sie auszuspionieren. Es machte einen Verräter nicht unbedingt vertrauenswürdiger, wenn er zugab, ein Verräter zu sein.

Sie spürte, wie hinter ihr Unruhe aufkam, und warf einen Blick über die Schulter zurück, in der Erwartung, Rahn und die Männer zu sehen, die er holen sollte. Tatsächlich bildete sich hinter ihnen eine schmale Gasse in der dicht an dicht stehenden Menge, doch es waren nicht der Fischer und Sarn, sondern ihre beiden Bewacher aus den ersten Tagen. Arri fuhr sich mit der Zungenspitze über die Lippen, als sie den Ausdruck von mühsam zurückgehaltenem Triumph auf Jamus Gesicht erblickte. Wieder hatte sie das Gefühl, diesen Mann schon einmal zuvor gesehen zu haben, und wieder war sie sich nicht sicher, wo.

Vorsichtshalber wich sie zwei Schritt zur Seite, um die beiden Männer passieren zu lassen, denn nach allem, was sie mit Jamu erlebt hatte, war sie ziemlich sicher, dass *er* nicht zur Seite gehen, sondern die Gelegenheit ganz im Gegenteil nutzen würde, sie derb anzurempeln, doch ihr wurde schon bevor sie die Bewegung zu Ende gebracht hatte klar, dass sie schon wieder einen Fehler begangen hatte. In Jamus Augen blitzte es kurz und ebenso gehässig wie triumphierend auf, und Arri rief sich in Gedanken zur Ordnung. Hatte ihre Mutter ihr nicht oft genug erklärt, wie man sich in einer Lage wie dieser zu verhalten hatte? Sie durfte nicht das geringste Zeichen von Schwäche zeigen.

Nor winkte die beiden Krieger zu sich heran. Der, dessen Name Arri nicht kannte, blieb dennoch respektvoll drei oder vier Schritte vor ihm stehen, während Jamu weiterging und unmittelbar hinter Nors gestohlenem Thronsessel Aufstellung nahm. Sein Blick ließ Arri dabei die ganze Zeit nicht los, und was sie darin erkennen konnte, das ließ sie nur das Allerschlimmste befürchten.

»Du erinnerst dich an Jamu hier?«, begann der Schamane. Arri nickte, obwohl sie immer noch nicht sagen konnte woher, und Nor fuhr fort: »Als ich das letzte Mal in eurem Dorf war, um mit deiner Mutter zu reden, da habe ich Jamu mitgebracht, damit er dich zum Weibe nimmt.«

Arri konnte gerade noch ein Zusammenzucken unterdrücken. Natürlich. Der Krieger hatte Nor begleitet, als er bei ihrer Mutter aufgetaucht war, um Lea unter Druck zu setzen, und als sie, Arri, danach aus der Hütte nach unten gegangen war, hatte sie diesen grobschlächtigen Mann hinter dem Holunderbusch stehen sehen. Jetzt verstand sie auch den Grund für die abschätzenden Blicke, mit denen er sie damals gemustert hatte. »Warum sollte mich jemand wie Jamu zur Frau nehmen wollen?«, sagte sie verächtlich. »Es gibt doch hier sicherlich genug andere *Weiber*, die viel mehr seinem Geschmack entsprechen.«

In Jamus Augen blitzte es wütend auf, während Nor eigenartigerweise abermals zufrieden wirkte. »Eine Vermählung zwischen einem aus unserem Volk und dir wäre Beweis genug gewesen, dass deine Mutter es ehrlich meint«, antwortete er sanft. »An Jamus Seite wärst du eine der Unseren geworden, und sie damit auch.«

Sie, und die Frau dieses ... dieses *Viehs?*, dachte Arri entsetzt. Sie hütete sich, auch nur eine entsprechende Bemerkung zu machen, doch sowohl Nor als auch Jamu mussten ihre Gedanken wohl überdeutlich auf ihrem Gesicht abgelesen haben.

»Du glaubst, deine Mutter hätte dir damit einen Gefallen getan, habe ich Recht?«, fuhr Nor fort und schüttelte heftig den Kopf, um seine eigene Frage zu beantworten. Hinter ihr wurde zustimmendes Murmeln und Raunen laut. »Du armes Kind. Du verstehst nicht, dass deine Mutter auch dich nur für ihre Zwecke benutzt und missbraucht hat. Sag, all diese fremden Götter, die deine Mutter verehrt – hat sie auch dich gelehrt, sie anzubeten? Welche Opfer musstest du ihnen bringen?«

»Keine!«, antwortete Arri wahrheitsgemäß.

»Götter, die den Menschen solche Gaben bringen, und sie erwarten keine Gegenleistung dafür?«, zweifelte Nor.

Es lag Arri auf der Zunge, ihm wahrheitsgemäß zu antworten, dass sie zu *gar keinen* Göttern betete, aber diesmal war die Stimme der Vernunft in ihrem Kopf ausnahmsweise einmal stark genug, sie im letzten Moment zurückzuhalten. Sie sagte gar nichts.

»Dann müssen es wahrhaft verschlagene und grausame Götter sein, denen deine Mutter dient«, fuhr Nor fort. Arri war ziemlich sicher, dass er das so oder so gesagt hätte, ganz gleich, was sie auf seine Frage geantwortet hätte. Wieder wurde hinter ihr zustimmendes Murmeln laut, das Nor aber diesmal nicht mit einer entsprechenden Geste zum Verstummen brachte. Ganz im Gegenteil schien er es zu genießen. »Sag, mein Kind – kommt dir diese Großzügigkeit und Milde nicht selbst ein wenig seltsam vor?«

Arri verbiss es sich, Nor zu sagen, dass das Einzige, was ihr hier seltsam vorkam, *er* war. Sie starrte ihn weiter einfach nur an. Nor wartete einen Moment lang vergebens darauf, dass sie etwas sagte, dann richtete er sich kerzengerade in seinem Stuhl auf und klatschte zweimal hintereinander in die Hände. Aus der Menge hinter Arri traten vier Männer, die bisher verborgen darin gestanden und zugehört hatten und bei denen es sich offensichtlich ebenfalls um Schamanen und Priester handelte, denn sie trugen die gleiche Art von Kleidung wie er und stützten sich auf ähnliche knorrige Stäbe, nur dass beides weit weniger beeindruckend und verziert war als die zeremonielle Tracht des Hohepriesters. Auch sie waren alt, mindestens einer von ihnen noch deutlich älter als Nor, denn *er* benutzte seinen Stock tatsächlich, um sich mühsam darauf gestützt fortzubewegen. Als folgten sie einem genau abgesprochenen Bewegungsablauf (Arri war sicher, sie taten es!), ließen sie sich in einen lockeren Halbkreis mit untergeschlagenen Beinen vor Nor auf den Boden sinken, sodass sie nun zu Arri und ihren Bewachern hinaufsehen mussten. Kaum hatten die Priester Platz genommen, da begannen sie auch schon, einen monotonen, an- und abschwellenden Gesang anzustimmen, bei dem sie keine Worte zu gebrauchen schienen, sondern einfach nur – zumindest in

Arris Ohren – sinnlose Laute ausstießen. Keiner der Männer sah sie direkt an, aber sie spürte dennoch, dass sie irgendwie plötzlich noch mehr im Zentrum der allgemeinen Aufmerksamkeit stand.

Nor ließ die vier Priester eine Weile gewähren, dann hob er gebieterisch die rechte Hand, woraufhin Jamu rasch nach dem Stock griff, der am Rücken des Stuhles lehnte, um ihm diesen zu reichen. Schwer darauf gestützt, stemmte sich Nor in die Höhe, und wie auf ein Stichwort hin tauchte nun auch Rahn wieder auf.

Er war nicht mehr allein, sondern erschien in Begleitung Sarns und zweier weiterer Männer, bei deren Anblick Arri erneut erschrocken zusammenfuhr. Sarn hatte sie erwartet; wen sonst hätte Nor aus dem Dorf hierher befehlen sollen, um alle Schandtaten und Verfehlungen ihrer Mutter aufzuzählen, wenn nicht ihren ärgsten Feind? Wen sie nicht erwartet hatte, das waren Kron und Achk. Der einarmige Jäger hatte den blinden Schmied an der Hand ergriffen und führte ihn, damit er nicht stolperte. Arri konnte Achk ansehen, wie konzentriert er lauschte, um sich ein Bild von dem zu machen, was um ihn herum vorging. Krons Miene hingegen war wie versteinert. Arri versuchte, seinen Blick einzufangen, was ihr aber nicht gelang. Er sah überallhin, nur nicht in ihre Richtung, und Arris Beunruhigung steigerte sich weiter und grenzte nun an nackte Panik.

Nor erwartete Rahn und seine Begleiter hoch aufgerichtet und mit unbewegter Miene. Als sie heran waren, trat er einen halben Schritt zurück und machte mit der freien Hand eine einladende Geste in Richtung des Stuhles, auf dem er bisher gesessen hatte. »Nimm Platz, Sarn. Ich weiß, dass du eine anstrengende und gefährliche Reise hinter dir hast. Du musst müde sein.«

Sarn war von diesem Angebot sichtlich überrascht, denn er zögerte, Nors Aufforderung Folge zu leisten, dann aber ließ er sich schwer auf den gestohlenen Stuhl niedersinken, und das aus Holz und Weidengezweig geflochtene Möbelstück ächzte hörbar unter seinem Gewicht, was es gerade bei Nor nicht getan hatte, obwohl dieser deutlich größer und auch schwerer gebaut war; fast, als wolle es dagegen protestieren, von jemandem besetzt zu werden, der nicht das Recht dazu hatte.

Rahn nahm wieder am gleichen Platz Aufstellung, an dem er zuvor gestanden hatte, und starrte weiter mit steinernem Gesicht ins Leere. Kron blickte überall hin, nur nicht in Arris Richtung; Achk aber sah sich mit hektischen Kopfbewegungen aus weit aufgerissenen, erloschenen Augen um und wurde mit jedem Atemzug unruhiger. Arri war ziemlich sicher, dass er nicht einmal verstand, was mit ihm geschah.

»Nun, Sarn«, begann Nor, »erzähl uns, was du von den Taten der fremden Hexe und ihren falschen Göttern berichten kannst.«

Sarns Blick richtete sich für einen Moment auf Arri, bevor er antwortete. »Nicht mehr, als ihr alle schon wisst. Sie kam vor vielen Sommern in unser Dorf, und wir haben sie freundlich aufgenommen und ihr Obdach und Essen und einen Platz an unserem Feuer angeboten, wie es die Sitten und das Gesetz der Gastfreundschaft vorschreiben. Als Dank brachte sie uns Geschenke, doch es waren falsche Geschenke, mit denen sie sich in unsere Herzen und unsere Gedanken zu schleichen versucht hat, um sie zu verderben.«

»Aber das ist doch nicht wahr!«, protestierte Arri. »Sie hat niemandem geschadet! Ganz im Gegenteil!«

»Die Geschenke, die sie gebracht hat, waren falsche Geschenke!«, donnerte Nor. »Falsche Geschenke von falschen Göttern. Nimm endlich Vernunft an, du dummes Kind! Ja, deine Mutter *hat* uns gelehrt, die Felder besser zu bewirtschaften, und sie *hat* unseren Jägern gezeigt, die Spuren des Wildes genauer zu deuten. Doch um welchen Preis!« Er hob seinen Stab und deutete mit dem knorrigen Ende wie mit einer Waffe auf Achk. »Ist es etwa nicht ihre Schuld, dass unserem Schmied das Augenlicht genommen wurde?«

»Aber das ... das war ... ein Unfall«, stammelte Arri. »Ein schlimmes Unglück, für das niemand etwas konnte!«

»Dann erzähl uns von diesem *Unglück,* Achk«, wandte sich Nor an den blinden Schmied. »Berichte uns, was wirklich geschehen ist.«

Achks erloschener Blick irrte in die ungefähre Richtung, aus der er Nors Stimme hörte, ohne dass es ihm gelang, den Hohepriester wirklich zu fixieren. Er versuchte zu antworten, brachte aber nur ein hilfloses Stammeln hervor.

»Was ist damals geschehen?«, bohrte Nor weiter. »Hab keine Angst, Achk. Was geschehen ist, war nicht deine Schuld. Niemand hier denkt, dass du etwas Schlechtes getan hast.«

»Das habe ich auch nicht«, verteidigte sich Achk. »Ich habe nur getan ...«

»... was dir die falsche Prophetin gesagt hat«, fiel ihm Nor ins Wort. Er lächelte beruhigend, was der blinde Schmied natürlich nicht sehen konnte, aber auch seine Stimme hatte einen besänftigenden Klang angenommen, den Achks Gehör, das sehr viel schärfer geworden war, seit er sein Augenlicht eingebüßt hatte, bemerken musste. Der Schmied nickte heftig und mehrmals hintereinander.

»Das ist wahr«, bestätigte er. Der Blick seiner leeren Augen suchte wiederum nach Nor. Als er weitersprach, wandte er sich an eine Stelle im Nichts ein Stück rechts von diesem, was seinen Worten etwas zugleich Unheimliches wie Lächerliches verlieh. Aber *was* er sagte, das ließ Arri einen eisigen Schauer über den Rücken laufen.

»Sie hat versprochen, mich das Schmieden von besserem Metall zu lehren. Sie hat mir ihr Zauberschwert gezeigt, und sie hat gesagt, sie würde mir beibringen, wie man Metall herstellt, das ebenso hart und stark ist.«

»Das hat sie dir versprochen?«, vergewisserte sich Nor.

»Das und viel mehr«, bestätigte Achk. Arri sah den blinden Schmied fassungslos an. Was ging hier vor? Sie war bei dem Gespräch dabei gewesen, von den Achk berichtete, und es hatte sich ganz und gar *nicht* so abgespielt. Nicht im Entferntesten!

»Und was ist dann geschehen?«, wollte Nor wissen.

»Ich habe alles ganz genau so gemacht, wie sie es mir erklärt hat«, antwortete Achk. »Von Anfang an schon kam es mir merkwürdig vor. Es hatte nichts mit dem üblichen Bronzegießen zu tun. Ich musste erst Erz und Holzkohle zum neuen Ofen bringen und dann die Beimischungen vorbereiten ...«

»Erz, das sie dir gegeben hat?«, unterbrach ihn Nor und warf Arri einen raschen, fast triumphierenden Blick zu, bevor er sich wieder an den Blinden wandte. »Und fremde Beimischungen? Zutaten, die du nicht gekannt hast?«

Achk nickte heftig. Es war schwer, in seinem verbrannten Gesicht zu lesen, das fast nur aus Narbengewebe und hässlichen Geschwüren bestand, und doch sah Arri ihm an, wie wenig wohl er sich fühlte, fast als bereite ihm allein die Erinnerung an jenen schrecklichen Tag schon wieder Schmerzen. Doch vielleicht, dachte sie, hatte sein so sichtliches Unwohlsein ja auch einen ganz anderen Grund.

Sie sah zu Nor, und aus ihrem Verdacht wurde Gewissheit. Der Hohepriester sah äußerst zufrieden aus. Offensichtlich hörte er ganz genau das, was er hören wollte.

Dann wurde ihr klar, wie unsinnig dieser Gedanke war, und sie musste sich beherrschen, um nicht über ihre eigene Dummheit den Kopf zu schütteln. Sie hatte doch nicht wirklich geglaubt, dass Nor den blinden Schmied – noch dazu vor so vielen Zeugen! – verhören würde, ohne die Antworten auf die Fragen, die er ihm stellte, von vornherein zu kennen. Ganz gewiss war es so, dass Nor dem Schmied sorgsam eingeschärft hatte, was er antworten sollte. Dennoch fühlte sie sich für einen Moment von Achk verraten; auf eine Art und Weise, die wehtat und sie zugleich wütend machte, obwohl sie doch ganz genau wusste, wie ungerecht dieser Zorn war. Einen Herzschlag lang war sie fast froh, dass der Blinde den Ausdruck auf ihrem Gesicht nicht erkennen konnte.

»Du hast das Schmieden von deinem Vater gelernt, nicht wahr?«, fuhr Nor fort. »So wie dieser zuvor von seinem Vater und der von seinem. Du warst ein guter Schmied. Die Werkzeuge, die du gemacht hast, waren wirklich gut, dein Schmuck hat jedermann entzückt, und deine Waffen waren scharf und haltbar.«

Achk nickte heftig. »So war es.«

»Und du hast zu den Göttern gebetet und ihnen geopfert, bevor du deine Arbeit begonnen hast, und auch hinterher noch einmal, um ihnen zu danken, habe ich Recht?«

»Ja«, bestätigte Achk.

»So, wie es bei uns Brauch und Sitte ist und der Wille der Götter, so lange wir uns zurückerinnern können«, fügte Nor hinzu. Er hob ganz leicht die Stimme. »Bis zu jenem Tag, an dem die falsche Prophetin dir eingeflüstert hat, dass unser altes Wissen schlecht und unsere Handwerker dumm sind. Was hat sie von dir verlangt? Dass du zu ihren Göttern betest statt zu unseren, damit sie dir helfen, schärfere Dolche zu schmieden und bessere Pfeilspitzen?«

Achk druckste einen Moment herum, aber dann nickte er. »Ja.« Arri stockte schier der Atem.

»Und?«, wollte Nor wissen. »Hast du es getan?«

Wieder antwortete der Schmied nicht gleich. Er wand sich sichtlich, und sein erloschener Blick irrte hierhin und dorthin. Auf seinem zerstörten Gesicht erschien ein gequälter Ausdruck. »Nein«, murmelte er schließlich. »Das habe ich nicht getan. Ich habe ihr erzählt, dass ich es tue, aber das war nicht wahr.«

Nor wirkte sehr zufrieden. »Aber du hast das falsche Erz, das sie dir gebracht hat, und die verzauberten Zutaten benutzt, um daraus das Metall zu schmelzen, das sie dir versprochen hat?«

Diesmal verging noch mehr Zeit, bevor der Schmied antwortete, und er tat es auch nicht laut, sondern mit einem angedeuteten Nicken. Dieses Verhör kam Arri immer absurder vor – selbst der Dümmste hier im Hause musste doch sehen, wie eingeschüchtert Achk war und dass er nur das antwortete, was Nor von ihm hören wollte.

»Und was ist dann geschehen?«, fragte Nor, und mit einem Male wurde seine Stimme sanft, verständnisvoll; die Stimme eines Vaters, der mit seinem Sohn sprach, um ihn über ein großes Unglück hinwegzutrösten.

»Ich habe alles so gemacht, wie sie es mir gesagt hat«, antwortete Achk. »Zuerst musste ich einen Lehmofen auf der höchsten Stelle des Hügel hinter der Schmiede errichten.«

»Auf der höchsten Stelle?« Nor beugte sich ein Stück vor. »Ist das nicht ganz in der Nähe des Heiligtums?«

Achks Gesichtszüge schienen geradezu einzufrieren. »Ja«, flüsterte er dann kaum hörbar. Ein Raunen ging durch die Menge.

»Direkt neben dem Steinkreis, in dem ihr die alten Riten vollzieht – dort wollte deine Verführerin, dass du ein Feuer entfachst, heißer und verzehrender als alle Feuer, die du je zuvor entzündet hast?« Arri stockte schier der Atem, während Achk kaum merklich nickte. Sie wusste sehr genau, warum ihre Mutter darauf bestanden hatte, den Lehmofen dort zu errichten: damit der Wind das Feuer in dem kleinen, mit Holzkohle und Eisenerz gefütterten Ofen ungehindert anfachen konnte. Was Nor jetzt daraus machte, war ungeheuerlich!

»Und was tat sie dann noch, um die alten Götter herauszufordern?«, setzte Nor nach.

»Ich habe das fremde Erz genommen, das sie mir gegeben hat, und das Feuer entfacht, und ich habe zu den Göttern gebetet und die Mischung vorbereitet, und dann ...« Seine Stimme stockte für einen Moment. Arri konnte sehen, wie er schauderte, als hätte ihn ein plötzlicher, kalter Windstoß getroffen. »Am Anfang war auch alles so, wie sie es gesagt hat. Aber dann ist mein Ofen geborsten. Alles hat gebrannt, und das heiße Metall ist mir ins Gesicht gespritzt und hat mich verbrannt und mir das Augenlicht genommen.«

Ein erschrockenes Murmeln und Raunen ging durch die versammelte Menschenmenge, ein Ausdruck von Mitleid und Schrecken, aber auch Zorn, den Nor eine genau berechnete Weile gewähren ließ, bevor er ihn mit einer kurzen Bewegung mit seinem Stab zum Verstummen brachte. Nur die vier Priester unterbrachen ihren monotonen Singsang nicht, der nun aber düsterer und auf schwer zu beschreibende Weise bedrohlich geworden war.

»Dann ist es so, wie ich es mir dachte«, sagte Nor. »Es war nicht deine Schuld, Achk. Sag mir, wann genau das Unglück geschehen ist.«

Der Schmied blickte nur verwirrt in die Richtung, aus der er Nors Stimme hörte, und wusste mit dieser Frage offensichtlich nichts anzufangen, doch der Hohepriester hatte ebenso offensichtlich auch gar keine Antwort erwartet, denn er drehte sich nun wieder zu Arri um und fuhr mit einem Ausdruck gespielter Anteilnahme, aber auch einem boshaften Funkeln in den Augen fort.

»Das Unglück geschah, als du zu unseren Göttern gebetet hast, habe ich Recht? Die falsche Prophetin hat dir gesagt, du sollst zu ihren Göttern beten und ihren Beistand erflehen, aber das hast du nicht getan. Stattdessen hast du getan, was jeder von uns getan hätte, und dich an *unsere* Götter gewandt, und es war die Strafe der fremden Götter, die dich getroffen hat, nicht dein eigenes Ungeschick.«

Arri starrte Nor fassungslos an, doch auch das schien etwas zu sein, womit Nor nicht nur gerechnet hatte, sondern das ihm auch größte Zufriedenheit bereitete, den nun reichte auch seine Selbstbeherrschung nicht mehr vollends aus, um das triumphierende Lächeln von seinen Lippen zu verbannen. Betont langsam wandte er sich wieder dem blinden Schmied zu. »War es nicht so, Achk?«

»Ja«, gestand Achk. »Genau so war es.«

Diesmal hielt das unwillige Murmeln und Raunen im Haus länger an.

»Aber das ... das ist doch nicht wahr«, murmelte Arri. Sie hatte leise gesprochen und eigentlich nur zu sich selbst, doch Nor hatte ihre Worte offensichtlich gehört, denn er fuhr mit einer plötzlichen Bewegung herum und fauchte: »Woher willst du das wissen? Warst du dabei?«

»Nein«, gestand Arri. »Aber meine Mutter ...«

»... hat es dir erzählt, habe ich Recht?«, unterbrach sie Nor und schüttelte heftig den Kopf. »Dann willst du Achk hier einen Lügner nennen?«

Einen Lügner vielleicht nicht, dachte Arri, *nur einen Mann, der furchtbare Angst hat.* »Aber meine Mutter hat ihm *geholfen!*«, protestierte sie. »Achk wäre gestorben, wenn sie sich nicht um seine Verletzungen gekümmert hätte!«

»Um seine Verletzungen gekümmert?« Nor spielte den Überraschten. »Aber wäre das nicht die Aufgabe eures Schamanen gewesen?« Er drehte sich zu Sarn um und maß ihn mit einem langen, strafenden Blick. »Sarn, die Götter und ich haben es dir übertragen, dich um die Menschen in eurem Dorf zu kümmern, ihre Wunden zu versorgen und ihre Krankheiten zu heilen. Warum musste sich die falsche Prophetin um Achks Verletzungen kümmern?« Seine Stimme wurde schärfer und nahm zugleich einen tadelnden Tonfall an. »Es wäre *deine* Aufgabe gewesen, ihm zu helfen!«

Wenn Sarn den Verweis überhaupt zur Kenntnis nahm, so schien er ihn nicht sonderlich zu beeindrucken. Er reckte nur trotzig das Kinn vor und verteidigte sich in kaum weniger scharfem Ton. »Weil ich ihn nicht heilen konnte!«, antwortete er mit seiner schrillen, fistelnden Altmännerstimme. »Niemand hätte das gekonnt!«

»Niemand außer meiner Mutter, meinst du?«, fragte Arri.

Nor würdigte sie nicht einmal einer Antwort, aber Sarn schoss einen giftigen Blick in ihre Richtung ab.

»Niemand hätte ihn heilen können!«, beharrte er. »Sein Gesicht war verbrannt, als man ihn zu mir brachte. Die Götter hatten ihm das Augenlicht genommen, und er schrie vor Schmerzen. Wer hätte je gehört, dass ein Mann mit einer solch schweren Verletzung überlebt hätte? Nur schwarze Magie kann so etwas bewirken.« Er schüttelte heftig den Kopf. »Es ist nicht der Wille der Götter, dass ein Mann blind und verbrannt am Leben bleibt, um den Seinen zur Last zu fallen.« Er machte ein abfälliges Geräusch. »Wozu ist ein solcher Mann noch gut? Er isst und trinkt, er braucht Kleidung und Feuerholz im Winter, aber er kann nicht dafür arbeiten.«

»Das hättest du meiner Mutter vielleicht sagen sollen, bevor sie *dir* damals das Leben gerettet hat«, sagte Arri böse.

Sarn wollte auffahren, doch Nor machte eine herrisch-befehlende Geste und trat mit einem raschen Schritt zwischen ihn und Arri, um den direkten Blickkontakt zwischen ihnen zu unterbrechen.

»Es ist wahr«, sagte er. »Deine Mutter hat Achk vielleicht gerettet, doch hat sie ihm damit einen schlechten Dienst erwiesen. Er war ein ehrlicher, aufrechter Mann, der seine Arbeit tat und die Götter fürchtete, so wie man es von uns allen erwartet. Sein einziger Fehler war vielleicht, den Einflüsterungen deiner Mutter zu erliegen – doch wenn es ein Fehler war, so einer, den viele von uns begangen haben, auch ich, wie ich gern zugeben will.« Er hob die Stimme noch weiter, und obwohl er sich nun scheinbar direkt an Arri wandte, wurde aus seinen Worten plötzlich eine flammende Rede, die viel weniger ihr als mehr den versammelten Männern und Frauen im Haus galt.

»Reichtum und Wohlstand haben mit deiner Mutter Einzug in unsere Dörfer gehalten«, fuhr er fort. »Die Menschen haben die Gaben angenommen, die die fremden Götter gebracht haben, welche zusammen mit dir und deiner Mutter zu uns gekommen sind, auch viele von uns hier, ja, selbst ich! Es hat lange gedauert, doch nun haben die Götter zu mir gesprochen, und ich habe die Wahrheit erkannt.«

»Welche Wahrheit?«, fragte Arri verächtlich. »Dass Sarn ein dummer alter Narr ist, der um seine Macht fürchtet?«

»Dass deine Mutter niemals in guter Absicht zu uns gekommen ist«, antwortete Nor ungerührt. Er wurde nicht wütend, sondern lächelte ganz im Gegenteil plötzlich. »Dass du es nicht glaubst, wundert mich nicht, mein Kind. Sie ist deine Mutter, und welches Kind würde wohl seine Mutter nicht verteidigen?« Er kam ihrem Protest zuvor, indem er fast sanft den Kopf schüttelte und mit deutlich milderer und – wie es schien – um Verständnis bittender Stimme fortfuhr: »Ich fürchte, es gibt nichts mehr, was ich noch für deine Mutter tun könnte. Sie hat ihre Seele den finsteren Göttern aus ihrer Heimat verschrieben, und schlimmer noch, sie hat sich mit unseren Feinden zusammengetan, um uns zu verderben.«

»Aber das ist doch nicht wahr!«, begehrte Arri auf. Unwillkürlich machte sie einen Schritt in Nors Richtung und hob die Arme, nicht um ihn anzugreifen, sondern einfach nur, um verzweifelt damit zu gestikulieren. Ihre beiden Bewacher schienen die Bewegung jedoch gründlich misszuverstehen, denn einer von ihnen riss sie grob an der Schulter zurück, während der andere ihr Handgelenk packte und Anstalten machte, ihr den Arm auf den Rücken zu drehen.

»Lasst sie los!«, sagte Nor scharf. Die beiden Männer, die Arri gepackt hatten, zögerten noch einen spürbaren Moment, dann aber ließ der eine ihre Schulter und einen Atemzug darauf der andere auch ihren Arm los. Arri machte einen taumelnden Schritt zur Seite, um ihr Gleichgewicht wiederzuerlangen, und rieb sich ihr Handgelenk. Es tat so weh, als hätte der Kerl mit der festen Absicht zugegriffen, ihr den Arm zu brechen.

»Du glaubst also immer noch nicht, dass deine Mutter unser Verderben im Sinn hat?«, fuhr Nor fort. Arri hütete sich, darauf zu antworten. Nor seufzte. Ein Ausdruck von Trauer huschte über sein Gesicht, gerade schnell genug, dass jeder, der ihn sah, glauben musste, es sei gegen seinen Willen geschehen und er versuche seine wahren Gefühle und Absichten zu verbergen, damit niemand erkannte, wie Leid ihm das uneinsichtige Kind einer verderbten Mutter, das da vor ihm stand, in Wahrheit tat. Wenn schon nichts anderes, dachte Arri, so war Nor doch zumindest ein ausgezeichneter Schauspieler.

»Kron, warum erzählst du uns nicht, wie es dir und deinen Brüdern ergangen ist, als ihr die Fremden getroffen habt?«, fragte Nor.

Überrascht sah Arri zu dem einarmigen Jäger hin. Sie hatte sich schon gefragt, warum Nor auch ihn herbefohlen hatte, und sie hatte auch eine ungefähre Vorstellung gewonnen, aber mit *dieser* Frage hatte sie nicht gerechnet.

Kron sah nur ganz kurz in ihre Richtung und beeilte sich dann, sich nicht nur direkt an den Hohepriester zu wenden, sondern auch mit schneller, hastiger Stimme zu antworten, wobei er im Prinzip dieselbe unsinnige Geschichte erzählte, die

Grahl und er damals nach ihrer Rückkehr zum Besten gegeben hatten; dass sie harmlos und ohne böse Absichten auf eine Gruppe Fremder gestoßen wären, die sie gänzlich ohne Grund angegriffen, seinen Bruder getötet und ihn schwer verwundet hätten, nur dass er sie diesmal mit noch mehr blutrünstigen und vollkommen unglaubwürdigen Einzelheiten ausschmückte. Als er fertig war, hätte man glauben können, er ganz allein habe eine wilde Horde in die Flucht geschlagen und sie nur deshalb nicht endgültig besiegt, weil sie unlauter gekämpft hätten und in großer Überzahl über ihn hergefallen wären. Arri hatte die Geschichte ein wenig anders in Erinnerung, und selbst Nor, der dem Einarmigen zweifellos Wort für Wort vorgegeben hatte, musste sich sichtlich beherrschen, um ihn gegen Ende nicht rüde zu unterbrechen. Anscheinend tat Kron entschieden zu viel des Guten. Die eine oder andere Heldentat, mit der er sich brüstete, hatte ihm Nor vielleicht doch nicht in solcher Ausführlichkeit vorgesagt. »Mein Bruder hat mich fast den ganzen Weg zurückgetragen«, schloss Kron. »Ohne ihn wäre auch ich jetzt nicht mehr am Leben.«

»Du wärst *ohne meine Mutter* jetzt nicht mehr am Leben!«, sagte Arri aufgebracht.

Kron sah einen Herzschlag lang in ihre Richtung und senkte dann betreten den Blick, aber Nor fragte: »Ist das war? Hat ihre Mutter auch dir geholfen?«

»Ha!«, mischte sich Sarn ein. »Geholfen?« Er sprang auf und gestikulierte erregt mit beiden Händen. »O ja, sie hat ihm das Leben gerettet. Wie Achk war auch er mehr tot als lebendig, als Grahl ihn zurückbrachte. Sein Arm war brandig, und das Gift aus der Wunde hatte schon begonnen, seinen Körper zu verseuchen.«

Er fuhr mit einer so plötzlichen Bewegung auf dem Absatz herum und in Arris Richtung, dass sie erschrocken zusammenzuckte. »Geholfen hat deine Mutter diesem armen Mann?« Er fuchtelte jetzt noch aufgeregter mit den Armen, wobei er abwechselnd auf Kron und Arri deutete, und seine Stimme wurde schrill. »Zum Krüppel gemacht hat sie ihn! Den Arm abgeschnitten hat sie ihm, sodass er nicht mehr als Jäger ausziehen und seinen Lebensunterhalt verdienen kann!«

»Aber ... aber er wäre gestorben, wenn sie das nicht getan hätte!«, protestierte Arri. »Das wisst ihr doch ganz genau!«

»Ja, vielleicht«, antwortete Nor an Sarns Stelle, »und vielleicht war es der Wille der Götter, dass er stirbt. Es liegt keine Schande darin, im Kampf gegen einen heimtückischen und übermächtigen Feind sein Leben zu geben. Krons Familie und Freunde hätten sein Andenken in Ehren bewahrt, und wir hätten seine Heldentaten in Liedern besungen und unseren Kindern und Kindeskindern davon erzählt. Aber deine Mutter hat ihm den Arm genommen und ihn zum Krüppel gemacht, so wie sie auch Achk zum Krüppel gemacht hat. Zwei Männer, die nicht mehr arbeiten können und den Ihren nur zur Last fallen.«

»Aber das ... das ist doch ... das ist doch *nicht wahr!*«, stammelte Arri. Das unwillige Murren und Erstaunen hinter ihr wurde noch lauter, und auch der monotone Singsang der Priester veränderte sich abermals und schien nun selbst ihrem Herzschlag seinen düsteren Takt aufzuzwingen. Verzweiflung machte sich in Arri breit. Sie wusste genau, worauf Nor hinauswollte. Sein Plan war so durchsichtig, dass es schon fast lächerlich war. Aber wie kam es dann, dass sie so vollkommen hilflos dagegen war? Wie konnte es sein, dass Nor alles, was sie sagte und tat, irgendwie ins Gegenteil verkehrte und gegen sie verwendete?

»Du leugnest es also immer noch«, sagte Nor. »Und du willst auch nicht zugeben, das deine Mutter mit den Fremden gesehen worden ist, die über die Berge im Osten kommen und uns alle bedrohen?«

»Sie ist ...«, begann Arri, brach aber dann mitten im Satz ab und biss sich auf die Unterlippe. Sie wollte es nicht, aber ihr Blick löste sich für einen Moment von Nors Gesicht und glitt zu Rahn hin. Wie viel hatte er Sarn und Nor erzählt? Wussten sie von Dragosz, und wenn ja, was?

»Vielleicht war dies der Plan deiner Mutter, mein Kind«, fuhr Nor fort. »Ich will nicht bestreiten, dass sie uns allen

Wohlstand und Reichtum gebracht hat, dass die Menschen zufriedener und glücklicher sind, seit sie bei uns ist. Doch vielleicht war das das Schlimmste ihrer Geschenke. Unsere Krieger sind schwach geworden. Unsere Aufmerksamkeit hat nachgelassen. Unsere Männer sind müde und ihre Weiber satt und zufrieden. Es war der Plan deiner Mutter, genau das zu erreichen. Wenn die fremden Krieger aus dem Osten kommen, dann werden sie leichtes Spiel mit uns haben. Noch ein weiterer Sommer wie der letzte, und unsere Krieger werden verlernt haben, wie man kämpft. Niemand wird mehr in der Lage sein, unsere Frauen und Kinder zu beschützen und um unser Land zu kämpfen, wenn die Feinde kommen, um es uns wegzunehmen. War es das, was deine Mutter wollte?«

»Nein!«, protestierte Arri. Sie konnte selbst hören, wie ihre Stimme zitterte und wie dicht sie davor stand, einfach in Tränen auszubrechen. Es waren Tränen der Wut und der Fassungslosigkeit, nicht der Furcht, aber das spielte für Nor keine Rolle. Wichtig war, dass alle anderen hier hörten, wie ihre Stimme zitterte.

»Ja, deine Mutter hat vielen von uns das Leben gerettet«, fuhr Nor fort. »Doch die Götter haben mir die Augen geöffnet und es mir ermöglicht, ihren Plan zu durchschauen.« Er hob seinen Stock und wies damit anklagend zuerst auf Achk, dann auf den einarmigen Jäger. »Es sind Männer wie sie, aus denen euer Volk nun zu einem Gutteil besteht. Krüppel und Kranke!«

Nicht nur Arri zog bei diesen Worten überrascht die Augenbrauen zusammen. Auch Kron wirkte im allerersten Moment irritiert und schien nicht wirklich zu verstehen, was Nor da gerade gesagt hatte, während Achk wie unter einem Peitschenhieb zusammenfuhr und dann hilfloser denn je aussah.

»Ja, euer Dorf erlebt eine Zeit der Blüte und des Wohlergehens«, fuhr Nor fort, nun wieder mit erhobener, fast beschwörender Stimme. »Unser Volk ist so zahlreich und wohlgenährt wie nie, aber was ist das für ein Volk? Die Götter haben uns erschaffen, damit wir stark sind, um uns die Welt untertan machen und unsere Feinde zerschmettern zu können. Das Leben, das sie uns gegeben haben, ist voller Gefahren und hart, doch das ist auch gut so, denn nur so können wir stark genug sein, um zu überleben. Unser Volk war einst mächtig, und unsere Krieger überall gefürchtet. Und was sind wir heute, nur wenige Sommer, nachdem deine Mutter mit ihren falschen Gaben zu uns kam? Wer von unseren Feinden zittert heute noch vor uns?« Er stampfte mit seinem Stock auf. »*Keiner!* Unser Volk mag zahlreich sein wie nie, doch wir sind keine Krieger mehr, und unsere Feinde lachen über uns. Was sind das für Leben, die deine Mutter uns geschenkt hat? Die Schwachen und Kranken, von den Göttern dazu bestimmt, zu sterben! Die Krüppel und Hilflosen, die von der Arbeit der anderen leben und selbst nichts zum Wohl der Gemeinschaft beitragen können. Nur so wenige Sommer haben gereicht, um aus einem stolzen Volk leichte Beute für jeden zu machen, der es sich nehmen will.«

»Ihr wisst, dass das nicht stimmt«, sagte Arri, nun mit sehr leiser, aber auch sehr fester Stimme.

»Nein?«, wiederholte Nor lauernd. »Dann ist es nicht wahr, dass es deiner Mutter nicht gereicht hat, diese beiden tapferen Männer zu verkrüppeln?« Er wies wieder mit dem Stock auf Achk und den Jäger. »Nein, sie musste ihnen auch noch ihren Stolz nehmen und sie und damit uns alle zum Gespött unserer Nachbarn machen!«

»Aber wieso denn?«

»Ein Blinder und ein Einarmiger!«, antwortete Nor, verächtlich und laut. »Sie will aus zwei halben Männern wieder einen ganzen machen, der noch dazu die wichtigste Arbeit verrichten soll, die es gibt?« Er lachte böse. »Und während all dieser Zeit kommen die Feinde näher. Sei endlich vernünftig, Kind. Ich bin für meine Großmut und Gnade bekannt, doch auch ich stehe nicht über dem Willen der Götter. Ich kann mit ihnen sprechen und um dein Leben bitten, doch nur, wenn du dich von den falschen Götter lossagst, die deine Mutter in dein Herz gepflanzt hat, und ihrer schwarzen Kunst abschwörst!«

Aber wie sollte sie denn Göttern abschwören, an die sie gar nicht glaubte?

Um ein Haar hätte Arri diese Antwort laut ausgesprochen, aber sie beherrschte sich im letzten Moment. Wahrscheinlich machte es keinen Unterschied, und doch wollte sie Nor zumindest nicht die Genugtuung geben, ihm auch noch in die Hände zu spielen.

Und – wer weiß? Vielleicht gab es die Götter ja doch. Dass Arri nicht an sie glaubte, bedeutete nicht, dass sie die Möglichkeit ihrer Existenz vollkommen ausgeschlossen hätte. Vielleicht war ja alles, was jetzt geschah, die Strafe dafür, dass sie sie so lange geleugnet hatte.

»Also gut«, seufzte Nor, als sie immer mehr Zeit verstreichen ließ, ohne auf seine Worte zu reagieren. Er schüttelte müde den Kopf. »Ich habe getan, was die Barmherzigkeit und das Verständnis mit einem Kind, das nicht weiß, was es tut, von mir verlangen. Jetzt ...«

»Tötet sie!«, unterbrach ihn Sarn.

Nor runzelte verärgert die Stirn, und Arri war ihm nahe genug, um zu erkennen, dass dieser Ärger nicht gespielt war. Sarns Ausbruch gehörte nicht zu dem sorgsam abgesprochenen Verlauf dieser so genannten *Verhandlung*. Er ärgerte den Hohepriester; er ärgerte ihn sogar über die Maßen. »Schweig!«, sagte er scharf. »Die Götter werden entscheiden, was weiter mit ihr geschieht.«

Sarn schwieg nicht. Ganz im Gegenteil wandte er sich nunmehr ganz dem Hohepriester zu, und in seinen Augen blitzte es kampflustig.

»Waren sie denn nicht deutlich genug?«, fragte er herausfordernd. »Wir haben ihren Unmut erregt! Wir alle! Unser ganzes Dorf, ich, Ihr, jeder hier! Die Götter sind erzürnt, weil wir uns von ihnen abgewandt haben, und sie verlangen nach Blut wie in den alten Zeiten!«

Nors Lippen wurden schmal. Einen Moment lang war Arri fast sicher, dass er Sarn nun scharf in seine Schranken verweisen würde, doch er schüttelte nur leicht den Kopf, machte einen halben Schritt rückwärts und ergriff seinen Stab fester. »Dann werden wir die Götter fragen, was ihr Wille ist.«

Sarn setzte abermals dazu an zu widersprechen, doch Nor fuhr rasch und mit nun deutlich erhobener Stimme fort: »Du hast Recht, Sarn. Es hieße, vorschnell zu handeln und die Götter vielleicht noch mehr zu erzürnen, würde ich mir anmaßen, ihren Willen zu deuten, nur um das Leben eines unschuldigen Kindes zu retten, das mein Herz berührt hat.«

»Sind die Zeichen denn nicht deutlich genug?«, erwiderte Sarn verächtlich. Das kampflustige Funkeln in seinen Augen hatte nicht nachgelassen; ganz im Gegenteil. »Sie sind erzürnt, und es war seit jeher stets das Blut derer, die sich gegen sie vergangen haben, das einzig diesen Zorn besänftigen konnte!«

Nor lächelte plötzlich, doch obwohl Arri sein Gesicht nur im Profil erkennen konnte, sah sie doch, dass in diesem Lächeln etwas war, das es ins genaue Gegenteil verkehrte. Sarn starrte noch immer trotzig zu ihm hoch, aber das herausfordernde Funkeln in seinen Augen erlosch, und nur einen Augenblick später konnte Arri regelrecht sehen, wie jede Kraft aus ihm zu weichen schien. Auch er machte einen halben Schritt zurück. Seine Schultern sanken kraftlos herab, und dann gelang es ihm nicht einmal mehr, Nors Blick standzuhalten. »Ganz, wie Ihr es sagt, Hohepriester.«

Nor schüttelte, immer noch auf diese sonderbar kalte, Unheil versprechende Art lächelnd, den Kopf. »Nicht, was *ich* sage, ist wichtig. Heute Mittag, wenn die Sonne am höchsten steht, werden wir ins Heiligtum hinaufgehen und den Rat der Götter einholen.«

»Aber es ist noch nicht ...«, begann Sarn.

»Es ist nicht an der Zeit, sie anzurufen«, sagte Nor mit kalter, keinen Widerspruch duldender Stimme. »Das weiß ich sehr wohl. Wir haben ihnen nicht geopfert, und die Zeit reicht auch nicht, ein Opfer vorzubereiten, wie es sich gehört. Und dennoch bin ich sicher, dass sie unserer Bitte um Erleuchtung nachkommen werden. Jedermann soll es sehen.« Er hob seinen Stock, als wäre das tatsächlich noch nötig, um sich der allgemeinen Aufmerksamkeit sicher zu sein. »Ich will, dass jeder Mann, jede Frau und jedes Kind, die in der Lage sind zu gehen, dabei sind.

Du und ich, Sarn, wir werden die Götter gemeinsam anrufen, und es wird sich entscheiden, wer von uns im Recht ist.«

Sarn wirkte regelrecht erschüttert. Arri wusste nicht, was er mit seiner Herausforderung überhaupt beabsichtigt hatte – Gerüchte, dass Sarn Nor seine Stellung als Hohepriester von Goseg neidete und nur zu gern seinen Platz eingenommen hätte, gab es schon lange. Wenn dieser ungeplante Auftritt eine Kraftprobe zwischen ihm und Nor sein sollte, dann hatte er sich nicht nur den denkbar ungünstigsten Moment dazu herausgesucht; Nors Reaktion war offensichtlich vollkommen anders, als er erwartet hatte. Er wirkte verstört. Und auch deutlich erschrocken. Aber schließlich senkte er demütig das Haupt und trat einen weiteren Schritt zurück.

»So sei es«, sagte er.

30 Die beiden Männer, die sie ins Langhaus begleitet hatten, führten sie auch wieder zurück in ihr Gefängnis. Der Weg aus dem Haus hinaus ins Freie wurde zu etwas wie einem Spottlauf, bei dem jemand, dem boshaftes Verhalten gegenüber der Gemeinschaft vorgeworfen wurde, unter Schimpf und Schande durch die Nachbarschaft gejagt wurde. Arri konnte sich hinterher dennoch nur noch verschwommen an das erinnern, was sie bei den wenigen Gelegenheiten, bei denen sie in ihrem Heimdorf Zeugin eines Spottlaufs gewesen war, als so überaus schrecklich und demütigend empfunden hatte, und das ihr jetzt zum ersten Mal selbst widerfuhr. Es war wie ein Fiebertraum, schlimm, aber überwunden und nichts, was sie wirklich erschrecken konnte. Sie erinnerte sich an die hasserfüllten Blicke der Menschen, an Beschimpfungen und Flüche, die ihr zugerufen wurden, und auch an die eine oder andere vorwitzige Hand, die nach ihr zu schlagen versuchte, auch wenn ihre beiden Bewacher diese Versuche schnell und brutal im Keim erstickten.

Auch auf dem Weg zurück über den Hügel und wieder in die versteinerte Stadt besann sie sich kaum. Erst, als sie wieder in ihr Gefängnis geführt wurde, als die Tür mit einem dumpfen Laut hinter ihr zuschlug und sie wieder in das vertraute Halbdunkel hineintrat, in dem sie die zurückliegenden Tage verbracht hatte und das mit einem Mal nichts Erschreckendes mehr zu haben schien, sondern ganz im Gegenteil fast zu einem Freund geworden war, hatte sie das Gefühl, wieder denken zu können; fast als hätte die Zeit für einen Moment angehalten.

Was war das gewesen? Arris Herz klopfte. Ihre Hände und Knie zitterten so stark, dass sie sich gegen die Wand lehnen und einen Moment später zu Boden sinken lassen musste, und dennoch war sie weit mehr durcheinander als wirklich verängstigt. Nichts von alledem, was sie gerade erlebt hatte, erschien irgendeinen Sinn zu ergeben! Wenn es ihr Tod war, den Nor wollte, dann hätte er sich wahrlich nicht die Mühe machen müssen, das ganze Dorf zusammenzurufen, um seinen Untertanen ein so sorgsam einstudiertes Stück vorzuspielen. Er hätte ihn einfach befehlen können, ohne einen Grund, ohne dass irgendjemand eine Frage gestellt oder ihr auch nur eine Träne nachgeweint hätte. Lange, endlos lange, kreisten Arris Gedanken um diese eine Frage, und auch wenn sie keine Antwort darauf fand, so spürte sie doch tief in sich, dass Nor einen Grund für all das gehabt hatte und dass dieser Grund Anlass genug für sie war, sich noch größere Sorgen zu machen.

Warum hatte ihre Mutter sie nur im Stich gelassen? *Warum kam sie nicht endlich, um sie zu retten?*

Arris Gedanken kehrten erst in die Wirklichkeit zurück, als sie das Scharren des Riegels hörte. Mit einem Ruck hob sie den Kopf und kniff gleich darauf geblendet die Augen zusammen, als die Tür geöffnet wurde und eine Gestalt eintrat, die sie im ersten Augenblick nur als Schatten erkennen konnte. Erst als die schwere Holztür das Sonnenlicht wieder aussperrte, sah sie, dass es nicht ihre Bewacher waren, die ihr etwas zu essen oder Wasser brachten, sondern Rahn.

Ihr Gesicht verfinsterte sich. »Welch ein überraschender Besuch«, sagte sie böse. »Hat Nor dich geschickt, um mich noch ein bisschen auszuhorchen?«

Sie war selbst ein wenig überrascht über den nicht nur festen, sondern auch eindeutig herausfordernden Ton ihrer Stimme, aber Rahn schüttelte nur ärgerlich den Kopf und antwortete scharf: »Nor weiß nicht, dass ich hier bin. Er wäre wahrscheinlich auch nicht besonders begeistert, würde er es erfahren. Wenn du dich also für irgendetwas an mir rächen willst, dann brauchst du es ihm nur zu sagen. Er ist bereits auf dem Weg hierher, nehme ich an.«

»Warum bist du dann gekommen?« Arris Stimme klang jetzt schon nicht mehr ganz so fest und hatte jede Spur von Herausforderung verloren. Da war etwas in Rahns Worten, was ihr Angst machte.

»Um dich zu warnen und dich vielleicht doch noch zur Vernunft zu bringen«, antwortete Rahn. »Nor meint es ernst. Hast du das immer noch nicht begriffen?«

»Womit? Damit, dass er sich Sorgen um mein Wohlergehen macht?« Arri schnaubte abfällig. »Mach dich nicht lächerlich!«

»Dein Wohlergehen ist Nor ebenso gleichgültig wie das eines jeden anderen hier«, antwortete Rahn. »Er braucht dich, begreifst du das denn nicht?«

»Mich?« Arri riss ungläubig die Augen auf.

»Viel mehr noch als dich brauchte er deine Mutter, ihr Zauberschwert und vor allem ihr geheimes Wissen«, sagte Rahn. »Doch wenn er sie nicht bekommen kann, dann wird er sich auch mit dir zufrieden geben.« Er machte eine heftige Geste, die Arri im Halbdunkel der Kammer mehr erahnte als wirklich sah. »Wenn du am Leben bleiben willst, Arri, dann wirst du tun, was er von dir verlangt!«

»Und was wäre das?«, gab Arri zurück.

»Schwöre deinen Göttern ab!«, antwortete Rahn. »Sag dich von ihnen los und von der schwarzen Zauberkunst deiner Mutter. Liefere dich Nors Gnade aus und lass zu, dass dich Jamu zur Frau nimmt, dann wirst du am Leben bleiben.«

Arri ächzte. »Jamu! Du weißt nicht, was du da redest!«

»Ich fürchte, es ist genau umgekehrt, und *du* weißt nicht, wovon ich spreche.« Rahns Stimme wurde fast beschwörend.

»Das ist jetzt kein Spiel mehr, Arri. Es geht um dein Leben. Begreift das endlich!«

»Ein Leben als ... Jamus Weib?« Arri schüttelte heftig den Kopf und versuchte, einen spöttischen Unterton in ihre Stimme zu legen. Es blieb bei dem Versuch. »Ich weiß nicht, was schlimmer ist: der Tod oder die Vorstellung, mein Lager mit diesem ... *Dummkopf* zu teilen.«

»Du hast Recht«, sagte Rahn. »Jamu ist ein Dummkopf. Er ist brutal, und er wird dich schlagen und schlecht behandeln und erniedrigen, wo immer er kann. Aber du wirst leben, und später ...« Er deutete ein Achselzucken an. »Wir werden sehen.«

Arri war nun endgültig verwirrt. War Rahn nur gekommen, um sie zu verhöhnen? »*Was* werden wir sehen?«, erkundigte sie sich misstrauisch.

Rahn warf einen raschen Blick über die Schulter zurück zur Tür, bevor er antwortete. »Ich frage mich, ob deine Mutter dich wirklich die richtigen Dinge gelehrt hat. Für meinen Geschmack bist du noch ein bisschen zu jung, um so viel und so leichtfertig vom Sterben zu reden. Du weißt nicht wirklich, was es bedeutet, oder?«

Arri musste an einen finsteren Stollen unter einem Haus am anderen Ende der Welt denken, und für einen Moment sah sie noch einmal das Gesicht eines dunkelhaarigen Mädchens vor sich, und das abgrundtiefe Entsetzen in ihren Augen, als sie begriff, dass es vorbei war. Und *er* glaubte, sie wüsste nicht, wovon sie sprach? Sie sagte nichts.

»Dein Leben hat gerade erst begonnen, Arianrhod«, sagte Rahn leise.

»Lass mich raten«, sagte Arri. »Und du würdest es nur zu gern mit mir teilen, wie?« Sie machte eine flatternde Handbewegung. »Und nicht nur mein Leben, nehme ich an, sondern auch mein Lager, meinen Körper und die eine oder andere Kleinigkeit, die ich vielleicht von meiner Mutter gelernt habe?«

Sie bedauerte die Worte schon, noch bevor sie sie ganz ausgesprochen hatte, denn obwohl sie Rahns Gesicht nicht deutlich erkennen konnte, spürte sie doch, wie hart sie ihn trafen.

»Manchmal frage ich mich, ob Sarn nicht vielleicht Recht hat«, antwortete er spröde.

»Womit?«

»Sarn hält dich für ein vorlautes dummes Ding. Und manchmal benimmst du dich auch so.« Rahn schüttelte den Kopf. »Du solltest dich nicht überschätzen, Arianrhod.«

»Oh, du erinnerst dich sogar an meinen Namen«, sagte Arri spöttisch. Es klang selbst in ihren eigenen Ohren dumm und verzweifelt, aber sie konnte nicht anders, als fortzufahren: »Hat meine Mutter ihn dir verraten, oder hast du ihn herausgefunden, während du für Sarn spioniert hast? Oder war es für Nor – oder am Ende vielleicht für beide?«

Rahn ging nicht auf diese Herausforderung ein, wofür ihm Arri im Stillen dankbar war. »Ich habe getan, was ich Lea versprochen habe. Was jetzt geschieht, ist allein deine Entscheidung. Nur solltest du bedenken, dass es bestimmt nicht der Wille deiner Mutter wäre, dass du dein Leben wegwirfst, bloß weil dein Stolz größer ist als deine Vernunft.«

»Was soll das heißen?«, fuhr Arri auf. »Was hast du meiner Mutter versprochen?«

»Dich zu beschützen«, antwortete Rahn.

»Mich zu ... beschützen?«, vergewisserte sich Arri. »Du hast eine sonderbare Art, das zu tun, meinst du nicht selbst?«

»Vielleicht habe ich deinen Spott verdient«, sagte Rahn ungerührt. »Aber mehr kann ich im Moment nicht für dich tun. Nor wird gleich hier sein, um dir eine einzige Frage zu stellen. Überlege dir deine Antwort gut. Jamu ist vielleicht nicht der Mann, den sich deine Mutter für dich gewünscht hätte. Aber ein Leben an seiner Seite ist allemal besser als der Tod, meinst du nicht auch?«

Was das anging, war Arri nicht einmal sicher. Immerhin war Jamu letzten Endes der Grund gewesen, aus dem ihre Mutter entschieden hatte, das Dorf zu verlassen. Sie wusste jedoch, was Rahn wirklich meinte, und so verrückt es ihr selbst vorkam – tief in sich spürte sie, dass seine Worte ehrlich gemeint waren; genauso ehrlich wie die Sorge um sie, die er empfand.

»Wie kann ich dir trauen, Rahn?«, fragte sie. »Ich weiß ja noch nicht einmal, wer du wirklich bist. Auf wessen Seite stehst du eigentlich? Auf Sarns? Oder Nors? Oder unserer?«

»Nur auf meiner«, antwortete Rahn abfällig, »so wie jedermann am Ende nur auf seiner eigenen Seite steht.«

»Und trotzdem soll ich dir glauben, dass du nicht nur Sarn, sondern auch den Herrn von Goseg verrätst, um mir zu helfen?«

»Ich habe deiner Mutter mein Wort gegeben«, antwortete Rahn. »Und ich halte mein Wort immer.«

»Warum?«, fragte Arri. »Was hat sie dir versprochen, damit du mich beschützt? Mich?«

Diesmal dauerte es eine Weile, bis Rahn antwortete. Sie konnte hören, wie er sich unbehaglich in der Dunkelheit vor ihr bewegte. »Ja«, gestand er rundheraus, ließ ihr aber nicht einmal genug Zeit, eine entsprechende Empörung zu empfinden, sondern fuhr mit einem leisen und durch und durch humorlosen Lachen fort: »Nicht, dass ich einen Augenblick lang wirklich geglaubt habe, dieses Angebot wäre ernst gemeint. Deine Mutter ist eine sehr kluge Frau, Arianrhod, aber zugleich auch sehr dumm.«

»Ach?«, erwiderte Arri.

»Dumm, weil sie wirklich geglaubt hat, ich hätte nicht gesehen, wie sehr sie dich liebt.« Seine Stimme wurde leiser, gewann aber zugleich auch an Eindringlichkeit und klang trotzdem beinahe sanft. »Deine Mutter würde jeden und alles töten, um dich zu beschützen, Arianrhod. Sie *hat* getötet, um dich zu beschützen, und sie würde es wieder tun, wenn es sein müsste. Sie hat sich mir hingegeben, nur damit du vor mir sicher warst. Sie war bereit, nicht nur alles aufzugeben, sondern unser ganzes Volk zu opfern, damit ihr Kind in Sicherheit ist. Denkst du wirklich, ich hätte auch nur einen Herzschlag lang geglaubt, dass sie mir dich gibt, ganz gleich, aus welchem Grund und welche Gegenleistung sie erwartet?« Er schüttelte heftig den Kopf. »Ich bin vielleicht nicht so klug wie deine Mutter. Vielleicht nicht einmal so klug wie du. Aber ich bin nicht dumm.«

»Warum gehst du trotzdem das Risiko ein, mich zu warnen?«, erkundigte sich Arri verwirrt. »Wenn Nor erfährt, dass du hier bist ...«

»... wird er mich töten lassen, ich weiß«, unterbrach sie Rahn. »Deine Mutter hat etwas für mich getan, und ich stehe in ihrer Schuld. So einfach ist das. Es hat nichts mit dir zu tun.«

»Und du willst mir nicht sagen, was?«

»Nein«, antwortete Rahn. »Ich habe schon viel zu viel gesagt. Dir bleibt nicht mehr viel Zeit, dich zu entscheiden, also überlege dir gut, was du sagen willst, wenn Nor mit dir spricht. Manche Entscheidungen lassen sich nicht mehr rückgängig machen, weißt du?«

Er wollte sich zum Gehen wenden, doch Arri hielt ihn mit einer raschen Handbewegung zurück. »Meine Mutter, Rahn«, sagte sie rasch. »Hast du etwas von ihr gehört?«

Rahn zögerte gerade einen Augenblick zu lange, als dass seine Antwort wirklich glaubhaft gewesen wäre. »Nein. Nicht, seit wir das letzte Mal miteinander geredet haben. Es gibt Gerüchte, aber du weißt ja, wie die Leute sind.«

»Was für Gerüchte?«, fragte Arri.

»Die Üblichen«, erwiderte Rahn. »Man hat sie hier gesehen und dort, sie war schwer verletzt und lag im Sterben, dann wieder hat sie ganz allein ein Dutzend von Nors Kriegern verjagt ...« Er schüttelte seufzend den Kopf. »Noch ein paar Tage, und jemand wird allen Ernstes behaupten, er hätte sie auf dem Rücken eines geflügelten Bären über den Himmel fliegen sehen.«

»Aber sie ist noch am Leben?«, fragte Arri hastig. Plötzlich wollte sie nicht, dass Rahn ging. Er konnte ihr diese Frage so wenig beantworten, wie sie selbst dazu in der Lage war, aber sie wollte einfach reden. Mit einem Male hatte sie vor nichts mehr Angst als davor, allein zu sein. »Sie ist am Leben und ...«

»Und wird kommen, um dich zu befreien?« Rahn schüttelte heftig den Kopf. »Darauf solltest du dich besser nicht verlassen. Wenn sie dazu in der Lage wäre, hätte sie es längst getan, meinst du nicht auch?«

»Vielleicht ... vielleicht war die Gelegenheit nur noch nicht günstig«, stammelte Arri.

»Ja, vielleicht«, sagte Rahn. »Obwohl ich mir kaum eine Gelegenheit denken kann, die ungünstiger wäre als jetzt. Wenn du also wirklich hoffst, dass deine Mutter im allerletzten Moment auftaucht, um dich mit Feuer und Schwert zu befreien, dann solltest du besser zu euren Göttern beten, dass sie tatsächlich über so große Zauberkräfte gebietet, wie Sarn behauptet.«

Und damit wandte er sich endgültig zum Gehen, und Arri blieb allein zurück.

Sehr allein.

Rahn hatte es zwar gesagt, doch der Hohepriester kam nicht; weder unmittelbar nach ihm noch später. Die Tür ihres steinernen Gefängnisses blieb verschlossen, bis Arri das Gefühl hatte, die Zeit wäre endgültig stehen geblieben; oder Nor hätte entschieden, sie einfach hier drinnen zu lassen, bis sie verhungert oder verdurstet war. Erst nach einer schieren Ewigkeit hörte sie wieder das Scharren des Riegels, hob rasch den Kopf und fuhr sich noch rasch mit dem Handrücken über die Augen. Sie hatte geweint. Sie wusste nicht mehr, warum, aber ihre Augen waren verquollen und rot, und sie wollte nicht, dass Nor (oder gar Sarn!) sie so sahen.

Es war nicht Nor, der kam, und auch nicht der Schamane aus ihrem Heimatdorf. Niemand betrat ihr Gefängnis. Arri wartete vergebens darauf, dass irgendetwas geschah, dann rappelte sie sich auf, fuhr sich abermals und diesmal mit der anderen Hand über das Gesicht und zog hörbar die Nase hoch, nachdem sie sich mit einem raschen Blick davon überzeugt hatte, dass ihr Handrücken trocken war. Als sie sich der Tür näherte, taumelte sie leicht. Sie hatte viel zu lang mit angezogenen Knien in unbequemer Haltung an die Wand gelehnt dagesessen, und ihre verspannten Muskeln zahlten es ihr jetzt heim, indem sie mit stechenden Schmerzen und nur widerwillig auf jede Bewegung reagierten. Arri ärgerte sich darüber, dass ihr Körper sie schon wieder auf so schmähliche Weise im Stich ließ. Wenn sie schon zur Schlachtbank geführt werden sollte, dachte sie trotzig, dann wollte sie diesen Weg wenigstens aufrecht und stolz erhobenen Hauptes gehen, nicht mit verheulten Augen und vor Schwäche taumelnd.

Trotz dieses guten Vorsatzes blieb sie jedoch sofort wieder stehen, kaum dass sie durch die Tür getreten und draußen war, und hob geblendet die Hand vor die Augen. Die Wolken, die noch am Morgen den Himmel bedeckt hatten, hatten sich ebenso spurlos verzogen wie der leichte Dunst, und obwohl es bitterkalt war, stand am Himmel eine grelle Sonne, deren Licht ihr sofort wieder die Tränen in die Augen steigen ließ. So viel zu ihren Bemühungen, dachte sie ärgerlich, einen möglichst gefassten Eindruck zu machen.

Diesmal waren es gleich vier Männer, die gekommen waren, um sie abzuholen. Die beiden vom Morgen waren nicht dabei, doch zu Arris Erleichterung hatte Nor zumindest darauf verzichtet, ihren zukünftigen *Ehemann* zu schicken. Sie erkannte keinen der vielen Männer, die auf dem ansonsten leeren Platz standen und sie schwer bewaffnet erwarteten. Sie sah sich auffordernd um und wartete darauf, dass einer der Männer etwas sagte oder ihr zumindest mit Gesten zu verstehen gab, was sie tun sollte, aber die Krieger starrten sie einfach nur an. Als Arri wahllos auf einen von ihnen zutrat, fuhr er sichtlich zusammen, und sie sah, dass er sich gerade noch beherrschen konnte, nicht erschrocken vor ihr zurückzuweichen. Arri war verwirrt. Was, um alles in der Welt, hatte Nor über sie erzählt; oder Sarn?

Für eine kurze Weile – nicht lange, wahrscheinlich nur für die Dauer von zwei oder drei Herzschlägen, die diesen Männern aber vermutlich ebenso endlos vorkamen wie ihr – stand sie einfach nur da und wartete darauf, dass irgendetwas geschah, dann hob einer der Krieger fast schüchtern die Hand und deutete in Richtung des Tores im Palisadenzaun. Arri traute dem Frieden nicht. Keiner der Männer war ihr auch nur auf Armeslänge nahe gekommen, aber sie wollte ihnen auch keinen Vorwand geben, es zu tun oder sie gar zu packen. Rasch wandte sie sich um und setzte sich in Bewegung, und die vier Männer flankierten sie, zwei hinter und zwei vor ihr, sodass man hätte meinen können, sie hätten einen gefährlichen Feind gefangen genommen oder ein wildes Tier, das sich im Augenblick zwar friedlich gebärdete, um dessen Kraft und Unberechenbarkeit sie aber wussten. Arri fragte sich, ob sie sich nun geschmeichelt fühlen oder vielleicht besser Angst haben sollte.

Anders als am Morgen stand das Tor im Palisadenzaun jetzt weit offen, und auch der Weg dahinter war nicht mehr leer. Als Arri und ihre Begleiter die versteinerte Stadt (die im Übrigen noch immer wie ausgestorben dalag) verließen, wurden sie von gut zwei oder drei Dutzend Menschen erwartet, Männer, Frauen und Kinder, von denen sie einige wieder zu erkennen glaubte, die sie am Morgen im Haus gesehen hatte und die mit einer Mischung aus Neugier und Scheu zu ihr hinsahen. Doch so wie bei den Kriegern spürte sie auch bei ihnen eine Veränderung. Noch am Morgen war es unverhohlene Feindseligkeit und Hass gewesen, der ihr entgegenschlug, jetzt war es ... etwas anderes. Arri konnte nicht sagen, was. Was sie spürte, war alles andere als Freundlichkeit, aber auch nicht mehr dieser blanke Zorn. Da war eine Scheu, die es bisher nicht gegeben hatte und die sie im ersten Moment verwirrte, dann erschreckte, wie es der Ausdruck von Mitleid in den Augen des Mannes heute Morgen getan hatte. Irgendetwas war geschehen, während sie vergeblich auf den Hohepriester gewartet hatte.

Die Menge folgte ihnen, als sie sich nach links wandten und den Hügel in Richtung des Heiligtums hinaufstiegen, und obwohl keinerlei Bedrohung oder Feindseligkeit mehr von ihr ausging, schlossen sich ihre vier Bewacher ein wenig enger um sie zusammen, und die Hände der Männer senkten sich auf ihre Waffen. Plötzlich *war* eine spürbare Spannung da, aber Arri begriff auch, dass sie nichts mit ihr zu tun hatte. Die Männer waren unruhig, aber aus einem Grund, der ihr unbekannt blieb.

Jetzt, im hellen Licht des Tages betrachtet, hatte das Heiligtum oben auf der Hügelkuppe seine unheimliche Ausstrahlung verloren. Es wirkte immer noch beeindruckend, aber nur noch durch seine schiere Größe; Arri konnte sich nicht erinnern, jemals ein von Menschenhand geschaffenes Gebilde solchen Ausmaßes gesehen zu haben. Darüber hinaus war die Hügelkuppe nicht mehr leer wie am Morgen, denn die Einwohner des Dorfes hatten Nors Befehl Folge geleistet und sich außer- aber auch innerhalb des Heiligtums versammelt. Ihre Anzahl überraschte Arri. So groß das Langhaus unten auch sein mochte, war es doch letzten Endes nur ein einzelnes Haus. Die Menge, die Arri nun erblickte, hätte unmöglich darin Platz gefunden, ganz gleich, wie sehr sich die Menschen auch zusammengedrängt hätten. Heute Morgen waren entweder nicht alle Dorfbewohner da gewesen, oder Nor hatte Boten in die umliegenden Dörfer geschickt, um noch mehr Zuschauer herbeizurufen.

Auch die Menschen hier benahmen sich ... *seltsam*, dachte Arri verstört. Wie am Morgen wichen sie nur zögernd zur Seite und bildeten eine Gasse, die gerade breit genug für sie und ihre Bewacher war, was aber einfach nur an ihrer großen Anzahl lag. Was Arri jetzt in den meisten Gesichtern las, das war zum allergrößten Teil nur noch Neugier und vielleicht eine gewisse Anspannung, aber kaum noch Feindseligkeit. Was war hier geschehen?

Sie verscheuchte den Gedanken – nur ein weiteres Rätsel, das sie vielleicht nie lösen würde, und im Grunde wollte sie es auch gar nicht, denn die allermeisten Rätsel, auf die sie bisher gestoßen war, hatten sich am Schluss als ziemlich unangenehme Überraschungen entpuppt – und versuchte stattdessen, sich auf ihre Umgebung zu konzentrieren, als sie einen der Durchlässe in dem riesigen Palisadenzaun durchschritten. Das Innere von Goseg entpuppte sich jedoch als ebenso große Enttäuschung wie sein Äußeres, wenn nicht als noch größere. Es existierte praktisch nicht. Der gewaltige Zaun aus zugespitzten Baumstämmen umschloss nichts anderes als einen runden Platz, der bis auf einen eher bescheiden wirkenden steinernen Altar in seiner Mitte vollkommen leer war. Das Innere des Heiligtums wirkte so schmucklos und einfach, dass Arri im ersten Moment regelrecht verwirrt war. Sie wusste nicht, was sie erwartet hatte – im Grunde gar nichts, zumindest hatte sie keinerlei feste Vorstellung gehabt –, doch das Heiligtum von Goseg war überall im Lande berühmt, und so hatte sie ganz unwillkürlich angenommen, mit etwas Großem und Beeindruckendem und wahrscheinlich sogar Furchteinflößendem konfrontiert zu werden – und ganz gewiss nicht mit einem Kreis aus Baumstämmen, der es an Größe nicht einmal mit einem mittleren Dorf aufnehmen konnte.

Die Anlage war nicht einmal besonders kunstfertig erbaut. Die einzelnen Stämme waren zwar präzise ausgerichtet und von ihrer Rinde befreit und allesamt von exakt gleicher Größe und gleichem Durchmesser, dafür aber eher schlampig mit dicken Tauen zusammengebunden, und hier und da entdeckte Arri auch einen Stützpfeiler, der sich von innen schräg gegen die hölzerne Wand lehnte, wie um sie am Umfallen zu hindern. In einigen wenigen der näher gelegenen Stämme entdeckte sie grobe Schnitzereien, die meisten aber waren unberührt, und man sah ihnen an, dass sie Wind und Wetter und dem Eis und Schnee des Winters seit vielen Jahren ungeschützt ausgeliefert gewesen waren.

Und das sollte ein Heiligtum sein?, fragte sich Arri verwirrt. Wenn ja, welche Götter beteten Nor und seine Priester dann hier an? Die Götter des verfaulenden Holzes oder der Borkenkäfer und Holzwürmer?

Einer ihrer Begleiter bedeutete ihr mit einer unruhigen Geste weiterzugehen, und Arri beeilte sich, dem Befehl nachzukommen. Nor, Sarn und eine überraschend große Anzahl weiterer Priester und Schamanen, die Arri an ihrer bunten Kleidung und dem farbenfrohen Kopfschmuck erkannte, befanden sich in der Nähe des Altarsteines. Sie erkannte auch Rahn bei ihnen, und auf den zweiten Blick zu ihrer Überraschung (und Beunruhigung) auch Kron und den blinden Schmied. Zwei brennende Fackeln waren rechts und links des Altars in den weichen Boden gerammt worden, und eine Anzahl junger Frauen in gleichartigen, für die kalte Witterung aber viel zu dünnen Kleidern trugen emsig Feuerholz und Schalen mit Obst, Fleisch und anderen Opfergaben herbei, die sie ebenfalls beiderseits des Altarsteines abstellten, bevor sie sich mit gesenkten Häuptern und rückwärts gehend wieder entfernten.

Arri war nicht die Einzige, die das Geschehen ebenso neugierig wie mit Staunen verfolgte. Nahezu jeder, der zusammen mit ihr und ihren Bewachern oder auch durch einen der anderen Zugänge hier hereingekommen war, stand mehr oder weniger hilflos da und blickte entweder Nor und die anderen Priester oder den Altar oder auch die riesigen Wände aus zusammengebundenen Baumstämmen an, und endlich verstand Arri. Was sie auf den Gesichtern all dieser Menschen las, das waren nicht nur Neugier und Ehrfurcht, sondern auch Scheu und Erstaunen und hier und da vielleicht doch so etwas wie Verwirrung oder angedeutete Enttäuschung. All diesen Menschen hier, das begriff sie plötzlich, war das Innere des Heiligtums ebenso fremd und unbekannt wie ihr. Nach dem, was Nor heute Morgen gesagt hatte, war sie einfach davon ausgegangen, dass er seine Untertanen oft hier zusammenrief, um gemeinsam mit ihnen zu beten und den Göttern zu opfern, doch das schien nicht zu stimmen.

Obwohl es unmöglich war, dass Nor und die anderen Schamanen ihre Annäherung nicht bemerkt hatten, wandte sich der Hohepriester erst zu ihr um, als sie den Altarstein in der Mitte des Platzes erreicht hatte und stehen geblieben war, und auch dann erst, nachdem er noch eine geraume Weile hatte verstreichen lassen. Der Blick, mit dem er Arri maß, war ebenso kühl wie abschätzend; Arri entdeckte nicht die geringste Spur von Mitleid darin, oder auch nur das allerkleinste all jener Gefühle, die er zuvor angeblich für sie empfunden hatte. »Ah«, begann er mit schlecht geschauspielerter Überraschung. »Arianrhod. Es ist wohl an der Zeit.«

Augenblicklich wurde es still, denn auch die anderen Priester unterbrachen ihre Gespräche. Das aufgeregte Murmeln und Wispern der Menschen ringsum verstummte nach und nach, als sich die Stille auf dem großen Platz ausbreitete wie eine kreisförmige Welle, die ein ins Wasser geworfener Stein verursachte. Nor wartete mit erstaunlicher Geduld, bis es so ruhig geworden war, wie es Arri angesichts einer so großen Menschenmenge nur möglich schien, dann hob er betont langsam den Kopf und sah aus zusammengekniffenen Augen in den Himmel hinauf. Obwohl er direkt in die grelle Sonnenscheibe blickte, blinzelte er nicht ein einziges Mal. »Es ist an der Zeit«, sagte er, noch einmal und jetzt hörbar lauter. »Lasst uns beginnen.«

»Ich halte es immer noch für Zeitverschwendung«, protestierte Sarn. Er streifte Arri mit einem kurzen, verächtlichen Blick, stockte aber nicht einmal in der Bewegung, sondern wandte sich langsam und mit eindeutig herausfordernder Miene ganz zu Nor um. »Während wir hier stehen und unsere Zeit verschwenden und die Geduld der Götter vielleicht übermäßig strapazieren, ist ihre Mutter zweifellos schon auf dem Weg zu unseren Feinden, um zusammen mit ihnen unseren Untergang zu planen.«

Nicht nur Arri war überrascht, als sie den scharfen, eindeutig herausfordernden Ton in Sarns Stimme vernahm und den dazu passenden Ausdruck auf seinem faltigen Gesicht erblickte. Auch Nor runzelte verwirrt die Stirn, bevor er sich wieder fing und – gefährlich leise – fragte: »Willst du meinen Entschluss in Zweifel ziehen, Sarn? Muss ich dich erinnern, wer ich bin und wer du bist?«

Sarn schüttelte heftig den Kopf. Er wirkte unruhig, aber nicht ängstlich. »Nein! Ihr seid der Hohepriester und der Herr von Goseg, Nor. Aber Ihr seid auch ein Mensch, und Ihr seid für Eure Güte und Barmherzigkeit überall im Land bekannt.«

Arri hätte laut aufgelacht, wären ihr Sarns Worte nicht gleichzeitig so völlig aberwitzig vorgekommen, dass sie ihr wortwörtlich die Sprache verschlugen – und hätte sie nicht gespürt, wie die Spannung zwischen den beiden ungleichen Männern plötzlich eine vollkommen andere, gefährlichere Qualität annahm. Dass Sarn Nor so offen widersprach, war an sich schon ungewöhnlich genug – und für den greisen Schamanen sicherlich nicht ganz ohne Gefahr. Aber da war noch mehr. Was sie in Sarns Stimme hörte und auf seinem Gesicht las, das waren nicht einfach nur Trotz oder Ärger darüber, dass Nor sie nicht auf der Stelle hatte hinrichten lassen. Und plötzlich begriff sie, was hier wirklich vor sich ging. Sarn bot Nor nicht nur aus Verärgerung und gekränktem Stolz so offen die Stirn. Was sich da vor ihren Augen anbahnte, war nichts anderes als eine Machtprobe. Aber konnte Sarn tatsächlich so dumm sein, Nor ausgerechnet hier herauszufordern, im Zentrum seiner Macht und umgeben von all seinen Anhängern und Kriegern?

Verstohlen sah sie sich um, und es dauerte nur noch einen kurzen Moment, bis sie ihren Irrtum bemerkte.

Sarn war nicht allein gekommen. Abgesehen von Jamu und einem der beiden Krieger, die sie am Morgen ins Haus begleitet hatten, sah sie niemanden von Nors schwer bewaffneter Truppe, dafür aber ein paar andere, ihr nur allzu bekannte Gesichter. Zwei oder drei Männer aus ihrem heimatlichen Dorf, aber auch andere, die dann und wann zu Besuch gekommen waren, um zu tauschen oder einfach um ein Nachtlager zu bitten. Und es waren allesamt Männer, die sie auf die eine oder andere Weise mit Sarn in Verbindung brachte. Ihr Herz begann ein wenig schneller zu schlagen. Selbst jetzt, wo sie es mit eigenen Augen sah, erschien ihr die bloße Vorstellung einfach nur widersinnig – und doch war sie plötzlich vollkommen sicher, dass Sarn mit der festen Absicht hierher gekommen war, den Hohepriester herauszufordern; und er war alles andere als unvorbereitet. Sie sah, wie auch auf Rahns Gesicht plötzlich ein angespannter, sehr aufmerksamer Ausdruck erschien, und fragte sich, wem seine Treue wohl gehören würde, sollte es tatsächlich zum Schlimmsten kommen.

»Was willst du damit sagen?«, fragte Nor, noch immer ruhig, als hätte er noch nicht wirklich begriffen, was sich hier abspielte.

»Dass wir alle Euch ehren und schätzen, Nor«, antwortete Sarn und deutete ein demütiges Kopfnicken an. »Ihr seid es, zu dem die Götter sprechen und der über unser aller Sicherheit und Wohlergehen wacht. Aber nun geht es nicht mehr darum, um eine gute Ernte zu beten, oder dass die Götter uns einen milden Winter bescheren und unsere Herden von Raubtieren verschont bleiben.« Er deutete anklagend auf Arri. »Vielleicht hat der Anblick dieses *unschuldigen Kindes* Euer Herz gerührt, Nor. Ich glaube, dass es so ist, und es ehrt Euch. Aber ich kenne sie besser als Ihr. Sie und ihre Mutter leben seit mehr als zehn Sommern bei uns, und vom ersten Tag an waren sie wie eine schwärende Wunde im Fleisch, die unser aller Gedanken allmählich vergiftet hat. Sie ist nicht unschuldig. Sie ist so schlecht und verdorben wie ihre Mutter, und was Ihr zu spüren glaubt, das ist nicht die Seele eines unschuldigen Kindes, das ausgenutzt und fehlgeleitet wurde, sondern es sind ihre verdorbenen Zauberkräfte, die auch in ihr schon stark sind. Tötet sie! Tötet sie auf der Stelle, und dann schickt all Eure Krieger aus, um nach ihrer Mutter zu suchen und auch sie zu töten! In jedem Augenblick, den wir hier sinnlos vertun, rücken sie und unsere Feinde vielleicht schon näher!«

Hinter Arri erscholl der eine oder andere überraschte Ausruf, und nicht nur sie verwirrte es, dass Nor noch immer ruhig blieb, ja, sich im Stillen sogar über Sarns Worte zu amüsieren schien.

»Alles, was nötig ist, wurde bereits in die Wege geleitet«, antwortete er ruhig. »Ich habe die besten meiner Krieger ausgeschickt, um nach ihr zu suchen. Sie werden sie aufspüren und töten, und wir sind auch gewappnet, wenn die Feinde kommen. *Falls* sie kommen, Sarn.« Er hob rasch die Hand, als Sarn widersprechen wollte, und plötzlich wurde seine Stimme doch scharf; nicht einmal wirklich lauter, aber so schneidend wie die Klinge eines Schwertes. »Unser Volk ist stark, Sarn. Stark genug, um jedem Feind die Stirn zu bieten, der von außen kommt. Aber ich beginne mich zu fragen, ob unsere wahren Feinde vielleicht nicht von außen kommen, sondern aus unseren eigenen Reihen.«

Das war deutlich. Das unruhige Raunen ringsum wurde lauter, und Arri entging auch nicht die eine oder andere Hand, die zum Schwert glitt oder sich fester um einen Speer, einen Knüppel oder einen Axtstiel schloss. Sie unterdrückte den Impuls, sich hastig umzusehen, spannte sich aber innerlich. Wenn Sarn tatsächlich so dumm war, einen offenen Kampf zu riskieren, dann würde in diesem hölzernen Rund im wahrsten Sinne des Wortes die Hölle losbrechen, und möglicherweise wäre das die Gelegenheit, auf die sie gewartet hatte.

»Ich bin nicht Euer Feind, Nor«, antwortete Sarn fast sanft. »Im Gegenteil. Ich achte und verehre Euch, wie jeder hier, doch ich sorge mich um unser Volk! Der Feind rüstet zum Krieg! Ihr könnt es nicht wissen, aber *ich* habe die Schlange gesehen, die wir seit so vielen Sommern in unserer Mitte geduldet haben!«

Nors Blick wurde noch kühler. »Was willst du damit sagen?«

Sarn senkte scheinbar ehrerbietig den Kopf, aber irgendwie gelang es ihm, selbst diese Geste herausfordernd wirken zu lassen. Arri spürte, wie die Spannung ringsum stieg. Plötzlich hatte sie das Gefühl, dass sich etwas entladen wollte. »Vielleicht haben wir zu lange auf Euch gehört, Nor«, fuhr er fort, unbeschadet seiner demütigen Haltung und dem, was er gerade selbst gesagt hatte. »Ihr seid ein guter Herrscher, Nor. Ihr habt uns viele Sommer lang weise und erfolgreich geleitet, unseren Wohlstand gemehrt und über die Sicherheit unseres Volkes gewacht. Aber vielleicht seid Ihr ja jetzt schwach geworden.«

Diesmal war es kein unruhiges Raunen, das durch die Menschenmenge lief, sondern ein erschrockenes Zusammenfahren, als hielten all diese Leute wie auf einen unhörbaren, gemeinsamen Befehl hin gleichzeitig den Atem an. Arri konnte aber auch spüren, wie rings um sie herum eine verstohlene, dennoch aber sehr zielstrebige Bewegung einsetzte. Gingen die Männer, die Sarn mitgebracht hatte, in Position? Wurde sie nicht nur Zeuge einer Kraftprobe, sondern gar eines … *Aufstandes?*

Sie hoffte es fast. Wenn es tatsächlich zu einem Kampf käme, dann stünden ihre Aussichten gar nicht so schlecht, in dem allgemeinen Durcheinander zu entkommen. Arri hatte schmerzhaft lernen müssen, dass all die schmutzigen kleinen Listen und Finten, die ihre Mutter ihr beigebracht hatte, sie nicht wirklich in die Lage versetzten, einen erwachsenen Mann zu besiegen oder gar einen erfahrenen Krieger – aber in dem Durcheinander, das hier möglicherweise gleich losbrechen würde, hätte sie trotzdem eine Möglichkeit zu entkommen – und die eine oder andere böse Überraschung für jeden parat, der glaubte, leichtes Spiel mit ihr zu haben.

»Ich bin also schwach geworden«, wiederholte Nor in fast nachdenklichem Ton. »Ist es das, was du sagen willst, Sarn? Sag ... willst du meinen Platz?«

»Nicht schwach«, antwortete Sarn. »Aber weich. Ihr seid zu sanft, Nor. Euer Herz ist zu groß.« Er deutete erneut herausfordernd auf Arri, ballte die Hand dabei aber zur Faust. »Sie und ihre Mutter haben uns verraten. Sie haben uns dazu gebracht, unseren Glauben und unsere Sitten zu vergessen und uns neuen Dingen zuzuwenden, und die Götter sind zornig. Sie verlangen nach Blut!«

»Nun, dann sollten sie es auch bekommen«, sagte Nor.

Falls Sarn die kaum noch verhohlene Drohung in diesen Worten hörte, so überging er sie. »Die Götter haben zu mir gesprochen, und ich sage Euch, dass wir dieses Kind töten müssen. Auf der Stelle!«

»Das ist seltsam, Sarn«, erwiderte Nor, immer noch auf mittlerweile kaum noch verständliche Art ruhig. »Denn *mir* haben sie das nicht gesagt. Willst du mich einen Lügner nennen?«

»Nein«, antwortete Sarn. »Aber vielleicht habt Ihr sie nur nicht richtig verstanden. Manchmal ist es nicht leicht, die Worte der Götter zu deuten. Vielleicht haben Euch zu viele Jahre des Friedens und Wohlergehens weich werden lassen, Nor. Aber die friedlichen Jahre sind vorbei! Unser Volk braucht einen starken Herrscher.«

Arri sah Rahn an, der nur ein kleines Stück hinter dem Schamanen stand und nun wie durch Zufall zwei Schritte zur Seite trat und dabei unter seinen Umhang griff. Sie vermutete, dass er eine Waffe dort verborgen hatte, aber sie konnte immer noch nicht einschätzen, auf welcher Seite Rahn nun stand. Auch die Krieger, die sie hierher begleitet hatten, spannten sich offensichtlich, und Arri konnte erneut spüren, wie eine unsichtbare, einzeln nicht wahrnehmbare Bewegung durch die Menge der Zuschauer ging. Hier und da blitzte Metall auf.

»Mir ist schon vor einer geraumen Weile zu Ohren gekommen, dass du meine Worte in Zweifel ziehst und danach trachtest, an meine Stelle zu treten, Sarn«, sagte Nor. Er wirkte nicht wütend, sondern eher enttäuscht. »Aber ich wusste nicht, dass du so weit gehen würdest.« Für einen Moment schien er regelrecht in sich zusammenzusacken, als wiche mit einem Mal jede Kraft aus seinem Körper. Er stützte sich schwer auf seinen Stock und sah sich dann lange und aufmerksam und mit unübersehbarer Trauer auf dem Gesicht um. »Das hier ist heiliger Boden, Sarn. Noch nie wurde das Blut eines Menschen auf diesem Boden vergossen, wenn es denn nicht während einer Opferzeremonie geschah. Bist du wirklich bereit, die Männer, die du mitgebracht hast, an diesem Ort nach ihren Waffen greifen zu lassen?«

»Nicht, wenn es nicht sein muss«, antwortete Sarn. Er wirkte nun doch angespannt, auch wenn er sich alle Mühe gab, es zu verhehlen. »Es ist nicht Euer Blut, das ich will, Nor«, Sarn maß den um einen Kopf größeren Hohepriester dabei mit einem Blick, der das genaue Gegenteil auszusagen schien. »Wir alle verehren und schätzen Euch und achten Eure Macht und vor allem Eure Weisheit. Doch nun gilt es, den Willen der Götter zu befolgen.«

Und noch einmal spürte Arri, wie die Spannung ringsum stieg. Es war ein Gefühl wie unmittelbar vor dem Ausbruch eines Gewitters. Etwas schien in der Luft zu knistern, unsichtbar, aber so spürbar wie das Kribbeln zahlloser winziger Insektenbeine auf der Haut.

Der Hohepriester blieb Sarn die Antwort für eine geraume Weile schuldig. Er maß ihn nur mit einem sonderbaren, schwer zu deutenden Blick, dann schüttelte er noch einmal traurig den Kopf und sah wieder in den Himmel hinauf. Schließlich seufzte er tief. »Es ist Zeit«, murmelte er. »Die Sonne steht hoch.«

»Zeit wofür?«, erkundigte sich Sarn misstrauisch.

»Zu den Göttern zu sprechen und ihren Rat zu erflehen«, antwortete Nor. Ein müdes Lächeln erschien auf seinen Lippen und verschwand wieder, als er den Blick von der grellen Sonnenscheibe am Himmel losriss und sich wieder dem Schamanen zuwandte. »Vielleicht hast du Recht, mein Freund«, sagte er sanft.

Von allen Reaktionen, die er erwartet hatte, schien das für Sarn die überraschendste zu sein, denn für einen Moment wirkte er einfach nur fassungslos. Dann machte ein Ausdruck von Misstrauen in seinen Augen Platz. »Ihr ...?«, begann er.

»Vielleicht haben wir zu lange in Frieden gelebt, und vielleicht habe ich tatsächlich verlernt, die Stimmen der Götter richtig zu deuten«, unterbrach ihn Nor. »Niemals darf auf diesem heiligen Boden Blut vergossen werden, Sarn, es sei denn das eines Opfers, nach dem die Götter verlangen. Aber vielleicht hast du ja Recht, und es ist das Leben dieses Mädchens, das sie begehren. Lass uns die Götter gemeinsam fragen, und wir werden sehen, wen von uns sie erleuchten.«

Sarn wirkte noch immer misstrauisch, hatte auch ebenso sichtlich mit seiner Überraschung zu kämpfen. Und auch Arri glaubte nicht, dass Nor einfach so aufgeben würde. Was immer der Hohepriester vorhatte, es konnte kaum das sein, was Sarn erwartete.

Der greise Schamane schien für sich zu dem gleichen Schluss gekommen zu sein, denn mit einem Mal wich die Überraschung auf seinem Gesicht Trotz und Entschlossenheit, und er setzte dazu an, etwas zu sagen, doch diesmal kam ihm Nor zuvor. Rasch drehte sich der Hohepriester um und machte eine gebieterische Geste mit seinem Stab, und das halbe Dutzend Dienerinnen, das die Opferschalen und das Holz gebracht hatten, trat wieder näher und begann das Reisig mit geschickten Bewegungen vor ihm auf der Oberseite des Altars aufzuschichten, bis ein spitzer Kegel entstanden war, der Nor fast überragte. Auch die Opferschalen wurden rechts und links davon aufgebaut, zwei Schalen mit Wasser, zwei mit Nahrung, dann entzündete eine der jungen Frauen den Inhalt einer weiteren, kleineren Schale, der aber nur einen kurzen Augenblick mit heller Flamme brannte, bevor sie in dunkle Glut überging, aus der ein zäher, blaugrauer Rauch aufstieg. Nor senkte seinen Stab, und irgendwo, so geschickt versteckt und postiert, dass man seinen Ursprung weder erkennen noch mit dem Gehör orten konnte, hob ein dumpfer, rhythmischer Trommelschlag an.

»Lasst uns zu den Göttern sprechen«, sagte Nor nun mit lauter, weit tragender Stimme. Die unruhige Bewegung auf dem Platz nahm zu, war nun aber von gänzlich anderer Art und strahlte mehr Furcht als Angriffslust aus, und Arri konnte fast körperlich spüren, wie sich etwas in der Menge, die sie umgab, veränderte. Vielleicht hatte Sarn noch vor Augenblicken eine gar nicht mal geringe Aussicht gehabt, die Menschen hier auf seine Seite zu ziehen, doch nun war sie vorbei.

Aber selbstverständlich gab er nicht so einfach auf. Für einen ganz kurzen Moment noch wirkte er verwirrt, zornig und hilflos, dann aber presste er trotzig die Lippen aufeinander und nickte. »Dann lasst die Götter entscheiden.«

Der Trommelschlag wurden lauter. Auch die anderen Priester traten näher an den Altar heran und begannen die gleiche Art von monotonem, an- und abschwellendem Singsang, den Arri schon am Morgen unten im Haus gehört hatte. Sarn rührte sich im allerersten Moment nicht von der Stelle, obwohl die Männer in ihren Reihen einen freien Platz für ihn gelassen hatten, sondern starrte Nor jetzt unverhohlen feindselig an, dann aber wich er mit einem trotzigen Schritt zurück auf den ihm zugewiesenen Platz – oder wollte es. Arri war ganz sicher, dass Nor abgewartet hatte, wie Sarn sich entschied, dann jedoch machte er eine rasche, abwehrende Geste und winkte den Schamanen ganz im Gegenteil wieder näher zu sich und dem Altar heran.

»Nicht doch, mein Bruder«, sagte er. »Wir wollen gemeinsam mit den Göttern reden, ihre Antwort gemeinsam vernehmen und den Menschen hier verkünden.«

Im allerersten Moment wirkte Sarn überrascht und rührte sich nicht von der Stelle, sondern ließ den Blick misstrauisch über Nors hoch aufgeschossene, barhäuptige Gestalt mit dem vollkommen haarlosen Gesicht schweifen, doch bevor sein Zögern wirklich auffallen konnte, trat er wieder auf den Hohepriester zu und nahm an seiner Seite Aufstellung. Nor nickte zufrieden, drehte sich mit einer betont langsamen Bewegung wieder zum Altar um und stampfte wuchtig mit seinem Stock auf. Der Zeremoniengesang der Priester hinter ihm wurde lauter, und auch der Schlag der unsichtbaren Trommeln nahm an Lautstärke und Hektik zu. Wieder traten zwei der jungen Dienerinnen an den Altar heran. Sie brachten weitere kleine Schalen, die sie mit einem brennenden Holz entzündeten und mit ehrfürchtigen Bewegungen vor den beiden so ungleichen Männern auf den schwarzen Stein setzten.

Der Trommelschlag wurde noch einmal lauter, und auch der Gesang der Priester nahm an Eindringlichkeit zu und wurde zugleich noch rhythmischer, härter, bis er einen nahezu hypnotischen Takt angenommen hatte, der schließlich sogar ihren Herzschlag in seinen Rhythmus zu zwingen begann, vielleicht sogar ihre Gedanken. Die Priester begannen sich jetzt im Takt ihres eigenen Gesanges hin und her zu wiegen, und einzig Nor und der greise Schamane standen weiterhin vollkommen reglos da; Nor mit geschlossenen Augen und einem Gesicht, auf dem sich ein Ausdruck höchster Konzentration spiegelte, Sarn ebenfalls reglos, aber sichtlich beunruhigt, beinahe als wüsste er nicht genau, was nun geschehen würde, oder hätte Angst davor. Er hatte hoch gespielt, dachte Arri, und vielleicht kam ihm allmählich zu Bewusstsein, dass es möglicherweise *zu* hoch gewesen war. Wenn er den Zweikampf der Magier verlor, zu dem er Nor herausgefordert hatte, dann stand möglicherweise sein Leben auf dem Spiel.

Arri sah noch einmal zu Rahn und den beiden anderen Männern hin, konzentrierte sich dann aber wieder ganz auf das Geschehen am Altar. Auch wenn sie es nicht wollte, konnte sie doch eine gewisse Neugier nicht ganz verhehlen. Wie jeder im Dorf hatte sie zahllose Male zugesehen, wenn Sarn seine Beschwörungen und Heilzeremonien abhielt, das Orakel las oder die Götter anrief, aber das hier war ... *etwas anderes.* Wenn sie den Ausdruck immer mühsamer unterdrückter Anspannung und Furcht auf Sarns Zügen richtig deutete, dann war es offensichtlich auch ihm fremd; oder bereitete ihm zumindest Unbehagen. Dabei stand Nor noch immer völlig reglos und mit geschlossenen Augen da, als warte er darauf, dass etwas Bestimmtes geschähe, während sich der Gesang der Priester und der dumpfe Trommelschlag, der ihn untermalte, immer weiter und weiter steigerten.

Die Glut in den kleinen, steinernen Schalen, welche die Dienerinnen abgestellt hatten, wurde allmählich dunkler, der Rauch aber, der aus ihnen aufstieg, nahm im Gegenteil noch zu und wirkte jetzt wie der zähe, schwarze Qualm, der entsteht, wenn man Pech in Brand setzt. Ein leicht süßlicher, nicht einmal unangenehmer Geruch wehte zu Arri herüber, und sie spürte, wie ein ganz sachtes Schwindelgefühl von ihr Besitz ergriff und dann wieder verschwand, bevor es ihre Gedanken tatsächlich verwirren konnte. Der Rauch, der aus den Opferschalen emporstieg, musste eine berauschende Wirkung haben, aber das überraschte sie keineswegs. Sarn verwendete für seinen Zeremonien im Dorf oft berauschende Kräuter oder auch gewisse Pilze und Flechten, die ihm halfen, seinen Geist zu befreien und mit den Göttern Kontakt aufzunehmen; wenigstens war es das, was er behauptete.

Die Meinung ihrer Mutter war dazu ein wenig anders gewesen und hatte sich hauptsächlich darauf beschränkt, Arri davor zu warnen, so etwas auch nur zu *versuchen.* Viele der geheimnisvollen Essenzen, die er und die anderen heiligen Männer benutzten, um *ihren Geist zu befreien,* mochten dies tatsächlich tun, waren dafür aber umso schädlicher für den Körper, und Arri hatte sich schon lange ihre eigenen Gedanken darüber gemacht. Vielleicht war es ja kein Zufall, dass eigentlich alle heiligen Männer und Priester, die sie kannte, so böse und verbittert waren. Was, wenn diese berauschenden Mittel, auf Dauer verwendet, eben nicht nur *den Geist befreiten,* sondern auch den Charakter veränderten? Vielleicht waren die Götter, von denen Sarn und Nor und die anderen Priester so oft sprachen, ja gar nicht so hart und gnadenlos. Vielleicht waren es die Männer, die behaupteten, in ihrem Auftrag zu reden.

Zeit verging. Eine lange Zeit, in der sich der Gesang und der dumpfe Trommelschlag weiter und weiter steigerten und Nor immer noch völlig reglos dastand und den dunkelgrauen Rauch einatmete, der aus den Opferschalen stieg. Auf seinem Gesicht lag jetzt ein Ausdruck von Verzückung, vielleicht aber auch von Schmerz, und seine Stirn und die Wangen glänzten vor Schweiß. Auch Sarn stand so da, dass der schwarze Rauch sein Gesicht und seinen Oberkörper fast zur Gänze einhüllte, aber Arri fiel auf, dass er den Kopf leicht zur Seite gedreht hatte und nur flach atmete. Zweifellos erlag er trotzdem der berauschenden Wirkung des Rauches, vielleicht aber nicht im gleichen Ausmaß wie der Hohepriester, und Arri sah sich in ihrer Meinung über den alten Schamanen abermals bestätigt. Sarn hatte erkannt, dass die Sache ganz und gar nicht so lief, wie er es sich vorgestellt hatte, und war wohl zu dem durchaus richtigen Schluss gekommen, dass es besser war, einen klaren Kopf zu bewahren. Arri hatte jedoch das sehr sichere Gefühl, dass ihm das nicht allzu viel nutzen würde. Was hier geschah, war nur das Vorspiel zu etwas viel Größerem, das Nor plante.

Und endlich erwachte auch der Hohepriester aus seiner Erstarrung. Es begann damit, dass er ganz leicht zuerst den Kopf, dann die Schultern und schließlich den gesamten Oberkörper hin und her wiegte, eine sachte Bewegung, fast wie ein Beben am Anfang, die aber rasch deutlicher und schneller wurde. Nors Lippen begannen zu zittern. Am Anfang noch lautlos, dann aber mit schriller, hoher Stimme stieß er Laute hervor, von denen Arri nicht sagen konnte, ob es Worte einer ihr unbekannten fremden Sprache oder einfach nur sinnloses Gestammel waren; in Rhythmus und Intonation jedoch fügten sie sich gänzlich in den Gesang der Priester ein, der mittlerweile hart und befehlend geworden war. Nor stampfte jetzt rhythmisch mit den Beinen auf und bewegte Kopf und Oberkörper immer hektischer hin und her. Auf seinem Gesicht erschien der Ausdruck heiliger Verzückung, und Schweiß bedeckte mittlerweile längst nicht mehr nur seine Stirn, sondern sein gesamtes Gesicht und den Hals und lief in Strömen an seiner nackten Brust hinab.

Auch Sarn hatte angefangen, sich wie in Trance zu bewegen und schrille, unverständliche Rufe auszustoßen, aber seine Bewegungen wirkten ungelenker und gezwungener, und Arri sah, wie er Nor immer wieder ebenso verwirrte wie misstrauische Blicke zuwarf. Nor mochte sich in Trance befinden, der greise Schamane aber keineswegs, und wenn doch, dann nicht annähernd so tief wie der Herr von Goseg. Was immer Nor plante, dachte sie, Sarn hatte bereits verloren. Und anscheinend wusste er es.

Nor bewegte sich immer hektischer und schneller, stampfte jetzt nicht mit den Füßen auf, sondern tanzte auf der Stelle, und dann, ganz plötzlich, brachen Gesang und Trommelschlag nach einem letzten, gewaltigen Höhepunkt ab, und etwas wie ein erwartungsvolles Seufzen ging durch die versammelte Menschenmenge.

Sie wurden nicht enttäuscht. Plötzlich warf Nor mit einem schrillen Schrei den Kopf in den Nacken, schleuderte seinen Stab davon und streifte in derselben Bewegung sowohl seinen Kopfschmuck als auch den federgeschmückten Mantel ab. Darunter war er nackt bis auf einen schmalen Lendenschurz, und Arri konnte zum ersten Mal sehen, wie knochig und ausgezehrt der Hohepriester in Wahrheit war. Seine Haut, die am ganzen Körper vor Schweiß glänzte, als hätte er sich mit Öl eingerieben, und je nachdem, wie das Licht der Sonne darauf fiel, einen schwachen, blaugrünen Schimmer zu haben schien, spannte sich über seine schweren Knochen und war übersät mit Narben, die zum Teil zeremonieller Natur waren, zum allergrößten Teil aber die Spuren darstellten, die ein sehr langes und nicht immer friedliches Leben an ihm hinterlassen hatte.

Der Bereich rings um seinen Nabel sah aus, als hätte vor langer Zeit jemand (mit Erfolg) versucht, seinen Bauch aufzuschlitzen, und Arri fragte sich vergebens, wie ein Mensch, der nicht über das große Wissen und die Heilkräfte ihrer Mutter verfügte, eine solche Verletzung überleben konnte. Arme und Beine waren mit Schlangenlinien und Runen übersät, die er sich offensichtlich freiwillig in die Haut geschnitten hatte, und da waren überall kleine, harte Stellen, die an rissig gewordenes altes Leder erinnerten und vielleicht alte Brandwunden sein mochten. Ein erschrockenes Raunen lief durch die Reihen der nächststehenden Zuschauer, und auch Sarn riss erstaunt die Augen auf und starrte den Hohepriester an.

Und es war noch nicht vorbei. Nors Tanz wurde immer wilder und hektischer. Wie in Krämpfen warf er den Kopf hin und her und streckte die Hände gegen den Himmel aus, als versuche er, die lodernde Sonnenscheibe dort oben zu fassen und auf die Erde herabzuziehen ...

... und dann griff er mit beiden Händen in die Opferschale, die vor ihm auf dem Altar stand!

Vielleicht war es ein Schmerzensschrei, der über seine Lippen kam, vielleicht auch ein Ausruf der Verzückung, als er die Arme hochriss und zwei Hände voller dunkelrot lodernder Glut zwischen den Fingern zerquetschte. Aus den erstaunten Ausrufen der Menschen wurden Schreckens- und Entsetzensschreie, und die am nächsten Stehenden prallten unwillkürlich zurück. Nor rief immer lauter, schrie seinen Schmerz hinaus oder erflehte den Beistand der Götter oder beides, warf sich schließlich in einer nahezu grotesk wirkenden Verrenkung herum und ließ die Reste der Glut, die sich noch zwischen seinen Fingern befanden, auf das aufgeschichtete Reisig fallen.

Das Holz war so trocken, dass es augenblicklich Feuer fing. Eine mehr als mannshohe Stichflamme schoss in die Höhe, und ein ganzer Chor erschrockener Schreie und Rufe wurde rings um Arri laut. Aus dem aufgeschichteten Reisig stoben Funken, unzähligen, winzigen glühenden Insekten gleich, die sich gierig auf alles stürzten, was sie erreichen konnten, und die Hitze war mit einem Mal so gewaltig, dass selbst Arri das Gefühl hatte, eine trockene, heiße Hand streiche über ihr Gesicht. Dort, wo Nor und Sarn standen, musste sie unerträglich sein.

Vielleicht, weil es nicht nur Reisig und trockenes Holz waren, die brannten.

Arris Augen weiteten sich ungläubig, und auch ihrer Kehle entrang sich ein spitzer, erschrockener Schrei, als sie sah, wie die Flammen nach Nors Fingern und Unterarmen züngelten, sie in Brand setzten und rasend schnell an seinen Schultern hinaufkrochen. Mit einem dumpfen, weithin hörbaren *Wusch!* fingen Nors Kopf und Oberkörper Feuer, dann brannte er plötzlich zur Gänze! Der Chor gellender Entsetzensschreie rings um Arri wurde lauter, und etliche Menschen fuhren herum und suchten ihr Heil in der Flucht, die meisten aber starrten den hell lodernden Hohepriester einfach nur fassungslos und voller Entsetzen an.

Auch Sarn war zwei oder drei Schritte weit zurückgeprallt. Sein Umhang schwelte. Die fliegenden Funken hatten Dutzende winziger Löcher in seinen Federschmuck gebrannt, von denen einige rot glommen, und auch aus seinem Haar und sogar von seinem Gesicht stieg dünner, grauer Rauch auf, doch er schien es nicht einmal zur Kenntnis zu nehmen. Fassungslos starrte er den Hohepriester an, der vollkommen ruhig inmitten der tobenden Flammen stand.

Hinterher, wenn Arri an die unglaubliche Szene zurückdachte, wurde ihr klar, dass es nicht lange gedauert hatte; allenfalls die Dauer eines einzelnen, schweren Atemzugs. Aber während es andauerte, schien die Zeit stillzustehen, und es war ein Anblick, den sie nie wieder gänzlich vergessen sollte. Auch sie schrie auf und prallte zurück und wäre davongerannt, hätte sich nicht plötzlich eine starke Hand von hinten um ihren Arm geschlossen und sie festgehalten. Ebenso instinktiv wie vergeblich versuchte sie, sich loszureißen, doch ihr Blick hing die ganze Zeit wie gebannt an der brennenden Gestalt des Hohepriesters.

Für sie war es nicht Nor, den sie sah. Plötzlich war sie wieder im Haus des Händlers, spürte noch immer den Schmerz über Runas Tod, und der brennende Mann war wieder da, der Krieger, den sie selbst in Brand gesetzt hatte, um ihn auf die schrecklichste nur denkbare Art zu töten. Er war zurückgekommen, um sie zu holen und für das zu bestrafen, was sie ihm angetan hatte. Ihre Mutter hatte sich geirrt, und Nor und die anderen Prediger hatten Recht. Es *gab* die Götter, und sie achteten genau auf das, was die Menschen taten, und bestraften sie hart, wenn sie sich ihrem Willen widersetzten.

Dann trat Nor – ganz ruhig – zurück und senkte die Arme, und im gleichen Maße, in dem er es tat, wurden die Flammen, die ihn einhüllten, kleiner und erloschen nur einen Augenblick später ganz.

Der Hohepriester taumelte. Rauch stieg von seiner Haut auf, die plötzlich grau und von einer Schicht feiner Asche bedeckt schien, er machte einen mühsamen, unsicheren Schritt zur Seite und sank dann auf die Knie. Sarn stieß ein erschrockenes Keuchen aus und machte einen Schritt auf ihn zu, blieb aber sofort wieder stehen, und auch das entsetzte Schreien und Flüchten und Wegrennen ringsum hörte plötzlich wie abgeschnitten auf. Nor wankte auf den Knien, drohte nach vorn zu kippen und richtete sich mit einer gewaltigen Kraftanstrengung wieder auf, und dann geschah etwas ganz und gar Unglaubliches: langsam, unendlich mühevoll, stemmte sich Nor wieder in die Höhe, stand einen Moment lang schwankend und mit beiden Händen schwer auf den Rand des Altars gestützt da und ließ schließlich auch diesen Halt los. Sein Körper und sein Gesicht boten einen Grauen erregenden Anblick. Seine gesamte Haut schien zu Asche verbrannt zu sein. Seine Lippen waren gerissen und nässten, und aus seinen Augen liefen Tränen, die schmierige Spuren in die Ascheschicht auf seinem Gesicht zeichneten und die an eine barbarische Kriegsbemalung erinnerten. Er taumelte vor Schwäche und Schmerz, und doch war der Ausdruck auf seinen Zügen noch immer der höchster Verzückung, wenn auch zugleich abgrundtiefer Erschöpfung.

Arris Herz raste, als wollte es zerspringen. Sie zitterte am ganzen Leib. Ihr Verstand sagte ihr, dass die Gefahr vorüber war. Es war nicht der brennende Mann aus dem Bergwerk. Er war es nie gewesen. Es war Nor, und sie war keinen Moment lang wirklich in Gefahr gewesen, aber das war nur die Stimme ihres Verstandes. Da war plötzlich etwas in ihr, das stärker war als ihre Vernunft, stärker als alles, was sie gelernt und gesehen hatte, und das ihr sagte, dass gleich etwas noch viel Schrecklicheres geschehen würde, dass sie bezahlen musste für das, was sie getan hatte.

Noch einmal vergingen Atemzüge, die sich zu schieren Ewigkeiten dehnten, dann machte Nor einen weiteren, wankenden Schritt zur Seite, sodass er nun vollkommen frei stand, hob die Hände und fuhr sich mühsam damit über das Gesicht. Tränen und graue Asche vermischten sich zu einer schmierigen Schicht, die aus der vermeintlichen Kriegsbemalung das Antlitz eines Raubtiers werden ließ, doch die Haut, die darunter zum Vorschein kam, war unversehrt.

Für einen Moment schien jedermann auf dem weiten Platz den Atem anzuhalten, und abermals kam es Arri vor, als wäre die Zeit einfach stehen geblieben. Dann schrie irgendwo eine Frau – vielleicht auch ein Mann –, und Arri bemerkte aus den Augenwinkeln, wie sich etliche Männer und Frauen in schierer Panik zur Flucht wandten; ja, sie war sogar sicher, dass mehr als einer der Zuschauer schlichtweg in Ohnmacht fiel. Die allermeisten aber standen einfach genau wie sie reglos da und starrten das unglaubliche Bild an, das sich ihnen bot.

Nors Haut rauchte. Da, wo er sich die Ascheschicht heruntergewischt hatte, schimmerte sie in einem blassen Graugrün, und hier und da sah es gar aus, als wäre sie geschmolzen und hätte *Blasen geschlagen.* Sein Gesicht war noch immer verzerrt, aber es war Arri unmöglich zu sagen, warum.

»Nun ... habe ich ... zu den Göttern ... gesprochen«, murmelte Nor. Seine Stimme war kaum mehr als ein Flüstern. Selbst Arri, die ihm von allen hier auf dem Platz beinahe am nächsten stand, hatte Mühe, die gekrächzten Worte zu verstehen – aber sie galten auch nicht ihr oder irgendeinem sonst hier, sondern einzig Sarn.

Der Schamane starrte ihn aus großen Augen an. Seine Lippen zitterten, als er zu antworten versuchte, aber er brachte keinen Laut hervor. Sein Blick irrte zwischen Nors Gestalt und dem längst zusammengefallenen Scheiterhaufen aus dürrem Reisig hin und her, und der Ausdruck, der allmählich darin aufglomm, spiegelte pures Entsetzen.

»Aber ...«

»Die Götter haben zu mir gesprochen«, sagte Nor noch einmal, und jetzt mit lauterer, fester Stimme. Er wankte noch immer leicht, und Arri war ziemlich sicher, dass er Schmerzen litt, hatte sich aber trotzdem weit genug in der Gewalt, um sich umzudrehen und gemessenen Schrittes um den Altar herumzutreten, sodass er nun in voller Größe und unversehrt von jedermann zu sehen war. »Sie haben zu mir gesprochen, und ich soll euch allen ihren Willen kundtun!«

Seine dramatische Eröffnung sollte ihre Wirkung auf die Menge nicht verfehlen. Arri las noch immer Angst und pures Entsetzen auf zahlreichen Gesichtern, aber sie konnte die atemlose Ehrfurcht, die sich unter der Menge ausbreitete, fast körperlich spüren. Mehr als ein Mann und eine Frau sanken auf die Knie und senkten zitternd vor Furcht die Häupter, aber die Mehrzahl stand noch immer wie gelähmt da und starrte die halb nackte Gestalt des Hohepriesters an, von dessen Haut weiterhin dünner grauer Rauch aufstieg. Er hatte etwas von einem Dämon, fand Arri.

Eine der Dienerinnen – Arri erkannte sie erst jetzt als Nors jüngere Frau, das Mädchen, das sie am Morgen so feindselig angestarrt hatte – kam heran und versuchte Nor seinen Umhang um die Schultern zu legen, aber er schob sie nur unwillig zur Seite und hob in der gleichen Bewegung die Arme.

»Unser Bruder Sarn hatte Recht«, rief er mit lauter und nun wieder festerer Stimme. »Ich habe die Götter befragt, und sie haben mir ihren Willen offenbart!«

Sarn drehte mit einem Ruck den Kopf und starrte aus misstrauisch zusammengekniffenen Augen zu Nor hin, sagte aber nichts. Er wirkte mit einem Mal sehr aufmerksam.

»Wir sind zu weich geworden«, fuhr Nor fort. »Unser Volk hat verlernt, für sein Überleben zu kämpfen und die nötige Härte walten zu lassen, und es ist wahr, dass sich unsere Feinde bereitmachen, uns zu überfallen und uns alles zu nehmen, wofür unsere Väter und deren Väter gekämpft und ihre Leben gegeben haben. Deshalb sei Folgendes beschlossen: Wir werden wieder nach den Regeln unserer Väter leben und nur die bei uns dulden, die für ihr Essen auch arbeiten können. Wir werden den alten Gesetzen gehorchen und die alten Götter anbeten und ihnen opfern, nicht fremden Göttern, die uns mit ihren Gaben einzulullen versuchen, damit unsere Wachsamkeit nachlässt und unsere Feinde leichtes Spiel mit uns haben.«

Sarn wirkte plötzlich eher noch misstrauischer, kam aber trotzdem mit langsamen Schritten näher. Er stützte sich schwer auf seinen Stab, als bereite ihm das Gehen mit einem Male Mühe, und seine freie Hand suchte zusätzlich Halt an der Kante des schwarzen steinernen Altars und berührte dabei wie zufällig die Schale, aus der Nor die vermeintliche Glut genommen hatte. Seine Hand zuckte zurück, und ein plötzlicher Ausdruck von Schmerz verzerrte seine Lippen und verschwand dann wieder.

Nor wartete reglos, bis der Schamane an seine Seite getreten war, und ließ auch dann noch eine weitere Zeitspanne verstreichen, bevor er sich halb umdrehte und gebieterisch auf Rahn wies. »Die beiden Männer, die du mitgebracht hast, können nicht länger in unserer Mitte bleiben. Wir alle wissen, was sie für uns getan haben, und in unseren Herzen wird immer ein Platz für sie sein, aber nicht mehr an unseren Feuern. Das haben die Götter über ihr weiteres Schicksal entschieden.«

Krons Gesicht verlor jede Farbe, während der Schmied einfach nur verwirrt dreinblickte und offensichtlich nicht wirklich verstanden hatte, was Nors Worte bedeuteten. Rahn jedoch sog ungläubig die Luft ein und starrte den Hohepriester aus aufgerissenen Augen an. »Aber das ... das könnt Ihr doch nicht machen«, stammelte er. »Nor!«

»Schweig!«, fuhr ihn Sarn an. »Was fällt dir ein, dem Hohepriester zu widersprechen? Du hast seine Worte gehört!«

»Aber das ist nicht gerecht!«, protestierte Rahn. »Du hast doch selbst gesagt, dass ...«

»Lass es gut sein, Sarn«, unterbrach ihn Nor. Er streckte den Arm aus, wie um Sarn die Hand auf die Schulter zu legen, führte die Bewegung dann aber im letzten Moment nicht zu Ende, sondern prallte fast erschrocken zurück, was Arri nicht verstand, obwohl sie das Gefühl hatte, es eigentlich verstehen zu *müssen*. »Du darfst Rahn nicht zürnen, Sarn. Diese Männer sind seine Freunde, die er sein Leben lang kennt, und er hat sie sicher im Vertrauen darauf hierher gebracht, dass die Götter auch jetzt wieder die gleiche Milde walten lassen werden, an die wir uns seit Längerem gewöhnt haben.«

Sarn funkelte ihn an. Der Vorwurf in Nors Stimme war kaum noch verhohlen gewesen. Er schluckte die scharfe Antwort, die ihm auf der Zunge lag, im letzten Moment herunter, maß Nor noch einmal mit einem Blick, in dem sich beißender Zorn, aber auch mindestens ebenso starke Angst mischten, und wandte sich wieder zu Rahn und seinen beiden Begleitern um, vermutlich, um seinen Zorn nun an ihnen auszulassen. Doch Nor kam ihm auch jetzt wieder zuvor, indem er sich mit fester Stimme, aber überraschend sanftem, fast um Vergebung bittendem Ton an den Fischer wandte.

»Nicht ich bin es, der das entschieden hat, Rahn«, sagte er bedauernd. »Ginge es nach mir, hätten diese beiden so lange sie leben einen Platz in unserer Mitte, denn ich weiß, dass sie aufrechte Männer sind, und was ihnen zugestoßen ist, das geschah im Dienste unseres Volkes.« Er schüttelte bedauernd den Kopf. »Aber die Götter haben anders entschieden, und es steht uns nicht zu, ihre Entscheidung zu kritisieren, oder uns ihr gar zu widersetzen. Es tut mir Leid, aber das ist der Befehl der Götter: Du wirst diese beiden bis zum Rand unseres Landes begleiten, von wo aus sie allein weiterziehen müssen. Sie mögen so viel Wasser und Nahrung mitnehmen, wie sie tragen können, warme Kleidung und Waffen für die Jagd, aber es ist ihnen verboten, jemals wieder einen Fuß auf unser Land zu setzen.«

Sarn sah immer noch überrascht aus, zugleich auch äußerst zufrieden, und während er sich wieder umdrehte, um Rahns Reaktion zu beobachten, streifte sein Blick kurz und voller boshafter Vorfreude Arris Gesicht, und erst in diesem Moment, dafür aber mit umso größerer Wucht, wurde ihr klar, was die Worte des Hohepriesters wirklich bedeuteten – und was sie unter Umständen für *sie* bedeuten mochten. Wenn Nor über diese beiden Männer, die nicht ganz unschuldig an ihrem Schicksal waren, so grausam und unbarmherzig entschied, welches Schicksal mochte er dann erst *ihr* zugedacht haben?

»Aber das ist ...« Rahn brach mit einem hilflosen Kopfschütteln ab und drehte die Hände fast flehend in Nors Richtung. »Das ist nicht ... nicht gerecht.«

»Es ist der Wille der Götter«, sagte Nor nur noch einmal. »Und es steht uns Menschen nicht zu, nach dem Sinn ihrer Worte zu fragen. Du wirst gehorchen.«

Einen Moment lang sah Rahn so aus, als wolle er noch einmal widersprechen, dann aber neigte er demütig den Kopf und ließ in einer plötzlich kraftlosen Geste auch die Arme wieder sinken. Achk hatte offensichtlich immer noch nicht wirklich begriffen, was geschah, vielleicht wollte er es auch nicht, während sich auf Krons Gesicht ein Ausdruck zwischen abgrundtiefem Entsetzen und bitterer Enttäuschung ausbreitete. Der Winter stand vor der Tür. Vielleicht würde es in wenigen Tagen bereits zu schneien anfangen. Ein Einarmiger und ein Blinder, allein auf sich gestellt in der Wildnis und in dieser Jahreszeit – Nors Worte bedeuteten nichts anderes als ihr sicheres Todesurteil.

Und sie selbst?, dachte Arri. Welches Schicksal mochten Nors *Götter* für sie bereithalten? Sie fühlte sich wie betäubt. Für einige kurze Augenblicke hatte sie Hoffnung geschöpft und sich eingebildet, Nor wäre tatsächlich der gerechte, weise Herrscher, als der er sich so gern gab, oder wenigstens ein Mann, in dessen Herzen noch Platz für Mitleid verblieben war, aber nun begriff sie, wie lächerlich diese Hoffnung gewesen war. Nichts anderes als eine Lüge, mit der sie sich selbst etwas vorgemacht hatte. Viel zu spät wurde ihr klar, dass sie in dem Augenblick, in dem Nor in den Mantel aus Flammen gehüllt dagestanden hatte, tatsächlich eine gute Aussicht gehabt hätte zu entkommen, denn niemand hätte ihr größere Beachtung geschenkt, wäre sie herumgefahren und davongerannt. Aber sie hatte wie alle anderen dagestanden und das unglaubliche Schauspiel angestarrt, und damit unwiderruflich ihre letzte Gelegenheit vertan, am Leben zu bleiben. Letzten Endes hatte der brennende Mann aus der Mine seine Rache doch noch bekommen.

»Und die Götter«, fuhr Nor mit unveränderter, ruhiger Stimme fort, »haben auch entschieden, was mit diesem Kind zu geschehen hat.«

Arris Herz begann schneller zu hämmern und schien ihr gleichsam aus der Brust springen zu wollen. Sie versuchte, den Hohepriester so gefasst und herausfordernd anzusehen, wie sie nur konnte, aber ihre Augen füllten sich plötzlich mit Tränen, und ihre Kraft reichte nicht aus, seinem Blick standzuhalten.

»Es ist ihr Wille, dass dieses Mädchen bei uns bleiben und eine der Unseren werden soll«, fuhr Nor fort. »Sie wird Jamus Weib werden und ihm dienen und kräftige Söhne gebären.«

Etwas in Arri zerbrach. Das war also das Ende. Ihr Leben hatte noch nicht einmal richtig angefangen, und jetzt würde sie ...

... *was?!*

Verwirrt und hoffnungslos überrascht sah sie sich um. Ihre Ohren mussten ihr einen bösen Streich gespielt haben. Aber wenn, dann waren es nicht nur *ihre* Ohren gewesen. Auch auf Sarns faltenzerfurchtem Gesicht zeichnete sich für einen Moment ein Ausdruck ungläubiger Verblüffung ab, dann Fassungslosigkeit und jäh auflodernde Wut, und als Arri sich verstört umsah, erblickte sie auf den Gesichtern aller anderen dieselbe Überraschung und den gleichen Ausdruck ungläubigen Zweifels.

Aber das konnte doch nicht sein. Sie ... sie musste sich getäuscht haben!

»Ihr ... Ihr wollt mich nicht ... nicht töten?«, murmelte sie stockend.

»Nicht was *ich* will, zählt«, antwortete Nor. »Ginge es nach mir und dem Willen vieler anderer hier, so würdest du für die Schuld deiner Mutter bezahlen, wie es Sitte und Brauch bei uns ist. Aber die Götter haben entschieden, dein Leben zu verschonen. Du wirst eine der Unseren und kannst mit deiner Hände Arbeit den Schaden wieder gutmachen, den deine Mutter angerichtet hat.«

Es fiel Arri immer noch schwer zu glauben, was sie hörte. Auch wenn sie dem groben Jamu als Eheweib versprochen war, hatte sie mittlerweile doch längst mit ihrem Leben abgeschlossen. Warum sollte Nor sie verschonen? Noch dazu jetzt, wo der Machtkampf zwischen ihm und Sarn so offensichtlich geworden war? Sarn würde rücksichtslos jede Gnade, die er ihr gegenüber walten ließ, zu seinem Vorteil nutzen und gegen ihn wenden!

»Das ... das kann nicht der Wille der Götter sein«, murmelte Sarn. Seine Stimme bebte, auch wenn das Zittern darin eher Unglauben und Fassungslosigkeit entsprang als Zorn. Er war noch viel zu überrascht, um wirklich wütend zu werden. »Sie ... dieses *Balg* ist genau so schlimm wie seine Mutter, wenn nicht gefährlicher! Ihr legt eine Schlange an Eure Brust, Nor!«

Arri behielt die beiden ungleichen Männer aufmerksam im Auge, aber ihr entging dennoch nicht die Reaktion der anderen hier. Nicht nur auf den Gesichtern der Priester, die auf der anderen Seite des Altars standen, zeigte sich ein Ausdruck von Unmut, hier und da wurde auch schon wieder ein unwilliges Murren laut oder das eine oder andere geflüsterte Wort, das klarmachte, dass die Menschen hier nicht unbedingt einverstanden mit Nors Entscheidung waren.

»Zweifelst du den Willen der Götter an?«, fragte Nor kalt. Er deutete mit einer verächtlichen Geste auf den Altar und den noch immer glimmenden Reisighaufen. »Wenn es so ist, dann frage sie selbst.«

Sarn ging gar nicht auf diese Herausforderung ein – und was hätte er auch schon tun sollen? –, aber er strich sich mit der freien linken Hand über die Finger der rechten, die er sich gerade an der Opferschale verbrannt hatte, vermutlich, ohne es selbst auch nur zu merken. Auf seinem Gesicht lieferten sich Wut und Enttäuschung einen stummen Zweikampf, aber schließlich senkte er demütig das Haupt und trat, ohne noch ein Wort gesagt zu haben, einen Schritt zurück.

»Die Götter haben entschieden, und so soll es geschehen«, sagte Nor noch einmal. Er maß Arri mit einem sonderbaren Blick, den sie zwar nicht deuten konnte, der aber plötzlich viel sanfter und verständnisvoller war als alles, was sie jemals an ihm gesehen hatte, hob dann müde den Kopf und schien jemanden zu suchen.

»Geht jetzt wieder an eure Arbeit«, fuhr er fort. »Es ist genug für einen Tag. Wir wollen die Götter nicht erzürnen, indem wir über ihren Beschluss reden und ihn in Zweifel ziehen. Ich bin erschöpft und muss mich ausruhen. Wartet eine Weile, und dann bringt Jamu zu mir und das Mädchen. Die Vermählung wird noch heute stattfinden.«

(31) Nor wirkte krank. Die meisten Fackeln, die noch am Morgen für ein unheimliches Spiel von düster-roter Helligkeit und huschenden Schatten gesorgt hatten, waren jetzt erloschen, und in dem bleichen Zwielicht, welches das Langhaus erobert hatte, sah sein Gesicht eingefallen und um Jahre gealtert aus. Von der fast greifbaren Aura von Kraft und unerschütterlicher Sicherheit, die er noch vorhin im Heiligtum ausgestrahlt hatte, war nichts mehr geblieben. Müde und mit kraftlos gegen die hohe Rückenlehne des Stuhles gelegtem Kopf saß er in dem gestohlenen Thronsessel, und hätte sich nicht manchmal ein verirrter Lichtstrahl funkelnd in seinen nur noch halb geöffneten Augen gebrochen, hätte man meinen können, er schliefe; oder wäre tot.

Die Atempause, die er sich gegönnt hatte, war knapp bemessen gewesen. Arris Bewacher hatten sie zwar eilig wieder in ihr steinernes Gefängnis auf der anderen Seite des Hügels zurückgebracht; aber sie hatte nicht einmal genügend Zeit gefunden, ausreichend zu trinken und sich an der Schale mit geschmacklosem Brei gütlich zu tun, die bei ihrer Rückkehr auf sie gewartet hatte, da war der Riegel auch schon wieder scharrend zurückgeschoben worden, und dieselben Männer, die sie gerade in so großer Hast hierher gebracht hatten, hatten sie schon wieder herausbefohlen, um sie zu Nor zu bringen. Arri hatte keine entsprechende Frage gestellt, schon weil sie wusste, dass sie keine Antwort erhalten würde, aber die Verwirrung und auch der leise Unmut der Männer waren nicht zu übersehen gewesen. Nor hatte seinen Entschluss offensichtlich sehr kurzfristig wieder geändert; das, oder es war etwas passiert.

Arri hatte sich auf dem ganzen Weg hierher und mit nicht geringer Sorge den Kopf darüber zerbrochen, war aber natürlich zu keinem Ergebnis gelangt, und auch das, was sie jetzt hier im Langhaus erwartete, gab ihr eher noch weitere Rätsel auf, statt eine der tausend Fragen zu beantworten, die ihr durch den Kopf schossen.

Sie hatte geglaubt, das Haus wieder voller Menschen zu sehen, vielleicht nicht ganz so vielen wie am Morgen, aber doch erfüllt von dem beständigen Treiben und Kommen und Gehen, das für ein so großes Gebäude wie dieses typisch war, doch das genaue Gegenteil war der Fall. Nor und die jüngere seiner Frauen, zwei ebenso wortlos wie grimmig dreinblickende Krieger, die wie die lebendig gewordenen Gegenstücke der geschnitzten Statuen vor dem Eingang rechts und links hinter seinem Thronsessel standen, und die beiden Männer, die Arri hergebracht hatten, waren die einzigen. Darüber hinaus war das große, plötzlich von einer sonderbaren Kälte erfüllte Langhaus leer, und selbst ihre beiden Bewacher blieben nur lange genug, damit Nor sie mit einer Handbewegung und einem müden Blick entlassen konnte, bevor auch sie wieder gingen.

Seither war eine geraume Weile verstrichen. Arri hätte nicht sagen können, wie lange; aufgeregt, durcheinander und – natürlich – verängstigt, wie sie war, hatte sie ihr persönliches Zeitgefühl längst verloren. Vermutlich stand sie tatsächlich erst seit wenigen Augenblicken vor Nors gestohlenem Thron und wartete darauf, dass der Hohepriester das Wort ergriff oder überhaupt irgendetwas tat, was darüber hinaus ging, sie aus seinen trübe gewordenen und plötzlich von dunklen Ringen umgebenen Augen anzustarren, aber ihr kam es vor wie eine Ewigkeit. Niemand war hier außer Nor, seiner Frau, den beiden Kriegern und ihr selbst. Niemand sagte etwas. Niemand regte sich. Dennoch spürte sie, dass etwas geschehen war.

Oder geschehen würde.

»Du hast dich also entschieden«, brach Nor das immer unangenehmer werdende Schweigen schließlich. So etwas wie der Versuch eines Lächelns erschien auf seinen schmalen Lippen und verschwand sogleich wieder. »Gut. Ich bin froh, dass du doch noch vernünftig geworden bist.«

Arri sah verwirrt hoch und konnte gerade noch im letzten Moment die patzige Antwort herunterschlucken, die ihr auf der Zunge lag. Nor hatte ihr nicht einmal die Gelegenheit gegeben zu antworten – wie also hätte sie sich *entscheiden* können?

»Ist ... Jamu nicht gekommen?«, fragte sie stattdessen und sah sich suchend um. Während sie herein und hierher gekommen war, hatte sie niemanden außer Nor und seinen Kriegern gesehen, aber das Haus war so groß und unübersichtlich genug, dass der Genannte durchaus irgendwo verborgen in den Schatten stehen und sie belauschen konnte.

Nors Lächeln wurde eine Spur wärmer, und in seinen Augen, so müde sie auch blicken mochten, erschien nun ein fast belustigtes Funkeln. »Du scheinst es ja gar nicht mehr abwarten zu können, deinen zukünftigen Ehemann zu treffen«, sagte er spöttisch.

Arri schwieg auch dazu, aber Nor schien auch keine Antwort erwartet zu haben, denn er stützte sich nun mit beiden Händen auf den Lehnen des Sessels ab und stemmte sich hoch. Einer der beiden Krieger hinter ihm löste sich rasch von seinem Platz, um ihm zu helfen, doch der Hohepriester verscheuchte ihn mit einer zornigen Geste und arbeitete sich, mühsam und vor Anstrengung ächzend, dennoch aber aus eigener Kraft in eine aufrecht sitzende Position hoch, die trotz seiner schwer hängenden Schultern, des Zitterns seiner Hände und des Ausdrucks völliger Erschöpfung auf dem Gesicht sogar einigermaßen würdevoll aussah.

»Mir scheint, ich habe mich tatsächlich nicht in dir getäuscht«, fuhr er nach einer erschöpften Pause fort. »Du magst die Sturheit deiner Mutter geerbt haben, und ich bin nicht sicher, ob du nicht ebenso verschlagen bist wie sie oder es zumindest einmal sein wirst. Aber du hast auch ihren Mut geerbt, und das ist etwas, was ich achte, selbst bei einem so jungen Menschen wie dir.«

»Ich hatte wohl keine große Wahl«, antwortete Arri schulterzuckend. »Oder würde sich irgendetwas ändern, wenn ich wimmernd auf die Knie fiele und um Gnade winselte?«

In den Augen der jungen Frau, die wie ein wohlerzogener Schoßhund mit angezogenen Knien auf dem Boden neben dem Thronsessel hockte, blitzte es schon wieder hasserfüllt auf, und auch der eine der beiden Krieger warf ihr einen Blick zu, von dem Arri nicht sicher war, ob er nun strafend oder drohend war; Nor selbst aber hatte alle Mühe, nicht zu belustigt auszusehen. Vielleicht hatte er die Wahrheit gesagt, und es war wirklich so, dass er Mut achtete; was aber nicht hieß, dass er ihr deswegen jede Unverschämtheit durchgehen lassen würde. Arri gemahnte sich in Gedanken zur Vorsicht. Was Nor als Tapferkeit empfand, so gestand sie sich insgeheim ein, war zu einem nicht geringen Teil einfach nur der Mut der Verzweiflung, und das Gefühl, ohnehin nichts mehr zu verlieren zu haben.

Wieder verging eine Weile, in der Nor nichts anderes tat, als dazusitzen und sie auf eine durchdringend-abschätzende Art anzustarren, die sie sich immer unbehaglicher fühlen ließ. Arri hätte viel darum gegeben, in diesem Moment auch nur einen einzigen seiner Gedanken lesen zu können. Nor hatte sie nicht nur hierher bestellt, um sie zu verspotten, und es hatte auch einen Grund, dass Jamu nicht da war, und auch keiner der anderen. Aber warum war sie hier?

Gerade als das Schweigen wirklich unerträglich geworden war, atmete Nor hörbar aus und winkte den Krieger wieder heran, den er gerade so rüde davongescheucht hatte. »Geh und bring Jamu hierher«, befahl er. Wieder an Arri gewandt und mit einem nun *eindeutig* spöttischen Funkeln in den Augen fügte er hinzu: »Schließlich möchte ich nicht, dass dir am Ende noch das Herz bricht, wenn du gar zu lange auf deinen zukünftigen Mann warten musst, mein Kind.«

Der Krieger zögerte noch ein letztes Mal, Nors Befehl Folge zu leisten, drehte sich dann aber mit einem Ruck weg und eilte mit schnellen Schritten hinaus, während Arri nur mit Mühe dem Impuls widerstand, sich umzudrehen und ihm nachzublicken. Der geflochtene Thronsessel ächzte hörbar, als Nor sich erneut zurücksinken ließ, und er hatte es kaum getan, da schien abermals alle Kraft aus seinen Körper zu weichen. Mit einem Mal kam es Arri so vor, als schlackere der bunte Umhang um seine Schultern, fast als wäre Nor tatsächlich kleiner geworden, was natürlich Unsinn war, den allgemeinen Eindruck von Schwäche und Schmerz, der den Hohepriester umgab, aber noch verstärkte. Was immer er vorhin bei dem Zeremoniell wirklich getan hatte, dachte Arri, es musste all seine Kraft von ihm gefordert haben.

Nicht, dass sie nicht gewusst hätte, was es war.

Sie schwiegen, bis hinter ihnen wieder Schritte laut wurden und der Krieger in Begleitung von Jamu zurückkam. Arri musste sich nicht umdrehen, um das zu wissen. Sie erkannte Jamu tatsächlich schon am Geräusch seiner Schritte, was sie selbst ein wenig erstaunte, aber auch mehr als nur *ein wenig* alarmierte. Und sie spürte auch, wie sie sich gegen ihren Willen versteifte und die Muskeln anspannte, als die beiden Männer hinter ihr näher kamen. Der Krieger ging in großem Abstand an ihr vorbei, um seine Position hinter Nors Thron wieder einzunehmen, während es sich Jamu natürlich nicht nehmen ließ, sie gerade derb genug anzurempeln, um sie zwar nicht von den Füßen zu reißen, aber beinahe aus dem Gleichgewicht zu bringen. Nor kommentierte dieses vermeintliche Ungeschick mit einem ärgerlichen Stirnrunzeln, sagte jedoch nichts dazu, sondern drehte sich mühsam zu den beiden Männern hinter seinem Stuhl herum. »Lasst uns allein«, befahl er.

Einer der beiden Männer tat sofort, wie ihm geheißen, und ging, der andere jedoch trat nur gerade weit genug vor, um dem Hohepriester ins Gesicht blicken zu können, und fragte in zweifelndem Ton: »Seid Ihr sicher? Sie ist gefährlich, und ...«

»Ich hoffe doch, dass Jamu und ich zusammen in der Lage sind, mit diesem zarten Wesen fertig zu werden«, fiel ihm Nor ins Wort, zwar in eindeutig amüsiert-spöttischem Ton, zugleich aber auch mit einem Blick, der dem Mann jede Lust darauf vergällte, seine Frage zu wiederholen. Mit einem erschrockenen Nicken fuhr er herum und rannte regelrecht hinaus.

»Seid Ihr wirklich sicher?«, fragte Arri den Hohepriester.

»Womit?« Das Funkeln stand noch immer in Nors Augen, aber Arri gewahrte jetzt auch einen deutlichen Ausdruck von Schmerz darin, und nun, im Nachhinein, erkannte sie, dass derselbe Ausdruck die ganze Zeit über schon nicht aus seinem Gesicht gewichen war und seine Bewegungen und seine Miene diktierte.

»Dass zwei Männer ausreichen, um mit mir fertig zu werden«, sagte sie. Jamus Gesicht verfinsterte sich nun vor Zorn, und auch in den Augen der jungen Frau flammte wieder purer Hass auf.

Am liebsten hätte sie sich gleich danach auf die Lippe gebissen. Wer auch immer – die Götter, das Schicksal oder die pure Willkür des Zufalls –, irgendjemand oder -etwas hatte entschieden, dass sie am Leben bleiben würde, und sie sollte froh sein, dass sie überhaupt noch hier stehen und mit dem Hohepriester sprechen konnte, und nicht gesteinigt oder bei lebendigem Leibe verbrannt worden war. Aber statt nun wenigstens jetzt zu schweigen, warf sie Jamu einen kurzen, verächtlichen Blick zu und fuhr dann in noch boshafterem Ton fort: »Ich kann mir nicht vorstellen, dass mir mein zukünftiger Ehemann irgendetwas antut, bevor er sich nicht zumindest einmal geholt hat, was er von mir will.«

Jamu sah nun so aus, als wollte er sich unverzüglich auf sie stürzen, doch Nor hielt ihn mit einem raschen, zwar strengen, aber auch unübersehbar belustigten Blick zurück, sah dann Arri mindestens ebenso belustigt an und vollführte schließlich eine fast beiläufige Geste mit der anderen Hand. Die junge Frau, die zusammengerollt zu seinen Füßen saß, funkelte Arri zornig an und schlug mit der Linken ihren Umhang zurück. Darunter trug sie trotz der Kälte nur einen dünnen Rock, der gerade bis zu den Knien reichte und sonst nichts, sodass man ihre kleinen, noch sehr festen Brüste sehen konnte, die auf verwirrend anmutende Weise tätowiert waren. Und den Griff des schmalen Feuersteindolches, den sie unter den Saum ihres Kleides geschoben hatte. Der Zorn blieb in ihrem Blick, aber nun gesellte sich auch etwas wie eine boshafte Herausforderung und Vorfreude hinzu, die Arri klarmachte, dass sie nur auf einen Vorwand wartete, aufzuspringen und ihre Waffe zu benutzen.

»Was Jamu angeht, könntest du sogar Recht haben«, sagte Nor. »Doch wie du siehst, bin ich nicht ganz schutzlos.« Ein Ausdruck von übertrieben gespieltem Bedauern erschien auf seinem Gesicht und löste sich mit dem Seufzen wieder auf, das über seine Lippen kam. »Auch wenn ich selbst vielleicht nicht ganz im Vollbesitz meiner Kräfte bin. Die Zauberkräfte deiner Mutter haben mich zwar vor dem Feuer beschützt, aber sie verlangen einen hohen Preis, und manchmal kommt es mir so vor, als ob er jedes Mal ein bisschen höher würde.«

Im allererstem Moment verstand Arri nicht einmal, wovon er überhaupt sprach. Dann blinzelte sie, sah Jamu an – er grinste plötzlich –, wandte sich wieder zu Nor und trat einen Schritt weit auf ihn zu. Nicht nahe genug, um Jamu oder gar Nors Frau zu irgendetwas zu provozieren, jedoch nahe genug, um ihn genauer erkennen zu können. Der ungesunde, graue Schimmer, den seine Haut zu haben schien, lag nicht nur an dem schwachen Licht, das hier drinnen herrschte. Was sie vorhin im Heiligtum schon einmal bemerkt zu haben glaubte, wurde nun zur Gewissheit: Seine Haut war tatsächlich von einer grauen Ascheschicht bedeckt, doch dort, wo sie abgewischt oder verschmiert war, konnte sie eine Unzahl winziger Brandbläschen und roter, nässender Stellen erkennen. Nor hatte dem Wüten des Feuers nicht ganz so unbeschadet standgehalten, wie es im ersten Moment ausgesehen hatte. Aber was hatte das mit den *Zauberkräften* ihrer Mutter zu tun?

Dann begriff sie. Erstaunt wich sie einen Schritt zurück und sah nun eindeutig verunsichert zu Jamu hin.

»Nur keine Scheu«, sagte Nor. »Jamu genießt mein volles Vertrauen. Wir können ganz offen in seiner Gegenwart reden.« Anscheinend sah er Arri an, wie schwer es ihr fiel, ihm zu glauben, denn er fügte in etwas leiserem und warmem Ton hinzu: »Und du brauchst ihn auch nicht zu fürchten. Jamu wird dich nicht anrühren. Es sei denn, du möchtest es.«

Arris Blick musste wohl noch zweifelnder werden, denn Jamus Grinsen erlosch wieder, und der Ausdruck auf seinem Gesicht wurde ärgerlich. »Nicht einmal dann«, sagte er verächtlich. »Ich *habe* eine Frau. Und bevor ich mich mit einer wie dir einlasse, suche ich mir lieber eine Kuh oder eine große Hündin.«

Nor seufzte. »Jamu ist vielleicht der vertrauenswürdigste unter meinen Männern«, sagte er kopfschüttelnd, »aber manchmal hat er eine doch etwas derbe Art, sich auszudrücken.« Er schüttelte den Kopf und machte eine Geste, wie um diesen Umstand zu unterstreichen. »Dennoch bleibt es dabei, dass wir ganz offen vor ihm reden können. Er weiß fast so viel von den Zauberkräften deiner Mutter wie ich.«

Arri konnte ihn nur anstarren. Sie war verwirrt und durcheinander, aber selbstverständlich hatte Nor genau das erreicht, was er mir seinen Worten auch hatte erreichen wollen: Sie fühlte sich von einer neuen, jähen Hoffnung erfüllt. Ihre Hände fingen an zu zittern. »Ihren ... *Zauberkräften*?«

Nor reagierte nicht sofort, sondern hob die Hand, fuhr sich mit Zeige- und Mittelfinger über die Wange und betrachtete anschließend das Gemisch aus grauem Staub und winzigen Hautfetzen, das auf seinen Fingerspitzen zurückgeblieben war. »Sind es denn Zauberkräfte?«, fragte er lauernd.

Arri begriff, wie viel von ihrer Antwort auf diese so harmlos klingende Frage abhängen mochte. Sie machte eine Bewegung, die ebenso gut ein Achselzucken wie auch ein Kopfschütteln sein konnte. »Vielleicht«, antwortete sie ausweichend. »Für die einen mögen es Zauberkräfte sein.«

»Für die anderen aber ist es nur ein Öl, das hell und hoch brennt, sich aber so schnell selbst verzehrt, dass es einen nicht verletzt, wenn man damit umzugehen weiß«, fügte Nor hinzu. »Wolltest du das sagen?«

Arri war klug genug, gar nicht darauf zu antworten. Wozu auch? Nor kannte die Antwort ja offensichtlich, auch wenn er, genauso offensichtlich, nicht annähernd so gut darin war, dieses geheimnisvolle Öl zusammenzumischen, wie es eigentlich angeraten schien.

»Du siehst, mein Kind, wir sind ganz ehrlich zu dir.« Nor wischte sich die Hand am Mantel ab und sah sie nun wieder direkt an. »Die Frage ist nun, wie ehrlich du zu uns bist?«

Das verstand Arri nicht, und sie sagte es.

»Ich hätte dich töten lassen können«, sagte Nor. »Ich hätte dich töten lassen *müssen*. Wäre mir klar gewesen, wie ernst Sarn es damit meint, meine Stelle hier in Goseg einnehmen zu wollen, dann hätte ich es vielleicht getan. Die Menschen dort draußen schreien nach deinem Blut, ist dir das klar?«

Arri nickte. Das Hochgefühl, das sie zuvor ergriffen hatte, schwand.

»Ich habe mich trotzdem entschieden, dich am Leben zu lassen«, fuhr der Hohepriester fort. »Trotz allem, was deine Mutter getan hat. Du weißt, warum?«

»Nein«, sagte Arri wahrheitsgemäß. Nor wirkte verstimmt. Er tauschte einen raschen, für Arri nicht zu deutenden Blick mit Jamu und beugte sich dann in seinem Stuhl wieder vor. Arri war nicht ganz sicher, ob sie das geflochtene Möbelstück ächzen hörte oder seine alten Knochen. Als er weitersprach, waren ein gut Teil der Wärme und jeglicher Spott aus seinem Blick und seiner Stimme gewichen.

»Begeh nicht den Fehler, dich zu überschätzen«, sagte er, »oder mich für schwächer zu halten, als ich bin. Es hat nichts mit dir zu tun.«

»Womit dann?«, fragte Arri. Sie war der Verzweiflung nahe. Für einen kleinen Moment hatte sie Hoffnung geschöpft, aber nun kehrten Angst und Panik zurück, und es war fast schlimmer als vorher.

»Vielleicht hast du mir heute Morgen nicht gut genug zugehört«, sagte der Hohepriester. »Ich bin für das Schicksal zu vieler Menschen verantwortlich, als dass ich es mir leisten könnte, Rücksicht zu nehmen.« Er schien auf eine ganz bestimmte Reaktion auf seine Worte zu warten, und als er sie nicht bekam und Arri ihn nur immer verwirrter anstarrte, nahm der Ausdruck von Unmut auf seinen Zügen noch weiter zu.

»Es ist wahr. Deine Mutter hat Unruhe in unser Land gebracht. Sie hat die Götter erzürnt, von Männern wie Sarn und so vielen, die denken wie er, gar nicht zu reden. Aber sie hat auch große Gaben mitgebracht, die viele Leben gerettet und unserem Volk ein Leben in Wohlstand und Ruhe beschert haben. Vielleicht war es ein Fehler, sie anzunehmen, und wenn, dann werde ich die Verantwortung dafür tragen, wenn ich irgendwann vor den Göttern stehe und Rechenschaft ablegen muss. Aber wir haben es getan, und die Menschen hier haben sich daran gewöhnt. Sie *brauchen* sie.«

»Und was habe ... was habe ich damit zu tun?«, murmelte Arri. Sie sah Nor an, dass es ihm plötzlich schwer fiel, sich zu beherrschen. Vielleicht glaubte er tatsächlich, dass sie sich insgeheim über ihn lustig machte, aber das stimmt nicht. Sie *verstand* nicht, was er von ihr wollte.

»Du weißt, warum ich das letzte Mal zu euch gekommen bin?«, fragte er.

»Und mich mit Jamu zu vermählen?«

Jamu schnaubte abfällig, und Nor schüttelte den Kopf und sagte: »Ja. Aber nicht allein. Nicht einmal hauptsächlich, um genau zu sein. Eine Vermählung zwischen dir und Jamu hätte vieles leichter gemacht, doch sie allein war nicht der Grund, aus dem ich zu euch gekommen bin. Ich bin gekommen, um deiner Mutter ins Gewissen zu reden. Aber sie hat nicht auf mich gehört.«

»Um sie zu zwingen, Euch ihre Geheimnisse zu verraten«, sagte Arri scharf.

»Nur, um uns zu geben, was uns zusteht«, beharrte Nor. Arri wollte widersprechen, doch jetzt schnitt er ihr mit einer wütenden Geste das Wort ab. Von der Freundlichkeit, die bisher in seiner Stimme und auf seinem Gesicht gewesen waren, war nichts mehr geblieben. Plötzlich wirkte er so, wie sie ihn in Erinnerung hatte – hart, unerbittlich und fordernd.

»Vielleicht waren es Gaben, die deine Mutter uns brachte«, fuhr er erregt fort. »Aber wenn, dann nur am Anfang. Du kannst nicht irgendwohin gehen und großzügig und mit beiden Händen Geschenke verteilen und sie dann wieder wegnehmen, ganz, wie es dir beliebt. Die Zauberkräfte deiner Mutter gehören uns. Wir brauchen sie.«

»Und nun glaubt Ihr, dass ich sie auch beherrsche«, vermutete Arri.

»Sie hat sie dich gelehrt, oder etwa nicht?«, fragte Jamu, bevor Nor antworten konnte.

Arri starrte ihn an. Allein der Ton, in dem er seine Frage gestellt hatte, machte klar, wie sinnlos es sein musste zu leugnen. Darüber hinaus war es lächerlich, sich wirklich einbilden zu wollen, ihre Mutter und sie wären so lange Zeit und so oft nachts in den Wäldern verschwunden, ohne dass irgendjemand im Dorf etwas davon gemerkt hätte. Zumindest Rahn hatte es mitbekommen. Sie schwieg.

»Vielleicht beherrschst du nicht so viele und so mächtige Zauber wie deine Mutter«, fuhr Nor nun fort, »doch was immer sie dir von ihrem geheimen Wissen verraten hat, ist so unendlich viel mehr als das, was wir wissen.«

»Und jetzt bittet Ihr mich darum, Euch dieses geheime Wissen zu offenbaren?«, fragte Arri.

Nor wurde wütend. »Ich *bitte* nicht!«, sagte er scharf. »Was bildest du dir ein, du dummes Kind?«

Er ließ sich wieder zurücksinken, doch obwohl er nun erneut mit Kopf und Schultern an die Rückenlehne des Sessels gelehnt dasaß, hatte seine Haltung nichts mehr mit der von vorhin gemein. Da war keine Schwäche mehr, man sah ihm seinen Schmerz an und auch die Mühe, die es ihm bereitete, sich aufrecht zu halten; und doch strahlte er nun wieder denselben Stolz und jene Härte aus, die Arri von ihm gewöhnt war. »Es wird geschehen, was die Götter beschlossen haben«, fuhr er fort. »Du wirst hier bei uns bleiben. Du wirst Jamus Gemahlin werden, und du wirst sein Haus und sein Lager mit ihm teilen, jedenfalls nach außen hin. Was darüber hinaus geschieht, das macht unter euch aus. Doch du wirst hier bei uns bleiben, und du wirst mir und den anderen Priestern alle Geheimnisse verraten, die du von deiner Mutter weißt. Du bist es uns schuldig.«

Arri war klar, dass sie sich vielleicht gerade um Kopf und Kragen redete, doch sie konnte nicht anders, als mit leiser, zitternder Stimme zu fragen: »Und wenn ich es nicht tue?«

»Dann werden wir einen anderen Mann für dich finden, der vielleicht besser weiß, wie man mit einem störrischen Weib umgeht«, antwortete Nor hart. »Und wenn auch das nicht hilft, dann wirst du sterben. Und es wird kein leichter Tod sein.«

Arri war nicht einmal überrascht, sie spürte nur eine große Bitterkeit und einen unendlich tiefen Zorn auf sich selbst, tatsächlich so naiv gewesen zu sein, ihm geglaubt zu haben. Wie hatte sie auch nur für die Dauer eines Gedankens ernsthaft annehmen können, dieser Mann könnte es *gut* mit ihr meinen?

Aber das Absonderlichste überhaupt war – sie konnte ihn verstehen. Bei allem Schmerz, aller Enttäuschung und aller Wut begriff sie doch, warum Nor tat, was er tat, und dass er, zumindest von seinem Standpunkt aus, gar keine andere Wahl hatte. Vielleicht war es das erste Mal in ihrem Leben überhaupt, wo sie begriff, dass es sehr wohl Situationen geben mochte, in der zwei Menschen so grundsätzlich verschiedene Positionen einnahmen und in der sie doch beide Recht hatten.

»Und noch etwas«, fuhr Nor nach einer – diesmal etwas längeren – Pause und in, wenn auch nur wenig, sanfterem Ton fort. »Ich habe Männer ausgeschickt, die nach deiner Mutter suchen. Es ist nicht ihr Auftrag, sie zu töten.«

»Sondern?«, fragte Arri überrascht. Sie sah Nor sehr aufmerksam an, doch in seinem Gesicht war keine Spur von Falschheit und Heimtücke.

»Sie sollen nur mit ihr reden«, antwortete Nor. »Sie werden ihr ausrichten, dass du lebst und dass du am Leben und bei Gesundheit bleibst, so lange die fremden Krieger aus dem Osten unsere Grenzen achten und keinem von uns ein Leid antun.«

»Aber meine Mutter ...«, begann Arri.

»Kennt zumindest einen von ihnen sehr gut«, unterbrach sie Jamu. »Wenn diese Fremden die Zauberkräfte deiner Mutter ebenso hoch einschätzen und wertvoll finden wie manche von uns, dann werden sie auf sie hören.«

Nun also war es heraus, dachte Arri bitter. Sie war eine Geisel, nicht mehr und nicht weniger. Aber hatte sie wirklich etwas anderes erwartet?

Sie hatte plötzlich nicht mehr die Kraft, Jamus Blick standzuhalten, und wandte sich fast flehend wieder an den alten Hohepriester. »Meine Mutter kennt dieses Volk so wenig wie ich oder Ihr. Es ist wahr, dass sie mit Dragosz gesprochen hat ...«

»Gesprochen?«, warf Jamu in hämischem Ton ein.

Arri achtete nicht weiter auf ihn. »Aber es ist nur dieser eine Mann! Sie war niemals bei seinem Volk. Sie weiß nichts über es und seine Absichten!«

»Das mag sein«, sagte Nor. »Vielleicht aber auch nicht. Vielleicht ist es nur das, was sie dir erzählt hat.«

»Meine Mutter würde mich niemals belügen!«, widersprach Arri heftig.

Nor machte sich nicht einmal die Mühe, darauf zu antworten, aber sie konnte Jamus breites Grinsen spüren, obwohl sie nicht einmal in seine Richtung sah.

»Genug«, sagte Nor müde. »Es wird so geschehen, wie es die Götter bestimmt haben. Du wirst noch heute mit Jamu vermählt, und wenn die Feierlichkeiten vorüber sind, werden wir eine Beschäftigung in der Priesterstadt für dich finden, wobei du uns das geheime Wissen deiner Mutter lehren kannst, ohne dass jedermann es mitbekommt.«

Damit gab Nor im Grunde zu, dass er vorhatte, sein Volk zu betrügen, dachte Arri. Wie verzweifelt musste dieser Mann sein?

Erneut fiel ihr auf, wie erschöpft und müde Nor aussah. Er hielt sich jetzt mit aller Kraft aufrecht, doch sie hatte sich getäuscht: Die vermeintliche Stärke, die er nun wieder ausstrahlte, war keine wirkliche Kraft, sondern nur sein purer Wille, mit dem er seinen Körper zwang, Dinge zu tun, zu denen er eigentlich gar nicht mehr imstande war. Arri wusste aus eigener Erfahrung, wie schmerzhaft gerade Brandverletzungen waren, und vor allem wie tückisch, spürte man doch ihre wahre Schwere manchmal erst nach einem Tag, wenn es zu spät war, wirklich etwas dagegen zu tun. Nor mochte einen gewaltigen Sieg über seinen Konkurrenten errungen haben, indem er vor den Augen seines gesamten Volkes bewiesen hatte, dass seine Götter ihm die Kraft gaben, sogar mit dem gefährlichsten und unberechenbarsten aller Elemente fertig zu werden, dem Feuer, doch Arri war nicht sicher, ob er sich tatsächlich klar darüber war, *welchen* Preis er wirklich dafür bezahlt hatte. Der Hohepriester war schwer verletzt. Vielleicht schwerer, als er selbst zugeben wollte. Vielleicht würde er sterben.

»Wasser«, bat Nor plötzlich. Das Wort galt seiner Frau, die sich unverzüglich mit einer fließenden Bewegung erhob und davoneilte, um schon im nächsten Augenblick wieder zurückzukehren, eine flache, reich verzierte Tonschale mit frischem, klarem Wasser in den Händen Der Blick, mit dem sie Nor maß, während sie die Schale an seine Lippen setzte, dachte Arri, war wenig mitfühlend, aber sehr aufmerksam. Abschätzend?

»Sarn wird das niemals zulassen«, fuhr sie fort. »Er wird ...«

Sie unterbrach sich, als sich Nor an seinem Wasser verschluckte und qualvoll und hart zu husten begann. Nors Frau wollte die Schale von seinen Lippen zurückziehen, doch er griff rasch nach ihrem Handgelenk und hielt es fest. Sein ausgemergelter Körper schüttelte sich in Krämpfen, und für einen Moment sah es aus, als bekäme er keine Luft mehr und drohte zu ersticken. Dann jedoch beruhigte er sich wieder.

»Du hast Angst, dass ich sterben könnte und Sarn sich dann an dir rächt«, würgte er mühsam hervor. Er wollte das Gesicht zu einem Grinsen verziehen, doch es geriet nur zu einer abscheulichen Grimasse. Mühsam schüttelte er den Kopf, trank mit großen, gierigen Schlucken und begann abermals und noch qualvoller zu husten, fuhr aber nach einem Augenblick trotzdem fort: »Sarn mag ein machtgieriger alter Mann sein, aber er ist nicht dumm. Er weiß so gut wie ich, dass wir dich brauchen. Du hättest es bei ihm nicht so gut wie bei mir, das ist wahr, aber er würde es nicht wagen, dich anzurühren. Nicht, solange deine Mutter noch am Leben ist und er sich nicht über die Absichten der Fremden klar sein kann.« Damit hatte er vermutlich sogar Recht, dachte Arri, zugleich aber auch wieder nicht. Nors Worte waren nur vernünftig, aber Sarn gehörte ganz zweifellos zu jenen Menschen, denen Vernunft nicht mehr viel bedeutete, wenn irgendetwas ihre Pläne und Absichten störte.

Nor nickte müde und arbeitete sich umständlich in eine wieder etwas aufrechtere Position hoch, und die junge Frau setzte die Schale behutsam zu Boden, nahm aber jetzt nicht wieder zu seinen Füßen Platz, sondern richtete sich ebenfalls wieder auf und legte die linke Hand auf seinen Unterarm. Nor dankte es ihr mit einem raschen, warmen Blick, den sie ebenso ruhig und fast teilnahmslos erwiderte. Sie sagte nichts, und Arri wurde plötzlich klar, dass sie die ganze Zeit über geschwiegen hatte, sowohl jetzt als auch am Morgen. Vielleicht hatte Nor ihr verboten, in ihrer Gegenwart zu reden. Vielleicht aber ...

Irgendetwas stimmte nicht. Nors Frau sah dem Hohepriester noch einen Moment lang wortlos und kalt ins Gesicht, dann drehte sie rasch den Kopf und tauschte einen bezeichnenden Blick mit Jamu, und aus dem vagen Gefühl wurde Gewissheit. Irgendetwas war hier nicht so, wie es sein sollte, und nur einen winzigen Augenblick später wusste Arri auch, was.

Aber diese Erkenntnis kam zu spät.

Vielleicht begriff es auch Nor selbst noch im allerletzten Moment, denn seine Augen weiteten sich, und er versuchte, sich loszureißen und seine Frau gleichzeitig davonzustoßen, aber erschöpft, verletzt und überrascht, wie er war, gelang es ihm nicht. Ohne sich dabei auch nur sichtlich anstrengen zu müssen, stieß die junge Frau den Hohepriester zurück in den Stuhl, zog mit der anderen Hand den Feuersteindolch unter dem Mantel hervor und fuhr mit der Klinge über Nors Kehle. Der scharfe Stein glitt ohne sichtbaren Widerstand durch sein Fleisch. Nor gab ein letztes, gluckerndes Keuchen von sich, und eine wahre Fontäne von Blut schoss aus seinem Hals, besudelte ihre Hand und ihre Unterarme und färbte seine Brust und seinen Mantel rot. Arri wollte schreien, aber ihre Kehle war plötzlich wie zugeschnürt. Alles ging viel zu schnell, als dass sie auch nur einen einzigen, klaren Gedanken hätte fassen können. Mit einem Mal war Jamu neben ihr und versetzte der jungen Frau einen harten Schlag mit dem Handrücken ins Gesicht, sodass sie zurücktaumelte und halb bewusstlos zu Boden sank. Noch ehe sie gänzlich gestürzt war, beugte er sich über sie, entriss ihr den Dolch – und drückte ihn Arri in die Hand!

Sie versuchte ihn davonzustoßen und gleichzeitig zu schreien, doch der scheinbar so plumpe Mann entwickelte eine erstaunliche Schnelligkeit. Mit einer einzigen, fließenden Bewegung war er hinter ihr, schlang den linken Arm um ihren Hals und hielt ihr mit der Hand Mund und Nase zu. Seine andere schloss sich mit unerbittlicher Kraft um Arris rechte Hand, die nun die blutbesudelte Waffe hielt, dann versetzte er ihr einen Stoß, der sie haltlos gegen den Thronsessel und den sterbenden Hohepriester taumeln ließ.

»Mörderin!«, schrie er. »Wachen! Kommt her! Zu Hilfe!«

Arri versuchte vergeblich, seinen Griff zu sprengen. Seine linke Hand hielt ihr immer noch Mund und Nase zu, wie es der Krieger im Bergwerk getan hatte, sodass sie weder schreien noch atmen konnte, und vielleicht wollte er sie auf genau die gleiche Art töten, auf die sein Kamerad Runa umgebracht hatte. Seine Hand quetschten ihre Finger mit so unbarmherziger Kraft, dass sie spürte, wie ihr kleiner Finger brach, und zugleich drückte er sie immer noch und unerbittlich gegen den im Todeskampf zuckenden Körper des alten Hohepriesters.

»Zu Hilfe!«, schrie Jamu immer wieder. *»Sie hat Nor umgebracht!«*

Die schiere Todesangst verlieh Arri neue Kräfte. Irgendwie gelang es ihr, sich von Nor abzustoßen und den Kopf so zur Seite zu drehen, dass sie wenigstens atmen konnte, wenn schon nicht schreien.

Vielleicht hätte sie es ohnehin nicht gekonnt, als ihr Blick über den sterbenden Hohepriester glitt. Nors Augen waren weit geöffnet, und noch war Leben darin, auch wenn es schwächer wurde, und ein abgrundtiefes, vollkommen fassungsloses Entsetzen, das alles übertraf, was Arri jemals zuvor gesehen hatte. Seine Hände waren kraftlos heruntergefallen, und aus seiner zerschnittenen Kehle schoss noch immer eine pulsierende, rote Fontäne, die nicht nur seine Brust und seinen Mantel und den Stuhl besudelte, sondern auch Arris Gesicht und Brust. Seine Lippen bewegten sich, als versuche er noch etwas zu sagen, aber er brachte keinen Laut mehr hervor, und dann, so plötzlich, als hätte der Dolch ein zweites Mal und jetzt sein Herz getroffen, verschwand das Leben aus seinen Augen, und sein Körper erschlaffte endgültig und sackte in dem gestohlenen Symbol seiner Macht zusammen.

Hinter ihnen wurden aufgeregte Stimmen und Schritte laut. Männer stürmten herein. Jemand schrie etwas, und Jamu zerrte Arri mit einem brutalen Ruck zurück, ließ endlich ihr Gesicht los und schleuderte sie aus der gleichen Bewegung heraus zu Boden, umklammerte ihre Hand, die die Mordwaffe hielt, dabei aber noch immer mit aller Kraft, sodass ihr Arm brutal aus dem Schultergelenk gedreht wurde und sie vor Schmerz fast das Bewusstsein verlor. Wie durch einen dichten Nebel hörte sie Jamu weiter und mit schriller, hysterischer Stimme schreien.

»Sie hat ihn getötet! Das verdammte Hexenkind hat Nor umgebracht!«

Aber das war doch nicht wahr! Arri trieb am Rande einer tiefen Bewusstlosigkeit entlang. Sie war nicht fähig, sich zu rühren oder auch nur einen einzigen Laut hervorzubringen, und doch war noch immer etwas in ihr, das mit nichts anderem als Empörung auf diese ungeheuerliche Lüge antwortete.

Aufgeregte Schritte näherten sich ihr. Stimmen begannen durcheinander zu rufen und zu schreien, und sie spürte, dass sie getreten wurde, zwei oder drei oder auch vier Mal und sehr hart, aber der grelle Schmerz, der in ihrem Leib explodierte, schien völlig bedeutungslos zu sein. Ganz im Gegenteil bereitete er ihr keine Pein, sondern half ihr eher noch dabei, den Kampf gegen die Schwärze zu gewinnen, die ihre Gedanken verschlingen wollte. Aus den grauen Nebeln, die ihren Blick verschleierten, schälten sich Gestalten, hasserfüllte Gesichter, die auf sie herabblickten, ein Speer, der in ihre Richtung stieß und im letzten Augenblick von einer Hand beiseite geschlagen wurde.

Dann klärte sich ihr Blick endgültig, und mit dieser Klarheit kamen auch die Schmerzen, die sie bisher nur registriert, nicht aber wirklich gespürt hatte. Ihre rechte Hand pulsierte wie das herausgerissene, aber noch schlagende Herz eines Beutetiers, und die Tritte mussten ihr mindestens eine Rippe gebrochen haben, wenn nicht mehr. Jeder Atemzug bereitete ihr Qual, und ihre Schulter war tatsächlich ausgekugelt und schien in Flammen zu stehen. Eine schmale, auf einen Knotenstock gestützte Gestalt in einem bunten Mantel näherte sich ihr und scheuchte die durcheinander laufenden und rufenden Krieger mit einer herrischen Bewegung beiseite.

»Was ist geschehen?«, herrschte Sarn. »Jamu! Sprich! Was ist hier passiert?« Der Krieger ließ endlich ihre Hand los, und Arris Arm fiel kraftlos auf den Boden herab. Ihre Finger öffneten sich, und der blutbesudelte Dolch rutschte klappernd ein Stück davon und blieb direkt vor Sarns Füßen liegen.

»Es war nicht meine Schuld!«, verteidigte sich Jamu. Seine Stimme zitterte, und die Angst darin war echt. »Es ging alles so schnell, dass man es nicht einmal wirklich sehen konnte. Sie muss ihre Zauberkräfte eingesetzt haben!«

»Zauberkräfte?«, schnappte Sarn. »Du warst dafür verantwortlich, dass Nor nichts geschieht! Warum hast du nichts getan?«

»Es ist nicht meine Schuld!«, rief Jamu wieder. Seine Stimme klang jetzt fast weinerlich. Arri versuchte, sein Gesicht zu erkennen, aber ihre Augen verweigerten ihr immer noch den Dienst. Alles, was sie sehen konnte, war ein verwaschener grauer Fleck, der immer wieder auseinander zu treiben schien, und das galt auch für alle anderen Gesichter hier – seltsamerweise nur nicht für das Sarns. Seine faltigen Züge konnte sie genau erkennen, und auch den bösen Triumph, der in seinen Augen loderte.

»Sie muss mich verzaubert haben«, beteuerte Jamu. »Mich und auch Sasa.« Er deutete auf Nors Frau, die sich mühsam auf die Ellbogen hoch gestützt hatte und immer wieder benommen den Kopf schüttelte. Ihr Gesicht begann bereits anzuschwellen. Blut lief aus ihrer Nase und ihrer aufgeplatzten Unterlippe, und ihr Blick tastete unstet umher.

»Sie ist plötzlich vorgesprungen und hat Sasa niedergeschlagen und ihr den Dolch entrissen. Ich war wie gelähmt! Ich konnte mich erst wieder bewegen, als sie Nor die Kehle durchgeschnitten hatte!«

Arris Empörung explodierte regelrecht. »Das ist nicht wahr!«, schrie sie. »Ich habe ...«

Sarn rammte ihr das Ende seines Stocks in den Leib, sodass ihr die Luft wegblieb und sie sich vor Schmerz krümmte. »*Schweig!*«, donnerte er. »Noch ein Laut, Hexenkind, und ich lasse dir die Zunge herausreißen!«

Arri krümmte sich noch weiter und rang qualvoll nach Luft. Sie hätte trotzdem noch weiter protestiert, denn was Sarn ihr gerade angedroht hatte, war vermutlich nichts gegen das, was er so oder so tun würde, aber sie konnte nicht sprechen. Sie konnte nicht einmal richtig atmen.

Plötzlich stieß Nors Frau ein erschrockenes Keuchen aus, sprang auf die Füße und war mit einem gewaltigen Satz bei ihrem ermordeten Ehemann. Mit leisem, nahezu tonlosem Wimmern warf sie sich über ihn, umarmte seinen leblosen Körper und begann mit einer Hand um sich zu schlagen, als einer der Krieger hinter sie trat und sie wegziehen wollte.

»Lass sie«, sagte Sarn. Dann wandte er sich wieder um und sah abwechselnd Arri und Jamu und dann wieder Arri an. Heiliger Zorn verdüsterte sein Gesicht, vielleicht ausgenommen des einen, wohl nur für Arri sichtbaren Moments, in dem er Jamu ansah und etwas anderes in seinen Augen erschien, ein böser, durch und durch zufriedener Triumph. Eine geraume Weile blieb er einfach so stehen und starrte auf sie herab, dann schüttelte er den Kopf und schien plötzlich nicht mehr die Kraft zu haben, sich aufrecht zu halten, denn er stützte sich schwer auf seinen Stock, sodass einer der Männer hinzutrat und rasch seine freie Hand ergriff, um ihn zu stützen.

»Nor hat sich geirrt«, murmelte er. Seine Stimme war leise, fast nur ein Flüstern, und dennoch so klar zu verstehen, dass jedermann hier drinnen die Worte hören musste. Ein tiefes Bedauern und ein großer Schmerz sprachen daraus. »Bei allen Göttern schwöre ich, dass ich mir gewünscht habe, er möge sich irren – aber nicht so.« Er schüttelte traurig den Kopf. Als er weitersprach, war seine Stimme wieder lauter geworden und klang jetzt gefasst.

»Bringt sie weg. Ich werde heute Nacht zum Heiligtum hinaufgehen und die Götter fragen, was mit ihr geschehen soll.«

(32) In dieser Nacht hatten die Feuer, deren roter Schein durch den winzigen Spalt unter der Decke ihres Gefängnisses drang, besonders hell gebrannt. Niemand war gekommen, um ihr zu essen oder zu trinken zu bringen, niemand war gekommen, um mit ihr zu reden oder ihr mitzuteilen, welches schreckliche Schicksal Sarns *Götter* für sie entschieden hatten; aber es war auch niemand gekommen, um sie zu holen.

Jetzt musste es beinahe wieder Morgen sein, und bald *würden* sie kommen.

Jedenfalls nahm Arri an, dass es so geschehen würde. Da der schmale Ausschnitt des Himmels, den sie durch das winzige Fenster erkennen konnte, die ganze Nacht über rot im Widerschein zahlloser Feuer geglüht hatte und das immer noch tat, war es ihr unmöglich, die Zeit an der Position der Sterne über ihr zu bestimmen, und das Fenster ging in die falsche Richtung, sodass sie den Mond nicht sehen konnte. Seit einiger Zeit glaubte sie jedoch etwas wie einen blassen, grauen Schimmer zu erkennen, der den Himmel aufhellte und beharrlich an der Glut der Feuer fraß.

In dieser Nacht schien niemand Schlaf gefunden zu haben, und obwohl der Wind so stand, dass er die meisten Geräusche von ihr weg trug, hatte sie dann und wann doch etwas gehört: den dumpfen Schlag einer Trommel, ein leises Jammern und Wehklagen, das von deutlich mehr als einer Stimme stammte, einmal einen scharfen, peitschenden Knall, den sie sich nicht hatte erklären können, und noch andere, unheimlichere Laute, die ihr allesamt unbekannt und furchteinflößend erschienen waren. Arri nahm an, dass Sarn möglicherweise wirklich gleich nach Sonnenuntergang ins Heiligtum hinaufgegangen war, um die Götter anzurufen, ihr Urteil über die heimtückische Mörderin und ihre Gnade erbat und Nors Tod betrauerte (und so ganz nebenbei und nur für sich den Umstand feierte, dass sein Plan so mühelos aufgegangen war und *er* nun die Macht über Goseg hatte), aber nicht einmal dessen war sie sich völlig sicher.

Sie hatte keine Erinnerung an das, was in der Zeit zwischen dem Augenblick, in dem die wütenden Männer sie hierher gebracht und derb zu Boden geschleudert hatten, und jenem Moment tief in der Nacht, in dem sie wieder zu sich gekommen war, geschehen war. Sie war nicht bewusstlos gewesen, und sie hatte schon gar nicht geschlafen, doch die Spanne zwischen diesen beiden Momenten war trotzdem wie ausgelöscht. Manchmal erwies sich der Schmerz als Freund. Ihr ausgekugelter Arm, das heftige Klopfen ihres gebrochenen Fingers und die dünnen, rot glühenden Dornen, die sich bei jedem Atemzug von innen heraus in ihre Brust zu bohren schienen, hatten sie in einen Zustand zwischen Bewusstlosigkeit und Wachsein geschleudert, in dem kein Platz mehr für einen klaren Gedanken oder auch nur für Furcht war.

Aber diese Momente barmherziger Pein waren vorbei. Irgendwann hatte es aufgehört; natürlich nicht wirklich. Ihre Hand pochte immer noch, die Qual in ihrer linken Schulter war nur so lange erträglich, wie sie in einer ganz bestimmten Haltung an die Wand gelehnt dasaß und nicht die mindeste Bewegung machte, und jeder Atemzug bereitete ihr Schmerzen, aber nun war es keine unerträgliche Agonie mehr, sondern nur noch bloßer Schmerz, den sie kannte und mit dem sie umzugehen verstand.

Beinahe wünschte sich Arri die unerträgliche Qual von vorhin zurück. Es war furchtbar gewesen, mit das Schlimmste, was sie jemals erlebt hatte, und doch ... nachdem sich der erstickende Griff der Pein um ihre Gedanken gelockert hatte, hatte die Furcht Einzug in ihr Herz gehalten.

Sie würde sterben. Aus der Angst, die zu ihrer treuen Begleiterin geworden war, seit man sie in dieses Dorf aus Stein gebracht hatte, war nun Gewissheit geworden, und auch wenn sie vorher *fast* überzeugt davon gewesen war, sterben zu müssen, so *wusste* sie nun, dass es so kommen würde. Und das war ein gewaltiger Unterschied.

Eine Zeit lang hatte Arri sich einzureden versucht, dass Nor vielleicht Recht gehabt hatte und Sarn tatsächlich klug genug war, um einzusehen, wie wertvoll sie für ihn und das gesamte Dorf war, und sie am Leben lassen würde – und sei es nur als Geisel.

Aber natürlich würde er das nicht tun. Nicht nach dem, was sie gesehen hatte. Niemand würde ihr glauben, schon gar nicht, wenn ihre Aussage gegen die von Jamu und Nors Frau stand, doch Sarn konnte es sich trotzdem nicht leisten, sie am Leben zu lassen. Und wenn schon nicht er, dann Jamu. Arri kannte den schwarzhaarigen Krieger kaum, aber sie war dennoch sicher, dass er niemals das Wagnis eingehen würde, einen Zeugen des Meuchelmords am Leben zu lassen. Vermutlich würde er früher oder später auch Sasa töten. Sie aber ganz bestimmt.

Nein, dachte sie bitter, diesmal würde kein Wunder geschehen, das sie im letzten Moment doch noch rettete. Die Zeit, die ihr blieb, verrann im gleichen Maße, in dem das Grau der heraufziehenden Dämmerung den roten Feuerschein am Himmel auslöschte. Sobald es endgültig hell geworden war, würden sie kommen, um sie zu holen.

Arri hatte Angst. Unvorstellbare Angst. Angst vor dem Tod, aber noch viel größere Angst vor dem, was ihm vorausgehen würde. Ihre Mutter hatte ihr einmal erklärt, dass man den Tod im Grunde nicht zu fürchten brauchte. Wenn alle anderen Recht hatten und sie sich irrte und es die Götter und ein Weiterleben nach dem Tode wirklich gab, dann hatte man auch keinen Grund, Angst davor zu haben. Und wenn nicht ... nun, dann erst recht nicht, denn dann wäre es ja nur so, als ob man in einen tiefen, traumlosen Schlaf fiele, der einfach nie mehr aufhörte. Dieser Gedanke war ein Trost gewesen, schon, weil er so einleuchtend klang, aber er verlor mehr und mehr von seiner beruhigenden Kraft, je näher der Moment kam, an dem sie herausfinden würde, *wer* sich geirrt hatte – ihre Mutter oder der Rest der Welt.

Viel mehr Angst aber noch als davor hatte Arri vor dem, was Sarn tun würde. Sarn war kein Mann, in dessen Sprache Platz für das Wort *Gnade* war, und nach dem, was sie Nor angeblich angetan und das er und viele seines Volkes mit eigenen Augen gesehen zu haben glaubten, gab es erst recht keinen Grund für ihn, ihr einen schnellen, gnädigen Tod zu gewähren. Ganz im Gegenteil würde ihr Sterben lange dauern und zweifellos grauenhaft sein. Und bald, dachte Arri, wenn der letzte Trommelschlag verklungen und der letzte rote Schein am Himmel verblasst war, würden sie kommen und sie holen.

Die Schwärze draußen vor dem Fenster hellte sich allmählich auf, und die Feuer, die oben im Heiligtum, vermutlich aber auch im Dorf auf der anderen Seite des Hügels brannten, schienen eines nach dem anderen zu erlöschen, und irgendwann hörte auch der dumpfe Trommelschlag auf, der ihrem Herzen seinen Rhythmus aufgezwungen hatte, auch wenn sie selbst es nicht einmal merkte.

Niemand kam, um sie zu holen.

Einmal hörte sie Schritte und das Geräusch aufgeregter, wenngleich auch gedämpfter Stimmen durch das dicke Holz der Tür dringen, dann das hysterische Kläffen eines Hundes, das unglaublich lange anzuhalten schien, doch es verging noch eine lange, sehr lange Zeit, bis der Riegel endlich wieder zurückgezogen wurde und Arri in dem unerwartet hellen Licht der Morgensonne blinzeln musste, das durch den breiter werdenden Türspalt hereindrang. Unwillkürlich hob sie die Hand vor die Augen und musste gleich darauf die Zähne zusammenbeißen, um nicht vor Schmerz aufzuschreien, denn sie hatte den linken Arm benutzt, und ihre ausgekugelte Schulter dankte es ihr mit wildem Schmerz. Irgendwie gelang es ihr, einen Schrei zu unterdrücken, aber der Schmerz trieb ihr die Tränen in die Augen, sodass sie die Gestalt, die hereinkam und sich über sie beugte, nur verschwommen erkennen konnte.

Im allerersten Moment glaubte sie, es sei Rahn. Daran, dass er gekommen war, um ihr zu sagen, dass sich alles doch noch zum Guten gewendet habe, dass Sarns niederträchtiger Plan aufgedeckt worden sei und er selbst, Kron und Achk hier bleiben dürften und sie am Leben bleiben werde. O ja, und dass ihre Mutter gekommen sei, um sie abzuholen, damit sie in ihre Heimat zurückkehren konnten – die doch nicht untergegangen sei –, um sie auf den dort gerade frei gewordenen Thron zu setzen.

Natürlich war es nicht Rahn. Noch während sie den Gedanken dachte, erkannte sie, dass es ganz im Gegenteil Jamu war, der vor ihr stand und mitleidlos auf sie herabblickte, und trotzdem fühlte sie sich für einen Moment von einer wilden, vollkommen sinnlosen Hoffnung gepackt, die so stark war, dass sie selbst den grausamen Schmerz in ihrer Schulter vergaß.

»Ich hoffe, du hast gut geschlafen«, sagte Jamu höhnisch. Er selbst sah aus, als hätte er in dieser Nacht überhaupt keinen Schlaf gefunden, aber Arri nahm an, dass das auf jeden im Ort zutraf. »Das wird nämlich deine letzte Nacht gewesen sein.«

»Warum?«, stieß Arri zwischen zusammengepressten Zähnen hervor. »Habt ihr beschlossen, dass ich eure Gastfreundschaft lange genug ausgenutzt habe und nun gehen muss?«

Für einen Moment verdunkelte Zorn Jamus Gesicht, doch er hatte sich fast augenblicklich wieder in der Gewalt. »Deine Frechheiten werden dir bald vergehen«, sagte er nur. »Steh auf!«

Arri versuchte es, aber steif gesessen und müde und durch ihren unbrauchbaren linken Arm behindert, war sie für seinen Geschmack anscheinend nicht schnell genug, denn er beugte sich mit einem unwilligen Knurren vor und riss sie am Arm in die Höhe; und gewiss nicht zufällig an ihrem *linken* Arm. Arri stieß einen schrillen Schrei aus und fiel unverzüglich wieder auf die Knie. Der Schmerz war so grauenhaft, dass sie sich um ein Haar auf seine in abgewetzten Sandalen steckenden Füße erbrochen hätte. Sie unterdrückte es nur deshalb mit aller Macht, weil sie wusste, dass er ihr dann vermutlich noch sehr viel mehr wehgetan hätte.

Immerhin gab sich Jamu mit dieser einen, kleinen Quälerei zufrieden und verzichtete darauf, noch einmal an ihrem verletzten Arm zu reißen, sondern ließ sie ganz im Gegenteil los, trat nur einen Schritt zurück und wedelte ungeduldig mit der Hand. »Steh auf!«, befahl er grob. »Sarn erwartet dich.«

Ja, dachte Arri, *und ich bin sicher, er hält es vor lauter Wiedersehensfreude kaum noch aus.* Sie war klug genug, vorsichtshalber gar nichts zu sagen, sondern kämpfte sich nur mit zusammengebissenen Zähnen wieder in die Höhe und presste ihren linken Arm mit der rechten Hand so fest an ihren Leib, wie sie konnte. So war der Schmerz in ihrer Schulter wenigstens halbwegs zu ertragen. Sie stand zwar taumelnd da, aber sie stand, und das aus eigener Kraft. Der Anblick schien Jamu zu ärgern. Arri registrierte mit einem Gefühl absurder Befriedigung, dass ihr Zustand und ihr Benehmen offensichtlich ganz und gar nicht dem entsprachen, was er erwartet hatte, als er hierher gekommen war. Aber wenn er geglaubt hatte, sie in Tränen aufgelöst und winselnd vor Furcht um ihr Leben flehend vorzufinden, dann enttäuschte sie ihn gerne. Sie war vernünftig genug, um sich selbst zu sagen, dass sie noch früh genug wimmern und schreien würde, aber zumindest würde sie es nicht vor Angst tun. Und schon gar nicht vor ihm.

»Was starrst du mich so an, Hexenkind?«, fragte Jamu, als hätte er ihre Gedanken gelesen. Vermutlich sah man sie ihr sehr deutlich an.

»Ich versuche dich zu verzaubern«, antwortete Arri böse. »Immerhin ist es mir schon einmal gelungen, oder etwa nicht? Ich meine: Es muss doch so gewesen sein – es sei denn, du hättest tatsächlich Angst vor einem Mädchen mit einem Steinmesser gehabt.«

Jamus Augen wurden schmal, aber er sagte nichts, und Arri konnte es sich einfach nicht verkneifen, in noch höhnischerem Ton hinzuzufügen: »Oder warum sonst bist du deiner Aufgabe als Beschützer des Hohepriesters so schlecht nachgekommen?«

Diesmal war sie fast sicher, dass Jamu sie schlagen würde. Er drehte tatsächlich den Oberkörper ein wenig zur Seite, wie um auszuholen, brach die Bewegung dann aber wieder ab und schüttelte stattdessen mit einem breiten, bösen Lächeln den Kopf. »O nein. Ich weiß, was du vorhast. Aber du wirst mich nicht dazu bringen, dich gleich hier auf der Stelle zu erschlagen. So einfach mache ich es dir nicht.«

Seine Worte ließen Arri einen eisigen Schauer über den Rücken laufen, denn sie passten nur zu gut dem, was sie zuvor gedacht hatte, aber sie gab sich alle Mühe, ihre Furcht zu überspielen, und antwortete stattdessen mit einer Stimme, deren Ruhe und Gefasstheit sie beinahe selbst in Erstaunen versetzte: »Oder hast du vielleicht Angst, dir könnte etwas entschlüpfen, was in die falschen Ohren gerät?«

Jamu sah sie ehrlich verblüfft an, aber dann lachte er und trat rückwärts gehend zwei Schritte aus Arris Gefängnis hinaus, wo er stehen blieb und sich mit übertriebenen Gebärden nach rechts und links umsah. »Wer sollte uns hören? Es ist niemand da.«

»Du bist allein gekommen?«, entfuhr es Arri überrascht.

Jamu hob geringschätzig die Schultern. »Ich mag vielleicht bei der Aufgabe versagt haben, meinen Herrn zu beschützen, aber mit einem vorlauten Balg werde ich immer noch fertig.«

»Und du hast wirklich keine Angst vor meinem Hexenkräften, die dich schon einmal verzaubert haben?«, erwiderte Arri.

Jamus Grinsen wurde noch böser. »Du hast keine Macht mehr über uns. Sarn hat mit den Göttern gesprochen, und sie haben ihm die Kraft verliehen, deinen bösen Zauber zu brechen.«

»Und deshalb bist du allein gekommen«, nickte Arri. »Nicht etwa um sicherzugehen, dass ich auch ja mit niemandem über etwas rede, was besser keiner hören sollte.«

»Wer würde dir schon glauben?«, gab Jamu mit unerwarteter Offenheit zurück und schüttelte den Kopf.

»Niemand«, antwortete Arri. »Aber trotzdem ... du weißt, wie die Leute sind. Sie hören die Worte und glauben sie vielleicht nicht, aber sie behalten sie im Gedächtnis, und vor allem, sie reden darüber. Gerüchte entstehen schnell, und manchmal sind sie sehr hartnäckig. Vor allem, wenn sie wahr sind.«

»Rede du nur.« Jamu lächelte unerschütterlich weiter, aber Arri erschien dieses Lächeln mit einem Mal etwas *zu* sicher. Möglicherweise hatte sie einen wunden Punkt getroffen, und möglicherweise war es nicht besonders klug gewesen. Jamu mochte ein schlechter Mensch sein, tückisch und voller Bosheit, aber ebenso wie Sarn war er nicht dumm. Mit ihrer Vermutung, warum er allein gekommen war, um sie abzuholen, musste sie der Wahrheit ziemlich nahe gekommen sein, und sie konnte regelrecht sehen, wie es hinter seinen buschigen Augenbrauen zu arbeiten begann. Vielleicht erinnerte er sich ja an Sarns Drohung von gestern Mittag, ihr die Zunge herausschneiden zu lassen.

Arri ging langsam auf ihn zu und fuhr dabei schnell, aber nicht hastig, fort. »Wenn wir wirklich allein sind und niemand uns hören kann, Jamu, beantwortest du mir dann eine Frage?«

»Welche?« Jamu blickte schon wieder misstrauisch, aber sie konnte auch sehen, wie ihm ein gewisser anderer Gedanke entglitt. Er war vielleicht nicht dumm, aber auch nicht sonderlich klug.

»Was hat Sarn dir versprochen, damit du mithilfst, Nor umzubringen? Sasa? Einen Platz an seiner Seite? Oder die Macht über einen Teil des Landes?«

»Vielleicht ein wenig von allem«, antwortete Jamu. »Und wer weiß? Vielleicht irgendwann alles.«

Arri war so verblüfft, dass sie innehielt und den Krieger einfach nur aus großen Augen anstarrte. Jamu konnte doch nicht wirklich glauben, dass er irgendwann ...

Aber ein einziger Blick in seine Augen beantwortete ihre Frage. Er glaubte es. »Du bist verrückt«, murmelte sie.

»Mag sein«, erwiderte Jamu. »Aber immer noch besser verrückt als tot. Nor war ein alter Mann. Er hätte ohnehin nicht mehr lange gelebt, und es ist manchmal besser, sich frühzeitig nach einem neuen Herrn umzusehen, weißt du? Sasa war übrigens der gleichen Meinung.« Er machte eine spöttische Handbewegung, die beinahe etwas Ehrerbietiges hatte. »Kommst du nun freiwillig mit, oder muss ich dich an den Haaren schleifen?«

Da Arri keinen Moment lang daran zweifelte, dass er das mit großem Vergnügen tun würde, wenn sie ihm auch nur den geringsten Anlass dafür bot, beeilte sie sich, an seine Seite zu treten. Sie rechnete nun damit, wieder gepackt und grob vorwärts gestoßen zu werden, aber Jamu bedeutete ihr nur mit einer entsprechenden Geste loszugehen, und sie gehorchte. »Du wirst sie auch töten müssen«, sagte sie.

»Sasa?« Jamu wirkte ehrlich überrascht. »Aber warum sollte ich das tun?«

»Weil auch sie weiß, was wirklich passiert ist. Du könntest niemals sicher sein, dass sie dich nicht eines Tages verrät.« Arri hob die Schultern. »Dein neuer Herr wird nicht ewig leben. Und selbst wenn, dann wird es nicht lange dauern, und er wird ebenso viele und ebenso mächtige Feinde haben, wie Nor sie hatte.«

Zu ihrer Überraschung lachte Jamu. »Nor hatte Recht, und Sarn auch, weißt du? Du bist schon genauso verschlagen wie deine Mutter.« Er schüttelte heftig den Kopf. »Sasa wird mich nicht verraten. Sie hatte unzählige Gründe, Nor zu töten. Einer davon ist, dass sie ein ziemlich vorlautes Mundwerk hatte, mit dem sie Nor mehr als einmal bis aufs Blut gereizt hat. Und im letzten Frühjahr hat sie es wohl etwas übertrieben, und er hat ihr die Zunge herausreißen lassen.«

Arri starrte ihn erschrocken an. »Er hat *was?*«

Jamu nickte heftig und machte dabei ein Gesicht, als spräche er von etwas ungemein Lustigem. »Er hat ihr die Zunge herausreißen lassen«, wiederholte er. »Du siehst also, selbst wenn sie so dumm wäre, die Wahrheit zu sagen und damit ihr eigenes Todesurteil heraufzubeschwören, sie könnte es gar nicht.«

Sie gingen eine kleine Weile schweigend nebeneinander her, bis sie das offen stehende Tor erreicht hatten. Die versteinerte Stadt lag auch jetzt wieder wie ausgestorben rings um sie herum da, aber Arri spürte, dass dieser Eindruck täuschte. Sie wurden beobachtet, und möglicherweise sogar belauscht. Vermutlich hatte Jamu keine Ahnung davon, und vielleicht hatte er sich bereits um Kopf und Kragen geredet, ohne es zu wissen, aber diese Vorstellung brach ihr nicht unbedingt das Herz.

Sie gingen nicht besonders schnell, und als sie das weit offen stehende Tor durchschritten hatten, wies Jamu nach links, den Hügel hinauf und zum Heiligtum, und sie wurden sogar noch ein wenig langsamer. Niemand war weit und breit zu sehen, doch das Gefühl, angestarrt und belauert zu werden, wurde mit jedem Atemzug stärker. Ihr kam zu Bewusstsein, wie verrückt ihre Situation im Grunde war. Für jeden, der nichts über sie und ihren Begleiter wusste, mussten sie den Anblick eines Paares bieten, das in vertrautem Nebeneinander einen Spaziergang unternahm und keine Eile hatte, sein Ziel zu erreichen.

Zumindest was sie anging, stimmte das ja auch.

So unauffällig, wie es ihr nur möglich war, sah sie sich um und suchte ihre Umgebung mit Blicken ab. Der Waldrand war nicht einmal besonders weit entfernt.

»Versuch es lieber nicht«, sagte Jamu. Arri sah mit gespielter Überraschung zu ihm hoch und erntete wieder dieses böse, schadenfrohe Lächeln. »Ich würde dich nach ein paar Schritten einholen und dir das Fußgelenk brechen, damit du nicht mehr laufen kannst.«

»Aber dann müsstest du mich tragen.«

»Oh, das tue ich gern«, behauptete Jamu, und es klang ganz so, als wäre es ernst gemeint. »Ich würde sogar großzügig sein. Du kannst dir aussuchen, welchen Fuß ich dir breche. Willst du es darauf ankommen lassen?«

Arri sagte nichts darauf, sondern schenkte ihm nur einen weiteren bösen Blick und schritt dann ein wenig schneller aus, als könnte sie es plötzlich gar nicht mehr erwarten, die Hügelkuppe und das Heiligtum zu erreichen. Sie hatte geglaubt, sich unauffällig genug umgesehen zu haben, doch Jamu war entweder ein weit besserer Beobachter, als sie angenommen hatte, oder sie hatte sich selbst – wieder einmal – überschätzt.

Sie wusste, dass er Recht hatte. Wäre sie ausgeruht und im Vollbesitz ihrer Kräfte gewesen, dann hätte sie sich zugetraut, ihm tatsächlich davonlaufen zu können, zumindest bis zum Waldrand, und dort, zwischen den dicht stehenden Bäumen und dem noch dichter wuchernden Unterholz, wäre sie ihm sogar ganz bestimmt entkommen, denn Jamu hatte den Großteil seines Lebens hier in Goseg verbracht und war allenfalls ein paar Mal auf der Jagd oder als Begleiter seines Herrn auf Reisen gewesen, während sie praktisch in den dichten Wäldern rings um ihr Heimatdorf aufgewachsen war. Aber ganz davon abgesehen, was Jamu ihr gestern angetan hatte, war ihr Knie immer noch nicht vollständig ausgeheilt, und so übel, wie ihr das Schicksal im Augenblick mitspielte, würde es ihr ganz bestimmt genau in dem Moment den Dienst aufkündigen, in dem sie am dringendsten darauf angewiesen war zu laufen. Außerdem war sie vollkommen erschöpft und konnte sich nach all der Zeit, die sie in der unbequemen Haltung an der Wand hockend zugebracht hatte, nur mühsam bewegen.

»Hast du eigentlich gar keine Angst, dass meine Mutter dich zur Verantwortung ziehen wird?«, fragte sie.

Jamu lachte. »Wie kann sie mich für etwas verantwortlich machen, was *du* getan hast?«, gab er in fast fröhlichem Ton zurück. »Selbst, wenn sie unseren Kriegern entkommt, wird sie nur erfahren, dass du hingerichtet worden bist, weil du den

Hohepriester ermordet hast. Das ist ein schweres Verbrechen. Ich nehme an, selbst dort, wo ihr herkommt.«

Arri schwieg betroffen. Wenn überhaupt, so war ihr einziger, schwacher Trost in der zurückliegenden Nacht vielleicht der Gedanke gewesen, dass ihre Mutter und Dragosz furchtbare Rache für ihren Tod nehmen, zurückkehren und Goseg bis auf die Grundmauern niederbrennen würden – aber so schrecklich der Gedanke auch war, Jamu hatte Recht. Niemand außer ihm selbst und dem stummen Mädchen wussten, was wirklich geschehen war, und so würde ihrer Mutter nur genau das zu Ohren kommen, was er gerade gesagt hatte. Und als hätte er ihre Gedanken erraten und wollte ihre Verzweiflung noch ein bisschen schüren, fuhr er fort: »Und was die neuen Freunde deiner Mutter angeht ... glaubst du wirklich, sie würden einen Krieg anfangen, nur um den Tod eines Mädchens zu rächen, das zur Mörderin geworden ist und das nicht einmal ihrem Volk entstammt?« Er schüttelte heftig den Kopf, um seine eigene Frage zu beantworten.

»Vielleicht kommen sie ja sowieso«, sagte Arri. Die Worte hatten böse klingen sollen, oder zumindest drohend, aber sie hörten sich selbst in ihren eigenen Ohren nur verzweifelt ein.

»Dann sollen sie«, sagte Jamu überzeugt. »Sie wären nicht die Ersten, die in Goseg und seinen Verbündeten leichte Beute sehen und einen hohen Preis für diesen Irrtum zahlen. Wären sie wirklich ein Volk so gewaltiger Krieger, wie man es ihnen nachsagt, dann wären sie längst hier.«

»Grahl und seine Brüder ...«

»... sind ihnen bereits begegnet, ich weiß«, fiel ihr Jamu ins Wort. »Aber sie haben sie nicht angegriffen.«

Arri blieb überrascht stehen, was Jamu aber diesmal nicht hinnahm, sondern ihr ganz im Gegenteil einen derben Stoß versetzte. »Woher weißt du das?«, fragte sie, während sie weiter stolperte und dabei ungeschickt versuchte, das Gleichgewicht zu waren.

»Von Kron«, gestand Jamu. »Er hat mir die Wahrheit gesagt. Nicht er und seine Brüder waren es, die angegriffen wurden, sondern dieser Fremde, mit dem deine Mutter herumbuhlt.« Er schüttelte den Kopf und zog eine Grimasse. »Diese drei Dummköpfe dachten wohl, sie hätten leichtes Spiel mit ihm. Er muss ein wahrhaft großer Krieger sein, das gebe ich zu.«

»Und du hast trotzdem keine Angst vor ihm und seinem Volk?«

»Vor ihm allein?« Jamu lachte. »Gewiss nicht. Er wäre dumm, allein hierher zu kommen. Und was sein Volk angeht ...« Er zuckte ein paarmal mit den Schultern und tat so, als müsse er angestrengt nachdenken. »Die Geschichte dieser Fremden, die über die Berge kommen und nichts als Leid und Verwüstung hinterlassen, wird seit drei oder vier Sommern erzählt. Wenn sie so schlimm wären, wie man sagt, meinst du nicht, dass sie dann längst hier wären? Ich habe mit vielen gesprochen, die Geschichten über sie zu erzählen wissen und von ihnen gehört haben – aber mit keinem einzigen, der einem von ihnen begegnet wäre, von Kron einmal abgesehen.«

»Ist er noch hier? Er und Achk?«

»Sie sind gestern bei Sonnenuntergang fortgegangen, so wie es beschlossen war«, sagte Jamu gehässig. »Übrigens in Begleitung deines alten Freundes Rahn, der es sich nicht hatte nehmen lassen, bis zuletzt für sie Partei zu ergreifen. Jetzt kann er zusammen mit den anderen im Winter Schnee und Baumrinde fressen. Das geschieht dem Dummkopf ganz recht.«

Arianrhod war viel zu verdattert, um auf diese Neuigkeit angemessen eingehen zu können. »Nor hatte ihnen noch eine letzte Nacht an eurem Feuer versprochen«, sagte sie hilflos.

»Nor«, sagte Jamu betont, »ist tot. Sarn ist unser neuer Hohepriester, und er hat beschlossen, dass sie sofort gehen müssen.«

»Das ist grausam«, sagte Arri, was ihr selbst ein bisschen lächerlich vorkam angesichts dessen, was ihr vermutlich bevorstand.

Jamu lachte auch nur. »Es ist richtig. Sie sind zu nichts mehr nutze. Die Nahrung, die sie in dieser Nacht gegessen hätten, hätte uns vielleicht im nächsten Winter gefehlt, um ein Kind vor dem Verhungern zu bewahren. Wäre es nach mir gegangen, hätten wir sie auf der Stelle erschlagen, aber Sarn hat entschieden, Gnade walten und sie am Leben zu lassen. Vielleicht«, fügte er verächtlich hinzu, »ist das der Preis, den man zahlen muss, wenn man ein ganzes Volk führt. Man wird weich.«

Sie hatten die Hügelkuppe fast erreicht, und Arri wollte den Weg zum Heiligtum einschlagen, doch Jamu schüttelte nur den Kopf und deutete nach links, den schmalen Trampelpfad entlang, den sie schon am vergangenen Morgen mit ihren Bewachern genommen hatte. Arri fiel erst jetzt auf, wie still es war. Irgendwo, weit entfernt, hörte sie die Stimmen von Menschen, die Laute von Tieren und andere Geräusche, aus dem großen Palisadenbau jedoch drang nicht der geringste Laut. Vielleicht erwartete Sarn sie ja wieder unten im Langhaus.

Dann hatten sie die Hügelkuppe endlich erreicht, und als Arris Blick auf das Gelände an seinem jenseitigen Fuß fiel, blieb sie erschrocken stehen und sog die Luft zwischen den Zähnen ein. Die Menschenmenge, die unten auf sie wartete, war im Vergleich zum Vortag noch einmal um mindestens das Doppelte angewachsen. Sarn musste dem Beispiel seines Vorgängers gefolgt sein und Männer in alle umliegenden Dörfer ausgesandt haben, um möglichst viele Zuschauer herbeizubefehlen, die seiner endgültigen Machtübernahme beiwohnen sollten.

Vielleicht aber auch etwas anderem ...

»Du bist überrascht, wie?«, fragte Jamu hinter ihr. Erstaunlicherweise verzichtete er darauf, die Gelegenheit beim Schopf zu ergreifen und ihr einen weiteren, derben Stoß zu versetzen, der sie zweifellos kopfüber den Hang hinunterbefördert hätte. Als sich Arri zu ihm umdrehte, gewahrte sie schon wieder dieses hässliche, boshafte Grinsen auf seinen Zügen, das diesmal jedoch eine andere Qualität hatte und ihr einen kalten Schauer über den Rücken jagte.

»Du bist erstaunt, dass es so viele sind, nicht wahr?«, fragte er höhnisch. »Ich war selbst überrascht. Du musst entweder ganz besonders beliebt bei den Menschen sein oder ganz besonders verhasst. Jedenfalls sind sie nur deinetwegen gekommen.«

»Meinetwegen?«, wiederholte Arri verständnislos.

Jamu nickte heftig. »Sie sind gekommen, um deiner Hinrichtung beizuwohnen, Hexenkind. Was sonst?«

Arri verbot es sich, irgendwelche Anzeichen von Schrecken oder gar Furcht zu zeigen, aber dem zufriedenen Ausdruck auf Jamus Gesicht nach zu schließen, gelang es ihr wohl nicht ganz. Im Gegenteil: Was er sah, das schien ihm derart zu gefallen, dass er sogar darauf verzichtete, sie mit einem weiteren Stoß oder Fußtritt zum Weitergehen aufzufordern, sondern es bei einer knappen, fast schon freundlich wirkenden Geste beließ. Arri hatte plötzlich einen bitteren, harten Kloß im Hals, an dem sie fast zu ersticken glaubte, als sie ihn herunterzuschlucken versuchte, aber sie ließ sich auch davon nichts anmerken, sondern drehte sich rasch um und warf sogar noch trotzig den Kopf in den Nacken, als sie weiterging.

Sie tat zwar so, als sähe sie starr und ungerührt geradeaus, doch ihr Blick irrte insgeheim fahrig hin und her, und obwohl dies der denkbar ungünstigste Moment dafür sein mochte, erwog ein größer werdender Teil von ihr ganz ernsthaft den Gedanken, trotz allem einen Fluchtversuch zu wagen. Wenn es ihr gelang, Jamu irgendwie zu überraschen, wenn sie schnell genug war, und wenn ihr Bein und ihre verletzte Schulter ihr nur einen Moment lang die Treue hielten ...

Wenn. Arri schüttelte in Gedanken mutlos den Kopf und schalt sich selbst eine Närrin. Keines dieser *Wenns* würde funktionieren, und selbst *wenn doch* – wohin sollte sie sich schon wenden? Unter ihr war jetzt nichts als der freie Platz, das Langhaus mit den angebauten Stallungen, das Gatter – und hunderte von Menschen, die wahrscheinlich nur darauf warteten, dass sie ihnen einen Vorwand lieferte, um über sie herzufallen und sie zu zerreißen.

Vielleicht wäre das die einfachste Lösung, dachte sie bitter. Es würde schlimm sein, mit Sicherheit aber schnell gehen; ganz bestimmt schneller als alles, was sie erwartete, wenn sie sich widerstandslos wie ein Opfertier zu einer ritualen Tötung führen ließ. Und sie hätte es wenigstens versucht.

Während sie sich dem Haus am Fuße des Hügels näherten, fiel ihr auf, dass es in der Menschenmenge, die sich dort unten versammelt hatte, etwas wie eine schwerfällige, aber anhaltende Bewegung gab; ein Anblick wie schlammiges Wasser, das träge in eine bestimmte Richtung fließt. Die Menge bewegte sich auf den Waldrand zu, genauer gesagt auf das große Gatter, das ihr bereits am ersten Tag aufgefallen war. Zu Dutzenden drängten sie sich bereits gegen die grob aneinander gebundenen Baumstämme, und immer mehr und mehr strömten in dieselbe Richtung. Arri war noch zu weit entfernt, um Einzelheiten ausmachen zu können, aber immerhin fiel ihr auf, dass die Rinder, die sie noch am Vortag darin gesehen hatte, nun nicht mehr da waren. Dafür waren einige Männer emsig damit beschäftigt, irgendetwas aufzubauen, das sie nicht erkennen konnte. Das stimmte sie nicht gerade ruhiger.

Sie hatte damit gerechnet, von Sarn selbst oder zumindest einigen seiner Priester in Empfang genommen zu werden. Doch stattdessen wurde sie von einem halben Dutzend Kriegern am Fuß des Hügels erwartet, die ihr finster und voller kaum noch verhohlenem Hass entgegenblickten, hinter sich eine geifernde und zeternde Menschenmenge. Mit ihren Schilden mussten sie ein paar aufgeregte Männer zurückdrängen, die Arri schimpfend und unter wilden Drohgebärden entgegeneilen wollten, kaum dass sie ihrer angesichtig wurden. Von Jamu grob am Arm geführt, hatte Arri gerade ein paar Schritte mitten hinein in das Menschenbad getan, als ihr auch schon ein faustgroßer Erdklumpen entgegengeflogen kam, der sie mit solcher Wucht an ihrer verletzten Schulter traf, dass sie taumelte und nur mit Mühe einen Schmerzensschrei unterdrücken konnte. Sofort fuhr einer der Krieger herum und stieß mit dem stumpfen Ende seines Speeres nach dem Angreifer. Arri konnte nicht erkennen, ob er traf, aber sie hörte einen schrillen Schrei, und obwohl der Chor wütender Flüche und Verwünschungen, der ihren Weg begleitete, immer noch weiter zunahm, wagte es doch niemand mehr, etwas nach ihr zu werfen oder sie auf andere Art anzugreifen.

Es fiel ihr zunehmend schwerer, die Tränen zurückzuhalten. Der Schmerz in ihrer Schulter war schlimm, und wie um ihren Bedenken im Nachhinein Recht zu geben, meldete sich nun auch nach langer Zeit ihr rechtes Knie wieder mit einem leichten, aber penetranten Stechen zurück, doch nichts davon war der Grund für die brennende Hitze, die mit einem Mal ihre Augen füllte. Sie hatte Jamus Worten vorhin kaum Beachtung geschenkt, denn sie war davon ausgegangen, dass alles, was er sagte, nur dem Zweck diente, sie zu verhöhnen oder zu ängstigen. Und dennoch hatte er Recht gehabt. All diese Menschen hier *hassten* sie. Und dieses Gefühl tat weh. Sie hatte ihnen nichts getan.

So lange sie sich zurückerinnern konnte, hatte sie niemals das Gefühl kennen gelernt, allgemein beliebt zu sein, sondern allerhöchstens *geduldet* zu werden. Sie hatte geglaubt, dass ihr das nichts ausmachen würde, aber das stimmte nicht. Ihre Mutter war niemals müde geworden, ihr immer und immer wieder einzuhämmern, dass es ihr vollkommen gleichgültig sein konnte, was die Leute über sie dachten oder redeten, und auch das, begriff sie plötzlich, war ein weiterer Punkt, an dem sie besser an der Unfehlbarkeit ihrer Mutter gezweifelt hätte, denn es war ganz und gar nicht wahr. Für all diese Menschen hier, die ihr jetzt hasserfüllt nachstarrten, Fäuste in ihre Richtung schüttelten, ihr Verwünschungen hinterher riefen oder ausspieen, wenn sie vorüberging, war sie die Mörderin ihres Hohepriesters, und dieser Gedanke tat weh. Er sollte es nicht, denn sie kannte praktisch niemanden hier, und auch wenn es anders gewesen wäre, hätte es keine Rolle gespielt, aber er *tat* es. Vielleicht begriff Arri in diesem Moment zum allerersten Mal wirklich, was ihre Mutter gemeint hatte, wenn sie so oft davon gesprochen hatte, wie wichtig Gerechtigkeit im Leben der Menschen war.

Obwohl die Krieger sie nicht nur abschirmten, sondern mit ihren Speeren und Schilden nun auch ziemlich grob einen Weg durch die Menge für sie bahnten, kamen sie nur langsam voran. Auf den letzten fünfzehn oder zwanzig Schritten mussten sich die Männer regelrecht durch die Menschenmenge hindurchprügeln, sodass mehr als einer der Gaffer mit blutiger Nase oder schmerzverzerrtem Gesicht auf den Knien hockend zurückblieb, und Arri war regelrecht erleichtert, als sie endlich das an groben, ledernen Scharnieren hängende Tor in der Umzäunung erreicht hatten und hindurchtraten. Jamu schloss das Gatter hinter ihnen wieder, und die Männer, die bisher rechts und links von ihr gegangen waren, traten nun rasch hinter sie und bildeten eine lebende Mauer, deren bloßer Anblick vermutlich jeden davon abhielt, etwa über den Zaun zu steigen oder mit einem Stein nach ihr zu werfen.

Arris Erleichterung hielt gerade so lange an, bis sie die Gestalt im bunten Federmantel und -kopfschmuck erkannte, die auf sie wartete.

Sarn war nicht allein. Die Priester, die sie in den vergangenen Tagen an Nors Seite gesehen hatte, standen nun hinter ihm, wie auch die beiden jüngeren von Nors Witwen und weitere, schwer bewaffnete Krieger. Arri versuchte, einen verstohlenen Blick an Sarn und den anderen vorbei auf das zu werfen, was die Männer in der Mitte des großen, eingezäunten Platzes gebaut hatten, aber es gelang ihr nicht. Dafür blieb ihr Blick eindeutig länger an den scharf geschliffenen Speerspitzen und Schwertern der Männer hängen, die hinter den Priestern Aufstellung genommen hatten, und als es ihr endlich gelungen war, sich davon loszureißen, verfluchte sie sich in Gedanken dafür. Selbstverständlich war ihr Blick Sarn nicht entgangen, und sie hätte den bösen Triumph in seinen Augen nicht einmal mehr sehen müssen, um zu wissen, wie deutlich man ihr die Furcht ansah und wie sehr der greise Schamane diesen Anblick genoss.

Trotz und Wut spülten ihre Furcht für einen Moment davon. Sie schob kampflustig das Kinn vor und maß Sarn mit einem Blick, der so eisig war, wie sie es nur fertig brachte. Allzu eisig konnte er allerdings nicht gewesen sein, denn Sarn lächelte nur dünn und begann dann übergangslos: »Die Götter haben über dein Schicksal entschieden, Hexenkind.«

»Wie schön«, antwortete Arri kühl. »Nicht, dass es mich kümmert – aber ich vermute, du wirst es mir trotzdem sagen?«

Diesmal gelang es ihr immerhin, Sarn für einen ganz kurzen Moment aus der Fassung zu bringen – und die Männer hinter ihm für einen deutlich längeren. Unruhe kam auf, und Sarns Blick wurde wiederum hasserfüllt, dann aber schüttelte er nur den Kopf und schürzte geringschätzig die Lippen. »Du kannst mich nicht beleidigen, du dummes Gör. So wenig, wie es dir möglich ist, unsere Götter zu verspotten. Sie haben entschieden, was mit dir zu geschehen hat. Deine Zauberkräfte schrecken uns nicht mehr.«

Er machte eine Bewegung mit seinem Stock, die den Männern hinter ihr galt, und Arri fühlte sich von starken Händen an beiden Armen ergriffen und festgehalten. Der Schmerz war fast noch schlimmer als vorhin, als Jamu sie so grob in die Höhe gerissen hatte, doch Arri zuckte nicht einmal mit der Wimper. Sarn würde sie nicht wimmernd erleben.

Der frisch geweihte Hohepriester hob die Stimme, als er weitersprach, damit auch jedermann seine Worte hören konnte. Nicht, dass es nötig gewesen wäre; seit Sarn zu sprechen begonnen hatte, hatte eine fast schon unheimliche Stille von der Menschenmenge ringsum Besitz ergriffen. »Du wirst des heimtückischen Mordes an unserem Hohepriester beschuldigt, Hexenkind«, rief er. »Du hast dich in unser Vertrauen geschlichen, indem du deine Zauberkräfte benutzt hast, um unsere Sinne zu verwirren. Du und deine Mutter, ihr habt euch wie räudige Hunde an unsere Feuer geschlichen und euch mit Lügen und falschen Gaben unser Vertrauen und unser Wohlwollen erkauft, um es hinterher auf die schlimmste nur mögliche Art zu missbrauchen. Deshalb haben die Götter entschieden, dass du auch wie ein solcher sterben sollst.«

Es begann ganz langsam. Zuerst spürte Arri, wie ihre Finger zu zittern begannen, dann ihre Hände und Knie, schließlich ihre Unterlippe und ihr Kiefer. Sie wimmerte nicht – diesen winzigen Tribut an ihren Stolz brachte sie irgendwie noch auf –, doch sie zitterte am ganzen Leib, und ihr Herz schlug wie die verzweifelte Faust eines Ertrinkenden, der in der Reuse eines Fischers gefangen war, von ihnen gegen ihre Rippen. Fast wünschte sich Arri, dass es einfach ausgesetzt hätte und alles vorbei wäre. Sarn verzichtete auf die Gelegenheit, sie abermals zu verhöhnen, sondern wandte sich stattdessen mit einer neuerlichen, befehlenden Geste an die beiden Männer, die Arri gepackt hatten. »Bindet sie.«

Rasch, aber unerwartet rücksichtsvoll schoben die beiden Männer Arri vorwärts. Einen Moment lang sah es so aus, als wollten Sarn und die anderen einfach stehen bleiben und ihr den Weg verwehren, im allerletzten Augenblick jedoch trat der greise Hohepriester beiseite, und alle anderen vollzogen seine Bewegung getreulich nach; abgesehen vielleicht von Sasa, die zwar ebenfalls zurückwich, aber erst nach einem spürbaren Zögern und nach dem Sarn sie mit einem zornigen Blick bedacht hatte. Arri suchte vergeblich im Gesicht der jungen Frau nach einer Spur von Mitleid oder wenigstens Bedauern. Im Gegenteil. Mehr als je zuvor spürte sie, wie sehr dieses Mädchen sie hasste. Arri verstand es immer noch nicht – nach dem, was Jamu ihr über Sasas Schicksal erzählt hatte, sogar weniger denn je –, doch plötzlich wurde ihr klar, dass das Mädchen hundertmal lieber *ihr* als Nor eigenhändig die Kehle durchgeschnitten hätte.

Gefolgt von Sarn und den anderen, näherten sie sich der Mitte des umzäunten Geländes, und jetzt erkannte Arri auch, was die Männer dort aufgerichtet hatten: eine einfache Konstruktion, die aus zwei mannshohen, leicht schräg in den Boden gerammten Pfählen bestand, an denen zwei kräftige Stricke festgeknotet waren. Arris Verzweiflung wuchs. Ihr Herz hämmerte immer schneller, aber es war jung und kräftig und würde ihr nicht den Gefallen tun, einfach auszusetzen. Ihre Knie zitterten jetzt so stark, dass sie immer mehr Mühe hatte, einen Schritt nach dem anderen zu tun. Der Sinn dieser Konstruktion war ziemlich klar: Die Männer würden ihr die Stricke um die Handgelenke legen und sie mit ausgebreiteten Armen zwischen den beiden Pfählen festbinden, sodass sie hilflos alles über sich ergehen lassen musste, was auch immer Sarn ihr zugedacht hatte.

Als sie noch ein knappes Dutzend Schritte entfernt waren, verließ sie endgültig der Mut. Ihre Knie gaben unter dem Gewicht ihres Körpers nach, und sie begann leise zu schluchzen, aber natürlich nahmen die beiden Männer, die sie gepackt hatten, keine Rücksicht darauf, sondern schleiften sie einfach grob zwischen sich her, bis sie zwischen den beiden Pfählen angelangt waren. Zwei weitere Krieger traten hinzu, packten ihre Handgelenke und verknoteten die Enden der beiden Stricke darum, die daraufhin mit einem einzigen Ruck straff gezogen wurden, bis sie mit weit ausgebreiteten Armen aufrecht zwischen den Pfählen stand. Arri schrie gellend auf, als ein neuerlicher, noch viel grauenhafterer Schmerz durch ihre Schulter fuhr. Dann hörte sie ein helles, knackendes Geräusch, und trotz der grässlichen Schmerzen, die sie plagten, hätte sie am liebsten hell aufgelacht, als sie begriff, dass ihre Peiniger ihr, wenn auch ganz gewiss nicht absichtlich, das Schultergelenk wieder eingekugelt hatten. Wenigstens würde sie nicht als Krüppel sterben.

Die Männer traten zurück. Arri blinzelte die Tränen fort, und als sie wieder klar sehen konnte, erkannte sie, dass nur noch Sarn und Jamu bei ihr geblieben waren. Alle anderen strebten jetzt wieder mit raschen Schritten dem Tor entgegen, und auch die Männer, die bisher dort Wache gehalten hatten, schienen es plötzlich sehr eilig zu haben, das Gehege zu verlassen.

»Auch wenn du es nicht verdient hast, Hexenkind«, sagte Sarn jetzt wieder mit lauter, weithin verständlicher Stimme, »soll dir noch eine letzte Gnade gewährt werden.« Er machte eine befehlende Geste, auf die hin Jamu rasch auf sie zutrat und einen kurzen Dolch unter dem Mantel hervorzog. Arri erkannte überrascht, dass es dieselbe Waffe war, mit der Sasa Nor getötet hatte, eine Klinge aus Feuerstein, die zehnmal schärfer war als jedes Metall, abgesehen vielleicht vom Zauberschwert ihrer Mutter. Panik ergriff sie. Auch wenn sie unvorstellbare Angst vor dem hatte, was gleich mit ihr geschehen würde, und wenn ihr Verstand ihr noch so laut zuschrie, dass es tatsächlich eine Gnade wäre, wenn Jamu sie jetzt und hier mit diesem Dolch tötete, so wehrte sie sich dennoch verzweifelt gegen die Vorstellung, dass sie nun tatsächlich *sterben* sollte. Selbst wenn ihr Leben nur noch wenige weitere Augenblicke währen würde, und ganz gleich, wie unvorstellbar grauenhaft diese Augenblicke auch sein mochten, es wäre *Leben*, und unglaublich kostbar.

Verzweifelt warf sie sich zurück und riss und zerrte mit aller Gewalt an ihren Fesseln, ohne den wütenden Schmerz, der dabei durch ihre Schulter tobte, auch nur zu spüren, doch es war sinnlos. Die Stricke hielten. Sie versuchte nach Jamu zu treten, doch der Krieger schlug ihren Fuß nur mit einem abfälligen Grunzen beiseite, griff in den Ausschnitt ihres Kleides und schnitt es ihr mit einer einzigen Bewegung vom Leib, wobei er ihr einen langen, blutigen Kratzer vom Halsansatz bis fast zur Hüfte hinab zufügte. Dann trat er zurück, wickelte sich das zerrissene Kleid scheinbar achtlos um den Unterarm und nahm wieder an Sarns Seite Aufstellung.

»Dir wird noch eine letzte Gnadenfrist gewährt«, sagte der Hohepriester. »Du magst noch einmal zu deinen falschen Göttern beten, wenn du willst. Falls es sie wirklich gibt, dann werden sie deine Gebete ja vielleicht erhören und deine verkommene Seele zu sich nehmen.«

»Das werden sie bestimmt«, antwortete Arri. Sie wusste selbst nicht, woher sie die Kraft für diese Worte nahm, aber sie fuhr, zwar unter Tränen und schluchzend, dennoch aber mindestens ebenso laut wie Sarn gerade, wenn nicht lauter, fort: »Du solltest lieber zu *deinen* Göttern beten, damit sie dir deine Verbrechen vergeben. Ich jedenfalls tue es nicht. Ich verfluche dich, Sarn, dich und dein ganzes Volk! Meine Zauberkräfte werden dich verfolgen, so lange du lebst, und jeden verderben, der auf deiner Seite steht!«

Obwohl sie in der Mitte des großen Geheges stand, konnte sie das erschrockene Raunen der Menge hören, die ihre Worte ebenso deutlich verstanden haben musste wie Sarn, und sie sah, wie Jamu ganz leicht zusammenfuhr und vergeblich versuchte, den Schrecken zu verhehlen, den er bei dieser Drohung empfand. Sarn aber lächelte nur und schüttelte den Kopf, wie ein Erwachsener, der gerade einige besonders dumme Worte aus dem Munde eines einfältigen Kindes mit angehört hatte.

»Du dummes Ding«, sagte er, jetzt aber so leise, dass selbst Arri sich fast anstrengen musste, um die Worte überhaupt zu verstehen. Sie waren nur für ihre Ohren gedacht. »Verfluche uns ruhig, wenn du willst. Drohe ruhig mit deinen Zauberkräften. Alle anderen hier mögen es glauben, aber ich kenne das wahre Geheimnis eurer *Zauberkräfte*. Es ist keine Magie. Du bist so wenig eine Zauberin wie deine Mutter eine ist. Mögen alle anderen deinen Fluch hören und sich davor fürchten. Umso größer wird der Triumph unserer Götter sein, wenn sich dein Fluch nicht erfüllt.«

Wären ihr nicht sowieso schon die Tränen über das Gesicht gelaufen, Arri hätte vermutlich vor lauter Enttäuschung losgeheult. Es war, als hätte Sarn ihre Gedanken nicht nur gelesen, sondern vorausgeahnt, sodass er eine Antwort auf alles parat hatte, was immer sie auch sagen konnte. Noch einmal bäumte sie sich mit aller Kraft gegen ihre Fesseln auf, erreichte dadurch aber nicht mehr, als den Ausdruck von Zufriedenheit auf Sarns Gesicht noch zu schüren und sich selbst noch mehr Schmerz zuzufügen. Schließlich gab sie es auf und ließ sich zurücksinken, so weit es die straff gespannten Stricke zuließen, die ihre Arme hielten.

»Vergeude deine Kräfte nicht«, sagte der Schamane. »Du solltest die wenige Zeit, die dir noch bleibt, lieber nutzen, um mit dir selbst und deinen Göttern ins Reine zu kommen.«

Er sah aus, als erwarte er tatsächlich eine Antwort, doch Arri starrte ihn nur aus tränenverschleierten Augen und mit zusammengebissenen Zähnen an. Schließlich bedeutete er Jamu mit einem Wink, dass er gehen solle, und wandte sich selbst in der gleichen Bewegung ab, um seiner eigenen Aufforderung Folge zu leisten. Jamu hingegen trat noch einmal auf Arri zu, blieb so dicht vor ihr stehen, dass sie seinen Atem riechen konnte, und sah ihr einen Moment lang nachdenklich in die Augen. Dann, so schnell, dass sie die Bewegung nicht einmal richtig wahrnahm und erst begriff, was er getan hatte, als sie sich von einer neuerlichen Welle brennender Schmerzen überflutet fühlte, hob er sein Messer und versetzte ihr zwei tiefe Schnitte in die Oberschenkel, die sofort heftig zu bluten begannen. Arri stöhnte vor Qual, und noch mehr heiße Tränen liefen über ihr Gesicht, aber sie gönnte ihm trotzdem nicht die Genugtuung, sie schreien zu hören.

»Nur, damit du dir keine falschen Hoffnungen machst, Kleines«, sagte er hämisch. »Sie haben gelernt, nicht sofort an die Kehle zu gehen.« Und damit wandte er sich um und ging mit schnellen Schritten davon, bis er Sarn eingeholt hatte und sich dem Tempo des langsameren alten Mannes anpasste.

Für einen Moment wurde ihr schwarz vor Augen. Arri kämpfte mit aller Macht gegen die drohende Bewusstlosigkeit an (wobei sie sich fragte, warum sie das eigentlich tat, statt die gnädige Ohnmacht willkommen zu heißen, die das Schicksal ihr senden wollte), blinzelte die Tränen weg, so gut sie konnte, und sah den beiden ungleichen Männern einen Atemzug lang hinterher. Vielleicht hatte sie tatsächlich für einen Moment das Bewusstsein verloren, denn Jamu und der Schamane schienen plötzlich ein gutes Stück weiter weg als zuvor. So gut sie es aus der unnatürlichen Haltung heraus konnte, die ihr die straff gespannten Stricke aufzwangen, sah sie an sich herab und versuchte die Wunden zu erkennen, die Jamu ihr beigebracht hatte. Sie hatten nur im ersten Moment *wirklich* wehgetan. Der Schmerz verebbte bereits und war nicht annähernd so schlimm wie das, was in ihrer Schulter tobte. Sie bluteten heftig, allerdings nicht so stark, dass sie in kurzer Zeit daran sterben würde. Warum also hatte Jamu das getan? Die naheliegendste Antwort, auf die sie kam, war natürlich, dass es dem Mann einfach Freude bereitete, sie zu quälen, aber irgendetwas sagte ihr, dass das nicht die ganze Wahrheit war.

Das plötzlich lauter werdende Murmeln und Raunen der Menge drang wie das Geräusch eines plötzlichen Windstoßes im Blätterdach des Waldes an ihr Ohr und ließ sie aufsehen. Sarn und sein Begleiter hatten das Tor in der Umzäunung fast erreicht. Eine Anzahl Krieger beeilte sich, das Gatter zu öffnen, und Sarn beschleunigte auch tatsächlich seine Schritte, als dieselben Männer, die Arri vorhin hierher eskortiert hatten, nun eine schmale Gasse für ihren neuen Herren bildeten. Jamu hingegen blieb dicht vor dem Tor stehen, und die lebende Gasse in der Menschenmenge schloss sich auch nicht gleich wieder hinter Sarn.

Erneut ging eine Woge sichtbarer Bewegung, untermalt von einem dumpfen Chor murmelnder, erschrockener oder gar begeisterter Ausrufe durch die Menge, und Arri sah, dass Sarn ebenfalls stehen geblieben war, sich umgedreht hatte und nun einen Schritt zur Seite trat, um zwei weiteren Männern Platz zu machen, die mit raschen Schritten näher kamen. Im allerersten Moment konnte Arri sie nicht wirklich erkennen, denn ihre Augen waren noch immer voller Tränen, und die Gestalt des Hohepriesters versperrte ihr zusätzlich den direkten Blick auf sie. Dann aber sog sie so erschrocken die Luft ein, dass sie sich an ihrem eigenen Speichel verschluckte und qualvoll zu husten begann.

Jeder der beiden Männer führte einen gewaltigen, struppigen Hund mit sich. Die Tiere waren größer als neugeborene Kälber und so massig, dass sie fast wie kleine Bären aussahen. Selbst über die große Entfernung hinweg konnte Arri ihre gewaltigen Gebisse erkennen, und sie zerrten und rissen so ungeduldig an ihren Stricken, dass selbst die beiden kräftigen Männer, die sie hielten, alle Mühe zu haben schienen, sie zu bezwingen. Ihr wütendes Knurren und Kläffen übertönte das aufgeregte Murmeln und Rumoren der Zuschauermenge.

Eine eisige Hand griff nach Arris Herzen und drückte es mit unbarmherziger Kraft zusammen. Für einen Moment bekam sie keine Luft mehr, und ihre Angst wurde so übermächtig, dass sie ihr abermals das Bewusstsein zu rauben drohte; alles begann sich um sie zu drehen, und von den Rändern ihres Gesichtsfeldes aus wuchsen graue Schatten rasch und lautlos heran. Diesmal wehrte sich Arri nicht gegen die Ohnmacht, sondern flehte sie nahezu herbei, und diesmal war es das Schicksal, das das

Angebot ablehnte, das sie ihm machte. Ihr Herz hämmerte plötzlich wie wahnsinnig weiter, sie konnte wieder atmen, und auch die Nebel hoben sich wieder von ihren Augen.

Das also hatte Jamu gemeint, als er ihr zugeflüstert hatte, dass sie die Anweisung hätten, nicht sofort an die Kehle zu gehen.

Von allen Todesarten, die Arri sich ausgemalt hatte, war dies vielleicht nicht die Schlimmste, aber zweifellos die, vor der sie die größte Angst hatte. Sie hatte davon gehört, auch wenn es so lange her war, dass sie sich bis eben nicht einmal richtig daran erinnert hatte: ganz besonders wilde, blutrünstige Tiere, in deren Ahnenreihe sich eindeutig mehr Wölfe als zahme Hunde fanden und die schon als Welpen darauf abgerichtet wurden, Menschen anzugreifen und bei lebendigem Leibe zu zerreißen. In einigen dieser Geschichten, die besonders die Kinder aus dem Dorf gern erzählt hatten, hatte es geheißen, dass es eine geraume Zeit dauern konnte, bis sie ihre Opfer wirklich töteten, wenn es nicht das Glück hatte, vorher zu verbluten, und mehr als eines dieser Opfer dabei hatte zusehen müssen, wie es bei lebendigem Leibe aufgefressen wurde. Als sie diese Geschichten gehört hatte, war sie ein Kind gewesen, und sie hatte angemessenes Entsetzen verspürt, vor allem aber jenen wohligen Schauer, den solche Geschichten auslösen und der eigentlich der einzige Grund ist, aus dem man sie erzählt oder sich anhört.

Jetzt packte sie ein ganz anderes Entsetzen, kalt, lähmend und begleitet von einer Mischung aus Angst und Hilflosigkeit, wie sie sie trotz allem bisher noch nicht gespürt hatte. Mit einem Male wusste sie, dass all die grässlichen Geschichten wahr waren, die man sich über die Hunde aus Goseg und das, was sie ihren Opfern antaten, erzählte. Sie wollte schreien. Plötzlich war es ihr gleich, ob all diese Menschen hier ihr Wimmern und Kreischen und das verzweifelte Um-ihr-Leben-Betteln hörten, doch ihre Kehle war plötzlich wie zugeschnürt; sie brachte nicht einmal mehr ein Keuchen zustande, sondern musste sich mit aller Macht konzentrieren, um überhaupt noch atmen zu können.

Die beiden Hundeführer traten nun auf Jamu zu. Die Tiere zerrten und rissen mit immer größerer Ungeduld an ihren Stricken. Vielleicht witterten sie trotz der großen Entfernung das Blut, das an Arris Beinen hinablief, doch die beiden Männer ließen sie noch nicht los, sondern zerrten sie mit sichtlichem Kraftaufwand weiter zu Jamu hin. Der schwarzhaarige Krieger ließ sich in die Hocke sinken und streckte die rechte Hand aus, und die beiden geifernden Ungeheuer, die sich noch gerade wie tollwütig gebärdet hatten, sprangen plötzlich auf ihn zu und leckten ihm schwanzwedelnd Hände und Gesicht ab. Jamu ließ sie eine kurze Weile gewähren, dann bedeutete er den Männern, die die Stricke hielten, loszulassen. Die beiden Krieger schienen es plötzlich sehr eilig zu haben, denn sie fuhren auf der Stelle herum und rannten die wenigen Schritte zum offen stehenden Tor zurück, während sich Jamu erneut vorbeugte und die Stricke aufknotete, die noch immer um die Hälse der Hunde lagen.

Eines der Tiere richtete sich spielerisch auf die Hinterläufe auf und versuchte erneut, ihm das Gesicht abzulecken, wobei er ihm ohne Anstrengung die Vorderpfoten auf die Schultern legte, das andere aber drehte plötzlich den Kopf und blickte in Arris Richtung. Sein Schwanzwedeln erlosch, und Arri konnte sehen, wie sich die gewaltigen Muskeln unter seinem struppigen Fell spannten. Dann aber rief ihm Jamu einen scharfen Befehl zu, und das Tier machte gehorsam einen Schritt rückwärts. Es entspannte sich sichtlich, aber sein Blick ließ Arri keinen Moment lang los.

Noch einmal verging eine kurze Weile, in der Jamu mit den beiden gewaltigen Hunden spielte, als wären es Welpen, dann sank er auf die Knie, wickelte das zerrissene Kleid ab, das er sich um den linken Arm geschlungen hatte, und ließ den Stoff plötzlich wie eine Peitsche knallen, um damit nach der empfindlichen Schnauze eines der Hunde zu schlagen. Das Tier stieß ein schrilles, überraschtes Heulen aus und prallte einen Schritt zurück, versuchte aber fast unmittelbar darauf, nach dem Stoff zu schnappen. Jamu zog ihn mit einer tausendfach geübten Bewegung weg und versetzte nun auch dem anderen Hund einen Hieb auf die Nase, der empfindlich wehtun musste. Dann stand er hastig auf, warf den Stofffetzen in die Höhe, und die beiden Hunde schnappten gleichzeitig danach und bekamen ihn an zwei Enden zu fassen. Ein wütendes Knurren und ein rasches, kraftvolles Kopfschütteln, und der zähe Stoff zerriss wie trockenes Laub. Einen Moment lang schüttelte jede der beiden Bestien noch ihr erbeutetes Stück, dann klatschte Jamu in die Hände und begann sich gleichzeitig rückwärts gehend und sehr schnell von den Hunden zu entfernen.

Und die beiden Ungeheuer stürmten los.

Arri registrierte entsetzt, wie *schnell* sie waren. Vielleicht noch einen, höchstens aber zwei Atemzüge, und sie mussten heran sein. Ihre schrecklichen Fänge waren gebleckt, aber sie hatten aufgehört zu knurren und aufgeregt zu kläffen, sondern stürmten nun vollkommen lautlos heran, und ein allerletzter, zwar klarer, nichtsdestoweniger aber völlig unvernünftiger Gedanke blitzte hinter Arris Stirn auf: nämlich der, was für eine grausame Ironie des Schicksals es doch war, dass es nun so enden musste, wo es doch damit angefangen hatte, dass sie um ein Haar von einem Wolf zerrissen worden wäre. Aber vielleicht war das ja das Schicksal, das ihr zugedacht war, und dies war einfach der Preis, den sie für die Zeit bezahlen musste, die sie ihm abgetrotzt hatte, denn der Tod unter den Fängen des Wolfes wäre mit Sicherheit gnädiger gewesen als das, was diese beiden abgerichteten Ungeheuer ihr antun würden.

Sie versuchte die Augen zu schließen, als die beiden Tiere auf zehn oder zwölf Schritte heran waren, aber nicht einmal mehr das konnte sie. So kam es auch, dass sie den Speer, der aus dem nahen Waldrand herangeflogen kam und das vordere der beiden Tiere mitten im Sprung traf, es herumriss und regelrecht gegen den Boden nagelte, ebenso deutlich sah wie jeder andere hier.

Das Tier starb so schnell, dass ihm nicht einmal mehr Zeit für einen erschrockenes Jaulen blieb.

Dafür stürmte der zweite Hund umso schneller heran. Arri begriff nicht wirklich, was sie sah, ebenso wenig wie alle anderen hier, denn im gleichen Atemzug, in dem der Speer den Hund niedergeworfen hatte, war es nahezu vollkommen still geworden. Sie konnte nur den Hund anstarren, der immer schneller und schneller näher kam, seine gewaltigen, spitzen Fänge, die sich in ihr Fleisch bohren und es zerreißen mussten, noch bevor ihr Herz das nächste Mal geschlagen hatte, und erneut überkam sie ein Gefühl vollkommen absurder Heiterkeit, als ihr klar wurde, dass ihr Leben tatsächlich von dieser einzigen, lächerlich kurzen Zeitspanne abhängen sollte.

Die Pfoten des Hundes trommelten wie die Hufe eines durchgehenden Ochsen auf den Boden. Flockiger weißer Geifer sprühte aus seinem Maul, als er sich abstieß und in einem gewaltigen Satz auf sie zuflog.

Ein Schatten huschte so dicht an Arri vorbei, dass sie das helle Sirren seines gefiederten Endes zu hören glaubte, und riss den Hund im Flug herum.

Der Pfeil war nicht gut genug gezielt gewesen, um das Tier sofort tödlich zu treffen, aber seine Wucht hatte ausgereicht, um es aus der Bahn zu werfen, und die dreieckige Spitze aus Feuerstein grub eine blutige Furche quer über sein Gesicht und bohrte sich tief in seine Schulter. Mit einem schrillen Heulen stürzte der Hund zu Boden, überschlug sich zwei oder drei Mal und heulte noch lauter auf, als der Pfeil dabei abbrach und sich zugleich noch tiefer in sein Fleisch bohrte.

Und als wäre dieser Laut ein Signal gewesen, endete die atemlose Stille, die bisher über dem Platz gelegen hatte. Ein ganzer Chor ebenso erschrockener wie wütender oder auch ängstlicher Schreie gellte auf, und überall längs des dreiseitigen Zaunes schien gleichzeitig das Chaos loszubrechen. Das Tor flog auf, und Jamu und mehr als ein halbes Dutzend Krieger stürmten in das Gehege, doch Arri hatte nur Augen für den Hund.

Das Tier warf sich mit einem wütenden Heulen und Jaulen hin und her. Blut lief über sein Gesicht und tropfte aus seinem weit aufgerissenen Maul, während es immer wieder versuchte, nach dem abgebrochenen Schaft des Pfeils zu schnappen, der kaum noch auf der halben Länge eines Fingers aus seiner Schulter ragte. Der Pfeil hatte den Hund aus der Bahn geschleudert, aber er war keine drei Schritte von Arri entfernt, und wenn sie auch nur eine einzige, falsche Bewegung machte, dann würde er sich zweifellos auf sie stürzen, halb wahnsinnig vor Angst und Schmerz und Wut, wie er war. Sie erstarrte zur Reglosigkeit.

Aber vielleicht war es dazu schon zu spät. Jamu und seine Krieger stürmten heran. Der Großteil der Männer und auch Jamu selbst hatten Kurs auf den Waldrand genommen, von woher der Speer und auch der Pfeil gekommen waren, aber zwei oder drei Männer rannten auch mit gezückten Schwertern und weit ausgreifenden Schritten auf Arri zu, und als wäre das allein noch nicht genug, hörte die verwundete Bestie vor ihr plötzlich auf, nach ihrer eigenen Schulter zu schnappen, drehte mit einem wütenden Knurren und einem Ruck den Kopf in ihre Richtung und versuchte taumelnd in die Höhe zu kommen. Ihre Vorderläufe knickten unter dem Gewicht ihres eigenen Körpers weg, was sie mit einem neuerlichen, noch gequälteren Aufheulen quittierte, aber sie sprang sofort wieder hoch und stürzte sich auf sie.

Später, bei den seltenen Gelegenheiten, wenn sie über diese Momente sprach, sollte sie stets behaupten, es wäre kühle Überlegung und die Erinnerung an das gewesen, was ihre Mutter sie gelehrt hatte, aber die Wahrheit war, dass sie niemals ganz begriff, woher sie die Kaltblütigkeit genommen hatte, einfach nur ruhig dazustehen und abzuwarten, bis das tobende Ungeheuer genau in der richtigen Entfernung angekommen war. Dann riss sie das rechte Bein in die Höhe und trat ihm mit aller Gewalt, die sie aufbringen konnte, mit der Ferse gegen die Schnauze.

Das schrille Heulen des Hundes hörte wie abgeschnitten auf. Arri keuchte vor Schmerz, als einer seiner langen Reißzähne abbrach und sich wie eine Messerspitze tief in ihre Fußsohle grub, aber sie hörte zugleich auch den hellen, knackenden Laut, mit dem sein Genick brach.

Der Schwung seines angefangenen Sprunges riss den Hund noch weiter nach vorne, sodass er schwer gegen Arri prallte und sie abermals das Gefühl hatte, ihre Arme würden ihr aus den Gelenken gerissen, aber der erwartete Schmerz, mit dem sich seine Fänge in ihre Kehle graben mussten, blieb aus. Der Hund schlitterte noch ein gutes Stück weiter, wobei er sich mehrmals überschlug, dann blieb er vollkommen reglos liegen.

Dafür waren die Krieger, die in Arris Richtung stürmten, fast heran. Einer von ihnen hatte bereits sein Schwert erhoben, und Arri bezweifelte, dass er es getan hatte, um ihre Fesseln damit durchzuschlagen, denn sein Gesicht war eine einzige Grimasse des Hasses. Genau wie der Hund zwei Herzschläge zuvor schien er immer schneller zu werden, je näher er kam, aber der Pfeil, der ihn aufhalten sollte, war eindeutig besser gezielt. Das Geschoss traf seine Stirn genau zwischen den Augen und riss seinen Kopf zurück. Als hätte sein Körper noch nicht wirklich begriffen, was geschehen war, machten seine Beine noch einen weiteren, stolpernden Schritt, wodurch seine Schultern in einer fast schon grotesk anmutenden Bewegung nach hinten geschleudert und seine Arme hoch in die Luft geworfen wurden. Das Schwert flog davon, und der sterbende Krieger vollführte einen halben Überschlag, bevor er mit dem Gesicht nach unten auf dem aufgeweichten Boden aufschlug.

Auch seine Kameraden prallten erschrocken mitten im Schritt zurück. Mindestens zwei von ihnen waren Arri nahe genug, um sie binnen eines Atemzuges erreichen zu können und zu Ende zu bringen, was die beiden Hunde und ihr Freund angefangen hatten, aber das Schicksal ihrer Vorgänger schien sie doch ziemlich beeindruckt zu haben. Für einen einzigen, wenn auch endlos erscheinenden Moment standen sie unschlüssig und wie gelähmt da, dann fuhr der Erste herum und suchte sein Heil in der Flucht, und als wäre das ein Signal gewesen, folgten ihm seine Kameraden.

Arri begann immer verzweifelter an ihren Fesseln zu zerren. Ihre Handgelenke waren längst aufgeschürft und bluteten, und sie war nicht ganz sicher, was zuerst nachgeben würde – ihre rechte Schulter oder der Pfahl, an den ihre Arme gebunden waren, aber darauf nahm sie nun keine Rücksicht mehr. Das Wunder, auf das sie gehofft hatte, war geschehen, und ganz gleich, welchen Preis sie dafür bezahlen musste, sie musste hier weg. Arri entfesselte die ganze gewaltige Kraft, die ihr die schiere Todesangst verlieh, und zerrte und riss an den Stricken, bis sie spürte, dass sie vor lauter Schmerz die Besinnung verlieren würde, wenn sie auch nur noch einen Augenblick weitermachte. Die beiden Pfähle hatten noch nicht einmal eine Winzigkeit nachgegeben.

Auch, wenn es ihr wie eine geraume Weile vorgekommen war, so konnten seit dem Moment, in dem plötzlich alles anders wurde, doch nur wenige Herzschläge verstrichen sein, denn als sie verzweifelt den Kopf drehte und zum Waldrand sah, in der festen Erwartung, ihre Mutter zu erblicken, die zusammen mit Dragosz mit einem gewaltigen Heer unbesiegbarer Krieger gekommen war, um sie zu retten (sie war nicht da), erblickte sie Jamu. Die Männer in seiner Begleitung hatten gerade einmal die halbe Entfernung dorthin zurückgelegt. Alle hatten ihre Waffen gezogen und ihre großen Schilde gehoben, und zumindest einem der Männer half dieses Schild sogar – oder *hätte* ihm geholfen, wäre auch jetzt wieder aus dem Wald ein Pfeil geflogen gekommen.

Unglückseligerweise war es ein Speer, der den geflochtenen Schild so mühelos durchschlug, als wäre er gar nicht da, und sich in die Brust seines Besitzers bohrte. Der Mann taumelte mit einem keuchenden Schrei zurück und brach zusammen, und noch bevor er wirklich zu Boden gestürzt war, gab der Waldrand einen Pfeil frei, der sich mit unglaublicher Präzision in das Knie eines zweiten Kriegers bohrte, der zwar umsichtig genug gewesen war, seinen Schild in die Höhe zu reißen, dabei aber vielleicht des Guten ein wenig zu viel getan hatte. Wie ein gefällter Baum stürzte er zu Boden und wälzte sich im zertrampelten Gras, wobei er kreischend sein Knie umklammerte, und spätestens bei diesem Anblick verlor der Angriff der anderen Männer deutlich an Schwung. Sie waren immer noch sechs oder sieben, und sie waren dem Waldrand mittlerweile nahe genug gekommen, dass die allermeisten von ihnen das Unterholz wohl auch erreicht hätten, ohne von einem weiteren, tückischen Geschoss getroffen zu werden.

Allerdings schien keiner von ihnen besonders erpicht darauf zu sein, zu denen zu gehören, die es vielleicht *nicht* schaffen. Einzig Jamu stürmte noch zwei oder drei Schritte weiter, bevor ihm aufging, dass er plötzlich fast allein war, dann blieb er stolpernd stehen, und ein besseres Ziel hätte er dem versteckten Schützen wahrscheinlich gar nicht mehr bieten können.

Vielleicht rettete ihm sein Zögern aber auch das Leben, denn der Pfeil, der auf ihn gezielt gewesen war, durchschnitt die Luft genau dort, wo er gestanden hätte, hätte er auch nur noch einen einzigen weiteren Schritt getan. Sein gefiedertes Ende streifte Jamus Gesicht, das aber mit solcher Wucht, dass es seine Wange wie eine Messerklinge aus Feuerstein aufschnitt und frisches, hellrotes Blut sein Gesicht und den Bart besudelte. Schreiend vor Wut und Schmerz fuhr er herum und suchte sein Heil in der Flucht, wobei er unwillkürlich einen wilden Zickzackkurs einschlug, um dem Schützen hinter ihnen kein Ziel zu bieten, und genau wie schon einmal war seine Flucht auch das Signal für die anderen, es ihm gleichzutun.

Zu Arris Überraschung verzichteten die geheimnisvollen Angreifer darauf, den flüchtenden Männern in den Rücken zu schießen, um die Anzahl der Gegner zu verkleinern, die ganz zweifellos zu einem Gegenangriff ansetzen würden, sobald sie ihren ersten Schrecken und die Überraschung überwunden hatten. Dafür jedoch wurde der Chor gellender Schreie und entsetzter Ausrufe vom anderen Ende des umzäunten Platzes plötzlich lauter.

Alarmiert wandte Arri den Kopf, konnte aber im allerersten Moment nichts weiter erkennen als ein Bild des reinen Chaos. Etliche der Zuschauer schienen vor Schreck einfach gelähmt zu sein und standen mit aufgerissenen Augen und Mündern da, die meisten aber waren längst herumgefahren und suchten ihr

Heil in der Flucht – was bei der Masse der zusammengekommenen Menschen zur Katastrophe führen konnte. Wer schnell genug war oder die Kraft und Rücksichtslosigkeit dafür hatte, der rannte einfach los und schuf sich mit Fausthieben und Ellbogenstößen Platz, und wer nicht, der wurde eben niedergeschlagen oder -getrampelt. Vor allem hinter dem jetzt wieder weit offen stehenden Tor war ein heilloses Durcheinander ausgebrochen, doch Sarn gehörte – und auch das überraschte Arri über die Maßen – zu den wenigen, die nicht in Panik davonzurennen versuchten, sondern schrie ganz im Gegenteil mit schriller Stimme auf seine Krieger ein, sich nicht wie die Feiglinge zu gebärden und sich den Angreifern zu stellen.

Nicht wenige der Männer versuchten auch tatsächlich, seinem Befehl zu folgen, aber das Chaos war einfach zu groß. Viele wurden von den Flüchtenden zu Boden gestoßen oder einfach mitgerissen, andere prallten gegen ihre Kameraden, die sich von der allgemeinen Panik hatten anstecken lassen, verhedderten sich in ihre Leiber und Glieder und stürzten zusammen mit ihnen zu Boden oder wurden gegen den Zaun gedrückt, bis entweder ihre Knochen oder die dicken Holzstämme nachgaben. Meistens waren es wohl Rippen oder Arme und Beine der Männer, doch an mindestens drei Stellen brach die Umzäunung splitternd unter dem Ansturm der Masse zusammen, und plötzlich hallte der große Platz von zahllosen, gellenden Schmerzens- und Angstschreien wider.

Und trotzdem, und obwohl es eigentlich unmöglich war, konnte Arri Sarns Stimme immer noch hören. »*Tötet das Hexenkind!*«, schrie er. »Ihr müsst sie töten! Das ist die Strafe der Götter dafür, dass sie noch am Leben ist!« Niemand hörte auf ihn. Wahrscheinlich hörte ihn *überhaupt niemand*, außer Arri, und selbst sie war plötzlich nicht mehr sicher, ob sie die Worte tatsächlich hörte oder sich nur einbildete. Wie durch ein Wunder war der Hohepriester bisher noch nicht zu Boden geschleudert oder einfach von der Menge aufgesogen worden, auch, wenn das Chaos ringsum immer nur noch schlimmer wurde.

Allmählich begann sich Arri zu fragen, was überhaupt geschehen war. Der Angriff war überraschend und mit erschreckender Präzision erfolgt, aber so sehr sie Sarn und seine Krieger auch verachtete, wusste sie doch, dass die Männer keine Feiglinge waren. Und allein die Art des plötzlichen Überfalls machte sogar ihr klar, dass es sich bei den Angreifern vermutlich nicht um ein ganzes Heer handelte, sondern nur um einige wenige. Sarns Krieger mussten das ebenso erkannt haben wie sie, und doch wurde der Chor entsetzter Stimmen und das Durcheinander flüchtender, rennender Menschen zumindest an der westlichen Seite des Platzes, wo Sarn und seine Krieger standen, eher noch schlimmer.

Dann sah sie den Grund. Auch Sarn war plötzlich verschwunden, als das Chaos rings um ihn herum einen Grad erreichte, bei dem ihn nicht einmal mehr sein bunter Mantel und die Autorität seines Ranges schützen konnte, und Dutzende von Männern und Frauen, die bisher verzweifelt versucht hatten, in die entgegengesetzte Richtung zu fliehen, stürmten plötzlich durch das Tor und ins Innere des Geheges. Nicht wenige von ihnen stürzten und wurden einfach niedergetrampelt. Irgendjemand oder -etwas verfolgte die flüchtende Menge, aber es dauerte noch einmal endlose Augenblicke, bis Arri sah, was es war.

Es waren Wildschweine; kleine struppige Ungeheuer mit gefährlichen Hufen und tödlichen Hauern, Dutzende, die wie eine lebende, braunschwarz gestreifte Flut aus dem Wald herausbrachen und alles niedertrampelten, was sich ihnen in den Weg stellte. Die Tiere mussten halb wahnsinnig vor Angst sein, denn Arri wusste, dass selbst diese gefährlichen Kreaturen, die sehr wohl um ihre Kraft wussten und sie rücksichtslos einsetzten, gewöhnlich niemals gegen eine so große Menschenmenge vorgegangen wären. Das schrille Kreischen der heranstürmenden Schweine vermischte sich mit dem Chor entsetzter Schreckens- und Schmerzensschreie der Flüchtenden. Nur einer von Sarns Kriegern war tatsächlich so dumm, sich der lebenden braunen Flutwelle in den Weg stellen zu wollen und mit seinem Speer nach einem der Tiere zu stoßen, aber er bezahlte diesen Leichtsinn, den allerhöchstens er selbst mit Tapferkeit verwechselte, augenblicklich mit dem Leben. Seine Speerspitze rammte sich tief in den Leib eines Ebers, doch das Tier riss ihn noch im Todeskampf mit sich zu Boden, und er wurde von den nachfolgenden einfach niedergetrampelt. Von einigen der Tiere schien grauer Dunst oder Nebel aufzusteigen.

Arri bemerkte seltsam teilnahmslos, dass sich die durchgehende Wildschweinrotte genau in ihre Richtung bewegte. Sie hätte erschrecken müssen, aber wahrscheinlich fehlte ihr dazu mittlerweile einfach die Kraft. Ganz im Gegenteil war sie auf eine hysterische Art fast amüsiert, als ihr durch den Kopf schoss, dass sie vielleicht all das nur überlebt hatte, um von einer toll gewordenen Wildschweinherde zu Tode getrampelt zu werden. Falls Sarn zu den Überlebenden dieses Tages gehörte, dachte sie, dann wäre das für ihn vermutlich eine interessante Anregung, was das zukünftige Schicksal seiner Feinde anging.

Plötzlich durchschnitt ein einzelner, gellender Schrei das Chaos, so hoch und spitz und voller Entsetzen, dass für einen Moment jeder andere Laut bedeutungslos zu werden schien. Auch Arri hob mit einem erschrockenen Ruck den Kopf und sah wieder zum Tor hin, und ihre Augen weiteten sich ungläubig, als sie das riesige, schwarze Pferd sah, dass der Wildschweinrotte unmittelbar folgte. Seine Hufe schienen Funken aus dem Boden zu schlagen, und aus seinen Nüstern schoss brodelndes Feuer, das sich erbarmungslos auf die Tiere herabsenkte, die nicht schnell genug flohen.

Es war dieser schwarze Hengst, ein Ungeheuer wie ein lebendig gewordener Albtraum, der die gesamte Meute Wildschweine in Panik versetzt und aus dem Wald getrieben hatte, und die Wirkung, die er auf die Menschen hatte, die ihn sahen, war kaum weniger verheerend. Auch der Letzte der Krieger schleuderte seine Waffe davon und suchte sein Heil in der Flucht, und der Chor aus gellenden Schreien wurde noch lauter und verzweifelter. Die Erde bebte jetzt unter den Schritten hunderter von Menschen, die verzweifelt versuchten, sich irgendwie in Sicherheit zu bringen, und die Luft war erfüllt von dem Gestank von Angst und Blut, und das Ungeheuer wurde plötzlich noch schneller und schien wie ein Pfeil auf das offen stehende Tor zuzufliegen.

Seine Nüstern spien immer noch Feuer. Eines der Wildschweine wurde getroffen und ging fast schlagartig in Flammen auf, um quiekend und brennend weiter zu rennen. Wer ihm nicht schnell genug aus dem Weg sprang, der wurde niedergetrampelt, falls er nicht das Pech hatte, dass seine Kleider und sein Haar ebenfalls Feuer fingen, und auch mindestens einer von Nors Kriegern war einfach nicht schnell genug und wurde von den Flammen erfasst, die das Dämonenpferd spie. Sein Mantel stand plötzlich in hellen Flammen, und er versengte und verbrannte noch andere, während er schreiend und verzweifelt versuchte, sich des Kleidungsstücks zu entledigen und gleichzeitig auf die Flammen einzuschlagen, die auch aus seinem Bart und seinem Haupthaar züngelten.

Der Anblick ließ Arri erstarren. War es das, was das Schicksal ihr zugedacht hatte? Hatte Sarn Recht gehabt, und sie war hier, um die gerechte Strafe seiner Götter entgegenzunehmen? Vielleicht hatten sie dieses Ungeheuer geschickt, diesen Dämon, der nicht nur gekommen war, um sie zu verderben, sondern auch Sarn und alle anderen hier nachhaltig daran zu erinnern, dass es grausame und unbarmherzige Götter waren, die sie anbeteten, nicht die nachsichtigen und sanften Götter, von denen ihre Mutter immer erzählt hatte. Viel zielsicherer als die Schweine, die sich nun in der Weite des Geheges wahllos verteilten, dabei aber auch immer noch alles niedertrampelten, was sich ihnen in den Weg stellte, raste der schwarze Dämon auf sie zu, immer noch Feuer speiend und auf wirbelnden Hufen.

Aber irgendetwas an diesem Ungeheuer ... stimmte nicht. Arri konnte das Gefühl nicht in Worte fassen – dafür hatte sie viel zu große Angst –, doch an diesem Pferd war etwas nicht so, wie es sein sollte. Es kam ihr auf unheimliche Weise ... *bekannt* vor, fast wie Nachtwind, der Hengst ihrer Mutter, nur dass dieser so unglaublich groß und wild war und dass Feuer aus seinen Nüstern kam, aber da war auch noch etwas, das sie einfach nicht begreifen konnte. Das Ungeheuer näherte sich ihr weiter, zehnmal schneller, als die Hunde oder Sarns Krieger oder auch die Wildschweine es getan hatten. Einer der Männer, die sich noch auf ihrem verzweifelten Rückzug vom Waldrand befunden hatten, stolperte hastig zurück, um nicht von den hämmernden Hufen niedergetrampelt zu werden, und für einen Moment war das schwarze Pferd zwischen ihm und Arri.

Als der Augenblick vorüber war und sie ihn wieder sehen konnte, hatte er keinen Kopf mehr.

Arri keuchte vor Schrecken, als sie sah, wie der enthauptete Mann noch einen Moment stehen blieb und dann mit haltlos pendelnden Gliedern zur Seite kippte, während sein Kopf in die andere Richtung über das Gras rollte. Das Pferd stürmte weiter heran, und ein anderer von Jamus Begleitern, der aus dem Schicksal seines Kameraden gelernt hatte, brachte sich mit einem verzweifelten Sprung in Sicherheit, und dann, plötzlich, war das Ungeheuer da, und Arri, die immer noch hilflos gefesselt zwischen den beiden Pfählen hing, konnte nichts anderes tun, als hastig den Kopf zwischen die Schultern zu ziehen und zu hoffen, dass die wirbelnden Hufe sie verfehlen würden.

Sie schlugen nicht einmal nach ihr. Nachtwind – es *war* Nachtwind! – stieg unmittelbar vor ihr mit einem schrillen Wiehern. Seine wirbelnden Vorderbeine fuhren wie tödliche Äxte durch die Luft und sorgten dafür, dass niemand auch nur auf die Idee kam, sich in ihre Nähe zu wagen, dann schnitt etwas Helleres und Schärferes mit einem zischenden Laut durch die Luft und kappte das Seil, das ihren linken Arm hielt. Arri brach mit einem erschöpften Keuchen zusammen, aber sie erinnerte sich gerade noch rechtzeitig genug daran, dass sie immer noch mit der anderen Hand an den Pfahl gebunden war und der Ruck ihre verletzte Schulter wahrscheinlich nicht nur endgültig ruinieren, sondern der dazugehörige Schmerz sie vermutlich auch um den Verstand bringen würde, und sie fing ihren Sturz ungeschickt mit der plötzlich frei gewordenen Hand ab. Nachtwinds Vorderhufe peitschten immer noch durch die Luft, während sich der riesige Hengst halb auf der Hinterhand umdrehte, und erst in diesem Moment wurde Arri klar, was sie an seinem Anblick so gestört hatte.

Nachtwind war nicht durch einen Fluch in etwas Schreckliches verwandelt worden. Seine Hufe schlugen keine Funken aus dem Boden, und aus seinen Nüstern kam auch kein Feuer.

Ebenso plötzlich, wie die Vision sie ergriffen hatte, gewann der Hengst seine normale Größe zurück, und sie sah die schlanke, hellhaarige Gestalt, die sich mit einem Bein und einem Arm an seinem Rücken und Hals festklammerte, während ihre freie Hand ein blitzendes Schwert schwang, dass sich schnell und zielsicher wie ein eingefangener Sonnenstrahl auf Arris andere Fessel herabsenkte und sie so dicht über dem Handgelenk kappte, dass sie tatsächlich den Luftzug spüren konnte, den die Waffe verursachte.

Ihre Kräfte versagten nun endgültig. Arri brach zusammen, aber ihre Mutter bewegte sich plötzlich mit einer Schnelligkeit, an der nichts Natürliches mehr zu sein schien. Ohne das Schwert loszulassen, gelang es ihr irgendwie, Arris Handgelenk zu packen, sich gleichzeitig ganz auf Nachtwinds Rücken hinaufzuschwingen und den Schwung dieser Bewegung zu nutzen, um auch sie zu sich heraufzuziehen; selbstverständlich an ihrem verletzten Arm.

Wenn sie bisher gedacht hatte, die Grenze dessen erreicht zu haben, was ein Mensch ertragen konnte, so sah sie sich getäuscht. Der Schmerz war so grässlich, dass sie aufbrüllte und ihr schwarz vor Augen wurden. Sie spürte kaum, wie Lea sie rücksichtslos weiter zu sich heraufzerrte, sie irgendwie vor sich auf den Rücken des Pferdes hievte und es gleichzeitig auch noch fertig brachte, die Fackel, mit der sie die Schweine vor sich hergetrieben hatte, ins Gesicht eines Mannes zu schleudern, der klug genug gewesen war, die Wahrheit ebenso zu erkennen wie Arri, zugleich auch dumm genug, sie angreifen zu wollen. Der Krieger reagierte blitzschnell, zog den Kopf ein und entging so dem brennenden Holz, bewegte sich dabei aber so ungeschickt, dass einer von Nachtwinds Hufen seinen Schädel traf und diesen auf der Stelle zertrümmerte.

»*Halt dich fest!*«, schrie Lea.

Irgendwie brachte es Arri fertig, tatsächlich auf ihre Worte zu reagieren. Alles drehte sich um sie. Die Welt war zu einem Durcheinander aus zusammenhanglosen Bildern, Geschrei, Gestank und Schmerz geworden, sie hatte das Gefühl, in Stücke gerissen zu werden, und ihr war unvorstellbar übel; trotzdem klammerte sie sich instinktiv mit den Schenkeln an Nachtwinds Flanken, und ihre Hände gruben sich tief in seine schwarze Mähne. Wie in einem Traum gefangen, bemerkte sie, wie ihre Mutter den Hengst in einer harten Bewegung herumzwang, ihm fast gleichzeitig die Fersen in die Seiten stieß und das Tier mit einem protestierenden Schnauben losgaloppierte.

Vielleicht stellten sich ihnen noch weitere Männer in den Weg, vielleicht auch nicht. Arri hörte nur Schreie, das Klirren von Waffen und die schrecklichen Geräusche, die sterbende Menschen von sich geben, dann waren sie irgendwie durch das Tor und auf der anderen Seite und pflügten durch eine Menschenmenge, die einfach nicht so schnell vor ihnen zurückweichen konnte, wie sie es wollte. Mehr als einer wurde unter Nachtwinds wirbelnden Hufen zu Tode getrampelt, und die wenigen, die dumm oder verzweifelt genug waren, sich ihrer Mutter entgegenzustellen, fielen unter den wuchtigen Hieben ihres Schwertes.

Und dann war es vorbei. Plötzlich, von einem Atemzug auf den anderen, war niemand mehr da. Die Schreie wurden leiser und hörten dann ganz auf, und als hätte die Wirklichkeit plötzlich Löcher bekommen, über die der riesige Hengst einfach hinwegsetzte, waren mit einem Male auch das Gehege und das Langhaus verschwunden, und sie sprengten, schnell wie ein fliegender Pfeil, einen gewundenen Weg hinab, der sich zwischen dicht an dicht stehenden Bäumen und wucherndem Unterholz hindurchschlängelte.

»Halt dich fest!«, schrie ihre Mutter noch einmal. »Wir haben es gleich geschafft!«

Die Welt begann sich immer schneller um Arri zu drehen. Barmherzigerweise erloschen die Schmerzen in ihrem Körper nach und nach, nicht aber die Übelkeit, und sie spürte eine große, allumfassende Dunkelheit, die langsam unter ihren Gedanken heranwuchs. Es fiel ihr immer schwerer, sich mit Beinen und Händen an Nachtwind zu klammern. Irgendetwas stimmte mit ihren Augen nicht, denn sie sah plötzlich nur noch verschwommen, und was sie sah, hatte doppelte oder gar dreifache Umrisse. Dann erlosch auch die Angst. Alles wurde leicht.

»Kannst du noch?«, fragte Lea alarmiert.

»Selbstverständlich, mach dir keine Sorgen«, antwortete Arri und fiel in Ohnmacht.

(33) Allzu lange konnte sie nicht bewusstlos gewesen sein, denn das Nächste, was sie wahrnahm, war ein schmerzhaftes Hantieren und Zupfen an ihrem rechten Bein, mit dem ihre Mutter einen Streifen Stoff um die Schnittwunde wickelte, die Jamu ihr zugefügt hatte. Ihr anderes Bein war noch unversorgt und blutete, wenn auch nicht mehr annähernd so heftig wie zuvor.

»Bleib ruhig«, sagte Lea, ohne auch nur den Blick zu heben. Sie musste gespürt haben, dass Arri aufgewacht war. »Ich bin gleich fertig.«

Arri hätte sich nicht einmal dann rühren können, wenn sie es gewollt hätte. Auch wenn die allerschlimmsten Schmerzen verklungen waren, so schien es doch zugleich an ihrem ganzen Körper nicht eine Stelle zu geben, die nicht irgendwie wehtat, und sie hatte das sichere Gefühl, dass es sofort schlimmer werden würde, sobald sie den Fehler beging, auch nur die allerkleinste Bewegung zu versuchen. Vielleicht, dachte sie, wurde es endlich Zeit, dass sie damit anfing, auf ihre Mutter zu hören, und einfach hier liegen blieb; am besten bis zum nächsten Frühjahr.

Klaglos, wenn auch mit zusammengebissenen Zähnen, ließ sie Leas Bemühungen über sich ergehen und lenkte sich damit ab, den von größtenteils schon blattlosen Ästen eingerahmten Ausschnitt des Himmels über sich zu betrachten. Ganz, wie Lea es versprochen hatte, benötigte sie nur noch wenige Augenblicke, um ihr Bein zu versorgen und den Verband nach einer letzten Überprüfung so fest zu ziehen, dass es beinahe so wehtat wie vorher. Dann stand sie auf, ging in einem umständlichen großen Bogen um Arianrhod herum, obwohl sie ebenso gut einfach einen Schritt über sie hinweg hätte tun können, und nur einen Augenblick später ertönte das typische Geräusch von reißendem Stoff. Ohne sie noch einmal vorzuwarnen, kümmerte sie sich jetzt um die Wunde an ihrem anderen Bein, was fast noch mehr wehtat.

Immerhin spürte Arri aber auch, dass sie jetzt nicht mehr so stark blutete wie zuvor. Wie schnell sich die Dinge doch änderten, dachte sie. Es war noch nicht lange her, da hatte sie sich nichts sehnlicher gewünscht, als schnell und schmerzlos zu verbluten; jetzt war ihr klar, dass sie jeden einzelnen Tropfen der roten Lebenskraft, die aus ihr herausgelaufen war, bitter nötig hatte.

»Du kannst jetzt aufhören, die Leidende zu spielen, Arri«, sagte ihre Mutter. »Ich bin fertig.«

Arianrhod tat noch einen ganz kurzen Moment lang so, als hätte sie die Worte gar nicht gehört, aber da sie wusste, wie beharrlich ihre Mutter sein konnte und wie gering ihre Geduld im Allgemeinen war, gab sie es nach zwei oder drei Atemzügen auf und stemmte sich vorsichtig auf die Ellbogen hoch.

Offensichtlich jedoch nicht vorsichtig genug, denn ihre rechte Schulter quittierte die Bewegung sogleich mit einer neuerlichen, heftigen Schmerzattacke, sodass sie um ein Haar wieder zurückgefallen wäre und zischend die Luft zwischen den Zähnen einsog.

»Was ist mit deinem Arm?«, fragte Lea beunruhigt.

»Nichts«, antwortete Arianrhod. »Es ... es geht schon wieder. Und übrigens: Ich heiße Arianrhod und nicht Arri.« Als ihre Mutter nicht gleich darauf reagierte, fügte sie noch hinzu: »Es wird Zeit, meinen Kindernamen abzulegen, oder findest du nicht? In den vergangenen Wochen ist so viel geschehen, dass ich kaum noch weiß, wie das war: ein Kind zu sein.«

Ein flüchtiges, fast traurig wirkendes Lächeln huschte über das Gesicht ihrer Mutter. »Ja, ich glaube, du hast Recht. Vergessen wir Arri. Sehen wir zu, dass wir Arianrhod am Leben erhalten.«

»Dazu hast du ja schon über die Maßen beigetragen«, sagte Arianrhod. »Ich hatte schon mit meinem Leben abgeschlossen.«

»Warum machst du dann ein Gesicht, als hättest du einen Hund am falschen Ende geküsst?«, wollte Lea wissen.

Bei der Erwähnung des Wortes *Hund* verzog Arianrhod abermals das Gesicht. Wahrscheinlich würde sie das für den Rest ihres Lebens tun, auch wenn ihr klar war, dass ihre Mutter diese Bemerkung einzig und allein gemacht hatte, um sie irgendwie aufzuheitern.

»Jamu hat ihn mir ausgekugelt«, antwortete sie schließlich.

Der besorgte Ausdruck auf den Zügen ihrer Mutter verstärkte sich noch. »Lass mich nach deiner Schulter sehen«, verlangte sie, während sie gleichzeitig bereits Anstalten machte, die Arme auszustrecken, aber Arianrhod schüttelte nur noch einmal und heftiger den Kopf und machte zugleich eine abwehrende Bewegung. »Das ist wirklich nicht nötig. Er hat ihn mir auch wieder eingerenkt.«

Leas Blick wirkte für einen Moment irritiert, dann aber deutete sie nur ein Schulterzucken an und stemmte sich ächzend hoch, indem sie beide Hände flach auf die Oberschenkel stützte. »Glaubst du, dass wir weiter können?«

Statt mit einem vollmundigen und ebenso überzeugten wie wenig glaubwürdigen *Selbstverständlich* zu antworten, (sie erinnerte sich gerade noch rechtzeitig, was passiert war, als sie dies das letzte Mal getan hatte) lauschte Arianrhod einen Herzschlag lang in sich hinein. Es war nicht so schlimm, wie sie erwartet hatte. Auch wenn es ihr selbst fast wie ein Wunder vorkam, so schien sie doch ohne wirklich schlimme Verletzungen davongekommen zu sein. Aber sie wusste auch, wie gefährlich ein solcher Trugschluss sein konnte. Eine Menge kleinerer Verletzungen war manchmal ebenso schlimm, wenn nicht gar schlimmer als eine wirklich große, und sie hatte *eine ganze Menge* kleinerer Schrammen und Blessuren davongetragen, von den beiden hässlichen Schnittwunden in ihren Oberschenkeln gar nicht zu reden. Trotzdem nickte sie nach einem weiteren Augenblick und arbeitete sich umständlich und behutsam in die Höhe. Ihre Mutter rührte keinen Finger, um ihr zu helfen, sondern sah ihr nur sehr aufmerksam zu, doch Arianrhod begriff auch, dass das, was einem Teil von ihr ziemlich mitleidlos vorkam, in Wirklichkeit wohl eher eine Art Überprüfung war. Ihre Mutter wollte sehen, ob sie tatsächlich imstande war, aus eigener Kraft aufzustehen.

Sie war es, aber was die *eigene Kraft* anging, so verbrauchte sie für diese kleine Bewegung nahezu alles davon, was sie noch hatte.

»Ich sollte wirklich enttäuscht sein«, sagte Lea. »Weißt du, ich hatte gehofft, dass du mittlerweile alt genug bist, um dich wenigstens für ein paar Tage allein lassen zu können. Aber anscheinend habe ich mich getäuscht. Kaum lasse ich dich aus den Augen, stellst du den größten Unsinn an.« Sie schüttelte missbilligend den Kopf und gab sich alle Mühe, einen möglichst grimmiges Gesicht aufzusetzen, und hätte Arianrhod sie auch nur ein ganz kleines bisschen weniger gut gekannt, hätte sie ihr zweifellos geglaubt. Anders als der eine oder andere unangenehme Zeitgenosse, mit dem Arianrhod es in den zurückliegenden Tagen zu tun gehabt hatte, war ihre Mutter eine ausgezeichnete Schauspielerin. Dennoch war da ein ganz sachtes, spöttisches Funkeln tief in ihren Augen, das aber von dem Ausdruck großer Sorge darin fast überdeckt wurde. »Habe ich dir nicht gesagt, du sollst nicht mit Hunden spielen, die du nicht kennst?«

Das nahm Arianrhod ihrer Mutter wirklich übel, aber sie hütete sich auch, sich etwas von ihren wahren Gefühlen anmerken zu lassen. So, wie sie Lea kannte, hätte sie sich damit nur noch etliche weitere, noch *spaßigere* Bemerkungen der gleichen

Art eingehandelt. »Irgendwie musste ich mir ja die Zeit vertreiben«, sagte sie böse.

Ihre Mutter lachte zwar, aber das spöttische Funkeln in ihren Augen erlosch, und plötzlich breitete sich ein Ausdruck großer Müdigkeit auf ihrem Gesicht aus. Nein, korrigierte sich Arianrhod in Gedanken. Nicht *plötzlich*. Er war die ganze Zeit über da gewesen, nur hatte Lea ihn irgendwie überspielt. Und erst jetzt, dafür aber umso erschrockener, registrierte sie, wie erschöpft und verhärmt ihre Mutter *wirklich* aussah. Sie hatte stark abgenommen, auch und vielleicht sogar vor allem im Gesicht. Ihre Wangen waren eingefallen, und unter ihren Augen lagen schwarze Schatten, die von deutlich mehr als nur einer schlaflosen Nacht stammten. Sie hielt sich aufrecht und so gerade wie immer, doch Arianrhod spürte, wie viel Mühe es sie kostete. Plötzlich tat ihr ihre Bemerkung Leid. Sie setzte dazu an, sich bei ihrer Mutter zu entschuldigen und sie gleichzeitig zu fragen, wie es ihr ginge, doch Lea kam ihr mit der gleichen Frage zuvor.

»Was ist dir passiert?«, fragte sie. Dann fuhr sie ganz leicht zusammen und maß ihre Tochter mit einem langen, irritierten Blick, als fiele ihr erst jetzt auf, dass sie nackt vor ihr stand. Hastig streifte sie ihren Umhang ab und trat neben sie, um ihn ihr um die Schultern zu legen. »Haben sie dich ...?«

»Nein!«, unterbrach sie Arianrhod fast erschrocken.

Ihre Mutter verhielt für einen winzigen Augenblick in der Bewegung, und auch wenn sie nichts sagte, so machte ihr zweifelnder Blick doch klar, dass sie ihr nicht unbedingt glaubte. Wenn Arianrhod an den fast panischen Ton dachte, in dem sie dieses eine Wort hervorgestoßen hatte, so konnte sie sie verstehen.

»Wirklich nicht«, beteuerte sie und schüttelte zusätzlich den Kopf. Lea führte ihre Bewegungen zu Ende und trat wieder einen Schritt zurück, aber ihr Gesichtsausdruck blieb zweifelnd, und Arianrhod fuhr mit einem leicht verunglückten Lächeln und in einem Ton, dem man zumindest anhörte, dass er scherzhaft klingen *sollte*, fort: »Nor hat es Jamu zwar vorgeschlagen, aber er lehnte ab und meinte, er würde sich lieber eine hübsche Hündin suchen.« Sie zog eine Grimasse. »Ich bin mittlerweile nicht mehr ganz sicher, ob er das nicht ernst gemeint hat.«

Noch einmal verstrich ein endloser Atemzug, in dem der Ausdruck auf Leas erschöpftem Gesicht beinahe noch besorgter wurde, aber dann lachte sie plötzlich und antwortete: »Glaub mir, er *hat* es ernst gemeint.«

»Dann hoffe ich, dass du nicht aus Versehen seine Lieblingshündin erschossen hast«, sagte Arianrhod.

»Das war ich nicht«, erwiderte Lea. »Hätte ich geschossen, hätte der zweite Pfeil Jamu getroffen. Vielleicht nicht tödlich, aber dorthin, wo es ganz besonders wehtut.« Sie grinste bei diesen Worten, aber Arianrhod spürte dennoch, wie bitter ernst sie gemeint waren. Sie entschuldigte sich in Gedanken noch einmal bei ihrer Mutter. Leas aufgesetzte Beiläufigkeit war nichts als ein kläglicher Versuch, den Umstand zu verhehlen, dass sie in Wahrheit vor Sorge um ihre Tochter fast den Verstand verloren hatte.

»Wer war es dann?«, fragte sie.

»Dragosz«, erwiderte ihre Mutter. »Ich war für die Schweine zuständig.«

»Und warum musste ich mich dann so lange mit Sarn und Jamu herumplagen?«, fragte Arianrhod beleidigt.

Immerhin war es ihr diesmal tatsächlich gelungen, ihre Mutter aus der Fassung zu bringen. Sie blinzelte verständnislos, dann aber lachte sie, laut und befreit. Einen Moment später wurde sie jedoch schlagartig umso ernster. »Und sie haben dir wirklich nichts angetan?«, vergewisserte sie sich.

»Bis auf das, was du gesehen hast?« Arianrhod schüttelte heftig den Kopf. »Nein. Aber ich gebe mich auch gern damit zufrieden, weißt du? Ich bin nicht genusssüchtig.«

Diesmal blieb ihre Mutter ernst. Sie sah sich rasch um, als wartete sie auf jemand, wandte sich aber dann wieder an Arianrhod und fragte: »Was ist überhaupt geschehen? Du hast Nor doch nicht wirklich getötet, oder?«

»Natürlich nicht«, erwiderte Arianrhod empört. Allein die Frage brachte sie schon beinahe wieder in Rage.

»Und wer war es dann?«, wollte Lea wissen. »Jamu oder Sarn selbst?«

»Eine von Nors Frauen«, antwortete Arianrhod. »Sasa. Die Jüngste.«

»Die Stumme? Die Frau, der Nor die Zunge hat herausschneiden lassen?« Arianrhod nickte. »Man sollte nie die Rachsucht einer Frau unterschätzen«, meinte Lea grimmig. »Und trotzdem überrascht es mich. Sarns Macht muss schon weitaus größer gewesen sein, als Nor geahnt hat. Das macht alles noch viel komplizierter.« Sie seufzte tief. »Sarn muss ziemlich verzweifelt gewesen sein, nachdem Nor ihn während der Feuerzeremonie so gedemütigt hat.«

»Woher weißt du davon?«, erkundigte sich Arianrhod überrascht.

»Von Rahn«, antwortete ihre Mutter.

»Er ist hier?« Arianrhod sah sich rasch nach allen Seiten um, als erwarte sie allen Ernstes, ihn aus dem Gebüsch hervortreten zu sehen. »Was ist mit den anderen? Kron und Achk?«

Lea hob besänftigend die Hand. »Sie sind wohlauf. Wir treffen uns mit ihnen, nicht weit von hier.«

»Dann hat er dir erzählt, was passiert ist?«, vergewisserte sich Arianrhod. Sie hatte kein gutes Gefühl. Stirnrunzelnd und in eindeutig verändertem Ton fuhr sie fort: »Du traust ihm?«

»Nein«, antwortete Lea offen. »Ebenso wenig wie er mir. Rahn hat die ganze Zeit über versucht, sich irgendwie durchzumogeln, ohne wirklich Stellung zu beziehen. Ich nehme an, er war von Anfang an in viele Machenschaften Sarns eingeweiht, und das droht ihm nun zum Verhängnis zu werden.«

»Das verstehe ich nicht«, bekannte Arianrhod.

»Das versteht vielleicht noch nicht einmal Rahn selbst«, sagte Lea ernst. »Aber er muss gespürt haben, dass sich die Schlinge um seinen Hals immer enger zieht. Seine Nähe zu mir drohte ihm mit Sicherheit zum Verhängnis zu werden, zumal Sarn nicht verborgen bleiben konnte, *wie* nahe wir uns gekommen sind. Und dass er sich dann auch noch für Achk und Kron stark gemacht hat, hat ihn für Sarn untragbar gemacht. Deswegen hatte er wohl gar keine andere Wahl, als sich auf unsere Seite zu schlagen. Zumindest für den Augenblick.«

Arianrhod dachte an die sonderbare Veränderung des Fischers. Vielleicht hatte sie ihn von Anfang an falsch beurteilt, weil ihre Überheblichkeit sie blind gemacht hatte, vielleicht hatte er aber auch ihr – und allen anderen – etwas vorgespielt. Wie auch immer, letztlich hatte sich Rahn als alles andere als der Dummkopf erwiesen, für den sie ihn ein Leben lang gehalten hatte. »Aus Rahn bin ich immer noch nicht ganz schlau geworden«, gestand sie. »Er ist also nicht der harmlose Fischer, für den er sich immer ausgegeben hat?«

Lea schüttelte den Kopf. »Wohl kaum. Dann wäre er sicher nicht auf die Idee mit den Wildschweinen gekommen.«

»Das war Rahn?«, fragte Arianrhod verblüfft.

»Aber ja. Er hat vollkommen zu Recht gemeint, dass alle Tiere Angst vor Feuer haben und dass man mit dem entsprechenden Feuerzauber eine Gruppe Wildschweine im wahrsten Sinne des Wortes im Schweinsgalopp vor sich hertreiben könnte. Ich war mir trotzdem bis zum letzten Moment nicht sicher, dass es funktioniert.«

Wahrscheinlich hätte es das auch nicht, dachte Arianrhod. Eine Gruppe Wildschweine, noch dazu auf kopfloser Flucht vor dem Feuer, war eine ernst zu nehmende Gefahr, selbst für eine Anzahl bewaffneter Männer, und doch wären Sarns Krieger rasch mit ihnen fertig geworden, wären es nur die Schweine gewesen. Was die Männer *tatsächlich* in Panik versetzt hatte, das war der Anblick des schwarzen Ungeheuers gewesen, das hinter ihnen herangesprengt kam, und natürlich Dragosz' Pfeile. Arianrhod schauderte, als ihr klar wurde, was für ein *unglaubliches* Glück sie und ihre Mutter gehabt hatten. Dieser Plan – wenn man ihn denn so nennen wollte – war aus purer Verzweiflung geboren und vielleicht einfach nur deshalb aufgegangen, weil im Herzen ihrer Mutter das Feuer ungezügelter Mutterliebe brannte.

Arianrhod zog den Mantel enger um die Schultern und wandte sich ab, um nach Nachtwind zu suchen. Der schwarze

Hengst stand ein gutes Stück entfernt am Wegesrand und zupfte an den kümmerlichem Grashalmen, die dort wuchsen, doch als sie ihn ansah, drehte er den Kopf in ihre Richtung und ließ ein leises Schnauben hören; fast als hätte er ihren Blick gespürt und antwortete auf seine Weise. »Ich wusste gar nicht, dass man auf seinem Rücken sitzen kann«, sagte sie.

»Reiten«, verbesserte sie ihre Mutter. »Man nennt es reiten.« Sie trat an Arianrhods Seite und sah ebenfalls zu Nachtwind hin, und, wahrscheinlich, ohne dass es ihr selbst auch nur bewusst war, erschien ein sonderbarer, beinahe zärtlicher Ausdruck auf ihrem Gesicht. »Niemand hier weiß das. Die Menschen hier sind so dumm. Wo wir herkommen, lernen die Kinder manchmal das Reiten, bevor sie richtig laufen können.«

Und wahrscheinlich, dachte Arianrhod, hatte ihr genau dieses Unwissen das Leben gerettet. Selbst sie hatte im ersten Moment ja geglaubt, sich einem Dämon gegenüberzusehen, der direkt aus der Hölle emporgestiegen war, um mit Feuer und Tod über die Menschen hereinzubrechen. Auf Sarns Krieger, denen der Anblick eines Pferdes nicht annähernd so vertraut war wie ihr, musste das Bild ihrer Mutter, die auf dem Rücken des riesigen Hengstes herangesprengt kam und ihr tödliches Schwert schwang, geradezu verheerend gewirkt haben. Aber sie machte sich nichts vor. Es hatte einmal funktioniert, aber das würde es gewiss nicht wieder tun. Aus einer Überraschung ließ sich selten mehrmals ein Vorteil ziehen. »Wenn sich alle Tiere vor dem Feuer fürchten«, fragte sie nachdenklich, »warum hatte er dann keine Angst?«

Lea lächelte flüchtig. »Weil Nachtwind kein gewöhnliches Tier ist.«

Arianrhod blinzelte leicht. »Aber du hättest mir doch zumindest sagen können, dass du ihn reiten kannst!«

»Ja, das hätte ich«, sagte ihre Mutter ruhig. »Und ich hatte nicht nur das vor, sondern auch, dir selbst das Reiten beizubringen. Aber es ist nicht leicht, es zu erlernen, und deswegen habe auf einen günstigen Augenblick gewartet, um dich in das Geheimnis dieser edlen Tiere einzuweisen.«

Nachtwind schnaubte, wie um ihre Worte zu bekräftigen, doch dann begriff Arianrhod, dass etwas ganz und gar nicht stimmte. Der Hengst hob den Kopf und stieß plötzlich ein zweites, ganz anders klingendes Schnauben aus, und auch Lea fuhr mit einer raschen Bewegung herum. Ihre linke Hand machte eine Bewegung, wie um den Umhang zurückzuschlagen, den sie gar nicht mehr trug, die andere schloss sich um den Schwertgriff an ihrem Gürtel, und erst jetzt hörte auch Arianrhod das dumpfe, rasch näher kommende Hämmern.

Noch bevor sie jedoch wirklich erschrecken konnte, entspannte sich ihre Mutter wieder, und auch Nachtwind schnaubte noch einmal und abermals auf hörbar andere Art. Er stampfte zweimal mit dem rechten Vorderhuf auf, und sein langer Schweif begann aufgeregt zu peitschen.

»Was ist los?«, fragte sie.

Lea lächelte beruhigend und machte eine entsprechende Geste mit der linken Hand, ihre Rechte löste sich jedoch nicht vom Schwertgriff. Konzentriert blickte sie in die Richtung, aus der der näher kommende Hufschlag ertönte. Arianrhod tat es ihr gleich, und nur wenige Augenblicke später gewahrte sie ein prachtvolles weißes Pferd, das um die Biegung des Waldweges galoppiert kam. Plötzlich wusste sie besser, was Sarns Krieger beim Anblick ihrer Mutter empfunden haben mussten. Obwohl sie nun um das Geheimnis des *Reitens* wusste, erstarrte sie für einen Moment innerlich vor Schrecken, als sie Dragosz erblickte, der mit wehendem Haar und Mantel auf dem Rücken der gewaltigen Stute saß. Selbst der tapferste Krieger musste bei diesem Anblick innerlich vor Furcht erstarren.

»Endlich.« Lea machte einen Schritt auf die Stute zu. »Dragosz! Wie sieht es aus?«

Der schwarzhaarige Krieger brachte sein Reittier nur ein kurzes Stück vor ihr zum Stehen, und das so hart, dass die Stute unwillig den Kopf in den Nacken warf und schrill wieherte. Hinter ihnen antwortete Nachtwind im gleichen Tonfall, und erst in diesem Moment erkannte Arianrhod das Tier, auf dessen Rücken Dragosz saß. Es war Sturmwind, Nachtwinds Gefährtin. Sie nahm sich vor, das, was sie bisher über diese sonderbaren Tiere zu wissen geglaubt hatte, noch einmal in aller Ruhe zu überdenken.

»Nicht gut«, antwortete Dragosz, während er bereits mit einer hastigen Bewegung von Sturmwinds Rücken glitt und Lea flüchtig in die Arme schloss. Er wirkte besorgt. Sein Gesicht glänzte vor Schweiß, und sein Atem ging so schnell, als wäre er die Strecke hierher gerannt und nicht auf Sturmwinds Rücken geritten. »Ich konnte nicht lange genug bleiben, um viel zu erkennen, aber ich glaube, dass sie uns bereits verfolgen. Wir müssen weg.«

»Dann sollten wir keine Zeit verlieren«, pflichtete ihm Lea bei. Sie löste sich aus seiner Umarmung, stieß einen hellen, schnalzenden Laut aus, und der schwarze Hengst hörte augenblicklich auf zu grasen und kam an ihre Seite.

»Konntest du sehen, ob Sarn noch am Leben ist?«, erkundigte sich Lea, während sie nach dem Lederriemen griff, der auf eine komplizierte Art hinter den Ohren über den Kopf und um den Pferdehals geschlungen zu sein schien und mit einem sorgfältig beschliffenen Mautteil aus Hirschhorn verknüpft war. Nachtwind senkte gehorsam den Kopf, um es ihr leichter zu machen, und Lea setzte dazu an, auf seinen Rücken zu steigen, überlegte es sich dann aber noch einmal anders und winkte Arianrhod herbei.

»Nein«, antwortete Dragosz.

»Nein, was?«, schnappte Lea unwillig. »Nein, er ist nicht mehr am Leben, oder nein, ich konnte es nicht sehen?« Sie wedelte ungeduldig mit der Hand, als Arianrhod nicht sofort auf ihre erste Bewegung reagierte, sondern nur verwirrt zwischen ihr und Dragosz hin und her sah.

»Ich konnte es nicht erkennen«, antwortete Dragosz, immer noch keuchend, nun aber in ebenso gereiztem Ton wie sie. »Ungefähr zwei Dutzend seiner Krieger waren auf dem Weg zum Waldrand, weißt du? Ich vermute, sie wollten mir die Pfeile zurückbringen, die ich auf ihre Kameraden abgeschossen habe.« Er machte ein betrübtes Gesicht. »Es waren gute Pfeile.

Unser Waffenmeister wird mir Vorhaltungen machen, dass ich sie verloren habe.«

Arianrhod beeilte sich jetzt, neben ihre Mutter zu treten, und Lea packte sie ohne viel Federlesens – oder gar Rücksicht auf ihre Verletzungen zu nehmen, bei den Hüften und setzte sie so mühelos auf den Rücken des Hengstes, als wäre sie ein Säugling, und nicht beinahe so groß und schwer wie sie selbst. Unwillkürlich klammerte sich Arianrhod mit beiden Händen in der Mähne des Tieres fest, was Nachtwind mit einem unwilligen Schnauben und einem noch unwilligeren Kopfschütteln kommentierte, das sie beinahe wieder von seinem Rücken gefegt hätte.

»Lass das«, sagte Lea scharf. »Du tust ihm weh. Ich zeige dir gleich, wie man die Zügel hält.« Als Arianrhod sie nur begriffsstutzig ansah, hielt sie die Riemen nach oben. »Die Lederriemen hier – das sind die Zügel, wie du sie bislang nur in Form von Stricken kennen gelernt hast. Zusammen mit dem Zaumzeug helfen sie dabei, dass sich Mensch und Pferd besser verstehen.«

Arianrhod ließ augenblicklich die schwarze Mähne des Hengstes los, obwohl sie ganz und gar nicht davon überzeugt war, wirklich klug zu handeln. Obwohl sie sich mit beiden Beinen und aller Kraft festklammerte, hatte sie doch das Gefühl, dass sich der ganze Wald plötzlich um sie drehte, und gleichzeitig ein Dutzend unsichtbarer Hände aus einem Dutzend verschiedener Richtungen an ihr zerrten. Nachtwind schnaubte noch einmal und stand dann plötzlich stockstill, fast als spürte er ihre Unsicherheit und wollte es ihr leichter machen, doch das Schwindelgefühl, das Arianrhod ergriffen hatte, wurde eher noch schlimmer. Und so etwas sollten die Kinder in der Heimat ihrer Mutter gelernt haben, bevor sie laufen konnten? Lächerlich!

»Dann sollten wir besser keine Zeit mehr verlieren«, sagte Lea, zu Dragosz gewandt. »Sarn ist wie eine Katze mit neun Leben. Du hättest einen deiner kostbaren Pfeile für ihn aufheben sollen.«

Mit einer Bewegung, die in Arianrhod eine Mischung aus blankem Neid und schierem Entsetzen hervorrief, schwang sie sich hinter ihr auf den Rücken des Hengstes, griff mit beiden Händen an ihr vorbei nach dem *Zügel* und fuhr Dragosz gleichzeitig an: »Worauf wartest du? Sie sind bestimmt schon hinter uns her!«

Der schwarzhaarige Krieger funkelte sie einen Herzschlag lang fast trotzig an, dann aber kletterte er gehorsam, allerdings weit weniger elegant oder schnell, auf Sturmwinds Rücken. Seine Hände zitterten sichtbar, als er nach dem Zügel der weißen Stute griff.

»Also los«, sagte Lea. »Halt dich gut fest.«

Obwohl sie den gewundenen Weg nicht einmal schnell erst hügelaufwärts und dann wieder -abwärts ritten, kam es Arianrhod so vor, als flöge der Wald nur so an ihnen vorbei. Gegen den ausdrücklichen Rat ihrer Mutter krallte sie sich weiter mit aller Kraft in die Mähne des Pferdes. Schließlich gab Lea es auf, und selbst Nachtwind protestierte jetzt nicht mehr gegen das Unbehagen, das ihm das Zerren an seinem Haar bereiten musste, fast als spürte das Tier, was in ihr vorging, und nähme darauf Rücksicht. Arianrhod hatte das Gefühl, sich keinen Augenblick länger auf dem Rücken des Hengstes halten zu können, als sie etwas langsamer wurden – aber nur, um in einen schmalen, tief eingeschnittenen Hohlweg einzutauchen, aus dessen Wänden fingerdicke, bizarr verdrehte und gewundene Wurzeln herauswuchsen, die nach ihnen zu greifen schienen wie die Klauen sonderbarer, gefährlicher Wesen, die unter der Erde lebten.

Arianrhod versuchte den Gedanken als albern abzutun, eine jener Geschichten, mit denen man Kinder erschreckte und von denen sie sich wirklich nicht mehr beeindrucken lassen sollte; was aber nichts daran änderte, dass ihr der bloße Anblick fast mehr körperliches Unbehagen bereitete als die Vorstellung, sich noch für eine halbe Ewigkeit irgendwie auf dem Pferderücken festklammern zu müssen. Zumindest, was den Hohlweg anging, schien ihre Mutter ihr Unbehagen zu teilen. Sie lenkte Nachtwind nur wenige Schritte weit in diesen unheimlichen, nach oben hin offenen Tunnel hinein, dann ließ sie den Hengst anhalten, sah einen Moment lang unbehaglich nach rechts und links und glitt schließlich von seinem Rücken. Wortlos streckte sie die Hände aus, und Arianrhod wartete diesmal nicht, bis sie ihre Einladung wiederholte, sondern leistete ihr ganz im Gegenteil erleichtert und sehr schnell Folge.

Nachtwind schnaubte erlöst und machte zwei oder drei vorsichtige Schritte, bevor er wieder stehen blieb und unruhig mit dem Schweif zu schlagen begann. Seine Ohren drehten sich hektisch hin und her, und seine Nüstern weiteten sich, während er misstrauisch die Luft einzog. Dem Tier gefiel diese Umgebung so wenig wie seinen Reitern, das war nicht zu übersehen, und diese Erkenntnis steigerte Arianrhods Unbehagen nur noch. Auch wenn sie nicht so weit gehen würde wie viele, die manchen Tieren übernatürliche Kräfte zusprachen, so wusste sie doch, um wie vieles feiner die Instinkte mancher Tiere als die der Menschen waren. Wenn der Hengst eine Gefahr witterte, dann war es besser, sie gingen davon aus, dass es sie auch gab.

»Was habt ihr?«, drang Dragosz' Stimme zu ihnen. Er hatte Sturmwind dicht vor dem Eingang des Hohlweges angehalten und reckte in dem vergeblichen Versuch den Hals, irgendetwas zu erkennen.

»Nichts«, antwortete Lea. Arianrhod fragte sich allerdings, warum der Blick ihrer Mutter dabei so misstrauisch den weiteren Verlauf des Hohlweg abtastete und vor allem seine Wände – und warum sich ihre Hand wieder auf den Schwertgriff gelegt hatte. Lea fuhr dennoch fort: »Nachtwind ist voller Unruhe. Ich glaube, es machte ihm keine Freude, über diesen Boden zu laufen.«

Vielleicht war die Erklärung tatsächlich so einfach, dachte Arianrhod. Diese Tiere waren ausgezeichnete Läufer, die eine geradezu phantastische Geschwindigkeit entwickeln konnten, wenn der Boden einigermaßen eben und frei von Hindernissen war. Auf diesem Gewirr von Fallstricken und tückischen Gruben hingegen musste jeder Schritt für den Hengst nahezu lebensgefährlich werden. Jedenfalls redete sie sich ein, dass das die nahe liegendste Erklärung war.

»Du sitzt besser auch ab«, fuhr Lea fort, sah jedoch nicht zu Dragosz zurück, sondern konzentrierte sich weiter und wie es schien noch misstrauischer auf das Stück Weg, das vor ihnen lag. Sie konnten nicht allzu viel davon überblicken. Der Weg wurde nicht nur tiefer und er hatte ein zunehmendes Gefälle, sondern machte vielleicht zwanzig oder dreißig Schritte vor ihnen auch einen scharfen Knick nach links, hinter dem sich alles Mögliche verbergen konnte; vielleicht aber auch gar nichts.

Sie konnten hören, wie Dragosz von Sturmwinds Rücken glitt und das Pferd für einen Moment erleichtert zu tänzeln begann. Mit einiger Mühe gelang es ihm, sich zwischen dem Leib des Tieres und der rauen Wand hindurchzuquetschen, ohne dabei mehr als einige Haare und ein paar Fetzen seines Umhangs einzubüßen. Sein Atem ging schwer, als er neben ihnen anlangte, und obwohl es trotz der fortgeschrittenen Tageszeit noch immer empfindlich kalt war, glänzte seine Stirn vor Schweiß. Arianrhod fragte sich, ob er Angst hatte. Und wenn ja, wovor. Aber vielleicht hatte ihn das Reiten so angestrengt. Auch ihr Herz klopfte, als wäre sie die ganze Strecke gerannt, und sie zitterte jetzt schon so lange am ganzen Leib, dass sie es kaum noch merkte. Reiten mochte eine sehr schnelle Art sein, um von einem Ort zu einem anderen zu gelangen, aber auch eine sehr anstrengende; zumindest, wenn man sie nicht gewohnt war. Unauffällig musterte sie ihre Mutter. Lea sah so krank und erschöpft aus wie vorhin, aber ihr Atem ging ruhig, und auf ihrer Stirn war nicht ein einziger Schweißtropfen zu erkennen. Ganz offensichtlich waren die Verletzungen, die sie bei dem erbitterten Kampf gegen die Krieger Gosegs davongetragen hatte, nicht ganz so arg gewesen, wie Arianrhod befürchtet hatte. Und trotzdem ... das Gefühl, dass sich Lea zusammenreißen musste, um durchzuhalten und keine Schwäche zu zeigen, verflog nicht, sondern verdichtete sich für sie eher zu einer Gewissheit.

Ein leises Geräusch riss sie aus ihren Gedanken, und als sie sich umwandte, sah sie, dass sich Dragosz' Hand ebenfalls fest um den Griff seiner Waffe schloss, während er sich nach vorn beugte und misstrauisch den Hohlweg hinabspähte. »Wohin führt dieser Weg?«

»Keine Ahnung«, gestand Lea.

Dragosz wandte überrascht den Kopf. »Wie bitte?«

»Ich weiß es nicht«, wiederholte Lea in leicht gereiztem Ton. Sie streichelte Nachtwinds Nüstern, was der Hengst mit einem zufriedenen Schnauben kommentierte, aber Arianrhod war plötzlich nicht mehr ganz sicher, wen sie damit eigentlich beruhigen wollte: das Pferd oder sich selbst.

»Hast du nicht gesagt, dass du den Weg kennst?«, fragte Dragosz.

»Ich habe gesagt, dass ich den Weg *weiß*«, verbesserte ihn Lea schnippisch. »Kron hat ihn mir beschrieben, und ich kenne auch den Platz, an dem wir uns treffen. Ich selbst war noch nie hier.«

Arianrhod sah ihre Mutter ziemlich verwirrt an, während Dragosz sichtbare Mühe hatte, seine Wut zu beherrschen. »Und er hat nichts von *dem hier* gesagt?«

Abermals schüttelte Lea den Kopf, diesmal so heftig, dass ihr Haar flog und Arianrhod hastig ein Stück zurückwich, um nicht getroffen zu werden. »Er hat gesagt, dass es für ein kleines Stück vielleicht ein bisschen schwierig wird. Mehr nicht.«

»*Ein bisschen schwierig.*« Dragosz wandte sich wieder nach vorne und sah demonstrativ den steil abfallenden Weg hinab. »Ja, ich glaube, so könnte man es nennen.« Er schwieg wieder einen Moment, dann fügte er in versöhnlicherem, auch eindeutig besorgtem Ton hinzu: »Glaubst du, dass die Pferde es schaffen?«

Leas Antwort erfolgte nicht so schnell, wie Arianrhod es sich gewünscht hätte, und dazu kam, dass Nachtwind ein Schnauben ausstieß, das sich eindeutig wie eine Verneinung anhörte, und noch dazu eine Bewegung machte, die nicht nur wie ein Kopfschütteln aussah, sondern sicher eines war. Allmählich begann ihr der Hengst unheimlich zu werden. »Ich denke schon«, antwortete Lea zögernd. »Falls es weiter vorne nicht noch schlimmer wird, heißt das.«

Das war anscheinend nicht das gewesen, was Dragosz hatte hören wollen. Er schwieg eine ganze Weile dazu, dann sah er kurz und besorgt Lea und etwas länger und eindeutig mehr als *etwas besorgt* den schwarzen Hengst an und murmelte: »Diese Schlucht ist eine verdammte Falle, selbst wenn dort vorn niemand auf uns wartet. Sie ist viel zu schmal, als dass die Pferde hier kehrtmachen könnten. Wartet hier.«

Er ließ Lea keine Zeit zu protestieren oder ihn gar von seinem Vorhaben abzubringen, sondern zog seine Waffe und ging los. Seine Frage, ob die Pferde auf diesem unsicheren Untergrund überhaupt laufen konnten, bekam eindeutig mehr Gewicht, kaum dass er die ersten Schritte gemacht hatte. Selbst ihm fiel es sichtlich schwer, sich auf dem Gewirr aus ausgetrockneten Ranken und zähen Wurzeln aufrecht zu halten, und einmal brach sein Fuß in ein Kaninchenloch oder irgendeine andere tückische Fallgrube ein, die unter den Pflanzenteppich verborgen gewesen war, und er konnte nur mit mehr Glück als Geschick einen Sturz verhindern. Als er die Biegung erreichte, zögerte er für einen winzigen Moment, gab sich dann aber einen Ruck und ging schnell weiter.

»Ist das der einzige Weg, den du kennst?«, fragte Arianrhod.

Ihre Mutter, die anscheinend eine Kritik in dieser Frage gehört hatte, die Arianrhod ganz und gar nicht im Sinn gehabt hatte, blickte sie finster an und schüttelte erst nach einer ganzen Weile den Kopf. »Nein«, sagte sie knapp.

»Und warum nehmen wir ihn dann?«

»Wir können mit den Pferden nicht quer durch den Wald laufen«, sagte Lea knapp. »Das wäre genauso gefährlich wie das hier.«

»Aber so schnell, wie wir geritten sind«, wunderte sich Arianrhod, »können sie uns doch niemals einholen.«

Lea setzte zu einer offenkundig scharfen Antwort an, riss sich dann aber im letzten Moment zusammen und machte ein bedauerndes Gesicht, statt sie zurechtzuweisen. »Ich fürchte, so einfach ist es nicht. Sarns Krieger werden quer durch die Wälder laufen, während wir darauf angewiesen sind, auf dem Weg zu bleiben. Du hast Recht – wir waren viel schneller als sie, aber wir haben auch einen großen Umweg gemacht. Ich fürchte, unser Vorsprung ist nicht so groß, wie ich es mir gern einbilden würde.«

Arianrhod wollte antworten, doch in diesem Augenblick kam Dragosz zurück. Immerhin hatte er sein Schwert eingesteckt, wie Arianrhod beruhigt feststellte, aber auf der anderen Seite mochte das auch schlichtweg an der Tatsache liegen, dass es ihm nun, bergauf, noch viel schwerer fiel, auf dem tückischen Boden zu gehen und er beide Arme ausgestreckt hatte, um sich rechts und links an den Wänden des Hohlwegs festzuhalten.

»Nun?«, fragte Lea ungeduldig, kaum dass er auf Hörweite heran war. Dragosz antwortete nicht, sondern kam erst ganz zu ihnen zurück, bevor er aufsah und den Kopf schüttelte. »Es scheint alles in Ordnung zu sein. Der Weg wird hinter der Biegung noch ein wenig steiler, aber es ist nur noch ein kleines Stück. Ich glaube, die Pferde könnten es schaffen.« Das Wort *könnten* gefiel ihrer Mutter ganz und gar nicht, das sah Arianrhod überdeutlich, und Lea zögerte auch noch eine Weile, bevor sie schließlich – schweren Herzens – nickte und Nachtwinds Zügel ergriff. »Also gut«, seufzte sie. »Versuchen wir es. Vielleicht sind die Götter ja ausnahmsweise einmal auf unserer Seite.«

Arianrhod wollte sich ihnen anschließen, aber Lea schüttelte heftig den Kopf und scheuchte sie mit einer heftigen Geste zurück. »Du bleibst ganz hinten, noch hinter Sturmwind.«

»Warum?«, begehrte Arianrhod auf.

»Irgendjemand muss doch schließlich unseren Rücken decken, falls Sarns Krieger auftauchen und uns angreifen«, antwortete Lea spitz, schüttelte aber auch gleichzeitig den Kopf und sagte dann, hörbar leiser und besorgt: »Falls eines der Pferde auf diesem Untergrund stürzt, könnte es gefährlich werden. Und jetzt geh. Wir haben keine Zeit zu verlieren.«

Schon aus Prinzip zögerte Arianrhod noch einmal zu gehorchen, wandte sich aber dann doch um und ging das kurze Stück des Weges wieder zurück. Als sie an Dragosz vorbeikam, schenkte er ihr ein flüchtiges, allerdings sehr warmes Lächeln – und doch war an dem Blick, mit dem er sie maß, etwas, das ihr nicht gefiel. Es war ein bisschen von dem darin, was sie auch in Jamus Augen gelesen hatte, natürlich nicht annähernd so anzüglich und boshaft, aber es *war* darin.

Hastig und mit einem heftigen Gefühl schlechten Gewissens verscheuchte sie den Gedanken. Sie musste aufpassen, nicht in jedem Mann einen Feind zu sehen, nur weil sich einige davon als solche erwiesen hatten. Immerhin hatte Dragosz sein Leben aufs Spiel gesetzt, um das ihre zu retten. Aber ein ganz schwacher, schaler Nachgeschmack blieb auf ihrer Zunge zurück.

Gehorsam ging sie auch an Sturmwind vorbei, um ihren Platz am Ende der kleinen Kolonne einzunehmen. Die Stute beäugte sie misstrauisch. Arianrhod kannte sie fast so gut wie Nachtwind, aber Sturmwind hatte niemals wirklich Freundschaft mit ihr geschlossen. Ganz anders als der Hengst oder gar Morgenwind, seine Tochter, hatte sie stets einen gewissen Abstand zu ihr gewahrt und sie bestenfalls in ihrer Nähe geduldet. Ihre Mutter hatte ihr erzählt, dass sich die Stute auch ihr gegenüber nicht anders verhielt, und lachend hinzugefügt, dass sie wahrscheinlich eifersüchtig sei. Arianrhod hatte das für einen Scherz gehalten, aber jetzt war sie sich nicht mehr ganz sicher. Vorsichtshalber legte sie einen deutlich größeren Abstand zwischen sich und das Pferd, als nötig gewesen wäre. Nur für den Fall, das Sturmwind erschreckte und nach hinten austrat. Man konnte schließlich nie wissen.

Auch Dragosz trat erschrocken zurück und griff nach den Zügeln der Stute. Sie ließ es geschehen, wieherte aber unwillig und sträubte sich im allerersten Moment, als er sie zwingen wollte, in die schmale Schlucht hineinzugehen, gehorchte dann aber schließlich doch.

Der Abstieg verlief quälend langsam. Ihrer Mutter setzte unendlich behutsam einen Fuß vor den anderen und achtete auch aufmerksam darauf, wohin Nachtwind trat; zumindest mit den Vorderläufen. Zwei- oder dreimal hielt sie ihn fast gewaltsam an den Zügeln zurück, und einmal führte sie das Pferd so dicht an der Wand entlang, um irgendeinem Hindernis auszuweichen, dass die rauen Wurzeln sein Fell zerkratzten. Als Dragosz und Sturmwind die gleiche Stelle passierten, geschah nichts, aber Arianrhod nahm an, dass ihre Mutter ihre Gründe gehabt hatte, so zu verfahren.

Darüber hinaus war sie selbst voll und ganz damit beschäftigt, sich einen einigermaßen gangbaren Weg zu suchen. Anders als Dragosz und ihre Mutter trug sie keine Schuhe, und sie hatte auch keine Hufe wie die Pferde, und der Pflanzenteppich, der den Boden des Hohlwegs bedeckte, war nicht annähernd so weich, wie es auf den ersten Blick den Anschein hatte. Das Gehen darauf war nicht nur mühsam, sondern tat weh, und noch bevor sie die Biegung erreicht hatten, waren ihre Füße längst aufgeschürft und blutig. Und das war bei weitem nicht alles. Ihr Unbehagen wuchs von Augenblick zu Augenblick. Etwas wie eine unsichtbare Drohung lag über dem Hohlweg, das düstere Versprechen, dass sie hier nie mehr herauskäme, dass sie geradewegs in eine Falle lief, und mit einem Mal erinnerte sie sich wieder an Sarns Greisenhand, die ihr Handgelenk im Steinkreis vollkommen unerwartet gepackt hatte, so als hätte er sich nicht an sie angeschlichen, sondern wäre plötzlich aus dem Nichts heraus erschienen, um sie mit sich ins Verderben zu reißen …

Wer sagte ihr, dass nicht auch hier Sarn plötzlich wieder auftauchte?

Arianrhod versuchte den beunruhigenden Gedanken zu verscheuchen, aber es wollte ihr nicht gelingen. Schließlich blieb Lea an der gleichen Stelle stehen, an der Dragosz vorhin außer Sicht verschwunden war, und drehte sich zu ihnen um. »Wartet kurz.« Ohne ihre Worte zu erklären, ließ sie Nachtwinds Zügel los, verschwand für einen Augenblick hinter der Biegung und sah sehr besorgt aus, als sie zurückkam. »Wartet hier, bis ich unten bin. Ich rufe euch.«

Sie ergriff Nachtwind – diesmal mit beiden Händen – am Zügel und ging sehr viel langsamer als bisher los. Unendlich behutsam, wie es Arianrhod vorkam, führte sie den Hengst um die Biegung und war schließlich aus ihrem Blickfeld verschwunden. Arianrhod fühlte sie schlagartig allein und im Stich gelassen. Das Gefühl war völlig unangebracht, wurde aber binnen eines einzigen Augenblickes so stark, dass sie es nicht mehr aushielt. Ohne auch nur noch an das zu denken, was ihre Mutter ihr befohlen hatte, ging sie weiter, quetschte sich an Sturmwind vorbei und bedeutete auch Dragosz mit einer Geste, ihr Platz zu machen. Er gehorchte zwar, legte aber missbilligend die Stirn in Falten. Arianrhod rechnete fast damit, dass er sie aufhalten würde, doch er versuchte nichts dergleichen. Nach ein paar weiteren Schritten hatte auch sie die Biegung erreicht und riss überrascht die Augen auf.

Der Weg war tatsächlich nicht mehr sehr lang; vielleicht noch zwei Dutzend Schritte, bevor die Wände wieder auseinander wichen und der flache Uferstreifen eines schmalen, wenn auch reißend dahinfließenden Baches unter ihnen lag. Dafür fragte sich Arianrhod jedoch, was Dragosz eigentlich unter *ein wenig steiler* verstehen mochte. Das letzte Stück Weg war kein Weg mehr, sondern ein steiler Abhang, den sie allerhöchstens auf Händen und Knien kriechend zurückgelegt hätte, und selbst das ganz bestimmt nicht freiwillig. Ihre Mutter und Nachtwind hatten gerade mal ein winziges Stückchen dieses Weges zurückgelegt – hätte Arianrhod sich vorgebeugt und den Arm ausgestreckt, hätte sie den Hengst vermutlich noch berühren können.

Lea hatte die linke Hand vom Zügel des Hengstes gelöst und suchte damit Halt an den Luftwurzeln und Moossträngen, die aus der Wand herauswuchsen, und ihre Haltung war so angespannt und verkrampft, als wolle sie das gesamte Gewicht des Tieres mit ihrer Kraft halten. Nachtwind bewegte sich unsicher. Von seiner Anmut und Kraft war nichts geblieben, das Tier zitterte vor Angst, und obwohl es nur mit winzigen, fast schlurfenden Schritten von der Stelle kam, drohte es immer wieder auszurutschen.

Arianrhod hatte das Gefühl, hier wegzumüssen, jetzt und sofort. Es war beinahe so, als könnte sie Sarns unsichtbaren Griff an ihrem Handgelenk spüren und als hörte sie das hämische Lachen, mit dem er ihre lächerliche Versuche bedachte, der von ihm gestellten Falle zu entgehen, bevor sie endgültig zuschnappte. Sie überlegte nur kurz, dann tat sie etwas, wofür ihre Mutter ihr vermutlich den Kopf abgerissen hätte, hätte sie es in diesem Augenblick gesehen. Ohne auf den protestierenden Laut zu achten, den Dragosz hinter ihr von sich gab, ging sie hinter Nachtwind und ihrer Mutter her und quetschte sich auf der anderen Seite am Leib des Pferdes vorbei. Der Finger, den ihr Jamu gebrochen hatte, reagierte auf jede zu hastige Berührung mit einem messerscharfen Schmerz, und ihre Schulter begann dumpf zu pochen, aber das nahm sie nur ganz am Rande war. Mit der linken Hand griff sie nach dem, was ihre Mutter wohl als Zaumzeug bezeichnete, während sie es mit der rechten Lea gleichtat und Halt an allem suchte, was aus der Wand neben ihr herauswuchs. Nachtwind schnaubte überrascht, und auch ihre Mutter warf ihr einen erstaunten Blick zu, sagte aber zu Arianrhods Verwunderung nichts. Wahrscheinlich, dachte sie, hob sie sich die Standpauke auf, bis sie unten angekommen waren. Falls sie es schafften.

Mehr als einmal in der schier endlosen Zeit, in der sie sich Schritt für Schritt und unendlich vorsichtig weitertasteten, zweifelte Arianrhod ernsthaft daran. Selbst ihr fiel es immer schwerer, das Gleichgewicht zu bewahren, und der Hengst begann jetzt immer heftiger zu zittern. Arianrhod konnte seine Angst riechen. Ohne es im ersten Moment selbst zu merken oder gar zu wissen, warum sie es tat, begann sie mit leiser, beruhigender Stimme auf das Pferd einzureden, sinnlose Worte, die mindestens ebenso sehr ihrer eigenen Beruhigung galten wie der des Hengstes. Obwohl sie zu helfen schienen, blieb das Tier unruhig. Seine Ohren zuckten jetzt ununterbrochen, und sie konnte hören, wie sein Schweif rechts und links gegen die Wände schlug. Manchmal lösten sich kleine Erdbrocken oder Steinchen unter seinen Hufen und eilten ihnen wie winzige Lawinen voraus, und einmal glitt der Hengst tatsächlich aus, als ein trockener Ast unter seinem Gewicht mit einem peitschenden Knall zerbrach und er vor Schreck einen Fehltritt machte.

Arianrhod und ihre Mutter warfen sich mit aller Kraft gegen den Hengst, hielten sein Zaumzeug fest und versuchten sein Gewicht mit ihren eigenen Körpern zu stützen. Arianrhod spürte selbst, wie lächerlich das war. Der Hengst musste so viel wiegen wie vier oder fünf große Männer – aber das Wunder geschah. Vielleicht war es einfach das Gefühl, dass jemand an seiner Seite war und ihm half, welches Nachtwind die Kraft gab, sein Gleichgewicht wieder zu finden. Das Tier stürzte nicht, sondern fand in einen einigermaßen sicheren Schritt zurück, und sie bewältigten den Rest der Strecke ohne weitere Zwischenfälle.

Vollkommen außer Atem und an Körper und Geist erschöpft, ließ Arianrhod die Zügel los, taumelte ein paar Schritte zur Seite und musste sich vorbeugen und die Hände auf die Oberschenkel stützen, um nicht einfach zusammenzubrechen. Alles drehte sich um sie. Ihr Puls raste, und die Luft, die sie atmete, schmeckte so scharf, als wäre sie voller winziger Eissplitter. Sie bemerkte aus den Augenwinkeln, dass es ihrer Mutter nur wenig besser erging, und auch Nachtwind drohte plötzlich zu straucheln, obwohl er jetzt wieder festen und vor allem ebenen Boden unter den Hufen hatte.

Während der Hengst mit zwei, drei ungeschickten Schritten zum Bach hinunterging und geräuschvoll zu saufen begann, kam ihre Mutter zu ihr. »Ist alles in Ordnung?«, fragte sie besorgt.

Arianrhod richtete sich mühsam wieder auf. »Ja«, log sie. »Ich war nur ...«

»Das war sehr klug von dir«, fiel ihr Lea ins Wort. »Und ziemlich tapfer – auch wenn es nicht unbedingt das war, was ich meinte, als ich gesagt habe, du sollst hinter uns bleiben.« Sie machte eine rasche Handbewegung, als Arianrhod sich verteidigen wollte, und lächelte plötzlich. »Woher hast du gewusst, was du zu tun hast?«

Arianrhod war so verblüfft, keine Vorhaltungen von Lea zu hören, dass sie im ersten Moment gar nicht antwortete, sondern aufmerksam im Gesicht ihrer Mutter zu lesen versuchte, ob diese Worte nicht vielleicht nur die Vorbereitung für einen ganz besonders scharfen Verweis waren. Alles, was sie jedoch in den Augen ihrer Mutter erblickte, war ein Ausdruck, den sie eindeutig als Stolz bezeichnet hätte, wäre ihr auch nur der geringste Grund dafür eingefallen.

»Ich weiß es nicht«, sagte sie schließlich. »Ich dachte einfach, dass es das Richtige wäre.« Was auch nicht unbedingt der Wahrheit entsprach. Um genau zu sein, hatte sie *überhaupt nichts* gedacht, sondern war einfach ihrem Gefühl gefolgt.

Der Ausdruck von müdem Stolz in Leas Augen nahm noch zu. »Aus dir wird eines Tages eine großartige Reiterin werden«, sagte sie unvermittelt. Dann schüttelte sie den Kopf, streckte den Arm aus, um ihn Arianrhod um die Schulter zu legen, und führte sie zum Wasser.

Nur ein kleines Stück oberhalb der Stelle, an der Nachtwind immer noch dastand und sein Möglichstes tat, um den gesamten Bach auszusaufen, ließen sie sich auf die Knie sinken. Arianrhod schöpfte zwei, drei Hände voll des eiskalten Wassers, um sich das verschwitzte Gesicht zu waschen, ließ anschließend eine weitere Hand voll in ihren Nacken tropfen und genoss den eisigen Schauer, der ihr über den Rücken lief. Erst dann beugte sie sich weiter vor, hielt mit beiden Händen ihr Haar zurück und stillte ihren Durst. Das Wasser war kristallklar und köstlicher als alles, was sie jemals zuvor getrunken hatte, und schon nach den ersten Schlucken konnte sie Nachtwind verstehen und versuchte es ihm gleichzutun, obwohl ihr klar war, dass sie es wohl auch in dieser Disziplin nicht mit ihm aufnehmen konnte. Aber sie trank so lange und ausgiebig, bis sie das Gefühl hatte, platzen zu müssen, und auch tatsächlich keine Luft mehr bekam. Erst dann richtete sie sich auf, schöpfte noch einmal eine Hand voll Wasser aus dem Bach und rieb sich damit das Gesicht ab.

»Das hat gut getan«, seufzte Lea, während sie sich neben ihr in eine bequemere Haltung sinken ließ. Ihr Gesicht und ihr Haar glänzten vor Nässe und sahen jetzt eindeutig frischer aus, und obwohl sie noch immer schwer atmete und man ihr die Anstrengung ansah, die ihr die letzten Minuten abverlangt hatten, war es Arianrhod doch gleichzeitig, als hätte sie irgendwie an Kraft gewonnen. »Es ist schon erstaunlich, wie kostbar manchmal die einfachsten Dinge des Alltags werden können, nicht wahr?«, meinte sie. »Wie zum Beispiel ein Schluck klares Wasser.«

»Alles ist kostbar, wenn man es braucht und nicht hat«, sagte Arianrhod.

Lea lachte leise. »Habe ich schon gesagt, dass du einmal eine sehr kluge Frau wirst?«

»Nein«, antwortete Arianrhod wahrheitsgemäß. »Du hast gesagt, dass ich einmal eine sehr gute Reiterin werde.«

»Vorlaut bist du jedenfalls jetzt schon«, gab Lea zurück. »Habe ich *das* schon einmal gesagt?«

Arianrhod nickte. »Mehrmals.«

Ihre Mutter lachte erneut und sah für einen Moment fast wieder so jung und voller Kraft aus, wie Arianrhod sie in Erinnerung hatte. Aber nur fast. »Ich glaube, jetzt haben wir es geschafft«, sagte sie. »Wenn Kron die Wahrheit gesagt hat, dann erspart uns diese Abkürzung die Gefahr, in einen Hinterhalt zu geraten.«

Arianrhod legte den Kopf schräg. »Abkürzung?«, wiederholte sie. »Dann ist es nicht der Weg, den er dir beschrieben hat?«

»Doch«, behauptete Lea verschmitzt. »Auch.«

Arianrhod zog es vor, nicht weiter zu bohren, und das nicht nur, weil sie diesen viel zu seltenen Augenblick nicht zerstören und ihre Mutter verärgern wollte, sondern auch, weil sie das sichere Gefühl hatte, dass ihr die Antwort auf jedwede weitere Frage nicht gefallen würde. »Dann sollten wir vielleicht weitergehen«, sagte sie stattdessen, und plötzlich war die Furcht wieder da – die Furcht davor, dass Sarns Falle letztlich doch noch zuschnappen könnte.

»Ja«, pflichtete ihr Lea bei. »Sobald Dragosz da ist.« Sie drehte den Kopf, um nach ihm Ausschau zu halten, doch zumindest auf dem Teil des Weges, den sie von hier unten aus überblicken konnten, war nichts von ihm zu sehen.

»Dragosz!«, rief sie laut. Sie bekam tatsächlich eine Antwort, aber sie konnten nur Dragosz' Stimme verstehen, nicht die Worte. Lea schüttelte den Kopf und verdrehte die Augen. »Männer!«, murmelte sie, stemmte sich ächzend in die Höhe und ging wieder zum Ausgang des Hohlweges zurück. Arianrhod folgte ihr, und aus ihrer Furcht drohte etwas anderes, Schlimmeres zu werden.

Als sie angekommen waren, bot sich ihnen ein Anblick, von dem Arianrhod im ersten Moment nicht sagen konnte, ob er nun erschreckend war oder lächerlich. Ein bisschen von beidem, vermutete sie.

Dragosz drehte ihnen den Rücken zu. Er hatte die Beine gespreizt und beide Füße fest gegen den Boden gestemmt, um sicheren Halt zu haben, und zerrte mit beiden Händen und offensichtlich aller Kraft an Sturmwinds Zügel. Es gelang ihm trotzdem nicht, das Pferd auch nur einen Fingerbreit von der Stelle zu bewegen. Ganz im Gegenteil hatte die Stute den Kopf in den Nacken geworfen und tat ihrerseits ihr Bestes, um ihn zu sich heraufzuziehen.

»Was tust du da eigentlich?«, rief Lea.

»Das verdammte Mistvieh weigert sich weiterzugehen«, schrie Dragosz zurück.

»Ich an deiner Stelle würde mir genau überlegen, ob ich Sturmwind ein *verdammtes Mistvieh* nenne«, antwortete Lea. »Sie ist ziemlich klug, weißt du, und manchmal glaube ich, sie versteht jedes Wort.« Sie schüttelte den Kopf und lachte, allerdings wohlweislich so leise, dass Dragosz es oben nicht hören konnte. »Mit Gewalt erreichst du gar nichts.«

Dragosz warf ihr zwar einen ärgerlichen Blick über die Schulter hinweg zu, zerrte und riss aber nur umso heftiger am

Zügel, worauf das protestierende Wiehern der Stute lauter wurde.

»Hör damit auf!«, sagte Lea noch einmal, und jetzt in viel ernsterem, fast schon erschrockenem Ton. »Wenn du versuchst, sie zu etwas zu zwingen, dann wird sie nur störrisch.«

»Auf gutes Zureden hört sie aber leider auch nicht«, antwortete Dragosz.

Lea überlegte noch einen Moment, dann rief sie: »Hör auf! Ich komme nach oben und helfe dir.«

Arianrhod sah sie aus großen Augen an. Ihr Puls raste noch immer, ebenso wie ihre Knie zitterten, und sie war zu Tode erschöpft – und ihre Mutter wollte sich das *ein zweites Mal* antun?

Sie wollte. Sie sah zwar nicht sonderlich begeistert aus und zögerte auch noch einen spürbaren Moment, dann aber zog sie das Schwert aus der Schlaufe an ihrem Gürtel und hielt es Arianrhod hin. »Nimm es«, sagte sie, als diese die Waffe nur verständnislos anstarrte. »Es hat mich gerade nur behindert, und außerdem ist mir nicht wohl dabei, dich allein hier zurückzulassen.«

Arianrhod fragte vorsichtshalber nicht danach, was genau das bedeuten sollte, sondern hörte zu ihrem eigenen Entsetzen, wie ihr ein wohlmöglich verhängnisvoller Satz entschlüpfte: »Soll ich mitkommen?«

»Du wärst mir zehnmal lieber als dieser Dummkopf«, antwortete Lea, schüttelte aber trotzdem den Kopf. »Nein. Das ist zu gefährlich und zu anstrengend. Ruh dich aus. Wir müssen sofort weiter, sobald wir zurück sind, und du wirst deine Kraft noch brauchen.«

Bevor Arianrhod abermals einen Einwand erheben konnte, machte Lea sich an den Aufstieg. Binnen kurzem hatte sie Dragosz erreicht und riss ihm ziemlich unsanft die Zügel aus der Hand. Arianrhod konnte nicht verstehen, was die beiden sprachen, aber Dragosz wirkte verärgert, und ihre Mutter erst recht. Nach einem kurzen, von heftigem Gestikulieren begleiteten Streit machte Lea eine wütende Handbewegung, mit der sie

Dragosz einfach davonscheuchte. Er widersetzte sich ihr, fuhr dann aber auf dem Absatz herum und kam mit so schnellen Schritten den Hohlweg herunter, dass es schon fast an ein Wunder grenzte, dass er keinen Fehltritt tat und sich den Hals brach. Sein Gesicht war vor Zorn verdunkelt, und es verfinsterte sich noch ein bisschen mehr, als er das Schwert in Arianrhods Händen erblickte. Er sagte nichts, aber sie fragte sich plötzlich, ob sie sich eben nicht vielleicht getäuscht hatte, was den Grund anging, aus dem ihre Mutter darauf bestanden hatte, dass sie das Schwert nahm.

»Warum lässt du sie allein?«, fragte sie vorwurfsvoll.

»Weil sie es so wollte«, brummte Dragosz übellaunig und ging im Sturmschritt an ihr vorbei in Richtung des Baches. »Wenn sie meint, es besser zu können als ich, dann soll sie es doch versuchen.«

Arianrhod sah ihm verunsichert hinterher, sie wusste nicht, wie sie sein Verhalten einschätzen sollte. Obwohl Dragosz wütend war und er wahrscheinlich am liebsten losgebrüllt hätte, war in seinen Worten und vor allem in seinem Benehmen Lea gegenüber, das sie die ganze Zeit beobachtet hatte, eine Vertrautheit, die sie überraschte. Man hätte meinen können, dass die beiden sich bereits seit Jahren kannten.

Für den nächsten Gedanken, der diesem fast zwangsläufig folgte, schämte sie sich beinahe selbst, aber er drängte sich ihr einfach auf, ohne dass sie etwas dagegen tun konnte: Hatte Sarn am Ende Recht gehabt, und ihre Mutter und Dragosz kannten sich nicht erst seit kurzer Zeit, sondern schon viel, viel länger?

Arianrhod verscheuchte den Gedanken, wandte sich mit einem Ruck wieder ab und sah zu ihrer Mutter hoch. Lea hatte Sturmwinds Zügel mit der linken Hand ergriffen und streichelte mit der rechten beruhigend ihre Nüstern. Das Pferd tänzelte noch immer unruhig auf der Stelle. Seine Ohren zuckten hin und her, und auch sein Schweif peitschte aufgeregt. Lea schien beruhigend auf die Stute einzureden. Auch wenn sie damit nicht ganz den beabsichtigten Erfolg zu haben schien, denn Sturmwind rührte sich auch jetzt nicht, sondern blieb stur und wie angewachsen dort stehen, wo sie war, so versuchte sie doch wenigstens nicht mehr rückwärts gehend vor ihr zurückzuweichen.

»Soll ich dir nicht doch besser helfen?«, rief sie.

»Nein«, antwortete ihre Mutter. »Geh lieber. Dein Anblick macht sie kribbelig.« Arianrhod war zwar enttäuscht, gehorchte aber und ging wieder zum Ufer des Baches zurück. Gerade nach dem, was ihre Mutter erst vor ein paar Augenblicken zu ihr gesagt hatte, hätte sie jetzt mehr Vertrauen erwartet – aber vielleicht verlangte sie auch einfach zu viel; nicht nur von ihrer Mutter, sondern auch von sich selbst. Sie war noch nicht einmal wirklich sicher, ob sie den Weg nach oben überhaupt schaffte.

Dragosz war am Ufer des Baches niedergekniet und schöpfte sich mit beiden Händen Wasser ins Gesicht, so wie auch Arianrhod und Lea es gerade getan hatten, allerdings nicht annähernd so leise. Er prustete und schnaubte, dass man es eigentlich noch auf der anderen Seite des Waldes hätte hören müssen, und als er anschließend trank, tat er es kaum weniger geräuschvoll. Nachtwind betrachtete ihn mit schräg gehaltenem Kopf, und wieder hatte Arianrhod den Eindruck, in den Augen des Hengstes weit mehr als tierische Neugier zu sehen, sondern fast so etwas wie ein belustigtes Funkeln zu gewahren.

In ihren Augen zumindest musste etwas in dieser Art sein, denn als Dragosz schließlich fertig war und sich zum Knien aufrichtete, mit beiden Händen das nasse Haar aus dem Gesicht strich und zu ihr hochsah, runzelte er schon wieder ärgerlich die Stirn. »Was gibt es da zu starren?«, fragte er grob.

»Oh, nichts«, antwortete Arianrhod, und zu ihrer eigenen Überraschung stieg plötzlich ein Gefühl von Übermut in ihr auf, wie sie es schon allzu lange vermisst hatte. »Ich mache mir nur ein bisschen Sorgen, dass unsere Verfolger uns hören könnten, weißt du? Du bist nicht besonders ... leise.«

»Ja, deine Mutter hat auch schon das eine oder andere Mal bemerkt, dass mein Benehmen zu wünschen übrig lässt«, grollte Dragosz. »Aber ich bin nun einmal ein einfacher Mann. Und ich hatte Durst.«

Verbarg sich in diesen Worten ein verkappter Vorwurf, überlegte Arianrhod, oder gefiel sich Dragosz einfach nur darin, den Beleidigten zu spielen?

Da sie nicht antwortete, sondern seinem Blick nur gelassen und weiterhin spöttisch lächelnd standhielt, schluckte er nur noch einmal abfällig, schaufelte sich zwei weitere Hände voll Wasser ins Gesicht und stand dann prustend auf. Er wollte sich umdrehen und wieder zum Ausgang des Hohlweges zurückgehen, aber Arianrhod machte eine hastige Bewegung und hielt ihn am Arm zurück.

Sie hätte es besser nicht getan. Ihn zu berühren war genau wie das letzte Mal, nur ungleich intensiver. Sie verspürte ein rasches, eisiges Frösteln, das ihr nicht nur über den Rücken lief, sondern ihren ganzen Körper erschauern ließ, und auch Dragosz fuhr fast erschrocken zusammen und zog unwillkürlich den Arm wieder zurück; als wären ihre Finger plötzlich glühend heiß gewesen. Einen Atemzug lang starrte er nur auf sein Handgelenk hinab, dort, wo ihn ihre Finger berührt hatten, dann hob er den Kopf und blickte ihr direkt ins Gesicht, und dieser Blick war noch viel, viel schlimmer als seine Berührung.

Arianrhods Gefühle waren von einem Augenblick zum nächsten in hellem Aufruhr. Plötzlich verspürte sie das absurde Bedürfnis, ihn zu umarmen und seine Wärme und seine Kraft zu spüren, ganz nahe, aber gleichzeitig machte sich ihr schlechtes Gewissen auch schon fast körperlich bemerkbar.

»Ich ... entschuldige«, stammelte sie. »Das ... das wollte ich ... nicht.«

»Was?«, fragte Dragosz. Auch er wirkte verwirrt und schien für einen Moment in sich hineinzulauschen, machte aber danach nur einen noch unsichereren Eindruck; als hätte er sich selbst eine Frage gestellt und wüsste nun nicht so recht, was er mit der Antwort anfangen sollte. Sein Blick blieb für etliche Sekunden auf Arianrhods Gesicht hängen und wanderte dann an ihrer Gestalt hinab, und ganz plötzlich erinnerte sie sich wieder daran, dass sie nur den Umhang trug, den ihre Mutter ihr um die Schultern gelegt hatte, und darunter nichts, und dass sie ihn auch nicht vollständig geschlossen hatte. Hastig raffte sie den groben Stoff mit der linken Hand zusammen und spürte selbst, wie ihr die Röte ins Gesicht schoss.

Und – es erschien ihr fast absurd, aber es war so – auch Dragosz war die Situation mit einem Male peinlich. Er schien plötzlich nicht mehr zu wissen, wohin mit seinem Blick. »Vielleicht sollten wir deiner Mutter ... helfen«, sagte er ungelenk.

»Sie hat mich weggeschickt«, antwortete Arianrhod, wobei ihre Stimme ebenso unbeholfen klang wie die seine. »Sie meint wohl, dass unser Anblick das Pferd nur unruhig macht.«

»*Unruhig*«, sagte Dragosz, »macht es mich vor allem, wenn ich nicht weiß, was geschieht.« Sein Blick tastete wieder über ihr Gesicht, wobei er aber sorgfältig ihre Augen ausließ, und wanderte dann noch einmal an ihrer Gestalt herab. Arianrhod hielt den Umhang fest mit der Hand zusammen, hatte aber trotzdem das Gefühl, nackt zu sein. Er hatte Dinge gesehen, die er nicht sehen sollte. Schließlich rettete sich Dragosz in ein verlegenes Lächeln, drehte mit einem Ruck den Kopf weg und tat so, als hätte er am Waldrand auf der anderen Seite des Baches etwas entdeckt. »Es tut mir Leid, wenn ich gerade ein bisschen grob war. Ich bin etwas ... angespannt.«

»Warum?«, fragte Arianrhod. »Nur, weil du gerade ein halbes Dutzend von Gosegs besten Kriegern getötet hast?« Sie schüttelte heftig den Kopf und bemühte sich, ein möglichst unschuldiges Gesicht zu machen, als Dragosz sich wieder zu ihr umdrehte und sie verblüfft ansah. »Oder weil Jamu, all seine verbliebenen Krieger und jeder Mann, der auch nur einen Knüppel halten kann, hinter uns her sind, um uns bei lebendigem Leibe den Hunden zum Fraß vorzuwerfen? Du wirst doch nicht etwa Angst haben? Ein so großer Krieger wie du?«

Dragosz versuchte vergeblich in ihrem Gesicht zu lesen. Schließlich rettete er sich in ein verunglücktes Lachen, aber es klang nicht einmal so, als könne es ihn selbst überzeugen. »Ich fürchte, so leicht ist es nicht, Arri.«

»Arianrhod«, verbesserte sie ihn. »Mein Name ist Arianrhod.«

Dragosz hob die Schultern. »Arianrhod, ja. So, wie der Name deiner Mutter nicht Lea ist, sondern Leandriis, ich weiß.« Er schüttelte den Kopf. »Kein Wunder, dass euer Volk untergegangen ist. Bei all der Zeit, die ihr gebraucht haben müsst, um eure komplizierten Namen auszusprechen, ist euch wahrscheinlich keine Zeit mehr geblieben, um irgendetwas anderes zu tun.«

Arianrhod wusste nicht, ob sie darüber lächeln sollte oder nicht. Dragosz versuchte nur einen Scherz zu machen, um die peinliche Situationen zu überspielen, aber wie immer, wenn jemand über die untergegangene Heimat ihrer Mutter sprach, verspürte sie einen dumpfen Schmerz, gepaart mit einem völlig widersinnigen Gefühl von Verlust. Das sollte nicht so sein. Sie kannte diese untergegangene Welt nur aus den Erzählungen ihrer Mutter, und sie hatte längst begriffen, dass das, wovon Lea berichtete, wohl nicht die wirkliche Welt gewesen war, an die sie sich erinnerte, sondern nur das, woran sie sich erinnern *wollte*: ein in Gold gegossenes und poliertes Abbild einer Welt, die in Wahrheit bestimmt ebenso viele Schattenseiten gehabt und Schrecken gekannt hatte wie diese hier. Dennoch war es so, und es schien sogar schlimmer zu werden, statt besser; als fühlte sich ein Teil von ihr verpflichtet, stellvertretend für ihre Mutter zu trauern. Aber sie machte keine entsprechende Bemerkung, sondern tröstete sich mit dem Gedanken, dass Dragosz genau wie sie einfach nur plapperte, um überhaupt etwas zu sagen und die Stille auf diese Weise nicht übermächtig werden zu lassen.

Schließlich ertrugen sie es beide nicht mehr, wandten sich wie auf ein gemeinsames, unhörbares Kommando hin um und gingen zum Hohlweg zurück.

Lea und das Pferd hatten mittlerweile gut die Hälfte der Strecke zurückgelegt, was Arianrhod zwar mit Erleichterung bemerkte, ihr aber auch gleichzeitig sagte, dass es noch viel mühsamer für ihre Mutter sein musste, die widerstrebende Stute zu führen, als es vorhin mit Nachtwind der Fall gewesen war. Obwohl Dragosz und sie sich alle Mühe gaben, nicht den geringsten Laut zu verursachen, und Lea weiter rückwärts ging und nicht zu ihnen herabsah, spürte Arianrhod, dass sie von ihrer Anwesenheit wusste, aber sie verzichtete darauf, sie abermals zu verjagen. Unendlich langsam und Schritt für Schritt und dabei ununterbrochen mit leiser, beruhigender Stimme auf das Tier einredend, führte sie Sturmwind nach unten.

Auf dem allerletzten Stück wäre es beinahe doch noch zu einem Unglück gekommen. Es war Lea, die ausglitt und den Halt verlor, nicht die Stute. Sie stolperte, drohte zu stürzen und beging den Fehler, sich nun ihrerseits an Sturmwinds Zaumzeug festzuhalten. Das Tier stieß ein erschrockenes Wiehern aus und machte einen gewaltigen Satz, mit dem es das letzte Stück des abschüssigen Weges überwand und so nahe an ihnen vorbeijagte, dass Arianrhod einen fast entsetzten Schritt zur Seite machte, um nicht niedergetrampelt zu werden. Ihre Mutter fiel auf den Rücken, schlitterte dieselbe Strecke, die das Pferd gerade mit einem Sprung zurückgelegt hatte, fluchend und hilflos mit den Armen rudernd herab und blieb schließlich benommen liegen.

Mit einem einzigen Satz war Arianrhod bei ihr und fiel auf die Knie. »Ist dir etwas passiert?«, keuchte sie erschrocken.

Ihre Mutter blinzelte benommen zu ihr hoch, arbeitete sich dann ächzend in eine halbwegs sitzende Position und machte eine unwillige Geste, als Arianrhod die Hände nach ihr ausstreckte. »Geh und sieh nach Sturmwind.«

»Aber ...«, begann Arianrhod.

»Tu, was ich dir sage, und kümmere dich nicht um mich!«, fiel ihr ihre Mutter ins Wort.

»Deine Tochter macht sich doch nur Sorgen um dich«, sagte Dragosz.

Arianrhod war nicht einmal sicher, ob sie sich über diese Schützenhilfe von unerwarteter Seite freuen sollte, aber zumindest zog Dragosz damit nun den Unmut ihrer Mutter auf sich, der sich sonst wahrscheinlich über ihr entladen hätte. »Ich kann schon selbst auf mich aufpassen«, fauchte sie. »Ein paar Kratzer bringen mich nicht um, aber wenn wir die Pferde verlieren, dann ist es aus! Also seht gefälligst nach Sturmwind!«

Dragosz war klug genug, nicht mehr darauf zu antworten, und auch Arianrhod stand hastig auf und zog sich ein paar Schritte rückwärts gehend zurück. Als sie sah, wie Lea sich umständlich in die Höhe zu stemmen begann, wandte sie sich hastig um und lief zu Dragosz hin, der mittlerweile bei Sturmwind angelangt war und mit besorgtem Gesichtsausdruck ihre Fesseln abtastete. Fast zu Arianrhods Verwunderung ließ die Stute es geschehen, auch wenn ihre Blicke misstrauisch jeder Bewegung des Menschen folgten, der da so ungeschickt an ihr herumtastete, und Arianrhod wäre nicht weiter erstaunt gewesen wäre, hätte sie überraschend nach ihm gebissen.

»Und?«, fragte sie, als sie neben Dragosz angekommen war. »Wie sieht es aus?«

»Hm«, brummelte Dragosz.

Arianrhod zog fragend die Augenbrauen zusammen. »Weißt du überhaupt, was du da tust?«, erkundigte sie sich.

Dragosz' Finger tasteten weiter über das Bein der Stute, und Sturmwind gab einen Laut von sich, der sich in Arianrhods Ohren fast wie ein abfälliges Lachen anhörte. »Nein«, gestand er schließlich. »Ich habe nur einmal gesehen, wie deine Mutter es gemacht hat. Zu irgendetwas muss es doch schließlich Nutze sein, oder?« Arianrhod gab sich keine Mühe, das Lächeln zu unterdrücken, das sich auf ihrem Gesicht breit machte. Schließlich sah Dragosz es ja nicht.

»Aber es scheint alles in Ordnung zu sein«, sagte er schließlich, während er Sturmwinds Fesseln losließ und sich aufrichtete. Sein Blick huschte kurz zu einem Punkt irgendwo hinter ihr (vermutlich ihrer Mutter) und richtete sich dann wieder auf ihr Gesicht. Er wirkte immer noch wütend.

»Sie hat Recht, weißt du?«, sagte Arianrhod. »Wenn den Pferden etwas zustößt, sind wir verloren.«

»Ich weiß«, antwortete Dragosz missmutig. »Aber es macht einen bei seinen Mitmenschen nicht unbedingt beliebt, wenn man *immer* Recht hat.«

»Ist es denn besser, sich immer zu täuschen?«, gab Arianrhod zurück. Eigentlich war das scherzhaft gemeint, ein Friedensangebot, das sie ihm stellvertretend für ihre Mutter machte, aber sie las an der Reaktion auf seinem Gesicht, dass er es gründlich missverstand. Er wirkte eher noch zorniger.

»Du bist schon genau so wie sie, weißt du das?«, sagte er, ließ ihr aber keine Gelegenheit, irgendetwas darauf zu erwidern, sondern drehte sich mit einem Ruck um und ging zum Bach hinunter. »Ich sehe nach, wie es dort drüben ist«, rief er, während er mit schnellen Schritten durch das zwar reißende, aber kaum knöcheltiefe Wasser platschte. »Dieser Wald gefällt mir nicht.«

Arianrhod blickte ihm kopfschüttelnd nach, während Sturmwind noch einmal ihr sonderbares, abfällig wirkendes Schnauben hören ließ und dann davontrabte, um sich zu Nachtwind zu gesellen. Dragosz war mit vier oder fünf raschen Schritten auf der anderen Seite des Baches und zog sein Schwert, um sich mit wütenden Hieben einen Weg durch das Unterholz zu bahnen, was Arianrhod eine Menge darüber sagte, wie es wirklich in ihm aussah. Er hätte nur ein paar Schritte nach links gehen müssen, wo das Unterholz sehr viel weniger dicht war, um ganz bequem in den Wald eindringen zu können. Vielleicht brauchte er einfach irgendetwas, an dem er seinen Zorn auslassen konnte.

»Lass ihn ruhig«, erklang die Stimme ihrer Mutter hinter ihr. Arianrhod hatte nicht einmal gehört, dass sie herangekommen war. Sie drehte sich auch nicht zu ihr um. »Er beruhigt sich wieder, keine Sorge. Dragosz ist nun einmal so. Du wirst lernen, mit ihm zurechtzukommen.«

»Vielleicht hätte ich doch Jamu heiraten sollen. Obwohl ich fürchte, dass ich ohnehin nicht seinem Geschmack entspreche.« Arianrhod drehte sich nun doch zu Lea um und fügte mit bedauerndem Gesichtsausdruck hinzu: »Ich habe zwei Beine zu wenig.«

»Und um Nor zu gefallen, hättest du wahrscheinlich eine Zunge zu viel gehabt«, bestätigte ihre Mutter ebenso ernst.

»Und sie wäre auch entschieden zu spitz.« Sie schüttelte den Kopf und fuhr noch ernster und in überaus bedauerndem Ton fort: »Du siehst also, uns bleibt gar keine andere Wahl, als von hier fortzugehen, wenn wir einen passenden Mann für dich finden wollen.«

»Wollen wir denn das?«, erkundigte sich Arianrhod.

Das spöttische Funkeln in den Augen ihrer Mutter erlosch. Sie antwortete nicht, und Arianrhod bedauerte ihre Frage. Es war noch nicht lange her, da hatte sie insgeheim über die Marotte ihrer Mutter den Kopf geschüttelt, gerade in manchmal ernsten oder auch traurigen Situationen herumzualbern; ein solches Benehmen erschien ihr wenig erwachsen und einer Frau wie ihrer Mutter nicht würdig. Aber jetzt begriff sie, dass es wohl manchmal der einzige Weg war, eine solche Situation überhaupt zu ertragen.

»Ich ... ich weiß es nicht«, sagte sie schließlich. »Ich weiß so wenig über sein Volk. Was, wenn sie uns nicht für den Winter aufnehmen, wie es jede andere Gemeinschaft auch verweigern würde? Oder wenn es dort noch schlimmer ist als hier? Schlimmer als in Goseg, das von Männern wie Sarn und Jamu beherrscht wird?« Lea schüttelte heftig den Kopf, um ihre eigene Frage zu beantworten. »Kaum. Und selbst wenn ... ich fürchte, uns bleibt gar keine andere Wahl.«

»Es ist meine Schuld, nicht wahr?«, fragte Arianrhod leise.

»Deine Schuld?«, wiederholte Lea. Sie sah verwirrt aus, einen Moment später erschrocken. »Oh, mein armer Schatz, wie kommst du denn auf diesen Gedanken? Von allen hier trägst du die wenigste Schuld, glaub mir.«

»Aber wenn ich nicht ...«, begann Arianrhod, doch Lea unterbrach sie sofort. »Alles wäre ganz genau so gekommen, glaub mir, ganz gleich, was du getan hättest oder auch nicht. Sarn hat das alles von Anfang an so geplant – vielleicht schon von dem Tag an, an dem wir damals in sein Dorf kamen.« Ein flüchtiges, sehr trauriges Lächeln huschte über ihr Gesicht und verschwand wieder, wie ein Schatten, der sie gestreift hatte. »Ich gebe zu, ich habe ihn unterschätzt. Die ganze Zeit über habe ich gedacht, Nor wäre unser eigentlicher Feind. Dabei war es in Wahrheit Sarn.«

Und wenn dort, wo sie jetzt hingingen, auch wieder nur neue, womöglich noch gefährlichere Feinde auf sie warteten?, dachte Arianrhod. Sie kannte von diesem fremden Volk, zu dem sie nun unterwegs waren, nur Dragosz, und selbst aus ihm wurde sie nicht schlau.

»Du hast Angst vor dem, was uns erwartet, nicht wahr?«, fragte Lea plötzlich.

Arianrhod hob nur die Schultern. Was sollte sie sagen? Dass sie fürchtete, in der kalten, dunklen Jahreszeit verhungern zu müssen? Oder aber, dass sich Dragosz' Volk als ein Volk von Barbaren herausstellte, das sie zwar aufnahm, aber nur, um sich dann mit Gewalt von ihnen zu nehmen, was immer sie wollten?

»Das kann ich verstehen«, fuhr Lea fort. Sie hatte nicht wirklich mit einer Antwort gerechnet. Plötzlich wünschte sich Arianrhod nichts mehr, als dass ihre Mutter diesen allerletzten Schritt, der noch zwischen ihnen lag, tun und sie in die Arme schließen würde, sie einfach nur festhalten, ohne irgendetwas zu sagen, aber sie wusste auch, dass das nicht geschehen würde.

Ein Gefühl bitterer Trauer breitete sich in ihr aus. Ihre Mutter war nicht herzlos, und wie sehr sie sie liebte und mit welch unerbittlicher Härte sie sie zu verteidigen bereit war, hatte sie mehr als einmal bewiesen. Doch seit sie ihr eröffnet hatte, dass sie nun kein Kind mehr sei, sondern eine Frau, hatte sich ihr Benehmen ihr gegenüber verändert. Obwohl sie es niemals laut ausgesprochen hatte, wusste Arianrhod doch, dass sie sich jetzt viel mehr bemühte, eine gute Freundin für sie zu sein, und nicht länger die allmächtige Mutter, und Arianrhod verstand auch, warum sie das tat. Aber verstand Lea denn nicht, dass sie keine Freundin wollte, sondern eine Mutter?

Dragosz kam zurück. Er hielt noch immer das Schwert in der rechten Hand und hackte auch beim Verlassen des Waldes zornig auf die wenigen Äste ein, die seinem Wüten auf dem umgekehrten Weg irgendwie entgangen waren, und der Ausdruck auf seinem Gesicht war womöglich noch zorniger. Im allerersten Moment erschrak Arianrhod fast, denn sie nahm an, dass er hinter diesen Bäumen irgendetwas gesehen hatte, was mit ihren Verfolgern im Zusammenhang stand, dann aber streifte Dragosz' Blick Lea, und das Feuer in seinen Augen schien noch heller zu lodern.

»Ja«, seufzte Lea, ganz leise, sodass Dragosz ihre Worte nicht verstehen konnte. »Ich fürchte fast, es wird eine Weile dauern, bis du dich an ihn gewöhnt hast.«

Dragosz stapfte durch den Fluss, dass das Wasser fast bis zu seinen Schultern aufspritzte, und rammte das Schwert in den Gürtel zurück, während er auf dem diesseitigen Ufer heraufstieg. Seine Füße hinterließen große, nasse Abdrücke im Gras, und Arianrhod verspürte einen heftigen Anflug von Schadenfreude, als sie daran dachte, wie eisig das Wasser war und wie lange es dauern musste, bis seine Sandalen getrocknet waren. Allerdings hielt diese Schadenfreude nur so lange an, bis ihr aufging, dass sie in wenigen Augenblicken vermutlich selbst herausfinden würde, *wie* kalt das Wasser wirklich war.

»Und?«, fragte Lea, als Dragosz heran war.

»Der Weg geht auf der anderen Seite weiter«, brummte er. »Er scheint nicht sehr oft begangen zu werden, deshalb ist der Zugang auf dieser Seite auch beinahe zugewachsen. Aber nach ein paar Schritten wird es einfacher.«

»Nicht nur *ein bisschen* schwieriger?«, vergewisserte sich Lea in Anspielung auf das, was Kron über den Hohlweg behauptet hatte.

Dragosz antwortete gar nicht darauf, sondern funkelte sie nur an, fuhr dann mit einer abrupten Bewegung herum und ging zu Sturmwind. Lea sah ihm kopfschüttelnd nach, wie er sich auf den Rücken der Stute schwang, dann seufzte sie und gab Arianrhod mit einer Handbewegung zu verstehen, ihr zu folgen. Während Dragosz die Stute mit einer groben Bewegung herumriss und durch den Bach lenkte, half Lea ihr, auf den Rücken des Hengstes zu klettern und in eine einigermaßen bequeme Position zu rutschen. Erst dann stieg auch sie auf. Aber sie ritt nicht sofort los, sondern wartete, bis Dragosz den

Bach durchquert hatte und auf der anderen Seite im Wald verschwunden war, bevor sie ihm folgte. Arianrhod war sich sicher, dass das kein Zufall war.

34 Dragosz hatte ausnahmsweise einmal nicht übertrieben. Nach nur einem kurzen Stück, auf dem der Weg tatsächlich von Unkraut und wucherndem Gebüsch zurückerobert worden war, wurde er wirklich breiter, und der Boden war so eben und fest, dass sie regelrecht spüren konnte, wie Nachtwind unter ihr aufatmete und wieder in seinen gewohnten Trab zurückfiel. Sie fegten jetzt nicht mehr mit einer so halsbrecherischen Geschwindigkeit durch den Wald wie auf dem ersten Teil ihrer Flucht, legten nun aber doch ein rasches Tempo vor, von dem Arianrhod annahm, dass es für die Pferde zwar allerhöchstens ein gemächliches Dahintraben sein konnte, das aber selbst einen rennenden Mann schon nach kurzer Zeit hoffnungslos überfordern musste. Wenn ihnen Sarns Krieger tatsächlich auf diesem Weg folgten, dann bestand kaum die Gefahr, dass sie sie einholten.

Es war sehr dunkel hier im Wald. Ihre Mutter hielt zwar weiter einen unnötig großen Abstand zu Dragosz ein, achtete aber doch zugleich auch darauf, dass er nicht *zu* groß wurde, sodass sie selten weiter als sechs oder acht Pferdelängen hinter ihm zurückfielen. Dennoch schien Sturmwind manchmal zu einem fast geisterhaften, hellen Schemen vor ihnen im Wald zu verblassen, und der dunkel gekleidete Krieger auf ihrem Rücken war die meiste Zeit über gar nicht zu sehen.

Arianrhod saß vor ihrer Mutter auf dem Pferderücken und konnte ihr Gesicht somit nicht sehen, aber sie spürte trotzdem, wie sich Leas Miene weiter verdüsterte, wie um sich ihrer Umgebung anzupassen. Sie fühlte sich ein wenig schuldig. Sie wusste nicht, was wirklich zwischen Dragosz und ihr vorgefallen war, aber sie war jetzt sicher, dass es zwischen den beiden einen heftigen Streit gegeben hatte, schon bevor sie nach Goseg gekommen waren, um sie zu befreien. Sie wollte das nicht. Auch wenn es nicht stimmte, so sagte sie sich doch, dass Dragosz ihr vollkommen gleichgültig sein konnte, aber sie erinnerte sich noch zu gut an den warmen Ausdruck in Leas Augen, als sie sie das erste Mal zusammen mit ihm gesehen hatte, und sie wollte nichts mehr, als dass ihre Mutter dieses winzige bisschen Glück vom Leben bekam, das ihr so lange vorenthalten worden war. Dragosz war es ihr einfach schuldig. Lea hatte Recht: Es würde sicherlich eine geraume Weile dauern, bis sie sich an die rüde Art des bartlosen Kriegers gewöhnt hatte, aber sie *würde* sich an ihn gewöhnen, auch wenn es ihr schwer fiel, schon, um ihn im Auge zu bahalten und über ihre Mutter zu wachen.

Mit einem neuerlichen Gefühl von nagendem schlechtem Gewissen dachte sie an einen Moment am Ufer eines anderen, sehr weit entfernten Baches zurück, an das, was sie damals gefühlt hatte – und an das Säckchen mit dem Pulver, das ihr Dragosz gegeben hatte, damit sie es im Notfall ins Feuer werfen und ihn über den entstehenden Signalrauch zur Hilfe rufen konnte. Das Säckchen hatte sie mittlerweile längst verloren – wahrscheinlich lag es in dem engen Stollen, in dem Runa ums Leben gekommen war –, nicht aber das eigenartig wärmende Gefühl, dass sie nach wie vor Dragosz rufen konnte, wenn sie in Not war. Merkwürdigerweise empfand sie dabei aber ein solch starkes Gefühl von Scham, dass sie sich nur in dem Entschluss bestärkt fühlte, den sie in diesem Moment für sich fasste. Dragosz gehörte ihrer Mutter, und sie würde dafür sorgen, dass es so blieb. Auch wenn Lea es niemals erfahren würde: Von heute an würde sie ihr wenigstens einen kleinen Teil dessen zurückzahlen, was sie ihr schuldete, und auch ein wenig über ihr Leben wachen.

Eine Weile ritten sie in unveränderter Geschwindigkeit durch den düsteren Wald. Hier, zwischen den nah beieinander stehenden Bäumen, deren gewaltige Kronen mittlerweile zwar ebenfalls fast blattlos waren, dennoch aber so dicht, dass sie sich über dem Weg zu einem nahezu geschlossenen Dach vereinten, welches den Sonnenschein zu einem unsicheren, trüben Dunst verblassen ließ, war es spürbar kälter als am Ufer des Baches. Nachtwinds Atem war als regelmäßige Folge kleiner, grauer Dampfwölkchen vor seinen Nüstern sichtbar, und Arianrhod vergrub die Finger schon längst nicht mehr in seiner Mähne, um sich darin festzuklammern, sondern um sie zu wärmen. Sie fror selbst in dem dicken Umhang, den Lea ihr gegeben hatte, und wie sich ihre Mutter in dem dünnen, noch dazu an zahllosen Stellen zerrissenen Kleid fühlen musste, das wollte sie gar nicht wissen. Aus dem Abenteuer, zu dem ihr Weggang aus dem heimatlichen Dorf eigentlich hatte werden sollen, war längst nicht nur eine kopflose Flucht, sondern eine reine Tortur geworden.

Irgendwann begann sich das Grau ringsum zu lichten. Die Bäume traten weiter auseinander, das Gewirr aus Ästen und Zweigen über ihren Köpfen wurde dünner, und dann ritten sie endlich wieder durch einen gewöhnlichen Wald und nicht mehr durch einen unheimlichen Tunnel, der in eine immer währende Nacht gebohrt worden war. Der Weg wurde breiter, und Arianrhod konnte erkennen, dass er tatsächlich nicht nur benutzt, sondern auch von denen, die es taten, sorgsam instand gehalten wurde. Hier und da erkannte sie einen Busch, der erst vor kurzer Zeit gestutzt worden zu sein schien, den Stumpf eines Astes, den jemand abgehackt hatte, damit er nicht über den Weg wucherte, und es gab kaum heruntergefallene Äste und Laub auf dem Boden. Einmal glaubte sie sogar die Spuren eines Ochsenkarren zu erkennen, dessen Räder sich unter dem Gewicht seiner Last in den Boden gegraben hatten, aber sie waren zu schnell vorbei, als dass sie sicher sein konnte. Wessen sie hingegen sicher war, das war, dass es Menschen in der näheren Umgebung geben musste. Dieser Weg war nicht von selbst entstanden, und ihn anzulegen und so sorgsam davor zu bewahren, dem unermüdlichen Ansturm der Jahreszeiten und des Waldes zum Opfer zu fallen, musste große Mühe kosten.

Der Gedanke gefiel ihr nicht. Fast immer, wenn sie in letzter Zeit auf Menschen gestoßen waren, hatte es in einer Katastrophe geendet, und ganz gleich, wie weit sie die unermüdlichen

Beine der Pferde bisher auch getragen haben mochten, sie befanden sich noch immer in der Nähe von Goseg. Menschen, auf die sie trafen, waren entweder Verbündete Gosegs oder nur allzu bald schon tot.

Die Gedanken ihrer Mutter schienen auf ganz ähnlichen Pfaden zu wandeln, denn Arianrhod spürte, wie sie sich immer öfter umblickte. Sie machte zwar keine entsprechende Bemerkung (hauptsächlich wohl, um Arianrhod nicht zu ängstigen), doch schließlich ließ sie Nachtwind ein wenig weiter ausgreifen, bis sie an Dragosz' Seite angekommen waren. »Du solltest besser noch einmal vorausreiten. Dieser Wald gefällt mir nicht.«

»Mir auch nicht«, sagte Dragosz übellaunig. »Ich hoffe, wir sind noch auf dem richtigen Weg und nicht etwa im Kreis geritten.«

»Genau um das herauszufinden, sollst du ja vorausreiten«, erwiderte Lea trocken.

»Du meinst, es reicht vollkommen, wenn einer von uns in einen Hinterhalt gerät?«, erkundigte sich Dragosz. Er wirkte noch immer missmutig und fast so, als wäre ihm diese Bemerkung gegen seinen Willen entschlüpft.

»Ganz genau«, bestätigte Lea. Dann lachte sie. »Keine Sorge. Wir sind auf dem richtigen Weg. Ich möchte nur sicher sein, dass tatsächlich Rahn und die beiden anderen auf uns warten und nicht etwa Sarns Krieger.«

Dragosz überlegte noch kurz, sichtlich wenig begeistert von diesem Gedanken, ergab sich aber dann mit einem Schulterzucken in sein Schicksal. »Warum nicht? Bei der Gelegenheit kann ich ja gleich auch nach den Männern Ausschau halten, nach denen ich geschickt habe.«

Er schien darauf zu warten, dass Lea ihn für diesen Vorschlag lobte, und als das nicht geschah, ließ er Sturmwinds Zügel mit einer ärgerlichen Bewegung knallen und sprengte los.

»Männer?«, erkundigte sich Arianrhod alarmiert. »Was für Männer?«

»Krieger aus Dragosz' Stamm«, antwortete ihre Mutter. »Weißt du, eigentlich hatten wir nicht vor, ganz Goseg zu zweit anzugreifen. Dragosz hat einen Jäger aus seinem Volk, dem er zufällig begegnet war, zurückgeschickt, damit er Verstärkung holt. Sie ist sicherlich schon auf dem Weg und hätte nach Dragosz Schätzung eigentlich schon gestern Abend eintreffen müssen. Wir wollten so lange warten, aber dann kam Rahn plötzlich mit einem Ochsengespann herangerattert, auf dem Kron und Achk hockten, als würden sie von ihm zur Schlachtbank geführt.«

»Ein Ochsengespann?«, fragte Arianrhod verwirrt. »Aber warum sollte Sarn ihnen ein Ochsengespann mit auf den Weg geben, statt sie in Lumpen aus Goseg zu jagen?«

»Weil er ein hinterlistiger alter Halunke ist, der sicherlich damit mehrere Dinge auf einmal erreichen will.« Als Arianrhod eine entsprechende Frage stellte, winkte Lea rasch ab. »Aber das spielt im Augenblick keine Rolle. Rahn war jedenfalls vollkommen aufgelöst und entsetzt darüber, was in Goseg geschehen war und was man dir anlastete – und sicherlich auch darüber, dass er nun selbst keine Gnade mehr von Sarn zu erwarten hat. Nachdem er uns erzählt hatte, was passiert war, konnten wir nicht mehr auf Verstärkung warten.«

Arianrhod fragte sich, *wen* Dragosz eigentlich zu seinen Leuten geschickt hatte, behielt diese Frage aber wohlweislich für sich.

Die Bäume wichen immer weiter auseinander und waren jetzt kleiner und von schlankerem Wuchs, sodass Arianrhod ihre Umgebung kaum noch wirklich als Wald bezeichnet hätte, und auf dem Kamm des Hügels, den sie nun hinauffritten, wuchsen nur noch ein paar einsame Schösslinge und dürres Gebüsch, das seinen Tribut an den bevorstehenden Winter bereits bezahlt hatte und fast nur noch aus blattlosen Ästen bestand. Kurz bevor sie den Kamm erreichten, ließ Lea Nachtwind anhalten, stieg ab und bedeutete auch Arianrhod mit einer Geste, von seinem Rücken zu klettern. »Hier werden wir auf Dragosz warten.«

Arianrhod nickte nur flüchtig und glitt ebenfalls vom Pferderücken, um dann ein paar Schritte zu gehen, bis sie einen freien

Blick auf das Tal hatte, das sich unter ihnen eröffnete. Es musste weitaus tiefer sein, als es auf den ersten Blick den Anschein gehabt hatte, denn es dauerte eine Weile, bis Arianrhod Dragosz auf der weißen Stute entdeckte, und dann war sie erstaunt, wie winzig er von hier oben aus wirkte. Die grünen Tupfen dort unten, von denen sie geglaubt hatte, es wären Büsche, mussten Bäume sein.

»Und wo stecken Dragosz' Männer und die anderen?«

Lea deutete ein Achselzucken an, aber sie klang nicht sonderlich beunruhigt, als sie antwortete. »Sie werden sich irgendwo versteckt haben. Rahn wird sich bestimmt keine weithin einsehbare Stelle suchen und darauf warten, dass irgendjemand über ihn stolpert.« Da sie zu spüren schien, dass diese Antwort Arianrhod nicht unbedingt überzeugte, fügte sie in einem bewusst beiläufigen Ton hinzu: »Wenn irgendetwas nicht in Ordnung wäre, würde Dragosz sofort wieder zurückkommen.«

Arianrhod stellte diese Antwort nicht unbedingt zufrieden. Aber sie beschäftigte etwas ganz anderes. »Ist es wahr, was Nor über Dragosz und sein Volk erzählt hat?.«

»Was?« Ihre Mutter trat neben sie und blickte konzentriert nach vorn, aber Arianrhod spürte ihre plötzliche Anspannung.

»Dass sie gekommen sind, um das Land zu erobern. Dass sie jeden töten und jedes Dorf niederbrennen, das sich weigert, sich ihnen zu unterwerfen.« Vielleicht war es der denkbar schlechteste Augenblick, diese Frage zu stellen, aber möglicherweise auch der letzte überhaupt. Und ihre Mutter zögerte ein bisschen zu lange für Arianrhods Geschmack, bevor sie antwortete, und sie tat es mit einer Bewegung, die typisch für sie war, wenn man ihr eine Frage gestellt hatte, auf die sie eigentlich nicht antworten wollte; eine Mischung aus einem Kopfschütteln, einem Achselzucken und einem unwilligen Schürzen der Lippen. »Wenn sie wirklich ein Volk von Mördern und Barbaren wären, meinst du, Dragosz hätte Grahl und Kron dann am Leben gelassen, nachdem sie ihn angegriffen haben?«, gab sie unwirsch zurück.

»Das ist keine Antwort auf meine Frage«, sagte Arianrhod.

Lea wurde nun wirklich ärgerlich. »Ich weiß es nicht«, sagte sie scharf. »Und um ehrlich zu sein, wäre es mir im Augenblick auch vollkommen gleichgültig. Meinetwegen können sie Goseg bis auf die Grundmauern niederbrennen. Ich würde ihm keine Träne nachweinen. Du?«

Arianrhod stellte überrascht fest, dass sie diese Frage nicht beantworten konnte. Sie hätte erwartet, dass sie aus dem Gefühl heraus klar mit *Nein* antworten würde, aber wenn sie an die schrecklichen Augenblicke des zurückliegenden Morgens dachte, dann tat sie das auf eine sonderbare Art, die sie sich selbst nicht erklären konnte. Natürlich waren es Bilder voller Furcht und Angst und unbeschreiblichem Schrecken, und natürlich hatte sie Sarn und Jamu und alle, die zu ihnen gehörten, in diesen Augenblicken aus tiefstem Herzen gehasst. Aber da war so viel Tod gewesen, so viel Leid und Schmerz, so viele Menschen, die nicht ihre Feinde gewesen waren. »Ich weiß es nicht«, antwortete sie ehrlich.

Ihre Mutter wirkte überrascht, gleichzeitig aber auch irgendwie ... erleichtert? »Siehst du?«, gab sie zurück. »Und ich weiß nicht, welche Absichten Dragosz und sein Volk wirklich verfolgen. Ich glaube es nicht, aber wenn es uns dort wirklich nicht gefällt ...« Sie wiegte den Kopf hin und her. »Die Welt ist groß, Arianrhod. Viel größer, als du dir vorstellen kannst. Im Frühjahr können wir immer noch weiter ziehen.«

Über diesen letzten Satz wollte Arianrhod jetzt nicht nachdenken. »Hast du ihn denn nicht gefragt?«

»Nein. Hast du es getan?«

»Ich? Aber wann sollte ich ...«

»Als ihr allein miteinander gesprochen habt, draußen auf der Ebene«, unterbrach sie Lea. »Das kannst du doch nicht vergessen haben. Ich habe geschlafen, und ihr habt euch ziemlich lange unterhalten.«

Arianrhods Herz machte einen erschrockenen Satz. Wieso wusste ihre Mutter davon? Einen Moment lang und fast panisch versuchte sie sich zu erinnern, aber da war nichts. *Sie* hatte ihr ganz bestimmt nichts davon erzählt. »Hat es Dragosz ...« Sie brach ab, fuhr sich mit der Zunge über die Lippen, die von einem Atemzug zum anderen plötzlich wieder so ausgetrocknet und rissig zu sein schienen, dass es ihr Mühe bereitete, überhaupt zu sprechen, und setzte dann neu an. »Woher weißt du davon?«

»Jedenfalls nicht von dir«, antwortete Lea. Arianrhod versuchte in ihrem Gesicht zu lesen, aber ihre Miene blieb völlig undeutbar. »Und auch nicht von ihm.«

»Aber woher dann?«

»Du hörst mir anscheinend wirklich nie richtig zu, wie?«, seufzte ihre Mutter. »Ich habe dir doch gesagt, dass Mütter niemals schlafen und dass sie die Gedanken ihrer Kinder lesen können. Ich habe euch belauscht.«

»Du hast uns ...«, keuchte Arianrhod.

»Euch belauscht, ja«, bestätigte ihre Mutter ungerührt. Ihre Stimme nahm einen Ton anklagend übertrieben gespielter Strenge an. »Es war nicht besonders schwer. Ich habe dir zwar beigebracht, wie man sich anschleicht, aber nicht, wie man sich wegschleicht. Das ist ein großer Unterschied, musst du wissen. Vor allem für Mütter. Das *Weg*schleichen lehren sie ihre Kinder nie.«

Arianrhod ging nicht auf den halb scherzhaften Ton ein, den ihre Mutter ihr anbot. »Du bist mir nachgegangen?«, vergewisserte sie sich. Ihr Herz klopfte immer schneller. »Du ... du hast gehört ... was ...«

»Jedes Wort«, sagte Lea. »Und ich habe euch auch gesehen.«

Auch das ignorierte Arianrhod ganz bewusst. »Warum hast du nichts gesagt?«

»Vielleicht, weil ich gehofft habe, dass *du* mir etwas sagst.« Lea zog die Augenbrauen zusammen. »Außerdem wollte ich zuerst mit Dragosz reden und ihm die Augen auskratzen. Aber zu seinem Glück sind uns ja ein paar von Nors Kriegern dazwischen gekommen.« Sie machte eine abwehrende Handbewegung, als Arianrhod etwas sagen wollte, und fuhr, plötzlich in einem Ton, von dem Arianrhod nicht wusste, ob er nun spöttisch oder verständnisvoll gemeint war, fort: »Du musst nichts sagen. Ich habe mir selbst schon alles dazu gesagt, was nötig ist, weißt du?«

»Aber ... aber ich habe doch nur ...«

»Ich war im ersten Moment ziemlich zornig auf dich, und auch auf ihn, das gebe ich zu«, fuhr Lea ungerührt fort. »Aber wirklich nur im ersten Moment. Du musst kein schlechtes Gewissen haben oder dich schämen. Es ist ganz normal, dass du in deinem Alter anfängst, ein Auge auf Männer zu werfen. Vor allem, wenn sie so gut aussehen wie Dragosz und alles andere als vom Alter gebeugt sind.«

»Aber er gehört dir«, murmelte Arianrhod. Sie fühlte sich unglaublich schuldig.

»Gut, dass du es selbst sagst«, pflichtete ihr Lea bei. »Und es wäre noch besser, wenn du es nicht vergisst.« Plötzlich lachte sie und schüttelte heftig den Kopf. »Nein, mach dir keine Vorwürfe. Ich hätte wissen müssen, was passiert. Es ist ganz sicher nicht das erste Mal, dass sich eine Tochter in denselben Mann verliebt wie ihre Mutter, wenn er nicht zufällig auch ihr Vater ist. Und die Auswahl an gut aussehenden Männern ist bei uns im Dorf ja nun wirklich nicht groß.« Sie blinzelte Arianrhod fast verschwörerisch zu. »Und was Dragosz angeht – ich war ihm zwar böse, aber ich kann ihn verstehen. Du bist ein sehr hübsches Mädchen, und er müsste schon mit Blindheit geschlagen sein, um das nicht zu sehen.« Sie zuckte abermals mit den Achseln. »Ich nehme es als Kompliment. Immerhin bist du meine Tochter.«

»Aber ...«, begann Arianrhod.

»Und jetzt wollen wir nie wieder über dieses Thema reden, einverstanden?«

Arianrhod nickte nur. Antworten konnte sie nicht. In ihrer Kehle saß plötzlich ein bitterer Kloß, der sie nicht nur am Sprechen hinderte, sondern sie fast zu ersticken schien, und ihr Herz klopfte noch immer so hart, dass sie es bis in die Spitzen ihrer zu Fäusten geballten Finger spüren konnte. Sie fühlte sich noch immer schuldig, jetzt vielleicht sogar mehr als zuvor, nicht wegen dem, was sie getan hatte – genau genommen hatte sie ja gar nichts getan –, wohl aber wegen dem, was sie *gedacht* und vor allem *gefühlt* hatte. Davon wusste ihre Mutter nichts, und sie nahm sich fest vor, dass sie es auch niemals erfahren würde. »Ja«, sagte sie mit einiger Verspätung. »Ich wollte ja auch nur ...«

»Nie wieder«, fiel ihr Lea erneut ins Wort, diesmal etwas schärfer. Noch nicht wirklich zornig, aber doch so nachdrücklich, dass Arianrhod nur nickte und dann mit einem Ruck den Kopf zur Seite drehte, um wieder ins Tal hinabzusehen. Sie fühlte sich noch immer niederträchtig und gemein, zugleich aber auch unendlich erleichtert. Und sie verspürte ein warmes Gefühl für ihre Mutter, das sie allzu lange vermisst hatte. Vielleicht war es gar nicht so, wie sie vorhin noch gedacht hatte. Vielleicht hatte sie ihre Mutter nicht verloren, sondern nur eine Freundin gewonnen.

Dragosz hatte mittlerweile sein Pferd gewendet und war wieder auf dem Rückweg, ohne dass es Arianrhod während ihres Gesprächs aufgefallen wäre. Er schien in großer Eile zu sein, doch sie sah nun, dass er Schwierigkeiten hatte, die Stute die steil ansteigende Böschung hinaufzutreiben. Sie scheute immer wieder und versuchte sich ihm zu widersetzen, sodass er mit immer größerer Kraft an diesen verfluchten Lederriemen herumzerrte, die ihre Mutter Zaumzeug nannte und die nach ihren Worten eher dazu gedacht waren, das Verhältnis zwischen Mensch und Tier zu *verbessern*, statt mit grober Gewalt einem Pferd seinen Willen *aufzuzwingen*.

»Dieser Dummkopf lernt es nie«, seufzte Lea. »Wenn er so weitermacht, dann wird sie ihn abwerfen.« Sie schnaubte abfällig. »Eigentlich sollte ich in aller Ruhe abwarten, bis das passiert.«

»Reitet sein Volk nicht?«

»Nein. *Ich* habe ihm das Reiten beigebracht. Und bevor du jetzt sagst, ich wäre eine schlechte Lehrerin, das stimmt nicht. *Er* ist ein schlechter Schüler.« Sie stand auf und hob beide Arme über den Kopf, um Dragosz zuzuwinken. Arianrhod bezweifelte, dass er es überhaupt sah, denn er schien voll und ganz damit beschäftigt zu sein, sich auf Sturmwinds Rücken zu halten und mit immer größerer Kraft an den Zügeln zu reißen, aber die Stute erkannte Lea sofort. Sie hörte plötzlich auf, gegen ihren Reiter anzukämpfen, und verfiel ganz im Gegenteil in einen raschen Trab, der sie binnen weniger Augenblicke zu ihnen heraufbrachte.

Dragosz fiel mehr von ihrem Rücken, als er herunterkletterte. Er war vollkommen außer Atem, und sehr aufgebracht. »Störrisches Vieh!«, schimpfte er. »Um ein Haar hätte ich mir den Hals gebrochen!«

»Ich habe dir doch gesagt, du sollst sie nicht beschimpfen«, sagte Lea spöttisch. Sie nahm Dragosz den Zügel aus der Hand und tätschelte Sturmwinds Hals. Das Pferd dankte es ihr, indem es sie freundschaftlich mit dem Kopf gegen die Schulter stupste, bevor es sich zu Nachtwind gesellte, der noch immer an derselben Stelle ein Stück den Weg hinab wartete, wo sie ihn zurückgelassen hatten. Dragosz blickte der Stute finster nach und wandte sich dann mit einem noch finstereren Blick an Lea. »Vielleicht ist es ja wahr, was man sich in Goseg über dich erzählt«, grollte er. »Du *bist* eine Hexe. Du hast sie verzaubert.«

»Ja«, antwortete Lea lächelnd. »Wenn du willst, dann verrate ich dir meinen Zauberspruch. Er besteht aus einem einzigen Wort. Sanftmut.«

»Aus deinem Mund bekommt dieses Wort eine ganz andere Bedeutung«, sagte Dragosz spöttisch. Er fuhr sich mit der Hand über das Gesicht, um den Schweiß wegzuwischen.

»Aber es ist das ganze Geheimnis«, belehrte ihn Lea. »Sie sind sehr sanfte Wesen. Du musst ihre Freundschaft erringen. Wenn du versuchst, sie zu etwas zu zwingen, dann werden sie dir niemals wirklich treu ergeben sein. Und glaub mir, sie spüren ganz genau, ob es jemand ehrlich mit ihnen meint oder nicht.«

Dragosz sah sie einen Moment lang misstrauisch an, als suche er nach einer verborgenen Bedeutung in diesen Worten, dann aber schüttelte er unwillig den Kopf. »Wollen wir uns über Pferde unterhalten, oder willst du wissen, was ich gefunden habe?«

»Einen verräterischen Fischer, einen blinden Schmied und einen einarmigen Jäger?«, erkundigte sich Lea, immer noch lächelnd.

Ihre unerschütterliche Fröhlichkeit ließ Dragosz' Ummut offensichtlich wachsen. »Sie warten auf uns, dort unten im Tal«, bestätigte er. »Dein Freund, der Fischer, behauptet, es wäre alles in Ordnung. Aber ich traue ihm nicht.«

»Warum nicht?«, wollte Arianrhod wissen.

»Nur so ein Gefühl«, grollte Dragosz. »Zwei meiner Männer sind bei ihnen. Die anderen sind auf dem Weg hierher. Wir müssten noch vor Sonnenuntergang zu ihnen stoßen, wenn wir uns beeilen.«

»Dann sollten wir das auch tun«, sagte Lea, und Dragosz nickte, schüttelte aber auch fast gleichzeitig den Kopf. »Ja. Lass mich nur einen Moment ausruhen und einen Schluck Wasser trinken – und meine Kräfte sammeln, bevor ich mich wieder auf den Rücken dieses ... Tieres setzte.« Er stockte unmerklich, und Arianrhod hatte das sichere Gefühl, dass er eigentlich etwas ganz anderes hatte sagen wollen, es aber dann doch nicht gewagt hatte. In Leas Augen blitzte es noch einmal amüsiert auf, und Dragosz schenkte ihr einen weiteren finsteren Blick, bevor er einfach an ihr vorbeiging und einen umgestürzten Baum ein paar Schritte entfernt ansteuerte, um sich mit einem übertrieben erschöpften Seufzen darauf niedersinken zu lassen.

Arianrhod und ihre Mutter folgten ihm. Lea nahm neben ihm auf dem Baumstamm Platz, wenn auch in ziemlich großem Abstand, während Arianrhod einen Moment lang unschlüssig stehen blieb und dann weiterging, um die beiden Pferde anzusteuern.

Sturmwind beäugte sie misstrauisch, während der Hengst erfreut schien, sie zu sehen. Er kam auf sie zu, schnaubte leise und stieß sie dann sanft mit seiner weichen Schnauze an. Durch seine große Kraft stolperte Arianrhod dennoch einen halben Schritt zurück, bevor sie sich mit heftig rudernden Armen wieder fing, dann aber musste sie lachen und streichelte Nachtwinds Hals, bevor er seine Aufforderung wiederholte und sie möglicherweise wirklich zu Boden schleuderte. Und beinahe als geschähe es ohne ihr Zutun, fand sich Arianrhod mit einem Male auf seinem Rücken wieder. Diesmal saß sie richtig, nicht schon halb auf seinem Hals, wie sie es hatte tun müssen, als sie vor ihrer Mutter Platz genommen hatte, sondern genau in derselben Stellung wie Lea, und ihre Hände suchten fast wie von selbst nach dem geflochtenen Lederriemen, der als Zügel diente.

Der Hengst drehte überrascht den Kopf und sah sie an, dann machte er einen vorsichtigen Schritt, dann noch einen, und schließlich verfiel er in einen – sehr langsamen – Trab, der sie weiter auf die Hügelkuppe zutrug. Arianrhod war viel zu überrascht von dem, was sie gerade getan hatte, und auch ein bisschen berauscht von diesem wunderschönen Moment, um sehr viel von ihrer Umgebung wahrnehmen zu können, aber sie registrierte dennoch, wie Dragosz erschrocken hochspringen wollte und ihre Mutter ihm rasch die Hand auf den Unterarm legte und ihn zurückhielt. Dann war sie an ihnen vorbei, und der Hügelkamm kam immer näher, und plötzlich erinnerte sie sich wieder daran, wie steil das Gelände auf der anderen Seite abgefallen war. Sie hatte keine Ahnung, wie man den Hengst zum Stehenbleiben bewegte.

Aber ihre Sorge erwies sich als unbegründet. Unmittelbar vor der Hügelkuppe machte Nachtwind kehrt, trabte zu Dragosz und ihrer Mutter zurück und blieb stehen.

»Siehst du?«, sagte Lea, zwar zu Arianrhod hinaufsehend und mit einem stolzen Lächeln auf dem Gesicht, aber an Dragosz gewandt, »das habe ich gemeint, Dragosz. Meine Tochter hat das Geheimnis bereits erkannt.«

»Sie ist ja auch die Tochter einer Zauberin«, antwortete Dragosz böse. Aber eigentlich, fand Arianrhod, klang er eher verwirrt und ein ganz kleines bisschen vielleicht auch ... ängstlich?

Sie wollte absteigen, aber Lea machte eine rasche, abwehrende Bewegung und stand ihrerseits auf. »Nein, bleib, wo du bist.

Es wird sowieso Zeit, dass wir weiterreiten. Zum Herumalbern haben wir noch Zeit genug, wenn wir erst in Sicherheit sind.«

Sie schwang sich mit einer raschen Bewegung zu Arianrhod herauf auf den Rücken des Pferdes, nahm ihr die Zügel aus der Hand und winkte Dragosz heran. »Hätte ich gewusst, dass du das Reiten so schnell lernst, dann hätte ich Morgenwind gleich mitgebracht«, sagte sie, während sie sich wieder auf den Weg machten.

»Morgenwind?« Arianrhod richtete sich kerzengerade auf und versuchte, über die Schulter hinweg ins Gesicht ihrer Mutter zu sehen. »Sie ist ... ist hier? Ihr habt sie mitgebracht?«

»Unten bei Rahn und den anderen«, bestätigte Lea. »Wir haben sie nicht mitgebracht. Sie ist uns gefolgt, als wir Nachtwind und Sturmwind geholt haben. Ich hatte gehofft, dass sie uns auch weiter begleitet und ich dir später, wenn wir in Sicherheit und bei Dragosz' Leuten sind, in aller Ruhe das Reiten beibringen kann. Aber das wird wohl kaum noch nötig sein. Sobald wir unten im Tal sind, werde ich ein Zaumzeug für dich anfertigen, und du kannst allein reiten.«

»Auf Morgenwind?«, fragte Arianrhod hoffnungsvoll. Ihr Herz klopfte, als sie an die prachtvolle Stute dachte, mit der sie so oft gespielt hatte. Doch ihre Mutter schüttelte den Kopf.

»Du wirst Nachtwind nehmen«, sagte sie. »Morgenwind ist noch nie geritten worden, weißt du? Ein Pferd muss genauso lernen, geritten zu werden, wie ein Mensch lernen muss, es zu reiten. Ich werde sie nehmen. Falls sie noch da ist«, fügte sie mit einem leisen Seufzen hinzu, »und Rahn und die anderen Dummköpfe sie nicht inzwischen aufgegessen haben.«

Arianrhod starrte sie regelrecht entsetzt an, und ihre Mutter lachte leise. »Das war ein Scherz.«

»Und wenn nicht, dann schneide ich ihm eigenhändig die Kehle durch«, sagte Arianrhod, und *das* war kein Scherz.

35 Noch bevor sie auch nur den halben Weg ins Tal hinab zurückgelegt hatten, kamen Arianrhod doch ernsthafte Zweifel, was ihre angebliche Begabung zum Reiten anging; und das, was ihre Mutter darüber gesagt hatte. Es fiel ihr immer schwerer, sich auf Nachtwinds Rücken zu halten, und auch ihre Mutter hatte damit zu kämpfen, nicht stetig nach vorn zu rutschen. Mehr als einmal fand sich Arianrhod tatsächlich fast auf dem Hals des Hengstes sitzend vor, und Dragosz, der anfangs hinter ihnen geritten war, bis Lea den Hengst für einen Moment anhalten ließ, damit er sich neben sie setzen konnte, begann zuerst leise, dann immer lauter und ununterbrochen zu fluchen.

Sturmwind machte es ihm aber auch wirklich nicht leicht. Die beiden Pferde hatten Mühe, auf dem abschüssigen und noch dazu mit lockerem Geröll und Sand bedeckten Boden nicht ins Straucheln zu geraten, aber sie bewegten sich gleichzeitig auch sehr vorsichtig. Der Weg nach unten, das spürte Arianrhod einfach, war nicht wirklich gefährlich, sondern einfach nur mühsam. Aber sie hatte das Gefühl, dass sich die Stute absichtlich ungeschickt anstellte, um es ihrem Reiter so unbequem wie nur möglich zu machen.

Dann hatten sie den Hang auch schon hinter sich gelassen, und schon nach wenigen Augenblicken hatte Dragosz mit ihnen gleichgezogen. »Es ist jetzt nicht mehr weit«, rief er. Er deutete mit einer Kopfbewegung auf einen grünen Klecks, den Arianrhod von der Höhe des Hügelkamms aus für ein Gebüsch gehalten hatte. Jetzt sah sie, dass es eine kleine Baumgruppe war, gerade noch an der Grenze dessen, dass man es nicht wirklich einen Wald nennen konnte. »Dorthin müssen wir.«

Lea blickte einen Moment lang konzentriert in die bezeichnete Richtung. »Ich sehe nichts.«

»Deshalb nennt man es ja auch ein Versteck«, antwortete Dragosz spöttisch. »Ein Versteck, in dem man jeden sofort sieht, ist keines.«

Sie ritten so schnell, dass der Wald geradezu heranzufliegen schien. Arianrhods Blick suchte aufmerksam die Schatten zwischen den Bäumen ab, versuchte einen Umriss auszumachen, der nicht dorthin gehörte, eine Bewegung, die nicht sein sollte, aber sie entdeckte nichts. Wenn Rahn und die anderen tatsächlich dort vorne auf sie warteten, dann hatten sie sich sehr gut versteckt.

Und wenn nicht?, wisperte eine lautlose Stimme hinter ihrer Stirn. Wenn ihre Verfolger sie eingeholt und Rahn und die anderen überwältigt hatten und nun an ihrer Stelle dort vorne warteten? Oder, schlimmer noch: wenn Dragosz sie verraten hatte?

Arianrhod erschrak über diesen Gedanken und versuchte ihn abzuschütteln, aber er blieb hartnäckig da, wo er war, und ihre nagenden Zweifel (ja, auch an Dragosz!) wurden ganz im Gegenteil noch stärker.

Doch gerade, als sie glaubte, es nicht mehr aushalten zu können und sich den Kopf darüber zerbrach, wie sie eine entsprechende Frage stellen konnte, ohne Dragosz zu verletzen, erwachte einer der Schatten zwischen den Bäumen zu plötzlichem Leben, und ein hoch gewachsener, hellhaariger Mann in einem braunen Wollmantel trat aus dem Wald. Arianrhod hatte ihn noch nie gesehen, sehr wohl aber jemanden *wie* ihn. Er trug keinen Bart, und obwohl sie noch zu weit entfernt war, um sein Gesicht genau erkennen zu können, war die Ähnlichkeit mit Dragosz unübersehbar. Das musste einer der beiden Krieger sein, von denen er gesprochen hatte.

Dragosz hob die linke Hand und winkte. Der Fremde zögerte sichtbar, bevor er seinen Gruß erwiderte, und er kam ihnen auch nicht entgegen, wie Arianrhod eigentlich erwartet hätte, sondern machte kehrt und verschwand so schnell und lautlos wieder zwischen den Bäumen, wie er aufgetaucht war.

Auch ihre Mutter schien gebührend beeindruckt zu sein. »Sind alle deine Männer so gut?«, wandte sie sich an Dragosz, während sie das Pferd zügelte und in derselben Bewegung auch schon von seinem Rücken glitt.

»Nicht alle«, gestand Dragosz, allerdings in einem Ton, der deutlich machte, dass ihm dieses Eingeständnis nichts auszumachen schien. »Aber die, nach denen ich geschickt habe. Es sind die besten. Wenn Sarns Krieger wirklich dumm genug sind, uns einzuholen, dann werden sie es bereuen.«

Lea sagte nichts dazu, aber Arianrhod entging auch nicht der sonderbare Blick, mit dem sie Dragosz für einen Moment maß. Bei seinen letzten Worten war etwas in seiner Stimme gewesen, was ihrer Mutter ebenso wenig zu gefallen schien wie ihr. Er hatte sich fast angehört, als *wünsche* er sich, dass sie auf die Krieger aus Goseg stießen. Die Geschichten, die man sich über das fremde Volk aus dem Osten erzählte, fielen ihr wieder ein, und die Frage, die sie ihrer Mutter vorhin gestellt hatte. Und auch ihre Antwort darauf.

Hastig verscheuchte sie den Gedanken, folgte dem Beispiel ihrer Mutter und glitt vom Pferd. Sie beschleunigte ihre Schritte voller Unruhe, bis sie Dragosz und ihre Mutter eingeholt hatte, die schon vorausgegangen waren. Gerade als sie den Waldrand erreichten, sah Arianrhod einen Schatten, der zwischen den Baumstämmen auf sie zukam. Sie erwartete, denselben Krieger zu sehen wie zuvor, doch es war Rahn, der ihnen entgegentrat. Der Fischer wirkte fahrig und übernächtigt, aber als er Arianrhod erblickte, breitete sich ein Ausdruck echter Erleichterung auf seinem Gesicht aus.

»Arri!«, rief er aus. »Ich bin so froh, dich zu sehen.« Und ehe Arianrhod auch nur richtig begriff, wie ihr geschah, eilte er mit weit ausgreifenden Schritten auf sie zu und schloss sie in die Arme, wie eine lang vermisste Schwester, die wiederzusehen er kaum noch gehofft hatte.

Nur mit Mühe gelang es Arianrhod, sich aus seiner stürmischen Umarmung loszumachen und ihn ein kleines Stück weit von sich wegzuschieben. »Rahn!«, keuchte sie. »Bist du verrückt geworden? Was soll das?«

Bevor Rahn antworten konnte, fragte Dragosz rasch: »Wo sind die anderen?«

Rahn deutete mit dem Daumen über die Schulter zurück. »Sie warten auf euch, gleich hinter den Bäumen. Wo wart ihr so lange? Ich hatte die Hoffnung schon fast aufgegeben, dass ihr es doch noch schafft.«

»Dann sollten wir sie auch nicht länger als unbedingt nötig warten lassen«, sagte Dragosz. Mit schnellen Schritten ging er an Rahn vorbei und verschwand im Wald, während Lea eine Lücke im Unterholz suchte, durch die sie in den Wald eindringen konnte, ohne sich das Kleid zu zerreißen (auch wenn sich Arianrhod nicht vorstellen konnte, dass das noch einen großen Unterschied machte). Nachtwind ließ sie einfach laufen. Arianrhod warf ihr einen erschrockenen Blick zu, aber Lea machte nur eine rasche, beruhigende Geste.

»Sie laufen nicht weg, keine Sorge«, sagte sie. »Dieser dichte Wald ängstigt sie nur.« Sie sah sich weiter um, fand endlich, wonach sie gesucht hatte, und gab Arianrhod zugleich mit einer entsprechenden Kopfbewegung zu verstehen, ihr zu folgen.

»Ich bin so froh, dass ihr es geschafft habt«, sagte Rahn noch einmal. »Wir alle haben uns große Sorgen um dich gemacht.«

»Wir?«, fragte Arianrhod, während sie sich behutsam einen Weg durch das zwar dürre, aber dornige Unterholz zu bahnen versuchte. Sie hätte umkehren und es auf demselben Weg wie ihre Mutter versuchen können, aber es widerstrebte ihr zurückzugehen, und seien es nur wenige Schritte.

»Kron, Achk und ich«, antwortete Rahn. »Und Dragosz' ... Freunde.«

Das unmerkliche Stocken entging Arianrhod nicht; sie stellte zwar keine entsprechende Frage, aber die Art, auf die Rahn das Wort *Freunde* ausgesprochen hatte, ließ eine solche auch überflüssig werden.

»Wir wären schon eher hier gewesen«, antwortete sie, »aber du weißt ja, wie Sarn ist. Er drängt jedem seine Gastfreundschaft auf und ist immer so schnell beleidigt, wenn man zu früh abreisen will.«

Rahn blinzelte. Einen Moment lang wirkte er irritiert und konnte sichtlich nichts mit diesen Worten anfangen, aber schließlich schien er wenigstens zu begreifen, wie sie gemeint gewesen waren, und zwang sich zu einem – wenn auch missglückten – Lachen. Aber er wurde auch sofort wieder ernst. »Was ist passiert?«, wollte er wissen. »Wie konntet ihr entkommen?«

»Das ist eine lange Geschichte«, antwortete Arianrhod unwillig, was der Wahrheit entsprach, aber nicht der Grund dafür war, dass sie Rahn nicht erzählte, wie ihre Mutter und Dragosz sie befreit hatten. Sie wollte nicht darüber reden. Jetzt nicht, und vielleicht auch später nicht.

Rahn wirkte enttäuscht, beherrschte sich aber, keine weitere Frage zu stellen, und machte eine aufgeregte wedelnde Handbewegung hinter sich. Seine Freude, sie wiederzusehen, wirkte durchaus echt, wie sich Arianrhod mit einem Gefühl leiser Verwirrung eingestand. Vor allem nach dem, was sie mit Rahn in Goseg erlebt hatte, war ihr Misstrauen ihm gegenüber zwar regelrecht aufgelodert, fast im gleichen Maße aber auch ihre Verwirrung, wie sie zu ihrer eigenen Überraschung erst jetzt begriff. Es war längst nicht so, dass sie daran glaubte oder gar darauf vertraute, nein, sie wurde einfach nicht schlau aus ihm. Immerhin, musste sie einräumen, wäre sie nicht hier, hätte er ihre Mutter und Dragosz nicht alarmiert und sich damit – zum ersten Mal in seinem Leben – offen gegen Sarn gestellt.

Zu ihrer Erleichterung war der Weg nicht weit. Schon nach wenigen Dutzend Schritten lichtete sich der Wald vor ihnen wieder, und sie hörte die Stimme ihrer Mutter, die mit jemandem sprach. Gerade noch langsam genug, um nicht wirklich zu rennen, eilte sie weiter und trat auf eine halbrunde Lichtung hinaus, die sich zu der mit Felsen und Geröll übersäten Talböschung hin öffnete.

Ihre Mutter und Dragosz waren nur unweit entfernt. Dragosz unterhielt sich mit dem Mann, der ihnen vorhin am Waldrand entgegengekommen war, während ihre Mutter die Arme vor der Brust verschränkt hatte und zuhörte. Sie wirkte verstimmt. Von dem zweiten Krieger, von dem Dragosz gesprochen hatte, war keine Spur zu sehen.

Dafür entdeckte sie Kron und den Schmied auf der anderen Seite der Lichtung. Sie saßen im Windschatten eines großen, vierrädrigen Karrens, und Achk hatte die Hände über der Glut eines fast erloschenen Feuers ausgestreckt, um sich zu wärmen. Auch Kron saß vornüber gebeugt und in einer Haltung da, die große Müdigkeit anzeigte, doch als er Arianrhod erblickte, sprang er auf und eilte ihr entgegen. Achk hob, durch die plötzliche Bewegung aufgeschreckt, den Kopf und sah sich aus weit aufgerissenen, blinden Augen um.

»Ihr habt es also tatsächlich geschafft«, begann Kron, als er auf Hörweite heran war. Achk legte den Kopf schräg und lauschte konzentriert. Als er Arianrhods Stimme hörte, hellte sich sein Gesicht auf.

»Hast du daran gezweifelt?«, wollte sie wissen.

Der einarmige Jäger war klug genug, diese Frage nicht zu beantworten. Stattdessen schenkte er ihr noch einen kurzes, aber sehr warmes Lächeln, dann wurde er übergangslos umso ernster. »Seid ihr verfolgt worden?«

»Ganz bestimmt sogar«, antwortete Arianrhod, »aber nicht auf dem Weg, den wir genommen haben.« Krons Gesichtsausdruck wurde fragend, und Arianrhod fügte hinzu, indem sie mit beiden Händen so etwas wie einen nach oben offenen Trichter bildete: »Wir sind den Hohlweg hinabgekommen.«

Kron sog erschrocken die Luft zwischen den Zähnen ein. »Den Hohlweg?« Hastig sah er zu Lea hin. »Aber ich habe deine Mutter doch davor gewarnt. Er ist sehr gefährlich.«

»Wahrscheinlich hat sie ihn deshalb genommen«, erwiderte Arianrhod mit einem flüchtigen Lächeln und zuckte dann mit den Schultern. »Aber wie du siehst, haben wir es ja geschafft. Jetzt ist alles vorbei.«

Weder Kron noch Rahn sahen so aus, als teilten sie ihre Einschätzung der Lage, aber keiner der beiden sagte etwas. »Bist du hungrig?«, fragte Kron.

Und ob sie das war, immerhin hatte sie seit gestern Mittag nichts mehr gegessen. Sie nickte heftig, und genau in diesem Moment ließ ihr Magen ein lautstarkes Knurren hören, was ihr außerordentlich peinlich war.

Kron grinste und machte eine einladende Geste in Richtung des Wagens. »Dann komm. Essen haben wir genug. Sarn hat uns zwar in den sicheren Tod geschickt, aber anscheinend wollte er nicht, dass wir hungrig sterben.«

Allein der Gedanke an Essen ließ Arianrhod das Wasser im Munde zusammenlaufen, aber sie schüttelte trotzdem den Kopf und deutete auf ihre Mutter. »Ich komme gleich«, sagte sie. »Ihr könnt ja schon einmal das Feuer anfachen und das saftigste Bratenstück heraussuchen, das ihr habt. Ich bin hungrig wie ein Wolf nach dem Winter.«

Ehe Kron widersprechen konnte, fuhr sie herum und eilte zu ihrer Mutter und den beiden anderen Männern. Der fremde Krieger sprach noch immer, heftig mit beiden Händen gestikulierend und mit gedämpfter Stimme mit Dragosz, warf ihr aber trotzdem einen zwar kurzen, aber sehr aufmerksamen und irgendwie abschätzenden Blick zu, als sie näher kam. Auch ihre Mutter wandte den Kopf, und es schien Arianrhod, als wolle sie ihr mit Blicken irgendetwas signalisieren, aber wenn, dann verstand sie es nicht.

»Stimmt etwas nicht?«, fragte sie, als sie bei den dreien angekommen war. Ihre Mutter deutete nur ein Schulterzucken an, und Dragosz wechselte noch ein paar Worte in einer fremden Sprache mit dem Krieger, die Arianrhod nicht verstand. Dann nickte der Mann und verschwand mit schnellen Schritten im Unterholz, und Dragosz wandte sich erst jetzt zu ihr um und räusperte sich unbehaglich. »Ich bin nicht sicher. Vielleicht ein wenig beunruhigt.«

»Worüber?«, wollte Arianrhod wissen.

»Die Männer glauben, dass jemand in der Nähe ist«, sagte Dragosz. »Gut möglich, dass es Sarns Krieger sind.«

Arianrhod sah sich mit einer übertriebenen Geste um. »*Die* Männer?«, vergewisserte sie sich. »Ich habe nur einen gesehen. Hast du nicht gesagt, es wären zwei?«

»Der andere hält oben auf dem Hügel Wache«, antwortete Dragosz. »Barosch ist gerade unterwegs, um ihn zu holen.« Er legte den Kopf schräg. »Was soll dieses Verhör?«

»Ich war nur ...«, begann Arianrhod, und Dragosz unterbrach sie mit einer halb ungeduldigen, halb ärgerlichen Geste.

»Du hast mit Rahn gesprochen«, sagte er. »Ich weiß ja nicht, was er dir erzählt hat, aber du glaubst besser nur das, was du siehst.« Und damit wandte er sich um und stapfte wütend davon.

Arianrhod sah ihm verwirrt nach. »Was ... was habe ich denn jetzt schon wieder falsch gemacht?«

»Nichts«, beruhigte sie Lea. »Es hat wohl irgendeinen dummen Streit zwischen Dragosz' Männern und Rahn gegeben, als wir weg waren.« Sie zuckte betont beiläufig mit den Schultern. »Mach dir keine Sorgen. Sie werden schon lernen, miteinander auszukommen.«

Das hätte überzeugend klingen sollen, tat es aber nicht, weder in Arianrhods noch in Leas Ohren, wie sie ihr deutlich ansehen konnte. Arianrhod seufzte innerlich tief. Sie hatten die eine Gefahr noch nicht hinter sich, und schon zeichneten sich wieder neue Probleme ab. *So* hatte sie sich dieses Abenteuer wahrlich nicht vorgestellt.

»Hast du nicht gesagt, Morgenwind wäre hier?«, wandte sie sich an ihre Mutter; vielleicht nur, um das Thema zu wechseln.

»Ich habe gesagt, sie ist bei uns«, verbesserte sie Lea, »nicht, dass sie hier im Lager wäre.« Sie kam Arris Widerspruch über diese Spitzfindigkeiten mit einem entschiedenen Kopfschütteln zuvor. »Keine Sorge. Sie läuft öfter einmal davon, aber sie kommt immer wieder zurück.« Ein Schulterzucken. »Sie ist ein Mädchen, was erwartest du?«

Diesmal funktionierte es nicht. Arri sah ihre Mutter nur traurig an und raffte sich schließlich sogar zu einem matten Lächeln auf, aber nicht, weil ihr scherzhafter Ton sie wirklich aufgeheitert hätte, sondern um ihr zu zeigen, dass sie die gute Absicht zu würdigen wusste. »Kron hat ... hat etwas zu essen für uns«, sagte sie unbeholfen.

»Dann geh und iss«, antwortete Lea. »Ich bin nicht hungrig, aber du musst es sein. Haben sie dir wenigstens genug zu essen gegeben, während du in Goseg warst?«

»Meistens«, antwortete Arianrhod ausweichend.

»Also nicht«, stellte Lea fest. »Dann iss dich erst einmal satt. Wer weiß, wann du das nächste Mal dazu kommst.«

Arri war irritiert. Schickte ihre Mutter sie weg?

Im nächsten Moment bereute sie ihren Gedanken. Selbst wenn es so war, ging sie das wirklich nichts an. Trotzdem antwortete sie: »Das gilt aber auch für dich.«

»Ich bin nicht hungrig«, sagte Lea noch einmal. »Sarn war überaus großzügig, als er Rahn und die beiden anderen weggeschickt hat. Wahrscheinlich soll ihm niemand nachsagen, er habe kein gutes Herz.« Sie wedelte mit der Hand in Richtung des Wagens. »Geh schon. Ich habe noch mit Dragosz zu sprechen.«

Das war deutlich genug. Arianrhod sah ihre Mutter verunsichert an, aber dann wandte sie sich mit einem beleidigten Ruck um und ging zu Kron und dem Blinden zurück, die hinter dem abgeschirrten Wagen auf sie warteten.

Der Duft von gebratenem Fleisch drang ihr in die Nase, noch bevor sie den Wagen ganz umrundet hatte, und ließ ihr das Wasser im Munde zusammenlaufen. Sie ging schneller und musste sich beherrschen, um die letzten Schritte nicht zu rennen.

Rahn und die beiden anderen saßen mit untergeschlagenen Beinen in einem Dreiviertelkreis dergestalt um das Feuer herum, dass noch ein Platz frei blieb. Die Flammen züngelten jetzt so hoch, dass Arianrhod die Wärme bereits spüren konnte, als sie noch etliche Schritte davon entfernt war. Der Fischer hatte ein gewaltiges Stück Fleisch an einem Stock aufgespießt, den er in die prasselnden Flammen hielt und dabei langsam von rechts nach links und wieder zurückdrehte. Obwohl es noch roh und an einigen Stellen sogar blutig war, wurde aus ihrem nagenden Hunger pure Gier, sodass sie all ihre Selbstbeherrschung aufbringen musste, um Rahn den Stock nicht aus der Hand zu reißen und die Zähne in das Fleisch zu graben. Vielleicht hätte sie es sogar getan, wären die beiden anderen nicht dabei gewesen.

So fuhr sie sich nur mit der Zunge über die Lippen und steuerte den frei gebliebenen Platz am Feuer an. Rahn schenkte ihr ein Lächeln, an dem sie erkennen konnte, wie deutlich er ihr ihren Hunger ansah, und auch Kron maß sie mit einem sonderbaren Blick, den Arianrhod nicht richtig einzuordnen vermochte. Die Art, auf die das Gespräch der drei Männer abrupt endete, als sie sich zu ihnen gesellte, verriet Arianrhod, dass sie über sie gesprochen hatten.

»Es dauert nur noch einen Moment«, sagte Rahn, nachdem Arianrhod sich gesetzt und die Beine auf die gleiche Art wie er und die beiden anderen unter den Körper geschoben hatte. Erst danach ging ihr auf, dass es genau umgekehrt war: Rahn, Achk und der einarmige Jäger saßen da wie sie, in einer vielleicht unbequem aussehenden Haltung, die es aber ganz und gar nicht war, sondern es im Gegenteil möglich machte, eine geraume Zeit so dazusitzen, ohne dass sich die Muskeln verspannten oder man gar Krämpfe bekam. Diese Art zu sitzen hatten die Menschen in ihrem Dorf von ihrer Mutter gelernt, und wie so vieles hatten sie am Anfang darüber gelacht oder es schon aus Prinzip abgelehnt, nur um ihr dann umso emsiger nachzueifern, nachdem sie erst einmal begriffen hatten, wie nützlich es war.

Arianrhods Blick wanderte ohne ihr Zutun schon wieder zu dem Stück Fleisch, das Rahn an seinem Stock aufgespießt hatte. Fett, vielleicht auch Blut, tropfte heraus und fiel zischend auf das glühende Holz, das die Flammen nährte, und sie musste immer heftiger schlucken, um den Speichel loszuwerden, der sich unter ihrer Zunge sammelte.

Rahn kramte mit der freien Hand in einem Beutel herum, der hinter ihm auf dem Boden lag. Als er den Arm wieder hervorzog, hielt er ein dünnes Stück Fladenbrot in den Fingern, das aussah, als hätte jemand schon emsig daran herumgeknabbert. Arianrhod riss es ihm trotzdem regelrecht aus der Hand und verschlang es mit zwei gierigen Bissen. Der Blick, mit dem der Fischer sie dabei musterte, hätte ihr peinlich sein müssen, aber er war es nicht. Ganz im Gegenteil heftete sich ihr eigener Blick auf den Beutel, aus dem Rahn das Brot genommen hatte, und was man darin lesen konnte, musste wohl überdeutlich sein, denn Rahn schmunzelte nur und förderte ein zweites, größeres Stück Brot zutage, das Arianrhod ebenso schnell verputzte, auch wenn sie sich noch so fest vorgenommen hatte, sich zu beherrschen und nicht zu gierig auszusehen.

Gleich darauf und diesmal eindeutig fordernd, sah sie noch einmal zu dem Beutel hin, doch jetzt schüttelte Rahn den Kopf. »Wenn du zu gierig bist, wird dir nur schlecht. Eigentlich solltest du das doch wissen, oder?«

»Du meinst, weil meine Mutter mir mit solchen Weisheiten ununterbrochen in den Ohren gelegen hat?«, gab Arianrhod zurück, während sie den Beutel unverwandt anstarrte. So dick, wie er war, musste er noch eine ganze Menge Brot enthalten.

Rahn lachte leise. »Wie kommst du auf die Idee, nur dir?«, fragte er kopfschüttelnd.

Arianrhod riss ihren Blick mit einiger Mühe von den Beutel los, um Rahn irritiert anzusehen, aber schließlich deutete sie nur ein Schulterzucken an und zwang sich, eine etwas weniger verkrampfte und sprungbereite Haltung einzunehmen. Rahn hatte vollkommen Recht.

Unglücklicherweise kümmerte sich ihr Magen nicht darum, was richtig war und was falsch. Er knurrte abermals, und diesmal sehr viel lauter und anhaltender als vorher, denn die paar kümmerlichen Bissen, die sie bekommen hatte, hatten ihren Hunger allenfalls richtig angefacht. Um den peinlichen Moment zu überspielen, rettete sie sich in ein schüchternes Lächeln und fragte: »Ich ... ich esse euch doch nichts weg, oder?«

Kron schüttelte den Kopf. »Nein, Vorräte haben wir im Augenblick genug.«

»Und wenn es anders wäre«, fügte Rahn mit einem breiten Grinsen hinzu, »würde es dich davon abhalten?«

Arianrhod funkelte ihn wütend an, aber sie spürte auch selbst, dass ihr Zorn nicht ganz echt war, und musste plötzlich lachen. »Nein«, gestand sie.

»Siehst du?«, meinte Rahn. Er tauchte sein Stöckchen tiefer in die Flammen, sodass sie das Fleisch nun von allen Seiten bestrichen. Das Zischen von verkochendem Fett und Blut wurde lauter, und in den Bratenduft mischte sich nun ein leicht verbrannter Geruch. Er wird es verderben, dachte Arianrhod fast entsetzt. Wieder musste sie sich mit aller Macht beherrschen, Rahn den Stock nicht einfach aus den Händen zu reißen.

Sie schluckte ein paar Mal. »Wieso war Sarn so großzügig und hat euch so viel Essen mitgegeben?«

»Vielleicht wollte er, dass man in Goseg ein Loblied auf seine Großzügigkeit und sein weiches Herz singt«, antwortete Kron an Rahns Stelle, aber der Fischer schüttelte nur den Kopf. Er sah Arianrhod weiter mit diesem sonderbar warmen Lächeln an, das ihr ebenso unangenehm war, wie es sie verwirrte und ihr zugleich auch gefiel, und fügte dann fast verächtlich hinzu: »Sarns Herz ist genauso groß wie seine Mildtätigkeit und sein Glaube an die Götter.« Er schnaubte; abfällig und leise, zugleich aber auch sonderbar belustigt. »Er hat uns diesen Wagen nur mitgegeben, weil er so schöne, breite Spuren hinterlässt, denen selbst ein Blinder folgen könnte.«

Achk sah bei diesen Worten auf und wandte das Gesicht in die ungefähre Richtung, in der er Rahn vermutete.

»Und?«, fragte Arianrhod. Auch Kron blickte den Fischer stirnrunzelnd an.

»Zwei seiner Krieger sind uns gefolgt, kaum dass die Sonne untergegangen war«, antwortete Rahn. »Ich habe sie nicht gefragt, aber ich nehme doch an, dass sie den Auftrag hatten, den Wagen samt Inhalt unversehrt nach Goseg zurückzubringen ... ohne dass jemand es sieht.«

»Und?«, fragte Arianrhod noch einmal.

»Deine Mutter hat mich eine Menge nützliche Dinge gelehrt«, antwortete Rahn mit einem sonderbaren Lächeln. »Unter anderem auch, wie man Spuren verwischt. Selbst die eines Wagens.«

Arianrhod blickte zweifelnd, und auch der Ausdruck auf Krons Gesicht wurde immer fragender.

»Dann ... dann sind sie immer noch auf der Suche nach euch?«, fragte Arianrhod beunruhigt.

»Die beiden Männer?« Rahn lächelte dünn und drehte das Fleisch in den Flammen, sodass das Zischen und Brutzeln noch einmal lauter wurde. »Nein. Nicht mehr.«

Arianrhod wartete darauf, dass er weitersprach, aber Rahn lächelte nur still und schien sich plötzlich ganz auf den Braten an seinem Stock zu konzentrieren, doch nach einer Weile sagte Achk: »Du warst gestern Nacht eine Weile fort.«

»Jeder Mann muss dann und wann einmal allein in den Wald gehen«, antwortete Rahn. »Du etwa nicht?«

»Als du zurückgekommen bist, hast du nach Blut gerochen«, beharrte Achk.

»Da muss ich wohl auf ein Kaninchen getreten sein«, antwortete Rahn versonnen. Er wandte den Kopf und starrte Achk an, und obwohl dieser blind war, schien er seinen Blick irgendwie zu spüren, denn er beharrte nicht auf diesem Thema, sondern zog nur wieder diese abstoßende Grimasse, die er sich angewöhnt hatte, seit er nichts mehr sehen konnte, und die wohl nur er selbst für ein Lächeln hielt.

»Das Fleisch ist fertig«, sagte Rahn in verändertem Ton, während er den Spieß aus den Flammen nahm und ihn Arianrhod hinhielt. »Aber sei vorsichtig. Es ist sehr heiß.«

Er hatte nicht übertrieben. Selbst das entfernte Ende des Stocks, das Arianrhod mit spitzen Fingern ergriff, war so heiß, dass sie es kaum festhalten konnte. Sie verbrannte sich an dem Fleisch kräftig die Zunge und die Lippen, was aber vermutlich ein Glück war, denn sonst hätte sie womöglich versucht, ihre gesamte Beute mit einem einzigen Bissen hinunterzuschlingen. So knabberte sie gezwungenermaßen vorsichtig an den brutzelnden Brocken und wagte es lediglich, mit den Zähnen kleine Stücke davon abzureißen, die sie nahezu unzerkaut hinunterschluckte.

Das Fleisch war alles andere als gut durchgebraten, und es schmeckte auch deutlich verbrannt. Arianrhod hatte auch keine Ahnung, was sie da eigentlich aß, dafür aber das sichere Gefühl, dass es auch nicht sehr viel besser geschmeckt hätte, hätte ihre Mutter es in aller Ruhe zubereitet oder sonst jemand, der wirklich etwas davon verstand und nicht nur zeit seines Lebens mehr oder weniger rohen Fisch gegessen hatte. Dennoch hatte sie das Gefühl, niemals etwas Köstlicheres bekommen zu haben.

Schweigend und mit großer Konzentration aß sie das ganze Stück auf, das groß genug gewesen wäre, selbst einen kräftigen Mann von Rahns Statur satt zu bekommen, und leckte hinterher sogar noch den Ast ab, an dem ein wenig Bratensaft heruntergelaufen war. Rahn sah ihr mit stillem Vergnügen dabei zu, während sich auf Krons Zügen ein Ausdruck großer Verblüffung ausbreitete, als er sah, welche Portion sie ohne innezuhalten herunterschlang.

Natürlich wurde ihr hinterher schlecht. Eigentlich schon, *während* sie aß, aber das störte sie nicht. Sie versuchte nicht, gegen das Gefühl anzukämpfen, sondern ignorierte es einfach und genoss stattdessen die Tatsache, sich zum allerersten Mal seit sehr, sehr langer Zeit nicht mehr hungrig zu fühlen. Als sie endlich fertig war und alles, was sie noch von dem behelfsmäßigen Bratenspieß hätte ablecken können, seine verbrannte Rinde war, warf sie das Stöckchen ins Feuer, faltete umständlich die Beine auseinander (wobei sie streng darauf achtete, dass ihr Umhang geschlossen blieb) und ließ sich nach hinten und auf die Ellbogen sinken. Ihr war ein bisschen mulmig zumute. Wenn sie sich jetzt zu hastig bewegte, das wusste sie, dann würde ihr *tatsächlich* übel werden.

Aber sie hatte auch gar nicht vor, sich zu bewegen. Stattdessen schloss sie die Augen, legte den Kopf in den Nacken und drehte das Gesicht so, dass sie die wärmenden Strahlen der Sonne spüren konnte. Sie würde jetzt einfach so sitzen bleiben und das Gefühl genießen, satt zu sein, nicht um ihr Leben fürchten oder vor irgendetwas oder irgendjemandem davonrennen zu müssen, und sich unter Freunden zu befinden. Vielleicht bis zum nächsten Frühjahr, oder auch dem darauf folgenden.

Sie spürte eine Bewegung in ihrer unmittelbaren Nähe und öffnete träge – aber auch ein bisschen alarmiert – die Augen, doch es war nur Rahns Hand, die eine prall mit Wasser gefüllte Ziegenblase vor ihrem Gesicht schwenkte, sodass ihr Inhalt leise gluckerte. Dankbar griff sie danach, trank ein paar große Schlucke und stellte fest, dass das Wasser warm und ein wenig abgestanden schmeckte und nicht annähernd so köstlich wie jenes aus dem Bach, aus dem ihre Mutter und sie vorhin getrunken hatten.

»Stimmt mit dem Wasser irgendetwas nicht?«, fragte Rahn, als sie ihm den Schlauch zurückreichte.

Arianrhod lächelte flüchtig. »Nein, eher mit mir.«

Rahn verknotete den Wasserschlauch sorgfältig wieder und blickte sie fragend an.

»Ich stelle nur gerade fest, dass ich ziemlich undankbar bin«, fügte Arianrhod erklärend hinzu; was aber dem fragenden Ausdruck auf seinen Zügen nach zu urteilen anscheinend keine Erklärung war. Arianrhod machte sich jedoch nicht die Mühe, noch weiter auszuholen, sondern stemmte sich seufzend ein wenig in die Höhe und lauschte einen Moment lang mit geschlossenen Augen in sich hinein. Ihr Magen revoltierte immer noch ein bisschen, und sie spürte deutlich, dass nicht nur Männer von Zeit zu Zeit allein in den Wald gehen mussten, wie Rahn es gerade ausgedrückt hatte, sondern auch sie, und zwar bald; aber im Augenblick war sie viel zu träge, um eine solch gewaltige Anstrengung auf sich zu nehmen.

»Und jetzt erzähl uns von deinen Abenteuern«, verlangte Achk plötzlich. Arianrhod sah ihn einen Atemzug lang verwirrt an. Was wusste dieser Blinde von Abenteuern? Er war niemals aus seinem heimatlichen Dorf herausgekommen, auch nicht, als er noch sehen konnte. Sie schüttelte den Kopf, bevor ihr einfiel, dass Achk die Bewegung ja nicht sehen konnte.

Er musste sie aber gespürt haben, denn er zog eine Grimasse, und seine Stimme wurde quengelnder. »Du musst uns sagen, wie es dir ergangen ist«, beharrte er. »Wie bist du entkommen? Was wollten sie dir antun?«

Arianrhod setzte zu einer scharfen Entgegnung an, fing aber dann im letzten Augenblick einen warnenden Blick von Rahn auf und beherrschte sich. »Sie wollten mich umbringen«, sagte sie knapp, »und meine Mutter und Dragosz haben mich befreit.«

Die weißen Kugeln, die Achk anstelle von Augen hatte, starrten sie einen Moment lang fassungslos an. »Und das ... ist alles?«

»Das ist alles«, bestätigte Arianrhod. Achk wollte auffahren, aber Kron versetzte ihm einen derben Knuff gegen die Schulter. »Sie will nicht darüber reden! Verstehst du das denn nicht, du alter Dummkopf?«, raunzte Kron ihn an.

»Aber sie ist es uns schuldig«, jammerte Achk. »Sie hat an unserem Feuer gesessen und unser Essen gegessen! Jetzt muss sie uns von ihren Abenteuern erzählen!«

»Halt endlich den Mund, du dummer Krüppel!«, versetzte Kron. Achk japste nach Luft, als hätte er einen Hieb in den Leib bekommen, und versuchte nach Kron zu schlagen, verfehlte ihn aber natürlich, und Kron versetzte ihm einen zweiten, noch derberen Schubs, der den Alten fast aus dem Gleichgewicht gebracht hätte.

Arianrhod unterdrückte ein Grinsen, während sie den beiden Streithähnen zusah. Ein Krüppel, der den anderen als Krüppel beschimpfte, das erschien ihr ziemlich verrückt, aber sie spürte zugleich natürlich auch, dass der Streit nicht ernst gemeint war. Viel mehr war es wohl die Art dieser beiden Männer, mit dem schweren Schicksal fertig zu werden, das sie ereilt hatte. Und sie konnte Achk auch fast verstehen. Der Blinde lebte in einer Welt, die nur aus Gerüchen und Geräuschen bestand, und vor allem aus Worten. Für ihn waren Geschichten viel mehr als für alle anderen. Sie waren nahezu alles, was ihm das Leben noch zu bieten hatte. Später, wenn das alles hier vorbei war, und wenn die Bilder in ihrem Kopf weit genug verblasst wären, um nicht mehr nur durch ihre bloße Anwesenheit wehzutun, würde sie ihm vielleicht erzählen, was an diesem Morgen wirklich geschehen war. Vielleicht.

Sie spürte Rahns durchdringenden Blick. Der Fischer lächelte, während er sie ansah, aber da war auch noch mehr in seinen Augen. Etwas, das sie an die Art erinnerte, auf die er sie vorhin angesehen hatte, drüben am Waldrand, als er über Dragosz und seine Freunde sprach.

»Was bedrückt dich?«, fragte sie geradeheraus.

Rahn wirkte nicht im Geringsten überrascht, dass sie ihm seine Gefühle so deutlich ansah. Vielleicht hatte er sie nur auf diese bestimmte Art angeblickt, damit sie die Frage stellte. »Nichts«, behauptete er. »Vielleicht bedauere ich nur ein wenig, dass es so lange gedauert hat, bis ich dich richtig kennen gelernt habe.« *Und du mich.* Das sprach er nicht laut aus, aber irgendwie hörte Arianrhod es trotzdem.

»Dafür bleibt uns ja jetzt noch genug Zeit«, antwortete sie, aber Rahns Reaktion fiel vollkommen anders aus, als sie erwartet hätte. Statt zu nicken, eine entsprechende Bemerkung zu machen oder gar nichts zu tun, fuhr er fast unmerklich zusammen und warf dann einem verstohlenen Blick zu Achk und dem Einarmigen hin, wie um sicherzugehen, dass sie ihn auch nicht belauschten. Die beiden Männer waren jedoch so sehr in ihr albernes Gezänk vertieft, dass sie rein gar nichts mehr von dem wahrzunehmen schienen, was rings um sie herum vorging. Rahn setzte dazu an, etwas zu sagen, besann sich dann aber eines Besseren und erhob sich. Er forderte Arianrhod nicht auf, ihm zu folgen, als er mit gemächlichen Schritten davonschlenderte, aber sie spürte, dass er es irgendwie von ihr erwartete, und so folgte sie ihm; auch, wenn es ihr tatsächlich schwer fiel, sich hochzustemmen.

»Also?«, fragte sie direkt, als sie aus der Hörweite der beiden anderen heraus waren.

»Was?«, erkundigte sich Rahn.

Arianrhod machte ein ärgerliches Gesicht. »Du wolltest mir doch irgendetwas sagen«, sagte sie. »Lass mich raten: etwas, das Kron und Achk nicht hören sollen.«

Rahn zögerte noch einmal unmerklich, dann jedoch seufzte er und sagte: »Ja – auch wenn ich eigentlich sicher bin, dass sie es schon wissen. Achk ist vielleicht blind, aber nicht dumm. Und er hat gute Ohren.«

»Und was?«, fragte Arianrhod. Sie hatte das Gefühl, die Antwort bereits zu kennen, und gestand sich ein, dass sie diese Frage im Grunde nur stellte, weil da immer noch die widersinnige Hoffnung in ihr war, er könnte etwas anderes sagen.

Er tat es nicht. Stattdessen ging er noch ein paar Schritte, bis sie die Stelle erreicht hatten, in der der ebene Boden der Lichtung in die steil ansteigende Wand des Tales überging. »Wir werden nicht mit euch kommen«, sagte er dann.

Obwohl es genau das war, was Arianrhod erwartet hatte, erschrak sie bis ins Innerste. »Was sagst du da?«, murmelte sie.

Rahn drehte sich nun doch zu ihrer Mutter um und maß sie mit einem langen, traurigen Blick. »Dragosz wird uns nicht mitnehmen«, bestätigte er. »Noch für ein kleines Stück. Wenn seine Männer hier eintreffen, dann können wir bei ihnen bleiben, bis wir weit genug gekommen sind, damit uns von Sarns Kriegern keine Gefahr mehr droht. Aber sie werden uns nicht mit zurück zu seinem Volk nehmen.«

»Aber ... aber warum denn nicht?«, murmelte Arianrhod verstört.

»Aus demselben Grund, aus dem Sarn uns davongejagt hat«, antwortete Rahn. Er klang nicht zornig, fand Arianrhod, sondern allerhöchstens ein wenig verbittert, und das auf eine Art, die weder Sarn noch Dragosz zu gelten schien, sondern allenfalls dem Schicksal, jener übermächtigen Kraft, gegen die aufzubegehren noch nie irgendeinen Sinn gemacht hatte. »Die beiden Krüppel sind zu nichts nütze. Sie können nicht arbeiten und würden den anderen nur zur Last fallen. Niemand hat etwas zu verschenken.«

»Aber ... aber das ist nicht ... nicht gerecht!«, empörte sich Arianrhod. »Ohne euch wäre ich jetzt tot!«

»Ich weiß«, sagte Rahn traurig. »Und deine Mutter und Dragosz wissen das auch. Aus diesem Grund hat Dragosz auch beschlossen, dass wir noch eine Weile mit ihnen ziehen dürfen, bis wir in Sicherheit sind.« Er schüttelte hastig den Kopf und hob ein wenig die Stimme, als Arianrhod abermals auffahren wollte. »Die beiden Krieger, die bei uns sind, waren nicht damit einverstanden.«

»Woher willst du das wissen?«, fragte Arianrhod. »Sprichst du etwa ihre Sprache?«

Rahn verneinte. »Das ist auch gar nicht nötig. Man muss nicht immer die Worte verstehen, um zu wissen, worüber geredet wird. Sie haben sich heftig gestritten. Wenn Dragosz wirklich der Herrscher seines Volkes ist, dann bringen sie ihm nicht sehr viel Respekt entgegen. Ich hatte das Gefühl, dass er all seine Macht in die Waagschale werfen musste, nur um ihnen schon dieses kleine Zugeständnis abtrotzen zu können.«

Arianrhod war hin- und hergerissen zwischen Wut, Fassungslosigkeit und schierer Empörung. Ihr Blick suchte Dragosz und fand ihn am anderen Ende der Lichtung, wo er dastand und sich leise mit ihrer Mutter unterhielt. »Aber das ist …«

»Nun einmal der Lauf der Welt«, unterbrach sie Rahn. Als sie wieder zu ihm sah, lächelte er seltsamerweise. »Wer nicht für seinen Lebensunterhalt arbeitet, der hat auch kein Anrecht auf Essen. So ist es bei uns, und wohl auch bei ihnen. Vielleicht überall.« Er schüttelte wieder den Kopf. »Ich würde nicht anders entscheiden, an seiner Stelle.«

»Aber ich!«, behauptete Arianrhod überzeugt. »Es ist einfach nicht richtig!« Dann, ganz plötzlich, fiel ihr auf, was an Rahns Worten nicht stimmte. Durchdringend sah sie den Fischer an. »Aber wieso du? Wenn er Kron und Achk schon nicht mitnehmen will, *du* bist jung und gesund und kräftig. Du kannst arbeiten.«

Rahns Blick wurde auf eine schwer zu greifende Weise noch trauriger. »Ja«, sagte er, schüttelte jedoch zugleich schon wieder den Kopf. »Aber es hätte keinen Sinn. Dragosz würde mich niemals in seiner Nähe dulden.«

»Hat er das gesagt?«, erkundigte sich Arianrhod.

»Nein«, antwortete Rahn. »Aber ich weiß es. Für ihn bin ich ein Verräter. So wie mittlerweile auch für Sarn – und das, obwohl ich mich ihm nur ein einziges Mal offen widersetzt habe.« Er zuckte andeutungsweise mit den Schultern. »Vielleicht bin ich das sogar. Immerhin habe ich meinen Schamanen verraten.«

»Um mich zu schützen!«, wandte Arianrhod ein.

»Trotzdem bleibt es Verrat«, erwiderte Rahn. Ich habe den Schamanen, dem ich die Treue geschworen habe, hintergangen – und schlimmer noch, damit auch den neuen Hohepriester von Goseg. Er könnte niemals sicher sein, dass ich es nicht wieder tue. Und ich habe die Blicke gesehen, mit denen uns seine Männer ansehen. Sie würden nie jemanden aus unserem Volk in ihrer Mitte dulden.«

»Aber meine Mutter und ich ...«

»... seid Frauen«, unterbrach sie Rahn. »Das ist ein Unterschied.« Er schüttelte abermals und jetzt heftiger den Kopf, auf eine Art, die aus der Bewegung eine Entscheidung machte, an der nichts mehr zu ändern war. »Wir werden euch noch ein Stück begleiten, bis wir weit genug aus Gosegs Machtbereich heraus sind, und dann trennen wir uns. Vielleicht findet sich irgendwo ein Platz, wo wir leben können. Ich kann fischen, und Kron kann mir das Jagen beibringen. Und vielleicht haben die Götter mehr Mitleid mit uns als die Menschen.«

Wenn er über dieselben Götter sprach, die Nor und Sarn anbeteten, dachte Arianrhod, dann musste er sich darüber im Klaren sein, dass er sich selbst belog. Noch einmal und noch entschiedener schüttelte sie den Kopf. »Das lasse ich nicht zu«, wiederholte sie. »Ich werde mit meiner Mutter sprechen.«

»Nein!«, sagte Rahn, hastig, fast schon erschrocken. »Bitte, tu das nicht.«

»Warum nicht?«

»Ihr würdet euch nur streiten«, antwortete Rahn, »und das will ich nicht.«

Arianrhod sah ihn einen Herzschlag lang verständnislos an, bevor sie begriff, was die Worte des Fischers wirklich bedeuteten. Das ungläubige Keuchen, mit dem sie die Luft ausstieß, hörte sich fast wie ein kleiner Schrei an. »Und du ... du willst damit sagen, dass ... dass meine Mutter ...«

»Es war auch ihre Entscheidung«, sagte er. »Und sie hat Recht.« Ausgerechnet aus seinem Mund fand Arianrhod diese Worte geradezu absurd, und sie schürten ihre Empörung nur noch. Ganz gleich, was Rahn jetzt auch noch sagen mochte, sie fuhr herum und setzte dazu an, zu ihrer Mutter und Dragosz hinüberzustürmen. In diesem Moment jedoch tauchte der Krieger, den Dragosz vorhin weggeschickt hatte, wieder aus dem Unterholz auf, und trotz der großen Entfernung konnte Arianrhod den besorgten Ausdruck erkennen, der auf seinem Gesicht lag.

Mitten in der Bewegung hielt sie inne. »Was geht da vor?«, murmelte sie.

Sie konnte spüren, wie Rahn hinter ihr die Schultern hob. »Ich weiß es nicht. Aber es gefällt mir nicht.«

Arianrhod konnte ihm nur stumm beipflichten. Dragosz und der andere unterhielten sich hastig und auch jetzt wieder von eifrigen Gesten und Deuten begleitet, dann verschwand der Krieger abermals im Unterholz, während Dragosz auf der Stelle herumfuhr und mit weit ausgreifenden Schritten den Wagen ansteuerte, hinter dem Kron und der Schmied noch immer am Feuer saßen. Sein Gesicht hatte sich vor Zorn verdunkelt, und er schritt so schnell aus, dass Lea, die ihm folgte, alle Mühe hatte, auch nur mit ihm Schritt zu halten.

Auch Arianrhod und Rahn setzten sich in Bewegung und kamen nahezu gleichzeitig mit Dragosz bei den beiden an. »Was ist? Ist etwas geschehen?«, fragte sie, noch bevor Dragosz auch nur die Gelegenheit hatte, ein einziges Wort zu sagen.

Für einen Moment blitzte es wütend in seinen Augen auf; ein Zorn, der nicht ihr galt, sich aber um ein Haar auf ihr entladen hätte, ganz einfach, weil sie die Erste war, die sich als Zielscheibe anbot. Nur mit sichtlicher Mühe beherrschte er sich. Statt sie anzuschreien, wonach ihm wahrscheinlich zumute war, sagte er gepresst: »Sie kommen!«

»Sarns Krieger?«, fragte Kron erschrocken. Auch Achk legte mit einem Ruck den Kopf in den Nacken und starrte aus weit aufgerissenen, leeren Augen zu Dragosz hoch.

»Uns bleibt nicht mehr viel Zeit«, antwortete Dragosz. »Barosch sagt, dass sie rasch zu uns aufschließen.«

»Dann müssen wir kämpfen«, sagte Rahn, aber Dragosz schüttelte nur heftig und scheinbar noch zorniger werdend den Kopf.

»Dazu sind es zu viele«, antwortete er. »Mindestens ein Dutzend, wenn nicht mehr.« Sein Blick heftete sich nun fest auf Rahns Gesicht, und in seinen Augen erschien ein Ausdruck, der schlimmer war als Zorn. »Ich hätte mich nie auf dein Wort verlassen dürfen«, grollte er. »Ihr müsst deutliche Spuren hinterlassen haben.«

»Das haben wir nicht!«, protestierte Rahn, aber Dragosz schnitt ihm mit einer herrischen Geste das Wort ab.

»Wieso sind sie dann so schnell und zielsicher auf dem Weg hierher, als wüssten sie ganz genau, wo wir sind?«, schnappte er, atmete hörbar ein, um womöglich noch lauter fortzufahren, und drehte sich dann plötzlich halb herum und blickte auf Kron hinunter.

»Was?«, murmelte der Jäger.

Dragosz' Stimme klang plötzlich fast versonnen, als er weitersprach. »Ich habe in der Tat keine Wagenspuren auf dem Weg hierher bemerkt. Und ich bin eigentlich ein recht guter Spurenleser.«

»Du meinst, du hast Rahn Unrecht getan?«, fragte Arianrhod.

Dragosz warf ihr einen ärgerlichen Blick aus den Augenwinkeln zu, starrte aber weiterhin den Einarmigen an. »Aber wenn sie nicht euren Spuren gefolgt sind«, fuhr er fort, »woher können sie dann wissen, wo wir sind?«

»Was willst du damit sagen?«, erkundigte sich Kron lauernd.

»Dieses Versteck hier war dein Vorschlag, nicht wahr?«, erwiderte Dragosz.

Kron starrte einen halben Herzschlag lang verblüfft zu ihm hoch, dann sprang er mit einem Ruck auf. »Willst du etwa behaupten, ich hätte euch verraten?«, zischte er.

»Ich sage nur, dass außer dir niemand wusste, wo wir uns treffen wollen«, gab Dragosz beinahe gelassen zurück.

Krons Gesicht verfinsterte sich noch mehr. Einen Moment lang sah es beinahe so aus, als wolle er sich auf Dragosz stürzen, dann aber trat er stattdessen wieder einen halben Schritt zurück. »Wenn ich nicht nur einen Arm hätte, dann würdest du es nicht wagen, so mit mir zu sprechen.«

Dragosz lächelte dünn. »Ich lasse mir gern den rechten Arm auf den Rücken binden, wenn das alles ist.«

»Schluss jetzt!«, mischte sich Lea in scharfem Ton ein. Wütend musterte sie die beiden Männer abwechselnd. »Seid ihr verrückt geworden? Sarns Krieger werden gleich hier sein, und ihr habt nichts Besseres zu tun, als aufeinander loszugehen? Wir müssen hier weg!«

»Welchen Sinn hätte es schon, weiter vor ihnen zu fliehen, wenn sie doch ganz genau wissen, wo sie uns finden können?«, antwortete Dragosz.

»Aber ich habe euch nicht verraten!«, protestierte Kron. »Warum sollte ich das tun?«

»Damit hat er Recht«, sagte Arianrhod. Sie deutete auf Kron. »Wenn es jemanden gibt, der weiß, wie *groß* Sarns Dankbarkeit ist, dann diese beiden. Sarns Krieger werden sie genau so töten wie uns, wenn sie sie erwischen.«

»Aber wenn er uns nicht verraten hat, wer dann?«, beharrte Dragosz. Er klang ein ganz kleines bisschen unsicher, aber auch verstockt, als fände er keinen rechten Einwand, der gegen Arianrhods Worte sprach, wollte das aber nicht zugeben.

»Wer weiß noch von dieser Lichtung?«, mischte sich Lea ein.

Kron schüttelte den Kopf. »Niemand«, antwortete er überzeugt, schwieg einen Moment zu und fügte dann, leiser, hinzu: »Außer meinem Bruder. Aber Grahl würde uns niemals verraten.«

»Grahl«, verbesserte ihn Lea, »würde seine eigenen Kinder verraten, wenn er sich einen Vorteil davon verspräche.«

Dragosz sah immer noch nicht überzeugt aus, und selbst Arianrhod musste sich eingestehen, dass sie es nicht wirklich war. Aber ihre Mutter hatte Recht: Jetzt war nicht der Augenblick, sich *darüber* zu streiten.

»Verschwinden wir von hier«, sagte Lea. Fragend blickte sie Rahn an und deutete zugleich auf den Karren. »Wo habt ihr die Ochsen versteckt?«

»Ganz in der Nähe«, antwortete er Rahn, »ich ...«

»Dafür bleibt keine Zeit mehr«, fiel ihm Dragosz ins Wort. »Wir müssen den Wagen hier lassen.«

»Aber ...«, protestierte Kron, doch diesmal war es Dragosz, dem Lea zu Hilfe kam.

»Er hat Recht«, sagte sie in bedauerndem, aber auch festem Ton. »Mit dem Wagen wären wir viel zu langsam.«

»Alles was wir haben, ist darauf«, sagte Achk leise.

»Ihr werdet nichts mehr davon brauchen, wenn sie uns einholen«, antwortete Dragosz. Mit einer abrupten und jetzt eindeutig befehlenden Geste wandte er sich an Lea. »Geh und such nach den Pferden. Und ihr«, fuhr er an Rahn und die beiden anderen gewandt fort, »nehmt euch so viel vom Wagen, wie ihr tragen könnt. Schnell, beeilt euch.«

Lea eilte gehorsam davon und verschwand im Unterholz, während Kron und Rahn hastig an den Wagen herantraten und scheinbar wahllos nach einigen Bündeln und Säcken griffen, die auf der Ladefläche lagen. Auch Arianrhod wollte sich ihren Teil nehmen, doch Rahn schüttelte nur barsch den Kopf und scheuchte sie davon.

»Was soll das?«, protestierte Arianrhod. »Ich kann genauso gut etwas tragen wie ihr alle!«

»Für dich habe ich eine andere Aufgabe«, erwiderte Rahn, während er konzentriert einige kleinere Beutel in einen größeren Sack stopfte, den er in der linken Hand trug und schließlich hastig verschnürte. Für einen Mann seiner Größe fand Arianrhod das Gepäckstück allerdings eher bescheiden; selbst sie hätte sich zugetraut, es zu tragen, auch über eine größere Strecke hinweg.

Binnen weniger Augenblicke waren sie fertig und hatten einen erstaunlichen Teil dessen, was auf den Wagen gelegen hatte, zusammengerafft. Kron schwang sich einen Beutel über die Schulter, der aussah, als wöge er fast so viel wie er selbst, während Rahn sich mit seiner bescheidenen Last zufrieden gab und Arianrhod, als sie protestieren wollte, nur mit einer neuerlichen, noch ungeduldigeren Geste davonscheuchte. Während er mit der linken Hand ohne Mühe seinen Beutel umklammerte, ergriff er mit der rechten Achks Ellbogen und schob den Blinden unsanft vor sich her in Richtung des Waldrandes.

Ihre Mutter kam bereits zurück, die beiden Pferde neben sich am Zügel führend, während Dragosz nur ein paar Schritte entfernt dastand und mit beiden Armen in Richtung des bewaldeten Hügelkammes gestikulierte, als Arianrhod und die drei anderen auf der anderen Seite aus dem Wald heraustraten. Sie sah einen Moment lang konzentriert in die angegebene Richtung, konnte aber dort oben rein gar nichts erkennen; vielleicht gab Dragosz jemandem ein Zeichen, den er dort oben postiert hatte.

»Wo kann nur Morgenwind sein?«, empfing Arianrhod ihre Mutter und sah sich suchend um. Von der gescheckten Stute war keine Spur zu sehen.

»Sie ist irgendwo in der Nähe, keine Sorge«, antwortete Lea unwillig. »Sie wird uns schon finden.« Sie ließ Sturmwinds Zügel los und machte eine abwehrende Bewegung mit der frei gewordenen Hand, als Arianrhod die Arme ausstreckte, um auf Nachtwinds Rücken zu klettern. »Nicht jetzt.«

»Warum nicht?«, fragte Arianrhod.

»Weil wir laufen«, erwiderte Lea. »Zumindest so lange, wie es geht.«

Arianrhod setzte zu einem Einwand an, aber dann gewahrte sie das zornige Funkeln in den Augen ihrer Mutter und begriff nur einen Augenblick später den Sinn ihrer Worte. Noch einen Augenblick später hatte sie ein ziemlich schlechtes Gewissen. Sie selbst hatte Rahn noch eben einen kleinen Vortrag über Gerechtigkeit gehalten, aber die Vorstellung, dass sie bequem auf Nachtwinds Rücken sitzen sollte, während die drei anderen zu Fuß unterwegs waren und sich noch dazu mit ihrem Gepäck abplagten, hatte wahrhaftig nicht viel mit Gerechtigkeit zu tun.

Sie warf einen scheuen Blick zu Rahn und dem Blinden zurück, wie um sich davon zu überzeugen, dass er auch nichts mitbekommen hatte, aber Rahn sah nicht einmal in ihre Richtung. Er war stehen geblieben und damit beschäftigt, mit spitzen Fingern einen langen, dornigen Zweig aus Achks Bart zu zupfen, der sich darin verfangen hatte. Der blinde Schmied sah hilfloser aus denn je. Seine Augen waren weit aufgerissen, und er blinzelte nicht, was seinem Blick etwas ungemein Erschreckendes verlieh, aber er hatte ganz eindeutig verstanden, worum es ging. Seine Angst war unübersehbar.

Seltsam, dachte Arianrhod. Seit jenem schrecklichen Tag, an dem Achk seine Augen verloren hatte, hatte sie mehr als einmal versucht, sich vorzustellen, wie es sein musste, in einer Welt ewiger Dunkelheit gefangen zu sein, selbst bei den einfachsten Dingen des Lebens auf die Hilfe anderer angewiesen und noch dazu von den allermeisten verspottet und verachtet oder doch bestenfalls gemieden zu werden, und sie war jedes Mal zu demselben Schluss gekommen: nämlich dem, dass *sie* ein solches Leben auf gar keinen Fall würde leben wollen. Nun aber war Achk mehr als deutlich anzusehen, wie sehr er um genau dieses Leben fürchtete.

»Worauf warten wir noch?«, fragte Dragosz. »Wir müssen los.«

Arianrhod war nicht ganz sicher, wem diese Worte galten – ihr oder Rahn und dem Blinden. Rahn jedenfalls führte seine Arbeit in aller Ruhe und mit großer Sorgfalt zu Ende, bevor er das Bündel über seine linke Schulter warf und Achk mit der anderen Hand wieder am Ellbogen ergriff. »Geh einfach«, sagte er. »Ich passe schon auf, wohin du trittst.«

Dragosz verzog verächtlich die Lippen, und zumindest für diesen Augenblick büßte er eine Menge der Zuneigung ein, die Arianrhod für ihn empfand; wenn nicht alle. Vielleicht hatte Rahn ja Recht. Vielleicht hätte er an Dragosz' Stelle nicht anders entschieden. Vielleicht hätte sogar *sie* selbst an seiner Stelle nicht anders entschieden, hätte sie ein Leben wie er geführt und wäre für so viele andere verantwortlich gewesen. In diesem Moment jedoch verachtete sie Dragosz für das, was sie in seinem Gesicht las. Der blinde Mann war für ihn kein Mensch mehr, sondern nur noch eine Last.

Sie gingen los. Obwohl Kron mit Abstand die schwerste Last trug, setzte er sich nicht nur an die Spitze, sondern eilte ihnen auch bald in größer werdendem Abstand voraus. Lea hatte die beiden Pferde losgelassen, die ihr jedoch in wenigen Schritten

Abstand folgten, während Rahn und der Blinde nur ganz allmählich, aber doch unaufhörlich zurückfielen. Rahn versuchte alles, um Achk anzutreiben, aber der Schmied war nicht nur blind, sodass er trotz seiner Führung vorsichtig immer nur einen Fuß vor den anderen setzte und dennoch mehr als einen Fehltritt tat, er war auch alt und hätte vermutlich auch dann nicht mit ihnen mitgehalten, hätte er sehen können.

Sie waren noch nicht allzu lange unterwegs, als Dragosz plötzlich stehen blieb und abermals den Arm hob, um zu winken. Auch Arianrhod und die anderen hielten an und drehten sich neugierig herum. Barosch, der Krieger, den er weggeschickt hatte, kam mit weit ausgreifenden Schritten auf sie zugerannt. Für einen Moment hatte Arianrhod das Gefühl, weit hinter ihnen noch eine andere Bewegung wahrzunehmen, als wären die Verfolger tatsächlich schon fast heran, doch als sie noch einmal hinsah, war da nichts.

Dragosz blieb stehen, bis der Krieger zu ihnen aufgeschlossen hatte, und tauschte ein paar knappe, nicht besonders fröhlich klingende Worte mit ihm. Als er sich wieder zu ihnen umdrehte, sah sein Gesicht noch sehr viel weniger fröhlich aus. »Sie holen auf. Wenn wir weiter so herumtrödeln, haben sie uns bald eingeholt.«

»Dann nimm die Pferde und reite mit Arianrhod voraus«, sagte Lea. »Ich bleibe hier bei den anderen und versuche sie aufzuhalten.«

Dragosz machte sich nicht einmal die Mühe, darauf zu antworten. Stattdessen drehte er sich zu Rahn und dem Blinden um. »Wir werden laufen müssen, nicht spazieren gehen. Du musst den Alten zurücklassen.«

»Niemals!«, keuchte Arianrhod.

Dragosz würdigte sie nicht einmal eines Blickes. »Versuch ein Versteck für ihn zu finden. Mit ein bisschen Glück achten sie nicht weiter auf ihn. Schließlich wollen sie uns.«

Als ob das einen Unterschied machte, dachte Arianrhod entsetzt. Wenn sie den blinden Mann allein hier zurückließen, konnten sie ihm ebenso gut gleich die Kehle durchschneiden.

Wahrscheinlich wäre das barmherziger gewesen. Rahn schüttelte denn auch nur den Kopf und starrte Dragosz trotzig an.

»Ganz wie du willst«, sagte Dragosz böse. »Du kannst meinetwegen auch bei ihm bleiben und deinen Freund verteidigen. Wir werden jetzt jedenfalls laufen.«

»Genau wie wir«, gab Rahn grimmig zurück. Dragosz schenkte ihm nur ein mitleidiges Lächeln, doch Rahn schien diese Worte durchaus ernst zu meinen. Er starrte sein Gegenüber noch einen Moment lang trotzig und fast herausfordernd an, dann hob er die linke Hand und winkte Arianrhod zu sich heran. »Hier«, sagte er, während er ihr den Beutel hinhielt. »Ich habe dir doch gesagt, dass ich eine andere Aufgabe für dich habe.«

Arianrhod griff ganz automatisch nach dem aus Tierhäuten gefertigten Beutel und stellte fest, dass er nicht annähernd so leicht war, wie sie angenommen hatte. Dennoch schwang sie ihn sich klaglos über die Schulter, während Rahn nun vor Achk Aufstellung nahm und leicht in die Hocke ging. Als er sich klein genug gemacht hatte, griff er nach den Armen des Blinden, legte sie sich um die Schultern und bedeutete Achk, sie vor seinem Hals zu verschränken. Dann griff er mit beiden Armen unter die Kniekehlen des Schmieds und hob ihn hoch. »Jetzt können wir laufen.«

Dragosz zog eine abfällige Miene. »Narr«, sagte er, beließ es aber dabei und drehte sich um, um noch in derselben Bewegung in einen raschen Trab zu fallen. Auch Kron stürmte los, während Lea Arianrhod zu sich heranwinkte und ihr wortlos den Beutel abnahm. Arianrhod wollte protestieren – denn trotz allem, was sie in den letzten Tagen und besonders am heutigen Morgen durchgemacht hatte, war sie nicht sehr viel schwächer als ihre Mutter –, doch Lea hatte gar nicht vor, den Beutel selbst zu schultern. Stattdessen rief sie Nachtwind mit einem scharfen Pfiff heran, warf ihm den Sack über den Rücken und hielt ihn fest, während sie sich gleichzeitig mit den Fingern in seine Mähne krallte. Mit dem Kopf deutete sie auf Sturmwind, die ihrem Gefährten gefolgt war. »Halt dich an ihr fest. Sie wird dich ziehen.«

Arianrhod sah nicht wirklich ein, was das bringen sollte, aber sie gehorchte ihrer Mutter auch jetzt und suchte mit den Fingern Halt in der langen Mähne der Stute, als Nachtwind und ihre Mutter losstürmten und Sturmwind sich ihnen anschloss. Rahn, der den Blinden auf dem Rücken trug wie ein Vater sein kleines Kind, war bereits losgelaufen und legte eine Geschwindigkeit vor, die Arianrhod in Erstaunen versetzte. Sie hätte erwartet, dass er allerhöchstens ein wenig schneller gehen würde, aber der Fischer fegte vor ihr über das Gras, dass sie alle Mühe hatte, nicht zurückzufallen.

Schon nach den ersten Schritten spürte sie, dass ihre Mutter Recht gehabt hatte. Es war zwar ein wenig unbequem, die Hand auf dem Hals der Stute liegen zu lassen; sie hatte auch nicht vergessen, was ihre Mutter ihr über Sturmwind erzählt und was sie selbst mit ihr erlebt hatte, und hütete sich, zu fest zuzugreifen, um ihr nicht etwa aus Versehen wehzutun, was sie mit Sicherheit mehr bereut hätte als das Pferd, und dennoch war es genau wie vorhin bei Nachtwind: die bloße Berührung schien schon auszureichen, um ihr einen Teil der unglaublichen Kraft dieses riesigen, starken Geschöpfes zu geben. Sturmwind zog sie tatsächlich mit sich, ihre Füße flogen nur so über den Boden, und obwohl sich ihr verletztes Knie und nur einen Augenblick später auch ihre Schulter schon wieder schmerzhaft in Erinnerung brachten, spürte sie doch, dass sie die Geschwindigkeit auf diese Weise lange durchhalten würde.

Und vermutlich musste sie das auch. Das ehemalige Flusstal lag so weit und frei vor ihnen, wie sie nur sehen konnte. Nahe der Stelle, an der sie sich mit Rahn und den anderen getroffen hatten, war der Boden grasbewachsen und einigermaßen eben gewesen, nun aber wurde er immer steiniger, das Gras schrumpfte zu kleinen, kümmerlich wachsenden Büscheln, und es gab nur noch sehr wenige Bäume, die vereinzelt standen oder in so winzigen Gruppen, dass sie allenfalls als ein Versteck für einen einzigen Menschen ausgereicht hätten, und wahrscheinlich nicht einmal das. Von Dragosz' Männern war keine Spur zu sehen. Sie konnten nur hoffen, ihren Verfolgern wenigstens bis Sonnenuntergang davonzulaufen, um dann – vielleicht – Schutz im Dunkel der Nacht zu finden.

Arianrhod legte im Laufen den Kopf in den Nacken und suchte aus zusammengekniffenen Augen nach der Sonne. Sie hatte ihren Abstieg schon lange begonnen, aber es würde noch eine Weile dauern, bevor es stockfinster wurde. Selbst wenn ihre Kräfte reichten, um so lange durchzuhalten (was sie bezweifelte), würden ihre Verfolger sie bis dahin vermutlich längst eingeholt haben. Sie liefen schnell, aber längst nicht so schnell, wie es ein Mann konnte, der nichts als seine Kleider und seinen Speer mit sich trug. Auch wenn die Krieger Gosegs an diesem Morgen keine wirklich gute Figur gemacht hatten, so beging Arianrhod doch nicht den Fehler, sie zu unterschätzen. Die meisten von ihnen waren jung und kräftig, sie bekamen das beste Essen und wussten mit ihren Waffen umzugehen.

Nein, dachte sie niedergeschlagen, diese Männer würden sie einholen, lange bevor die Sonne untergegangen war. Verzweiflung begann sich in ihr breit zu machen. Arianrhod hatte keine Angst um ihr Leben. Sie wusste, dass Dragosz, ihre Mutter und sie ihren Verfolgern auf jeden Fall entkommen würden, wenn sie auf die Pferde stiegen und einfach davonritten. Aber das würde den sicheren Tod für Rahn und die anderen bedeuten. Ihr Blick suchte immer hektischer die Ränder des Flusstales ab. Das Gelände zur Linken war nahezu unbewachsen und eben, so weit sie es von hier unten aus erkennen konnte, das zur Rechten mit umso dichterem Wald bestanden. Der Aufstieg dorthin würde mühsam sein und viel Kraft kosten, doch es gab überall Stellen, an denen er zumindest möglich schien. »Dragosz!«, rief sie.

Dragosz wandte im Laufen den Kopf und sah zu ihr zurück. Arianrhod hob die freie Hand und winkte ihm zu, und Dragosz ließ sich zurückfallen, bis er neben ihr herlief.

»Warum verstecken wir uns nicht in den Wäldern dort oben?«, fragte sie mit einer entsprechenden Geste.

Dragosz' Blick folgte der Bewegung, aber er schüttelte fast sofort den Kopf. »Unmöglich.« Obwohl er ebenso lange und schnell gelaufen war wie sie, ging sein Atem nicht einmal spürbar schneller, was Arianrhod einigermaßen unverschämt fand. »Sie würden uns finden. Außerdem kommen uns meine Männer durch dieses Tal entgegen.«

Unwillkürlich sah Arianrhod noch einmal nach vorn. Von den Männern, von denen Dragosz immer wieder gesprochen hatte, war noch nichts zu sehen, sodass sie sich allmählich zu fragen begann, ob es sie überhaupt gab oder ob das Heer, das er zu ihrer Rettung hierher befohlen hatte, vielleicht nicht nur aus den beiden Kriegern in ihrer Begleitung bestand; möglicherweise sogar nur aus einem, den anderen hatte sie bisher ja auch noch nicht zu Gesicht bekommen.

Geradezu schuldbewusst verscheuchte sie den Gedanken. Dragosz mochte vieles sein, aber kein Lügner und ganz bestimmt kein Aufschneider. Wahrscheinlich befanden sich die Männer noch hinter der Biegung des Flusstales, auf die sie sich zubewegten. Aber auch diese war so weit entfernt, dass sie sie frühestens bei Sonnenuntergang erreichen würden. Wenn ihre Kräfte so lange reichten.

Dragosz beschleunigte seine Schritte wieder, um erneut zu Barosch aufzuschließen, der mittlerweile auch Kron überholt hatte und die Spitze bildete, warf dabei aber im Laufen noch einen Blick über die Schulter zurück und fuhr sichtbar zusammen. Auch Arianrhod sah nach hinten – und was sie erblickte, das ließ sie so heftig zusammenzucken, dass sie um ein Haar aus dem Tritt gekommen wäre und nur deshalb nicht stolperte, weil sie sich in Sturmwinds Mähne festklammerte und so das Gleichgewicht hielt.

Sie hatte sich vorhin doch nicht getäuscht. Die Bewegung hinter ihr war dagewesen; vielleicht noch zu weit entfernt, um wirklich Einzelheiten zu erkennen, aber sie war da. Es waren ihre Verfolger, und sie näherten sich entsetzlich schnell, waren sie doch in den wenigen Augenblicken, die seit dem Beginn ihrer Flucht vergangen waren, nahe genug gekommen, um von einer bloßen Ahnung zu flackernden Schemen zu werden. Voller Panik versuchte sie ihr Tempo gegen Sturmwinds Willen zu steigern, aber nur für ein paar Schritte, dann fiel sie wieder in den gewohnten, Kräfte sparenden Trab zurück, den sie alle eingeschlagen hatten. Es brachte überhaupt nichts, sich bei dem verzweifelten Spurt zu verausgaben und hinterher dann umso langsamer zu werden.

Auch Lea und die anderen hatten ihre Verfolger erblickt. Kron wurde tatsächlich noch einmal schneller und holte nun fast zu Dragosz und dem anderen Krieger auf, während Rahn anscheinend vollkommen ungerührt weiterlief. Arianrhod, die mittlerweile schweißgebadet und außer Atem war, fragte sich vergeblich, wie der Fischer dieses Tempo durchhielt, mit Achks Gewicht auf dem Rücken. Aber ihr war auch klar, dass seine Kräfte irgendwann versagen mussten. Und dass Dragosz Recht gehabt hatte. Sie würden Achk nicht retten können. So grausam ihr der Gedanke auch selbst vorkam – wenn Rahn daran festhielt, den Schmied nicht im Stich zu lassen, dann war das sein eigenes und vielleicht sogar ihrer aller Todesurteil.

Sie spürte, wohin dieser Gedanke zu führen drohte, und brach ihn erschrocken ab. Ihre Mutter hatte sie gelehrt, niemals aufzugeben, solange es noch ein Fünkchen Hoffnung gab, ja, selbst dann nicht, wenn es das nicht mehr gab – und war der heutige Morgen nicht das beste Beispiel dafür, wie Recht sie damit gehabt hatte? Noch hatten ihre Verfolger nicht zu ihnen aufgeschlossen.

Aber sie holten auf. Als Arianrhod das nächste Mal – nach Jahren, die sie wie von Sinnen gelaufen war, wie es ihr vorkam – zu ihnen zurücksah, waren aus der bloßen Ahnung ihrer Verfolger winzige Gestalten geworden, Ameisen gleich, die über die Ebene hinter ihnen herankrabbelten, nicht mehr als kleine schwarze Pünktchen, aber erschreckend viele. Sie waren noch lange nicht nahe genug heran, um sie zu zählen, aber die Schätzung des Kriegers musste wohl eher zu vorsichtig gewesen sein. Wie es aussah, hatte Sarn jeden Mann, der die Katastrophe am Morgen halbwegs unbeschadet überstanden hatte, hinter ihnen hergeschickt.

Schon wieder der Panik nahe, sah sie nach vorne. Die Talbiegung schien überhaupt nicht näher gekommen zu sein, wie es ihr vorkam. Und selbst, wenn sie sie erreichten – was war damit gewonnen? Vermutlich erwartete sie dort nichts anderes als eine Fortsetzung des Flusstales, ja, selbst wenn Dragosz' Krieger in genau diesem Augenblick hinter der Biegung aufgetaucht wären, wären sie wahrscheinlich zu spät gekommen, denn das Tal zog sich vor ihnen noch erschreckend weit hin.

Weiter und weiter rannten sie dem Ende des Tales entgegen. Arianrhod wollte es nicht, aber sie sah dennoch immer wieder zu den Verfolgern zurück, und sie schienen jedes Mal ein winziges Stückchen näher gekommen zu sein. Nicht so sehr, dass man den Unterschied direkt ausmachen konnte, aber viele winzige Schritte ergaben am Ende doch einen großen, und schon bald waren aus den wimmelnden Ameisen winzige Gestalten geworden, dann Männer in schwarzen Mänteln und mit wehenden Haaren, die ganz langsam, aber auch unbarmherzig aufholten.

»Das ... das hat ... keinen ... Sinn mehr«, keuchte Rahn vor ihr. Er war nicht langsamer geworden, aber er taumelte jetzt mehr, als dass er wirklich lief, wie Arianrhod erschrocken feststellte, und sein Atem ging pfeifend. »Steigt ... auf eure ... Tiere. Ihr könnt ihnen ... entkommen.«

Arianrhod legte einen kurzen Spurt ein, um an seine Seite zu gelangen. Rahns Gesicht war aschfahl, und sein langes Haar und Bart klebten in verschwitzten Strähnen aneinander. Auch ihre Mutter war näher gekommen und rannte nun, eine Hand immer noch auf Nachtwinds Hals, auf Rahns anderer Seite dahin.

»Das kommt überhaupt nicht in Frage!«, gab Arianrhod keuchend zurück. »Wir lassen euch nicht im Stich!«

»Wir können versuchen, den Hang hinaufzukommen«, antwortete Rahn kurzatmig. »Vielleicht verfolgen sie uns ja nicht. Du hast es selbst gesagt. Sie wollen nur euch.«

Arianrhod schüttelte nur noch heftiger den Kopf. »Wir bleiben zusammen, ganz gleich, was passiert«, beharrte sie.

»Was für eine edle Geste«, mischte sich ihre Mutter ein. »Wie schade nur, dass du nicht zu bestimmen hast. Rahn hat Recht. Sie werden uns einholen. Der einzige Unterschied ist, dass wir dann alle sterben.« Sie machte eine Kopfbewegung zu Nachtwind hin und ließ gleichzeitig den Beutel los, den sie noch immer in der Hand gehabt hatte. Er fiel zu Boden, platzte auf und verteilte seinen Inhalt in weitem Umkreis, während sie sich rasch davon entfernten. »Steig auf.«

Arianrhod tat so, als hätte sie die Worte gar nicht gehört. Verzweiflung ergriff in immer stärkerem Maße von ihr Besitz. »Nein!«, keuchte sie. »Ich lasse dich nicht im Stich!« Beinahe flehend wandte sie sich an ihrer Mutter. »Und wenn wir alle auf die Pferde steigen?«

»Das schaffen sie nicht«, antwortete Lea. »Und sie würden es auch nicht tun.«

»Aber den Schmied könnten wir doch wenigstens auf Nachtwind hieven! Dann braucht Rahn ihn nicht mehr zu tragen, und wir alle sind schneller.«

»Achk könnte sich niemals auf dem Pferderücken halten, und wenn ich Nachtwind führen müsste, werden wir alle nur langsamer«, beschied Lea ungeduldig.

»Und wenn nun ich und der Schmied ...«

»Nein!«, fiel Lea ihr ins Wort. »Nachtwind war schon kaum bereit, uns beide zu tragen, obwohl er uns so gut kennt. Dich und den Schmied? Das würde er nur mit viel gutem Zureden tun. Und dazu fehlt uns die Zeit.«

Arianrhods Verzweiflung erreichte ein Ausmaß, das fast körperlich wehtat. Sie spürte, wie ihr die Tränen über das Gesicht liefen, und dann sagte sie etwas, wofür sie sich selbst hasste. »Dann komm du wenigstens mit, Rahn.«

Achk, der auf Rahns Rücken hin und her geschaukelt wurde wie ein lebloses Gepäckstück und seine liebe Mühe hatte, sich irgendwie festzuhalten, sah nicht einmal in ihre Richtung, und sie war auch fast sicher, dass er die Worte nicht gehört hatte. Trotzdem hatte sie das furchtbare Gefühl, mit einem Male von ihm angestarrt zu werden, auf eine Art, die sie vielleicht nie wieder vergessen konnte. Rahn hingegen sah sie nur traurig an, dann schüttelte er den Kopf. »Sie würden mich trotzdem einholen. Es hat keinen Sinn mehr. Hör auf deine Mutter. Du hilfst mir nicht, wenn du dich auch noch umbringen lässt.«

Für einen Moment konnte Arianrhod nichts mehr sehen, so heiße und so viele Tränen schossen ihr in die Augen. Sie fühlte sich ohnmächtig, wütend und hilflos. Sie wollte das nicht. Sie *wollte das nicht!*

Aber Rahn hatte Recht. Es gab nichts mehr, was sie noch für ihn tun konnte.

Außer, ihn im Stich zu lassen.

Sie lief trotzdem noch etliche Dutzend Schritte neben Rahn und ihrer Mutter her, bevor sie endlich Sturmwinds Mähne losließ, mit einem Satz bei dem schwarzen Hengst und nahezu aus der gleichen Bewegung heraus auf seinem Rücken war, und im nächsten Moment schwang sich Lea hinter ihr auf Nachtwind, und auch Dragosz ließ sich zurückfallen und streckte im Laufen die Hand nach Sturmwinds Mähne aus, um sich auf ihren Rücken zu ziehen. Barosch schlug einen blitzartigen Haken nach rechts und rannte plötzlich auf die bewaldete Seite des Tales zu, und auch Kron, der endlich auf die Idee kam, seinen Beutel fallen zu lassen, stürmte in dieselbe Richtung. Nur Rahn rannte stur weiter geradeaus. Und wahrscheinlich, dachte Arianrhod bitter, hatte er auch damit Recht. Es gab in der Richtung, in die Kron und der fremde Krieger rannten, keine Rettung für ihn. Mit Achks Gewicht auf dem Rücken würde er den steilen Hang niemals erklimmen können, und selbst wenn er den blinden Schmied zurückließ, würden seine Kräfte vermutlich einfach nicht mehr ausreichen. Arianrhod begann immer heftiger zu schluchzen. Noch vor gar nicht langer Zeit hatte sie geglaubt, Rahn zu hassen, doch nun begriff sie plötzlich, dass das genaue Gegenteil der Fall war. Warum spürte man so oft erst, wie viel einem etwas wirklich wert war, wenn man es verlor?

Ihr blieb nicht einmal Zeit für einen Blick des Abschieds. Dragosz schrie: »*Los!*«, und Lea stieß Nachtwind die Fersen in die Seiten, woraufhin der Hengst einen regelrechten Satz nach vorn machte und in einen so rasenden Galopp verfiel, dass Arianrhod von seinem Rücken gestürzt wäre, hätte ihre Mutter nicht auch zugleich von hinten den Arm um sie geschlungen und sie festgehalten. Neben ihnen sprengte Dragosz im gleichen, rasenden Tempo los.

Mühsam drehte sich Arianrhod herum. Kron und Barosch hatten den Hang auf der anderen Seite beinahe erreicht, doch Rahn wurde nun sichtlich langsamer. Vielleicht versagten seine Kräfte endgültig, vielleicht sah er aber auch einfach keinen Sinn mehr darin, noch weiter zu laufen, denn es gab nichts mehr, wohin er noch hätte fliehen können. Die Verfolger holten jetzt rasch auf. Vielleicht wollte er sich seine letzten Kräfte aufsparen, um sich wenigstens noch verteidigen zu können, und sei es noch so sinnlos.

Und als Arianrhod den Kopf wieder nach vorn drehte und ihr Blick dabei noch einmal Kron und den fremden Krieger streifte, geschah das Wunder.

Kron krabbelte wie ein missgestalteter großer Käfer auf einer Hand und beiden Knien den Hang hinauf, weil er anscheinend zu erschöpft war, um sich noch auf den Beinen zu halten, Barosch aber war stehen geblieben. Sein Blick war auf die Bäume am oberen Ende der Böschung gerichtet.

Aus dem Unterholz traten Männer hervor. Sie waren ausnahmslos groß und dunkelhaarig, trugen dieselbe, sonderbare Kleidung wie Barosch und waren mit Speeren und runden, fellbespannten Schilden bewaffnet. Arianrhod zählte zwei, drei, fünf Männer, schließlich ein Dutzend oder noch mehr, die nacheinander aus dem dichten Gebüsch brachen und ohne zu zögern mit dem Abstieg begannen.

Ihre Mutter hatte Recht gehabt, dachte sie ungläubig. Es gab niemals einen Grund, die Hoffnung aufzugeben, und sei die Lage auch noch so aussichtslos.

Dragosz' Krieger waren gekommen.

»*Dragosz!*«, schrie sie. »*Da!*«

Auch Dragosz drehte den Kopf, um in die Richtung zu sehen, in die ihre ausgestreckte Hand wies, und fuhr so heftig zusammen, dass er beinahe vom Pferd gefallen wäre. Zwei, drei Herzschläge lang galoppierte er noch weiter, dann riss er Sturmwind so grob zurück, dass das Pferd aufschrie und einen Buckel machte, um ihn abzuwerfen, brach seinen Widerstand aber sofort, und mit einer neuerlichen, noch brutaleren Bewegung zwang er es herum. Auch Lea riss Nachtwind herum, wenn auch nicht annähernd so brutal, wie Dragosz es getan hatte, dafür aber deutlich schneller, und sie jagten den Weg zurück, den sie gekommen waren. Selbst über die mittlerweile große Entfernung hinweg konnte Arianrhod sehen, wie Rahn abrupt stehen blieb und sich ein verblüffter, ungläubiger Ausdruck auf seinem Gesicht ausbreitete. Erst dann sah er in die Richtung, in die Arianrhod aufgeregt mit den Armen gestikulierte, und schien für einen Moment einfach zu erstarren. Langsam brach er in die Knie, ließ Achk so vorsichtig, wie er es nur konnte, von seinem Rücken gleiten, und sank dann ganz zu Boden, offensichtlich zu Tode erschöpft.

Dragosz' Krieger, deren Zahl noch einmal zugenommen hatte, strömten immer rascher den Hang hinab, aber auch die Verfolger waren mittlerweile bedrohlich nahe gekommen. Aus den winzigen Gestalten waren Menschen geworden, deren Gesichter sie schon beinahe erkennen konnten. Sie hatten die neu aufgetauchte Gefahr entweder noch gar nicht bemerkt, oder sie ignorierten sie. Ohne langsamer zu werden, stürmten sie weiter heran. Arianrhod versuchte abzuschätzen, wer zuerst bei Rahn und dem Schmied ankommen würde – abgesehen von ihnen –, die Verfolger oder ihre neu aufgetauchten Verbündeten, aber es gelang ihr nicht. Sie konnte nur beten, dass es Dragosz' Männer waren. Selbst zwei so gewaltige Kämpfer, wie es ihre Mutter und Dragosz zweifellos waren, wären einer derartigen Übermacht nicht gewachsen.

Kurz bevor sie den Fischer erreichten, nahm Lea Nachtwinds Geschwindigkeit plötzlich zurück und ließ ihn schließlich ganz anhalten. Auch Dragosz zügelte sein Pferd, sah Lea überrascht an und wirkte dann äußerst zufrieden – allerdings nur so lange, bis diese Arianrhod grob am Arm ergriff und geradezu von

Nachtwinds Rücken herunterschubste. »Lauf«, zischte sie. »Renn zu den Männern!«

Arianrhod sah völlig verwirrt zu ihrer Mutter hoch. Was sollte das nun wieder bedeuten?

Statt irgendwie auf ihren verblüfften Blick zu reagieren, zog Lea ihr Schwert und ließ Nachtwind weitertraben. Auch Dragosz zog seine Waffe, wollte Sturmwind aber zur Seite lenken, um seinen näher kommenden Kriegern entgegenzureiten, und hielt dann wieder an. »Lea!«, rief er. »Was tust du?«

Lea antwortete nicht. Sie sah auch nicht zu ihm zurück, sondern hielt weiter auf Rahn und den blinden Schmied zu, lenkte den Hengst dann in einem engen Bogen um die beiden herum und hielt schließlich an.

»Lea!«, schrie Dragosz noch einmal. Seine Stimme überschlug sich fast. *»Bist du verrückt geworden? Was tust du da?«*

Arianrhods Mutter reagierte immer noch nicht. Hoch aufgerichtet und reglos saß sie auf Nachtwinds Rücken, hatte das Schwert halb in der rechten Hand erhoben und sah den heranstürmenden Kriegern aus Goseg ruhig entgegen.

Und dann erwachte auch Arianrhod aus ihrer Starre und folgte ihr.

Glaubte ihre Mutter tatsächlich, sie würde wegrennen und aus sicherer Entfernung zusehen, wie sie es ganz allein mit diesen Männern aufnahm?

Dragosz fluchte, zwang sein Pferd abermals herum und sprengte an ihr vorbei, um sich an Leas Seite zu postieren.

Arianrhod sah hastig nach links. Dragosz' Kriegern war natürlich nicht entgangen, was geschah, und sie liefen jetzt noch schneller. Dennoch war Arianrhod klar, dass sie zu spät kommen mussten. Die Entfernung zwischen ihnen, ihrer Mutter und den anderen war mindestens doppelt so groß wie die, die noch vor den Verfolgern lag.

Trotzdem wurde sie nicht einmal langsamer. Der Verstand sagte ihr, dass sie drauf und dran war, sich umzubringen, aber derselbe Verstand sagte ihr auch, dass ihre Mutter keine Selbstmörderin war. Wenn sie bereit war, es ganz allein mit dieser

Übermacht aufzunehmen, dann rechnete sie sich zumindest eine Möglichkeit aus, sie lange genug hinzuhalten, bis die Krieger heran waren. Und wenn nicht, wenn sich das Schicksal nach alledem einen so grausamen Scherz mit ihr erlauben sollte, dachte sie, wozu sollte sie dann noch leben? Wenn ihre Mutter, Dragosz und Rahn sterben sollten, dann hatte sie allenfalls noch die Wahl, entweder an Sarn ausgeliefert zu werden oder als Fremde in einem fremden Volk weiter zu leben, von dessen Sitten und Gebräuchen sie nichts verstand, dessen Sprache sie nicht einmal sprach und dessen Menschen ihr wahrscheinlich immer die Schuld am Tod ihres Anführers geben würden.

Sie eilte weiter, kam nach wenigen Schritten bei Rahn an und beugte sich ohne ein Wort zu ihm herab, um das Schwert aus seinem Gürtel zu ziehen. Der Fischer war im ersten Moment so verblüfft, dass er sie nur aus großen Augen anstarrte. Dann versuchte er zwar eine Bewegung zu machen, um sie zurückzuhalten, doch seine Kräfte reichten nicht einmal mehr dafür. Seine Brust hob und senkte sich so schnell, als wäre er dabei, zu ersticken.

Noch immer ohne ein Wort zu sagen, ging Arianrhod an ihm und Achk vorbei und nahm genau zwischen Sturmwind und Nachtwind Aufstellung. Dragosz blickte kurz auf sie herab und runzelte die Stirn, und ihre Mutter fragte nur, in fast belustigtem Ton: »Habe ich dir nicht befohlen wegzulaufen?«

»Ja«, sagte Arianrhod. »Aber du hast mir auch befohlen, auf dein Schwert Acht zu geben. Und so lange du es bei dir hast, kann ich das nicht tun, ohne in deiner Nähe zu bleiben.«

Dragosz' Stirnrunzeln vertiefte sich, aber ihre Mutter lachte nur. Sie war gereizt wie eine Wildkatze, die aus Versehen in eine Bärenhöhle geraten war. Der Ausdruck von Anspannung auf ihrem Gesicht war unübersehbar, und ihre Hand öffnete und schloss sich immer wieder um den mit weichem Leder umwickelten Schwertgriff.

Auch Arianrhod fasste ihre Waffe fester. Nach allem, was ihre Mutter sie gelehrt, und nach all den Nächten, in denen sie mit Stöcken und Holzschwertern gekämpft hatten, konnte sie mit dieser Waffe vermutlich besser umgehen als die allermeisten der Männer, die dort heranstürmten. Aber sie hatte noch nie wirklich damit gekämpft, und natürlich war ihr auch klar, dass sie es an Kraft und Rücksichtslosigkeit nicht mit einem einzigen von ihnen aufnehmen konnte.

Beunruhigt sah sie nach links. Dragosz' Krieger näherten sich rasch, und vielleicht schafften sie es ja. Wahrscheinlich würden sie sich nur wenige Augenblicke gegen diese Übermacht halten können. Dass es tatsächlich eine Übermacht war, selbst jetzt noch – ihre Zahl musste die der Fremden nahezu um das Doppelte übersteigen –, ignorierte sie vorsichtshalber. Das Schicksal hatte ein Wunder geschehen lassen, um sie zu retten, und vielleicht geschah ja auch noch ein zweites.

Es geschah.

Der Vormarsch der Krieger aus Goseg verlor plötzlich an Schwung. Die Männer stürmten nicht mehr so schnell heran, wie sie konnten, sondern wurden langsamer und schienen zu zögern. Immer mehr von ihnen blickten nach rechts, wo sich Dragosz' Männer näherten, und immer mehr fielen von einem rasenden Laufschritt in einen raschen Trab, gingen schließlich nur noch und blieben dann ganz stehen. Vielleicht dreißig oder vierzig Schritte, bevor sie wirklich heran waren, hielten die Männer an, die weit auseinander gezogene Kette begann sich zusammenzuziehen und bildete nun einen dicht geschlossenen Pulk, aber den Vorteil, den diese Formation ihnen vielleicht verschaffte, hatte die verlorene Zeit längst wieder aufgezehrt. Dragosz' Männer kamen jetzt immer rascher näher. Wenn die Krieger nun angriffen, dann hatten sie es nicht mit zwei berittenen Kriegern und einem Kind tun, sondern mit zwei Dutzend gut bewaffneten und zu allem entschlossenen Gegnern.

»Was tun sie?«, murmelte Lea. »Warum greifen sie nicht an?«

»Sie wagen es nicht«, antwortete Dragosz. In seiner Stimme war ein schwacher Unterton von Hoffnung, den er mühsam zurückzuhalten versuchte, ohne dass es ihm gelang.

»Aber sie sind in der Überzahl«, antwortete Lea. »Sie sind fast doppelt so viele wie wir!«

»Vielleicht haben sie Angst, dass noch mehr von uns irgendwo verborgen sind«, murmelte Dragosz. Mittlerweile war der beinahe triumphierende Ton in seiner Stimme lauter geworden. Die ersten seiner Krieger waren noch ein Dutzend Schritte entfernt und damit praktisch schon da. Er schüttelte den Kopf. »Und selbst, wenn es nicht so wäre, sie wurden losgeschickt, um ein entflohenes Kind einzufangen. Nicht, um in eine Schlacht zu ziehen.«

Vielleicht hatte Dragosz ja Recht, dachte Arianrhod. Diese Männer waren nicht darauf vorbereitet gewesen, auf ein ganzes Heer zu stoßen, sondern allenfalls auf sie, ihre Mutter und Dragosz, und vielleicht noch auf einen ehemaligen Fischer, einen blinden Schmied und einen einarmigen Jäger. Vielleicht erinnerten sie sich auch noch zu gut an das, was am Morgen geschehen war, um sich unvorbereitet auf einen Gegner zu werfen, über den sie nichts wussten, der ihnen aber schon einmal so schreckliche Verluste zugefügt hatte.

Vielleicht war es so. Es musste so sein.

Und es war so.

Die Männer kamen nicht näher. Während sich Dragosz' Krieger rings um sie herum zu einem dicht gestaffelten, lebenden Schutzwall formierten, begannen die Krieger heftig gestikulierend miteinander zu reden, vielleicht auch zu streiten. Aber niemand hob eine Waffe. Niemand machte auch nur einen Schritt in ihre Richtung.

»Da ist Jamu«, sagte Lea plötzlich. Arianrhod strengte die Augen an und gewahrte den schwarzhaarigen Krieger tatsächlich zwischen all den anderen. Er hielt einen Speer in der rechten und ein Schwert in der linken Hand und deutete aufgeregt in ihre Richtung.

»Ich habe immer gesagt, der Kerl ist ein Feigling«, sagte Dragosz verächtlich.

Lea warf ihm einen seltsamen Blick zu. »Dann hoffe ich, dass du Recht hast. Wenn sie uns angreifen, haben wir verloren.«

»Das werden sie nicht«, antwortete Dragosz überzeugt. Er schüttelte grimmig den Kopf. »Und wenn doch, sollen sie es versuchen. Ich habe keine Angst vor ihnen.«

Arianrhod war einen Moment lang verwirrt. Von der hörbaren Erleichterung in Dragosz' Stimme war nichts mehr übrig. Ganz im Gegenteil klang er beinahe enttäuscht. Konnte es sein, dass er sich auf den Kampf *gefreut* hatte?

Doch wenn es so war, dann wurde auch diese Freude enttäuscht. Die Männer debattierten noch eine Zeit lang heftig miteinander. Ihre aufgeregten, wütenden Stimmen drangen bis zu ihnen hinüber, doch schließlich drehten sich die ersten um und gingen.

Lea atmete erleichtert auf. »Sie ziehen tatsächlich ab. Du hattest Recht, Dragosz. Sie wagen es nicht, uns anzugreifen.«

»Ich sagte doch, sie sind Feiglinge«, sagte Dragosz abfällig.

»Vielleicht sind sie auch nur besonnen«, widersprach Lea. »Sie sind weit weg von Goseg. Sie können nicht auf Verstärkung hoffen, und sie könnten auch ihre Verletzten nicht behandeln. Und du hast Recht – sie können nicht wissen, ob nicht noch mehr von deinen Männern in der Nähe sind.« Sie lachte leise. »Schade, dass ich Sarns Gesicht nicht sehen kann, wenn ihm klar wird, dass der Unsinn, den er über die Barbaren aus dem Osten erzählt hat, letztendlich doch seine Wirkung tut.«

Dragosz sah sie einem Herzschlag lang verwirrt an, aber dann lachte er. »Irgendwann werde ich zu ihm gehen und es eben selbst erzählen.«

Er drehte Sturmwind auf der Stelle herum, ritt die paar Schritte zu einem seiner Männer – vermutlich deren Anführer – und stieg ab, und auch Lea drehte Nachtwind, sodass sie Arianrhod nun direkt ins Gesicht sehen konnte. Ein Ausdruck unendlicher Erleichterung und großen Glücks lag auf ihren Zügen. »Siehst du, Arri«, sagte sie, »manchmal lohnt es sich doch.«

Arianrhod ließ ihr Schwert sinken und setzte dazu an zu antworten, und in diesem Moment sah sie aus den Augenwinkeln, wie Jamu seinen Speer mit aller Kraft schleuderte.

»*Pass auf!*«, schrie sie.

Ihre Warnung kam zu spät. Lea zögerte nur einen winzigen Moment, den Bruchteil eines Lidschlages vielleicht, und doch zu lange. Endlich riss sie Nachtwind herum. Der Hengst stieg mit einem erschrockenen Wiehern auf die Hinterbeine und schlug mit den Vorderläufen aus, als er das tödliche Geschoss heranrasen sah, und Lea riss ihr Schwert in die Höhe und schlug nach dem Speer, der mit unglaublicher Präzision und ebenso unglaublicher Kraft auf sie zielte.

Das Zauberschwert zerbrach.

Die Klinge brach dicht über dem Griff ab und flog davon, und der Speer, von der gewaltigen Kraft des Hiebes abgelenkt, traf nicht sie, sondern bohrte sich tief in Nachtwinds Brust. Der Hengst kreischte, trat noch einmal hilflos mit den Vorderläufen in die Luft und brach dann wie vom Blitz gefällt zusammen.

Das Geräusch, mit dem er Lea unter sich begrub, sollte Arianrhod nie wieder völlig vergessen.

Dragosz schrie gellend Leas Namen und war mit zwei, drei gewaltigen Sätzen bei ihr, und auch Rahn kam in die Höhe, erstarrte dann jedoch mitten in der Bewegung. Arianrhod aber stand wie gelähmt da. Sie begriff nicht, was geschehen war. Ein Teil von ihr wusste es sehr wohl, derselbe Teil, der ihr die ganze Zeit über zugeflüstert hatte, dass das Leben nicht so gnädig war, dass alles, was bisher geschehen war, nur dem Zweck gedient hatte, sie am Ende umso härter zu treffen, aber der weitaus größte Teil konnte nur dastehen und das gestürzte Pferd anstarren. Wie bei etwas, an dem sie nicht wirklich beteiligt war, nahm sie wahr, wie ringsum für einen Moment fast Panik aufkam. Etliche von Dragosz' Männern hoben ihre Speere, und zwei oder drei schleuderten sie sogar, warfen aber allesamt zu kurz, und auch die Krieger auf der anderen Seite rotteten sich rasch wieder dichter zusammen, machten jedoch auch ihrerseits keinen Versuch, den begonnenen Angriff fortzusetzen.

Irgendwann überwand Arianrhod die Lähmung, die Besitz von ihr ergriffen hatte, und ging mit langsamen Schritten um den gestürzten Hengst herum.

Dragosz kniete vor ihr, sein gekrümmter Rücken verwehrte ihr den Blick auf ihre Mutter, aber sie musste sie nicht sehen, um zu wissen, was geschehen war. Sie hatte das Geräusch gehört, einen schrecklichen, knirschenden Laut, als würde ein großer Ast verdreht und zerbrochen.

Dieses schreckliche *Geräusch*.

Ihre Schritte wurden langsamer, und ihre Hände begannen immer heftiger zu zittern. Sie *wollte* nicht sehen, welcher Anblick sich ihr bot.

Aber sie ging weiter.

»Helft mir!«, befahl Dragosz fast schreiend. Keiner seiner Männer rührte sich, und er wiederholte die Aufforderung in seiner Muttersprache. Drei oder vier Krieger eilten herbei, und Dragosz machte ihnen mit heftigen Gesten klar, dass sie den gestürzten Hengst hochheben oder zumindest zur Seite schieben sollten, doch bevor auch nur einer von ihnen damit anfangen konnte, hob Lea die Hand und schüttelte mühsam den Kopf.

Arianrhod, die stocksteif neben und halb hinter Dragosz stand, wunderte sich ein bisschen, wie friedlich und entspannt ihre Mutter plötzlich aussah. Und wie wenig sie empfand. Lea starb, hier, jetzt, und vor ihren Augen, und sie sollte verzweifelt und hysterisch oder doch wenigstens traurig sein, aber sie spürte ... nichts.

»Nein«, sagte ihre Mutter mit leiser, fast schon brechender Stimme. Ihre Zähne, die bisher stets so weiß wie frisch gefallener Schnee gewesen waren, schimmerten jetzt rot, und ein dünner Blutfaden rann aus ihrem Mundwinkel und den Hals hinab.

»Aber wir müssen das Pferd wegbekommen«, protestierte Dragosz. »Wir müssen dich ...«

»Nein«, sagte Lea noch einmal. »Lass ihn ... liegen. Bitte.«

Dragosz wirkte hilflos. Verstört hob er die Hände, setzte dazu an, etwas zu sagen, und brachte dann nur ein stummes Kopfschütteln zu Stande. Alle Farbe war aus seinem Gesicht gewichen.

»Aber ... aber wir können doch nicht ...«

»Es ist gut«, unterbrach ihn Lea. Plötzlich war aller Schmerz aus ihrer Stimme gewichen, aber sie war zugleich auch leiser geworden; fast nur noch ein Flüstern, das selbst Arianrhod kaum noch hörte, obwohl sie gerade einen Schritt entfernt war. Leas Blick begann sich zu verschleiern.

»Lasst mich einfach ... hier liegen«, bat sie. »Zusammen mit Nachtwind. Er ... hätte es so gewollt. Und ich auch.«

Dragosz wollte etwas sagen, aber Lea unterbrach ihn mit einem matten Kopfschütteln. Ihr Blick flackerte, drohte sich im Nichts zu verlieren und tastete dann umher, bis er Arianrhod gefunden hatte.

»Arianrhod«, flüsterte sie. »Bitte lass mich ... mit Arianrhod ...«

Dragosz starrte sie an. Er rang sichtlich um seine Fassung, und er verlor diesen Kampf. Nach einer Weile, und nachdem Tränen sein Gesicht benetzt hatten, stand er auf und trat einen Schritt zurück. Ganz plötzlich war sein Gesicht wie Stein.

Zitternd ließ sich Arianrhod neben ihrer Mutter auf die Knie sinken. Sie empfand immer noch nichts, nicht die geringste Spur von Trauer, keinen Schmerz, keinen Zorn, aber die Welt begann auf sonderbare Weise rings um sie herum zu verblassen, bis sie in einem Meer aus grauem Nebel dahinzutreiben schien, in dem nur noch das Gesicht ihrer sterbenden Mutter Wirklichkeit war.

»Arianrhod?«, murmelte Lea. Der Blick ihrer weit geöffneten, schon halb verschleierten Augen war direkt auf Arianrhods Gesicht gerichtet, aber sie schien sie nicht mehr zu erkennen. Sie starb, begriff Arianrhod. *Jetzt. Warum empfand sie nichts?* »Bist du ... da?«

Arianrhod konnte nicht antworten, denn ihre Kehle war einfach zugeschnürt. Sie konnte auch nicht atmen. Schweigend griff sie nach der Hand ihrer Mutter und hielt sie fest.

»Arianrhod«, flüsterte Lea. Die Andeutung eines Lächelns erschien auf ihren Zügen und verschwand wieder. Ihre Haut war so kalt wie Eis. »Du ... du musst mir etwas ... versprechen.«

Arianrhod konnte immer noch nicht antworten, aber sie griff fester nach den Fingern ihrer Mutter, und irgendwie brachte Lea noch einmal die Kraft auf, die Berührung zu erwidern. Schmerz erschien jetzt auf ihrem Gesicht, aber er wirkte seltsam unwirklich, als befände sie sich schon halb in einer Welt, in der er keine Bedeutung mehr hatte.

»Geh mit ... Dragosz«, flüsterte sie. »Du musst mir versprechen ... mit ihm ... zu gehen. Heirate ihn und ... und hüte unser Erbe.«

»Unser Erbe?« Die beiden Worte auszusprechen *tat weh*.

»Du bist ... die Letzte ... unseres Volkes«, flüsterte Lea. Das hellrote Rinnsal, das aus ihrem Mundwinkel lief, wurde breiter. »Es darf ... nicht ... untergehen. Versprich mir das.«

»Ich verspreche es«, antwortete Arianrhod. Sie fühlte immer noch nichts. Selbst die Tränen, die jetzt über ihr Gesicht liefen, schienen irgendwie nicht zu ihr zu gehören. Was geschah mit ihr?

»Das ... das Schwert«, hauchte Lea, und Arianrhod spürte, dass sie es nun mit ihren unwiderruflich letzten Atemzügen tat. Ihre freie Hand tastete suchend umher, und Arianrhod beugte sich zur Seite und drückte ihr sanft den abgebrochenen Schwertgriff mit dem mattgrünen und goldenen Abbild des Himmels darin in die Finger. Lea hatte nicht mehr die Kraft, die Hand darum zu schließen.

»Was immer auch geschieht«, flüsterte sie. »Du musst sie ... bewahren. Hüte ... die ... Himmelsscheibe.«

Und damit starb sie.

Ihre Augen blieben offen. Nichts an ihren bleichen Zügen änderte sich, nur ihre Finger öffneten sich plötzlich wieder und ließen den Schwertgriff los, aber Arianrhod konnte *spüren*, wie sich etwas von ihr löste, noch einen Augenblick wie ein unsichtbarer Hauch in der Luft schwebte und sie ein allerletztes Mal berührte, eine körperlose, sanfte Hand, die sich zum Abschied noch einmal auf ihr Herz legte und es mit einer Wärme erfüllte, die sie nie, nie wieder im Leben wirklich verspüren sollte, und dann einfach verging.

Und dann war der Schmerz da, auf den sie bisher vergeblich gewartet hatte, ohne eine Warnung, von einem Atemzug zum anderen und mit so unwiderstehlicher Wucht, dass Arianrhod schreiend über ihrer Mutter zusammenbrach.

Es war dunkel geworden. Nachdem die Sonne untergegangen war, hatten Dragosz' Krieger eine Anzahl großer Feuer entzündet, die flackernde Inseln aus rotem und gelbem Licht in die Schwärze stanzten, die sich über der Welt ausgebreitet hatte, und zumindest in ihrer unmittelbaren Nähe die Kälte zurückhielten, die mit Einbruch der Nacht noch viel schlimmer geworden war. Aber es waren nur die äußere Kälte, und die äußere Dunkelheit, denen sie Einhalt zu gebieten vermochten. Die Schwärze, die von Arianrhods Seele Besitz ergriffen hatte, vermochten sie nicht aufzuhellen; so wenig wie sie das Gefühl der Kälte lindern konnten, die aus ihrem Inneren emporstieg und schlimmer war als das, was die Nacht mit sich brachte, und vielleicht nie wieder vergehen würde.

Arianrhod hörte das Geräusch leiser Schritte hinter sich, und sie erkannte an ihrem Rhythmus, dass es Dragosz war, der sich ihr näherte. Sie blickte nicht auf, straffte aber ein wenig die Schultern und versuchte, sich in eine etwas aufrechtere Haltung zu setzen, den sie wollte nicht, dass er sah, wie niedergeschlagen und mut- und kraftlos sie dasaß. Sie zitterte am ganzen Leib, aber dagegen konnte sie nichts tun, denn es war tatsächlich nur die eisige Nachtluft, die dafür verantwortlich war. Arianrhods Rücken fühlte sich an, als wäre er zu Eis erstarrt, während ihr Gesicht, ihre nackten Unterarme und Hände, die sie dem Feuer zuwandte, zu glühen schienen.

Sie konnte hören, wie Dragosz zwei oder drei Schritte hinter ihr stehen blieb und sich unbehaglich auf der Stelle bewegte. Vielleicht wartete er darauf, dass sie etwas sagte, vielleicht suchte er auch selbst nach Worten. Arianrhod hatte nicht die Kraft, sich zu ihm umzudrehen oder ihm gar ins Gesicht zu sehen. Es hatte lange gedauert, bis sie aufgehört hatte, sich weinend an ihre Mutter zu klammern und hysterisch nach jedem zu schlagen, zu treten oder auch zu beißen, der versucht hatte, sie auch nur zu berühren. Irgendwann waren ihre Tränen versiegt, aber der Schmerz war nicht vergangen, sondern nur zu einer anderen, vielleicht stilleren, aber nicht weniger schlimmen Art von Leid geworden, eine blutende Wunde auf ihrer Seele, die nie wieder heilen würde. Trotzdem war ihr die Erinnerung an jene Augenblicke peinlich. Sie schämte sich nicht ihrer Tränen, aber sie hatte nicht gewollt, dass Dragosz sie so sah.

»Ist alles in Ordnung?«, fragte er nach einer Weile.

Arianrhod reagierte auch darauf nicht, aber ihre Hände begannen mit dem abgebrochenen Schwertgriff zu spielen, den sie, seit sie hier am Feuer saß, abwechselnd in ihren Schoß gelegt und dann wieder wie einen kostbaren Schatz an die Brust gedrückt hatte. *Hüte die Himmelsscheibe.*

Als Dragosz klar wurde, dass er keine Antwort bekommen würde, ging er halb um das Feuer herum und ließ sich auf der anderen Seite in die Hocke sinken. Er streckte die Finger über den Flammen aus, so dicht, dass sie seine Hände schon fast berührten, und starrte für endlose Momente aus blicklosen Augen in die prasselnde Glut. Sein Gesicht, das von den roten Flammen erhellt und von Schatten mit dem Trugbild von Bewegung überzogen wurde, die es nicht gab, war vollkommen ausdruckslos, aber Arianrhod sah auch die verschmierten Spuren, die die Tränen in den Schmutz auf seiner Haut gemalt hatten. Auch seine Hände waren schmutzig, und trotz der Kälte glänzte seine Stirn vor Schweiß. Obwohl seine Krieger danach gegiert hatten, die Männer aus Goseg zu verfolgen und für den feigen Mord bezahlen zu lassen, hatte er es ihnen verboten und gut die Hälfte von ihnen dazu eingeteilt, rings um das eilig errichtete Lager herum Wache zu halten. Die anderen hatten Steine und Erdreich herbeigeschleppt, so weit sie nicht damit beschäftigt gewesen waren, die Feuer zu entfachen, mit denen er ganz allein ein flaches Hügelgrab über Lea und Nachtwind errichtet hatte.

Eine Arbeit für zehn Männer und eine halbe Nacht, die er ganz allein bei Einbruch der Dunkelheit vollbracht hatte. Er hatte vorgeschlagen, Lea auf die Art seines Volkes zu bestatten, die darin bestand, den Körper zu verbrennen, damit Rauch und Flammen die Seele hinauf zu den Göttern trugen, und es war das einzige Mal gewesen, dass Arianrhod das Schweigen, in das sie verfallen war, nachdem die Tränen endlich versiegt waren, gebrochen hatte. Sie hatte darauf bestanden, dass der letzte Wunsch ihrer Mutter erfüllt und sie zusammen mit ihrem Hengst genau dort beigesetzt wurde, wo sie lag. Sie hatte gespürt, wie schwer es Dragosz gefallen war, ihr diesen Wunsch zu erfüllen, aber er hatte sich nicht widersetzt.

»Das war eine dumme Frage, ich weiß«, knüpfte Dragosz nach einer langen Zeit an das unterbrochene, einseitige Gespräch an. Er zog die Hände zurück, als spüre er die Hitze der Flammen erst jetzt, und versuchte in ihrem Gesicht zu lesen. Was er darin erkannte, schien ihn traurig zu stimmen. »Es wird nie wieder alles in Ordnung sein, nicht wahr?«

Arianrhod spürte, wie sich ein trauriges Lächeln auf ihrem Gesicht ausbreitete. Fast zu ihrer eigenen Verwunderung fühlte sie, wie sie den Kopf schüttelte und zugleich den zerbrochenen Stumpf des Schwertes wieder fest an die Brust drückte. Der abgebrochene Rest der Klinge lag neben ihr im Gras, und manchmal blitzten in den silberfarbenen Metall rote und gelbe Reflexionen der Flammen auf, als wäre es von einem geheimnisvollen, inneren Feuer erfüllt.

»Wir müssen bald weiter«, sagte Dragosz. »Ich würde gern die Nacht über hier bleiben und dir die Zeit geben, in Ruhe Abschied von deiner Mutter zu nehmen, aber das Risiko ist zu groß.« Obwohl sie mit keiner Miene darauf reagiert hatte, schüttelte er den Kopf, um seine Worte noch zu bekräftigen. »Jamu und seine Krieger könnten zurückkommen.«

»Ich weiß«, sagte Arianrhod.

Dragosz wirkte für einen Moment überrascht, als hätte er niemals damit gerechnet, dass sie überhaupt antwortete. Sie spürte auch, wie schwer es ihm fiel, weiter zu sprechen und die

Frage zu stellen, derentwegen er überhaupt hierher gekommen war. »Hast du dich entschieden, was du jetzt tun willst, kleines Mädchen?«, fragte er.

Arianrhod nahm ihm diese Anrede nicht übel, denn sie spürte, dass nichts Abfälliges oder Spöttisches darin lag, sondern nur eine Art von Zuneigung, über deren wirkliche Natur er sich wohl selbst nicht im Klaren war. Wie sollte sie sich entscheiden? Sie hatte ihrer Mutter ein Versprechen gegeben.

Als sie auch darauf nicht antwortete, fuhr er sich mit der Zunge über die Lippen und fuhr fort: »Wir gehen wieder zurück in die Berge, wo wir den Winter verbringen werden. Willst du mit uns kommen?« Arianrhod empfand ein neuerliches, warmes Gefühl von Dankbarkeit, dass er ihr diese Wahl ließ. Er hätte es nicht nötig gehabt. Für jeden anderen Mann, den sie kannte – außer vielleicht für Rahn –, wäre es nicht einmal eine Frage gewesen. So wenig, wie es für sie eine war.

Dennoch antwortete sie auch jetzt nicht gleich darauf, sondern nahm den Schwertgriff nun in beide Hände, blickte für eine kleine Ewigkeit wortlos auf die grüngoldene Scheibe in seinem Knauf und machte dann eine Kopfbewegung auf Rahn und die beiden anderen, die ein Stück entfernt an einem anderen Feuer saßen und in ein dumpfes Brüten verfallen waren, das kaum weniger schwer lastete als das ihre. »Und sie?«

Dragosz schüttelte kaum sichtbar den Kopf. »Du weißt, dass das nicht geht«, sagte er traurig.

»Und wenn ich es will?«, fragte Arianrhod. »Wenn es der letzte Wunsch meiner Mutter gewesen wäre?«

»Selbst wenn ich es wollte, wäre es unmöglich«, antwortete Dragosz sanft. »Meine Männer würden es nicht zulassen.«

»Ich dachte, du wärst der Herrscher deines Volkes.«

»Das ist wahr«, antwortete Dragosz, schüttelte zugleich aber auch den Kopf. »Ich bin sein Führer. Aber ich bin nicht die Art von Herrscher wie Sarn, oder wie Nor es war. Unser Volk wählt einen Anführer, von dem es glaubt, dass er der Beste für diese Aufgabe ist. Ich kann nicht einfach befehlen und mich über seinen Willen hinwegsetzen.«

»Weil dein Volk niemanden in seinen Reihen dulden würde, der zu nichts nütze ist«, sagte sie.

Dragosz' Blick wurde noch eine Spur trauriger. »Ich hätte es anders ausgedrückt, aber ... du hast Recht. So wenig wie deines.«

Sie hatte keine andere Antwort erwartet. Wieder verging Zeit, in der sie nur scheinbar ins Leere starrte. Dann fragte sie: »Und wenn ich dafür bezahle?«

Dragosz sah sie fragend an. »Wie meinst du das?«

»Ich weiß alles, was meine Mutter wusste«, antwortete Arianrhod. »Vielleicht nicht wirklich alles, aber doch das meiste. Sie hat mich viel gelehrt, und was sie mir nicht beigebracht hat, werde ich noch lernen. Du weißt, dass das so ist. Ich kann für dein Volk dasselbe tun, was meine Mutter für Sarns Leute getan hat. Mehr, denn *dein* Volk ist nicht mein Feind.«

Dragosz schien einen Moment lang ernsthaft über dieses Angebot nachzudenken, aber dann schüttelte er abermals und noch trauriger den Kopf. »Selbst dann nicht«, sagte er bedauernd. »Ich weiß, dass das, was du mir anbietest, hundertmal mehr wert ist als das Essen für die beiden Männer, aber mein Volk würde es nicht verstehen. Es tut mir Leid, Arianrhod.«

Sie war nicht überrascht, und auch nicht enttäuscht. Sie lächelte nur matt, ergriff die abgebrochene Klinge des Schwertes mit der anderen Hand und stand auf. Langsam drehte sie sich um und ging zu dem Feuer hinüber, an dem Rahn und die beiden anderen saßen. Sie konnte hören, wie Dragosz noch einen Moment zögerte und ihr schließlich folgte, dann aber abermals stehen blieb, kurz bevor sie die Feuerstelle erreichte.

Rahn und der einarmige Jäger sahen auf, als sie ihre Schritte hörten. Ein plötzlicher Ausdruck von Betroffenheit erschien auf Rahns Gesicht, und er setzte dazu an, etwas zu sagen, fand aber dann nicht die richtigen Worte und schluckte nur ein paar Mal hart. Krons Gesicht war einfach nur leer, aber unter dieser vermeintlichen Leere spürte Arianrhod eine Betroffenheit, die sie überraschte. Sie war bisher der Meinung gewesen, ihre Mutter wäre dem Jäger mehr oder weniger gleichgültig gewesen, doch vielleicht gehörte auch das zu den – gar zu vielen – Dingen, in denen sie sich getäuscht hatte. Der Schmerz des Jägers war echt.

Arianrhod schenkte ihm ein kurzes, aber sehr warmes Lächeln und umrundete das Feuer, bis sie den Schmied erreicht hatte. Achk war so nahe ans Feuer herangerutscht, wie er es gerade noch wagte, ohne sich zu verbrennen, und obwohl er die Hände über die Flammen ausgestreckt und den Oberkörper und das Gesicht weit vorgebeugt hatte, um auch nur jedes bisschen kostbare Wärme aufzufangen, zitterte er vor Kälte. Aber er musste Arianrhods Schritte gehört haben, denn plötzlich hob er den Kopf und suchte mit seinen leeren Augen die ungefähre Richtung ab, aus der sie sich näherte.

»Wer ... wer ist da?«, fragte er.

Statt zu antworten, ließ sich Arianrhod vor ihm in die Hocke sinken, griff nach seinem linken Arm und drückte ihm den Schwertgriff in die Hand. Achk fuhr heftig zusammen.

»Was ...«, stammelte er. »Wer ... wer ist da? Arianrhod?«

Sie sagte nichts, sondern griff nun auch nach seinem anderen Arm und drückte ihm die zerbrochene Klinge in die Rechte. »Das Schwert meiner Mutter, Achk«, sagte sie. »Es ist zerbrochen. Kannst du es mit Kron neu schmieden, wenn ich euch sage, wie?«

Achks erloschene Augen wurden groß. Arianrhod bemerkte aus den Augenwinkeln, wie sich Kron neben ihr kerzengerade aufrichtete, und sie hörte auch, dass Dragosz hinter ihr ungläubig die Luft zwischen den Zähnen einsog, aber sie behielt Achks Gesicht starr im Auge. Die Finger des blinden Schmieds strichen über das silberfarbene Metall, tasteten über die Bruchkanten und den goldgrünen Knauf und schließlich die gefährliche Schneide, und sein erloschener Blick irrte immer wilder zwischen Arianrhods Gesicht und dem zerbrochenen Schwert hin und her, als wolle er mit verzweifelter Kraft das Augenlicht zurückzwingen, das er längst nicht mehr hatte.

Und schließlich nickte er. »Ja.«

Ein warmes Gefühl von Dankbarkeit durchströmte Arianrhod. Sie lächelte Achk noch einmal zu, obwohl er es nicht sehen konnte, dann stand sie auf und drehte sich zu Dragosz um. Der fremde Krieger war in vier oder fünf Schritten Abstand stehen geblieben, aber ein einziger Blick in sein Gesicht machte Arianrhod klar, dass er jedes Wort verstanden hatte.

»Du hast es gehört«, sagte sie.

Dragosz schwieg. Sein Gesicht war wie Stein, aber Arianrhod sah ihm trotzdem an, wie es hinter seiner Stirn arbeitete. Zeit verging, unendlich viel Zeit, wie es ihr vorkam. Dann, zögernd und wie gegen einen körperlichen Widerstand ankämpfend, nickte er. »Also gut«, sagte er. »So soll es sein.«

Arianrhod sah ihn noch einen allerletzten Augenblick lang prüfend an, aber da war kein Anzeichen von Unehrlichkeit oder gar Betrug in seinem Blick. Sie war nicht einmal sicher, dass er sein Wort würde halten können; aber er würde es *versuchen*, und das war vielleicht schon mehr, als sie von ihm verlangen konnte.

Und alles andere?, dachte sie. Was würde die Zukunft bringen? Sie wandte den Blick in die Richtung, wo sie Goseg vermutete, verborgen hinter den Schleiern der Nacht und Entfernung, und sie wartete darauf, dass sie Zorn verspürte, Hass oder zumindest Groll, aber nichts von alledem wollte sich einstellen. Goseg war dort irgendwo, eine schwärende Wunde im Herzen des Landes, wie ein Hort des Bösen, der verdorben war und jeden verdarb, der sich zu weit mit ihm einließ, und möglicherweise *würde* sie eines Tages dorthin zurückkehren, aber nicht mit Feuer und Schwert, nicht, um Leid und Unrecht durch noch mehr Leid und Unrecht zu tilgen. Sie empfand keinen Rachedurst, und auch das war etwas, was ihre Mutter irgendwann, vor sehr langer Zeit, einmal zu ihr gesagt hatte und was sie wie so vieles erst jetzt wirklich verstand. Rache machte nichts wieder gut, sondern alles nur noch viel schlimmer.

Arianrhod drehte sich in die andere Richtung, dorthin, wo das Hügelgrab ihrer Mutter lag, ebenso verborgen in der Schwärze wie Goseg, aber näher, vertrauter und wärmer. Der Schmerz in ihrer Brust war immer noch nicht verstummt, und ganz würde er das vielleicht nie tun, aber nun auf eine schwer greifbare Art dennoch versöhnlicher. Vielleicht, weil sie spürte, dass ihre Mutter zwar tot war, trotzdem aber auf eine gewisse Weise immer bei ihr sein würde.

Nein, sie wollte keine Rache. Sie würde tun, was ihre Mutter von ihr verlangt hatte – was sie *wirklich* gemeint hatte –, und mit Dragosz gehen, und all das uralte und kostbare Wissen, das sie von ihr geerbt hatte, würde ganz gewiss nicht der *Rache* dienen, auch wenn Dragosz das vielleicht im Augenblick noch annehmen mochte. Sie würde seinem Volk helfen, so wie ihre Mutter Nors Volk geholfen hatte, und vielleicht würde sie ihm ermöglichen, in eine Zukunft zu gelangen, in der das Leben ein winziges bisschen besser war. Und bis dahin – und darüber hinaus bis ans Ende ihres Lebens – würde sie das sein, wozu ihre Mutter sie erzogen hatte: die Hüterin der Himmelsscheibe.

Nachwort zur Taschenbuchausgabe

Die Idee, einen großen Romanzyklus zur Himmelsscheibe zu schreiben, die man kurz vor der Jahrtausendwende unter spektakulären Umständen in der Nähe des mitteldeutschen Städtchens Nebra gefunden hatte, gefiel mir auf Anhieb. In diesem besonderen Fall darf ich das sagen, weil die Idee nicht von mir, sondern von Wolfgang Ferchl stammt, dem Verleger des Piper Verlags und profunden Kenner historischer Stoffe. Bei einem Treffen Anfang 2004 fingen wir beide Feuer bei der Vorstellung eines Himmelsscheibenepos, der szenisch einfängt, wie zwei verschiedene Kulturen und damit Wertevorstellungen aufeinanderprallen.

Wahrscheinlich erinnern Sie sich: Zwei Jahre zuvor konnte die so genannte »Nebra-Scheibe« bei einer fingierten Verkaufsaktion in Basel sichergestellt werden. Archäologen hatten den Hehlern zum Schein 350.000 EUR angeboten. Bei der Übergabe konnten Sicherheitskräfte die 3600 Jahre alte Scheibe sicherstellen.

Zurück ins Geburtsjahr meines Romans. Im Frühjahr 2004 ergab sich für mich die Gelegenheit, eine Einladung des Landesmuseums für Vorgeschichte in Halle anzunehmen und meine Kenntnisse um bronzezeitliche Kulturen vor Ort zu vertiefen. Der überwältigendste Moment war für mich, als ich von Institutsleiter Dr. Meller persönlich die Erlaubnis bekam, die Himmelsscheibe in die Hand zu nehmen. Mit speziellen Handschuhen entnahm ich die Scheibe ihrer Umhüllung. Obwohl darauf vorbereitet, überraschte mich ihr enormes Gewicht. Es mag vielleicht komisch klingen: Aber den Augenblick, in dem ich diese fast viertausend Jahre alte Metallscheibe in den Händen hielt, erfüllte mich mit fast so etwas wie Ehrfurcht.

Mich faszinierte nicht nur die archäologische Sensation, die älteste bekannte Darstellung des Universums in den Händen zu halten – älter als alles, was aus dem Zweistromland und dem alten Ägypten in dieser Richtung gefunden wurde –, sondern auch die langsam in mir aufdämmernde Erkenntnis, dass wir alle immer noch eine vollkommen falsche Vorstellung von der frühen Bronzezeit in Mitteleuropa haben. Es war eine Hochkultur, gemessen am astronomischen Wissen, den Fertigkeiten in der Metallverarbeitung und den weit verzweigten Handelsbeziehungen. Allerdings überlieferte sie uns keine geschriebenen Texte und keine Monumentalbauten.

An dieser Stelle möchte ich meinem Kollegen Dieter Winkler danken. Seine Skizzen über bronzezeitliches Dorfleben – für die Buchausgabe von Erhard Ringer grafisch umgesetzt – und seine gründlichen Recherchen bildeten den fachlichen Hintergrund für »Die Tochter der Himmelsscheibe«. Dabei bestätigten neue archäologische Funde die Sichtweise des Alltagslebens, die in mein Buch einfloss. Im Juni 2006 wurden ganz in der Nähe des Schauplatzes meines Romans zahlreiche bronzezeitliche Gräber und ein prähistorischer Steinbruch entdeckt. Und in den nächsten Jahren sollen in der Umgebung zahlreiche Kreisgrabenanlagen ausgegraben werden, die als Kultplatz für einen frühen Totenkult dienten – also ganz ähnliche Anlagen, wie ich sie im Beginn meiner Geschichte schildere.

Auf diesem Spannungsbogen habe ich meinen Roman entwickelt. Wir wissen nicht, welche Sprachen die damaligen Völker gesprochen haben, ja, wir wissen nicht einmal, *welche* Völker es eigentlich waren, die dort vor Kelten und Germanen das Land urbar gemacht und in den riesigen Mischwäldern und Feuchtebenen gejagt haben. Ich persönlich empfinde es als eine Zeitreise, den Rücksturz in eine ferne Vergangenheit – die für mich noch lange nicht zu Ende ist, sondern mich mit vielen neuen Facetten weiterhin bereichern wird. Es würde mich freuen, wenn Sie mich dabei begleiten würden – als Leser des vorliegenden Werkes, aber auch der Informationen, die wir für Sie auf www.hohlbein.net über die »Nebra-Epoche« zusammengestellt haben.

Ihr Wolfgang Hohlbein

Tobias O. Meißner
Die dunkle Quelle
Im Zeichen des Mammuts 1.
384 Seiten. Serie Piper

In einer phantastischen Welt zieht ein Geheimbund die Fäden: Im Zeichen des Mammuts haben sich der Rathausschreiber Rodraeg, eine Schmetterlingsfrau und andere illustere Gestalten zusammengefunden, um gegen die Umweltzerstörung in ihrer Welt zu kämpfen. Doch schon beim ersten Einsatz in den berüchtigten Schwarzwachsminen werden die Gefährten in die dunkle Hölle der endlosen Stollen und Gänge verschleppt und müssen sich ihren Widersachern in einem tödlichen Duell stellen ... Fantasy, wie sie moderner und spannender nicht sein kann

»Fast überflüssig zu sagen, dass Meißners schriftstellerisches Können überragend ist ...«
Frankfurter Allgemeine Zeitung

Richard Schwartz
Das Erste Horn
Das Geheimnis von Askir 1.
400 Seiten. Serie Piper

Ein verschneiter Gasthof im hohen Norden: Havald, ein Krieger aus dem Reich Letasan, kehrt in dem abgeschiedenen Wirtshaus »Zum Hammerkopf« ein. Auch die undurchsichtige Magierin Leandra verschlägt es hierher. Die beiden ahnen nicht, dass sich unter dem Gasthof uralte Kraftlinien kreuzen. Als der eisige Winter das Gebäude vollständig von der Außenwelt abschneidet, bricht Entsetzen aus: Ein blutiger Mord deutet darauf hin, dass im Verborgenen eine Bestie lauert. Doch wem können Havald und Leandra trauen? Die Spuren führen in das sagenhafte, untergegangene Reich Askir ...
Ein sensationelles Debüt mit einer intensiven, beklemmenden Atmosphäre, die in der Fantasy ihresgleichen sucht.

05/1904/01/L   05/2032/01/R